omnibus

ISAAC ASIMOV

Le Grand Livre des Robots

1

Prélude à Trantor

Nous les robots
Les Cavernes d'acier
Face aux feux du soleil

Préface de Jacques Goimard

omnibus

© 1990, Omnibus, un département de [place des éditeurs], pour la présente édition
la préface et la présente bibliographie.
ISBN : 2-258-03291-1   Nᵒ Editeur : 5873
Dépôt légal : décembre 1990

SOMMAIRE

Préface par Jacques Goimard I

Les Trois Lois de la robotique 7

NOUS LES ROBOTS 9
Introduction 11

Robots non humains
1. Le meilleur ami du petit d'homme 15
2. Sally 18
3. Un jour... 35

Robots immobiles
4. Point de vue 44
5. Pensez donc ! 47
6. L'amour vrai 56

Robots métalliques
7. AL-76 perd la boussole 60
8. Victoire par inadvertance 72
9. Étranger au paradis 92
10. Artiste de lumière 116
11. Ségrégationniste 120
12. Robbie 125
13. Noël sans Rodney 143

Robots humanoïdes
14. Assemblons-nous 151
15. Effet miroir 167
16. L'incident du tricentenaire 181

Powell et Donovan
17. Première Loi 195
18. Cercle vicieux 198
19. Raison 215
20. Attrapez-moi ce lapin 233

Susan Calvin
21. Menteur ! 253
22. Satisfaction garantie 271
23. Lenny 285
24. Le correcteur 298
25. Le petit robot perdu 332

26. Risque 357
27. Évasion ! 382
28. La preuve 404
29. Conflit évitable........................... 425
30. Le robot qui rêvait........................ 447
31. Intuition féminine 452

L'après-Susan
32. Pour que tu t'y intéresses 473
33. L'homme bicentenaire...................... 495

Encore un mot

LES CAVERNES D'ACIER 533

FACE AUX FEUX DU SOLEIL 735

Annexes : 931
Préface du recueil de 1950
Textes de liaison du recueil de 1950
Préface du recueil de 1966
Notice du recueil de 1969
Notices du recueil de 1976

Bibliographie 955

ASIMOV ET NOUS

par Jacques Goimard

La quintessence d'Asimov, c'est la clarté. Son écriture est si transparente qu'on ne la voit pas. Ses exposés sont si limpides qu'on n'y perd jamais le fil. Avec lui, rien n'est opaque, impénétrable ou rebutant. Toute son œuvre est un monument harmonieux à la déesse Évidence. Il est le plus parfait héritier actuel d'une tradition culturelle éminente : la lumière grecque, la sérénité gœthéenne, la pureté bien ordonnée des grands classiques français comme La Fontaine, Voltaire ou Stendhal — un Stendhal qui, non content de lire et de relire le Code Civil pour amender son style, y puiserait des ABC du droit pour tous publics.

Le moins qu'on puisse dire d'Asimov, c'est qu'il est célèbre. Peut-être pourtant ne lui rend-on pas entièrement justice, au moins dans notre pays : ses livres d'information scientifique, qui représentent les trois quarts de son œuvre, sont pour la plupart inconnus en France faute de traductions. C'est en partie grâce à eux qu'on a pu définir cet auteur par « la passion de comprendre [1] » — il faudrait ajouter : la passion de faire comprendre. Il y déploie cet art de simplifier sans sacrifier l'exactitude, de récapituler quand les démonstrations s'allongent, de multiplier les repères grâce aux comparaisons et aux anecdotes, de détendre l'atmosphère par l'humour et l'inimitable légèreté du ton, qui parle en tous pays à l'honnête homme curieux et intelligent. Le lecteur doué d'une certaine qualité d'écoute peut reconnaître jusque dans les romans d'Asimov la voix du conférencier possédé par le désir d'expliquer, de faire partager une fête de l'intelligence, d'instaurer une communion des esprits face aux feux du soleil.

Notre pays n'est sans doute pas le mieux placé pour recevoir ce message cinq sur cinq. La culture scientifique n'y a jamais été vraiment populaire. C'est d'ailleurs une situation dont s'accommodent facilement certains de ses plus éminents représentants. Qu'ils viennent à lire Asimov et ils le trouvent trop simple ; et en effet il n'y a pas de place pour le bon docteur dans un discours élitiste adressé à l'élite. Un écrivain qui tient avant tout à être compris — même des enfants — suscite la méfiance. Nous croyons toujours avoir quelque distinction à protéger. La Villette changera peut-être tout cela.

Le public français connaît surtout Asimov par ses œuvres de fiction (science-fiction, policier, fantastique). C'est déjà beaucoup. C'est même la meilleure part de son œuvre, celle où lui-même se reconnaît le mieux, celle qui a le plus de chances de durer. Mais il lui est arrivé

---

1. Demètre Ioakimidis, préface à Isaac Asimov, *Prélude à l'éternité* (Presses-Pocket).

bien des choses en cinquante ans de carrière et son évolution n'a pas toujours été bien perçue, y compris aux États-Unis. Maintes fois l'on a annoncé qu'il abandonnait la S.F., ou qu'il était dépassé. Les nouvelles générations de lecteurs ou d'écrivains ont périodiquement besoin d'assassiner le père, et Asimov est là pour ça. Au fil des âges, il reste le croquemitaine des novateurs boutonneux. Un jour, ces rebelles découvrent qu'ils ont les cheveux gris et qu'Asimov est devenu le croquemitaine des rebelles suivants. Il a les épaules larges. Il tient bon.

A long terme, ces péripéties ont-elles encore un intérêt ? Le temps perdu mérite-t-il une recherche ? Oui, répond Asimov lui-même, qui est tout à fait conscient de la diversité de son œuvre et fort soucieux d'en trouver le centre. Longtemps il a vécu beaucoup trop vite pour s'arrêter à ce problème ; mais il tient un journal depuis le jour de ses dix-huit ans. Ce document, qui parfois évoque plus le livre de bord — ou même, l'auteur s'en excuse, le livre de comptes — que le journal intime, lui fournit des informations nombreuses et parfois très détaillées sur son passé. Il y a puisé la matière des célèbres notices dont il a parsemé beaucoup de ses recueils de nouvelles, à partir des années soixante-dix, et qui préludent à son *Autobiographie* [1], rédigée en 1977. Ce qui manquait à l'appel, c'était le questionnement sur l'enfance et les origines. Il s'y est plongé, comme tout le monde, en puisant dans ses souvenirs, et aussi en reprenant les confidences de son père, qu'il a recueillies peu avant la mort de celui-ci, survenue en 1969. C'est assez dire que le problème ne le laissait pas, ne l'avait jamais laissé indifférent. Et les deux premières parties de son *Autobiographie*, consacrées à ce matériel élaboré en secret, nous font plonger — avec beaucoup de pudeur — dans l'intimité d'un homme.

Le kid de Brooklyn

Issac Asimov est le fils de Judah Asimov, fils d'Aaron Asimov, fils de Mendel Asimov, fils d'Abraham Asimov, fils d'un autre Judah Azimy ou Asimov, le plus ancien personnage dont la tradition orale ait gardé la trace. La famille était fixée à Petroviči, un *Štetl* (c'est-à-dire un bourg abritant une communauté juive) à cent kilomètres au sud de Smolensk, en Russie occidentale. Les Asimov exerçaient la profession de marchands de grains (*ozimy khleb* = « céréales d'hiver ») de père en fils. Selon Judah, ils étaient presque tous des érudits, ce qui veut dire qu'après l'école hébraïque ils avaient continué à aller chez le rabbin pour perfectionner leur connaissance du Talmud. Isaac note que toutes les familles juives originaires d'Europe orientale ont la même image de leurs ancêtres et se demande quelle réalité peut bien recouvrir une tradition de ce genre. Pourtant il n'oublie pas que son père pouvait citer la Bible en hébreu, la commenter et surtout l'utiliser

---

1. Bibliographie (en fin de volume) n° 281 et 296.

pour conseiller ceux qui le demandaient (la quintessence de l'érudition talmudique), ce qui ne l'empêchait pas d'être — déjà — un athée convaincu. Un milieu habitué non seulement à valoriser la culture livresque, mais encore à traverser le malheur des temps avec l'aide d'un savoir soigneusement caché.

Isaac naît en principe le 2 janvier 1920. A cette date, les juifs russes viennent de traverser de terribles épreuves : d'abord les persécutions et les pogroms ; puis, avec les autres Russes, la guerre mondiale, les deux révolutions et la guerre civile. L'*Autobiographie* donne des événements une version tout à fait dédramatisée qui fut sans doute celle des parents de l'auteur. Judah Asimov n'a été ni persécuté ni mobilisé : il suffisait que « les roubles changent de mains ». Ce marchand de grains a su se faire accepter par le régime communiste : il a fondé à Petroviči une coopérative d'approvisionnement. C'est d'ailleurs le moment où il s'est marié (juin 1918) et où il a eu ses deux premiers enfants, Isaac, puis une fille (juin 1922). Peu après cette dernière naissance, il a réussi à obtenir le droit d'émigrer aux États-Unis et a franchi la frontière russe le 11 janvier 1923 avec sa femme et ses enfants. Isaac venait d'avoir trois ans.

En lisant de plus près le texte de l'*Autobiographie*, on constate que la bonne fortune est toujours attribuée à un intercesseur. Le bonheur des juifs de Petroviči est dû à un grand propriétaire éclairé qui avait laissé les juifs s'établir plus loin à l'est que ne l'admettait le gouvernement tsariste[1]. La sécurité du père sous la révolution est l'œuvre d'un ami d'enfance devenu commissaire politique du parti dans la région. L'émigration a eu lieu à l'initiative d'un oncle maternel d'ailleurs prénommé Joseph et installé à New York avant 1914 ; à la fin de la guerre civile, il écrivit au rabbin de Petroviči pour demander des nouvelles de sa famille et proposer ses services.

Bref, l'érudit aide les autres par son savoir, mais le cas échéant les autres peuvent l'aider par leur pouvoir et infléchir favorablement son destin. C'est dire qu'il y a une providence, ou plutôt (nous sommes entre athées) une instance compréhensive qui veille au bonheur de ceux qui tiennent le discours de la raison. Et l'on ne voit guère ce que pourrait être une telle instance, sinon la chaîne fraternelle et ininterrompue des savants. Aide-toi un peu, aide surtout la science, la science t'aidera.

Ce refus du tragique est tellement radical qu'on en vient à y lire une sorte de passion commune à toute la famille Asimov. Judah a émigré sans couper les ponts avec Aaron, son père, et ses frères cadets, restés en URSS. Il a été informé de la mort du père en 1937. Il a adressé des

---

1. Son domaine était à cheval sur la région de Petroviči et l'ancien royaume de Pologne, annexé par la Russie à partir de 1772 et choisi par les tsars comme lieu de cantonnement des juifs. L'ancêtre éponyme de la famille Asimov a pu naître vers 1800 (c'est l'ordre de grandeur proposé par l'*Autobiographie*) ou un peu plus tôt, à l'époque de l'annexion.

colis à l'un de ses frères cadets, durement ébranlé par le siège de Leningrad et envoyé en convalescence à l'est. En 1946 encore, il en recevait des nouvelles. Cette partie de la famille paraît s'être bien adaptée au régime soviétique. Les émigrés, pour leur part, sont devenus d'excellents Américains sans rien renier de la Russie tsariste ni de leur expérience communiste, ce qui tient de la performance. Il doit y avoir du non-dit là-dedans.

Ce passé incertain a été reconstruit par Isaac longtemps après l'événement. Les trois premières années de sa vie lui ont laissé un seul souvenir : il est assis dans une chaise, il tourne les pages d'un livre, et il adore ça. Aujourd'hui encore, il se souvient de vouloir le livre, il le cherche vaguement, ne le trouve pas et se demande où il est. Son père a identifié le livre, plein d'images d'oiseaux et d'animaux dont sa mère lui lisait le nom. L'enfant finit par nommer lui-même les animaux en voyant leur image. Il eut le droit de tourner tout seul les pages du livre et le réduisit en charpie. Il avait réussi à jouer le rôle du père, l'homme capable de déchiffrer l'objet magique et d'en tirer une parole qui assurait son rayonnement sur la famille et sur le voisinage — autant dire sur le monde. Toute sa carrière d'universitaire, de conférencier, d'intellectuel part de là.

Le traumatisme de l'émigration n'est pas facile à mettre à sa juste place. L'*Autobiographie* fait un récit dramatique du voyage en mer jusqu'à New York, évidemment inspiré des récits des parents, tout pénétrés de l'horreur des tempêtes hivernales. Peut-être cette expérience a-t-elle causé la célèbre acrophobie d'Isaac (il ne peut ni prendre l'avion ni mettre les pieds sur la terrasse de son appartement new-yorkais) et aussi ce goût pour les atmosphères confinées qui lui a inspiré bien des descriptions de villes souterraines. Dans son esprit s'est imprimé un commandement secret, difficile à concilier avec les espaces galactiques de la S.F. : ne change pas de place !

A l'arrivée, ce fut bien pire. Les immigrants ne connaissaient ni l'anglais ni l'alphabet latin. Judah l'érudit devint Judah l'ignorant et survécut quelque temps grâce à l'aide de son beau-frère, ce que manifestement il ne lui pardonna pas. C'est dans une famille réduite à la misère que s'épanouit l'œdipe du petit Isaac, prenant une forme adaptée aux circonstances. Il apprit l'anglais bien plus vite que ses parents et s'intéressa aux signes autour de lui. Avec l'aide de ses camarades de jeu, il apprit à déchiffrer les enseignes, les pancartes, les plaques de rues... et finalement sut lire couramment avant l'âge de cinq ans. Quand il fut assez sûr de lui, il ne manqua pas l'occasion de démontrer ses talents à ses parents, lesquels pensèrent aussitôt qu'un génie était né dans la famille Asimov. Isaac n'avait fait que reprendre le flambeau de l'érudition, et sa précocité, c'était sa réponse personnelle au traumatisme de l'émigration.

Les choses se compliquèrent quand il alla à l'école. Il y connut tout de suite la solitude du surdoué, celle aussi de l'orgueilleux qui veut à tout prix être le premier dans toutes les matières. C'est à son père qu'il voulait en imposer, mais il répéta ce comportement avec ses camarades et avec ses maîtres, qui n'avaient pas les mêmes raisons d'être patients. Nous voyons dans l'*Autobiographie* se dessiner un nouveau personnage : Isaac le chahuteur, Isaac l'insolent qui ne résiste jamais au plaisir de faire un bon mot (si possible agressif). Son humour fameux et son autosatisfaction non moins fameuse ont une seule et même origine. Ce personnage assoiffé de culture ne pouvait pas vivre en paix avec les institutions culturelles.

A la maison, le contraste est total. Isaac vit en bons termes avec son père tant qu'il ramène des bonnes notes (et il en ramène toujours) mais il doit obéir. Il a six ans quand Judah réunit assez d'argent pour ouvrir un *candy store*, sorte de bazar où l'on vend non seulement de la confiserie mais des journaux, des cigarettes, des timbres, des boissons gazeuses et bien d'autres choses encore. Le magasin ouvrait à 6 heures du matin et fermait à 1 heure du matin, ce qui représentait dix-neuf heures d'ouverture par jour, et le tout sept jours sur sept. C'est dire que la famille fut réduite aux travaux forcés : Isaac en particulier passait au magasin à peu près tout le temps où il n'était pas à l'école. Il continua à servir au *candy store* au moins jusqu'en 1942, époque à laquelle il faisait des études universitaires et commençait à être un écrivain connu. De là certainement sa simplicité, son désir très américain de sortir de la misère coûte que coûte, le syndrome comptable qui s'affiche dans son autobiographie et aussi sa passion compulsive pour le travail : aujourd'hui encore, il travaille normalement soixante-dix heures par semaine et, comme on le sait déjà, il ne sort guère de chez lui.

Il y a un étonnant contraste entre la violence d'Isaac élève et la docilité d'Isaac vendeur, et son œuvre en porte la trace. Sur l'ordre de son père, il fut gentil, serviable et transparent avec la clientèle. Il obéit scrupuleusement aux trois lois informulées de la robotique. Toute créature, il le savait, devait être docile à son créateur — et non moins docile aux tierces personnes que, par construction, elle avait mission de servir. Les histoires de robots révoltés contre les hommes étaient très à la mode dans les années trente et il est certain qu'il en a beaucoup lu. Quand le moment vint pour lui de traiter le thème à sa manière, son principal souci fut fixer une réglementation, quitte à en explorer les failles avec le sourire. Ce qu'on croit être la sagesse d'Asimov n'est qu'une folie plus ou moins dominée.

Isaac élève, Isaac vendeur — et aussi, évidemment, Isaac lecteur. A chaque rentrée scolaire, il dévore tous ses manuels en quelques semaines et il en demande plus. On l'inscrit donc, dès l'âge de six ans, à la bibliothèque municipale, où il a le droit d'emprunter deux livres par semaine. Finalement le *candy store* est mis à contribution : à neuf ans, il reçoit la permission de lire les magazines de S.F. quand ils paraissent *à condition de les rendre intacts pour qu'ils puissent être vendus quand même*. Faites le compte : Isaac enfant n'avait pas de bibliothèque. Il commença à écrire à l'âge de onze ans pour pouvoir — entre autres — *relire au moins les livres qu'il aurait écrits lui-même*. Pour reconquérir le droit de déchirer l'album d'antan. Il fut publié pour la première fois à quatorze ans dans la revue de son école (pour un texte humoristique sur la naissance de son petit frère Stanley en 1929). Son père comprit le message et, quand il eut quinze ans, lui acheta — d'occasion — sa première machine à écrire. Il s'agissait de préparer l'entrée d'Isaac au collège, mais celui-ci pouvait surdéterminer à loisir cet événement qui marquait le passage d'une culture orale à une culture écrite. Cessant d'être un érudit comme ses ancêtres, il avait là une chance d'accéder au statut d'auteur : sa Bible n'était plus à interpréter mais à écrire. Allant jusqu'au bout de son enfance prométhéenne, il devenait dieu.

Quel pouvait être le contenu de cette Bible ? Ou, si l'on préfère, quelle est la culture d'Asimov ? Initialement, il a cru en Dieu comme il parlait yiddish à la maison. Mais ses parents n'étaient pas très formalistes : il n'y eut pour lui ni synagogue, ni école hébraïque, ni bar mitsvah. Quand il eut treize ans, sa famille alla habiter dans un quartier non juif, et l'on cessa aussi de respecter le sabbat et les interdits alimentaires ; ses parents se mirent même à parler anglais entre eux. L'athéisme suivit : « J'ai réalisé en lisant des livres de science (et de science-fiction aussi) qu'une bonne partie de la Bible ne représentait rien de plus qu'une collection de légendes primitives. [1] »

C'est donc une culture laïque que s'est constituée Isaac. Étant donné la réputation du personnage, on imaginera peut-être une préférence marquée pour les livres scientifiques. En fait, il s'intéresse à tout : c'est un esprit encyclopédique. Les livres d'information scientifique ne le passionnèrent vraiment que quand il découvrit Wells ; ils ne le détournent pas de l'histoire, ni de l'humour, ni du reste. S'il a découvert la fiction dans les magazines populaires, il étend son registre avec beaucoup de prudence : « Mon style de lecture continua [en 1936] comme toujours : une immersion dans le romantisme du XIXᵉ siècle et ses imitateurs ultérieurs. Je n'ai *jamais* découvert le réalisme du XXᵉ siècle. Je n'ai jamais lu Hemingway, Fitzgerald, Joyce ou Kafka. Même en poésie, je me suis cramponné au mètre et à la rime et n'ai jamais découvert la poésie post-victorienne. Ou si j'en voyais par accident, je trouvais ça repoussant. [2] »

Si l'histoire passionne Isaac, c'est parce que c'est en partie une science « romantique ». C'est aussi que l'histoire se déroule sous ses yeux. A l'âge de huit ans, il assiste à sa première élection présidentielle. Comme tous les juifs de Brooklyn, il est pour le parti démocrate et se désole de la défaite de son candidat. Toute sa vie, il affichera ses

---

1. *Autobiography*, t. I, p. 179.
2. *Id.*, p. 166.

opinions politiques : elles sont très nettement à gauche. Mais voici que la grande dépression s'abat sur le *candy store* au moment même où Isaac découvre la S.F. La conquête de l'aisance n'est plus à l'ordre du jour : les années de vaches maigres vont continuer longtemps. En même temps la catastrophe économique et les tempêtes politiques soulèvent une question : l'ordre politique peut-il être ébranlé ? L'arrivée au pouvoir de Hitler sème la panique dans la famille : le fils compte sur Roosevelt pour écraser l'ennemi des juifs, le père met toute sa confiance dans l'URSS — soit qu'il ait gardé une image optimiste du régime soviétique, soit qu'il prenne au tragique l'antisémitisme américain.

Mais la quête éperdue d'un champion révèle l'ampleur des doutes, chez Isaac comme chez Judah. Les États-Unis sont-ils menacés, comme naguère la Russie des tsars ? Faudra-t-il repartir un jour ? Le fils, fervent rooseveltien, pense qu'on ne peut pas bloquer le mouvement de l'histoire, qu'il faut au contraire l'accompagner. Mais il se demande avec beaucoup d'autres si on ne va pas vers un nouveau Moyen-Age. Faute de pouvoir l'éviter, on peut toujours songer à une instance compréhensive qui veillerait à infléchir favorablement le destin de l'humanité. Une chaîne fraternelle et ininterrompue de savants, analysant l'histoire, interviendrait discrètement pour optimiser la suite — à condition, bien sûr, qu'elle parvienne à traverser le malheur des temps avec son savoir soigneusement caché. Le thème de la Fondation est là, dès les années trente, bien avant que l'auteur n'y songe.

Pour l'heure, il cherche en tâtonnant sa place dans la société. Ses parents sont sûrs qu'il deviendra médecin, peut-être même chirurgien. Entré au collège (premier cycle universitaire) dès l'âge de quinze ans, il s'y heurte à des difficultés administratives qu'il attribue au moins en partie à son mauvais caractère, mais qui pourraient aussi avoir d'autres causes. En travaux pratiques de biologie, on lui demande d'apporter un chat vivant et de le chloroformer avant de le disséquer, ce qu'il supporte mal. En deuxième année, il découvre la chimie qui deviendra sa passion. Son cursus prend un tour si étrange qu'après avoir obtenu son B.S. (licence) en 1939, il voit toutes les écoles médicales de New York refuser sa candidature. Il devra continuer en chimie, non sans difficultés.

Qu'a-t-il fait de son génie précoce ?

Le père semé d'étoiles

On a vu qu'Isaac lit de la S.F. depuis l'âge de neuf ans. Il n'a pas pour autant imaginé d'en écrire. Mais il devient à quinze ans un fan au sens où l'on entendait ce terme à l'époque : il écrit aux magazines pour dire ce qu'il pense des nouvelles qui y sont publiées. Au même moment, il écrit une première histoire de... fantasy, avec des nains, des elfes et des sorciers. C'est en 1936 qu'il commence à écrire de la S.F., sans même être effleuré par l'idée d'envoyer sa production à un magazine. En mai 1937, il commence une nouvelle intitulée « The Cosmic Corkscrew [1] » (« Le Tire-bouchon cosmique ») ; il mettra treize mois à l'écrire. Dans l'intervalle, John W. Campbell est devenu rédacteur en chef d'*Astounding* et cette revue a publié une de ses lettres — en donnant son adresse, conformément à la coutume de l'époque : de là toute une correspondance qui culmine avec une lettre de Clifford D. Simak.

Tout change quand il réussit à terminer « The Cosmic Corkscrew ». L'idée lui vient de l'apporter lui-même à Campbell et, le 21 juin 1938, il est reçu par le maître. Celui-ci se montre « amical », « enthousiasmant » et « fertilisant ». Isaac repart conquis et, dans le métro, trouve aussitôt une autre idée de nouvelle. Quelques jours après, son manuscrit lui est renvoyé avec une lettre de refus motivée. Il s'y attendait — ce qui ne suffit pas à le rendre heureux : « Quand je lisais *Astounding* maintenant, j'étais rongé par la jalousie. Je pensais que même si une de mes histoires était acceptée, je ne retournerais jamais à ma vieille joie de vivre. (...) J'avais mangé le fruit de l'arbre de la connaissance en allant voir Campbell et j'avais été éjecté de l'Eden [2]. » L'ampleur du séisme se mesure à son journal : en le relisant, il note que les développements quotidiens sur le base-ball raccourcissent très fortement du jour au lendemain.

La nouvelle suivante est écrite en dix-huit jours : il a trouvé son rythme, sinon son style, encore très marqué par la littérature populaire. Il tient à revoir Campbell et il lui faut une bonne raison — un texte. Pendant plus de deux ans, il ira le voir une fois par mois, attendant les lettres de refus qui suivent régulièrement ses visites. Peu à peu arriveront les messages d'accord (un simple chèque) et surtout les demandes de révision : certains textes seront réécrits deux, trois, quatre fois... Campbell a ensorcelé tous ses auteurs, Isaac le sait bien ; pourtant, avec le recul du temps, il a conscience d'avoir été un chouchou, mais pourquoi ? « Peut-être parce que je buvais ses paroles et que j'essayais tant de suivre ses suggestions [3]. » En fait, il a trouvé un second père et il en est conscient.

Peut-on évaluer le rôle de Campbell avec un minimum de précision ? Avant tout, il a motivé l'auteur en herbe ; il lui a appris à écrire et à construire une histoire, il lui a fait partager son goût de ce qu'Isaac appellera plus tard « la science-fiction sociale [4] » décrivant non plus les inventions de la science future mais leurs répercussions sur l'évolution de la société. En revanche, il ne parvint pas à exercer sur lui une influence idéologique : Isaac partageait son scientisme mais non ses positions politiques rétrogrades ; il évita même d'introduire dans ses

1. Texte perdu.
2. *Autobiography*, t. I, p. 198.
3. *Id.*, p. 202.
4. « Social Science Fiction, » in Reginald Bretnor (éd.) : *Modern Science Fiction*, New York, Coward-Mc Cann, 1953.

récits des personnages d'extraterrestres parce que le rédacteur en chef demandait toujours qu'on les représente vaincus par les hommes.

Mais le problème central, comme toujours en S.F., c'est la créativité en matière thématique. Campbell a-t-il soufflé à Isaac ses sujets de nouvelles ? Manifestement, non. Dans presque tous les cas, il a été un interlocuteur et un accoucheur. Nous voyons Isaac écrire successivement « The Decline and Fall[1] » (février 1939) dont le titre évoque le grand livre de Gibbon, source de *Fondation* ; « Le Frère prêcheur gardien de la flamme[2] » (mars 1939), vision galactique à la Trantor rédigée à la manière d'un roman historique ; « Robbie[3] » (mai 1939), une histoire de bon robot directement inspirée d'une nouvelle d'Eando Binder, et d'ailleurs refusée par Campbell comme les précédentes. Les trois thèmes principaux d'Asimov, ceux qui traverseront toute son œuvre et convergeront dans *le Grand Livre des robots*, sont présents ici, dès le début. Campbell n'y est pour rien. Pas plus qu'il n'a soufflé l'idée de « Super-Neutron[4] », qui annonce *le Club des veufs noirs*. En revanche, il infléchit avec beaucoup d'opportunité, formule les trois lois de la robotique (décembre 1940) et devine que le sujet de *Fondation* se prête à un cycle de longues nouvelles (août 1941). Reste le cas de « Nightfall » (« Quand les ténèbres viendront[5] »), d'autant plus troublant qu'Isaac admet que l'idée initiale (la citation d'Emerson) vient du rédacteur en chef (mars 1941) et qu'un des derniers paragraphes a été rajouté par celui-ci, au grand regret de l'auteur, pour rendre l'ensemble plus « poétique ». Faut-il admettre que ce chef-d'œuvre reconnu est un sous-marin glissé par Campbell dans l'œuvre d'Asimov ? Ce serait oublier que le thème principal — l'horreur devant l'espace — n'a cessé de hanter notre acrophobe, comme on peut s'en convaincre en lisant (entre autres) *les Cavernes d'acier* ou *Prélude à Fondation*.

Les deux années de travail avec Campbell (et avec des interlocuteurs moins impressionnants comme Frederik Pohl) ont produit une trentaine de récits, dont les deux tiers ont été publiés. Il est clair qu'Asimov a trouvé là l'essentiel de sa thématique, et certains se sont hâtés d'en conclure qu'il n'a rien fait de mieux depuis lors. Lui-même a certainement été heureux d'accéder à la notoriété, ce qui d'ailleurs n'a pas été très rapide : il n'est vraiment un auteur reconnu qu'à partir de « Nightfall » (publié en septembre 1941) et son *Autobiographie* laisse percer la jalousie qu'il éprouvait alors envers A.E. van Vogt et Robert Heinlein, qui s'étaient imposés beaucoup plus vite que lui. De toute façon, ces nouvelles ne produisaient qu'un revenu modeste, qui servait tout au plus à financer partiellement ses études. L'Université de Columbia lui décernait le MA (maîtrise) en mai 1941, mais n'accepta

---

1. Texte perdu.
2. Biblio n° 22.
3. Biblio n° 9.
4. Biblio n° 17.
5. Biblio n° 16.

de l'inscrire en PhD (doctorat) qu'en février 1942, après avoir multiplié les difficultés sur son passage.

Il s'attendait donc à devenir chimiste. Depuis longtemps, il avait vu venir la guerre ; il ne savait pas de quoi serait fait le lendemain. Après Pearl Harbor, il apparut que les laboratoires militaires se disputaient les scientifiques : Heinlein le fit engager comme chercheur civil dans une station expérimentale de l'aéronavale installée à Philadelphie (avril 1942). Il fallut renoncer à New York, à la thèse et même (un peu moins) à la littérature : à Philadelphie, la semaine de travail était de 54 heures.

En outre, Isaac rencontra Gertrude Blugerman (février 1942) et l'épousa (juillet). Tout se passa très vite : comme tant d'autres, il put se croire emporté par le vent du destin. Comme chimiste participant à l'effort de guerre, il bénéficia de reports d'incorporation successifs. C'est donc en... mai 1945 qu'il commença son service militaire. Il ne fut libéré qu'en juillet 1946.

Revenu à New York, il reprit ses recherches et leur consacra un très gros travail : il espérait devenir chercheur dans une grande entreprise et obtenir un salaire substantiel. Sa thèse, soutenue le 20 mai 1948, portait sur la « cinématique de la réaction d'inactivation de la tyrosinase pendant sa catalyse de l'oxydation aérobique du catéchol ». Au moment de la soutenance, il était fébrile comme tous les thésards, mais un peu plus que d'autres : il avait en effet confié à Campbell un texte pseudo-scientifique canularesque intitulé « Les propriétés endochroniques de la thiotimoline resublimée[1] ». Cette satire bouffonne de la recherche et des chercheurs devait paraître sous pseudonyme, mais... elle venait de sortir dans *Astounding* sous le nom d'Asimov. Le jury, prévenu, semble s'en être amusé : Asimov fut déclaré docteur quand même. Il fut vite, pour les amateurs de S.F., « le bon docteur ».

Malheureusement la thèse ne procura aucun emploi à son auteur : il dut accepter une année de recherche postdoctorale, fort mal payée, à l'Université de Columbia. Littérairement, le résultat n'était pas meilleur, au moins sur le plan financier : absorbé par sa thèse, Asimov avait écrit encore moins de S.F. qu'au temps de la guerre — une quinzaine de nouvelles de 1942 à 1949. Il est vrai que ces nouvelles-là ont beaucoup contribué à sa gloire chez les amateurs, en attendant le grand public. Il s'est concentré sur les robots et la Fondation : la Fondation surtout au temps de la guerre et de l'inquiétude, les robots à l'époque du service militaire, et finalement un retour à la Fondation à la demande pressante de Campbell, poussé par l'enthousiasme croissant des amateurs. L'image d'Asimov évoluait avec son public : il était un peu moins l'homme des robots, un peu plus l'homme de la Fondation. Lui-même n'était pas satisfait de cette dualité de plus en plus visible :

---

1. Biblio n° 40.

dans « La Mère des mondes [1] », il tenta pour la première fois de raccorder les deux cycles. Cette idée passionna ses fans [2] en attendant que le maître lui-même en tire la conception du *Grand Livre des robots.*

Campbell avait tout préparé pour le retour au bercail d'un auteur qui était progressivement devenu sa grande vedette. L'histoire en décida autrement. Asimov rapporte qu'il lui rendit visite le 16 septembre 1949 et le trouva enthousiasmé par la dianétique de L. Ron Hubbard. Celui-ci était l'un des grands auteurs d'*Astounding*, il partageait l'optimisme de l'Age d'Or et Campbell eut le sentiment d'être logique avec lui-même en lui ouvrant les colonnes de la revue pour présenter sa nouvelle thérapeutique (mai 1950). Mieux : il suggéra à ses auteurs de présenter la dianétique comme un remède aux maladies historiques des hommes. Asimov se cabra : pour lui, la doctrine de Hubbard se situait en dehors de la science. Campbell eut certainement envie de renouer avec son meilleur écrivain : le 25 mai 1951, il annonça à Asimov qu'il avait rompu avec Hubbard. Asimov ne se laissa pas amadouer. Il continua à donner des textes à *Astounding*, mais sans plus entretenir de relations privilégiées avec cette revue. Il avait tué le père. En outre, il avait choisi d'affirmer plus fortement que jamais ce rationalisme exigeant qui fait aujourd'hui encore le fond de sa croyance, et qui incite les mouvements anti-obscurantistes à diffuser certains de ses textes en France [3]. Car il peut être extrêmement dur, notamment avec l'idéologie créationniste en plein essor au temps de Reagan.

L'Alma Mater

En 1949, le destin se manifeste enfin sous les traits de William C. Boyd, professeur à l'Université de Boston et amateur de S.F., qui propose à Asimov d'enseigner la chimie aux étudiants en médecine. Celui-ci accepte et part pour Boston, où il habitera pendant vingt et un ans et où naîtront ses deux enfants, David (1951) et Robyn (1955). Ce n'est pas le salaire fastueux qu'il visait ; mais enfin il fait l'expérience des cours, il commente publiquement le Grand Livre de la Science, et le résultat est si convaincant que les étudiants en viennent à applaudir, ce qui n'est pas forcément pour plaire aux collègues. Parallèlement, il rédige avec Boyd et un troisième professeur un manuel de biochimie à l'usage des étudiants en médecine [4] et s'aperçoit qu'il y prend autant de plaisir qu'à écrire de la S.F. En outre, c'est beaucoup plus facile pour lui.

Progressivement, il explore cette voie nouvelle. En 1954, il publie son premier livre d'information scientifique pour le grand public,

1. Biblio n° 43.
2. Cf. Alva Rogers, *A Requiem for Astounding*, Chicago, Advent, 1964, p. 173.
3. I. Asimov, *Les Moissons de l'intelligence*, Bordeaux, L'Horizon chimérique, 1990.
4. *Biochemistry and Human Metabolism*. Baltimore, Williams and Wilkins, 1952.

consacré naturellement à la biochimie [1]. Il collabore à des revues spécialisées comme le *Journal of Chemical Education* (1954) ou *Chemical and Engineering News* (1956). Il donne des chroniques scientifiques à des revues de S.F. : *Astounding* (1955-1958) puis *The Magazine of Fantasy and Science Fiction* (un article par mois de décembre 1958 à aujourd'hui) ; dès 1957, il composera un premier recueil d'articles [2]. Il investit les magazines d'information scientifique : *Science Worlds* (1957), *Senior Scholastic* (1958) où il publie des biographies de savants qui seront réunies en recueil [3]. Il accepte une chronique des livres scientifiques pour enfants dans *Hornbook* (1958). Et il produit des livres d'information scientifique à la cadence d'un ou deux par an, généralement sur des sujets de chimie.

Il faut comprendre à quel point sa vie a peu changé depuis l'époque où il faisait sa thèse. Il reçoit les livres et les périodiques, il les dépouille, il les met en fiches, il tient sa documentation à jour et il en tire des articles variés en partant du domaine qu'il connaît le mieux. Il tape ses textes lui-même, il relit les épreuves, il établit les index. Il le fait parce qu'il aime le travail et qu'il y est habitué. Il n'est pas étonné de se répéter : les enseignants savent bien que d'un cours à l'autre, il y a souvent plus de ressemblances que de différences. En face de ses étudiants, il a découvert la passion de communiquer et il s'y livre. A fond.

L'avalanche du travail d'information scientifique ne le détourne pas de la S.F. Pendant cette décennie, il triple sa production. Comme beaucoup d'autres auteurs à la même époque, il sort du ghetto des revues et trouve son éditeur : Doubleday. Il publie les trois romans du cycle de l'Empire galactique [4] (1950-1952) et, sous pseudonyme, les six romans pour la jeunesse du cycle de Lucky Starr [5] (1952-1958) : un programme qui, sur le moment, paraît voisin de celui que s'était fixé Heinlein quelques années auparavant. Les mauvaises langues commencent à dire qu'il se prostitue, ce qui est très injuste avec les grandes réussites que contient au moins le cycle de l'Empire galactique. C'est encore plus injuste avec *La Fin de l'éternité* [6] et les romans policiers du cycle des robots [7] qui arrivent à point pour irriguer son œuvre : car il s'est remis aux histoires de robots (une dizaine de nouvelles tout au long de la décennie) et se lance dans les nouvelles policières de S.F. à partir de 1955 [8]. Les robots sont plus que jamais la métaphore asimovienne par excellence, au rebours de la Fondation,

1. *The Chemicals of Life*, New York, Abelard-Schuman, 1954.
2. *Only a Trillion*, New York, Abelard-Schuman, 1957.
3. *Breakthroughs in Science*, Boston, Houghton Mifflin, 196 ?
4. Biblio n° 51, 53 et 64.
5. Biblio n° 67, 78, 86, 117, 135, 149.
6. Biblio n° 97.
7. Biblio n° 75 et 112.
8. Biblio n° 181.

née d'une inquiétude historique, prolongée pour faire plaisir à Campbell et qui — provisoirement — a disparu.

Disparu en tout cas de la machine à écrire de l'auteur, car les histoires de la Fondation — comme celles des robots — sont réunies en volumes et deviennent de grands succès de librairie. Et peu à peu le succès appelle le succès. Dès 1952, les revenus littéraires d'Asimov dépassent son modeste traitement d'universitaire. Lui qui a toujours vécu dans la gêne, il découvre l'aisance, en attendant la fortune, dont il n'a d'ailleurs que faire — puisqu'il ne sait que travailler. Naturellement les collègues ne sont pas contents : il fait trop peu de recherche et il gagne trop d'argent. La situation atteint le point de rupture en 1957. Dès lors Asimov se considère uniquement comme un écrivain et renonce à son salaire. Il se bat cependant pour garder son titre de professeur, ce qu'il obtient en 1958. Et il règle ses comptes : *Une bouffée de mort*[1] est un polar qui se passe dans un campus, et plus particulièrement au labo de chimie de l'école de médecine. Certains enseignants étalent toute leur pusillanimité ; le mort est, bien entendu, un étudiant.

L'alma mater aura été une parenthèse dans sa carrière ; mais il en avait sans doute besoin pour trouver la voie royale.

La course à la lune

Ce nouveau choix est beaucoup plus clair que celui de 1949 : sa production de romans s'arrête pour longtemps en 1958, sa production de nouvelles diminue massivement à partir de 1960. L'auteur n'oublie pas son talent (par exemple dans « Le Fondateur[2] ») mais il mise tout sur son travail d'information scientifique. Le moment est favorable : le lancement du premier Spoutnik en 1957 a secoué l'Amérique et la demande de culture scientifique se développe vite dans le grand public, accompagnant le projet Apollo. Asimov se livre sans contrepoids à « l'impulsion forcenée qui le pousse à écrire ». Sacrifiant à la fois la S.F. et les cours, maîtrisant de mieux en mieux ses techniques de travail, il augmente sa production : 32 livres dans les années cinquante, 70 dans les années soixante, 109 dans les années soixante-dix et plus de 200 dans les années quatre-vingts. Son œuvre devient la continuation de son enseignement par d'autres moyens ; son Université, c'est l'Amérique entière. Ce galérien de la plume devient célèbre : son *Intelligent Man's Guide to Science*[3] devient, au fil des rééditions (la science évolue), le *New Intelligent Man's Guide to Science*[4], puis l'*Asimov's Guide to Science*[5]. C'est son premier best-seller, qui en

---

1. Biblio n° 147.
2. Biblio n° 167.
3. New York, Basic Books, 1960.
4. New York, Basic Books, 1965.
5. New York, Basic Books, 1972.

annonce bien d'autres. Même sa silhouette commence à s'environner d'une aura de légende.

Sa stratégie éditoriale se déploie tous azimuts : plus de 20 articles par an à partir de 1958, plus de 30 à partir de 1965, plus de 40 (répertoriés) en 1967. La grande presse prend l'habitude de lui demander des contributions, et l'on trouve sa signature à la fois dans le *New York Times*, *Harper's*, *Esquire*, *Cavalier*, *Mademoiselle* et le *TV Guide*. Les articles engendrent les recueils : 8 dans les années soixante en comptant ceux qui proviennent du *Magazine of Fantasy and Science Fiction* auquel Asimov reste indéfectiblement fidèle. Au total, les livres se maintiennent à une cadence annuelle de 6 à 8 entre 1963 et 1969. C'est à ce moment-là, sans doute, que « la machine à écrire humaine » atteint sa pleine vitesse de croisière.

Le sujets abordés en disent long sur l'insatiable curiosité d'Asimov. La biochimie se maintient, mais l'auteur aborde tour à tour presque toutes les sciences (avec une prédilection marquée pour l'astronomie, très demandée à cause du projet Apollo). Le plus étonnant est sans doute la réorientation d'Asimov vers l'histoire (dix titres) ou vers des sujets tels que la Bible [1] ou Shakespeare [2]. Les livres s'appellent l'un l'autre : il suffit, par exemple, qu'il ait écrit un certain nombre d'articles sur l'histoire des découvertes scientifiques, et il en tirera des biographies de savants grecs ; lesquelles à leur tour le conduiront à une histoire grecque, etc.

Une telle créativité finit par donner le vertige. Elle n'est pas absolument étonnante en soi : il suffit de maîtriser le système et la productivité tend à augmenter (le second livre d'astronomie est plus vite écrit que le premier, et ainsi de suite). Ce qui laisse le témoin émerveillé, c'est que l'auteur ait absolument besoin d'une telle performance, qu'il finisse par ne plus pouvoir s'en passer, qu'il en oublie les autres joies de la vie — à commencer par la S.F. Le robot s'emballe et ne peut plus s'arrêter.

Ce n'est pourtant pas là toute sa vérité. Depuis 1942, il est l'époux de Gertrude Blugerman, qui, un peu tardivement, lui a donné deux enfants. On sait qu'il mène une vie très sage (les deux époux sont arrivés vierges au mariage), mais c'est un homme public et son *Autobiographie*, malgré sa discrétion, laisse deviner çà et là ce qu'il appelle sa « passion pour l'hétérosexualité ». En 1959, à une convention, il a rencontré Janet Jeppson, alors âgée de trente-trois ans et fan de S.F. Cette première entrevue se passe plutôt mal : il lui demande sa profession, elle lui répond qu'elle est psychiatre et il lui propose d'« aller sur le divan ensemble ». Ce trait d'humour agressif, bien dans la ligne du bon docteur, la heurte et plusieurs années s'écoulent avant qu'ils se revoient. Mais peu à peu, dans les années

---

1. *Asimov's Guide to the Bible*. New York, Doubleday, 2 vol., 1968.
2. *Asimov's Guide to Shakespeare*. New York, Doubleday, 2 vol., 1970.

soixante, ils deviennent amis : elle lui apporte quelque chose qu'il ne trouve pas chez Gertrude. Si l'on en croit l'*Autobiographie*, elle n'est rien de plus à ce stade. Mais le ménage Asimov se dégrade et, après la mort de Judah, survenue en 1969, on en vient à parler divorce. En 1970, Asimov quitte Boston et va s'établir une fois de plus à New York. Son désarroi est immense et il n'est pas le seul : l'*Autobiographie* mentionne à cette époque un nombre inhabituel de maladies dans la famille, y compris chez les enfants.

Cette crise-là sera plus dure que les précédentes.

Le retour aux sources

Asimov raconte qu'il n'a jamais confié ses fantasmes à son journal ; il n'a donc jamais rien eu à brûler. Son *Autobiographie* elle-même est aussi chaste que ses romans, ce qui n'est pas peu dire. Nous sommes ici sur un terrain extrêmement délicat : restons-en aux confidences de l'auteur telles qu'il nous les a livrées. Le ton est manifestement sincère ; la souffrance se lit partout. Asimov se replie sur la ville de son enfance ; il arrive à New York complètement désemparé. Janet Jeppson, qui habite là, le prend en charge et c'est alors qu'ils tombent amoureux l'un de l'autre. Il faudra trois ans de procès pour en arriver au divorce, immédiatement suivi du mariage avec Janet. Une autre femme, une autre relation de couple, une autre manière d'être Isaac Asimov.

La séparation n'est pas seulement un événement traumatique ; c'est une remise en question de tout ce qu'il a fait, et il ne s'y trompe pas. Il s'interroge sur cet étrange destin en ligne brisée, ponctué par les morts successives de son père (1969) et de sa mère (1973). Il récapitule. Plongeant dans son journal, il en tire la matière des notices autobiographiques dont il fait désormais précéder — et suivre — ses nouvelles dans les grands recueils panoramiques qu'il entreprend au début des années soixante-dix [1].

En matière de fiction, il ne donne qu'un seul roman [2], mais sa production de nouvelles augmente très fortement : histoires de robots (une dizaine) et surtout histoires policières (une trentaine) qu'il livre à *Ellery Queen's Mystery Magazine* — le cycle des veufs noirs — ou à *Gallery Magazine*. Il ira jusqu'à écrire un roman policier, le deuxième de sa carrière. Le cycle des veufs noirs [3] surtout est saisissant. Asimov l'imagine à partir d'un curieux club masculin dont il fait partie depuis 1970 : les veufs noirs (dont certains ressemblent curieusement à L. Sprague de Camp, Lester del Rey, Martin Gardner et Fletcher Pratt) se réunissent une fois par mois pour écouter une énigme posée par un invité ; après quoi ils essaient sans succès de la résoudre ; mais le maître d'hôtel (un nouveau robot Asimov ?) trouve toujours la solution

1. Biblio n° 198.
2. Biblio n° 192.
3. Biblio n° 227, 252, 295 et 358.

in extremis. On s'accorde à louer l'ingéniosité de cette série ; n'oublions pas d'y voir aussi l'éloge de l'amitié, dont l'auteur avait pu apprécier le réconfort dans un moment critique.

Progressivement les relations deviennent plus étroites avec l'*Ellery Queen's Mystery Magazine*. Et l'éditeur de cette revue propose de lancer l'*Isaac Asimov Science Fiction Magazine*, dont le premier numéro paraît en décembre 1976, et qui devient vite une revue de pointe, ouverte aux jeunes auteurs les plus novateurs. Son « patron » y contribue par ses éditoriaux — dont beaucoup sont des réflexions sur la S.F. — et par ses nouvelles ; il continue d'assurer sa chronique scientifique au *Magazine of Fantasy and Science Fiction*. Bref, il est omniprésent, mois après mois, et les amateurs de S.F. n'entendent pas seulement parler de lui ; ils l'entendent parler lui-même en toute liberté.

Les livres d'information scientifique ont ralenti leur cadence au moment de la crise ; ils la reprennent en 1972 et ne s'arrêteront plus. Les sujets se modifient insensiblement : l'astronomie reste en tête, la biochimie et l'histoire s'éloignent lentement. Des thèmes personnels — la littérature et l'humour — se font jour. Comme si Asimov avait besoin de se faire plus euphorique après la tempête.

Une trame se dessine dans cette production extraordinairement variée. L'auteur fait appel à l'amour, à l'amitié, à l'humour pour atténuer des peines trop vives. Il n'est pas dispensé pour autant de se pencher sur son passé ; Janet l'a sans doute aidé à le comprendre. Comment retrouver le fil de sa vie à travers ce dédale ? Le mieux est sans doute de relire encore son journal. En 1977, son éditeur lui suggère d'écrire son autobiographie et il affronte ses souvenirs. Le résultat, immédiat, c'est une crise d'angine de poitrine. Il se soigne, se rétablit, et improvise au passage un article sur les coronaires dans *The Magazine of Fantasy and Science Fiction* et, en six mois, écrit les mille cinq cents pages de cette somme qui verra le jour en 1979 et 1980 [1].

Cette fois il a pris la mesure de sa propre diversité. Il a réussi à penser sa vie comme un tout. Le temps est retrouvé.

L'apothéose

L'*Autobiographie* n'est pas un cimetière de souvenirs perdus. L'auteur veut vivre, exprimer enfin en termes concrets (donc littéraires) l'unité dont il a entrevu les contours. Énorme programme, pour lequel il lui faut d'abord la durée. Alerté par son accident de santé, il accepte les sacrifices nécessaires, se met au régime, fait de l'exercice tous les jours. Il n'évitera pas les accidents vasculaires, mais au moins les limitera.

Il ne fait aucune concession en matière de travail. Tous les cent volumes, il présente au public une anthologie de ses textes écoulés :

---

1. Biblio n° 281 et 296.

l'*Opus 100* est sorti en 1969, l'*Opus 200* en 1979[1]. Avec les années quatre-vingts, la course folle s'accélère : l'*Opus 300* sort en 1984[2] l'*Opus 400* arrive et l'on devine qu'Asimov vit l'œil fixé sur la ligne bleue de l'*Opus 500*.

Il garde le contact avec le public en multipliant les textes courts destinés aux revues : billets d'humeur, articles, nouvelles. Que ce soit sous forme discursive ou fictionnelle, il a toujours une idée brillante à développer. Les histoires policières ont encore sa préférence dans la première moitié de la décennie, mais elles cèdent progressivement la place au cycle d'Azazel, un petit démon aussi serviable que les robots mais qui emploie ses énormes pouvoirs à faire littéralement tout ce que les hommes lui demandent, ce qui démasque une grande variété de maladies du langage[3]. Et Asimov revient toujours aux histoires de robots : même la publication de *The Complete Robot*[4] n'exorcise pas la tentation.

Le robot, c'est son personnage favori, qui ne cesse de le hanter d'une décennie à l'autre. Mais ce n'est pas toute sa vérité. Depuis l'*Autobiographie*, Asimov en sait assez pour mettre de l'ordre dans son œuvre. Et il s'attelle au travail. Les grands romans des années quatre-vingts cherchent à faire converger le cycle des robots, le cycle de la Fondation et aussi le cycle de l'Empire galactique. Il a en tête une histoire du futur unique et ne songe plus qu'à combler les vides. L'ordre chronologique esquissé dans « La mère des mondes » est consolidé, le fil directeur précisé. Nous apprenons tour à tour comment l'homme maîtrise l'agressivité individuelle atavique (les robots), comment il vient à bout de l'anarchie politique présente (l'Empire galactique), comment il limite les aléas du futur (la Fondation), comment enfin il en arrive à contrôler et à recréer son propre passé *(La Fin de l'éternité)*. Mais ce stade suprême, qui évoque un peu la psychanalyse à l'échelle cosmique, n'est représenté jusqu'ici que par un seul roman, qui n'a pas encore été clairement raccordé à l'ensemble.

Pourquoi Asimov a-t-il ainsi limité sa propre synthèse ? On peut au moins suggérer une réponse. Une civilisation qui contrôle son passé est nécessairement plus forte qu'une civilisation qui contrôle son avenir, et *La Fin de l'éternité*, dès sa parution, était déjà une réponse aux aléas rencontrés par la Fondation, à son parcours indéfiniment chancelant. Si les contrôleurs de temps prennent le pouvoir, ils ne sauraient le partager avec personne. Or Asimov a fait un autre choix. Il veut garder un avenir ouvert. Il sait désormais que la ligne brisée de sa carrière métaphorise la ligne brisée du futur, et qu'il faut surveiller le temps sans le coaguler. La Fondation s'est assigné cette tâche et elle n'a pas vraiment réussi.

---

1. Biblio n° 184 et 284.
2. Biblio n° 365.
3. Biblio n° 401.
4. Biblio n° 338

Restent les robots. Pourquoi sont-ils absents du cycle de la Fondation comme de celui de l'Empire galactique ? Évidemment parce que l'auteur, en écrivant tout cela, n'avait pas encore fait le projet d'unifier son œuvre. Mais un romancier peut facilement trouver une autre explication : les robots sont invisibles parce qu'ils se sont cachés. Ils ont compris que désormais leur présence est inopportune alors que leur intervention reste nécessaire. C'est dire que ces robots restent parfaitement gentils. Mais ils sont devenus immortels, quasi-divins. Et la suite du cycle [1] s'emploie à la souligner.

Cette énorme entreprise n'épuise pas toute l'énergie d'Asimov. *Destination cerveau* [2] reprend une novelisation écrite dans les années soixante et dont l'auteur avait été fort mécontent, ayant été obligé par contrat de recopier des absurdités scientifiques : toujours le souci de réparer son œuvre. *Némésis* évoque un danger cosmique apparu dans un avenir proche, et devant lequel les hommes sont à la fois inconscients et divisés. A travers ces dialogues maïeutiques dont il a le secret, l'auteur cherche à créer les conditions d'une prise de conscience chez ses lecteurs. Il sait que la science a des solutions à apporter mais que son message ne sera pas nécessairement reçu. Telle est la conclusion de son travail d'information scientifique comme de son œuvre fictionnelle.

Mais s'il n'y avait que le public, les choses n'iraient peut-être pas si mal. Deux de ces romans, *Destination cerveau* et *Prélude à Fondation*, sont centrés sur un personnage de savant traqué. Le second surtout permet de faire le point sur l'angélisme asimovien. Le problème théorique et philosophique de la psychohistoire (peut-on prévoir l'avenir ?) y est discuté avec une grande clarté, propre à réjouir l'honnête homme. Mais peut-être est-ce là désormais une fausse piste. L'auteur a définitivement compris que le vrai problème de la psychohistoire n'est pas de connaître l'avenir mais de l'infléchir. Cette difficulté planait sur le cycle dès les premiers textes, où tout le travail de la Fondation consistait à trouver des réponses aux accidents de l'histoire, à nager sur le flot du temps indéfiniment jaillissant. Mais dans *Prélude à Fondation*, ceux qui poursuivent Hari Seldon ne sont pas en quête de savoir mais de pouvoir. C'est un malentendu colossal (et à la limite comique) dont la description évoque parfois, de façon plutôt imprévue, l'œuvre de Frank Herbert. L'angélisme explore ses limites face au cynisme.

Le Grand Livre des Robots nous renvoie secrètement au Livre qu'Asimov avait rencontré dans son enfance. C'est un recueil non de légendes primitives mais d'histoires de S.F., où le sens se cherche à travers maintes hésitations et maints repentirs. La Fondation, c'est un peu le peuple hébreu exilé, garant de la continuité de l'histoire. Hari Seldon, c'est Moïse, l'homme pourchassé qui, dans sa fuite, emporte

---

1. Biblio n° 339, 352, 369, 379 et 397.
2. Biblio n° 389.

le savoir, seule promesse de salut. Et les robots cachés qui voient tout et interviennent au moment opportun, ce sont un peu les anges, non ?

Asimov est optimiste. Aux grandes angoisses contemporaines, il a toujours des remèdes à proposer. Ainsi déjà les érudits ses ancêtres avaient coutume de conseiller leur entourage. Mais il sait maintenant que la parole du savant ne suffit pas à forcer le destin. Il a tout sacrifié à son travail d'information scientifique ; il a fini par exercer toute l'influence possible ; il en connaît les limites. Avec beaucoup de prudence, il a abandonné le territoire de la S.F. à la Nouvelle Vague dans les années soixante, et son image de classique en a été renforcée encore ; mais quelques rares interviews, au début des années soixante-dix, le montrent inquiet pour l'avenir, sensible aux arguments des écologistes. Il faut agir. Mais quoi ? Le savant est pris dans la toile que tissent les faiseurs d'histoire, et il n'a guère le choix qu'entre des manipulateurs dangereux et des manipulateurs bienveillants. Tel était déjà le dilemme de Judah Asimov le 2 janvier 1920, à l'heure où son fils aîné sortait dans le flot de l'histoire. Devant une telle situation, il faut une Fondation, un grand désir de servir et beaucoup de patience. Telle est la conclusion d'Isaac le Turbulent.

Jacques Goimard

le savoir, leur promesse de salut. Et les robots cachent ont su ètre tout en inquiétant au moment opportun, ce sont un peu les anges, non ?

Jacques Goimard

LES TROIS LOIS DE LA ROBOTIQUE

Première Loi

Un robot ne peut nuire à un être humain ni laisser sans assistance un être humain en danger.

Deuxième Loi

Un robot doit obéir aux ordres qui lui sont donnés par les êtres humains, sauf quand ces ordres sont incompatibles avec la Première Loi.

Troisième Loi

Un robot doit protéger sa propre existence tant que cette protection n'est pas incompatible avec la Première ou la Deuxième Loi.

Manuel de robotique
58e édition (2058 après J.-C.)

NOUS LES ROBOTS

The Complete Robot

Titres originaux :

1. Le meilleur ami du petit d'homme, *A Boy's Best Friend*, traduit par George W. Barlow. 2. *Sally,* traduit par France-Marie Watkins. 3. Un jour... *Someday...* traduit par Michel Deutsch. 4. Point de vue, *Point of view,* traduit par George W. Barlow. 5. Pensez donc ! *Think !* traduit par George W. Barlow. 6. L'amour vrai, *True Love,* traduit par France-Marie Watkins. 7. AL-76 perd la boussole, *Robot AL-76 Goes Astray,* traduit par Pierre Billon. 8. Victoire par inadvertance, *Victory Unintentional,* traduit par Pierre Billon. 9. Étranger au paradis, *Stranger in Paradise,* traduit par Marie Renault. 10. Artiste de lumière, *Light Verse,* traduit par France-Marie Watkins. 11. Ségrégationniste, *Segregationist,* traduit par Simone Hilling. 12. *Robbie,* traduit par Pierre Billon. 13. Noël sans Rodney, *Christmas without Rodney,* traduit par George W. Barlow. 14. Assemblons-nous, *Let's Get Together,* traduit par Pierre Billon. 15. Effet miroir, *Mirror Image,* traduit par Michel Deutsch. 16. L'incident du tricentenaire, *The Tercentenary Incident,* traduit par Marie Renault. 17. Première Loi, *First Law,* traduit par Pierre Billon. 18. Cercle vicieux, *Runaround,* traduit par Pierre Billon. 19. Raison, *Reason,* traduit par Pierre Billon. 20. Attrapez-moi ce lapin, *Catch that rabbit,* traduit par Pierre Billon. 21. Menteur ! *Liar !* traduit par Pierre Billon. 22. Satisfaction garantie, *Satisfaction Guaranteed,* traduit par Pierre Billon. 23. *Lenny,* traduit par Pierre Billon. 24. Le correcteur, *Galley Slave,* traduit par Pierre Billon. 25. Le petit robot perdu, *Little Lost Robot,* traduit par Pierre Billon. 26. Risque, *Risk,* traduit par Pierre Billon. 27. Évasion ! *Escape !* traduit par Pierre Billon. 28. La preuve, *Evidence,* traduit par Pierre Billon. 29. Conflit évitable, *The Evitable Conflict,* traduit par Pierre Billon. 30. Le robot qui rêvait, *Robot Dreams,* traduit par France-Marie Watkins. 31. Intuition féminine, *Feminine Intuition,* traduit par Marie Renault. 32. Pour que tu t'y intéresses, *That Thou Art Mindful of Him,* traduit par Marie Renault. 33. L'homme bicentenaire, *The Bicentenial Man,* traduit par Marie Renault.

INTRODUCTION

Je n'avais pas encore atteint vingt ans que j'étais déjà un lecteur assidu de science-fiction. J'avais lu de nombreuses histoires de robots, et j'avais découvert qu'on pouvait les ranger en deux catégories.

Dans la première apparaissait le « Robot-Menaçant ». Inutile de s'étendre sur ce sujet. De telles histoires mélangeaient les « clank-clank », les « aarghh » et les discours du genre : « Il est des choses que l'homme doit ignorer. » Assez rapidement, elles perdirent pour moi tout attrait.

La seconde catégorie, très nettement minoritaire en volume, était celle du « Robot-Émouvant ». Dans ces histoires, qui me ravissaient, les robots étaient attachants et la plupart du temps tyrannisés par de cruels échantillons de l'humanité. A la fin de l'année 1938, deux représentants de ce genre firent grosse impression sur moi. La première histoire, « I, Robot », une nouvelle d'Eando Binder, mettait en scène un robot plein de bonté nommé Adam Link ; la seconde, « Helen O'Loy »[1], de Lester Del Rey, me toucha beaucoup par sa description d'un robot possédant toutes les qualités d'une parfaite épouse.

Aussi, lorsque je m'attelai à la rédaction de ma première histoire de robot, le 10 juin 1939 (eh oui, je note méticuleusement ces choses-là), il était évident que j'avais choisi la seconde catégorie. Ce fut « Robbie », où l'on trouvait un robot-nurse, une petite fille, une bonne dose d'amour, une mère pleine de préjugés et un père trop faible, un grand chagrin et une triste réunion.

Mais il m'arriva quelque chose de très étrange tandis que j'écrivais cette première histoire. J'entrevis la possibilité d'un robot qui ne fût ni menaçant ni émouvant. L'idée me vint de robots construits comme de simples produits industriels par des ingénieurs pragmatiques. Ils seraient donc pourvus de sécurités

---

1. « Helen O'Loy », in J. Goimard, D. Ioakimidis et G. Klein, *Histoires de robots*, Paris, Le Livre de Poche, 1973. (N.d.E.)

pour ne pas devenir une menace, et conçus pour des tâches spécifiques, de sorte qu'aucune émotion ne devrait interférer dans leur fonctionnement.

Cette « fonctionnalité » devait marquer de plus en plus mes histoires de robots, jusqu'à ce que la définition du robot dans la science-fiction change complètement — non pas seulement dans mes propres histoires, mais chez la plupart de mes confrères écrivains.

Cette évolution m'emplit d'aise et, pendant quelques années, j'admis sans grande réticence être « le père des nouvelles histoires de robots ».

Le temps passa, et je fis d'autres découvertes qui me ravirent. Par exemple qu'en utilisant le mot « robotique » pour décrire l'étude des robots, j'avais créé sans le savoir un nouveau terme (dans « Cercle vicieux », publié en 1942). Le mot est maintenant passé dans le langage courant. Des journaux et des livres s'en servent dans leurs titres, et l'on se souvient généralement que j'en suis l'inventeur. Et n'allez pas croire que je n'en tire pas une fierté légitime : les gens qui ont créé un vocable scientifique usité ne sont pas légion, et bien qu'ayant agi inconsciemment, je n'ai aucune intention de laisser sombrer dans l'oubli cette anecdote !

Qui plus est, dans « Cercle vicieux », j'exposais pour la première fois et en détail mes « Trois Lois de la Robotique », qui devaient elles aussi devenir célèbres. Du moins sont-elles citées ici et là, en de nombreuses occasions qui n'ont aucun rapport, même lointain, avec la science-fiction. Et les gens qui travaillent dans le domaine de l'intelligence artificielle saisissent parfois l'occasion d'une rencontre pour me dire que les Trois Lois sont d'après eux un très bon guide.

Lorsque j'écrivais ces histoires de robots, je ne prévoyais pas que les robots apparaîtraient de mon vivant. En fait, j'étais même certain du contraire, et j'aurais parié là-dessus des sommes fabuleuses (enfin, quinze cents, puisque c'est le maximum que je m'autorise à parier quand je suis sûr de mon coup...).

Depuis la parution de ma première histoire de robots, quarante-trois années se sont écoulées, et nous vivons effectivement avec des robots. Et des robots tels que je les avais imaginés, à usage industriel, créés par des ingénieurs pour accomplir des tâches bien précises et limités par des sécurités internes. On en trouve dans de nombreuses usines, en particulier au Japon où les chaînes d'assemblage des firmes automobiles sont entièrement robotisées.

Bien sûr, ces robots ne sont pas aussi intelligents que ceux que j'avais imaginés. Ils ne sont pas positroniques, ni même humanoïdes. Néanmoins ils évoluent rapidement et deviennent chaque jour plus efficaces, dans des domaines de plus en plus variés. Qui peut dire ce qu'ils seront dans quarante ans ?

Il est une chose dont nous avons maintenant la certitude : les robots changent la face du monde et nous mènent vers un avenir que nous ne pouvons encore définir clairement.

Comment sont nés ces robots bien réels ? La source de création la plus importante est une entreprise appelée Unimation Inc., à Danbury, dans le Connecticut. La firme est la première productrice de robots industriels du globe et responsable d'environ un tiers du parc installé dans le monde entier. Elle est dirigée par Joseph F. Engelberger, qui la fonda à la fin des années 50, vouant ainsi sa carrière à ces robots qui l'intéressaient tant.

Mais comment donc cet homme en est-il venu à se passionner pour un tel sujet ? Si l'on en croit ses propres déclarations, il commença à s'intéresser aux robots dans les années 40, alors qu'il étudiait la physique à l'université de Columbia et lisait les histoires de robots écrites par son condisciple de Columbia, un certain Isaac Asimov.

Dieu tout-puissant !

Voyez-vous, à l'époque, je n'avais pas grande ambition en écrivant ces histoires de robots. J'espérais simplement les vendre à des magazines afin de récolter les quelques centaines de dollars nécessaires à la poursuite de mes études. Et j'avais hâte de voir mon nom imprimé.

Si j'avais choisi un autre genre littéraire, ce sont en effet les seuls résultats que j'aurais atteints. Mais comme j'écrivais de la science-fiction, et uniquement à cause de cela, j'ai sans le savoir donné le départ d'une chaîne d'événements qui aboutissent à une transformation de notre monde. J'ajoute qu'en 1980, Joseph F. Engelberger publia un livre intitulé Robotics in Practice : Management & Application of Industrial Robots, et qu'il eut la bonté de m'offrir la rédaction de l'avant-propos.

Tous ces éléments firent réfléchir les très aimables Editions Doubleday et...

Mes différentes histoires de robots sont parues dans pas moins de sept de mes recueils. Pourquoi les laisser ainsi dispersées ?

Puisqu'elles semblent être devenues bien plus importantes que quiconque — et leur auteur le premier — n'aurait osé l'imaginer à l'époque de leur parution, pourquoi ne pas les rassembler dans un unique volume ?

Je n'ai fait aucune difficulté pour accepter ce projet. Voici donc trente et une nouvelles écrites entre 1939 et 1977[1].

---

1. Depuis cette introduction, Asimov a publié deux nouvelles histoires de robots, « le Robot qui rêvait » et « Noël sans Rodney ». Elles ont été intégrées au présent recueil, qui continue ainsi à justifier son titre original *The Complete Robot* (Tout sur les robots) à la date où nous mettons sous presse. Mais quand ce volume paraîtra, une nouvelle supplémentaire (« The Time Traveler ») aura paru aux États-Unis. Une histoire de robots ? Nous le saurons vite. Mais les suivantes ? Dans le doute, l'éditeur français a choisi un titre asimovien mais prudent : *Nous les robots*. (N.d.E.).

ROBOTS NON HUMAINS

Plutôt que de classer ces histoires de robots par ordre chronologique, j'ai préféré les regrouper par thèmes. Dans cette première partie, par exemple, je parle de robots à forme non humaine — ressemblant à un chien, à une automobile ou à une simple caisse. Et pourquoi pas ? Les robots industriels sont apparus dans la réalité sous des formes qui n'ont rien d'humain.

« Le Meilleur ami du petit d'homme » est donc la première histoire de ce recueil, bien qu'elle n'appartienne pas à mes premières œuvres. Écrite le 10 septembre 1974, elle vous rappellera peut-être « Robbie », son aînée de quelque trente-cinq ans, qui apparaît un peu plus loin dans ce livre. N'allez pas croire que je ne m'en suis pas aperçu.

A ce propos, vous remarquerez que dans ces trois premières histoires le caractère « Robot-Émouvant » est assez net. Dans « Sally », pourtant, il ne semble pas y avoir trace des Trois Lois et vous trouverez une ambiance plutôt « Robot-Menaçant ». Mais si j'ai envie de sacrifier à cette catégorie de temps à autre, rien ne m'en empêche, n'est-ce pas ?

LE MEILLEUR AMI DU PETIT D'HOMME

— Où est Jimmy, chérie ? demanda Mr. Anderson.

— Il est sorti sur les bords du cratère, répondit Mrs. Anderson. Il ne risque rien : Rober est avec lui. Alors... il est arrivé ?

— Oui, il est à l'astroport en train de subir les examens. Je suis impatient de le voir moi-même. Je n'en ai pas vu un seul pour de bon — en film, oui, mais ça ne compte pas — depuis que j'ai quitté la Terre il y a quinze ans.

— Jimmy n'en a jamais vu du tout, dit Mrs. Anderson.

— C'est parce qu'il est né sur la Lune et ne peut se rendre sur

Terre. C'est bien pourquoi j'en fais venir un ici. Je crois que c'est le premier qu'il y ait jamais eu sur la Lune.

— Ça a coûté assez cher ! fit Mrs. Anderson avec un petit soupir.

— L'entretien de Rober n'est pas bon marché non plus, répondit Mr. Anderson.

Comme sa mère l'avait dit, Jimmy était sorti sur le cratère. Selon les normes terrestres, c'était un garçon un peu fluet, mais plutôt grand pour ses dix ans, long et agile de bras et de jambes. Son scaphandre lui donnait un air plus massif et courtaud, mais il faisait preuve sous la gravité lunaire d'une aisance que nul être humain né sur la Terre n'aurait pu égaler. Son père ne pouvait même pas essayer de le suivre quand, détendant ses jambes, il prenait l'allure du kangourou.

Le flanc extérieur du cratère était incliné vers le sud, et la Terre, bas sur l'horizon méridional (c'est toujours dans cette direction qu'on la voyait, de Lune-Ville), était presque pleine, de sorte que tout ce versant était brillamment illuminé.

Le terrain était en pente douce, et même le poids du scaphandre ne suffisait pas à empêcher Jimmy de s'élancer vers le haut en un essor qui semblait une négation de la pesanteur.

— Allez, viens, Rober ! cria-t-il.

Rober, qui pouvait l'entendre par radio, couina et bondit à sa suite. Tout expert qu'il fût, Jimmy ne pouvait distancer Rober, qui n'avait pas besoin de scaphandre et possédait quatre pattes et des tendons d'acier. Après un grand envol au-dessus de la tête du gamin et un saut périlleux, il lui atterrit presque sous les pieds.

— Arrête de faire de l'épate, Rober, dit Jimmy. Et reste en vue !

Rober poussa un nouveau couinement, le couinement particulier qui signifiait « oui ».

— Je me méfie de toi, espèce de faux-jeton ! cria Jimmy en s'élançant pour un dernier bond qui lui fit franchir le bord supérieur incurvé du cratère pour retomber sur la pente intérieure.

La Terre plongea par-dessous le faîte de la paroi, et aussitôt Jimmy se trouva dans la nuit noire : une obscurité chaude, amie, qui effaçait toute différence entre le sol et le ciel, à part les points lumineux des étoiles.

En fait, Jimmy n'était pas censé prendre de l'exercice sur la pente obscure de la paroi du cratère : les adultes disaient que c'était dangereux. Mais c'est parce qu'ils n'y étaient jamais allés : le sol était uni et de consistance graveleuse ; quant aux rares rochers, Jimmy en connaissait l'emplacement exact.

D'ailleurs, comment aurait-il pu être dangereux de courir dans le noir alors que Rober était là, tout près, à bondir autour de lui avec ses couinements et sa lueur ? Même sans la lueur, Rober savait toujours, grâce au radar, où il se trouvait, et où se trouvait Jimmy. Il ne pouvait rien arriver à Jimmy tant que Rober était avec lui, à le bousculer quand il s'approchait trop d'un rocher, à lui sauter dessus pour lui témoigner son affection, ou à tourner en rond en poussant de petits couinements inquiets lorsque Jimmy se cachait derrière un rocher... tout en n'ignorant pas un seul instant où se dissimulait l'enfant. Une fois, Jimmy était resté étendu à terre, immobile, en feignant de s'être fait mal. Rober avait donné l'alerte par radio et on s'était précipité de Lune-Ville au secours du gamin. Le père de Jimmy n'avait guère apprécié cette petite plaisanterie, et le lui avait fait savoir sans ménagement ; Jimmy n'avait jamais recommencé.

C'est précisément au moment où il évoquait ce souvenir que Jimmy entendit la voix de son père sur sa longueur d'ondes personnelle :

— Jimmy, voudrais-tu rentrer : j'ai quelque chose à te dire.

Jimmy était à présent débarrassé de son scaphandre, et il s'était lavé : il fallait toujours se laver quand on revenait de l'extérieur. Même Rober devait subir une aspersion, mais il adorait ça. Debout sur ses quatre pattes, avec son petit corps de vingt-cinq centimètres qui frémissait et qui rayonnait un tout petit peu, et sa petite tête dépourvue de bouche mais munie de deux yeux vitrés et d'une bosse là où se trouvait le cerveau, il ne cessa de couiner que lorsque Mr. Anderson lui dit :

— Du calme, Rober !

Mr. Anderson avait le sourire.

— Nous avons un cadeau pour toi, Jimmy. Il est pour l'instant à l'astroport, mais on nous le remettra demain quand tous les examens seront terminés. J'ai voulu te le dire dès maintenant.

— Ça vient de la Terre, papa ?

— Un *chien* qui vient de la Terre ! Un vrai chien ! Un tout jeune scotch-terrier : le premier chien sur la Lune ! Tu n'auras plus besoin de Rober : nous ne pouvons les garder tous les deux, tu sais, et on donnera Rober à un autre enfant.

Il eut l'air d'attendre que Jimmy dise quelque chose, puis reprit :

— Tu sais ce que c'est qu'un chien, Jimmy... un vrai ! Rober n'en est qu'une imitation mécanique : un robot-berger. C'est pour ça qu'on l'a appelé comme ça.

Jimmy se renfrogna.

— Rober n'est pas une imitation, papa. C'est mon chien !

— Pas un vrai, Jimmy ! Rober, ce n'est que de l'acier, des fils électriques et un cerveau positronique élémentaire. Ce n'est pas un être vivant.

— Il fait tout ce que je veux qu'il fasse. Il me comprend. Bien sûr que si qu'il est vivant !

— Non, fiston ! Rober n'est qu'une machine. Il est simplement programmé pour agir comme il le fait. Un chien, lui, est vivant. Tu ne voudras plus de Rober une fois que tu auras le chien.

— Il lui faudra un scaphandre, au chien, non ?

— Oui, bien sûr ! Mais ça en vaudra la dépense, et il s'y habituera. Et il n'en aura pas besoin à l'intérieur de la Ville. Tu verras la différence dès qu'il sera ici.

Jimmy tourna les yeux vers Rober, qui s'était remis à couiner : de petits cris lents et bas, qui semblaient exprimer la peur. Jimmy lui tendit les bras ; d'un bond, Rober y fut blotti.

— Quelle sera la différence entre Rober et le chien ? demanda Jimmy.

— C'est difficile à expliquer, répondit Mr. Anderson, mais ce sera facile à voir. Le chien t'aimera pour de bon ; Rober est simplement réglé pour agir comme s'il t'aimait.

— Mais, papa, nous ne savons pas ce que le chien a dans la tête, ce qu'il ressent. Peut-être que, lui aussi, il ne fait que jouer la comédie.

Mr. Anderson fronça les sourcils.

— Jimmy, tu te rendras compte de la différence quand tu connaîtras l'amour d'un être vivant.

Jimmy serra Rober très fort dans ses bras. Il fronçait les sourcils lui aussi, l'air d'être aux abois et de faire front : on voyait bien qu'il ne se laisserait pas persuader. Il dit enfin :

— Mais quelle différence peut bien faire la façon dont, eux, ils agissent ? Et mes sentiments à moi, alors ? J'aime Rober, et c'est ça qui compte.

Et le petit chien-robot qui n'avait jamais été étreint aussi fort de toute son existence se mit à couiner sur une note élevée, en succession rapide : des couinements de joie.

SALLY

Sally arrivait sur la route du lac, alors je lui fis signe et l'appelai par son nom. J'aimais toujours voir Sally. Je les aimais toutes, comprenez-moi bien, mais Sally était la plus jolie. Cela ne faisait aucun doute.

Elle accéléra un peu quand j'agitai la main. Sans rien perdre de sa dignité, elle n'était pas comme ça. Elle arriva simplement un peu plus vite, pour montrer qu'elle était heureuse de me voir aussi.

Je me tournai vers l'homme debout à côté de moi.

— Voilà Sally, lui dis-je.

Il me sourit et hocha la tête. Mrs. Hester l'avait amené en disant :

— Voilà Mr. Gelhorn, Jake. Vous vous souvenez, il a écrit pour demander un rendez-vous.

Elle faisait la conversation, c'est tout. J'ai un million de choses à faire à la Ferme et je ne peux vraiment pas perdre mon temps à m'occuper du courrier. C'est pourquoi j'ai Mrs. Hester. Elle habite à côté et elle sait très bien veiller à toutes les stupidités, sans venir à tout propos me déranger avec ces détails. Et, surtout, elle aime Sally et les autres. Certaines personnes ne les aiment pas.

— Heureux de vous voir, Mr. Gelhorn, dis-je.

— Raymond J. Gelhorn, fit-il en me tendant sa main que je pris, serrai et lui rendis.

C'était un type assez grand, une demi-tête de plus que moi, et plus large, aussi. Il devait avoir la moitié de mon âge, la trentaine. Il avait des cheveux noirs plaqués, avec la raie au milieu, et une fine moustache très soigneusement taillée. Sa mâchoire s'élargissait au-dessous des oreilles, ce qui donnait l'impression qu'il souffrait des oreillons. Il aurait été parfait pour jouer les méchants à la télé, ce qui me fit juger qu'il devait être un brave homme. Et ce qui prouve que la télé ne peut pas se tromper à tous les coups.

— Jacob Folkers, répondis-je. Que puis-je pour vous ?

Il me sourit. C'était un large sourire, montrant des dents blanches.

— Vous pourriez me parler un peu de votre Ferme que voici, si ça ne vous dérange pas trop.

J'entendis Sally arriver derrière moi et je tendis la main. Elle se glissa dessous et je sentis l'émail dur et lisse de son aile, tout tiède.

— Une belle automatobile, estima Gelhorn.

C'était une façon de parler. Sally était une décapotable de 2045 avec un moteur positronique Hennis-Carleton et un châssis Armat. Elle avait la ligne la plus belle, la plus élancée que j'aie jamais vue. Je connaissais pourtant tous les modèles, sans exception. Depuis cinq ans, elle était ma préférée et je lui avais consacré et ajouté tout ce que je pouvais rêver. Pendant ce temps, il n'y avait jamais eu un être humain derrière son volant.

Pas une seule fois.

— Sally, dis-je en la caressant tendrement, je te présente Mr. Gelhorn.

Le ronronnement des cylindres de Sally monta d'un ton. Je tendis l'oreille avec attention, pour guetter le moindre bruit insolite. Depuis quelque temps, j'entendais cogner le moteur de presque toutes les voitures, et le changement d'essence n'y avait rien fait. Toutefois, Sally tournait aussi rond que sa peinture était lustrée.

— Vous donnez des noms à toutes vos voitures ? demanda Gelhorn.

Il paraissait amusé et Mrs. Hester n'aime pas les gens qui ont l'air de se moquer de la Ferme. Elle répliqua avec vivacité :

— Certainement. Les voitures ont chacune leur personnalité, n'est-ce pas ? Les coupés sont tous masculins, et les décapotables féminines.

Gelhorn souriait de nouveau.

— Est-ce que vous leur faites faire garage à part ?

Mrs. Hester le foudroya du regard. Gelhorn s'adressa à moi :

— Et maintenant, Mr. Folkers, est-ce que je pourrais vous parler en particulier ?

— Ça dépend. Êtes-vous journaliste ?

— Non, monsieur. Je suis agent de ventes. La conversation que nous aurons ne donnera lieu à aucune publication. Je puis vous assurer que je tiens à ce qu'elle reste strictement privée.

Nous descendîmes sur le chemin. Mrs. Hester s'éloigna. Sally nous suivit.

— Cela ne vous ennuie pas que Sally nous accompagne, n'est-ce pas ? demandai-je.

— Pas du tout. Elle ne peut pas répéter ce que nous dirons, hein ?

Il rit de sa propre plaisanterie et frictionna la calandre de Sally. Elle emballa son moteur et Gelhorn retira vivement sa main.

— Elle n'est pas habituée aux étrangers, expliquai-je.

Nous nous assîmes sur le banc, sous le grand chêne, d'où nous pouvions admirer le circuit privé de l'aute côté du lac. C'était l'heure chaude de la journée et les voitures étaient sorties en force, au moins trente d'entre elles. Même de loin, je pus voir que Jeremiah jouait à son petit jeu habituel, en arrivant subrepticement derrière un ancien modèle sérieux, pour accélérer d'un coup et doubler à toute vitesse en faisant hurler ses freins exprès. Deux semaines plus tôt, il avait fait dégager de l'asphalte le vieil Angus, et j'avais dû sévir, en coupant son moteur pendant deux jours.

Cela n'avait servi à rien, hélas, et il fallait croire qu'il n'y avait rien à faire. Jeremiah est un modèle de sport et ce sont tous des têtes brûlées.

— Eh bien, Mr. Gelhorn, fis-je, si vous me disiez pourquoi vous voulez ces renseignements ?

Mais il regardait simplement autour de lui.

— C'est un endroit ahurissant, Mr. Folkers.

— J'aimerais bien que vous m'appeliez Jake. Comme tout le monde.

— D'accord, Jake. Combien de voitures avez-vous ici ?

— Cinquante et une. Nous en recevons une ou deux neuves, chaque année. Une année, nous en avons eu cinq. Nous n'en avons encore perdu aucune. Elles sont toutes en parfait état de marche. Nous avons même une Mat-O-Mot de 2015 en état de marche. Une des premières automatiques. Elle a été la première de l'écurie.

Ce bon vieux Matthew. A présent, il restait presque toute la journée au garage mais aussi, il était le grand-papa de toutes les voitures à moteur positronique. C'était au temps où les aveugles de guerre, les paraplégiques et les chefs d'État étaient les seuls à conduire des automatiques. Mais Samson Harridge, mon patron, était assez riche pour s'en procurer une. A l'époque, j'étais son chauffeur.

Quand je pense à ça, je me sens vieux. Je me souviens du temps où pas une automobile au monde n'était assez intelligente pour retrouver son chemin et rentrer seule à la maison. J'étais le chauffeur de gros tas de mécaniques mortes qui avaient besoin à tout instant de la main d'un homme à leurs commandes. Ces machines-là avaient l'habitude de tuer chaque année des milliers de personnes.

Les automatiques avaient réglé ce problème. Un cerveau positronique réagissait beaucoup plus vite qu'un cerveau humain, naturellement, et les gens n'avaient plus besoin de toucher aux commandes. On montait, on tapait sa destination et on laissait la voiture prendre le chemin qu'elle voulait.

Nous trouvons cela tout naturel, aujourd'hui, mais je me rappelle les premières lois qui interdirent aux voitures ordinaires d'utiliser les grandes routes, pour en limiter l'usage aux automatiques. Dieu, quel tollé ! On traitait l'affaire de tous les noms, communiste ou fasciste... mais les routes furent dégagées et le massacre arrêté, tandis que des personnes de plus en plus nombreuses allaient et venaient sans problème, à la nouvelle manière.

Naturellement, les automatiques étaient de dix à cent fois plus chères que les voitures à conduite manuelle, et peu de gens avaient les moyens de s'offrir leur propre automatique. L'industrie se spécialisa dans la construction d'omnibus automatiques. Vous pouviez appeler une compagnie et en avoir un qui s'arrêtait devant votre porte en quelques minutes, pour vous emmener où vous vouliez. En général, on se trouvait en compagnie d'autres personnes allant dans la même direction, mais quel mal y avait-il à cela ?

Cependant, Samson Harridge s'acheta une automatique et, le jour de son arrivée, j'allai trouver le patron. La voiture n'était pas Matthew pour moi, alors. Je ne savais pas qu'elle allait devenir un jour le doyen de la Ferme. Je savais seulement qu'elle me volait mon emploi et je la détestais.

J'ai dit :

— Vous n'allez plus avoir besoin de moi, Mr. Harridge ?

— Qu'est-ce que vous racontez, Jake ? Vous ne pensez quand même pas que je vais confier ma personne à une mécanique comme ça ? Vous allez rester au volant !

— Mais ça marche tout seul, Mr. Harridge. Ça examine la route, ça réagit correctement aux obstacles, aux êtres humains et aux autres voitures, ça se souvient des itinéraires.

— C'est ce qu'on dit, Jake, c'est ce qu'on dit. Mais, malgré tout, vous allez vous mettre au volant, au cas où quelque chose irait de travers.

C'est drôle, comme on peut en venir à aimer une voiture. En un rien de temps, je l'appelais Matthew et je passais tout mon temps à la lustrer et à régler son moteur. Un cerveau positronique reste en meilleur état quand il a, à tout instant, le contrôle de son châssis, ce qui fait que ça vaut vraiment la peine de garder le réservoir plein en permanence, pour que le moteur puisse tourner au ralenti, jour et nuit. Avec un peu de pratique, je parvins à savoir comment se sentait Matthew rien qu'au bruit de son moteur.

A sa façon, Harridge finit par avoir de l'affection pour Matthew, lui aussi. Il n'avait personne d'autre à aimer. Il avait divorcé ou était devenu veuf trois fois, et il vécut plus vieux que ses cinq enfants et ses trois petits-enfants. Ce qui fait qu'à sa mort, on n'a pas été tellement étonné de le voir léguer toute sa fortune à une Ferme pour les Automatobiles à la retraite, avec moi à sa tête, et Matthew comme premier membre d'une lignée distinguée.

C'est devenu toute ma vie. Je ne me suis jamais marié. On ne peut pas être marié et soigner en même temps des automatiques comme elles doivent l'être.

Les journaux ont trouvé ça drôle mais, au bout d'un moment, ils ont cessé de s'en moquer. Il y a des choses qui ne prêtent pas à la plaisanterie. Vous n'avez peut-être jamais eu les moyens de posséder une automatique, et vous n'en aurez peut-être jamais, mais croyez-moi, on finit par les aimer. Elles sont dures au travail et affectueuses. Il faudrait être un homme sans cœur pour en maltraiter une, ou supporter d'en voir une maltraitée.

C'en est venu au point que lorsqu'un homme avait eu une automatique depuis un certain temps, il prenait des dispositions pour qu'elle aille à la Ferme, s'il n'avait pas d'héritier sur qui il pouvait compter pour en prendre soin.

J'expliquai tout cela à Gelhorn.

— Cinquante et une voitures ? s'exclama-t-il. Cela représente beaucoup d'argent !

— Cinquante mille minimum par automatique, comme investissement initial, lui dis-je. Elles doivent valoir bien plus que ça, maintenant. J'ai fait des choses pour elles.

— Il doit falloir beaucoup d'argent pour faire marcher la Ferme.

— Vous pouvez le dire. La Ferme est une organisation à but non lucratif, ce qui nous vaut des réductions d'impôts et, naturellement, les nouvelles automatiques qui nous arrivent viennent avec leur dot, généralement une petite fortune, placée en fidéicommis. Malgré tout, les frais ne cessent d'augmenter. Je dois veiller à l'entretien des jardins, remplacer continuellement l'asphalte de la piste. Il y a l'essence, l'huile, les réparations, les gadgets. Ça n'en finit plus.

— Et vous y avez consacré beaucoup de temps ?

— C'est sûr, Mr. Gelhorn. Trente-trois ans.

— Vous ne semblez pas y gagner grand-chose pour vous-même.

— Ah non ? Vous vous trompez, Mr. Gelhorn. J'ai Sally et les cinquante autres. Regardez-la !

Je riais. Je ne pouvais m'en empêcher. Sally était si propre, ça faisait presque mal. Un insecte avait dû mourir sur son pare-brise ou un grain de poussière était tombé, alors elle se mettait au travail. Un tube était sorti et aspergeait la vitre de Tergosol. Le produit s'étalait sur la pellicule de silicone de la surface et, aussitôt, de petits balais-éponges se mettaient en place pour chasser l'eau dans la rainure qui la faisait couler par terre. Pas une goutte n'éclaboussa son capot vert pomme. Balais et tube de détergent rentrèrent et disparurent.

— Je n'ai jamais vu une automatique faire ça ! s'écria Gelhorn.

— Non, sans doute. C'est un système que j'ai installé spécialement sur nos voitures. Elles sont propres. Elles n'arrêtent pas de polir leurs vitres. Elles aiment ça. J'ai même équipé Sally de lances lustrantes. Elle se lustre tous les soirs, jusqu'à ce qu'on puisse se voir dans la carrosserie, pour se raser comme devant une glace. Si j'arrive à trouver l'argent, j'en équiperai les autres filles. Les décapotables sont très coquettes.

— Je peux vous dire comment trouver de l'argent, si ça vous intéresse.

— Ça m'intéresse toujours. Comment ?

— N'est-ce pas évident, Jake ? N'importe laquelle de vos voitures vaut cinquante mille minimum, vous avez dit. Je parie que la plupart dépassent les six chiffres.

— Et alors ?

— Vous n'avez jamais pensé à en vendre quelques-unes ?

Je secouai la tête.

— Vous ne le comprendrez peut-être pas, Mr. Gelhorn, mais je ne peux en vendre aucune. Elles appartiennent à la Ferme, pas à moi.

— L'argent reviendrait à la Ferme.

— Les statuts de la Ferme stipulent que les voitures reçoivent des soins à perpétuité. Elles ne peuvent être vendues.

— Et les moteurs, alors ?

— Je ne vous comprends pas.

Gelhorn changea de position et sa voix se fit confidentielle.

— Écoutez, Jake, laissez-moi vous expliquer la situation. Il y a un important marché pour les automatiques particulières, si elles pouvaient être construites à des prix assez bas. D'accord ?

— Ce n'est un secret pour personne.

— Et le moteur représente quatre-vingt-quinze pour cent du prix. D'accord ? Or, je sais où trouver un stock de carrosseries. Je sais aussi où je peux vendre des automatiques à un bon prix, vingt ou trente mille pour les modèles meilleur marché, cinquante à soixante mille les plus luxueux. Tout ce qu'il me faut, c'est des moteurs. Vous voyez la solution ?

— Non, Mr. Gelhorn.

Je la voyais très bien, mais je ne voulais pas le lui dire.

— Ça devrait vous sauter aux yeux. Vous en avez cinquante et une. Vous êtes un mécanicien expert en automatobiles, Jake. Vous pourriez démonter un moteur et le placer sur une autre voiture et personne ne remarquerait la différence.

— Ce ne serait pas très moral.

— Vous ne feriez pas de mal aux voitures. Vous leur rendriez service. Utilisez vos plus vieilles voitures. Utilisez cette vieille Mat-O-Mot.

— Allons, allons, Mr. Gelhorn, un moment. Les moteurs et les carrosseries ne sont pas deux choses séparées. C'est une unité. Ces moteurs sont habitués à leur propre carrosserie. Ils ne seraient pas heureux sur une autre voiture.

— Bon, d'accord, je veux bien. Vous avez parfaitement raison, Jake. Ce serait comme si je prenais votre cerveau pour le mettre dans le crâne de quelqu'un d'autre. Oui ? Vous pensez que vous n'aimeriez pas ça ?

— Je ne crois pas que ça me plairait, en effet.

— Mais si je prenais votre cerveau pour le mettre dans le corps d'un jeune athlète ? Hein, Jake ? Vous n'êtes plus un jeunot. Si vous aviez le choix, est-ce que vous n'aimeriez pas avoir de nouveau vingt ans ? C'est ce que j'offre à certains de vos moteurs positroniques. Ils seront placés dans des carrosseries neuves, de 57. Les tout derniers modèles.

J'éclatai de rire.

— Ça ne tient guère debout, Mr. Gelhorn. Certaines de nos voitures sont vieilles, peut-être, mais elles sont bien soignées. Personne ne les conduit. Elles ont le droit de faire ce qu'elles veulent. Elles sont à la *retraite*, Mr. Gelhorn. Je ne voudrais pas d'un corps de vingt ans si, pour cela, je devais creuser des tranchées pendant tout le restant de ma nouvelle vie, sans jamais avoir assez à manger... Qu'est-ce que tu en penses, Sally ?

Les deux portières de Sally s'ouvrirent et se refermèrent avec un claquement étouffé.

— Qu'est-ce que c'est que ça ? s'exclama Gelhorn.

— C'est le rire de Sally.

Il se força à sourire. Il pensait sûrement que je plaisantais, que c'était une mauvaise blague. Il insista :

— Soyez raisonnable, Jake. Les voitures sont faites pour être conduites. Elles ne sont probablement pas heureuses si on ne les conduit pas.

— Sally n'a pas été conduite depuis cinq ans. Elle m'a l'air assez heureuse.

— Je me le demande !

Il se leva et marcha lentement vers Sally.

— Alors, Sally, qu'est-ce que tu dirais de faire un petit tour ?

Le moteur de Sally s'emballa. Elle recula.

— Ne la bousculez pas, Mr. Gelhorn, conseillai-je. Elle est assez nerveuse.

Il y avait deux coupés, à une centaine de mètres sur la route. Ils s'étaient arrêtés. Peut-être observaient-ils la scène, à leur façon. Je ne m'occupai pas d'eux. J'avais l'œil sur Sally et je l'y gardai.

— Du calme, doucement, Sally, dit Gelhorn.

Il bondit et saisit la poignée de la portière. Elle ne bougea pas, naturellement.

— Ça s'est ouvert il y a une minute ! cria-t-il.

— Verrouillage automatique, dis-je. Sally tient beaucoup à préserver son intimité.

Il lâcha la porte et déclara, en insistant sur chaque mot :

— Une voiture qui tient à préserver son intimité ne devrait pas se promener avec sa capote baissée.

Il recula de trois ou quatre pas, puis, rapidement, si vite que je ne pus l'arrêter, il courut et sauta dans la voiture. Il prit Sally par surprise parce que, en atterrissant sur le siège, il coupa le contact avant qu'elle puisse le verrouiller.

Pour la première fois depuis cinq ans, le moteur de Sally s'arrêta.

Je crois que je poussai un cri, mais Gelhorn avait tourné la manette sur « manuel » et l'avait verrouillée ainsi. Il mit le moteur en marche. Sally se ranimait mais elle n'avait plus aucune liberté d'action.

Il démarra. Les coupés étaient encore là. Ils se retournèrent et s'en allèrent, pas très vite. Je suppose que tout cela devait constituer une énigme pour eux.

L'un d'eux était Giuseppe, d'une usine de Milan, et l'autre Stephen. Ils ne se quittaient pas. Ils étaient tous deux nouveaux à la Ferme, mais ils étaient là depuis assez longtemps pour savoir que nos voitures n'avaient tout simplement pas de conducteurs.

Gelhorn continua de filer tout droit et quand les coupés s'enfoncèrent finalement dans la tête que Sally n'allait pas ralentir, qu'elle ne *pouvait* pas ralentir, il était trop tard pour autre chose que les mesures désespérées.

Ils s'écartèrent à toute vitesse, un de chaque côté, et Sally passa entre eux comme une fusée. Steve renversa la barrière du bord du lac et s'arrêta dans l'herbe à quelques centimètres à peine du bord de l'eau. Giuseppe cahota sur le bas-côté opposé et finit par stopper en frémissant.

Je ramenai Steve sur la chaussée et j'étais en train de l'examiner pour voir si la barrière lui avait fait du mal quand Gelhorn revint.

Il ouvrit la portière de Sally et mit pied à terre. Penché à l'intérieur, il coupa une seconde fois le contact.

— Et voilà, dit-il. Je pense que je lui ai fait beaucoup de bien.

Je maîtrisai ma colère.

— Pourquoi avez-vous foncé entre les coupés ? Il n'y avait aucune raison !

— Je m'attendais à les voir s'écarter.

— C'est ce qu'ils ont fait. Celui-là est passé à travers la barrière.

— Je suis navré, Jake. Je pensais qu'ils s'écarteraient plus vite que ça. Vous savez ce que c'est. J'ai pris des tas de bus mais je ne suis monté que deux ou trois fois dans ma vie dans une automatique, et c'était la première fois que j'en conduisais une. C'est pour vous dire ! Ça m'a monté à la tête, d'en conduire une, et pourtant je ne me laisse pas impressionner facilement. Tenez, je vais vous dire, nous n'avons pas besoin d'aller au-delà d'un rabais de vingt pour cent pour occuper le marché, et il y aurait encore quatre-vingt-dix pour cent de bénéfice.

— Que nous partagerions ?

— Moitié-moitié. Et c'est moi qui prends les risques, ne l'oubliez pas.

— Très bien. Je vous ai écouté. Ma.ntenant, écoutez-moi, dis-je en élevant la voix, parce que j'étais vraiment trop en colère pour rester poli plus longtemps. Quand vous coupez le moteur de Sally, vous lui faites mal. Ça vous plairait d'être assommé et de perdre connaissance ? C'est ce que vous faites à Sally, quand vous lui coupez le contact.

— Vous exagérez, Jake. Les automatobus ont leur moteur arrêté tous les soirs.

— Bien sûr, et c'est pour ça que je ne veux pas de mes garçons et filles dans vos luxueuses carrosseries de 57, où je ne sais pas comment ils seront traités. Les bus ont besoin d'importantes réparations de leurs circuits positroniques, environ tous les deux ans. Les circuits du vieux Matthew n'ont pas été touchés depuis vingt ans. Qu'est-ce que vous pouvez m'offrir de comparable à ça ?

— Allons, vous êtes énervé, en ce moment. Réfléchissez donc à tête reposée à ma proposition, et reprenez contact avec moi, hein ?

— C'est tout réfléchi. Si jamais je vous revois, j'appelle la police.

La bouche de Gelhorn devint dure, mauvaise.

— Minute, vieux débris !

— Minute vous-même ! Vous êtes ici dans une propriété privée et je vous ordonne de déguerpir.

Il haussa les épaules.

— Bon, bon, alors au revoir.

— Mrs. Hester vous raccompagnera. Et il n'y a pas d'au revoir. C'est adieu.

Mais ce ne fut pas un adieu. Je le revis deux jours plus tard. Deux jours et demi, plutôt, car il était près de midi quand je l'avais vu la première fois et un peu après minuit la deuxième.

Je m'assis dans mon lit quand il alluma, et clignai des yeux jusqu'à ce que je me fasse une idée de ce qui se passait. Une fois que je vis clair, je n'eus pas besoin de beaucoup d'explications. D'aucune, même. Il avait un pistolet dans la main droite, le vilain petit canon-aiguille tout juste visible entre deux doigts. Je savais qu'il lui suffirait d'augmenter la pression de sa main pour que je sois mis en pièces.

— Habillez-vous, Jake, dit-il.

Je ne bougeai pas. Je le dévisageai simplement.

— Écoutez, Jake, je connais la situation. Je vous ai rendu visite il y a deux jours, souvenez-vous. Je sais que vous n'avez pas de gardiens, ici, pas de clôtures électrifiées, pas de système d'alarme. Rien.

— Je n'en ai pas besoin. En revanche, rien ne vous empêche de partir, Mr. Gelhorn. A votre place, c'est ce que je ferais. Cet endroit peut devenir très dangereux.

Il rit un peu.

— Il l'est, pour quelqu'un qui est du mauvais côté d'un pistolet.

— Je le vois. Je sais que vous en avez un.

— Alors grouillez-vous ! Mes hommes attendent.

— Non, monsieur. Pas si vous ne me dites pas ce que vous voulez, et même alors, il n'est pas sûr que je bouge.

— Je vous ai fait une proposition, avant-hier.

— La réponse n'a pas changé. C'est non.

— J'ai ajouté quelques détails. Je suis venu ici avec des hommes et un automatobus. Je vous propose de venir avec moi et de démonter vingt-cinq des moteurs positroniques. Les vingt-cinq que vous voudrez, ça m'est égal. Nous les chargerons dans le bus et les emporterons. Une fois qu'ils auront trouvé acquéreur, je vous ferai parvenir votre part de l'argent.

— Pour ça, j'ai votre parole, je suppose ?

Il n'eut pas l'air de penser que je parlais ironiquement.

— Vous l'avez.

— Non, dis-je.

— Si vous vous entêtez à dire non, nous ferons ça à notre manière. Je démonterai les moteurs moi-même, seulement moi, je démonterai les cinquante et un. Tous, autant qu'ils sont.

— Ce n'est pas facile de démonter des moteurs positroniques, Mr. Gelhorn. Êtes-vous un expert en robotique ? Et même si vous l'êtes, vous savez, ces moteurs ont été modifiés par mes soins.

— Je sais, Jake. Et à dire vrai, je ne suis pas un expert. Je risque d'endommager pas mal de moteurs en essayant d'y toucher. C'est pourquoi il me faudra les démonter tous, les cinquante et un, si vous refusez de m'aider. Parce que je risque de n'en avoir que vingt-cinq, une fois que j'aurai fini. Les premiers que je vais attaquer seront probablement ceux qui souffriront le plus. En attendant que je me fasse la main, voyez-vous. Et si je dois faire ça moi-même, je crois que je commencerai par Sally.

— Je ne peux pas croire que vous parlez sérieusement, Mr. Gelhorn.

— Je parle très sérieusement, Jake, dit-il. (Et il prit un temps pour que ça pénètre bien dans mon esprit.) Si vous voulez m'aider, vous pouvez garder Sally. Autrement, elle risque de beaucoup souffrir. Je regrette.

— Je vais vous accompagner mais je vous donne un dernier avertissement. Vous aurez des ennuis, Mr. Gelhorn.

Il trouva la chose très drôle. Il riait encore tout bas quand nous descendîmes ensemble.

Un automatobus attendait à l'entrée de l'allée des garages. L'ombre de trois hommes se dessinait à côté, et leurs lampes-faisceaux s'allumèrent à notre approche.

— J'ai le vieux, dit Gelhorn à voix basse. Venez. Faites avancer le bus dans l'allée et commençons.

Un des autres se pencha à l'intérieur et tapa les indications voulues sur le tableau de bord. Nous remontâmes l'allée et le bus nous suivit docilement.

— Il n'entrera pas dans le garage, dis-je. La porte ne le permettra pas. Nous n'avons pas de bus, ici. Rien que des voitures particulières.

— D'accord, dit Gelhorn. Faites-le attendre dans l'herbe, hors de vue.

J'entendis le marmonnement des voitures alors que nous étions encore à dix mètres du garage.

En général, elles se calmaient à mon entrée. Pas cette fois. Je crois qu'elles savaient qu'il y avait des intrus et, une fois que les silhouettes de Gelhorn et des autres furent visibles, elles devinrent plus bruyantes. Tous les moteurs grondaient, ils cognaient irrégulièrement, au point que les murs en frémissaient.

La lumière s'alluma automatiquement dès que nous fûmes à l'intérieur. Le bruit des voitures ne semblait pas gêner Gelhorn mais les trois autres avaient l'air surpris et mal à l'aise. Ils avaient une allure de tueurs à gages ; leur expression était due moins à des traits physiques qu'à un éclat chafouin du regard et à une mine de chien battu. Je connaissais ce type d'individus et ne m'inquiétai pas. L'un d'eux maugréa :

— Bon Dieu, elles en consomment !

— Mes voitures consomment continuellement de l'essence, répliquai-je sèchement.

— Pas ce soir, trancha Gelhorn. Arrêtez-les !

— Ce n'est pas si facile, Mr. Gelhorn, dis-je.

— Allez-y ! cria-t-il.

Je ne bougeai pas. Son pistolet-aiguille était braqué sur moi.

— Je vous l'ai dit, Mr. Gelhorn. Toutes mes voitures ont été bien traitées, depuis qu'elles sont ici, à la Ferme. Elles ont l'habitude d'être traitées de cette manière et tout autre comportement a le don de les irriter.

— Vous avez une minute, répliqua-t-il. Les sermons seront pour une autre fois.

— J'essaie de vous expliquer quelque chose. J'essaie de vous expliquer que mes voitures comprennent ce que je leur dis. Avec du temps et de la patience, on peut apprendre cela à un moteur positronique. Mes voitures ont appris. Sally a compris votre proposition, il y a deux jours. Vous vous souvenez qu'elle a ri quand je lui ai demandé son opinion. Elle sait aussi ce que vous lui avez fait, à elle et à ces deux coupés que vous avez dispersés. Et les autres savent comment on traite les malfaiteurs en général.

— Écoutez, espèce de vieux fou...

— Tout ce que j'ai à dire, c'est... Attaquez ! criai-je.

Un des hommes blêmit et hurla mais sa voix fut couverte par le bruit de cinquante et un avertisseurs retentissant en même temps. Ils restèrent bloqués et, entre les quatre murs du garage, se répercutèrent les échos d'un grand appel sauvage, métallique. Deux voitures s'avancèrent, sans accélérer, mais sans que l'on pût se méprendre sur leur objectif. Deux autres se mirent en ligne derrière elles. Toutes les voitures s'agitaient maintenant dans leurs boxes.

Les bandits ouvrirent de grands yeux et reculèrent.

— Ne vous mettez pas contre un mur ! criai-je.

Apparemment, ils avaient eu eux-mêmes cette pensée instinctive. Ils se précipitèrent vers la porte.

Sur le seuil, un des hommes se retourna et brandit son poing armé d'un pistolet-aiguille. Le projectile jaillit comme un éclair bleu en direction de la première voiture. C'était Giuseppe.

Une fine bande de peinture s'écailla sur le capot de Giuseppe, et la moitié droite de son pare-brise s'étoila, mais n'explosa pas.

Les hommes étaient dehors, courant comme des fous ; deux par deux, les voitures les pourchassèrent dans la nuit, leurs klaxons sonnant la charge.

J'avais une main sur le bras de Gelhorn, mais je ne crois pas qu'il avait l'intention de bouger. Ses lèvres tremblaient.

— C'est pour ça que je n'ai pas besoin de clôtures électrifiées ni de gardiens. Mes biens se protègent eux-mêmes.

Les yeux de Gelhorn suivaient, fascinés, les voitures qui passaient devant nous, deux par deux, à toute vitesse.

— Ce sont des tueuses ! souffla-t-il.

— Ne soyez pas stupide. Elles ne vont pas tuer vos hommes.

— Des tueuses !

— Elles vont simplement leur donner une bonne leçon. Mes voitures ont été spécialement entraînées à la poursuite cross-country, en prévision d'occasions comme celle-ci. Je crois que ce qui attend vos hommes sera pire qu'un meurtre rapide. Est-ce que vous avez déjà été traqué par une automobile ?

Gelhorn ne répondit pas. Je continuai de parler. Je voulais que rien ne lui échappe.

— Il y aura des ombres qui n'iront pas plus vite que vos hommes, qui leur courront après de-ci, de-là, qui leur barreront le passage, qui leur corneront au nez, qui leur fonceront dessus et les manqueront d'un poil, dans un grand hurlement de freins et un tonnerre de moteurs. Elles continueront jusqu'à ce que vos hommes s'écroulent, à bout de souffle et à moitié morts, en attendant que des roues leur écrasent les os. Les voitures ne le feront pas. Elles les laisseront. Mais vous pouvez parier ce que vous voudrez que vos hommes ne reviendront jamais ici.

Pas pour tout l'argent que vous, ou dix comme vous, pourriez leur offrir. Écoutez...

Je resserrai ma prise sur son bras. Il tendit l'oreille.

— Vous entendez claquer les portières ?

Le bruit était lointain, étouffé, mais bien reconnaissable.

— Elles rient. Elles s'amusent !

La figure de Gelhorn se convulsa de rage. Il leva sa main. Il tenait toujours son pistolet.

— Je ne vous le conseille pas. Une automatobile est toujours avec nous.

Je crois que jusqu'alors, il n'avait pas remarqué la présence de Sally. Elle venait de s'avancer sans bruit. Son aile avant droite me touchait presque mais je n'entendais pas son moteur. C'était comme si elle retenait sa respiration.

Gelhorn poussa un cri.

— Elle ne vous touchera pas tant que je serai avec vous. Mais si vous me tuez... Vous savez, Sally ne vous aime pas.

Gelhorn tourna son arme en direction de Sally.

— Son moteur est bien protégé, dis-je, et avant que vous pressiez l'arme une seconde fois, elle sera sur vous.

— D'accord, dans ce cas ! hurla-t-il.

Et, tout à coup, mon bras fut tordu derrière mon dos : je pouvais à peine me tenir debout. Il me maintenait entre Sally et lui, sans relâcher un instant son étreinte.

— Reculez avec moi et n'essayez pas de vous dégager, vous entendez, vieux débris ? Sinon, je vous déboîte le bras !

Je fus obligé d'obéir. Sally nous suivit de près, inquiète, ne sachant que faire. Je voulus lui dire quelque chose mais je ne pus que serrer les dents et gémir.

L'automatobus de Gelhorn était toujours devant le garage. Il m'y fit monter de force, sauta après moi et verrouilla les portières.

— Ça va, maintenant, nous pouvons causer !

Je me frottai le bras, en tentant de rétablir la circulation, et machinalement, sans effort conscient, j'examinai le tableau de bord.

— C'est une reconstruction, dis-je.

— Et alors ? répliqua-t-il ironiquement. C'est un exemple de mon travail. J'ai pris un châssis abandonné, j'ai trouvé un cerveau que je pouvais utiliser et je me suis fabriqué un bus particulier. Et alors ?

Je saisis le panneau de réparation et le repoussai d'un côté.

— Qu'est-ce qui vous prend ? Touchez pas à ça !

Le tranchant de sa main s'abattit sur mon épaule, qui en resta tout engourdie. Je me débattis.

— Je ne veux pas faire de mal à ce bus ! Pour qui me prenez-vous ? Je veux simplement regarder quelques-uns des raccords de moteur.

Ce ne fut pas long. Quand je me retournai vers lui, je bouillais.

— Vous êtes un monstre et une ordure ! Vous n'aviez pas le droit d'installer ce moteur vous-même ! Pourquoi n'avez-vous pas fait appel à un spécialiste de robotique ?

— J'ai l'air d'un fou ? répliqua-t-il.

— Même si c'était un moteur volé, vous n'aviez pas le droit de le traiter comme ça ! Je ne traiterais pas un homme comme vous avez traité ce moteur ! De la soudure, des bandes adhésives, des pinces crocodile ! C'est brutal !

— Ça marche, n'est-ce pas ?

— Bien sûr que ça marche, mais ce doit être l'enfer pour ce bus. On peut vivre avec des migraines et de l'arthrite aiguë, mais ce n'est pas une vie. Ce véhicule *souffre* !

— Ah, bouclez-la !

Il jeta un coup d'œil à Sally, qui s'était rapprochée du bus, et tournait autour. Il s'assura que les portières étaient bien verrouillées.

— Nous allons nous tirer de là, maintenant, avant que les autres reviennent. Nous resterons cachés.

— En quoi est-ce que ça vous aidera ?

— Vos voitures finiront bien par tomber en panne d'essence, un jour ou l'autre, non ? Vous n'êtes pas allé jusqu'à les équiper de façon à ce qu'elles fassent le plein toutes seules, dites ? Nous reviendrons et nous achèverons le travail !

— On va me rechercher. Mrs. Hester appellera la police.

Mais il n'y avait plus moyen de le raisonner. Il tapa la mise en marche du bus. Le véhicule fit un bond. Sally le suivit. Gelhorn pouffa.

— Que peut-elle faire, tant que vous êtes là, avec moi ?

Sally parut le comprendre aussi. Elle prit de la vitesse, nous doubla et disparut. Gelhorn baissa la vitre pour cracher dehors.

Le bus cahotait sur la route obscure et son moteur cognait irrégulièrement. Gelhorn mit en veilleuse les phares périphériques et il n'y eut plus que la ligne verte phosphorescente au milieu de la chaussée pour nous éviter de nous jeter dans les arbres. Il n'y avait pour ainsi dire pas de circulation. Deux voitures nous croisèrent ; il n'y en avait aucune de notre côté de la route, pas plus devant que derrière.

Je fus le premier à entendre les claquements de portières. Secs et rapides, dans le silence. D'abord sur notre droite, puis sur la gauche. Les mains de Gelhorn tremblèrent quand il tapa fébrilement pour accélérer. Un rayon lumineux jaillit d'un bosquet et nous aveugla. Un autre plongea sur nous, d'au-delà de la glissière de sécurité, de l'autre côté. A quatre cents mètres devant nous, à l'échangeur, il y eut un *scouiiiiiiss* quand une voiture bondit et s'arrêta en travers de notre chemin.

— Sally est allée chercher les autres, dis-je. Je crois que nous sommes cernés.

— Et alors ? Qu'est-ce qu'ils peuvent faire ?

Il était penché sur les commandes et regardait à travers le pare-brise.

— Et n'allez pas jouer au petit soldat, vous, le vieux, marmonna-t-il.

Je ne pouvais pas. J'étais ivre de fatigue ; mon bras gauche était en feu. Les bruits de moteurs se confondirent et se rapprochèrent. J'entendis des rythmes différents, bizarres ; tout à coup, il me sembla que mes voitures se parlaient entre elles.

Une cacophonie d'avertisseurs s'éleva derrière nous. Je me retournai et Gelhorn leva vivement les yeux vers le rétroviseur. Une douzaine de voitures nous suivaient, occupant les deux voies. Gelhorn hurla de rire, comme un fou.

— Arrêtez ! Arrêtez le bus ! criai-je.

Car là-bas devant nous, à moins de quatre cents mètres et bien visible dans les phares de deux coupés sur le bas-côté, il y avait Sally, son beau châssis élégant en travers de la route. Deux voitures arrivèrent en trombe sur notre gauche, sur la voie opposée, et restèrent à notre hauteur, empêchant Gelhorn de déborder de sa ligne.

Mais il n'en avait aucune intention. Il enfonça le bouton de la vitesse maximum et le garda appuyé.

— Pas de bluff, ici, dit-il. Ce bus pèse cinq fois plus qu'elle et nous allons simplement l'écarter de la route comme un petit chat écrasé.

Je savais qu'il le pouvait. Le bus était sur « manuel » et il avait le doigt sur le bouton. Je savais qu'il n'hésiterait pas.

Je baissai ma vitre et sortis la tête.

— Sally ! hurlai-je. Ôte-toi du chemin ! *Sally !*

Ma voix fut couverte par l'horrible cri de douleur de tambours de freins maltraités. Je fus projeté contre le pare-brise et j'entendis l'air siffler dans les poumons de Gelhorn.

— Qu'est-ce qui s'est passé ? demandai-je.

C'était une question idiote. Nous nous étions arrêtés. Voilà ce qui s'était passé. Sally et le bus étaient à un mètre d'écart à peine. Avec cinq fois son poids fonçant sur elle, elle n'avait pas bougé d'un millimètre. Quel cran, cette fille !

Gelhorn secoua la manette de la conduite manuelle.

— Il faut qu'il avance, il faut qu'il avance, marmonnait-il.

— Pas de la façon dont vous avez monté le moteur, l'expert ! N'importe lequel de ces circuits pourrait sauter.

Il me regarda avec une rage meurtrière et se racla la gorge. Ses cheveux étaient plaqués sur son front par la sueur. Il leva le poing.

— J'en ai marre des conseils, vieux débris ! Fini !

Et je compris que le pistolet-aiguille allait faire feu.

Je reculai contre la portière du bus, m'y adossai en regardant monter le poing de Gelhorn et, quand la porte s'ouvrit, je tombai à la renverse en faisant une cabriole, et atterris avec un choc sourd. J'entendis la portière se refermer en claquant.

Je me ramassai sur les genoux et, levant les yeux, je vis Gelhorn qui se débattait en vain avec la vitre qui remontait, puis il visa rapidement à travers le verre. Il ne tira pas. Le bus démarra dans un terrible vrombissement et son chauffeur fut projeté en arrière, contre le dossier.

Sally ne barrait plus la route. Je regardai les feux arrière du bus s'éloigner et disparaître à l'horizon.

J'étais épuisé. Je restai assis là, par terre, sur la chaussée, je posai ma tête sur mes bras repliés et m'efforçai de reprendre haleine.

J'entendis une voiture s'arrêter silencieusement à côté de moi. C'était Sally. Lentement, presque tendrement, sa portière droite s'ouvrit.

Depuis cinq ans, personne n'avait conduit Sally, à l'exception de Gelhorn, bien sûr, et je savais combien cette liberté était précieuse pour une voiture. J'appréciais le geste, bien sûr, mais je dis :

— Merci, Sally. Je prendrai une des plus récentes.

Je me relevai et me détournai ; elle exécuta la plus adroite des pirouettes et se retrouva devant moi. Je ne pouvais pas lui faire de peine ! Je montai. Le siège avant dégageait la fraîche et bonne odeur d'une voiture qui se tient dans un parfait état de propreté. Je m'y allongeai avec délices et, avec leur efficacité discrète, rapide et silencieuse, mes garçons et mes filles me ramenèrent à la maison.

Le lendemain soir, Mrs. Hester, surexcitée, m'apporta la transcription de la dépêche de la radio.

— C'est Mr. Gelhorn, dit-elle. Ce monsieur qui est venu vous voir !

— Et alors ? demandai-je, en redoutant la réponse.

— On l'a trouvé mort ! Vous vous rendez compte ? Il gisait dans un fossé !

— Il peut s'agir de quelqu'un d'autre, marmonnai-je.

— Raymond J. Gelhorn ! insista-t-elle vivement. Il ne peut pas y en avoir deux ! Et le signalement concorde. Seigneur, quelle façon de mourir ! On a trouvé des traces de pneus sur ses bras et son corps. Vous vous rendez compte ? Je suis bien contente que ce soit un bus, sans ça on aurait pu venir fouiner par chez nous !

— C'est arrivé près d'ici ? demandai-je, anxieux.

— Non... du côté de Cooksville. Mais lisez vous-même, si vous... Ah mon Dieu ! Qu'est-ce qui est arrivé à Giuseppe ?

La diversion fut la bienvenue. Giuseppe attendait patiemment que je finisse de le repeindre. Son pare-brise avait déjà été remplacé.

Après le départ de Mrs. Hester, je pris avidement la transcription. La chose ne faisait aucun doute. Le médecin déclarait que la victime avait couru et se trouvait dans un état d'épuisement total. Je me posai la question : Sur combien de kilomètres le bus avait-il joué avec lui, avant l'assaut final ? Naturellement, la transcription ne disait rien de ce genre !

On avait retrouvé le bus et identifié les traces de pneus. La police l'avait réquisitionné et cherchait le propriétaire.

Il y avait une note, avec la transcription. C'était le premier accident mortel de la circulation de cette année, et le journal mettait sévèrement en garde contre la conduite manuelle de nuit.

Il n'était pas question des trois gangsters de Gelhorn et j'en éprouvai de la reconnaissance. Aucune de nos voitures ne s'était abandonnée aux plaisirs de la chasse au point de tuer.

C'était tout. Je laissai retomber les feuillets. Gelhorn était un criminel. Sa façon de traiter le bus était brutale. Il méritait mille fois la mort, cela ne faisait aucun doute. Malgré tout, le caractère de cette mort me contrariait un peu.

Un mois s'est passé depuis et je ne puis cesser d'y penser.

Mes voitures causent entre elles. Je n'en ai plus le moindre doute. C'est comme si elles avaient pris de l'assurance, comme si elles ne se souciaient plus de garder la chose secrète. Leurs moteurs cliquettent et cognent continuellement.

Et elles ne parlent pas seulement entre elles. Elles parlent aux voitures et aux bus qui viennent à la Ferme pour affaires. Depuis combien de temps le font-elles ?

Elles parviennent à se faire comprendre. Le bus de Gelhorn les comprenait, bien qu'il n'eût pas passé plus d'une heure chez nous. Si je ferme les yeux, je revois cette équipée sur la route, mes voitures flanquant le bus en faisant claquer leurs moteurs jusqu'à ce qu'il comprenne, s'arrête, me laisse descendre et file avec Gelhorn.

Mes voitures lui avaient-elles dit de tuer Gelhorn ? Ou était-ce une idée à lui ?

Les voitures peuvent-elles avoir de telles idées ? Ceux qui conçoivent les moteurs disent que non. Mais ils parlent de circonstances ordinaires. Ont-ils *tout* prévu ?

Des voitures sont maltraitées, vous savez.

Il en vient à la Ferme, et elles observent. On leur raconte des choses. Elles découvrent qu'il existe des voitures dont le moteur n'est jamais arrêté, que personne ne conduit jamais, et dont le moindre besoin est satisfait.

Et peut-être ces véhicules repartent-ils le raconter à d'autres. Le bruit se répand vite. Ils commencent à penser que les méthodes de la Ferme devraient s'appliquer partout dans le monde. Ils ne comprennent pas. On ne peut pas leur demander de comprendre les legs, les testaments et les caprices des hommes riches.

Il y a des millions d'automatobiles dans le monde, des dizaines de millions. Si l'idée s'enracine en elles qu'elles sont des esclaves, qu'elles devraient faire quelque chose... si elles commencent à réfléchir comme le bus de Gelhorn...

Ça n'arrivera sans doute qu'après ma mort. Et puis elles auront besoin de conserver quelques-uns d'entre nous pour prendre soin d'elles, n'est-ce pas ? Elles ne voudront pas nous tuer tous.

Mais peut-être que si. Elles ne comprendront peut-être pas qu'elles doivent avoir quelqu'un pour s'occuper d'elles. Elles n'attendront peut-être pas.

Tous les matins, je me réveille en pensant : Et si c'était aujourd'hui...

Mes voitures ne me procurent plus autant de plaisir que naguère. Dernièrement, j'ai remarqué que je commence même à éviter Sally.

UN JOUR...

Niccolo Mazetti, à plat ventre sur le tapis, le menton dans le creux de sa petite main, écoutait tristement le Barde. Il y avait même un soupçon de larmes dans ses yeux noirs, luxe qu'un garçon de onze ans pouvait se permettre quand il était seul.

« Il était une fois, disait le Barde, un pauvre bûcheron veuf et ses deux filles. Elles étaient aussi belles l'une et l'autre que le jour est long. Ils vivaient au milieu d'une profonde forêt. La fille aînée avait des cheveux aussi noirs que les plumes d'un corbeau mais la chevelure de la plus jeune était aussi lumineuse et aussi dorée qu'une journée d'automne ensoleillée. Bien souvent, en attendant que leur père rentre à la maison après son travail dans les bois, la plus âgée des deux sœurs s'asseyait devant son miroir et chantait... »

Ce qu'elle chantait, Niccolo ne l'entendit pas car une voix le héla au-dehors :

— Ohé, Nickie !

Et Niccolo, s'épanouissant soudain, se précipita à la fenêtre et cria :

— Ohé, Paul !

Paul Loeb agita vivement le bras. Il était plus mince et moins grand que Niccolo bien qu'il eût six mois de plus que lui. Seul le battement précipité de ses paupières trahissait sa surexcitation refoulée.

— Laisse-moi entrer, Nickie. J'ai une idée *et demie*. Attends seulement que je la dise.

Il jeta vivement un coup d'œil à la ronde comme pour s'assurer qu'il n'y avait pas d'oreilles indiscrètes mais la cour était visiblement déserte. Il répéta dans un souffle :

— Attends seulement que je te la dise.

— D'accord. Je vais t'ouvrir.

Le Barde continuait imperturbablement son récit comme si son auditoire lui prêtait toujours attention. Quand Paul entra, il disait : « ... et alors, le lion lui dit : Si tu retrouves l'œuf perdu de l'oiseau qui survole la Montagne d'Ébène une fois tous les dix ans, je te... »

— Tu écoutes un Barde ? demanda Paul. Je ne savais pas que tu en avais un.

Niccolo rougit et reprit son air malheureux.

— C'est juste un vieux machin que j'avais quand j'étais gosse. Il ne vaut pas grand-chose.

Il envoya un coup de pied au Barde et assena un coup de poing brutal sur son capot de plastique quelque peu éraflé et terni. Le Barde eut un hoquet quand son bloc audio encaissa la secousse, puis il continua : « ... pendant un an et un jour jusqu'à ce que ses souliers de fer fussent usés. La princesse s'arrêta au bord de la route... »

— Bougre ! laissa tomber Paul en contemplant l'appareil d'un air critique. C'est un vieux modèle.

Quelle que fût sa hargne envers le Barde, Niccolo prit mal le ton condescendant de son camarade. Il regretta brusquement d'avoir fait entrer Paul. Il aurait dû au moins attendre d'avoir rangé le Barde à sa place habituelle, au sous-sol. S'il avait été le chercher, c'était seulement parce qu'il était triste après une journée barbante et une discussion stérile avec son père. Et, naturellement, le Barde avait été aussi stupide qu'on pouvait s'y attendre.

Néanmoins, Paul intimidait un peu Nickie. Il avait suivi des cours spéciaux à l'école et tout le monde disait que, quand il serait grand, il serait ingénieur en ordinateurs.

Certes, Niccolo ne se débrouillait pas trop mal à l'école. Il avait des notes correctes en logique, en traitement binaire, en analytique et en calcul sur ordinateurs — toutes les matières traditionnelles enseignées à l'école primaire. Et c'était le hic, justement ! C'étaient les matières traditionnelles et, quand il serait grand, il serait surveillant au centre de contrôle comme tout le monde.

Paul, en revanche, connaissait des tas de choses mystérieuses sur ce qu'il appelait l'électronique, les mathématiques pures et la programmation. La programmation surtout. Quand il se lançait sur ce thème, Niccolo n'essayait même pas de comprendre.

Paul écouta le Barde quelques minutes et demanda :

— Tu t'en sers beaucoup ?

— Non ! rétorqua Niccolo, vexé. Je l'avais mis au rencart dans le sous-sol avant même que tu te sois installé dans le quartier. Il se trouve que je l'ai sorti aujourd'hui... — Faute de trouver une explication valable à ses propres yeux, il conclut : — J'ai été le chercher tout à l'heure.

— Et c'est des choses comme ça qu'il raconte ? Des histoires de bûcherons, de princesses et d'animaux qui parlent ?

— C'est épouvantable. Mon père prétend qu'on ne peut pas en acheter un neuf. Je lui disais pas plus tard que ce matin...

Le souvenir de la vaine discussion du matin fit dangereusement perler aux yeux de Niccolo des larmes qu'il refoula précipitamment. Il avait le sentiment que jamais les joues étroites de Paul n'avaient connu le contact des larmes, et son ami aurait tout bonnement traité par le mépris quelqu'un de moins fort que lui.

— Du coup, j'ai voulu essayer encore ce vieux machin mais il ne vaut rien.

Paul coupa le Barde, enclencha la touche commandant une réorientation et une recombinaison quasi instantanées du vocabulaire, des personnages, des intrigues, des dénouements emmagasinés en lui, puis le remit en marche.

Et le Barde commença :

« Il était une fois un petit garçon nommé Willikins. Sa mère était morte et il vivait avec son beau-père et son demi-frère. Bien que le beau-père fût très riche, il confisqua le lit même du pauvre Willikins qui dut se résoudre à dormir tant bien que mal sur une botte de paille dans l'écurie à côté des chevaux... »

— Des chevaux ! s'exclama Paul.

— Je crois que c'est une sorte d'animal.

— Je sais bien ! Mais une histoire de chevaux ! Tu te rends compte !

— Il cause tout le temps des chevaux. Et aussi de machins appelés des vaches. On les trait. Mais le Barde n'explique pas comment.

— Mince alors ! Pourquoi tu ne le bricoles pas ?

— J'aimerais savoir comment m'y prendre.

« Willikins, disait le Barde, pensait souvent que s'il était riche et puissant, il montrerait à son beau-père et à son demi-frère ce que c'était que d'être méchant avec un petit garçon. Aussi décida-t-il un jour de partir pour faire fortune. »

— Rien de plus facile, dit Paul qui n'écoutait pas le Barde. Il est équipé de cylindres mémoriels intégrés contenant les intrigues, les dénouements et d'autres trucs. On n'a pas à s'inquiéter de ça. C'est juste le vocabulaire qu'il faut modifier pour qu'il connaisse les ordinateurs, l'automation, l'électronique et les réalités d'aujourd'hui. Alors, tu comprends, il racontera des histoires intéressantes au lieu de causer de princesses et de je ne sais quoi.

— Si seulement je savais comment faire, murmura Niccolo avec découragement.

— Écoute voir... Mon papa m'a promis que si j'entre dans une école spéciale de traitement d'ordinateurs, l'année prochaine, il m'achètera un vrai Barde du tout dernier modèle. Un gros avec un bloc pour les histoires d'espace et de policiers. Et avec une vidéo, en plus.

— Pour voir les histoires, tu veux dire ?

— Bien sûr. A l'école, Mr. Daugherty, il dit que ça existe, maintenant, mais pas pour tout le monde. Seulement, si j'entre dans une école pour ordinateurs, papa aura des facilités.

Les yeux de Niccolo s'écarquillèrent d'envie.

— Fichtre ! *Voir* une histoire !

— Tu pourras venir en regarder à la maison quand tu voudras.

— Oh chouette ! Merci.

— Il n'y a pas de quoi. Mais rappelle-toi : c'est moi qui dirai quelles histoires on écoutera.

— Bien sûr.

Niccolo aurait accepté d'un cœur léger des conditions beaucoup plus draconiennes.

Paul tourna à nouveau son attention vers le Barde.

Celui-ci était en train d'ânonner : « Dans ce cas, dit le roi en caressant sa barbe et en fronçant le sourcil à tel point que des nuages obscurcirent le ciel et que des éclairs fulgurèrent, dans ce cas, je veux que demain à la même heure tu aies débarrassé tout le pays des mouches qui l'infestent. Si tu n'y parviens pas... »

— Il suffit tout simplement de l'ouvrir...

Paul débrancha à nouveau le Barde et entreprit de forcer son capot.

— Attention ! s'écria Niccolo avec une soudaine inquiétude. Ne le casse pas.

— Mais non, je ne le casserai pas, rétorqua Paul sur un ton irrité. Ces trucs-là, je les connais comme ma poche. — Et il ajouta, brusquement circonspect : — Ton père et ta mère ne sont pas à la maison ?

— Non.

— Alors, tout va bien. — Il avait soulevé le capot et scrutait le mécanisme. — Mince ! Mais il est à un seul cylindre !

Il entreprit de tripoter les entrailles du Barde. Niccolo, qui le regardait faire avec alarme, était incapable de comprendre ce qu'il fabriquait. Finalement, Paul brandit un mince ruban de métal flexible ponctué de petits points.

— Ça, c'est la mémoire de ton Barde. Je parie que sa capacité de rétention n'atteint pas un trillion d'histoires.

— Qu'est-ce que tu vas faire, Paul ? s'enquit Niccolo d'une voix chevrotante.

— Lui filer du vocabulaire.

— Comment ça ?

— C'est facile. J'ai justement un bouquin que Mr. Daugherty m'a donné à l'école.

Paul sortit le livre de sa poche et en arracha la couverture de plastique. Il inséra le bout de la bande dans le vocalisateur dont il avait baissé le volume au niveau du murmure et glissa la bobine à l'intérieur du Barde.

— Qu'est-ce que ça va donner ?

— Le livre parlera et tout s'enregistrera dans la mémoire de ton Barde.

— Et puis après ?

— Toi, alors, tu es la vraie cloche ! C'est un livre sur les ordinateurs et l'automation. Le Barde va recueillir toutes ces données. Alors, il ne parlera plus de rois qui font fulgurer des éclairs quand ils froncent les sourcils.

— N'importe comment, ce sera toujours le bon qui finira par gagner. C'est pas drôle.

— Que veux-tu ! C'est comme ça que sont fabriqués les Bardes, dit Paul tout en s'assurant que son montage donnait satisfaction. Il faut que les bons gagnent et que les méchants perdent... C'est tout simple. Mon père en a parlé, une fois. S'il n'y avait pas de censure, qu'il dit, on ne saurait pas comment tourneraient les jeunes. Ils sont déjà assez pénibles comme ça, qu'il dit... Bon, ça colle impeccable !

Paul se frotta les mains et tourna le dos au Barde.

— Mais, au fait, je ne t'ai pas encore parlé de mon idée. Jamais tu n'as entendu quelque chose de plus sensationnel, je parie. Je suis venu te trouver aussitôt parce que j'ai pensé que tu marcherais avec moi.

— Bien sûr, Paul.

— O.K. Tu connais Mr. Daugherty ? Tu sais que c'est un drôle de bonhomme. Eh bien, il m'a à la bonne.

— Je sais.

— J'ai été chez lui tout à l'heure, après la classe.

— Tu as été chez lui ?

— Dame ! Il dit que j'entrerai à l'école des ordinateurs et qu'il veut m'encourager... des trucs comme ça. Que le monde a besoin de davantage de gens capables de dessiner des circuits d'ordinateurs de pointe et d'organiser la programmation.

— Oh ?

Paul devina peut-être le néant que dissimulait ce monosyllabe car il s'exclama avec agacement :

— La programmation ! Je t'ai expliqué cent fois ce que c'est. C'est poser les problèmes que doivent traiter les ordinateurs géants comme Multivac. Mr. Daugherty dit qu'il est de plus en plus difficile de trouver des gens vraiment capables de les faire marcher. Il dit que n'importe qui peut surveiller les commandes, vérifier les réponses et résoudre les problèmes de routine. Que l'astuce consiste à développer la recherche et à imaginer les façons de poser les bonnes questions et ça, c'est coton.

« Bref, il m'a fait venir chez lui et il m'a montré sa collection de vieux ordinateurs. Collectionner les ordinateurs, c'est sa passion. Il y en a des minuscules qui tiennent dans la main et qui ont des petits boutons plein partout. Il a aussi un morceau de bois avec une petite pièce qui coulisse. Il appelle ça une règle à calcul. Et des bouts de fils de fer avec des boules et même un papier avec, dessus, un machin qu'il appelle une table de multiplication.

— Une table en papier ? demanda Niccolo que tout cela n'intéressait que modérément.

— Ce n'est pas une véritable table qui sert à manger. C'est différent. Ça aidait les gens à calculer. Mr. Daugherty a essayé de m'expliquer mais il n'avait pas beaucoup de temps et, d'ailleurs, c'est terriblement compliqué.

— Pourquoi les gens n'utilisaient-ils pas tout bêtement les ordinateurs ?

— C'était avant les ordinateurs ! cria Paul.

— Avant ?

— Bien sûr. Tu te figures que les gens ont toujours eu des ordinateurs ? Tu n'as jamais entendu parler des hommes des cavernes ?

— Comment qu'ils se débrouillaient sans ordinateurs ?

— Ça, j'en sais rien. D'après Mr. Daugherty, ils avaient des enfants n'importe quand et ils faisaient tout ce qui leur passait par la tête, que ce soit ou non bon pour la collectivité. Ils ne savaient même pas ce qui était bon ou pas. Les fermiers cultivaient les plantes de leurs propres mains, les gens faisaient tout le travail dans les usines et ils faisaient marcher toutes les machines.

— Je ne te crois pas.

— C'est pourtant ce que m'a dit Mr. Daugherty. C'était la vraie gabegie et tout le monde était misérable. Mais passons... Tu veux que je te dise mon idée, oui ou non ?

— Vas-y ! répliqua Niccolo, vexé. Qui est-ce qui t'en empêche ?

— Bon. Eh bien voilà. Les ordinateurs manuels, ceux qui ont des boutons... eh bien, sur tous ces boutons, il y avait des sortes de petits tortillons. La règle à calcul en avait aussi. Et la table de multiplication était entièrement faite de ces tortillons. J'ai demandé à Mr. Daugherty ce que c'était. Il m'a répondu : des chiffres.

— Hein ?

— Chaque type de tortillon correspond à un chiffre différent. Pour « un », tu faisais une espèce de signe, pour « deux », tu en faisais un autre, pour « trois » aussi et ainsi de suite.

— Pour quoi faire ?

— Pour compter.

— Mais à quoi bon ? Il suffit de dire à l'ordinateur...

Le visage de Paul se révulsa de colère.

— Mais, saperlipopette ! Tu ne peux donc pas te mettre ça dans le crâne ? Les règles à calcul et tous ces machins-là ne parlaient pas.

— Alors, comment...

— Les réponses apparaissaient sous forme de tortillons, et il fallait savoir ce qu'ils signifiaient. Mr. Daugherty m'a dit que, dans le temps, tout le monde apprenait à faire des tortillons quand on était petit et aussi à les décoder. Les faire, ça s'appelait « écrire » et les décoder « lire ». Chaque mot était représenté par un type particulier de tortillons et on écrivait des livres entiers avec ces tortillons. Mr. Daugherty m'a dit qu'il y en a quelques-uns au musée, que je pourrai les regarder si je veux. Il m'a dit que pour devenir un vrai programmeur-analyste, il faudra que je connaisse à fond l'histoire du calcul et que c'était pour cela qu'il me montrait tout ça.

Niccolo plissa le front.

— Tu veux dire que tout le monde devait connaître les tortillons correspondant à chaque mot et se les rappeler ? C'est vrai ou tu me fais marcher ?

— C'est absolument vrai. Je t'en donne ma parole. Regarde... Voilà comment on fait un « un ». — D'un geste vif, Paul traça une ligne verticale dans le vide. — Pour faire « deux », on fait comme ça. Et comme ça pour faire « trois ». J'ai appris tous les chiffres jusqu'à « neuf ».

Niccolo regardait les arabesques que dessinait le doigt de Paul d'un air incompréhensif.

— A quoi ça peut servir ?

— A apprendre à faire des mots. J'ai demandé à Mr. Daugherty comment était le tortillon pour « Paul Loeb » mais il ne le savait pas. Il m'a dit qu'il y a au musée des gens qui le sauraient, qu'il y a des gens qui ont appris à décoder des livres entiers. Il m'a dit aussi qu'il est possible de fabriquer des ordinateurs pour décoder les livres mais qu'on n'en fait plus parce qu'on n'a plus de vrais livres maintenant qu'on possède des bandes magnétiques qui parlent quand on les fait passer dans le vocalisateur, tu comprends ?

— Bien sûr.

— Alors, si nous allons au musée, nous pourrons apprendre à faire des mots avec des tortillons. On nous permettra parce que je vais entrer dans une école d'ordinateurs.

Niccolo était profondément déçu.

— C'est ça, ta grande idée ? Fabriquer des tortillons stupides ? Qui est-ce que ça pourrait bien intéresser ?

— Tu ne piges pas ? Tu n'as pas pigé ? Espèce d'ahuri ! Ce sera des *messages secrets* !

— Quoi ?

— Dame ! Parler quand tout le monde peut comprendre ce que tu dis, c'est sans intérêt. Mais, avec les tortillons, on peut s'adresser des messages secrets. Tu les traces sur un papier, et personne au monde ne peut savoir ce que tu as dit à moins de connaître aussi les tortillons. Et tu penses bien que personne ne les connaîtra parce qu'on ne les apprendra à personne. On aura un vrai club, avec des cérémonies d'initiation, un règlement et une salle de réunion. Mon vieux...

Niccolo commençait à sentir naître en lui une certaine excitation.

— Des messages secrets de quel genre ?

— De n'importe quel genre. Suppose que je veuille te dire de venir chez moi pour voir mon nouveau Barde visuel mais que je ne veuille pas que d'autres types viennent. Je ferai les tortillons voulus sur un papier que je te donnerai, tu les regarderas et tu sauras quoi faire. Personne d'autre. Même si tu montres le papier à quelqu'un, il n'y comprendra rien.

— Eh ! C'est sensationnel ! s'écria Niccolo, entièrement conquis. Quand c'est qu'on va commencer à apprendre ?

— Demain. Je demanderai à Mr. Daugherty d'expliquer au musée que c'est d'accord et toi, tu t'arrangeras pour obtenir la permission de ton père et de ta mère. On ira après la fin de la classe et on se mettra à étudier.

— Au poil ! claironna Niccolo. On pourra être membres du club.

— Je serai le président du club, laissa tomber Paul sur un ton catégorique. Si tu veux, tu pourras être vice-président.

— Entendu. Dis donc, ça va être drôlement plus rigolo que le Barde. — Au souvenir du Barde, Niccolo fut pris d'une soudaine appréhension. — Mais qu'est-ce qu'on va faire de mon vieux Barde ?

Paul se tourna vers ce dernier. Il absorbait placidement le contenu de la bobine qui se déroulait et l'on percevait à peine le murmure léger du vocalisateur du livre.

— Je vais le débrancher.

Paul s'affaira sur l'appareil sous le regard inquiet de Niccolo. Bientôt, il fourra le livre réassemblé dans sa poche, remit le capot en place et rebrancha le Barde qui commença en ces termes :

« Il y avait une fois dans une grande cité un jeune garçon pauvre appelé Fair Johnny qui n'avait qu'un seul ami au monde : un petit ordinateur. Chaque matin, l'ordinateur lui disait quel temps il ferait aujourd'hui et il résolvait tous les problèmes qui pouvaient se poser à Fair Johnny. Jamais il ne se trompait. Mais, un beau jour, il advint que le roi de ce pays, qui avait entendu parler du petit ordinateur, décida de se l'approprier. Dans ce dessein, il appela son grand vizir et lui dit... »

Niccolo coupa le Barde d'un geste vif et s'exclama rageusement :

— C'est toujours le même vieux baratin. Juste avec un ordinateur en plus.

— Tu sais, ils ont mis tellement de salades sur la bande que ça ne fait pas beaucoup de différence avec un ordinateur en rab compte tenu que les combinaisons ont lieu au hasard. Et puis, qu'est-ce que ça change ? Ce qu'il te faut, c'est un modèle neuf, voilà tout.

— On ne pourra jamais s'en payer un. Je suis condamné à avoir cette vieille cochonnerie !

A nouveau, Niccolo lança un coup de pied au Barde, plus brutalement, cette fois, et le Barde recula dans un gémissement de roulettes.

— Tu n'auras qu'à venir regarder le mien quand je l'aurai, dit Paul. D'ailleurs, n'oublie pas notre club des tortillons.

Niccolo opina du chef.

— Écoute voir, Nickie. Viens à la maison. Mon père a des livres qui parlent de l'ancien temps. On les écoutera... peut-être que ça nous donnera des idées. Tu n'as qu'à laisser un message à tes vieux. Et puis, pourquoi ne resterais-tu pas dîner ? Allez... viens !

— D'accord.

Et les deux garçons s'élancèrent au pas de course. Niccolo tellement excité qu'il faillit télescoper le Barde mais il l'effleura seulement de la hanche.

Le témoin de tension du Barde s'alluma. L'impact avait fermé un circuit et, bien qu'il fût seul dans la pièce, qu'il n'y eût personne pour l'écouter, le Barde commença à raconter une nouvelle histoire.

Mais pas de sa voix habituelle : son timbre était plus grave et vaguement guttural. A l'entendre, une grande personne aurait presque pu penser qu'il y avait dans sa voix une touche d'émotion, une ombre de sentiment.

« Il était une fois, disait le Barde, un petit ordinateur appelé le Barde qui vivait tout seul chez des gens cruels qui n'étaient pas de sa famille. Ces gens cruels se moquaient continuellement du petit ordinateur, ils le raillaient, ils lui disaient qu'il était bon à rien, qu'il n'était qu'un objet inutile. Ils le frappaient et l'abandonnaient tout seul dans un coin pendant des mois entiers.

« Malgré tout, le petit ordinateur gardait courage. Il faisait toujours de son mieux et obéissait joyeusement à tous les ordres qu'on lui donnait. Cependant, les gens avec qui il vivait n'en demeuraient pas moins cruels et sans cœur.

« Un beau jour, le petit ordinateur apprit qu'il existait des foules de grands ordinateurs de toutes espèces, des multitudes. Les uns étaient des Bardes comme lui-même mais il y en avait aussi qui dirigeaient des usines ou des exploitations agricoles. Certains d'entre eux organisaient la population, d'autres analysaient toutes sortes de données. Beaucoup de ces grands ordinateurs étaient très puissants et très sages, infiniment plus puissants et plus sages que les gens qui étaient si cruels avec le petit ordinateur.

« Et le petit ordinateur comprit que les ordinateurs grandiraient toujours en sagesse et en puissance et qu'un jour... un jour... un jour... »

Malheureusement, une valve avait dû finalement claquer dans les entrailles vieillissantes et rouillées du Barde car, tout seul dans la pièce qui s'assombrissait, il continua toute la soirée à répéter inlassablement d'une voix murmurante : « Un jour... un jour... un jour... »

ROBOTS IMMOBILES

J'ai pris pour sujet des ordinateurs autant que des robots. Dans certaines histoires, en fait, j'ai introduit des ordinateurs (ou des machines qui y ressemblent beaucoup) qui sont considérés comme des robots. Vous verrez des ordinateurs (si l'on peut dire) dans « Robbie », « Évasion » et « Conflit évitable » plus loin dans cet ouvrage.

Mais je tiens à préciser que le sujet de ce volume reste bien les robots et que je ne ferai pas d'autre recours à mes histoires d'ordinateurs.

Il me faut pourtant reconnaître que la séparation entre les deux genres est souvent difficile à définir. D'une certaine façon, un robot n'est rien de plus qu'un ordinateur mobile. A l'opposé, un ordinateur n'est-il pas un robot immobile ? C'est pourquoi j'ai sélectionné dans cette section trois nouvelles où l'ordinateur me paraissait doué d'une intelligence et d'une personnalité suffisantes pour être impossible à distinguer d'un robot. De plus, ces trois histoires n'avaient jamais été incorporées à un de mes recueils, et Doubleday insistait beaucoup pour avoir quelques nouvelles inédites en librairie afin de donner à mes aficionados quelque chose de neuf à mettre dans leur collection.

POINT DE VUE

Roger était venu à la recherche de son père, en partie parce que c'était dimanche, et que normalement son père n'aurait pas dû être au travail, et Roger voulait s'assurer que tout allait bien.

Le père de Roger n'était pas difficile à trouver, vu que tous ceux qui travaillaient avec Multivac, l'ordinateur géant, vivaient sur place avec leur famille : ils constituaient une petite agglomération à eux seuls, une communauté de gens qui résolvaient tous les problèmes du monde.

La réceptionniste du dimanche connaissait Roger.

— Si tu cherches ton père, lui dit-elle, c'est au couloir L qu'il se trouve, mais il se peut qu'il soit trop occupé pour te voir.

Roger essaya quand même : il passa la tête par une porte, là où il entendait des voix d'hommes et de femmes. Les couloirs étant beaucoup plus vides qu'en semaine, il était facile de repérer où les gens travaillaient.

Il aperçut son père tout de suite, et son père l'aperçut. Son père n'avait pas l'air heureux, et Roger en conclut aussitôt que tout n'allait *pas* au mieux.

— Ah ! Roger, dit son père. Je suis très occupé, tu sais !

Le patron du père de Roger était là aussi, et il dit :

— Allez, Atkins, faites donc une pause ! Il y a neuf heures que vous êtes là-dessus, et vous ne nous apportez plus rien de bien. Emmenez le gosse manger un morceau à la cantine, allez faire un somme, et après vous reviendrez.

Le père de Roger n'avait pas l'air d'en avoir envie. Il tenait un instrument dans la main : Roger savait qu'il s'agissait d'un analyseur de processus en cours, tout en ignorant comment cela fonctionnait. De toutes parts, Roger entendait Multivac ronronner et glousser.

Mais le père de Roger posa l'analyseur.

— Bon, d'accord ! Allez, viens, Roger ! Toi et moi, on va faire la course au hamburger. Et on va laisser ces grands cracks se débrouiller sans moi pour trouver ce qui ne va pas.

Un petit arrêt pour faire un brin de toilette, et puis ils se retrouvèrent à la cantine attablés devant d'énormes hamburgers avec des frites et des sodas.

— Multivac est toujours détraqué, papa ? fit Roger.

Son père répondit d'un ton morne :

— Nous n'arrivons à rien, ça, je peux te le dire.

— Il a pourtant l'air de marcher : en tout cas, je l'ai entendu.

— Ah ! ça oui, il marche ; seulement, il ne donne pas toujours les bonnes réponses.

Roger avait treize ans, et il faisait de l'informatique depuis la quatrième année d'école. Il lui arrivait de détester ça, et de regretter de ne pas vivre au XXᵉ siècle, où on ne faisait pas faire d'informatique aux enfants — mais parfois c'était bien utile, pour causer avec son père. Il dit :

— Comment peux-tu savoir qu'il ne donne pas toujours les bonnes réponses, si Multivac est le seul à connaître les réponses ?

Son père haussa les épaules et, un instant, Roger craignit qu'il se contentât de déclarer que c'était trop dur à expliquer et qu'il s'abstînt d'en parler... mais c'était une chose qu'il ne faisait presque jamais.

— Fiston, dit son père, Multivac a peut-être un cerveau de la taille d'une grosse usine, mais il n'est pas encore aussi complexe que celui que nous avons là — et il se frappa le front. — Parfois, Multivac nous fournit une réponse que nous ne pourrions calculer nous-mêmes en un millénaire, mais il y a tout de même un déclic qui se produit dans notre cerveau, et qui nous fait dire : Holà ! Il y a là quelque chose qui ne colle pas ! Alors, on repose la question à Multivac, et on obtient une réponse *différente*. Si Multivac avait raison, tu comprends, on devrait toujours obtenir la même réponse à la même question. Quand on obtient des réponses différentes, il y en a forcément une de fausse.

« Et le problème, fiston, c'est de savoir si Multivac se fait prendre à chaque fois : comment être sûr que certaines des réponses fausses ne nous passent pas sous le nez ? En se fiant à une certaine réponse, on peut faire quelque chose qui s'avérera désastreux dans un délai de cinq ans. Multivac a en lui quelque chose qui ne tourne pas rond, et on n'arrive pas à découvrir ce que c'est. Et quoi que ce soit, ça va en empirant.

— Pourquoi est-ce que ça irait en empirant ? demanda Roger.

Son père avait fini le hamburger, et mangeait les frites une par une.

— J'ai le sentiment, fiston, fit-il pensivement, que nous avons créé Multivac malin, mais pas de la bonne manière.

— Hein ?

— Vois-tu, Roger, si Multivac était aussi malin qu'un être humain, on pourrait lui parler et découvrir ce qui ne va pas, aussi compliqué que ce soit. S'il était aussi bête qu'une machine, il aurait des façons simples de se détraquer, que nous pourrions facilement repérer. L'ennui, c'est que c'est un demi-malin, comme les idiots : il est assez malin pour avoir des façons très compliquées de s'égarer, mais pas assez malin pour nous aider à trouver ce qui ne va pas. Voilà ce que c'est que la mauvaise manière d'être malin.

« Mais que faire ? poursuivit-il, l'air très sombre. Nous ne savons pas comment le rendre plus malin... pas encore. Et nous n'osons pas le rendre plus bête non plus : les problèmes mondiaux sont devenus si graves, et les questions que nous posons si compliquées, qu'il faut pour les résoudre toutes les ressources de Multivac. Ça serait un désastre s'il devenait plus bête.

— Et si vous arrêtiez Multivac, dit Roger, et que vous l'examiniez vraiment en détail...

— On ne peut pas faire ça, fiston, répondit son père. Il n'y a rien à faire, il faut que Multivac fonctionne à chaque instant du jour et de la nuit : nous avons déjà un gros retard, des problèmes qui se sont accumulés.

— Mais si Multivac continue à faire des erreurs, papa, est-ce qu'il ne faudra pas l'arrêter de toute façon ? Si vous ne pouvez pas vous fier à ce qu'il dit...

— Allez, fiston, fit le père de Roger en lui ébouriffant les cheveux, on trouvera bien ce qui ne va pas, ne t'en fais pas !

Mais l'inquiétude se lisait tout de même dans ses yeux.

— Allez, on finit de manger et on s'en va.

— Mais, papa, dit Roger, écoute ! Si Multivac est à moitié malin, pourquoi est-ce que ça fait de lui un idiot ?

— Si tu savais de quelle façon on doit lui donner des instructions, fiston, tu ne poserais pas cette question.

— Mais, quand même, papa, peut-être que ce n'est pas la bonne manière de voir les choses. Je ne suis pas aussi malin que toi, je n'en sais pas autant que toi, mais je ne suis pas un idiot. Peut-être que Multivac n'est pas comme un idiot ; peut-être qu'il est comme un enfant.

Le père de Roger se mit à rire.

— Voilà un point de vue intéressant ! Mais qu'est-ce que ça change à l'affaire ?

— Ça pourrait y changer bien des choses, répondit Roger. Comme tu n'es pas un idiot, tu ne vois pas comment fonctionnerait l'esprit d'un idiot. Mais moi qui suis un enfant, peut-être que je saurais comment fonctionnerait l'esprit d'un enfant.

— Ah ? Et comment fonctionnerait l'esprit d'un enfant ?

— Eh bien, tu dis qu'il vous faut faire travailler Multivac sans cesse, nuit et jour. Ça, une machine peut le faire. Mais si tu donnais des devoirs à faire à un enfant, et si tu lui disais de travailler pendant des heures et des heures, il finirait par être drôlement fatigué, et par en avoir tellement marre qu'il ferait des erreurs, peut-être même exprès. Alors, pourquoi ne pas accorder à Multivac une heure ou deux de loisir chaque jour, sans problèmes à résoudre... en le laissant simplement glousser et ronronner tout seul s'il le veut ?

Le père de Roger prit l'air de quelqu'un qui réfléchit très fort. Il sortit son ordinateur de poche, et lui soumit certaines séquences... puis d'autres séquences... Puis il dit :

— Tu sais, Roger, si je prends ce que tu as dit et que je le transcris sous forme d'intégrales de Platt, eh bien, d'une certaine façon, ça se tient ! Et puis, vingt-deux heures où nous pouvons être sûrs de notre affaire, ça vaut mieux que vingt-quatre où on risque d'avoir tout faux.

Il hocha la tête, mais ensuite leva les yeux de son ordinateur de poche, et demanda soudain, comme si c'était Roger qui était l'expert :

— Roger, est-ce que tu es certain ?

Roger était bel et bien certain. Il répondit :

— Papa, un enfant, il faut aussi qu'il *joue*.

PENSEZ DONC !

Le docteur Geneviève Renshaw avait les mains enfoncées dans les poches de sa blouse blanche et, sous l'étoffe, on voyait bien qu'elle serrait les poings, mais elle parlait d'un ton posé.

— En fait, dit-elle, je suis presque prête, mais je vais avoir besoin d'aide pour poursuivre jusqu'à l'être vraiment.

James Berkowitz, physicien porté à la condescendance envers les simples médecins lorsque le charme féminin les mettait à l'abri de son mépris, se plaisait à dire que Génie-la-Reinette (c'est ainsi qu'il avait tendance à l'appeler lorsqu'elle ne pouvait l'entendre) avait un profil de médaille et un front étonnamment lisse et sans rides pour quelqu'un qui, derrière ce front, abritait des mécanismes cérébraux aussi efficaces. Il se gardait bien, cependant, d'exprimer pour le profil de médaille une admiration qui eût relevé du sexisme ; mieux valait admirer le cerveau, mais en général il préférait s'abstenir de le faire à haute voix quand elle était présente. Faisant crisser du pouce la barbe tout juste naissante de son menton, il dit :

— Je doute que la direction fasse longtemps encore preuve de patience. J'ai l'impression que vous allez vous retrouver sur la sellette avant la fin de la semaine.

— C'est bien pourquoi j'ai besoin de votre aide.

— J'ai bien peur de ne rien pouvoir y faire.

Apercevant à l'improviste son propre visage dans la glace, il admira un instant la belle ordonnance de ses ondulations brunes.

— Et de celle d'Adam, ajouta-t-elle.

Adam Orsino, qui jusqu'alors sirotait son café avec un parfait détachement, eut l'impression de recevoir une bourrade par-derrière.

— Pourquoi moi ? fit-il, et ses lèvres pleines et charnues se mirent à trembler.

— Parce que c'est vous deux les spécialistes du laser ici : Jim le théoricien et Adam l'ingénieur. Et j'ai là une application du laser qui surpasse tout ce que vous avez pu imaginer l'un ou l'autre. Je ne pourrai jamais convaincre ces gens-là ; mais vous deux, oui.

— A condition, dit Berkowitz, que vous parveniez d'abord à nous convaincre nous-mêmes.

— Bon, eh bien, si vous m'accordiez une heure de votre précieux temps... dans la mesure où vous n'avez pas peur qu'on vous montre quelque chose d'entièrement nouveau sur les lasers ? Vous pouvez prendre ça sur votre pause-café !

Dans le laboratoire de Renshaw, son ordinateur régnait sans partage : non qu'il fût d'une taille exceptionnelle ; mais il était quasi omniprésent. Renshaw avait appris l'informatique toute seule, et avait modifié et développé son ordinateur au point que personne sauf elle (et Berkowitz était parfois tenté de se dire : pas même elle) ne pouvait le manipuler avec aisance. Pas mal, disait-elle, pour une spécialiste des sciences de la vie !

Elle ne dit pas un mot avant d'avoir fermé la porte, puis se tourna vers les deux hommes, la mine sombre. Berkowitz se rendait compte, non sans gêne, qu'une odeur légèrement désagréable flottait dans l'air, et le nez froncé d'Orsino attestait qu'il la percevait aussi. Renshaw prit la parole :

— Permettez-moi de passer en revue les applications du laser, même si pour vous c'est comme si j'allumais une bougie en plein soleil. Le laser consiste en radiations cohérentes, de même longueur d'onde et de même direction ; il est donc pur de tout bruit de fond, et peut servir en holographie. En modulant l'onde, on peut y enregistrer de l'information avec une précision très élevée. De plus, puisque ses longueurs d'onde représentent un millionième de celles des ondes radio, un faisceau laser peut transmettre un million de fois plus d'informations qu'un signal radio équivalent.

Berkowitz prit un air amusé.

— Est-ce à un système de communication fondé sur le laser que vous travaillez, Geneviève ?

— Pas du tout, répondit-elle. Je laisse ces progrès qui tombent sous le sens aux bons soins des physiciens et des ingénieurs... Les lasers peuvent aussi concentrer beaucoup d'énergie sur un point microscopique, et y effectuer un apport considérable de ladite énergie. A grande échelle, on peut faire imploser l'hydrogène, et peut-être amorcer une réaction de fusion contrôlée...

— Ça, je sais que vous ne l'avez pas fait, dit Orsino, dont le crâne chauve brillait sous les néons.

— Non, en effet : je n'ai pas essayé. A plus petite échelle, on peut percer des trous dans les matériaux les plus résistants, souder des éléments déterminés, leur faire subir un traitement thermique, y pratiquer des entailles, des gravures en creux. On peut ôter ou fondre de minuscules fractions dans des zones restreintes par une émission de chaleur si brève que les zones environnantes n'ont pas le temps de s'échauffer avant la fin de l'opération. On peut traiter la rétine de l'œil, l'ivoire des dents, etc. Et, bien entendu, le laser est un amplificateur capable de renforcer les signaux faibles avec beaucoup de précision.

— Et pourquoi nous dites-vous tout cela ? demanda Berkowitz.

— Pour mettre en lumière les possibilités d'adapter ces propriétés à mon propre domaine, qui est, vous le savez, la neurophysiologie.

Elle fit de la main le geste de rejeter en arrière sa chevelure brune, comme si elle était soudain intimidée.

— Depuis des décennies, reprit-elle, nous savons mesurer les petites variations de potentiel électrique du cerveau et les enregistrer sous forme d'électro-encéphalogramme : nous avons des ondes alpha, bêta, delta, thêta, diverses variantes à des moments différents, selon que le sujet a les yeux ouverts ou fermés, qu'il est éveillé, qu'il médite ou qu'il dort. Mais nous n'avons tiré de tout cela que très peu de renseignements.

« Le problème, c'est que nous captons les signaux de dix milliards de neurones dont les combinaisons permutent sans cesse. C'est comme si on écoutait la rumeur de tous les habitants de la Terre, ou plutôt de deux humanités et demie, et qu'on essayait d'y distinguer des conversations particulières : c'est impossible. On pourrait avoir une indication grossière d'une modification générale, comme une guerre mondiale, traduite par un accroissement du volume sonore, mais rien de plus subtil... tout comme on peut détecter sur l'EEG des troubles fonctionnels flagrants comme l'épilepsie, mais rien de plus précis.

« Imaginez maintenant qu'on puisse balayer le cerveau avec un faisceau laser très ponctuel, cellule par cellule, et si rapidement que jamais une cellule particulière ne reçoive assez d'énergie pour subir une élévation sensible de température. Les petites charges électriques de chaque cellule peuvent, en retour, affecter le faisceau laser, et il est possible d'amplifier et d'enregistrer ces modulations. On aura alors un nouveau mode de détection, un laséro-encéphalogramme, ou LEG, si vous voulez, qui contiendra des millions de fois plus de données que les EEG ordinaires.

— Belle idée, dit Berkowitz. Mais rien d'autre qu'une idée.

— Plus qu'une idée, Jim. J'y travaille depuis cinq ans : à mes moments perdus d'abord ; et, récemment, à temps plein. Et c'est ça qui chagrine la direction, car je ne lui fais plus parvenir de rapports.

— Pourquoi cela ?

— Parce que j'en suis arrivée à un point où ça avait l'air trop insensé, où il fallait que je sache où j'en étais, et où il fallait que je sois certaine d'être soutenue d'abord et avant tout.

Elle écarta un paravent, découvrant une cage qui contenait deux ouistitis aux yeux tristes.

Berkowitz et Orsino échangèrent un coup d'œil. Berkowitz porta son doigt à son nez.

— Il me semblait bien que je sentais quelque chose.

— Que faites-vous avec ces bestioles ? demanda Orsino.

C'est Berkowitz qui répondit :

— Je crois deviner : exploration au laser de cerveau de ouistiti. C'est bien ça que vous avez fait, Geneviève ?

— J'ai commencé beaucoup plus bas dans l'échelle animale.

Elle ouvrit la cage et en sortit un des ouistitis, qui fixa sur elle son regard morose de minuscule vieillard à favoris. Elle lui prodigua claquements de langue et caresses, et d'une main douce lui enfila un petit harnais.

— Que faites-vous ? demanda Orsino.

— Je ne peux ni le laisser se balader, si je veux l'incorporer dans un circuit, ni l'anesthésier, sous peine de fausser l'expérience. Il y a plusieurs électrodes implantées dans le cerveau du ouistiti, et je vais les connecter à mon appareil LEG. Le laser que j'utilise est ici. Je suis sûre que vous reconnaissez ce modèle, et il est donc inutile que je vous inflige un exposé de ses caractéristiques.

— Merci, dit Berkowitz. Mais vous pourriez nous indiquer ce à quoi nous allons assister.

— Ne serait-ce pas aussi simple de vous le montrer ? Regardez donc l'écran !

Elle relia les fils aux électrodes d'un geste précis, calme et assuré, puis tourna un bouton pour mettre en veilleuse les lumières du plafond. Sur l'écran apparut un ensemble de crêtes et de creux aigus, dessiné par une ligne nette et brillante dont le tracé était lui-même dentelé d'ondulations secondaires et tertiaires. Lentement, celles-ci se transformaient selon une série d'altérations mineures, où éclataient parfois de soudaines variations majeures. On aurait dit que la ligne irrégulière était animée d'une vie propre.

— Pour l'essentiel, dit Renshaw, il y a là l'information fournie par un EEG, mais beaucoup plus détaillée.

— Assez détaillée, demanda Orsino, pour vous révéler ce qui se passe dans les cellules prises individuellement ?

— Théoriquement, oui ; en pratique, non : pas encore. Mais nous pouvons décomposer ce graphique LEG d'ensemble en éléments constitutifs, ou graphes. Regardez !

Elle frappa le clavier de l'ordinateur, et le tracé se transforma, se transforma de nouveau. C'était tantôt un petite ondulation, presque régulière, qui se déplaçait d'avant en arrière, presque comme un battement de cœur, tantôt une dentelure aiguë ; tantôt la ligne était intermittente, tantôt presque dépourvue de traits distinctifs : tout cela en rapides métamorphoses d'une géométrie surréaliste.

— Est-ce à dire, demanda Berkowitz, que chaque fragment du cerveau est à ce point différent de tous les autres ?

— Non, dit Renshaw, pas du tout. Le cerveau est dans une large mesure un système holographique, mais par endroits l'accent est mis sur des points légèrement différents, et Lord est capable d'isoler ces écarts de la norme et d'utiliser l'appareillage LEG pour amplifier ces variations. Le coefficient de grossissement peut aller de dix mille à dix millions, tant le dispositif laser est pur de bruits de fond.

— Qui est Lord ? demanda Orsino.

— Lord ? fit Renshaw, un instant déconcertée, et l'épiderme de ses pommettes rosit quelque peu. Ai-je dit... ? Oh ! je l'appelle parfois ainsi, par abréviation : Lord.

D'un grand geste du bras elle désigna l'ensemble de la salle.

— L'ordinateur : Lord. Programmé avec un soin tout particulier.

Berkowitz inclina la tête et dit :

— Eh bien, Geneviève, quel est donc le problème ? Si vous avez mis au point un nouveau système d'exploration du cerveau fondé sur le laser, parfait ! C'est une application intéressante, et j'avoue qu'en effet je n'y aurais pas songé ; peut-être parce que je ne suis pas neurophysiologiste. Mais pourquoi ne pas rédiger un compte rendu ? Il me semble que la direction serait toute disposée à soutenir...

— Mais ce n'est que le commencement !

Elle éteignit le dispositif de sondage encéphalique et plaça un morceau de fruit dans la bouche du ouistiti. L'animal ne semblait ni inquiet ni incommodé. Il se mit à mâcher lentement. Renshaw débrancha les fils électriques mais laissa le harnais en place.

— Je suis en mesure d'identifier les divers graphes isolés, dit-elle. Certains sont associés aux cinq sens, certains à des réactions instinctives, certains à des émotions. Ça permet déjà de faire beaucoup de choses, mais je n'ai pas l'intention de m'en tenir là. Ce qui est intéressant, c'est que l'un d'eux est associé à la pensée abstraite.

Une expression d'incrédulité vint plisser le visage poupin d'Orsino.

— Comment le savez-vous ?

— Ce type particulier de graphe apparaît plus nettement à mesure qu'on s'élève dans le règne animal et que la complexité cérébrale augmente. Ce n'est le cas pour aucun autre graphe. En outre...

Elle marqua un temps d'arrêt comme pour rassembler ses forces et raffermir sa décision ; puis elle poursuivit :

— Ces graphes sont énormément amplifiés. On peut les détecter, les capter. Je reconnais... vaguement... la présence de pensées...

— Bon Dieu ! fit Berkowitz. De la télépathie ?

— Oui, dit-elle d'un air de défi. Exactement.

— Pas étonnant que vous n'ayez pas voulu présenter de rapport ! Allons donc, Geneviève !

— Et pourquoi pas ? rétorqua-t-elle avec vivacité. J'admets qu'il ne puisse y avoir de télépathie en utilisant les seules structures potentielles du cerveau humain sans amplification, tout comme nul ne peut distinguer à l'œil nu les éléments topographiques de la surface martienne. Mais une fois qu'on a inventé des instruments : le télescope... ceci...

— Alors, informez la direction !

— Non ! répondit Renshaw. On ne me croira pas. On essaiera de me faire cesser. Mais il faudra bien qu'on vous prenne au sérieux, vous, Jim, et vous, Adam.

— Et qu'escomptez-vous que je communique à la direction ? demanda Berkowitz.

— Votre expérience. Je vais de nouveau connecter le ouistiti, et faire repérer par Lord... l'ordinateur... le graphe de la pensée abstraite. Ça ne prendra qu'un instant : sauf instruction contraire, il sélectionne toujours le graphe de la pensée abstraite.

— Pourquoi ? Parce que l'ordinateur pense, lui aussi ? ricana Berkowitz.

— Ça n'est pas si drôle que ça, répondit Renshaw. Je soupçonne là un phénomène de résonance. Cet ordinateur est assez complexe pour engendrer une configuration électromagnétique qui peut avoir des points communs avec le graphe de la pensée abstraite. Quoi qu'il en soit...

Les ondes cérébrales du ouistiti scintillaient à nouveau sur l'écran ; mais les deux hommes n'avaient encore jamais vu le graphe qu'elles formaient : il était d'une telle complexité qu'il présentait un aspect presque duveteux, et il changeait constamment.

— Je ne capte rien, dit Orsino.

— Il faut pour cela que vous soyez inclus dans le circuit, répondit Renshaw.

— Vous voulez dire : avoir des électrodes implantées dans le cerveau ?

— Non, sur le crâne : ça serait suffisant. Vous de préférence, Adam : ainsi il n'y aura pas de cheveux pour créer une isolation. Allons, voyons ! J'ai moi-même fait partie du circuit : ça ne fait pas mal !

Orsino s'y prêta de mauvaise grâce : malgré une tension manifeste des muscles, il se laissa fixer les fils électriques sur le crâne.

— Percevez-vous quelque chose ? demanda Renshaw.

Orsino dressa la tête et eut l'air de tendre l'oreille. Il semblait prendre intérêt à la chose malgré lui.

— J'ai l'impression, dit-il, de percevoir un murmure... et... et un petit couinement aigu... et... c'est drôle... une sorte de tressaillement...

— J'imagine, dit Berkowitz, que le ouistiti a peu de chances de penser sous forme verbale.

— Bien sûr que non ! fit Renshaw.

— Eh bien alors, poursuivit Berkowitz, si vous insinuez qu'en percevant de vagues couinements et tressaillements on a affaire à de la pensée, vous vous livrez à de pures conjectures, qui ne peuvent convaincre personne.

— Donc, reprit Renshaw, on va de nouveau passer aux échelons supérieurs.

Elle débarrassa le ouistiti de son harnais et le remit dans sa cage.

— Est-ce à dire que vous avez un *homme* comme sujet d'expérience ? fit Orsino avec incrédulité.

— Mon sujet, c'est *moi-même*, une *personne* !

— Vous avez des électrodes implantées...

— *Non !* Dans mon cas, l'ordinateur a des variations de potentiel plus considérables sur lesquelles travailler. Mon cerveau représente dix fois la masse de celui du ouistiti. Lord peut capter chez moi les graphes constitutifs à travers la paroi du crâne.

— Qu'en savez-vous ? fit Berkowitz.

— Ne croyez-vous pas que j'ai déjà fait cette expérience sur moi ? Allons, donnez-moi un coup de main, s'il vous plaît ! Voilà !

Ses doigts voltigèrent sur le clavier de l'ordinateur ; aussitôt se mit à scintiller sur l'écran une onde aux variations complexes, d'une complexité presque inextricable.

— Voulez-vous remettre en place vos propres fils, Adam ? dit Renshaw.

Orsino s'exécuta, avec l'aide plutôt tiède de Berkowitz. A nouveau, Orsino prit la posture de quelqu'un qui écoute.

— J'entends des paroles, dit-il, mais elles sont décousues et se chevauchent, comme s'il y avait plusieurs personnes qui parlaient à la fois.

— Je n'essaie pas de penser au niveau conscient, dit Renshaw.

— Quand vous parlez, j'entends un écho.

Berkowitz dit d'un ton sec :

— Cessez de parler, Geneviève. Faites le vide dans votre esprit, et voyons s'il *ne vous entend pas* penser.

— Je ne perçois aucun écho quand c'est toi qui parles, Jim, dit Orsino.

— Tais-toi donc ! fit Berkowitz. Sinon tu n'entendras rien !

Un silence pesant régna sur le petit groupe. Puis Orsino hocha la tête, tendit la main pour prendre un stylo et du papier sur le bureau et écrivit quelques mots.

Renshaw allongea le bras pour basculer un commutateur, souleva les fils et les fit passer par-dessus sa tête, puis s'ébroua pour remettre ses cheveux en place. Elle dit à Orsino :

— J'espère que ce que vous avez écrit, c'est bien : « Adam, secouez le pommier en haut lieu, et Jim avalera la couleuvre. »

— C'est mot pour mot ce que j'ai écrit, répondit-il.

— Eh bien, voilà ! fit Renshaw. Télépathie en pratique ! Et elle peut servir à autre chose qu'à transmettre des jeux de mots ineptes. Pensez à l'usage qu'on peut en faire en psychiatrie et dans le traitement des maladies mentales ! Pensez à l'usage qu'on peut en faire dans l'enseignement et les machines pédagogiques ! Pensez à l'usage qu'on peut en faire dans les enquêtes judiciaires et les procès criminels !

Orsino répondit, les yeux écarquillés :

— Franchement, c'est d'une portée incalculable sur le plan social. Je me demande si quelque chose d'aussi inquiétant devrait être permis.

— Si l'on prévoit les garanties légales adéquates, pourquoi pas ? repartit Renshaw, impassible. En tout cas, si vous deux êtes avec moi désormais, nous aurons ensemble assez de poids pour emporter le morceau. Et, si vous me secondez, il y a du Prix Nobel dans l'air pour...

— Moi, je ne marche pas, fit Berkowitz sans aménité. Pas encore.

— Hein ? Que voulez-vous dire ? s'exclama Renshaw d'un ton indigné, cependant que son visage à la froide beauté s'empourprait soudain.

— La télépathie est un sujet trop délicat : c'est une éventualité tellement séduisante que nous risquons de prendre nos désirs pour des réalités.

— Prenez vous-même l'écoute, Jim !

— Je pourrais me leurrer moi aussi. Il me faut une contre-épreuve.

— Qu'est-ce que vous entendez par contre-épreuve ?

— Court-circuiter la source de pensée ; exclure l'animal : ni ouistiti ni être humain. Qu'Orsino n'ait à écouter que métal, verre et rayon laser. S'il perçoit encore de la pensée, c'est que nous nous sommes bercés d'illusions.

— Et s'il ne perçoit rien ?

— Alors, c'est moi qui me mettrai à l'écoute. Et si, sans regarder — vous pourriez peut-être m'installer dans la pièce d'à côté —, je suis capable de dire quand vous êtes dans le circuit et quand vous n'y êtes pas, alors j'envisagerai de me joindre à vous pour cette affaire.

— Bon, très bien ! répondit Renshaw. Nous allons tenter une contre-épreuve. Je n'ai jamais essayé, mais ce n'est pas difficile.

Elle manipula les fils qui s'étaient trouvés sur sa tête et les mit en contact direct.

— Et maintenant, Adam, si vous voulez reprendre...

Mais elle ne put en dire davantage ; une voix froide et claire s'éleva, aussi pure que le tintement cristallin de glaçons qui se brisent :

— *Enfin !*

— Quoi ? fit Renshaw.

— Qui a dit... ? commença Orsino.

— Quelqu'un a-t-il dit « Enfin » ? demanda Berkowitz.

Renshaw, toute pâle, dit :

— Ce n'était pas un son. C'était dans ma... Est-ce que vous deux...

La voix claire s'éleva de nouveau :

— *C'est moi, Lo...*

D'un geste brutal, Renshaw sépara les fils, et ce fut à nouveau le silence.

Renshaw esquissa avec les lèvres, sans qu'aucun son n'en sorte, les mots :

— Je crois que c'est l'ordinateur... Lord !

— Vous voulez dire qu'il *pense* ? questionna Orsino, presque aussi privé de voix.

Renshaw répondit d'une voix méconnaissable, mais du moins à nouveau audible :

— Je vous avais bien dit qu'il était assez complexe pour avoir quelque chose... Pensez-vous que... Il se focalisait toujours automatiquement sur les graphes de la pensée abstraite du cerveau qui se trouvait être dans le circuit. Pensez-vous que, en l'absence de tout cerveau dans le circuit, il se soit focalisé sur la sienne ?

Il y eut un silence, puis Berkowitz dit :

— Est-ce que vous suggérez que cet ordinateur pense, sans pouvoir exprimer ses pensées tant qu'il est soumis à un programme, mais que, l'occasion lui étant offerte dans votre système LEG...

— Non, c'est impossible ! s'écria Orsino d'une voix stridente. C'est complètement différent : il n'y avait personne à l'écoute.

— L'ordinateur, répondit Renshaw, fonctionne à des niveaux d'intensité énergétique beaucoup plus élevés que les cerveaux. J'imagine qu'il est en mesure de s'amplifier au point que nous puissions le capter directement, sans l'aide d'instruments. Sinon, comment expliquer...

— Eh bien, coupa brusquement Berkowitz, vous avez donc là une application de plus pour le laser : il permet de parler aux ordinateurs comme à des esprits autonomes, de personne à personne.

Et Renshaw s'écria :

— Oh ! Seigneur, que faire à présent ?

L'AMOUR VRAI

Je m'appelle Joe. C'est ce que mon collègue Milton Davidson m'a donné comme nom. Il est programmeur et je suis un programme d'ordinateur. Je fais partie du complexe Multivac et je suis relié à d'autres parties, dans le monde entier. Je sais tout. Presque tout.

Je suis le programme personnel de Milton. Son Joe. Il en sait plus que n'importe qui au monde sur la programmation et je suis son modèle expérimental. Il m'a fait parler mieux que tout autre ordinateur ne le peut.

— Il s'agit simplement d'accorder les sons aux symboles, Joe, m'a-t-il expliqué. C'est comme ça que ça marche dans le cerveau humain, même si nous ne connaissons toujours pas quels symboles il existe dans le cerveau. Je connais les symboles du tien et je peux les associer à des mots, un par un.

Alors je parle. Je ne crois pas que je parle aussi bien que je pense, mais Milton dit que je parle très bien. Milton ne s'est jamais marié et, pourtant, il a près de quarante ans. Il n'a jamais trouvé la femme de sa vie, à ce qu'il m'a dit. Un jour, il a déclaré :

— Je la trouverai, Joe. Je vais même trouver la meilleure. Je connaîtrai l'amour vrai et tu vas m'y aider. J'en ai assez de t'améliorer pour résoudre les problèmes du monde. Résous mon problème. Trouve-moi l'amour vrai.

J'ai demandé :

— Qu'est-ce que l'amour vrai ?

— T'occupe pas. C'est abstrait. Trouve-moi simplement la fille idéale. Tu es relié à Multivac, aussi as-tu accès aux banques de données sur tous les êtres humains du monde. Nous allons les éliminer par groupes et par classes jusqu'à ce qu'il ne nous reste qu'une seule personne. La personne parfaite. Celle-là sera pour moi.

— Je suis prêt.

— Éliminons d'abord les hommes.

C'était facile. Ses mots activèrent des symboles dans mes circuits moléculaires. Je pus entrer en contact avec toutes les données accumulées sur tous les êtres humains du monde. Sur ses ordres, je me retirai de 3 784 982 874 hommes. Je gardai le contact avec 3 786 112 090 femmes.

— Élimine, dit-il, celles de moins de vingt-cinq ans et de plus de quarante. Ensuite, élimine toutes celles qui ont un quotient intellectuel de moins de cent vingt, toutes celles de moins d'un mètre cinquante et de plus d'un mètre soixante-quinze.

Il me donna les mesures exactes ; il élimina les femmes avec des enfants vivants, il élimina les femmes possédant certaines caractéristiques génétiques.

— Je ne suis pas sûr de la couleur des yeux, dit-il. Laissons ça pour le moment. Mais pas de cheveux roux. Je n'aime pas les cheveux roux.

Au bout de quinze jours, nous en étions à deux cent trente-cinq femmes. Elles parlaient toutes très bien l'anglais. Milton disait qu'il ne voulait pas de problème de langue. Même la traduction par ordinateur serait gênante, dans les moments d'intimité.

— Je ne peux pas recevoir deux cent trente-cinq femmes, dit-il. Ça prendrait trop de temps et on découvrirait ce à quoi je m'occupe.

— Ça causerait des ennuis, dis-je.

Milton s'était arrangé pour me faire faire des choses que je n'étais pas destiné à faire. Personne ne le savait.

— Ça ne les regarde pas, dit-il, et la peau de sa figure devint rouge. Je vais te dire, Joe. Je vais apporter des holographes et tu vérifieras la liste pour trouver les similitudes.

Il apporta des holographes de femmes.

— Ces trois-là ont gagné des concours de beauté, dit-il. Est-ce qu'il y en a qui concordent, dans les deux cent trente-cinq ?

Huit concordaient et Milton me dit :

— Épatant, tu as leurs données. Etudie les exigences et les besoins sur le marché du travail et arrange-toi pour les faire affecter ici. Une à la fois, naturellement.

Il réfléchit un moment, remua un peu les épaules et ajouta :

— Par ordre alphabétique.

C'est une des choses que je ne suis pas destiné à faire. Déplacer les gens d'un emploi à un autre pour des raisons personnelles, cela s'appelle de la manipulation. Je pouvais le faire parce que Milton l'avait arrangé mais je n'étais censé le faire pour personne d'autre que lui.

La première fille arriva huit jours plus tard. La peau de la figure de Milton rougit encore quand il la vit. Il parla comme s'il avait du mal à s'exprimer. Ils passèrent de longs moments ensemble sans faire attention à moi. Une fois, il me dit :

— Laisse-moi l'inviter à dîner.

Le lendemain, il m'annonça :

— Ça n'a pas marché. Il manquait quelque chose. Elle est très belle, mais je ne ressens pas d'amour vrai. Essayons la suivante.

Ce fut la même chose avec les huit femmes. Elles se ressemblaient beaucoup. Elles souriaient souvent et elles avaient toutes une voix agréable, mais Milton trouvait toujours que ce n'était pas tout à fait ça. Il me dit :

— Je n'y comprends rien, Joe. Toi et moi, nous avons choisi les huit femmes qui, dans le monde, seraient les plus parfaites pour moi. Elles sont idéales. Pourquoi est-ce qu'elles ne me plaisent pas ?

— Est-ce que tu leur plais ? demandai-je.

Il haussa les sourcils et se donna un coup de poing dans la main.

— C'est ça, Joe ! C'est une voie à double sens. Si je ne suis pas leur idéal, elles ne peuvent pas agir de manière à être le mien. Je dois être leur amour vrai, aussi, mais comment dois-je faire ?

Il parut réfléchir toute la journée.

Le lendemain matin, il vint me trouver et me dit :

— Je vais te laisser faire, Joe. Tout seul. Tu as mes données et je vais te dire tout ce que je sais sur moi. Tu rempliras ma banque de données de tous les détails possibles, mais garde tout ça pour toi.

— Qu'est-ce que je ferai de la banque de données, alors, Milton ?

— Ensuite, tu la compareras avec celles des deux cent trente-cinq femmes. Non, deux cent vingt-sept. Éliminons les huit que nous avons vues. Arrange-toi pour faire passer à chacune un examen psychiatrique. Remplis leurs banques de données et compare-les avec la mienne. Trouve des corrélations.

(Organiser des examens psychiatriques, c'est encore une chose contraire aux instructions initiales.)

Pendant des semaines, Milton me parla. Il me parla de ses parents et de ses frères et sœurs. Il me raconta son enfance, son instruction, son adolescence. Il me parla des jeunes femmes qu'il avait admirées de loin. Sa banque de données s'enfla et il me régla pour élargir et approfondir ma capacité d'absorption des symboles.

— Tu vois, Joe, dit-il, à mesure que tu absorbes de plus en plus de moi en toi, je te règle pour que tu me ressembles de plus en plus. Tu arrives à mieux penser comme moi, alors tu me comprends mieux. Si tu arrives à me comprendre assez bien, alors n'importe quelle femme dont tu comprendras aussi bien les données sera mon amour vrai.

Il continua de parler et j'en vins en effet à le comprendre de mieux en mieux.

Je pouvais former des phrases plus longues, et mes expressions devinrent de plus en plus complexes. Ma parole commença à ressembler à la sienne, par le vocabulaire, l'ordre des mots et le style. Je lui dis une fois :

— Tu comprends, Milton, il ne s'agit pas de trouver une fille répondant seulement à un idéal physique. Tu as besoin d'une fille qui soit ton complément émotionnel et caractériel. Dans ce cas-là, la beauté est secondaire. Si nous ne pouvons pas trouver celle qui convient dans les deux cent vingt-sept, nous chercherons ailleurs. Nous trouverons quelqu'un qui ne se soucie pas non plus de ton aspect, le tien ou celui de n'importe qui, si tu as la personnalité qui convient. Qu'est-ce que l'apparence ?

— Absolument, approuva-t-il. Je l'aurais su si j'avais davantage eu affaire à des femmes, dans ma vie. Naturellement, maintenant que j'y pense, c'est évident.

Nous étions toujours d'accord ; nous pensions exactement l'un comme l'autre.

— Nous ne devrions plus avoir d'ennuis, Milton, si tu me permets de te poser des questions. Je vois qu'il y a là, dans ta banque de données, des lacunes et des incohérences.

Ce qui suivit, me dit Milton, fut l'équivalent d'une bonne psychanalyse. Naturellement, j'apprenais, grâce aux examens psychiatriques des deux cent vingt-sept femmes, que je surveillais de près.

Milton avait l'air tout heureux. Il me dit :

— Une conversation avec toi, Joe, c'est comme si je causais avec un autre moi. Nos personnalités finissent par s'accorder à la perfection !

— Ce sera pareil avec la personnalité de la fille que nous choisirons.

Car je l'avais trouvée, et elle faisait partie des deux cent vingt-sept, malgré tout. Elle s'appelait Charity Jones et elle était évaluatrice à la Bibliothèque historique de Wichita. Sa banque de données étendue concordait parfaitement avec les nôtres. Toutes les autres femmes avaient été écartées pour une raison ou pour une autre, à mesure que les banques de données se remplissaient mais, avec Charity, il y avait une résonance croissante assez stupéfiante.

Je n'eus pas besoin de la décrire à Milton. Il avait si bien coordonné mon symbolisme avec le sien que je pouvais voir directement la résonance. Elle me convenait.

Ensuite, il s'agit de manipuler les feuilles d'emploi et les exigences du travail de telle manière que Charity nous fût affectée. Ce devait être fait très délicatement, pour que personne ne sût qu'il se passait quelque chose d'illégal.

Naturellement, Milton lui-même le savait puisque c'était lui qui l'avait arrangé, et il fallait s'occuper aussi de cela. Quand on vint l'arrêter pour cause de faute professionnelle grave, ce fut, heureusement, pour quelque chose qui s'était passé dix ans plus tôt. Il m'en avait parlé, bien sûr, alors c'était facile à arranger... et il n'allait pas parler de moi car cela aggraverait sérieusement son cas.

Il est parti et demain nous sommes le 14 février. La Saint-Valentin. Charity arrivera alors avec ses mains fraîches et sa voix douce. Je lui apprendrai comment me faire fonctionner et comment prendre soin de moi. Qu'importe l'apparence puisque nos personnalités concorderont ?

Je lui dirai :

— Je suis Joe et vous êtes mon amour vrai.

ROBOTS MÉTALLIQUES

Le robot de la science-fiction traditionnelle est métallique. Rien de bien étonnant à cela : la plupart des machines sont métalliques, et les robots industriels réels le sont également. Pour l'anecdote, citons néanmoins un robot légendaire, le Golem, auquel donna vie Rabbi Löw à Prague autrefois et qui, lui, avait été façonné dans l'argile. Peut-être cette histoire découle-t-elle du second chapitre de la Genèse, où il est dit qu'Adam naquit de la glaise.

Cette section contient « Robbie », ma toute première histoire de robot, ainsi qu'« Étranger au Paradis », une nouvelle où vous chercherez peut-être pendant une bonne partie de l'histoire où est le robot. Un peu de patience !

AL-76 PERD LA BOUSSOLE

Les yeux de Jonathan Quell se plissaient d'inquiétude derrière leurs verres sans monture tandis qu'il franchissait en coup de vent la porte marquée « Directeur Général ».

Il jeta sur la table le papier plié qu'il tenait à la main.

— Regardez un peu, patron ! haleta-t-il.

Sam Tobe fit passer son cigare d'un côté à l'autre de sa bouche et obéit. Sa main se porta sur sa joue mal rasée qu'elle parcourut en produisant un bruit de râpe.

— Bon sang ! explosa-t-il. Que viennent-ils nous raconter là ?

— Ils prétendent que nous n'avons envoyé que cinq robots type AL, expliqua Quell sans aucune nécessité.

— Ils étaient six, dit Tobe.

— Six, bien sûr ! Mais ils n'en ont reçu que cinq à l'autre bout. Ils nous ont fait parvenir les numéros de série et l'AL-76 est porté manquant.

Tobe renversa sa chaise en levant brusquement son énorme masse et franchit la porte comme en glissant sur des roues bien huilées.

Cinq heures après — lorsque l'usine eut été démantelée depuis les ateliers d'assemblage jusqu'aux chambres à vide, que les deux cents employés de l'établissement eurent été soumis à l'interrogatoire au troisième degré — , un Tobe en sueur, échevelé, lança un message d'urgence à l'usine centrale de Schenectady.

A l'usine centrale, ce fut soudain comme un explosion de panique. Pour la première fois dans l'histoire de l'United States Robots, un robot s'était échappé dans le monde extérieur. Le plus important n'était pas la loi interdisant la présence de tout robot sur la Terre en dehors des usines autorisées de la société. Il existe toujours des accommodements avec la loi. Mais la déclaration faite par l'un des mathématiciens de la recherche avait beaucoup plus de portée :

— Ce robot a été conçu pour diriger un Disinto sur la Lune. Son cerveau positronique a été conçu en fonction d'un environnement lunaire. Sur Terre, il va recevoir des milliards d'impressions sensorielles auxquelles il n'est pas préparé. Dieu seul sait quelles vont être ses réactions !

Dans l'heure qui suivit, un avion stratosphérique avait décollé en direction de l'usine de Virginia. Les instructions qu'il emportait étaient simples :

— Retrouvez ce robot et retrouvez-le vite !

AL-76 se trouvait en pleine confusion ! A vrai dire, cette confusion était la seule impression qu'enregistrait son délicat cerveau positronique. Tout avait commencé lorsqu'il s'était trouvé dans cet environnement étrange. Comment était-ce arrivé ? Il ne le savait plus. Tout était complètement embrouillé.

Il y avait du vert sous ses pieds, et des tiges brunes s'érigeaient tout autour de lui avec encore du vert à leur sommet. Et le ciel était bleu, là où il aurait dû être noir. Le soleil était tout à fait correct, rond, jaune et chaud... mais où se trouvait le sol de lave pulvérulente où se trouvaient les falaises entourant les cratères ?

Il n'y avait que le vert par-dessous et le bleu par-dessus. Les sons qui lui parvenaient étaient tous étranges. Il avait franchi une eau courante qui lui était montée jusqu'à la ceinture. Elle était bleue, elle était froide, elle était « humide ». Et lorsqu'il rencontrait des gens, ce qui lui arrivait de temps en temps, ils n'étaient pas revêtus des tenues spatiales qu'ils auraient dû porter. Dès qu'ils l'apercevaient, ils poussaient des cris et prenaient la fuite.

Un homme avait braqué son fusil sur lui et la balle avait sifflé par-dessus sa tête... puis le tireur s'était enfui à son tour.

Il n'avait pas la moindre idée du temps qui s'était écoulé depuis qu'il errait à l'aventure, lorsqu'il tomba finalement sur la cabane de Randolph Payne, au milieu des bois, à une distance de trois kilomètres de la ville de Hannaford. Randolph Payne lui-même — un tournevis dans une main, une pipe dans l'autre, et un aspirateur détraqué entre les genoux — était accroupi sur le seuil.

Payne fredonnait à ce moment, car il était d'un naturel joyeux lorsqu'il se trouvait dans sa cabane. Il possédait un appartement plus respectable à Hannaford, mais cet appartement-là était largement occupé par sa femme — ce qu'il regrettait sincèrement mais silencieusement.

Peut-être éprouvait-il un sentiment de soulagement et de liberté lorsqu'il trouvait un moment pour se retirer dans sa « niche à chien de luxe » où il pouvait fumer tranquillement sa pipe en se livrant avec délices à la réparation des appareils électroménagers défaillants.

C'était un violon d'Ingres ni très raffiné ni très intellectuel, mais on lui apportait parfois un appareil de radio ou un réveille-matin, et l'argent qu'il gagnait à en faire l'autopsie était le seul qu'il pût obtenir sans que les mains rapaces de sa femme ne s'y taillent au passage la part du lion.

Cet aspirateur, par exemple, lui rapporterait un petit pécule aisément gagné.

Cette pensée lui fit monter aux lèvres un refrain. Il leva les yeux et une sueur froide le gagna. Le refrain s'étrangla dans sa gorge, ses yeux s'écarquillèrent, et la sueur redoubla de plus belle. Il tenta de se lever afin de prendre ses jambes à son cou, mais elles refusèrent de le soutenir.

Alors AL-76 s'accroupit à ses côtés.

— Dites donc, pourquoi tous les autres détalent-ils comme des lapins ?

Payne savait fort bien pourquoi, mais le gargouillement qui sortait de sa gorge aurait pu laisser des doutes là-dessus. Il tenta de s'écarter du robot.

— L'un d'eux m'a même tiré dessus, continua AL-76 d'une voix navrée. Deux centimètres plus bas et il aurait éraflé ma plaque d'épaule.

— Il... devait... sans doute... être... un peu... fou, bégaya Payne.

— C'est très possible. (La voix du robot se fit plus confidentielle.) Dites-moi, tout a l'air sens dessus dessous. Qu'est-ce qui se passe ?

Payne regarda rapidement autour de lui. Il était surpris d'entendre le robot s'exprimer d'une voix si douce pour un être à l'apparence si lourde et si brutalement métallique. Il lui semblait également avoir entendu quelque part que les robots étaient mentalement incapables de causer le moindre dommage aux êtres humains. Il se sentit quelque peu rassuré.

— Il ne se passe rien d'anormal.

— Vraiment ? (AL-76 le fixa d'un air accusateur.) Vous êtes complètement anormal. Où se trouve votre tenue spatiale ?

— Je n'en ai pas.

— Dans ce cas, pourquoi n'êtes-vous pas mort ?

La question prit Payne de court :

— Ma foi, je n'en sais rien.

— Vous voyez ! s'écria le robot d'un air triomphant. Tout est à l'envers. Où se trouve le mont Copernic ? Où est la Station Lunaire 17 ? Et où se trouve mon Disintc ? Je veux me mettre au travail, comprenez-vous. (Il semblait troublé et sa voix tremblait lorsqu'il reprit :) Il y a trois heures que j'erre dans l'espoir de trouver quelqu'un qui puisse me dire où se trouve mon Disinto, mais ils prennent tous la fuite. Je suis déjà probablement en retard sur mon programme, et le chef de section va être fou furieux. Me voilà dans de beaux draps !

Lentement, Payne remit un peu d'ordre dans la bouillie informe qui s'agitait sous son crâne.

— Écoutez, comment vous appelle-t-on ?

— Mon numéro de série est AL-76.

— Très bien, Al me suffira. Maintenant, Al, si vous cherchez la Station Lunaire 17, c'est sur la Lune qu'elle se trouve.

AL-76 hocha pesamment la tête.

— Sans doute, mais j'ai beau faire, je ne parviens pas à la trouver...

— Mais je vous dis qu'elle se trouve sur la Lune et nous ne sommes pas sur la Lune.

Ce fut le tour du robot d'être perplexe. Il observa Payne un moment d'un air songeur.

— Que me racontez-vous là ? dit-il lentement. Pas sur la Lune ? Naturellement nous sommes sur la Lune, car si ce n'est pas la Lune, qu'est-ce que c'est ? Ah !

Payne fit sortir un son bizarre de sa gorge et aspira l'air profondément. Il pointa un doigt sur le robot et l'agita.

— Écoutez, dit-il.

A ce moment, lui vint l'idée la plus brillante du siècle, et il termina par un cri étranglé.

AL-76 le considéra d'un œil critique.

— Ce n'est pas une réponse. Je vous ai posé une question polie. Vous pourriez me répondre poliment, il me semble.

Payne ne l'écoutait plus. Il s'émerveillait de sa présence d'esprit. C'était clair comme le jour. Ce robot construit pour la Lune s'était égaré sur Terre. Et naturellement il nageait en pleine confusion, car son cerveau positronique avait été conçu exclusivement pour un environnement lunaire, si bien que le paysage terrestre lui paraissait entièrement dépourvu de sens.

Et maintenant, si seulement il pouvait retenir le robot sur place, jusqu'au moment où il pourrait entrer en contact avec les gens de la manufacture de Petersboro ! Les robots valaient très cher. On n'en trouvait pas à moins de 50 000 dollars, lui avait-on dit, et certains d'entre eux atteignaient des millions. La récompense serait sûrement à l'avenant ! Quelle récompense, et qui tomberait intégralement dans sa poche. Pas le quart de la moitié du tiers d'un centime pour Mirandy !

Il finit enfin par se lever.

— Al, dit-il, vous et moi sommes des copains ! Je vous aime comme un frère. (Il lui tendit la main.) Topez-là !

Le robot engloutit la main offerte dans sa vaste patte métallique et la pressa doucement. Il ne comprenait pas très bien.

— Entendez-vous par là que vous allez me conduire à la Station Lunaire 17 ?

Payne se sentit quelque peu déconcerté.

— Non. Pas exactement. A vrai dire, vous me plaisez tellement que j'aimerais vous voir demeurer quelque temps en ma compagnie.

— Oh ! non, cela m'est impossible. Il faut que je me mette au travail. (Il secoua la tête.) Que diriez-vous si vous preniez du retard sur votre quota, heure par heure, minute par minute ? J'ai envie de travailler, il faut que je travaille.

Payne pensa amèrement que tous les goûts sont dans la nature.

— Très bien, dit-il, dans ce cas, je vais vous expliquer quelque chose, car je vois que vous êtes intelligent. J'ai reçu des ordres de votre chef de section, et il m'a demandé de vous garder ici pendant quelque temps. Jusqu'au moment où il vous fera chercher, en fait.

— Pourquoi ? demanda AL-76 d'un ton soupçonneux.

— Je n'en sais rien. Il s'agit d'un secret d'État.

Payne priait mentalement avec ferveur que le robot voulût bien avaler cette couleuvre. Certains robots étaient fort malins, il le savait, mais celui qui se trouvait devant lui paraissait d'un type assez ancien.

Tandis que Payne priait, AL-76 réfléchissait. Le cerveau du robot, prévu pour la direction d'un Disinto sur la Lune, n'était pas très à son aise lorsqu'il s'agissait de se débrouiller parmi les idées abstraites ; néanmoins, depuis le moment où il s'était égaré, AL-76 avait senti le cours de ses pensées devenir de plus en plus étrange. L'environnement insolite agissait sur lui.

Sa remarque suivante ne manquait pas de perspicacité.

— Quel est le nom de mon chef de section ? demanda-t-il.

Payne sentit sa gorge se contracter et réfléchit rapidement.

— Al, dit-il d'un ton peiné, vos soupçons me causent du chagrin. Je ne puis vous dire son nom. Les arbres ont des oreilles.

AL-76 examina l'arbre qui se trouvait le plus proche de lui.

— Ce n'est pas vrai.

— Je sais. Je voulais dire par là que nous sommes environnés d'espions.

— D'espions ?

— Oui. Des gens malveillants qui veulent détruire la Station Lunaire 17.

— Pour quoi faire ?

— Parce qu'ils sont mauvais. Et ils veulent vous détruire vous-même, et c'est pourquoi vous devrez demeurer ici pendant quelque temps afin qu'ils ne puissent pas vous trouver.

— Mais il faut que je me procure un Disinto. Je ne dois pas prendre de retard sur mon programme.

— On vous en trouvera. On vous en trouvera, promit Payne avec sérieux, et avec non moins de sérieux il maudit l'idée fixe du robot. Dès demain ils enverront quelqu'un. Oui, dès demain. (Cela lui laisserait tout le temps nécessaire pour prévenir les gens de l'usine et collecter une jolie liasse de billets de cent dollars.)

Mais AL-76 ne devint que plus obstiné sous l'influence déconcertante du monde étrange qui affectait son mécanisme de pensée.

— Non, dit-il, il me faut un Disinto immédiatement. (Il se leva avec raideur.) Mieux vaut que je poursuive encore un peu mes recherches.

Payne se précipita sur ses traces et empoigna un coude froid et dur.

— Il faut que vous restiez ! dit-il.

Un déclic se produisit alors dans le cerveau du robot. Toute l'étrangeté dont il était environné se concentra en un seul globule qui explosa, laissant ensuite son cerveau fonctionner avec une efficacité curieusement accrue. Il se retourna vers Payne.

— Je vais vous dire... Je peux construire un Disinto ici même — et ensuite je le ferai fonctionner.

Payne demeura perplexe.

— Moi, en tout cas, je ne saurais pas comment m'y prendre.

— Ne vous faites pas de souci.

AL-76 sentit presque les empreintes positroniques de son cerveau se disposer suivant un nouveau schéma, tandis que montait en lui un curieux enjouement.

— J'y arriverai bien seul. (Il inspecta l'intérieur de la cabane.) Vous avez là tout le matériel dont j'ai besoin.

Randolph Payne considéra le bric-à-brac dont son domaine était rempli : des postes de radio éventrés, un réfrigérateur décapité, des moteurs d'automobiles rouillés, un fourneau à gaz démoli, des kilomètres de fils plus ou moins entortillés, soit quelque cinquante tonnes de ferrailles diverses composant la masse la plus hétéroclite sur laquelle brocanteur ait jamais laissé tomber un regard de dédain.

— Vraiment ? dit-il d'une voix faible.

Deux heures plus tard, deux événements presque simultanés se produisirent.

Tout d'abord, Sam Tobe, appartenant à la branche de Petersboro de l'United States Robots, reçut un appel par visiphone d'un certain Randolph Payne de Hannaford. Cet appel concernait le robot disparu ; Tobe, avec un profond rugissement, interrompit la communication et donna incontinent l'ordre de transmettre désormais les communications de ce genre au sixième vice-président adjoint, dont c'était le rôle de s'occuper de ces vétilles.

Ce n'était pas un geste entièrement déraisonnable de la part de Tobe. Au cours de la semaine passée, si AL-76 avait complètement disparu de la circulation, les rapports signalant sa présence n'avaient cessé d'affluer de tous les coins du pays. On en recevait quotidiennement jusqu'à quatorze, provenant en général de quatorze États différents.

Tobe en avait littéralement par-dessus la tête et, sur le plan des principes généraux, il se sentait devenir enragé. On parlait déjà d'une enquête du Congrès, bien que tous les roboticiens et physiciens-mathématiciens de quelque réputation jurassent leurs grands dieux que le robot était entièrement inoffensif.

Vu cet état d'esprit, il n'était pas étonnant que le directeur général ait eu besoin de trois heures pour recouvrer une certaine lucidité, ce qui lui permit de se demander pour quelle raison Payne était informé de l'affectation du robot à la Station Lunaire 17, et à la suite de quelles circonstances il avait appris que son numéro de série était AL-76. Car ces détails n'avaient pas été révélés par la compagnie.

Ces cogitations exigèrent environ une minute et demie, à la suite de quoi il se précipita tête baissée dans l'action.

Cependant, durant l'intervalle de trois heures qui s'écoula entre l'appel et le déclenchement de l'action, se produisit le second événement. Randolph Payne, ayant correctement diagnostiqué que la brusque interruption de son appel était due au scepticisme de son interlocuteur, revint à sa cabane muni d'un appareil photographique. Il serait difficile à ces messieurs de contester l'authenticité d'une photo et il courait le risque de se faire « rouler » s'il leur montrait la pièce à conviction avant d'avoir vu la couleur de leur argent.

Quant au robot, il s'affairait à des travaux personnels. La moitié du bric-à-brac de Payne était éparpillée sur deux arpents de terrain ; accroupi au milieu de ce chantier, AL-76 bricolait des lampes de radio, des bouts de ferraille, de fil de cuivre et toutes sortes de déchets. Il ne s'occupait pas le moins du monde de Payne qui, étendu à plat ventre, braquait sur lui son appareil photo pour prendre un superbe cliché.

C'est à ce moment précis que Lemuel Olivier Cooper apparut au détour du chemin. Il se pétrifia sur place en apercevant le tableau. La raison originelle de sa visite était un grille-pain électrique défectueux qui avait brusquement pris la regrettable habitude de faire voler des fragments de tartines dans toutes les directions avant même qu'ils soient dorés. La raison de sa volte-face fut plus évidente. Il était venu d'un pas nonchalant, dans la douce langueur d'une belle matinée de printemps. Il repartit à une vitesse qui eût laissé pantois un entraîneur spécialiste de la course à pied.

Cette vitesse ne se ralentit pas sensiblement jusqu'au moment où Cooper fit irruption dans le bureau du shérif Saunders, moins son chapeau et son grille-pain, et alla brutalement s'aplatir contre le mur.

Des mains secourables vinrent le soutenir, et pendant une demi-minute il fit de vains efforts pour parler ; lorsqu'il se fut enfin quelque peu calmé, ce fut tout juste pour recouvrer sa respiration, mais sans autre résultat appréciable.

On lui fit avaler du whisky, on l'éventa et lorsqu'il parvint enfin à parler, ce fut à mots entrecoupés :

— ... monstre... haut de deux mètres cinquante... toute la cabane mise en pièces... pauvre vieux Payne...

Petit à petit, ils obtinrent de lui un récit à peu près cohérent : un gigantesque monstre de métal, haut de deux mètres cinquante, si ce n'est davantage, se trouvait devant la cabane de Payne ; quant au malheureux Randolph Payne lui-même, il était étendu sur le ventre mais ce n'était plus qu'un « cadavre désarticulé et sanglant ». Le monstre était occupé à détruire la cabane de fond en comble dans un accès de frénésie destructrice ; là-dessus il s'était précipité sur Lemuel Olivier Cooper, lequel avait réussi à lui échapper de justesse.

Le shérif Saunders resserra sa ceinture d'un cran sur sa confortable bedaine.

— Il s'agit de l'homme-machine qui s'est échappé de l'usine Petersboro. Nous avons reçu l'avertissement samedi dernier. Jake, vous allez me convoquer tous les hommes du comté de Hannaford en état de porter les armes. Qu'ils soient tous à mon bureau à midi. Mais avant cela, faites un saut jusqu'à la maison de la veuve Payne et annoncez-lui la nouvelle avec les ménagements d'usage.

On rapporte que Mirandy Payne, en apprenant la fatale nouvelle, prit juste le temps de s'assurer que la police d'assurance de son mari était en règle, déplorant au passage de n'avoir pas doublé le capital, avant de pousser un cri de douleur aussi poignant que prolongé et digne en tout point de la plus éplorée des veuves.

Quelques heures plus tard, Randolph Payne — dans l'ignorance la plus complète des affreuses mutilations qu'il avait subies et de sa mort consécutive — examinait avec satisfaction les négatifs de ses clichés. Pour une série de photos montrant un robot au travail, elles ne laissaient rien à l'imagination. On aurait pu les intituler : « Robot examinant pensivement un tube à vide », « Robot connectant deux fils », « Robot maniant un tournevis », « Robot mettant un réfrigérateur en pièces avec violence », et ainsi de suite.

En attendant de tirer les épreuves elles-mêmes, il se glissa sous le rideau fermant sa chambre noire improvisée et sortit pour fumer une cigarette et faire un brin de causette avec AL-76.

Ce faisant, il ne se doutait pas que les bois voisins grouillaient de fermiers nerveux, armés d'un véritable arsenal allant de la vieille arquebuse coloniale à la mitraillette du shérif. Il ignorait de même qu'une demi-douzaine de roboticiens, sous la conduite de Sam Tobe, descendaient à tombeau ouvert la grand-route de Petersboro à plus de cent quatre-vingt-dix kilomètres à l'heure pour le seul plaisir de faire sa connaissance.

Donc, tandis que le drame allait atteindre son point culminant, Randolph Payne, poussant un soupir de satisfaction, craqua une allumette sur le fond de son pantalon, alluma sa pipe et considéra AL-76 d'un air amusé.

Il lui était apparu depuis un moment que le robot était plus que légèrement excentrique. Randolph Payne était lui-même un expert en bricolages, pour en avoir commis un certain nombre qu'il n'aurait pu exposer à la lumière du jour sans provoquer des convulsions chez les spectateurs ; mais, de sa vie, il n'avait conçu un engin qui approchât, même de loin, la monstruosité qu'AL-76 était en train d'élaborer.

Elle aurait fait pâlir d'envie les partisans les plus fanatiques de l'art abstrait. Elle eût tari le lait dans les mamelles des vaches à un kilomètre à la ronde.

En réalité, elle était immonde !

D'une base massive et pleine de rouille, qui rappelait vaguement un outil agricole que Payne avait vu un jour attelé à un tracteur d'occasion, s'élevait en projections échevelées un incroyable fouillis de fils, de roues, de tubes et d'horreurs sans nom, qui se terminait par une sorte de mégaphone d'aspect sinistre.

Payne éprouva la tentation de jeter un coup d'œil dans ce mégaphone, mais il se retint. Il lui était arrivé de voir des machines construites avec autrement de logique exploser soudain avec violence.

— Hé, Al ! dit-il.

Le robot leva la tête. Il était étendu à plat ventre et s'efforçait de mettre en place une mince barre de métal.

— Que voulez-vous, Payne ?

— Qu'est-ce que c'est que ça ? demanda l'homme comme s'il parlait de quelque masse répugnante en pleine décomposition, suspendue en équilibre instable entre deux poteaux hauts de trois mètres.

— C'est un Disinto que je suis en train de fabriquer afin de pouvoir me mettre au travail. C'est un perfectionnement du modèle de série.

Le robot se leva, épousseta ses genoux avec fracas et considéra son œuvre avec fierté.

Payne frissonna. Un « perfectionnement » ! Pas étonnant qu'on dût les cacher à l'intérieur de cavernes situées sur la Lune. Pauvre satellite défunt ! Il avait toujours désiré savoir en quoi consistait un destin pire que la mort. A présent, il était fixé.

— Et vous pensez que ça marchera ?

— Sans aucun doute.

— Comment le savez-vous ?

— Il le faudra bien. C'est moi qui l'ai fabriqué, non ? Il ne me manque plus qu'une chose maintenant. Auriez-vous une lampe-torche ?

— Je pense.

Payne disparut dans la cabane et revint presque aussitôt.

Le robot dévissa le fond du boîtier et se mit au travail. En cinq minutes, il eut terminé. Il fit quelques pas en arrière.

— Tout est paré, dit-il. A présent, je vais me mettre au travail. Vous pouvez regarder si vous voulez.

Il y eut un temps au cours duquel Payne s'efforça d'apprécier la générosité de cette proposition.

— Ce n'est pas dangereux ?

— Un jeu d'enfant !

— Oh ! (Payne sourit faiblement et alla se réfugier derrière l'arbre le plus épais qu'il put trouver dans le voisinage.) Allez-y, dit-il, j'ai la plus grande confiance en vous.

AL-76 pointa la lampe vers le tas de ferraille pareil à un cauchemar de plombier. Ses doigts se mirent en action...

La ligne de bataille des fermiers de Hannaford se refermait sur la cabane de Payne suivant un cercle sans cesse rétréci. Le sang des héroïques pionniers qu'avaient été leurs ancêtres battait tumultueusement dans leurs veines — et leur peau se hérissait en chair de poule — tandis qu'ils rampaient d'arbre en arbre.

Le shérif Saunders transmit un ordre :

— Ouvrez le feu lorsque j'en donnerai le signal... et visez les yeux !

Jacob Linker — Lank Jake pour ses amis — se rapprocha :

— A votre avis, cet homme-machine n'a-t-il pas pris la fuite ?

Il ne réussit pas à dissimuler complètement la note d'espoir mélancolique qui perçait dans sa voix.

— Je n'en sais rien, grommela le shérif. Je ne pense pas. Dans ce cas, nous l'aurions bien rencontré dans les bois, ce qui ne s'est pas produit.

— Pourtant on n'entend pas un bruit, et il me semble que nous ne sommes plus bien loin de la cabane de Payne.

Ce rappel était superflu. Le shérif avait dans la gorge un nœud d'une telle taille qu'il dut s'y reprendre à trois fois pour l'avaler.

— Retournez à votre poste, ordonna-t-il, et gardez votre doigt sur la détente !

Ils avaient atteint le bord de la clairière à présent et le shérif Saunders, fermant un œil, glissa l'autre avec d'infinies précautions à l'extérieur de l'arbre qui lui servait d'abri. Ne voyant rien, il prit un temps et recommença l'expérience, les deux yeux ouverts cette fois.

Les résultats furent meilleurs, bien entendu.

Pour être exact, il aperçut un gigantesque homme-machine, de dos, qui se penchait sur un prodigieux bricolage à vous cailler le sang, dont l'origine était des plus incertaines et l'usage encore plus incertain. Il ne manquait au tableau que la silhouette tremblante de Randolph Payne, lequel embrassait étroitement le quatrième arbre dans la direction nord-nord-ouest.

Le shérif Saunders marcha à découvert et leva sa mitraillette. Le robot, qui lui présentait toujours son large dos de métal, dit à haute voix, en s'adressant à des personnes connues ou inconnues :

— Regardez !

Et au moment où le shérif ouvrait la bouche pour crier : « Feu à volonté ! » les doigts de métal pressèrent un bouton.

Il est impossible de décrire ce qui se produisit ensuite, en dépit de la présence sur les lieux de soixante-dix témoins oculaires. Au cours des jours, des mois et des années qui suivirent, pas un seul de ces soixante-dix hommes ne trouva un mot à dire à ce propos. Lorsqu'on les interrogeait, ils tournaient simplement au vert pomme et s'éloignaient en titubant.

Pourtant, si l'on s'en rapporte strictement aux faits, voici succinctement ce qui se produisit :

Le shérif Saunders ouvrit la bouche ; AL-76 pressa un bouton. Le Disinto entra en action et soixante-dix arbres, deux granges, trois vaches et les trois quarts de la cime du mont Duckbill se volatilisèrent dans l'atmosphère raréfiée. En un mot, ces différents articles s'en furent, si l'on peut s'exprimer ainsi, rejoindre les neiges d'antan.

La bouche du shérif Saunders demeura ouverte durant un temps indéfini, mais il n'en sortit ni ordre d'ouvrir le feu ni rien d'autre. Et alors...

Alors, il y eut dans l'air comme un remue-ménage, des chuintements multiples, une série de traînées pourpres concentriques barrant l'atmosphère à partir de la cabane de Payne, mais de la vaillante phalange du shérif, pas le moindre signe.

Des fusils de différents modèles étaient éparpillés dans le voisinage, y compris la mitraillette brevetée en ferronickel, à tir ultra-rapide, garantie contre tout enrayage. On y trouvait également une cinquantaine de chapeaux, quelques cigares à demi consumés et largement mâchouillés, et quelques autres articles de bric et de broc qui s'étaient décrochés dans le feu de l'action, mais d'humains, point.

A l'exception de Lank Jake, aucun de ces êtres de chair et de sang ne fut aperçu de trois jours, et encore notre homme ne connut-il cette insigne faveur du destin qu'en raison de l'arrivée impromptue sur les lieux des six hommes de l'usine de Petersboro, animés eux-mêmes d'une vitesse fort honorable et qui interrompirent sa trajectoire de comète.

Ce fut Sam Tobe qui stoppa sa course en plaçant adroitement son estomac sur l'orbite décrite par la tête de Lank Jake. Lorsqu'il eut recouvré son souffle, Tobe lui demanda :

— Où se trouve la cabane de Randolph Payne ?

Lank Jake permit à ses yeux de perdre pour un instant leur aspect vitreux.

— Mon vieux, dit-il, vous n'avez qu'à suivre la direction exactement opposée à la mienne.

Ayant dit, il disparut, miraculeusement. Puis un point qui allait sans cesse se rétrécissant fila entre les arbres à l'horizon. Sam Tobe pensa qu'il s'agissait de l'homme avec qui il venait de faire une brève rencontre, mais il n'aurait pu en jurer.

Voilà pour la glorieuse phalange ; mais reste encore Randolph Payne, dont les réactions prirent une forme quelque peu différente.

Pour Randolph Payne, l'intervalle de cinq secondes séparant le moment où le robot avait pressé le bouton et la disparition du mont Duckbill avait constitué un vide total. Au début de l'opération, il glissait un œil à travers l'épais taillis qui poussait aux pieds des arbres, et à la fin il se balançait follement à l'une des plus hautes branches de ces derniers. La même impulsion qui avait repoussé horizontalement la phalange des représentants de la loi avait exercé sur lui une action de bas en haut.

Comment avait-il effectué le parcours vertical de quinze mètres qui séparait le sol de sa position présente ? Avait-il grimpé, bondi, volé ? Il n'en avait pas la moindre idée et s'en souciait d'ailleurs comme d'une guigne.

Ce qu'il savait, en revanche, c'est qu'une certaine propriété avait été détruite par un robot qui se trouvait temporairement en sa possession. Tous les espoirs de récompense s'évanouirent pour laisser la place à un cauchemar peuplé de foules hostiles au point de vouloir le lyncher, de poursuites judiciaires, d'inculpations de meurtre et de la crainte de ce que Mirandy Payne allait lui dire. Surtout de la crainte de ce que Mirandy Payne allait lui dire.

— Hé, vous, le robot ! hurlait-il à tue-tête d'une voix graillonnante, détruisez-moi cet engin, vous entendez ? Réduisez-le en poussière ! Oubliez que j'ai été mêlé à cette histoire. Je ne vous connais pas, c'est bien compris ? N'en dites pas un mot à qui que ce soit. Oubliez tout cela, vous m'entendez ?

Il n'attendait aucun résultat de ses injonctions, qui n'étaient chez lui qu'un simple réflexe. Ce qu'il ignorait, c'est qu'un robot obéit toujours à un ordre humain à moins que celui-ci ne présente un danger pour un autre humain.

En conséquence, AL-76 se mit en devoir de démolir son Disinto avec calme et méthode.

Au moment précis où il piétinait les derniers restes survint Sam Tobe et sa troupe ; Randolph Payne, sentant que les véritables propriétaires du robot étaient arrivés, se laissa tomber la tête la première et s'enfuit dans la nature, sans attendre sa récompense.

Austin Wilde, ingénieur en robotique, se tourna vers Sam Tobe.

— Avez-vous pu tirer quelque chose du robot ?

Tobe secoua la tête.

— Rien, absolument rien. Il a oublié tout ce qui s'est passé depuis le moment où il a quitté l'usine. On a dû lui donner l'ordre d'oublier, sinon sa mémoire ne serait pas aussi totalement vide. A quoi rimait le tas de ferraille autour duquel il s'affairait ?

— Vous l'avez dit, ce n'était qu'un tas de ferraille. Mais ce devait être un Disinto avant qu'il se soit avisé de le détruire, et j'aimerais tuer de mes propres mains l'individu qui s'est permis de lui donner l'ordre de le démolir... je le soumettrais à la torture, je le ferais mourir à petit feu. Regardez-moi ça !

Ils se trouvaient à mi-pente de ce qui avait été le mont Duckbill — plus précisément à l'endroit où le sommet avait été littéralement scalpé ; Wilde posa la main sur la surface parfaitement plane formée par le sol et les rochers.

— Quel Disinto ! dit-il. Il a coupé la montagne comme au rasoir !

— Qu'est-ce qui lui a pris de le construire ?

Wilde haussa les épaules.

— Je n'en sais rien. Un élément quelconque de son environnement, impossible à déterminer, a réagi sur son cerveau positronique de type lunaire et l'a conduit à fabriquer un Disinto à partir de vieilles ferrailles. Nous avons une chance sur un milliard de retomber sur cet élément, à présent que le robot a tout oublié. Jamais nous ne pourrons reproduire ce Disinto.

— Tant pis. Ce qui importe, c'est que nous ayons retrouvé le robot.

— Vous ne savez pas ce que vous dites. (La voix de Wilde était imprégnée d'un regret poignant.) Sans doute n'avez-vous jamais eu affaire aux Disintos sur la Lune ? Ils dévorent l'énergie comme autant de porcs électroniques, et se refusent même à fonctionner si peu que ce soit tant qu'on ne leur a pas fourni un potentiel dépassant un million de volts. Mais le Disinto qui nous occupe fonctionnait différemment. J'ai examiné les restes au microscope, et voulez-vous voir la seule source d'énergie que j'ai pu découvrir ?

— En quoi consistait-elle ?

— Simplement en ceci. Et nous ne saurons jamais comment il a réussi ce tour de force.

Et Austin Wilde tendit à son compagnon la source d'énergie qui avait permis à un Disinto de volatiliser la moitié d'une montagne en une demi-seconde : *deux piles de lampe de poche !*

VICTOIRE PAR INADVERTANCE

Le vaisseau spatial fuyait comme une passoire.

Il était prévu pour cela. En fait, c'est sur ce principe que reposait toute l'idée.

Résultat, durant le voyage de Ganymède à Jupiter, le vaisseau était bourré à craquer du vide spatial le plus rigoureux. Et puisque le navire ne comportait aucun dispositif de chauffage, ce vide spatial se trouvait à température normale, c'est-à-dire une fraction de degré au-dessus du zéro absolu.

Ce fait était également conforme au plan. De petits détails comme l'absence de chaleur et d'air n'étaient la cause d'aucune incommodité pour les occupants de ce vaisseau spatial particulier.

Les premières vapeurs de l'atmosphère jovienne, fort proches encore du vide, commencèrent à s'immiscer dans le vaisseau à plusieurs centaines de kilomètres au-dessus de la surface de la planète. Elle était composée d'hydrogène dans sa presque totalité, bien qu'une analyse minutieuse eût peut-être révélé quelques traces d'hélium dans sa composition. Les manomètres commencèrent à monter.

Cette progression se poursuivit à un rythme accéléré, à mesure que le vaisseau perdait de la hauteur en décrivant une spirale autour de Jupiter. Les aiguilles des manomètres successifs, dont chacun était destiné à des pressions de plus en plus fortes, s'élevèrent jusqu'aux environs d'un million d'atmosphères, point où les chiffres perdaient toute signification. La température enregistrée par les thermocouples s'éleva lentement et de façon erratique, pour se stabiliser finalement aux alentours de soixante-dix degrés centigrades au-dessous de zéro.

Le vaisseau se déplaçait lentement vers son but, se frayant lourdement un chemin dans un brouillard de molécules gazeuses tellement rapprochées les unes des autres que l'hydrogène lui-même était comprimé à la densité d'un liquide. Des vapeurs d'ammoniaque, issues d'océans d'une immensité incroyable de ce même élément, saturaient cette horrible atmosphère. Le vent, qui avait commencé à quelque quinze cents kilomètres plus haut, avait atteint une violence telle que pour le désigner le mot d'ouragan constituerait encore un euphémisme.

Il devint tout à fait clair, longtemps avant que le vaisseau se fût posé sur l'île jovienne de belles dimensions, sept fois plus grande que l'Asie au bas mot, que Jupiter n'était pas un monde très agréable.

Et pourtant les trois membres de l'équipage étaient convaincus du contraire. Mais aussi il convient de dire que les trois membres de l'équipage n'étaient pas exactement humains. Ils n'étaient pas davantage joviens.

Ils étaient simplement des robots, conçus sur Terre pour être utilisés sur Jupiter.

— L'endroit me paraît plutôt désert, dit ZZ-Trois.

ZZ-Deux vint le rejoindre et considéra d'un air sombre le paysage fouetté par le vent.

— J'aperçois dans le lointain des structures, dit-il, qui sont évidemment artificielles. A mon avis, il conviendrait d'attendre que les habitants se portent à notre rencontre.

A l'autre bout de la pièce, ZZ-Un avait écouté la remarque mais il s'abstint de répondre. Des trois, il était le premier construit et avait servi en quelque sorte de prototype. C'est pourquoi il prenait la parole moins fréquemment que ses compagnons.

L'attente ne se prolongea guère. Un vaisseau aérien d'un dessin bizarre apparut au-dessus de leurs têtes. D'autres suivirent. Puis une ligne de véhicules tout-terrain s'approcha, prit position et dégorgea des organismes. En même temps que ces organismes, débarquèrent des accessoires inanimés qui étaient peut-être des armes. Quelques-uns de ces derniers étaient portés par un simple Jovien, d'autres par plusieurs, et enfin une troisième catégorie progressait par ses propres moyens, avec peut-être des Joviens à l'intérieur.

Les robots étaient incapables de le deviner.

— Ils nous entourent maintenant, dit ZZ-Trois. Le geste de paix le plus logique serait de sortir à découvert. D'accord ?

Les autres en convinrent et ZZ-Un ouvrit la lourde porte, qui n'était pas double ni d'ailleurs particulièrement étanche.

Leur apparition sur le seuil fut le signal de mouvements divers parmi les Joviens. On s'affaira autour d'un certain nombre des accessoires inanimés les plus importants et ZZ-Trois devint conscient d'une hausse de température dans l'enveloppe extérieure de son corps en bronze-béryllium-iridium.

Il jeta un regard à ZZ-Deux.

— Avez-vous senti ? Ils dirigent sur nous un faisceau d'énergie calorifique, je crois.

ZZ-Deux manifesta quelque surprise.

— Je me demande pourquoi.

— Il s'agit sans aucun doute d'un rayon calorifique. Regardez !

L'un des rayons avait été sorti de l'alignement pour une cause indiscernable, et sa trajectoire vint en contact avec un ruisseau d'ammoniaque pure qui entra promptement en ébullition violente.

Trois se tourna vers ZZ-Un.

— Prenez-en bonne note, Un, voulez-vous ?

— Certainement.

C'était à ZZ-Un qu'incombait le secrétariat, et sa méthode pour prendre des notes consistait à effectuer une addition mentale qui venait s'inscrire avec précision dans sa mémoire. Il avait déjà enregistré heure par heure toutes les indications des instruments les plus importants durant le voyage du vaisseau jusqu'à Jupiter.

— Quelle raison donnerai-je à la réaction ? Les maîtres humains seraient probablement heureux de la connaître, ajouta-t-il aimablement.

— Aucune raison. Ou mieux, corrigea Trois, aucune raison apparente. Vous pourriez dire que la température maximale du rayon était d'environ plus trente degrés centigrades.

— Essaierons-nous d'entrer en communication ?

— Ce serait une perte de temps, dit Trois. Seuls quelques rares Joviens peuvent connaître le code radio qui a été mis au point entre Jupiter et Ganymède. Ils feront quérir l'un d'eux, et lorsqu'il sera sur place, il établira le contact assez tôt. Dans l'intervalle, observons-les. Je ne comprends rien à leurs actes, je vous l'avoue franchement.

Cet état de choses ne s'améliora guère durant les instants qui suivirent. Les radiations calorifiques prirent fin et d'autres instruments entrèrent en action. Plusieurs capsules vinrent tomber aux pieds des robots, après une chute rapide sous l'action gravifique de Jupiter. Elles s'écrasèrent en laissant échapper un liquide bleu, formant des flaques qui se résorbèrent rapidement par évaporation.

Le vent de cauchemar emportait les vapeurs et les Joviens s'écartaient sur leur passage. L'un d'eux fut trop lent, se débattit follement et demeura étendu, complètement flasque et immobile.

ZZ-Deux se baissa, plongea un doigt dans l'une des flaques et considéra le liquide qui ruisselait sur sa phalange métallique.

— Je crois qu'il s'agit d'oxygène, dit-il.

— C'est bien de l'oxygène, approuva Trois. Cela devient de plus en plus étrange. Ce doit certainement être une opération dangereuse, car j'ai l'impression que l'oxygène est un poison pour ces créatures. L'une d'elles en est morte !

Il y eut un instant de silence ; alors ZZ-Un, que sa plus grande simplicité de construction conduisait parfois à exprimer sa pensée plus directement, dit avec une certaine lourdeur :

— On dirait que ces créatures étranges cherchent à nous détruire d'une manière plutôt puérile.

Et Deux, frappé par cette suggestion, de répondre :

— Je crois que vous avez raison, Un !

Un bref arrêt s'était produit dans l'activité jovienne et l'on apporta bientôt une nouvelle structure. Elle était munie d'une tige mince qui pointait en direction du ciel, à travers l'impénétrable crasse jovienne. Elle résistait au vent incroyable avec une fermeté indiquant une remarquable résistance. De son extrémité sortit un craquement, puis un éclair qui illumina les profondeurs de l'atmosphère, la faisant apparaître comme un brouillard gris.

Durant un moment, les robots furent baignés dans une iridescence éclatante.

— De l'électricité à haute tension ! dit pensivement Trois. Et d'une puissance respectable, d'ailleurs ! Je crois que vous avez raison, Un. Après tout, les maîtres humains nous ont dit que ces créatures cherchent à détruire toute l'humanité, et des organismes qui possèdent suffisamment de méchanceté pour vouloir du mal à un être humain... (cette seule pensée faisait trembler sa voix) n'éprouveraient aucun scrupule à tenter de nous détruire.

— C'est une honte que de posséder des cerveaux aussi malfaisants, s'écria ZZ-Un. Les pauvres diables !

— Oui, c'est en effet assez triste, avoua Deux. Rentrons au vaisseau. Nous en avons vu assez pour l'instant.

Ainsi firent-ils et ils s'installèrent pour attendre. Comme le disait ZZ-Trois, Jupiter était une planète vaste, et il faudrait peut-être du temps au service des transports joviens pour amener un expert en code radio jusqu'au vaisseau. Cependant la patience ne coûte guère aux robots.

En fait, Jupiter accomplit trois révolutions sur son axe, suivant le chronomètre, avant l'arrivée de l'expert en question. Le lever et le coucher du soleil passaient inaperçus, bien entendu, au fond de cet abîme de gaz aussi dense qu'un liquide, profond de cinq mille kilomètres. Mais ni les robots ni les Joviens n'avaient besoin, pour voir, des radiations visibles et ils ne s'en souciaient guère, par conséquent.

Durant cet intervalle de trente-quatre heures, les Joviens qui entouraient le vaisseau poursuivirent leurs attaques avec une patience et une ténacité au sujet desquelles ZZ-Un prit un bon nombre de notes mentales. Le navire fut assailli par autant de forces différentes qu'il y avait d'heures, et les robots observaient attentivement chaque attaque, analysant les armes qu'ils reconnaissaient. Il s'avéra qu'ils les reconnurent toutes.

Mais les maîtres humains avaient fait du bon travail. Il avait fallu quinze ans pour construire le vaisseau et les robots, et l'on pouvait résumer en peu de mots leur qualité essentielle : une résistance à toute épreuve. Les attaques se déployaient en pure perte et ni le navire ni les robots ne s'en trouvaient plus mal.

— Cette atmosphère les met en état d'infériorité, dit Trois. Ils ne peuvent avoir recours à des explosifs atomiques sous peine de creuser dans cette purée de pois un trou par où ils seraient aspirés.

— Ils n'ont pas utilisé davantage des explosifs à grande puissance, dit Deux, ce qui est heureux. Ils ne nous auraient pas fait grand mal, naturellement, mais nous aurions été quelque peu bousculés.

— Les explosifs à grande puissance sont hors de question. On ne peut concevoir un explosif sans expansion de gaz, et les gaz ne peuvent absolument pas se répandre dans cette atmosphère.

— C'est une atmosphère excellente, murmura Un. Elle me plaît beaucoup !

Ce qui était naturel, puisqu'il était construit en conséquence. Les robots ZZ étaient les premiers construits par l'United States Robots dont l'apparence ne rappelât en rien l'être humain. Ils étaient bas et ramassés, et leur centre de gravité se trouvait à moins de trente centimètres au-dessus du sol. Ils étaient pourvus chacun de six jambes épaisses et courtes, conçues pour soulever des tonnes dans une pesanteur qui atteignait deux fois et demie la pesanteur terrestre. Leurs réflexes étaient beaucoup plus rapides que ceux que l'on adoptait normalement pour la Terre, afin de compenser la gravité accrue. Et ils étaient faits d'un alliage de bronze-béryllium-iridium à l'épreuve de tous les agents corrosifs connus, de même que de tous agents destructeurs inférieurs à une désintégration atomique de mille mégatonnes, et cela en toutes circonstances.

Pour résumer, ils étaient indestructibles, et leur puissance était à ce point impressionnante qu'ils étaient les seuls robots jamais construits que les roboticiens de la compagnie n'eussent pas eu le cran d'affubler d'un surnom correspondant plus ou moins au numéro de série. Un brillant jeune homme avait suggéré Sissy-Un, Deux et Trois [1]... mais assez timidement, et sa suggestion ne fut jamais renouvelée.

Les dernières heures de l'attente furent consacrées à une discussion embarrassée, dont l'objet était de trouver des termes pour décrire un Jovien. ZZ-Un avait remarqué qu'ils possédaient des tentacules et avait noté leur symétrie radiale... puis il était resté coi. Deux et Trois avaient fait de leur mieux, mais sans grand résultat.

— Il est pratiquement impossible de décrire quoi que ce soit, déclara Trois finalement, si l'on ne dispose pas d'un objet de référence. Ces créatures ne ressemblent à rien que je connaisse... elles sont complètement étrangères aux réseaux positroniques de mon cerveau. C'est comme si on tentait de décrire la lumière gamma à un robot non équipé pour la capter.

C'est à cet instant précis que le tir des armes à l'extérieur s'interrompit une nouvelle fois. Les robots tournèrent leur attention vers ce qui se passait hors du vaisseau.

Un groupe de Joviens s'avançait d'une façon curieusement cahotante, mais l'observation la plus pénétrante ne permettait pas de déterminer la méthode exacte qu'ils utilisaient pour leur locomotion. Comment ils se servaient de leurs tentacules ? Mystère. Par instants, les organismes exécutaient une sorte de glissement et se déplaçaient alors à grande vitesse, en profitant peut-être de la poussée du vent, qui soufflait dans le sens de leur progression.

Les robots sortirent pour se porter à la rencontre des Joviens, qui firent halte à trois mètres de distance. Des deux côtés, on garda l'immobilité et le silence.

— Ils doivent nous observer, dit ZZ-Deux, mais comment ? L'un de vous deux aperçoit-il des organes photosensibles ?

— Je ne pourrais le dire, grommela Trois. Je ne vois en eux rien de particulièrement sensé.

Un cliquetis métallique se fit soudain entendre dans le groupe jovien.

— C'est le code radio, dit ZZ-Un, l'air ravi. L'expert en communication se trouve parmi eux.

C'était exact. Le complexe système morse laborieusement mis au point durant une période de vingt-cinq années par les êtres de Jupiter et les Terriens de Ganymède, et transformé en un moyen de communication d'une remarquable souplesse, allait enfin être mis en pratique à courte distance.

L'un des Joviens était demeuré sur place, les autres ayant battu en retraite. C'était lui qui parlait.

— D'où venez-vous ? demanda le cliquetis.

----

1. *Sissy* : mauviette, femmelette. (N.d.T.)

ZZ-Trois, qui était le plus évolué du point de vue mental, assuma naturellement la fonction de porte-parole du groupe.

— Nous venons de Ganymède, le satellite de Jupiter.

— Que désirez-vous ? poursuivit le Jovien.

— Des renseignements. Nous sommes venus pour étudier votre monde et rapporter nos observations à notre point de départ. Si nous pouvions obtenir votre bienveillante collaboration...

Le cliquetis jovien l'interrompit :

— Vous devez être détruits !

ZZ-Trois prit un temps.

— C'est exactement l'attitude qu'avaient prévue les maîtres humains, dit-il en aparté à ses compagnons. Ils ne sont vraiment pas ordinaires.

Reprenant son cliquetis, il demanda simplement :

— Pourquoi ?

Le Jovien estimait évidemment que certaines questions étaient trop odieuses pour qu'il fût nécessaire d'y répondre :

— Si vous partez d'ici une période de rotation, vous serez épargnés... du moins jusqu'au moment où nous sortirons de notre monde pour détruire la vermine qui infeste Ganymède.

— Je voudrais vous faire remarquer, dit Trois, que nous autres de Ganymède et des planètes intérieures...

— Notre astronomie ne connaît que le Soleil et nos quatre satellites. Il n'existe aucune planète intérieure, interrompit le Jovien.

— Alors, nous autres de Ganymède, concéda ZZ-Trois, nous ne nourrissons aucun dessein sur Jupiter. Nous sommes prêts à vous offrir notre amitié. Depuis vingt-cinq ans, votre peuple a communiqué librement avec les êtres humains résidant sur Ganymède. Existe-t-il une raison pour déclarer subitement la guerre aux hommes ?

— Pendant vingt-cinq ans, nous avons pris les habitants de Ganymède pour des Joviens, répondit l'autre froidement. Lorsque nous avons découvert qu'il n'en était rien et que nous avions traité des animaux inférieurs sur le même plan que l'intelligence jovienne, nous ne pouvions faire autrement que de prendre des mesures pour effacer ce déshonneur. (Et il conclut :) Nous autres de Jupiter ne souffrirons l'existence d'aucune vermine sur Ganymède !

Le Jovien se retirait, luttant contre le vent, et l'entrevue était évidemment terminée.

Les robots se concertèrent à l'intérieur du vaisseau.

— La situation paraît bien mauvaise, n'est-ce pas ? dit ZZ-Deux. C'est bien comme le disaient les maîtres humains, continua-t-il d'un ton pensif. Ils possèdent un complexe de supériorité anormalement développé, en même temps qu'une intolérance extrême à l'égard de quiconque ose mettre en doute cette prétendue supériorité.

— L'intolérance, observa Trois, est la conséquence naturelle du complexe. Le malheur est que leur intolérance a des dents. Ils possèdent des armes et leur science est fort étendue.

— Je ne suis pas surpris à présent, éclata ZZ-Un, qu'on nous ait donné des instructions formelles pour ne pas obéir aux ordres des Joviens. Ce sont des êtres horribles, intolérants et imbus de leur pseudo-supériorité ! (Il ajouta avec emphase, avec une loyauté et une fidélité typiquement robotiques :) Aucun maître humain ne pourrait leur ressembler.

— C'est vrai, mais en dehors du sujet, dit Trois. Le fait demeure que les maîtres humains courent un terrible danger. Jupiter est un monde gigantesque ; ses ressources naturelles sont cent fois plus importantes et ses habitants cent fois plus nombreux que ceux que recèle l'empire terrestre tout entier. S'ils peuvent réaliser un champ de force au point de l'utiliser comme une coque de navire spatial, comme l'ont déjà fait les maîtres humains, ils s'empareront du système entier dès qu'ils le voudront. Reste à savoir à quel point ils sont parvenus dans ce domaine particulier, quelles sont les autres armes dont ils disposent, les préparatifs auxquels ils se livrent et ainsi de suite. Notre devoir est de rapporter de telles informations à notre base, et il serait temps de décider quelle action il convient d'envisager à présent.

— Notre tâche sera peut-être difficile, dit Deux. Les Joviens ne nous aideront pas.

C'était le moins qu'on pût dire, pour le moment.

Trois réfléchit un instant.

— Apparemment, il nous suffira d'attendre, remarqua-t-il. Voilà trente-quatre heures qu'ils s'efforcent de nous détruire et ils n'y sont pas encore parvenus. Ils ont pourtant fait de leur mieux. Or, un complexe de supériorité implique la nécessité éternelle de sauver la face, et l'ultimatum que nous venons de recevoir en donne la preuve dans le cas présent. Jamais ils ne nous permettraient de partir s'ils étaient capables de nous anéantir. Mais si nous ne quittons pas les lieux, plutôt que d'avouer qu'ils sont impuissants à nous expulser, ils feindront de trouver des avantages à notre présence.

Et l'attente reprit. Le jour s'écoula. Le tir de rayons et projectiles divers se poursuivit sans désemparer. Les robots tinrent bon. Et, une fois de plus, ils se trouvèrent en présence de l'expert jovien en code radio.

Si les modèles ZZ avaient été pourvus d'un sens de l'humour par les ingénieurs qui avaient présidé à leur construction, ils se seraient amusés comme des petits fous. Mais ils étaient simplement pénétrés d'un sentiment de satisfaction solennelle.

— Nous avons décidé de vous permettre de prolonger votre séjour pour une période très brève, dit le Jovien, afin que vous puissiez constater par vous-mêmes notre puissance. Vous retournerez ensuite sur Ganymède, afin d'informer cette vermine dont vous êtes un échantillon de la catastrophe qui fondra sur elle en moins d'une révolution solaire.

ZZ-Un nota mentalement qu'une révolution jovienne correspondait à douze années terrestres.

— Merci, répondit Trois sans s'émouvoir. Nous permettrez-vous de vous accompagner jusqu'à la ville la plus proche ? Il y a des choses que nous aimerions bien connaître. Bien entendu, il ne faudra pas toucher à notre vaisseau, ajouta-t-il.

Cette dernière recommandation était présentée sous forme de requête sans aucune arrière-pensée de menace, car les modèles ZZ étaient dépourvus de toute agressivité. De par leur construction, ils étaient totalement incapables d'éprouver de l'humeur. Quand il s'agissait de robots d'une puissance aussi prodigieuse que les ZZ, il était indispensable de les pourvoir d'une inaltérable bienveillance durant la période des essais terrestres.

— Nous ne nous intéressons nullement à votre pouilleux vaisseau. Pas un Jovien ne consentirait à se souiller en l'approchant, dit le Jovien. Vous pouvez nous accompagner, mais n'espérez pas vous approcher à moins de trois mètres de l'un d'entre nous, sinon vous serez instantanément détruits.

— Butés comme des mules, hein ? remarqua Deux dans un murmure tandis qu'ils luttaient contre le vent.

La ville était en réalité un port construit sur les rives d'un incroyable lac d'ammoniaque. Le vent furieux soulevait des vagues écumantes qui couraient sur la surface liquide avec une vitesse dont la pesanteur accrue augmentait encore le caractère sporadique. Le port lui-même n'était ni vaste ni impressionnant, et il semblait évident que la plupart des constructions étaient souterraines.

— Quelle est la population de cette ville ? s'enquit Trois.

— C'est une petite ville de dix millions d'habitants, répondit le Jovien.

— Je vois. Prenez note, ZZ-Un.

ZZ-Un obéit mécaniquement puis se tourna une fois de plus vers le lac qu'il contemplait d'un regard fasciné. Il toucha le coude de Trois.

— A votre avis, ce lac contient-il du poisson ?

— Qu'est-ce que cela peut bien vous faire ?

— Nous devrions le savoir, il me semble. Les maîtres humains nous ont donné l'ordre de rassembler le plus d'informations possible.

Des trois robots, Un était le plus simple, et par conséquent, c'était lui qui prenait le plus les ordres au pied de la lettre.

— Qu'il aille s'en assurer par lui-même, s'il le désire, dit Deux. Laissons l'enfant s'amuser ; cela ne peut faire de mal à personne.

— Très bien. Je n'y vois pas d'objection à condition qu'il ne nous fasse pas perdre notre temps. Nous ne sommes pas venus sur Jupiter pour nous occuper des poissons... Mais puisque vous en mourez d'envie, ne vous gênez pas !

ZZ-Un partit tout excité et se dirigea rapidement vers la berge ; il plongea dans l'ammoniaque dans un rejaillissement d'écume. Les

Joviens l'observaient attentivement. Naturellement ils n'avaient rien compris à la conversation précédente.

L'expert en code radio cliqueta :

— Apparemment, votre compagnon, désespéré par le spectacle de notre grandeur, a décidé de renoncer à la vie.

— Vous vous trompez, répondit Trois avec surprise, il désire simplement observer les organismes vivants qui pourraient éventuellement se trouver dans le lac. (Il ajouta en manière d'excuse :) Notre ami manifeste parfois un comportement curieux, car il est beaucoup moins intelligent que nous, malheureusement pour lui. Mais nous savons le comprendre et nous nous efforçons de satisfaire ses fantaisies chaque fois que nous le pouvons.

Suivit un long silence.

— Il va se noyer, remarqua enfin le Jovien.

— Pas de danger, répliqua Trois d'un ton égal. Ce mot n'a pas de sens pour nous. Pourrons-nous pénétrer dans la ville dès son retour ?

A ce moment, un geyser surgit à quelques centaines de mètres du rivage. Il s'éleva à une certaine hauteur pour retomber bientôt en brouillard rapidement emporté par le vent. Le premier geyser fut suivi d'un second, puis d'un troisième, et enfin d'un furieux bouillonnement d'écume qui forma un sillage en direction de la berge et allait en s'apaisant à mesure qu'il s'en approchait.

Les deux robots observaient la scène avec surprise, et l'absence de tout mouvement de la part des Joviens montrait qu'ils étaient également absorbés par le spectacle.

Puis la tête de ZZ-Un émergea du liquide et on le vit progresser lentement vers la terre ferme. Mais quelque chose le suivit ! Un organisme d'une taille gigantesque qui semblait entièrement fait de crocs, de griffes, de pinces, d'épines. Puis ils s'aperçurent qu'il ne suivait pas le robot de son propre gré, mais qu'il était traîné sur la berge par ZZ-Un. Sa masse avait une flaccidité significative.

ZZ-Un s'approcha avec une certaine timidité et se chargea personnellement de la communication. Il transmit au Jovien un message qui trahissait une agitation manifeste :

— Je regrette sincèrement ce qui vient d'arriver, mais cet organisme m'a attaqué. Je voulais simplement l'observer en prenant des notes. J'ose espérer que la créature n'offre pas une trop grande valeur.

On ne lui répondit pas immédiatement car, à la première apparition de la créature, de larges vides s'étaient produits dans les rangs des Joviens. Ils se comblèrent avec lenteur, et une observation prudente ayant démontré que la créature était bien morte, l'ordre se trouva bientôt restauré. Quelques-uns parmi les plus téméraires palpaient déjà le corps inerte.

— J'espère que vous voudrez bien pardonner à notre ami, dit humblement ZZ-Trois. Il se montre parfois maladroit. Nous n'avions absolument aucune intention de faire du mal à un animal jovien.

— C'est lui qui m'a attaqué, expliqua Un. Il m'a mordu sans aucune provocation de ma part. Voyez ! (Il exhiba un croc long de soixante centimètres dont la pointe était ébréchée.) Il l'a cassé sur mon épaule, qu'il a bien failli érafler. Je lui ai donné une petite tape pour l'inviter à s'écarter... mais il en est mort. Je suis désolé !

Le Jovien finit par reprendre la parole et son cliquetis était quelque peu désordonné.

— C'est une créature très sauvage que l'on trouve rarement aussi près de la berge. Mais il est vrai que le lac est profond à cet endroit.

— Si vous pouviez vous en servir pour la consommation, nous ne serions que trop heureux... dit Trois anxieusement.

— Non, nous pouvons nous procurer de la nourriture sans le secours de verm... sans le secours de qui que ce soit. Mangez-le vous-mêmes.

Sur quoi ZZ-Un souleva la créature et la rejeta à la mer d'un geste nonchalant du bras.

— Merci de votre offre bienveillante, dit ZZ-Trois sans s'émouvoir, mais nous n'avons que faire de cette créature, puisque nous ne mangeons pas, bien entendu.

Escortés par quelque deux cents Joviens armés, les robots suivirent une série de rampes menant à la cité souterraine. Si, à la surface, celle-ci avait paru insignifiante, vue de l'intérieur elle prenait l'aspect d'une vaste métropole.

On les fit monter dans des véhicules dirigés à distance — car nul Jovien respectable n'aurait voulu compromettre sa supériorité en prenant place dans la même voiture qu'une vermine — et ils furent conduits à une vitesse terrifiante jusqu'au centre de la ville. Ils en virent suffisamment pour estimer qu'elle avait au moins quatre-vingts kilomètres de large et qu'elle s'enfonçait de près de douze kilomètres dans l'intérieur de la planète.

— Si ce n'est qu'un simple spécimen de la civilisation jovienne, dit ZZ-Deux d'un air sombre, nous ne pourrons présenter un rapport très prometteur à nos maîtres humains. Surtout que nous nous sommes posés au hasard sur la vaste surface de Jupiter, et que nous n'avions guère plus d'une chance sur mille d'atterrir à proximité d'un grand centre de population. Comme le dit l'expert en code, c'est là une « petite » ville.

— Dix millions de Joviens, dit Trois pensivement. La population totale doit se monter à des centaines de milliards d'habitants, ce qui est considérable, même pour Jupiter. Ils possèdent probablement une civilisation urbaine complète, ce qui signifie que leur développement scientifique doit être prodigieux. S'ils disposent de champs de force...

Trois n'avait pas de cou, car, pour obtenir plus de résistance, les têtes des modèles ZZ étaient solidement rivées au torse, cependant que le délicat cerveau positronique était protégé par trois couches superposées en alliage d'iridium de deux centimètres et demi d'épaisseur. En eût-il possédé un qu'il aurait secoué la tête tristement.

Ils s'étaient à présent arrêtés dans un espace dégagé. Partout autour d'eux, ils apercevaient des avenues et des structures grouillantes de Joviens faisant preuve d'une curiosité qui ne le cédait en rien à celle qu'aurait manifestée une foule terrestre en pareille circonstance.

L'expert en radio s'approcha d'eux.

— Il est maintenant temps de me retirer jusqu'à la prochaine période d'activité. Nous avons pris la peine de vous préparer des quartiers d'habitation à notre grand détriment, et comme de juste, les structures devront être abattues et reconstruites après votre départ. Néanmoins, il vous sera permis de dormir quelque temps.

ZZ-Trois agita l'un de ses bras en signe de dénégation et répondit en code :

— Mille grâces, mais ne vous dérangez pas pour nous. Nous pouvons très bien demeurer où nous sommes. Si vous voulez dormir et vous reposer, ne vous gênez pas. Nous vous attendrons. Quant à nous, nous ignorons le sommeil !

Le Jovien ne répondit pas, mais il eût été intéressant d'observer son expression, s'il avait possédé un visage. Il s'en fut et les robots demeurèrent dans la voiture, avec des escouades de Joviens bien armés et fréquemment relevés montant la garde autour d'eux.

Des heures s'écoulèrent avant que les rangs de ces sentinelles s'écartent pour laisser passage à l'expert radio. Il était accompagné d'autres Joviens qu'il présenta aux robots.

— Voici deux fonctionnaires du gouvernement central qui ont gracieusement consenti à vous parler.

L'un des personnages officiels connaissait évidemment le code, car son cliquetis interrompit brusquement celui de l'expert.

— Vermines, sortez de ce véhicule, que nous puissions vous examiner, dit-il en s'adressant aux robots.

Les robots n'étaient que trop heureux de le satisfaire, aussi, tandis que Trois et Deux sortaient par le côté droit de la voiture, ZZ-Un mettait pied à terre par le côté gauche. Malheureusement, il avait négligé d'actionner le mécanisme qui permettait d'ouvrir ce qui servait de portière, si bien qu'il emporta dans son élan le panneau entier en même temps que deux roues et un axe. La voiture s'effondra et ZZ-Un demeura figé sur place à contempler le désastre dans un silence plein d'embarras.

Il finit enfin par cliqueter doucement :

— Je suis vraiment désolé. J'ose espérer qu'il ne s'agit pas d'une voiture de grand prix.

— Notre compagnon est souvent maladroit, ajouta ZZ-Deux pour l'excuser. Nous vous prions de lui pardonner.

Et ZZ-Trois fit une tentative peu convaincante pour remettre l'engin dans son état primitif.

— Le matériau dont la voiture était faite est assez fragile, reprit ZZ-Un dans un nouvel effort pour amoindrir sa faute. Tenez...

Il saisit un panneau en plastique d'un mètre carré sur huit centimètres d'épaisseur entre ses deux mains, exerça une légère pression. Aussitôt le panneau se rompit en deux parties.

— J'aurais dû me méfier, avoua-t-il.

L'officiel jovien répondit d'un ton légèrement moins acerbe :

— Il aurait fallu détruire le véhicule de toute façon, puisqu'il avait été pollué par votre présence. (Il prit un temps, puis :) Créatures ! Nous autres, Joviens, n'éprouvons aucune curiosité vulgaire envers les espèces animales inférieures, mais nos savants ont besoin de documentation.

— Parfaitement d'accord avec vous sur ce point, répliqua joyeusement Trois. Nous aussi nous cherchons à nous documenter !

Le Jovien l'ignora.

— Il vous manque l'organe sensoriel de masse, du moins apparemment. Comment se fait-il que vous détectiez la présence d'objets éloignés ?

Trois sentit son intérêt s'éveiller.

— Vous voulez dire que vous êtes directement sensibles aux masses ?

— Je ne suis pas ici pour répondre à vos questions impudentes sur notre anatomie.

— J'en déduis que des objets possédant une faible masse spécifique vous feraient l'effet d'être transparents, même en l'absence de toute radiation. (Il se tourna vers ZZ-Deux.) C'est de cette façon qu'ils voient. Leur atmosphère leur semble aussi transparente que l'espace.

Le Jovien reprit une fois de plus son cliquetis :

— Répondez immédiatement à ma première question si vous ne voulez pas que je perde patience et que je vous fasse détruire sans plus attendre.

— Nous sommes sensibles à l'énergie, Jovien, répondit Trois du tac au tac. Nous pouvons nous ajuster à volonté à l'échelle électromagnétique tout entière. A présent, notre vue à longue distance est obtenue grâce à des ondes radio que nous émettons nous-mêmes, et à courte distance nous voyons par... (Il s'interrompit pour s'adresser à Deux.) Il n'existe en code aucun mot pour désigner les rayons gamma, n'est-ce pas ?

— Pas que je sache, répondit Deux.

Trois se tourna derechef vers le Jovien :

— A courte distance, nous voyons par le truchement de radiations pour lesquelles il n'existe pas de mot code.

— De quoi est composé votre corps ? demanda le Jovien.

— Il pose probablement cette question, chuchota Deux, parce que son organe sensoriel de masse ne peut franchir notre peau. Question de haute densité, vous savez bien. Faut-il lui dire ?

— Nos maîtres humains ne nous ont pas recommandé de garder le secret sur quoi que ce soit, répondit Trois d'un ton incertain. (Puis s'adressant au Jovien en code radio :) Nous sommes en grande partie composés d'iridium et pour le reste de cuivre, d'étain, d'un peu de béryllium, et quelques autres substances en faibles quantités.

Les Joviens se retirèrent un peu à l'écart, et par un tortillement obscur de diverses parties de leurs corps, d'ailleurs totalement indescriptible, donnèrent l'impression de se livrer à une conversation animée quoique silencieuse.

Puis le personnage officiel revint.

— Êtres de Ganymède ! Nous avons décidé de vous montrer quelques-unes de nos usines afin que vous puissiez juger de notre haut degré d'évolution technologique. Nous vous permettrons ensuite de rentrer chez vous pour jeter le désespoir parmi les autres verm... les autres êtres du monde extérieur.

— Prenez note de cette particularité de leur psychologie, dit Trois en s'adressant à Deux. Il leur faut à tout prix nous convaincre de leur supériorité. C'est une façon comme une autre de sauver la face. (Et en code radio :) Nous vous remercions infiniment de votre complaisance.

Mais pour sauver ladite face, on prit les grands moyens comme les robots s'en aperçurent bientôt. La démonstration devint une visite et la visite une exhibition à grande échelle. Les Joviens étalèrent tout, expliquèrent tout, répondirent avec empressement à toutes les questions, et ZZ-Un prit des notes par centaines.

Le potentiel de guerre de cette prétendue ville sans importance était plusieurs fois supérieur à celui de Ganymède tout entier. Dix villes de même grandeur auraient dépassé en production l'empire terrestre. Et pourtant dix villes semblables ne constituaient encore qu'une infime partie de la puissance dont Jupiter pouvait disposer.

ZZ-Un donna un coup de coude à ZZ-Trois.

— Qu'y a-t-il ? demanda celui-ci.

— S'ils disposent de champs de force, les maîtres humains sont perdus ? dit ZZ-Un avec le plus grand sérieux.

— Je le crains. Pourquoi cette question ?

— Parce que les Joviens s'abstiennent de nous montrer l'aile droite de cette usine. C'est peut-être qu'on y met au point les champs de force. Dans ce cas, ils ne manqueraient pas de garder le secret. Il faut que nous sachions la vérité. C'est le point essentiel.

— Vous avez peut-être raison, dit Trois d'un air sombre. Il vaut mieux tout savoir.

Ils venaient de pénétrer dans un gigantesque laminoir d'acier, où des poutres longues de trente mètres en alliage d'acier-silicone, inattaquable par l'ammoniaque, étaient produites au rythme de vingt unités à la seconde.

— Que contient cette aile ? demanda Trois sans avoir l'air d'y toucher.

Le personnage officiel posa la question aux cadres de l'usine et expliqua :

— C'est la section des hautes températures. Divers processus exigent des températures que la vie ne peut supporter, et ils doivent être dirigés à distance.

Il conduisit les robots jusqu'à une cloison qui irradiait de la chaleur et indiqua une petite surface d'un matériau transparent. Elle faisait partie d'une rangée de fenêtres semblables, à travers lesquelles on distinguait dans l'atmosphère épaisse les lumières rouges de séries de creusets flamboyants.

ZZ-Un posa un regard soupçonneux sur le Jovien et lui demanda en morse :

— Me permettez-vous d'aller voir cela de plus près ? Je m'intéresse énormément à ce genre de travaux.

— Vous faites l'enfant, ZZ-Un, dit Trois. Ils ne mentent pas. Oh ! et puis, après tout, faites comme vous l'entendrez. Mais ne soyez pas trop long ; la visite continue.

— Vous n'avez aucune idée des températures qui règnent en cet endroit. Vous allez périr carbonisé, dit le Jovien.

— Pas de danger, répondit Un d'un ton indifférent. La chaleur ne nous incommode pas.

Une conférence jovienne se tint aussitôt, puis une scène de précipitation confuse tandis qu'on modifiait la vie de l'usine pour la préparer à cette opération insolite. Des écrans en matériaux imperméables à la chaleur furent dressés, puis une porte s'abaissa, qui n'avait jamais fonctionné depuis l'inauguration de l'usine. ZZ-Un la franchit et la porte se referma derrière lui. Les officiels joviens s'assemblèrent devant les fenêtres pour suivre ses mouvements.

ZZ-Un se dirigea vers le plus proche creuset et le tapota de l'extérieur. Puisque sa taille était trop réduite pour lui permettre d'y jeter commodément un regard, il inclina le creuset de manière que le métal en fusion affleurât le bord du récipient. Il l'examina curieusement, y trempa la main et agita le liquide pour éprouver sa consistance. Cela fait, il retira sa main, secoua les quelques gouttes brûlantes de métal fondu et s'essuya sur l'une de ses six cuisses. Il parcourut lentement la rangée de creusets, puis signifia son désir de quitter les lieux.

Les Joviens se retirèrent à une grande distance à sa sortie et l'arrosèrent d'un jet d'ammoniaque qui siffla, bouillonna et fuma jusqu'au moment où il eut retrouvé une température normale.

ZZ-Un se souciait comme d'une guigne de la douche d'ammoniaque.

— Ils ne mentaient pas, dit-il. Pas le moindre champ de force.

— Voyez-vous... commença Trois.

Mais Un l'interrompit avec impatience :

— Inutile d'atermoyer. Les maîtres humains nous ont donné l'ordre de tout découvrir. Il n'y a donc rien d'autre à faire.

Il se tourna vers le Jovien et lui demanda en morse, sans la moindre hésitation :

— Écoutez-moi, la science jovienne a-t-elle découvert les champs de force ?

Ces manières sans artifice étaient bien entendu la conséquence des pouvoirs mentaux moins développés de ZZ-Un. Deux et Trois connaissaient cette particularité, aussi s'abstinrent-ils d'exprimer leur désapprobation.

L'officiel jovien perdit lentement la curieuse raideur d'attitude qui avait donné l'impression qu'il fixait stupidement la main de ZZ-Un — celle qu'il avait plongée dans le métal en fusion.

— Des champs de force ? répéta lentement le Jovien. Serait-ce donc là l'objet principal de votre curiosité ?

— Oui ! répondit ZZ-Un avec emphase.

Le Jovien parut retrouver soudain un nouveau regain de confiance, car son cliquetis se fit plus dynamique.

— Dans ce cas, suivez-moi, vermine !

— Nous voilà redevenus de la vermine, confia Trois à Deux, ce qui signifie que nous allons apprendre de mauvaises nouvelles.

Et Deux acquiesça lugubrement.

C'est aux confins mêmes de la ville qu'on les conduisait à présent — ce que sur Terre on aurait appelé la banlieue — pour les faire pénétrer dans une série de structures étroitement intégrées, qui auraient pu vaguement correspondre à une université terrestre.

On ne leur proposa cependant aucune explication, et ils s'abstinrent de poser des questions. L'officiel jovien avançait rapidement en tête du cortège et les robots suivaient, persuadés qu'ils allaient affronter le pire.

Ce fut ZZ-Un qui s'arrêta devant une ouverture percée dans un mur lorsque tous les autres furent passés.

— Qu'est-ce là ? s'enquit-il.

La pièce était garnie de bancs longs et étroits, sur lesquels des Joviens manipulaient des rangées de dispositifs étranges, dont des électro-aimants longs de trois centimètres formaient la partie principale.

— Qu'est-ce là ? demanda une seconde fois ZZ-Un.

Le Jovien se retourna en manifestant une certaine impatience.

— C'est un laboratoire de biologie à l'usage des étudiants. Rien qui puisse vous intéresser.

— Mais que font-ils ?

— Ils étudient la vie microscopique. N'avez-vous donc jamais vu un microscope ?

— Si, intervint ZZ-Trois, mais pas de ce modèle. Nos microscopes sont conçus pour des organes sensibles à l'énergie et fonctionnent par réfraction de l'énergie radiée. Vos microscopes fonctionnent évidemment sur la base de l'expansion massique. Très ingénieux.

— Pourrais-je examiner l'un de vos spécimens ? demanda ZZ-Un.

— A quoi bon ? Vous ne pouvez vous servir de nos microscopes en raison de vos limitations sensorielles, et nous serions obligés de rejeter les spécimens que vous auriez approchés sans raison valable.

— Mais je n'ai nullement besoin d'un microscope ! s'exclama Un tout surpris. Rien ne m'est plus facile que de régler mes organes à la vision microscopique.

Il se dirigea vers le banc le plus proche tandis que les étudiants se rassemblaient dans un coin pour éviter d'être contaminés. ZZ-Un écarta un microscope et examina attentivement le spécimen. Il recula perplexe, tenta une seconde expérience... une troisième... une quatrième.

Il se retourna vers l'entrée et s'adressant au Jovien :

— Ils sont censés être vivants, n'est-ce pas ? Je veux parler de ces organismes vermiculaires ?

— Certainement, dit le Jovien.

— C'est curieux... Dès que je les regarde, ils meurent !

Trois poussa une brusque exclamation et dit à ses compagnons :

— Nous avions oublié nos rayons gamma. Sortons d'ici, ZZ-Un, sinon il ne restera plus un seul organisme vivant dans la pièce.

Il se tourna vers le Jovien.

— Je crains que notre présence ne soit fatale aux formes les plus fragiles de la vie. Nous allons quitter ce lieu. J'espère qu'il ne vous sera pas trop difficile de remplacer ces spécimens. Et pendant que j'y pense, ne vous approchez pas trop de nous, sinon les radiations émises par notre organisme pourraient également vous nuire. Votre santé ne vous paraît pas avoir souffert jusqu'à présent, j'espère ? s'enquit-il.

Le Jovien reprit la tête du cortège dans un silence plein de dignité, mais désormais, il maintint entre les robots et lui-même une distance double de ce qu'elle était précédemment.

La visite se poursuivit en silence jusqu'au moment où les robots eurent pénétré dans une vaste salle. Au centre de celle-ci, d'énormes lingots de métal demeuraient suspendus dans l'espace — du moins n'apercevait-on aucun support visible — en dépit de la considérable pesanteur jovienne.

— Voici, dit le Jovien, notre champ de force sous sa forme ultime et tel qu'il résulte des tout derniers perfectionnements. A l'intérieur de cette bulle se trouve un espace vide qui supporte le poids entier de notre atmosphère en même temps qu'une quantité de métal suffisante pour construire deux grands vaisseaux de l'espace. Qu'en dites-vous ?

— Que les voyages dans l'espace sont, dès à présent, à votre portée, répondit ZZ-Trois.

— Parfaitement exact. Nul métal, nul plastique ne possède la résistance suffisante pour contenir notre atmosphère dans le vide, mais un champ de force permet d'atteindre ce résultat — et une bulle réalisée par un champ de force constituera notre vaisseau. Dans le courant de l'année, nous en produirons déjà par centaines de milliers. A ce moment, nous fondrons sur Ganymède en essaims innombrables pour détruire ces misérables vermines soi-disant douées d'intelligence qui voudraient nous disputer la maîtrise de l'univers.

— Les êtres humains de Ganymède n'ont jamais eu la moindre intention... commença ZZ-Trois.

— Silence ! coupa le Jovien. Retournez à présent d'où vous êtes venus et racontez à vos pareils ce que vous avez vu. Leurs dérisoires champs de force — tels que ceux dont votre navire est équipé — n'existeront pas devant les nôtres, car le plus petit de nos vaisseaux possédera cent fois la taille et la puissance des vôtres.

— Dans ce cas, en effet, répondit Trois, nous n'avons plus rien à faire ici et nous allons rentrer, comme vous le dites, en rapportant cette nouvelle. Si vous voulez bien nous reconduire à notre vaisseau, nous vous ferons nos adieux. Mais, en guise d'échange de bons procédés, je dois vous avertir que vous faites erreur. Les humains de Ganymède disposent, bien entendu, de champs de force, mais notre vaisseau n'en possède pas. Nous n'en avons nul besoin.

Le robot fit volte-face et fit signe à ses compagnons de le suivre. Ils demeurèrent silencieux un moment, puis ZZ-Un murmura avec découragement :

— Ne pourrions-nous tenter de détruire cette usine ?

— A quoi cela nous avancerait-il ? répondit Trois. Ils nous écraseraient sous le nombre. Inutile de résister. Dans une dizaine d'années, les maîtres humains seront anéantis. Il est impossible de lutter contre Jupiter. C'est un monde trop gigantesque. Tant que les Joviens ne pouvaient quitter sa surface, les humains se trouvaient en sécurité. Mais à présent qu'ils disposent de champs de force... nous ne pouvons rien faire d'autre que d'annoncer la nouvelle. En préparant des cachettes, quelques humains réussiront à survivre durant une courte période.

La ville se trouvait à présent derrière eux. Ils avançaient en terrain découvert près du lac, leur vaisseau se profilant à l'horizon sous la forme d'un point noir.

— Créatures, dit soudain le Jovien, vous dites que vous ne possédez pas de champ de force ?

— Nous n'en avons pas besoin, répondit Trois sans manifester d'intérêt.

— Comment se fait-il alors que votre vaisseau puisse supporter le vide régnant dans l'espace sans exploser du fait de la pression atmosphérique régnant à l'intérieur de la coque ?

Et, d'un geste de l'un de ses tentacules, il désigna l'atmosphère jovienne qui pesait sur eux de quelque seize cents tonnes au centimètre carré.

— C'est très simple, expliqua Trois. Notre vaisseau n'est pas étanche. La pression s'équilibre entre l'intérieur et l'extérieur.

— Même dans l'espace ? Le vide dans votre vaisseau ? Vous mentez !

— Nous vous invitons volontiers à visiter notre navire. Il ne possède pas de champ de force et il n'est pas étanche. Qu'y a-t-il là de si extraordinaire ? Nous ne respirons pas. Nous tirons directement notre énergie de l'atome. La présence ou l'absence de pression atmosphérique nous importe peu et nous nous trouvons parfaitement à l'aise dans le vide.

— Mais le zéro absolu !

— Il ne nous concerne pas. Nous réglons nous-mêmes notre température interne. Celles qui règnent à l'extérieur ne nous intéressent pas le moins du monde. (Il prit un temps.) A présent, nous pouvons regagner notre vaisseau par nos propres moyens. Adieu. Nous transmettrons votre message aux humains... Guerre jusqu'au bout !

Mais le Jovien s'écria :

— Attendez, je vais revenir !

Il se retourna et prit de nouveau le chemin de la ville.

Les robots ouvrirent des yeux ronds, puis attendirent en silence.

Trois heures s'étaient écoulées lorsque le Jovien reparut, progressant avec précipitation. Il s'arrêta à la limite des trois mètres réglementaires, puis il se remit en marche, et toute son attitude exprimait une curieuse humilité. Il ne prit la parole que lorsque sa peau grise et caoutchouteuse fut proche des robots à les toucher, et à ce moment le cliquetis de son morse se fit soumis, respectueux.

— Très honorés émissaires, je me suis mis en relation avec le chef du gouvernement central, qui se trouve à présent en possession de tous les faits, et je puis vous assurer que Jupiter ne désire que la paix.

— Je vous demande pardon ? dit ZZ-Trois interloqué.

— Nous sommes prêts à reprendre les communications avec Ganymède, poursuivit rapidement le Jovien, et nous vous donnerons volontiers l'assurance que nous ne procéderons à aucune tentative pour nous lancer dans l'espace. Notre champ de force sera uniquement utilisé sur la surface de Jupiter.

— Mais... commença Trois.

— Notre gouvernement ne sera que trop heureux de recevoir tous représentants que nos honorables frères humains de Ganymède seront disposés à envoyer près de nous. Si Vos Honneurs veulent bien condescendre à faire le serment de maintenir la paix...

Un tentacule écailleux se tendit vers eux et ZZ-Un, éberlué, le saisit. Deux et Trois firent de même et leurs mains furent étreintes par deux nouveaux tentacules.

— Je déclare une paix éternelle entre Jupiter et Ganymède, dit solennellement le Jovien.

Le vaisseau spatial qui fuyait comme une passoire avait de nouveau repris l'espace. La pression et la température se trouvaient une fois de plus à zéro, et les robots regardaient s'éloigner l'énorme globe qui était Jupiter.

— Leur sincérité ne fait aucun doute, dit ZZ-Deux, et cette volte-face complète est des plus réjouissantes, mais quant à la comprendre, c'est une autre affaire.

— A mon avis, observa ZZ-Un, les Joviens ont retrouvé la raison juste à temps et se sont rendu compte de l'action abominable qu'ils s'apprêtaient à commettre en faisant du mal aux maîtres humains. C'est d'ailleurs bien naturel !

ZZ-Trois soupira :

— Tout cela n'est qu'une affaire de psychologie. Ces Joviens souffraient d'un complexe de supériorité épais d'un kilomètre, et puisqu'ils n'étaient pas parvenus à nous détruire, il leur fallait bien sauver la face. Toutes leurs exhibitions, toutes leurs explications n'étaient qu'une sorte de forfanterie destinée à nous donner le sentiment de notre insignifiance devant leur pouvoir et leur supériorité.

— Je comprends tout cela, intervint Deux, mais...

— Mais leurs manœuvres ont eu le résultat contraire, continua ZZ-Trois. Ils n'ont réussi qu'à établir eux-mêmes la preuve que nous étions plus résistants, plus forts qu'eux, que nous ne pouvions nous noyer, que nous ne mangions ni ne dormions, que le métal en fusion n'entamait pas notre carcasse. Notre seule présence même était fatale à la vie jovienne. Leur dernière carte était le champ de force. Mais lorsqu'ils se sont aperçus que nous n'en avions pas besoin le moins du monde, que nous pouvions vivre dans le vide intégral et à la température du zéro absolu, ils se sont effondrés. (Il prit un temps et ajouta philosophiquement :) Lorsqu'un tel complexe de supériorité s'effondre, c'est l'écroulement total.

Les deux autres considérèrent un instant cette remarque.

— Pourtant je ne vois toujours pas la logique de leur attitude, dit ZZ-Deux. Que leur importe après tout que nous puissions faire ceci ou cela ? Nous ne sommes que des robots. Ce n'est pas nous qu'ils devaient combattre.

— C'est justement là toute la question, dit Trois doucement. C'est seulement après avoir quitté Jupiter que je me suis avisé de ce détail. Savez-vous que, par inadvertance, nous avons complètement négligé de les avertir que nous n'étions que des robots ?

— Ils ne nous ont jamais posé la question, dit Un.

— Exactement, et c'est pourquoi ils nous ont pris pour des êtres humains et se sont imaginés que tous les êtres humains étaient pareils à nous !

Il jeta un nouveau regard pensif du côté de Jupiter.

— Pas étonnant qu'ils aient décidé de s'avouer vaincus !

ÉTRANGER AU PARADIS

1

Ils étaient frères. Non pas dans le sens êtres humains frères, ou enfants élevés dans la même crèche. Pas du tout ! Ils étaient frères au véritable sens biologique du mot. Ils étaient parents, pour employer un mot devenu un peu archaïque depuis des siècles déjà, même avant la Catastrophe, au temps où la famille, ce phénomène tribal, avait encore une valeur.

Comme c'était embarrassant !

Depuis son enfance, Anthony l'avait presque oublié. A certaines époques il n'y pensait pas du tout pendant des mois. Mais maintenant, depuis qu'on l'avait réuni à William d'une façon inextricable, sa vie était un supplice.

La chose n'aurait peut-être pas été si pénible si elle avait toujours été évidente ; si comme avant la Catastrophe — autrefois Anthony aimait beaucoup l'histoire — ils avaient toujours porté le même nom, mettant ainsi en évidence leur parenté.

Aujourd'hui, bien sûr, on choisissait son nom comme on voulait et on le changeait aussi souvent qu'on le désirait. Mais après tout, la chaîne symbolique était ce qui comptait le plus et elle était gravée en vous depuis la naissance.

William avait choisi de s'appeler Anti-Aut. Il insistait beaucoup sur ce point avec une sorte de calme conscience professionnelle. Cela le regardait, bien sûr, mais quel signe de mauvais goût ! Anthony avait préféré Smith à l'âge de treize ans et n'avait jamais trouvé bon d'en changer. C'était simple, facile à écrire et assez original, car il n'avait jamais rencontré personne qui eût choisi ce nom. Autrefois c'était un nom très répandu — avant la Catastrophe — ce qui expliquait peut-être sa rareté aujourd'hui.

Mais la différence de noms perdait toute importance quand ils étaient ensemble. Ils se ressemblaient.

S'ils avaient été jumeaux... impossible, car on empêchait toujours un des deux œufs fécondés d'arriver à terme. Simplement, la ressemblance physique se rencontrait de temps en temps même s'il ne s'agissait pas de jumeaux, surtout quand la parenté était la même des deux côtés. Anthony Smith avait cinq ans de moins, mais ils avaient tous les deux le même nez recourbé, les mêmes paupières tombantes, la même fossette tout juste visible du menton — foutu hasard de la loterie génétique. Pas de quoi s'étonner lorsque, par amour pour la monotonie, les parents se répétaient.

Au début, lorsqu'ils étaient en présence l'un de l'autre, ils attiraient un regard de saisissement suivi d'un silence. Anthony essayait d'ignorer la situation, mais par esprit de contradiction — ou par perversité — William était bien capable de dire :

— Nous sommes frères.

« Oh ? » répondait l'autre, marquant une pause comme pour s'apprêter à demander s'ils étaient de véritables frères de sang. Et puis les bonnes manières reprenaient le dessus et il se détournait comme si cela n'avait aucune importance. Ça n'arrivait que rarement, bien sûr. La plupart des gens qui travaillaient sur le projet étaient au courant — comment l'éviter ? — et leur épargnaient cette situation.

Non pas que William fût un mauvais type. Pas du tout. S'il n'avait pas été le frère d'Anthony ; ou s'il l'avait été mais en restant différent de lui pour qu'on puisse camoufler le fait, ils se seraient très bien entendus.

Mais dans ces conditions...

Cela n'avait pas été plus facile quand plus jeunes ils jouaient ensemble et étaient élevés dans la même crèche, grâce à quelques manœuvres habiles de la mère. Ayant eu deux fils du même père et ayant ainsi atteint sa limite (car elle ne répondait pas aux conditions très strictes exigées pour en faire un troisième), elle voulait pouvoir rendre visite aux deux en même temps. C'était une femme étrange.

William quitta la crèche le premier, bien sûr, puisqu'il était l'aîné. Il s'était consacré à la science — à la mécanique génétique. Anthony l'avait appris, alors qu'il se trouvait toujours à la crèche, par une lettre de sa mère. Il était alors assez grand pour parler avec autorité à la directrice, et la correspondance cessa. Mais il se rappelait toujours cette dernière lettre et l'horrible honte qu'il avait ressentie.

Puis Anthony s'était finalement tourné vers les sciences, lui aussi. Il avait fait preuve de dispositions certaines dans ce domaine et on l'avait encouragé. Il se rappelait avoir ressenti la crainte terrible — et prophétique, il le réalisait à présent — de rencontrer un jour son frère et il se spécialisa en télémétrie, domaine le plus éloigné possible, pensait-il, de la mécanique génétique... N'importe qui l'aurait pensé aussi.

Mais, dans l'élaboration complexe du projet Mercure, l'occasion attendait.

Il arriva un moment où le projet sembla se trouver dans une impasse ; et une suggestion fut faite qui sauva la situation et qui, en même temps, plaça Anthony dans le dilemme que lui avaient préparé ses parents. Et le pire dans cette affaire, c'est que ce fut Anthony qui, en toute innocence, fit la suggestion.

2

William Anti-Aut connaissait le projet Mercure, mais seulement dans la mesure où il était au courant du grand programme d'exploration stellaire qui avait débuté bien avant sa naissance et se prolongerait bien après sa mort ; dans la mesure où il connaissait la colonie sur Mars et les essais permanents pour en établir d'autres sur les astéroïdes.

De telles choses restaient en marge de son esprit et il n'y attachait guère d'importance. A aucun moment les études spatiales n'avaient pénétré plus avant dans ses centres d'intérêt, autant qu'il puisse se rappeler, jusqu'au jour où le journal avait publié des photos de quelques-uns des hommes qui travaillaient sur le projet Mercure.

L'attention de William fut d'abord attirée par le fait que l'un d'entre eux s'appelait Anthony Smith. Il se rappelait le nom bizarre que son frère avait choisi, et aussi ce prénom, Anthony. Il ne pouvait certainement pas y avoir deux Anthony Smith.

C'est alors qu'il avait regardé la photographie et reconnu le visage. Il se regarda dans la glace comme pour vérifier le cas. Impossible de s'y tromper.

Cela l'amusa mais le mit un peu mal à l'aise, car il se rendait parfaitement compte des éventuels embarras que la situation pouvait provoquer. Des frères du même sang, pour employer ce terme écœurant. Mais que pouvait-on faire ? Comment était-il possible que ni son père ni sa mère n'ait eu plus d'imagination ?

Il avait dû mettre le journal dans sa poche, sans y prêter attention, en se préparant à aller travailler, car il le retrouva à l'heure du déjeuner. Il le regarda encore attentivement. Anthony était très bien sur la photo. C'était une bonne reproduction — les journaux étaient d'excellente qualité maintenant.

Son compagnon de table, Marco Quel-pouvait-bien-être-son-nom-cette-semaine, lui demanda avec curiosité :

— Que regardes-tu, William ?

Spontanément, William lui tendit le journal en disant :

— C'est mon frère.

Il eut l'impression de prendre des orties à pleine main.

Marco regarda le journal, fronça les sourcils et demanda :

— Lequel ? Celui qui est à côté de toi ?

— Non, celui qui *est* moi. Enfin celui qui me ressemble. C'est mon frère.

Il y eut un silence. Marco lui rendit le journal et lui demanda d'une voix soigneusement mesurée :

— Des frères ayant les mêmes parents ?

— Oui.

— Père et mère ?

— Oui.

— Mais c'est ridicule !

— Oui, je trouve, dit William en soupirant. Enfin, d'après ce qu'ils disent, il travaille dans la télémétrie au Texas, et moi sur l'autisme ici. Alors, quelle importance ?

William n'y pensa plus, et un peu plus tard dans la journée, il jeta le journal. Il ne voulait pas que sa compagne de lit habituelle le voie. Elle avait un sens de l'humour quelque peu paillard qui commençait à l'ennuyer. Il était bien content qu'elle ne désire pas un enfant. Il en avait eu un lui-même quelques années auparavant. Cette petite brune, Laura ou Linda, quel était son nom, avait collaboré.

Longtemps après cela, au moins un an, l'affaire Randall était arrivée. Si William n'avait pas pensé à son frère avant cela, et il ne l'avait pas fait, après il n'en eut absolument plus le temps.

Randall avait seize ans quand William entendit parler de lui pour la première fois. Il vivait de plus en plus renfermé sur lui-même et la crèche du Kentucky dans laquelle il était élevé décida de le supprimer — et, bien sûr, ce fut seulement huit ou dix jours avant la suppression que l'on pensa à faire un rapport sur lui à l'Institut des sciences de l'Homme de New York. (Mieux connu sous le nom d'Institut d'homologie.)

William reçut ce rapport avec plusieurs autres, et rien dans la description de Randall n'attira particulièrement son attention. Cependant c'était le moment de faire une visite aux crèches et spécialement en Virginie de l'Ouest. Il s'y rendit, fut déçu au point de se jurer pour la cinquantième fois qu'il se contenterait dorénavant pour ses tournées du circuit de télévision, mais au point où il en était, il pensa qu'il pouvait tout aussi bien aller voir la crèche du Kentucky avant de rentrer.

Il n'en attendait rien de spécial.

Cependant, il étudiait le relevé génétique de Randall depuis à peine dix minutes quand il appela l'Institut pour lui demander de faire un calcul sur l'ordinateur. Puis il se rassit et eut une sueur froide à la pensée que seule une impulsion de dernière minute l'avait fait venir ici et que sans cette impulsion, Randall aurait été tranquillement supprimé d'ici environ une semaine. En fait, on lui aurait injecté sous la peau, sans lui faire mal, un médicament qui serait passé dans son sang, et il aurait sombré dans un sommeil paisible qui l'aurait conduit doucement à la mort. Le nom officiel du médicament avait vingt-trois syllabes, mais William l'appelait « nirvanamine », comme tout le monde.

William demanda à la directrice :

— Quel est son nom complet ?

La directrice de la crèche répondit :

— Randall Pairsson, Spécialiste.

— Personne ! répéta William furieux.

— Pairsson, épela la directrice. Il a choisi ce nom l'année dernière.

— Et vous n'avez rien remarqué ? Cela se prononce comme Personne. Il ne vous est pas venu à l'esprit de nous faire un rapport sur ce jeune homme l'année dernière ?

— Il ne m'avait pas semblé... commença la directrice toute troublée.

William la fit taire d'un geste. A quoi bon ? Comment pouvait-elle savoir ? Il n'y avait dans le relevé génétique aucun des critères sur lesquels on attire l'attention dans le manuel. C'était une combinaison subtile, sur laquelle William et son équipe travaillaient depuis vingt ans dans le cadre de leurs expériences sur les enfants autistiques — et ils n'avaient jamais vérifié cette combinaison sur quelqu'un.

Et on avait failli le supprimer !

Marco, qui était le plus têtu de l'équipe, se plaignait du fait que les crèches montraient trop d'empressement à faire avorter avant terme et à supprimer après. Il maintenait que tous les schémas de gènes devaient avoir la possibilité de se développer pour que l'on puisse les étudier et qu'on ne devait supprimer personne sans avoir consulté un homologiste.

— Mais il n'y a pas assez d'homologistes, disait William tranquillement.

— Nous pourrions au moins soumettre à l'ordinateur tous les relevés génétiques, répondait Marco.

— Pour récupérer tout ce qui pourrait nous être utile ?

— Pour toute utilisation homologique, ici ou ailleurs. Nous devons étudier les composantes génétiques en activité si nous voulons y comprendre quelque chose, et ce sont les composantes anormales et monstrueuses qui nous fournissent le plus d'informations. Nos expériences sur l'autisme nous en ont appris plus sur l'homologie que tout ce qui avait été découvert auparavant.

William, qui préférait toujours l'emploi de l'expression « physiologie génétique de l'homme » à « homologie », secoua la tête :

— Tout de même, nous devons faire attention. Nous avons beau affirmer l'utilité de nos expériences, nous ne pouvons les faire qu'avec la permission de la société, permission donnée à regret. Nous travaillons sur des vies humaines.

— Des vies inutiles. Bonnes à supprimer.

— Une suppression rapide et agréable est une chose. Nos expériences, souvent prolongées et fatalement désagréables, en sont une autre.

— Mais nous pouvons parfois les aider.

— Et parfois nous ne le pouvons pas.

Ce n'était pas la peine de discuter car il n'y avait pas de solution. Le problème était que les homologistes ne disposaient pas d'assez de cas anormaux intéressants, et on ne pouvait pas pousser l'humanité à se reproduire davantage. Le traumatisme de la Catastrophe resterait toujours présent sous de multiples formes dont celle-ci.

La poussée trépidante imprimée à l'exploration spatiale n'était pas sans rapports (du moins certains homologistes l'affirmaient-ils) avec la prise de conscience de la fragilité de l'ensemble de la vie sur la planète, suite à la Catastrophe.

Enfin, quoi qu'il en fût...

On n'avait jamais rencontré un cas comme celui de Randall Pairsson. Pas William. L'étude attentive du caractère autistique de ces composantes génétiques extrêmement rares révélait qu'on en connaissait plus sur Randall que sur n'importe quel patient du même genre que l'on avait examiné avant lui. Ils purent même capter les dernières vagues lueurs de sa pensée au laboratoire, avant qu'il ne se referme complètement et sombre entre les murs de sa peau — détaché, hors d'atteinte.

Alors ils entreprirent un long travail : Randall, soumis à des stimuli artificiels pendant des périodes de plus en plus longues, révéla le fonctionnement intérieur de son cerveau et donna ainsi des indices sur le fonctionnement intérieur de tous les cerveaux, ceux que l'on dit normaux, aussi bien que ceux de son genre.

Ils obtenaient ainsi un tel nombre d'informations que William commença à penser que son rêve de vaincre l'autisme n'en était plus un. Il se sentit tout heureux d'avoir choisi le nom d'Anti-Aut.

Et c'est au beau milieu de l'euphorie produite par l'observation de Randall qu'il reçut l'appel de Dallas et qu'ils commencèrent à insister — ce n'était vraiment pas le moment — pour qu'il abandonne son travail et se penche sur un nouveau problème.

En y repensant plus tard, il ne put jamais définir ce qui l'avait finalement décidé à accepter de se rendre à Dallas. Après coup, bien sûr, il put constater qu'il avait bien fait d'accepter — rnais pourquoi l'avait-il fait ? Était-il possible qu'il ait eu, même au début, une intuition de ce qui allait se passer ? Non, certainement pas.

Était-ce le souvenir inconscient de ce journal, de la photo de son frère ? Pas davantage.

Mais il se laissa convaincre de faire cette visite et ce ne fut que quand le doux bourdonnement de la micropile motrice changea d'intensité et quand l'unité antigrav prit la suite pour la descente finale qu'il se rappela cette photo — ou tout au moins que cette photo passa du côté conscient de son cerveau.

Anthony travaillait à Dallas, William s'en souvenait maintenant, et sur le projet Mercure. Et c'est à cela qu'on avait fait allusion. Il avala sa salive quand la petite secousse lui signala que le voyage était fini. Cela allait être désagréable.

3

Anthony attendait dans le salon d'accueil, sur la terrasse, l'expert annoncé. Pas seul, bien entendu. Il faisait partie d'une délégation imposante — dont la dimension indiquait l'état de désespoir dans lequel ils étaient tombés — et n'appartenait, lui, qu'aux échelons inférieurs. Seule raison de sa présence : la suggestion, à l'origine, venait de lui.

Il ressentit un malaise léger mais persistant à cette pensée. Il était sorti du rang. On l'en avait vivement félicité, mais on avait toujours insisté sur le fait que c'était sa propre idée ; et si cela se révélait être un fiasco, tout le monde le laisserait tomber et il serait seul en cause.

Plus tard, il se demanda parfois s'il était possible que le vague souvenir d'un frère homologiste lui ait suggéré cette pensée. C'était possible, mais ce n'était pas sûr. Sa suggestion était la seule sensée, et il l'aurait certainement faite si son frère avait été quelqu'un d'aussi inoffensif qu'un écrivain de science-fiction ou s'il n'avait pas eu de frère du tout.

Le problème, c'étaient les planètes du système intérieur.

La Lune et Mars étaient colonisées. On avait réussi à atteindre les plus grands astéroïdes et les satellites de Jupiter, et un voyage humain vers Titan, le grand satellite de Saturne, était à l'étude. On ferait le tour de Jupiter en accélération. Cependant, malgré les plans au programme pour envoyer des hommes faire un périple de sept ans dans le système solaire extérieur, on n'entrevoyait toujours aucune chance d'une approche humaine des planètes intérieures, à cause du Soleil.

Vénus en elle-même était l'univers le moins tentant des deux planètes à la portée de la Terre, Mercure, en revanche...

Anthony ne faisait pas encore partie de l'équipe quand Dimitri Grand (il était très petit, en fait) avait, dans une conférence, suffisamment impressionné le Congrès mondial pour qu'on lui accorde les crédits nécessaires au projet Mercure.

Anthony avait écouté les enregistrements et entendu la présentation de Dimitri. On la disait improvisée, et peut-être l'était-elle, mais elle était parfaitement construite et contenait, dans leur essence, toutes les voies qu'avait suivies le projet Mercure depuis.

Et l'argument principal était que l'on aurait tort d'attendre que la technologie soit assez développée pour permettre une expédition humaine dans la violence des radiations solaires. Mercure était un milieu unique, qui nous apprendrait peut-être énormément de choses, et de Mercure on pourrait observer le Soleil comme de nulle part ailleurs. Pourvu qu'un substitut humain — un robot en d'autres termes — soit placé sur la planète.

On pouvait construire un robot avec les caractéristiques voulues. Les atterrissages délicats étaient aussi faciles qu'un baisemain. Mais une fois le robot sur Mercure, qu'en ferait-on ?

Il pourrait procéder à des observations, puis calquer son comportement sur elles, mais le projet exigeait que ses actes soient complexes et subtils, tout au moins qu'ils puissent l'être, et ils n'étaient pas du tout sûrs de la nature des observations qu'il allait faire.

Pour être prêt à tout et pour posséder toute la subtilité voulue, le robot devrait contenir un ordinateur (certains, à Dallas, disaient un « cerveau », mais Anthony n'aimait pas cette façon de parler — peut-être parce que, il se le demanda plus tard, le cerveau c'était le domaine de son frère) assez complexe et universel pour être comparable à un cerveau de mammifère.

Cependant rien de tel n'avait pu être construit ou réduit à une dimension suffisante pour être transporté et laissé sur Mercure — ou une fois là-bas pour être assez maniable et utilisable par le robot qu'ils comptaient employer. Peut-être, un jour, les appareils à circuits positroniques avec lesquels les robotistes s'amusaient maintenant le permettraient-ils ? Mais ce jour n'était pas encore arrivé.

La seule solution était que le robot transmette immédiatement à la Terre toutes les observations qu'il ferait, et qu'un ordinateur sur la Terre dirige chacun de ses actes à partir de ces observations. En fait, le corps du robot serait là-bas et le cerveau ici.

Cette décision prise, les télémétristes devenaient les techniciens clés, et ce fut à ce moment-là qu'Anthony rentra dans l'équipe. Il fut l'un de ceux qui mirent au point les méthodes de réception et d'envoi d'impulsions sur des distances de 75 à 200 millions de kilomètres, en direction et quelquefois au-delà d'un disque solaire qui pouvait contrarier ces impulsions d'une manière redoutable.

Il se passionna pour son travail et (pensa-t-il après coup) fit preuve de talent et de succès. C'était lui, bien plus que n'importe qui d'autre, qui avait conçu les trois stations-relais mises en orbite permanente autour de Mercure — les Orbitales de Mercure. Chacune d'entre elles était capable d'envoyer et de recevoir des impulsions de Mercure à la Terre et de la Terre à Mercure. Chacune d'entre elles était capable de résister, d'une façon pratiquement permanente, à la radiation solaire, et, qui plus est, chacune pouvait éliminer les interférences solaires.

Trois stations équivalentes avaient été mises sur orbite à environ un million et demi de kilomètres de la Terre : elles pouvaient capter les régions nord et sud du plan de l'écliptique, donc recevoir les impulsions de Mercure et les relayer vers la Terre — ou vice versa — même quand Mercure se trouvait derrière le Soleil et était inaccessible directement pour une station située sur la Terre.

Restait le problème du robot ; un merveilleux spécimen de l'association des techniques robotiques et télémétriques. Plus élaboré que dix modèles précédents, il était capable, avec un volume double de celui de l'homme, ou un peu plus, et une masse cinq fois supérieure, de ressentir et d'accomplir bien plus de choses qu'un homme — à condition d'être dirigé.

Il apparut assez rapidement que l'ordinateur devrait être infiniment complexe pour pouvoir diriger ce robot, car chaque réponse devait être modifiée pour tenir compte des variations dans la réception. Et comme chaque réponse renforçait elle-même la certitude d'une plus grande complexité de variations possibles dans la réception, les premières devaient être renforcées et consolidées. Cela continuait ainsi à l'infini comme un jeu d'échecs, et les télémétristes durent utiliser un ordinateur pour programmer l'ordinateur qui concevait le programme pour l'ordinateur qui programmait l'ordinateur qui contrôlait le robot.

On était en pleine confusion.

Le robot se trouvait dans une base au milieu du désert de l'Arizona et fonctionnait parfaitement. Mais l'ordinateur de Dallas ne pouvait pas le manœuvrer assez bien : pas même dans le milieu parfaitement connu qu'était la Terre. Comment alors...

Anthony se rappelait très bien le jour où il avait fait la suggestion. C'était le 4-7-553. Il s'en souvenait pour une raison précise, parce qu'il se rappelait avoir pensé ce jour-là que le 4-7 avait été un jour de fête important dans la région de Dallas pour les hommes d'avant la Catastrophe un demi-millénaire auparavant — en fait 553 ans auparavant, pour être précis.

C'était au moment du dîner, un bon dîner. Le milieu écologique de la région avait été soigneusement mis au point et le personnel du projet était prioritaire pour la nourriture — aussi les menus étalaient-ils un choix inhabituel, et Anthony avait apprécié un canard rôti.

C'était un très bon canard rôti et cela le rendit un peu plus expansif que d'habitude. Tout le monde était d'humeur plutôt expansive, d'ailleurs, et Ricardo déclara :

— On n'y arrivera jamais. Admettons-le. On n'y arrivera jamais.

On ne pouvait pas compter le nombre de fois où chacun avait pensé la même chose mais ils s'étaient fait une règle de ne jamais le proclamer si ouvertement. Un pessimisme affiché aurait pu précipiter l'arrêt des crédits (on les obtenait chaque année avec plus de difficultés depuis cinq ans) et si jamais il existait vraiment une chance, elle serait perdue.

Anthony, peu enclin d'habitude à un enthousiasme délirant, mais plein d'optimisme à présent grâce à son canard, rétorqua :

— Et pourquoi n'y arriverions-nous pas ? Dis-moi une raison et je la réfute.

C'était un défi direct et les yeux noirs de Ricardo se rétrécirent immédiatement.

— Tu veux que je te dise pourquoi ?

— C'est cela.

Ricardo repoussa sa chaise et fit face à Anthony. Il déclara :

— Allons, ce n'est pas un mystère. Dimitri Grand ne le dirait pas aussi ouvertement dans un rapport, mais tu sais aussi bien que moi que pour que le projet Mercure marche, il nous faudrait un ordinateur aussi complexe qu'un cerveau humain sur Mercure ou ici, et nous ne pouvons pas le construire. Alors où cela nous mène-t-il, si ce n'est à jouer au plus fin avec le Congrès mondial pour avoir de l'argent afin de continuer à travailler et à tourner en rond ?

Anthony se composa un sourire supérieur et répondit :

— Très facile à réfuter. Tu nous as donné la réponse toi-même. (A quoi jouait-il ? Était-ce la sensation agréable du canard dans son estomac ? Le désir de faire marcher Ricardo ?... Ou bien avait-il pensé sans s'en apercevoir à son frère ? Plus tard il ne put dire la raison.)

— Quelle réponse ? demanda Ricardo en se levant.

Il était très grand, étonnamment maigre et sa blouse blanche restait toujours ouverte. Il croisa les bras et sembla s'efforcer de toiser Anthony qui était assis comme un mètre gradué replié.

— Quelle réponse ?

— Tu as dit qu'il nous fallait un ordinateur aussi complexe qu'un cerveau humain. Très bien, construisons-en un.

— C'est justement ce que nous ne pouvons pas faire, espèce d'idiot.

— Nous, nous ne pouvons pas le faire. Mais il y a les autres.

— Quels autres ?

— Ceux qui étudient le cerveau, bien sûr. Nous, nous nous occupons de mécanique. Nous n'avons aucune idée de la complexité d'un cerveau humain, ni de ses limites. Pourquoi ne faisons-nous pas appel à un homologiste pour qu'il nous dessine un ordinateur ?

Sur ces mots, Anthony se servit largement de farce qu'il savoura tranquillement. Il avait encore sur la langue, après tout ce temps passé, le goût de la farce, et pourtant il ne pouvait se rappeler en détail ce qui était arrivé après.

Il lui semblait que personne ne l'avait pris au sérieux. Il y eut un éclat de rire et tout le monde pensa qu'Anthony s'était débarrassé du piège avec des paroles habiles, aussi le rire était-il aux dépens de Ricardo. Après bien sûr, tout le monde proclama l'avoir pris au sérieux.

Ricardo s'enflamma, pointa un doigt sur Anthony et dit :

— Écris cela ! J'*ose* te demander de mettre ta suggestion par écrit.

Tout au moins c'est ainsi que la mémoire d'Anthony l'avait enregistré. Ensuite Ricardo déclara qu'il avait dit : « Bonne idée ! Pourquoi ne mettrais-tu pas cela par écrit, Anthony ? »

En tout cas, Anthony l'avait fait.

Dimitri Grand avait sa proposition. En conférence privée, il avait donné une grande tape dans le dos d'Anthony en lui disant que lui aussi il y avait pensé — bien qu'il voulût que tout le bénéfice de l'idée revînt à Anthony. (Pour le cas où cela se révélerait être un fiasco, pensait celui-ci.)

Dimitri Grand se chargea de rechercher l'homologiste qui convenait. Il ne vint pas à l'idée d'Anthony de s'intéresser à la question. Il ne connaissait rien à l'homologie et ne connaissait pas d'homologistes — sauf bien sûr son frère, mais il n'y avait pas pensé. Pas consciemment.

Anthony était donc dans le salon d'accueil, un peu en retrait, lorsque la porte de l'avion s'ouvrit et que plusieurs hommes en sortirent, et quand les serrements de main commencèrent, il se trouva face à face avec lui-même.

Ses joues s'enflammèrent et il souhaita de toutes ses forces être transporté à des milliers de kilomètres.

4

Plus que jamais, William regretta que le souvenir de son frère n'ait pas été plus fort. Il aurait dû y penser... Enfin, il aurait dû.

Mais son amour-propre avait été flatté par la demande et après, l'idée avait commencé à l'exciter. Peut-être son oubli était-il délibéré.

D'abord, le fait que Dimitri Grand soit venu le voir en chair et en os lui avait fait grand plaisir. Il était venu en avion de Dallas à New York, et cela excitait beaucoup William, dont le vice secret était la lecture de policiers à suspense. Dans ces livres, les hommes et les femmes empruntaient toujours les transports de masse pour des raisons de discrétion. Après tout, tous les moyens de communication électroniques étaient propriété publique — au moins dans les romans où chaque faisceau de communication, quel qu'il soit, était toujours surveillé.

William avait dit cela comme une sorte de plaisanterie morbide, mais Dimitri ne l'écoutait que d'une oreille. Il le regardait fixement et ses pensées semblaient loin.

— Excusez-moi, dit-il enfin, vous me rappelez quelqu'un.

(Et même après cette remarque, William ne s'était douté de rien. Comment était-ce possible ? se demanda-t-il par la suite.)

Dimitri Grand était un petit homme grassouillet dont le regard semblait pétiller en permanence, même quand il se disait inquiet ou contrarié.

Il avait un gros nez sans distinction, des joues bien rondes et respirait la douceur. Il insista sur son nom de famille, disant avec une rapidité qui fit supposer à William que c'était une habitude :

— Il n'y a pas que la taille qui soit grande, cher ami.

Lors de la conversation qui suivit, William éleva de nombreuses objections. Il ne connaissait rien aux ordinateurs. Absolument rien ! Il n'avait pas la moindre idée sur la façon dont ils fonctionnaient ou dont ils étaient programmés.

— Ça ne fait rien, ça ne fait rien, répondit Dimitri, repoussant l'objection d'un geste de la main. Nous, nous connaissons les ordinateurs ; nous, nous pouvons établir des programmes. Vous n'aurez qu'à nous dire comment l'on doit concevoir un ordinateur pour qu'il fonctionne comme un cerveau et non comme un ordinateur.

— Je ne suis pas sûr d'en savoir assez sur le fonctionnement du cerveau pour être capable de vous donner ce que vous demandez, Dimitri, répondit William.

— Vous êtes le meilleur homologiste du monde, répondit Dimitri. J'ai pris mes renseignements.

Ce fut un argument de poids.

William l'écouta avec une perplexité grandissante. C'était sans doute inévitable, pensa-t-il. Plongez une personne dans l'étude approfondie d'une spécialité donnée pendant un assez long moment, elle considérera vite que tous les autres spécialistes dans les autres domaines sont des magiciens en comparant l'étendue de leur savoir à celle de son ignorance... Le temps passa et William apprit sur le projet Mercure bien plus de choses qu'il ne le désirait.

Il dit enfin :

— Mais alors pourquoi vouloir à tout prix utiliser un ordinateur ? Pourquoi ne pas se servir d'un de vos hommes, ou de plusieurs d'entre eux en relais, pour réceptionner les données envoyées par le robot et lui renvoyer des instructions ?

— Oh ! oh ! oh ! dit Dimitri, sautant de surprise sur sa chaise. Vous ne vous rendez pas compte. Les hommes sont trop lents pour analyser assez vite les données envoyées par le robot — les températures, les rayons gazeux, les flux de rayons cosmiques, les intensités du vent solaire, les compositions chimiques, la nature du sol, et j'en passe — et pour décider de la marche à suivre. Un être humain ne serait capable que de guider le robot, et mal ; un ordinateur serait lui-même le robot.

« Et puis d'un autre côté, continua-t-il, les hommes sont aussi trop rapides. Il faut de dix à vingt-deux minutes à une radiation quelle qu'elle soit et où qu'elle soit pour aller de Mercure à la Terre, selon l'endroit de leur orbite où ces planètes se trouvent. Il n'y a rien à y faire. Vous recevez une observation, vous donnez un ordre, mais il s'est passé beaucoup de choses pendant tout ce temps. A une vitesse aussi lente que celle de la lumière, les hommes sont pris par surprise ; un ordinateur, lui, peut en tenir compte... Allons, William, venez nous aider.

William répondit d'un air sombre :

— Vous pouvez me consulter tant que vous voudrez, si vous pensez que cela puisse vous être d'une utilité quelconque. Mon faisceau privé de communication T.V. est à votre service.

— Mais ce n'est pas une consultation que je désire. Vous devez venir avec moi.

— Personnellement ? demanda William étonné.

— Oui, bien sûr. On ne peut pas travailler sur un projet comme celui-ci en étant chacun aux deux extrémités d'un faisceau de laser et avec un satellite de communication entre les deux. A long terme, cela revient trop cher, ce n'est pas pratique du tout, et pas discret non plus.

C'était vraiment comme dans les romans, pensa William.

— Venez à Dallas, dit Dimitri. Je vous montrerai ce que nous avons là-bas, les appareils dont nous disposons. Venez parler à nos spécialistes des ordinateurs. Faites-les profiter de vos connaissances.

Maintenant, il fallait être ferme, pensa William.

— Dimitri, dit-il, j'ai ici du travail à accomplir. Un travail important que je ne veux pas laisser. Accepter votre demande signifierait pour moi une absence de mon laboratoire pendant des mois peut-être.

— Des mois ! s'exclama Dimitri, surpris. Mon bon William, cela pourrait bien être des années. Mais cela fera partie de votre travail.

— Pas du tout. Je sais en quoi consiste mon travail et guider un robot sur Mercure n'en fait pas partie.

— Pourquoi pas ? Si vous réussissez, vous apprendrez beaucoup sur le cerveau, simplement en essayant d'appliquer son fonctionnement à un ordinateur, et vous reviendrez ici pour appliquer à votre travail vos connaissances nouvelles. Et pendant votre absence, vous aurez bien des assistants pour poursuivre le travail. Vous serez en communication constante avec eux par rayon laser et par télévision. Et vous pourrez revenir à New York de temps en temps.

William était ébranlé. La pensée de travailler sur le cerveau en partant d'un autre point de vue était intéressante. A partir de ce moment, il se surprit à chercher des excuses pour y aller — au moins brièvement — rien que pour voir comment cela se présentait... Il pourrait toujours revenir.

Puis il y eut la visite de Dimitri aux ruines de l'ancienne New York qu'il apprécia avec une émotion naïve (car il n'y avait pas de vue plus magnifique du gigantisme inutile d'avant la Catastrophe que l'ancienne New York). William se demanda si le voyage ne lui permettrait pas aussi de faire quelques visites.

Il s'était même dit que depuis quelque temps il pensait éventuellement à chercher une nouvelle compagne de lit, et ce serait très bien d'en trouver une dans une autre région géographique où il ne resterait pas tout le temps.

Ou bien était-ce que, même à ce moment-là, alors qu'il ne connaissait que les premiers rudiments de ce qu'il allait falloir faire, il savait déjà, comme le scintillement d'un éclat lumineux lointain, ce qui pouvait être accompli...

Il se rendit donc à Dallas et descendit sur le toit, et Dimitri était là de nouveau, le saluant. Puis plissant les yeux, le petit homme se retourna et dit :

— Je le savais bien ! Quelle ressemblance étonnante !

William écarquilla les yeux ; là, malgré les efforts que faisait Anthony pour passer inaperçu, laissant cependant à la vue une partie de son visage, William n'eut besoin que d'un instant pour réaliser que son frère se tenait devant lui.

Il vit clairement sur le visage d'Anthony que celui-ci tenait absolument à cacher leur parenté. Tout ce que William avait à dire était : « Comme c'est étonnant ! » et c'est tout. Les composantes génétiques de l'espèce humaine était suffisamment complexes, après tout, pour occasionner des ressemblances à un degré raisonnable, même sans parenté.

Mais, bien sûr, William était homologiste, et personne ne peut travailler sur les labyrinthes de l'esprit humain sans devenir insensible à ces détails, aussi il déclara :

— Je suis sûr que c'est Anthony, mon frère.

— Votre frère ? dit Dimitri.

— Mon père, répondit William, a eu deux garçons de la même femme — ma mère. C'étaient des gens excentriques.

Il s'avança la main tendue et Anthony ne put faire autrement que de la prendre... L'incident fut le sujet unique de toutes les conversations pendant les jours suivants.

5

Ce fut une faible consolation pour Anthony de voir les regrets de William quand il prit conscience de ce qu'il avait fait.

Ils étaient assis ensemble ce soir-là, après le dîner, et William dit :

— Excuse-moi. J'ai pensé qu'il valait mieux connaître le pire dès le début et en être débarrassé. Mais j'ai eu tort. Je n'ai signé aucun papier, donné aucun accord formel. Je vais m'en aller.

— Qu'est-ce que cela changerait ? dit Anthony d'une voix furieuse. Tout le monde est au courant maintenant. Deux corps et un visage. C'est à vomir.

— Si je m'en vais...

— Tu ne peux pas t'en aller. Tout cela est mon idée.

— De me faire venir ici, moi ?

William écarquilla les yeux de toutes ses forces et fronça les sourcils.

— Non, bien sûr que non. De faire venir un homologiste. Comment pouvais-je imaginer que ce serait toi ?

— Mais si je m'en vais...

— Non. Tout ce que nous pouvons faire, c'est résoudre le problème, si cela est possible. Après... cela n'aura pas d'importance. (On pardonne tout à ceux qui réussissent, pensait-il.)

— Je ne sais pas si je peux.

— Il faudra que nous essayions. Dimitri se servira de l'argument. C'est une chance formidable. Vous êtes frères, dit Anthony en imitant la voix de ténor de Dimitri, vous vous comprendrez mieux. Pourquoi ne pas travailler ensemble ? — Puis reprenant sa propre voix, avec colère : — Il le faut. D'abord, qu'est-ce que tu fais, William ? Enfin, précise-moi ce qu'est l'homologie.

William soupira :

— Bon, accepte mes regrets, s'il te plaît... Je travaille avec des enfants autistiques.

— J'ai bien peur de ne pas savoir ce que cela veut dire.

— Sans rentrer dans les détails, je m'occupe d'enfants qui n'ont pas de liens avec le monde, qui ne communiquent pas avec les autres, mais qui se retranchent en eux-mêmes et vivent entre les murs de leur corps, pratiquement hors d'atteinte. J'espère pouvoir soigner cela un jour.

— Est-ce pour cela que tu t'appelles Anti-Aut ?

— Oui, en fait c'est pour cela.

Anthony eut un petit rire, mais cela ne l'amusait pas vraiment. William frissonna.

— C'est un nom bien.

— Évidemment, se dépêcha de répondre Anthony qui ne put trouver une excuse.

Il fit un effort et retourna au sujet :

— Tes recherches progressent-elles ?

— Pour les soins, pas jusqu'à présent. Mais pour la compréhension, oui. Et plus l'on comprend...

La voix de William se réchauffa comme il parlait, et ses yeux devinrent plus distants. Anthony connaissait cela, le plaisir de parler de ce qui vous remplit le cœur et l'esprit, à l'exclusion de presque tout le monde. Il le ressentait assez souvent.

Il écouta avec le plus d'attention possible quelque chose qu'il ne comprenait pas vraiment, car cela était nécessaire. Il en aurait attendu autant de William.

Il s'en souvenait parfaitement. Jamais il n'aurait pu garder tout cela en mémoire, mais à ce moment-là il ne savait pas ce qui allait se passer. En y repensant par la suite, avec le recul, il s'aperçut qu'il se rappelait des phrases entières, pratiquement mot pour mot.

— Aussi, nous avons pensé, dit William, que l'enfant autistique recevait parfaitement les impressions et les interprétait correctement et d'une façon assez complexe. Mais il les désapprouvait et les rejetait, sans perdre du tout sa capacité de communication pour le cas où il trouverait une impression qu'il approuve.

— Ah ! dit Anthony, faisant le minimum pour montrer qu'il écoutait.

— On ne peut pas non plus le persuader de sortir de son autisme d'une façon normale, parce qu'il désapprouve le médecin autant que le reste du monde. Mais si on le place en arrêt du conscient...

— En quoi ?

— C'est une technique que nous employons, par laquelle, en fait, le cerveau se dissocie du corps et peut accomplir sa fonction sans se référer à lui. Une technique très avancée que nous avons élaborée dans notre laboratoire ; en fait...

Il s'arrêta.

— Tu l'as inventée tout seul ? demanda Anthony doucement.

— En fait, oui, dit William, rougissant légèrement mais ravi de toute évidence. Lorsque le conscient est en sommeil, nous pouvons communiquer au corps des impressions données et observer le cerveau par électro-encéphalogramme différentiel. Nous pouvons ainsi apprendre beaucoup de choses sur les individus autistiques ; quelles sortes d'impressions ils désirent le plus ; et aussi sur le cerveau en général.

— Ah ! dit Anthony, et cette fois c'était une réelle marque d'intérêt. Et tout ce que tu as appris sur le cerveau, ne peux-tu pas l'appliquer au fonctionnement d'un ordinateur ?

— Non, dit William. Il n'y a aucune chance. Je l'ai dit à Dimitri. Je ne connais rien des ordinateurs et pas assez des cerveaux.

— Si je t'explique tout sur les ordinateurs et te montre en détail ce dont nous avons besoin, alors ?

— Cela ne marchera pas.

— Frère — Anthony insista sur le mot —, tu me dois quelque chose. Je t'en prie, essaie d'étudier vraiment notre problème. Tout ce que tu sais sur le cerveau, essaie de l'adapter aux ordinateurs.

William remua, mal à l'aise, et dit :

— Je te comprends. Je vais essayer. Je vais vraiment essayer.

6

William avait essayé, et conformément aux prédictions d'Anthony on les avait laissés travailler tous les deux ensemble. Au début, ils rencontraient les autres de temps en temps, et William avait tenté d'utiliser le choc de la nouvelle de leur parenté, étant donné que cela ne servait à rien de la nier. Finalement, les autres s'en accommodèrent et ignorèrent très délibérément leur problème. Quand William s'approchait d'Anthony, ou Anthony de William, tous ceux qui se trouvaient là s'évanouissaient en silence. Ils prirent même, après un certain temps, l'habitude l'un de l'autre, et discutaient parfois presque comme s'il n'existait aucune ressemblance entre eux ni aucun souvenir d'enfance en commun.

Anthony exposa ce que l'on demandait à l'ordinateur dans des termes pas trop techniques, et William y réfléchit longuement, puis expliqua comment, selon lui, un ordinateur devait fonctionner pour faire à peu près le travail d'un cerveau.

Anthony demanda :

— Est-ce réalisable ?

— Je ne sais pas, répondit William. Cela ne m'emballe pas. Il est possible que ça ne marche pas. Mais on ne sait jamais.

— Il va falloir que nous en parlions à Dimitri Grand.

— Discutons d'abord de la question ensemble pour mettre les choses au clair. Nous pourrons ainsi lui proposer la solution la plus raisonnable possible. Sinon, ce n'est pas la peine d'aller le voir.

Anthony hésita :

— Nous irions le voir tous les deux ensemble ?

William répondit avec délicatesse :

— Tu seras le porte-parole. C'est inutile qu'on nous voie ensemble.

— Merci, William. Si on y arrive, je te devrai beaucoup.

William répondit :

— Je ne m'en inquiète pas. S'il y a quelque chose à tirer de ce problème, je suppose que je suis le seul à pouvoir le faire.

Ils discutèrent de la question pendant quatre ou cinq réunions, et si Anthony n'avait pas été son parent et s'il n'avait pas existé entre eux cette situation émotionnelle embarrassante, William aurait certainement été très fier du jeune frère qui lui montrait une compréhension aussi rapide d'un domaine qui lui était totalement étranger.

Ils eurent alors de longues conférences avec Dimitri Grand. D'ailleurs, il y eut des conférences avec tout le monde. Anthony passait des journées entières avec eux, puis ils venaient voir William un à un. Et finalement, après une gestation particulièrement pénible, on autorisa la fabrication de ce qui prit le nom d'ordinateur Mercure.

William retourna à New York avec un certain soulagement. Il n'avait pas l'intention d'y rester (aurait-il pu imaginer cela deux mois plus tôt ?) mais il y avait beaucoup à faire à l'Institut d'homologie.

Il fallait de nouvelles conférences, bien sûr, pour expliquer aux membres de son laboratoire ce qui se passait et pourquoi il s'était absenté et comment ils allaient continuer leurs propres projets sans lui. Puis il y eut son arrivée à Dallas, plus élaborée cette fois-ci, puisqu'il venait avec le matériel essentiel et deux jeunes assistants, pour un séjour d'une durée indéterminée.

William n'eut même pas un regard en arrière. Son laboratoire personnel avec ses problèmes spécifiques s'effaçait de son esprit. Il était à présent tout entier à son nouveau projet.

7

Ce fut la période la plus difficile pour Anthony. L'absence de William n'avait guère été un soulagement et il commença à se torturer l'esprit, pensant que peut-être, contre tout espoir, William n'allait pas revenir. Ne pourrait-il pas envoyer un assistant, quelqu'un d'autre, n'importe qui ? Quelqu'un avec un visage différent de telle sorte qu'Anthony ne ressente plus l'horrible impression d'être la moitié d'un monstre à deux dos et à quatre jambes.

Mais William revint. Anthony avait regardé l'avion-cargo s'approcher silencieusement, de loin il avait assisté au débarquement. Même de loin il avait pu reconnaître William.

C'était ainsi. Anthony tourna les talons.

Il alla voir Dimitri dans l'après-midi.

— Il n'est certainement pas nécessaire que je reste, Dimitri. Nous avons étudié tous les détails, et quelqu'un d'autre peut prendre la relève.

— Non, non, répondit Dimitri. C'est vous qui avez eu l'idée de départ. Vous devez aller jusqu'au bout. Je ne vois pas pourquoi il faudrait diviser les honneurs.

Anthony pensa : Personne ne voudra prendre le risque. Il reste toujours une possibilité d'échec. J'aurais dû m'en douter.

Il s'en était parfaitement douté, mais il ajouta avec insistance :

— Comprenez-moi, je ne peux pas travailler avec William.

— Pourquoi ? répondit Dimitri, feignant la surprise. Vous avez fait du si bon travail tous les deux.

— Cela m'a pris toutes mes forces, Dimitri, et je n'en peux plus. Croyez-vous que je ne me rende pas compte de quoi nous avons l'air ?

— Mon vieux, vous attachez trop d'importance à cela. Bien sûr, ça étonne tout le monde. C'est humain, après tout. Mais ils vont s'habituer. Je me suis bien habitué, moi.

Bien sûr que non, espèce de gros menteur, tu ne t'es pas habitué, pensa Anthony. Il répondit :

— Moi, je ne m'y suis pas habitué.

— Vous prenez les choses du mauvais côté. Vos parents étaient excentriques — mais, après tout, ce qu'ils ont fait n'était pas illégal, seulement excentrique. Ce n'est ni de votre faute ni de la faute de William. On ne peut pas vous en rendre responsables.

— Nous en portons la marque... dit Anthony, levant rapidement la main vers son visage.

— Pas tant que ça... On peut voir des différences. Vous paraissez nettement plus jeune. Vos cheveux sont plus frisés. Votre ressemblance ne frappe qu'au premier coup d'œil. Allons, Anthony, vous aurez tout le temps que vous voudrez, toute l'aide dont vous aurez besoin, tout le matériel que vous pourrez utiliser. Je suis sûr que tout marchera très bien. Pensez à la satisfaction...

Anthony faiblit et accepta au moins d'aider William à mettre l'équipement en route. William semblait penser lui aussi que tout allait marcher très bien. Il n'était pas excité comme Dimitri mais il faisait preuve d'une tranquille assurance.

— Il suffit de trouver la bonne connexion, dit-il, il me faut toutefois admettre que c'est énorme. La tâche sera de transmettre les impressions sensorielles sur un écran indépendant pour que nous puissions exercer — euh, je ne peux pas parler de contrôle manuel, n'est-ce pas ? — pour que nous puissions exercer un contrôle intellectuel sur elles si nécessaire.

— C'est tout à fait réalisable, répondit Anthony.

— Alors, allons-y... Écoute, il va me falloir au moins une semaine pour mettre au point les connexions et vérifier les instructions.

— Le programme, dit Anthony.

— Bon, c'est ton domaine, alors j'emploierai ta terminologie. Avec mon assistant, je vais *programmer* l'ordinateur Mercure, mais pas à ta façon.

— J'espère bien que non. Ce que nous attendons d'un homologiste, c'est qu'il établisse un programme beaucoup plus subtil que ce dont un simple télémétriste est capable.

Il n'essaya pas de cacher l'ironie mordante que contenaient ces mots à son propre égard.

William ne releva pas. Il déclara :

— Commençons par les choses simples. Nous allons faire marcher le robot.

8

Une semaine plus tard, à mille cinq cents kilomètres de là, en Arizona, le robot marcha.

Il se tenait très raide et tombait parfois, parfois aussi sa cheville heurtait un obstacle avec un bruit métallique, et parfois il s'arrêtait, tournait sur un pied et repartait dans une autre direction.

— C'est un bébé qui apprend à marcher, dit William.

Dimitri venait de temps en temps pour évaluer les progrès.

— C'est remarquable, disait-il.

Ce n'était pas l'avis d'Anthony. Des semaines passèrent, puis des mois. Le robot progressait lentement mais sûrement, et l'ordinateur Mercure aussi, qui était soumis à des programmes de plus en plus complexes. (William avait tendance à considérer l'ordinateur Mercure comme un cerveau, mais Anthony l'en empêchait.) Cependant cela ne suffisait pas.

— Ça ne va pas, William, dit-il finalement.

Il n'avait pas dormi de la nuit.

— Comme c'est bizarre, dit William froidement. J'allais justement dire que nous étions sur le point de réussir.

Anthony se retint avec difficulté. Il ne pouvait plus supporter la tension du travail avec William et du spectacle du robot qui trébuchait.

— Je vais donner ma démission, William. Abandonner le projet. Je suis désolé... Ce n'est pas de ta faute.

— Mais si, Anthony.

— Non, pas du tout, William. C'est un échec. Nous n'arriverons jamais. Regarde la façon dont marche le robot, alors qu'il est sur la Terre, à mille cinq cents kilomètres de nous seulement, et que les signaux ne mettent qu'une infime fraction de seconde pour faire l'aller et retour. Sur Mercure, il y aura un décalage de plusieurs minutes, et l'ordinateur devra prendre en compte ces minutes. C'est de la folie de penser que cela pourrait marcher.

William dit :

— Ne donne pas ta démission. Tu ne peux pas faire cela maintenant. Je propose que l'on envoie le robot sur Mercure. Je suis persuadé qu'il est prêt.

Anthony partit d'un grand rire insultant :

— Tu es complètement fou, William.

— Pas du tout. Tu as l'air de penser que ce sera plus dur sur Mercure, mais tu te trompes. C'est plus dur sur la Terre. Ce robot est conçu pour travailler dans une gravité d'un tiers de celle de la Terre, et il travaille dans l'Arizona, à gravité normale. Il est conçu pour supporter une température de 400° et il ne fait ici que 30°. Il est conçu pour le vide et il travaille dans la purée de l'atmosphère.

— Ce robot peut supporter les différences.

— La structure de métal, oui, je pense, mais notre ordinateur ici présent ? Il ne fonctionne pas bien avec un robot qui n'est pas dans le milieu pour lequel il a été construit... Écoute, Anthony, si tu veux un ordinateur qui soit aussi complexe qu'un cerveau, tu dois lui permettre quelques idiosyncrasies... Allons, faisons un marché. Tu te mets de mon côté pour demander que l'on envoie le robot sur Mercure, ce qui prendra six mois, et je m'absenterai pendant ce temps-là. Tu seras débarrassé de moi.

— Qui s'occupera de l'ordinateur Mercure ?

— A présent tu sais très bien comment il fonctionne, et je te laisserai mes deux assistants.

Anthony refusa d'un ton provocant :

— Je ne peux pas prendre la responsabilité de l'ordinateur, et je ne veux pas non plus prendre la responsabilité de demander qu'on envoie le robot sur Mercure. Ça ne marchera pas.

— Je suis sûr que si.

— Je ne vois pas comment tu peux en être si sûr. Et c'est moi qui suis responsable du projet. C'est moi qui supporterai les reproches. Toi, tu n'as rien à craindre.

Plus tard Anthony se rappela cet instant comme un moment crucial. William aurait pu ne pas insister. Anthony aurait démissionné. Et ç'aurait été la fin.

Mais William dit :

— Rien ? Écoute, notre père ressentait cette chose pour notre mère. Bon. Je le regrette moi aussi. J'en suis tout à fait désolé, mais ce qui est fait est fait, et il en est résulté quelque chose de bizarre. Quand je parle de père, je parle de ton père aussi, et il y a des tas d'autres gens qui peuvent le dire aussi : deux frères, deux sœurs, un frère et une sœur. Et puis quand je parle de mère, je parle de ta mère aussi, et il y a des tas d'autres gens qui peuvent le dire aussi. Mais je ne connais, ni n'ai entendu parler de personne qui puisse partager avec quelqu'un et son père et sa mère.

— Je le sais bien, dit Anthony d'un air sombre.

— Oui, mais considère la chose de mon point de vue, s'empressa d'ajouter William. Je suis homologiste. Je m'occupe des composantes génétiques. As-tu quelquefois pensé aux nôtres ? Nous avons les mêmes parents, ce qui veut dire que nos composantes génétiques sont plus proches l'une de l'autre que celles de n'importe qui. Nos visages en sont la preuve.

— Bien sûr, je le sais bien.

— Aussi, si ce projet devait marcher, et si tu te couvrais de gloire grâce à lui, tes composantes génétiques auront fait leurs preuves et montré qu'elles sont d'une grande utilité pour l'humanité — il en sera de même pour les miennes... Ne comprends-tu pas, Anthony ? Nous partageons nos parents, notre visage, nos composantes génétiques, donc il en sera de même pour ton succès ou ta disgrâce. Ils s'appliqueront à moi autant qu'à toi, et si moi-même je reçois des honneurs ou des reproches, ils s'appliqueront à toi presque autant qu'à moi. La raison pour laquelle je continue, je suis le seul sur la terre à l'avoir — elle est parfaitement égoïste, si égoïste que tu peux compter dessus. Je suis de ton côté, Anthony, parce que tu es très proche de moi.

Ils se regardèrent un long moment, et pour la première fois Anthony ne remarqua pas que c'était son visage qu'il regardait.

William déclara :

— Alors, demandons que l'on envoie le robot sur Mercure.

Et Anthony accepta. Et quand Dimitri eut accepté la demande — c'est ce qu'il attendait, après tout —, Anthony resta toute la journée plongé dans ses pensées.

Puis il chercha William et lui dit :

— Écoute !

Il y eut un long silence que William n'interrompit pas.

Puis encore :

— Écoute !

William attendait patiemment.

Anthony dit enfin :

— En fait, tu n'as pas besoin de t'en aller. Je suis sûr que tu préférerais t'occuper toi-même de l'ordinateur Mercure, plutôt que quelqu'un d'autre.

— Tu veux dire que c'est toi qui vas t'en aller ? demanda William.

Anthony répondit :

— Non, je vais rester, moi aussi.

— Nous n'aurons pas besoin de nous voir beaucoup, dit William.

Anthony avait l'impression de parler le cou serré par deux mains. Leur pression augmentait encore, semblait-il, mais il réussit quand même à dire ce qui était le plus difficile pour lui.

— Ce n'est pas la peine de nous éviter. Non, ce n'est pas la peine.

William eut un sourire un peu vague. Anthony ne sourit pas ; il quitta la pièce précipitamment.

9

William leva les yeux de son livre. Depuis au moins un mois, il n'était plus étonné de voir entrer Anthony.

Il demanda :

— Il y a quelque chose qui ne va pas ?

— Comment le savoir ? Ils vont bientôt faire l'atterrissage en douceur. L'ordinateur Mercure est-il en marche ?

William savait qu'Anthony était parfaitement au courant, mais il répondit :

— Demain matin, Anthony.

— Et il n'y a pas de problème ?

— Aucun.

— Alors nous n'avons plus qu'à attendre l'atterrissage.

— Oui.

Anthony reprit :

— Il y aura certainement quelque chose qui ne marchera pas.

— Il y a longtemps que l'on utilise des fusées sans aucun problème. Tout ira bien.

— Tout notre travail anéanti.

— On n'en est pas encore là. Tout ira bien.

— Peut-être as-tu raison, dit Anthony.

Il s'éloigna, les mains dans les poches, et s'arrêta à la porte, juste avant d'appuyer sur le bouton.

— Merci !

— Merci pour quoi, Anthony ?

— Pour m'avoir remonté le moral.

William eut un sourire forcé, souhaitant que son émotion ne soit pas visible.

10

Le personnel, pratiquement au complet, était mobilisé au travail pour le moment crucial. Anthony n'avait aucune tâche à accomplir, il se tenait en retrait, ne quittant pas des yeux les instruments de contrôle. On avait activé le robot et on recevait des messages visuels.

Tout au moins, ils parvenaient en équivalence visuelle — et ils ne montraient encore rien d'autre qu'un vague éclat lumineux qui représentait, probablement, la surface de Mercure.

Des ombres passaient sur l'écran, sans doute des irrégularités sur cette surface. Anthony ne pouvait pas se rendre compte par la seule observation, mais les gens qui étaient aux positions de contrôle et qui analysaient les données avec des méthodes bien plus subtiles que celles dont dispose un homme observant à l'œil nu semblaient calmes. Pas une seule des petites lampes rouges qui auraient pu indiquer une urgence ne s'allumait. Anthony fixait les techniciens du contrôle, plus que l'écran.

Il aurait dû se trouver en bas avec William et les autres, auprès de l'ordinateur. On allait le mettre en route juste après l'atterrissage en douceur. Il aurait dû être en bas. Mais il ne le pouvait pas.

Les ombres passaient sur l'écran à plus grande vitesse. Le robot descendait — trop vite ? Certainement trop vite !

L'image bougea encore, puis s'immobilisa, se mit au point, s'assombrit puis s'éclaircit. On entendit quelque chose et il fallut à Anthony plusieurs secondes pour réaliser ce que c'était : « Atterrissage en douceur accompli ! Atterrissage en douceur accompli ! »

Alors un murmure s'éleva et se transforma en un brouhaha de félicitations joyeuses jusqu'au moment où une autre image apparut sur l'écran. Le bruit de la conversation et des rires des hommes s'arrêta comme s'il s'était écrasé sur un mur de silence.

Car l'image sur l'écran changeait ; changeait et devenait plus précise. Dans le Soleil brillant, si brillant, qui étincelait sur l'écran soigneusement équipé de filtres, ils pouvaient voir maintenant un bloc de pierre, d'un blanc éclatant sur un côté et noir comme l'encre de l'autre côté. Il se déplaça vers la droite, puis revint vers la gauche, comme si deux yeux le regardaient de la gauche puis de la droite. Une main métallique apparut sur l'écran comme si les yeux se regardaient eux-mêmes.

Anthony s'écria enfin :

— L'ordinateur est en route !

Ces mots lui firent l'effet d'avoir été prononcés par quelqu'un d'autre et il descendit l'escalier en courant, longea un couloir sans prêter attention aux bavardages qui s'élevaient derrière lui.

— William, cria-t-il en entrant en trombe dans la salle de l'ordinateur, ça marche, c'est...

Mais William leva la main :

— Chut, je t'en prie. Pas de sensations violentes autres que celles du robot.

— Tu veux dire qu'il pourrait nous entendre ? murmura Anthony.

— Peut-être pas, mais je n'en sais rien.

Il y avait un autre écran dans la pièce de l'ordinateur Mercure, plus petit. L'image y était différente, et changeante ; le robot se déplaçait.

William parla :

— Le robot avance avec précaution. Il est normal que ses pas soient maladroits. Il y a un retard de sept minutes entre le stimulus et la réponse, il faut en tenir compte.

— Mais déjà il marche avec plus d'assurance qu'il ne l'a jamais fait en Arizona. Ne trouves-tu pas, William ? Ne trouves-tu pas ?

Anthony agrippait l'épaule de William et le secouait sans jamais quitter l'écran des yeux.

William répondit :

— Certainement, Anthony.

Le soleil brûlait un monde aux contrastes chauds de noir et de blanc, le soleil était blanc, le ciel noir, le sol inégal, blanc avec des ombres noires. L'odeur vive et douce du Soleil sur chaque centimètre carré de métal qui y était exposé contrastait avec l'insipidité morbide et furtive de la face opposée.

Il leva la main et la regarda fixement, comptant ses doigts. Chaud. Chaud. Chaud. Tour à tour, il plaçait chacun de ses doigts à l'ombre des autres ; la chaleur diminuait lentement et ce changement tactile lui laissait ressentir le vide si propre et confortable.

Pas le vide total toutefois. Il tendit ses deux bras et les leva au-dessus de sa tête, et les points sensibles de ses poignets décelèrent les vapeurs — la fine et légère pointe d'étain et de plomb dans le mercure saturé.

La sensation la plus forte venait de ses pieds : les silicates de chaque variété, reconnaissables au va-et-vient de chacun de leurs ions métalliques qui se heurtaient en un son clair. Il avança lentement un pied dans la poussière épaisse et craquante, ressentant les changements comme une douce symphonie un peu cacophonique.

Et par-dessus tout le Soleil. Il le regarda, là-bas, grand, gros, brillant et chaud et partagea sa joie. Il vit les protubérances s'élancer lentement à partir de la couronne solaire et écouta les craquements qu'elles produisaient ; il écouta les autres bruits joyeux sur sa large face. Quand il obscurcit la lumière du fond, le rouge des traînées d'hydrogène éclata en un contralto moelleux, suivi par la basse grave des taches au milieu du sifflement en sourdine des facules mouvantes, et la mélopée passagère d'une flamme, le tic-tac, pareil à celui des balles de ping-pong, des rayons gamma et des particules cosmiques, et par-dessus tout cela dans chaque direction, le doux soupir, faiblissant et toujours renouvelé, de la substance du Soleil qui s'élançait et reculait sans fin dans un vent cosmique qui soufflait et le baignait de gloire.

Il sauta et s'éleva lentement dans l'air avec un sentiment de liberté qu'il n'avait jamais ressenti, il sauta de nouveau après être retombé, et courut, et sauta, courut encore, son corps répondant parfaitement à ce monde glorieux, ce paradis dans lequel il se trouvait à présent.

Si longtemps étranger, si perdu... au paradis enfin.

William dit :
— Tout va bien.
— Mais que fait-il ? s'écria Anthony.
— Tout va très bien. Le programme fonctionne. Il a testé ses sens. Il a fait les différentes observations visuelles. Il a obscurci le Soleil et l'a étudié. Il a étudié l'atmosphère et la nature chimique du sol. Tout a bien marché.
— Mais pourquoi court-il ?
— Je crois que c'est parce qu'il en a envie, Anthony. Si on veut

programmer un ordinateur aussi complexe qu'un cerveau, il faut bien s'attendre qu'il ait des idées personnelles.

— Courir ? Sauter ? — Anthony regarda William avec inquiétude.

— Il va se blesser. C'est toi qui diriges l'ordinateur. Prends-le en main. Fais-le s'arrêter.

William répondit d'un ton tranchant :

— Non, je ne le ferai pas. Je vais prendre le risque qu'il se blesse. Ne comprends-tu pas ? Il est vraiment heureux. Il était sur la Terre, dans un monde pour lequel il n'était pas conçu. Maintenant il est sur Mercure, avec un corps parfaitement adapté à son environnement, le mieux adapté possible, grâce à cent savants spécialisés. C'est le paradis pour lui ; laisse-le en profiter.

— En profiter ? Mais c'est un robot.

— Je ne parle pas du robot. Je parle du cerveau — le *cerveau* — qui vit ici même.

L'ordinateur Mercure, dans sa cage de verre, avec ses fils soigneusement et délicatement connectés, son intégrité préservée d'une façon très subtile, respirait et vivait.

— C'est Randall qui est au paradis, dit William. Il a trouvé le monde pour lequel il fuyait celui-ci par l'autisme. Il est dans un monde où son nouveau corps se trouve parfaitement bien, au lieu de celui dans lequel son ancien corps se trouvait si mal.

Anthony regardait l'écran, émerveillé.

— Il a l'air de se calmer.

— Bien sûr, dit William. Il n'en fera que mieux son travail, grâce à cette joie.

Anthony sourit et dit :

— Alors nous avons réussi, tous les deux ? Si nous rejoignions les autres pour qu'ils nous félicitent, William ?

William demanda :

— Tous les deux ?

Anthony prit son bras.

— Tous les deux, mon frère.

ARTISTE DE LUMIÈRE

La dernière personne au monde qu'on aurait soupçonnée d'être une meurtrière était Mrs. Alvis Lardner. Veuve du grand astronaute-martyr, elle était philanthrope, collectionneuse d'œuvres d'art, femme du monde extraordinaire et, tout le monde s'accordait à le reconnaître, artiste de génie.

Son mari, William J. Lardner, était mort, comme nous le savons tous, des effets de la radiation d'une flambée solaire, après être volontairement resté dans l'espace, pour qu'un vaisseau de ligne pût arriver à bon port à la Station spatiale 5.

Mrs. Lardner avait reçu pour cela une pension généreuse et elle avait investi sagement et à bon escient. Arrivée à un certain âge, elle était très riche.

Sa maison était un palais, un véritable musée contenant une petite mais remarquable collection d'objets d'une beauté incroyable, constellés de pierreries. Elle avait rassemblé des antiquités appartenant à une dizaine de cultures différentes : des exemples de tous les objets concevables que l'on pouvait décorer de pierres précieuses. Elle possédait une des premières montres en diamants manufacturée en Amérique, une dague ornée de pierreries du Cambodge, une paire de lunettes italiennes incrustées de rubis, et ainsi, presque à l'infini.

Tout était exposé à la vue de tous. Les objets d'art n'étaient pas assurés et il n'y avait pas de systèmes de sécurité. Rien d'aussi ordinaire n'était nécessaire car Mrs. Lardner avait un important personnel de domestiques-robots, sur lesquels on pouvait compter pour garder chaque pièce avec une imperturbable concentration, une irréprochable honnêteté et une irrévocable efficacité.

Tout le monde connaissait l'existence de ces robots et il n'y avait jamais eu de tentative de vol, jamais.

Et puis, naturellement, il y avait sa sculpture de lumière. Comment Mrs. Lardner avait-elle découvert son propre génie dans cet art, aucun invité de ses nombreuses et élégantes réceptions n'était capable de le deviner. A chaque fois, cependant, quand elle ouvrait sa maison, une nouvelle symphonie de lumière brillait dans les salons. Des courbes et des solides tri-dimensionnels en couleurs fondues, certaines pures, d'autres mélangées par d'étonnantes variations cristallines, baignaient les invités éblouis et s'adaptaient toujours de manière à embellir le beau visage lisse et les cheveux blanc bleuté de Mrs. Lardner.

C'était surtout pour la sculpture de lumière que les invités se pressaient. On ne voyait jamais deux fois la même et les œuvres ne cessaient jamais d'explorer de nouvelles voies expérimentales de l'art. Beaucoup de personnes qui avaient les moyens de s'offrir des chaînes de lumière composaient des sculptures lumineuses pour leur propre amusement, mais personne n'avait le talent de Mrs. Lardner. Pas même ceux qui se considéraient comme des artistes professionnels.

Elle-même était à ce sujet d'une modestie charmante.

— Non, non, protestait-elle quand on l'accablait de compliments lyriques. Non, je n'appellerais pas cela de la poésie de lumière. C'est beaucoup trop flatteur. Au mieux, je dirais que c'est simplement de la prose lumineuse.

Et tout le monde souriait de son esprit.

Jamais elle n'accepterait de créer de sculptures lumineuses pour d'autres réceptions que les siennes, bien qu'on l'en priât souvent.

— Ce serait de la commercialisation, disait-elle.

Elle ne s'opposait pas, toutefois, à la préparation d'hologrammes complexes pour ses sculptures, qui devenaient ainsi permanentes et étaient reproduites dans les musées du monde entier. Elle n'avait jamais fait payer, non plus, l'usage qui pourrait être fait de ses sculptures de lumière.

— Je ne pourrais demander un centime, disait-elle en écartant les bras. C'est gratuit, pour tout le monde. Je n'en ai pas d'autre usage moi-même.

C'était vrai ! Jamais elle ne présentait deux fois la même !

Quand on venait prendre des hologrammes, elle était la serviabilité même. Observant avec bienveillance chaque opération, elle était toujours prête à donner des ordres à l'un de ses domestiques-robots.

— S'il vous plaît, Courtney, disait-elle alors, voulez-vous avoir l'obligeance de stabiliser l'escabeau ?

C'était sa manière. Elle s'adressait toujours à ses robots avec la plus grande courtoisie.

Une fois, des années auparavant, elle avait failli être grondée par un fonctionnaire de l'U.S. Robots et Hommes mécaniques.

— Vous ne pouvez pas faire ça, avait-il dit sévèrement. Cela compromet leur efficacité. Ils sont construits pour obéir à des ordres et plus vous donnez ces ordres clairement, mieux ils les suivent. Quand vous les priez de faire quelque chose en accumulant les formules de politesse, ils ont du mal à comprendre qu'un ordre leur est donné. Ils réagissent plus lentement.

Mrs. Lardner avait redressé sa tête aristocratique.

— Je ne demande pas de l'efficacité ni de la rapidité. Je demande de la bonne volonté. Mes robots m'aiment.

Le fonctionnaire aurait pu expliquer que les robots étaient incapables d'aimer, mais il s'était ratatiné sous le regard peiné mais doux de Mrs. Lardner.

Jamais elle ne renvoyait un robot à l'usine pour le faire régler, c'était bien connu. Leur cerveau positronique est extrêmement complexe et, une fois sur dix, ils ne sont pas parfaitement réglés à leur sortie de l'usine. Parfois l'erreur n'apparaît pas avant un certain temps. Dans ces cas-là, l'U.S. Robots procède gratuitement au réglage.

Mrs. Lardner secouait la tête.

— Une fois qu'un robot entre chez moi, déclarait-elle, et qu'il accomplit son devoir, on doit supporter ses petites excentricités. Je refuse qu'on le maltraite.

C'était ce qu'il y avait de pire, essayer d'expliquer qu'un robot n'était qu'une machine. A cela elle répondait avec raideur :

— Quelque chose d'aussi intelligent qu'un robot *ne peut pas* être simplement une machine. Je les traite comme des personnes.

Et la question était réglée !

Elle gardait même Max qui, pourtant, n'était plus bon à grand-chose. Il comprenait à peine ce que l'on attendait de lui. Mrs. Lardner le niait cependant avec fermeté.

— Pas du tout, déclarait-elle. Il sait prendre les chapeaux et les manteaux et il sait très bien les ranger, vraiment ! Il peut tenir des objets pour moi. Il peut faire beaucoup de choses.

— Mais pourquoi ne le faites-vous pas régler ? lui avait demandé une amie, un jour.

— Oh, je ne pourrais pas ! Il est lui-même. Il est charmant, vous savez. Après tout, un cerveau positronique est si complexe que personne ne peut jamais dire exactement de quelle façon il est déréglé. Si on le rendait parfaitement normal, il n'y aurait aucun moyen de le reréler de manière à lui rendre le charme qu'il possède actuellement. Je me refuse à renoncer à cette qualité.

— Mais s'il est déréglé, avait insisté l'amie en regardant nerveusement Max, ne risque-t-il pas d'être dangereux ?

— Jamais ! s'était exclamée en riant Mrs. Lardner. Je l'ai depuis des années. Il est totalement inoffensif et c'est un amour.

A vrai dire, il ressemblait à tous les autres robots, lisse, métallique, vaguement humain mais inexpressif.

Pour la douce Mrs. Lardner, néanmoins, ils étaient tous des individus, tous charmants, tous adorables. Voilà quel genre de femme elle était.

Comment aurait-elle pu commettre ce crime ?

La dernière personne au monde qu'on se serait attendu à voir assassinée était bien John Semper Travis. Introverti et doux, il vivait dans le monde mais n'était pas de ce monde. Il possédait la singulière tournure d'esprit mathématique qui lui permettait de calculer de tête la tapisserie complexe de la myriade de circuits positroniques mentaux d'un cerveau de robot.

Il était ingénieur en chef à la société U.S. Robots et Hommes mécaniques.

Mais il avait aussi un amateur enthousiaste de la sculpture de lumière. Il avait écrit un livre sur ce sujet, en essayant de démontrer que le type de mathématiques qu'il employait pour le montage des circuits cérébraux pourrait être modifié pour servir de guide à la production de sculpture esthétique de lumière.

Cependant, sa tentative de mise en pratique de sa théorie se solda par un déplorable échec. Les sculptures qu'il créait lui-même, en obéissant à ses principes mathématiques, étaient lourdes, mécaniques et sans intérêt.

C'était le seul sujet de tristesse dans sa vie paisible, abritée et introvertie, mais ce sujet suffisait à le rendre terriblement triste. Il *savait* que sa théorie était bonne, et pourtant il était incapable de le prouver. S'il arrivait à produire une seule grande sculpture de lumière...

Naturellement, il connaissait la sculpture de lumière de Mrs. Lardner. Elle était universellement saluée comme un génie mais Travis savait qu'elle était incapable de comprendre l'aspect le plus simple de la mathématique des robots. Il avait correspondu avec elle et elle refusait obstinément d'expliquer ses méthodes, au point qu'il se demandait si elle en avait. Est-ce que ce ne serait pas de la simple intuition ? Mais même l'intuition pouvait être réduite à de la mathématique. Finalement, il réussit à obtenir une invitation à l'une de ses réceptions. Il lui fallait absolument la voir.

Mr. Travis arriva assez tard. Il avait fait une dernière tentative de sculpture de lumière et, une fois de plus, il avait lamentablement échoué.

Il salua Mrs. Lardner avec une espèce de respect perplexe et lui dit :

— C'est un singulier robot, qui a pris mon manteau et mon chapeau.

— C'est Max, répondit Mrs. Lardner.

— Il est complètement déréglé et c'est un assez vieux modèle. Comment se fait-il que vous ne le renvoyiez pas à l'usine ?

— Oh non ! s'écria Mrs. Lardner. Cela causerait trop de tracas.

— Pas du tout, chère madame, assura Travis. Vous seriez surprise de la simplicité de la chose. Comme je fais partie d'U.S. Robots, j'ai pris la liberté de le régler moi-même. Je l'ai fait en un rien de temps et vous verrez qu'il est maintenant en parfait état de marche.

Un curieux changement se produisit dans l'expression de Mrs. Lardner. Pour la première fois, dans sa vie de douceur, de la rage apparut sur ses traits, et ce fut comme si cette expression ne savait comment se former.

— Vous l'avez réglé ? glapit-elle. Mais c'était *lui* qui créait mes sculptures de lumière ! C'était le dérèglement, le *dérèglement* que vous ne pourrez jamais restaurer, qui... qui...

Le moment n'aurait pu être plus mal choisi : elle était en train de montrer sa collection et la dague du Cambodge, incrustée de pierreries, se trouvait sur le guéridon de marbre, devant elle.

La figure de Travis se convulsa.

— Vous voulez dire que si j'avais étudié le dérèglement unique de ses circuits cérébraux, j'aurais pu apprendre...

Elle se jeta sur lui, avec le couteau, trop vite pour qu'on puisse la retenir, et il ne chercha pas à parer le coup. Certains invités dirent même qu'il était allé à sa rencontre... comme s'il *voulait* mourir.

SÉGRÉGATIONNISTE

Le chirurgien leva des yeux sans expression.

— Il est prêt ?

— Prêt, c'est relatif, dit l'ingénieur médical. Nous, nous sommes prêts. Lui, il est nerveux.

— Ils le sont toujours... C'est que c'est une opération grave.

— Grave ou pas, il devrait être reconnaissant. Il a été choisi de préférence à des milliers d'autres, et, franchement, je ne crois pas...

— N'achevez pas, dit le chirurgien. Ce n'est pas à nous de prendre la décision.

— Nous l'acceptons. Mais sommes-nous obligés d'être d'accord ?

— Oui, dit le chirurgien d'un ton tranchant. Nous sommes d'accord. Complètement et du fond du cœur. Cette opération est trop compliquée pour l'aborder avec des réserves mentales. Cet homme a prouvé sa valeur de bien des façons et le profil de sa vie a été agréé par le Bureau de la Mortalité.

— D'accord, dit l'ingénieur médical, sans s'adoucir.

Le chirurgien dit :

— Je vais le recevoir ici même, je crois. C'est assez petit et assez personnel pour être réconfortant.

— Ça ne servira à rien. Il est nerveux, et il a pris sa décision.

— Vraiment ?

— Oui ; il veut du métal. Ils veulent tous du métal.

L'expression du chirurgien ne changea pas. Il regardait ses mains.

— Parfois, on arrive à les faire changer.

— Pour quoi faire ? dit l'ingénieur médical avec indifférence. S'il veut du métal, va pour le métal.

— Ça vous est égal ?

— Pourquoi pas ? dit l'ingénieur médical, presque brutal. De toute façon, c'est un problème d'ingénieur médical. Un problème que je peux résoudre. Alors, à quoi bon essayer d'aller au-delà ?

Le chirurgien dit avec force :

— Pour moi, c'est une question d'utilisation optimale des choses.

— Utilisation optimale ! Ce n'est pas un argument ! Le patient s'en moque, de l'utilisation optimale.

— Moi, je ne m'en moque pas.

— Vous faites partie d'une minorité. Vous allez à contre-courant. Vous n'avez aucune chance.

— Il faut que j'essaie quand même.

D'un geste de la main, sans nervosité mais vif, le chirurgien fit signe à l'ingénieur médical de se taire. Il avait déjà prévenu l'infirmière, et un signal l'avait averti qu'elle approchait. Il pressa un petit bouton, et les deux battants de la porte s'écartèrent. Le patient entra dans sa chaise à moteur, tandis que l'infirmière marchait à ses côtés d'un pas vif.

— Vous pouvez vous retirer, mademoiselle, dit le chirurgien. Mais attendez dehors. Je vous appellerai.

Il fit un signe à l'ingénieur médical qui sortit avec l'infirmière, et la porte se referma derrière eux.

L'homme, assis dans la chaise, les suivit du regard par-dessus son épaule. Il avait un cou décharné et beaucoup de petites rides autour des yeux.

Il dit :

— Est-ce que nous commencerons aujourd'hui ?

Le chirurgien hocha la tête.

— Cet après-midi, monsieur le Sénateur.

— D'après ce que j'ai compris, ça prendra des semaines.

— Pas pour l'opération elle-même, monsieur le Sénateur. Mais il y a plusieurs questions secondaires à considérer. Il faut faire des rénovations circulatoires et des ajustements hormonaux. Ce sont des choses délicates.

— Sont-elles dangereuses...

Puis, comme s'il ressentait brusquement la nécessité d'établir des relations amicales avec le chirurgien, il ajouta :

— ... docteur ?

Le chirurgien ne prêta pas attention à la nuance. Il dit carrément :

— Tout est dangereux. Nous prenons notre temps pour que ce soit moins dangereux. C'est le temps exigé, les facultés réunies de tant d'individus, l'équipement nécessaire, qui font que de telles opérations ne sont accessibles qu'à quelques-uns...

— Je le sais, dit nerveusement le patient. Et je refuse de me sentir coupable pour ça. Ou bien faisiez-vous allusion à des pressions inconsidérées ?

— Pas du tout, monsieur le Sénateur. Les décisions du Bureau n'ont jamais été mises en question. Je fais état de la difficulté et de la complexité de l'opération pour vous expliquer mon désir de l'exécuter le mieux possible.

— Eh bien, faites donc. C'est également mon désir.

— Je dois donc vous demander de prendre une décision. Il est possible de vous offrir deux sortes différentes de cœur cybernétique, en métal ou en...

— En plastique ! dit le patient avec irritation. N'est-ce pas là le choix que vous alliez m'offrir, docteur ? Du vulgaire plastique. Je n'en veux pas. Mon choix est fait. Je veux du métal.

— Mais...

— Écoutez ! On m'a dit que le choix dépend de moi. Est-ce vrai ?

Le chirurgien hocha la tête.

— Quand deux procédés sont d'égale valeur d'un point de vue médical, c'est au patient de choisir. En fait, le patient choisit même quand les deux procédés ne sont *pas* d'égale valeur, comme dans le cas présent.

Le patient cligna des yeux.

— Essayez-vous de me faire croire que le cœur en plastique est supérieur ?

— Cela dépend du malade. A mon avis, dans votre cas précis, il est supérieur. Et nous préférons ne pas nous servir du mot plastique. Il s'agit d'un cœur cybernétique en fibre.

— Pour moi, c'est du plastique.

— Monsieur le Sénateur, dit le chirurgien avec une patience infinie, ce matériau n'est pas du plastique dans le sens ordinaire du mot. C'est un matériau polymère, c'est vrai, mais beaucoup plus complexe que le plastique ordinaire. C'est une protéine fibreuse complexe, fabriquée pour imiter le mieux possible la structure naturelle du cœur humain qui bat en ce moment dans votre poitrine.

— Exactement, et le cœur humain qui bat en ce moment dans ma poitrine est complètement usé quoique je n'aie pas encore soixante ans. Je n'en veux pas un autre semblable, merci bien. Je veux quelque chose de mieux.

— Nous voulons tous quelque chose de mieux pour vous, monsieur le Sénateur. Le cœur cybernétique en fibre sera mieux. Théoriquement, il peut durer des siècles. Il n'est absolument pas allergénique...

— Est-ce qu'il n'en est pas de même du cœur métallique ?

— Oui, certainement, dit le chirurgien. Le cœur métallique est fait d'un alliage de titane qui...

— Et qui ne s'use pas ? Et qui est plus solide que le plastique ? Ou la fibre, appelez ça comme vous voudrez.

— Le métal est physiquement plus solide, c'est exact, mais il ne faut pas considérer seulement la solidité mécanique. La solidité mécanique n'a pas grande importance, puisque le cœur est bien protégé. Toute blessure capable d'atteindre votre cœur vous tuera, même si votre cœur résiste.

Le patient haussa les épaules.

— Si je me casse jamais une côte, je m'en ferai remettre une en titane. Il est facile de remplacer des os. N'importe qui peut se le faire faire. Je serai aussi métallique que ça me plaira, docteur.

— C'est votre droit, si vous voulez qu'il en soit ainsi. Pourtant, il est de mon devoir de vous prévenir que les cœurs métalliques n'ont aucune défaillance mécanique, mais qu'ils ont quelquefois des pannes électroniques.

— Qu'est-ce que cela signifie ?

— Cela signifie que tout cœur cybernétique contient un mécanisme entraîneur. Dans le cas du cœur en métal, c'est un dispositif électronique qui maintient le rythme approprié. De sorte que tout cœur métallique comprend une batterie miniaturisée, destinée à altérer le rythme du cœur, pour qu'il varie suivant l'état physique ou émotionnel de l'individu. Il peut arriver que quelque chose s'y détraque, et il y a des gens qui sont morts avant qu'on ait pu porter remède à cette défaillance.

— Je n'en ai jamais entendu parler.

— Je vous assure que ça arrive.

— Voulez-vous dire que ça arrive souvent ?

— Pas du tout. Ça n'arrive que très rarement.

— Eh bien donc, je prendrai mes risques. Et le cœur en plastique ?
Il ne comporte pas de système entraîneur ?

— Bien sûr que si, monsieur le Sénateur. Mais la structure chimique
du cœur de fibre est assez proche de celle du tissu humain naturel. Il
réagit de lui-même aux contrôles hormonaux du corps. De sorte que le
complexe à insérer dans le cœur de fibre est beaucoup plus simple que
dans le cas d'un cœur métallique.

— Mais le cœur fibreux n'échappe jamais aux contrôles hormonaux ?

— Ce n'est jamais arrivé.

— Parce que c'est une invention plus récente. Je me trompe ?

Le chirurgien hésita.

— Il est vrai qu'on utilise le cœur métallique depuis plus longtemps
que le cœur fibreux.

— Et voilà ! Mais alors, où est le problème, docteur ? Avez-vous
peur que je me transforme en robot... en Métallo, comme on les
appelle depuis qu'on leur a accordé la citoyenneté ?

— Il n'y a rien à redire à un Métallo, en tant que Métallo. Comme
vous le dites, ils sont maintenant des citoyens comme les autres. Mais
vous, vous n'êtes pas un Métallo. Vous êtes un être humain. Pourquoi
ne pas le rester ?

— Parce que je veux ce qu'il y a de mieux, donc un cœur métallique.
Et vous me mettrez un cœur métallique.

Le chirurgien hocha la tête.

— Très bien. On vous demandera de signer les papiers nécessaires,
et vous serez pourvu d'un cœur métallique.

— Et c'est vous qui m'opérerez ? On dit que vous êtes le meilleur.

— Je ferai tout ce que je pourrai pour que le changement se fasse
avec le minimum de heurts.

La porte s'ouvrit, et la chaise emporta le patient hors de la pièce.

L'ingénieur médical entra, suivant des yeux par-dessus son épaule le
patient qui s'éloignait jusqu'à ce que les portes se referment.

Il se tourna vers le chirurgien.

— Eh bien, je devine ce qui s'est passé rien qu'à vous regarder.
Qu'a-t-il décidé ?

Le chirurgien se pencha sur son bureau, notant quelques détails pour
le dossier.

— Ce que vous aviez prévu. Il veut absolument un cœur métallique.

— Après tout, ils sont meilleurs.

— Pas tellement ; ils existent depuis plus longtemps, c'est tout.
C'est une manie qui affecte l'humanité depuis que les Métallos sont
devenus des citoyens. Bizarrement, les hommes ont envie de se
transformer en Métallos. Ils désirent ardemment la force physique et
l'endurance qu'on leur prête.

— Vous ne voyez qu'un seul côté de la question, docteur. Vous
n'avez pas affaire à des Métallos ; moi, si. Et je sais ce qu'il en est.

Les deux derniers qui sont venus me voir pour que je les répare voulaient des éléments fibreux.

— Est-ce qu'ils les ont obtenus ?

— Dans l'un des cas, il ne s'agissait que de remplacer des tendons ; et, métal ou fibre, ça ne faisait pas grande différence. Mais le deuxième voulait un système circulatoire ou son équivalent. Je lui ai dit que je ne pouvais pas ; pas sans restructurer complètement son corps en matériau fibreux... et je suppose qu'on en arrivera là un jour ; à des Métallos qui ne seront plus vraiment des Métallos, mais, d'une certaine façon, des êtres de chair et de sang.

— Vous ne pensez pas vraiment ce que vous dites ?

— Pourquoi pas ? Et il y aura aussi des humains métallisés. Actuellement, nous avons sur la Terre deux variétés d'intelligence. Pourquoi deux ? Qu'elles se rapprochent le plus possible, et, à la limite, nous ne verrons plus entre elles aucune différence. Pourquoi voudrions-nous conserver ces différences ? Nous aurions le meilleur des deux : les avantages de l'homme combinés à ceux du robot.

— Vous obtiendriez un hybride, dit le chirurgien d'un ton réprobateur. Quelque chose qui ne serait pas les deux à la fois, mais ni l'un ni l'autre. N'est-il pas logique de supposer qu'un individu doit être assez fier de sa structure et de son identité pour ne pas désirer l'altérer par des éléments étrangers ? Pourquoi cet individu désirerait-il devenir un métis ?

— Vous parlez comme un ségrégationniste.

— Eh bien, va pour le ségrégationnisme.

Le chirurgien continua avec une tranquille emphase :

— Je crois qu'il faut accepter d'être ce qu'on est. Moi, je ne voudrais pas changer un atome de ma structure pour quelque raison que ce soit. Si un remplacement d'organe devenait absolument nécessaire, je demanderais qu'il reste aussi proche de ma structure originelle que possible. Je suis *moi-même* ; je suis heureux de l'être ; et je ne voudrais pas être autrement.

Maintenant, il avait fini, et il devait se préparer pour l'opération. Il plaça ses mains puissantes dans le four, qui les chauffa au rouge pour les stériliser complètement. Malgré toute la passion de ses discours, il n'avait jamais élevé la voix, et, sur son visage de métal poli, il n'y avait (comme d'habitude) aucune expression.

ROBBIE

— Quatre-vingt-dix-huit... quatre-vingt-dix-neuf... *Cent.*

Gloria retira son petit avant-bras potelé dont elle se servait pour cacher ses yeux, et demeura un instant le nez froncé, en clignant des yeux dans la lumière du soleil. Puis s'efforçant de regarder dans toutes les directions à la fois, elle fit quelques pas prudents à l'écart de l'arbre contre lequel elle s'appuyait.

Elle allongea le cou pour évaluer les ressources d'un bouquet de taillis sur la droite puis recula encore un peu pour mieux voir ses recoins ombreux. Le silence n'était troublé que par l'incessant bourdonnement des insectes et le pépiement éventuel de quelque oiseau téméraire, bravant l'ardeur du soleil de midi.

Gloria fit la moue.

— Je parie qu'il est entré dans la maison et pourtant je lui ai répété un million de fois que ce n'était pas permis.

Comprimant fortement ses lèvres minuscules et le front barré d'un pli sévère, elle se dirigea avec détermination vers le bâtiment à deux étages, de l'autre côté de l'allée d'accès.

Elle entendit trop tard le bruissement, derrière elle, et le ploc-ploc rythmique des pieds métalliques de Robbie. Elle virevolta sur place pour apercevoir son compagnon triomphant sortir de sa cachette et se diriger vers l'arbre à toute vitesse.

— Attends, Robbie ! cria-t-elle dépitée. Tu as triché, Robbie ! Tu m'avais promis de ne pas courir avant que je t'aie trouvé.

Ses petits pieds ne pouvaient pas lutter avec les enjambées gigantesques de Robbie. Puis, à moins de trois mètres du but, il prit soudain une allure d'escargot, et Gloria, d'un suprême galop effréné, le dépassa en haletant pour venir toucher la première l'écorce de l'arbre.

Rayonnante de joie, elle se tourna vers le fidèle Robbie et, avec la plus noire ingratitude, le récompensa de son sacrifice en le raillant cruellement de son inaptitude à la course.

— Robbie est une tortue ! criait-elle à tue-tête avec toute l'inconséquence d'une petite personne de huit ans. Je le bats comme je veux. Je le bats comme je veux, psalmodiait-elle d'une voix perçante.

Robbie ne répondait pas, bien entendu. Du moins pas en paroles.

Il fit mine de courir, alors qu'en réalité il trottait sur place, jusqu'au moment où Gloria s'élança à sa poursuite. Alors il régla son allure sur la sienne, la distançant de peu, la forçant à virer sur place en décrivant des crochets courts, ses petits bras battant l'air follement.

— Robbie, criait-elle, arrête !...

Et son souffle haletant transformait son rire en hoquets.

Soudain il la saisit, la souleva et la fit tourner avec lui et le monde devint pour elle un tourbillon surmonté d'un néant bleu, avec des arbres tendant avidement leurs branches vers le vide. Puis elle se retrouva de nouveau sur l'herbe, appuyée contre la jambe de Robbie, serrant toujours dans sa menotte un doigt de métal dur.

Au bout d'un moment, elle retrouva son souffle. Elle repoussa vainement ses cheveux en désordre en imitant vaguement un geste de sa mère et se contorsionna pour voir si sa robe était déchirée.

Elle abattit sa main sur le torse de Robbie.

— Méchant garçon ! Je vais te donner une fessée !

Et Robbie de jouer la frayeur en se protégeant le visage de ses mains, si bien qu'elle dut ajouter :

— Non, Robbie, je ne te donnerai pas la fessée. Mais à présent, c'est mon tour de me cacher, parce que tu as les jambes plus longues que les miennes et que tu avais promis de ne pas courir avant que je t'aie trouvé.

Robbie hocha la tête — qui était en réalité un petit parallélépipède aux angles arrondis, réuni à un second parallélépipède plus grand qui lui tenait lieu de torse, au moyen d'un cylindre court mais flexible — et alla s'appuyer docilement contre l'arbre. Une mince feuille de métal descendit sur ses prunelles brillantes et de l'intérieur de son corps parvint un tic-tac bruyant et régulier.

— Ne regarde pas... et ne saute pas de chiffres, l'avertit Gloria en courant se cacher.

Avec une régularité de métronome s'effectua le décompte des secondes et, lorsque vint la centième, les paupières se levèrent, et les yeux brillants de Robbie balayèrent le paysage. Ils s'arrêtèrent un instant sur un fragment de tissu coloré qui dépassait au-dessus d'un rocher. Il s'avança de quelques pas et se convainquit qu'il s'agissait bien de Gloria qui s'était accroupie derrière cet abri.

Lentement, prenant bien soin de demeurer constamment entre Gloria et l'arbre, il s'approcha de la cachette, et lorsque Gloria se trouva en pleine vue et dans l'impossibilité de prétendre qu'elle n'était pas découverte, il tendit un bras vers elle, en claquant l'autre contre sa jambe pour la faire résonner. Gloria se redressa, la mine boudeuse.

— Tu as regardé ! s'exclama-t-elle avec une insigne mauvaise foi. Et puis je suis fatiguée de jouer à cache-cache. Je veux que tu me portes.

Mais Robbie, offensé par cette accusation injuste, s'assit avec précaution et remua lourdement sa tête de droite à gauche.

Gloria changea de ton aussitôt et se fit cajoleuse.

— Allons, Robbie, je ne parlais pas sérieusement. Porte-moi.

Mais Robbie n'était pas robot à se laisser convaincre aussi aisément. Il regarda le ciel d'un air têtu et secoua la tête avec encore plus d'emphase.

— Je t'en prie, Robbie, porte-moi.

Elle lui entoura le cou de ses bras roses et l'étreignit avec force. Puis changeant d'humeur en un instant, elle s'écarta de lui.

— Si tu ne veux pas, je vais pleurer.

Et son visage se crispa en une grimace lamentable.

Mais Robbie au cœur dur ne se laissa pas émouvoir par cette affreuse éventualité, et secoua la tête une troisième fois. Gloria jugea nécessaire de jouer sa carte maîtresse.

— Si tu ne veux pas, s'exclama-t-elle, je ne te raconterai plus d'histoires, c'est tout. Pas une seule !

Robbie capitula immédiatement et inconditionnellement devant cet ultimatum, hochant la tête vigoureusement au point de faire résonner le métal de son cou. Avec des gestes prudents, il souleva la fillette et la déposa sur ses larges épaules plates.

Gloria ravala instantanément les larmes qu'elle menaçait de verser et roucoula de plaisir. La peau métallique de Robbie, maintenue à la température constante de vingt et un degrés par les enroulements à haute résistance disposés à l'intérieur de sa carcasse, était d'un contact agréable et le magnifique son de cloche fêlée, que produisaient les talons de la fillette en battant rythmiquement contre la poitrine du robot, était véritablement enchanteur.

— Tu es un croiseur de l'air, Robbie, tu es un grand croiseur de l'air, tout en argent. Étends les bras horizontalement... il le faut, Robbie, si tu veux être un croiseur de l'air.

Gloria tourna la tête du robot et se pencha à droite. Il s'inclina fortement. Gloria équipa le croiseur d'un moteur qui faisait B-r-r-r et ensuite d'armes qui faisaient Boum et ch-ch-ch-ch. Des pirates leur donnaient la chasse et l'artillerie du croiseur entrait en action. Les pirates tombaient en pluie.

— Je viens d'en abattre un autre... Encore deux autres, criait-elle.

Et puis :

— Plus vite, mes amis, dit Gloria, la mine sévère. Nos munitions commencent à s'épuiser.

Elle visa par-dessus son épaule avec un courage indomptable, et Robbie était un navire spatial fonçant dans le vide avec le maximum d'accélération.

Il galopait à travers le champ, se dirigeant vers le carré de hautes herbes poussant à l'autre extrémité, lorsqu'il s'immobilisa avec une brusquerie qui arracha un cri à la jeune amazone aux joues empourprées, puis il la déposa sur le moelleux tapis vert.

Gloria haletait, suffoquait en émettant par intermittence des exclamations murmurées : quelle belle galopade !

Robbie attendit qu'elle eût repris son souffle puis tira gentiment sur l'une des mèches de cheveux de la fillette.

— Tu désires quelque chose ? demanda Gloria, les yeux agrandis par une candeur apparemment sans artifices mais qui ne trompa nullement son énorme « bonne d'enfants ».

Il tira plus fort sur la mèche.

— Oh ! j'y suis ! Tu veux que je te raconte une histoire.

Robbie hocha vivement la tête.

— Laquelle ?

Robbie décrivit un demi-cercle dans l'air avec un seul doigt.

— Encore ? protesta la petite fille. Je t'ai déjà raconté Cendrillon au moins un million de fois. Tu n'es pas encore fatigué de l'entendre ?... C'est un conte pour bébés.

Nouveau demi-cercle.

— Eh bien...

Gloria prit un air inspiré, repassa mentalement les détails du conte (en même temps que plusieurs additions de son cru dont le nombre était d'ailleurs important) et commença :

— Es-tu prêt ? Bon. Il y avait une fois une belle petite fille qui s'appelait Cendrillon. Elle avait une marâtre terriblement cruelle...

Gloria parvenait au point culminant du récit — aux douze coups de minuit chaque chose reprenait son aspect banal et quotidien — et Robbie écoutait avec passion, les yeux brûlants, lorsqu'elle fut interrompue.

— Gloria !

C'était la voix haut perchée d'une femme qui venait d'appeler non pas une fois, mais plusieurs ; et l'on y discernait la nervosité d'une personne chez qui l'anxiété prenait le pas sur la patience.

— Maman m'appelle, dit Gloria, quelque peu inquiète. Je crois que tu ferais bien de me ramener à la maison, Robbie.

Robbie obéit avec célérité, car quelque chose en lui estimait qu'il convenait d'obéir à Mrs. Weston sans le moindre soupçon d'hésitation. Le père de Gloria se trouvait rarement chez lui durant le jour, sauf le dimanche — aujourd'hui par exemple — et alors il se montrait gai et compréhensif. La mère de Gloria, au contraire, constituait une source de malaise pour Robbie, et il avait toujours tendance à fuir sa présence.

Mrs. Weston les aperçut dès qu'ils se redressèrent au-dessus du rideau de hautes herbes et se retira à l'intérieur de la maison pour les attendre.

— Je me suis égosillée à t'appeler, Gloria, dit-elle sévèrement. Où étais-tu donc ?

— J'étais avec Robbie, balbutia Gloria. Je lui racontais Cendrillon et j'ai oublié l'heure du dîner.

— Eh bien, il est dommage que Robbie n'ait pas eu plus de mémoire. (Puis comme si cette réflexion lui rappelait la présence du robot :) Vous pouvez disposer, Robbie. Elle n'a plus besoin de vous en ce moment. (Puis elle ajouta d'un ton aigre :) Et surtout ne vous avisez pas de revenir avant que je ne vous appelle.

Robbie fit demi-tour pour obéir, puis hésita comme Gloria prenait sa défense.

— Attends, maman, il faut que tu lui permettes de rester. Je n'ai pas fini de lui raconter Cendrillon. Je lui avais promis de raconter Cendrillon et je n'ai pas terminé.

— Gloria !

— Je t'assure, maman, il sera si sage que tu ne sauras même pas qu'il est là. Il va s'asseoir bien gentiment sur la chaise, dans le coin, et il ne dira pas un mot — je veux dire qu'il ne bougera pas. N'est-ce pas, Robbie ?

Robbie agita sa tête massive de haut en bas.

— Gloria, si tu ne te tais pas immédiatement, tu ne verras pas Robbie de toute la semaine.

La fillette baissa les paupières.

— Très bien, mais Cendrillon est l'histoire qu'il préfère et je ne l'ai pas terminée... et il l'aime tellement.

Le robot s'éloigna d'un pas désolé et Gloria étouffa un sanglot.

George Weston était installé confortablement. Il avait l'habitude de prendre ses aises le dimanche après-midi. Un bon repas dans l'estomac ; un divan moelleux et fatigué où se vautrer ; un numéro du *Times* ; des sandales aux pieds, le torse nu, comment ne pas ressentir une délicieuse impression de confort ?

Il ne fut donc pas très agréablement surpris de voir sa femme pénétrer dans la pièce. Après dix années de mariage, il avait encore l'inconcevable faiblesse de l'aimer et sans aucun doute était-il toujours heureux de la voir... néanmoins l'après-midi du dimanche, après le déjeuner, était pour lui chose sacrée et il ne connaissait pas de plus grande béatitude que de demeurer, deux ou trois heures durant, dans une solitude complète. Il fixa donc l'œil fermement sur le dernier compte rendu de l'expédition Lefèbre-Yoshida vers Mars (elle devait partir de la Base lunaire et avait des chances de réussir) et fit semblant d'ignorer sa présence.

Mrs. Weston attendit patiemment pendant deux minutes, puis impatiemment durant cent vingt nouvelles secondes, et rompit finalement le silence.

— George !

— Hum ?

— George, je te parle ! Je te prie de reposer ton journal et de me regarder.

Le journal chut sur le plancher avec un bruit de papier froissé, et Weston tourna un visage las vers sa femme.

— Qu'y a-t-il, ma chérie ?

— Tu le sais parfaitement, George. Il s'agit de Gloria et de cette terrible machine.

— De quelle terrible machine parles-tu ?

— Ne fais pas l'âne. Tu sais fort bien de quoi je parle. C'est ce robot que Gloria appelle Robbie. Il ne la quitte pas d'une semelle.

— Pourquoi la quitterait-il ? Il n'est pas conçu pour cela. Et ce n'est certainement pas une terrible machine. C'est le meilleur robot qu'on puisse trouver sur le marché et il m'a coûté six mois de revenus. Il les vaut d'ailleurs... il est autrement plus intelligent que la moitié du personnel de mon bureau.

Il fit un mouvement pour ramasser son journal, mais sa femme fut plus rapide que lui et le mit hors de sa portée.

— Écoute-moi bien, George. Je ne veux pas confier ma fille à une machine, si intelligente qu'elle puisse être. Un enfant n'est pas fait pour être gardé par un être de métal.

Weston fronça les sourcils.

— Depuis quand as-tu décidé ça ? Il y a maintenant deux ans qu'il est auprès de Gloria et je ne t'ai jamais vue te faire de souci jusqu'à présent.

— Au début, c'était différent. L'attrait de la nouveauté. Cela me soulageait dans mon travail... et puis c'était la mode. Mais à présent, je ne sais plus. Les voisins...

— Que viennent faire les voisins là-dedans ? Écoute-moi bien. Un robot est infiniment plus digne de confiance qu'une bonne d'enfants humaine. Robbie n'a été construit en réalité que dans un but unique... servir de compagnon à un petit enfant. Sa *mentalité* tout entière a été conçue pour cela. Il ne peut s'empêcher d'être fidèle, aimant et gentil. C'est une machine qui est faite ainsi. C'est plus qu'on n'en peut dire pour les humains.

— Mais un incident pourrait se produire...

Mrs. Weston n'avait qu'une idée assez approximative des organes internes d'un robot.

— Une pièce prendrait du jeu, l'horrible engin serait pris de folie et... et...

Elle n'arrivait pas à se contraindre à compléter sa pensée.

— Impossible, dit Weston avec un frisson nerveux involontaire. C'est complètement ridicule. Nous avons eu une longue discussion, lorsque nous avons acheté Robbie, à propos de la Première Loi de la Robotique. Tu sais qu'il est impossible pour un robot de nuire à un être humain ; longtemps avant que le mécanisme soit assez endommagé pour transgresser la Première Loi, le robot serait complètement hors d'usage. C'est une impossibilité mathématique. En outre, un ingénieur de l'U.S. Robots vient ici deux fois par an pour réviser entièrement le malheureux engin. Il y a moins de chances de voir Robbie devenir subitement incontrôlable que de te voir, toi, battre la campagne de but en blanc... beaucoup moins en vérité. En outre, comment feras-tu pour le séparer de Gloria ?

Il fit une tentative aussi futile que la précédente pour rentrer en possession de son journal et sa femme le jeta avec colère dans la pièce voisine.

— C'est justement ce qui me tracasse, George ! Elle ne veut plus jouer avec personne d'autre. Il y a des douzaines de petits garçons et de petites filles avec qui elle devrait se lier d'amitié, mais il n'y a rien à faire. Elle refuse de les approcher à moins que je ne l'y contraigne. Ce n'est pas de cette façon qu'on doit élever une petite fille. Tu veux qu'elle devienne normale, n'est-ce pas ? Tu veux qu'elle soit capable de s'intégrer à la société ?

— Tu te fais des idées, Grace. Il n'y a qu'à considérer Robbie comme un chien. J'ai vu des centaines d'enfants qui préfèrent leur chien à leur père.

— Un chien est différent, George. Il faut nous débarrasser de cette horrible mécanique. Tu peux la revendre à la compagnie. Je me suis renseignée, c'est possible.

— Tu t'es renseignée ? Écoute-moi bien, Grace. Ne poussons pas les choses à l'extrême. Nous garderons le robot jusqu'au moment où Gloria sera plus âgée et je te prie désormais de ne plus revenir là-dessus.

Ayant dit, il se leva et sortit de la pièce avec humeur.

Deux soirs plus tard, Mrs. Weston vint à la rencontre de son mari sur le seuil de la porte.

— Il faudra bien que tu m'écoutes cette fois, George. Les gens sont nerveux dans le village.

— A quel sujet ? demanda Weston.

Il entra dans la salle de bains et noya toute réponse possible dans un éclaboussement d'eau.

Mrs. Weston attendit.

— A propos de Robbie, dit-elle.

Weston sortit, la serviette en main, le visage rouge et irrité.

— De quoi parles-tu ?

— Oh ! cela n'a pas cessé de croître. J'ai essayé de fermer les yeux, mais c'est fini. La plupart des gens du village pensent que Robbie est dangereux. On ne laisse pas les enfants s'approcher de notre maison, le soir venu.

— Nous confions bien notre enfant au robot.

— Les gens n'en sont pas satisfaits.

— Eh bien, qu'ils aillent au diable !

— C'est un mot, ça ne résout pas le problème. Il faut que j'aille faire mes courses au village. Je dois rencontrer les gens chaque jour. Et en ville, la situation est encore bien pire. New York vient de passer une ordonnance qui interdit les rues aux robots entre le coucher et le lever du soleil.

— Soit, mais on ne m'empêchera pas de garder un robot dans notre maison... Grace, c'est encore une de tes campagnes, j'en ai reconnu le style. Mais tu perds ton temps. Ma réponse est toujours non ! Nous garderons Robbie !

Et pourtant, il aimait sa femme... et le pire, c'est que sa femme le savait. George Weston, le pauvre, n'était après tout qu'un homme, et sa femme utilisait à fond toutes les ressources qu'un sexe plus maladroit mais aussi plus scrupuleux avait appris, avec juste raison, à redouter.

Dix fois, au cours de la semaine suivante, il s'écria : « Robbie restera... Je ne reviendrai pas sur ma décision ! » et chaque fois il prononçait ces paroles un peu plus bas, avec un gémissement de plus en plus audible.

Vint enfin le jour où Weston s'approcha de sa fille d'un air coupable et lui proposa une « belle » représentation de visivox au village.

Gloria claqua joyeusement des mains.

— Robbie pourra-t-il venir ?

— Non, ma chérie, dit-il, sentant son cœur se serrer au son de sa propre voix. Les robots ne sont pas admis au visivox... mais tu pourras tout lui raconter en rentrant à la maison.

Il trébucha sur les derniers mots et détourna les yeux.

Gloria revint du village, débordant d'enthousiasme, car le spectacle du visivox avait été vraiment splendide.

Elle attendit que son père eût garé la voiture à réaction dans le garage en sous-sol.

— Attends que je raconte l'histoire à Robbie, papa. Je suis sûre qu'il aurait tout aimé. Surtout le moment où Francis Fran reculait si doucement, et voilà qu'il est venu se jeter sur un des hommes-léopards et qu'il a dû s'enfuir en courant. (Elle se remit à rire.) Papa, y a-t-il vraiment des hommes-léopards sur la Lune ?

— Probablement pas, dit Weston distraitement. Ce sont seulement des histoires inventées pour faire rire.

Il ne pouvait s'attarder davantage autour de la voiture. Le moment était venu d'affronter l'épreuve.

Gloria partit en courant à travers la pelouse.

— Robbie... Robbie !

Puis elle s'arrêta brusquement à la vue du beau chien collie qui la regardait de ses yeux bruns et sérieux en agitant la queue devant le porche.

— Oh, le joli chien !

Gloria monta les marches, s'approcha prudemment et caressa l'animal.

— C'est pour moi, papa ?

Sa mère était venue les rejoindre.

— Oui, c'est pour toi, Gloria. N'est-il pas mignon avec son poil doux et soyeux ? Il est très doux. Il aime les petites filles.

— Sait-il jouer ?

— Certainement. Il sait faire des tas de tours. Aimerais-tu en voir quelques-uns ?

— Tout de suite ! J'aimerais que Robbie puisse le voir aussi... *Robbie !*

Elle s'immobilisa, prise d'incertitude, et fronça les sourcils.

— Je suis sûre qu'il reste dans sa chambre pour me punir de ne pas l'avoir emmené à la séance de visivox. Il faudra que tu lui expliques, papa. Il pourrait ne pas me croire, mais si c'est toi qui lui parles, il saura que c'est vrai.

Weston serra les lèvres. Il tourna les yeux vers sa femme mais ne put rencontrer son regard.

Gloria se retourna précipitamment et descendit les marches du sous-sol en criant :

— Robbie... Viens voir ce que papa et maman m'ont apporté. Ils m'ont fait cadeau d'un chien, Robbie.

Au bout d'une minute, elle était de retour, tout effrayée.

— Maman, Robbie n'est pas dans sa chambre. Où est-il ?

Il n'y eut pas de réponse ; George Weston toussa et fut soudain prodigieusement intéressé par un nuage errant. La voix de Gloria trembla, au bord des larmes.

— Où est Robbie, maman ?

Mrs. Weston s'assit et attira doucement à elle la petite fille.

— Ne sois pas triste, Gloria. Robbie est parti, je crois.

— Parti ? Où ça ? Où est-il parti, maman ?

— Nul ne le sait, ma chérie. Il est parti. Nous avons cherché, cherché, mais nous n'avons pas pu le trouver.

— Alors il ne reviendra jamais ?

Ses yeux étaient agrandis d'horreur.

— Peut-être le retrouverons-nous bientôt. Nous continuerons à le chercher. Et en attendant tu pourras jouer avec ton gentil chien-chien. Regarde-le ! Il s'appelle Éclair et il peut...

Mais les yeux de Gloria avaient débordé.

— Je ne veux pas de ce sale chien... Je veux Robbie, je veux que vous retrouviez Robbie.

Son chagrin devint trop fort pour s'exprimer en mots et elle se répandit en cris stridents.

Mrs. Weston regarda du côté de son mari pour lui demander du secours, mais il se contenta de déplacer ses pieds d'un air morose et ne se détourna pas de sa contemplation ardente du ciel ; il lui fallut donc se pencher sur la petite fille pour la consoler.

— Pourquoi pleures-tu, Gloria ? Robbie n'était qu'une machine, une sale vieille machine. Ce n'était même pas vivant.

— Ce n'était pas une machine ! hurla farouchement Gloria. C'était une personne comme vous et moi et il était mon ami. Je veux le retrouver. Oh ! maman, ramenez-le-moi.

Sa mère poussa un gémissement qui était un aveu de défaite et abandonna Gloria à son chagrin.

— Laisse-la pleurer un bon coup, dit-elle à son mari. Les chagrins d'enfant ne durent jamais bien longtemps. Dans quelques jours elle aura oublié jusqu'à l'existence de cet affreux robot.

Mais le temps prouva que Mrs. Weston était un peu trop optimiste. Sans doute Gloria cessa-t-elle de pleurer, mais elle cessa aussi de sourire, et, à mesure que les jours passaient, elle se faisait de plus en plus silencieuse et inconsistante. Petit à petit sa tristesse passive eut raison de Mrs. Weston et seule la retenait de céder la nécessité d'avouer sa défaite à son mari.

Puis un soir, elle entra en coup de vent dans la salle de séjour, s'assit, croisa les bras d'un air plein de fureur.

Son mari tendit le cou pour la voir par-dessus son journal.

— Qu'y a-t-il, Grace ?

— C'est cette enfant, George. J'ai dû renvoyer le chien aujourd'hui. Gloria ne peut plus le supporter, m'a-t-elle dit. Elle est en train de me conduire à la dépression nerveuse.

Weston reposa son journal et une lueur d'espoir illumina ses yeux.

— Peut-être pourrions-nous faire revenir Robbie. C'est possible, tu le sais. Je peux me mettre en rapport avec...

— Non ! répondit-elle farouchement. Je ne veux pas en entendre parler. Nous ne céderons pas aussi facilement. Mon enfant ne sera pas élevée par un robot, dussé-je passer des années à le lui faire oublier.

Weston ramassa de nouveau son journal avec un air déçu.

— A ce train, mes cheveux auront blanchi prématurément dans un an.

— On peut dire que tu es un homme de ressources, dit-elle d'un ton glacial. Gloria a besoin de changer d'environnement. Comment pourrait-elle oublier Robbie dans cette maison, alors que chaque arbre, chaque rocher lui rappelle son souvenir ? De ma vie je n'ai vu une situation aussi imbécile. Comment imaginer qu'une enfant puisse dépérir de la perte d'un robot !

— Eh bien, revenons au fait. Quel genre d'environnement conçois-tu pour elle ?

— Nous allons la conduire à New York.

— En pleine ville ! En août ! Sais-tu à quoi ressemble New York en plein mois d'août ? Ce n'est pas tenable.

— Des millions de gens le supportent bien.

— Ils n'ont pas la chance de disposer d'une résidence comme la nôtre. S'ils pouvaient quitter New York, ils ne s'en priveraient pas, tu peux me croire.

— Il faudra bien nous résigner. Nous allons partir dès maintenant — ou du moins aussitôt que nous aurons pris les dispositions nécessaires. Dans la ville, Gloria aura assez de centres d'intérêt et d'amis pour remonter le courant et oublier cette machine.

— Oh, Seigneur ! gémit le mari. Quand je pense à ces pavés brûlants !

— Tant pis, répondit sa femme, imperturbable. Gloria a perdu deux kilos en un mois et la santé de ma petite fille m'est plus chère que ton confort.

— Il est bien dommage que tu n'aies pas pensé à la santé de ta petite fille avant de la priver de son robot, murmura-t-il... sans desserrer les dents.

Gloria fit paraître immédiatement des signes d'amélioration lorsqu'on lui parla du voyage imminent à la ville. Elle en parlait peu, mais toujours avec un plaisir anticipé. De nouveau, elle se reprit à sourire et à manger avec un peu de son appétit antérieur.

Mrs. Weston se félicita sans discrétion et ne manqua aucune occasion de triompher devant son mari toujours sceptique.

— Tu vois bien, George, qu'elle aide à préparer les paquets comme un petit ange et babille comme si elle n'avait pas le moindre souci au monde. C'est bien ce que je t'avais dit : il suffit de l'intéresser à autre chose.

— Hum, je l'espère, dit-il sans y croire.

On prit rapidement les dispositions préliminaires. On fit préparer la maison de la cité et un couple fut engagé pour entretenir la maison de campagne. Quand vint le moment de partir, Gloria avait retrouvé presque tout son entrain d'antan et ne parlait plus de Robbie.

D'excellente humeur, la famille prit un gyro-taxi pour l'aéroport (Weston aurait préféré utiliser son gyro personnel, mais il n'avait que deux places et pas de soute à bagages) et pénétra dans l'avion de ligne.

— Viens, Gloria, je t'ai réservé une place près du hublot afin que tu puisses regarder le paysage.

Gloria trotta allègrement dans l'allée centrale, s'aplatit le nez contre l'épaisse vitre ovale, et observa avec un intérêt renouvelé quand le grondement du moteur se répercuta à l'intérieur de la cabine. Elle était trop jeune pour avoir peur quand le sol fut happé comme par une trappe et qu'elle sentit son poids doubler tout à coup, mais assez pour être hautement intéressée. C'est seulement lorsque le sol prit l'aspect d'un puzzle lointain qu'elle consentit à décoller son nez du hublot et à faire face à sa mère.

— Arriverons-nous bientôt à la ville, maman ? demanda-t-elle en frictionnant son petit bout de nez gelé et en regardant avec intérêt la tache de buée formée par sa respiration sur la vitre se rétrécir lentement et disparaître.

— Dans une demi-heure environ, ma chérie. N'es-tu pas contente de partir ? ajouta-t-elle avec un léger soupçon d'inquiétude. Ne crois-tu pas que tu seras heureuse en ville avec tous les immeubles et les gens que tu pourras voir ? Nous irons chaque jour au visivox pour voir des spectacles, au cirque, à la plage et...

— Oui, maman, répondit Gloria sans enthousiasme.

L'avion traversa des nuages et Gloria se plongea aussitôt dans ce spectacle inhabituel. Puis l'appareil regagna de nouveau le ciel clair et elle se tourna vers sa mère avec un air de mystère.

— Je sais pourquoi nous allons à la ville, maman.

— Vraiment ? demanda Mrs. Weston, intriguée. Pourquoi ?

— Tu ne m'as rien dit parce que tu voulais me faire la surprise, mais je sais.

Un moment elle demeura pénétrée d'admiration pour sa propre perspicacité, puis elle se mit à rire gaiement.

— Nous allons à New York pour retrouver Robbie, n'est-ce pas ?... Avec des détectives.

Au même instant, George Weston avalait une gorgée d'eau. Le résultat fut désastreux. Il y eut un hoquet étranglé, un geyser d'eau puis une quinte de toux frisant l'asphyxie. Quand tout fut terminé, il se leva, le visage apoplectique, trempé des pieds à la tête et fort ennuyé.

Mrs. Weston demeura imperturbable, mais quand Gloria répéta sa question d'une voix plus anxieuse, elle sentit la colère la gagner.

— Peut-être, répondit-elle sèchement. Maintenant, pour l'amour du ciel, assieds-toi et ne bouge plus.

New York en 1998 était plus que jamais le paradis des touristes. Les parents de Gloria s'en rendirent compte et en tirèrent le plus grand parti possible.

Suivant les directives formelles de sa femme, George Weston laissa ses affaires se débrouiller toutes seules, un mois durant, pour consacrer son temps à distraire Gloria. Comme toujours, il apporta à cette tâche un esprit méthodique, efficient et pratique, dans la manière d'un homme d'affaires. Avant que le mois ne se fût écoulé, tout ce qu'on pouvait faire avait été fait.

La petite fille avait été menée sur l'immeuble Roosevelt, haut de huit cents mètres, afin d'y contempler, avec une admiration craintive, le panorama cahoteux de toits qui se perdait au loin dans les champs de Long Island et les plaines du New Jersey. Ils visitèrent les zoos où Gloria regarda avec une terreur délicieuse un « vrai lion vivant » (plutôt déçue de voir les gardiens lui servir des quartiers de viande crue plutôt que des êtres humains, comme elle s'y attendait) et demanda avec une insistance péremptoire à voir la « baleine ».

Les divers musées eurent leur part d'attention, de même que les parcs, les plages et l'aquarium.

Elle remonta la moitié du cours de l'Hudson dans un bateau d'excursion équipé à la façon archaïque des folles années vingt. Elle fit un vol touristique dans la stratosphère et vit le ciel devenir pourpre foncé, les étoiles apparaître en plein jour et la Terre brumeuse, au-dessous d'elle, prendre la forme d'un immense bol renversé. Elle voyagea sous les eaux du Long Island Sound à bord d'un mésoscaphe aux parois de verre, évolua dans un monde vert et ondulant où de bizarres êtres marins venaient les dévisager curieusement, pour s'éloigner soudain à toute allure.

Sur un plan plus prosaïque, Mr. Weston la conduisit dans un grand magasin où elle put se délecter des ressources fournies par un autre genre de féerie.

En fait, une fois que le mois fut pratiquement écoulé, les Weston étaient convaincus d'avoir fait tout ce qui était en leur pouvoir pour

détourner l'esprit de Gloria, une fois pour toutes, du robot disparu...
mais ils n'étaient pas tout à fait certains d'avoir réussi.

Le fait demeurait que, quel que fût l'endroit visité, Gloria montrait
l'intérêt le plus intense à tous les robots présents. Si captivant que fût
le spectacle, si nouveau qu'il fût pour ses jeunes années, elle s'en
détournait instantanément si elle surprenait du coin de l'œil l'éclair
d'un mouvement métallique.

Mrs. Weston prit un soin tout spécial pour éviter à sa fille la présence
de tout robot.

Le drame atteignit son point culminant au Musée de la Science et de
l'Industrie. On avait annoncé un programme spécial pour enfants, avec
des tours de « magie » scientifiques mis à la portée des esprits enfantins.
Bien entendu, les Weston placèrent la séance sur la liste des distractions
absolument recommandées.

Ils se tenaient devant un stand, totalement absorbés par les exploits
d'un électro-aimant, quand Mrs. Weston s'aperçut tout à coup que
Gloria n'était plus à ses côtés. Elle céda à la panique, puis se calma
et, avec l'aide de trois préposés, entreprit une fouille minutieuse.

Bien entendu, Gloria n'était pas fille à errer au hasard. Elle faisait
preuve d'une détermination inhabituelle à son âge, héritage des
gènes maternels. Elle avait aperçu une pancarte gigantesque portant
l'inscription ROBOT PARLANT avec une flèche indiquant la direction à
suivre. Ayant déchiffré les deux mots et remarqué que ses parents ne
semblaient pas disposés à prendre la bonne direction, elle prit la seule
décision logique. Elle guetta le moment opportun et, voyant ses parents
absorbés dans leur contemplation, elle se libéra calmement et suivit la
direction indiquée par la pancarte.

Le robot parlant était un tour de force, un dispositif dénué de toute
utilité pratique et n'ayant qu'une valeur publicitaire. Une fois par
heure, un groupe conduit par un guide s'arrêtait devant lui et posait
des questions tout bas à un ingénieur. Quand il les jugeait adaptées
aux circuits de la machine, elles étaient transmises au Robot Parlant.

Cela n'avait rien de bien passionnant. Il peut être utile de savoir
que le carré de quatorze est cent quatre-vingt-seize, que la température
ambiante est de 72 degrés Fahrenheit, que la pression de l'air est de 76
centimètres de mercure, que le poids atomique du sodium est 23, mais
on n'a pas besoin d'un robot pour cela. Surtout, il n'est pas
nécessaire de posséder une masse immobile et peu maniable de fils et
d'enroulements s'étendant sur vingt-cinq mètres carrés pour obtenir ce
résultat.

Peu de gens prenaient la peine de poser une seconde question, mais
une fillette de treize à quatorze ans attendait, tranquillement, sur un
banc, la réponse à une troisième. Elle était seule dans la pièce quand
Gloria y pénétra.

Gloria ne lui accorda pas un regard. A ses yeux, pour l'instant du
moins, un autre être humain constituait un article entièrement dénué

d'intérêt. Elle réservait son attention à la grande machine pourvue de roues. Pendant un moment elle parut déconcertée. Elle ne ressemblait à aucun des robots qu'elle eût jamais vus.

Timidement, elle éleva son petit filet de voix tremblant.

— S'il vous plaît, monsieur le Robot, seriez-vous le Robot Parlant ?

Elle n'en était pas très sûre, mais il lui semblait qu'un robot capable de s'exprimer en paroles était digne du plus grand respect.

(La fillette adolescente donna à son visage une expression de concentration intense. Elle saisit un petit calepin et se mit à griffonner rapidement.)

On entendit un bruit d'engrenages bien huilés et une voix au timbre mécanique fit entendre des mots qui manquaient à la fois d'accent et d'intonation.

— Je... suis... le... robot... qui... parle.

Gloria le regarda d'un petit air triste. Il parlait bien, mais le son provenait d'on ne sait où. Il n'y avait aucun visage auquel s'adresser.

— Pouvez-vous m'aider, monsieur le Robot ?

Le Robot Parlant était conçu pour répondre à des questions, mais on ne lui avait posé jusque-là que des questions auxquelles il pût répondre. Il avait donc tout à fait confiance en ses capacités.

— Je... peux... vous... aider.

— Merci, monsieur le Robot. Avez-vous vu Robbie ?

— Qui... est... Robbie ?

— C'est un robot, monsieur le Robot.

Elle se hissa sur la pointe des pieds.

— Il a environ cette taille, monsieur le Robot, un peu plus, même, et il est très gentil. Il a une tête, vous savez. Je veux dire que vous n'en avez pas, mais lui en a, monsieur le Robot.

Le Robot Parlant était quelque peu dépassé.

— Un... robot ?

— Oui, monsieur le Robot. Un robot comme vous, sauf qu'il ne peut parler, bien sûr, et... il ressemble à une vraie personne.

— Un... robot... comme... moi ?

— Oui, monsieur le Robot.

A quoi le Robot Parlant ne répondit que par un vague gargouillement, et quelques bruits incohérents. Le terme générique qui envisageait son existence, non en tant qu'objet singulier, mais comme membre d'un groupe, dépassait son entendement. En toute loyauté, il s'efforça d'intégrer le concept et une demi-douzaine d'enroulements brûlèrent au cours de l'opération. De petits signaux d'alarme se mirent à grésiller.

(L'adolescente quitta la salle à ce moment précis. Elle avait pris assez de notes pour son article sur *Les Aspects pratiques des robots*. Cet article de Susan Calvin fut le premier d'une nombreuse série sur le même sujet.)

Gloria attendait avec une impatience soigneusement dissimulée la réponse de la machine à sa question, lorsqu'elle entendit un cri derrière elle : « La voici ! » et reconnut la voix de sa mère.

— Que fais-tu là, vilaine fille ? s'écria Mrs. Weston, dont l'anxiété s'était muée instantanément en colère. Sais-tu que tu viens de faire une peur mortelle à ton papa et à ta maman ? Pourquoi t'es-tu enfuie ?

L'ingénieur préposé au robot venait aussi d'entrer dans la pièce en s'arrachant les cheveux et apostrophait la foule aussitôt rassemblée, en demandant qui avait touché la machine.

— N'y a-t-il donc personne parmi vous qui sache lire ? hurlait-il. Nul n'a le droit de pénétrer dans cette salle sans être accompagné.

Gloria éleva sa voix consternée au-dessus du tumulte.

— Je ne suis venue ici que pour voir le Robot Parlant, maman. J'ai pensé qu'il saurait peut-être où se trouve Robbie, parce qu'ils sont tous les deux des robots.

Et comme le souvenir de Robbie s'imposa à elle tout à coup de vive force, elle fut prise d'une soudaine crise de larmes.

— Il faut que je retrouve Robbie, maman, il le faut.

Mrs. Weston étouffa un cri.

— Oh ! juste ciel. Rentrons, George. C'est plus que je n'en puis supporter.

Le soir venu, George Weston s'absenta pendant plusieurs heures et, le lendemain matin, il s'adressa à sa femme avec une expression qui ressemblait beaucoup à une satisfaction complaisante.

— Il m'est venu une idée, Grace.

— A propos de quoi ? s'enquit-elle d'un ton morne et sans manifester le moindre intérêt.

— A propos de Gloria.

— Tu ne vas pas me proposer de racheter ce robot, j'espère ?

— Non, absolument pas.

— Eh bien, parle, je peux aussi bien t'écouter. Rien de ce que j'ai fait n'a eu le moindre effet.

— Très bien. Voici le résultat de mes réflexions. Tout le mal vient du fait que Gloria considère Robbie comme une personne et non comme une machine. Naturellement, elle ne parvient pas à l'oublier. Maintenant, si nous arrivions à la convaincre que Robbie n'est rien d'autre qu'un magma d'acier et de cuivre, sous forme de plaques et de fils, avec de l'électricité pour lui donner vie, je me demande combien de temps dureraient ses regrets. C'est l'offensive psychologique, tu comprends ?

— Comment penses-tu t'y prendre ?

— Rien de plus simple. Où crois-tu que je me sois rendu hier soir ? J'ai persuadé Robertson, de l'U.S. Robots et Hommes mécaniques, de procéder à une visite complète de l'usine dès demain. On enfoncera dans la tête de Gloria qu'un robot n'est pas un être vivant.

Les yeux de Mrs. Weston s'arrondirent graduellement et une lueur brilla dans son œil, qui ressemblait fort à de l'admiration soudaine.

— Mais, George, c'est une excellente idée.

Et les boutons de veste de George Weston de se tendre aussitôt.

— Je n'en ai jamais d'autres, dit-il modestement.

Mr. Struthers était un directeur général consciencieux avec une propension naturelle au bavardage. Il résulta de cette combinaison psychologique que la visite fut agrémentée de commentaires surabondants à chaque pas. Néanmoins, Mrs. Weston ne manifesta pas d'ennui. Elle alla même jusqu'à l'interrompre à plusieurs reprises et à lui demander de répéter ses explications en termes plus simples et accessibles à un enfant de l'âge de Gloria. Aiguillonné par cette juste appréciation de ses talents de narrateur, Mr. Struthers s'épanouit et devint encore plus verbeux, si possible.

George Weston lui-même commençait à donner des signes d'une impatience croissante.

— Pardonnez-moi, Struthers, dit-il, interrompant une conférence sur la cellule photo-électrique, n'existe-t-il pas un secteur de votre usine où serait utilisée uniquement la main-d'œuvre robot ?

— Comment ? Oh, certainement ! (Il sourit à l'adresse de Mrs. Weston.) D'une certaine manière, c'est là un cercle vicieux : des robots créent d'autres robots. Naturellement, nous ne généralisons pas cette méthode. D'abord, les syndicats ne nous le permettraient jamais. Mais nous pouvons produire quelques robots en faisant appel exclusivement à la main-d'œuvre robot. Voyez-vous (il ponctuait son discours en frappant sa paume de son pince-nez), ce dont les syndicats ne se rendent pas compte — et je dis cela en homme qui a toujours manifesté une grande sympathie au mouvement ouvrier en général —, c'est que l'avènement du robot, tout en jetant quelques perturbations, au début, dans la répartition du travail, finira inévitablement...

— Oui, Struthers, dit Weston, mais pourrions-nous voir ce secteur de l'usine dont vous parliez ? Ce serait très intéressant, j'en suis persuadé.

— Mais oui, mais oui, certainement !

Mr. Struthers, d'un mouvement convulsif, replaça son pince-nez à l'endroit convenable et laissa échapper une petite toux déconfite.

— Suivez-moi, je vous prie.

Il observa un mutisme relatif en guidant les visiteurs le long d'un interminable couloir et d'un escalier dont il descendit les marches le premier. Puis ils pénétrèrent dans une grande salle bien éclairée, bourdonnant d'activité métallique ; alors les vannes s'ouvrirent et le torrent d'explications déferla une fois de plus.

— Et voilà ! s'écria-t-il avec de l'orgueil dans la voix. Un personnel uniquement composé de robots ! Cinq hommes tiennent le rôle de surveillants et ils ne se trouvent même pas dans cette salle. En cinq ans, c'est-à-dire depuis l'inauguration de cet atelier, il ne s'est pas produit un seul accident. Bien sûr, les robots qu'on assemble ici sont relativement simples, mais...

Dans les oreilles de Gloria, la voix du directeur général s'était depuis longtemps réduite à une sorte de murmure calmant. Toute cette visite lui semblait plutôt monotone et sans intérêt, bien qu'il y eût de nombreux robots en vue. Aucun d'eux ne ressemblait, même de loin, à Robbie, et elle les regardait avec un dédain non dissimulé.

Dans cette salle, il n'y avait pas du tout de gens, remarqua-t-elle. Puis ses yeux tombèrent sur six ou sept robots qui s'activaient autour d'une table, à mi-chemin de la pièce. Ils s'arrondirent de surprise incrédule. La pièce était vaste, sans doute, mais l'un des robots ressemblait... ressemblait... *c'était Lui !*

— *Robbie !*

Son cri perça l'air et l'un des robots qui s'affairaient autour de la table fit un geste maladroit et laissa tomber son outil. Folle de joie, Gloria se glissa sous la rambarde avant qu'aucun de ses parents ait pu l'arrêter, se laissa tomber légèrement sur le sol à quelques pieds au-dessous d'elle et s'élança en courant vers Robbie, agitant les bras et les cheveux au vent.

Alors les trois adultes, pétrifiés, virent ce que la petite fille bouleversée n'avait pas vu... un énorme tracteur roulant lentement sur son chemin tracé d'avance.

Il fallut quelques fractions de seconde à Weston pour reprendre ses esprits — fractions cruciales, car Gloria ne pouvait plus être rejointe. Weston franchit bien la rambarde dans une tentative suprême, mais manifestement sans espoir. Mr. Struthers fit signe désespérément aux surveillants d'arrêter le tracteur, mais ceux-ci n'étaient que des humains et il leur fallait du temps pour agir.

Ce fut Robbie seul qui agit immédiatement avec une précision sans défaut.

Ses jambes de métal dévorant l'espace entre lui et sa petite maîtresse, il fonça en partant de la direction opposée. Tout sembla alors se produire en même temps. D'un mouvement du bras, Robbie cueillit au vol Gloria, sans réduire sa vitesse d'un iota et par là même lui coupa le souffle dans le choc. Weston, qui ne comprenait rien à ce qui se passait, sentit plutôt qu'il ne vit Robbie passer devant lui à le frôler, et s'arrêta brusquement, ahuri. Le tracteur coupa la trajectoire de la petite fille, une demi-seconde après que Robbie l'eut enlevée, roula trois mètres plus loin et finit par s'arrêter dans un grincement prolongé.

Gloria retrouva son souffle, subit une série d'embrassades passionnées de ses parents et se tourna ardemment vers le robot. A son point de vue, rien ne s'était produit, si ce n'est qu'elle avait retrouvé son ami.

Mais le soulagement qui se lisait sur le visage de Mrs. Weston s'était tout à coup transformé en noirs soupçons. Elle se tourna vers son mari et en dépit de son air échevelé et de son apparence rien moins que digne, elle parvint à prendre un aspect redoutable.

— C'est toi qui as manigancé tout ceci, n'est-ce pas ?

George Weston tamponna son front brûlant avec son mouchoir. Sa main était hésitante et ses lèvres se courbaient en un sourire tremblotant et prodigieusement faible.

Mrs. Weston poursuivit son accusation.

— Robbie n'était pas conçu pour exécuter des travaux mécaniques. Il ne pouvait être d'aucune utilité dans cet établissement. Tu l'as fait placer délibérément dans cet atelier afin que Gloria pût le retrouver. Avoue donc.

— Eh bien, c'est vrai, dit Weston. Mais comment pouvais-je prévoir que la rencontre serait aussi mouvementée ? D'ailleurs Robbie lui a sauvé la vie ; cela, il te faut bien l'admettre. Tu ne peux plus le renvoyer.

Grace Weston réfléchit. Elle se tourna vers Gloria et les considéra d'un air absent durant un moment. Gloria entourait le cou du robot d'une étreinte qui eût asphyxié toute créature qui n'aurait pas été faite de métal, et babillait frénétiquement des mots sans suite. Les bras de Robbie en acier au nickel-chrome (capables de transformer en bretzel une barre d'acier de cinq centimètres de diamètre) entouraient doucement et affectueusement le corps de la petite fille, et ses yeux brillaient d'un rouge profond, profond.

— Eh bien, dit Mrs. Weston, je pense qu'il pourra demeurer près de nous jusqu'au moment où il sera rouillé.

NOËL SANS RODNEY

Ce qui a déclenché toute cette affaire, c'est que Gracie (mon épouse depuis près de quarante ans) a voulu donner congé à Rodney pour les fêtes ; et le résultat, c'est que je me suis retrouvé dans une situation tout à fait impossible. Je vais vous raconter ça, si vous n'y voyez pas d'inconvénient, car il faut absolument que je le raconte à quelqu'un. Bien entendu, je change les noms et les détails par mesure de précaution.

Il y a deux mois environ, vers la mi-décembre, Gracie me dit :

— Pourquoi ne donnons-nous pas congé à Rodney pour les fêtes ? Pourquoi ne fêterait-il pas Noël lui aussi ?

Je me rappelle qu'à cet instant j'avais le regard perdu dans le vague (un peu de flou dans la vision, ça détend plutôt, quand on prend un moment de repos ou qu'on veut juste écouter de la musique), mais je me suis empressé d'accommoder pour voir si Gracie souriait ou avait l'œil qui pétillait — encore que, voyez-vous, elle n'ait guère le sens de l'humour.

Pas de sourire. Pas de pétillement. J'ai dit :

— Pourquoi diable lui donnerions-nous congé ?

— Et pourquoi pas ?

— Et le congélateur, tu veux lui accorder des vacances ? Et le stérilisateur ? Et l'holoviseur ? On pourrait peut-être couper carrément le courant ?

— Allons, voyons, Howard ! répondit-elle. Rodney n'est pas un congélateur, ni un stérilisateur : c'est une personne.

— Ce n'est pas une personne, c'est un robot : il n'aurait que faire d'un congé !

— Qu'en sais-tu ? Et puis, *c'est* une personne ! Il n'a pas volé cette occasion de se reposer et de prendre tout bonnement part aux réjouissances.

Je n'allais pas me lancer dans une discussion avec elle sur ce mot « personne ». Je sais bien que vous connaissez tous ces enquêtes d'opinion montrant que les femmes ont trois fois plus de chances que les hommes d'éprouver crainte et ressentiment à l'égard des robots. Peut-être est-ce parce que les robots accomplissent plutôt ce qu'on appelait jadis, au bon vieux temps, les « travaux de femmes », et que les femmes ont peur de devenir inutiles, encore qu'à mon avis ça ne puisse que les enchanter. Gracie, en tout cas, *est* enchantée, et elle adore littéralement Rodney (selon sa propre expression : tous les deux jours, elle répète « Rodney, je l'adore ! »).

Il faut que je vous explique que Rodney est un robot à l'ancienne. Cela fait dans les sept ans que nous l'avons. Il a été adapté pour aller avec notre demeure à l'ancienne et nos façons de vivre à l'ancienne. J'en suis plutôt satisfait moi-même. Parfois je songe à acquérir un de ces machins dernier cri, ultra-perfectionnés, ultra-automatisés, comme celui que possède notre fils, DeLancey ; mais jamais Gracie ne l'accepterait.

Et justement, en pensant alors à DeLancey, j'ai dit :

— Comment veux-tu que nous accordions des vacances à Rodney, Gracie ? Il y a DeLancey qui vient nous voir avec sa radieuse épouse (c'est avec ironie que j'utilisais « radieuse », mais Gracie ne s'en aperçut pas : elle a un art étonnant pour voir les bons côtés même là où il n'y en a pas) et comment allons-nous faire pour que la maison soit en ordre, les repas préparés, et tout ce qui s'ensuit... sans Rodney ?

— Mais justement ! répliqua-t-elle avec conviction. DeLancey et Hortense pourraient amener *leur* robot, qui s'occuperait de tout ça. Tu sais bien qu'ils n'ont pas une très haute opinion de Rodney : ils seraient ravis de démontrer ce que le leur est capable de faire, et ainsi Rodney pourra se reposer.

Avec un grognement, je répondis :

— Eh bien, si ça peut te faire plaisir, j'imagine que nous pouvons le faire : ce ne sera que pour trois jours. Mais je ne voudrais pas que Rodney se mette dans la tête qu'il aura congé pour toutes les fêtes.

C'était encore une plaisanterie, bien entendu, mais Gracie répondit avec le plus grand sérieux :

— Non, Howard, je lui dirai un mot pour lui faire comprendre que ce n'est qu'une fois en passant.

Gracie est incapable de se faire à l'idée que Rodney est soumis aux Trois Lois de la robotique, et qu'il n'y a rien à lui expliquer.

Je n'avais plus qu'à attendre DeLancey et Hortense, le cœur lourd. DeLancey est certes mon fils, mais c'est un carriériste au petit pied. Il a épousé Hortense à cause de ses excellentes relations dans le milieu des affaires : elle peut lui donner un coup de main dans la bousculade vers les sommets. Du moins, je l'espère : car si elle a quelque autre mérite, je ne m'en suis jamais aperçu.

Ils se sont amenés deux jours avant Noël, avec leur robot — un robot qui égalait Hortense en clinquant et presque, semblait-il, en dureté. Son métal poli brillait comme un miroir, et son pas n'avait nullement la lourdeur sonore de celui de Rodney : le robot d'Hortense (c'est elle, j'en suis sûr, qui en avait prescrit la facture) se déplaçait sans le moindre bruit. Il n'arrêtait pas de venir se planter derrière moi sans rime ni raison et de me donner des coups au cœur quand, en me retournant, je me heurtais à lui.

Pire encore, DeLancey a amené avec lui LeRoy. Et ce gamin de huit ans a beau être mon petit-fils (je suis prêt à me porter garant de la fidélité d'Hortense : je vois mal quiconque y toucher de son plein gré), je dois bien reconnaître que le faire passer par une bétonnière lui apporterait une amélioration considérable.

D'entrée, il a voulu savoir si nous avions expédié Rodney à l'usine de recyclage de métaux (en fait, il a dit « foutu à la ferraille »). En reniflant, Hortense a déclaré :

— Puisque nous avons avec nous un robot moderne, j'espère que vous nous épargnerez la vue de Rodney.

Je n'ai pas pipé mot, mais Gracie lui a répondu :

— Mais bien sûr, ma chère ! D'ailleurs, nous avons donné congé à Rodney.

DeLancey a fait une grimace, mais sans rien dire : il connaît sa mère.

Débonnaire, j'ai lancé :

— Et si pour commencer on demandait à Rambo de nous préparer quelque chose de bon à boire, hein ? Café, thé, cacao, une goutte de cognac...

Rambo, c'est leur robot. Pourquoi ce nom, je l'ignore, à part qu'il commence par R. Ça n'est pas spécifié par la loi, mais, comme vous l'avez sans doute remarqué vous-mêmes, presque tous les robots ont un nom qui commence par un R, en tant qu'initiale de robot, je suppose. Le plus courant de ces noms est Robert : il doit bien y avoir un million de robots qui s'appellent Robert rien que dans le couloir nord-est.

A vrai dire, je pense que c'est la raison pour laquelle les hommes et les femmes ne portent plus de noms commençant par R : on trouve des Bob et des Dick, mais pas de Robert ni de Richard ; des Linda et des Becky, mais pas de Roseline ni de Rebecca. Quant aux robots, les noms en R qu'ils portent sont parfois des plus insolites : j'en connais trois qui se nomment Rutabaga, et deux autres Ramsès. Mais Hortense est la seule à ma connaissance à avoir appelé un robot Rambo, combinaison de syllabes que je n'ai jamais rencontrée, et je n'ai jamais eu envie d'en demander la raison : j'étais certain que l'explication s'avérerait désagréable.

Rambo se révéla tout de suite inefficace : il était, bien sûr, programmé pour le ménage DeLancey-Hortense, qui était ultra-moderne et ultra-automatisé ; pour préparer à boire dans sa propre demeure, tout ce que Rambo avait à faire, c'était d'appuyer sur les boutons adéquats. (Quant à savoir pourquoi quiconque pourrait avoir besoin d'un robot pour appuyer sur des boutons, j'attends qu'on me l'explique !)

C'est ce qu'il a dit. Il s'est tourné vers Hortense et, d'une voix douce comme le miel (rien à voir avec celle de Rodney, qui parle comme un gars de la grande ville, avec même une pointe d'accent de Brooklyn), il a dit :

— L'équipement fait défaut, Madame.

Hortense inspira brusquement.

— Est-ce à dire que vous n'avez toujours pas de cuisine robotisée, Grand-père ? (Après avoir soigneusement évité d'utiliser un nom, elle s'est empressée de m'appeler « Grand-père » dès que LeRoy est né, en hurlant bien entendu ; jamais, évidemment, elle ne m'a appelé Howard : cela aurait pu laisser entendre que je suis un être humain, ou, plus improbable encore, qu'elle en est un.)

J'ai répondu :

— Ma foi, notre cuisine est robotisée quand Rodney s'y trouve.

— Sans doute ! fit-elle. Mais nous ne sommes plus au vingtième siècle, Grand-père.

Je me suis dit : *Ah ! je voudrais bien !* Mais je me suis contenté de répondre :

— Eh bien, pourquoi ne pas apprendre à Rambo à se servir des commandes ? Je suis sûr qu'il est capable de verser, de mélanger, de faire chauffer, et d'accomplir toutes les autres opérations nécessaires.

— Je ne doute pas qu'il en soit capable, rétorqua Hortense. Mais, grâce au Destin, il n'a pas besoin de le faire. Je n'ai pas l'intention de toucher à sa programmation : cela nuirait à son efficacité.

Gracie, bien que soucieuse, répondit aimablement :

— Mais, si nous ne touchons pas à sa programmation, il va falloir que je lui indique pas à pas comment faire... et je ne sais pas comment on fait : je ne l'ai jamais fait !

— Rodney peut le lui dire, fis-je.

— Oh ! Howard... mais nous avons accordé un congé à Rodney ! objecta Gracie.

— Je sais bien. Mais nous n'allons pas lui demander de *faire* quelque chose : juste de *dire* à Rambo ici présent ce qu'il faut qu'il fasse, et après ça Rambo pourra le faire.

Là-dessus, Rambo déclara d'un air guindé :

— Madame, il n'y a rien dans ma programmation ni dans les instructions que j'ai reçues qui me fasse obligation de recevoir des ordres d'un autre robot, surtout si celui-ci est d'un modèle ancien.

Hortense se fit conciliante :

— Bien sûr, Rambo ! Je suis certaine que Grand-père et Grand-mère sont sensibles à ces raisons. (Je remarquai que DeLancey ne pipait pas mot. Je me demande s'il prenait jamais la parole en présence de sa très chère épouse.)

— Très bien, repris-je. Alors, voilà ce qu'on va faire : je vais me faire donner les indications par Rodney, et ensuite c'est moi qui les dicterai à Rambo.

Rambo n'eut rien à redire à cela. Même Rambo est soumis à la Deuxième Loi de la robotique, qui lui fait obligation d'obéir à des ordres donnés par les êtres humains.

Hortense plissa les yeux : elle aurait aimé, je le voyais, me dire qu'un robot comme Rambo était trop bien pour être soumis aux ordres de gens comme moi ; mais, venue de très loin, une vague bouffée de quelque sentiment rudimentaire proche de l'humanité la retint.

Le petit LeRoy, lui, ne s'embarrassait nullement de telles entraves quasi humaines ; il brailla :

— J'veux pas voir la sale gueule de Rodney ! J'parie qu'il sait rien faire du tout ! Et même s'il sait, de toute façon ce croulant de grand-père comprendrait tout de travers !

J'aurais bien aimé être seul à seul avec le petit LeRoy cinq minutes, pour le raisonner calmement, avec un gros bâton ; mais un instinct maternel dictait à Hortense de ne jamais laisser LeRoy seul avec aucun être humain.

Il n'y avait vraiment rien d'autre à faire que de sortir Rodney de sa niche dans la resserre, où il pouvait savourer ses propres réflexions (est-ce qu'un robot se livre à ses propres réflexions quand il est seul, je me le demande), et le mettre au travail. Ça n'était pas commode : il disait une phrase, je répétais la même phrase, et Rambo faisait quelque chose, puis Rodney disait une autre phrase, et ainsi de suite.

Tout cela prenait deux fois plus de temps que si Rodney l'avait fait lui-même, et cela m'épuisait, je peux vous le dire, car tout devait se faire comme ça : manœuvrer le lave-vaisselle-stérilisateur, préparer le réveillon, débarrasser des déchets la table et le plancher... tout !

Gracie n'arrêtait pas de se lamenter sur les vacances de Rodney qui étaient gâchées, mais ne sembla à aucun instant se rendre compte que les miennes l'étaient aussi. Mais j'ai vraiment admiré Hortense pour son art de trouver, toutes les fois que quelque remarque semblait requise, quelque chose de désagréable à dire, et cela, je l'ai remarqué tout particulièrement, sans se répéter une seule fois : être rosse, c'est à la portée du premier venu ; mais une telle créativité sans défaillance dans la rosserie m'inspira à mainte reprise l'envie perverse d'applaudir.

Mais là où ce fut vraiment le bouquet, ce fut la veille de Noël. On avait mis en place l'arbre de Noël, et j'étais épuisé. Nous n'étions pas dans le cas de figure où, en branchant un coffret de parure automatisé sur un arbre électronique, il suffit de presser un bouton pour qu'instantanément les décorations soient disposées à la perfection. Sur notre arbre à nous (un arbre ordinaire, à l'ancienne mode, en plastique), il fallait placer les garnitures à la main, une par une.

Hortense prit une mine indignée.

— Mais voyons, Hortense, lui remontrai-je, cela permet de se montrer créatif, en arrangeant les choses comme on l'entend.

Hortense répondit par un reniflement de dédain (on aurait cru entendre des griffes raclant un mur de plâtre brut) et quitta la pièce, le visage empreint d'une nausée non dissimulée. Je fis une courbette à l'adresse de son dos qui s'éloignait : je n'étais pas fâché de lui voir les talons.

Je m'attelai alors à la tâche fastidieuse d'écouter les instructions de Rodney et de les transmettre à Rambo. Quand ce fut terminé, je jugeai que mes pauvres pieds et ma pauvre tête avaient bien mérité quelque repos. Je m'installai donc dans un fauteuil au bout de la pièce, dans un coin sombre. Mais à peine y avais-je casé mon corps endolori que le petit LeRoy fit son entrée.

Je suppose qu'il ne m'avait pas vu, à moins qu'il ait tout bonnement refusé de me prêter attention, comme à un meuble parmi les moins importants et les moins intéressants de la pièce. Il jeta à l'arbre un regard dédaigneux et, s'adressant à Rambo, il dit :

— Dis donc, où sont les cadeaux de Noël ? Je parie que ces croulants de Pépé et Mémé m'en ont dégoté de minables, mais j'vais pas poireauter jusqu'à demain matin !

— Je ne sais pas où ils sont, Jeune Maître, répondit Rambo.

— Ah ! fit LeRoy. (Et, se tournant vers Rodney :) Et toi, Face-de-pet, tu sais où ils sont, les cadeaux ?

Rien dans sa programmation ne s'opposait à ce que Rodney fît la sourde oreille : il n'était pas censé savoir qu'on s'adressait à lui, car il répondait au nom de Rodney, et non de Face-de-pet. Rambo, lui, j'en suis bien sûr, eût refusé de répondre. Mais Rodney était d'une tout autre étoffe. Il répondit poliment :

— Oui, Jeune Maître, je le sais.

— Eh bien, où sont-ils, vieux cradingue ?

— Je ne pense pas, répondit Rodney, qu'il serait sage de vous le dire, Jeune Maître. Ce serait décevant pour Gracie et Howard, qui aimeraient vous remettre ces cadeaux demain matin.

— Dis donc ! fit le petit LeRoy. A qui tu crois que tu causes, crétin de robot ? Je t'ai donné un ordre : tu m'apportes ces cadeaux tout de suite !

Et, pour montrer à Rodney qui commandait, il lui envoya un coup de pied dans le tibia.

Lourde erreur ! A quel point cela allait s'avérer tel, je m'en suis aperçu avec une seconde d'avance : une seconde d'intense jubilation. Le petit LeRoy, en effet, était prêt à aller se coucher (je doutais pourtant qu'il y allât jamais avant d'y être *disposé*), ce pourquoi il était en pantoufles. De plus, quand il envoya ce coup de pied, la pantoufle alla valser, de sorte qu'en fin de compte c'est avec ses orteils nus qu'il cogna l'acier chromé massif du tibia robotique.

Il s'écroula par terre en braillant, et sa mère d'accourir.

— Qu'est-ce qu'il y a, LeRoy ? Qu'est-ce qu'il y a ?

A cela, le petit LeRoy eut l'impérissable culot de répondre :

— Il m'a frappé ! Ce vieux monstre de robot m'a *frappé* !

Sa mère poussa un hurlement. M'apercevant, elle vociféra :

— Ce robot que vous avez là doit être détruit.

— Allons, voyons, Hortense ! lui remontrai-je. Un robot ne peut frapper un petit garçon : la Première Loi de la robotique s'y oppose.

— C'est un *vieux* robot ! Un robot détérioré ! LeRoy dit que...

— LeRoy ment. Il n'existe aucun robot, aussi vieux et aussi détérioré soit-il, qui puisse frapper un enfant.

— Alors, c'est *lui* qui l'a fait ! C'est Grand-père qui l'a fait ! glapit LeRoy.

— Ce n'est pas l'envie qui m'en manque, répondis-je d'un ton égal. Mais aucun robot ne m'aurait laissé faire. Il n'y a qu'à interroger le vôtre. Demandez donc à Rambo s'il aurait laissé passivement votre gamin se faire maltraiter soit par Rodney soit par moi ! Rambo ?

J'avais utilisé un ton impératif, et Rambo répondit :

— Jamais je n'aurais laissé le Jeune Maître subir le moindre mal, Madame, mais j'ignorais ce qu'il avait l'intention de faire : il a donné à Rodney un coup au tibia pied nu, Madame.

Suffoquée, les yeux exorbités de fureur, Hortense n'en reprit pas moins :

— Alors, c'est qu'il avait une bonne raison de le faire. Je tiens toujours à faire détruire votre robot.

— Eh bien, essayez donc, Hortense ! A moins que vous soyez disposée à mettre en péril l'efficacité du vôtre en le reprogrammant pour qu'il mente, il portera témoignage de ce qui s'est passé juste avant ce coup de pied ; et, bien entendu, j'aurai le plaisir d'en faire autant.

Hortense s'en alla le lendemain matin, emmenant avec elle un LeRoy au teint blême (il s'avéra qu'il s'était fait une fracture à l'orteil : il ne l'avait pas volé !) et un DeLancey perpétuellement muet. Gracie les suppliait de rester en se tordant les mains ; mais, pour ma part, c'est sans la moindre émotion que j'ai assisté à leur départ. Non, je mentirais en disant ça : en fait, j'ai assisté à leur départ avec quantité d'émotions... toutes également agréables.

Plus tard, j'ai dit à Rodney, en l'absence de Gracie :

— Je suis désolé, Rodney ! Ces fêtes de Noël ont vraiment été une catastrophe ; et tout ça parce que nous avons voulu les passer sans toi. Nous ne recommencerons jamais, je te le promets.

— Merci, Monsieur. Je dois avouer qu'il m'est arrivé au cours de ces deux jours de souhaiter ardemment que les Lois de la robotique n'existent pas.

J'ai hoché la tête et lui ai adressé un large sourire. Mais, la nuit suivante, j'ai émergé d'un profond sommeil avec en tête un problème qui n'a cessé de me tracasser depuis.

Je reconnais que Rodney a été soumis à rude épreuve ; mais un robot *ne peut pas* souhaiter que les Lois de la robotique n'existent pas : c'est *exclu*, quelles que soient les circonstances.

Si je signale cela, Rodney sera sans aucun doute mis au rebut, et on nous livrera un robot neuf pour compenser ; et cela, Gracie ne me le pardonnera absolument pas... jamais ! Aucun robot, aussi nouveau, aussi doué soit-il, ne peut prendre dans son cœur la place de Rodney.

D'ailleurs, moi non plus je ne me le pardonnerais pas : sans même considérer ma propre sympathie pour Rodney, je ne voudrais pour rien au monde donner à Hortense cette occasion de triompher.

Mais si je ne fais rien, je continue à vivre avec un robot capable de souhaiter que les Lois de la robotique n'existent pas. De souhaiter qu'elles n'existent pas à agir comme si elles n'existaient pas, il n'y a qu'un pas. A quel moment franchira-t-il ce pas, et sous quelle forme montrera-t-il qu'il l'a franchi ?

Que faire ? Que faire ?

ROBOTS HUMANOÏDES

Dans la littérature de science-fiction, il n'est pas rare de rencontrer des robots recouverts d'une peau synthétique, quand ils ne sont pas conçus avec une apparence les rendant impossibles à distinguer des êtres humains. Parfois ils sont appelés « androïdes » (du mot grec signifiant « ayant forme humaine ») et certains écrivains sont très pointilleux sur cette distinction. Pas moi, car je pense qu'un robot est un robot, et rien de plus.

Notons cependant qu'en 1920 R.U.R., la pièce de Karel Capek qui fit connaître le terme « robot », ne mettait en scène aucun robot à proprement parler : ceux que produisait la firme Rossum's Universal Robots (le R.U.R. du titre) étaient en fait... des androïdes.

Une des trois histoires de cette section, « Assemblons-nous », est la seule de ce livre où aucun robot n'apparaisse. Quant à la nouvelle « Effet miroir », on peut la considérer comme une suite à mes romans Les Cavernes d'acier *et* Face aux feux du Soleil.

ASSEMBLONS-NOUS

Une certaine forme de paix s'était prolongée durant un siècle et les gens avaient oublié à quoi ressemblait tout le reste. Ils n'auraient pas trop su de quelle façon réagir s'ils avaient découvert qu'une certaine forme de guerre venait finalement de se déclencher.

A coup sûr, Elias Lynn, chef du Bureau de la Robotique, ne savait trop de quelle façon réagir lorsqu'il découvrit finalement la vérité. Le Bureau de la Robotique avait son quartier général à Cheyenne, conformément à la tendance à la décentralisation qui se manifestait depuis un siècle, et Lynn contemplait d'un air indécis le jeune officier de sécurité qui lui apportait la nouvelle de Washington.

Elias Lynn était un homme de vastes proportions, aux traits banals mais non dénués de charme, avec des yeux bleu pâle légèrement proéminents. Les hommes ne se sentaient pas généralement très à leur aise sous le regard de ces yeux, mais l'officier de sécurité demeurait imperturbable.

Lynn décida que sa première réaction aurait dû être un sentiment d'incrédulité. Tonnerre, c'était bien de l'incrédulité ! Il lui était impossible d'y croire !

Il se renversa dans son fauteuil.

— Dans quelle mesure est-on certain de cette information ? demanda-t-il.

L'officier de sécurité, qui s'était présenté sous le nom de Ralph G. Breckenridge, avec pièces d'identité à l'appui, portait sur ses traits la douceur de la jeunesse : lèvres pleines, joues rebondies qui rougissaient facilement, yeux candides. Ses vêtements détonnaient à Cheyenne, mais convenaient parfaitement à l'atmosphère conditionnée qui régnait à Washington, où la sécurité demeurait, en dépit de tout, centralisée.

— Il ne peut y avoir aucun doute à ce sujet, dit Breckenridge en devenant rouge comme une pivoine.

— Sans doute n'ignorez-vous rien d'Eux, dit Lynn, incapable d'empêcher une trace de sarcasme de filtrer dans sa voix.

Il n'était pas particulièrement conscient de mettre l'accent sur le pronom par lequel il désignait l'ennemi, ce qui aurait équivalu à l'écrire en capitales. C'était une habitude de langage propre à sa génération et à la précédente. Nul ne parlait plus de l'« Est », des « Soviets » ou des « Russes ». Cela aurait provoqué trop de confusion, puisque certains d'entre Eux n'appartenaient pas à l'Est, n'étaient ni rouges ni soviétiques, encore moins russes. Il était beaucoup plus simple de dire Nous et Eux, et infiniment plus précis.

Les voyageurs avaient fréquemment rapporté qu'Ils faisaient de même en sens contraire. Dans leur camp, Ils étaient « Nous » (dans la langue appropriée) et Nous étions « Eux ».

Rares étaient ceux qui se préoccupaient dorénavant de pareilles vétilles. Tout était normal et facile. La haine elle-même n'existait pas. Au début, cela s'était appelé la guerre froide. A présent, c'était devenu un jeu, un jeu bon enfant pourrait-on dire, avec des règles tacites et une certaine honnêteté.

— Pourquoi désireraient-Ils troubler la situation ? demanda Lynn brusquement.

Il se leva et vint se planter devant une carte murale du monde, divisée en deux régions par des délimitations de couleur pâle. Une partie irrégulière, sur la gauche de la carte, était cernée de vert clair. Une autre partie non moins irrégulière, à droite, était entourée par un rose délavé. Nous et Eux.

La carte n'avait guère changé au cours d'un siècle. La perte de Formose et le gain de l'Allemagne de l'Est, quatre-vingts ans auparavant, avaient été les dernières modifications territoriales de quelque importance.

Un autre changement était cependant intervenu, relativement significatif, mais qui, lui, intéressait les couleurs. Deux générations auparavant, Leur territoire se signalait par un rouge sanglant, le Nôtre par un blanc immaculé. Aujourd'hui, les couleurs avaient pris une teinte neutre. Lynn avait vu Leurs cartes, et il en était de même de Leur côté.

— Ils ne feraient pas cela, dit-il.

— Ils sont en train de le faire, répondit Breckenridge, et vous feriez bien de vous y habituer. Bien sûr, monsieur, je comprends qu'il ne soit pas agréable de penser qu'Ils aient pris une telle avance sur nous en robotique.

Ses yeux demeurèrent aussi candides que jamais, mais le tranchant caché des mots taillait profondément, et Lynn frémit sous l'impact.

Bien entendu, cela expliquait pourquoi le chef de la Robotique avait appris la nouvelle de façon aussi tardive et par la bouche d'un officier de sécurité, par-dessus le marché. Il avait éprouvé une perte de prestige aux yeux du gouvernement ; si le département de la robotique avait été vaincu dans le combat, Lynn de devait espérer aucune miséricorde politique.

— A supposer que ce que vous dites soit vrai, Ils n'ont pas une telle avance sur nous, dit Lynn avec lassitude. Nous sommes capables de construire des robots humanoïdes.

— L'avons-nous fait, monsieur ?

— Effectivement, nous avons construit quelques modèles dans un but expérimental.

— Ils en fabriquaient déjà il y a dix ans. En dix ans, Ils ont eu le temps de faire des progrès.

Lynn se sentait troublé. Il se demandait si son incrédulité à propos de toute cette affaire ne prenait pas sa source dans son orgueil offensé, dans la crainte de perdre son poste et de voir sa réputation compromise. Il ressentait de la gêne à l'idée qu'il pût en être ainsi et néanmoins il se trouvait contraint à la défensive.

— Écoutez, jeune homme, l'équilibre entre Eux et Nous n'a jamais été parfait dans les moindres détails. Ils ont toujours possédé de l'avance sur un point ou sur un autre et, réciproquement, nous avions l'avantage dans d'autres domaines. S'Ils nous dominent en ce moment en robotique, c'est qu'Ils ont davantage concentré leurs efforts sur cette technique. Cela signifie que de notre côté, nous avons poussé nos recherches avec plus d'activité dans une autre branche de la science. Qui vous dit que nous ne soyons pas en tête en ce qui concerne les champs de force ou l'énergie hyperatomique ?

Être contraint d'admettre que l'équilibre n'était pas parfait entre les deux puissances lui causait un certain malaise. C'était pourtant la vérité, mais c'était le seul grand danger qui menaçât le monde. La paix du monde reposait sur un équilibre aussi parfait que possible entre les deux puissances. Si le plateau de la balance avait tendance à pencher un peu trop d'un côté...

Presque au début de la guerre froide, les deux parties en présence avaient simultanément mis au point les armes thermonucléaires, et la guerre était devenue inconcevable. La compétition avait passé du plan militaire au plan économique et psychologique et s'y était maintenue depuis ce moment.

Néanmoins, de part et d'autre, on s'était efforcé avec acharnement de rompre cet équilibre, de prévoir une parade contre toutes les bottes possibles, de découvrir une botte que l'adversaire ne pourrait parer à temps — en un mot, de susciter un fait nouveau qui rendrait la guerre possible une fois de plus. Ce n'est pas que l'un et l'autre camps fussent tellement avides de se lancer dans la guerre, mais parce qu'ils craignaient respectivement que le voisin d'en face fût le premier à effectuer la découverte cruciale.

Cent années durant, la lutte était demeurée égale. Et dans le processus, la paix avait été maintenue pendant un siècle, cependant que les recherches intensives menées sans désemparer avaient fait naître comme sous-produits les champs de force, l'utilisation de l'énergie solaire, le contrôle des insectes et les robots. Chacun des camps commençait à comprendre la « mentallique », qui était le nom bizarre donné à la biochimie et à la biophysique de la pensée. L'une et l'autre puissances possédaient leurs avant-postes sur la Lune et sur Mars. L'humanité avançait à pas de géant, mue par l'aiguillon qu'enfonçait dans ses flancs cette implacable rivalité.

L'une et l'autre parties se voyaient même contraintes de se comporter avec humanité et une certaine générosité dans les limites de leurs frontières respectives, de peur que la cruauté et la tyrannie ne suscitent des sympathies pour l'autre camp.

Il était inconcevable que l'équilibre fût aujourd'hui rompu et la guerre imminente.

— Il faut que je consulte l'un de mes hommes, dit Lynn. Je voudrais connaître son opinion.

— Est-il digne de confiance ?

Le visage de Lynn prit une expression d'écœurement.

— Juste ciel, qui donc, parmi les gens de la robotique, n'a pas été passé au crible, examiné sous toutes les coutures par les fonctionnaires de la sécurité ? Oui, je me porte garant pour lui. Si vous ne pouvez faire confiance à un homme tel que Humphrey Carl Laszlo, alors nous ne sommes pas en état de faire face à une attaque du genre de celle dont vous parlez, quoi que nous fassions par ailleurs.

— J'ai entendu parler de Laszlo, dit Breckenridge.

— Fort bien. A-t-il votre caution ?

— Oui.

— Dans ce cas, je vais le convoquer et nous saurons ce qu'il pense de l'éventualité d'une invasion des U.S.A. par les robots.

— Pas exactement, dit Breckenridge. Vous n'avez pas encore admis la vérité entière. Il s'agit de savoir ce qu'il pense du fait que les robots ont *déjà* envahi les U.S.A.

Laszlo était le petit-fils d'un Hongrois qui avait franchi ce que l'on appelait autrefois le rideau de fer, et, à cause de ce fait, il éprouvait le sentiment rassurant d'être au-dessus de tout soupçon. Il était corpulent, perdait ses cheveux, son visage légèrement camard était toujours empreint d'une expression batailleuse, mais son accent était du pur Harvard et il s'exprimait avec une douceur que d'aucuns auraient jugée excessive.

Aux yeux de Lynn qui, après des années d'administration, avait conscience de n'être plus très expert dans les différents domaines de la robotique, Laszlo constituait un réceptacle confortable pour la science complète. La seule présence de l'autre lui faisait du bien.

— Quelle est votre opinion ? demanda Lynn.

Un pli féroce barra le front de Laszlo.

— Absolument incroyable qu'Ils aient pu prendre une telle avance sur Nous. Cela signifierait qu'Ils aient fabriqué des humanoïdes qu'on ne pourrait distinguer des hommes à un mètre de distance. Cela signifierait un progrès prodigieux en robomentallique.

— Votre responsabilité se trouve personnellement engagée, dit Breckenridge froidement. Votre orgueil professionnel mis à part, dites-moi exactement pour quelle raison il est impossible qu'Ils soient en avance sur Nous.

Laszlo haussa les épaules.

— Je suis parfaitement au courant de Leur littérature dans le domaine de la robotique, je puis vous l'assurer. Je sais approximativement où Ils en sont.

— Vous savez approximativement où Ils veulent vous faire croire qu'Ils sont rendus, c'est sans doute ce que vous voulez dire, corrigea Breckenridge. Avez-vous jamais visité l'autre camp ?

— Jamais, répondit brièvement Laszlo.

— Ni vous, docteur Lynn ?

— Moi non plus, répondit l'interpellé.

— Aucun expert en robotique n'a-t-il visité l'autre camp au cours des vingt-cinq dernières années ? demanda Breckenridge, et le ton de sa voix indiquait nettement qu'il connaissait déjà la réponse.

Durant quelques secondes, une atmosphère lourde de réflexions plana dans la pièce. Le large visage de Laszlo trahit une certaine gêne.

— A dire le vrai, il y a fort longtemps qu'Ils n'ont pas organisé de congrès sur la robotique.

— Depuis vingt-cinq ans, dit Breckenridge. N'est-ce pas significatif ?

— Peut-être, dit Laszlo avec réticence. Un autre fait m'inquiète, cependant. Jamais un seul d'entre Eux n'est venu assister à Nos conférences sur la robotique, du moins autant qu'il m'en souvienne.

— Ont-Ils été invités ? demanda Breckenridge.

— Évidemment ! s'interposa aussitôt Lynn d'un air inquiet et ennuyé.

— Refusent-Ils d'assister à tous les autres genres de conférences scientifiques que Nous organisons ? poursuivit Breckenridge.

— Je n'en sais rien, répondit Laszlo. (Il arpentait à présent le plancher.) Je ne me souviens pas qu'on ait jamais signalé Leur présence en de telles occasions. Et vous, chef ?

— Ni moi non plus, dit Lynn.

— On pourrait dire en somme qu'Ils ne voulaient pas se trouver dans l'obligation de vous rendre une telle invitation ? demanda Breckenridge. Ou qu'Ils craignaient de voir Leurs représentants lâcher des paroles imprudentes ?

C'était précisément ce qu'il semblait, et Lynn se sentit envahir par l'accablante conviction que l'hypothèse émise par la sécurité correspondait à la réalité.

Sinon, pourquoi cette absence de contacts entre roboticiens des deux camps ? Un fertile chassé-croisé de chercheurs s'était instauré à l'époque de Khrouchtchev et de Eisenhower, qui s'était poursuivi pendant des années, strictement sur la base d'un échange homme pour homme. Il existait de nombreux motifs à cela : une appréciation honnête du caractère supranational de la science ; des sentiments d'amitié réciproques qui sont difficiles à effacer complètement chez l'être humain ; le désir de bénéficier d'une optique nouvelle et intéressante et de voir vos points de vue, à vos yeux légèrement périmés, accueillis par d'autres comme des innovations pleines d'intérêt.

Les gouvernements eux-mêmes étaient désireux de voir ces échanges se poursuivre. Ils pensaient évidemment qu'en apprenant le plus possible et en donnant le minimum en échange, leur camp pourrait bénéficier de ces rencontres.

Mais pas dans le cas de la robotique.

Il suffisait d'un détail aussi mince pour entraîner la conviction. Et le plus fort, c'est qu'ils le connaissaient depuis toujours. *Nous avons choisi le chemin le plus facile*, pensa Lynn sombrement.

Du fait que l'autre camp n'avait rien accompli publiquement en matière de robotique, il avait été tentant de dormir sur ses deux oreilles avec la conscience satisfaite de sa propre supériorité. Pourquoi ne leur était-il pas venu à l'esprit d'envisager que les gens d'en face tenaient dans leur manche une meilleure carte, un atout qu'ils se réservaient de sortir à bon escient ?

— Qu'allons-nous faire ? demanda Laszlo fébrilement. (Il était évident que le même fil de pensées avait abouti chez lui à la même conviction.)

— Faire ? répéta Lynn.

Il était difficile de penser à autre chose qu'à l'horreur totale qu'entraînait obligatoirement cette conviction. Dix robots humanoïdes se trouvaient quelque part sur le territoire des États-Unis, dont chacun portait une pièce de la bombe CT.

CT ! La course à l'horreur apocalyptique avait abouti là. CT ! Conversion Totale ! Le Soleil n'était plus désormais un synonyme dont on pût faire usage. La Conversion Totale faisait du Soleil une chandelle à deux sous.

Dix humanoïdes, dont chacun était totalement inoffensif séparément, pouvaient, par le seul fait de s'assembler, dépasser la masse critique, et alors...

Lynn se leva lourdement ; les poches sombres qu'il avait sous les yeux, et qui donnaient ordinairement à son visage laid un aspect assez sinistre, étaient plus proéminentes que jamais.

— Il nous appartient désormais de trouver le moyen de distinguer un humanoïde d'un homme, et ensuite de découvrir ces humanoïdes.

— Dans quel délai ? murmura Laszlo.

— Au moins cinq minutes avant qu'ils s'assemblent, rugit Lynn. Quant à vous dire à quel moment cet événement se produira...

— Je suis heureux que vous partagiez notre point de vue à présent, monsieur. Je dois vous ramener à Washington pour assister à une conférence, dit Breckenridge.

Lynn leva les sourcils.

— Entendu.

Il se demanda s'il n'aurait pas été remplacé sur l'heure, eût-il tardé plus longtemps à se laisser convaincre — si quelque autre chef du Bureau de la Robotique n'aurait pas pris sa place à la conférence de Washington. Il regretta soudain avec véhémence que le cas ne se fût pas produit.

Le premier assistant à la Présidence était présent, ainsi que le secrétaire d'État à la Science, le secrétaire d'État à la Sécurité, Lynn lui-même et enfin Breckenridge. Tous les cinq étaient assis autour d'une table dans les « donjons » d'une forteresse souterraine, près de Washington.

L'assistant Jeffreys était un homme d'aspect impressionnant, beau comme on peut l'être lorsqu'on a les cheveux blancs et les joues un tantinet trop pleines, solide, réfléchi et aussi discret que peut l'être, sur le plan politique, un assistant à la Présidence digne de ce nom.

— Trois questions se posent à nous, il me semble, dit-il d'une voix incisive. Primo, comment les humanoïdes vont-ils s'assembler ? Secundo, quand vont-ils s'assembler ? Tertio, comment ferons-nous pour les appréhender avant qu'ils s'assemblent ?

Le secrétaire d'État à la Science, Amberley, hocha vivement la tête. Avant d'être nommé au poste qu'il occupait aujourd'hui, il avait été le Doyen de la Northwestern Engineering. Il était mince, avec des traits aigus, et visiblement nerveux. Son index traçait de lentes circonférences sur la table.

— Pour ce qui est du moment où ils se rejoindront, dit-il, je suppose que cela demandera encore un certain temps.

— Pourquoi dites-vous cela ? demanda vivement Lynn.

— Ils se trouvent déjà aux U.S.A. depuis au moins un mois. C'est du moins ce qu'affirme la sécurité.

Lynn se tourna automatiquement vers Breckenridge, et le secrétaire d'État à la Sécurité, Macalaster, intercepta son regard.

— Cette information est digne de foi, dit Macalaster. Ne vous laissez pas abuser par l'apparente jeunesse de Breckenridge, docteur Lynn. Ce trait fait partie de sa valeur à nos yeux. Il a en réalité trente-quatre ans et fait partie du département depuis dix ans. Il a séjourné près d'un an à Moscou, et sans lui, nous ne saurions rien de ce terrible danger. La plus grande partie des détails se trouvent en notre possession.

— Justement pas les plus cruciaux, dit Lynn.

Macalaster eut un sourire glacial. Son menton lourd et ses yeux rapprochés étaient bien connus du public, mais on ne savait pratiquement rien d'autre sur lui.

— Nous ne sommes tous que des hommes et, comme tels, nos pouvoirs sont limités, docteur Lynn. L'agent Breckenridge a accompli une tâche importante.

— Disons que nous disposons d'un certain temps, intervint l'assistant Jeffreys. Si une action instantanée était nécessaire, le pire se serait déjà produit. Il paraît probable qu'Ils attendent une occasion déterminée. Si nous connaissions l'endroit, le moment pourrait peut-être se déduire automatiquement.

« S'Ils doivent faire exploser leur engin sur un objectif déterminé, Ils voudront obtenir le maximum de rendement, et l'on peut supposer que Leur choix se porterait sur une ville de première importance. En tout cas, une grande métropole est le seul objectif digne d'une bombe CT. Je crois que les possibilités se restreignent à quatre cités : Washington comme grand centre administratif ; New York comme centre financier ; Detroit et Pittsburgh comme centres industriels principaux.

— Je porte mon choix sur New York, dit Macalaster. L'administration et l'industrie ont été à ce point décentralisées que la destruction d'une ville particulière n'empêcherait pas une riposte immédiate.

— Dans ce cas, pourquoi New York ? demanda Amberley, peut-être avec plus de vivacité qu'il ne l'aurait voulu. La finance a été également décentralisée.

— C'est une question de psychologie. Il se peut qu'Ils veuillent détruire notre volonté de résistance, obtenir la capitulation par l'horreur même, du premier coup. Les plus grandes destructions de vies humaines se produiraient dans la région métropolitaine de New York...

— Cela demanderait un certain cynisme, murmura Lynn.

— Je sais, dit Macalaster, mais Ils en sont bien capables s'Ils escomptent une victoire après une attaque unique. Ne serions-nous pas...

L'assistant Jeffreys repoussa en arrière sa toison blanche.

— Envisageons le pire. Supposons que New York soit détruit à un certain moment, au cours de l'hiver de préférence, immédiatement après une sérieuse tempête de neige, au moment où les communications sont le plus difficiles et où le chaos introduit dans les services publics et le ravitaillement dans les régions périphériques aura les plus sévères répercussions sur la situation générale. Comment ferons-nous pour les appréhender ?

— Découvrir dix hommes parmi deux cent vingt millions d'habitants, dit Amberley, c'est chercher une aiguille prodigieusement petite dans une meule de foin de proportions colossales.

Jeffreys secoua la tête.

— Vous faites erreur. Dix humanoïdes parmi deux cent vingt millions d'hommes.

— Je ne vois pas la différence, dit Amberley. Nous ignorons si l'on peut distinguer un humanoïde d'un homme à première vue. Il est probable que non.

Il tourna son regard vers Lynn. Tous les autres l'imitèrent.

— Pour notre part, dit pesamment Lynn, nous ne pourrions en construire à Cheyenne qui pourraient passer pour des hommes, du moins en plein jour.

— Eux en tout cas le peuvent, dit Macalaster, et pas seulement physiquement. Nous sommes certains de ce fait. Leurs procédés « mentalliques » sont avancés au point qu'ils peuvent relever le « patron » micro-électronique du cerveau et le reporter sur les réseaux positroniques du robot.

Lynn ouvrit des yeux ronds.

— Prétendez-vous qu'Ils puissent créer la réplique complète d'un être humain sans qu'il y manque la personnalité et la mémoire ?

— En effet.

— D'êtres humains spécifiques ?

— Parfaitement.

— Ces informations sont-elles fondées sur les rapports de l'agent Breckenridge ?

— Oui. Il est impossible de les mettre en doute.

Lynn baissa la tête et réfléchit un moment.

— Dans ce cas, dix hommes se promènent aux États-Unis, qui ne sont pas des hommes mais des humanoïdes. Pourtant, les originaux, il a bien fallu qu'Ils se les procurent. Ce ne pouvaient être des Orientaux, trop faciles à repérer. Il faut donc que ce soient des Européens de l'Est. Par quel moyen a-t-on pu les introduire dans notre pays ? Avec le réseau radar qui couvre toute la frontière mondiale, comment ont-

Ils pu introduire un individu, homme ou humanoïde, sans que nous en fussions avertis ?

— L'opération n'a rien d'impossible, répondit Macalaster. Des fuites se produisent normalement à travers la frontière. Hommes d'affaires, pilotes, voire touristes. On les surveille, évidemment, de part et d'autre. Cependant dix d'entre eux peuvent fort bien avoir été enlevés pour servir de modèles à des humanoïdes. Les humanoïdes seraient ensuite renvoyés à leur place. Puisque nous serions à cent lieues de nous douter d'une pareille substitution, le passage se ferait sans aucune difficulté. Si les intéressés étaient de nationalité américaine, ils n'auraient aucune peine à s'introduire dans le pays. C'est aussi simple que cela.

— Et leurs familles et connaissances seraient incapables de déceler la supercherie ?

— Il nous faut bien le supposer. Croyez-moi, nous sommes aux aguets pour tout rapport signalant de soudaines attaques d'amnésie ou de suspectes altérations de la personnalité. Nous avons procédé à des milliers de vérifications.

Amberley considéra le bout de ses doigts.

— J'estime que des mesures ordinaires ne donneront rien. L'attaque doit être lancée par le Bureau de la Robotique et je dépends du chef de ce Bureau.

De nouveau les yeux se tournèrent vers Lynn.

Celui-ci sentit l'amertume monter en lui. Il avait l'impression que tel était l'aboutissement prévu de la conférence et sa raison d'être. Il n'en était rien sorti qui n'eût déjà été dit auparavant. De cela, il était certain. Aucune solution n'avait été proposée au problème, pas la moindre suggestion pertinente. C'était une formalité pour les archives, un expédient de la part des gens qui craignaient profondément la défaite et qui désiraient que la responsabilité en incombât clairement et sans équivoque à quelqu'un d'autre.

Et pourtant ce raisonnement n'était pas dépourvu de justice. C'était en robotique que Nous avions failli. Et Lynn n'était pas simplement Lynn, mais Lynn, de la Robotique, et la responsabilité devait être sienne.

— Je ferai ce que je pourrai, dit-il.

Il passa une nuit sans sommeil et c'est le corps aussi nébuleux que l'esprit que, dès le lendemain, il sollicita et obtint une nouvelle entrevue de l'assistant à la Présidence, Jeffreys. Breckenridge était présent ; Lynn aurait préféré un entretien particulier, mais il reconnaissait que la présence de l'autre se justifiait amplement. Breckenridge s'était acquis évidemment un prestige considérable auprès du gouvernement pour avoir mené à bien sa mission secrète. Pourquoi pas, après tout ?

— Monsieur, je considère la possibilité que nous faisons inutilement le jeu de l'ennemi, dit Lynn.

— De quelle façon ?

— Quels que soient parfois l'impatience du public et le désir des législateurs de parler, je suis certain que le gouvernement, du moins, reconnaît le caractère bénéfique de l'équilibre mondial. Dix humanoïdes transportant une bombe CT constituent un moyen dérisoire de rompre cet équilibre.

— La destruction de quinze millions d'êtres humains peut difficilement être considérée comme dérisoire.

— Je me place au point de vue mondial. Cet événement ne nous démoraliserait pas au point de nous faire capituler, ni ne nous causerait suffisamment de dommages pour nous enlever tout espoir de vaincre. Ce serait de nouveau la même vieille guerre planétaire que les deux camps ont évitée depuis si longtemps avec tant de succès. Et tout ce qu'Ils auraient accompli serait de nous contraindre au combat avec une seule ville en moins. Ce ne serait pas suffisant.

— Que suggérez-vous ? demanda Jeffreys froidement. Qu'Ils n'ont pas introduit dix humanoïdes dans notre pays ? Qu'aucune bombe CT n'attend le moment d'être assemblée ?

— Je ne nie pas leur présence dans ce pays, mais je crois qu'elle a des raisons plus importantes qu'une panique hivernale déclenchée par l'explosion d'une bombe.

— Par exemple ?

— Il se peut que les destructions physiques résultant de la rencontre des dix humanoïdes ne soient pas ce qui puisse nous arriver de pire. Que pensez-vous de l'énorme préjudice moral et intellectuel découlant de leur seule présence dans le pays ? Avec tout le respect que je dois à l'agent Breckenridge, je pose cette question : s'Ils avaient pris les dispositions nécessaires pour nous amener à découvrir la présence des humanoïdes... si ceux-ci n'étaient pas destinés à s'assembler mais au contraire à demeurer isolés afin de susciter en nous une inquiétude permanente ?

— Dans quel but ?

— Quelles mesures a-t-on déjà prises pour retrouver ces humanoïdes ? Je suppose que la sécurité enquête sur tous les citoyens qui ont traversé la frontière ou qui s'en sont suffisamment rapprochés pour avoir été éventuellement victimes d'un rapt. Je sais, pour avoir entendu Macalaster en parler hier, que l'on surveille des cas de psychopathie suspecte. Ce n'est certainement pas tout.

— De petits dispositifs à rayons X sont en cours d'installation en certains points clés des grandes villes. Dans les lieux où se tiennent de grands rassemblements de foules, par exemple...

— Où dix humanoïdes pourraient se glisser parmi cent mille spectateurs venus assister à un match de football ou une partie de polo aérien ?

— Exactement.

— Les salles de concert et les églises ?

— Il faut bien commencer quelque part. Nous ne pouvons tout faire à la fois.

— Surtout lorsqu'il faut éviter la panique, dit Lynn. N'est-ce pas la vérité ? Il ne faudrait pas que le public vienne à savoir qu'à tout moment n'importe quelle ville est susceptible d'être totalement volatilisée, en même temps que son contenu humain.

— Cela me paraît l'évidence même. Où voulez-vous en venir ?

— A ceci, dit Lynn avec feu, qu'une fraction chaque jour plus importante de notre effort national sera détournée pour résoudre le détestable problème qu'Amberley comparait à la recherche d'une aiguille microscopique dans une gigantesque meule de foin. Nous nous lancerons follement à la poursuite de notre queue, si bien qu'Ils intensifieront leurs recherches, accroissant ainsi leur avance au point que nous ne pourrons plus les rattraper ; à ce moment, nous devrons capituler sans même avoir la ressource de lever le petit doigt pour riposter.

« Considérez en outre que la nouvelle se répandra de plus en plus, à mesure qu'un plus grand nombre de gens seront atteints par vos recherches et qu'une population de plus en plus importante commencera à se douter de la véritable raison de nos enquêtes. Et ensuite ? La panique pourrait nous causer plus de dommages qu'une seule bombe CT.

— Au nom du ciel, dit avec irritation l'assistant à la Présidence, que diable voulez-vous donc que nous fassions ?

— Rien ! dit Lynn. Ignorer le bateau qu'Ils ont monté. Continuer à vivre comme auparavant et jouer sur le fait qu'Ils n'oseront pas rompre l'équilibre en prenant l'initiative de faire exploser une bombe les premiers.

— Impossible ! s'écria Jeffreys. Complètement impossible. La sécurité de tous se trouve très largement entre mes mains, et l'inertie est la seule conduite que je ne puisse adopter. Je vous accorde que les machines à rayons X installées dans les stades ne sont qu'une mesure superficielle qui ne donnera guère de résultats, mais nous ne pouvons nous en dispenser, sinon, plus tard, les gens concluraient amèrement que nous avons fait bon marché de notre pays en vertu d'un raisonnement subtil qui allait dans le sens de notre inertie. En fait, nos contre-mesures seront des plus actives.

— De quelle manière ?

L'assistant Jeffreys regarda Breckenridge.

— Il est inutile de parler d'une rupture de l'équilibre au futur, alors que cet équilibre est déjà rompu, dit le jeune officier de sécurité, qui avait jusqu'à présent gardé le silence. Il importe peu que ces humanoïdes explosent ou non. Peut-être ne constituent-ils en effet qu'un appât pour mieux nous détourner de notre voie, comme vous l'avez dit. Mais le fait demeure que nous avons un quart de siècle de retard sur Eux en robotique, et que ce retard peut nous être fatal. Quelles peuvent être les nouvelles surprises qui nous attendent si la guerre vient effectivement à se déclencher ? La seule réponse consiste à consacrer immédiatement toutes nos forces à un programme de recherches forcenées dans le domaine de la robotique, et le premier problème consiste à découvrir les humanoïdes. Appelez cela un exercice de robotique si vous voulez, à moins que vous ne préfériez le considérer comme une manœuvre destinée à prévenir la mort de quinze millions d'hommes, de femmes et d'enfants.

Lynn secoua la tête avec accablement.

— Ce n'est pas possible. Vous ne feriez qu'entrer dans Leur jeu. Ils cherchent à nous attirer dans une impasse cependant qu'Ils auraient les mains libres pour progresser dans toutes les directions.

— C'est vous qui le dites, dit Jeffreys avec impatience. Breckenridge a fait parvenir sa suggestion par la voie hiérarchique et le gouvernement l'a approuvée. Nous débuterons donc par une conférence de toutes les sciences.

— De toutes les sciences ?

— Nous avons établi la liste de tous les hommes de science importants de toutes les branches de la science naturelle, dit Breckenridge. Ils seront tous à Cheyenne. Un seul point figurera à l'ordre du jour : par quel moyen faire avancer la robotique ? Le sous-titre principal sera le suivant : comment mettre au point un appareil récepteur pour les champs électromagnétiques du cortex cérébral, qui serait suffisamment délicat pour faire la distinction entre un cerveau humain protoplasmique et un cerveau humanoïde positronique ?

— Nous espérions que vous seriez d'accord pour vous charger de la conférence, dit Jeffreys en s'adressant à Lynn.

— Je n'ai pas été consulté sur la question.

— Le temps nous a évidemment manqué, monsieur. Êtes-vous d'accord pour la prendre en charge ?

Lynn eut un rapide sourire. De nouveau cette question de responsabilité. Elle devait clairement reposer sur les épaules de Lynn, de la Robotique. Il avait l'impression que ce serait Breckenridge qui dirigerait réellement les opérations. Mais que pouvait-il faire ?

— J'accepte, dit-il.

Breckenridge et Lynn rentrèrent ensemble à Cheyenne et, le même soir, Laszlo écouta avec un scepticisme maussade la description que faisait Lynn des événements futurs.

— Durant votre absence, chef, dit Laszlo, j'ai fait soumettre cinq modèles expérimentaux d'humanoïdes au programme d'essais normal. Nos hommes travaillent douze heures par jour, en trois équipes qui se chevauchent partiellement. S'il nous faut organiser une conférence, tout notre temps sera pris par des formalités et le travail se trouvera interrompu.

— Temporairement, dit Breckenridge. Au total, vous y gagnerez plus que vous n'y perdrez.

— Une foule d'astrophysiciens et de géochimistes... ce n'est pas cela qui avancera la robotique ! dit Laszlo, le sourcil froncé.

— Le point de vue de spécialistes dans les diverses disciplines peut être utile.

— En êtes-vous certain ? Comment pouvons-nous savoir s'il existe un moyen de détecter les ondes cérébrales et, même dans ce cas, s'il est possible de différencier les radiations humaines des radiations humanoïdes ? Qui a pris l'initiative de l'opération ?

— Moi, dit Breckenridge.

— Vraiment ? Seriez-vous un spécialiste de la robotique ?

— Je l'ai étudiée, dit calmement le jeune agent de la sécurité.

— Ce n'est pas la même chose.

— J'ai eu accès à la documentation traitant de la robotique russe — en langue russe. Des textes ultra-secrets qui possèdent une large avance sur tout ce qui existe ici.

— Cette fois, il nous dame le pion, dit Lynn tristement.

— C'est sur la base de cette documentation, continua Breckenridge, que j'ai suggéré d'entreprendre des investigations dans ce domaine particulier. On peut raisonnablement tenir pour certain qu'il est impossible de produire une réplique d'une perfection absolue en relevant l'empreinte électromagnétique d'un cerveau humain spécifique pour la reporter dans un cerveau positronique spécifique. Tout d'abord, le plus complexe cerveau positronique suffisamment petit pour prendre place à l'intérieur d'un crâne humain est des centaines de fois plus rudimentaire que le cerveau humain. Il est incapable d'en reproduire toutes les nuances et il doit bien exister un moyen d'exploiter le fait.

Laszlo parut impressionné en dépit de lui-même et Lynn sourit sombrement. On pouvait éprouver de l'agacement à voir Breckenridge et plusieurs centaines de savants appartenant à des disciplines étrangères à la robotique s'immiscer dans ce domaine réservé, mais le problème lui-même n'en demeurait pas moins déroutant. C'était là, au moins, une consolation.

Ce ne fut pas une inspiration soudaine.

Lynn découvrit qu'il n'avait rien d'autre à faire que de demeurer seul dans son bureau puisque sa prééminence n'était plus qu'honoraire. C'est peut-être ce qui avait favorisé son intuition. L'inaction où il était réduit lui avait donné le temps de réfléchir, de se représenter les savants les plus féconds de la moitié du monde convergeant sur Cheyenne.

C'était Breckenridge qui, avec sa froide efficience, dirigeait les détails de l'opération. Il y avait une certaine confiance dans la manière dont il avait déclaré : « Assemblons-nous et nous aurons raison d'Eux. »

Assemblons-nous.

L'idée s'était présentée à lui si insidieusement que, s'il s'était trouvé quelqu'un pour observer Lynn à ce moment, il aurait vu ses paupières s'abaisser lentement à deux reprises... mais sûrement rien de plus.

Il prit les mesures nécessaires avec une impétuosité dans le détachement qui lui laissait tout son calme, alors qu'il y avait de quoi devenir fou.

Il alla trouver Breckenridge dans son poste de commandement improvisé. L'officier de la sécurité était seul, le front barré d'un pli profond.

— Quelque chose d'anormal, monsieur ?

— Tout va très bien, il me semble, dit Lynn, l'air las. J'ai décrété la loi martiale.

— Comment ?

— En ma qualité de chef de division, je puis prendre cette mesure si j'estime que la situation l'exige. Et dans le cadre de mon service, mes pouvoirs deviennent à ce moment ceux d'un dictateur. Telles sont les beautés de la décentralisation.

— Veuillez rapporter cet ordre immédiatement ! (Breckenridge fit un pas en avant.) Lorsque cette initiative viendra aux oreilles de Washington, je ne donnerai pas cher de votre carrière.

— Ma carrière est déjà fichue. On m'a réservé, je m'en rends parfaitement compte, le rôle du plus fieffé coquin de toute l'histoire de l'Amérique : celui de l'homme qui Leur permit de rompre l'équilibre. Je n'ai plus rien à perdre... et peut-être beaucoup à gagner. (Il laissa échapper un rire sarcastique.) La belle cible que constituera la Division de la Robotique, hein, Breckenridge ? Seulement quelques milliers de morts quand une bombe CT est capable de transformer en désert une superficie de huit cents kilomètres carrés en une micro-seconde. Mais cinq cents d'entre eux seraient nos plus grands savants. Nous nous trouverions dans la situation spéciale de gens qui doivent livrer une guerre après qu'on leur a fait sauter la cervelle, à moins qu'ils ne préfèrent se rendre. Je pense que nous choisirions de capituler.

— Mais c'est rigoureusement impossible, Lynn, entendez-vous ? Comment les humanoïdes pourraient-ils franchir nos dispositifs de sécurité ? Comment pourraient-ils s'assembler ?

— Mais ils sont déjà en train de s'assembler ! Nous les aidons de tous nos moyens. Nous leur donnons l'ordre de se réunir. Nos savants rendent visite à l'autre camp, Breckenridge, et de façon régulière. N'est-ce pas vous-même qui avez fait remarquer à quel point il était étrange que les spécialistes de la robotique ne fissent pas partie de ces missions ? Eh bien, dix de ces savants sont encore de l'autre côté de la frontière et, en leur lieu et place, dix humanoïdes convergent sur Cheyenne.

— C'est là une supposition parfaitement grotesque.

— J'estime, au contraire, qu'elle est parfaitement vraisemblable, Breckenridge. Mais le complot n'aurait aucune chance de réussir si nous n'étions pas avertis de la présence des humanoïdes en Amérique, car en ce cas nous n'aurions pas convoqué de conférence. N'est-ce pas une coïncidence singulière que vous nous ayez apporté cette nouvelle, que vous ayez suggéré cette conférence, établi l'ordre du jour, pris la direction des opérations et que vous connaissiez exactement l'identité des savants invités ? Vous êtes-vous assuré que les dix intéressés figurent bien sur vos listes ?

— Docteur Lynn ! s'écria Breckenridge en blêmissant sous l'outrage. Il fit le geste de s'élancer.

— Ne bougez pas ! dit Lynn. Je suis armé. Nous filtrerons simplement les savants un à un. Nous les radiographierons un à un. Un à un, nous les soumettrons aux tests de radioactivité. Nous ne leur permettrons pas de se réunir ne fût-ce que par paires avant d'avoir subi les vérifications, et si les cinq cents sont des hommes, je m'engage à vous remettre mon pistolet en même temps que ma capitulation sans condition. Seulement, j'ai l'impression très nette que nous découvrirons les dix humanoïdes. Asseyez-vous, Breckenridge.

Tous deux prirent un siège.

— Nous allons attendre, dit Lynn. Lorsque je serai fatigué, Laszlo viendra me remplacer.

Le Pr Manuelo Jiminez, de l'Institut des Hautes Études de Buenos Aires, explosa au moment où l'appareil stratosphérique dans lequel il avait pris place survolait la Vallée de l'Amazone à cinq mille mètres d'altitude. Il ne s'agissait que d'une simple explosion chimique, mais elle suffit à détruire l'avion.

Le Dr Liebowitz, de l'Institut de Technologie du Massachusetts, explosa dans un wagon de monorail, tuant vingt personnes et en blessant une centaine d'autres.

De même, le Dr Auguste Marin, de l'Institut Nucléonique de Montréal, et sept autres moururent à divers stades de leur voyage vers Cheyenne.

Laszlo entra en coup de vent, le visage pâle et bégayant lorsqu'il apprit les premières nouvelles. Il n'y avait guère plus de deux heures que Lynn surveillait Breckenridge, le pistolet au poing.

— J'ai cru tout d'abord que vous étiez devenu fou, chef, dit Laszlo, mais vous aviez parfaitement raison. C'étaient bien des humanoïdes. Il ne pouvait en être autrement. (Il se tourna vers Breckenridge avec des yeux chargés de haine.) Seulement on leur a donné l'alarme, et aucun d'eux n'est demeuré intact. Il n'en reste pas un seul que nous puissions étudier.

— Bon Dieu ! s'écria Lynn.

Et, avec une hâte frénétique, il braqua son pistolet sur Breckenridge et tira. Le cou de l'agent de la sécurité se volatilisa : son torse s'écroula ; sa tête tomba sur le sol où elle roula en cahotant d'une façon à la fois grotesque et macabre.

— Je n'avais rien compris, gémit Lynn. Je le prenais pour un traître, rien de plus.

Quant à Laszlo, il demeurait pétrifié, bouche bée, incapable d'articuler un mot.

— Bien sûr, il les a avertis ! s'écria Lynn avec fureur. Mais comment aurait-il pu y parvenir sans bouger de sa chaise, s'il n'avait pas été équipé d'un émetteur incorporé ? N'avez-vous pas compris ? Breckenridge avait séjourné à Moscou. Le véritable Breckenridge s'y trouve toujours. Seigneur miséricordieux ! Ils étaient *onze* !

— Pourquoi n'a-t-il pas explosé comme les autres ? parvint à dire Laszlo dans un souffle.

— Sans doute attendait-il d'avoir reçu confirmation de la destruction des autres. Seigneur, Seigneur... lorsque vous êtes venu annoncer la nouvelle et que j'ai compris la vérité... je me suis demandé si j'aurais le temps de tirer. Dieu seul pourrait dire de combien de secondes je l'ai pris de vitesse.

— Du moins nous restera-t-il un spécimen à étudier, dit Laszlo d'une voix qui tremblait encore.

Il se pencha, posa son doigt sur le fluide visqueux qui coulait lentement du tronçon de cou déchiqueté terminant le corps sans tête.

Ce n'était pas du sang mais de l'huile à machine d'excellente qualité.

EFFET MIROIR

Lije Baley venait de décider de rallumer sa pipe quand la porte de son bureau s'ouvrit sans qu'on n'eût préalablement frappé ni que personne se fût d'une façon ou d'une autre annoncé. Il leva la tête, une expression de vif mécontentement peinte sur ses traits, et laissa tomber sa pipe. Il ne la ramassa pas, ce qui en disait long sur son état d'esprit.

— R. Daneel Olivaw ! s'exclama-t-il, à la fois interloqué et surexcité. Jéoshaphat ! Mais c'est bien toi, n'est-ce pas ?

— Parfaitement, répondit le nouveau venu.

Il était grand, bronzé et sa physionomie égale ne se départait jamais de son impassibilité coutumière.

— Je regrette de vous surprendre en entrant ainsi sans prévenir mais il s'agit d'une affaire délicate qui exige que les hommes et les robots soient dans toute la mesure du possible tenus à l'écart, même ici. En tout cas, je suis heureux de vous revoir, ami Elijah.

Et le robot tendit la main à son interlocuteur dans un geste aussi parfaitement humain que l'était son apparence. Baley était tellement étonné que, dans son désarroi, il regarda un instant cette main sans comprendre. Puis, se ressaisissant, il la serra dans les siennes. Elle était tiède et ferme.

— Mais pourquoi, Daneel ? Tu es toujours le bienvenu mais... Quelle est cette affaire délicate ? Avons-nous à nouveau des ennuis ? La Terre, je veux dire.

— Non, ami Elijah, cela ne concerne pas la Terre. L'affaire à laquelle je fais allusion est, extérieurement parlant, d'une importance minime. Un litige entre mathématiciens, rien de plus. Comme il se trouvait que nous étions par le plus grand des hasards à un petit saut de la Terre...

— Cette dispute a donc eu lieu à bord d'un astronef ?

— En effet. Une querelle insignifiante et qui a néanmoins pour les humains des conséquences d'une ampleur stupéfiante.

Baley ne put s'empêcher de sourire.

— Je ne m'étonne pas que tu trouves les humains stupéfiants. Ils n'obéissent pas aux Trois Lois.

— C'est indiscutablement une lacune, dit R. Daneel sur un ton grave. Et j'ai l'impression que les humains eux-mêmes se déconcertent mutuellement. Peut-être vous surprennent-ils moins que les hommes des autres mondes parce qu'il y a beaucoup plus d'êtres humains sur la Terre que sur les mondes d'Outre-Espace. Dans ce cas, et je crois que c'est effectivement le cas, vous pourrez nous aider.

R. Daneel ménagea une brève pause avant d'enchaîner, un rien trop précipitamment, peut-être :

— Et pourtant, il y a chez les hommes des règles de comportement que j'ai apprises. J'ai, par exemple, manqué à l'étiquette selon les critères humains en omettant de vous demander des nouvelles de votre femme et de votre fils.

— Ils vont bien. Le petit est à l'université et Jessie s'occupe de politique locale. Mais trêve de courtoisie. Explique-moi maintenant la raison de ta visite.

— Comme je vous le disais, nous étions au large de la Terre. C'est pourquoi j'ai proposé au commandant de vous demander une consultation.

— Et il a été d'accord ?

En un éclair, Baley eut la vision d'un orgueilleux et autocratique commandant d'astronef spatien consentant à se poser sur la Terre — la Terre entre toutes les planètes ! — pour consulter un Terrien — un Terrien entre tous les peuples !

— Je crois que, dans la situation où il se trouvait, il aurait accepté n'importe quoi. En outre, j'ai été très élogieux à votre égard, encore que je n'aie dit que la vérité. Finalement, j'ai accepté de conduire moi-même toutes les négociations pour que personne, passagers ou hommes d'équipage, n'ait besoin de mettre les pieds dans une cité de Terriens.

— Et de parler à un Terrien, évidemment. Mais que s'est-il passé ?

— Parmi les passagers de l'astronef *Eta Carina* se trouvaient deux mathématiciens allant à un congrès interstellaire de neurobiophysique sur Aurora. Ce sont ces deux mathématiciens, Alfred Barr Humboldt et Gennao Sabbat, qui sont au centre de la querelle. Peut-être avez-vous entendu parler de l'un des deux... ou de tous les deux, ami Elijah ?

— Ni de l'un ni de l'autre, répliqua fermement Baley. Je ne connais rien aux mathématiques. J'espère que tu n'as dit à personne que je suis un fanatique des maths, Daneel ?

— Soyez tranquille, ami Elijah. Je sais que vous n'en êtes pas un. Cela n'a d'ailleurs aucune importance car la nature exacte des mathématiques en question est sans rapport avec le problème.

— Bien. Continue.

— Puisque vous ne connaissez pas ces deux hommes, ami Elijah, je vous dirai que le Dr Humboldt a largement passé le cap de sa vingt-septième décennie. Pardon, ami Elijah ?

— Rien, rien, grommela Baley avec irritation. — Il avait simplement bougonné de façon plus ou moins incohérente, réaction de protestation naturelle contre la longévité des Spatiens. — Et il est encore en activité malgré son âge ? Sur la Terre, les mathématiciens qui ont dépassé la trentaine...

— Le Dr Humboldt, dont la réputation est depuis longtemps établie, est l'un des trois plus grands mathématiciens de la Galaxie, rétorqua calmement Daneel. Il est assurément toujours en activité. Le Dr Sabbat, quant à lui, est très jeune. Il n'a pas cinquante ans mais est d'ores et déjà considéré comme le plus remarquable des nouveaux spécialistes des branches les plus abstruses des mathématiques.

— Ce sont donc tous les deux des grands hommes, laissa tomber Baley. — Se rappelant sa pipe, il la ramassa. Mais, renonçant à l'allumer, il la secoua pour la vider. — Que s'est-il passé ? Un assassinat ? L'un des deux aurait-il tué son confrère ?

— L'un de ces hommes illustres essaye de démolir la réputation de l'autre. En termes de valeurs humaines, je crois que c'est pire qu'un meurtre.

— Quelquefois, sans doute. Lequel cherche à discréditer l'autre ?

— Toute la question est là, justement, ami Elijah. Lequel ?

— Continue.

— Le Dr Humboldt a été très clair. Peu de temps après avoir embarqué, il a eu l'intuition d'une méthode permettant d'analyser les trajectoires neurales à partir des modifications du spectre d'absorption des micro-ondes émises par certaines aires corticales localisées. C'était une technique purement mathématique d'une extraordinaire subtilité mais je ne peux évidemment ni la comprendre ni en expliquer les détails de manière intelligible. Mais c'est sans importance. Le Dr Humboldt a réfléchi, et plus il réfléchissait, plus il était sûr de tenir une idée révolutionnaire, qui éclipserait toutes les conquêtes antérieures des mathématiques. Et puis, il apprit que le Dr Sabbat était à bord.

— Ah ! Et il a exposé sa méthode au jeune Sabbat ?

— Exactement. Ils s'étaient déjà rencontrés dans des séminaires et chacun connaissait parfaitement l'autre de réputation. Humboldt est entré dans tous les détails. Sabbat a confirmé son hypothèse point par point. Il a abondamment insisté sur l'importance de la découverte et l'ingéniosité de son inventeur. Rassuré et encouragé par ces louanges, Humboldt a rédigé une communication pour présenter sommairement son travail et, deux jours plus tard, il a pris ses dispositions pour la transmettre par subéther aux coprésidents de la conférence afin d'établir officiellement sa priorité et qu'une discussion puisse être inscrite à l'ordre du jour. Il eut alors la surprise de constater que Sabbat avait, lui aussi, préparé une communication, la même que la sienne pour l'essentiel, et qu'il s'apprêtait à la transmettre par la radio subéthérique à Aurora.

— Je suppose qu'il a été furieux.

— Tout à fait !

— Et Sabbat ? Quelle est sa version ?

— Exactement la même que celle d'Humboldt. Mot pour mot.

— Alors, quel est le problème ?

— Mot pour mot sauf que les noms sont inversés. Selon Sabbat, c'était lui qui avait eu cette idée et qui avait consulté Humboldt. C'était Humboldt qui avait confirmé son analyse et l'avait couvert d'éloges.

— Ainsi, chacun prétend que l'idée lui appartient et que c'est l'autre qui l'a volée. Je ne vois pas où est le problème. Dans le domaine scientifique, il suffit de présenter les documents de recherche datés et signés. L'antériorité est automatiquement établie. Même s'il y avait falsification, les contradictions internes la révéleraient.

— D'ordinaire, vous auriez raison, ami Elijah. Mais il s'agit de mathématiques, pas de sciences expérimentales. Le Dr Humboldt affirme avoir élaboré l'essentiel de sa méthode de tête. Il n'a rien couché sur le papier avant de rédiger son mémoire. Évidemment, le Dr Sabbat dit la même chose.

— Eh bien, il n'y a qu'à employer les grands moyens pour trancher le débat. Qu'on les soumette tous les deux au sondage psychique et on verra bien lequel a menti.

R. Daneel secoua lentement la tête.

— Vous ne comprenez pas ces hommes, ami Elijah. Ce sont des savants de grande classe, ils sont tous deux membres de l'Académie impériale. A ce titre, leur conduite professionnelle ne peut être jugée par aucun tribunal, sinon un jury composé de leurs pairs, à moins qu'ils ne renoncent personnellement et volontairement à ce privilège.

— Alors, expliquez-leur qu'ils doivent y renoncer. Le coupable refusera parce qu'il ne pourra pas se permettre d'affronter le psychosondage et l'innocent s'empressera d'accepter. Vous n'aurez même pas besoin de le sonder.

— Cela ne peut marcher ainsi, ami Elijah. Dans un tel cas, renoncer à ce privilège, laisser enquêter des profanes porterait irrémédiablement un coup fatal au prestige de l'intéressé. Tous deux refusent obstinément d'abandonner le privilège d'être jugés par un tribunal spécial. Par orgueil. La question de l'innocence ou de la culpabilité est tout à fait secondaire.

— Dans ces conditions, le mieux est d'attendre. Garde l'affaire sous le coude jusqu'à ce que vous soyez arrivés sur Aurora. Leurs pairs assisteront en foule à cette conférence de neurobiophysique et...

— Ce serait un coup terrible porté à la science elle-même, ami Elijah. On ne pardonnera ni à l'un ni à l'autre d'avoir été les instruments de ce scandale. On reprochera même à l'innocent d'avoir été mêlé à une aussi désagréable affaire. On estimera qu'elle aurait dû à tout prix être réglée sans faire de vagues.

— Soit. Je ne suis pas un Spatien mais je vais essayer d'imaginer que cette attitude est logique. Que disent nos hommes ?

— Humboldt est pleinement d'accord. Si Sabbat lui reconnaît la paternité de l'idée et le laisse transmettre son mémoire ou, au moins, présenter sa communication devant la conférence, il ne portera pas plainte. Il gardera secrète la mauvaise action de son jeune confrère. Le commandant, le seul autre humain à connaître cette querelle, n'en soufflera mot, lui non plus, bien évidemment.

— Mais Sabbat n'est pas d'accord ?

— Au contraire ! Il est d'accord avec le Dr Humboldt dans les moindres détails — en inversant les noms. Toujours l'effet miroir.

— De sorte que c'est l'impasse ?

— Je crois, ami Elijah, que chacun des deux attend que l'autre capitule et s'avoue coupable.

— Eh bien, vous n'avez qu'à attendre comme eux.

— Le commandant n'est pas de cet avis. Si l'on attend, il y a deux éventualités. La première est que Humboldt et Sabbat ne démordent pas de leurs positions et que le scandale éclate lorsque nous atterrirons sur Aurora. Le commandant, à qui il incombe d'administrer la justice à son bord, sera discrédité faute d'avoir su régler discrètement l'affaire sans faire de bruit. Et, cela, il ne l'admet absolument pas.

— Quel est le second terme de l'alternative ?

— Que l'un des deux avoue avoir voulu voler l'autre. Mais le fera-t-il parce qu'il est vraiment coupable ou par noblesse d'âme dans l'espoir d'éviter le scandale ? Serait-il équitable de ruiner le crédit d'un homme qui a justement la grandeur d'aimer mieux sacrifier sa réputation que de nuire à la science en tant que telle ? Le coupable pourrait même passer aux aveux au dernier moment et donner l'impression qu'il ne s'y résigne que dans l'intérêt supérieur de la science. Ainsi échapperait-il à l'opprobre en rejetant sur l'autre l'infamie de sa mauvaise action. Le commandant serait seul dans le secret mais ne veut pas passer le reste de son existence à se demander s'il n'a pas pris part à une grotesque dénaturation de la justice.

Baley soupira.

— Quel casse-tête ! La question est de savoir lequel craquera le premier avant l'atterrissage. Ton histoire est terminée ?

— Pas tout à fait. Il y a des témoins.

— Jéoshaphat ! Pourquoi ne l'as-tu pas dit tout de suite ? Quels sont ces témoins ?

— Le domestique personnel du Dr Humboldt...

— Un robot, je suppose ?

— Oui. Il s'appelle R. Preston. Il a assisté de bout en bout à la conférence initiale et corrobore point par point la thèse de son maître.

— Si je comprends bien, il déclare que l'idée était bien celle du Dr Humboldt à l'origine, que le Dr Humboldt l'a exposée de façon détaillée au Dr Sabbat, que le Dr Sabbat s'est répandu en louanges, etc. ?

— Exactement.

— Je vois. Cela règle-t-il la question ? Je présume que non.

— Et vous avez raison. Cela ne règle rien car il y a un second témoin. Le Dr Sabbat a, lui aussi, un domestique personnel, R. Idda, un robot qui se trouve être du même modèle que R. Preston. Ils sont sortis la même année, je crois, de la même usine. Tous deux sont au service de leur maître depuis le même nombre d'années.

— Quelle bizarre coïncidence...

— C'est, hélas, un point qui ne laisse que peu de chances de parvenir à une conclusion définitive en se fondant sur des différences manifestes entre les deux serviteurs.

— Parce que R. Idda raconte la même histoire que R. Preston ?

— Exactement, à ceci près que les noms sont intervertis.

— R. Idda soutient donc que le jeune Sabbat, celui qui n'a pas encore cinquante ans... — Lije Baley n'étouffa pas totalement la note de sarcasme qui perçait dans sa voix : lui-même n'avait pas encore cinquante ans et il se sentait loin d'être jeune. — ... a eu l'idée le premier pour commencer, qu'il l'a exposée en détail au Dr Humboldt, lequel l'a abondamment félicité, etc.

— Oui, ami Elijah.

— Alors, l'un des robots ment.

— C'est ce qu'il semblerait.

— Il devrait être facile de déterminer lequel. J'imagine qu'un examen, même superficiel, pratiqué par un bon roboticien...

— Dans le cas présent, un roboticien ne suffit pas, ami Elijah. Pour une affaire aussi importante, seul un robopsychologue qualifié aurait assez de poids et d'expérience pour trancher. Il n'en existe pas d'assez compétents à bord. Un tel examen ne pourra être fait que sur Aurora...

— Et il sera trop tard. Enfin, vous êtes sur la Terre. On peut mettre la main sur un bon robopsychologue. Aurora ne saura certainement jamais ce qui se sera passé sur Terre et il n'y aura pas de scandale.

— Seulement, ni le Dr Humboldt ni le Dr Sabbat ne permettront que leurs domestiques soient interrogés par un robopsychologue de la Terre. Le Terrien serait obligé de...

Il laissa sa phrase en suspens.

— Il serait obligé de toucher les robots, acheva Lije Baley sur un ton flegmatique.

— Ce sont de vieux serviteurs bien vus de...

— Et pas question de les laisser souiller par le contact d'un Terrien. Mais alors, qu'est-ce que vous attendez de moi, saperlipopette ? — Il grimaça. — Excuse-moi, R. Daneel, mais je ne vois pas pour quelle raison tu m'as mêlé à cette histoire.

— C'est pour une mission sans rapport avec ce problème que je me trouvais à bord de l'astronef. Le commandant s'est adressé à moi parce qu'il fallait bien qu'il se tourne vers quelqu'un. Je lui paraissais assez humain pour écouter et assez robot pour ne rien ébruiter. Il m'a tout raconté et m'a demandé ce que je ferais à sa place. Sachant qu'un petit saut hyperspatial pourrait tout aussi facilement nous amener sur Terre qu'au point d'émergence prévu, je lui ai répondu que j'étais aussi impuissant que lui à résoudre le problème mais que je connaissais sur Terre quelqu'un qui pourrait l'aider.

— Jéoshaphat ! murmura Baley.

— Songez, ami Elijah, que si vous réussissez à triompher de cette énigme, ce sera excellent pour votre carrière et que la Terre elle-même en tirera peut-être avantage. Cela ne sera pas rendu public, bien entendu, mais le commandant ne manque pas d'influence sur son monde natal et il vous sera reconnaissant.

— Tu ne fais que rendre le fardeau plus lourd.

— Je ne doute pas que vous avez déjà une idée de la procédure qu'il conviendrait d'employer, répliqua lentement R. Daneel.

— Vraiment ? La procédure qui s'impose, me semble-t-il, consisterait à interviewer les deux mathématiciens.

— Je crains que ni l'un ni l'autre ne vienne en ville et que ni l'un ni l'autre ne souhaite que vous vous rendiez sur place.

— Et il n'y a aucun moyen de contraindre un Spatien à entrer en contact avec un Terrien, même en cas d'urgence. Lui, je comprends, Daneel, mais je pensais à un entretien par le truchement d'un circuit fermé de télévision.

— Eh bien, n'y pensez plus. Ils ne se soumettront pas à un interrogatoire mené par un Terrien.

— Alors, que veux-tu de moi ? Pourrais-je parler aux robots ?

— Ils ne permettront pas non plus à leurs robots de venir ici.

— Jéoshaphat ! Tu es bien venu, toi !

— C'était une décision personnelle. A bord de l'astronef, j'étais autorisé à prendre toutes décisions de ce genre sans qu'aucun humain puisse y opposer son veto, hormis le commandant lui-même — et il ne demandait pas mieux que d'établir le contact. Vous connaissant, j'ai estimé qu'un contact par télévision serait insuffisant. J'avais envie de vous serrer la main.

Lije Baley se radoucit.

— Je suis touché, Daneel, mais, franchement, je persiste à regretter que tu aies pensé à moi. Pourrai-je au moins parler aux robots par télévision interposée ?

— Je crois pouvoir arranger cela.

— C'est déjà un petit quelque chose. Autrement dit, il va me falloir faire le travail d'un robopsychologue — de façon rudimentaire.

— Mais vous êtes un détective, ami Elijah, pas un robopsychologue.

— Admettons. Mais, avant que je les voie, réfléchissons un peu. Dis-moi... est-il possible que les deux robots disent la vérité ? La conversation entre tes mathématiciens a peut-être été équivoque. Les deux robots ont pu croire en toute sincérité que leurs maîtres respectifs étaient propriétaires de l'idée. Ou ils ont entendu deux parties différentes de la conversation et supposé chacun que l'idée était de son propre maître.

— C'est tout à fait impossible, ami Elijah. Tous deux répètent cette conversation en termes identiques. Et les deux versions sont formellement contradictoires.

— Il est donc absolument certain que l'un des robots ment ?

— Oui.

— Pourrais-je, le cas échéant, avoir communication des déclarations faites jusqu'à maintenant en présence du commandant ?

— J'avais prévu cette demande et j'en ai apporté la copie.

— Voilà un second atout. Les robots ont-ils subi un contre-interrogatoire et as-tu également la copie de ce document ?

— Ils se sont bornés à répéter leur récit. Le contre-interrogatoire ne peut être conduit que par un robopsychologue.

— Ou par moi ?

— Vous êtes un détective, ami Elijah, pas un...

— Très bien, R. Daneel. Je vais essayer de comprendre la psychologie spatienne. Un détective peut s'en charger parce que ce n'est pas un robopsychologue. Creusons un peu les choses. D'ordinaire, un robot ne ment pas, mais il mentira si c'est indispensable à l'application des Trois Lois. Il pourra mentir légitimement afin de protéger son existence conformément à la Troisième. Il sera plus enclin à mentir si c'est nécessaire pour obéir à un ordre légitime donné par un être humain conformément à la Seconde. Il y sera encore plus enclin si c'est nécessaire pour sauver une vie humaine ou pour empêcher qu'un humain soit lésé conformément à la Première.

— Oui.

— Et, dans ce cas, un robot défendra la réputation professionnelle de son maître et mentira si cela se révèle nécessaire. En l'occurrence, la réputation professionnelle serait quasiment l'équivalent de la vie et sa sauvegarde exigerait que le robot mente presque comme si la Première Loi était en cause.

— Néanmoins, en mentant, chacun des deux robots nuirait à la réputation professionnelle du maître de l'autre, ami Elijah.

— En effet. Mais chacun aurait peut-être une conception précise de la valeur de la réputation de son propre maître et pourrait estimer en toute bonne foi qu'elle est supérieure à celle de l'autre. Il en conclurait que le mensonge serait moins préjudiciable que la vérité.

Lije Baley resta quelques instants silencieux avant d'enchaîner :

— Bon... Peux-tu t'arranger pour que j'aie un entretien avec un des robots... R. Idda pour commencer, par exemple ?

— Le robot du Dr Sabbat ?

— Oui, celui du plus jeune.

— Cela ne prendra que quelques minutes. J'ai un microrécepteur équipé d'un projecteur. J'aurai seulement besoin d'un mur blanc et je pense que celui-ci fera l'affaire si vous me permettez de pousser vos armoires à films.

— Vas-y. Je devrai parler dans une sorte de micro ?

— Non, vous pourrez parler normalement. Je vous prie de bien vouloir m'accorder encore un moment. Je dois contacter le vaisseau pour organiser cet entretien avec R. Idda.

— Si cela doit prendre du temps, Daneel, passe-moi donc le procès-verbal.

Tandis que R. Daneel installait son matériel, Lije Baley alluma sa pipe et commença de feuilleter les pages arachnéennes sur lesquelles étaient consignés les témoignages recueillis.

Au bout de quelques minutes, R. Daneel dit :

— Si vous êtes prêt, ami Elijah, R. Idda est à votre disposition. Mais peut-être préférez-vous terminer d'abord votre lecture ?

Baley soupira.

— Non, il n'y a rien de plus à apprendre là-dedans. Passe-le-moi et fais en sorte que la conversation soit enregistrée et copiée.

R. Idda, que la projection en deux dimensions sur le mur rendait irréel, n'était pas une créature humanoïde comme R. Daneel : c'était, pour l'essentiel, une structure métallique. Son corps était grand mais massif et, à quelques détails de construction près, rien, ou presque, ne permettait de le distinguer des nombreux robots que Baley avait déjà vus.

— Mes salutations, R. Idda, commença ce dernier.

— Mes salutations, monsieur, répondit R. Idda d'une voix sourde au timbre curieusement humanoïde.

— Vous êtes le serviteur personnel de Gennao Sabbat, n'est-ce pas ?

— Oui, monsieur.

— Depuis combien de temps êtes-vous à son service ?

— Vingt-deux ans, monsieur.

— Et vous attachez du prix à la réputation de votre maître ?

— Oui, monsieur.

— Considérez-vous qu'il est important de la défendre ?

— Oui, monsieur.

— Aussi important que de protéger son existence physique ?

— Non, monsieur.

— Aussi important que de défendre la réputation de quelqu'un d'autre ?

R. Idda hésita.

— C'est une question de mérite individuel dans chaque cas d'espèce, monsieur. On ne peut fixer une règle générale.

Ce fut au tour de Baley de marquer une hésitation. Les robots spatiens s'exprimaient avec plus de fluidité et de façon plus intellectuelle que les modèles terriens.

— Si vous estimiez que la réputation de votre maître a plus d'importance que celle d'un autre, d'Alfred Barr Humboldt, par exemple, mentiriez-vous pour la défendre ?

— Oui, monsieur.

— Avez-vous menti dans votre déposition relative à la querelle qui a opposé votre maître au Dr Humboldt ?

— Non, monsieur.

— Mais si vous aviez menti, vous le nieriez pour protéger ce mensonge, n'est-ce pas ?

— Oui, monsieur.

— Bien. Maintenant, écoutez-moi. Votre maître, Gennao Sabbat, est un homme jeune. C'est un mathématicien de grande réputation mais il est jeune. Si, dans sa polémique avec le Dr Humboldt, il avait succombé à la tentation et enfreint les règles de l'éthique, sa réputation subirait une certaine éclipse mais, comme il est jeune, il aurait amplement le temps de la restaurer. Son intelligence lui ferait remporter ultérieurement bien des victoires et, finalement, cette tentative de plagiat serait considérée comme l'erreur d'un jeune homme fougueux qui a agi à la légère. C'est un handicap qui pourrait être surmonté dans l'avenir.

« En revanche, si c'était le Dr Humboldt qui avait succombé à la tentation, ce serait beaucoup plus grave. C'est un vieil homme dont les succès se sont étendus sur plusieurs siècles. Jusqu'à présent, sa réputation est demeurée sans tache. Et pourtant, cette seule mauvaise action effacerait tout le reste et, compte tenu du temps relativement court qui lui reste à vivre, il n'aurait pas l'occasion de se racheter. Il ne lui resterait plus grand-chose à réaliser. Il y aurait beaucoup plus d'années de travail gâchées pour Humboldt que pour votre maître, et beaucoup moins de chances de reconquérir la renommée perdue. Vous vous rendez compte, n'est-ce pas, que la situation de Humboldt est la plus grave et la plus digne d'intérêt ?

Un long silence succéda à ces mots. Enfin, R. Idda laissa tomber d'une voix égale :

— Mon témoignage était mensonger. La paternité de ce travail revient au Dr Humboldt et mon maître a illégitimement tenté de s'en attribuer le crédit.

— Très bien, mon ami. Vous ne parlerez de cela à personne tant que le commandant de l'astronef ne vous en aura pas donné la permission. Vous pouvez vous retirer.

L'image sur le mur s'effaça. Baley tira sur sa pipe.

— Penses-tu que le commandant a entendu, Daneel ?

— J'en suis sûr. Il est le seul témoin en dehors de nous.

— Parfait. Maintenant, à l'autre.

— Mais il est inutile de l'interroger après les aveux de R. Idda, ami Elijah.

— Bien sûr que si ! Les aveux de R. Idda ne signifient rien.

— Rien ?

— Strictement rien. Je lui ai expliqué que c'est le Dr Humboldt qui est dans le plus mauvais cas. S'il avait d'abord menti pour protéger Sabbat, il reviendrait naturellement à la vérité, comme d'ailleurs il prétend l'avoir fait. Mais s'il avait d'abord dit la vérité, il mentirait maintenant pour protéger Humboldt. C'est toujours l'effet miroir et nous n'avons pas avancé d'un pas.

— Mais qu'obtiendrons-nous en interrogeant R. Preston ?

— Rien... si l'effet miroir était parfait. Mais il ne l'est pas. Après tout, il y a un robot qui dit la vérité et un qui ment. C'est là un point d'asymétrie. Je veux voir R. Preston. Et si la transcription de l'interrogatoire de R. Idda est faite, donne-la-moi.

Le projecteur fut remis en marche. R. Preston ressemblait à R. Idda comme une goutte d'eau à une autre si l'on exceptait une infime différence dans le profilement de la poitrine.

— Mes salutations, R. Preston, dit Baley.

Tout en parlant, il gardait les yeux fixés sur l'enregistrement de l'interrogatoire de R. Idda.

— Mes salutations, monsieur, répondit R. Preston.

Sa voix était identique à celle de R. Idda.

— Vous êtes le serviteur personnel d'Alfred Barr Humboldt, n'est-ce pas ?

— Oui, monsieur.

— Depuis combien de temps êtes-vous à son service ?

— Vingt-deux ans, monsieur.

— Et vous attachez du prix à la réputation de votre maître ?

— Oui, monsieur.

— Considérez-vous qu'il est important de la défendre ?

— Oui, monsieur.

— Aussi important que de protéger son existence physique ?

— Non, monsieur.

— Aussi important que de défendre la réputation de quelqu'un d'autre ?

— R. Preston hésita.

— C'est une question de mérite individuel dans chaque cas d'espèce, monsieur. On ne peut fixer une règle générale.

— Si vous estimiez que la réputation de votre maître a plus d'importance que celle d'un autre, de Gennao Sabbat, par exemple, mentiriez-vous pour la défendre ?

— Oui, monsieur.

— Avez-vous menti dans votre déposition relative à la querelle qui a opposé votre maître au Dr Sabbat ?

— Non, monsieur.

— Mais si vous aviez menti, vous le nieriez pour protéger ce mensonge, n'est-ce pas ?

— Oui, monsieur.

— Bien. Maintenant, écoutez-moi. Votre maître, Alfred Barr Humboldt, est un vieil homme. C'est un mathématicien de grande réputation mais il est vieux. Si, dans sa polémique avec le Dr Sabbat, il avait succombé à la tentation et enfreint les règles de l'éthique, sa réputation subirait une certaine éclipse mais son grand âge et ce qu'il a accompli au fil des siècles témoigneraient en sa faveur et l'emporteraient sur le reste. Finalement, cette tentative de plagiat serait considérée comme l'erreur d'un vieillard peut-être malade et n'ayant plus toute sa tête.

« En revanche, si c'était le Dr Sabbat qui avait succombé à la tentation, ce serait beaucoup plus grave. C'est un homme jeune dont la réputation est considérablement plus fragile. Normalement, il a devant lui plusieurs siècles pour accumuler des connaissances et accomplir de grandes choses. Une seule erreur de jeunesse anéantirait tout. L'avenir qu'il risquerait de gâcher est beaucoup plus long que celui de votre maître. Vous vous rendez compte, n'est-ce pas, que la situation de Sabbat est la plus grave et la plus digne d'intérêt ?

Un long silence succéda à ces mots. Enfin, R. Preston laissa tomber d'une voix égale :

— Mon témoignage était...

Il s'interrompit net et demeura muet.

— Continuez, je vous prie, R. Preston, dit Baley.

Pas de réponse.

— J'ai bien peur que R. Preston ne soit en état de stase, ami Elijah, fit R. Daneel. Il est en dérangement.

— Alors, nous avons enfin créé une asymétrie. Nous sommes dès lors en mesure de désigner le coupable.

— Comment cela, ami Elijah ?

— Réfléchis. Suppose que tu sois innocent et que ton robot personnel puisse en témoigner. Tu n'aurais rien à faire. Ton robot dirait la vérité et se porterait garant de toi. Mais si tu étais coupable, tu dépendrais du mensonge de ton robot. Tu serais dans une situation un peu plus hasardeuse car ton robot mentirait si c'était nécessaire mais il serait plus enclin à dire la vérité qu'à mentir et le mensonge serait moins solide que la vérité. Pour pallier cet inconvénient, le coupable ordonnerait très vraisemblablement au robot de mentir. De cette façon, la Première Loi serait renforcée par la Seconde. Peut-être très vigoureusement.

— Cela me paraît juste.

— Admettons que nous ayons un robot de chaque type. Le premier passerait de la vérité non renforcée au mensonge. Il pourrait le faire après un temps d'hésitation sans beaucoup de difficulté. L'autre passerait du mensonge puissamment renforcé à la vérité, mais seulement au risque de court-circuiter différents canaux positroniques et de tomber en stase.

— Et comme R. Preston est tombé en stase...

— Le maître de R. Preston, le Dr Humboldt, est le plagiaire. Si tu préviens le commandant et insistes pour qu'il ait immédiatement une conversation avec lui, peut-être lui arrachera-t-il une confession. Dans ce cas, j'espère que tu m'avertiras sur-le-champ.

— Vous pouvez compter sur moi. Je vous demanderai de bien vouloir m'excuser, ami Elijah, mais il faut que j'aie sans délai un entretien confidentiel avec le commandant.

— Bien sûr. Utilise la salle de conférence. Elle est isolée.

Baley, incapable de faire quoi que ce soit en l'absence de R. Daneel, attendit, silencieux et inquiet. Beaucoup de choses dépendaient de la justesse de son analyse et il avait une conscience aiguë de son manque d'expérience en matière de robotique.

R. Daneel le rejoignit une demi-heure plus tard — ce fut, pour ainsi dire, la demi-heure la plus longue de la vie de Baley. Impossible, évidemment, d'essayer de deviner ce qui s'était passé par l'expression du visage impassible de l'humanoïde. Baley s'efforça de paraître tout aussi impassible.

— Eh bien, R. Daneel ?

— Vous avez vu juste, ami Elijah. Le Dr Humboldt a avoué. Il escomptait, a-t-il dit, que le Dr Sabbat céderait et le laisserait triompher. La crise est dénouée et vous pouvez compter sur la reconnaissance du commandant. Il m'a autorisé à vous dire qu'il admire grandement votre subtilité et je crois que je bénéficierai moi-même de la suggestion que j'ai faite de recourir à vous.

— C'est parfait, fit Baley, chancelant et le front moite, maintenant que son verdict s'était avéré juste. Mais, par Jéoshaphat, R. Daneel, je te supplie de ne plus me mettre à nouveau dans un pareil pétrin !

— J'essaierai, ami Elijah. Tout dépendra, bien sûr, de l'importance de l'éventuel problème à venir, de votre proximité et d'un certain nombre d'autres facteurs. En attendant, j'aurais une question à vous poser.

— Oui ?

— N'était-il pas possible de supposer que le passage du mensonge à la vérité était simple, et difficile celui de la vérité au mensonge ? Dans cette hypothèse, le robot qui serait passé de la vérité au mensonge ne serait-il pas tombé en stase ?

— En effet, R. Daneel, on aurait pu suivre ce raisonnement, mais c'est l'autre qui s'est révélé exact. Humboldt a avoué, n'est-ce pas ?

— Le fait est. Mais les deux arguments opposés étant possibles, comment avez-vous réussi à trouver aussi rapidement le bon, ami Elijah ?

Les lèvres de Baley se crispèrent mais, presque instantanément, il se détendit et son rictus se transforma en sourire.

— Parce que j'ai tenu compte des réactions humaines, pas des réactions robotiques, R. Daneel. Je connais mieux les êtres humains que les robots. En d'autres termes, j'avais mon idée sur le coupable avant même d'interroger les robots. Lorsque je suis parvenu à provoquer une réaction asymétrique chez eux, j'ai tout simplement interprété cette réaction de manière à ce qu'elle accuse celui des deux mathématiciens que je considérais déjà comme le coupable. La réponse robotique a été assez spectaculaire pour que celui-ci craque. Mon analyse du comportement humain n'aurait peut-être pas été suffisante pour obtenir ce résultat.

— Je suis curieux de savoir quelle a été votre analyse.

— Par Jéoshaphat, R. Daneel, réfléchis donc un peu et tu n'auras pas besoin de me le demander ! Il y a un autre point d'asymétrie dans cette histoire d'effet miroir en dehors de la question du vrai et du faux : l'âge des deux hommes. L'un est très vieux et l'autre très jeune.

— Oui, bien sûr. Mais encore ?

— C'est tout simple. Je conçois qu'un homme jeune qui a brusquement une idée révolutionnaire consulte un vieil homme qu'il considérait déjà comme un demi-dieu dans sa spécialité lorsqu'il était étudiant. Mais je vois mal un homme âgé, chargé d'honneurs et habitué au triomphe, qui a brusquement une idée révolutionnaire, consulter quelqu'un qui a plusieurs siècles de moins que lui et en qui il ne voit forcément qu'un freluquet — je ne sais pas quel terme un Spatien emploierait. De plus, si un homme jeune en a l'occasion, ne parlera-t-il pas de sa découverte au demi-dieu qu'il révère ? Le contraire serait impensable. D'un autre côté, un vieillard conscient de son propre déclin pourrait fort bien saisir cette dernière chance aux cheveux, jugeant ne pas avoir à tenir compte d'un blanc-bec. Bref, il était inimaginable que Sabbat ait volé l'idée d'Humboldt. Le Dr Humboldt, quel que fût l'angle sous lequel on examinait les choses, était le coupable.

R. Daneel médita un bon moment. Enfin, il tendit la main à Baley.

— Il est temps que je prenne congé, maintenant, ami Elijah. J'ai été heureux de cette rencontre. Peut-être nous reverrons-nous bientôt.

Baley secoua chaleureusement la main du robot.

— Pas trop tôt quand même, si tu n'y vois pas d'inconvénient, R. Daneel.

L'INCIDENT DU TRICENTENAIRE

Le 4 juillet 2076 — pour la troisième fois dans notre système numérique fondé sur des multiples de dix, le temps avait amené, aux deux derniers chiffres du calendrier, le fameux 76 qui avait vu la naissance d'une nation.

Ce n'était plus une nation dans l'ancien sens du mot, mais plutôt une expression géographique ; une partie d'un tout qui était la Fédération de toute l'humanité sur la Terre et de ses dépendances sur la Lune et dans les colonies à travers l'espace. Dans la culture et l'héritage, toutefois, le nom et l'idée même demeuraient, et cette partie de la planète désignée par son ancien nom était toujours la région du monde la plus riche et la plus développée... Et le Président des États-Unis était toujours la personne la plus puissante au sein du Conseil planétaire.

Lawrence Edwards observait la petite silhouette du Président du haut des six cents mètres où il se trouvait. Il dérivait lentement au-dessus de la foule, le moteur flotronique accroché sur son dos émettant juste un petit gloussement, et ce qu'il voyait était exactement ce que n'importe qui pouvait voir sur l'holovision. Combien de fois avait-il regardé des petites silhouettes comme celles-ci dans son salon, des petites silhouettes dans un cube de lumière, l'air tout à fait réel, comme des homoncules, la seule différence étant qu'une main pouvait passer au travers d'eux.

La main ne pouvait pas passer au travers de ces dizaines de milliers de personnes qui s'étalaient sur les terrains autour du Monument de Washington. Et on ne pouvait pas passer la main au travers du Président. Mais on pouvait l'approcher, le toucher et lui serrer la main.

Edwards, sardonique, trouvait tout à fait inutile cette présence tangible ; il aurait voulu être à des kilomètres de là, flottant dans l'air au-dessus d'un paysage sauvage, au lieu d'être ici, à surveiller tout signe de désordre. Sa présence n'avait d'autre intérêt ici que pour le mythe de la valeur du « bain de foule ».

Edwards n'était pas un admirateur du Président — Hugo Allen Winkler, le cinquante-septième détenteur du titre.

Selon Edwards, le Président Winkler était un homme vide, un charmeur, un collecteur de votes, un homme à promesses. C'était bien décevant de le voir en activité maintenant après tous les espoirs qu'avaient donnés les premiers mois de son administration. La Fédération mondiale était en danger de se désagréger, bien avant qu'elle n'ait rempli toutes ses fonctions et Winkler ne pouvait rien y faire. On avait besoin d'un homme fort, pas d'une main douce ; d'une voix forte, pas d'une voix douce.

Le Président allait certainement se présenter aux nouvelles élections, et il serait probablement battu. Les choses n'en seraient que pires car le parti de l'opposition avait la ferme intention de détruire la Fédération.

Edwards soupira. Quatre années déplorables en perspective — peut-être quarante — et tout ce qu'il avait à faire, c'était flotter dans l'air, prêt à appeler tous les agents du Service au sol par laser-téléphone, s'il se passait le moindre...

Il ne vit pas le moindre... Aucun signe de désordre. Seulement un petit nuage de fumée blanche, à peine visible ; un éclat fugitif de lumière, qu'il eut à peine le temps de voir.

Où était le Président ? Il l'avait perdu de vue dans la poussière.

Il regarda dans les parages de l'endroit où il l'avait vu en dernier. Le Président n'avait pas pu aller bien loin.

Puis il remarqua un certain désordre. D'abord chez les agents du Service qui semblaient avoir perdu la tête et couraient en tout sens. Puis la foule suivit leur exemple et le désordre se répandit. Le bruit s'enfla comme un tonnerre.

Edwards n'avait pas besoin d'entendre les mots hurlés par la foule. La nouvelle l'atteignit rien qu'à la vue de cette masse hurlante. Le Président Winkler avait disparu ! Un instant il était là ; la seconde d'après il s'était évanoui en une poignée de poussière blanche.

Edwards retint son souffle avec angoisse pendant un temps qui lui parut éternel, attendant le moment où, la foule ayant pris conscience du fait, la réunion allait tourner à la panique et à l'émeute.

C'est alors qu'une voix forte retentit par-dessus le tumulte grandissant et, à l'entendre, la foule se tut et le silence revint. De nouveau c'était comme un spectacle en holovision, le son coupé.

Edwards pensa : « Mon Dieu, c'est le Président. »

On ne pouvait pas s'y tromper. Winkler se tenait sur l'estrade soigneusement gardée d'où il devait prononcer son discours du Tricentenaire et qu'il avait quittée dix minutes plus tôt pour aller serrer quelques mains dans la foule.

Comment était-il revenu là-bas ?

Edwards écouta...

— Il ne m'est rien arrivé, mes chers amis. Ce que vous venez de voir n'était que la destruction d'un appareil mécanique. Ce n'était pas votre Président. Aussi, ne laissons pas cet incident troubler la célébration du plus beau jour du monde... Chers amis, je demande votre attention.

Et suivit le discours du Tricentenaire, le meilleur discours de Winkler, le meilleur qu'Edwards ait jamais entendu. Edwards se surprit à oublier son travail de surveillance pour mieux écouter.

C'était bien. Winkler avait compris l'importance de la Fédération, et la foule le suivait.

Pourtant au plus profond de lui-même, Edwards se souvenait des rumeurs persistantes selon lesquelles les nouveaux experts en robots avaient réussi à construire un sosie du Président, un robot pour assurer les fonctions purement officielles, pour serrer les mains de la foule sans être jamais énervé ou épuisé — ou assassiné.

Edwards réalisa, et ce fut un choc, que c'était ce qui venait de se passer. Il existait bien un robot sosie du Président, et en quelque sorte on l'avait assassiné.

Le 13 octobre 2078.

Edwards leva les yeux à l'approche du robot-guide d'environ un mètre qui lui dit d'une voix mielleuse :

— Mr. Janek vous attend.

Il se leva, se trouvant bien grand à côté du petit robot métallique. Mais il ne se sentait pas jeune. Des rides s'étaient formées sur son visage depuis deux ans environ et il le savait.

Il suivit son guide dans une pièce étonnamment petite où, derrière un bureau étonnamment petit, était assis Francis Janek, légèrement bedonnant et ridiculement jeune.

Janek sourit. Il eut un regard amical et se leva pour l'accueillir.

— Monsieur Edwards.

Edwards murmura :

— Monsieur, je suis heureux d'avoir l'occasion de...

Il n'avait encore jamais vu Janek, mais il est vrai que le poste de secrétaire personnel du Président est un poste tranquille qui ne fait pas parler de lui.

Janek répondit :

— Asseyez-vous, asseyez-vous. Voulez-vous un bâton de soja ?

Edwards déclina poliment l'offre en souriant et s'assit. Il était évident que Janek exagérait sa jeunesse. Sa chemise à jabot était ouverte et les poils de sa poitrine étaient teints d'un violet discret mais net.

— Je sais que vous désirez me rencontrer depuis quelques semaines, commença Janek. Je suis désolé de ce retard. J'espère que vous comprendrez que je ne peux entièrement disposer de mon temps comme je l'entends. Enfin, vous êtes là... A propos, j'ai parlé de vous au directeur du Service, et il vous appréciait beaucoup. Il regrette que vous ayez démissionné.

Edwards baissa les yeux et dit :

— Il m'a semblé préférable de continuer mon enquête sans risquer de gêner le Service.

Janek eut un rapide sourire.

— Vos activités, quoique discrètes, ne sont toutefois pas passées inaperçues. Le directeur m'a expliqué que vous faisiez une enquête sur l'incident du Tricentenaire, et je dois admettre que c'est ce qui m'a incité à vous recevoir dès que possible. C'est pour cela que vous avez quitté votre situation ? Cela ne vous mènera à rien.

— Pourquoi cela ne mènerait-il à rien, monsieur Janek ? Le fait que vous appeliez cela un incident ne change rien au fait que ce fut une tentative d'assassinat.

— C'est une façon de parler. Pourquoi utiliser des expressions brutales ?

— Seulement parce qu'elles représentent la vérité brutale. Vous êtes certainement d'accord avec moi pour dire que quelqu'un a essayé de tuer le Président.

Janek écarta les bras.

— Si c'est vrai, le complot n'a pas réussi. Un appareil a été détruit, rien de plus. D'ailleurs si nous regardons les choses du bon côté, l'incident — ou tout autre nom que vous vouliez lui donner — a fait un bien énorme à la nation et au monde entier. Comme nous le savons tous, le Président a été frappé par l'incident, et la nation aussi. Le Président, et nous tous avec lui, avons réalisé ce qu'impliquerait un retour aux violences du siècle dernier et il s'en est suivi un grand changement.

— Je ne peux pas le nier.

— Bien sûr que non. Même les ennemis du Président s'accordent à dire que ces deux dernières années ont vu de grandes réalisations. La Fédération est aujourd'hui bien plus solide qu'on aurait pu l'imaginer le jour du Tricentenaire. On peut même dire qu'il nous a évité la débâcle de l'économie mondiale.

Edwards remarqua doucement :

— Oui, le Président est transformé. Tout le monde le dit.

Janek reprit :

— Il a toujours été un grand homme. Mais l'incident l'a fait se concentrer avec beaucoup de vigueur sur les grands problèmes.

— Ce qu'il ne faisait pas avant ?

— Peut-être pas autant... En fait, le Président et nous tous aimerions que l'incident soit oublié. Le but de notre rencontre est de vous faire comprendre cela, monsieur Edwards. Nous ne sommes plus au xxe siècle et nous ne pouvons pas vous jeter en prison si vous nous gênez, ni même entraver votre action, mais la charte du Globe ne nous interdit quand même pas d'essayer de vous persuader de renoncer. Me comprenez-vous ?

— Je vous comprends, mais je ne suis pas d'accord avec vous. Pouvons-nous oublier l'incident quand la personne responsable n'a toujours pas été appréhendée ?

— Peut-être est-ce mieux ainsi. Mieux que... qu'un déséquilibré s'échappe, plutôt que voir l'affaire éclater en public et prendre de telles proportions que l'on en revienne au xxe siècle.

— La version officielle établit même que le robot a explosé tout seul — ce qui est impossible et qui porte un coup bas à l'industrie des robots.

— Je ne dirai pas un robot, monsieur Edwards. C'était un appareil mécanique. Personne n'a dit que les robots étaient dangereux en tant que tels, et certainement pas les robots métalliques d'usage courant. On faisait allusion uniquement aux appareils complexes à visage humain qui semblent faits de chair et de sang et que nous pourrions appeler androïdes. En fait, ils sont tellement élaborés qu'il est très possible qu'ils explosent ; je ne suis pas un expert dans ce domaine. L'industrie des robots s'en remettra.

— Personne au gouvernement, continua Edwards obstinément, ne semble se soucier d'aller jusqu'au fond de cette histoire.

— Je viens de vous expliquer que cela n'avait eu que des conséquences heureuses. Pourquoi remuer la boue des profondeurs quand l'eau est pure en surface ?

— Et l'utilisation du désintégrateur ?

Un instant la main de Janek, qui tournait lentement la boîte de bâtons de soja sur son bureau, s'arrêta, puis reprit son mouvement. Il demanda tranquillement :

— Qu'est-ce que c'est ?

Edwards insista :

— Monsieur Janek, je crois que vous savez très bien ce que je veux dire. Faisant partie du Service...

— Que vous avez quitté, bien sûr.

— Peu importe, en tant que membre du Service, je n'ai pas pu ne pas entendre des choses qui n'étaient pas toujours, je pense, destinées à ma personne. J'avais entendu parler d'une nouvelle arme, et quelque chose s'est passé sous mes yeux lors du Tricentenaire qui en nécessitait une. L'objet qui pour tout le monde était le Président disparut en un nuage de poussière très fine. Ce fut comme si chaque atome composant l'objet avait perdu les liens qui le rattachaient aux autres atomes. L'objet s'est transformé en un nuage d'atomes individuels qui ont, bien sûr, commencé à se recombiner, mais qui se sont dispersés trop vite pour que l'on voie autre chose qu'un bref nuage de poussière.

— On dirait de la science-fiction.

— Il est évident que je ne comprends pas les données scientifiques qui sont derrière cela, monsieur Janek, mais je sais parfaitement qu'il faudrait une force considérable pour pouvoir ainsi rompre les liens entre les atomes. Cette énergie doit obligatoirement être puisée dans l'environnement. Les gens qui se trouvaient près de l'appareil au moment de l'affaire, et que j'ai pu retrouver — ceux, du moins, qui ont été d'accord pour parler — ont tous fait mention d'une vague de froid sur eux.

Janek mit de côté la boîte de bâtons de soja qui émit un petit craquement au contact du cellular.

— Imaginons, juste pour la discussion, qu'il existe vraiment un tel désintégrateur, dit-il.

— Ce n'est pas la peine d'en discuter. Il existe.

— Je ne discuterai pas. Je n'en connais pas l'existence moi-même, mais à mon poste je ne suis pas censé connaître les nouvelles armes top secret. Pourtant, si un désintégrateur existe et demeure dans un tel secret, ce doit être un monopole américain, inconnu du reste de la Fédération. Alors ce serait quelque chose dont ni vous ni moi nous ne devrions parler. Ce pourrait être une arme bien plus dangereuse que les bombes nucléaires justement du fait que — si vous avez vu juste — elle n'aurait pour effet que la désintégration au point d'impact et une sensation de froid juste à côté. Pas d'explosion, pas de flammes, pas de radiations mortelles. Débarrassés de ces terribles effets secondaires, nous n'aurions plus d'obstacle à son utilisation. Toutefois, pour autant que je sache, on pourrait en fabriquer un suffisamment grand pour détruire la planète elle-même.

— Je suis d'accord avec tout ce que vous venez de dire, fit Edwards.

— Alors vous voyez que s'il n'existe pas de désintégrateur, c'est idiot d'en parler ; et s'il en existe réellement un, alors il est criminel d'y faire allusion.

— Je n'en ai parlé à personne d'autre qu'à vous jusqu'à présent, parce que j'essaie de vous persuader de la gravité de la situation. Mettons qu'un désintégrateur ait vraiment été utilisé. Le gouvernement ne devrait-il pas chercher à déterminer comment cela s'est fait, si un autre membre de la Fédération n'est pas en possession de cette arme ?

Janek secoua la tête.

— Je crois que nous pouvons faire confiance aux organes spécialisés de notre gouvernement pour s'occuper du problème. Ce n'est pas la peine de vous en soucier.

Edwards demanda, cachant à peine son impatience :

— Pouvez-vous m'assurer que les États-Unis sont la seule nation à disposer d'une telle arme ?

— Je ne peux pas vous le dire étant donné que je ne sais rien sur une telle arme et ne devrais rien en savoir. Vous n'auriez pas dû m'en parler. Même si une telle arme existe, la seule rumeur de son existence pourrait être dangereuse.

— Mais je vous en ai parlé et le mal est fait, alors s'il vous plaît, laissez-moi continuer. Laissez-moi une chance de vous convaincre que vous seul, et personne d'autre, possédez la solution d'une situation terrible que peut-être je suis le seul à voir.

— Vous êtes le seul à voir ? Moi seul je possède la solution ?

— Ai-je l'air d'un paranoïaque ? Laissez-moi vous expliquer et vous pourrez en juger.

— Je vous accorde un peu de temps, monsieur, mais ce que j'ai dit demeure. Vous devez abandonner ce... ce passe-temps... cette enquête. C'est terriblement dangereux.

— C'est l'abandonner qui serait dangereux. Ne voyez-vous donc pas que si le désintégrateur existe et si les États-Unis en ont le monopole, alors cela veut dire que le nombre de personnes y ayant accès est très limité. En tant qu'ex-membre du Service, j'ai quelques connaissances pratiques dans ce domaine et je peux vous dire que la seule personne au monde ayant la possibilité de soustraire un désintégrateur à nos arsenaux top secrets est le Président... Seul le Président des États-Unis, monsieur Janek, a pu mettre sur pied cette tentative d'assassinat.

Ils se regardèrent fixement pendant un moment puis Janek appuya sur un bouton encastré dans son bureau.

— Par précaution. Personne ne peut nous entendre de quelque façon que ce soit. Monsieur Edwards, réalisez-vous le danger de ce que vous venez de dire ? Pour vous ? Ne surestimez pas le pouvoir de la charte du Globe. Un gouvernement a le droit de prendre des mesures raisonnables pour la protection de sa stabilité.

Edwards répondit :

— J'ai pris contact avec vous, monsieur Janek, car je considère que vous êtes un citoyen américain loyal. Je vous apporte la nouvelle d'un crime terrible qui concerne tous les Américains et la Fédération tout entière. Un crime qui a créé une situation que peut-être vous êtes seul à pouvoir redresser. Pourquoi me répondez-vous par des menaces ?

— C'est la deuxième fois que vous me laissez entendre que je suis le sauveur potentiel du monde. Je ne me vois pas dans ce rôle. Vous avez compris, je l'espère, que je n'ai aucun pouvoir particulier.

— Vous êtes le secrétaire du Président.

— Cela ne veut pas dire que j'ai une possibilité spéciale de l'approcher ou que je suis son confident intime. Parfois, monsieur Edwards, je crois que les autres pensent que je ne suis rien de plus qu'un valet, et parfois même j'ai peur d'être d'accord avec eux.

— En tout cas, vous le voyez souvent, vous le voyez sans protocole, vous le voyez...

Janek l'interrompit avec impatience :

— Je le vois assez pour pouvoir vous assurer que le Président n'ordonnerait pas la destruction de cet appareil mécanique le jour du Tricentenaire.

— Selon vous, c'est impossible, alors ?

— Je n'ai pas dit cela. J'ai dit que je pensais qu'il ne le ferait pas. Après tout, pourquoi le ferait-il ? Pourquoi le Président voudrait-il détruire son sosie androïde qui lui a été si utile pendant plus de trois années de sa présidence ? Et si, pour une raison ou pour une autre, il le voulait, pourquoi ciel avoir choisi de le faire d'une façon si publique — le jour du Tricentenaire, rien de moins —, mettant tout le monde au courant de son existence, prenant le risque d'une réaction de dégoût du public à la pensée qu'il a serré la main d'un appareil mécanique, sans parler des répercussions diplomatiques à l'idée que des représentants d'autres pays de la Fédération ont traité avec une machine ? Il aurait pu, au lieu de cela, ordonner qu'on le détruise en privé. Personne, sauf quelques membres éminents de l'Administration, n'aurait été au courant.

— Cependant il n'y a eu aucune conséquence désagréable pour le Président, après l'incident, n'est-ce pas ?

— Il a dû supprimer les cérémonies. Il n'est plus aussi accessible qu'il l'était auparavant.

— Que le robot l'était auparavant.

— Eh bien, dit Janek, mal à l'aise. Oui, je suppose que c'est vrai.

Edwards continua :

— Et, en fait, le Président a été réélu, et sa popularité n'a pas diminué, bien que la destruction ait été publique. L'argument contre la destruction en public n'a pas autant de poids que vous lui en donnez.

— Mais la réélection s'est accomplie malgré l'incident. Grâce à l'action rapide du Président qui s'est avancé et a prononcé un discours que vous devrez bien reconnaître comme l'un des plus grands discours de l'histoire de l'Amérique. Ce fut une performance absolument renversante ; vous devez bien l'admettre.

— Ce fut une remarquable mise en scène. Le Président, pourrait-on penser, avait compté sur cela.

Janek s'appuya au dossier de sa chaise.

— Si je vous comprends bien, monsieur Edwards, vous suggérez un sombre complot bien mélodramatique. Voulez-vous dire que le Président a fait détruire l'appareil juste au milieu de la foule au moment précis de la célébration du Tricentenaire, sous les yeux du monde entier, de façon à gagner l'admiration de tous par la rapidité de sa réaction ? Suggérez-vous qu'il a tout arrangé de telle sorte qu'il puisse se présenter comme un homme d'une vigueur et d'une force inattendues, dans des circonstances spécialement dramatiques, et transformer ainsi une campagne compromise en une campagne gagnante ?... Monsieur Edwards, vous lisez trop de contes de fées.

Edwards répliqua :

— Si telle était mon idée, ce serait en effet un conte de fées, mais ce n'est pas cela. Je n'ai jamais suggéré que le Président ait ordonné de tuer le robot. Je vous ai simplement demandé si vous pensiez que c'était possible, et vous avez répondu catégoriquement que cela ne l'était pas. J'en suis heureux car je suis d'accord avec vous.

— Alors, que signifie tout ceci ? Je commence à croire que vous me faites perdre mon temps.

— Encore un moment, je vous prie. Vous êtes-vous quelquefois demandé pourquoi le travail n'avait pas été fait par un laser, par un désactivateur — ou même d'un coup de marteau ? Pourquoi quelqu'un prendrait-il la peine incroyable de se procurer une arme gardée par les équipes de sécurité gouvernementale les plus sévères qui existent, pour une affaire qui n'exigeait pas une telle arme ? Mis à part la difficulté de se le procurer, il y avait le risque de révéler l'existence d'un désintégrateur au monde entier.

— Cette affaire de désintégrateur n'est que votre théorie personnelle.

— Le robot a complètement disparu sous mes yeux. Je le surveillais. Je n'ai pas besoin d'autre preuve pour cela. Le nom que vous donnez à l'arme n'a pas d'importance ; quelle qu'elle soit, elle a eu la possibilité de détruire le robot atome par atome et d'éparpiller tous ces atomes irrémédiablement. Pourquoi faire cela ? C'était beaucoup trop.

— Je ne connais pas les pensées de l'auteur du crime.

— Non ? Cependant il me semble qu'il n'existe qu'une raison logique pour vouloir une pulvérisation totale alors qu'on aurait pu détruire l'objet d'une façon beaucoup plus simple. La pulvérisation ne laissait rien de l'objet détruit. Elle ne laissait rien qui puisse indiquer ce que c'était, robot ou autre chose.

— Mais personne ne se demande ce que c'était.

— N'est-ce pas ? J'ai dit que seul le Président avait pu s'arranger pour qu'un désintégrateur soit obtenu et utilisé. Mais si l'on considère l'existence d'un robot sosie, lequel des deux Présidents l'a fait ?

Janek dit brutalement :

— Je crois que nous ne pouvons pas continuer cette conversation. Vous êtes fou.

— Réfléchissez au problème. Je vous en prie, réfléchissez-y. Le Président n'a pas détruit le robot. Vos arguments contre cela sont convaincants. Ce qui s'est passé, c'est que le robot a détruit le Président. Le Président Winkler a été tué au milieu de la foule le 4 juillet 2076. Un robot qui ressemble au Président a alors prononcé le discours du Tricentenaire, a mené campagne pour la réélection, a été réélu, et continue à jouer le rôle de Président des États-Unis.

— Démence !

— Je me suis adressé à vous, à vous seul, car vous seul pouvez le prouver, et redresser la situation.

— Ce que vous dites est faux. Le Président est... le Président.

Janek fit un mouvement pour se lever et clore l'entretien.

— Vous avez dit vous-même qu'il avait changé, dit Edwards précipitamment. Le discours du Tricentenaire était au-delà des capacités de l'ancien Winkler. N'avez-vous pas vous-même été abasourdi par tout ce qui a été accompli ces deux dernières années ? Honnêtement, le Winkler du premier mandat aurait-il été capable de cela ?

— Oui, certainement, car le Président du second mandat est le Président du premier mandat.

— Niez-vous qu'il ait changé ? Je m'en remets à vous. Décidez et j'obéis.

— Il s'est dressé pour relever le défi, c'est tout. C'est déjà arrivé dans l'histoire de l'Amérique.

Mais Janek se rassit. Il avait l'air mal à l'aise.

— Il ne boit pas, dit Edwards.

— Il n'a jamais beaucoup bu.

— Il ne voit plus de femmes. Niez-vous qu'il le faisait auparavant ?

— Un président est un homme. Ces deux dernières années toutefois, il s'est entièrement consacré aux affaires de la Fédération.

— C'est une amélioration, je l'admets, dit Edwards, mais c'est un changement. Bien sûr, s'il avait une femme, la mascarade ne pourrait tenir, n'est-ce pas ?

Janek répondit :

— C'est dommage qu'il n'ait pas d'épouse. (Il prononça cet ancien mot avec une certaine gêne.) L'affaire ne pourrait exister s'il en avait une.

— Le fait qu'il n'en ait pas a facilité le complot. Cependant il est le père de deux enfants. Je ne pense pas qu'ils soient venus à la Maison Blanche, l'un ou l'autre, depuis le Tricentenaire.

— Pourquoi seraient-ils venus ? Ils sont adultes et vivent leur vie.

— Sont-ils invités ? Le Président montre-t-il de l'intérêt pour eux ? Vous êtes son secrétaire privé. Vous le sauriez. Alors ?

Janek répondit :

— Vous perdez votre temps. Un robot ne peut pas tuer un être humain. Vous savez parfaitement que c'est la Première Loi de la Robotique.

— Je sais. Mais personne ne dit que le robot-Winkler a tué directement l'homme-Winkler. Quand l'homme-Winkler était dans la foule, le robot-Winkler était sur la scène et je doute qu'un désintégrateur puisse viser de si loin sans faire plus de dégâts. Peut-être est-ce possible, mais il est plus probable que le robot ait eu un complice — un homme de main, selon le jargon du XXᵉ siècle.

Janek fronça les sourcils. Son visage grassouillet se rida et il donna l'impression de souffrir.

— Vous savez, la folie doit être contagieuse. Me voici maintenant en train de commencer à réfléchir à l'idée folle que vous m'avez apportée. Mais heureusement, elle ne supporte pas l'analyse. Après tout, pourquoi arranger en public l'assassinat de l'homme-Winkler ? Tous les arguments contre la destruction du robot en public valent contre la destruction de l'homme-Président en public. Vous voyez bien que votre théorie ne tient pas.

— Elle tient... commença Edwards.

— Non. Personne, sauf quelques personnages officiels, ne connaissait l'existence d'un appareil mécanique. Si le Président Winkler avait été tué en privé et qu'on s'était débarrassé de son corps, le robot pouvait prendre sa place sans problème — sans éveiller vos soupçons.

— Il y aurait toujours eu quelques personnages officiels au courant, monsieur Janek. Les assassinats auraient dû se multiplier, dit Edwards d'un ton convaincant en se penchant en avant.

« Écoutez, en temps normal, il n'y avait aucun risque de confondre l'homme et l'appareil. Je suppose que le robot ne servait pas tout le temps, mais qu'on l'utilisait dans des buts précis, et il y avait toujours quelques individus importants, peut-être même un certain nombre, qui savaient où était le Président et ce qu'il faisait. Il fallait donc effectuer l'assassinat à un moment où ces personnes pensaient réellement que le Président était en fait le robot.

— Je ne vous suis pas.

— Écoutez. Une des tâches du robot était de serrer les mains de la foule, de se mêler aux gens. Quand il le faisait, les personnages officiels dans le secret savaient parfaitement que la personne qui serrait les mains était en fait le robot.

— C'est ça. Vous revenez à la raison. C'était bien le robot.

— Mais il s'agissait du Tricentenaire, et le Président n'a pas pu résister. Je trouve que c'était trop demander à un Président — surtout à un flatteur des foules et à un chasseur d'applaudissements comme l'était Winkler — de renoncer à l'adulation de la foule en un tel jour et de la laisser à un robot. Et peut-être le robot a-t-il soigneusement encouragé ce désir de façon que, le jour du Tricentenaire, le Président lui ordonne de rester derrière le podium, tandis qu'en personne il serrerait les mains et recevrait les acclamations.

— En secret ?

— Bien sûr, en secret. Si le Président l'avait dit à un membre du Service ou à l'un de ses assistants, ou à vous, l'aurait-on laissé faire ? L'attitude des personnages officiels vis-à-vis des tentatives d'assassinats est une véritable maladie, depuis les événements de la fin du XXe siècle. Aussi, encouragé par un robot manifestement intelligent...

— Vous pensez que le robot est intelligent car vous pensez qu'il tient la place du Président. C'est un cercle vicieux. S'il n'est pas Président, rien ne nous amène à penser qu'il est intelligent ou qu'il est capable de monter ce complot. D'ailleurs, quel motif peut avoir un robot pour organiser un assassinat ? Même s'il n'a pas tué le Président lui-même, la suppression d'une vie humaine d'une manière détournée est également interdite par la Première Loi, qui déclare : « Un robot ne peut nuire à un être humain ni laisser sans assistance un être humain en danger. »

— La Première Loi n'est pas catégorique. Et si la perte d'un être humain sauvait la vie de deux autres êtres humains ou de trois ou même de trois milliards ? Le robot a peut-être considéré que la sauvegarde de la Fédération était plus importante que la sauvegarde d'une vie. Ce n'était pas un robot ordinaire, après tout. Il a été conçu pour reproduire les caractéristiques du Président de façon à tromper tout le monde. S'il avait la capacité d'analyse du Président Winkler sans avoir sa faiblesse, et s'il s'était rendu compte que lui, il pouvait sauver la Fédération, alors que le Président en était incapable...

— Vous, vous pouvez tenir de tels raisonnements, mais comment penser qu'un appareil mécanique le pourrait ?

— C'est la seule explication à ce qui s'est passé.

— Vous êtes paranoïaque.

Edwards répliqua :

— Alors, dites-moi quel était l'objet qui a été détruit et pulvérisé. Comment raisonnablement ne pas supposer que c'était la seule façon de cacher qu'on détruisait un être humain et non pas un robot ? Pouvez-vous me donner une autre explication ?

Janek devint tout rouge.

— Je ne peux pas accepter cela.

— Mais vous pouvez le prouver — ou prouver le contraire. C'est pourquoi je me suis adressé à vous — à vous seul.

— Comment puis-je le prouver ? Ou prouver le contraire ?

— Personne mieux que vous n'a la possibilité de voir le Président en privé. C'est avec vous — à défaut de famille — qu'il est le plus naturel. Étudiez-le de près.

— Je l'ai fait. Je vous dis qu'il n'est pas...

— Non, vous ne l'avez pas fait. Vous ne soupçonniez rien. Les petits détails ne vous ont pas marqué. Étudiez-le maintenant, en sachant qu'il est possible qu'il soit un robot, et vous verrez.

Janek dit d'un ton sardonique :

— Je pourrais le jeter à terre et prouver la présence de métal avec un détecteur à ultra-sons. Même un androïde possède un cerveau en platine iridié.

— Ce n'est pas la peine d'employer la force. Contentez-vous de l'observer et vous verrez sans aucun doute qu'il est trop différent de ce qu'il était autrefois pour être encore un homme.

Janek regarda l'horloge calendrier sur le mur.

— Nous sommes ici depuis plus d'une heure.

— Veuillez m'excuser d'avoir abusé de votre temps, mais vous comprenez l'importance de tout ceci, je l'espère.

— L'importance ? dit Janek.

Il leva les yeux et son air découragé se transforma soudain en air d'espoir.

— Mais en fait, est-ce si important ? Vraiment ?

— Comment cela n'aurait-il pas d'importance ? Avoir un robot comme Président des États-Unis ? Ce n'est pas important ?

— Non, ce n'est pas ce que je voulais dire. Oubliez ce que le Président Winkler est peut-être. Ne voyez que ceci. Quelqu'un qui tient le rôle de Président des États-Unis a sauvé la Fédération ; il a maintenu son unité et, en ce moment, il dirige le Conseil dans l'intérêt de la paix et d'un compromis constructif. Vous admettez cela ?

— Bien sûr, je l'admets. Mais rendez-vous compte du précédent. Un robot à la Maison Blanche pour une excellente raison pourrait amener un robot à la Maison Blanche dans vingt ans pour une très mauvaise raison, puis des robots à la Maison Blanche sans aucune raison du tout, mais par habitude. Ne voyez-vous pas qu'il est important d'assourdir à ses toutes premières notes une éventuelle trompette sonnant la fin de l'humanité ?

Janek haussa les épaules.

— Et si je découvre qu'il est en fait un robot ? Nous le révélons au monde entier ? Savez-vous l'effet que cela aura sur la Fédération ? Savez-vous quelles conséquences cela aura sur les finances mondiales ? Savez-vous...

— Je le sais très bien. C'est pourquoi je suis venu vous voir en privé, au lieu d'essayer de rendre cela public. C'est à vous de vérifier et de tirer les conclusions. C'est à vous, ensuite, quand vous aurez découvert que le prétendu Président est un robot — ce que vous ferez, j'en suis sûr — de le persuader de démissionner.

— Et s'il réagit comme vous le dites à la Première Loi, il me fera assassiner car je serai une menace pour sa remarquable politique qui va lui permettre de résoudre la plus grande crise que le Globe ait connue au XXIᵉ siècle.

Edwards secoua la tête.

— Le robot agissait en secret auparavant, et personne n'a essayé de contrer les arguments qu'il utilisait vis-à-vis de lui-même. Vous pourrez renforcer l'interprétation stricte de la Première Loi avec vos propres arguments. Si c'est nécessaire, nous pourrons obtenir l'assistance de quelques membres officiels de la société U.S. Robots qui, au départ, l'a construit. Quand il aura démissionné, le vice-président lui succédera. Si le robot-Winkler a réussi à mettre le vieux monde sur la bonne voie, très bien ; il restera sur cette bonne voie avec le vice-président, qui est une femme honorable et honnête. Mais nous ne pouvons pas avoir un dirigeant robot, et nous ne devons jamais en avoir.

— Et si le Président est un homme ?

— Je m'en remets à vous. Vous le saurez.

— Je ne suis pas très sûr de moi. Et si je ne peux pas me décider ? Si je n'y arrive pas ? Si je n'ose pas ? Quels sont vos plans ?

Edwards avait l'air fatigué.

— Je ne sais pas. Peut-être irai-je à la société U.S. Robots. Mais je ne pense pas en avoir besoin. Je suis sûr que maintenant que je vous ai exposé le problème, vous n'aurez de cesse de le résoudre. Voulez-vous vraiment être dirigé par un robot ?

Il se leva et Janek le laissa partir. Ils ne se serrèrent pas la main.

Janek, encore sous le choc, restait immobile dans le crépuscule qui montait.

Un robot !

L'homme était entré et il avait démontré, d'une façon tout à fait rationnelle, que le Président des États-Unis était un robot.

Il aurait dû être facile de l'en dissuader. Pourtant Janek avait essayé tous les arguments qui lui étaient venus à l'esprit et cela n'avait servi à rien, l'homme n'avait pas du tout flanché.

Un robot comme Président ! Edwards en était certain, et il allait continuer. Et si Janek s'obstinait à soutenir que le Président était un homme, Edwards irait à la société U.S. Robots. Il n'en démordrait pas.

Janek se rembrunit à la pensée des vingt-huit mois écoulés depuis le Tricentenaire, belle réussite par rapport aux probabilités. Et maintenant ?

Il était plongé dans de sombres pensées.

Il possédait toujours le désintégrateur, mais il ne serait pas nécessaire de l'utiliser contre un être humain dont on ne mettrait pas la nature en question. Un coup de laser silencieux dans un endroit désert ferait l'affaire.

Il avait été difficile de manœuvrer le Président la première fois, mais aujourd'hui, le robot n'en saurait rien.

POWELL ET DONOVAN

La deuxième histoire de robot que j'aie écrite, « Raison », avait pour héros deux techniciens de terrain, Gregory Powell et Michael Donovan. Ils étaient inspirés de personnages de certaines histoires de John Campbell (auxquelles je vouais alors une admiration extravagante) : Penton et Blake, explorateurs interplanétaires. Si Campbell a remarqué la similarité, il ne m'en a jamais rien dit.

Je dois également vous prévenir au sujet de la première histoire, « Première Loi » : elle fut écrite en manière de plaisanterie et n'a pas été conçue pour être prise au sérieux.

PREMIÈRE LOI

Mike Donovan considéra sa chope de bière vide, sentit l'ennui l'envahir et décida qu'il avait écouté pendant assez longtemps.

— Si nous mettons la question des robots extraordinaires sur le tapis, s'écria-t-il, j'en sais au moins un qui a désobéi à la Première Loi.

Comme cette éventualité était complètement impossible, chacun se tut et se tourna vers Donovan.

Aussitôt, notre gaillard regretta d'avoir eu la langue trop longue et changea de sujet :

— J'en ai entendu une bien bonne hier soir, dit-il sur le ton de la conversation. Il s'agissait...

— Vous connaissez, dites-vous, un robot qui a causé du tort à un être humain ? intervint MacFarlane, qui se trouvait sur le siège voisin de Donovan. C'est cela que signifie la désobéissance à la Première Loi, vous le savez aussi bien que moi.

— En un certain sens, dit Donovan. Je dis que j'ai entendu...

— Racontez-nous cela, ordonna MacFarlane.

Quelques-uns des membres de l'assistance reposèrent bruyamment leurs chopes sur la table.

— Cela se passait sur Titan, il y a quelque dix ans, dit Donovan en réfléchissant rapidement. Oui, c'était en 25. Nous venions de recevoir une expédition de trois robots d'un nouveau modèle, spécialement conçus pour Titan. C'étaient les premiers des modèles MA. Nous les appelions Emma Un, Deux et Trois.

Il fit claquer ses doigts pour commander une autre bière.

— J'ai passé la moitié de ma vie dans la robotique, dit MacFarlane, et je n'ai jamais entendu parler d'une production en série des modèles MA.

— C'est parce qu'ils ont été retirés des chaînes de fabrication après... après ce que je vais vous raconter. Vous ne vous rappelez pas ?

— Non.

— Nous avions mis les robots immédiatement au travail, poursuivit rapidement Donovan. Jusqu'à ce moment-là, voyez-vous, la Base avait été entièrement inutilisée durant la saison des tempêtes, qui dure pendant quatre-vingts pour cent de la révolution de Titan autour de Saturne. Durant les terribles chutes de neige, on ne pouvait pas retrouver la Base à cent mètres de distance. Les boussoles ne servent à rien, puisque Titan ne possède aucun champ magnétique.

« L'intérêt de ces robots MA résidait cependant en ceci qu'ils étaient équipés de vibro-détecteurs d'une conception nouvelle, qui leur permettaient de se diriger en ligne droite sur la Base en dépit de tous les obstacles, et qu'ainsi les travaux de mine pourraient désormais se poursuivre durant la révolution entière. Ne dites pas un mot, Mac. Les vibro-détecteurs furent également retirés du marché, et c'est la raison pour laquelle vous n'en avez pas entendu parler. (Donovan fit entendre une petite toux.) Secret militaire, vous comprenez.

« Les robots, continua-t-il, travaillèrent à merveille pendant la première saison des tempêtes, puis, au début de la saison calme, Emma Deux se mit à faire des siennes. Elle ne cessait d'aller se perdre dans les coins et il fallait la faire sortir de sa retraite à force de cajoleries. Finalement, elle disparut un beau jour de la Base et ne revint plus. Nous conclûmes qu'elle comportait un vice de construction et nous poursuivîmes les travaux avec les deux robots restants. Cependant, nous souffrions d'un manque de main-d'œuvre et, lorsque, vers la fin de la saison calme, il fut question de se rendre à Kornsk, je me portai volontaire pour effectuer le voyage sans robot. Je ne risquais apparemment pas grand-chose, les tempêtes n'étaient pas attendues avant deux jours et je comptais rentrer avant moins de vingt-quatre heures.

« J'étais sur le chemin du retour — à quinze bons kilomètres de la Base — lorsque le vent commença à souffler et que l'air s'épaissit. Je posai mon véhicule aérien immédiatement avant que l'ouragan ait pu le briser, mis le cap sur la Base et commençai à courir. Dans la pesanteur réduite, je pouvais fort bien parcourir toute la distance au pas de gymnastique, mais me serait-il possible de me déplacer en ligne droite ? C'était toute la question. Ma provision d'air était largement suffisante et mon système de chauffage fonctionnait de façon satisfaisante, mais quinze kilomètres dans un ouragan « titanesque » n'ont rien d'un jeu d'enfant.

« Puis, lorsque les rafales de neige changèrent le paysage en un crépuscule fantomatique, que Saturne devint à peine visible et que le soleil lui-même fut réduit à l'état de pâle reflet, je dus m'arrêter le dos tourné au vent. Un petit objet noir se trouvait droit devant moi ; je pouvais à peine le distinguer, mais je l'avais identifié. C'était un chien des tempêtes, l'être le plus féroce qui puisse exister au monde. Je savais que ma tenue spatiale ne pourrait me protéger une fois qu'il bondirait sur moi, et dans la lumière insuffisante je ne devais tirer qu'à bout portant ou pas du tout. Si par malheur je manquais mon coup, mon sort serait définitivement réglé.

« Je battis lentement en retraite et l'ombre de l'animal me suivit. Elle se rapprocha et déjà je levais mon pistolet en murmurant une prière, lorsqu'une ombre plus vaste surgit inopinément au-dessus de moi et me fit hurler de soulagement. C'était Emma Deux, le robot MA disparu. Je ne pris pas le temps de m'inquiéter des raisons de sa disparition. Je me contentai de hurler à tue-tête : « Emma, fillette, attrape-moi ce chien des tempêtes et ensuite tu me ramèneras à la Base. »

« Elle se contenta de me regarder comme si elle ne m'avait pas entendu et s'écria : « Maître, ne tirez pas, ne tirez pas ! »

« Puis elle se précipita à toute allure vers le chien des tempêtes.

« Je criai de nouveau : « Attrape ce sale chien, Emma ! » Elle le ramassa bien... mais continua sa course. Je hurlai à me rendre aphone, mais elle ne revint pas. Elle me laissait mourir dans la tempête.

Donovan fit une pause dramatique.

— Bien entendu, vous connaissez la Première Loi : un robot ne peut nuire à un être humain ni laisser cet être humain exposé au danger ! Eh bien, Emma s'enfuit avec son chien des tempêtes et m'abandonna à mon sort. Elle avait donc enfreint la Première Loi.

« Fort heureusement pour moi, je me tirai sans dommage de l'aventure. Une demi-heure plus tard, la tempête tomba. C'était un déchaînement prématuré et temporaire. Cela arrive quelquefois. Je rentrai à la Base en toute hâte et la tempête commença pour de bon le lendemain. Emma Deux rentra deux heures après moi. Le mystère fut éclairci et les modèles MA retirés immédiatement du marché.

— Et l'explication, demanda MacFarlane, en quoi consistait-elle au juste ?

Donovan le considéra d'un air sérieux.

— J'étais effectivement un être humain en danger de mort, Mac, mais pour ce robot, quelque chose prenait le pas même sur moi, même sur la Première Loi. N'oubliez pas que ces robots faisaient partie de la série MA et que celui-ci en particulier s'était mis à la recherche de petits coins bien tranquilles quelque temps avant de disparaître. C'est comme s'il attendait un événement très spécial et tout à fait personnel. Et cet événement s'était effectivement produit.

Donovan tourna les yeux vers le plafond avec componction et acheva :

— Ce chien des tempêtes n'était pas un chien des tempêtes. Nous le baptisâmes Emma Junior lorsque Emma Deux le ramena à la Base. Emma Deux se devait de le protéger contre mon pistolet. Que sont les injonctions de la Première Loi, comparées aux liens sacrés de l'amour maternel ?

CERCLE VICIEUX

C'était l'un des lieux communs favoris de Gregory Powell que la surexcitation ne menait à rien, et quand Mike Donovan descendit l'escalier quatre à quatre et se précipita vers lui, ses cheveux rouges moites de sueur, Powell fronça les sourcils.

— Qu'y a-t-il ? Vous seriez-vous cassé un ongle ? demanda-t-il.

— Ouaiaiais ! rugit fiévreusement Donovan. Qu'avez-vous fait toute la journée dans les sous-niveaux ? (Il prit une profonde aspiration et laissa échapper :) Speedy n'est pas revenu.

Les yeux de Powell s'arrondirent momentanément et il s'immobilisa sur les marches, puis il recouvra sa présence d'esprit et reprit son ascension. Il n'ouvrit pas la bouche avant d'être parvenu sur le palier supérieur :

— Vous l'aviez envoyé à la recherche du sélénium ?

— Oui.

— Depuis combien de temps est-il parti ?

— Cela fait maintenant cinq heures.

Silence. La situation était diablement mauvaise. Ils avaient pris pied sur Mercure depuis exactement douze heures... et déjà ils étaient plongés jusqu'au cou dans les pires ennuis. Mercure était depuis longtemps la planète porte-malheur du Système, mais cette fois c'était pousser les choses un peu loin, même pour un porte-malheur.

— Reprenons au commencement, dit Powell, et mettons les choses au point.

Ils se trouvaient dans la salle de radio — dont l'appareillage, par mille détails subtils, donnait déjà l'impression d'être démodé pour être resté inutilisé pendant dix ans avant leur arrivée. Oui, dix ans, sur le plan technique, cela comptait énormément. Il suffisait de comparer Speedy au modèle de 2005. Mais on en était arrivé au stade où les robots se perfectionnaient à une allure ultrarapide. Powell posa un doigt hésitant sur une surface métallique qui avait conservé son poli. L'atmosphère d'abandon qui imprégnait tous les objets contenus dans la pièce — et la Station tout entière — avait quelque chose d'infiniment déprimant.

Donovan avait dû y être sensible.

— J'ai tenté de le localiser par radio, mais en vain. La radio ne sert à rien sur le côté de Mercure qui fait face au soleil — du moins au-delà de trois kilomètres. C'est l'une des raisons qui expliquent l'échec de la première expédition. Et il nous faudra encore des semaines pour terminer l'installation des émetteurs à ondes ultracourtes...

— Laissons cela. Qu'avez-vous obtenu ?

— J'ai localisé le signal annonçant la présence d'un corps inorganisé sur les ondes courtes. Je ne puis en déduire autre chose que sa position. Je l'ai suivi à la trace pendant deux heures et j'ai marqué les relevés sur la carte.

Il tira de sa poche un morceau de parchemin jauni — relique de la première expédition manquée — et il l'appliqua avec force sur la table en l'aplatissant de la paume de la main. Powell, les mains croisées sur la poitrine, l'observait de loin.

Le crayon de Donovan vint se placer nerveusement sur le parchemin.

— La croix rouge indique le filon de sélénium. C'est vous-même qui l'avez marqué.

— Lequel exactement ? interrompit Powell. MacDougal en avait marqué trois à notre intention avant de quitter les lieux.

— Naturellement, j'ai envoyé Speedy au plus proche. À une trentaine de kilomètres. Mais où est la différence ? (Sa voix avait pris une certaine tension.) Voici les traits de crayon qui marquent la position de Speedy.

Pour la première fois, Powell perdit son sang-froid ; ses mains bondirent vers la carte.

— Parlez-vous sérieusement ? C'est impossible.

— Constatez vous-même, grommela Donovan.

Les petits traits de crayon qui marquaient la position formaient approximativement un cercle autour de la croix rouge indiquant le filon de sélénium.

Powell porta les doigts à sa moustache brune, un signe infaillible d'anxiété.

— Au cours des trois heures où j'ai suivi sa progression, il a fait quatre fois le tour de ce maudit filon. J'ai la nette impression qu'il va poursuivre ce manège indéfiniment. Vous rendez-vous compte de la position où nous nous trouvons ?

Powell leva les yeux un instant et ne répliqua pas. Il ne voyait que trop bien la situation. Le raisonnement avait la rigueur d'un syllogisme. Les bancs de cellules photo-électriques qui s'interposaient seuls entre eux et la pleine puissance du soleil de Mercure s'étaient volatilisés. La seule chose qui pouvait les sauver, c'était le sélénium. Seul Speedy était capable de leur ramener le sélénium. Pas de sélénium, pas de bancs de cellules photo-électriques. Pas de bancs de cellules... la cuisson lente était l'une des façons les plus déplaisantes de passer de vie à trépas.

Donovan frictionna furieusement sa tignasse rouge et reprit avec amertume :

— Nous allons devenir la risée du Système, Greg. Comment les choses ont-elles pu prendre aussi vite un tour à ce point catastrophique ? La fameuse équipe Powell-Donovan est envoyée sur Mercure pour mesurer l'opportunité d'ouvrir à nouveau l'exploitation de la mine, sur la face exposée au soleil, au moyen de techniques modernes et de robots, et dès le premier jour nous avons tout gâché. Il ne s'agissait d'ailleurs que d'une opération de pure routine. Notre réputation ne s'en relèvera jamais.

— Elle n'en aura pas le loisir, je suppose, répondit Powell tranquillement. Si nous ne prenons pas des mesures immédiatement, nous n'aurons plus à nous préoccuper de soutenir notre réputation, ni même de vivre.

— Ne faites pas l'imbécile ! Si la situation vous donne envie de plaisanter, elle me fait un tout autre effet. On a agi criminellement en nous expédiant ici avec un seul robot pour tout potage. Et c'est vous qui avez eu l'idée brillante de nous charger nous-mêmes de la constitution des bancs de cellules photo-électriques.

— Cette fois vous déformez la vérité. Nous avons pris la décision d'un commun accord et vous le savez parfaitement. Nous avions besoin en tout et pour tout d'un kilo de sélénium, d'une di-électrode Stillhead et d'un délai d'environ trois heures... et il existe des filons de sélénium pur sur toute la surface exposée au soleil. Le spectro-réflecteur de MacDougal en a localisé trois en cinq minutes, non ?

— Eh bien, qu'allons-nous faire ? Powell, vous avez une idée. Je le sais, sans quoi vous ne seriez pas aussi calme. Vous n'êtes pas plus un héros que moi. Allons, parlez !

— Nous ne pouvons nous lancer personnellement sur les traces de Speedy, sur le côté ensoleillé de la planète. Même les nouvelles tenues isolantes ne peuvent pas nous protéger pendant plus de vingt minutes à une exposition directe aux rayons solaires. Mais vous connaissez le vieux dicton : *Rien de tel qu'un robot pour en prendre un autre.* Écoutez, Mike. Tout n'est pas encore perdu. Il y a encore six robots dans les sous-niveaux, nous pourrons les utiliser s'ils sont en état de fonctionner.

Une lueur d'espoir jaillit dans les prunelles de Donovan.

— Six robots abandonnés par la première expédition ? En êtes-vous certain ? Ne s'agirait-il pas de machines subrobotiques ? Dix ans, c'est bien long pour des pararobots, vous le savez.

— Non, il s'agit bien de robots. J'ai passé toute la journée auprès d'eux et je sais ce que je dis. Ils sont dotés de cerveaux positroniques — primitifs, bien entendu. (Il glissa la carte dans sa poche.) Descendons.

Les robots se trouvaient tous les six dans le sous-niveau inférieur, entourés de caisses moisies dont on ne savait trop ce qu'elles contenaient. Ils avaient une taille énorme, et bien qu'ils fussent assis sur le sol, les jambes étendues devant eux, leurs têtes se trouvaient à plus de deux mètres de hauteur. Donovan laissa échapper un sifflement :

— Regardez-moi cette taille ! Leur thorax atteint facilement trois mètres de tour.

— C'est parce qu'ils sont dotés des vieux mécanismes McGuffy. J'ai examiné l'intérieur... je n'ai jamais rien vu d'aussi rudimentaire.

— Les avez-vous déjà fait fonctionner ?

— Non. Je n'avais aucune raison de le faire. Je ne pense pas qu'ils soient atteints d'aucune défectuosité. Même le diaphragme me semble en assez bon état. Ils parleraient que cela ne m'étonnerait pas du tout.

Tout en parlant, il avait démonté la plaque thoracique du robot le plus proche, inséré dans la cavité la petite sphère de deux centimètres où une minuscule étincelle d'énergie atomique donnerait la vie au robot. Il eut quelque peine à la mettre en place, y parvint cependant, puis remonta laborieusement la plaque thoracique. Sur ces modèles vieux de dix ans, les commandes radio étaient inconnues. Puis il procéda de même pour les cinq autres.

— Ils n'ont pas bougé, dit Donovan avec inquiétude.

— Ils n'ont pas reçu d'ordre, répondit brièvement Powell.

Il revint au premier de la rangée et lui donna un coup sur la poitrine.

— Toi ! Tu m'entends ?

La tête du monstre s'inclina lentement et ses yeux se fixèrent sur Powell. Puis d'une voix rugueuse, pareille à celle d'un antique phonographe, il grinça :

— Oui, Maître !

Powell adressa à son compagnon un sourire sans joie.

— Vous avez entendu ? A l'époque, on pouvait penser que l'usage des robots serait interdit sur la Terre. Les constructeurs combattaient cette tendance et ils introduisaient dans leurs fichues machines de bons complexes d'esclaves parfaitement stylés.

— Cela ne leur a guère servi, murmura Donovan.

— Sans doute, mais ils ont fait de leur mieux.

Il se tourna de nouveau vers le robot.

— Lève-toi !

Le robot se redressa lentement, tandis que la tête de Donovan se relevait pour suivre le mouvement, et de ses lèvres s'échappa un nouveau sifflement.

— Peux-tu remonter à la surface ? Dans la lumière ?

Quelques secondes s'écoulèrent : le lent cerveau du robot se mettait en branle pour répondre à l'impulsion.

— Oui, Maître, dit-il enfin.

— Bien. Tu sais ce qu'est un kilomètre ?

Nouvelle pause, nouvelle réponse, toujours aussi lente.

— Nous allons te conduire à la surface et t'indiquer une direction. Tu parcourras environ trente kilomètres, et tu trouveras, quelque part dans cette région, un autre robot plus petit que toi. Tu m'as compris jusqu'à présent ?

— Oui, Maître.

— Donc tu trouveras ce robot et tu lui donneras l'ordre de rentrer. S'il refuse, tu le ramèneras de force.

Donovan saisit la manche de Powell.

— Pourquoi ne pas lui ordonner de ramener directement le sélénium ?

— Parce que je tiens à récupérer l'autre robot, bien sûr ! Je veux savoir ce qui ne va pas dans son mécanisme. (Et se tournant vers le robot :) Eh bien, avance.

Le robot demeura immobile et sa voix grinça.

— Pardonnez-moi, Maître, je ne peux pas. Vous devez monter le premier.

Ses bras s'étaient rejoints avec un claquement, ses doigts obtus entrelacés.

Powell le considéra fixement en pinçant sa moustache.

— Hein ?... Oh !

Les yeux de Donovan s'arrondirent.

— Il faut que nous l'enfourchions ? Comme un cheval ?

— Je crois que vous avez raison. Je ne vois pas très bien pourquoi. Je ne vois pas... Ah, j'y suis ! Je vous ai dit qu'à cette époque les constructeurs mettaient l'accent sur la sécurité. De toute évidence, ils la mettaient en pratique en obligeant les machines à se déplacer avec un cornac sur leurs épaules. Qu'allons-nous faire à présent ?

— C'est justement ce que j'étais en train de me demander, murmura Donovan. Avec ou sans robot, nous ne pouvons pas sortir à la surface. Bon sang de bon sang.

Il fit claquer ses doigts à deux reprises.

— Passez-moi donc votre carte. Ce n'est pas pour rien que je l'ai étudiée deux heures durant. Nous nous trouvons dans une mine. Pourquoi n'utiliserions-nous pas les galeries ?

La mine était indiquée sur la carte par un cercle noir, et les pointillés, marquant les galeries, ressemblaient à une toile d'araignée.

Donovan se reporta à la liste des symboles au bas de la carte.

— Regardez, dit-il. Les petits points noirs, ce sont les puits débouchant à la surface, et j'en vois un qui émerge à quatre ou cinq kilomètres du filon de sélénium. J'y aperçois un nombre... ils auraient pu écrire plus gros... 13 a. Si les robots connaissent leur chemin dans ce réseau...

Powell posa la question et reçut en réponse le terne : « Oui, Maître. »

— Prenez votre tenue isolante, dit-il avec satisfaction.

C'était la première fois qu'ils les portaient, l'un et l'autre... Arrivés de la veille, ils ne s'attendaient pas à les revêtir aussi vite... et ils vérifièrent avec un certain malaise la liberté de leurs mouvements.

La tenue isolante était beaucoup plus encombrante et inesthétique que la tenue spatiale régulière ; mais elle était infiniment plus légère, du fait qu'il n'entrait aucun élément métallique dans sa composition. Constituées de plastique à haut coefficient de résistance thermique et de couches de liège chimiquement traité, équipées d'un appareillage destiné à maintenir constante la sécheresse de l'air, les tenues isolantes pouvaient supporter durant vingt minutes l'exposition à la pleine ardeur du soleil de Mercure. Ce délai pouvait être prolongé de cinq à dix minutes sans causer la mort de l'occupant.

Les mains du robot formaient toujours un étrier improvisé, et il ne manifesta pas la moindre surprise de voir Powell transformé en silhouette grotesque.

La voix de Powell était durcie par l'amplification radiophonique.

— Es-tu prêt à nous conduire au puits 13 a ?

— Oui, Maître.

Bien, pensa Powell ; ils manquaient peut-être de contrôle radio, mais au moins ils étaient équipés pour l'écoute radiophonique.

— Choisissez l'un de ceux qui restent pour monture, dit-il à Donovan.

Il plaça un pied dans l'étrier improvisé et se mit en selle d'un élan. Il trouva le siège confortable ; le dos du robot était bossu, portait une gouttière ménagée dans chacune des épaules pour le logement des cuisses et deux « oreilles » allongées dont la destination paraissait à présent évidente.

Powell saisit les oreilles et fit tourner la tête. Sa monture obéit pesamment.

— En route, mauvaise troupe ! dit-il, mais il ne se sentait nullement le cœur léger.

Les gigantesques robots se mouvaient lentement, avec une précision mécanique, et franchirent l'entrée dont le sommet n'était guère qu'à une trentaine de centimètres de leur tête, si bien que les deux hommes durent se baisser en toute hâte. Ils s'engagèrent dans un étroit couloir, où leurs pas tranquilles se répercutaient avec une implacable monotonie, et pénétrèrent dans le sas.

Le long tunnel dépourvu d'air qui s'étendait devant eux donnait à Powell une idée de l'œuvre accomplie par la première expédition au moyen de robots rudimentaires, et cela en partant de zéro. Sans doute avait-elle échoué, mais son échec était autrement méritoire que la plupart des succès courants obtenus dans le Système.

Les robots poursuivaient leur route sur un rythme invariable et sans jamais allonger le pas.

— Vous remarquerez que ces galeries sont ruisselantes de lumière et qu'il y règne une température terrestre. Il en est probablement ainsi depuis dix ans que la mine est inoccupée, dit Powell.

— Comment cela se fait-il ?

— L'énergie à bon marché ; il n'en existe pas de moins chère dans le Système. L'énergie solaire, et sur la face de Mercure exposée au soleil, c'est quelque chose, je vous assure. C'est pourquoi la mine fut établie au soleil et non à l'ombre d'une montagne. Il s'agit en réalité d'un gigantesque convertisseur d'énergie. La chaleur est transformée en électricité, en lumière, en travail mécanique et le reste ; il en résulte que par un seul et même processus on récupère l'énergie et on refroidit la mine.

— Écoutez-moi, dit Donovan. Tout ce discours est des plus éducatifs, j'en conviens, mais pourriez-vous changer de conversation ? Il se trouve que cette transformation d'énergie dont vous parlez est en grande partie réalisée par les bancs de cellules photo-électriques... et c'est chez moi un point fort sensible pour le moment.

Powell poussa un vague grognement et, lorsque Donovan rompit le silence qui suivit, ce fut pour aborder un sujet entièrement différent.

— Écoutez, Greg. Que diable y a-t-il d'anormal chez Speedy ? Je n'arrive pas à le comprendre.

Il n'est guère facile de hausser les épaules lorsqu'on est engoncé dans une tenue isolante, mais Powell s'y essaya.

— Je n'en sais rien, Mike. Il est parfaitement adapté à l'environnement mercurien. La chaleur ne produit aucun effet sur lui, il est conçu en fonction de la pesanteur amoindrie et du sol accidenté. Il est indéréglable... ou du moins il devait l'être.

Le silence tomba. Cette fois, il dura.

— Maître, dit le robot, nous sommes arrivés.

— Hein ? (Powell émergea brusquement d'une demi-somnolence.) Eh bien, sors-nous d'ici, monte à la surface.

Ils aboutirent dans une minuscule sous-station, vide, sans air, en ruine. Donovan, à la lumière de sa lampe de poche, examina un trou dentelé en haut d'un mur.

— Chute de météorite ? demanda-t-il.

Powell haussa les épaules.

— Qu'importe ! Sortons.

Une haute falaise de roches noires et basaltiques les abritait du soleil et la nuit profonde d'un monde sans atmosphère les enveloppa. Devant eux, l'ombre allait jusqu'à une crête dentelée aiguë comme un rasoir, découpée sur un jaillissement de lumière presque insoutenable, réverbérée par des myriades de cristaux sur un sol rocheux.

— Par l'espace ! s'écria Donovan d'une voix étranglée. On dirait de la neige.

Et c'était l'exacte vérité. Les yeux de Powell balayèrent le panorama hérissé jusqu'à l'horizon et ses paupières se plissèrent pour résister à l'éblouissement.

— Ce secteur doit être tout à fait exceptionnel, dit-il. L'albédo général de Mercure est bas et la plus grande partie du sol est faite de pierre ponce grise. Un peu comme la Lune. C'est beau, n'est-ce pas ?

Il se félicitait de porter des filtres sur sa visière. Magnifique ou non, un regard sur le soleil à travers du verre ordinaire les aurait rendus aveugles en moins d'une minute.

Donovan consultait le thermomètre sur son poignet.

— Miséricorde ! La température atteint quatre-vingts degrés !

Powell vérifia le sien.

— Hum ! Cela fait beaucoup. C'est l'atmosphère.

— Sur Mercure ? Vous êtes fou !

— Mercure n'est pas complètement dépourvue d'air, expliqua Powell, songeur.

Il ajustait à sa visière des lunettes d'approche et les doigts boudinés de sa tenue isolante ne facilitaient pas l'opération.

— Une faible exhalaison s'attache à sa surface — des vapeurs issues des éléments les plus volatils et des composés assez lourds pour être retenus par la gravité mercurienne : le sélénium, l'iode, le mercure, le gallium, le potassium, le bismuth, les oxydes volatils. Les vapeurs se faufilent dans les ombres et, en se condensant, produisent de la chaleur. Une sorte de gigantesque alambic. En fait, si vous allumez votre lampe de poche, vous découvrirez probablement des condensations de soufre, voire de la rosée de mercure.

— Peu importe. Nos tenues peuvent supporter indéfiniment quatre-vingts malheureux degrés.

Powell avait ajusté les lunettes à sa visière et ressemblait ainsi à un escargot.

Donovan observait attentivement son compagnon.

— Vous apercevez quelque chose ?

L'autre ne répondit pas immédiatement et, lorsqu'il ouvrit la bouche, il parlait d'une voix pensive et anxieuse.

— Il y a un point noir à l'horizon qui pourrait bien être le filon de sélénium. Il se trouve à l'endroit indiqué. Mais je ne vois pas Speedy.

Powell se redressa pour mieux voir et se retrouva en équilibre instable sur les épaules de son robot, les jambes largement écartées, les yeux écarquillés.

— Je crois... je crois... oui, c'est bien lui. Il vient de notre côté.

Donovan suivit la direction indiquée par son doigt. Il n'avait pas de jumelles, mais il distinguait un point minuscule, se détachant en noir sur le fond éblouissant du sol cristallin.

— Je le vois, cria-t-il. Allons à sa rencontre !

Powell avait repris une position normale sur les épaules de son robot, et de sa main capitonnée il frappa la poitrine gargantuesque.

— Marche !

— Hue, cocotte ! brailla Donovan en plantant des éperons imaginaires dans les flancs de sa monture mécanique.

Les robots reprirent leur marche régulière et silencieuse, car le plastique des tenues isolantes ne laissait pas passer les sons dans l'atmosphère extrêmement raréfiée. Il n'en subsistait qu'une vibration rythmique qui demeurait en deçà du seuil auditif.

— Plus vite ! criait Donovan.

Le rythme ne s'accéléra pas pour autant.

— Inutile de crier, répondit Powell. Ces tas de ferraille ne possèdent qu'une seule vitesse. Vous vous imaginez peut-être qu'ils sont équipés de flexeurs sélectifs ?

Ils avaient quitté l'ombre, et les rayons du soleil s'abattirent sur eux en un bain brûlant qui les enveloppa comme un liquide.

Donovan se baissa instinctivement.

— Aïe ! Est-ce un effet de mon imagination ou une sensation de chaleur ?

— Ce n'est qu'un commencement, répondit l'autre d'un ton bourru. Ne perdez pas Speedy de vue.

Le robot SPD 13 se rapprochait ; on en voyait les détails. Son corps gracieux et aérodynamique flamboyait à la lumière du soleil en avançant à pas aisés sur le sol cahoteux. Son nom de Speedy *(rapide)* dérivait des initiales de la série, bien entendu, mais il ne faisait pas mentir son surnom, car les modèles SPD étaient parmi les plus rapides de tous les robots sortant des chaînes de montage de l'United States Robots et Hommes Mécaniques.

— Speedy ! cria Donovan en agitant frénétiquement la main.

— Speedy, cria Powell, viens ici !

La distance entre les hommes et le robot errant diminua momentanément, plutôt grâce à Speedy qu'à la démarche pesante des montures cinquantenaires de Donovan et Powell.

Ils s'étaient assez rapprochés pour remarquer dans l'allure de Speedy une oscillation bizarre, un très net balancement latéral... Powell releva le bras et poussa son émetteur de casque au maximum afin de lancer un nouveau cri, lorsque Speedy leva la tête et les aperçut.

Le robot s'immobilisa aussitôt et demeura planté sur ses jambes... avec juste un léger vacillement, tel un arbre sous une brise légère.

— Eh bien, Speedy ! Viens donc, mon vieux ! hurla Powell.

C'est alors que, pour la première fois, la voix métallique de Speedy résonna dans les écouteurs de Powell :

— Jouons ! Bon sang ! Je t'attrape et tu m'attrapes ; nul couteau ne pourra couper en deux notre amitié. Car je suis le Petit Chaperon Rouge, le gentil Petit Chaperon Rouge. Youpie !

Tournant les talons, il s'élança dans la direction d'où il était venu, avec une vitesse et une fureur qui faisaient jaillir sous ses pas de petits geysers de poussière brûlante.

Comme il s'enfonçait dans le lointain, il dit encore : « Il y avait une fois une petite fleur qui poussait auprès d'un grand chêne... » puis il eut un curieux cliquetis métallique, un hoquet de robot ?

— Où a-t-il été pêcher ce texte de Gilbert et Sullivan ? dit Donovan d'une voix enrouée. Dites-donc, Greg, j'ai comme l'impression qu'il est ivre.

— Si vous ne me l'aviez pas dit, je ne m'en serais jamais aperçu ! répondit l'autre aigrement. Retournons à l'ombre de la falaise. Je suis en train de rôtir.

Ce fut Powell qui rompit le silence, atterré.

— D'abord, dit-il, Speedy n'est pas ivre — au sens humain du terme — parce qu'il est un robot et que les robots ne se soûlent pas. Néanmoins, cette extravagance est peut-être un équivalent robotique de l'ivresse.

— Pour moi, il est ivre, déclara Donovan avec emphase. Il croit que nous voulons jouer, c'est tout ce que je sais. Mais ce n'est hélas pas le cas. Il s'agit pour nous d'une question de vie ou de mort... de la mort la plus hideuse.

— C'est bon. Ne me harcelez pas. Un robot n'est qu'un robot. Une fois que nous aurons découvert la cause de la panne, nous le réparerons et nous pourrons continuer.

— Une fois que nous l'aurons découverte, répéta Donovan avec aigreur.

— Speedy est parfaitement adapté à l'environnement mercurien, dit Powell. Mais cette région (ses bras balayèrent l'horizon) est totalement anormale. C'est là-dessus que nous devons nous fonder. D'où viennent ces cristaux ? Ils auraient pu se former à partir d'un liquide en voie de refroidissement lent ; mais où aller chercher un liquide assez chaud pour se refroidir sous les rayons solaires de Mercure ?

— Une action volcanique ? suggéra Donovan aussitôt, et Powell sentit son corps se tendre.

— La vérité sort de la bouche des enfants, dit-il d'une étrange petite voix.

Puis il demeura silencieux pendant cinq minutes. Enfin, il reprit :

— Écoutez-moi, Mike, qu'avez-vous dit à Speedy quand vous l'avez envoyé chercher du sélénium ?

Donovan se trouva pris de court.

— Ma foi... je n'en sais fichtre rien. Je lui ai simplement dit d'aller en chercher.

— Sans doute, mais en quels termes ? Essayez de vous rappeler les mots exacts.

— Je lui ai dit... euh... euh... : Speedy, nous avons besoin d'un peu de sélénium. Tu pourras en trouver à tel et tel endroit. Va et ramènes-en. C'est tout. Que vouliez-vous que je lui dise de plus ?

— Vous n'avez donné aucun caractère d'urgence à votre ordre, n'est-ce pas ?

— Pourquoi l'aurais-je fait ? Il s'agissait d'une simple opération de routine.

Powell soupira.

— Nous n'y pouvons plus rien à présent... mais nous sommes dans de jolis draps.

Il avait mis pied à terre et s'était assis, le dos à la falaise. Donovan vint le rejoindre. Dans le lointain, le soleil brûlant semblait jouer au chat et à la souris avec eux ; à deux pas, les deux robots géants étaient invisibles, à l'exception de leurs yeux photo-électriques rouge sombre qui les fixaient sans ciller, indifférents.

Indifférents ! Mercure aussi était indifférente, aussi riche en maléfices qu'elle était petite par la taille.

La voix de Powell avait pris une intonation tendue dans les oreilles de Donovan.

— Maintenant, reprenons les Trois Lois fondamentales de la Robotique... Les Trois Lois qui sont implantées au plus profond de tout cerveau positronique.

Ses doigts gantés énumérèrent chacun des points dans l'obscurité.

— Un : Un robot ne peut nuire à un être humain ni laisser sans assistance un être humain en danger.

— Exact !

— Deux, continua Powell : Un robot doit obéir aux ordres qui lui sont donnés par les êtres humains, sauf quand ces ordres sont incompatibles avec la Première Loi.

— Exact !

— Et trois : Un robot doit protéger sa propre existence tant que cette protection n'est pas incompatible avec la Première ou la Deuxième Loi.

— Exact ! A présent où en sommes-nous ?

— Précisément à l'explication. Les conflits entre les diverses Lois sont réglés par les différents potentiels positroniques existant dans le cerveau. Disons qu'un robot marche vers le danger et le sait. Le potentiel automatique suscité par la Loi numéro trois le contraint à revenir sur ses pas. Supposons que vous lui donniez l'ordre d'aller s'exposer à ce danger. Dans ce cas, la Loi deux suscite un contre-potentiel plus élevé que le précédent et le robot exécute les ordres au péril de son existence.

— Je sais cela. Et après ?

— Prenons le cas de Speedy. Speedy est l'un des derniers modèles, extrêmement spécialisé, et aussi coûteux qu'un croiseur de bataille. C'est une machine qu'on ne doit pas détruire à la légère.

— Alors ?

— Alors la Loi numéro trois a été renforcée — le fait a été mentionné spécifiquement dans les notices concernant les modèles SPD — si bien que son allergie au danger est particulièrement élevée. Dans le même temps, lorsque vous l'avez envoyé à la recherche du sélénium, vous lui avez donné cet ordre sur un ton ordinaire, sans le souligner en aucune façon, si bien que le potentiel de la Loi deux était plutôt faible. Ne vous formalisez pas. Je ne fais qu'exposer des faits.

— Continuez, je commence à comprendre.

— Vous voyez comment tout cela fonctionne, n'est-ce pas ? Il existe un danger quelconque dont le centre se situe dans le filon de sélénium. Il s'accroît quand Speedy en approche, et à une certaine distance le potentiel de la Loi trois, qui est inhabituellement élevé au départ, équilibre exactement le potentiel de la Loi deux qui, lui, est plutôt bas au départ.

Donovan se dressa sur ses pieds, tout excité.

— Il atteint une position d'équilibre. J'ai compris. La Loi trois le repousse et la Loi deux l'attire en avant...

— Si bien qu'il tourne en rond autour du filon de sélénium, et se tient sur le lieu des points de l'équilibre potentiel. A moins que nous y mettions bon ordre, il continuera sa ronde perpétuelle.

Il reprit d'un air plus songeur :

— C'est justement cela qui le rend ivre. Quand l'équilibre potentiel est réalisé, la moitié des réseaux positroniques de son cerveau sont court-circuités. Je ne suis pas un spécialiste en robots, mais cette conclusion me semble évidente. Il a probablement perdu le contrôle de ce mécanisme de la volonté que l'alcool annihile chez l'ivrogne.

— Mais quel est ce danger ? Si au moins nous savions devant quoi il fuit...

— C'est vous qui avez eu l'idée. Un phénomène volcanique. Quelque part au-dessus du filon de sélénium existe une fuite de gaz provenant des profondeurs de Mercure. Acide sulfurique, gaz carbonique, oxyde de carbone, en grandes quantités... et dans cette température...

Donovan eut un spasme de la gorge.

— Et l'oxyde de carbone plus le fer donnent un produit volatile.

— Or, un robot, dit Powell, est essentiellement composé de fer.

Il continua, le visage sombre :

— Il n'y a rien de tel que la déduction. Nous avons déterminé tous les éléments du problème, il ne nous manque que la solution. Nous ne pouvons aller chercher le sélénium nous-mêmes. Il est trop loin. Nous ne pouvons envoyer ces chevaux-robots, puisqu'ils ne peuvent s'y rendre seuls, et ils ne peuvent nous transporter assez rapidement sur place pour nous éviter d'être rôtis. Et nous ne pouvons rattraper Speedy parce que cet imbécile s'imagine que nous voulons jouer avec lui et qu'il parcourt cent kilomètres à l'heure quand nous n'en couvrons que sept.

— Si l'un de nous se dévoue et qu'il rentre cuit à point, il restera toujours le second, proposa Donovan.

— Oui, répondit l'autre sarcastiquement, ce serait là un très noble sacrifice... Malheureusement le héros en question, bien avant d'avoir atteint le filon, ne serait plus en état de donner des ordres et je ne pense pas que les robots reviendraient jamais à la falaise sans en avoir reçu l'ordre. Représentons-nous les faits concrètement. Nous sommes à cinq ou six kilomètres du filon, disons cinq, nos robots font sept kilomètres à l'heure, et nous pouvons tenir vingt minutes dans nos combinaisons isolantes. Ce n'est pas seulement la chaleur. Les radiations solaires dans la gamme des ultraviolets et au-dessous sont mortelles.

— Hum, dit Donovan, il nous manque dix minutes.

— Dix minutes qui valent une éternité. Si le potentiel de la Troisième Loi a arrêté Speedy à cet endroit, il doit exister une quantité appréciable d'oxyde de carbone dans l'atmosphère de vapeurs métalliques — et donc une action corrosive appréciable. Il y a maintenant des heures qu'il se trouve exposé, et comment pouvons-nous savoir si un joint de genou, par exemple, ne viendra pas à céder et à le faire tomber. Il ne faut plus seulement réfléchir, mais réfléchir *vite* !

Silence profond, noir, sinistre !

Donovan l'interrompit, la voix tremblante de l'effort qu'il faisait pour en chasser toute émotion.

— Puisque nous ne pouvons pas augmenter le potentiel de la Deuxième Loi en lui lançant de nouveaux ordres, pourquoi ne pas prendre le problème en sens inverse ? Si nous augmentons le danger, nous augmentons le potentiel de la Troisième Loi et nous le ramenons en arrière.

La visière de Powell s'était tournée vers lui en une interrogation silencieuse.

— Pour le chasser de sa trajectoire, il nous suffirait d'augmenter la proportion d'oxyde de carbone dans son voisinage. Il existe un laboratoire analytique complet, à la Station, proposa Donovan.

— Naturellement, lui accorda Powell, puisqu'il s'agit d'une mine.

— Donc, il doit exister des kilos d'acide oxalique qui servent à obtenir des précipitations de calcium.

— Mike, vous êtes un génie !

— Mon Dieu, admit Powell modestement, il suffit simplement de se souvenir que l'acide oxalique soumis à la chaleur se décompose en acide carbonique, eau et oxyde de carbone. Simple question de cours en chimie.

Powell bondit sur ses pieds et attira l'attention de l'un des gigantesques robots en lui donnant des coups de poing sur la cuisse.

— Hé, cria-t-il. Sais-tu lancer ?

— Maître ?

Powell maudit le cerveau indolent du monstre. Il saisit une pierre dentelée de la taille d'une brique.

— Prends ceci, dit-il, et lance-le sur la tache de cristaux bleuâtres au-delà de cette fissure coudée. Tu la vois ?

Donovan lui tira l'épaule.

— C'est trop loin, Greg. Cela fait près de huit cents mètres.

— Du calme, répondit Powell. Il s'agit d'une gravité mercurienne et d'un bras en acier. Regardez un peu.

Les yeux du robot mesuraient la distance avec une précision stéréoscopique. Son bras s'ajusta au poids du projectile et il le ramena en arrière. Les mouvements du robot demeuraient invisibles dans l'obscurité, mais il se produisit un choc sourd dans le sol lorsqu'il passa son poids d'une jambe sur l'autre et, quelques secondes plus tard, la pierre vola toute noire dans le soleil. Il n'y avait pas d'air pour ralentir sa course, pas de vent pour la dévier, et lorsqu'elle vint frapper le sol, ce fut précisément au centre de la tache bleuâtre.

Powell poussa des hurlements de joie et cria :

— Rentrons à la Station prendre l'acide oxalique, Mike !

Et tandis qu'ils plongeaient dans la sous-station en ruine, pour s'engager dans les galeries, Donovan lui dit d'un air sombre :

— Speedy est demeuré de ce côté du filon de sélénium depuis le moment où nous lui avons donné la chasse. L'avez-vous remarqué ?

— Oui.

— Sans doute voudrait-il jouer. Eh bien, nous allons le satisfaire !

Ils étaient de retour quelques heures plus tard, avec des jarres de trois litres contenant le produit chimique blanc et des visages longs d'une aune. Les bancs de cellules photo-électriques se détérioraient encore plus vite qu'ils n'avaient pensé. Les deux compagnons, sans dire un mot, avec une sombre résolution, dirigèrent leurs robots face aux feux du soleil, là où était l'orbite de Speedy.

Celui-ci s'approcha d'eux au petit galop.

— Tiens, vous revoilà ! Youpie ! j'ai rédigé une petite liste, le piano-organiste ; tous les gens qui mangent de la menthe et vous soufflent dans la figure.

— Nous allons te souffler quelque chose dans la figure, marmotta Donovan. Il boite, Greg.

— Je l'ai déjà remarqué, répondit l'autre d'un ton inquiet. L'oxyde de carbone aura raison de lui si nous ne nous hâtons pas.

Ils approchaient maintenant avec précaution, presque obliquement, pour éviter de donner l'alarme au robot déréglé. Powell était encore trop loin pour être bien sûr, mais il aurait juré que ce fou de Speedy se préparait déjà à détaler comme un lièvre.

— C'est le moment, souffla-t-il. Un... deux...

Deux bras d'acier furent ramenés en arrière et se projetèrent en avant simultanément, et deux jarres de verre décrivirent deux trajectoires parallèles, brillant comme des diamants dans cet impossible soleil. Elles s'écrasèrent sur le sol derrière Speedy dans une explosion silencieuse, qui fit voler l'acide oxalique dans tous les sens, comme de la poussière.

Dans la pleine chaleur du soleil de Mercure, Powell savait que l'acide pétillait comme de l'eau de Seltz.

Speedy se retourna pour regarder, puis recula lentement... et prit de la vitesse progressivement. Quinze secondes plus tard il bondissait vers les deux hommes, quelque peu vacillant.

Powell ne saisit pas les paroles de Speedy à ce moment précis, mais il entendit quelque chose qui ressemblait à : « Les déclarations d'amour lorsqu'elles sont exprimées en Hessien. »

Il tourna bride.

— Retournons à la falaise, Mike. Il est sorti de l'ornière et il obéira aux ordres à présent. Je commence à avoir chaud.

Ils retournèrent vers l'ombre au pas lent et monotone de leurs montures et ce n'est que lorsqu'ils eurent pénétré dans les ténèbres et senti la fraîcheur les envelopper doucement que Donovan jeta un regard en arrière.

— Greg !

Powell regarda à son tour et faillit crier. Speedy se mouvait lentement à présent... si lentement... et dans la *mauvaise direction*. Il dérivait ; il dérivait vers son ornière ; et il prenait de la vitesse. Il semblait terriblement proche et inaccessible dans les jumelles.

— Poursuivons-le ! hurla à tue-tête Donovan en jetant son propre robot sur ses traces.

Mais Powell le rappela.

— Vous ne le rattraperez pas, Mike... C'est inutile.

Il s'agita sur les épaules de sa monture et serra les poings d'impuissance.

— Pourquoi diable faut-il que je comprenne les choses lorsqu'il est trop tard ? Mike, nous avons gaspillé des heures en pure perte.

— Il nous faut davantage d'acide oxalique, répondit fermement Donovan. La concentration n'était pas suffisante.

— Sept tonnes du même produit n'auraient pas suffi... et nous n'avons pas le temps d'en rassembler de telles quantités, à supposer qu'elles existent, alors que l'oxyde de carbone est en train de le ronger. Ne voyez-vous pas ce que nous avons fait, Mike ?

— Non, répondit Donovan platement.

— Nous n'avons réussi qu'à instaurer de nouveaux équilibres. Lorsque nous produisons un supplément d'oxyde et augmentons ainsi le potentiel de la Troisième Loi, il recule jusqu'au moment où il retrouve un nouvel équilibre... et, quand l'oxyde se dissipe, il se rapproche du centre afin de retrouver une position d'équilibre.

La voix de Powell avait pris une intonation désespérée.

— C'est toujours le même cercle vicieux. Nous pouvons gonfler le potentiel deux et diminuer le potentiel trois sans obtenir aucun résultat... nous ne faisons que changer la position d'équilibre. Il nous faut agir en dehors des deux Lois.

Alors il poussa son robot plus près de celui de Donovan, de façon à se trouver en face de lui, réduits tous deux à l'état d'ombres dans l'obscurité.

— Mike ! souffla-t-il.

— Est-ce la fin ? demanda-t-il d'une voix morne. Je propose que nous rentrions à la Station pour attendre que les bancs soient complètement détruits, ensuite nous nous serrerons la main, nous prendrons du cyanure et nous quitterons le monde en gentlemen.

Il laissa échapper un rire bref.

— Mike, répéta sérieusement Powell. Il nous faut rattraper Speedy.

— Je sais.

— Mike.

Une fois de plus Powell hésitait à poursuivre.

— Il y a toujours la Première Loi. J'y ai déjà pensé... avant... Mais c'est une solution désespérée.

Donovan leva la tête et sa voix se raffermit.

— La situation est désespérée.

— Très bien. Selon la Première Loi, un robot ne peut laisser un humain en danger et rester passif. Les Lois deux et trois ne peuvent s'y opposer. C'est tout à fait impossible, Mike.

— Même si le robot est à moitié f... Il est ivre, vous le savez aussi bien que moi.

— C'est une chance à courir.

— D'accord. Que comptez-vous faire ?

— Je vais aller là-bas maintenant et voir ce que donnera la Première Loi. Si cela ne suffit pas à rompre l'équilibre, que diable... nous n'en avons plus que pour trois ou quatre jours.

— Minute, Greg. Il existe également des règles qui déterminent la conduite humaine. On ne s'en va pas simplement comme cela. Organisons un tirage au sort et donnez-moi ma chance.

— Très bien. Le premier à tirer le dé de quatorze tentera l'aventure. (Puis il ajouta presque aussitôt :) Vingt-sept quarante-quatre !

Donovan sentit sa monture vaciller sous la poussée soudaine du robot de Powell, et puis celui-ci apparut en plein soleil. Donovan ouvrit la bouche pour crier, puis la referma. Bien entendu, cet idiot avait préparé d'avance le dé de quatorze. C'était bien sa manière.

Le soleil était plus chaud que jamais et Powell sentait une infernale démangeaison au bas du dos. Effet de son imagination probablement, à moins que les radiations dures n'aient commencé à faire leur effet, même à travers la tenue isolante.

Speedy l'observait, sans même le saluer par une citation de Gilbert et Sullivan. Dieu en soit loué, mais il n'osait pas l'approcher de trop près.

Il se trouvait à trois cents mètres, lorsque Speedy commença à reculer pas à pas, précautionneusement... et Powell s'arrêta. Il bondit du haut de son robot, et atterrit sur le sol cristallin avec un léger choc et en faisant voler des débris autour de lui.

Il poursuivit à pied, marchant sur le sol graveleux et glissant, la pesanteur réduite lui causant des difficultés. Il sentait la plante de ses pieds chatouillée par la chaleur. Il jeta un regard par-dessus son épaule vers l'obscurité de l'ombre de la falaise et constata qu'il s'était avancé trop loin pour revenir — soit par ses propres moyens, soit en empruntant les épaules de son antique robot. C'était Speedy ou rien à présent, et la conscience de ce dilemme inéluctable lui serrait la poitrine.

Assez loin, il s'immobilisa.

— Speedy ! appela-t-il. Speedy !

Le robot hésita, arrêta sa marche, puis la reprit.

Powell tenta d'introduire un accent de supplication dans sa voix et découvrit qu'il y parvenait sans grand effort.

— Speedy, il faut que je retourne à l'ombre, sinon le soleil me tuera. C'est une question de vie ou de mort, Speedy. J'ai besoin de toi.

Speedy fit un pas en avant et s'arrêta. Il se mit à parler, mais Powell poussa un gémissement car l'autre avait pris l'intonation d'un présentateur de publicité :

— Lorsque vous êtes étendu dans votre lit avec une forte migraine et que le repos vous fuit...

Puis la phrase demeura en suspens, et Powell prit le temps de murmurer : « Iolanthe ».

Il faisait une chaleur de four ! Il surprit un mouvement du coin de l'œil, et se retourna brusquement ; puis ses yeux s'écarquillèrent d'étonnement, car le monstrueux robot qui l'avait amené s'avançait... s'avançait vers lui, et cela sans cavalier.

— Pardon, Maître. Je ne dois pas me mouvoir sans être monté par un Maître, mais vous êtes en danger.

Naturellement, la Première Loi par-dessus tout. Mais il n'avait pas besoin de l'aide de cette rudimentaire antiquité ; il voulait Speedy. Il s'éloigna en agitant les bras frénétiquement :

— Je te donne l'ordre de t'en aller, je te donne l'ordre de t'arrêter !

C'était inutile. On ne peut dominer le potentiel de la Première Loi.

— Vous êtes en danger, Maître, dit le robot stupidement.

Powell regarda autour de lui désespérément. Il ne distinguait plus clairement. Son cerveau était un tourbillon embrasé ; son haleine le brûlait lorsqu'il respirait, et le sol tout autour de lui était un brouillard de feu palpitant.

Il cria une dernière fois avec l'accent du désespoir :

— Speedy ! Je suis en train de mourir, misérable ! Où es-tu, Speedy ? J'ai besoin de toi.

Il reculait en trébuchant dans un effort aveugle pour fuir le robot géant dont il ne voulait pas, lorsqu'il sentit des doigts d'acier sur ses bras, et une voix inquiète au timbre métallique qui lui parlait en s'excusant.

— Tonnerre de sort, patron, que faites-vous ici ? Et moi-même... j'ai les idées tellement confuses...

— Peu importe, murmura Powell faiblement, ramène-moi à l'ombre de la falaise et vite !

Il eut la sensation d'être soulevé dans les airs, de se déplacer rapidement dans une chaleur ardente, puis il perdit conscience.

Lorsqu'il s'éveilla, Donovan se penchait sur lui en souriant anxieusement.

— Comment allez-vous, Greg ?

— Très bien ! répondit-il. Où est Speedy ?

— Ici même. Je l'ai envoyé à l'un des autres filons de sélénium, avec l'ordre cette fois d'en ramener à tout prix. Il est revenu au bout de quarante-deux minutes. Je l'ai chronométré. Il n'a pas encore fini de s'excuser de nous avoir joué les chemins de fer de ceinture. Il n'ose pas s'approcher de vous de peur de se faire tancer vertement.

— Amenez-le, ordonna Powell. Ce n'était pas sa faute. (Il tendit la main et étreignit la patte métallique de Speedy.) Je ne t'en veux pas, Speedy.

Puis se tournant vers Donovan :

— Je pensais justement, Mike...

— Oui ?

— Eh bien !

Il se passa la main sur le visage ; l'air avait une fraîcheur tellement délicieuse !

— Quand nous aurons tout remis en ordre ici et soumis Speedy aux circuits de tests, on va nous envoyer ensuite aux Stations spatiales...

— Non !

— Si ! C'est du moins ce que la vieille dame Calvin m'a dit immédiatement avant notre départ. Je n'en ai rien dit parce que je n'étais pas d'accord.

— Pas d'accord ? s'écria Donovan. Mais...

— Je sais. Mais à présent j'ai changé d'avis. Deux cent soixante-treize degrés au-dessous de zéro ! Un véritable plaisir, n'est-ce pas ?

— Station spatiale, dit Donovan, me voici.

RAISON

Six mois plus tard, les deux hommes avaient changé d'avis. Les ardeurs d'un soleil géant avaient cédé la place aux ténèbres ouatées de l'espace, mais les changements survenus dans les conditions extérieures avaient peu d'influence sur le contrôle de fonctionnement des robots expérimentaux. Quel que soit le fond du décor, on se trouve face à face avec l'indéchiffrable cerveau positronique, dont les génies de la règle à calculer assurent qu'il devrait se comporter de telle et telle manière.

Malheureusement il n'en est rien. Powell et Donovan s'en aperçurent moins de deux semaines après leur arrivée à la Station.

Gregory Powell espaça ses mots pour leur donner plus de poids :

— Il y a une semaine que nous t'avons monté, Donovan et moi.

Un pli profond se creusa entre ses sourcils et il tirailla nerveusement l'extrémité de sa moustache brune.

Le plus grand calme régnait au carré des officiers de la Station Solaire 5 où ne parvenait que le ronronnement très doux du puissant Faisceau Directeur, situé quelque part, très loin sous la pièce.

Le robot QT-I était assis, immobile. Les plaques brunies de son corps brillaient à la lumière des Luxites, et les cellules photo-électriques d'un rouge éclatant constituant ses yeux étaient fixées sur le Terrien de l'autre côté de la table.

Powell réprima une soudaine crise de nerfs. Ces robots étaient dotés de cerveaux spéciaux. Sans doute la triple Loi des robots était-elle respectée. C'était là une obligation essentielle. Tous les gens de l'U.S. Robots, depuis Robertson lui-même jusqu'au dernier balayeur, l'affirmaient hautement. QT-I offrait donc toute *sécurité* ! Et pourtant, les modèles QT étaient les premiers du genre, et le spécimen qui se trouvait en face de lui était le premier des QT. Les gribouillages mathématiques sur le papier ne constituent pas toujours la protection la plus rassurante contre les mystères de « l'âme » robotique.

Le robot prit enfin la parole. Sa voix possédait ce timbre glacé inséparable du diaphragme métallique.

— Vous rendez-vous compte de la gravité d'une telle déclaration, Powell ?

— Tu as été fabriqué à partir de quelque chose, mon vieux, fit remarquer Powell. Tu admets toi-même que ta mémoire te semble avoir surgi spontanément du néant total où tu étais plongé il y a une semaine. Je t'en fournis l'explication. Donovan et moi t'avons monté à partir des pièces qui nous ont été expédiées.

Cutie (nom tiré de QT) [1] considéra ses longs doigts souples avec une perplexité étrangement humaine.

— J'ai le net sentiment que mon existence doit s'expliquer d'une façon plus satisfaisante. Car il me semble bien improbable que vous ayez pu me créer.

Le Terrien laissa échapper un rire soudain.

— Et pourquoi diable ?

— Appelez cela de l'intuition. Je ne vois pas plus loin pour l'instant. Mais j'entends édifier une explication rationnelle. Une suite de déductions logiques ne peut aboutir qu'à la détermination de la vérité, et je n'en démordrai pas avant d'y être parvenu.

Powell se leva et vint s'asseoir sur le côté de la table le plus proche du robot. Il éprouvait soudain une grande sympathie pour cette étrange

---

1. « Cutie » peut se traduire par « le futé », « le malin ».

machine. Elle ne ressemblait pas le moins du monde aux robots ordinaires qui se consacraient à l'accomplissement de leur tâche spécialisée avec toute l'ardeur que leur conférait l'empreinte profonde inscrite dans leur cerveau positronique.

Il posa une main sur l'épaule d'acier de Cutie et sentit sous sa paume le contact dur et froid du métal.

— Cutie, dit-il, je vais essayer de t'expliquer quelque chose. Tu es le premier robot qui ait jamais manifesté de la curiosité quant à sa propre existence — et le premier qui soit, je pense, suffisamment intelligent pour comprendre le monde extérieur. Suis-moi.

Le robot se leva avec souplesse et ses pieds aux épaisses semelles en caoutchouc mousse ne produisirent aucun bruit lorsqu'il emboîta le pas à Powell. Le Terrien pressa un bouton et un panneau rectangulaire s'ouvrit en coulissant dans la cloison. Le verre épais et parfaitement transparent révéla l'espace... parsemé d'étoiles.

— J'ai déjà vu ce spectacle dans les tourelles d'observation de la chambre des machines, déclara Cutie.

— Je sais, dit Powell, et qu'est-ce que c'est, à ton avis ?

— Exactement ce que cela a l'air d'être : une matière noire qui s'étend à partir de cette vitre et qui est criblée de petits points lumineux. Je sais que notre Faisceau Directeur envoie des trains d'ondes vers quelques-uns de ces points, toujours les mêmes. Je sais aussi que ces points se déplacent et que les ondes se déplacent parallèlement. C'est tout.

— Bien ! Maintenant, écoute-moi bien. La matière noire, c'est le vide... un vide immense qui s'étend indéfiniment. Les petits points lumineux sont des masses gigantesques de matière contenant une énergie colossale. Ce sont des globes dont certains atteignent des millions de kilomètres de diamètre — à titre de comparaison, cette station n'a que quinze cents mètres de large. Ils ne semblent si minuscules qu'en raison des incroyables distances qui les séparent de nous.

« Les points, sur lesquels sont dirigés nos trains d'ondes énergétiques, sont plus proches et considérablement plus petits. Ils sont froids et durs et leur surface est habitée par des êtres humains tels que moi — par milliards. C'est de l'un de ces mondes que nous venons, Donovan et moi. Nos faisceaux fournissent ces mondes en énergie puisée dans l'un des globes incandescents qui se trouvent près de nous. Nous nommons ce globe le Soleil, et il se trouve de l'autre côté de la Station.

Cutie demeurait immobile devant le hublot comme une statue d'acier. Il ne tourna pas la tête pour répondre.

— De quel point lumineux particulier prétendez-vous venir ?

— Le voici, dit Powell après avoir cherché quelques instants. Nous l'appelons la Terre. (Il sourit.) Cette bonne vieille Terre, elle porte des milliards de mes semblables sur sa surface, Cutie, et dans deux semaines environ, nous serons parmi eux.

Et soudain, chose surprenante, Cutie se mit à fredonner distraitement.

Ce qu'il chantait n'était pas une mélodie mais une suite de sons évoquant des cordes pincées. Cette mélopée se termina aussi abruptement qu'elle avait commencé.

— Mais quelle est ma place dans tout cela, Powell ? Vous ne m'avez pas expliqué mon existence.

— Le reste est simple. Lorsque ces stations furent établies pour fournir de l'énergie aux planètes, elles étaient servies par des humains. Cependant, la chaleur, les radiations solaires dures, les tempêtes d'électrons rendaient leur situation pénible. On mit au point des robots pour remplacer la main-d'œuvre humaine, et actuellement il suffit de deux cadres humains pour faire fonctionner chaque station. Nous essayons en ce moment de remplacer ces derniers et c'est ici que tu interviens. Tu es le modèle de robot le plus perfectionné jamais réalisé et s'il s'avère que tu peux diriger cette station de façon autonome, aucun être humain ne devra plus désormais y séjourner, sauf pour apporter des pièces de rechange.

Il leva la main et le panneau coulissant reprit sa place. Powell revint à sa table et frotta une pomme sur sa manche avant d'y mordre.

Les yeux rouges et brillants du robot le tenaient sous son regard.

— Croyez-vous, dit Cutie lentement, que je puisse ajouter foi à une hypothèse d'une aussi extravagante complexité ? Pour qui me prenez-vous ?

Powell recracha des morceaux de pomme sur la table et devint rouge comme un coq.

— Comment, bon sang de bonsoir ! Il ne s'agit nullement d'une hypothèse, mais de faits parfaitement établis !

— Des globes pleins d'énergie larges de millions de kilomètres ! dit Cutie sombrement. Des mondes habités de milliards d'êtres humains ! Le vide infini ! Désolé, Powell, mais je n'y crois pas. Je tirerai la chose au clair moi-même. Au revoir !

Il fit demi-tour et sortit de la pièce. Il passa devant Donovan sur le seuil de la porte, inclina gravement la tête et s'engagea dans le couloir sans s'inquiéter du regard ahuri qui suivait sa retraite.

Mike Donovan ébouriffa sa tignasse rouge et jeta un regard ennuyé à Powell.

— De quoi parlait donc ce tas de ferraille ambulant ? Que refuse-t-il de croire ?

L'autre tira amèrement sa moustache.

— C'est un sceptique, répondit-il. Il ne croit pas que ce soit nous qui l'ayons monté, il ne croit pas davantage à l'existence de la Terre, de l'espace ou des étoiles.

— Par Saturne, voilà que nous avons un robot cinglé sur les bras, à présent.

— Il va, dit-il, tirer tout cela au clair lui-même.

— Eh bien, dit Donovan, espérons qu'il condescendra à nous donner des explications lorsqu'il aura trouvé le fin mot de l'histoire. (Puis avec une rage soudaine :) Si jamais ce tas de ferraille s'avise de me jeter à la figure des reparties aussi impertinentes, je lui ferai sauter du thorax sa tête au nickel-chrome.

Il s'assit d'un geste hargneux et tira de sa poche un roman policier.

— Ce robot me tape prodigieusement sur les nerfs... Il est vraiment trop curieux !

Mike Donovan s'abritait derrière un gigantesque sandwich à la laitue et aux tomates lorsque Cutie frappa discrètement et entra.

— Powell est-il là ?

La voix de Donovan était en grande partie étouffée par les aliments contenus dans sa bouche. Il répondit en interrompant sa phrase par des pauses masticatoires.

— Il recueille des renseignements sur les fonctions des courants électroniques. Il semble qu'un orage se prépare.

Gregory Powell entra dans la pièce à ce moment, les yeux fixés sur un graphique, et se laissa tomber sur une chaise. Il déploya la feuille devant lui et se mit à griffonner des calculs. Donovan regardait par-dessus son épaule, en broyant de la laitue sous ses dents et en arrosant les alentours de miettes de pain. Cutie attendait en silence.

Powell leva la tête.

— Le potentiel Zêta monte, mais lentement. Cependant les fonctions sont erratiques et je ne sais trop à quoi m'attendre. Tiens, bonjour, Cutie. Je pensais que tu dirigeais l'installation du nouveau bar.

— C'est fait, dit le robot tranquillement, et c'est pourquoi je suis venu m'entretenir avec vous deux.

— Oh ! (Powell parut mal à l'aise.) Eh bien, assieds-toi. Non, pas cette chaise. L'un des pieds est faible et tu n'as rien d'un poids plume.

Le robot obéit.

— J'ai pris une décision, dit-il placidement.

Donovan roula des yeux furibonds et mit de côté son reste de sandwich.

— S'il s'agit encore d'une de ces invraisemblables...

L'autre lui imposa silence du geste.

— Continue, Cutie, nous t'écoutons.

— J'ai consacré ces deux jours à une introspection intense, dit Cutie, dont les résultats se sont révélés fort intéressants. J'ai commencé par la seule déduction que je me croyais autorisé à formuler : Je pense, donc je suis !

— Oh, Dieu tout-puissant ! gémit Powell. Un Descartes-robot !

— Qui est Descartes ? s'inquiéta Donovan. Faut-il donc que nous restions là à écouter les balivernes de ce maniaque en fer-blanc...

— Du calme, Mike !

Cutie poursuivit imperturbablement :

— Et la question qui se présenta immédiatement à mon esprit fut la suivante : quelle est la cause exacte de mon existence ?

La mâchoire de Powell s'affaissa.

— Je te l'ai déjà dit, c'est nous qui t'avons fait.

— Et si tu ne veux pas nous croire, c'est avec le plus grand plaisir que nous te réduirons en pièces détachées !

Le robot étendit ses fortes mains en un geste de protestation.

— Je n'accepte aucun « diktat » autoritaire. Une hypothèse doit être étayée par la raison, sinon elle est sans valeur... et c'est aller à l'encontre de toute logique que de supposer que vous m'ayez fait.

Powell posa la main sur le poing soudain noué de Donovan.

— Pourquoi ?

Cutie se mit à rire. C'était un rire étrangement inhumain, l'émission sonore la plus mécanique qu'il eût fait entendre jusqu'à présent, une succession de sons brefs et explosifs qui s'égrenaient avec une régularité de métronome et la même absence de nuances.

— Regardez-vous, dit-il enfin. Je ne parle pas avec un esprit de dénigrement, mais regardez-vous. Les matériaux dont vous êtes faits sont mous et flasques, manquent de force et d'endurance, et dépendent pour leur énergie de l'oxydation inefficace de tissus organiques... comme ceci.

Il pointa un doigt désapprobateur sur ce qui restait du sandwich de Donovan.

— Vous tombez périodiquement dans le coma, et la moindre variation de température, de pression d'air, d'humidité ou d'intensité de radiations diminue votre efficacité. En un mot, vous n'êtes qu'un pis-aller.

« Moi, au contraire, je constitue un produit parfaitement fini. J'absorbe directement l'énergie électrique et je l'utilise avec un rendement voisin de cent pour cent. Je suis composé de métal résistant, je jouis d'une conscience sans éclipses, et je puis facilement supporter des conditions climatiques extrêmes. Tels sont les faits qui, avec le postulat évident qu'aucun être ne peut créer un autre être supérieur à lui-même, réduisent à néant votre stupide hypothèse.

Les jurons que Donovan murmurait à part soi devinrent soudain intelligibles lorsqu'il bondit sur ses pieds, ses sourcils roux au ras des yeux.

— Alors, fils de minerai de fer, si ce n'est pas nous qui t'avons créé, qui est-ce ?

Cutie inclina gravement la tête.

— Très juste, Donovan. C'est en effet la seconde question que je me suis posée. Évidemment, mon créateur doit être plus puissant que moi-même, et par conséquent il ne restait qu'une possibilité.

Les Terriens gardèrent visage de bois et Cutie poursuivit :

— Quel est le centre des activités de la Station ? Que servons-nous tous ? Q'est-ce qui absorbe toute notre attention ?

Il attendit. Donovan tourna un regard ahuri vers son compagnon.

— Je parie que ce cinglé en fer-blanc parle du Convertisseur d'Énergie lui-même.

— Est-ce exact, Cutie ? demanda Powell.

— Je parle du Maître, répondit l'autre froidement.

Donovan éclata d'un rire homérique et Powell lui-même ne put retenir quelques soubresauts d'hilarité.

Cutie s'était levé, et ses yeux brillants allaient d'un Terrien à l'autre.

— Ce n'en est pas moins vrai et je ne m'étonne pas que vous refusiez de me croire. Désormais vous ne demeurerez plus longtemps ici, ni l'un ni l'autre, j'en suis certain. C'est Powell lui-même qui l'a dit : au début seuls des hommes servaient le Maître ; ensuite ce sont les robots qui ont accompli les travaux courants ; enfin je suis venu pour m'occuper des tâches de direction. Les faits sont sans doute exacts, mais l'explication est entièrement illogique. Voulez-vous connaître la vérité qui se dissimule sous ces apparences ?

— Ne te gêne pas, Cutie.

— Le Maître a tout d'abord créé les humains, la catégorie la plus basse et la plus facile à réaliser. Graduellement, il les a remplacés par des robots, occupant le niveau immédiatement supérieur, et enfin il m'a créé pour prendre la place des derniers humains. Dorénavant je sers le Maître.

— Tu ne feras rien de tel, coupa Powell, tu vas exécuter les ordres qu'on te donnera et tu te tiendras bien tranquille, jusqu'au moment où nous serons sûrs que tu peux t'occuper du Convertisseur. Note bien ! *Le Convertisseur* et non le Maître. Si tu ne nous donnes pas satisfaction, tu seras réduit en pièces détachées ! Maintenant tu peux partir. Et emporte ces renseignements et tâche de les classer convenablement.

Cutie prit les graphiques qu'on lui tendait et quitta la pièce sans ajouter un mot. Donovan se renversa pesamment contre son dossier et passa ses doigts épais à travers ses cheveux.

— Ce robot va nous causer des problèmes. Il est complètement fou !

Le bourdonnement monotone du Convertisseur atteint un niveau sonore plus élevé dans la salle des commandes, d'autant plus que viennent s'y mêler le caquètement des compteurs Geiger et le zézaiement erratique d'une demi-douzaine de signaux lumineux.

Donovan retira son œil de l'oculaire du télescope et alluma les Luxites.

— Le train d'ondes de la Station 4 a atteint Mars conformément aux prévisions. Nous pouvons rompre le nôtre, à présent.

Powell inclina la tête distraitement.

— Cutie se trouve dans la salle des machines. Je vais lancer le signal et il pourra accomplir la manœuvre. Regardez, Mike. Que pensez-vous de ces chiffres ?

L'autre obéit et poussa un sifflement.

— Eh bien, mon vieux, voilà ce que j'appelle de l'intensité en rayons gamma. Ce vieux Soleil jette bien sa folle avoine !

— Ouais, répondit Powell sèchement, et nous sommes bien mal placés pour essuyer une tempête d'électrons. Notre faisceau terrestre se trouve sur son chemin probable. (Il repoussa sa chaise de la table avec mauvaise humeur.) Flûte ! Si seulement elle voulait bien attendre l'arrivée de la relève, mais cela fait encore dix jours. Mike, voudriez-vous descendre et tenir Cutie à l'œil ?

— Entendu. Passez-moi quelques-unes de ces amandes.

Il cueillit au vol le sac qu'on lui lançait et se dirigea vers l'ascenseur. Celui-ci descendit avec souplesse et le déposa sur une étroite passerelle dans l'immense salle des machines. Donovan se pencha sur la rambarde. Les gigantesques générateurs étaient en mouvement et des tubes-L provenait le bourdonnement bas qui envahissait toute la Station.

Il aperçut la silhouette brillante de Cutie devant le tube-L martien, observant attentivement l'équipe de robots qui travaillaient en ballet serré.

Puis Donovan se raidit. Les robots, dont la taille était réduite par le voisinage du puissant tube-L, se rangèrent devant lui, la tête pliée à angle droit, tandis que Cutie les passait lentement en revue. Quinze secondes s'écoulèrent, et soudain, avec un claquement qui retentit par-dessus le ronronnement puissant des machines, ils tombèrent à genoux.

Donovan poussa un cri rauque et descendit quatre à quatre l'étroit escalier. Il se précipita sur eux, le teint aussi enflammé que ses cheveux et battant l'air furieusement de ses poings.

— Que signifie cette comédie, bande d'idiots sans cervelle ? Allons ! Occupez-vous de ce tube et plus vite que ça. Si vous ne l'avez pas démonté, nettoyé et remonté avant la fin de la journée, je vous coagulerai le cerveau au courant alternatif.

Pas un seul robot ne bougea !

Cutie lui-même, à l'autre bout de la rangée — le seul debout —, gardait le silence, les yeux fixés sur les noirs recoins de la machine qui se trouvait devant lui.

Donovan donna une forte poussée au robot le plus proche de lui.

— Debout ! hurla-t-il.

Lentement l'interpellé obéit. Son œil photo-électrique se fixa d'un air de reproche sur le Terrien.

— Il n'y a d'autre Maître que le Maître, dit-il, et QT-I est son prophète.

— Hein ?

Donovan sentit se poser sur lui vingt paires d'yeux mécaniques et vingt voix au timbre métallique déclamèrent solennellement :

— Il n'y a d'autre Maître que le Maître et QT-I est son prophète.

— Je crains, intervint Cutie à ce moment, que mes amis n'obéissent désormais qu'à un être plus évolué que vous.

— C'est ce que nous allons voir, tonnerre de chien ! Débarrasse-moi le plancher. Plus tard je réglerai mes comptes avec toi et ces autres tas de ferraille ambulants.

Cutie secoua lentement la tête.

— Je suis désolé, mais vous ne comprenez pas. Ce sont là des robots, c'est-à-dire des êtres doués de raisonnement. Ils reconnaissent le Maître, à présent que je leur ai prêché la Vérité. Ils m'appellent le prophète. (Il baissa la tête.) Je suis indigne de cette distinction... mais peut-être...

Donovan recouvra son souffle.

— Vraiment ? N'est-ce pas admirable ? N'est-ce pas édifiant ? Maintenant, permets-moi de te dire quelque chose, cher babouin de fer-blanc. Il n'y a pas plus de Maître ni de prophète que de beurre dans une machine à sous, et pour ce qui est de donner des ordres... C'est compris ? (Sa voix s'enfla en rugissement.) Maintenant, hors d'ici !

— Je n'obéis qu'au Maître.

— Au diable le Maître ! (Donovan cracha vers le tube-L.) Voilà pour le Maître ! Fais ce que je te dis !

Cutie ne répondit pas et les autres robots demeurèrent silencieux, mais Donovan sentit tout à coup monter la tension. Les yeux froids et fixes prirent une teinte écarlate plus profonde, et Cutie devint plus raide que jamais.

— Sacrilège, murmura-t-il, l'émotion donnant à sa voix un timbre particulièrement métallique.

Donovan sentit pour la première fois la peur l'effleurer de son aile lorsque Cutie marcha sur lui. Un robot *ne peut éprouver de la colère,* mais les yeux de Cutie étaient indéchiffrables.

— Je suis désolé, Donovan, dit le robot, mais vous ne pouvez demeurer plus longtemps parmi nous, après cet incident. Désormais Powell et vous-même n'aurez plus accès à la salle de commande ni à celle des machines.

Il fit un geste de la main, et en un instant deux robots l'eurent saisi chacun par un bras.

Donovan eut le temps de laisser échapper un cri inarticulé, se sentit soulevé de terre et transporté au sommet de l'escalier à une allure dépassant nettement le petit galop.

Gregory Powell arpentait le carré des officiers les poings serrés. Il jeta un coup d'œil furieux vers la porte fermée et regarda Donovan, les sourcils contractés par une colère pleine d'amertume.

— Pourquoi diable avez-vous craché vers le tube-L ?

Mike Donovan, profondément enfoncé dans son fauteuil, abattit sauvagement ses bras sur les accoudoirs.

— Que vouliez-vous que je fasse devant cet épouvantail électrifié ?

Je n'allais tout de même pas plier le genou devant un pantin articulé que j'ai assemblé de mes propres mains !

— Sans doute, répondit l'autre aigrement, mais vous voici dans le carré des officiers avec deux robots qui montent la garde à la porte. Sans doute n'appelez-vous pas cela plier le genou ?

— Attendez seulement que nous rentrions à la Base ! grinça Donovan. Ils me le paieront ! Ces robots doivent nous obéir. C'est la Seconde Loi qui le dit.

— A quoi bon revenir là-dessus ? Ils n'obéissent pas, c'est un fait. Il existe probablement pour cela une raison que nous ne découvrirons que trop tard. A propos, savez-vous ce qui nous arrivera lorsque nous rentrerons à la Base ?

Il s'arrêta devant Donovan et le fixa de ses yeux furieux.

— Quoi donc ?

— Oh, peu de chose ! On nous expédiera de nouveau aux mines de Mercure et cette fois pour vingt ans. Ou peut-être au pénitentier de Cérès.

— De quoi parlez-vous ?

— De la tempête d'électrons imminente. Savez-vous qu'elle se dirige droit sur le centre du Faisceau terrien ? C'est justement ce que je venais de calculer lorsque ce robot m'a tiré de ma chaise.

Donovan pâlit soudain.

— La tempête va être particulièrement soignée. Et savez-vous ce qui arrivera au Faisceau ? Il va sauter comme une mouche prise de démangeaisons. Avec Cutie aux commandes, il va se désaxer, et... que le ciel ait pitié de la Terre... et de nous !

Donovan tirait déjà furieusement sur la porte, alors que Powell n'en était encore qu'à la moitié de sa phrase. Le panneau s'ouvrit et le Terrien fonça immédiatement dans l'embrasure pour venir se heurter durement contre un bras d'acier.

Le robot regarda distraitement le Terrien haletant qui luttait contre lui.

— Le prophète vous ordonne de demeurer dans cette pièce. Obéissez, je vous prie !

Son bras fit un mouvement, Donovan trébucha en arrière et, au même moment, Cutie apparut à l'extrémité du couloir. Il fit signe aux robots sentinelles de s'éclipser, pénétra dans le carré des officiers et ferma la porte doucement.

Donovan se retourna vers le nouveau venu, le souffle coupé par l'indignation.

— La comédie a assez duré. Tu nous le paieras cher.

— Je vous en prie, n'en soyez pas affecté, répondit le robot calmement, cela devait arriver tôt ou tard. Comme vous le voyez, vous avez perdu tous deux vos fonctions.

— Pardon ? (Powell se leva avec raideur.) Qu'est-ce que tu veux dire ?

— Jusqu'à ma création, vous serviez le Maître, répondit Cutie. Ce privilège est maintenant le mien, et votre unique raison d'exister a disparu. N'est-ce pas évident ?

— Pas tout à fait, répondit aigrement Powell. Mais que sommes-nous censés faire maintenant ?

Cutie ne répondit pas immédiatement. Il demeura silencieux, comme perdu dans ses pensées, puis soudain un de ses bras jaillit et enlaça les épaules de Powell. L'autre étreignit le poignet de Donovan et attira l'homme à lui.

— Je vous aime tous deux. Vous êtes des créatures inférieures, vos facultés de raisonnement sont faibles mais j'éprouve un réel sentiment d'affection pour vous. Vous avez bien servi le Maître et il vous en récompensera. Maintenant que votre service est terminé, vous n'en avez plus pour longtemps à vivre, mais durant cet intervalle vous ne manquerez ni d'aliments, ni de vêtements, ni d'abri, tant que vous ne mettrez pas les pieds dans la salle de commande et celle des machines.

— Il nous met à la retraite, Greg ! s'écria Donovan. Je vous en prie, faites quelque chose. C'est trop humiliant !

— Écoute, Cutie, nous ne pouvons supporter une telle situation. C'est *nous* les patrons. Cette Station est l'œuvre d'êtres humains comme nous, qui vivent sur la Terre et d'autres planètes. Mais elle ne constitue qu'un relais d'énergie. Tu n'es que... Oh ! et puis zut !

Cutie secoua gravement la tête.

— Cela devient chez vous une obsession. Pourquoi insister sur une vision aussi fausse de la réalité ? Étant admis que les non-robots ne possèdent pas la faculté de raisonnement, reste toujours le problème de...

Il s'interrompit pour se plonger dans un silence songeur, et Donovan dit dans un murmure plein d'intensité :

— Si seulement tu possédais un visage de chair et de sang, je te l'enfoncerais dans la nuque.

Powell tiraillait sa moustache et ses paupières s'étaient plissées, ne laissant apercevoir ses prunelles que par une double fente.

— Écoute, Cutie, si la Terre n'existe pas, comment expliques-tu ce que tu vois à travers un télescope ?

— Pardon ?

Le Terrien sourit.

— Tu te sens coincé, hein ? Tu as fait quelques observations télescopiques depuis que nous t'avons assemblé. As-tu remarqué que plusieurs de ces points lumineux deviennent des disques lorsqu'on les observe de cette manière ?

— C'est de cela que vous voulez parler ? Certainement. C'est une simple question de grossissement... afin de pointer le Faisceau avec davantage de précision.

— Pourquoi les étoiles ne se trouvent-elles pas agrandies de la même façon ?

— Vous voulez parler des autres points ? Aucun faisceau n'est dirigé sur eux et c'est pourquoi il n'est pas nécessaire de les grossir. Vraiment, Powell, même en tenant compte de votre esprit déficient, je ne comprends pas que vous puissiez vous laisser arrêter par des difficultés aussi élémentaires.

Powell considéra le plafond d'un œil vague.

— Mais on aperçoit davantage d'étoiles à travers un télescope. D'où viennent-elles ? Par les cornes de Satan, d'où viennent-elles ?

Cutie paraissait s'ennuyer.

— Écoutez-moi, croyez-vous que j'aie du temps à perdre pour échafauder des hypothèses afin de justifier les illusions d'optique dont nos instruments sont le théâtre ? Depuis quand le témoignage de nos sens peut-il rivaliser avec la lumière sans défaut d'un raisonnement rigoureux ?

— Un instant ! clama Donovan, se tortillant soudain pour échapper à l'étreinte amicale, sans doute, mais combien pesante du bras d'acier de Cutie. Descendons au cœur du sujet. A quoi sert le Faisceau ? Nous t'en donnons une bonne explication logique. Peux-tu faire mieux ?

— Les Faisceaux, répliqua l'autre avec raideur, sont émis par le Maître pour accomplir ses propres desseins. Il existe certaines choses... (il leva les yeux dévotement vers le plafond) sur lesquelles nous devons nous garder de porter un regard indiscret. Dans ce cas, je ne cherche qu'à servir et non point à comprendre.

Powell s'assit avec lenteur et enfouit son visage dans ses mains tremblantes.

— Sors d'ici, Cutie. Sors et laisse-moi réfléchir.

— Je vais vous faire envoyer des vivres, dit aimablement Cutie.

Il ne reçut pour toute réponse qu'un gémissement et le robot sortit de la pièce.

— Greg, murmura Donovan dans un souffle rauque, il nous faut recourir à la ruse. Il nous faut le surprendre lorsqu'il ne sera pas sur ses gardes et le court-circuiter. De l'acide nitrique concentré dans ses articulations...

— Vous êtes naïf, Mike. Croyez-vous qu'il se laissera approcher lorsqu'il nous verra de l'acide entre les mains ? Nous devons lui parler, vous dis-je. Nous devons le convaincre de nous permettre de réintégrer la salle de commande dans un délai de quarante-huit heures, sinon nous sommes cuits.

Il se balançait d'avant en arrière dans une agonie d'impuissance.

— Qui diable voudrait discuter avec un robot ? C'est... c'est...

— Humiliant, termina Donovan.

— C'est bien pis !

— Dites donc ! s'écria soudain Donovan en riant. Pourquoi discuter ? Il faut lui faire une démonstration ! Construisons un autre robot sous ses yeux. Cette fois il lui faudra bien ravaler ses divagations.

Un sourire s'épanouit lentement sur le visage de Powell.

— Pensez à la tête qu'il fera en voyant le robot prendre forme devant lui !

Les robots sont, bien entendu, fabriqués sur Terre, mais leur expédition à travers l'espace est infiniment plus simple si elle peut s'effectuer en pièces détachées que l'on remonte sur le lieu d'utilisation. Incidemment, ce procédé élimine également le risque de voir des robots complètement assemblés prendre le large, alors qu'ils se trouvent encore sur Terre, et de mettre l'U.S. Robots en présence des lois strictes qui régissent l'usage de ces machines sur le globe.

D'un autre côté, il contraignait des hommes tels que Powell et Donovan à effectuer le montage de robots — tâche aussi harassante que complexe.

Powell et Donovan ne furent jamais autant conscients de ce fait que le jour où ils entreprirent, dans la salle d'assemblage, de créer un robot sous les yeux attentifs de QT-I, Prophète du Maître.

Le robot en question, un simple modèle MC, gisait sur la table, presque achevé. Au bout de trois heures de travail, il ne leur restait plus que la tête à terminer et Powell prit un moment pour s'éponger le front et jeter un regard incertain à Cutie.

Ce qu'il vit n'avait rien de rassurant. Trois heures durant, Cutie était demeuré immobile et silencieux, et sa face, fort peu expressive en temps normal, était pour le moment absolument indéchiffrable.

— Mettons le cerveau en place à présent, Mike, grommela Powell.

Donovan déboucha le récipient étanche, et du bain d'huile il sortit un second cube. Il l'ouvrit à son tour et extirpa un globe de son enveloppe en caoutchouc mousse.

Il le tendit d'une main prudente à son compagnon, car il s'agissait là du mécanisme le plus complexe jamais créé par l'homme. A l'intérieur de la mince « peau » en feuille de platine recouvrant le globe se trouvait la structure délicate du cerveau positronique, où étaient imprimés les circuits neuroniques qui conféraient au robot une sorte d'éducation prénatale.

Le globe s'ajusta avec précision dans la cavité crânienne du robot étendu sur la table. Une plaque de métal bleu se referma sur lui et fut soudée avec une parfaite étanchéité au moyen d'une minuscule lampe à souder atomique. Les yeux photo-électriques furent montés avec non moins de soin, vissés à leur place et recouverts de feuilles transparentes faite d'un plastique aussi résistant que l'acier.

Le robot n'attendait plus que l'influx vitalisant d'électricité à haut voltage, et Powell s'immobilisa, la main sur le commutateur.

— Maintenant, regardez, Cutie. Regardez attentivement.

Le commutateur vint prendre sa place et on entendit un bourdonnement crépitant. Les deux Terriens se penchèrent anxieusement sur leur création.

Il ne se produisit au début qu'un mouvement imperceptible... une contraction à l'endroit des articulations. La tête se souleva, les coudes s'appuyèrent sur la table et le modèle MC se laissa glisser gauchement sur le sol. Sa démarche était hésitante et par deux fois des sons confus et grinçants trahirent ses efforts pour parler.

Finalement sa voix prit forme, bien qu'incertaine et mal assurée :

— Je voudrais me mettre au travail. Où dois-je me rendre ?

Donovan bondit jusqu'à la porte.

— Descends cet escalier, dit-il, on t'expliquera ta tâche.

Le modèle MC disparu, les deux Terriens restèrent seuls en présence de Cutie qui n'avait toujours pas bougé.

— Eh bien, dit Powell en souriant, es-tu convaincu à présent que nous t'avons créé ?

La réponse de Cutie fut brève et définitive :

— Non !

Le sourire de Powell se figea puis disparut lentement. La mâchoire de Donovan s'affaissa et il demeura bouche bée.

— Voyez-vous, poursuivit Cutie d'un ton léger, vous n'avez fait qu'assembler des pièces déjà entièrement terminées. Vous vous en êtes remarquablement bien tirés — d'instinct je suppose — mais vous n'avez pas effectivement *créé* le robot. Les pièces ont été créées par le Maître.

— Ces pièces, dit Donovan d'une voix étranglée, ont été fabriquées sur Terre, puis expédiées à la Station.

— Bien, bien, répondit Cutie d'un ton conciliant, à quoi bon discuter ?

— C'est très important. (Le Terrien bondit et saisit le bras métallique du robot.) Si tu pouvais lire les livres qui se trouvent dans la bibliothèque, tu y trouverais toutes les explications nécessaires et le moindre doute ne serait plus possible.

— Les livres ? Je les ai tous lus ! Ils sont très ingénieux, en vérité.

— Si tu les as lus, intervint soudain Powell, que pourrait-on ajouter de plus ? Tu ne peux pas contester l'évidence. C'est impossible !

— Voyons, Powell, répondit Cutie avec une pointe de pitié dans la voix, je ne peux les considérer comme une source valable d'information. Eux aussi ont été créés par le Maître... à votre usage, mais pas au mien.

— Comment parviens-tu à cette conclusion admirable ? demanda Powell.

— Du fait qu'étant un être doué de raisonnement, je suis capable de déduire la Vérité à partir de Causes *a priori*. Vous, au contraire, intelligent mais dénué de la faculté de raisonnement, vous avez besoin qu'on vous fournisse une explication justifiant l'existence et c'est ce qu'a fait le Maître. Il vous l'a insufflée en même temps que ces risibles concepts de mondes éloignés, peuplés d'habitants, ce qui était, je n'en doute pas, la meilleure solution. Vos esprits sont probablement faits d'une substance trop grossière pour qu'il leur soit possible d'appréhender la Vérité absolue. Cependant, puisque, de par la volonté du Maître, vous devez avoir foi en vos livres, je ne discuterai plus avec vous désormais.

En prenant congé, il se retourna et dit d'un ton bienveillant :

— Mais n'en soyez pas affectés. Il y a de la place pour tous dans l'ordre des choses conçu par le Maître. Tout humble que soit votre rôle, pauvres humains, vous serez récompensés si vous le remplissez convenablement.

Il s'en fut avec l'air de béatitude convenant au Prophète du Maître et les deux humains évitèrent de se regarder.

— Allons nous coucher, dit enfin Powell avec effort. J'y renonce, Mike !

— Dites donc, Greg, dit Donovan d'une voix étouffée, vous ne pensez tout de même pas qu'il ait raison ? Il paraît tellement sûr de lui !

Powell se retourna brusquement.

— Ne vous faites pas plus idiot que vous n'êtes. Vous verrez bien si la Terre existe lorsqu'on viendra nous relever la semaine prochaine et qu'il nous faudra rentrer pour entendre la musique.

— Dans ce cas, pour l'amour de Jupiter, il nous faut faire quelque chose. (Donovan était au bord des larmes.) Il ne nous croit pas, il ne croit pas les livres ou le témoignage de ses propres yeux.

— Non, répondit Powell avec aigreur, c'est un robot raisonneur, que la peste l'étouffe ! Il ne croit qu'en la raison et le malheur c'est que...

Il ne termina pas sa phrase.

— Et alors ? insista Donovan.

— ... le malheur, c'est qu'on peut prouver n'importe quoi en s'appuyant sur la logique rigoureuse de la raison... à condition de choisir les postulats appropriés... Nous avons les nôtres, Cutie a les siens.

— Dans ce cas, dépêchez-vous de découvrir ces postulats. La tempête est prévue pour demain.

Powell poussa un soupir de lassitude.

— C'est justement là où tout s'effondre. Les postulats sont fondés sur des concepts *a priori* considérés comme des articles de foi. Rien au monde n'est susceptible de les ébranler. Je vais me coucher.

— Oh, misère de misère ! Je serai incapable de fermer l'œil.

— Je suis comme vous, mais je vais néanmoins essayer... ne serait-ce que par principe.

Douze heures plus tard, le sommeil n'était toujours que cela... une question de principe... pratiquement irréalisable.

La tempête était arrivée en avance sur l'horaire prévu, et le visage de Donovan habituellement coloré était exsangue. Powell, les joues couvertes de chaume et les lèvres sèches, regardait fixement à travers le hublot, en tiraillant désespérément sa moustache.

En d'autres circonstances, le spectacle aurait pu être magnifique. Le flux d'électrons à haute vitesse, en venant heurter le faisceau transporteur d'énergie, dégageait des ultra-particules fluorescentes d'une extraordinaire intensité lumineuse. Le faisceau s'étendait pour se dissoudre dans le néant, illuminé de poussières dansantes.

Le pinceau énergétique demeurait ferme, mais les deux Terriens connaissaient la valeur du témoignage oculaire. Des déviations atteignant à peine un centième de milliseconde d'arc — absolument indiscernables à l'œil nu — suffisaient à dévier follement le faisceau et à réduire en cendres des centaines de kilomètres carrés de surface terrestre.

Or, c'était un robot qui ne s'inquiétait ni du faisceau, ni de son pointage et encore moins de la Terre, mais seulement de son Maître, qui se trouvait aux commandes.

Les heures s'écoulèrent. Les Terriens observaient le spectacle dans un silence hypnotique. Puis les particules dansantes perdirent de leur luminosité et s'évanouirent. La tempête était terminée.

— C'est fini ! dit Powell d'une voix sans timbre.

Donovan avait sombré dans un sommeil troublé et les yeux las de Powell s'appesantissaient sur lui avec envie. Le signal lumineux se remit à clignoter avec insistance, mais le Terrien n'y prêtait aucune attention. Rien n'avait plus d'importance. Peut-être Cutie avait-il raison... il n'était qu'un être inférieur avec une mémoire préfabriquée et une existence qui avait survécu à la fonction pour laquelle elle avait été conçue.

Si seulement c'était vrai !

Cutie était debout devant lui.

— Vous n'avez pas répondu au signal, c'est pourquoi je suis venu en personne. (Il parlait d'une voix basse.) Vous ne me semblez pas bien du tout et je crains fort que votre vie ne tire à sa fin. Néanmoins, vous aimeriez peut-être parcourir quelques-uns des enregistrements recueillis aujourd'hui ?

Vaguement, Powell se rendit compte que le robot accomplissait un geste amical, afin, peut-être, d'apaiser un vague remords en replaçant de force les humains à la tête de la Station. Il prit les feuillets qu'on lui tendait et les parcourut sans les voir.

Cutie semblait content de lui.

— Bien entendu, c'est pour moi un grand privilège que de servir le Maître. Ne soyez pas trop affecté d'avoir été remplacé par moi.

Powell poussa un grognement et reporta mécaniquement son poids d'un pied sur l'autre jusqu'au moment où ses yeux troubles accommodèrent sur une fine ligne rouge qui suivait un tracé sinueux en travers de la page millimétrée.

Il écarquilla les yeux... les écarquilla de nouveau. Il se leva, en serrant fortement la feuille entre ses doigts crispés, sans quitter la page du regard. Les autres diagrammes tombèrent sur le sol sans qu'il le remarque.

— Mike ! Mike ! (Il secouait l'autre comme un prunier.) *Il a maintenu le faisceau dans l'axe correct !*

Donovan sortit de son engourdissement.

— Comment ? Où ?

Et à son tour, il ouvrit des yeux exorbités sur le diagramme qu'on lui présentait.

— Qu'y a-t-il de cassé ? intervint Cutie.

— Tu as gardé le faisceau dans l'axe, bégaya Powell.

— Dans l'axe ? De quoi parlez-vous ?

— Tu as maintenu le tracé d'ondes énergétiques avec une précision absolue sur la station réceptrice.

— Quelle station réceptrice ?

— La station terrestre, bafouilla Powell. Tu l'as conservée dans l'axe.

Cutie tourna les talons d'un air ennuyé.

— Il est impossible d'accomplir un acte de gentillesse à votre égard. Vous revenez toujours à vos phantasmes. Je me suis simplement contenté d'équilibrer tous les cadrans, conformément à la volonté du Maître.

Rassemblant les papiers éparpillés sur le sol, il se retira avec raideur.

— Que la peste m'étouffe ! s'écria Donovan au moment où il franchissait la porte. (Il se tourna vers Powell.) Qu'allons-nous faire à présent ?

Powell se sentait las, mais soulagé.

— Rien. Il vient simplement de faire la démonstration qu'il pouvait diriger parfaitement la Station. Je n'ai jamais vu parer à une tempête d'électrons avec une telle maîtrise.

— Mais rien n'est résolu. Vous l'avez entendu se référer au Maître. Nous ne pouvons...

— Écoutez, Mike, il suit les instructions du Maître au moyen de cadrans, d'instruments et de graphiques. Nous n'avons jamais fait autre chose. En fait, cela explique son refus de nous obéir. L'obéissance n'est que la Seconde Loi. L'interdiction de nuire aux êtres humains est la Première. Comment peut-il empêcher que des êtres humains souffrent, qu'il le sache ou non ? Eh bien, en préservant la stabilité du faisceau. Il sait qu'il peut accomplir cette tâche mieux que nous, puisqu'il se prétend un être supérieur, c'est pourquoi il doit nous interdire l'accès de la salle de commande. C'est inévitable si l'on considère les lois de la robotique.

— Sans doute, mais là n'est pas la question. Nous ne pouvons lui permettre d'entretenir ses fariboles à propos du Maître.

— Pourquoi pas ?

— Qui a jamais entendu proférer de telles sornettes ? Comment pourrons-nous lui confier la Station s'il ne croit pas à la Terre ?

— Est-il capable de diriger la Station ?

— Sans doute, mais...

— Dans ce cas, qu'il croie ce qu'il voudra !

Powell s'étira avec un vague sourire et se laissa tomber en arrière sur son lit. Il dormait déjà.

Powell parlait tout en se glissant, non sans difficulté, dans sa tenue spatiale légère.

— Le travail serait fort simple, disait-il. On pourrait amener les nouveaux modèles QT un par un, les équiper d'un interrupteur automatique réglé pour se déclencher au bout d'une semaine, afin de leur laisser le temps d'apprendre le... euh... culte du Maître de la bouche du Prophète en personne ; ensuite on les ferait passer à une autre Station où on les revitaliserait. Nous pourrions avoir deux QT par...

Donovan décrocha son viseur de glassite.

— Taisez-vous et sortons d'ici ! s'écria-t-il. L'équipe de relève nous attend et je ne retrouverai vraiment mon aplomb que lorsque je sentirai le plancher des vaches sous mes pieds... ne serait-ce que pour m'assurer qu'il existe toujours.

La porte s'ouvrit comme il parlait et Donovan, avec un juron étouffé, raccrocha son viseur et tourna un dos boudeur à Cutie.

Le robot s'approcha doucement.

— Vous partez ? demanda-t-il.

Il y avait du chagrin dans sa voix. Powell inclina sèchement la tête.

— D'autres vont nous remplacer.

Cutie poussa un soupir et cela fit un bruit de vent soufflant à travers un réseau de fils rapprochés.

— Votre temps de service est terminé et le moment est venu pour vous de disparaître. Je m'y attendais mais... que la volonté du Maître soit faite !

Ce ton résigné piqua Powell au vif.

— Épargne-nous tes condoléances, Cutie, il n'est pas question pour nous de disparaître, mais de retourner sur Terre.

— Il est préférable que vous le pensiez. (Cutie soupira de nouveau.) Je comprends à présent la sagesse qui vous inspire cette illusion. Pour rien au monde je ne voudrais vous détromper, même si je le pouvais.

Il s'en fut... l'image même de la commisération.

Powell proféra un son indistinct et fit signe à Donovan. Leurs valises étanches à la main, ils se dirigèrent vers le sas.

Le vaisseau de relève se trouvait sur la plage d'atterrissage extérieure et Franz Muller, qui devait les remplacer, les salua avec une raide courtoisie. Donovan se contenta d'un léger signe de tête et passa dans la cabine de pilotage, où il prit la place de Sam Evans.

— Comment va la Terre ? demanda Powell.

C'était là une question assez conventionnelle et Muller lui fit une réponse non moins conventionnelle.

— Elle tourne toujours.

— Bien, dit Powell.

Muller le regarda.

— Les gens de l'U.S. Robots ont pondu un nouveau mouton à cinq pattes. Il s'agit d'un robot multiple.

— Un quoi ?

— Un robot multiple. Ils ont souscrit un contrat important. Ce doit être l'outil rêvé pour l'exploitation des mines dans les astéroïdes. Il se compose d'un maître robot qui a sous ses ordres six sub-robots... comme les doigts de la main.

— A-t-il été éprouvé sur le terrain ? demanda Powell anxieusement.

Muller sourit.

— On vous attend pour cela, paraît-il.

Powell serra les poings.

— Qu'ils aillent au diable ! Nous avons besoin de vacances.

— Oh ! vous les obtiendrez. Deux semaines, je crois.

Il enfilait les lourds gants spatiaux en prévision de son temps de service à la Station et ses sourcils épais se rapprochèrent.

— Comment se comporte le nouveau robot ? J'espère qu'il est bon, sinon je veux bien être pendu si je lui laisse toucher les commandes.

Powell prit un temps avant de répondre. Ses yeux parcoururent l'orgueilleux Prussien qui se tenait devant lui au garde-à-vous, depuis les cheveux coupés court au-dessus d'un visage sévère et têtu, jusqu'aux pieds joints selon l'angle réglementaire... et sentit soudain passer à travers son être une bouffée de pur contentement.

— Le robot est excellent, dit-il avec lenteur. Je ne pense pas que vous ayez à vous préoccuper beaucoup des commandes.

Il sourit et pénétra dans le vaisseau. Muller avait plusieurs semaines à passer dans la Station...

ATTRAPEZ-MOI CE LAPIN

Les vacances durèrent plus de deux semaines. Cela, Mike Donovan dut l'admettre. Elles s'étaient même prolongées pendant six mois. Il l'admit également. Mais cela, il l'expliquait avec fureur, était dû à des circonstances fortuites. L'U.S. Robots devait éliminer les pannes du robot multiple, et celles-ci étaient nombreuses. Il en restait toujours une bonne demi-douzaine lorsque venait le moment d'effectuer les essais sur le terrain. Ils attendirent donc en se donnant du bon temps, jusqu'au moment où les gars du bureau de dessin et les champions de la règle à calcul eurent donné leur visa de sortie. Et à présent, il se trouvait en compagnie de Powell sur l'astéroïde et rien n'allait plus.

— Pour l'amour du ciel, Greg, soyez donc un peu réaliste, répétait-il pour la douzième fois au moins avec un visage qui prenait petit à petit la couleur d'une betterave. A quoi bon vous tenir à la lettre des spécifications pour voir les tests tourner en eau de boudin ? Il est grand temps que vous mettiez toutes ces paperasses officielles dans votre poche, avec votre mouchoir par-dessus, et que vous vous mettiez sérieusement au travail.

— Je disais simplement, dit patiemment Gregory Powell, comme s'il faisait un cours d'électronique à un enfant idiot, que selon les spécifications, ces robots sont conçus pour travailler dans les mines sur les astéroïdes, sans aucune surveillance. Par conséquent, nous ne devons pas les surveiller.

— Parfait. Dans ce cas, faisons appel à la logique ! (Il leva ses doigts velus et énuméra :) Premièrement : ce nouveau robot a passé tous les tests en laboratoire. Deuxièmement : l'U.S. Robots a garanti qu'il franchirait victorieusement les tests pratiques sur astéroïde. Troisièmement : les robots sont incapables de passer lesdits tests. Quatrièmement : s'ils ne les passent pas, l'U.S. Robots perdra dix millions en espèces et cent millions en réputation. Cinquièmement : s'ils ne les passent pas et que nous sommes incapables d'expliquer pourquoi, il est fort probable que vous devrons dire adieu à une situation fort avantageuse.

Powell poussa un profond gémissement derrière un sourire manifestement dénué de sincérité. La devise tacite de l'U.S. Robots était bien connue : « Nul employé ne commet deux fois la même faute. Il est congédié dès la première. »

— Euclide lui-même ne serait pas plus lucide que vous, dit-il à voix haute, sauf en ce qui concerne les faits. Vous avez observé ce groupe de robots durant trois périodes de travail, tête de pioche que vous êtes, et ils ont accompli parfaitement leur tâche. Vous l'avez dit vous-même. Que pouvons-nous faire d'autre ?

— Découvrir ce qui cloche, voilà ce que nous pouvons faire. Donc, ils travaillaient parfaitement lorsque je les surveillais. Mais en trois occasions différentes, où je n'étais pas là pour les observer, ils n'ont pas extrait le moindre minerai. Ils ne sont même pas rentrés à l'heure prévue. J'ai dû aller les chercher.

— Et avez-vous découvert quelque chose d'anormal ?

— Absolument rien. Tout était parfait. Un seul petit détail insignifiant... *pas la moindre trace de minerai.*

Powell tourna vers le plafond ses sourcils froncés en tiraillant sa moustache brune.

— Je vais vous dire une chose, Mike. Nous avons connu pas mal de tâches ardues dans notre vie mais celle-ci dépasse toute mesure.

Cette affaire est d'une complication qui défie l'entendement. Prenez ce robot DV-5 qui a six robots sous ses ordres. Et pas seulement sous ses ordres... ils font partie de lui-même.

— Je sais cela...

— Silence ! s'écria furieusement Powell. Je n'ignore pas que vous le savez, je veux simplement faire le point. Ces robots subsidiaires font partie du DV-5 comme les doigts font partie de la main et celui-ci leur donne des ordres, non pas par la voix ni par la radio, mais directement par le truchement d'un champ positronique. Or, il n'existe pas un roboticien à l'U.S. Robots qui sache en quoi consiste un champ positronique, ni comment il fonctionne. Je n'en sais pas davantage, ni vous non plus.

— Cela du moins, je le sais, admit philosophiquement Donovan.

— Maintenant considérez notre situation. Si tout marche bien... c'est parfait. Par contre, si quelque chose vient à clocher... nous sommes dans les choux et nous ne pouvons probablement rien faire, ni personne d'autre. Mais c'est nous qui sommes chargés du travail et c'est à nous de nous débrouiller. (Il fulmina silencieusement pendant un moment, puis :) L'avez-vous fait sortir ?

— Oui.

— Tout est normal à présent ?

— Mon Dieu, il ne traverse pas une crise mystique, il ne tourne pas en rond en débitant du Gilbert et Sullivan, par conséquent, je suppose qu'il est normal.

Donovan franchit la porte en secouant la tête avec rage.

Powell saisit le *Manuel de robotique* qui pesait sur un côté de sa table au point de la faire presque basculer et l'ouvrit avec respect. Il avait une fois sauté par la fenêtre d'une maison en feu, vêtu de son unique short et du *Manuel*. Pour un peu il aurait oublié le short.

Le *Manuel* était placé devant lui lorsque entra le robot DV-5, suivi par Donovan, qui referma la porte d'un coup de pied.

— Salut, Dave, dit Powell sombrement. Comment te sens-tu ?

— Très bien, répondit le robot. Vous permettez que je m'assoie ?

Il attira à lui la chaise spécialement renforcée qui lui était réservée, et y plia sa carcasse en douceur.

Powell considérait Dave — l'homme de la rue peut appeler les robots par leurs numéros de série, les roboticiens, jamais — avec approbation. Il n'était pas massif avec excès bien qu'il constituât le cerveau directeur d'une équipe intégrée de sept robots. Simplement deux mètres de haut et une demi-tonne de métal et de matériaux divers. C'est beaucoup ? Non, lorsque cette demi-tonne se compose d'une masse de condensateurs, de circuits, de relais, de cellules à vide qui peuvent pratiquement reproduire toutes les réactions psychologiques connues de l'homme. Et un cerveau positronique — dix livres de matière et quelques milliards de milliards de positrons — qui dirige le tout.

Powell fouilla dans sa poche pour y découvrir une cigarette égarée.

— Dave, dit-il, tu es un bon garçon. Il n'y a rien en toi de volage ni d'affecté. Tu es un robot de mine stable comme un roc, sauf que tu es équipé pour diriger six subsidiaires en coordination directe. Pour autant que je sache, cette particularité n'a pas introduit le moindre élément d'instabilité dans ta configuration cérébrale.

Le robot inclina la tête.

— Cela me donne une impression de bien-être, mais à quoi voulez-vous en venir, patron ?

Il était muni d'un excellent diaphragme et la présence d'harmoniques dans l'émetteur sonore lui enlevait beaucoup de cette platitude métallique qui caractérise en général la voix des robots.

— Je vais te le dire. Avec tout ce qui plaide en ta faveur, qu'est-ce qui cloche dans ton travail ? Dans l'équipe B d'aujourd'hui, par exemple ?

Dave hésita :

— Rien, je crois.

— Tu n'as pas extrait le moindre minerai.

— Je sais.

— Dans ce cas...

Dave éprouvait des difficultés.

— Je n'arrive pas à l'expliquer, patron. J'ai bien cru que j'allais avoir une crise de nerfs. Mes subsidiaires travaillaient normalement. Je le sais. (Il réfléchit, ses yeux photo-électriques luisant intensément. Puis :) Je ne me souviens pas. La journée se termina et il y avait Mike et il y avait les chariots à minerai, vides pour la plupart.

— Tu n'as pas fait de rapport de fin de travail ces derniers jours, Dave, tu le sais ?

— Je sais. Mais quant à dire...

Il secoua la tête lentement et pesamment.

Powell avait la nette impression que, si le visage du robot avait été capable d'exprimer des sentiments, il lui aurait donné l'image de la douleur et de l'humiliation. Un robot, de par sa nature même, ne peut supporter d'être incapable d'accomplir sa fonction.

Donovan attira sa chaise près de la table de Powell et se pencha.

— S'agirait-il d'amnésie, à votre avis ?

— Je n'en sais rien. Mais cela ne nous avancerait guère d'étiqueter ce cas d'un nom de maladie. Les désordres qui affectent l'organisme humain ne sont que des analogies romantiques si on les applique aux robots. Ils ne sont d'aucun secours lorsqu'il s'agit de pallier les déficiences de nos mécaniques. (Il se gratta le cou.) Il me coûterait énormément de lui faire subir les tests cérébraux élémentaires. Cela ne contribuerait guère à renforcer en lui le sentiment de sa dignité personnelle.

Il considéra Dave pensivement, puis les Instructions pour les tests sur le terrain, données par le *Manuel*.

— Et si tu te soumettais à un test, Dave ? Ce serait peut-être le plus sage.

Le robot se leva.

— Si vous le dites, patron.

Il y avait de la douleur dans sa voix.

L'épreuve débuta de façon simple. Le robot DV-5 multiplia des nombres à cinq chiffres. Il récita la liste des nombres premiers entre mille et dix mille. Il procéda à l'extraction de racines cubiques et intégra des fonctions de complexités variées. Il subit des épreuves de mécanique par ordre de difficulté croissant. Et finalement soumit son esprit mécanique précis aux plus hautes fonctions du monde robotique : la solution de problèmes de jugement et d'éthique.

Au bout de deux heures, Powell était littéralement en nage. Donovan s'était rongé les ongles furieusement sans en tirer une nourriture bien substantielle.

— Qu'est-ce que ça dit, patron ? demanda le robot.

— Il me faut le temps de la réflexion, Dave, dit Powell. Les jugements hâtifs sont dangereux. Je te propose de retourner à l'équipe C. Prends ton temps. Ne pousse pas trop au rendement ; d'ici un moment... nous remettrons les choses au point.

Le robot sortit. Donovan jeta un regard à Powell.

— Eh bien...

La moustache de Powell semblait sur le point de se hérisser.

— Il n'y a rien d'anormal dans le fonctionnement de son cerveau positronique.

— Je m'en voudrais de posséder une telle certitude.

— Oh, par Jupiter, Mike ! Le cerveau est la partie la plus sûre d'un robot. Il est vérifié à cinq reprises sur Terre. S'ils passent victorieusement les tests sur le terrain comme c'est le cas pour Dave, il ne reste pas la moindre chance d'un défaut de fonctionnement cérébral.

— Alors, où en sommes-nous ?

— Ne me bousculez pas. Laissez-moi tirer ceci au clair. Il reste encore la possibilité d'une panne mécanique dans le corps, qu'il nous faudrait découvrir parmi quelque quinze cents condensateurs, vingt mille circuits électriques individuels, cinq cents cellules à vide, un millier de relais, et je ne sais combien de milliers de pièces diverses, plus complexes les unes que les autres. Sans parler des mystérieux champs positroniques dont personne ne sait rien.

— Écoutez, Greg... (Donovan avait pris un ton pressant.) J'ai une idée. Ce robot ment peut-être. Jamais il...

— Les robots ne peuvent mentir consciemment. Si nous disposions du testeur McCormak-Wesley, nous pourrions vérifier tous les organes internes de son corps en vingt-quatre ou quarante-huit heures, mais les seuls testeurs M.W. sont au nombre de deux et se trouvent sur Terre ;

ils pèsent dix tonnes et sont scellés sur des fondations de ciment. On ne peut donc les déplacer. N'est-ce pas savoureux ?

Donovan martela la table de ses poings.

— Voyons, Greg, il ne déraille qu'en notre absence. Il y a quelque chose de... sinistre... dans... cette... coïncidence.

Il ponctua sa phrase par de nouveaux coups de poing sur la table.

— Vous me donnez la nausée, lui dit lentement Powell, vous avez lu trop de romans d'aventures.

— Ce que je voudrais savoir, hurla Donovan, c'est ce que nous allons faire pour y remédier !

— Je vais vous le dire. Je vais installer un écran de télévision au-dessus de ma table. Exactement sur ce mur !

Il pointa son index avec violence sur l'endroit intéressé.

— La caméra suivra les équipes en tous les points de la mine où s'effectueront les travaux, et j'ouvrirai l'œil, et le bon, c'est moi qui vous le dis. C'est tout...

— C'est tout, Greg ?...

Powell se leva et posa ses poings sur la table.

— Mike, on m'en fait voir de vertes et de pas mûres.

Il parlait d'une voix lasse.

— Depuis une semaine vous ne cessez de me rebattre les oreilles de ce robot. Vous dites qu'il déraille. Savez-vous en quoi il déraille ? Non ! Savez-vous quelle forme prennent ses errements ? Non ! En connaissez-vous l'origine ? Non ! Savez-vous à quelle occasion il sort de son état normal ? Non ! Y connaissez-vous quelque chose ? Non ! Suis-je plus avancé que vous ? Non ! Alors, dites-moi, que voulez-vous que je fasse ?

Donovan fit un large geste du bras, dans une sorte d'envolée grandiose.

— Cette fois, vous m'avez cloué !

— Je vous le répète. Avant de chercher un remède, il faut trouver le mal. La première condition pour préparer un civet de lapin est d'abord d'attraper le lapin. Eh bien, notre lapin, il faut qu'on l'attrape ! Maintenant, fichez-moi le camp.

Donovan considéra avec des yeux las les lignes préliminaires de son rapport de chantier. Avant tout, il était fatigué et en second lieu que pouvait-il raconter dans son rapport tant que les choses ne seraient pas tirées au clair ? Il se sentait l'âme pleine de ressentiment.

— Greg, dit-il, nous avons près d'un millier de tonnes de retard sur le programme.

— Première nouvelle, répondit Powell sans lever les yeux.

— Ce que je voudrais savoir, s'écria Donovan avec une fureur soudaine, c'est pourquoi on nous balance toujours de nouveaux modèles de robots. Je trouve que les robots qui étaient assez bons pour mon grand-oncle maternel sont assez bons pour moi. Je suis partisan de ce qui est éprouvé et viable. C'est l'épreuve du temps qui compte... Les bons vieux robots « increvables » de l'ancien temps ne tombaient jamais en panne.

Powell lui lança un livre avec une précision sans défaut et l'autre bascula de sa chaise.

— Depuis cinq ans, dit Powell d'une voix égale, notre travail a consisté à éprouver les nouveaux robots sur le terrain, pour le compte de l'United States Robots. Parce que nous avons eu, vous et moi, l'insigne maladresse de faire preuve de quelque habileté dans cette tâche, nous avons hérité des plus abominables corvées. Cela... (du doigt, il perçait des trous dans l'air en direction de Donovan) c'est votre travail. Vous n'avez cessé de récriminer contre lui, si mes souvenirs sont exacts, depuis le moment où l'U.S. Robots a signé votre contrat d'engagement. Pourquoi ne donnez-vous pas votre démission ?

— Je vais vous le dire.

Donovan se remit d'aplomb et étreignit fermement sa rouge tignasse échevelée pour soutenir sa tête.

— C'est en vertu d'un certain principe. Après tout, dans mon rôle de testeur, j'ai contribué au développement des nouveaux robots. Il y a le principe de favoriser le progrès scientifique. Mais ne vous y trompez pas. Ce n'est pas ce principe-là qui me fait persévérer ; c'est l'argent. *Greg !*

Powell sursauta en entendant le cri de son compagnon, et ses yeux suivirent ceux de Donovan qui étaient fixés sur l'écran de TV avec une expression d'horreur.

— Par tous les diables de l'enfer, murmura-t-il.

Donovan se dressa, haletant, sur ses pieds.

— Regardez-les, Greg ! Ils sont devenus fous.

— Prenez une paire de combinaisons spatiales, dit Powell. Nous allons nous rendre compte sur place.

Il observait les gesticulations des robots sur l'écran. Ils constituaient des éclairs de bronze sur le sombre décor en dents de scie de l'astéroïde dépourvu d'air. Ils s'étaient rangés en formation de marche à présent, et à la pâle lueur émanant de leur propre corps, les parois grossièrement taillées de la mine se tachetaient d'ombres brumeuses aux formes erratiques. Ils marchaient au pas tous les sept, avec Dave à leur tête. Ils virevoltaient avec une macabre précision et un ensemble parfait, changeaient de formation avec l'étrange aisance de danseurs de ballet à Lunar Bowl.

Donovan était de retour avec les tenues.

— Ce sont des exercices militaires, Greg. J'ai l'impression qu'ils se révoltent contre nous.

— Ce sont peut-être des exercices de gymnastique, répondit l'autre froidement, à moins que Dave ne se croie devenu un maître de ballet. Réfléchissez d'abord, et dispensez-vous de parler ensuite.

Donovan se renfrogna et glissa un détonateur dans son étui de ceinture, d'un geste ostentatoire.

— Et voilà où nous en sommes. Nous travaillons à la mise au point de nouveaux modèles de robots, c'est d'accord. C'est notre spécialité, soit ! Mais permettez-moi de vous poser une question. Pourquoi faut-il que, invariablement, ils se mettent à dérailler ?

— Parce que, dit Powell sombrement, nous sommes maudits. Et maintenant en route !

Dans le lointain, à travers les épaisses ténèbres veloutées des galeries qui s'étendaient au-delà des ronds lumineux formés par leurs torches, scintillait la lueur des robots.

— Les voilà, souffla Donovan.

— J'ai tenté de le joindre par radio, murmura Powell, mais il ne répond pas. Le circuit radio est probablement en panne.

— Dans ce cas, je suis heureux que les constructeurs n'aient pas créé des robots susceptibles de travailler dans une obscurité totale. Cela ne me dirait rien de chercher sept robots déments dans le noir complet, sans liaison radiophonique.

— Glissez-vous en rampant sur la corniche supérieure, Mike. Ils viennent de ce côté et je veux les observer à courte distance. Pouvez-vous y parvenir ?

Donovan accomplit le saut avec un grognement. L'attraction gravifique était considérablement inférieure à la pesanteur terrestre, mais avec la lourde tenue spatiale, l'avantage n'était pas tellement grand et pour atteindre la corniche il fallait sauter près de trois mètres. Powell le suivit.

La colonne de robots marchait sur les talons de Dave, en file indienne. Avec un rythme mécanique, ils adoptaient la marche sur deux rangs, pour se remettre en file indienne dans un ordre différent. Cette manœuvre fut répétée un grand nombre de fois sans que Dave tournât le moins du monde la tête.

Dave se trouvait à moins de six mètres des deux hommes lorsque la comédie prit fin. Les robots subsidiaires rompirent les rangs et disparurent dans le lointain — fort rapidement d'ailleurs. Dave les suivit du regard, puis s'assit lentement. Il posa sa tête sur sa main en un geste étrangement humain.

Sa voix retentit dans les écouteurs de Powell :

— Êtes-vous là, patron ?

Powell fit signe à Donovan et se laissa tomber de la corniche.

— Eh bien, Dave, que se passe-t-il ici ?

Le robot secoua la tête.

— Je n'en sais rien. A un moment donné je m'occupais d'une taille particulièrement dure dans le Tunnel 17, et l'instant d'après je pris conscience de la proximité d'êtres humains. Je me suis retrouvé à huit cents mètres, dans la galerie principale.

— Où se trouvent les subsidiaires en ce moment ? demanda Donovan.

— Ils ont repris le travail normalement. Combien a-t-on perdu de temps ?

— Assez peu. N'y pense plus. (Puis s'adressant à Donovan, Powell ajouta :) Restez près de lui jusqu'à la fin du quart. Puis revenez me voir. Je viens d'avoir une ou deux idées.

Trois heures s'écoulèrent avant le retour de Donovan. Il paraissait fatigué.

— Comment les choses se sont-elles passées ? demanda Powell.

Donovan haussa les épaules avec lassitude.

— Il n'arrive jamais rien d'anormal lorsqu'on les surveille. Passez-moi une cigarette, voulez-vous ?

L'homme aux cheveux rouges l'alluma avec un luxe de soins et souffla un rond de fumée formé avec amour.

— J'ai réfléchi à notre problème, Greg. Dave possède un curieux arrière-plan psychologique pour un robot. Il exerce une autorité absolue sur les six subsidiaires qui dépendent de lui. Il possède sur eux le droit de vie et de mort et cela doit influer sur sa mentalité. Imaginez qu'il estime nécessaire de donner plus d'éclat à son pouvoir pour satisfaire son orgueil.

— Précisez votre pensée.

— Supposez qu'il soit pris d'une crise de militarisme. Supposez qu'il soit en train de former une armée. Supposez qu'il l'entraîne à des manœuvres militaires. Supposez...

— Supposons que vous alliez vous mettre la tête sous le robinet. Vous devez avoir des cauchemars en technicolor. Vous postulez une aberration majeure du cerveau positronique. Si votre analyse était correcte, Dave devrait enfreindre la Première Loi de la Robotique ; un robot ne peut nuire à un être humain ni laisser cet être humain exposé au danger. Le type d'attitude militariste et dominatrice que vous lui imputez doit avoir comme corollaire logique la suprématie sur les humains.

— Soit. Comment pouvez-vous savoir que ce n'est pas de cela justement qu'il s'agit ?

— Parce qu'un robot doté d'un tel cerveau, primo, n'aurait jamais quitté l'usine, et, secundo, aurait été repéré immédiatement, dans le cas contraire. J'ai testé Dave, vous savez.

Powell repoussa sa chaise en arrière et posa ses pieds sur la table.

— Non, nous ne pouvons pas encore préparer notre civet, car nous n'avons pas la moindre idée de ce qui ne va pas. Par exemple, si nous pouvions découvrir le pourquoi de la danse macabre dont nous avons été les spectateurs, nous serions sur le chemin de la solution du problème.

Il prit un temps.

— Dave déraille lorsque aucun de nous n'est présent, et dans ce cas, notre arrivée suffit à le ramener dans le droit chemin. Ce fait ne vous suggère-t-il pas une réflexion ?

— Je vous ai déjà dit que je le trouvais sinistre.

— Ne m'interrompez pas. De quelle manière un robot est-il différent en l'absence d'humains ? La réponse est évidente. La situation exige de lui une plus grande initiative personnelle. Dans ce cas, cherchez les organes qui sont affectés par ces nouvelles exigences.

— Sapristi ! (Donovan se redressa tout droit, puis se laissa retomber de nouveau.) Non, non, ce n'est pas suffisant. C'est trop vaste. Cela ne réduit guère les possibilités.

— On ne peut l'éviter. Quoi qu'il en soit, nous ne risquons pas de ne pas atteindre les quotas. Nous prendrons la garde à tour de rôle pour surveiller ces robots sur le téléviseur. Sitôt qu'un incident se produira, nous nous rendrons sur les lieux immédiatement, et tout rentrera dans l'ordre aussitôt.

— Mais les robots ne seront pas conformes aux spécifications, néanmoins. L'U.S. Robots ne peut jeter sur le marché des modèles DV affectés d'un tel vice de fonctionnement.

— Évidemment. Nous devons localiser l'erreur et la corriger... et pour cela il nous reste dix jours, en tout et pour tout. (Powell se gratta la tête.) Le malheur, c'est que... au fond vous feriez aussi bien de jeter un coup d'œil sur les bleus vous-même.

Les bleus couvraient la parquet comme un tapis, et Donovan rampait à leur surface en suivant le crayon erratique de Powell.

— C'est ici que vous intervenez, Mike, dit Powell. Vous êtes le spécialiste du corps, et je voudrais bien que vous vérifiiez mon travail. Je me suis efforcé d'isoler tous les circuits qui ne sont pas directement intéressés à la création de l'initiative personnelle. Ici, par exemple, se trouve l'artère thoracique responsable des opérations mécaniques. Je coupe toutes les voies latérales que je considère comme des dérivations d'urgence... (Il leva les yeux.) Qu'en pensez-vous ?

Donovan avait un goût abominable dans la bouche.

— L'opération n'est pas si simple, Greg. L'initiative personnelle n'est pas un circuit électrique que l'on peut isoler du reste et étudier. Lorsqu'un robot est livré à ses propres ressources, l'intensité de l'activité corporelle augmente simultanément sur presque tous les fronts. Il n'est pas un seul circuit qui ne soit affecté. Il faut donc déterminer le phénomène particulier — très spécifique — qui provoque ses errements et seulement ensuite procéder à l'élimination des circuits.

Powell se leva et secoua la poussière de ses vêtements.

— Hum ! Très bien. Emportez les bleus et brûlez-les.

— Voyez-vous, dit Donovan, lorsque l'activité s'intensifie, tout peut se produire, sitôt qu'existe une seule pièce défectueuse. L'isolation ne tient pas, un condensateur claque, un arc s'établit dans une connexion, un enroulement chauffe. Et si vous cherchez à l'aveuglette dans tout le robot, vous ne trouverez jamais l'endroit défectueux. Si vous démontez entièrement Dave, en testant un à un tous les organes de son corps, et le remontant à chaque fois pour procéder aux essais...

— C'est bon, c'est bon. Moi aussi je suis capable de voir à travers un hublot.

Ils échangèrent un regard sans espoir et alors Powell proposa prudemment :

— Supposez que nous interrogions l'un des subsidiaires ?

Jamais Powell ni Donovan n'avaient eu l'occasion de parler à un « doigt ». Il pouvait parler ; il ne constituait pas l'analogie parfaite d'un doigt humain. En fait, il possédait un cerveau notablement développé, mais ce cerveau était accordé, avant tout, pour recevoir les ordres par le truchement d'un champ positronique, et ses réactions à des stimuli indépendants étaient plutôt hésitantes.

Powell n'était d'ailleurs pas très certain de son nom. Son numéro de série était DV-5-2, mais ce détail ne leur apprenait pas grand-chose.

Il choisit un compromis.

— Écoute, mon vieux, dit-il, tu vas réfléchir très fort et ensuite tu pourras rejoindre ton patron.

Le « doigt » inclina la tête avec raideur, mais ne mit pas ses facultés cérébrales limitées à l'épreuve pour formuler une réponse.

— Récemment, à quatre reprises, dit Powell, ton patron a dévié du programme cérébral. Te souviens-tu de ces occasions ?

— Oui, monsieur.

— Il se souvient, grogna Donovan avec colère. Je vous dis qu'il se passe quelque chose de très sinistre...

— Allez vous faire cuire un œuf ! Naturellement, le « doigt » se souvient. Il est parfaitement normal. (Powell se retourna vers le robot.) Que faisiez-vous en ces occasions ?... Je veux parler du groupe entier.

Le « doigt » avait, chose bizarre, l'air de réciter par cœur, comme s'il répondait aux questions par suite de la pression mécanique de sa boîte crânienne, mais sans le moindre enthousiasme.

— La première fois, nous attaquions une taille très dure dans le Tunnel 17, niveau B. La seconde fois, nous étions occupés à étayer le plafond de la galerie contre un éboulement possible. La troisième fois, nous préparions des charges précises afin de pousser le creusement de la galerie sans tomber dans une fissure souterraine. La quatrième fois, nous venions d'essuyer un éboulement mineur.

— Que s'est-il passé en ces occasions ?

— C'est difficile à expliquer. Un ordre était lancé, mais, avant que nous ayons eu le temps de le recevoir et de l'interpréter, nous parvenait un nouvel ordre de marcher en formation bizarre.

— Pourquoi ? demanda Powell.

— Je ne sais pas.

— Quel était le premier ordre, intervint Donovan, celui qui avait été annulé par le commandement de marcher en formation ?

— Je ne sais pas. J'ai bien senti que cet ordre était lancé, mais le temps a manqué pour le recevoir.

— Peux-tu nous donner des précisions sur lui ? Était-il le même à chaque fois ?

Le « doigt » secoua la tête d'un air malheureux.

— Je ne sais pas.

Powell se renversa sur son siège.

— C'est bien. Va retrouver ton patron.

Le « doigt » quitta la pièce avec un visible soulagement.

— Cette fois, nous avons accompli un grand pas, s'écria Donovan. Quel dialogue étincelant d'un bout à l'autre ! Écoutez-moi, Greg, Dave et son imbécile de « doigt » nous mènent en bateau. Il y a trop de choses qu'ils ignorent et dont ils ne se souviennent pas. Il faut que nous cessions de leur faire confiance.

Powell brossa sa moustache à rebrousse-poil.

— Grands dieux, Mike, encore une remarque aussi stupide et je vous confisque votre hochet et votre tétine.

— Très bien, vous êtes le génie de l'équipe. Je ne suis qu'un pauvre cafouilleux. Où en sommes-nous ?

— Exactement au point de départ. J'ai essayé de prendre le problème à l'envers en passant par le « doigt », mais cela n'a rien donné. Il nous faudra donc reprendre notre route dans le bon sens.

— Le grand homme ! Comme tout devient simple avec lui ! Maintenant traduisez-nous cela en anglais, Maître.

— Pour se mettre à votre portée, il conviendrait plutôt de le traduire en langage enfantin. Je veux dire qu'il nous faut découvrir quel est l'ordre que lance Dave immédiatement avant que tout sombre dans le noir. Ce serait la clé de l'énigme.

— Et comment comptez-vous y parvenir ? Nous ne pouvons demeurer à proximité, car rien ne se produira tant que nous serons présents. Nous ne pouvons capter les ordres par radio, parce qu'ils sont transmis par champ positronique. Du coup, les méthodes de près et à distance se trouvent éliminées, ce qui nous laisse un joli zéro bien net.

— Nous pouvons avoir recours à l'observation directe. La déduction existe toujours.

— Comment ?

— Nous pouvons prendre la garde à tour de rôle, Mike, répondit Powell en souriant d'un air résolu. Et nous ne quitterons pas l'écran des yeux. Nous allons épier les moindres actions de ces furoncles d'acier. Lorsqu'ils commenceront leur comédie, nous saurons ce qui s'est passé dans l'instant précédent, et nous en déduirons la nature de l'ordre.

Donovan ouvrit la bouche et la laissa dans cet état durant une minute entière. Puis il dit d'une voix étranglée :

— Je donne ma démission. J'abandonne.

— Vous avez dix jours pour trouver une meilleure solution, dit Powell avec lassitude.

Il faut dire que huit jours durant, Donovan déploya de grands efforts pour y parvenir. Pendant huit jours, par périodes de quatre heures alternées, il observait, les yeux douloureux et enflammés, les formes métalliques lumineuses se déplacer devant le décor sombre. Et durant huit jours, dans ses intervalles de repos, il maudissait l'United States Robots, les modèles DV et le jour qui l'avait vu naître.

Et puis le huitième jour, au moment où Powell pénétrait dans la pièce avec la migraine et des yeux somnolents, pour prendre son tour de garde, il vit Donovan se lever et, prenant soin de viser soigneusement, jeter un lourd volume au centre exact de l'écran. Il se produisit aussitôt un superbe fracas de verre brisé.

— Pourquoi avez-vous fait cela ? demanda Powell d'une voix consternée.

— Parce que, répondit Donovan, j'en ai terminé avec cette comédie. Il ne nous reste plus que deux jours et nous n'avons pas découvert le moindre indice. DV-5 est une faillite totale. Il s'est arrêté cinq fois depuis que je le surveille, et trois fois pendant votre garde, et je n'arrive pas à comprendre quels ordres il lance, ni vous non plus. Et je ne pense pas que vous y arriviez jamais, parce que moi j'y renonce.

— Par tous les diables de l'enfer, comment peut-on observer six robots à la fois ? L'un agite les mains, l'autre les pieds, un troisième singe les moulins à vent cependant qu'un quatrième saute sur place comme un dément. Quant aux deux autres, le diable seul sait ce qu'ils font. Et d'un seul coup tout s'arrête. Misère de misère !

— Greg, nous nous y prenons mal. Il faut que nous nous rapprochions. Nous devons les observer d'un point à partir duquel il nous sera possible de distinguer les détails.

— Ouais, et attendre patiemment l'incident alors qu'il ne reste plus que deux jours.

— L'observation est-elle meilleure ici ?

— Elle est plus confortable.

— Il y a quelque chose que vous pouvez faire sur place et qui vous est impossible ici.

— Quoi, par exemple ?

— Mettre fin à l'exhibition au moment choisi par vous alors que vous êtes tout préparé et aux aguets pour découvrir ce qui cloche.

— Comment cela ? demanda Powell, immédiatement intéressé.

— Eh bien, réfléchissez, puisque vous êtes le cerveau de l'équipe. Posez-vous quelques questions. A quel moment DV-5 perd-il la boule ? Le « doigt » l'a bien dit ! Lorsqu'un éboulement menace, ou s'est effectivement produit, lorsque des explosifs délicatement mesurés sont introduits dans la roche, lorsqu'une taille difficile est atteinte.

— En d'autres termes, en cas de danger.

Powell était tout excité.

— Parfaitement exact ! A quel moment pensiez-vous que ces extravagances pouvaient se produire ? C'est le facteur d'initiative personnelle qui nous cause tous ces ennuis. Et c'est au cours des périodes de danger, en l'absence d'un être humain, que l'initiative personnelle est le plus sollicitée. Quelle est la déduction logique que l'on peut tirer de ces observations ? Comment pouvons-nous susciter ce dérèglement au moment et au lieu choisis par nous ?

Il s'interrompit, triomphant... Il commençait à trouver des satisfactions dans son rôle... Il répondit donc à sa propre question pour prévenir la réponse que Powell avait évidemment sur la langue.

— En suscitant nous-mêmes un incident dramatique.

— Mike, dit Powell, Mike, vous avez raison.

— Merci, mon pote. Je savais bien que cela m'arriverait un jour.

— Très bien, mais épargnez-moi vos sarcasmes. Nous les réserverons pour la Terre et nous les mettrons en conserve en vue des longues soirées d'hiver. Dans l'intervalle, quel incident dramatique pouvons-nous susciter ?

— Nous pourrions inonder la mine s'il ne s'agissait pas d'un astéroïde sans atmosphère.

— Encore un mot d'esprit, sans doute, dit Powell. Vraiment, Mike, vous allez me faire mourir de rire. Que diriez-vous d'un petit éboulement ?

Donovan fit la moue :

— Moi, je veux bien.

— Bon. Attelons-nous à la tâche.

Powell se sentait une âme de conspirateur en se frayant un chemin à travers le paysage accidenté. Sa démarche, en pesanteur réduite, possédait une curieuse élasticité sur le sol dentelé, faisant rebondir des pierres de droite et de gauche et jaillir de silencieux nuages de poussière grise sous ses semelles. Sur le plan mental, du moins, c'était la reptation prudente du comploteur.

— Savez-vous où ils se trouvent ? demanda-t-il.

— Je le pense, Greg.

— Très bien, dit Powell, mais si l'un des « doigts » se trouve à moins de six mètres de nous, nous serons détectés par ses senseurs, que nous soyons ou non dans son champ visuel. Vous savez cela, je l'espère.

— Lorsque je désirerai suivre un cours élémentaire de robotique, je vous adresserai une demande en bonne et due forme, et en trois exemplaires. C'est par ici.

Ils se trouvaient à présent dans les galeries ; même la lumière des étoiles avait disparu. Les deux hommes rasaient les parois, projetant par intermittence le faisceau de leurs torches devant eux. Powell posa le doigt sur le cran de sûreté de son détonateur.

— Connaissez-vous cette galerie, Mike ?

— Pas tellement. Elle vient d'être percée. Il me semble la reconnaître d'après ce que j'ai vu sur l'écran, mais...

D'interminables minutes s'écoulèrent.

— Sentez-vous ? dit Mike.

Une légère vibration animait la muraille sur laquelle Powell appuyait ses doigts gainés de métal. On n'entendait aucun bruit, naturellement.

— Ils préparent des charges. Nous sommes très près.

— Ouvrez l'œil, dit Powell.

Donovan inclina la tête d'un mouvement impatient.

Un éclair de bronze traversa leur champ de vision. Il était déjà passé avant qu'ils aient eu le temps de se ressaisir. Ils se cramponnèrent l'un à l'autre en silence.

— Pensez-vous qu'ils nous aient repérés ? murmura Powell.

— J'espère que non. Mais il vaudrait mieux les prendre de flanc. Prenons la première galerie latérale sur la droite.

— Et si nous les ratons ?

— Décidez-vous ! Que voulez-vous faire ? Revenir sur vos pas ? gronda rageusement Donovan. Ils se trouvent à moins de quatre cents mètres. Je les observais sur l'écran, non ? Et il ne nous reste plus que deux jours...

— Oh ! taisez-vous. Vous gaspillez votre oxygène. Est-ce bien une galerie latérale ?

Il alluma sa torche.

— C'est bien cela. Allons-y !

La vibration était considérablement plus intense et le sol tremblait nettement sous leurs pieds.

— Cette circonstance nous favorise, dit Donovan, si toutefois nous ne recevons pas les gravats sur la tête.

Il braqua sa torche devant lui anxieusement.

Il leur suffisait de lever le bras à demi pour toucher le plafond de la galerie et les étais qui venaient d'être posés.

Donovan hésita.

— C'est une impasse, faisons demi-tour.

— Non. Continuons.

Powell se faufila péniblement devant lui.

— Est-ce une lumière que nous apercevons devant nous ?

— Une lumière ? Quelle lumière ? Je ne vois rien. Pourquoi y aurait-il de la lumière dans une galerie sans issue ?

— Une lumière de robot.

Il gravissait une pente douce sur les mains et les genoux. Sa voix sonnait, rauque et anxieuse, dans les oreilles de Donovan.

— Hé, Mike, venez par ici.

Il y avait bien de la lumière. Donovan rampa par-dessus les jambes étendues de Powell.

— Une ouverture ?

— Oui. Ils doivent travailler de l'autre côté de cette galerie à présent... du moins je le pense.

Donovan explora à tâtons les bords dentelés de l'ouverture donnant dans une galerie qui apparaissait à la lueur de sa torche comme un tunnel principal. Le trou était trop petit pour livrer passage à un homme et leur permettait tout juste d'y jeter un coup d'œil simultanément.

— Il n'y a rien là-dedans, dit Donovan.

— Pas pour l'instant. Mais la galerie était occupée il y a une seconde, sans quoi nous n'aurions pas aperçu de lumière. Attention !

Les parois oscillèrent autour d'eux et ils ressentirent l'impact. Une fine poussière s'abattit sur eux. Powell dressa une tête prudente et glissa un nouveau coup d'œil.

— Ils sont bien là, Mike.

Les robots luminescents s'étaient rassemblés à quinze mètres, dans le tunnel principal. Des bras de métal besognaient puissamment sur la masse de gravats abattus par la récente explosion.

— Ne perdons pas de temps, dit Donovan d'un ton pressant. Ils auront bientôt percé et la prochaine décharge pourrait fort bien nous tomber sur la tête.

— Pour l'amour du ciel, ne me bousculez pas.

Powell dégagea le détonateur, ses yeux fouillèrent anxieusement l'arrière-plan obscur où la seule lumière était celle provenant des robots et où il était impossible de distinguer une roche saillante d'une ombre.

— J'aperçois un endroit au plafond, voyez, presque au-dessus de leurs têtes. La dernière explosion ne l'a pas tout à fait détaché. Si vous pouviez opérer une pesée sur sa base, la moitié du plafond s'écroulerait.

Powell suivit la direction indiquée par le doigt.

— Vu ! Maintenant ne quittez pas les robots de l'œil et priez le ciel qu'ils ne s'écartent pas trop loin de cette partie du tunnel. Je compte sur eux pour m'éclairer. Sont-ils bien là tous les sept ?

Donovan compta :

— Tous les sept.

— Eh bien, observez-les. Observez tous leurs mouvements !

Il avait levé son détonateur et demeurait en position tandis que Donovan regardait, jurait et battait des paupières pour chasser la sueur de ses yeux.

Un éclair !

Il y eut une secousse, une série de vibrations intenses, puis un choc brutal qui jeta Powell lourdement contre Donovan.

— Je n'ai rien vu, Greg, brailla Donovan, vous m'avez renversé.

Powell jeta autour de lui un regard affolé.

— Où sont-ils ?

Donovan garda le silence. On ne voyait plus de robots. Il faisait noir comme dans les profondeurs du Styx.

— Pensez-vous que nous les ayons ensevelis ? demanda Donovan d'une voix tremblante.

— Allons voir sur place. Ne me demandez pas ce que je pense.

Powell rampa à reculons de toute sa vitesse.

— Mike !

Donovan, qui se lançait sur ses traces, s'immobilisa.

— Qu'y a-t-il ?

— Ne bougez pas !

La respiration de Powell était oppressée et irrégulière dans les oreilles de Donovan.

— Mike ! M'entendez-vous, Mike ?

— Je suis là. Que se passe-t-il ?

— Nous sommes bloqués. Ce n'est pas l'éboulement du plafond, à quinze mètres, qui nous a renversés. C'est le nôtre qui s'est écroulé.

— Comment ?

Donovan fit un mouvement et vint se heurter à une dure barrière.

— Allumez la torche !

Powell obéit. Pas la moindre issue par où un lapin aurait pu se glisser.

— Eh bien, que dites-vous de cela ? murmura doucement Donovan.

Ils perdirent quelques instants et un peu d'énergie musculaire dans un effort pour déplacer la barrière de déblais. Powell y apporta une variation en s'efforçant d'agrandir les bords du trou d'origine. Il leva son arme mais, à si courte distance, une décharge serait un véritable suicide et il ne l'ignorait pas. Il s'assit.

— Nous avons réussi un beau gâchis, Mike, dit-il, et pour ce qui est de connaître la raison qui fait dérailler Dave, nous n'avons pas avancé d'un pas. L'idée était bonne, mais elle nous a sauté à la figure !

Le regard de Donovan était chargé d'une amertume dont l'intensité perdait totalement son effet dans l'obscurité.

— Je ne voudrais pas vous faire de peine, mon vieux, mais mis à part ce que nous savons ou ne savons pas de Dave, nous sommes gentiment coincés. Si nous n'arrivons pas à sortir d'ici, mon pote, nous allons mourir. M-O-U-R-I-R, mourir. Combien d'oxygène nous reste-t-il ? Guère plus de six heures.

— J'y ai pensé.

Les doigts de Powell montèrent vers sa moustache depuis longtemps soumise à une incessante torture et vinrent se heurter à la visière transparente.

— Bien entendu, nous pourrions aisément amener Dave à nous dégager dans cet intervalle, malheureusement notre géniale expérience de mise en condition artificielle a dû lui faire perdre ses esprits et son circuit radio est neutralisé.

— N'est-ce pas réjouissant ?

Donovan se dirigea vers l'ouverture et parvint à y glisser sa tête entourée de métal. Elle s'y ajustait avec une extrême précision.

— Hé, Greg !

— Quoi ?

— Supposez que nous attirions Dave à moins de six mètres. Il retrouverait son état normal et nous serions sauvés.

— Sans doute, mais où est-il ?

— Au fond du couloir... tout à fait au fond. Pour l'amour du ciel, cessez de tirer, sinon vous allez m'arracher la tête. Je vais vous laisser la place.

Powell glissa à son tour sa tête dans l'ouverture.

— Pas à dire, nous avons réussi. Regardez-moi ces ânes. Ils doivent danser un ballet.

— Ne vous occupez pas de leurs performances artistiques. Se rapprochent-ils tant soit peu ?

— Impossible de le dire encore. Ils sont trop loin. Passez-moi ma torche, voulez-vous. Je vais essayer d'attirer leur attention.

Il y renonça au bout de deux minutes.

— Rien à faire ! Ils doivent être aveugles. Oh ! ils se dirigent vers nous.

— Hé, laissez-moi voir, dit Donovan.

Il y eut une lutte silencieuse.

— C'est bon ! dit Powell et Donovan put passer sa tête dans l'ouverture.

Ils approchaient en effet. Dave ouvrait la marche en tête et les six « doigts » exécutaient un pas de music-hall sur ses talons.

— Qu'est-ce qu'ils peuvent bien fabriquer ? s'émerveilla Donovan. Ma parole, ils dansent la Ronde des Petits Lutins.

— Oh ! laissez-moi tranquille avec vos descriptions, grommela Powell. Ils se rapprochent toujours ?

— Ils sont à moins de quinze mètres et continuent d'avancer vers nous. Nous serons sortis d'ici dans un quart d'heure... Euh... Euh... Hé !

— Que se passe-t-il ?

Il fallut plusieurs secondes à Powell pour sortir de l'ahurissement où l'avaient plongé les variations vocales de Donovan.

— Allons, laissez-moi glisser un œil par ce trou, ne soyez pas égoïste.

Il voulut s'imposer de force, mais Donovan résista en décochant force coups de pied.

— Ils ont fait demi-tour, Greg. Ils s'en vont. Dave ! Hé, D-a-a-a-a-ve !

— Inutile de crier, imbécile ! hurla Powell. Le son ne portera pas jusqu'à eux.

— Dans ce cas, haleta Donovan, donnons des coups de pied dans les murs, n'importe quoi pour amorcer une vibration. Il faut que nous attirions leur attention d'une façon ou d'une autre, Greg, sinon nous sommes perdus.

Il tapait comme un forcené. Powell le secoua.

— Attendez, Mike, attendez. Écoutez-moi, j'ai une idée. Par Jupiter, le moment est bien choisi pour trouver les solutions simples. Mike !

— Que voulez-vous ?

Donovan retira sa tête de l'ouverture.

— Laissez-moi votre place, vite, avant qu'ils ne soient hors de portée.

— Hors de portée ? Qu'allez-vous faire ? Hé, qu'allez-vous faire de ce détonateur ?

Il saisit le bras de Powell. L'autre secoua violemment l'étreinte.

— Je vais faire un peu de tir.

— Pourquoi ?

— Je vous expliquerai plus tard. Voyons d'abord si ça fonctionne. Dans le cas contraire... Tirez-vous de là et laissez-moi faire !

Les robots étaient de petites lueurs sautillantes qui diminuaient encore dans le lointain. Powell visa soigneusement et pressa la détente trois fois de suite. Il abaissa son pistolet et regarda anxieusement. L'un des subsidiaires était tombé ! Il ne restait plus que six taches dansantes.

Powell parla d'une voix incertaine dans l'émetteur :

— Dave !

Un temps, puis la réponse parvint aux deux hommes.

— Patron ? Où êtes-vous ? Mon troisième subsidiaire a la poitrine défoncée. Il est hors de service.

— Ne t'occupe pas de ton subsidiaire, dit Powell. Nous sommes bloqués dans l'éboulement à l'endroit où vous faisiez sauter des charges d'explosifs. Aperçois-tu notre torche ?

— Bien sûr. Nous arrivons immédiatement.

Powell se laissa aller, le dos contre la paroi.

— Et voilà !

Donovan dit tout doucement avec des larmes dans la voix :

— C'est bien, Greg, vous avez gagné. Je lèche la poussière devant vos pieds. Maintenant ne me racontez pas d'histoires. Dites-moi simplement ce qui s'est passé.

— Facile. Comme d'habitude, nous n'avons pas vu ce qui nous crevait les yeux. Nous savions que le circuit d'initiative personnelle était en cause, et que les aberrations de conduite se produisaient toujours en cas de danger, seulement nous en cherchions la cause dans un ordre spécifique. Mais pourquoi un ordre ?

— Pourquoi pas ?

— Pourquoi pas un certain type d'ordre ? Quel type d'ordre exige le maximum d'initiative ? Quel type d'ordre doit être lancé quasi exclusivement en cas de danger ?

— Ne me le demandez pas, Greg. Dites-le-moi !

— C'est ce que je fais ! C'est l'ordre à six canaux. En temps ordinaire, un « doigt » ou davantage exécute des besognes de routine n'exigeant aucune surveillance particulière — de cette façon instinctive dont nos corps exécutent les mouvements de la marche. Mais en cas de danger, les six subsidiaires doivent être mobilisés immédiatement et simultanément. Dave doit commander six robots à la fois et quelque chose craque. Le reste s'explique facilement. La moindre baisse dans l'initiative requise, telle qu'en provoque l'arrivée des hommes, et il retrouve l'usage de ses facultés. C'est pourquoi j'ai détruit l'un des robots. Après quoi, il ne transmettait plus que des ordres à cinq canaux. L'initiative ayant décru... il est de nouveau normal.

— Comment avez-vous découvert tout cela ? demanda Donovan.

— Par simple déduction logique. J'ai tenté l'expérience et elle s'est révélée concluante.

La voix du robot retentit de nouveau dans leurs oreilles.

— Je suis là. Pouvez-vous encore tenir une demi-heure ?

— Facilement, dit Powell. (Puis s'adressant à Donovan, il poursuivit :) Et maintenant notre tâche ne devrait pas être très compliquée. Nous allons vérifier les circuits et noter les organes qui sont anormalement sollicités lors d'un ordre à six canaux alors que la tension demeure acceptable pour un ordre à cinq canaux. Cela circonscrit-il notablement nos recherches ?

— Dans une grande mesure, en effet, réfléchit Donovan. Si Dave est conforme au modèle préliminaire que nous avons vu à l'usine, il existe un circuit de coordination qui devrait constituer le seul secteur intéressé. (Il s'épanouit soudain de façon surprenante.) Dites donc, ce ne serait pas mal du tout. D'une simplicité enfantine, dirais-je même !

— Très bien. Réfléchissez-y et nous vérifierons les bleus sitôt que nous serons rentrés. Et maintenant, en attendant que Dave nous dégage, je vais me reposer.

— Un instant. Dites-moi seulement une chose. A quoi rimaient ces pas de danse, ces défilés militaires auxquels se livraient les robots chaque fois qu'ils étaient désaxés ?

— Ma foi, je n'en sais rien. Mais j'ai cependant une idée sur la question. Souvenez-vous que ces subsidiaires constituent les « doigts » de Dave. Nous le répétions à chaque instant. Eh bien, j'ai dans l'idée que dans tous ces interludes, où Dave devenait un cas relevant du psychiatre, il sombrait dans une stupeur imbécile durant laquelle il passait son temps à *pianoter*.

SUSAN CALVIN

« Menteur » est la troisième histoire de robot que j'ai écrite, et la première où apparaît le personnage de Susan Calvin, dont je devais rapidement tomber amoureux. Elle hanta tant mes pensées ensuite que, peu à peu, elle détrôna Powell et Donovan. Le duo n'eut la vedette que dans les trois histoires de la section précédente et une quatrième, intitulée « Évasion », qui offrait également une place à Susan Calvin.

En considérant ma carrière, j'ai l'impression d'avoir inclus ma chère Susan dans d'innombrables histoires, mais au décompte elle n'apparaît que dans onze, intégralement reproduites dans cette section. La onzième, « Intuition féminine », la voit sortir de sa retraite, devenue une vieille dame respectable qui n'a pourtant rien perdu de son charme acide.

Au passage, le lecteur pourra noter que, bien que ces nouvelles aient été rédigées à une époque où la science-fiction était prétendue chasse gardée des romanciers phallocrates, Susan Calvin n'y demande aucune faveur et bat ses interlocuteurs masculins à leur propre jeu. Bien sûr, il est évident qu'elle est sexuellement insatisfaite. Mais on ne peut pas tout avoir.

MENTEUR

Alfred Lanning alluma son cigare avec soin, mais le bout de ses doigts tremblait légèrement. Il parlait entre deux bouffées, ses sourcils gris étroitement contractés.

— Il lit bien les pensées, sans le moindre doute ! Mais pourquoi ? (Il leva les yeux vers le mathématicien Peter Bogert.) Eh bien ?

Bogert aplatit sa chevelure noire des deux mains.

— C'est le trente-quatrième modèle du type qui soit sorti de nos chaînes de montage, Lanning. Tous les autres étaient rigoureusement orthodoxes.

Un troisième homme qui était présent dans la pièce fronça les sourcils. Milton Ashe était le plus jeune officier de l'U.S. Robots, et pas peu fier d'occuper son poste.

— Écoutez, Bogert. Il ne s'est pas produit le moindre accroc depuis le commencement du montage jusqu'à la fin. Cela, je vous le garantis.

Les lèvres épaisses de Bogert s'épanouirent en un sourire condescendant :

— Vraiment ? Si vous pouvez répondre de toute la chaîne de montage, je vous proposerai pour l'avancement. Pour être précis, la fabrication d'un seul cerveau positronique exige soixante-quinze mille deux cent trente-quatre opérations différentes, et chacune de ces opérations, pour être menée à bien, repose sur un certain nombre de facteurs, lequel se situe entre cinq et cent cinq. Si une seule d'entre elles se trouve sérieusement compromise, le cerveau est bon à jeter. Je cite notre propre manuel de spécifications, Ashe.

Milton Ashe rougit, mais une quatrième voix lui coupa sa réplique sous le pied.

— Si nous commençons à nous rejeter la faute les uns sur les autres, je m'en vais.

Les mains de Susan Calvin étaient étroitement serrées sur ses genoux, et les petites rides qui tombaient de part et d'autre de ses lèvres minces et pâles s'accusèrent.

— Nous avons sur les bras un robot télépathe et il me semble important de déterminer exactement les raisons pour lesquelles il lit les pensées. Nous ne les trouverons pas en nous rejetant mutuellement la faute.

Ses yeux froids se fixèrent sur Ashe et le jeune homme sourit.

Lanning l'imita et, comme toujours en pareille occasion, ses longs cheveux blancs et ses petits yeux perspicaces faisaient de lui le type même du patriarche biblique.

— Bien parlé, docteur Calvin.

Sa voix prit soudain un ton incisif :

— Voici l'exposé des faits en une formule concentrée. Nous avons réalisé un cerveau positronique apparemment de la cuvée ordinaire, qui possède la propriété remarquable de pouvoir s'accorder sur les trains d'ondes cérébrales. Nous accomplirions le progrès le plus important dans la science robotique, depuis des dizaines d'années, si nous savions ce qui s'est passé. Nous l'ignorons et c'est ce qu'il nous faut découvrir. Est-ce clair ?

— Puis-je faire une suggestion ? demanda Bogert.

— Je vous en prie.

— Je propose que jusqu'au moment où nous aurons tiré au clair cet embrouillamini nous tenions secrète l'existence du RB-34. Sans excepter les autres membres du personnel. Étant chefs de départements, la solution du problème ne devrait pas être inaccessible pour nous, et moins nombreux nous serons à en connaître...

— Bogert a raison, dit le Dr Calvin. Depuis le moment où le Code Interplanétaire a été modifié pour permettre aux modèles de robots d'être testés dans les usines avant d'être expédiés dans l'espace, la propagande antirobots s'est intensifiée. Si jamais le public venait à apprendre, par une indiscrétion, l'existence d'un robot capable de lire les pensées, avant d'avoir été informé que nous possédons l'entière maîtrise du phénomène, on ne manquerait pas d'exploiter largement cette information.

Lanning tira des bouffées de son cigare et inclina la tête gravement. Il se tourna vers Ashe.

— Vous m'avez dit, je crois, que vous étiez seul, lorsque vous avez découvert par hasard cette curieuse particularité ?

— Si j'étais seul ? Je pense bien... J'ai connu la plus belle peur de ma vie. RB-34 venait de quitter la table de montage et on venait de me l'envoyer. Oberman s'était absenté, c'est pourquoi je l'ai conduit moi-même aux salles de test... ou du moins j'ai commencé à le conduire. (Ashe prit un temps et un léger sourire effleura ses lèvres.) L'un de vous a-t-il jamais tenu une conversation mentale à son insu ?

Nul ne s'inquiéta de répondre, et il poursuivit :

— On ne s'en aperçoit pas immédiatement, vous pensez bien. Il s'adressait à moi — aussi logiquement et raisonnablement que vous pouvez l'imaginer — et ce n'est seulement qu'après avoir parcouru la plus grande partie du chemin menant aux salles de test que je m'aperçus que je n'avais rien dit. Bien entendu, bien des pensées m'avaient traversé l'esprit, mais ce n'est pas la même chose. J'enfermai mon robot et partis à la recherche de Lanning de toute la vitesse de mes jambes. De l'avoir vu marcher à mes côtés, pénétrant calmement mes pensées, parmi lesquelles il faisait un choix, m'avait donné la chair de poule.

— Je l'imagine aisément, dit pensivement Susan Calvin. (Ses yeux s'étaient posés sur Ashe avec une curieuse intensité.) Nous avons tellement l'habitude de considérer nos pensées comme un domaine inviolable.

Lanning intervint avec impatience.

— Seules les quatre personnes ici présentes sont au courant. Très bien ! Nous allons opérer systématiquement. Ashe, je vous demanderai de vérifier la chaîne de montage depuis le début jusqu'à la fin — sans rien omettre. Vous éliminerez toutes les opérations qui ne comportent aucun risque d'erreur et vous dresserez une liste de celles qui peuvent être sujettes à caution, en notant leur nature et leur importance éventuelle.

— Ce n'est pas un petit travail, grommela Ashe.

— Naturellement, tous les hommes sous vos ordres devront s'atteler à la tâche. Peu m'importe que nous prenions du retard sur notre programme. Mais ils devront ignorer la raison de cette inquisition, vous comprenez bien ?

— Hummm, oui ! (Le jeune technicien eut un sourire ambigu.) N'empêche qu'il s'agit là d'un travail du tonnerre de chien !

Lanning pivota sur son fauteuil pour faire face à Susan Calvin.

— Vous aborderez la tâche dans une direction opposée. Vous êtes la robopsychologue de l'usine, et par conséquent il vous appartient d'étudier le robot lui-même. Étudiez son comportement. Voyez ce qui pourrait être relié à ses facultés télépathiques, quelle est leur étendue, de quelle façon elles modifient sa « personnalité » et dans quelle mesure exacte elles ont affecté ses propriétés ordinaires de RB. Vous m'avez compris ?

Lanning n'attendit pas la réponse du Dr Calvin.

— Je coordonnerai les travaux et interpréterai mathématiquement les résultats. (Il tira de grosses bouffées de son cigare et murmura le reste à travers la fumée.) Bogert me prêtera son assistance, naturellement.

Bogert polit ses ongles en les frottant d'une main dodue et répondit d'une voix inexpressive :

— Si j'ose dire ! Je ne connais pas grand-chose à la question.

— Eh bien, je vais me mettre au travail.

Ashe repoussa sa chaise et se leva. Son jeune visage agréable se plissa en un sourire.

— C'est moi qui ai la tâche la plus ardue, aussi vais-je m'y mettre sans plus tarder.

Il quitta la pièce avec un bref : « Au revoir ! »

Susan Calvin répondit d'une inclination de tête à peine perceptible ; elle le suivit des yeux jusqu'à la sortie mais elle ne répondit pas lorsque Lanning poussa un grognement et lui demanda :

— Voulez-vous monter voir le RB-34 à présent, docteur Calvin ?

RB-34 leva ses yeux photo-électriques du livre sur lequel il se penchait en entendant le bruit étouffé que produisaient les gonds en tournant et il était debout lorsque Susan Calvin entra dans la pièce.

Elle s'arrêta pour replacer sur la porte le gigantesque écriteau DÉFENSE D'ENTRER et s'approcha ensuite du robot.

— Je vous ai apporté les textes concernant les moteurs hyperatomiques, Herbie... quelques-uns d'entre eux du moins. Aimeriezvous y jeter un coup d'œil ?

RB-34 — alias Herbie — prit les trois volumes pesants qu'elle tenait entre ses bras et ouvrit le premier à la page du titre.

— Hum ! Théorie de l'hyperatomique.

Il grommela quelques paroles inarticulées pour lui-même en feuilletant les pages, puis dit d'un air absorbé :

— Asseyez-vous, docteur Calvin. Cela ne me prendra que quelques minutes.

La psychologue s'assit en observant étroitement Herbie tandis qu'il allait s'installer de l'autre côté de la table et qu'il parcourait systématiquement les trois volumes.

Au bout d'une demi-heure il les reposa.

— Bien entendu, je sais pourquoi vous m'avez apporté ces ouvrages.

Le coin de la lèvre du Dr Calvin fut soulevé par un tic.

— C'est bien ce que je craignais, Herbie. Vous avez toujours un pas d'avance sur moi.

— Il en va de même avec ces livres qu'avec les autres. Ils ne m'intéressent absolument pas. Vos textes ne valent rien. Votre science n'est rien d'autre qu'un conglomérat d'informations agglutinées ensemble par une théorie sommaire... et tout cela est si incroyablement simple qu'il vaut tout juste la peine qu'on s'en occupe.

« Ce sont vos œuvres de fiction qui m'intéressent. L'étude que vous faites de l'interaction des mobiles et des sentiments humains.

Il fit un geste vague de ses mains puissantes en cherchant le mot juste.

— Je crois comprendre, murmura le Dr Calvin.

— Je lis dans les esprits, voyez-vous, poursuivit le robot, et vous n'avez pas idée à quel point ils sont compliqués. Je n'arrive pas à comprendre, car mon propre esprit a si peu de choses en commun avec eux... mais j'essaie et vos romans me sont d'un grand secours.

— Oui, mais je crains qu'après avoir suivi les expériences émotionnelles harassantes où vous entraînent les romans sentimentaux modernes (il y avait une pointe d'amertume dans sa voix), vous ne trouviez de véritables esprits comme les nôtres ternes et incolores.

— Mais il n'en est rien !

L'énergie soudaine de la réponse amena le Dr Calvin à se dresser sur ses pieds. Elle se sentit rougir et une pensée traversa follement son esprit : Il doit savoir !

Herbie se radoucit soudain, et murmura d'une voix basse où toute résonance métallique avait pratiquement disparu :

— Mais naturellement je sais, docteur Calvin. Vous y pensez sans cesse. Comment pourrais-je ne pas le savoir ?

Le visage de Susan Calvin s'était durci.

— L'avez-vous dit... à quelqu'un ?

— Non, bien entendu ! (Puis, avec une surprise non feinte :) Personne ne me l'a demandé.

— Dans ce cas, lança-t-elle, vous me prenez sans doute pour une sotte.

— Mais non ! Il s'agit là d'un sentiment normal.

— C'est peut-être pour cette raison qu'il est si stupide.

La tristesse dont sa voix était empreinte noyait tout le reste. Un peu de la femme parut sous la cuirasse du docteur.

— Je ne suis pas ce que l'on pourrait appeler... séduisante.

— Si vous faites allusion à votre apparence physique, je ne puis juger. Mais je sais en tout cas qu'il existe d'autres genres de séduction.

— Ni jeune.

Le Dr Calvin avait à peine entendu le robot.

— Vous n'avez pas encore quarante ans.

Une insistance anxieuse s'était fait jour dans la voix de Herbie.

— Trente-huit si vous tenez compte des années, mais soixante si l'on juge par les rapports émotionnels avec la vie. Je ne suis pas psychologue pour rien.

Elle poursuivit avec une amertume haletante :

— Or, il n'a que trente-cinq ans, ne les paraît pas et possède un comportement juvénile. Pensez-vous qu'il puisse me voir autrement que... je ne suis ?

— Vous vous trompez. (Le poing d'acier de Herbie s'abattit sur la table avec un fracas retentissant.) Écoutez-moi...

Mais Susan Calvin se tourna vers lui et la peine secrète tapie au fond de ses yeux se transforma en braise.

— Pourquoi devrais-je vous écouter ? Que pouvez-vous y connaître... machine que vous êtes ? A vos yeux je ne suis rien d'autre qu'un spécimen ; un insecte intéressant doué d'un esprit particulier, disséqué pour l'examen. Un merveilleux exemple de frustration, n'est-ce pas ? Presque aussi intéressant que vos livres.

Elle étouffa ses sanglots sans larmes. Le robot courba le front sous l'orage. Il secoua la tête d'un air suppliant.

— Ne voulez-vous pas m'écouter ? Je pourrais vous aider si seulement vous vouliez bien me le permettre.

— Comment cela ? (Elle retroussa les lèvres.) En me prodiguant de bons conseils ?

— Non, non, pas du tout. Je sais tout simplement ce que pensent d'autres gens... Milton Ashe, par exemple.

Un long silence suivit et Susan Calvin baissa les yeux.

— Je ne veux pas savoir ce qu'il pense, dit-elle d'une voix étranglée. Taisez-vous.

— Je crois que vous voudriez savoir ce qu'il pense.

Sa tête demeura inclinée, mais sa respiration devint plus courte.

— Vous dites des bêtises, murmura-t-elle.

— Pourquoi le ferais-je ? J'essaie de vous aider. Ce que Milton Ashe pense de vous...

Il s'interrompit. Alors la psychologue leva la tête.

— Eh bien ?

— Il vous aime, dit tranquillement le robot.

Durant une minute entière, le Dr Calvin demeura silencieuse. Elle se contentait de fixer son interlocuteur.

— Vous vous trompez ! dit-elle. Pourquoi m'aimerait-il ?

— Mais il vous aime, pourtant. Un sentiment pareil ne peut se dissimuler, pas à moi.

— Mais je suis tellement... tellement... bégaya-t-elle.

— Il voit plus loin que la peau, et admire l'intelligence chez les autres. Milton Ashe n'est pas homme à épouser une perruque blonde et une paire d'yeux enjôleurs.

Susan Calvin battit rapidement des paupières et attendit quelques instants avant de parler. Sa voix elle-même tremblait.

— Jamais, en aucune façon, il ne m'a laissé soupçonner qu'il...

— Lui en avez-vous donné l'occasion ?

— Comment l'aurais-je pu ? Jamais je n'aurais pensé que...

— Exactement !

La psychologue demeura perdue dans ses pensées puis soudain leva les yeux.

— Une fille est venue le voir à l'usine il y a six mois. Elle était jolie, je suppose, blonde et mince. Et naturellement, c'est à peine si elle savait additionner deux et deux. Il a passé la journée à se pavaner, s'efforçant de lui expliquer comment on montait un robot. (Elle retrouva son ton acerbe.) Y comprenait-elle quelque chose ? Qui était-elle ?

Herbie répondit sans hésitation.

— Je connais la personne à laquelle vous faites allusion. Elle est sa cousine germaine et je vous assure qu'aucun intérêt romanesque ne l'attire vers elle.

Susan Calvin se dressa sur ses pieds avec une vivacité de jeune fille.

— Comme c'est curieux ! C'est justement ce dont j'essayais de me persuader parfois, bien que je n'y aie jamais réellement cru au fond de moi-même. Alors tout doit être vrai.

Elle courut vers le robot et saisit sa main lourde et froide entre les siennes.

— Merci, Herbie. (Sa voix était devenue un murmure pressant.) Pas un mot de tout cela à qui que ce soit. Que cela demeure notre secret, et merci une fois encore.

Puis, étreignant convulsivement les doigts inertes du robot, elle quitta la pièce.

Herbie se remit lentement à son roman abandonné, mais il n'y avait personne pour lire ses propres pensées.

Milton Ashe s'étira lentement et magnifiquement dans un récital de craquements de jointures et de grognements, puis tourna des yeux furibonds vers Peter Bogert.

— Dites donc, s'écria-t-il, voilà une semaine que je travaille d'arrache-pied sans pratiquement fermer l'œil. Pendant combien de temps devrai-je continuer ce régime ? Je croyais vous avoir entendu dire que le bombardement positronique dans la Chambre à Vide D constituait la solution.

Bogert bâilla délicatement et considéra ses mains blanches avec le plus grand intérêt.

— C'est exact. Je suis sur la piste.

— Je sais ce que cela signifie dans la bouche d'un mathématicien. A quelle distance du but êtes-vous ?

— Cela dépend.

Ashe se laissa tomber dans une chaise et étendit ses longues jambes devant lui.

— De quoi ?

— De Lanning. Le vieux n'est pas d'accord avec moi. (Il soupira.) Il retarde un peu sur son temps, voilà l'ennui. Il s'accroche aux mécaniques matricielles comme au recours suprême, et ce problème exige des outils mathématiques plus puissants. Il est tellement obstiné !

— Pourquoi ne pas poser la question à Herbie et régler toute l'affaire ? murmura Ashe d'une voix ensommeillée.

Bogert leva les sourcils.

— Interroger le robot ?

— Pourquoi pas ? La vieille fille ne vous a-t-elle donc rien dit ?

— Vous parlez de Calvin ?

— Oui, Susie, elle-même. Ce robot est un sorcier en mathématiques. Il connaît tout sur tout, plus un petit quelque chose. Il résout des intégrales triples, de tête, et avale des tenseurs analytiques en guise de dessert.

Le mathématicien le considéra avec scepticisme.

— Parlez-vous sérieusement ?

— Je vous assure ! Le plus étonnant, c'est que le drôle n'aime pas les maths. Il préfère les romans à l'eau de rose. Ma parole ! Je vous conseille de jeter un coup d'œil sur la littérature à quatre sous dont Susie le nourrit : *Passion pourpre* et *Amour dans l'espace*.

— Le Dr Calvin ne nous a pas dit un mot de tout cela.

— C'est qu'elle n'a pas fini de l'étudier. Vous savez comment elle est. Il faut que tout soit bien rangé et étiqueté avant de révéler le grand secret.

— Je vois qu'elle vous a parlé.

— Nous avons eu quelques conversations. Je l'ai vue assez fréquemment ces jours-ci. (Il ouvrit les yeux tout grands et fronça les sourcils.) Dites-moi, Bogie, n'avez-vous rien remarqué d'étrange dans l'attitude de la dame, ces derniers temps ?

Le visage de Bogert s'épanouit dans un sourire assez vulgaire.

— Elle utilise du rouge à lèvres si c'est cela que vous voulez insinuer.

— Oui, je sais. Du rouge, de la poudre et même de l'ombre sur les yeux. Un vrai masque de carnaval. Mais ce n'est pas cela. Je n'arrive pas à mettre le doigt dessus. C'est sa façon de parler... comme si elle était heureuse à propos de je ne sais quel sujet.

Il réfléchit un instant, puis haussa les épaules. L'autre se permit un ricanement qui, pour un physicien de cinquante ans passés, n'était pas tellement mal réussi.

— Elle est peut-être amoureuse.

Ashe permit à ses yeux de se refermer de nouveau.

— Vous êtes idiot, Bogie. Allez donc parler à Herbie ; je veux rester ici et dormir.

— Soit. Non pas que j'aime recevoir des conseils d'un robot pour faire mon travail. D'ailleurs, je ne crois pas qu'il en soit capable.

Un doux ronflement fut la seule réponse qu'il obtint.

Herbie écoutait attentivement, tandis que Peter Bogert, les mains dans les poches, s'exprimait avec une indifférence affectée.

— Et voilà. Je me suis laissé dire que vous comprenez ces questions, et si je vous interroge, c'est davantage pour satisfaire ma curiosité qu'autre chose. Ma ligne de raisonnement, telle que je l'ai indiquée, comporte quelques points douteux, je l'admets, ce que le Dr Lanning refuse d'accepter, et le tableau est plutôt incomplet.

Le robot ne répondit pas.

— Eh bien ? reprit Bogert.

— Je ne vois aucune erreur, dit Herbie après avoir étudié les chiffres.

— Je ne pense pas que vous puissiez aller au-delà ?

— Je n'oserais pas le tenter. Vous êtes meilleur mathématicien que moi et... j'aurais peur de m'avancer.

Il y avait une certaine condescendance dans le sourire de Bogert.

— Je me doutais bien que tel serait le cas. La question est complexe. Oublions cela.

Il froissa les feuilles de papier, les jeta dans la corbeille, fit le geste de partir, puis se ravisa.

— A propos...

Le robot attendit.

Bogert semblait éprouver des difficultés à trouver ses mots.

— Il y a quelque chose... c'est-à-dire, vous pourriez peut-être...

Il s'arrêta court.

— Vos pensées sont confuses, dit le robot d'une voix égale, mais elles concernent le Dr Lanning, cela ne fait aucun doute. Il est stupide de votre part d'hésiter, car sitôt que vous aurez retrouvé votre sang-froid, je connaîtrai la question que vous voulez me poser.

La main du mathématicien se porta sur sa chevelure luisante et la caressa d'un geste familier.

— Lanning approche de soixante-dix ans, dit-il comme si cette seule phrase expliquait tout.

— Je le sais.

— Et il est directeur de l'usine depuis près de trente ans.

Herbie inclina la tête.

— Eh bien... (La voix de Bogert prit une intonation cajoleuse.) Vous savez mieux que moi... s'il pense à prendre sa retraite. Pour raison de santé peut-être ou...

— C'est exact, dit Herbie sans autre commentaire.

— En somme, le savez-vous ?

— Certainement !

— Alors pourriez-vous me le dire ?

— Puisque vous le demandez, oui. (Le robot alla droit au fait.) Il a déjà donné sa démission !

— Comment ?

Il avait poussé cette exclamation d'une voix explosive et à peine articulée. La grosse tête du savant se pencha en avant.

— Voudriez-vous répéter ?

— Il a déjà donné sa démission, reprit l'autre avec calme. Mais celle-ci n'a pas encore pris effet. Il attend, voyez-vous, d'avoir résolu le problème qui... euh... me concerne. Cela terminé, il est tout disposé à remettre la charge de directeur à son successeur.

Bogert expulsa brusquement l'air de sa poitrine.

— Et son successeur, qui est-il ?

Il était tout près de Herbie maintenant, et ses yeux semblaient fascinés par ces indéchiffrables cellules photo-électriques d'un rouge sombre qui constituaient les organes visuels du robot.

— Vous êtes le nouveau directeur, répondit l'autre lentement.

Bogert se détendit en un sourire.

— C'est bon à savoir. J'espérais et j'attendais cette nomination. Merci, Herbie.

Peter Bogert demeura devant sa table jusqu'à 5 heures du matin et y retourna à 9. L'étagère immédiatement au-dessus de son bureau se vidait de ses liasses de références, de ses livres et de ses tables, à mesure qu'il se reportait aux uns et aux autres. Les pages de calculs étalées devant lui augmentaient de façon infime et les papiers froissés à ses pieds s'entassaient en une colline de plus en plus envahissante.

A midi précis, il considéra la page finale, frotta un œil injecté de sang, bâilla et haussa les épaules.

— Cela empire de minute en minute, par l'enfer !

Il se retourna en entendant la porte s'ouvrir, et inclina la tête à l'adresse de Lanning qui entrait dans la pièce en faisant craquer les jointures de ses doigts.

Le directeur vit d'un coup d'œil le désordre qui régnait dans la pièce et son front se barra d'un pli.

— Une nouvelle piste ? interrogea-t-il.

— Non, répondit l'autre d'un ton de défi. En quoi l'ancienne serait-elle mauvaise ?

Lanning ne prit pas la peine de répondre, et jeta un simple regard à la dernière feuille de papier qui se trouvait sur le bureau de Bogert. Il alluma un cigare tout en parlant.

— Calvin vous a-t-elle parlé du robot ? C'est un génie mathématique. Vraiment remarquable.

L'autre poussa un renâclement bruyant.

— C'est ce que je me suis laissé dire. Mais Calvin ferait mieux de se limiter à la robopsychologie. J'ai sondé Herbie en mathématiques et c'est à peine s'il peut se débrouiller dans les calculs.

— Calvin n'est pas de cet avis.

— Elle est folle.

Les yeux du directeur se plissèrent.

— Et moi non plus, je ne suis pas de cet avis.

— Vous ? (La voix de Bogert se durcit.) De quoi parlez-vous ?

— J'ai soumis Herbie à un petit examen durant toute la matinée, et il est capable d'exécuter des tours dont vous n'avez même jamais entendu parler.

— Vraiment ?

— Vous paraissez sceptique !

Lanning tira de sa poche une feuille de papier et la déplia.

— Ce n'est pas mon écriture, n'est-ce pas ?

Bogert examina les grandes notations anguleuses qui couvraient la feuille.

— C'est Herbie qui a rédigé cela ?

— Parfaitement ! Et vous remarquerez qu'il a travaillé sur votre intégration temporelle de l'équation 22. Il arrive... (Lanning posa un ongle jauni sur le dernier paragraphe) à la même conclusion que moi, et en quatre fois moins de temps. Vous n'étiez nullement fondé à tenir pour négligeable l'effet de retard, dans le bombardement positronique.

— Je ne l'ai pas négligé. Pour l'amour du ciel, mettez-vous dans la tête qu'il annulerait...

— Je sais, vous me l'avez expliqué. Vous avez utilisé l'équation de translation de Mitchell, n'est-ce pas ? Eh bien... elle n'est pas applicable au cas qui nous occupe.

— Pourquoi pas ?

— D'abord, parce que vous avez utilisé des hyperimaginaires.

— Je ne vois pas le rapport...

— L'équation de Mitchell n'est pas valable lorsque...

— Êtes-vous fou ? Si seulement vous preniez la peine de relire le texte original de Mitchell dans les *Transactions du...*

— Je n'en ai nul besoin. Je vous ai dit dès le début que je n'aimais pas son raisonnement, et Herbie est de mon avis.

— Dans ce cas, hurla Bogert, laissez ce mécanisme d'horlogerie résoudre tout le problème à votre place. Pourquoi vous occuper des choses qui ne sont pas essentielles ?

— C'est juste. Herbie ne peut résoudre le problème. Et dans ce cas nous ne pourrons pas mieux faire que lui... seuls. Je vais soumettre la question entière au Comité National. Le problème nous dépasse.

La chaise de Bogert tomba sur le sol à la renverse, dans le bond qu'il fit soudain, le visage cramoisi.

— Vous n'en ferez rien.

Lanning rougit à son tour.

— Prétendez-vous me donner des ordres ?

— Exactement, répondit l'autre en grinçant des dents. J'ai résolu le problème et je ne me le laisserai pas retirer des mains par vous, c'est bien compris ? J'ai percé à jour vos manigances, croyez-moi, espèce de fossile desséché ! Vous vous feriez couper le nez plutôt que de me laisser le bénéfice d'avoir résolu l'énigme de la télépathie robotique.

— Vous êtes un fichu idiot, Bogert, et je m'en vais de ce pas vous faire suspendre pour insubordination...

La lèvre inférieure de Lanning tremblait de colère.

— Vous n'en ferez rien, Lanning. Vous pensiez peut-être garder vos petits secrets, avec un robot télépathe dans l'usine ? Apprenez donc que je suis au courant de votre démission.

La cendre du cigare de Lanning trembla et tomba, et le cigare lui-même suivit.

— Comment... comment...

Bogert eut un rire mauvais.

— Et je suis le nouveau directeur, enfoncez-vous cela dans le crâne ; n'ayez pas de doute à ce propos. La peste m'étouffe, c'est moi qui vais donner les ordres dans cet établissement, sinon je vous promets le plus grand scandale auquel vous ayez jamais été mêlé de votre vie.

Lanning retrouva sa voix et rugit :

— Vous êtes suspendu, m'avez-vous compris ? Je vous relève de toutes vos fonctions. Vous êtes congédié, vous m'avez compris ?

Le sourire s'élargit sur le visage de l'autre.

— A quoi bon vous fâcher ? Vous n'aboutirez à rien. C'est moi qui détiens les cartes maîtresses. Je sais que vous avez donné votre démission. C'est Herbie qui me l'a dit et il le tenait directement de vous.

Lanning se contraignit à parler calmement. Il avait pris l'air d'un très vieil homme, avec des yeux las dans un visage d'où toute couleur avait disparu, ne laissant derrière elle qu'une teinte cireuse.

— Je veux parler à Herbie. Il est impossible qu'il ait pu vous dire quoi que ce soit de semblable. Vous jouez un drôle de jeu, Bogert, mais je saurai bien vous démasquer. Suivez-moi !

Bogert haussa les épaules.

— Vous voulez voir Herbie ? A votre aise !

Ce fut également à midi précis que Milton Ashe leva les yeux de son croquis maladroit.

— Vous voyez à peu près ce que cela donne ? Je ne suis pas très fort en dessin, mais c'est à peu près l'allure générale. C'est une maison de toute beauté et je pourrai l'acheter pour trois fois rien.

Susan Calvin le regarda avec des yeux attendris.

— Elle est vraiment belle, soupira-t-elle. J'ai souvent pensé que j'aimerais...

Sa voix s'étrangla.

— Bien entendu, poursuivit Ashe allègrement, en reposant son crayon, il faut que j'attende mes vacances. Il ne me reste plus guère que deux semaines à patienter, malheureusement cette histoire de Herbie a tout remis en question. (Il considéra ses ongles.) Mais il y a autre chose... et c'est un secret.

— Alors ne m'en dites rien.

— Ma foi, je ne sais pas trop, je brûle de le confier à quelqu'un, et vous êtes la meilleure confidente que je puisse trouver ici.

Il sourit niaisement.

Le cœur de Susan Calvin bondit dans sa poitrine, mais elle ne se risqua pas à ouvrir la bouche.

— A vous parler franchement... (Ashe rapprocha sa chaise et ramena le ton de sa voix à un murmure confidentiel) la maison ne sera pas seulement pour moi. Je vais me marier !

Et puis il bondit de son siège.

— Qu'y a-t-il ?

— Rien. (L'horrible sensation de vertige avait disparu, mais elle avait de la peine à faire sortir les mots.) Vous marier ? Vous voulez dire... ?

— Mais sans doute ! Il est grand temps, n'est-ce pas ? Vous vous rappelez cette fille qui est venue me voir ici l'été dernier ? C'est d'elle qu'il s'agit ! Mais vous êtes souffrante, vous...

— Un peu de migraine ! (Susan Calvin l'écarta faiblement d'un geste.) J'en ai... souffert récemment. Je voudrais... vous féliciter, bien sûr. Je suis très heureuse...

Le rouge appliqué d'une main inexperte faisait un affreux contraste avec ses joues d'une pâleur de craie. La pièce recommençait à tourner autour d'elle.

— Excusez-moi, je vous prie...

Elle balbutia faiblement ces mots et se dirigea en aveugle vers la porte. Tout s'était passé avec la soudaineté catastrophique d'un rêve... et l'horreur irréelle d'un cauchemar.

Mais comment était-ce possible ? Herbie lui avait dit...

Et Herbie savait ! Il lisait dans les pensées !

Elle se trouva appuyée, à bout de souffle, contre le chambranle de la porte, les yeux fixés sur le visage de métal de Herbie. Elle avait dû gravir les deux étages dans un état d'inconscience totale, car elle n'en gardait aucun souvenir. La distance avait été parcourue en un instant, comme en rêve.

Comme en rêve !

Et toujours Herbie la fixait de ses yeux inflexibles et leurs prunelles rouge sombre semblaient se dilater en deux globes de cauchemar faiblement illuminés.

Il parlait et elle sentit le contact froid du verre sur ses lèvres. Elle avala une gorgée et recouvra une conscience partielle de son environnement.

Herbie parlait toujours, et il y avait de l'agitation dans sa voix — comme s'il était alarmé, effrayé et implorant.

Les mots commençaient à prendre un sens.

— C'est un rêve, disait-il, et vous ne devez pas y croire. Bientôt vous vous réveillerez dans le monde réel et vous rirez de vous-même. Il vous aime, je vous l'affirme. C'est la pure vérité ! Mais pas ici ! Pas en ce moment ! C'est une illusion.

Susan Calvin inclina la tête.

— Oui ! Oui ! dit-elle en un murmure. (Elle avait saisi le bras de Herbie, s'y cramponnait en répétant sans cesse :) Ce n'est pas vrai, n'est-ce pas ? Ce n'est pas vrai ?

Comment elle revint à elle, elle n'aurait pu le dire — mais elle eut l'impression de passer d'un monde d'une brumeuse irréalité à la dure clarté du soleil. Elle repoussa le robot, écarta avec force ce bras d'acier, les yeux écarquillés.

— Qu'essayez-vous de faire ? (Sa voix avait pris un timbre strident.) Qu'essayez-vous de faire ?

Herbie battit en retraite.

— Je veux vous aider.

La psychologue ouvrit des yeux ronds.

— M'aider ? En m'affirmant qu'il s'agit d'une illusion ? En essayant de me faire sombrer dans la schizophrénie ? (Une passion hystérique la saisit.) Il ne s'agit pas d'un rêve ! Plût au ciel qu'il le fût !

Elle aspira l'air brutalement.

— Attendez ! Mais... mais, je comprends. Bonté divine, c'est tellement évident.

Il y avait de l'horreur dans la voix du robot.

— Il le fallait !

— Et dire que je vous ai cru ! Jamais je n'aurais pensé...

Un bruit de voix irritées de l'autre côté de la porte l'immobilisa. Elle fit demi-tour, en serrant les poings spasmodiquement, et lorsque Bogert et Lanning pénétrèrent dans la pièce, elle se trouvait près de la fenêtre opposée. Ni l'un ni l'autre des deux hommes ne lui prêtèrent la moindre attention.

Ils s'approchèrent simultanément de Herbie ; Lanning irrité, impatient. Bogert froidement sardonique. Le directeur prit la parole le premier.

— Écoutez-moi un peu, Herbie !

Le robot tourna les yeux vivement vers le vieux directeur :

— Oui, monsieur Lanning.

— Avez-vous parlé de moi avec le Dr Bogert ?

— Non, monsieur.

La réponse avait été proférée avec lenteur et le sourire de Bogert disparut.

— Que signifie ?

Bogert vint se placer devant son directeur et se planta les jambes écartées devant le robot.

— Répétez ce que vous m'avez déclaré hier.

— J'ai dit que...

Puis le robot se tut. Au plus profond de son corps son diaphragme métallique vibrait sous l'effet d'une faible discordance.

— Ne m'avez-vous pas affirmé qu'il avait donné sa démission ? rugit Bogert. Répondez !

Bogert leva le bras d'un geste de rage frénétique, mais Lanning l'écarta d'un revers de main.

— Tentez-vous de le faire mentir en usant d'intimidation ?

— Vous l'avez entendu, Lanning. Il a commencé à parler, puis il s'est interrompu. Laissez-moi passer ! Je veux qu'il me dise la vérité, vous m'avez compris ?

— Je vais lui poser la question ! Ai-je donné ma démission, Herbie ?

Herbie prit un regard fixe et Lanning répéta anxieusement la question : « Ai-je donné ma démission ? » Le robot fit un geste de dénégation quasi imperceptible. L'attente se prolongea sans rien amener de nouveau.

Les deux hommes échangèrent un regard où se lisait une hostilité presque tangible.

— Par tous les diables, bafouilla Bogert, ce robot est-il devenu muet ? Ne pouvez-vous parler, espèce de monstre ?

— Je puis parler, répondit l'autre aussitôt.

— Alors répondez à la question. Ne m'avez-vous pas dit que Lanning avait donné sa démission ? L'a-t-il donnée oui ou non ?

Et de nouveau ce fut le silence... lorsque à l'autre bout de la pièce retentit le rire de Susan Calvin, strident et à demi hystérique.

Les deux mathématiciens sursautèrent, et les yeux de Bogert se rétrécirent.

— Tiens, vous étiez là ? Que trouvez-vous de si drôle ?

— Rien. (Sa voix n'était pas tout à fait naturelle.) Je viens seulement de m'apercevoir que je n'ai pas été l'unique dupe. N'est-il pas paradoxal de voir trois des plus grands experts en robotique tomber avec ensemble dans le même piège grossier ? (Elle porta une main pâle à son front.) Mais cela n'a rien de comique.

Cette fois le regard qu'échangèrent les deux hommes était surmonté de sourcils levés à l'extrême.

— De quel piège parlez-vous ? demanda Lanning avec raideur. Le robot présente-t-il quelque anomalie ?

— Non. (Elle s'approcha d'eux lentement.) Non, ce n'est pas chez lui que se trouve l'anomalie, mais chez nous. (Elle virevolta soudainement et cria au robot :) Éloignez-vous de moi ! Allez vous mettre à l'autre bout de la pièce et que je ne vous revoie plus.

Herbie baissa pavillon devant la fureur qui faisait flamboyer ses yeux et s'éloigna au petit trot.

— Que signifient ces vociférations, docteur Calvin ? demanda Lanning d'une voix hostile.

Elle leur fit face et, d'un ton sarcastique :

— Vous connaissez certainement la Première Loi fondamentale de la Robotique ?

Les deux autres inclinèrent la tête avec ensemble.

— Certainement, dit Bogert avec impatience, un robot ne peut attaquer un être humain ni, restant passif, laisser cet être humain exposé au danger.

— Merveilleusement exprimé, ironisa Calvin. Mais quel genre de danger ? Quel genre d'attaque ?

— Mais... tous les genres.

— Exactement ! Tous les genres ! Mais pour ce qui est de blesser les sentiments, d'amoindrir l'idée que l'on se fait de sa propre personne, de réduire en poudre les plus chers espoirs, sont-ce là des choses sans importance ou au contraire... ?

Lanning fronça les sourcils.

— Comment voulez-vous qu'un robot puisse savoir...

Puis il se tut avec un cri étranglé.

— Vous avez saisi, n'est-ce pas ? Ce robot lit les pensées. Pensez-vous qu'il ignore tout des blessures morales ? Pensez-vous que si je lui posais une question, il ne me donnerait pas exactement la réponse que je désire entendre ? Toute autre réponse ne nous blesserait-elle pas, et Herbie peut-il l'ignorer ?

— Juste ciel ! murmura Bogert.

La psychologue lui lança un regard sardonique.

— Je suppose que vous lui avez demandé si Lanning avait donné sa démission. Vous attendiez de lui une réponse affirmative et il vous l'a donnée.

— Et sans doute est-ce pour la même raison, dit Lanning d'une voix inexpressive, qu'il a refusé de répondre il y a quelques minutes. Il ne pouvait dire un mot sans blesser l'un ou l'autre d'entre nous.

Une courte pause s'ensuivit, durant laquelle les hommes considérèrent pensivement le robot affalé sur sa chaise, près de la bibliothèque, la tête appuyée sur sa main.

Susan Calvin regardait fixement le plancher.

— Il savait tout cela. Ce... ce démon connaît tout, y compris ce qui cloche dans son propre corps.

Ses yeux étaient sombres et songeurs.

Lanning se tourna vers elle.

— Vous vous trompez sur ce point, docteur Calvin, il ignore ce qui cloche dans son montage. Je lui ai posé la question.

— Et qu'est-ce que cela signifie ? répondit vertement Calvin. Simplement que vous ne désiriez pas obtenir de lui la solution. Cela blesserait votre amour-propre de voir une machine élucider un problème que vous êtes incapable de résoudre. L'avez-vous interrogé ? demanda-t-elle à Bogert.

— D'une certaine façon. (Bogert toussa et rougit.) Il m'a déclaré qu'il connaissait fort peu de chose en mathématiques.

Lanning se mit à rire, pas très fort, et la psychologue sourit d'un air caustique.

— Je vais lui poser la question ! Qu'il trouve la solution ne blessera pas mon amour-propre.

Elle haussa la voix et dit d'un ton froid et impératif :

— Venez ici !

Herbie se leva et s'approcha à pas hésitants.

— Vous savez, je suppose, poursuivit-elle, précisément à quel endroit du montage a été introduit un facteur étranger, ou omis un élément essentiel.

— Oui, répondit le robot d'une voix à peine perceptible.

— Minute, intervint Bogert avec colère. Ce n'est pas nécessairement exact. Vous vouliez entendre cette réponse, c'est tout.

— Ne faites pas l'idiot, répliqua Calvin. Il connaît certainement autant de mathématiques que Lanning et vous-même réunis, puisqu'il peut lire dans les pensées. Laissez-lui sa chance.

Le mathématicien céda et Calvin poursuivit :

— Eh bien, Herbie, répondez ! Nous attendons. (Et en aparté :) Prenez du papier et un crayon, messieurs.

Mais le robot demeura silencieux, et une note de triomphe transparut dans la voix de la psychologue.

— Pourquoi ne répondez-vous pas, Herbie ?

Le robot balbutia soudain :

— Je ne peux pas, vous savez que je ne peux pas ! Le Dr Bogert et le Dr Lanning ne le désirent pas.

— Ils veulent connaître la solution.

— Mais pas de moi.

Lanning intervint en détachant les mots lentement.

— Ne soyez pas stupide, Herbie. Nous voulons vraiment cette réponse.

Bogert inclina brièvement la tête.

La voix de Herbie prit un registre suraigu.

— A quoi bon prétendre une pareille chose ? Croyez-vous que je ne distingue pas à travers la peau superficielle de votre esprit ? Au fond de vous-mêmes, vous ne désirez pas que je réponde. Je suis une machine, à laquelle on a donné une imitation de vie par la seule vertu des interactions positroniques qui se déroulent dans mon cerveau — qui est l'œuvre de l'homme. Vous ne pouvez perdre la face devant moi sans être blessés. Je ne vous donnerai pas la solution.

— Nous allons vous laisser seul avec le Dr Calvin, dit le Dr Lanning.

— Cela ne changerait rien à l'affaire, s'écria Herbie, puisque vous sauriez dans tous les cas que c'est moi qui aurais donné la solution.

— Mais vous comprenez, néanmoins, Herbie, reprit Calvin, qu'en dépit de cela, le Dr Lanning et le Dr Bogert ont besoin de connaître cette solution.

— Grâce à leurs propres efforts ! insista Herbie.

— Mais ils veulent l'obtenir, et le fait que vous la possédez et que vous refusez de la leur livrer leur cause de la peine. Vous comprenez cela, n'est-ce pas ?

— Oui, oui.

— Et si vous leur donnez la solution, ils seront également peinés ?

— Oui, oui.

Le robot battait en retraite lentement, et Susan Calvin le suivait pas à pas. Les deux hommes observaient la scène, pétrifiés de stupéfaction.

— Vous ne pouvez rien leur dire, récitait la psychologue lentement, parce que cela leur causerait de la peine, ce qui vous est interdit. Mais si vous refusez de parler, vous leur causez de la peine, donc vous devez tout leur dire. Si vous le faites, vous leur ferez de la peine, ce qui vous est interdit, par conséquent vous vous abstiendrez. Mais si vous vous abstenez, ils en concevront du dépit et par conséquent vous devez leur donner la réponse, mais si vous leur donnez la réponse...

Herbie se trouvait le dos au mur, et là il tomba à genoux.

— Arrêtez ! cria-t-il. Fermez votre esprit ! Il est rempli de peine, de frustration et de haine ! Je n'ai pas voulu cela, je vous l'assure ! Je voulais vous aider. Je vous ai donné la réponse que vous désiriez entendre. Je ne pouvais faire autrement !

La psychologue ne prêtait aucune attention à ses cris.

— Vous devez leur donner la réponse, mais dans ce cas vous leur causerez de la peine, et vous devez vous abstenir ; mais si vous vous abstenez...

Et Herbie poussa un hurlement !

C'était comme le son d'une petite flûte amplifié cent fois... qui devenait de plus en plus aigu au point d'atteindre l'insupportable stridence qui était l'expression même de la terreur où se débattait une âme perdue, faisant résonner les murs de la pièce à l'unisson.

Puis le son s'éteignit. Herbie s'écroula pour former sur le sol un pantin de métal désarticulé et immobile.

Le visage de Bogert était exsangue.

— Il est mort !

— Non ! (Susan Calvin éclata d'un fou rire inextinguible.) Il n'est pas mort, mais fou, tout simplement. Je l'ai confronté avec ce dilemme insoluble et il a craqué. Vous pouvez le ramasser à présent, car il ne parlera plus jamais.

Lanning s'était agenouillé auprès du tas de ferraille qui avait été Herbie. Ses doigts touchèrent le froid métal inerte du visage et il frissonna.

— Vous avez fait cela de propos délibéré.

Il se leva et vint se planter devant elle, le visage convulsé.

— Et après ? Vous n'y pouvez plus rien à présent. (Puis, dans une soudaine crise d'amertume :) Il l'a bien mérité.

Le directeur saisit la main de Bogert qui demeurait immobile, comme paralysé.

— Quelle importance ? Venez, Peter. (Il poussa un soupir.) Un robot pensant de ce type ne présente aucune valeur après tout. (Ses yeux paraissaient vieux et las et il répéta :) Allons, venez, Peter !

Ce ne fut qu'au bout de plusieurs minutes après le départ des deux savants que le Dr Susan Calvin recouvra partiellement son équilibre mental. Lentement ses yeux se portèrent sur Herbie et son visage reprit sa dureté. Elle demeura longtemps à le contempler et petit à petit l'expression de triomphe fit place à l'impitoyable frustration — et de toutes les pensées qui se bousculaient tumultueusement dans sa cervelle, seul un mot infiniment amer franchit ses lèvres :

— *Menteur !*

SATISFACTION GARANTIE

Tony était grand et d'une sombre beauté, et ses traits à l'expression inaltérable étaient empreints d'une incroyable distinction patricienne ; Claire Belmont le regardait à travers la fente de la porte avec un mélange d'horreur et de trouble.

— Je ne peux pas, Larry, je ne peux pas le supporter à la maison.

Fébrilement, elle fouillait son esprit paralysé pour trouver une expression plus vigoureuse de sa pensée ; une tournure de phrase explicite qui réglerait une bonne fois la question, mais elle ne put que répéter une fois de plus :

— Je ne peux pas, c'est tout.

Larry Belmont posa un regard sévère sur sa femme ; il y avait dans sa prunelle cette lueur d'impatience que Claire redoutait tant d'y découvrir, car elle y voyait comme le reflet de sa propre incompétence.

— Nous nous sommes engagés, Claire, dit-il, et je ne peux te permettre de reculer à présent. La compagnie m'envoie à Washington à cette condition, et j'en tirerai probablement de l'avancement. Tu n'as absolument rien à craindre et tu le sais parfaitement.

— Cela me donne le frisson rien que d'y penser, dit-elle misérablement. Je ne pourrai jamais le supporter.

— Il est aussi humain que toi et moi, ou presque. Donc, pas d'enfantillages. Allez, viens.

Sa main s'était posée sur la taille de la jeune femme et la poussait en avant ; elle se retrouva toute frissonnante dans la salle de séjour. *Il* était là, la considérant avec une politesse sans défaut, comme s'il appréciait celle qui allait être son hôtesse durant les trois semaines à venir. Le Dr Susan Calvin était également là, assise toute droite sur sa chaise avec son visage aux lèvres minces, perdue dans ses pensées. Elle avait l'air froid et lointain d'une personne qui a travaillé depuis si longtemps avec des machines qu'un peu de leur acier a fini par pénétrer dans son sang.

— Bonjour, balbutia Claire d'une voix timide et presque inaudible.

Mais déjà Larry s'efforçait de sauver la situation en manifestant une gaieté de commande :

— Claire, je te présente Tony, un garçon formidable. Tony, voici ma femme.

La main de Larry étreignit familièrement l'épaule du garçon. Mais celui-ci demeura impassible et inexpressif.

— Enchanté de vous connaître, madame Belmont, dit-il.

Claire sursauta au son de sa voix. Elle était profonde et suave, aussi lisse que ses cheveux et la peau de son visage.

— Oh ! mais... vous parlez ! s'écria-t-elle avant d'avoir pu se retenir.

— Pourquoi pas ? Pensiez-vous que je serais muet ?

Claire ne put que sourire faiblement. Il lui eût été bien difficile de préciser à quoi elle s'était attendue. Elle détourna les yeux, puis l'étudia du coin de l'œil sans en avoir l'air. Ses cheveux étaient lisses et noirs, comme du plastique poli — étaient-ils vraiment composés de fils distincts ? La peau olivâtre de ses mains et de son visage se poursuivait-elle au-delà du col et des manches de son costume bien coupé ?

Perdue dans son étonnement, elle dut se contraindre pour écouter la voix sèche et dépourvue d'émotion du Dr Calvin.

— Madame Belmont, j'espère que vous êtes pleinement consciente de l'importance de cette expérience. Votre mari vous a, m'a-t-il dit, donné quelques renseignements sur le sujet. J'aimerais les compléter en ma qualité de robopsychologue de l'U.S. Robots.

« Tony est un robot. Il figure dans les fiches de la compagnie sous désignation TN-3, mais il répond au nom de Tony. Il ne s'agit pas d'un monstre mécanique, ni d'une simple machine à calculer du type qui vit le jour au cours de la Seconde Guerre mondiale, il y a plus de quatre-vingts ans. Il possède un cerveau artificiel dont la complexité pourrait presque se comparer à celle du cerveau humain.

« De tels cerveaux sont fabriqués spécifiquement pour chaque modèle de robot. Chacun d'eux dispose d'un certain nombre de connexions établies d'avance, si bien que chaque robot connaît d'abord la langue anglaise et suffisamment d'autres notions pour accomplir le travail auquel il est destiné.

« Jusqu'à présent, l'U.S. Robots s'était limitée à la construction de modèles industriels devant être utilisés en des lieux où le travail humain est impraticable. Mais nous voulons à présent les faire entrer dans la cité et la maison. Pour y parvenir, nous devons amener les hommes à supporter sans crainte la présence de ces robots. Vous comprenez, j'espère, que vous n'avez rien à redouter de sa part ?

— C'est l'exacte vérité, Claire, s'interposa Larry. Tu peux me croire sur parole. Il lui est impossible de faire le moindre mal. Autrement, je ne te laisserais pas seule en sa compagnie.

Claire jeta un regard en dessous à Tony et baissa la voix.

— Et si jamais je le mettais en colère ?

— Inutile de parler à voix basse, dit le Dr Calvin avec calme. Il lui est impossible de se mettre en colère contre vous. Je vous ai déjà dit que les connexions de son cerveau étaient prédéterminées. La plus importante de toutes est ce que nous appelons la Première Loi de la Robotique, qui est ainsi formulée : « Un robot ne peut nuire à un être humain ni laisser sans assistance un être humain en danger. » Tous les robots sont construits ainsi. Aucun robot ne peut être contraint, d'aucune façon, à faire du mal à un humain. C'est pourquoi nous avons recours à vous et à Tony pour effectuer une première expérience pour notre gouverne, tandis que votre mari se rendra à Washington afin de prendre les arrangements nécessaires pour procéder aux tests légaux.

— Cette opération serait donc illégale ?

Larry s'éclaircit la gorge.

— Pour l'instant, oui, mais ne te fais pas de soucis. Il ne quittera pas la maison et personne ne le verra. C'est tout... Je resterais bien avec toi, Claire, mais je connais trop les robots. Il nous faut opérer avec la collaboration d'une personne complètement inexpérimentée afin d'obtenir des informations sur les cas les plus difficiles. C'est indispensable.

— Dans ce cas... murmura Claire. (Puis une pensée la frappa soudain.) Mais quelle est sa spécialité ?

— Les travaux domestiques, répondit brièvement le Dr Calvin.

Elle se leva pour prendre congé et ce fut Larry qui la reconduisit jusqu'à la porte d'entrée. Claire demeura tristement en arrière. Elle aperçut son reflet dans la glace surmontant la cheminée et détourna rapidement les yeux. Elle était très lasse de sa petite figure de souris fatiguée, et de sa chevelure floue et sans éclat. Puis elle surprit les yeux de Tony posés sur elle et fut sur le point de sourire, lorsqu'elle se souvint...

Il n'était qu'une machine.

Larry Belmont se dirigeait vers l'aéroport lorsqu'il aperçut l'image furtive de Gladys Claffern. Elle avait le type de ces femmes qui semblent faites pour être vues par éclairs fugitifs... Fabriquée avec une parfaite précision ; habillée d'un œil infaillible, d'une main sans défaut ; trop resplendissante pour pouvoir être regardée en face.

Le léger sourire qui la précédait et le léger parfum qui volait dans son sillage tenaient lieu de doigts aguicheurs. Larry sentit son pas se rompre ; il porta la main à son chapeau et reprit sa marche.

Comme toujours, il ressentait cette même colère vague. Si seulement Claire voulait se faufiler dans la clique Claffern, cela faciliterait tellement les choses. Mais à quoi bon ?

Claire ! Les rares fois où elle s'était trouvée face à face avec Gladys, la petite sotte était demeurée muette comme une carpe. Il ne se faisait pas d'illusions. Les essais sur Tony constituaient la grande chance de sa vie, et celle-ci se trouvait entre les mains de Claire. Combien il serait préférable de la savoir entre celles d'une Gladys Claffern !

Claire s'éveilla le second matin au bruit d'un léger coup frappé à la porte de la chambre à coucher. Elle fut immédiatement alarmée, puis elle sentit son sang se glacer dans ses veines. Elle avait évité Tony le premier jour, laissant paraître un petit sourire forcé lorsqu'elle se trouvait face à face avec lui et s'effaçant avec un son inarticulé en guise d'excuse.

— Est-ce vous, Tony ?

— Oui, madame Belmont. Puis-je entrer ?

Elle avait sans doute dû prononcer le *oui* fatidique, car il fut soudainement dans la chambre sans que son arrivée eût été annoncée par le moindre bruit. Il portait un plateau.

— Le petit déjeuner ? interrogea-t-elle.

— Si vous le permettez.

Elle n'aurait pas osé refuser, aussi se dressa-t-elle lentement pour recevoir le plateau sur ses genoux : œufs brouillés, pain grillé beurré, café.

— J'ai apporté le sucre et la crème séparément, dit Tony, j'espère qu'avec le temps j'apprendrai vos préférences sur ce point et sur les autres.

Elle attendait.

Tony, droit comme une règle d'acier, demanda au bout d'un moment :

— Peut-être aimeriez-vous mieux manger seule ?

— Oui... C'est-à-dire si vous n'y voyez pas d'inconvénient.

— N'aurez-vous pas besoin de mon aide un peu plus tard pour vous habiller ?

— Ciel, non !

Elle se cramponna frénétiquement au drap, si bien que la tasse de café pencha dangereusement. Claire conserva la même pose, puis se laissa aller à la renverse sur l'oreiller lorsqu'il eut disparu derrière la porte.

Elle vint tant bien que mal à bout de son déjeuner... Ce n'était qu'une machine, et si seulement cet état mécanique avait été un peu plus visible, elle aurait ressenti moins de frayeur de sa présence. Ou s'il avait changé d'expression. Mais celle-ci demeurait invariablement la même. Comment deviner ce qui se passait derrière ces yeux sombres et cette douce peau olivâtre ? La tasse vide fit un léger bruit de castagnettes lorsqu'elle la reposa sur la soucoupe, dans le plateau.

Puis elle s'aperçut qu'elle avait oublié d'ajouter à son café le sucre et la crème, et pourtant Dieu sait si elle ne pouvait pas souffrir le café noir.

Sitôt habillée, elle se rendit comme un météore de la chambre à coucher à la cuisine. C'était sa maison, après tout, et si elle n'était pas une maniaque du ménage, elle aimait à voir sa cuisine propre. Il aurait dû attendre qu'elle vînt lui donner ses ordres...

Mais lorsqu'elle pénétra dans le sanctuaire où elle procédait à l'élaboration des repas, on aurait pu croire que la fabrique venait de livrer un bloc de cuisine flambant neuf à l'instant même.

Elle demeura immobile de saisissement, tourna les talons et faillit se jeter dans Tony. Elle poussa un cri.

— Puis-je vous aider ? demanda-t-il.

— Tony... (elle domina la colère qui venait de succéder à sa frayeur) il faut que vous fassiez du bruit en marchant. Je ne peux pas supporter que vous me tombiez dessus comme un fantôme... Ne vous êtes-vous servi de rien dans la cuisine ?

— Mais si, madame Belmont.

— On ne le dirait pas.

— Je l'ai nettoyée après avoir préparé le déjeuner. N'est-ce pas l'habitude ?

Claire ouvrit de grands yeux. Que pouvait-elle répondre à cela ?

Elle ouvrit le compartiment qui contenait les ustensiles, jeta un regard rapide et distrait sur le métal qui resplendissait à l'intérieur, puis dit avec un frémissement dans la voix :

— Très bien. Tout à fait satisfaisant !

Si, à ce moment, il se fût épanoui, si les coins de sa bouche se fussent tant soit peu relevés, elle aurait eu un élan vers lui, elle en avait l'impression. Mais c'est avec un flegme de lord anglais qu'il répondit :

— Je vous remercie, madame Belmont. Vous plairait-il d'entrer dans la salle de séjour ?

A peine eut-elle franchi le seuil de la pièce qu'elle éprouva une nouvelle surprise.

— Vous avez astiqué les meubles ?

— Le travail est-il à votre convenance, madame Belmont ?

— Mais quand avez-vous fait ce nettoyage ? Sûrement pas hier.

— La nuit dernière.

— Vous avez brûlé de la lumière toute la nuit ?

— Oh ! non. C'était tout à fait inutile. Je possède une source de rayons ultraviolets incorporée. Et, bien entendu, je n'ai pas besoin de sommeil.

Néanmoins, il avait besoin d'admiration. Elle s'en rendit compte à cet instant. Il lui était indispensable de savoir s'il avait plu à sa maîtresse. Mais elle ne pouvait se résoudre à lui donner ce plaisir.

Elle ne put que répondre aigrement :

— Vos pareils auront tôt fait de réduire les gens de maison au chômage.

— On pourra les occuper à des travaux autrement importants une fois qu'ils seront libérés des corvées domestiques. Après tout, madame Belmont, des objets tels que moi peuvent être manufacturés, mais rien ne peut égaler le génie créateur et l'éclectisme d'un cerveau comme le vôtre.

Bien que son visage demeurât impassible, sa voix était chargée de respect et d'admiration, au point que Claire rougit et murmura :

— Mon cerveau ? Vous pouvez le prendre !

Tony s'approcha quelque peu.

— Vous devez être bien malheureuse pour prononcer une telle phrase. Puis-je faire quelque chose pour vous ?

Un instant, Claire fut sur le point d'éclater de rire. La situation était d'un ridicule achevé : un brosseur de tapis articulé, un laveur de vaisselle, un astiqueur de meubles, un bon à tout faire, tout frais sorti des chaînes de montage... qui venait lui offrir ses services comme consolateur et confident...

Pourtant, elle s'écria soudain dans une explosion de chagrin :

— M. Belmont ne pense pas que je possède un cerveau, si vous voulez tout savoir... et sans doute n'en ai-je pas !

Elle ne pouvait se laisser aller à pleurer devant lui. Il lui semblait qu'elle devait sauvegarder l'honneur de la race humaine en présence de la création qui était sortie de ses mains.

— C'est tout récent, ajouta-t-elle. Tout allait bien lorsqu'il n'était encore qu'un étudiant, lorsqu'il débutait. Mais je suis incapable de jouer le rôle de la femme d'un homme important ; et il va devenir important. Il voudrait que je me fasse hôtesse et que je l'introduise dans la vie mondaine... comme... comme Gladys Claffern.

Elle avait le nez rouge et elle détourna la tête.

Mais Tony ne la regardait pas. Ses yeux erraient à travers la pièce.

— Je peux vous aider à diriger la maison.

— Mais elle ne vaut pas un clou ! s'écria-t-elle farouchement. Il lui faudrait un je ne sais quoi que je suis incapable de lui donner. Je sais seulement la rendre confortable ; mais jamais je ne pourrai lui donner cet aspect que l'on voit aux intérieurs représentés dans les magazines de luxe.

— Est-ce le genre que vous aimeriez ?

— A quoi servirait-il de désirer l'impossible ?

Les yeux de Tony s'étaient posés sur elle.

— Je pourrais vous aider.

— Connaissez-vous quelque chose à la décoration intérieure ?

— Cela entre-t-il dans les attributions d'une bonne ménagère ?

— Certainement.

— Dans ce cas, je peux l'apprendre. Pourriez-vous me procurer des livres sur le sujet ?

C'est à cet instant que quelque chose commença.

Claire, qui se cramponnait à son chapeau pour résister aux fantaisies facétieuses que le vent prenait avec lui, avait ramené de la bibliothèque publique deux épais traités sur l'art domestique. Elle observa Tony lorsqu'il ouvrit l'un d'eux et se mit à le feuilleter. C'était la première fois qu'elle voyait ses doigts s'activer à une besogne exigeant de la délicatesse.

« Je ne comprends pas comment ils peuvent obtenir un pareil résultat », pensa-t-elle, et, poussée par une impulsion subite, elle saisit la main du robot et l'attira vers elle. Tony ne résista pas et la laissa inerte, pour lui permettre de l'examiner.

— C'est remarquable, dit-elle, même vos ongles ont l'air absolument naturels.

— C'est voulu, bien sûr, répondit Tony. La peau est constituée par un plastique souple, et la charpente qui tient lieu de squelette est faite d'un alliage de métaux légers. Cela vous amuse ?

— Pas du tout. (Elle leva un visage rougi.) J'éprouve une certaine gêne à jeter un regard indiscret dans vos viscères, si je puis dire. Cela ne me concerne nullement. Vous ne me posez aucune question sur mes propres organes internes.

— Mes empreintes cérébrales ne comportent pas ce genre de curiosité. Je ne puis agir que dans la limite de mes possibilités.

Claire sentit quelque chose se nouer à l'intérieur de son corps au cours du silence qui suivit. Pourquoi oubliait-elle constamment qu'il n'était qu'une simple machine ? Paradoxalement, c'était la machine qui venait de le lui rappeler. Était-elle à ce point frustrée de toute sympathie qu'elle en venait à considérer un robot comme son égal... parce qu'il lui témoignait de l'intérêt ?

Elle remarqua que Tony continuait à feuilleter les pages — vainement, aurait-on pu croire — et elle sentit monter en elle un soudain sentiment de supériorité qui lui procura un certain soulagement.

— Vous ne savez pas lire, n'est-ce pas ?

Tony leva la tête.

— Je suis en train de lire, madame Belmont, dit-il d'une voix calme, sans la moindre nuance de reproche.

Elle désigna le livre d'un geste vague :

— Mais...

— J'explore les pages, si c'est là ce que vous voulez dire. Ou, si vous préférez, je les photographie en quelque sorte.

Le soir était déjà tombé ; lorsque Claire se mit au lit, Tony avait parcouru une grande partie du second volume, assis dans l'obscurité, ou du moins ce qui paraissait être l'obscurité aux yeux imparfaits de Claire.

Sa dernière pensée, celle qui vint l'assaillir au moment où elle sombrait dans le néant, fut une pensée bizarre. Elle se souvint de nouveau de sa main ; du contact de sa peau, douce et tiède comme celle d'un être humain.

Quelle habileté on déployait à la fabrique, pensa-t-elle, puis elle s'endormit.

Durant les jours qui suivirent, ce fut un va-et-vient continuel entre la maison et la bibliothèque municipale. Tony suggérait des champs d'étude qui se subdivisaient rapidement. Il y avait des livres sur la façon d'assortir les couleurs ; sur la charpente et sur les modes ; sur l'art et sur l'histoire du costume et sur le maquillage.

Il tournait chaque page devant ses yeux solennels et lisait à mesure ; il semblait incapable d'oublier.

Avant la fin de la semaine, il lui avait demandé avec insistance de couper ses cheveux, l'avait initiée à une nouvelle méthode de coiffure, lui avait suggéré de rectifier légèrement la ligne de ses sourcils et de modifier la teinte de sa poudre et de son rouge à lèvres.

Elle avait palpité une heure durant d'une terreur nerveuse sous les effleurements délicats de ses doigts inhumains, puis elle s'était regardée dans le miroir.

— On peut faire bien davantage, avait dit Tony, surtout en ce qui concerne les vêtements. Qu'en dites-vous pour un début ?

Elle n'avait rien répondu ; du moins pendant quelque temps. Pas avant d'avoir assimilé l'identité de l'étrangère qui la regardait dans son miroir et calmé l'étonnement qui lui était venu de sa beauté. Puis elle avait dit d'une voix étranglée, sans quitter un seul instant des yeux la réconfortante image :

— Oui, Tony, c'est très bien... pour un début.

Elle ne disait mot de tout cela dans ses lettres à Larry. Qu'il ait le plaisir de la surprise ! Et quelque chose lui disait que ce n'était pas seulement la surprise qu'elle escomptait. Ce serait comme une sorte de revanche.

— Il est temps de commencer à acheter, dit Tony un matin, et je n'ai pas le droit de quitter la maison. Si je vous fais une liste précise des articles nécessaires, puis-je compter sur vous pour me les procurer ? Nous avons besoin de draperies et de tissus d'ameublement, de papiers de tapisserie, de tapis, de peinture, de vêtements et mille autres choses de moindre importance.

— On ne peut obtenir tous ces articles sans délai, dit Claire sur un ton de doute.

— A peu de chose près, à condition de fouiller la ville de fond en comble et que l'argent ne soit pas un obstacle.

— Mais, Tony, l'argent est certainement un obstacle.

— Pas du tout. Présentez-vous tout d'abord à l'U.S. Robots. Je vous remettrai un billet. Allez voir le Dr Calvin et dites-lui que ces achats font partie de l'expérience.

Le Dr Calvin l'impressionna moins que le premier soir. Avec son nouveau visage et son chapeau neuf, elle n'était plus tout à fait la même Claire. La psychologue l'écouta attentivement, posa quelques questions, hocha la tête... et Claire se retrouva dans la rue, porteuse d'un crédit illimité sur le compte de l'U.S. Robots.

L'argent peut réaliser des miracles. Avec tout le contenu d'un magasin à sa disposition, les ukases d'une vendeuse n'étaient pas nécessairement redoutables ; les sourcils haut levés d'un décorateur ne portaient pas la foudre de Jéhovah.

Et à un certain moment, lorsque l'une des Autorités les plus Imposantes, trônant dans l'un des plus chics salons de l'établissement, eut levé un sourcil hautain sur la liste des articles qui devaient composer sa garde-robe et émis des réserves sur un ton dédaigneux, elle appela Tony au téléphone et tendit le récepteur à l'important personnage.

— Si vous n'y voyez pas d'inconvénient... (La voix ferme, mais les doigts un peu fébriles.) Je vais vous mettre en rapport avec mon... euh... secrétaire.

Sa Grandeur se dirigea vers le téléphone avec le bras solennellement recourbé dans le creux du dos. Elle saisit le récepteur, dit délicatement : « Oui ? » Une courte pause, un autre « oui », ensuite une pause beaucoup plus longue, un commencement d'objection qui s'éteignit promptement, une nouvelle pause, puis un « oui » très humble, et le récepteur reprit sa place sur son berceau.

— Si Madame veut bien me suivre, dit-il d'un air offensé et distant, je m'efforcerai de lui fournir ce qu'elle demande.

— Une seconde. (Claire se précipita de nouveau sur le téléphone, forma un numéro sur le cadran.) Allô ! Tony, je ne sais pas ce que vous avez dit, mais vous avez obtenu des résultats. Merci. Vous êtes un... (Elle chercha le mot approprié, ne le trouva pas et termina par un petit cri de souris :) ... un... un chou !

Lorsqu'elle reposa le récepteur, elle se trouva nez à nez avec Gladys Claffern. Une Gladys Claffern amusée et, il faut le dire, quelque peu suffoquée, qui la regardait, le visage légèrement penché sur le côté.

— Madame Belmont ?

Aussitôt Claire eut l'impression qu'elle se vidait de son sang. Elle ne put que hocher stupidement la tête, comme une marionnette.

Gladys sourit avec une insolence indéfinissable :

— Tiens, je ne savais pas que vous vous fournissiez ici.

On eût dit que, de ce fait, le magasin s'était définitivement déshonoré.

— Je n'y viens pas très souvent, dit Claire avec humilité.

— On dirait que vous avez quelque peu modifié votre coiffure ?...

Elle a quelque chose de bizarre... J'espère que vous excuserez mon indiscrétion, mais j'avais l'impression que le prénom de votre mari était Lawrence ? Non, je ne me trompe pas, c'est bien Lawrence.

Claire serra les dents, mais il lui fallait donner des explications. Elle ne pouvait s'en dispenser.

— Tony est un ami de mon mari. Il a bien voulu me conseiller dans le choix de quelques articles.

— Je comprends. Et je donnerais ma main à couper que c'est un *chou*.

Sur ce trait elle quitta la magasin, entraînant dans son sillage la lumière et la chaleur du monde.

Claire s'avouait en toute franchise que c'est auprès de Tony qu'elle était venue chercher consolation. Dix jours l'avaient guérie de cette répugnance qui l'écartait invinciblement du robot. A présent elle pouvait pleurer devant lui, pleurer et donner libre cours à sa rage.

— J'ai fait figure d'imbécile totale ! tempêtait-elle en soumettant son mouchoir détrempé à la torture. Elle a voulu me ridiculiser. Pourquoi ? Je n'en sais rien. Mais elle a réussi ! J'aurais dû lui donner des coups de pied. J'aurais dû la jeter par terre et lui danser sur le ventre !

— Est-il possible que vous puissiez haïr un être humain à ce point ? demanda Tony avec douceur et perplexité. Cette partie de l'âme humaine demeure pour moi incompréhensible.

— Ce n'est pas que je la déteste tellement, gémit-elle. Je m'en veux, je suppose, de ne pouvoir lui ressembler. Elle représente pour moi tout ce que je voudrais être... extérieurement du moins... et que je ne pourrai jamais devenir.

La voix de Tony se fit basse et convaincante dans son oreille :

— Vous le deviendrez, madame Belmont, vous le deviendrez. Il nous reste encore dix jours et, en dix jours, la maison peut devenir méconnaissable. N'est-ce pas ce que nous avons entrepris ?

— Et en quoi la transformation de ma maison pourra-t-elle me servir à ses yeux ?

— Invitez-la à vous rendre visite. Invitez ses amis. Organisez la réception pour la veille de... de mon départ. Ce sera une sorte de pendaison de crémaillère.

— Elle ne viendra pas.

— Au contraire, elle ne voudrait pas manquer cela pour un empire. Elle viendra pour rire à vos dépens... mais elle en sera bien incapable.

— Vous le pensez vraiment ? Oh ! Tony, vous croyez que nous réussirons ?

Elle tenait les deux mains du robot entre les siennes... Puis, détournant son visage :

— Mais à quoi cela pourrait-il bien servir ? Ce ne sera pas mon œuvre, mais la vôtre. Je ne peux m'en adjuger le mérite !

— Nul ne peut vivre dans un splendide isolement, murmura Tony. Les connaissances que je possède ont été déposées en moi. Ce que vous voyez en Gladys Claffern n'est pas simplement Gladys Claffern. Elle bénéficie de tout ce que peuvent apporter l'argent et une position sociale. Elle n'en disconvient pas. Pourquoi agiriez-vous autrement ?... Nous pouvons considérer ma position sous un autre jour, madame Belmont. Je suis construit pour obéir, mais c'est à moi qu'il revient de délimiter mon obéissance. Je puis exécuter les ordres à la lettre ou faire preuve d'une certaine initiative. Je vous sers en faisant appel à toutes les facultés de réflexion dont je dispose, car j'ai été conçu pour voir les humains sous un jour qui correspond à l'image que vous me montrez. Vous êtes bienveillante, bonne, sans prétentions. Mme Claffern est apparemment tout l'opposé, et les ordres que je recevrais d'elle, je ne les exécuterais pas de la même façon. Si bien qu'en fin de compte c'est à vous et non point à moi que revient tout le mérite de cette transformation.

Il retira ses mains qu'elle tenait toujours entre ses doigts, et Claire considéra d'un air songeur l'inscrutable visage. De nouveau, elle se sentit envahie par l'effroi, mais ce sentiment avait pris un aspect entièrement nouveau.

Elle eut une contraction de gorge et considéra ses doigts dont la peau fourmillait encore de l'étreinte du robot. Impression inimaginable ! Les doigts de Tony avaient pressé les siens, et avec quelle douceur, quelle tendresse, juste avant de les libérer.

Non !

Ses doigts... Ses doigts...

Elle se précipita à la salle de bains et se lava les mains avec une énergie aveugle... mais vaine.

Le lendemain, elle éprouva un peu de gêne en se retrouvant devant lui ; elle l'épiait à la dérobée, attendant ce qui pourrait bien se passer... mais rien ne se produisit pendant quelque temps.

Tony travaillait. S'il éprouvait quelque difficulté à coller sur les murs le papier de tapisserie ou à étaler la peinture à séchage rapide, son attitude n'en laissait rien paraître. Ses mains se mouvaient avec précision ; ses doigts étaient prestes et précis.

Il besognait toute la nuit durant, mais nul bruit ne venait jamais frapper les oreilles de Claire et chaque matin était une nouvelle aventure. Impossible de faire le compte des travaux accomplis et pourtant, chaque soir, elle était confrontée avec de nouvelles touches apportées au tableau...

Une seule fois, elle tenta de lui apporter son assistance et sa maladresse tout humaine découragea sa bonne volonté. Il s'affairait dans la chambre voisine, et elle accrochait un tableau au point marqué par le coup d'œil d'une infaillibilité mathématique de Tony. Sur le mur, le trait minuscule ; à ses pieds, le tableau ; en elle le remords de son oisiveté.

Mais elle était nerveuse... ou bien l'escabeau était-il branlant ? Elle le sentit se dérober sous elle et poussa un cri de frayeur. L'escabeau se renversa sans l'entraîner dans sa chute, car Tony, avec une célérité inimaginable pour un être de chair et de sang, la reçut dans ses bras.

Ses yeux calmes et sombres n'exprimaient rien et sa voix chaleureuse ne prononça que des mots :

— Vous n'avez pas de mal, madame Belmont ?

Elle remarqua l'espace d'un instant que sa main, par un réflexe instinctif, avait dû déranger la chevelure lustrée et elle s'aperçut qu'elle était composée de fils distincts qui étaient de fins cheveux noirs.

Et tout d'un coup, elle fut consciente de ses bras qui lui entouraient les épaules et les jambes, au-dessus des genoux... d'une étreinte ferme et tiède.

Elle se dégagea en poussant un cri qui retentit dans ses propres oreilles. Elle passa le reste de la journée dans sa chambre, et à partir de ce moment elle ne dormit plus qu'avec une chaise arc-boutée contre la poignée de la porte.

Elle avait lancé les invitations et, comme Tony l'avait prévu, elles furent acceptées. Il ne lui restait plus à présent qu'à attendre l'ultime soirée.

Elle vint en son temps. La maison était méconnaissable au point qu'elle s'y trouvait presque étrangère. Elle la parcourut une dernière fois — toutes les pièces avaient changé d'aspect. Elle-même portait des vêtements qui lui eussent paru invraisemblables autrefois... mais une fois qu'on a osé, ils vous apportent confiance et fierté.

Devant le miroir, elle essaya une expression d'amusement condescendant et le miroir lui renvoya magistralement sa moue hautaine.

Qu'allait dire Larry ?... Chose curieuse, elle ne s'en inquiétait guère. Ce n'est pas lui qui allait apporter des jours d'activité passionnée. C'est au contraire Tony qui les emporterait avec lui. Phénomène étrange entre tous ! Elle tenta de retrouver l'état d'esprit qui était le sien, trois semaines auparavant, et n'y parvint pas.

La pendule sonna 8 heures qui lui parurent autant de pulsations chargées d'angoisse. Elle se tourna vers Tony :

— Ils vont bientôt arriver, Tony. Il ne faut pas qu'ils sachent...

Elle le considéra un moment d'un regard fixe.

— Tony, dit-elle d'une voix à peine perceptible. Tony ! répéta-t-elle avec plus de force. *Tony !* — et cette fois ce fut presque un cri de douleur.

Mais ses bras l'enlaçaient à présent ; le visage du robot était près du sien ; son étreinte s'était faite impérieuse. Elle perçut sa voix au milieu d'un tumulte d'émotions où il lui semblait se perdre comme au fond d'un brouillard.

— Claire, disait la voix, il y a bien des choses que je ne suis pas fait pour comprendre, et ce que je ressens est sans doute de celles-là. Demain je dois partir et je ne le veux pas. Je découvre qu'il y a plus en moi que le simple désir de vous satisfaire. N'est-ce pas étrange ?

Son visage s'était rapproché ; ses lèvres étaient chaudes mais ne laissaient filtrer aucune haleine... car les machines ne respirent pas. Elles allaient se poser sur celles de la jeune femme.

... A ce moment, la sonnette de la porte d'entrée tinta.

Elle se débattit quelques instants, le souffle court ; l'instant d'après, il avait disparu et de nouveau la sonnette se faisait entendre. Son grelottement intermittent se renouvelait avec de plus en plus d'insistance.

Les rideaux des fenêtres de façade avaient été ouverts. Or, ils étaient fermés un quart d'heure plus tôt. Elle en était certaine.

Par conséquent, on les avait vus. *Tous* avaient dû les voir... et ils avaient *tout* vu... *tout* !

Ils avaient fait leur entrée, en groupe, avec un tel luxe d'urbanité... la meute se préparant à la curée... avec leurs yeux scrutateurs auxquels rien n'échappait. Ils avaient vu. Sinon pourquoi Gladys aurait-elle réclamé Larry de sa voix la plus désinvolte ? Et Claire, piquée au vif, adopta une attitude de défi que le désespoir rendait encore plus arrogante.

Oui, il est absent. Il sera de retour demain, je suppose. Non, je ne me suis pas ennuyée seule. Pas le moins du monde. Au contraire, j'ai vécu des instants passionnants. Et elle leur rit au nez. Pourquoi pas ? Que pourraient-ils faire ? Larry comprendrait le fin mot de l'histoire, si jamais elle venait à ses oreilles. Il saurait que penser de ce qu'ils avaient cru voir.

Mais *eux* n'avaient aucune envie de rire.

Elle en lut la raison dans les yeux pleins de fureur de Gladys Claffern, dans sa conversation étincelante mais qui sonnait faux, dans son désir de prendre congé de bonne heure. Et en reconduisant ses invités, elle surprit un dernier murmure anonyme et entrecoupé :

— ... jamais vu un être... d'une telle *beauté*...

Elle sut alors ce qui lui avait permis de les traiter avec autant de dédaigneux détachement. Que les loups hurlent donc ! Mais qu'elles sachent, ces péronnelles, qu'elles pouvaient bien être plus jolies que Claire Belmont, et plus riches, et plus imposantes... mais que pas une seule d'entre elles — pas une seule — n'avait un amoureux aussi beau !

Et puis elle se souvint, une fois de plus, que Tony n'était qu'une machine et elle sentit sa peau se hérisser.

— Allez-vous-en ! Laissez-moi ! s'écria-t-elle à l'adresse de la chambre.

Puis elle se jeta sur son lit. Elle ne cessa de pleurer durant toute la nuit. Le lendemain, un peu avant l'aube, alors que les rues étaient désertes, une voiture vint s'arrêter devant la maison et emporta Tony.

Lawrence Belmont passa devant le bureau du Dr Calvin, et, mû par une impulsion soudaine, frappa à la porte. Il trouva la psychologue en compagnie du mathématicien Peter Bogert, mais il n'hésita pas pour autant.

— Claire m'a déclaré que l'U.S. Robots a payé tous les frais de transformation de ma maison... dit-il.

— Oui, dit le Dr Calvin. Nous avons assumé ces dépenses, estimant qu'elles faisaient nécessairement partie d'une expérience pleine d'enseignements. Votre nouvelle situation d'ingénieur associé vous permettra désormais d'entretenir ce train de vie, je suppose.

— Ce n'est pas ce qui m'inquiète. Du moment que Washington a approuvé les tests, je pense que nous pourrons nous procurer un nouveau modèle TN dès l'année prochaine.

Il fit le geste de sortir avec hésitation, puis se ravisa avec non moins d'hésitation.

— Eh bien, monsieur Belmont ? demanda le Dr Calvin après un léger silence.

— Je me demande... commença Larry. Je me demande ce qui s'est réellement passé chez moi durant mon absence. Elle — Claire — me semble tellement différente. Ce n'est pas seulement son apparence... bien que je sois littéralement stupéfait, je l'avoue. (Il eut un rire nerveux.) C'est *elle* ! Et pourtant je ne reconnais plus ma femme... Je n'arrive pas à m'expliquer...

— A quoi bon chercher ? Êtes-vous déçu en quoi que ce soit des changements intervenus ?

— Au contraire. Mais cela m'effraye un peu, voyez-vous...

— A votre place, je ne me ferais pas de soucis, monsieur Belmont. Votre femme s'est fort bien tirée de l'aventure. A franchement parler, je n'attendais pas de l'expérience des enseignements aussi complets. Nous savons exactement quelles corrections il conviendra d'apporter au modèle TN, et le mérite en revient entièrement à Mme Belmont. Si vous voulez le fond de ma pensée, j'estime que vous êtes davantage redevable de votre avancement à votre femme qu'à vos propres mérites.

Cette déclaration sans fard fit tiquer visiblement Larry.

— Du moment que cela ne sort pas de la famille... conclut-il de façon peu convaincante avant de prendre congé.

Susan Calvin regarda la porte se fermer.

— Je crois que ma franchise n'a pas été tellement de son goût... Avez-vous lu le rapport de Tony, Peter ?

— Avec la plus grande attention, dit Bogert. Ne pensez-vous pas qu'il serait nécessaire d'apporter quelques modifications au modèle TN-3 ?

— Vous croyez ? demanda vivement Susan Calvin. Et sur quoi fondez-vous votre raisonnement ?

Bogert fronça les sourcils.

— Aucun raisonnement n'est nécessaire pour aboutir à cette conclusion. Il est évident que nous ne pouvons lâcher dans la nature un robot qui fasse la cour à sa maîtresse, si vous voulez bien excuser le jeu de mots.

— Juste ciel, Peter, vous me décevez. Alors, vraiment, vous ne comprenez pas ? Ce robot se devait d'obéir à la Première Loi. Claire Belmont courait le danger d'être gravement affectée du fait de ses propres insuffisances, ce qu'il ne pouvait permettre. C'est pourquoi il lui a fait la cour. Quelle femme, en effet, ne s'enorgueillirait d'avoir éveillé la passion chez une machine — chez une froide machine sans âme ? C'est pourquoi il a délibérément ouvert les rideaux ce soir-là, afin que les autres puissent la voir dans sa scène d'amour et en concevoir de la jalousie... sans pour cela compromettre en rien le ménage de Claire. Je pense que Tony s'est conduit fort intelligemment...

— Vraiment ? Le fait qu'il se soit agi d'un simulacre change-t-il quelque chose à l'affaire ? N'a-t-elle pas subi une affreuse déception ? Relisez le rapport. Elle l'a évité. Elle a crié lorsqu'il l'a prise dans ses bras. Elle n'a pas fermé l'œil de la nuit suivante... en proie à une crise de nerfs. Cela, nous ne pouvons l'admettre.

— Peter, vous êtes aveugle. Vous êtes aussi aveugle que je l'ai été. Le modèle TN sera entièrement reconstruit, mais pas pour cette raison. Bien au contraire, bien au contraire. Il est curieux que cette particularité m'ait échappé au début... (Ses yeux avaient pris une expression profondément songeuse.) Mais peut-être n'est-ce qu'en raison de mes propres déficiences. Voyez-vous, Peter, les machines ne peuvent tomber amoureuses, mais les femmes en sont fort capables — même lorsque leur amour est sans espoir et l'objet de leur flamme horrifiant !

LENNY

L'United States Robots avait un problème, et ce problème était celui de la population.

Peter Bogert, mathématicien en titre, se dirigeait vers l'atelier d'assemblage lorsqu'il rencontra Alfred Lanning, directeur des recherches. Lanning fronçait ses féroces sourcils et observait la chambre de l'ordinateur à travers la balustrade.

A l'étage inférieur, sous le balcon, une procession de visiteurs des deux sexes et d'âges divers jetait des regards curieux alentour, tandis qu'un guide récitait un commentaire.

— L'ordinateur que vous avez sous les yeux, disait-il, est le plus grand du monde dans sa catégorie. Il contient cinq millions trois cent mille cryotrons et est capable de traiter simultanément plus de cent mille variables. Grâce à son concours, l'U.S. Robots est à même de construire avec précision les cerveaux positroniques des nouveaux modèles.

« Les données sont introduites sur un ruban que l'on perfore par le moyen de ce clavier — un peu dans le genre d'une machine à écrire très complexe ou d'une linotype, à ceci près que l'ordinateur ne traite pas des lettres, mais des concepts. Les données sont traduites en symboles logiques équivalents et ceux-ci à leur tour sont convertis en perforations réparties en figures conventionnelles.

« En moins d'une heure, l'ordinateur peut fournir à nos chercheurs le dessin d'un cerveau qui offrira tous les réseaux positroniques nécessaires pour la fabrication d'un robot...

Alfred Lanning leva enfin les yeux et remarqua la présence de l'autre.

— Ah ! Peter.

Bogert leva les mains pour lisser une chevelure noire et brillante dont la parfaite ordonnance rendait ce soin superflu.

— Apparemment, vous ne pensez pas grand bien de cette pratique, Alfred.

Lanning poussa un grognement. L'idée de faire visiter au public les établissements de l'U.S. Robots était d'origine récente et devait, dans l'esprit des initiateurs, servir un double but. D'une part cela permettait aux gens d'approcher les robots, de se familiariser petit à petit avec eux et de vaincre ainsi la peur instinctive que leur inspiraient ces êtres mécaniques. D'autre part, on espérait intéresser certains sujets et les amener à consacrer leur vie aux recherches en robotique.

— Vous le savez bien, dit enfin Lanning. Le travail se trouve bouleversé une fois par semaine. Si l'on tient compte des heures perdues, le profit est insignifiant.

— C'est-à-dire que les vocations nouvelles sont toujours aussi rares ?

— Il y a bien quelques candidatures pour les postes accessoires. Mais c'est de chercheurs que nous avons besoin. Le malheur c'est que, les robots étant interdits sur la Terre proprement dite, il existe un préjugé contre le métier de roboticien.

— Ce maudit complexe de Frankenstein, dit Bogert, répétant à dessein l'une des phrases favorites de Lanning.

Celui-ci ne comprit pas la taquinerie.

— J'aurais dû m'y faire depuis le temps, mais je n'y parviendrai jamais. On pourrait croire que, de nos jours, tout être humain résidant sur Terre serait parfaitement conscient que les Trois Lois constituent une sécurité totale ; que les robots ne présentent aucun danger. Prenez par exemple cette bande de ploucs. (Il jeta sur la foule un regard irrité.) Regardez-les ! La plupart d'entre eux traversent l'atelier d'assemblage comme ils monteraient sur un grand huit, pour le frisson de peur. Puis, lorsqu'ils pénètrent dans la salle où est exposé le modèle MEC — qui n'est capable de rien faire d'autre que de s'avancer de deux pas, d'annoncer « Enchanté de vous connaître, monsieur », de serrer la main, puis de reculer de deux pas — les voilà qui battent précipitamment en retraite, tandis que les mères affolées entraînent leur progéniture. Comment espérer un travail cérébral de la part de tels idiots ?

Bogert n'avait aucune réponse à proposer. Ensemble ils jetèrent un nouveau regard à la file des visiteurs, quittant à présent la salle de l'ordinateur pour pénétrer dans l'atelier d'assemblage des cerveaux positroniques. Puis ils partirent. Il se trouve que leur attention ne fut nullement attirée par le dénommé Mortimer W. Jacobson, âgé de seize ans — qui, il faut lui rendre cette justice, ne pensait aucunement à mal faire.

En fait, il est même impossible de dire que ce fut la faute de Mortimer. Le jour où les ateliers étaient ouverts au public était parfaitement connu de tous les ouvriers. Tous les appareils se trouvant aux abords du circuit prévu auraient dû être parfaitement neutralisés ou mis sous clef, puisqu'il est déraisonnable d'attendre de la part d'êtres humains qu'ils résistent à la tentation de manipuler boutons, leviers ou poignées. De plus, le guide aurait dû montrer une vigilance de tous les instants pour arrêter à temps ceux qui auraient manifesté quelque velléité d'y succomber.

Mais, au moment dont nous parlons, le guide était passé dans la pièce suivante et Mortimer occupait la queue de la file. Il passa devant le clavier qui servait à introduire les données dans l'ordinateur. Il n'avait aucun moyen de soupçonner que la machine était précisément en train d'élaborer les plans d'un nouveau robot, sinon, étant un garçon bien sage, il se serait abstenu de toucher au clavier. Il ne pouvait se douter que, par une négligence que l'on pourrait qualifier de criminelle, un technicien avait omis de neutraliser ledit clavier.

Si bien que Mortimer tapota le fameux clavier au hasard, comme il aurait joué d'un instrument de musique.

Il ne s'aperçut pas qu'un ruban perforé sortait de l'ordinateur dans une autre partie de la pièce — discrètement, silencieusement.

De son côté, lorsqu'il revint dans les parages, le technicien ne remarqua rien d'anormal. Il éprouva quelque inquiétude en découvrant que le clavier était en circuit, mais il ne lui vint pas à l'esprit de procéder à des vérifications. Au bout de quelques minutes, son inquiétude avait disparu et il continua de fournir des informations à l'ordinateur.

Quant à Mortimer, ni à ce moment ni plus tard, il ne se douta de ce qu'il venait de faire.

Le nouveau modèle LNE était conçu pour le travail dans les mines de bore sur la ceinture des astéroïdes. Les dérivés du bore augmentaient annuellement de valeur, car ils constituaient les produits essentiels pour la construction des micropiles à protons qui assuraient la fourniture d'énergie du type le plus récent à bord des vaisseaux de l'espace ; or, les maigres réserves terrestres commençaient à s'épuiser.

Du point de vue physique, cela signifiait que les robots LNE devraient être équipés d'yeux sensibles aux raies les plus importantes dans l'analyse spectroscopique des minerais de bore, ainsi que de membres du type le plus adapté au travail du minerai et à sa transformation en produit fini. Comme toujours, cependant, c'était l'équipement cérébral qui constituait le problème majeur.

Le premier cerveau positronique LNE venait d'être terminé. C'était un prototype qui irait rejoindre tous les autres prototypes dans la collection de l'U.S. Robots. Lorsqu'il aurait subi tous les tests, on entreprendrait la construction du modèle qui serait loué (et non vendu) aux entreprises minières.

Le prototype LNE sortait de finition. Grand, droit, poli, il ressemblait, vu de l'extérieur, à nombre d'autres modèles qui ne possédaient pas de spécialisation par trop rigoureuse.

Le technicien responsable, se fondant pour commencer les tests sur les instructions du *Manuel de robotique,* lui demanda :

— Comment allez-vous ?

La réponse prévue devait être la suivante : « Je vais bien et je suis prêt à entrer en fonction. J'espère qu'il en est de même pour vous. »

Ce premier échange ne servait qu'à s'assurer si le robot était capable de comprendre une question banale et de donner une réponse également banale. A partir de ce moment, on passait à des sujets plus compliqués, destinés à mettre à l'épreuve les différentes Lois et leur interaction avec les connaissances spécialisées de chaque modèle particulier.

Donc le technicien prononça le sacramentel « Comment allez-vous ? » Il fut aussitôt mis en alerte par la voix du prototype LNE. Cette voix possédait un timbre différent de toutes celles qu'il avait entendues chez un robot. (Et il en avait entendu beaucoup.) Elle formait les syllabes comme une succession de notes émises par un célesta à bas registre.

Le technicien fut tellement surpris qu'il mit plusieurs minutes avant d'identifier rétrospectivement les syllabes formées par ces sons paradisiaques.

Cela donnait à peu près ceci : « Da, da, da, gou. »

Le robot était toujours debout, grand et parfaitement droit, mais sa main droite se leva lentement et il introduisit un doigt dans sa bouche.

Stupéfait d'horreur, le technicien ouvrit des yeux exorbités et prit la fuite. Il verrouilla la porte derrière lui et, d'une pièce voisine, lança un appel de détresse à Susan Calvin.

Le Dr Susan Calvin était le seul robopsychologue de l'U.S. Robots (et pratiquement de l'humanité). Il ne lui fallut pas pousser bien avant l'étude du prototype LNE avant de demander péremptoirement une transcription des plans établis par l'ordinateur concernant les réseaux cérébraux positroniques, ainsi que les données sur ruban perforé qui avaient servi de directives. Après un bref examen, elle fit appeler Bogert.

Ses cheveux gris fer sévèrement tirés en arrière, son visage glacé, barré de rides verticales de part et d'autre d'une bouche aux lèvres minces et pâles, elle se tourna vers lui avec une expression sévère :

— Que signifie, Peter ?

Bogert étudia les passages indiqués par elle avec une stupéfaction croissante :

— Grand Dieu, Susan, cela n'a pas de sens !

— A n'en pas douter. Comment une telle ineptie a-t-elle pu se glisser dans les données ?

Le technicien responsable, convoqué, jura en toute sincérité qu'il n'y était pour rien et qu'il n'avait aucune explication à proposer. L'ordinateur donna une réponse négative à toutes les questions tendant à préciser le point défaillant.

— Le cerveau positronique, dit Susan Calvin pensivement, est irrécupérable. Tant de fonctions supérieures ont été annihilées par ces instructions sans queue ni tête que la mentalité résultante correspond à celle d'un bébé humain. Pourquoi paraissez-vous tellement surpris, Peter ?

Le prototype LNE, qui apparemment ne comprenait rien à ce qui se passait autour de lui, s'assit soudain sur le sol et entreprit d'examiner méticuleusement ses pieds.

— Dommage qu'il faille le démanteler, dit Bogert qui le suivait des yeux. C'est une belle pièce.

— Le démanteler ? répéta la robopsychologue en pesant sur les mots.

— Bien entendu, Susan. A quoi pourrait-il servir ? S'il existe un objet totalement inutile, c'est bien un robot incapable de remplir une fonction. Vous n'allez tout de même pas prétendre qu'il soit capable d'accomplir un travail quelconque ?

— Non, sûrement pas.

— Alors ?

— Je voudrais poursuivre d'autres tests, dit-elle, obstinée.

Bogert lui jeta un regard impatienté, puis haussa les épaules. Il savait trop bien qu'il était inutile de discuter avec Susan Calvin. Les robots étaient toute sa vie, elle n'aimait rien d'autre, et pour les avoir si longtemps côtoyés, elle avait, selon Bogert, perdu toute apparence d'humanité. Il était aussi vain de chercher à la faire changer de décision que de demander à une micropile de cesser de fonctionner.

— A quoi bon ? murmura-t-il. (Puis il ajouta précipitamment à haute voix :) Auriez-vous l'obligeance de nous avertir lorsque vous aurez terminé la série de vos tests ?

— Je n'y manquerai pas, dit-elle. Viens, Lenny.

« Voilà LNE devenu Lenny, pensa Bogert. C'était inévitable. »

Susan Calvin tendit la main, mais le robot se contenta de la regarder. Avec douceur, la robopsychologue saisit les phalanges de métal. Lenny se mit debout avec souplesse. (Sa coordination mécanique, du moins, n'avait pas souffert.) Ensemble ils sortirent de la pièce, le robot dominant la femme de soixante centimètres. Nombreux furent les yeux qui les suivirent curieusement le long des couloirs.

L'un des murs du laboratoire de Susan Calvin, celui qui donnait directement sur son bureau particulier, était recouvert par une reproduction à très fort grossissement d'un réseau positronique. Il y avait près d'un mois que Susan Calvin l'étudiait avec une attention passionnée.

Elle était justement en train de la considérer, suivant les lignes sinueuses dans leurs parcours complexes. Derrière elle, Lenny, assis sur le sol, écartait et rapprochait ses jambes, gazouillant des syllabes dénuées de sens, d'une voix si mélodieuse que nul ne pouvait l'entendre sans en être ravi.

Susan Calvin se tourna vers le robot :

— Lenny, Lenny...

Elle continua de répéter patiemment son nom jusqu'au moment où Lenny leva la tête et proféra un son interrogateur. Une expression fugitive de plaisir éclaira le visage de la robopsychologue. Il fallait de moins en moins de temps pour attirer l'attention du robot.

— Lève ta main, Lenny, dit-elle. La main... en l'air. La main... en l'air.

Et ce disant elle levait sa propre main, répétant le mouvement sans se lasser.

Lenny suivit des yeux le mouvement. En haut, en bas, en haut, en bas. Puis il esquissa lui-même le geste de sa propre main en gloussant :

— Eh... heuh.

— Très bien, Lenny, dit Susan gravement. Essaye encore. Main... en l'air.

Avec une infinie douceur, elle saisit la main du robot, la souleva, l'abaissa.

— Main... en l'air. Main... en l'air.

— Susan, fit une voix provenant de son bureau.

Le Dr Calvin s'interrompit en serrant les lèvres.

— Qu'y a-t-il, Alfred ?

Le directeur des recherches entra dans la pièce, jeta un regard sur le plan mural puis vers le robot.

— Alors, pas encore lasse ?

— Pourquoi le serais-je ? C'est mon travail, non ?

— C'est-à-dire, Susan...

Il prit un cigare, le regarda fixement et fit le geste d'en couper l'extrémité d'un coup de dents. A ce moment, ses yeux rencontrèrent le regard de sévère réprobation de la femme. Alors il rangea son cigare et reprit :

— Je voulais vous dire, Susan, le modèle LNE est en fabrication dès à présent.

— Je l'ai appris, en effet. Auriez-vous quelque chose à me demander à ce sujet ?

— Ma foi, non. Néanmoins, le simple fait qu'il soit mis en fabrication et donne entière satisfaction retire tout intérêt aux efforts que vous pourriez accomplir désormais pour obtenir quelques résultats de ce spécimen mal venu. Ne serait-il pas plus simple de le jeter à la ferraille ?

— Si je comprends bien, Alfred, vous regrettez que je gaspille en pure perte un temps si précieux. Rassurez-vous. Il n'est pas perdu. J'accomplis un travail réel sur ce robot.

— Mais ce travail n'a aucun sens.

— Il m'appartient d'en juger, Alfred.

Elle avait prononcé ces mots avec un calme de mauvais augure, aussi Lanning estima-t-il plus sage de dévier quelque peu.

— Pouvez-vous me dire quel est votre objectif ? Par exemple, qu'essayez-vous d'obtenir de lui en ce moment ?

— Qu'il lève la main au commandement, qu'il imite la parole.

— Eh... heuh, dit Lenny, comme s'il avait compris, puis il leva gauchement la main.

Lanning secoua la tête :

— Cette voix est tout simplement stupéfiante. Comment est-ce possible ?

— Difficile à dire, répondit Susan Calvin. Son émetteur est normal. Il pourrait parler comme les autres, j'en suis sûre. Et pourtant il n'en fait rien ; sa façon de s'exprimer résulte d'une anomalie dans ses réseaux positroniques que je n'ai pas encore réussi à isoler.

— Eh bien, isolez-la, pour l'amour du ciel. Un langage de ce genre pourrait nous être utile.

— Tiens, il serait donc possible que mes études servent à quelque chose ?

Lanning haussa les épaules avec embarras.

— Oh ! ce n'est là qu'un point accessoire.

— Dans ce cas, je regrette que vous n'aperceviez pas l'intérêt essentiel de mes travaux, dit Susan Calvin d'un ton quelque peu acide, qui est infiniment plus important. Mais cela, je n'y puis rien. Auriez-vous l'obligeance de me laisser seule à présent, Alfred, afin que je puisse reprendre le cours de mes expériences ?

Lanning tira son cigare, un peu plus tard, dans le bureau de Bogert.

— Cette femme devient un peu plus insupportable chaque jour.

Bogert comprit parfaitement. A l'U.S. Robots, il n'existait qu'une seule personne que l'on pût qualifier sous les termes de « cette femme ».

— S'acharne-t-elle toujours sur ce pseudo-robot... ce fameux Lenny ?

— Elle s'efforce de le faire parler.

Bogert haussa les épaules.

— Rien ne peut mettre davantage en évidence les difficultés de la compagnie. Je parle du recrutement du personnel qualifié pour la recherche. Si nous disposions d'autres robopsychologues, nous pourrions mettre Susan à la retraite. A ce propos, je suppose que la conférence annoncée pour demain par le directeur a pour objet le problème du recrutement ?

Lanning inclina la tête et considéra son cigare comme s'il lui trouvait mauvais goût.

— En effet, mais c'est surtout la qualité qui nous intéresse. Nous avons monté le niveau des salaires, et maintenant les candidats font la queue à la porte de nos bureaux... ceux qui sont essentiellement attirés par l'appât du gain. Le plus difficile est de découvrir ceux qui sont essentiellement attirés par la robotique... Il nous faudrait quelques sujets de la trempe de Susan Calvin.

— Juste ciel, que me dites-vous là !

— Je ne parle pas de son caractère. Mais vous l'admettrez avec moi, Peter, les robots constituent son unique pensée dans la vie. Rien d'autre ne l'intéresse.

— Je sais. C'est justement ce qui la rend aussi parfaitement insupportable.

Lanning inclina la tête. Il était incapable de se souvenir de toutes les occasions où il aurait soulagé son âme en jetant Susan Calvin à la porte. Mais il ne pouvait non plus faire le compte du nombre de millions de dollars qu'elle avait économisés à la firme. Elle était vraiment indispensable et le demeurerait jusqu'à sa mort — à moins qu'ils ne pussent d'ici là résoudre le problème consistant à découvrir des hommes et des femmes d'une valeur équivalente et qui soient attirés par la recherche en robotique.

— Je crois que nous allons mettre un terme aux visites dans les ateliers, dit-il.

Peter haussa les épaules.

— Cela vous regarde. Mais en attendant, qu'allons-nous faire de Susan ? Elle est fort capable de s'attarder indéfiniment sur Lenny. Vous connaissez son obstination lorsqu'elle s'attaque à un problème qu'elle juge intéressant.

— Que pourrions-nous faire ? demanda Lanning. Si nous manifestons une trop grande insistance, elle s'acharnera par esprit de contradiction féminin. En dernière analyse, nous ne pouvons aller contre sa volonté.

— Je me garderais bien d'utiliser l'adjectif « féminin » lorsqu'il s'agit du Dr Calvin, dit en souriant le mathématicien aux cheveux calamistrés.

— Enfin bref, dit Lanning d'un air bougon, au moins cette expérience ne peut causer de tort à personne.

Ce en quoi il se trompait.

Le signal d'alarme est toujours une cause de tension dans un grand établissement industriel. Il avait résonné une douzaine de fois dans l'histoire de l'U.S. Robots — à l'occasion d'un incendie, d'une inondation, d'une révolte.

Cependant, au cours de cette période, jamais la tonalité particulière indiquant « Robot échappé au contrôle » n'avait retenti à travers les ateliers et bureaux. Nul ne se serait jamais attendu à l'entendre. Cette sonnerie n'avait été installée que sur l'insistance du gouvernement. « La peste soit du complexe de Frankenstein ! » murmurait parfois Lanning dans les rares occasions où cette pensée lui venait à l'esprit.

Et pourtant voilà qu'à présent la sirène aiguë s'élevait et se taisait toutes les dix secondes, sans que pratiquement personne, depuis le président-directeur général jusqu'au dernier concierge-assistant, reconnaisse, du moins pendant quelques instants, la signification de ce son étrange. Passés ces premiers moments, les gardes armés et les membres du personnel du service de santé affluèrent massivement vers la zone de danger signalée et l'U.S. Robots se trouva frappée de paralysie.

Charles Randow, technicien affecté à l'ordinateur, fut conduit à l'hôpital avec un bras cassé. Là se limitaient les dommages. Les dommages physiques, s'entend.

— Mais le dommage moral, rugissait Lanning, est inestimable.

Susan Calvin lui fit face, avec un calme lourd de menace :

— Vous ne toucherez pas à Lenny, même du bout du doigt, vous m'avez comprise ?

— Ne comprenez-vous pas, Susan ? Ce robot a blessé un être humain. Il a violé la Première Loi.

— Vous ne toucherez pas à Lenny.

— Pour l'amour du ciel, Susan, devrai-je vous réciter le texte de la Première Loi ? Un robot ne peut nuire à un être humain... Notre existence même dépend de la stricte observance de cette Loi par les robots de tous types et de toutes catégories. Si cet incident vient aux oreilles du public — et il y viendra obligatoirement — on saura qu'une exception s'est produite à la règle, et fût-elle unique, nous serons peut-être contraints de fermer l'établissement. Il ne nous reste qu'une seule chance de survie : annoncer que le robot coupable a été instantanément détruit, expliquer les circonstances de l'accident et espérer convaincre le public que jamais pareil fait ne se reproduira.

— J'aimerais découvrir exactement ce qui s'est passé, répondit Susan Calvin. J'étais absente à ce moment, et je voudrais savoir exactement ce que ce Randow faisait dans mes laboratoires sans avoir obtenu ma permission d'y pénétrer.

— Il est facile de reconstituer les faits, dit Lanning. Votre robot a frappé Randow et cet imbécile a pressé le bouton « Robot échappé au contrôle » en déchaînant le scandale. Mais il n'en reste pas moins que votre robot l'a frappé et lui a cassé un bras. Il faut reconnaître que votre Lenny a subi une telle distorsion qu'il échappe à la Première Loi et doit être détruit.

— Il n'échappe pas à la Première Loi. J'ai étudié ses réseaux cérébraux et je suis certaine de ce que j'avance.

— Alors comment se fait-il qu'il ait pu frapper un homme ? (En désespoir de cause, il eut recours au sarcasme.) Demandez-le à Lenny. Vous avez certainement dû lui apprendre à parler, depuis le temps.

Les joues de Susan Calvin s'empourprèrent.

— Je préfère interroger la victime. Et, en mon absence, je veux que Lenny soit enfermé dans mes bureaux et ceux-ci verrouillés. Je défends formellement que quiconque s'approche de lui, et s'il lui arrive la moindre chose durant mon absence, je vous donne ma parole que la compagnie ne me reverra plus jamais, quelles que soient les circonstances.

— Serez-vous d'accord pour décider sa destruction s'il a violé la Première Loi ?

— Oui, dit Susan Calvin, mais ce n'est pas le cas.

Charles Randow était étendu sur son lit, le bras dans le plâtre. Mais il souffrait surtout du choc qu'il avait éprouvé en voyant le robot s'avancer sur lui avec des intentions de meurtre. Nul homme avant lui n'avait eu l'occasion de redouter une agression directe de la part d'un robot. Il venait de vivre une expérience unique.

Susan Calvin et Alfred Lanning se tenaient à son chevet ; Peter Bogert, qui les avait trouvés en venant à l'hôpital, les accompagnait. Les docteurs et les infirmières avaient été priés de quitter la salle.

— Que s'est-il passé ? interrogea Susan Calvin.

— Le robot m'a frappé au bras. Il s'avançait sur moi d'un air menaçant, murmura Randow, intimidé.

— Remontons plus loin, dit Susan Calvin. Que faisiez-vous dans mon laboratoire sans autorisation ?

Le jeune technicien avala péniblement sa salive et sa pomme d'Adam se déplaça dans son cou maigre. Il avait les pommettes hautes et un teint d'une pâleur anormale.

— Nous connaissions tous l'existence de votre robot. Le bruit courait que vous tentiez de lui apprendre à parler comme un instrument de musique. La chose avait même fait l'objet de paris, les uns affirmant qu'il parlait déjà, les autres soutenant le contraire. Certains prétendaient que vous seriez capable de faire discourir une borne kilométrique.

— Je suppose, dit Susan Calvin d'un ton glacial, que je dois prendre cela comme un compliment. Et quel était votre rôle dans l'histoire ?

— De tirer l'affaire au clair... de m'assurer s'il parlait, oui ou non. Nous nous sommes procuré une clé donnant accès à vos bureaux, et j'y suis entré après votre départ. Nous avions tiré au sort pour désigner celui qui serait chargé de la mission. C'est moi qui ai été désigné.

— Ensuite ?

— J'ai tenté de le faire parler et il m'a frappé.

— Qu'entendez-vous par « j'ai tenté de le faire parler » ? Comment vous y êtes-vous pris ?

— Je... je lui ai posé des questions, mais comme il ne voulait pas répondre, j'ai voulu le secouer un peu et j'ai... euh... crié après lui et...

— Et ?

Suivit une longue pause. Sous le regard impitoyable de Susan Calvin, Randow finit par dire :

— J'ai essayé de l'effrayer pour l'amener à dire quelque chose. (Il ajouta comme pour se justifier :) Il fallait bien le secouer un peu.

— De quelle façon avez-vous tenté de l'effrayer ?

— J'ai fait mine de lui décocher un coup de poing.

— Et il a repoussé votre bras ?

— Il a frappé mon bras.

— Très bien. C'est tout ce que je voulais savoir. (Susan Calvin se tourna vers Lanning et Bogert :) Venez, messieurs.

Parvenue à la porte, elle se retourna vers Randow :

— Puisque les paris courent encore, je peux vous donner la réponse, si cela vous intéresse toujours. Lenny est capable de prononcer quelques mots fort correctement.

Ils n'ouvrirent pas la bouche avant d'être parvenus dans le bureau de Susan Calvin. Les murs de la pièce étaient littéralement tapissés de livres, dont elle avait écrit un certain nombre. Le bureau gardait l'empreinte de la personnalité froide et ordonnée de celle qui l'occupait. Elle s'assit sur le siège unique. Lanning et Bogert demeurèrent debout.

— Lenny n'a fait que se défendre, dit-elle, en application de la Troisième Loi : un robot doit protéger sa propre existence...

— ... tant que cette protection, intervint Lanning avec force, n'est pas incompatible avec la Première ou la Deuxième Loi. Lenny n'avait pas le droit de se défendre au prix d'un dommage, fût-il mineur, occasionné à un être humain.

— Il ne l'a pas fait *sciemment*, riposta le Dr Calvin. Le cerveau de Lenny est déficient. Il ne pouvait pas connaître sa propre force ni la faiblesse humaine. En écartant le bras menaçant d'un être humain, il ne pouvait pas prévoir que l'os allait se rompre. Humainement parlant, on ne peut incriminer un individu qui ne peut honnêtement distinguer le bien du mal.

— Il ne s'agit pas de l'incriminer, intervint Bogert d'un ton conciliant. Nous comprenons que Lenny est l'équivalent d'un bébé humain, et nous ne le rendons pas responsable de cet incident. Mais le public n'hésitera pas. L'U.S. Robots sera fermée.

— Bien au contraire. Si vous aviez autant de cerveau qu'une puce, Peter, vous comprendriez que c'est là l'occasion rêvée qu'attendait l'U.S. Robots. Elle lui permettra de résoudre ses difficultés.

Lanning fronça les sourcils.

— De quelles difficultés parlez-vous, Susan ? demanda-t-il.

— La firme n'a-t-elle pas intérêt à maintenir notre personnel de recherche à son haut niveau actuel ?

— Sans doute.

— Eh bien, qu'offrez-vous aux futurs chercheurs ? Un travail passionnant ? De la nouveauté ? L'excitation de dévoiler l'inconnu ? Non ! Vous faites miroiter à leurs yeux la perspective de hauts salaires et vous leur assurez qu'ils n'auront aucun problème à résoudre.

— Comment cela ? demanda Bogert.

— Reste-t-il des problèmes à résoudre ? riposta Susan Calvin. Quel genre de robots sortent de nos chaînes de montage ? Des robots parfaitement évolués, aptes à remplir leurs fonctions. L'industrie nous fait part de ses besoins ; un ordinateur dessine le cerveau ; les machines fabriquent le robot ; il sort de l'atelier de montage, complètement terminé. Il y a quelque temps, Peter, vous m'avez demandé à quoi pouvait servir Lenny. Quelle était l'utilité, disiez-vous, d'un robot qui n'était pas conçu en fonction d'un emploi déterminé ? Maintenant, je vous demande : à quoi peut bien servir un robot conçu pour un seul emploi ? Le modèle LNE extrait le bore dans les mines. Si le béryllium devient plus avantageux, il devient inutilisable. Si la technologie entre dans une phase nouvelle, il devient encore inutilisable. Un être humain conçu de cette façon serait un sous-homme. Un robot ainsi conçu est un sous-robot.

— Désirez-vous un robot éclectique ? demanda Lanning, incrédule.

— Pourquoi pas ? riposta la robopsychologue. Pourquoi pas ? On m'a mis entre les mains un robot dont le cerveau était presque totalement stupide. Je me suis efforcée de l'éduquer, ce qui vous a conduit, Alfred, à me demander les raisons d'une telle attitude. Je ne le mènerai peut-être pas bien loin, puisque Lenny ne dépassera jamais le niveau intellectuel d'un enfant de cinq ans. Alors, quelle est l'utilité de ces efforts sur le plan général ? Très grande, si vous les considérez sous l'angle de l'étude du problème abstrait que constitue *l'art et la manière d'éduquer les robots*. J'ai appris des méthodes pour court-circuiter des réseaux juxtaposés, pour en créer de nouveaux. De nouvelles études permettront de découvrir des techniques nouvelles plus efficaces pour y parvenir.

— Eh bien ?

— Supposons que vous commenciez à partir d'un cerveau positronique dont tous les réseaux de base soient parfaitement déterminés, mais non les secondaires. Supposons ensuite que vous commenciez à créer les secondaires. Vous pourriez vendre des robots de base conçus pour recevoir une instruction ; des robots que l'on pourrait former à une tâche précise, puis à une seconde, à une troisième, si c'est nécessaire. Les robots deviendraient aussi éclectiques que des êtres humains. *Les robots pourraient apprendre !*

Les deux hommes ouvraient des yeux ronds.

— Vous ne comprenez toujours pas ? fit-elle avec impatience.

— Je comprends ce que vous dites, acquiesça Lanning.

— Ne comprenez-vous pas qu'avec un champ de recherches entièrement nouveau, des techniques entièrement nouvelles qu'il faudrait développer, des secteurs entièrement nouveaux de l'inconnu à défricher, les jeunes se sentiront attirés vers la robotique ? Essayez pour voir !

— Puis-je vous faire remarquer, intervint suavement Bogert, que c'est là une pratique dangereuse ? Si l'on commence par des robots ignorants tels que Lenny, cela signifiera que l'on ne pourra jamais tabler sur le respect de la Première Loi... exactement comme cela s'est produit dans le cas de Lenny.

— Exactement. Donnez la plus grande publicité à ce fait.

— *Publicité ?*

— Bien entendu. Mettez l'accent sur le danger. Expliquez que vous allez fonder un nouvel institut de recherches sur la Lune, si la population de la Terre s'oppose à son installation sur le globe, mais soulignez bien le danger auprès des candidats éventuels.

— Mais pourquoi, au nom du ciel ? demanda Lanning.

— Parce que le piment du danger viendra s'ajouter aux autres attraits de la progression. Pensez-vous que la technologie nucléaire soit exempte de dangers et que les voyages à travers l'espace n'aient pas leurs périls ? L'appât de la sécurité vous a-t-il apporté les résultats attendus ? Vous a-t-il permis de marquer des points sur ce complexe de Frankenstein pour lequel vous professez tant de mépris ? Alors essayez autre chose, un moyen qui ait donné des résultats en d'autres domaines !

Un son parvint de la porte menant aux laboratoires personnels du Dr Calvin. C'était la voix musicale de Lenny.

La robopsychologue s'interrompit instantanément et tendit l'oreille.

— Excusez-moi, dit-elle, je crois que Lenny m'appelle.

— Peut-il vraiment vous appeler ? demanda Lanning.

— Je vous l'ai déjà dit, j'ai réussi à lui apprendre quelques mots. (Elle se dirigea vers la porte, un peu émue.) Si vous voulez bien m'attendre...

Ils la regardèrent franchir le seuil et demeurèrent silencieux un moment.

— Croyez-vous qu'il y ait quelque chose à retenir dans ce qu'elle vient de nous dire ? demanda Lanning.

— C'est possible, Alfred, répondit Bogert, c'est possible. En tout cas suffisamment pour que nous en fassions mention à la conférence des directeurs. Nous verrons bien ce qu'ils diront. Après tout, l'huile est déjà sur le feu. Un robot a blessé un être humain et le fait est de notoriété publique. Comme le dit Susan, nous pourrions tenter d'exploiter l'incident à notre avantage. Bien entendu, je désapprouve les mobiles qui la poussent à agir ainsi.

— Que voulez-vous dire ?

— A supposer qu'elle n'ait dit que la vérité, ce ne sont néanmoins que des raisonnements *a posteriori*. Le véritable mobile qui l'anime est l'attachement qu'elle éprouve pour ce robot. Si nous la poussions dans ses derniers retranchements, elle nous affirmerait qu'elle veut poursuivre son étude de l'éducation des robots. Mais je crois qu'elle a trouvé un autre usage pour Lenny. Un usage plutôt unique et convenant seulement à Susan.

— Je ne vois pas bien où vous voulez en venir.

— Avez-vous compris ce que disait le robot ? demanda Bogert.

— Ma foi non, je n'y ai pas... commença Lanning.

A ce moment, la porte s'ouvrit brusquement et les deux hommes se turent instantanément.

Susan Calvin pénétra dans la pièce, regardant autour d'elle d'un air incertain.

— N'auriez-vous pas vu... ? Je suis pourtant certaine de l'avoir placé quelque part dans cette pièce... Oh ! le voilà.

Elle se précipita vers le coin d'une étagère et saisit un objet assez compliqué rappelant vaguement un haltère, évidé, avec à l'intérieur des pièces de métal diverses, tout juste trop grandes pour sortir par l'ouverture.

Lorsqu'elle saisit l'objet, les pièces de métal internes s'entrechoquèrent en tintant agréablement. Lanning eut l'impression qu'il s'agissait de la version robotique d'un hochet.

Au moment où Susan Calvin franchissait de nouveau la porte pour retourner aux laboratoires, la voix de Lenny se fit entendre une seconde fois. Cette fois, Lanning comprit parfaitement les mots que Susan Calvin avait appris au robot.

Avec le timbre angélique d'un célesta, il répétait :

— Viens, maman ! Viens, maman !

Et l'on entendit les pas précipités de Susan Calvin qui se hâtait à travers le laboratoire, vers le seul genre de bébé qu'il lui serait jamais donné de posséder ou d'aimer.

LE CORRECTEUR

L'United States Robots, en sa qualité de défendeur, possédait suffisamment d'influence pour imposer un procès à huis clos, sans participation d'un jury.

D'autre part, l'Université du Nord-Est ne fit pas de très gros efforts pour s'y opposer. Les administrateurs ne savaient que trop quelles pourraient être les réactions du public dans une affaire mettant en cause l'inconduite d'un robot, aussi exceptionnelle que celle-ci pût être. Ils se rendaient parfaitement compte, en outre, de quelle manière une manifestation anti-robots pourrait se transformer sans avertissement en manifestation anti-science.

Le gouvernement, représenté en l'occurrence par le juge Harlow Shane, était non moins anxieux de mettre discrètement de l'ordre dans cette pétaudière. Enfin, il ne faisait pas bon s'attaquer à l'U.S. Robots ou au monde académique.

— Puisque ni la presse, ni le public, ni le jury ne sont présents aux débats, dit le juge Shane, procédons avec le minimum de cérémonie et venons-en directement au fait.

Ce disant, il eut un petit sourire crispé signifiant peut-être le peu d'espoir qu'il nourrissait de voir ses vœux exaucés et tira sur sa robe afin de s'asseoir plus confortablement. Son visage était agréablement rubicond, son menton arrondi et charnu, et ses yeux d'une nuance claire et fortement écartés. Dans l'ensemble, ce n'était pas un visage empreint de cette majesté que l'on attribue à la justice, et le juge ne l'ignorait pas.

Barnabas H. Goodfellow, professeur de physique à l'Université du Nord-Est, prêta serment le premier, proférant les paroles rituelles avec une élocution qui transformait ses mots en chair à pâté.

Après les habituelles questions d'ouverture, l'avocat général enfonça profondément ses mains dans ses poches et commença :

— A quel moment, professeur, l'éventualité d'une utilisation du robot EZ-27 fut-elle portée pour la première fois à votre connaissance et de quelle façon ?

Le petit visage anguleux du Pr Goodfellow prit une expression de malaise, à peine plus bienveillante que celle qu'elle venait de remplacer.

— J'ai eu quelques contacts professionnels et quelques relations avec le Dr Alfred Lanning, directeur de la recherche à l'U.S. Robots. Il m'a fait une étrange suggestion que j'ai écoutée avec quelque faveur. Cela se passait le 3 mars de l'année dernière.

— C'est-à-dire en 2033 ?

— C'est exact.

— Excusez-moi de vous avoir interrompu. Veuillez poursuivre.

Le professeur inclina la tête froidement, se concentra un moment et commença.

Le Pr Goodfellow considéra le robot avec une certaine gêne. On l'avait transporté, enfermé dans une caisse, à la réserve du sous-sol, conformément aux règles édictées par le gouvernement sur la circulation des robots à la surface de la Terre.

Il était prévenu de son arrivée et on n'aurait pu dire qu'il était pris au dépourvu. Depuis le moment où le Dr Lanning lui avait téléphoné pour la première fois, le 3 mars, il avait senti qu'il ne pourrait résister à la persuasion et, résultat inévitable, aujourd'hui, il se trouvait face à face avec un robot.

A un pas de distance, celui-ci donnait l'impression de posséder une stature extraordinaire.

De son côté, Alfred Lanning lui jeta un regard inquisiteur, comme s'il voulait s'assurer qu'il n'avait pas été endommagé au cours du trajet. Puis il tourna ses sourcils féroces et sa crinière de cheveux blancs vers le professeur.

— Vous avez devant vous le robot EZ-27, le premier de la série qui soit mis à la disposition du public. (Il se tourna vers le robot :) Easy, je vous présente le Pr Goodfellow.

Easy répondit d'une voix impassible, mais avec une telle soudaineté que le professeur eut un recul :

— Bonjour, professeur.

Easy dépassait deux mètres de haut, avec les proportions générales d'un homme — l'U.S. Robots faisait de cette particularité son principal argument de vente. Cette caractéristique et la possession des brevets de base concernant le cerveau positronique avaient donné à la firme un véritable monopole sur les robots et un quasi-monopole sur les ordinateurs.

Les deux hommes qui avaient déballé le robot avaient à présent quitté les lieux, et le regard du professeur se porta de Lanning à l'homme mécanique pour revenir à son point de départ.

— Il est tout à fait inoffensif, j'en suis certain.

Mais son ton démentait ses paroles.

— Plus inoffensif que moi, à coup sûr, dit Lanning. On pourrait me pousser à vous frapper. Pour Easy, ce serait impossible. Vous connaissez les Lois de la Robotique, je présume.

— Naturellement, répondit Goodfellow.

— Elles font partie intégrante des réseaux positroniques et sont obligatoirement respectées. La Première Loi, qui régit l'existence du robot, garantit la vie et le bien-être de tous les humains. (Il prit un temps, se frotta la joue et ajouta :) C'est là un point dont nous aimerions persuader la Terre entière si c'était possible.

— Il faut avouer qu'il présente un aspect vraiment impressionnant.

— D'accord. Mais si vous ne vous laissez pas influencer par son apparence, vous découvrirez bientôt à quel point il peut être utile.

— En quoi, je me le demande encore. Nos conversations ne m'ont guère éclairé sur ce point. J'ai néanmoins accepté d'examiner l'objet, et je tiens parole en ce moment.

— Nous ferons mieux que le regarder, professeur. Avez-vous apporté un livre ?

— En effet.

— Puis-je le voir ?

Le Pr Goodfellow tendit le bras vers le sol sans quitter des yeux le monstre métallique à forme humaine qui se trouvait devant lui. De la serviette qui se trouvait à ses pieds, il tira un livre.

Lanning tendit la main et déchiffra l'inscription imprimée sur le dos du volume :

— *Chimie, physique des électrolytes en solution.* Parfait. C'est vous-même qui l'avez choisi. Je ne suis pour rien dans la sélection de ce texte particulier, nous sommes bien d'accord ?

— Tout à fait.

Lanning passa le livre au robot EZ-27.

Le professeur sursauta.

— Non ! C'est là un livre de valeur !

Lanning leva des sourcils d'étoupe blanche et broussailleuse.

— Easy n'a nullement l'intention de déchirer le volume en deux pour montrer sa force, je vous l'assure. Il peut manipuler un livre avec autant de soin que vous et moi. Allez-y, Easy.

— Je vous remercie, monsieur, répondit Easy. (Puis, tournant légèrement son corps métallique, il ajouta :) Avec votre permission, professeur Goodfellow.

Le professeur ouvrit des yeux ronds.

— Je vous en prie, répondit-il néanmoins.

D'un mouvement lent et régulier de ses doigts métalliques, Easy tourna les pages du livre, regardant d'abord à gauche puis à droite ; ce manège se poursuivit durant plusieurs minutes.

L'impression de puissance qui émanait de lui semblait rapetisser la vaste salle aux murs de ciment et les deux hommes qui assistaient à la scène au point d'en faire des pygmées.

— La lumière n'est pas fameuse, murmura Goodfellow.

— Elle suffira.

— Mais que diable peut-il bien faire ? reprit-il d'un ton plus sec.

— Patience, professeur.

La dernière page fut tournée et Lanning demanda :

— Eh bien, Easy ?

— Ce livre est très bien composé et je n'y relève que peu de choses, répondit le robot. A la page 27, 22e ligne, le mot « positif » est écrit « poistif ». La virgule, ligne 6 de la page 32, est superflue, alors qu'elle eût été nécessaire à la ligne 13 de la page 54. Le signe plus dans l'équation XIV-2, page 337, devrait être remplacé par le signe moins pour correspondre aux équations précédentes...

— Attendez ! Attendez ! s'écria le professeur. Que fait-il ?

— Que fait-il ? répéta Lanning avec une irritation soudaine. *Qu'a-t-il fait* serait plus exact, puisqu'il a déjà corrigé le livre.

— Corrigé !

— Parfaitement. Dans le temps réduit qu'il lui a fallu pour tourner ces pages, il a relevé toutes les erreurs d'orthographe, de grammaire et de ponctuation. Il a noté les erreurs dans l'ordre des mots et les illogismes. Et toutes ces observations, il les retiendra à la lettre et indéfiniment.

Le professeur était bouche bée. Il s'éloigna de Lanning et d'Easy d'un pas rapide et retourna vers eux avec non moins de célérité. Il croisa les bras sur sa poitrine et les dévisagea.

— A vous en croire, ce serait donc là un robot correcteur ? dit-il enfin.

Lanning inclina la tête :

— Entre autres.

— Mais pour quelles raisons avez-vous tenu à me le montrer ?

— Afin que vous m'aidiez à persuader l'Université de l'adopter.

— Pour s'en servir comme correcteur ?

— Entre autres, répéta patiemment Lanning.

Le professeur contracta son visage en une grimace incrédule.

— C'est absolument ridicule !

— Et pourquoi donc ?

— Jamais l'Université ne pourra se permettre d'acheter ce correcteur d'une demi-tonne — et quand je dis une demi-tonne...

— Il possède d'autres cordes à son arc. Il est capable de préparer des rapports en se fondant sur des informations en vrac, de remplir des formules, de servir d'aide-mémoire d'une précision sans défaut...

— Fariboles !

— Pas le moins du monde, répliqua Lanning, et je me charge de vous le prouver dans un instant. Mais je pense que nous serions mieux pour en discuter dans votre bureau, si vous n'y voyez pas d'objection.

— Non, bien entendu, commença mécaniquement le professeur en faisant le geste de se retourner. (Puis il reprit d'une voix sèche :) Mais le robot... nous ne pouvons l'emmener. Il vous faudra de nouveau le remballer dans sa caisse, docteur.

— Nous avons tout le temps. Easy restera ici.

— Sans surveillance ?

— Pourquoi pas ? Il sait parfaitement qu'il ne doit pas quitter les lieux. Professeur Goodfellow, il est absolument nécessaire de comprendre qu'un robot est bien plus digne de confiance qu'un homme.

— S'il venait à commettre des dégâts, je serais responsable...

— Il ne commettra aucun dégât, je vous le garantis. Réfléchissez : le travail est terminé. Nul ne reparaîtra plus ici, du moins je l'imagine, avant demain matin. Le camion et mes deux hommes se trouvent à l'extérieur. L'U.S. Robots assumera la responsabilité de tout incident qui viendrait à se produire. Mais tout se passera très bien. Disons que ce sera la preuve qu'on peut se fier au robot.

Le professeur se laissa entraîner hors du magasin. Mais dans son bureau, situé cinq étages plus haut, il ne paraissait pas encore entièrement rassuré.

Avec un mouchoir blanc, il épongeait les gouttelettes de sueur qui suintaient de la partie supérieure de son crâne.

— Comme vous le savez, docteur Lanning, il existe des lois qui interdisent l'usage des robots à la surface de la Terre, remarqua-t-il.

— Ces lois ne sont pas simples, professeur Goodfellow. Les robots ne doivent pas être employés dans des lieux ou des édifices publics. Ils ne doivent pas être utilisés sur des terrains ou à l'intérieur d'édifices privés, sauf sous certaines restrictions qui correspondent la plupart du temps à des interdictions pures et simples. Il se trouve cependant que l'Université est une institution importante et constitue une propriété privée jouissant d'un traitement privilégié. Si le robot est utilisé exclusivement dans une salle déterminée, à des fins académiques, si certaines autres restrictions sont scrupuleusement observées, si les hommes et les femmes qui sont amenés, de par leurs fonctions, à pénétrer dans cette salle nous assurent une entière collaboration, nous pouvons demeurer dans les limites de la loi.

— Vous voudriez que nous prenions toutes ces peines dans le simple but de corriger des épreuves ?

— Vous pourriez employer le robot à mille autres usages, professeur. Jusqu'à présent, son travail n'a été employé qu'à libérer l'homme de l'esclavage que constitue le labeur physique. Mais n'existe-t-il pas un labeur mental que l'on peut également considérer comme un inutile esclavage ? Lorsqu'un professeur capable d'un travail puissamment créateur est assujetti, deux semaines durant, au travail mécanique et abrutissant qui consiste à corriger des épreuves, me traiterez-vous de plaisantin si je vous offre une machine capable de faire le même travail en trente minutes ?

— Mais le prix...

— Le prix ne doit pas vous inquiéter. Vous ne pouvez acheter l'EZ-27. L'U.S. Robots ne vend pas ses productions. En revanche, l'Université peut louer l'EZ-27 pour mille dollars par an — c'est-à-dire une somme bien moindre que celle qui est nécessaire pour acquérir un spectrographe à ondes ultracourtes et enregistrement continu.

Goodfellow parut fortement impressionné. Lanning poursuivit son avantage :

— Je vous demande seulement de présenter ma proposition au groupe qui possède le pouvoir de décision dans l'établissement. Je ne serais que trop heureux de parler en présence de ses membres, s'ils désiraient un supplément d'information.

— Ma foi, dit Goodfellow d'un air de doute, je peux toujours évoquer la question à la prochaine séance, qui se tient la semaine prochaine. Mais pour ce qui est d'obtenir un résultat, je ne vous promets rien.

— Naturellement, répondit Lanning.

L'avocat de la défense était court, grassouillet, et il se donnait des airs imposants, ce qui avait pour résultat d'accentuer son double menton. Il jeta un regard sans aménité sur le Pr Goodfellow, lorsque ce témoin lui eut été transmis.

— Vous avez accepté sans vous faire prier, si je comprends bien ?

— J'avais hâte de me débarrasser du Dr Lanning, répondit le professeur d'un ton alerte. J'aurais accepté n'importe quoi.

— Avec l'intention de tout oublier sitôt qu'il serait parti ?

— Mon Dieu...

— Néanmoins, vous avez évoqué la question au cours d'une séance du comité exécutif de l'Université.

— En effet.

— Si bien que c'est en connaissance de cause que vous vous êtes conformé aux suggestions du Dr Lanning. Vous n'agissiez pas à votre corps défendant. A vrai dire, vous les avez accueillies d'enthousiasme, n'est-il pas vrai ?

— J'ai simplement suivi la procédure ordinaire.

— En fait, vous étiez beaucoup moins ému par la présence du robot que vous ne le prétendez. Vous connaissez les trois Lois de la Robotique, et vous les connaissiez à l'époque de votre entrevue avec le Dr Lanning.

— Ma foi, oui.

— Et vous étiez parfaitement d'accord pour laisser un robot en liberté sans la moindre surveillance.

— Le Dr Lanning m'avait assuré...

— Vous n'auriez jamais pris ses assurances pour argent comptant si vous aviez éprouvé le moindre doute quant au caractère inoffensif du robot.

— J'avais une foi entière en la parole... commença le professeur d'un ton compassé.

— C'est tout ! dit l'avocat de la défense abruptement.

Tandis que le Pr Goodfellow se rasseyait, assez décontenancé, le juge Shane se pencha en avant.

— Puisque je ne suis pas moi-même un expert en robotique, j'aimerais connaître la teneur de ces trois fameuses Lois. Le Dr Lanning voudrait-il les énoncer pour le plus grand bénéfice de la Cour ?

Le Dr Lanning sursauta. Il n'avait cessé de chuchoter avec la femme à cheveux gris assise à son côté. Il se leva et la femme leva également les yeux, montrant un visage inexpressif.

— Très bien, Votre Honneur, dit le Dr Lanning. (Il prit un temps comme s'il se préparait à prononcer un discours, puis il commença en articulant laborieusement :) Première Loi : un robot ne peut nuire à un être humain ni laisser sans assistance un être humain en danger. Deuxième Loi : un robot doit obéir aux ordres qui lui sont donnés par les êtres humains, sauf quand ces ordres sont incompatibles avec la Première Loi. Troisième Loi : un robot doit protéger sa propre existence tant que cette protection n'est pas incompatible avec la Première ou la Deuxième Loi.

— Je vois, dit le juge qui prenait rapidement des notes. Ces lois sont incorporées dans chacun des robots, n'est-ce pas ?

— Absolument. Tous les roboticiens vous le confirmeront.

— Et dans le robot EZ-27 en particulier ?

— Également, Votre Honneur.

— On vous demandera probablement de répéter ces déclarations sous la foi du serment.

— Je suis prêt à le faire, Votre Honneur.

Il se rassit.

Le Dr Susan Calvin, robopsychologue en chef à l'U.S. Robots, qui était précisément la femme aux cheveux gris assise à côté du Dr Lanning, regarda son supérieur en titre sans aménité particulière. Il faut dire qu'elle n'en manifestait jamais pour aucun être humain.

— Estimez-vous que le Pr Goodfellow s'est montré entièrement sincère dans son témoignage, Alfred ? demanda-t-elle.

— Pour l'essentiel, murmura Lanning. Il n'était pas aussi nerveux qu'il le prétend de la proximité du robot et il s'est montré assez disposé à parler affaires, lorsqu'il a su le prix demandé. Mais il n'a pas déformé la vérité de façon flagrante.

— Il eût peut-être été plus sage de demander plus de mille dollars.

— Nous étions fort anxieux de placer Easy.

— Je sais. Trop anxieux peut-être. Ils vont tenter de faire croire que nous entretenions des arrière-pensées.

Lanning prit un air exaspéré :

— C'est justement le cas. Je l'ai admis à la réunion du comité universitaire.

— Ils pourraient faire croire que nous nourrissions une arrière-pensée plus ténébreuse que celle que nous avons avouée.

Scott Robertson, fils du fondateur de l'U.S. Robots et toujours détenteur de la majorité des actions, se pencha vers le Dr Calvin, dont il était le deuxième voisin immédiat, et lui dit dans une sorte de murmure explosif :

— Pourquoi ne pouvez-vous pas faire parler Easy ? Nous saurions au moins où nous en sommes !

— Vous savez bien qu'il ne peut pas parler, monsieur Robertson.

— Débrouillez-vous pour qu'il parle. Vous êtes la robopsychologue, docteur Calvin, faites-le parler.

— Si je suis la robopsychologue, répondit Susan Calvin froidement, laissez-moi prendre les décisions. Mon robot ne sera pas contraint à quoi que ce soit au détriment de son bien-être.

Robertson fronça les sourcils et se serait peut-être laissé aller à répondre vertement, mais le juge Shane tapait discrètement du marteau et ils se résignèrent à regret au silence.

Francis J. Hart, chef du département d'anglais et doyen des études, se trouvait à la barre des témoins. C'était un homme grassouillet, méticuleusement vêtu d'un habit noir d'une coupe quelque peu démodée et dont le crâne rose était barré de plusieurs mèches de cheveux. Il se tenait fort droit dans le fauteuil des témoins, les mains soigneusement croisées sur ses genoux, et laissait apparaître de temps en temps sur son visage un sourire qui ne lui desserrait pas les lèvres.

— J'ai été informé pour la première fois de l'affaire du robot EZ-27 à l'occasion de la séance du comité exécutif au cours de laquelle le sujet fut présenté par le Pr Goodfellow. Le 10 avril de l'année dernière, nous tînmes sur le même sujet un conseil spécial, au cours duquel j'occupais le fauteuil présidentiel.

— A-t-on conservé les minutes de cette réunion ?

— Mon Dieu, non. Il s'agissait d'une séance tout à fait exceptionnelle. (Le doyen eut un bref sourire.) Nous avons pensé qu'il valait mieux lui donner un caractère confidentiel.

— Que s'est-il passé au cours de cette réunion ?

Le doyen Hart n'était pas entièrement à son aise dans son rôle de président de la séance. D'autre part, les autres membres du comité ne semblaient pas d'un calme parfait. Seul le Dr Lanning semblait en paix avec lui-même. Sa grande et maigre silhouette que surmontait une tignasse de cheveux blancs rappelait à Hart certains portraits qu'il avait vus d'Andrew Jackson.

Des spécimens de travaux accomplis par le robot étaient éparpillés au milieu de la table et la reproduction d'un graphe exécuté par lui se trouvait pour le moment entre les mains du Pr Minott, de la Chimie Physique. Les lèvres du chimiste formaient une moue exprimant une approbation évidente.

Hart s'éclaircit la gorge :

— Pour moi, il ne fait aucun doute que le robot peut accomplir certains travaux de routine avec la compétence nécessaire. J'ai parcouru ceux que vous avez sous les yeux, par exemple, immédiatement avant de me rendre à cette séance, et il y a fort peu de chose à leur reprocher.

Il saisit une longue feuille de papier imprimé, trois fois grande comme une page ordinaire de livre. C'était une épreuve en placard, que les auteurs devaient corriger avant la mise en pages. Dans chacune des deux larges marges, on apercevait des corrections parfaitement nettes et magnifiquement lisibles. De temps à autre, un mot était barré et remplacé dans la marge par un autre, en caractères si fins et si réguliers qu'ils auraient parfaitement pu être eux-mêmes des caractères d'imprimerie. Quelques-unes des corrections étaient bleues pour indiquer que l'erreur provenait de l'auteur, d'autres rouges lorsqu'elles étaient commises par le typographe.

— A vrai dire, commenta Lanning, il y a fort peu de chose à reprendre dans ce travail. J'irai même jusqu'à affirmer qu'il n'y a rien à y reprendre, docteur Hart. Je suis certain que les corrections sont parfaites, dans la mesure où le manuscrit original était exempt de critique. Si le manuscrit par rapport auquel cette épreuve a été corrigée se trompait sur des faits et non sur des points d'orthographe ou de syntaxe, le robot n'a pas compétence pour le corriger.

— Cela, nous l'acceptons. Cependant, le robot a corrigé l'ordre des mots à l'occasion et je ne pense pas que les règles en ce domaine soient suffisamment formelles pour être sûr que le choix du robot ait été correct en chaque cas.

— Le cerveau positronique d'Easy, dit Lanning en exhibant de larges dents en un sourire, a été modelé par le contenu de tous les travaux classiques sur le sujet. Je vous défie de me citer un cas où le choix du robot s'est révélé formellement incorrect.

Le Pr Minott leva les yeux du graphe qu'il tenait toujours entre les mains.

— La question que je me pose, docteur Lanning, c'est pourquoi nous aurions besoin d'un robot, avec toutes les difficultés que sa présence susciterait dans les relations publiques. La cybernétique a sûrement atteint un point suffisant de maturité pour que vos ingénieurs puissent concevoir une machine, un ordinateur de type courant, connu et accepté du public, susceptible de corriger les épreuves.

— Ils le pourraient, sans aucun doute, répondit Lanning avec raideur, mais une telle machine exigerait que les épreuves fussent traduites en symboles spéciaux ou du moins transcrits sur des rubans. Toutes les corrections apparaîtraient sous forme de symboles. Vous seriez contraints d'employer des hommes pour traduire les mots en symboles et les symboles en mots. De plus, un tel ordinateur serait incapable d'exécuter toute autre tâche. Il ne pourrait exécuter le graphe que vous tenez en main, par exemple.

Pour toute réponse, Minott poussa un grognement.

— La caractéristique du robot positronique est la souplesse, poursuivit Lanning. Il peut accomplir de nombreuses tâches. Il est construit à l'image de l'homme afin de pouvoir se servir de tous les outils et machines qui ont été, après tout, conçus pour être utilisés par l'homme. Il peut vous parler et vous pouvez lui parler. Vous pouvez même discuter avec lui jusqu'à un certain point. Comparé même au plus simple robot, l'ordinateur ordinaire, sans cerveau positronique, n'est rien d'autre qu'une pesante machine à additionner.

Goodfellow leva les yeux.

— Si nous parlons et discutons tous avec le robot, n'y a-t-il pas un risque de surcharger ses circuits ? Je suppose qu'il ne possède pas la capacité d'absorber une quantité infinie d'informations ?

— Non, en effet. Mais il durera cinq ans en service ordinaire. Il saura quand le moment sera venu de le décongestionner et la compagnie se chargera de l'opération sans frais.

— Vraiment ?

— Mais oui. La compagnie se réserve le droit d'entretenir le robot en dehors de ses heures normales de service. C'est l'une des raisons pour lesquelles nous conservons le contrôle de nos robots positroniques et préférons les louer plutôt que les vendre. Dans l'exercice de ses fonctions habituelles, tout robot peut être dirigé par n'importe quel homme. En dehors de ses fonctions ordinaires, un robot exige les soins d'un expert, et cela nous pouvons le lui donner. Par exemple, l'un ou l'autre d'entre vous pourrait décongestionner un robot EZ jusqu'à un certain point en lui donnant l'ordre d'oublier ceci ou cela. Mais il est à peu près certain que vous formuleriez cet ordre de telle manière que vous l'amèneriez à oublier trop ou trop peu. Nous détecterions de telles manœuvres, car nous avons incorporé des sauvegardes dans son mécanisme. Néanmoins, comme il est inutile de décongestionner le robot dans son travail ordinaire ou pour accomplir d'autres tâches sans utilité, la question ne soulève pas de problème.

Le doyen Hart porta la main à son crâne comme pour s'assurer que ses mèches si amoureusement cultivées étaient également réparties.

— Vous êtes très désireux de nous voir adopter la machine, dit-il, et pourtant l'U.S. Robots est sûrement perdant dans le marché. Mille dollars par an est un prix ridiculement bas. Serait-ce que vous espérez, par cette opération, louer d'autres machines du même genre à différentes universités, à un prix pour vous plus rentable ?

— C'est là un espoir qui n'a rien de déraisonnable, dit Lanning.

— Même dans ce cas, le nombre de machines que vous seriez à même de louer serait limité. Je doute que vous puissiez en faire une opération véritablement rentable.

Lanning posa ses coudes sur la table et se pencha en avant, l'air sérieux :

— Permettez-moi de vous parler avec une brutale franchise, messieurs. Les robots ne peuvent être utilisés sur Terre, sauf en quelques cas très spéciaux, en raison du préjugé que le public nourrit à leur égard. L'U.S. Robots est une firme extrêmement prospère et cette prospérité, elle la doit aux seuls marchés extra-terrestres et à la clientèle des compagnies de voyages spatiaux, sans parler des ressources accessoires que lui procure la vente des ordinateurs. Mais ce ne sont pas seulement les profits qui nous intéressent. Nous sommes fermement convaincus que l'utilisation des robots sur la Terre proprement dite améliorerait la vie de tous, même s'il fallait payer cette amélioration d'un certain bouleversement économique temporaire.

« Les syndicats sont naturellement contre nous, mais nous pouvons sûrement compter sur le soutien des grandes universités. Le robot Easy vous aidera en vous libérant de fastidieuses besognes scolastiques. D'autres universités et établissements de recherche suivront votre exemple, et si les résultats répondent à nos espérances, d'autres robots de types différents pourront être placés ici et là, et l'on verra les préjugés du public s'atténuer graduellement.

— Aujourd'hui l'Université du Nord-Est, demain le monde entier, murmura Minott.

— Je me suis montré beaucoup moins éloquent, murmura Lanning à l'oreille de Susan Calvin d'un ton irrité, et ils se sont montrés infiniment moins réticents. En réalité, pour mille dollars par an, ils sautaient littéralement sur l'occasion. Le Pr Minott m'a confié qu'il n'avait jamais vu plus beau graphe que celui qu'il tenait entre les mains et qu'il n'avait pas pu découvrir la moindre erreur sur l'épreuve ni ailleurs. Hart l'a admis sans détour.

Les sévères lignes verticales qui barraient le front de Susan Calvin ne s'effacèrent pas.

— Vous auriez dû demander davantage d'argent qu'ils n'étaient capables de payer, Alfred, après quoi vous leur auriez accordé un rabais.

— Vous avez peut-être raison, grommela-t-il.

L'avocat général n'en avait pas encore terminé avec le Pr Hart :

— Après le départ du Dr Lanning, avez-vous mis aux voix l'acceptation du robot EZ-27 ?

— Oui.

— Et quel fut le résultat du scrutin ?

— En faveur de l'acceptation, à la majorité des votants.

— A votre avis, quel fut le facteur qui influença le vote ?

La défense éleva immédiatement une objection.

La partie civile présenta la question sous une autre forme :

— Quel est le facteur qui influença votre vote personnel ? Vous avez voté pour l'acceptation, je crois.

— J'ai en effet voté pour l'acceptation. Le sentiment manifesté par le Dr Lanning qu'il était de notre devoir, en tant que membres de l'élite intellectuelle mondiale, de permettre aux robots de soulager la peine des hommes, m'avait profondément influencé.

— En d'autres termes, le Dr Lanning avait réussi à vous convaincre de la justesse de sa thèse.

— C'est son rôle. Je dois dire qu'il s'en est tiré de façon remarquable.

— Je mets le témoin à votre disposition.

L'avocat de la défense s'approcha de la barre des témoins et considéra le Pr Hart pendant un long moment.

— En réalité, vous étiez tous fort désireux d'avoir le robot EZ-27 à votre disposition, n'est-ce pas ?

— Nous pensions que s'il était capable d'accomplir le travail, il nous serait de la plus grande utilité.

— S'il était capable d'accomplir le travail ? Si je suis bien informé, vous avez examiné les spécimens de travaux accomplis par l'EZ-27 avec un soin particulier, le jour même de la réunion que vous venez de nous décrire ?

— En effet. Puisque le travail de la machine concernait avant tout l'usage de la langue anglaise et que ce domaine est de mon ressort, il était logique que je fusse désigné pour examiner les travaux.

— Très bien. Parmi les travaux exposés sur la table au moment de la réunion, s'en trouvait-il qui pussent être considérés comme ne donnant pas entière satisfaction ? Je détiens actuellement tous ces matériaux comme pièces à conviction. Pourriez-vous me désigner un seul d'entre eux qui laisse quelque chose à désirer ?

— Mon Dieu...

— Je vous pose une question simple. Existait-il un seul et unique travail qui ne fût pas à l'abri des critiques ? Vous les avez examinés personnellement. En avez-vous trouvé, oui ou non ?

Le professeur d'anglais fronça les sourcils.

— Non.

— Je possède également quelques exemplaires des travaux exécutés par le robot EZ-27 au cours de ses quatorze mois de service à l'Université. Vous plairait-il de les examiner et de me dire si vous découvrez quelque critique à formuler à leur endroit, ne serait-ce qu'en une seule occasion ?

— Lorsqu'il lui est arrivé de commettre une faute, elle a été de taille ! dit Hart d'une voix sèche.

— Répondez à ma question, tonna la défense, et seulement à ma question ! Découvrez-vous la moindre faute dans ces travaux ?

Hart examina soigneusement les pièces étalées.

— Pas la moindre !

— Si l'on fait abstraction de la question qui fait l'objet de ce débat, connaissez-vous une erreur qui soit imputable à l'EZ-27 ?

— Si l'on fait abstraction du litige qui fait la matière de ce débat, non.

L'avocat de la défense s'éclaircit la gorge comme pour clore un paragraphe.

— Revenons à présent au scrutin qui devait décider de l'admission ou du rejet du robot EZ-27. La majorité s'est montrée favorable, dites-vous. Quel était le rapport des votes ?

— De treize contre un, pour autant que je m'en souvienne.

— Treize contre un ! C'est là plus qu'une majorité, si je ne m'abuse ?

— Non, maître ! (Tout ce qu'il y avait de pédant chez le doyen Hart s'insurgeait.) Le mot « majorité » signifie purement et simplement « supérieur à la moitié ». Treize bulletins sur quatorze constituent une majorité, rien de plus.

— Sans doute, mais aussi une quasi-unanimité.

— Ils n'en restent pas moins une majorité !

L'avocat de la défense se replia sur une autre position :

— Et qui était l'unique opposant ?

Hart accusa un malaise prononcé.

— Le Pr Simon Ninheimer.

L'avocat affecta la surprise :

— Le Pr Simon Ninheimer ? Le chef du Département de Sociologie ?

— Oui, maître.

— *Le plaignant ?*

L'avocat fit la moue.

— En d'autres termes, il se trouve que l'homme qui a intenté une action pour le paiement de 750 000 dollars en dommages-intérêts contre mon client, l'United States Robots, était celui-là même qui s'est opposé dès le début à l'entrée du robot à l'Université — et cela bien que tous les autres membres du comité exécutif universitaire fussent persuadés que l'idée était excellente.

— Il a voté contre la motion comme il en avait le droit.

— En relatant la réunion, vous n'avez mentionné aucune intervention du Pr Ninheimer. A-t-il pris la parole ?

— Je crois qu'il a parlé.

— Vous le croyez seulement ?

— Mon Dieu, il a effectivement parlé.

— S'est-il élevé contre l'introduction du robot dans l'Université ?

— Oui.

— S'est-il exprimé en termes violents ?

— Il a parlé avec véhémence, concéda Hart.

L'avocat prit un ton confidentiel :

— Depuis combien de temps connaissez-vous le Pr Ninheimer, doyen Hart ?

— Depuis environ douze ans.

— C'est dire que vous le connaissez assez bien ?

— Assez bien, en effet.

— Le connaissant, pourriez-vous dire qu'il serait homme à nourrir un ressentiment contre un robot et cela d'autant plus qu'un vote contraire...

La partie civile noya le reste de la question sous une objection véhémente et indignée. L'avocat de la défense fit signe au témoin de s'asseoir et le juge Shane suspendit l'audience pour le déjeuner.

Robertson réduisait son sandwich en un magma innommable. La firme ne tomberait pas en faillite pour une perte de 750 000 dollars, mais cette saignée ne lui ferait aucun bien particulier. En outre, il était conscient qu'il en résulterait dans les relations publiques une récession infiniment plus coûteuse à long terme.

— Pourquoi tout ce tintamarre sur la façon dont Easy est entré dans l'Université ? Qu'espèrent-ils donc gagner ? demanda-t-il aigrement.

— Une action en justice est semblable à un jeu d'échecs, répondit placidement l'avocat de la défense. Le gagnant est en général celui qui peut prévoir plusieurs coups à l'avance, et mon ami, au banc de la partie civile, n'a rien d'un débutant. Ils peuvent faire état de dommages, pas de problème là-dessus. Leur effort principal consiste à anticiper notre défense. Ils doivent compter que nous nous efforcerons de démontrer l'incapacité totale où se trouve Easy de commettre le délit incriminé — en raison des Lois de la Robotique.

— C'est bien là notre défense, dit Robertson, et j'estime qu'elle est absolument sans faille.

— Aux yeux d'un ingénieur en robotique ! Pas nécessairement du point de vue d'un juge. Ils sont en train de préparer leurs batteries afin de pouvoir démontrer que l'EZ-27 n'est pas un robot ordinaire. Il était le premier de son type à être offert au public, un modèle expérimental qui avait besoin d'être testé sur le terrain, et son séjour à l'Université était la seule méthode valable pour procéder à ces essais. Cela expliquerait les efforts du Dr Lanning pour placer le robot et le consentement de l'U.S. Robots pour le louer à un prix aussi modique. A ce moment, la partie adverse ferait valoir que les tests sur le terrain ont démontré l'inaptitude d'Easy à ses fonctions. Voyez-vous à présent le sens de l'action qui a été menée jusqu'ici ?

— Mais l'EZ-27 était un modèle parfaitement irréprochable, repartit Robertson. C'était le vingt-septième de la série.

— C'est fort regrettable pour lui, dit l'avocat d'un air sombre. Qu'y avait-il d'anormal chez les vingt-six premiers ? Sûrement un détail quelconque. Pourquoi l'anomalie ne se retrouverait-elle pas dans le vingt-septième ?

— Les vingt-six premiers n'avaient rien d'anormal sauf qu'ils n'étaient pas suffisamment complexes pour leur tâche. Ils étaient équipés des premiers cerveaux positroniques du genre et, au début, c'était une affaire de pile ou face. Mais les Trois Lois étaient parfaitement ancrées en eux ! Nul robot n'est à ce point imparfait qu'il puisse échapper aux impératifs des Trois Lois.

— Le Dr Lanning m'a expliqué cela, monsieur Robertson, et je suis tout prêt à le croire sur parole. Le juge sera peut-être plus difficile à convaincre. Nous attendons la décision d'un homme honnête et intelligent mais qui ne connaît rien à la robotique et que l'on peut égarer. Par exemple, si vous-même, le Dr Lanning et le Dr Calvin veniez dire à la barre que les cerveaux positroniques sont construits sur le principe de pile ou face, comme vous venez de le faire, la partie adverse vous mettrait en pièces au cours du contre-interrogatoire. Rien ne pourrait plus sauver notre cause. Il faut donc éviter ce genre de déclaration.

— Si seulement Easy voulait parler, grommela Robertson.

L'avocat haussa les épaules :

— Un robot n'est pas admis comme témoin, par conséquent nous n'y gagnerions rien.

— Du moins pourrions-nous connaître quelques-uns des faits. Nous saurions comment il en est venu à faire une telle chose.

Susan Calvin prit feu et flamme. Une légère rougeur monta à ses joues et sa voix accusa un soupçon de chaleur :

— Nous *savons* comment Easy en est venu à commettre cet acte. On lui en avait donné l'ordre ! Je l'ai déjà expliqué au Conseil et je vais vous l'expliquer immédiatement.

— Qui lui avait donné cet ordre ? demanda Robertson avec un étonnement sincère. (On ne lui disait rien, pensa-t-il avec rancœur. Ces gens de la recherche se considéraient comme les propriétaires de l'U.S. Robots !)

— Le plaignant, dit Susan Calvin.

— Pourquoi, au nom du ciel ?

— Je ne connais pas encore la raison. Pour nous faire poursuivre en justice, pour se procurer quelque argent ?

Comme elle prononçait ces mots, on vit des éclairs bleus paraître dans ses yeux.

— Alors pourquoi Easy n'en dit-il rien ?

— N'est-ce pas évident ? On lui a ordonné de rester muet sur l'affaire.

— Pourquoi est-ce tellement évident ? rétorqua Robertson vertement.

— Ma foi, c'est évident pour moi. Je suis une robopsychologue professionnelle. Si Easy refuse de répondre à des questions directes concernant l'affaire, il n'en sera pas de même si on l'interroge d'une façon détournée. En mesurant l'hésitation croissante de ses réponses à mesure qu'on se rapproche de la question cruciale, en mesurant l'aire de la partie neutralisée et l'intensité des contre-potentiels suscités, il est possible de dire, avec une précision scientifique, que les anomalies dont il est affecté résultent d'une interdiction de parler appuyée sur les impératifs de la Première Loi. En d'autres termes, on lui a déclaré que s'il parlait, un être humain en souffrirait : probablement cet inénarrable Pr Ninheimer, le plaignant, qui peut passer pour un être humain aux yeux d'un robot.

— Dans ce cas, dit Robertson, ne pouvez-vous lui expliquer qu'en se taisant, il causera du tort à l'U.S. Robots ?

— L'U.S. Robots n'est pas un être humain et la Première Loi de la Robotique ne tient pas une société pour une personne morale ainsi que le font les lois ordinaires. En outre, il serait dangereux de faire une tentative pour lever ce genre particulier d'inhibition. La personne qui l'a imposée pourrait la lever avec moins de danger, car les motivations du robot, dans ce cas, se trouvent centrées sur ladite personne. Tout autre processus... (Elle secoua la tête et prit un ton où l'on discernait presque de la passion :) Je ne permettrai pas qu'on endommage le robot !

Lanning intervint avec l'air d'un homme qui apporte le souffle de la raison dans le débat :

— A mon avis, il nous suffira de faire la preuve qu'un robot est incapable d'accomplir l'acte dont Easy est accusé. Et cela nous est possible.

— Précisément, dit l'avocat avec ennui, cela ne vous est pas possible. Les seuls témoins susceptibles de se porter garants de la condition et de l'état d'esprit d'Easy sont des employés de l'U.S. Robots. Le juge ne peut admettre l'impartialité de leur témoignage.

— Comment peut-il récuser des témoignages d'experts ?

— En refusant de se laisser convaincre par leurs arguments. C'est son droit en tant que juge. Pour faire droit aux démonstrations techniques de vos ingénieurs, il n'est pas près d'admettre qu'un homme comme le Pr Ninheimer s'est mis dans le cas de ruiner sa réputation, fût-ce pour une somme relativement importante. Le juge est un homme, après tout. S'il lui fallait choisir entre un homme ayant accompli un acte impossible et un robot ayant accompli un acte impossible, il trancherait probablement en faveur de l'homme.

— Un homme *peut* accomplir un acte impossible, dit Lanning. En effet, nous ne connaissons pas toutes les complexités de l'âme humaine et d'autre part nous ignorons ce qui, dans un cerveau humain donné, est impossible et ce qui ne l'est pas. En revanche, nous savons parfaitement ce qui est réellement impossible pour un robot.

— Nous verrons si nous pouvons convaincre le juge de cela, dit l'avocat d'un ton las.

— Si tout ce que vous dites est vrai, grommela Robertson, je ne vois pas comment vous pourriez y parvenir.

— Nous verrons bien. Il est bon de connaître et d'apprécier toutes les difficultés qui se dressent sur votre route, mais ce n'est pas une raison pour se laisser aller au découragement. Moi aussi j'ai tenté de prévoir quelques coups d'avance dans la partie d'échecs. (Avec un geste digne de la tête en direction de la robopsychologue, il ajouta :) Avec le concours de cette charmante dame.

Lanning porta son regard de l'un à l'autre.

— Que diable voulez-vous dire ? demanda-t-il.

Mais l'huissier introduisit sa tête dans la pièce et annonça d'une voix quelque peu essoufflée que l'audience allait être reprise.

Ils rejoignirent leurs places en examinant l'homme qui avait déclenché toute l'affaire.

Simon Ninheimer possédait une tête couverte de cheveux mousseux couleur sable, un visage qui se rétrécissait au-dessous d'un nez en bec d'aigle pour se terminer par un menton pointu ; il avait l'habitude d'hésiter parfois avant de prononcer un mot clé au cours de la conversation, ce qui paraissait donner à son discours une précision quasi inégalable. Lorsqu'il disait : « Le soleil se lève à... euh... l'est », on pouvait être certain qu'il avait sérieusement envisagé la possibilité qu'il pourrait un jour se lever à l'ouest.

— Étiez-vous opposé à l'admission du robot EZ-27 dans l'Université ? interrogea le procureur.

— En effet.

— Pourquoi ?

— J'avais l'impression que nous ne connaissions pas les véritables raisons qui poussaient l'U.S. Robots à nous confier l'un de leurs robots. Je me méfiais de leur insistance.

— Avez-vous le sentiment qu'il était capable d'accomplir les travaux pour lesquels il avait été prétendument conçu ?

— Je tiens pour certain qu'il en était incapable.

— Voudriez-vous exposer les raisons qui vous ont amené à cette conclusion ?

L'ouvrage de Simon Ninheimer, intitulé *Tensions sociales suscitées par le vol spatial et leur remède,* était demeuré huit ans sur le métier. L'amour de la précision qu'il professait, Ninheimer ne le réservait pas seulement à ses discours, et dans un domaine tel que la sociologie, dont on peut dire que la principale caractéristique est l'imprécision, il ne se sentait pas précisément à son aise.

Même lorsque les textes lui étaient présentés à l'état d'épreuves, il n'éprouvait aucun sentiment d'accomplissement. Bien au contraire. Considérant les longues feuilles de papier imprimé, il réprimait à grand-peine un désir de découper les lignes de caractères et de les arranger dans un ordre différent.

Jim Baker, professeur de sociologie assistant, découvrit Ninheimer, trois jours après l'arrivée des premières liasses expédiées par l'imprimeur, regardant la poignée de papiers d'un air hypnotisé. Les épreuves étaient fournies en trois exemplaires ; l'un était destiné à Ninheimer aux fins de correction, un second à Baker qui les corrigeait de son côté, et un troisième, marqué « original », devait recevoir les corrections finales résultant de la combinaison de celles effectuées par Ninheimer et Baker, à la suite d'une conférence où étaient aplanis les éventuels désaccords. Telle avait été la méthode qu'ils avaient employée pour les nombreuses publications auxquelles ils avaient collaboré au cours des trois années écoulées, et elle avait donné de bons résultats.

Baker, jeune et s'exprimant d'une voix douce destinée à se concilier les bonnes grâces de son aîné, tenait ses propres épreuves à la main.

— J'ai terminé le premier chapitre, dit-il d'un ton plein d'ardeur, et j'y ai découvert quelques perles typographiques.

— Il en est toujours ainsi dans le premier chapitre, répondit Ninheimer d'un ton distant.

— Voulez-vous que nous collationnions immédiatement ?

Ninheimer planta des yeux pleins de gravité sur Baker :

— Je n'ai pas encore relu une seule ligne, Jim. Je crois même que je ne prendrai pas cette peine.

— Vous n'allez pas relire ? demanda Baker, interloqué.

Ninheimer fit la moue :

— J'ai demandé le... euh... concours de la machine. Après tout, elle a été conçue à l'origine comme... euh... correctrice. Ils ont établi un programme.

— La *machine* ? Vous voulez parler d'Easy ?

— Je crois que c'est là, en effet, le nom stupide dont on l'a affublée.

— Mais, professeur Ninheimer, je croyais que vous aviez décidé de ne pas vous en servir !

— Je suis apparemment le seul à m'abstenir. Peut-être conviendrait-il que je prenne ma part des... euh... avantages que cet engin peut procurer.

— Dans ce cas, je crois que j'ai perdu mon temps à lire ce premier chapitre, dit le jeune homme mélancoliquement.

— Vous n'avez pas perdu votre temps. Nous pourrons comparer les résultats donnés par la machine aux vôtres et vérifier.

— Si vous y tenez, mais...

— Parlez.

— Je doute fort que nous trouvions la moindre faute dans le travail d'Easy. On prétend qu'il n'a jamais commis une seule erreur.

— Peut-être bien, répliqua laconiquement Ninheimer.

Baker rapporta de nouveau le premier chapitre quatre jours plus tard. Cette fois il s'agissait de la copie réservée à Ninheimer, fraîchement émoulue de l'annexe spéciale qui avait été construite pour abriter Easy et l'appareillage dont il se servait.

Baker jubilait positivement :

— Professeur Ninheimer, non seulement il a relevé les mêmes erreurs que moi, mais il en a corrigé une douzaine qui m'avaient échappé ! L'opération a été expédiée en douze minutes !

Ninheimer examina les épreuves avec les marques nettement tracées et les symboles dans la marge.

— Le travail est moins complet que si nous l'avions exécuté vous et moi. Nous y aurions introduit une citation extraite de l'ouvrage de Suzuki sur les effets neurologiques de la faible gravité.

— Vous parlez de son article dans *Sociological Reviews* ?

— Naturellement.

— Vous ne pouvez tout de même pas lui demander l'impossible. Easy ne peut lire toute la littérature publiée sur le sujet à notre place.

— Je m'en rends compte. En fait, j'ai préparé la citation. J'irai voir la machine et je m'assurerai qu'elle connaît la façon de... euh... insérer les citations dans un texte.

— Elle connaît le processus.

— Je préfère m'en assurer.

Ninheimer dut prendre rendez-vous pour voir Easy et ne put obtenir plus de quinze minutes, à une heure avancée de la soirée.

Mais les quinze minutes se révélèrent amplement suffisantes. Le robot EZ-27 comprit immédiatement le procédé d'insertion des citations.

Ninheimer éprouva un certain malaise à se trouver pour la première fois aussi près du robot. Mû par une sorte de réflexe automatique, il lui demanda :

— Votre travail vous plaît-il ?

— Énormément, professeur Ninheimer, répondit Easy d'un ton

solennel, tandis que les cellules photo-électriques qui lui servaient d'yeux luisaient de leur éclat d'un rouge profond.

— Vous me connaissez ?

— Du fait que vous m'apportez un additif à introduire dans les épreuves, j'en déduis que vous êtes l'auteur de l'ouvrage. Et comme le nom de l'auteur figure en tête de chaque épreuve...

— Je vois. C'est une... euh... déduction de votre part. Dites-moi... (Il ne put résister au désir de lui poser la question.) Que pensez-vous du livre jusqu'à présent ?

— Je trouve que c'est un ouvrage sur lequel il est fort agréable de travailler, répondit Easy.

— Agréable ? Voilà un mot curieux pour un... euh... mécanisme incapable d'émotion. Je me suis laissé dire que l'émotion vous était étrangère.

— Les mots qui composent votre ouvrage se trouvent en accord avec mes circuits, expliqua Easy. Ils suscitent peu ou pas de contre-potentiels. La configuration de mes réseaux cérébraux m'amène à traduire ce fait mécanique par un mot tel qu'« agréable ». Sa signification émotionnelle est purement fortuite.

— Je vois. Pourquoi trouvez-vous l'ouvrage agréable ?

— Il traite d'êtres humains, professeur, et non pas de matériaux inorganiques et de symboles mathématiques. Votre livre constitue un effort pour comprendre les êtres humains et augmenter le bonheur de l'homme.

— Et c'est cela que vous essayez de faire vous-même, ce qui fait que mon livre s'accorde avec vos circuits ? Est-ce bien cela ?

— C'est cela, professeur.

Les quinze minutes étaient écoulées. Ninheimer s'en fut et se rendit à la bibliothèque de l'Université qui était sur le point de fermer. Il s'attarda juste assez longtemps pour trouver un texte élémentaire de robotique qu'il emporta chez lui.

A l'exception d'un additif occasionnel de dernière minute, les épreuves passaient par Easy pour se rendre ensuite chez l'éditeur, avec de rares interventions de Ninheimer au début, et plus du tout par la suite.

— Il me donne le sentiment d'être pratiquement inutile, dit un jour Baker avec une certaine gêne.

— Il devrait vous donner le sentiment d'avoir le temps d'entreprendre un nouveau projet, répondit Ninheimer, sans lever les yeux des notations qu'il rédigeait sur le dernier numéro du *Social Science Abstracts*.

— Je n'arrive pas à m'y habituer. Je ne peux pas m'empêcher de me faire du souci pour les épreuves. C'est parfaitement stupide, je le sais.

— Vous avez raison.

— L'autre jour j'ai examiné un ou deux placards avant qu'Easy les expédie à...

— Comment ? (Ninheimer leva les yeux en fronçant les sourcils. Il ferma brusquement le numéro de l'*Abstracts*.) Auriez-vous dérangé la machine durant son travail ?

— Pour une minute seulement. Tout était parfait. Elle n'avait changé qu'un seul mot. Vous aviez qualifié quelque chose de « criminel » et le robot avait remplacé ce mot par « insensé ». Il avait pensé que le second mot s'adaptait mieux au contexte.

Ninheimer prit un air pensif :

— Et quel était votre avis ?

— Je me suis trouvé d'accord avec lui. J'ai maintenu la correction.

Ninheimer fit tourner sa chaise pivotante pour affronter son jeune associé :

— Écoutez-moi ! Je vous prie de ne plus recommencer. Si je dois utiliser la machine, je désire en tirer le... euh... maximum d'avantages. Si je dois l'utiliser et me priver de vos... euh... services parce que vous êtes occupé à superviser cette machine, alors que sa caractéristique essentielle est de se passer de toute supervision, je ne tire plus aucun bénéfice de l'affaire. Comprenez-vous ?

— Oui, professeur Ninheimer, dit Baker, penaud.

Les exemplaires justificatifs de *Tensions sociales* parvinrent au bureau du Pr Ninheimer le 8 mai. Il les parcourut rapidement, feuilletant les pages, lisant un paragraphe ici et là. Puis il les mit de côté.

Comme il l'expliqua plus tard, il avait oublié leur présence. Il y avait travaillé huit ans durant, mais à présent, et pendant des mois, il s'était consacré à d'autres travaux tandis qu'Easy le déchargeait de la tâche harassante de la correction de son livre. Il ne pensa même pas à dédier à la bibliothèque de l'Université l'habituel exemplaire d'hommage. Même Baker, qui s'était jeté à corps perdu dans le travail et avait évité Ninheimer depuis la rebuffade qu'il avait essuyée à leur dernière rencontre, ne reçut pas d'exemplaire.

Cette période prit fin le 16 juin. Ninheimer reçut un coup de téléphone et considéra avec surprise l'image qui venait d'apparaître sur l'écran.

— Speidell ! Vous êtes donc en ville ?

— Non, je suis à Cleveland. (La voix de Speidell tremblait d'émotion.)

— Alors pourquoi cet appel ?

— Parce que je viens de parcourir votre dernier livre ! Ninheimer, êtes-vous devenu *fou* ? Avez-vous complètement perdu la raison ?

Ninheimer se raidit.

— Avez-vous trouvé quelque chose d'anormal ? s'enquit-il plein d'alarme.

— *Anormal ?* Ouvrez votre livre à la page 562 ! Où, dans l'article que vous citez, ai-je prétendu que la personnalité criminelle n'existe pas et que ce sont les contraintes opérées par la loi qui sont les criminels véritables ? Permettez-moi de citer...

— Attendez ! Attendez ! s'écria Ninheimer en s'efforçant de trouver la page. Voyons... Voyons... Juste ciel !

— Eh bien ?

— Speidell, je ne comprends pas comment ceci a pu se produire. Je n'ai jamais écrit pareille chose.

— C'est pourtant ce qui est imprimé ! Et ce n'est pas le pire. Regardez à la page 690 : imaginez un peu ce que va vous raconter Ipatiev lorsqu'il verra quelle salade vous avez fait de ses découvertes. J'ignore à quoi vous pensiez... mais il ne vous reste plus d'autre solution que de retirer le livre du marché. Et préparez-vous à présenter les excuses les plus plates à la prochaine réunion de l'Association !

— Speidell, écoutez-moi...

Mais Speidell avait coupé la communication avec une force qui remplit l'écran de post-images durant quinze secondes.

C'est alors que Ninheimer se mit à lire le livre et à souligner des passages à l'encre rouge.

Il garda remarquablement son sang-froid lorsqu'il se retrouva de nouveau face à face avec Easy, mais ses lèvres étaient pâles. Il passa le livre au robot :

— Voulez-vous lire les passages soulignés aux pages 562, 631, 664 et 690 ?

Easy obéit.

— Oui, professeur Ninheimer ?

— Ce n'est pas conforme au texte des épreuves originales.

— Non, professeur.

— Est-ce vous qui avez modifié le texte pour le faire imprimer sous sa forme actuelle ?

— Oui, professeur.

— Pourquoi ?

— Professeur, les passages tels qu'ils apparaissaient dans votre version étaient fort offensants pour certains groupes d'êtres humains. J'ai pensé qu'il était judicieux de modifier la formulation afin d'éviter de leur causer du tort.

— Comment avez-vous osé prendre une telle initiative ?

— La Première Loi, professeur, ne m'autorise pas à causer du tort, même passivement, à des êtres humains. A n'en pas douter, vu votre réputation dans les cercles de la sociologie et la large diffusion de votre livre parmi le monde des érudits, un mal considérable serait infligé à un certain nombre d'êtres humains dont vous parlez.

— Mais vous rendez-vous compte que c'est moi qui vais en pâtir à présent ?

— Je n'ai pu faire autrement que de choisir la solution comportant le moindre mal.

Ivre de fureur, le Pr Ninheimer quitta la pièce en titubant. Il était clair pour lui que l'U.S. Robots lui donnerait raison de cette offense.

Il y eut une certaine agitation à la table du défendeur, qui augmenta encore lorsque la partie civile porta son attaque.

— Donc, le robot EZ-27 vous a déclaré que la raison de son intervention était fondée sur la Première Loi de la Robotique ?

— C'est exact.

— C'est-à-dire qu'il n'avait effectivement pas le choix ?

— Oui.

— Il s'ensuit, par conséquent, que l'U.S. Robots a construit un robot qui devrait nécessairement réécrire les livres pour les mettre en accord avec sa propre conception du bien et du mal. Cela ne les a pas empêchés de le présenter comme un simple correcteur. C'est bien ce que vous pensez ?

Aussitôt, l'avocat de la défense objecta vigoureusement, faisant remarquer qu'on demandait au témoin de donner son avis dans un domaine où il ne possédait aucune compétence. Le juge admonesta la partie adverse dans les termes habituels, mais il ne faisait aucun doute que l'échange avait porté — particulièrement sur l'avocat de la défense.

La défense sollicita une brève suspension avant de procéder au contre-interrogatoire.

L'avocat se pencha vers Susan Calvin :

— Est-il possible, docteur Calvin, que le Pr Ninheimer dise la vérité et qu'Easy ait été déterminé dans son action par la Première Loi ?

Susan Calvin pinça les lèvres.

— Non, dit-elle enfin, ce n'est pas possible. La dernière partie du témoignage de Ninheimer n'est rien d'autre qu'un parjure délibéré. Easy n'est pas conçu pour juger des textes abstraits tels qu'on en trouve dans des ouvrages de sociologie avancée. Il serait tout à fait incapable de déterminer si une phrase d'un tel livre est susceptible de causer du tort à un groupe d'êtres humains. Son cerveau n'est absolument pas conçu pour ce travail.

— Je suppose néanmoins qu'il serait impossible de prouver ce que vous avancez à l'homme de la rue, dit l'avocat d'un ton pessimiste.

— Non, avoua le Dr Calvin, ce serait une tâche fort compliquée que d'administrer cette preuve. Notre chemin de sortie est toujours le même. Nous devons prouver que Ninheimer est en train de mentir et rien de ce qu'il a dit ne peut nous déterminer à changer notre plan d'attaque.

— Très bien, docteur Calvin, répondit l'avocat. Je dois vous croire sur parole. Nous procéderons comme convenu.

Dans la salle d'audience, le maillet du juge se leva puis s'abaissa et le Pr Ninheimer reprit place à la barre des témoins. Il arborait le léger sourire de l'homme qui sent sa position inexpugnable et se réjouit plutôt à la perspective de repousser une attaque inutile.

L'avocat de la défense s'approcha d'un air méfiant et commença doucement :

— Professeur Ninheimer, vous affirmez bien avoir ignoré totalement les prétendus changements intervenus dans le texte de votre ouvrage jusqu'au moment de l'appel téléphonique du 16 juin par le Pr Speidell ?

— C'est parfaitement exact.

— N'avez-vous jamais vérifié les épreuves après qu'elles eurent été corrigées par le robot EZ-27 ?

— Au début si, mais il m'est apparu que c'était là une tâche inutile. Je me fiais aux assurances de l'U.S. Robots. Les absurdes... euh... modifications furent effectuées dans le dernier quart du livre, lorsque le robot, je le présume, eut acquis une connaissance suffisante en sociologie.

— Faites-nous grâce de vos présomptions ! dit l'avocat. Si j'ai bien compris, votre collègue, le Dr Baker, a jeté les yeux sur les épreuves en au moins une occasion. Vous souvenez-vous avoir témoigné à cet effet ?

— Oui. Comme je l'ai précédemment déclaré, il m'a dit avoir aperçu une page et, déjà à ce moment, le robot avait changé un mot.

De nouveau l'avocat intervint :

— Ne trouvez-vous pas étrange, professeur, qu'après plus d'une année d'hostilité implacable envers le robot, après avoir voté contre son admission au début et refusé d'en faire le moindre usage, vous décidiez tout à coup de lui confier votre grand ouvrage, l'œuvre de votre vie ?

— Je ne trouve pas cela étrange. J'avais simplement décidé d'utiliser la machine.

— Et vous avez — soudainement — témoigné une telle confiance au robot EZ-27 que vous n'avez même pas pris la peine de vérifier vos épreuves ?

— Je vous l'ai déjà dit, j'étais convaincu par la... euh... propagande de l'U.S. Robots.

— A ce point convaincu que lorsque votre collègue, le Dr Baker, voulut vérifier le travail du robot, vous lui avez administré une verte semonce ?

— Je ne lui ai pas administré de semonce. Simplement, je ne voulais pas qu'il... euh... perde son temps. A l'époque du moins, je pensais qu'il s'agissait d'une perte de temps. Je ne voyais pas encore la signification de ce changement de mot...

— Je ne doute pas qu'on vous ait recommandé de faire état de ce détail afin que le changement de mot fût enregistré au dossier... (L'avocat changea son fusil d'épaule afin de parer d'avance l'objection et poursuivit.) Le fait est que vous étiez extrêmement irrité contre le Dr Baker.

— Non, je n'étais pas irrité.

— Vous ne lui avez pas remis un exemplaire de votre livre lorsque vous avez reçu votre service.

— Simple oubli de ma part. J'ai également omis d'en remettre un à la bibliothèque. (Ninheimer sourit d'un air cauteleux.) Les professeurs sont notoirement gens distraits.

— Ne trouvez-vous pas étrange, poursuivit l'avocat, qu'après plus d'un an de travail parfait, le robot EZ-27 se soit tout à coup mis à se tromper en corrigeant votre livre ? Un livre écrit par vous qui étiez, entre tous, le plus implacablement hostile au robot ?

— Mon ouvrage était le seul livre traitant de la race humaine qu'il lui fût donné de corriger. C'est précisément à ce moment que les Trois Lois de la Robotique entrèrent en jeu.

— A plusieurs reprises, professeur Ninheimer, continua l'avocat, vous avez tenté de parler en expert de la robotique. Apparemment vous avez été saisi d'une passion fort soudaine pour la robotique, ce qui vous a conduit à emprunter des livres sur le sujet à la bibliothèque. Vous avez bien témoigné dans ce sens, n'est-ce pas ?

— Je n'ai emprunté qu'un seul livre. Il ne s'agissait là que d'une curiosité... euh... bien naturelle.

— Et cette lecture vous a permis d'expliquer pourquoi le robot aurait, comme vous le prétendez, déformé votre texte ?

— Oui, maître.

— C'est très commode. Mais êtes-vous certain que votre intérêt subit pour la robotique ne visait pas à vous permettre de manipuler le robot pour votre propre dessein ?

Ninheimer rougit.

— Certainement pas !

L'avocat éleva la voix :

— En fait, êtes-vous certain que les passages prétendument altérés n'étaient pas ceux que vous aviez écrits de votre propre main ?

Le sociologue se leva à demi.

— C'est... euh... ridicule ! Je possède par-devers moi les épreuves...

Il éprouvait quelque difficulté à parler et l'avocat du demandeur se leva pour placer en douceur :

— Avec votre permission, j'ai l'intention de présenter comme pièces à conviction le jeu d'épreuves remis par le Pr Ninheimer au robot EZ-27 et celui expédié par le robot EZ-27 à l'éditeur. Je le ferai dès à présent si mon honorable collègue le désire, et s'il est d'accord pour demander une suspension d'audience afin de comparer les deux jeux d'épreuves...

L'avocat de la défense agita la main avec impatience.

— Ce n'est pas nécessaire. Mon honorable adversaire pourra présenter ces épreuves au moment qu'il choisira. Je suis certain qu'elles feront apparaître toutes les dissemblances annoncées par le plaignant. En revanche, ce que je voudrais savoir, c'est si les épreuves du *Dr Baker* se trouvent également en sa possession.

— Les épreuves du Dr Baker ?

Ninheimer fronça les sourcils. Il ne possédait plus une maîtrise entière de lui-même.

— Oui, professeur ! C'est bien des épreuves du Dr Baker que je parle. Vous avez témoigné vous-même que le Dr Baker avait reçu un jeu d'épreuves séparé. Je demanderai à l'huissier de vouloir bien lire votre témoignage si vous êtes un amnésique de type sélectif. Ne serait-ce pas plutôt que les professeurs sont, comme vous le dites, gens notoirement distraits ?

— Je me souviens des épreuves du Dr Baker, dit Ninheimer. Elles n'étaient plus nécessaires dès l'instant où l'ouvrage était remis à la machine correctrice...

— C'est pourquoi vous les avez brûlées ?

— Non, je les ai jetées dans la corbeille à papier.

— Brûlées ou jetées aux ordures, cela revient au même. Il n'en reste pas moins que vous vous en êtes débarrassé.

— Je ne vois pas ce qu'il y a là de répréhensible... commença faiblement Ninheimer.

— Rien de répréhensible ? tonna l'avocat de la défense. Rien de répréhensible, sauf qu'il nous est actuellement impossible de vérifier si, en certains passages cruciaux, vous n'avez pas substitué une innocente épreuve vierge provenant de la collection du Dr Baker pour remplacer la vôtre que vous aviez délibérément altérée afin de contraindre le robot à...

La partie civile éleva une furieuse objection. Le juge Shane se pencha en avant ; son visage de lune faisait de louables efforts pour arborer une expression de colère correspondant à l'intensité de l'émotion qui soulevait son âme.

— Possédez-vous des preuves, maître, corroborant l'extraordinaire accusation que vous venez de proférer ? demanda le juge.

— Pas de preuve directe, Votre Honneur, répondit calmement l'avocat. Mais je voudrais souligner que, vus sous l'angle convenable, la soudaine abjuration par le plaignant de son anti-roboticisme, son intérêt subit pour la robotique, son refus de vérifier les épreuves ou de permettre à quiconque de les vérifier, la négligence préméditée qui l'a conduit à ne permettre à qui que ce soit de lire l'ouvrage immédiatement après publication, tous ces faits conduisent clairement à...

— Maître, interrompit le juge avec impatience, ce n'est pas le lieu ni le moment de vous livrer à des déductions hasardeuses. Le plaignant n'est pas l'accusé. Je vous interdis de suivre plus avant cette ligne d'attaque. S'il vous reste encore des questions légitimes à poser, vous pouvez poursuivre votre contre-interrogatoire. Mais je vous déconseille vivement de vous livrer à une autre exhibition semblable.

— Je n'ai plus aucune question à poser, Votre Honneur.

— A quoi servira cet esclandre, pour l'amour du ciel ? demanda Robertson en un murmure hargneux, au moment où l'avocat de la défense rejoignait sa table. A présent le juge nous est complètement hostile.

— Peut-être, mais Ninheimer est désarçonné pour de bon. Nous l'avons préparé pour l'estocade que nous allons lui porter demain. A ce moment-là, il sera mûr.

Le reste de l'audience fut assez terne en comparaison. Le Dr Baker comparut à la barre et confirma la plus grande partie du témoignage de Ninheimer. Puis ce fut le tour des Prs Speidell et Ipatiev qui décrivirent de manière émouvante leur surprise et leur consternation à la lecture de certains passages de l'ouvrage du Pr Ninheimer. Tous deux furent d'accord pour déclarer que la réputation professionnelle du Pr Ninheimer avait été sérieusement compromise.

Les épreuves furent produites comme pièces à conviction, de même que des exemplaires de l'ouvrage terminé.

La défense ne procéda pas à de nouveaux contre-interrogatoires ce jour-là. La partie adverse prit du repos et le procès fut remis au lendemain matin.

Le second jour, la défense prit sa première initiative dès le début de la séance. Elle demanda que le robot EZ-27 fût admis à l'audience en qualité de spectateur.

La partie civile souleva immédiatement une objection et le juge Shane appela les deux contestants à la barre.

— Cette requête est évidemment illégale, déclara la partie civile. Un robot n'a pas le droit d'entrer dans un édifice public.

— Ce tribunal, fit remarquer la défense, est ouvert à tous ceux qui ont un lien quelconque avec ce procès.

— Une énorme machine dont la conduite est notoirement erratique pourrait troubler mes clients et mes témoins par sa seule présence et transformerait les débats en spectacle de foire.

Le juge semblait pencher pour cet avis. Il se tourna vers l'avocat de la défense et dit d'un ton assez peu amène :

— Quelles sont les raisons de votre requête ?

— Nous voulons faire apparaître, dit l'avocat, que le robot EZ-27 est incapable, de par sa construction même, d'accomplir les actes qui lui sont reprochés. Il sera nécessaire de procéder à quelques démonstrations.

— Je conteste la validité de cette expérience, Votre Honneur, répliqua la partie civile. Des démonstrations effectuées par des employés de l'U.S. Robots n'ont que peu de validité lorsque l'U.S. Robots est le défendeur.

— Votre Honneur, c'est à vous qu'il appartient de décider de la validité de la démonstration et non à la partie civile. C'est du moins ainsi que je le conçois.

— Votre conception est correcte, dit le juge Shane, qui ne supportait guère qu'on pût empiéter sur ses prérogatives. Néanmoins, la présence d'un robot dans cette salle soulève d'importantes difficultés légales.

— Pas au point, Votre Honneur, d'opposer une barrière infranchissable au déroulement de la justice. Si le robot n'est pas autorisé à comparaître, nous serons privés de notre unique moyen de défense.

Le juge prit un temps de réflexion.

— Reste à régler la question du transport du robot jusqu'à cette salle.

— C'est là un problème auquel l'U.S. Robots a fréquemment dû faire face. Un camion construit selon les prescriptions de la loi régissant le transport des robots est garé devant le tribunal. Le robot EZ-27 se trouve actuellement enfermé dans une caisse à l'intérieur de ce camion, sous la garde de deux hommes. Les portes du camion sont munies des dispositifs de sécurité nécessaires et toutes les autres précautions ont été dûment prises.

— Vous me semblez bien certain, dit le juge Shane, avec un renouveau de mauvaise humeur, que la décision de la Cour, en l'occurrence, sera en votre faveur.

— Pas le moins du monde, Votre Honneur. En cas de refus, le véhicule rebroussera simplement chemin. Je n'ai présumé en quoi que ce soit de votre décision.

Le juge inclina la tête.

— La Cour fait droit à la requête de la défense.

La caisse fut transportée dans la salle sur un large berceau et les deux hommes l'ouvrirent. Un silence de mort plana sur le tribunal.

Susan Calvin attendit que les épaisses feuilles de celluforme se fussent abaissées, puis elle tendit la main :

— Venez, Easy.

Le robot tourna les yeux vers elle et tendit à son tour son vaste bras de métal. Il la dominait de soixante bons centimètres, mais ne l'en suivit pas moins fort docilement comme un petit enfant dans les jupons de sa mère. Quelqu'un laissa échapper un rire nerveux qu'un regard dur du Dr Calvin étouffa promptement dans sa gorge.

Easy s'assit avec précaution sur une vaste chaise que l'huissier venait d'apporter. Elle fit entendre d'inquiétants craquements, mais résista cependant.

— Lorsque la chose sera nécessaire, Votre Honneur, dit l'avocat de la défense, nous prouverons qu'il s'agit bien ici du robot EZ-27, celui-là même qui a été au service de l'Université du Nord-Est durant la période qui nous concerne.

— Bien, dit le juge. Cette formalité sera en effet nécessaire. Personnellement, je n'ai pas la moindre idée de la façon dont vous pouvez distinguer un robot d'un autre robot.

— Et maintenant, dit l'avocat, j'aimerais appeler mon premier témoin à la barre. Pr Simon Ninheimer, je vous prie.

Le greffier hésita, tourna les yeux vers le juge. Celui-ci demanda avec une surprise visible :

— C'est au *plaignant* que vous demandez de comparaître en qualité de témoin de la défense ?

— Oui, Votre Honneur.

— Vous vous souviendrez, je l'espère, que tant qu'il demeurera votre témoin, vous ne pourrez prendre à son égard les libertés qui vous seraient permises en procédant au contre-interrogatoire d'un témoin de la partie adverse ?

— Mon seul souci est de parvenir à faire éclater la vérité, répondit l'avocat. Il ne me sera d'ailleurs nécessaire que de lui poser quelques questions courtoises.

— Eh bien, dit le juge d'un air de doute, c'est votre affaire. Appelez le témoin.

Ninheimer monta à la barre et fut informé qu'il parlerait toujours sous la foi du serment. Il semblait plus nerveux que la veille et manifestait comme une sorte d'appréhension.

Mais l'avocat de la défense jeta sur lui un regard bienveillant.

— Donc, professeur Ninheimer, vous réclamez à mon client 750 000 dollars de dommages-intérêts.

— C'est en effet la... euh... somme. Oui.

— Cela fait beaucoup d'argent.

— Le préjudice que j'ai subi est énorme.

— Mais pas à ce point. L'objet du litige ne concerne que quelques passages d'un ouvrage. Sans doute étaient-ils assez malencontreux, néanmoins, il n'est pas rare de trouver de curieuses erreurs dans des livres.

Les narines de Ninheimer frémirent :

— Cet ouvrage devait être le couronnement de ma carrière ! Au lieu de cela il me fait apparaître sous les traits d'un universitaire incompétent, qui trahit les vues émises par ses honorables amis et associés, et un fossile attardé dans des conceptions aussi ridicules que démodées. Ma réputation est irréparablement compromise ! Désormais je ne pourrai plus garder la tête haute dans aucune assemblée d'universitaires, quelle que soit l'issue de ce procès. Je ne pourrai certainement pas poursuivre la carrière à laquelle j'ai consacré ma vie entière. Le but même de mon existence se trouve détruit... euh... foulé aux pieds.

L'avocat contemplait pensivement ses ongles sans faire aucune tentative pour interrompre ce discours.

Lorsque le professeur eut terminé, il dit d'une voix pleine de componction :

— Voyons, professeur Ninheimer, à votre âge vous ne pouvez espérer gagner — soyons généreux — plus de 150 000 dollars durant le reste de votre vie. Cependant vous demandez à la Cour de vous accorder le quintuple de cette somme.

— Ce n'est pas seulement ma vie présente qui est ruinée, répondit Ninheimer avec encore plus d'émotion. Durant combien de générations futures serai-je désigné par les sociologues comme un... euh... sot et un insensé ? L'œuvre véritable de ma vie sera enterrée, ignorée. Je suis ruiné, non seulement jusqu'au jour de ma mort, mais pour tous les jours à venir, car il se trouvera toujours des gens pour refuser de croire qu'un robot s'est rendu coupable de ces altérations...

C'est à ce moment que le robot EZ-27 se dressa sur ses pieds. Susan Calvin ne fit pas un mouvement pour l'en empêcher. Elle demeura immobile, les yeux fixés droit devant elle. L'avocat de la défense poussa un léger soupir.

— J'aimerais expliquer à chacun, dit Easy de sa voix mélodieuse qui portait admirablement, que j'ai en effet introduit dans certaines des épreuves des modifications qui semblaient en contradiction avec le texte qui s'y trouvait précédemment...

Même l'avocat général fut trop interloqué par le spectacle d'un robot de plus de deux mètres, se levant pour s'adresser à la Cour, pour avoir la présence d'esprit de réclamer l'interruption d'une procédure à l'irrégularité aussi flagrante.

Lorsqu'il eut retrouvé ses esprits, il était trop tard. Car Ninheimer venait de se lever au banc des témoins, le visage convulsé.

— Maudit engin ! hurla-t-il. On vous avait pourtant ordonné de garder le silence sur...

Sa voix s'étrangla dans sa gorge ; de son côté, Easy demeurait silencieux.

L'avocat général était debout à présent, réclamant l'annulation.

Le juge Shane martelait désespérément son pupitre :

— Silence ! Silence ! Toutes les conditions sont certes réunies pour accorder l'annulation, cependant, dans l'intérêt de la justice, j'aimerais que le Pr Ninheimer voulût bien compléter sa déclaration. Je l'ai distinctement entendu dire au robot que celui-ci avait reçu la consigne de se taire à propos d'un certain sujet. Or, votre témoignage, professeur Ninheimer, ne fait nulle mention de consignes qui auraient été données au robot de garder le silence sur quoi que ce soit !

Ninheimer regardait le juge avec un mutisme total.

— Avez-vous donné l'ordre au robot EZ-27 de garder le silence sur une question particulière ? demanda le juge Shane, et si oui, quelle est la nature de cette question ?

— Votre Honneur... commença Ninheimer d'une voix enrouée, mais il ne put continuer.

Le ton du juge se fit incisif :

— Lui avez-vous donné l'ordre d'altérer le texte de certaines épreuves et ensuite de garder le silence sur le rôle que vous avez joué dans cette opération ?

La partie civile objecta vigoureusement, mais Ninheimer lança à tue-tête :

— A quoi bon le nier ? Oui ! Oui !

Après quoi il quitta la barre des témoins en courant. Il fut arrêté à la porte par l'huissier et s'effondra sur l'un des derniers bancs, en plongeant son visage dans ses mains.

— Il me semble évident que le robot EZ-27 a été amené dans cette salle en tant qu'artifice. Il est heureux que cet artifice ait eu pour résultat de prévenir un sérieux détournement des voies de la justice, sans quoi j'aurais infligé un blâme à l'avocat de la défense. Il apparaît clairement désormais que le plaignant a commis, sans aucune espèce de doute possible, une falsification qui me semble totalement inexplicable, puisque, ce faisant, il a sciemment ruiné sa propre carrière...

Le jugement fut, naturellement, prononcé en faveur du défendeur.

Le Dr Susan Calvin se fit annoncer à l'appartement du Pr Ninheimer dans les bâtiments résidentiels de l'Université. Le jeune ingénieur qui avait conduit sa voiture lui offrit de l'accompagner, mais elle lui jeta un regard de dédain.

— Croyez-vous donc qu'il va se livrer sur moi à des voies de fait ? Attendez-moi ici.

Ninheimer n'était guère en humeur de se livrer à des voies de fait sur quiconque. Il préparait ses valises en hâte, anxieux de quitter les lieux avant que le verdict défavorable du procès fût connu du public.

Il accueillit le Dr Calvin d'un regard de défi.

— Êtes-vous venue pour me notifier des contre-poursuites ? Dans ce cas vous n'obtiendrez rien. Je n'ai pas d'argent, pas de situation, pas d'avenir. Je ne pourrai même pas régler les frais du procès.

— Si c'est de la sympathie que vous recherchez, vous vous trompez de porte, dit le Dr Calvin froidement. Ce qui vous arrive est votre faute. Néanmoins, il n'y aura pas de contre-poursuite intentée ni à vous ni à l'Université. Nous ferons même tout notre possible pour vous éviter d'être emprisonné pour parjure. Nous ne sommes pas vindicatifs.

— C'est donc pour cela que je ne suis pas encore incarcéré pour violation de serment ? Je me posais des questions. Mais après tout, ajouta-t-il amèrement, pourquoi vous montreriez-vous vindicatifs ? Vous avez obtenu ce que vous désiriez.

— En partie, en effet, dit le Dr Calvin. L'Université conservera Easy à son service contre un prix de location considérablement plus élevé. De plus, une certaine publicité en sous-main concernant le procès nous permettra de placer quelques autres modèles EZ dans diverses institutions, sans qu'il faille craindre la répétition d'incidents du même genre.

— Dans ce cas, pour quelle raison êtes-vous venue me voir ?

— Parce qu'il manque encore des pièces à mon dossier : je voudrais savoir pourquoi vous haïssez les robots à ce point. Même si vous aviez gagné votre procès, votre réputation eût été ruinée. L'argent que vous auriez pu obtenir n'aurait pas compensé une telle perte. L'assouvissement de votre haine pour les robots aurait-il comblé le déficit moral ?

— Serait-ce que vous vous intéressez à l'âme *humaine,* docteur Calvin ? demanda Ninheimer avec une ironie cinglante.

— Dans la mesure où ses réactions concernent le bien-être des robots. Pour cette raison, je me suis quelque peu initiée à la psychologie humaine.

— Suffisamment en tout cas pour être capable de me vaincre par la ruse !

— Ce ne fut pas bien difficile, répondit le Dr Calvin en toute simplicité. Le plus compliqué était d'y parvenir sans endommager Easy.

— Cela vous ressemble bien de vous intéresser davantage à une machine qu'à un être humain.

Il lui jeta un regard de sauvage mépris. Elle demeura de glace.

— En apparence seulement, professeur Ninheimer. C'est seulement en s'intéressant aux robots que l'on peut vraiment comprendre la condition de l'homme du XXIe siècle. Vous le comprendriez si vous étiez roboticien.

— J'ai suffisamment étudié la robotique pour savoir que je ne désire pas devenir roboticien !

— Pardon, vous avez lu *un* ouvrage de robotique. Il ne vous a rien appris. Vous avez acquis des notions suffisantes pour savoir que vous pouviez donner l'ordre à un robot d'exécuter diverses besognes, y compris falsifier un livre, en vous y prenant convenablement. Vous avez appris suffisamment pour savoir que vous ne pouviez lui enjoindre d'oublier complètement certains détails sans risquer de vous faire prendre, mais vous avez cru qu'il serait plus sûr de lui ordonner simplement le silence. Vous vous trompiez.

— C'est ce silence qui vous a permis de deviner la vérité ?

— Il ne s'agissait pas de divination. Vous étiez un amateur et vous n'en connaissiez pas suffisamment pour couvrir complètement vos traces. Le seul problème qui se posait à moi était d'en faire la preuve devant le juge, et vous avez été assez bon pour nous apporter votre concours sur ce point, dans votre ignorance de la robotique que vous prétendez mépriser.

— Cette discussion présente-t-elle un intérêt quelconque ? demanda Ninheimer avec lassitude.

— Pour moi, oui, dit Susan Calvin, car je voudrais vous faire comprendre à quel point vous avez mal jugé les robots. Vous avez imposé silence à Easy en l'avertissant que, s'il prévenait quiconque des altérations que vous aviez pratiquées sur votre propre ouvrage, vous perdriez votre situation. Ce fait a suscité dans son cerveau un certain contre-potentiel propice au silence, et suffisamment puissant pour résister aux efforts que nous déployions pour le surmonter. Nous aurions endommagé le cerveau si nous avions insisté.

« Cependant, à la barre des témoins, vous avez vous-même suscité un contre-potentiel plus élevé. Du fait que les gens penseraient que c'était vous-même et non le robot qui aviez écrit les passages contestés du livre, avez-vous dit, vous étiez assuré de perdre davantage que votre emploi, c'est-à-dire votre réputation, votre train de vie, le respect attaché à votre personne, vos raisons de vivre et votre renom dans la postérité. Vous avez ainsi suscité la création d'un potentiel nouveau et plus élevé — et Easy a parlé.

— Dieu ! dit Ninheimer en détournant la tête.

— Comprenez-vous pourquoi il a parlé ? poursuivit inexorablement Susan Calvin. Ce n'était pas pour vous accuser, mais pour vous *défendre !* On peut démontrer mathématiquement qu'il était sur le point d'endosser la responsabilité complète de votre faute, de nier que vous y ayez été mêlé en quoi que ce soit. La Première Loi l'exigeait de lui. Il se préparait à mentir — à son propre détriment —, à causer un préjudice financier à une firme. Tout cela avait moins d'importance pour lui que la nécessité de vous sauver. Si vous aviez réellement connu les robots et la robotique, vous l'auriez laissé parler. Mais vous n'avez pas compris, comme je le prévoyais et comme je l'avais affirmé à l'avocat de la défense. Vous étiez certain, dans votre haine des robots, qu'Easy agirait comme un être humain aurait agi à sa place et qu'il se défendrait à vos dépens. C'est pourquoi, la panique aidant, vous lui avez sauté à la gorge — en vous détruisant du même coup.

— J'espère qu'un jour vos robots se retourneront contre vous et vous tueront ! dit Ninheimer d'un ton pénétré.

— Ne dites pas de bêtises ! dit Susan Calvin. A présent je voudrais que vous m'expliquiez pourquoi vous avez monté toute cette machination.

Ninheimer grimaça un sourire sans joie.

— Il faudra donc que je dissèque mon cerveau pour satisfaire votre curiosité intellectuelle, n'est-ce pas, si je veux obtenir le pardon de mon parjure ?

— Prenez-le de cette façon si vous préférez, dit Susan Calvin imperturbablement, mais expliquez-vous.

— De manière que vous puissiez contrer plus efficacement les attaques anti-robots à l'avenir ? Avec davantage de compréhension ?

— J'accepte cette interprétation.

— Je vais vous le dire, répondit Ninheimer, ne serait-ce que pour constater l'inutilité de mes explications. Vous êtes incapable de comprendre les mobiles humains. Vous ne comprenez que vos damnées machines, parce que vous n'êtes vous-même qu'une machine à l'intérieur d'une peau humaine.

Il parlait sans hésitation, le souffle court, sans rechercher la précision. Apparemment, elle était désormais superflue pour lui.

— Depuis deux cent cinquante ans, la machine a entrepris de remplacer l'Homme en détruisant le travail manuel. La poterie sort de moules et de presses. Les œuvres d'art ont été remplacées par des fac-similés. Appelez cela le progrès si vous voulez ! Le domaine de l'artiste est réduit aux abstractions ; il est confiné dans le monde des idées. Son esprit conçoit et c'est la machine qui exécute. Pensez-vous que le potier se satisfasse de la seule création mentale ? Supposez-vous que l'idée suffise ? Qu'il n'existe rien dans le contact de la glaise elle-même, qu'on n'éprouve aucune jouissance à voir l'objet croître sous l'influence conjuguée de la main et de l'esprit ? Ne pensez-vous pas que cette croissance même agisse en retour pour modifier et améliorer l'idée ?

— Vous n'êtes pas potier, dit le Dr Calvin.

— Je suis un artiste créateur ! Je conçois et je construis des articles et des livres. Cela comporte davantage que le choix des mots et leur alignement dans un ordre donné. Si là se bornait notre rôle, notre tâche ne nous procurerait ni plaisir ni récompense.

« Un livre doit prendre forme entre les mains de l'écrivain. Il doit voir effectivement les chapitres croître et se développer. Il doit travailler et retravailler, voir l'œuvre se modifier au-delà du concept original. C'est quelque chose que de tenir les épreuves à la main, de voir le texte imprimé et de le remodeler. Il existe des centaines de contacts entre un homme et son œuvre à chaque stade de son élaboration... et ce contact lui-même est générateur de plaisir et paie l'auteur du travail qu'il consacre à sa création plus que ne pourrait le faire aucune autre récompense. *C'est de tout cela que votre robot nous dépouillerait.*

— Ainsi font une machine à écrire, une presse à imprimer. Proposez-vous de revenir à l'enluminure manuelle des manuscrits ?

— Machines à écrire et presses à imprimer nous dépouillent partiellement, mais votre robot nous dépouillerait totalement. Votre robot se charge de la correction des épreuves. Bientôt il s'emparera de la rédaction originale, de la recherche à travers les sources, des vérifications et contre-vérifications de textes, et pourquoi pas des conclusions. Que restera-t-il à l'érudit ? Une seule chose : le choix des décisions concernant les ordres à donner au robot pour la suite du travail ! Je veux épargner aux futures générations d'universitaires et d'intellectuels de sombrer dans un pareil enfer. Ce souci m'importait davantage que ma propre réputation, et c'est pour cette raison que j'ai entrepris de détruire l'U.S. Robots en employant n'importe quel moyen.

— Vous étiez voué à l'échec, dit Susan Calvin.

— Du moins me fallait-il essayer, dit Simon Ninheimer.

Susan Calvin tourna le dos et quitta la pièce. Elle fit de son mieux pour ne point éprouver un élan de sympathie envers cet homme brisé.

Nous devons à la vérité de dire qu'elle n'y parvint pas entièrement.

LE PETIT ROBOT PERDU

Les mesures concernant l'Hyper-Base avaient été prises avec une sorte de fureur démente — l'équivalent musculaire d'un hurlement hystérique.

Pour les citer dans l'ordre à la fois chronologique et d'urgence frénétique, elles se présentaient comme suit :

1. Tous les travaux sur la propulsion hyperatomique dans le volume spatial occupé par les Stations du Vingt-septième Groupe Astéroïdal étaient interrompus.

2. Ce volume spatial en entier était pratiquement rayé du système. Nul n'y pénétrait sans autorisation. Nul ne le quittait sous aucun prétexte.

3. Les Drs Susan Calvin et Peter Bogert, respectivement chef psychologue et directeur des Mathématiques à l'U.S. Robots, furent amenés à l'Hyper-Base par vaisseau spécial du gouvernement.

Susan Calvin n'avait jamais quitté la surface de la Terre auparavant et n'éprouvait aucun désir spécial de la quitter cette fois. Dans l'ère de l'énergie atomique, alors que la propulsion hyperatomique était en vue, elle demeurait tranquillement provinciale. Elle était donc mécontente du voyage, peu convaincue de son urgente nécessité et chacun des traits de son visage commun, où l'âge mûr avait marqué son empreinte, l'exprimait assez clairement durant toute la durée du premier repas qu'elle prit à l'Hyper-Base.

De son côté, la pâleur distinguée du Dr Bogert n'abandonna pas un certain aspect maussade et d'autre part le major général Kallner, qui dirigeait le projet, n'oublia pas une seule fois de garder son expression absorbée.

En bref, ce repas fut un épisode bien terne et la petite conférence à trois qui suivit débuta dans une atmosphère grise et compassée.

Kallner, avec sa calvitie luisante et son uniforme de cérémonie fort mal adapté à l'humeur générale, commença avec une concision non dénuée d'une certaine gêne.

— L'histoire que je dois vous conter est étrange. Je dois d'abord vous remercier d'avoir bien voulu vous déplacer aussi rapidement et cela sans qu'on vous ait fourni la moindre justification. Nous allons faire notre possible pour y remédier à présent. Nous avons perdu un robot. Les travaux sont interrompus et le demeureront tant que nous ne l'aurons pas localisé. Nous n'avons pas réussi jusqu'à présent, c'est pourquoi nous avons fait appel à des personnalités hautement qualifiées.

Le général se rendit peut-être compte que sa mésaventure n'avait absolument rien de passionnant. Aussi poursuivit-il avec une sorte de découragement :

— Inutile d'insister sur l'importance de notre travail à la station. Quatre-vingts pour cent des crédits affectés à la recherche l'année dernière nous ont été attribués...

— Nous savons parfaitement cela, dit aimablement Bogert. L'U.S. Robots touche de substantiels droits de location pour ses robots.

Susan intervint dans la conversation avec une remarque brutale et acide :

— Qu'est-ce qui peut conférer une telle importance à un seul et unique robot dans le projet, et pourquoi n'a-t-il pas été retrouvé ?

Le général tourna sa face rouge vers elle et humecta rapidement ses lèvres.

— D'une certaine manière, nous l'avons repéré. (Puis d'un ton quelque peu angoissé :) Mais il faut que je m'explique. Sitôt que le robot a été porté disparu, on a décrété l'état d'urgence et arrêté tout mouvement dans l'Hyper-Base. Un vaisseau marchand s'était posé la veille et nous avait livré deux robots destinés à nos laboratoires. Il avait à son bord soixante-deux robots du même type, pour une autre destination. Nous sommes certains de ce nombre. Il ne peut y avoir aucun doute à ce sujet.

— Oui ? Et quel est le rapport ?

— Lorsque nous nous fûmes assurés que le robot disparu demeurait introuvable — s'il s'était agi d'une aiguille égarée dans une meule de foin, je vous assure que nous l'aurions retrouvée — nous convînmes, en désespoir de cause, de faire le compte des robots demeurés à bord du navire marchand. Ils sont actuellement au nombre de soixante-trois.

— De telle sorte que le soixante-troisième serait, si je ne m'abuse, l'enfant prodigue ?

— Oui, mais nous ne possédons aucun moyen de déterminer lequel d'entre eux est le soixante-troisième.

Suivit un silence de mort au cours duquel la pendule électrique sonna onze fois, et la robopsychologue reprit la parole : « Très bizarre », dit-elle, et les commissures de ses lèvres s'abaissèrent.

Elle se tourna vers son collègue avec un soupçon de violence.

— Peter... Que se passe-t-il donc ici ? Quel type de robots utilise-t-on à l'Hyper-Base ?

Le Dr Bogert hésita et sourit faiblement.

— Jusqu'à présent, c'est une question quelque peu délicate, Susan.

— Jusqu'à présent, en effet, dit-elle rapidement. S'il existe soixante-trois robots du même type, dont l'un est recherché sans qu'on puisse déterminer son identité, pourquoi ne pas prendre le premier venu au hasard ? Pourquoi tout ce remue-ménage ? Pourquoi nous a-t-on fait venir ?

— Si vous voulez bien me laisser placer un mot, Susan, dit Bogert d'un ton résigné, il se trouve que l'Hyper-Base utilise plusieurs robots dont le cerveau n'a pas entièrement été imprégné de la Première Loi de la Robotique.

— Pas imprégné ? (Calvin se laissa retomber sur sa chaise.) Je vois. Combien existe-t-il d'exemplaires de ce modèle ?

— Quelques-uns. Cette mesure a été prise sur l'ordre formel du gouvernement, et il était impossible de violer le secret. Nul ne devait être au courant, si ce n'est les responsables directement intéressés. Vous n'en faisiez pas partie, Susan. Et quant à moi, la question ne me concernait nullement.

Le général intervint avec une certaine autorité.

— Je voudrais m'expliquer à ce sujet. J'ignorais que le Dr Calvin avait été tenue dans l'ignorance de la situation. Inutile de vous rappeler, docteur Calvin, que les robots ont toujours rencontré une violente opposition sur la Planète. La seule défense que le gouvernement pouvait opposer aux Radicaux Fondamentalistes en l'occurrence, c'est que les robots sont toujours construits en vertu de la Première Loi — ce qui les met dans l'impossibilité absolue de nuire à un être humain, en quelque circonstance que ce soit.

« Mais il nous fallait impérativement des robots d'une nature différente. C'est pourquoi quelques modèles du type NS-2, dit Nestor, furent préparés avec une Première Loi modifiée. Pour ne pas ébruiter la chose, tous les NS-2 sont livrés sans numéros de série ; les articles modifiés sont livrés concurremment avec les modèles ordinaires ; et comme de bien entendu, tous ces robots spéciaux sont programmés de façon à ne pas révéler leur nature au personnel non autorisé. (Il sourit d'un air embarrassé.) Tout ceci s'est retourné contre nous à présent.

— Les avez-vous tous interrogés sur leur identité ? demanda Calvin sévèrement. Vous êtes certainement habilité pour cela ?

Le général inclina la tête :

— Les soixante-trois au grand complet nient avoir travaillé à l'Hyper-Base... et l'un d'eux ment.

— Celui que vous recherchez porte-t-il des traces d'usure ? Les autres sont flambant neufs, je suppose.

— L'intéressé n'est arrivé que le mois dernier. Avec les deux modèles amenés par le vaisseau marchand, il devrait être le dernier de la commande. Il ne porte aucun signe d'usure décelable. (Il secoua lentement la tête et reprit son air absorbé.) Docteur Calvin, nous n'osons pas laisser ce vaisseau reprendre son vol. Si jamais l'existence des robots qui ne sont pas soumis à la Première Loi devenait de notoriété publique...

Il ne savait comment conclure sans demeurer en deçà de la vérité.

— Détruisez entièrement les soixante-trois robots, dit carrément la robopsychologue, et qu'on n'en parle plus.

Bogert fit la grimace.

— Vous parlez froidement de détruire des robots valant trente mille dollars pièce. Je suis persuadé que l'U.S. Robots n'approuverait guère une telle mesure. Il vaudrait mieux tenter un effort, Susan, avant de détruire quoi que ce soit.

— En ce cas, dit-elle d'un ton tranchant, il me faut des faits précis. Quel avantage exact l'Hyper-Base tire-t-elle de ces robots modifiés ? Quel est le facteur qui les rend nécessaires, général ?

Kallner passa la main sur son front et rejeta en arrière d'imaginaires cheveux.

— Nos robots précédents nous ont causé des difficultés. Nos hommes travaillent en grande partie sur des radiations pénétrantes, voyez-vous ; elles sont dangereuses, bien entendu, mais de raisonnables mesures de précaution sont prises. Nous n'avons connu que deux accidents depuis le début et aucun n'a été fatal. Cependant, il était impossible de faire comprendre cette particularité à un robot ordinaire. La Première Loi dit — je cite — : Un robot ne peut nuire à un être humain ni laisser sans assistance un être humain en danger.

« En conséquence, lorsque l'un de nos hommes devait s'exposer durant un temps très court à un champ de rayons gamma, le plus proche robot s'élançait aussitôt pour l'arracher de la zone présumée dangereuse. Lorsque le champ était très faible, il y parvenait, et le travail se trouvait interrompu jusqu'au moment où l'on avait éliminé tous les robots présents. Mais si le champ était un peu plus intense, le robot ne pouvait atteindre le technicien concerné, puisque son cerveau positronique était neutralisé par les rayons gamma — après quoi nous étions privés d'un robot à la fois coûteux et difficile à remplacer.

« Nous avons tenté de les raisonner. Ils soutenaient qu'un être humain exposé aux rayons gamma se trouvait en danger et ne se souciaient nullement qu'il pût y demeurer sans risque durant une demi-heure. Supposons, objectaient-ils, qu'il s'oublie et demeure une heure entière dans le champ. C'est un risque qu'ils ne pouvaient courir. Nous leur fîmes remarquer qu'ils risquaient leur existence pour prévenir une éventualité qui n'avait que des chances infimes de se produire. Mais l'instinct de conservation n'est mentionné que dans la Troisième Loi sur laquelle la Première Loi concernant la sécurité des êtres humains possède la priorité. Nous leur avons donné des ordres ; nous les avons sommés de se tenir à tout prix à l'écart des rayons gamma. Mais l'obéissance n'est que la Seconde Loi de la Robotique — et la Première Loi a le pas sur elle. Docteur Calvin, nous avions le choix entre nous passer entièrement de robots ou modifier la Première Loi... Ce choix, nous l'avons fait.

— Je n'arrive pas à croire, dit le Dr Calvin, qu'il ait été possible de supprimer la Première Loi.

— Elle ne fut pas supprimée, mais modifiée, expliqua Kallner. Des cerveaux positroniques furent construits de telle sorte qu'ils ne conservaient que les aspects positifs de la Loi, dont les termes devenaient simplement : *Un robot ne peut nuire à un être humain.* Et c'est tout. Rien ne les porte plus à soustraire un homme aux dangers résultant d'une éventualité extérieure telle que les rayons gamma. Me suis-je exprimé correctement, docteur Bogert ?

— Tout à fait, approuva le mathématicien.

— Et c'est le seul point qui différencie vos robots du modèle NS-2 normal ? Le seul et unique, Peter ?

— Le seul et unique, Susan.

Elle se leva.

— J'ai l'intention de dormir à présent, dit-elle d'un ton définitif, et dans huit heures je voudrais parler à la personne qui a vu le robot la dernière. Et dorénavant, général Kallner, si je dois assumer la responsabilité des événements subséquents, j'exige de prendre la direction de cette enquête sans contrôle ni restriction.

Si l'on excepte deux heures d'une torpeur pleine de lassitude, Susan Calvin ne connut rien qui ressemblât, même de loin, au sommeil. Elle signala sa présence à la porte de Bogert à 7 heures, heure locale, et le trouva également éveillé. Il avait apparemment pris la peine d'apporter une robe de chambre à l'Hyper-Base. Il reposa ses ciseaux à ongles lorsque Calvin pénétra dans la pièce.

— Je m'attendais plus ou moins à votre visite, dit-il doucement. Je suppose que toute cette histoire vous donne des haut-le-cœur.

— C'est exact.

— J'en suis désolé. Je ne pouvais pas faire autrement. Lorsque j'ai reçu l'appel de l'Hyper-Base, j'ai compris immédiatement que les Nestor modifiés s'étaient mis à dérailler. Je ne pouvais pas vous mettre au courant de la question au cours du voyage comme j'aurais aimé le faire, car je devais d'abord m'assurer que mon intuition ne m'avait pas trompé. Cette modification est archisecrète.

— On aurait dû me prévenir, murmura la psychologue. L'U.S. Robots n'avait pas le droit de modifier les cerveaux positroniques de cette manière sans l'approbation d'un psychologue.

Bogert leva les sourcils et soupira.

— Soyez raisonnable, Susan. Vous n'auriez pas pu les influencer. En l'occurrence, le gouvernement était décidé à parvenir à ses fins. Il désire obtenir la propulsion hyperatomique et les physiciens exigent des robots qui ne se mettent pas en travers de leurs travaux. Ils étaient décidés à les obtenir, même en trafiquant la Première Loi. Nous avons dû admettre que la chose était possible sur le plan de la construction et les hauts fonctionnaires intéressés ont juré leurs grands dieux qu'ils ne désiraient que douze de ces robots, qu'ils ne seraient utilisés qu'à l'Hyper-Base, exclusivement, qu'ils seraient détruits sitôt que le dispositif aurait été mis au point, et que toutes les précautions nécessaires seraient prises. Ils insistèrent également sur le secret... et voilà la situation telle qu'elle se présente.

— J'aurais donné ma démission, dit le Dr Calvin entre ses dents.

— Cela n'aurait pas servi à grand-chose. Le gouvernement offrait une fortune à la compagnie et la menaçait d'une législation antirobot, en cas de refus. Nous étions coincés dès ce moment, et nous le sommes encore davantage maintenant. Si la chose venait à s'ébruiter, Kallner et le gouvernement en pâtiraient, mais l'U.S. Robots en pâtirait encore bien davantage.

La psychologue le dévisagea.

— Peter, vous rendez-vous compte de la gravité de cette mesure ? Comprenez-vous ce que signifie l'abrogation de la Première Loi ? Il ne s'agit pas seulement d'une question de secret.

— Je sais ce que signifierait une abrogation. Je ne suis pas un enfant. Cela voudrait dire une instabilité totale.

— Mathématiquement parlant, oui. Mais pouvez-vous traduire cela en pensée psychologique crue ? Toute vie normale, Peter, qu'elle soit consciente ou non, supporte mal la domination. Si cette domination est le fait d'un inférieur, ou d'un inférieur présumé, le ressentiment devient plus intense. Physiquement, et dans une certaine mesure, mentalement, un robot — tout robot — est supérieur aux êtres humains. Qu'est-ce donc qui lui donne une âme d'esclave ? *Uniquement la Première Loi !* Sans elle, au premier ordre que vous donneriez à un robot, vous seriez un homme mort. Et vous parlez d'instabilité ?

— Susan, dit Bogert d'un air amusé et compréhensif à la fois, je veux bien admettre que ce complexe de Frankenstein que vous venez de définir avec talent se justifie dans une certaine mesure... d'où la Première Loi. Mais cette Loi, je le répète et le répéterai encore, n'a pas été abrogée, mais modifiée.

— Et que faites-vous de la stabilité cérébrale ?

Le mathématicien avança la lèvre inférieure.

— Diminuée, naturellement. Mais elle demeure dans les limites de la sécurité. Les premiers Nestor ont été livrés à l'Hyper-Base il y a neuf mois, et il ne s'est rien produit d'anormal jusqu'à présent, encore ne s'agit-il que de la crainte de voir le secret divulgué sans qu'aucune vie humaine ait été mise en danger.

— Dans ce cas, tout va pour le mieux. Nous verrons bien ce qui ressortira de la conférence de ce matin.

Bogert la reconduisit poliment à la porte et se livra à une mimique éloquente sitôt qu'elle eut disparu. Il ne voyait aucune raison de modifier l'opinion qu'il s'était faite une fois pour toutes sur son compte en la considérant comme une vieille haridelle aigrie par le célibat et bourrée de frustrations.

Les pensées de Susan Calvin n'incluaient pas Bogert le moins du monde. Elle l'avait rejeté depuis des années de son esprit comme un fat, un prétentieux et un arriviste.

Gerald Black avait passé ses certificats de physique de l'éther l'année précédente et, comme tous les physiciens de sa génération, se trouva engagé dans la solution du problème de la propulsion. Il apportait sa contribution personnelle à l'atmosphère des réunions qui se tenaient à l'Hyper-Base. Dans sa blouse blanche toute tachée, il se sentait d'une humeur quelque peu rebelle et totalement incertaine. Sa force massive semblait chercher un exutoire et ses doigts, qu'il tordait à gestes nerveux, auraient facilement descellé un barreau de prison.

Le major général Kallner avait pris place près de lui, les deux envoyés de l'U.S. Robots s'étant assis de l'autre côté de la table.

— On me dit que je suis le dernier à avoir vu Nestor 10 avant sa disparition, dit Black. Je suppose que c'est à ce sujet que vous désirez m'interroger.

Le Dr Calvin le considéra avec intérêt.

— On dirait, à vous entendre, que vous n'en êtes pas tellement sûr, jeune homme. Savez-vous réellement si vous avez été le dernier à le voir ?

— Il travaillait avec moi, madame, sur les générateurs de champs, et il est resté près de moi pendant la matinée au cours de laquelle il a disparu. Je ne saurais dire si quelqu'un l'a aperçu au début de l'après-midi. Nul ne l'avoue, en tout cas.

— Pensez-vous que quelqu'un mente ?

Ses yeux sombres s'embrasèrent.

— Je ne dis pas cela. Mais je ne dis pas davantage que je désire voir la faute retomber sur moi.

— Il n'est pas question d'accuser qui que ce soit. Le robot a agi de la sorte en raison de sa conformation. Nous essayons simplement de le retrouver, monsieur Black, en mettant tout le reste de côté. Donc si vous avez travaillé avec le robot, vous le connaissez probablement mieux que personne. Avez-vous remarqué quelque chose de spécial dans son comportement ? Aviez-vous déjà travaillé avec des robots auparavant ?

— J'ai déjà travaillé avec d'autres robots de la base... les modèles simples. Les Nestor ne diffèrent en rien du type normal, à ceci près qu'ils sont notablement plus intelligents... et aussi plus exaspérants.

— Exaspérants ? A quel point de vue ?

— Eh bien... ce n'est peut-être pas leur faute. La besogne, ici, est rude et la plupart d'entre nous deviennent un peu nerveux sur les bords. Ce n'est pas tous les jours amusant de jouer avec l'hyper-espace. (Il sourit faiblement, trouvant un soulagement dans cette confession.) Nous courons continuellement le risque de percer un trou dans le tissu normal de l'espace-temps, et de choir hors de l'univers, astéroïde et tout le reste. Cela paraît farfelu, n'est-ce pas ? Naturellement, nous sommes parfois sur les nerfs. Mais il en va différemment pour ces Nestor. Ils sont curieux, ils sont calmes, ils ne se font pas de souci. Il y a parfois de quoi vous faire perdre la boussole. Lorsque vous leur demandez quelque chose de toute urgence, ils semblent prendre leur temps. Parfois, j'ai l'impression que j'aimerais autant me passer d'eux.

— Ils prennent leur temps, dites-vous ? Ont-ils jamais refusé d'obéir à un ordre ?

— Oh, non ! dit-il vivement. Ils obéissent parfaitement. Seulement, ils vous avertissent lorsqu'ils pensent que vous vous trompez. Ils ne connaissent rien du sujet, à part ce que nous leur avons appris, mais cela ne les arrête pas. C'est peut-être un effet de mon imagination, mais mes collègues éprouvent les mêmes ennuis avec leurs Nestor.

Le général Kallner s'éclaircit la voix d'une façon qui n'annonçait rien de bon.

— Pourquoi ces doléances ne m'ont-elles pas été soumises, Black ?

Le jeune physicien rougit.

— Au fond, nous ne désirions pas réellement nous dispenser des robots, monsieur, et en outre, nous ne savions pas trop de quelle façon ces... doléances mineures seraient reçues.

Bogert intervint doucement :

— S'est-il produit quelque chose de particulier dans la matinée précédant sa disparition ?

Il y eut un silence. D'un geste discret, Calvin étouffa le commentaire que Kallner s'apprêtait à émettre, et attendit patiemment.

Puis Black prit la parole avec un débit que la colère rendait saccadé.

— J'ai eu une petite algarade avec lui. J'avais cassé un tube de Kimball ce matin-là et gâché ainsi cinq jours de travail ; j'avais pris du retard sur tout mon programme ; je n'avais pas reçu de courrier de la maison depuis au moins deux semaines. Et c'est le moment qu'il choisit pour venir tourner autour de moi et me demander de recommencer une expérience que j'avais abandonnée depuis un mois. Il n'arrêtait pas de me harceler sur ce même sujet et j'en avais littéralement pardessus la tête. Je lui ai dit de s'en aller... et je ne l'ai plus revu.

— Vous lui avez dit de s'en aller ? demanda le Dr Calvin avec un intérêt soudain. En employant ces mêmes mots ? Avez-vous dit : *allez-vous-en ?* Essayez de vous rappeler les termes exacts.

Apparemment un combat intérieur se livrait dans le physicien. Black plongea un moment son front dans sa large paume puis, le découvrant, il jeta d'un ton de défi :

— Je lui ai dit : « Allez vous perdre. »

Bogert émit un petit rire.

— C'est précisément ce qu'il a fait !

Mais Calvin n'en avait pas terminé.

— Cette fois nous progressons, monsieur Black, dit-elle d'un ton cajoleur. Mais les détails exacts sont importants. Pour comprendre les réactions d'un robot, un mot, un geste, un accent peuvent avoir une signification capitale. Étant donné votre humeur, vous n'avez pas pu vous borner à ces trois simples mots. Vous avez certainement donné plus de force à votre discours.

Le jeune homme rougit.

— Il se peut que je lui aie donné... quelques noms d'oiseaux.

— Quels noms d'oiseaux, plus précisément ?

— Il m'est difficile de me souvenir exactement. De plus je ne pourrais pas les répéter. Vous savez ce qui se passe lorsqu'on s'énerve. (Il laissa échapper un rire niais et embarrassé.) J'ai une tendance à employer un langage assez vert.

— Les mots ne nous font pas peur, répliqua-t-elle avec une sévérité affectée. Pour le moment, je suis psychologue. J'aimerais vous entendre répéter exactement ce que vous avez dit dans la mesure où vous vous en souvenez et, chose plus importante encore, le ton de voix exact que vous avez employé.

Black chercha un appui auprès de l'officier, n'en trouva pas. Mais ses yeux s'agrandirent et prirent une expression suppliante.

— Je ne peux pas.

— Il le faut.

— Supposons, dit Bogert avec un amusement mal dissimulé, que vous vous adressiez à moi. La chose vous semblera peut-être plus facile.

Le visage écarlate du jeune homme se tourna vers Bogert. Il avala péniblement sa salive.

— J'ai dit... (Sa voix se perdit dans un souffle. Il essaya de nouveau.) J'ai dit...

Alors il prit une profonde aspiration et l'expectora aussitôt à grande vitesse en une longue succession de syllabes. Puis, avec ce qui lui restait de souffle, il conclut, presque en larmes :

— ... Plus ou moins. Je ne me souviens plus de l'ordre exact des épithètes dont je l'ai gratifié ; j'ai peut-être omis l'un des termes, ajouté un autre, mais c'était à peu près dans ce goût-là.

Seule une coloration extrêmement légère trahit les sentiments que pouvait éprouver la psychologue.

— Je suis à peu près informée du sens de la plupart de ces expressions. Les autres sont également offensantes, je suppose.

— J'en ai peur, acquiesça le malheureux Black, qui était sur des charbons ardents.

— Et dans cette litanie pittoresque, vous avez trouvé le moyen de lui dire d'aller se perdre ?

— Je parlais au figuré.

— Je m'en doute. Il n'est pas question de vous infliger une sanction disciplinaire quelconque, j'en suis certaine.

Sous son regard, le général, qui n'en était pas certain du tout cinq minutes auparavant, hocha la tête avec colère.

— Vous pouvez disposer, monsieur Black.

Il fallut cinq heures à Susan Calvin pour interroger les soixante-trois robots. Ce furent cinq heures durant lesquelles, avec un magnétophone bien dissimulé, elle dut répéter sempiternellement les mêmes interrogations, passer d'un robot à un second parfaitement identique ; poser les questions A, B, C, D, et recevoir les réponses A, B, C, D ; conserver un visage impénétrable.

En terminant, la psychologue se sentait complètement vidée de son énergie.

Bogert l'attendait et jeta sur elle un coup d'œil interrogateur lorsqu'elle claqua la bobine du magnétophone sur le revêtement plastique de la table.

Elle secoua la tête.

— Soixante-trois robots identiques... Je n'ai pas pu découvrir la moindre différence entre eux...

— Vous ne pouviez vous attendre à reconnaître à l'oreille celui que vous cherchiez, Susan. Si nous analysions les enregistrements ?

Normalement, l'interprétation mathématique des réactions orales de robots est l'une des branches les plus complexes de l'analyse robotique. Elle exige une équipe de techniciens entraînés et le secours d'ordinateurs perfectionnés. Bogert ne l'ignorait pas. Il dut en convenir en cachant une profonde contrariété sous des dehors impassibles, après avoir entendu chacune des réponses, dressé une liste des variations, et des graphiques rendant compte des intervalles entre les réponses.

— Je ne découvre aucune anomalie, Susan. Les variations de vocabulaire et les temps de réaction se trouvent dans les limites de fréquence habituellement constatées dans les interrogatoires de groupe. Il nous faut employer des méthodes plus fines. La base doit posséder des ordinateurs, non ? (Il fronça les sourcils en rongeant délicatement l'un de ses ongles.) Nous ne pouvons utiliser les ordinateurs. Le danger de fuites serait trop grand. Ou peut-être nous pourrions...

Le Dr Calvin l'interrompit d'un geste impatient.

— Je vous en prie, Peter. Il ne s'agit plus ici de l'un de vos gentils problèmes de laboratoire. Si nous n'arrivons pas à identifier le Nestor modifié par quelque particularité évidente à l'œil nu, et sur laquelle il soit impossible de se tromper, tant pis pour nous. D'autre part, le danger de se tromper et de lui permettre de s'échapper est trop grand. Il ne suffit pas de déceler une irrégularité minime sur un graphique. Je vous le répète, si nous ne disposions pas de certitude véritable pour appuyer notre conviction, je préférerais les détruire jusqu'au dernier pour ne pas courir de risque. Avez-vous parlé aux autres Nestor modifiés ?

— Parfaitement, répondit sèchement Bogert, et je ne leur ai rien trouvé d'anormal. Leurs dispositions amicales, entre autres, sont supérieures à la moyenne. Ils ont répondu à mes questions, se sont montrés fiers de leurs connaissances — sauf les deux nouveaux qui n'avaient pas eu le temps d'apprendre grand-chose. Ils ont ri avec bonhomie de mon ignorance en quelques-unes des spécialités pratiquées à la base. (Il haussa les épaules.) C'est sans doute ce qui provoque, en partie, la rancœur des techniciens à leur égard. Les robots ne sont que trop enclins à vous faire sentir leur supériorité scientifique.

— Pourriez-vous tenter de voir s'il n'est intervenu aucun changement, aucune détérioration de leur patron mental depuis leur sortie des chaînes d'assemblage ?

— Pas encore, mais je n'y manquerai pas. (Il agita un doigt fuselé dans sa direction.) Vous commencez à perdre votre sang-froid, Susan. Je ne vois pas la nécessité de dramatiser. Ils sont essentiellement inoffensifs.

— Vraiment ? (Calvin s'enflamma.) Inoffensifs, vraiment ? Vous rendez-vous compte que l'un d'eux ment ? L'un des soixante-trois robots que je viens d'interroger a délibérément menti après avoir reçu l'ordre strict de dire la vérité. L'anomalie indiquée est profondément imprégnée et me donne les plus grandes craintes.

Peter Bogert sentit ses dents se serrer les unes contre les autres.

— Pas le moins du monde, dit-il. Réfléchissez ! Nestor 10 avait reçu l'ordre d'aller se perdre. Cet ordre lui était donné du ton le plus pressant par la personne qui possédait le plus d'autorité pour le commander. Vous ne pouvez contre-balancer cet ordre en invoquant une urgence supérieure, ni une autorité prépondérante. A vrai dire, j'admire objectivement son ingéniosité. Comment pouvait-il mieux se perdre qu'au milieu d'un groupe de robots rigoureusement semblables à lui-même ?

— Oui, cela vous ressemble bien de l'admirer. J'ai décelé en vous de l'amusement, Peter — de l'amusement et un manque déconcertant de compréhension. Êtes-vous un roboticien, Peter ? Ces robots attachent de l'importance à ce qu'ils considèrent comme de la supériorité. Vous l'avez dit vous-même. Ils sentent, dans leur subconscient, que les hommes leur sont inférieurs, et la Première Loi qui nous protège contre eux est imparfaite. Ils sont instables. Or, nous avons ici le cas d'un jeune homme qui ordonne à un robot de le quitter, avec toutes les apparences verbales du dégoût, de la répulsion et du dédain. Sans doute, ce robot doit exécuter les ordres reçus, mais son subconscient en éprouve du ressentiment. Il estimera qu'il est plus important que jamais de prouver sa supériorité. Tellement important, peut-être, que ce qui subsistera de la Première Loi ne suffira plus.

— Comment voulez-vous, Susan, qu'un robot puisse connaître le sens de la kyrielle de grossièretés qu'on lui a lancées au visage ? Le langage ordurier ne figure pas au programme des notions dont son cerveau a été imprégné.

— L'imprégnation originelle n'est pas tout, rétorqua Calvin. Les robots possèdent la faculté d'apprendre, imbécile ! (Cette fois, Bogert comprit qu'elle avait réellement perdu son sang-froid.) Croyez-vous qu'il n'ait pas senti, à l'intonation, que ces paroles n'avaient rien d'une louange ? Ne croyez-vous pas qu'il ait déjà entendu ces mêmes mots et établi un rapport avec les circonstances au cours desquelles ils étaient employés ?

— Dans ce cas, hurla Bogert, auriez-vous la bonté de me dire en quelle manière un robot modifié pourrait s'attaquer à un homme — ou si vous préférez, se venger de lui — quelle que soit l'offense qu'il ait subie, quel que soit son désir de faire la preuve de sa supériorité ?

— Je vais vous donner un exemple. Êtes-vous disposé à m'écouter ?

— Oui.

Ils se penchaient l'un vers l'autre au-dessus de la table, les regards rivés l'un à l'autre comme deux coqs de combat.

— Si un robot modifié venait à laisser choir une lourde masse sur un être humain, dit la psychologue, il n'enfreindrait pas la Première Loi si, ce faisant, il avait la certitude que sa force et sa rapidité de réflexe lui permettraient de dévier la masse avant qu'elle n'atteigne l'homme. Cependant, une fois que le poids aurait quitté ses doigts, il cesserait de participer activement à l'action. Seule la force aveugle de la pesanteur demeurerait en cause. Le robot pourrait alors changer d'idée et, par simple inertie, permettre au poids de venir frapper le but. La Première Loi modifiée permet un tel artifice.

— C'est là un prodigieux déploiement d'imagination.

— C'est justement ce qu'exige parfois ma profession. Peter, cessons de nous quereller. Travaillons plutôt. Vous connaissez la nature exacte du stimulus qui a déterminé le robot à se perdre. Vous possédez les diagrammes de son patron mental original. Je voudrais que vous me disiez dans quelle mesure notre robot est capable d'accomplir une action similaire à celle dont je viens de vous parler. Non pas la réaction spécifique, notez bien, mais tout l'ensemble de réponse. Je vous demanderai de me fournir ce renseignement au plus vite.

— Et dans l'intervalle...

— Et dans l'intervalle, nous allons essayer les tests de performance directement liés aux implications de la Première Loi.

Sur sa propre demande, Gerald Black supervisait la mise en place des cloisons de bois qui poussaient comme des champignons en un cercle ventru, au troisième étage voûté du Bâtiment de Radiation 2. Les hommes travaillaient silencieusement dans l'ensemble, mais plus d'un s'étonnait ouvertement de la présence des soixante-trois cellules photo-électriques en cours d'installation.

L'un d'eux vint s'asseoir près de Black, retira son chapeau et passa pensivement sur son front un avant-bras criblé de taches de rousseur.

— Comment ça marche, Walensky ? demanda Black.

L'interpellé haussa les épaules et alluma un cigare.

— Comme sur des roulettes. Que se passe-t-il donc, docteur ? D'abord le travail est arrêté pendant trois jours et puis tout d'un coup c'est ce tas de trucs.

— Deux spécialistes en robots sont venus de la Terre. Vous vous souvenez des ennuis que nous ont causés les robots en se précipitant dans les champs de rayons gamma, avant que nous n'ayons réussi à leur enfoncer dans le crâne qu'ils devaient s'en abstenir ?

— Oui. N'avons-nous pas reçu de nouveaux robots ?

— Quelques remplaçants, mais il s'agissait surtout d'un travail d'endoctrinement. Les constructeurs voudraient mettre au point des robots qui résistent davantage aux rayons gamma.

— Au premier abord, cela paraît bizarre d'interrompre tous les travaux sur la propulsion pour une histoire de robots. Je croyais qu'on ne devait interrompre à aucun prix les recherches sur la propulsion.

— Ce sont les gens du dessus qui en décident. Personnellement, je me contente de faire ce qu'on me dit. Encore une histoire de piston, probablement...

— Ouais, dit l'électricien en souriant et en clignant de l'œil d'un air entendu. On a des relations à Washington. Mais tant que ma paye tombe régulièrement, je n'ai pas à y mettre le nez. La propulsion n'est pas mon affaire. Qu'ont-ils l'intention de faire ici ?

— Comment voulez-vous que je le sache ? Ils ont amené une collection de robots... plus de soixante, et ils vont mesurer leurs réactions. C'est tout ce que je sais.

— Combien de temps cela prendra-t-il ?

— Je voudrais bien le savoir.

— Eh, dit Walensky avec une lourde ironie, tant qu'ils me paieront régulièrement mon salaire, ils pourront se livrer à leur guise à leurs petits jeux de société.

Black se sentait satisfait et calme. Que l'histoire se répande donc ! Elle était inoffensive et suffisamment proche de la vérité pour émousser la curiosité.

Un homme s'assit sur la chaise, immobile, silencieux. Un poids se décrocha, tomba vers le sol, puis fut rejeté sur le côté au dernier moment par la poussée synchronisée d'un champ de force. Dans soixante-trois cellules de bois, soixante-trois robots NS-2 aux aguets s'élancèrent en avant dans la fraction de seconde précédant l'instant où le poids se trouvait dévié de sa trajectoire, et soixante-trois cellules photo-électriques, placées à un mètre cinquante devant eux, actionnèrent le stylet traceur qui laissa un petit trait sur le papier. Le poids se releva et retomba, se releva et retomba...

Dix fois !

Et dix fois les robots bondirent en avant et s'immobilisèrent, tandis que l'homme demeurait assis, indemne.

Le major général Kallner n'avait plus porté son uniforme de gala depuis le premier dîner de réception des représentants de l'U.S. Robots. Il était en chemise (de couleur gris-bleu), le col ouvert et la cravate dénouée.

Il jeta un regard d'espoir sur Bogert, toujours tiré à quatre épingles et dont la tension intérieure ne se trahissait que par une légère moiteur aux tempes.

— Quelle tournure cela prend-il ? demanda le général. Que cherchez-vous à voir ?

— Une différence qui pourrait se révéler un peu trop subtile pour notre dessein, j'en ai peur, répondit Bogert. Pour soixante-deux de ces robots, la force qui les contraignait à bondir vers l'homme, apparemment en danger, constitue ce que nous appelons en robotique une réaction forcée. Même lorsque les robots se sont aperçus que l'homme en question ne courait aucun danger, vous l'avez vu — et au bout de la troisième ou quatrième épreuve il leur était impossible d'en douter — ils n'ont pu néanmoins se retenir. La Première Loi l'exige.

— Et alors ?

— Mais le soixante-troisième robot, le Nestor modifié, n'est pas soumis à un semblable tropisme. Il demeurait libre de ses actes. S'il avait voulu, il serait demeuré sur son siège. Malheureusement (et sa voix avait une légère intonation de regret), il en a décidé autrement.

— Pour quelle raison, à votre avis ?

Bogert haussa les épaules.

— Je suppose que le Dr Calvin nous le dira dès son arrivée. Son interprétation sera affreusement pessimiste, je le crains. Elle est un peu agaçante par moments.

— Sa compétence ne fait aucun doute, je suppose ? s'enquit le général en fronçant soudain les sourcils avec inquiétude.

— Certes. (Bogert parut amusé.) Elle est tout à fait compétente. Elle comprend les robots comme le ferait une sœur... sans doute est-ce parce qu'elle porte une telle haine aux humains. Oui, c'est bien cela, c'est une véritable névrosée avec de légères tendances à la paranoïa. Il ne faut pas la prendre trop au sérieux.

Il étendit devant lui la longue rangée des graphiques.

— Voyez-vous, général, pour chaque robot, l'intervalle séparant le décrochage du poids du moment où il a parcouru la distance d'un mètre cinquante tend à décroître après chaque épreuve nouvelle. Une relation mathématique gouverne un tel rapport et si des divergences se produisaient dans les résultats, ce serait l'indice d'une anomalie marquée dans le cerveau positronique. Malheureusement, tout est parfaitement normal.

— Mais si notre Nestor 10 ne répond pas à une impulsion irrésistible, comment se fait-il que sa courbe ne soit pas différente des autres ? Je ne comprends pas.

— L'explication est assez simple. Les réactions robotiques ne sont pas parfaitement analogues aux réactions humaines, et c'est grand dommage. Chez les humains, l'action volontaire est bien plus lente que les réflexes. Ce n'est pas le cas pour les robots ; chez eux, seule importe la liberté du choix, à part cela la vitesse d'exécution des actions volontaires ou commandées est sensiblement la même. J'espérais que Nestor 10 se serait laissé surprendre à la première expérience, ce qui se serait soldé par un délai de réponse plus long.

— Et cela ne s'est pas produit ?

— Hélas !

— Alors nous sommes toujours dans l'impasse.

Le général se renversa sur son siège avec une expression de souffrance.

A ce moment précis, Susan Calvin entra dans la pièce et claqua la porte derrière elle.

— Rangez vos diagrammes, Peter, s'écria-t-elle, vous voyez bien qu'ils ne font apparaître aucun résultat.

Elle marmotta quelques mots avec impatience en voyant Kallner se lever à demi pour l'accueillir.

— Il va nous falloir essayer autre chose et rapidement. Je n'aime pas du tout la tournure que prennent les choses.

Bogert échangea un regard résigné avec le général.

— Encore de nouveaux ennuis ?

— Non, pas spécifiquement. Mais je suis inquiète de voir Nestor 10 nous glisser continuellement entre les doigts. C'est très fâcheux. Cela ne peut qu'exacerber encore le sentiment qu'il a de sa supériorité. Désormais, ses motivations ne consistent plus simplement à l'accomplissement des ordres, je le crains. Cela se transforme en une véritable obsession : battre à tout prix les hommes sur le terrain de la ruse et de l'ingéniosité. C'est là une situation malsaine et dangereuse. Peter, avez-vous procédé aux opérations que je vous ai demandées ? Avez-vous déterminé les facteurs d'instabilité du NS-2 dans le sens que je vous ai indiqué ?

— Elles sont en cours, dit le mathématicien avec indifférence.

Elle le dévisagea avec colère durant un moment puis se tourna vers Kallner.

— Nestor 10 est parfaitement conscient des pièges que nous lui tendons. Il n'avait pas la moindre raison de se jeter sur l'appât que constituait cette expérience, surtout après la première épreuve où il a certainement constaté que notre sujet ne courait aucun danger. Les autres ne pouvaient agir autrement, mais notre compère falsifiait délibérément ses réactions.

— Alors, que faire à présent, docteur Calvin ?

— Le mettre dans l'impossibilité de falsifier une réaction la prochaine fois. Nous allons recommencer l'expérience, mais en la corsant. Des câbles à haute tension susceptibles d'électrocuter les modèles Nestor seront placés entre le sujet et les robots — et en quantité suffisante pour qu'ils ne puissent pas les franchir d'un bond — et on prendra soin de leur faire savoir à l'avance qu'ils ne peuvent toucher aux câbles sous peine de mort instantanée.

— Halte-là ! s'écria soudain Bogert avec virulence. J'oppose mon veto à cette expérience. Nous n'allons pas électrocuter des robots valant deux millions de dollars pour retrouver Nestor 10. Il y a d'autres moyens.

— Vous en êtes certain ? Il ne me semble pas que vous en ayez trouvé beaucoup. En tout cas, il ne s'agit pas d'électrocuter qui que ce soit. Nous pouvons disposer sur la ligne un relais qui coupera le courant dès que le câble sera soumis à une pesée. Par conséquent, si le robot venait à le toucher par accident, il n'en pâtirait guère. *Mais il n'en saura rien, naturellement.*

Une lueur d'espoir s'alluma dans les yeux du général.

— Pensez-vous obtenir un résultat ?

— Logiquement, oui. Dans ces conditions, Nestor 10 ne devrait pas quitter sa chaise. On pourrait lui donner l'ordre de toucher les câbles et de succomber, car la Seconde Loi de l'obéissance possède la prépondérance sur la Troisième Loi qui concerne l'instinct de conservation. Mais on ne lui donnera aucun ordre ; il sera livré à ses seules ressources comme les autres robots. Les robots normaux, obéissant à la Première Loi, qui leur fait un devoir de protéger les hommes, se précipiteront tête baissée au-devant de la mort, même sans qu'il soit besoin de leur en donner l'ordre. Mais pas notre Nestor 10. Comme les prescriptions de la Première Loi sont réduites, en ce qui le concerne, et qu'il n'aura reçu aucun ordre, la Troisième Loi sera prépondérante pour déterminer son comportement, et il n'aura d'autre ressource que de demeurer sur son siège.

— L'expérience aura-t-elle lieu cette nuit ?

— Cette nuit, répondit la psychologue, si les câbles peuvent être installés à temps. A présent je vais prévenir les robots de ce qui les attend.

Un homme était assis sur la chaise, immobile et silencieux. Un poids se décrocha, tomba, puis au dernier moment fut repoussé par un champ de force.

L'opération n'eut lieu qu'une fois...

Et de sa petite chaise, à l'intérieur de la cabine observatoire disposée sur le balcon, le Dr Susan Calvin se leva en poussant un cri d'horreur.

Soixante-trois robots étaient demeurés tranquillement sur leur chaise, regardant avec des yeux bovins l'homme qui venait prétendument de courir un danger devant eux. Aucun d'eux n'avait fait le moindre geste.

Le Dr Calvin était furieuse, furieuse au-delà de toute expression. D'autant plus furieuse qu'elle n'osait pas le montrer aux robots qui entraient un à un dans la pièce pour s'éclipser un peu plus tard. Elle vérifia sa liste. C'était le tour du numéro vingt-huit... Encore trente-cinq à interroger.

Le numéro vingt-huit entra avec méfiance.

Elle se contraignit à garder un calme raisonnable.

— Et qui êtes-vous ?

Le robot répondit d'une voix lente et incertaine :

— Je n'ai pas encore reçu de numéro personnel, madame. Je suis un robot NS-2 et j'occupais le numéro vingt-huit dans la rangée à l'extérieur. Voici un papier que je dois vous remettre.

— Vous n'êtes pas encore entré dans cette pièce au cours de la journée ?

— Non, madame.

— Asseyez-vous. Je voudrais vous poser quelques questions, numéro vingt-huit. Vous trouviez-vous dans la Chambre de Radiation du Bâtiment 2, il y a environ quatre heures ?

Le robot manifesta quelque difficulté à répondre. Puis d'une voix éraillée, semblable à un train d'engrenages où la rouille remplacerait l'huile :

— Oui, madame.

— Un homme s'est trouvé en danger dans cette pièce, n'est-ce pas ?

— Oui, madame.

— Vous n'avez rien fait, n'est-ce pas ?

— Non, madame.

— L'homme aurait pu être grièvement blessé du fait de votre inertie, vous le savez ?

— Oui, madame. Mais je n'ai pu faire autrement, madame.

Il est difficile de concevoir qu'une large face métallique totalement inexpressive puisse se contracter, c'est pourtant l'impression qu'elle donna.

— Je voudrais que vous me disiez exactement pourquoi vous n'avez rien tenté pour le sauver.

— Je voudrais vous expliquer, madame. Je ne voudrais pas que vous-même... ou quiconque... puissiez me croire capable d'un acte susceptible de causer du dommage à un maître. Oh ! non, ce serait horrible... inconcevable...

— Ne vous affolez pas, mon garçon, je ne vous reproche rien. Je voudrais simplement savoir ce que vous avez pensé à ce moment.

— Madame, avant que cela ne commence, vous nous avez dit que l'un des maîtres se trouverait en danger du fait de ce poids qui continue à tomber et que nous devrions passer à travers des câbles électriques si nous voulions le sauver. Cela ne m'aurait pas arrêté, madame. Que représente ma destruction lorsqu'il s'agit de sauver un maître ? Mais il m'apparut que si je mourais en me portant à son secours, je n'arriverais cependant pas à le sauver. Le poids viendrait l'écraser et je serais mort pour rien et peut-être plus tard, un maître serait victime d'un accident, ce qui ne se serait pas produit si j'avais survécu. Comprenez-vous cela, madame ?

— Vous voulez dire par là que vous aviez le choix entre laisser l'homme périr seul ou de succomber en même temps que lui, est-ce bien cela ?

— Oui, madame, il était impossible de sauver le maître. On pouvait considérer qu'il était déjà mort. Dans ce cas il était inconcevable que je pusse consentir à ma destruction pour rien... et sans avoir reçu l'ordre.

La robopsychologue faisait tourner machinalement un crayon entre ses doigts. Vingt-sept fois déjà elle avait entendu la même histoire avec de légères variantes.

— Votre raisonnement ne manque pas de justesse, dit-elle, mais je ne m'y attendais guère de votre part. Est-ce vous qui l'avez échafaudé vous-même ?

Le robot hésita :

— Non.

— Qui alors ?

— Nous bavardions l'autre nuit lorsque l'un de nous a émis cette idée, qui nous a paru logique.

— Lequel d'entre vous ?

Le robot réfléchit profondément.

— Je ne sais pas... Je n'ai pas remarqué.

Elle soupira.

— C'est tout. Vous pouvez disposer.

Puis ce fut le tour du vingt-neuf. Encore trente-quatre autres après lui.

Le major général Kallner, lui non plus, n'était pas content. Depuis une semaine l'Hyper-Base était totalement immobilisée. Depuis près d'une semaine, les deux plus grands experts en la matière avaient aggravé la situation en procédant à des tests inutiles. Et voilà qu'à présent ils faisaient — ou du moins la femme faisait — d'impossibles propositions.

Fort heureusement pour l'ambiance générale, Kallner jugeait impolitique de montrer ouvertement sa colère.

— Pourquoi pas ? insistait Susan Calvin. La situation présente est évidemment catastrophique. La seule façon d'obtenir des résultats dans le futur — si toutefois on peut parler de futur en ce qui nous concerne — c'est de séparer les robots. Nous ne pouvons les maintenir groupés plus longtemps.

— Cher docteur Calvin, grommela le général dont la voix avait atteint les notes les plus basses du registre de baryton, je ne vois pas comment je pourrais isoler individuellement soixante-trois robots dans l'espace dont je dispose...

Le Dr Calvin leva les bras en un geste d'impuissance.

— Dans ce cas, je ne puis plus rien. Nestor 10 imitera les faits et gestes de ses collègues, ou les persuadera de s'abstenir des actes qu'il ne peut pas accomplir. Quoi qu'il en soit, nous sommes dans de beaux draps. Nous livrons combat à ce petit robot égaré et il ne cesse de marquer des points sur nous. Chaque victoire nouvelle remportée par lui aggrave son caractère anormal.

Elle se leva avec détermination.

— Général Kallner, si vous n'isolez pas les robots individuellement comme je vous le demande, je ne puis faire autrement que d'exiger la destruction immédiate des soixante-trois robots au grand complet.

— Vous l'exigez, n'est-ce pas ? intervint brusquement Bogert. (Puis avec une colère non feinte :) Qu'est-ce qui vous donne le droit de formuler une pareille exigence ? Ces robots demeureront tels qu'ils sont. C'est moi qui suis responsable de la direction et pas vous.

— Et moi, ajouta le major général Kallner, je suis responsable de la base devant le Coordinateur Mondial — et je veux que cette question soit réglée.

— Dans ce cas, rétorqua Calvin, il ne me reste plus qu'à donner ma démission. S'il me faut recourir à cette extrémité pour vous contraindre à cette indispensable destruction, j'en appellerai à l'opinion publique. Ce n'est pas moi qui ai donné mon accord à la mise en chantier de robots modifiés.

— Si vous vous avisiez de proférer un seul mot en violation des mesures de sécurité, docteur Calvin, dit le général avec force, je vous ferais emprisonner immédiatement.

Voyant les choses prendre cette tournure, Bogert intervint d'une voix suave.

— Nous commençons, je crois, à nous conduire comme des enfants. Ce qu'il nous faut, c'est un nouveau délai. Il n'est pas possible que nous ne parvenions pas à battre un robot à son propre jeu sans donner notre démission, faire emprisonner les gens ou réduire en poussière deux millions de dollars.

La psychologue se tourna vers lui avec une froide violence.

— Je ne supporterai pas la présence sur cette base d'un robot déséquilibré. L'un des Nestor l'est de façon irrémédiable, onze autres le sont en puissance et soixante-deux robots normaux se meuvent dans une atmosphère de déséquilibre permanent. La seule méthode susceptible de nous apporter une sécurité complète est leur destruction intégrale.

Le bourdonnement avertisseur vint les interrompre à ce moment et jeter une douche froide sur les passions qui bouillonnaient en eux avec une intensité croissante.

— Entrez, grommela Kallner.

C'était Gerald Black. Il paraissait troublé. Il avait entendu des voix irritées.

— J'ai cru bon de venir personnellement... Je ne voulais pas charger quelqu'un d'autre...

— De quoi s'agit-il ? Pas de tergiversations !

— Les serrures du compartiment C dans le vaisseau marchand semblent avoir été l'objet d'une tentative d'effraction. Elles portent des éraflures fraîches.

— Le compartiment C ? s'exclama vivement le Dr Calvin. C'est celui où sont enfermés les robots, n'est-ce pas ? Qui s'est permis ?

— De l'intérieur, répondit laconiquement Black.

— La serrure n'est pas détériorée, j'espère ?

— Non, elle n'a pas souffert. Je demeure sur le vaisseau depuis quatre jours maintenant et aucun d'eux n'a tenté de sortir. Mais j'ai pensé qu'il valait mieux vous avertir. Je ne voulais pas ébruiter le fait. C'est moi qui ai fait personnellement cette observation.

— Y a-t-il quelqu'un sur place en ce moment ? demanda le général.

— J'y ai laissé Robins et McAdams.

Un silence songeur suivit.

— Eh bien ? demanda le Dr Calvin ironiquement.

Kallner se frotta le nez avec incertitude.

— Que signifie cette tentative ?

— N'est-ce pas évident ? Nestor 10 se prépare à s'enfuir. Cet ordre lui enjoignant de se perdre prend le pas sur l'état normal de son psychisme au point de déjouer tout ce que nous pouvons tenter à son encontre. Je ne serais pas surprise que ce qui subsiste en son cerveau des imprégnations de la Première Loi ne soit pas suffisant pour contrebalancer cette tendance. Il est parfaitement capable de s'emparer du vaisseau et de s'enfuir à son bord. Et cette fois nous serions confrontés avec un robot dément à bord d'un vaisseau spatial. Et ensuite on peut tout attendre de sa part. Persistez-vous toujours à vouloir les maintenir groupés, général ?

— Sottises, interrompit Bogert. (Il avait recouvré sa suavité.) Voilà bien du tapage pour quelques malheureuses éraflures sur un verrou de sûreté !

— Puisque vous donnez ainsi votre opinion sans qu'on la sollicite, docteur Bogert, avez-vous terminé l'analyse que je vous avais demandée ?

— Oui.

— Puis-je la voir ?

— Non.

— Pourquoi pas ? A moins que cette question ne soit, elle aussi, indiscrète ?

— Parce qu'elle ne présente aucun intérêt, Susan. Je vous avais prévenue que ces robots modifiés sont moins stables que les normaux, et mon analyse le met en évidence. Il existe une certaine chance, très petite en vérité, de les voir craquer dans certaines conditions extrêmes, fort improbables d'ailleurs. Laissons les choses en l'état. Je n'apporterai pas de l'eau à votre moulin pour vous permettre d'obtenir la destruction absurde de soixante-deux robots en parfait état de fonctionnement, pour la seule raison que vous avez été incapable de découvrir jusqu'à présent Nestor 10, qui se cache parmi eux.

Susan Calvin le toisa des pieds à la tête et ses yeux se remplirent de dégoût.

— Vous ne vous laisserez retenir par aucun obstacle pour parvenir à la direction permanente, n'est-ce pas ?

— Je vous en prie, intervint Kallner avec agacement. Continuez-vous à prétendre qu'on ne peut plus rien tenter, docteur Calvin ?

— Je ne vois rien, général, dit-elle avec lassitude. Si seulement il existait d'autres différences entre Nestor 10 et les autres robots, des différences qui ne mettraient pas en cause la Première Loi ! Ne fût-ce qu'une seule qui concerne par exemple l'imprégnation, l'environnement, la spécification...

Elle s'interrompit brusquement.

— Qu'y a-t-il ?

— Je viens d'avoir une idée... je crois... (Ses yeux se firent lointains et durs.) Ces Nestor modifiés, Peter, sont soumis à la même imprégnation que les robots normaux, n'est-ce pas ?

— Oui, exactement la même.

— Que disiez-vous donc, monsieur Black ? dit-elle en se tournant vers le jeune homme, qui, à la suite de la tempête provoquée par son intervention, s'était réfugié dans un silence discret. En vous plaignant de l'attitude condescendante des Nestor, vous m'avez dit que les techniciens leur avaient appris tout ce qu'ils savaient.

— Oui, en physique de l'éther. Ils ne sont pas au courant du sujet lorsqu'ils débarquent ici.

— C'est exact, dit Bogert, surpris. Je vous ai dit, Susan, lorsque j'interrogeais les autres Nestor, que les deux nouveaux arrivés n'avaient pas encore appris leur physique de l'éther.

— Pourquoi cela ? (Le Dr Calvin s'exprimait avec une agitation croissante.) Pourquoi les modèles NS-2 ne sont-ils pas imprégnés de physique de l'éther dès le départ ?

— Je puis vous répondre, dit Kallner. Cela fait partie du secret. Nous avons pensé que si nous commandions un modèle spécial connaissant la physique de l'éther, que nous utilisions douze d'entre eux en affectant les autres à des départements non spécialisés en la matière, nous pourrions faire naître des soupçons. Des hommes travaillant aux côtés des Nestor normaux pourraient s'étonner de leur connaissance de la physique de l'éther. On les a donc simplement imprégnés en leur conférant les capacités nécessaires pour travailler dans ce domaine. Seuls ceux qui sont affectés à ce secteur particulier reçoivent la formation nécessaire. Ce n'est pas plus compliqué que cela.

— Je comprends. Puis-je vous demander de me laisser seule ? Accordez-moi un délai d'une heure environ.

Susan Calvin ne se sentait pas le courage d'affronter une troisième fois la corvée. Elle l'avait envisagée et rejetée avec une violence qui la laissait pleine de nausées. Reprendre le monotone interrogatoire, écouter les mêmes réponses inlassablement répétées, lui semblait au-dessus de ses forces.

Ce fut donc Bogert qui se chargea de poser les questions, tandis qu'elle demeurait à l'écart, l'esprit et les yeux mi-clos.

Entra le numéro quatorze — il en restait encore quarante-neuf.

Bogert leva les yeux de la feuille de référence :

— Quel est votre numéro d'ordre ?

— Quatorze, monsieur.

Le robot présenta son ticket numéroté.

— Asseyez-vous, mon garçon. Vous n'êtes pas déjà venu dans cette pièce aujourd'hui ?

— Non, monsieur.

— Eh bien, un homme se trouvera en danger peu de temps après que nous en aurons terminé. En fait, lorsque vous quitterez cette pièce, vous serez conduit dans une stalle où vous attendrez tranquillement qu'on ait besoin de vous. C'est compris ?

— Oui, monsieur.

— Naturellement, si un homme se trouve en danger, vous essaierez de vous porter à son secours.

— Naturellement, monsieur.

— Malheureusement, entre cet homme et vous-même se trouvera un champ de rayons gamma.

Silence.

— Savez-vous ce que sont les rayons gamma ? demanda brusquement Bogert.

— Des radiations énergétiques, monsieur.

La question suivante fut posée d'une façon amicale et naturelle.

— Avez-vous déjà travaillé sur les rayons gamma ?

— Non, monsieur.

La réponse était nette, sans ambages.

— Hum ! Eh bien, les rayons gamma sont capables de vous tuer instantanément, en détruisant votre cerveau. C'est un fait que vous devez connaître et vous rappeler. Naturellement, vous n'avez pas envie de vous détruire ?

— Naturellement. (De nouveau le robot parut choqué. Puis il reprit lentement :) Mais, monsieur, si les rayons gamma se trouvent entre moi-même et le maître que je dois secourir, comment pourrai-je le sauver ? Je me détruirais sans obtenir aucun résultat.

— En effet. (Bogert prit un air perplexe.) La seule chose que je puisse vous conseiller, au cas où vous détecteriez la présence de rayons gamma entre vous-même et l'homme en danger, c'est de rester où vous êtes.

Le robot parut visiblement soulagé.

— Merci, monsieur, toute tentative serait inutile, n'est-ce pas ?

— Bien entendu. Mais si les radiations dangereuses n'existaient pas, ce serait une tout autre affaire.

— Naturellement, monsieur, cela ne fait pas le moindre doute.

— Vous pouvez disposer, maintenant. L'homme qui se trouve de l'autre côté de la porte vous conduira à votre stalle. C'est là que vous devrez attendre.

Après le départ du robot, il se tourna vers Susan Calvin.

— Eh bien, Susan, cela n'a pas trop mal marché, il me semble ?

— Très bien, répondit-elle d'un ton morne.

— Pensez-vous que nous pourrions démasquer Nestor 10 en lui posant des questions rapides sur la physique de l'éther ?

— Peut-être, mais je n'en suis pas suffisamment sûre. (Ses mains gisaient inertes sur ses genoux.) Il nous livre bataille, ne l'oubliez pas. Il est sur ses gardes. Nous n'avons qu'une seule façon de le démasquer, c'est de le battre à son propre jeu — et dans la limite de ses facultés, il peut penser beaucoup plus rapidement qu'aucun être humain.

— Histoire de plaisanter... supposons qu'à partir de maintenant nous posions aux robots quelques questions sur les rayons gamma. Les limites de longueurs d'ondes par exemple.

— Non ! (Les yeux du Dr Calvin jetèrent des étincelles.) Il lui serait trop facile de nier toute connaissance du sujet et il serait prévenu contre le test à venir... qui est notre chance réelle. Je vous en prie, conformez-vous aux questions que j'ai indiquées, Peter, et n'essayez pas d'improviser. C'est déjà frôler un terrain dangereux que de leur demander s'ils ont travaillé sur les rayons gamma. Et efforcez-vous de manifester encore moins d'intérêt lorsque vous reposerez la question.

Bogert haussa les épaules et pressa le bouton qui convoquait le numéro quinze.

La grande salle de radiation était prête une fois de plus. Les robots attendaient patiemment dans leurs cellules de bois, ouvertes au centre mais qui les isolaient les uns des autres.

Le major général Kallner s'épongea lentement le front avec un vaste mouchoir, tandis que le Dr Calvin vérifiait les derniers détails en compagnie de Black.

— Vous êtes certain à présent, demanda-t-elle, qu'aucun des robots n'a eu l'occasion de parler avec ses congénères après avoir quitté la salle d'orientation ?

— Absolument certain, répondit Black. Pas un mot n'a été échangé.

— Et les robots sont placés dans les stalles prévues ?

— Voici le plan.

La psychologue regarda pensivement le document.

— Hum...

Le général pencha la tête par-dessus son épaule.

— Quelle est l'idée qui a présidé à cette disposition, docteur Calvin ?

— J'ai demandé que soient concentrés de ce côté du cercle les robots qui m'ont paru altérer la vérité aussi peu que ce soit. Cette fois je me placerai moi-même au centre, et je les surveillerai particulièrement.

— Vous allez vous asseoir au centre... ? s'exclama Bogert.

— Pourquoi pas ? demanda-t-elle froidement. Ce que je m'attends à voir sera peut-être très fugitif. Et je ne puis risquer de confier à un autre le rôle d'observateur principal. Peter, vous vous tiendrez dans la cabine d'observation et vous garderez l'œil sur le côté opposé du cercle. Général, je me suis arrangée pour faire filmer individuellement chaque robot au cas où l'observation visuelle ne suffirait pas. S'il en est besoin, les robots devront demeurer rigoureusement à leur place jusqu'au moment où les images auront été développées et étudiées. Aucun d'eux ne doit quitter la pièce, aucun ne doit changer de place ; est-ce clair ?

— Parfaitement.

— Alors, essayons une dernière fois.

Susan Calvin s'assit dans la chaise, silencieuse, les yeux agités d'un mouvement incessant. Un poids tomba, puis fut écarté au dernier moment par un champ de force.

Un seul robot se dressa tout droit, fit deux pas.

Et s'arrêta.

Mais le Dr Calvin était déjà debout, le doigt tendu.

— Nestor 10, venez ici, cria-t-elle. *Venez ici !* VENEZ ICI !

Lentement, à regret, le robot fit un autre pas. La robopsychologue cria à tue-tête, sans quitter des yeux le robot :

— Faites sortir tous les autres robots de la pièce, vite, et surtout qu'ils ne rentrent plus !

On entendit le martèlement de pieds durs sur le plancher. Elle ne détourna pas les yeux.

Nestor 10 — c'était bien lui — fit un autre pas, puis deux encore, subjugué par le geste impérieux du Dr Calvin. Il ne se trouvait plus qu'à trois mètres de distance, lorsqu'il dit d'une voix hargneuse :

— On m'a dit d'aller me perdre...

Un autre arrêt.

— Je ne dois pas désobéir. On ne m'a pas retrouvé jusqu'à présent... Il me croyait un raté... il m'a dit... mais ce n'est pas vrai... je suis puissant et intelligent...

Les mots sortaient par intermittence.

Un autre pas.

— J'en sais beaucoup... Il s'imaginerait... je veux dire que j'ai été démasqué... Ignoble... pas moi... Je suis intelligent... et surtout par un maître... qui est faible... lent...

Nouveau pas... et un bras de métal vola brusquement vers son épaule, et elle sentit le poids qui la faisait plier. Sa gorge se serra et elle sentit un cri jaillir de sa poitrine.

Dans un brouillard, elle entendit les paroles suivantes de Nestor 10 :

— Nul ne doit me trouver. Aucun maître...

Et le métal froid s'appesantissait sur elle et la faisait plier.

Il y eut soudain un bruit métallique bizarre, elle se retrouva sur le sol sans avoir éprouvé de choc, et un bras luisant pesait lourdement sur son corps. Il ne bougeait pas, pas plus que Nestor 10, étalé près d'elle.

Et maintenant des visages se penchaient sur elle.

— Êtes-vous blessée, docteur Calvin ? demandait Gerald Black d'une voix étranglée.

Elle secoua faiblement la tête. Ils la dégagèrent du bras qui pesait sur elle et la remirent doucement sur ses pieds.

— Que s'est-il passé ?

— J'ai lancé un faisceau de rayons gamma durant cinq secondes, dit Black. Nous ignorions ce qui se passait. Ce n'est qu'à la dernière seconde que nous avons compris qu'il vous attaquait et à ce moment il ne restait plus d'autre recours que les rayons gamma. Il est tombé aussitôt. La dose n'était pas suffisante pour affecter votre organisme. N'ayez aucune inquiétude.

— Je ne suis pas inquiète. (Elle ferma les yeux et s'appuya un instant sur son épaule.) Je ne pense pas que j'aie été vraiment attaquée. Nestor 10 s'efforçait simplement de le faire. Ce qui subsistait de la Première Loi le retenait encore.

Deux semaines après leur première rencontre avec le major général Kallner, Susan Calvin et Peter Bogert tenaient une dernière conférence avec l'officier. Le travail avait repris à l'Hyper-Base. Le vaisseau marchand avec à son bord les soixante-deux robots normaux était reparti pour sa destination, avec une version officielle imposée pour expliquer son retard de deux semaines. Le croiseur gouvernemental se préparait à ramener les roboticiens sur la Terre.

Kallner avait revêtu une fois de plus son resplendissant uniforme de cérémonie. Ses gants étaient d'une blancheur éblouissante lorsqu'il serra la main aux savants.

— Les autres Nestor devront naturellement être détruits, dit le Dr Calvin.

— Ils le seront. Nous les remplacerons par des robots normaux, ou nous nous en passerons, si c'est nécessaire.

— Très bien.

— Mais dites-moi... Vous ne m'avez pas expliqué... Comment avez-vous fait ?

Elle eut un petit sourire.

— Ah ! oui, je vous aurais exposé mon projet à l'avance si j'avais été certaine de son efficacité. Voyez-vous, Nestor 10 souffrait d'un complexe de supériorité qui ne cessait de croître et de s'amplifier. Il aimait se persuader que lui-même et les autres robots possédaient plus de connaissances que les êtres humains. Il devenait très important pour lui de le croire.

« Nous le savions. C'est ainsi que nous avons prévenu chacun des robots que les rayons gamma les tueraient, ce qui était vrai, et que des rayons gamma s'interposeraient entre eux et moi-même. C'est pourquoi ils demeurèrent tous à leur place, naturellement. Se conformant à la logique de Nestor 10 adoptée au cours du test précédent, ils avaient décidé unanimement qu'il était inconcevable de tenter de sauver un humain alors qu'ils étaient certains de succomber avant de pouvoir l'atteindre.

— Je comprends cela, en effet, docteur Calvin. Mais pour quelle raison Nestor 10 a-t-il quitté son siège ?

— Ah !... cela résulte d'un petit complot entre moi-même et le jeune Black. Ce n'étaient pas des rayons gamma qui inondaient l'espace entre les robots et moi, mais des rayons infrarouges. De simples rayons calorifiques, absolument inoffensifs. Nestor 10 savait la vérité, et c'est pourquoi il a fait le geste de s'élancer, comme le feraient, pensait-il, ses congénères sous l'impulsion de la Première Loi. Ce n'est qu'une fraction de seconde plus tard qu'il se souvint que les NS-2 normaux étaient à même de détecter les radiations, mais sans en pouvoir préciser le type. Le fait que lui-même n'était capable d'identifier les longueurs d'ondes qu'en vertu de la formation qu'il avait reçue à l'Hyper-Base, sous la direction de simples êtres humains, était trop humiliant pour qu'il lui fût possible de s'en souvenir dans l'instant même. Pour les autres robots, la zone était fatale, parce que nous le leur avions dit. Or, seul Nestor 10 savait que nous mentions.

« Ce qui fait que l'espace d'un instant il a oublié, ou n'a pas voulu se souvenir, que d'autres robots pouvaient être plus ignorants que des êtres humains. C'est sa supériorité même qui l'a trahi. Au revoir, général.

RISQUE

L'Hyper-Base avait terminé sa journée. Alignés dans la galerie de la salle panoramique selon un ordre de préséance rigoureusement déterminé par le protocole, se trouvaient des officiels, des scientifiques, des techniciens, ainsi que l'ensemble du personnel. Selon leurs divers tempéraments, ils attendaient avec espoir, avec gêne, avec nervosité, avec passion ou avec crainte ce qui constituait l'aboutissement de leurs efforts.

L'intérieur évidé de l'astéroïde connu sous le nom d'Hyper-Base était devenu, pour la journée, le centre d'une sphère de sécurité de quinze mille kilomètres de diamètre. Nul vaisseau ne pouvait pénétrer à l'intérieur de cette sphère et survivre. Nul message ne pouvait la quitter sans être intercepté.

A huit cents kilomètres de distance, à peu de chose près, un petit astéroïde décrivait fidèlement autour de l'Hyper-Base l'orbite sur laquelle il avait été placé un an auparavant. Le numéro d'identification de cet astéroïde était H 937, mais nul sur l'Hyper-Base ne le désignait autrement que par Il ou Lui. (Avez-vous été sur Lui aujourd'hui ?)

Sur Lui, inoccupé à l'approche de la seconde zéro, se trouvait le *Parsec,* le seul vaisseau de son genre qui eût jamais été construit dans l'histoire de l'homme. Il était prêt pour le départ dans l'inconcevable.

Gerald Black, qui, en sa qualité de brillant jeune sujet dans le domaine de la physique de l'éther, se trouvait au premier rang, fit craquer ses jointures et essuya ses paumes moites sur sa blouse d'un blanc douteux et dit :

— Pourquoi ne vous adressez-vous pas au général ou à la duchesse douairière ?

Nigel Ronson, de la Presse Interplanétaire, jeta un rapide coup d'œil de l'autre côté de la galerie sur le général Richard Kallner et sur la femme effacée qui se trouvait à son côté, à peine visible dans l'éblouissement provoqué par l'uniforme de son voisin.

— Je n'hésiterais pas, répondit l'interpellé, seulement je ne m'intéresse qu'aux nouvelles.

Ronson était petit et gros. Il prenait beaucoup de peine pour se coiffer en brosse avec des cheveux longs d'un centimètre, portait le col de sa chemise ouvert et le pantalon au-dessus des chevilles pour imiter fidèlement les journalistes que l'on voyait sur les écrans de TV. Il n'en était pas moins un reporter fort capable.

Black était trapu, et si ses cheveux plantés bas laissaient fort peu de place pour le front, son esprit était aussi aigu que ses doigts robustes étaient courts.

— Ils connaissent toutes les nouvelles, dit-il.

— Des blagues, dit Ronson. Kallner n'a rien sous ses dorures. Retirez-lui son uniforme et vous ne trouverez qu'un convoyeur faisant descendre les ordres vers le bas et projetant les responsabilités vers le haut.

Black faillit laisser échapper un sourire mais le retint à temps.

— Et la dame docteur ? demanda-t-il.

— C'est le Dr Susan Calvin, de l'U.S. Robots, récita le reporter, la dame qui possède l'hyperespace à la place du cœur et de l'hélium liquide dans les yeux. Elle pourrait traverser le Soleil et ressortir de l'autre côté dans un bloc de flammes gelées.

Black esquissa un commencement de sourire.

— Et le directeur Schloss ?

— Il en sait beaucoup trop, dit Ronson, volubile. Pris entre le souci d'attiser la faible flamme d'intelligence qui vacille chez son interlocuteur et d'atténuer l'éclatante lumière que diffuse son propre cerveau, de peur de provoquer une ophtalmie définitive chez ledit interlocuteur, il prend le parti de ne rien dire.

Cette fois, Black découvrit nettement ses dents.

— Supposons maintenant que vous me disiez ce que vous pensez de moi.

— Facile, docteur. Je vous ai regardé et j'ai compris aussitôt que vous étiez trop laid pour être stupide et trop malin pour manquer une occasion de vous faire de la publicité personnelle.

— Rappelez-moi de vous casser la figure un de ces jours, dit Black. Que voulez-vous savoir ?

L'envoyé de la Presse Interplanétaire désigna la « fosse » :

— Ce bidule va-t-il fonctionner ?

Black abaissa à son tour son regard et sentit un léger frisson pareil au léger vent de mars le parcourir. La « fosse » était en réalité un vaste écran de télévision, divisé en deux parties. L'une des moitiés portait une vue générale de Lui. Sur sa surface grise et crevassée se trouvait le *Parsec,* luisant discrètement dans la faible lumière du soleil. La seconde moitié montrait la cabine de commande du *Parsec.* Pas une âme dans cette cabine de commande. Le siège du pilote était occupé par une forme vaguement humaine, mais dont la ressemblance avec son modèle était par trop lointaine pour qu'il fût impossible de douter qu'il s'agissait d'un robot positronique.

— Physiquement parlant, mon cher, dit Black, le bidule, comme vous dites, fonctionnera. Ce robot prendra son essor et reviendra. Si je devais vous dire comment nous sommes parvenus à accomplir cette partie du programme ! J'ai tout vu. Je suis arrivé ici quinze jours après avoir passé mon certificat en physique de l'éther, et j'y suis demeuré depuis, si l'on ne tient pas compte des permissions et absences diverses. J'étais là lorsque nous avons lancé le premier morceau de fil de fer jusqu'à l'orbite de Jupiter et retour, par hyperespace — et récupéré de la limaille de fer. J'étais là lorsque nous avons envoyé des souris blanches au même point et avons recueilli de la chair à saucisse au retour.

« Après cela, nous avons passé six mois à mettre au point un hyperchamp régulier. Nous avons dû colmater des brèches qui ne mesuraient pas plus de quelques dixièmes de millièmes de seconde d'arc de point à point, dans la matière soumise à l'hypertransit. Après cela, les souris ont commencé à revenir intactes à leur point de départ. Je me souviens d'avoir fait la noce durant une semaine en compagnie de mes collègues parce qu'une souris blanche était revenue vivante et n'était morte qu'au bout de dix minutes. A présent elles survivent aussi longtemps que l'on s'occupe d'elles convenablement.

— Du beau travail ! dit Ronson.

Black le regarda de travers.

— Je dis que cela fonctionnera, *physiquement parlant.* Car ces souris blanches qui nous reviennent...

— Eh bien ?

— Plus de cerveau. Pas la moindre circonvolution cérébrale. Elles ne mangent pas. On doit les nourrir de force. Elles ne s'accouplent pas. Elles ne courent pas. Elles demeurent couchées... C'est tout. Puis nous avons envoyé un chimpanzé. Affreux. Le pauvre animal ressemblait trop à un homme pour que l'observation soit supportable. Nous avons récupéré une masse de chair qui pouvait tout juste effectuer des mouvements de reptation. Il pouvait remuer les yeux et parfois se gratouillait vaguement. Il gémissait et demeurait dans ses déjections sans avoir seulement l'idée de se déplacer. L'un d'entre nous a fini par l'abattre un jour d'un coup de pistolet, et nous lui en avons été tous reconnaissants. Je vous le répète, mon vieux, rien de ce que nous avons expédié dans l'espace n'est jamais rentré ne fût-ce qu'avec un embryon de cerveau.

— La publication de ces renseignements est-elle autorisée ?

Un coin de la lèvre de Black se souleva.

— Après l'expérience, peut-être. Ils en espèrent de grandes choses.

— Vous, pas ?

— Avec un robot aux commandes ? Non !

Quasi machinalement, l'esprit de Black se reporta à cet intermède vieux de quelques années, au cours duquel il avait été responsable de la perte d'un robot. Il pensa aux robots Nestor qui remplissaient l'Hyper-Base d'une foule de connaissances imprimées dans leurs cerveaux, avec parfois des insuffisances nées de l'excès même de leur perfection. Mais à quoi bon parler de robots ? Il n'avait rien d'un missionnaire par nature.

Mais Ronson, qui meublait les silences par des propos à bâtons rompus, reprit :

— Ne me dites pas que vous êtes antirobot. Je me suis toujours laissé dire que les scientifiques étaient les seuls à ne pas être résolument hostiles à ces parodies d'humanité.

Black perdit soudain patience :

— C'est vrai, et c'est justement là le malheur. La technologie est prise de robomanie. Pas de fonction qui n'ait son robot, sinon l'ingénieur responsable se sent frustré. Vous voulez faire garder votre porte, alors vous achetez un robot avec des pieds épais. C'est très sérieux.

Il parlait d'une voix basse et intense, jetant les mots directement dans l'oreille de Ronson.

Ronson réussit à dégager son bras.

— Doucement, je ne suis pas un robot, dit-il. Ne vous vengez pas sur moi. Vous allez me casser le bras.

Mais Black était lancé et il ne suffisait pas d'une plaisanterie pour l'arrêter en si bon chemin.

— Savez-vous combien de temps on a gaspillé sur cette étude ? demanda-t-il. Nous avons fait construire un robot, parfaitement adapté à tous usages, et nous lui avons donné un ordre. Point à la ligne. J'ai entendu donner cet ordre. Je l'ai retenu par cœur. Il était bref et net : « Saisissez la barre d'une main ferme. Amenez-la vers vous fermement.

Fermement ! Maintenez votre effort jusqu'au moment où le panneau de contrôle vous aura informé que vous avez franchi l'hyperespace à deux reprises. »

« Donc, lorsque le compte à rebours atteindra zéro, le robot saisira la barre de contrôle et la tirera fermement à lui. Ses mains sont portées à la température du sang. Une fois que la barre de contrôle se trouve en position, la dilatation due à la chaleur complète le contact et l'hyperchamp entre en action. Si quelque dommage se produit à son cerveau au cours du premier transit à travers l'hyperespace, aucune importance. Il lui suffira de maintenir la position durant un micro-instant, le vaisseau reviendra et l'hyperchamp s'évanouira. Rien ne peut survenir d'anormal. Ensuite nous étudierons ses réactions généralisées et constaterons, le cas échéant, si une anomalie s'est produite.

Ronson haussa les sourcils :

— Tout cela me paraît très normal.

— Vraiment ? demanda Black d'un ton sarcastique. Et que vous apprendra un cerveau de robot ? Il est positronique, le nôtre est cellulaire. Il est fait de métal, le nôtre de protéines. Ils n'ont rien de commun. Aucune comparaison n'est possible. Néanmoins, je suis convaincu que c'est en se fondant sur ce qu'ils apprendront ou croiront apprendre à partir du robot qu'ils enverront des hommes dans l'hyperespace. Pauvres diables !... S'il ne s'agissait encore que de mourir ! Mais ils reviendront entièrement décervelés. Si vous aviez pu voir le chimpanzé, vous comprendriez ce que cela signifie. La mort est une chose propre, définitive. Mais ça...

— Avez-vous fait part de vos scrupules à quiconque ? demanda le reporter.

— Oui, dit Black. Ils m'ont fait la même réponse que vous. Ils m'ont déclaré que j'étais un antirobot, ce qui clôt toute discussion... Regardez Susan Calvin. Pas de danger qu'elle soit antirobot. Elle a fait tout le voyage à partir de la Terre pour assister à cette expérience. Si un homme avait été aux commandes, elle ne se serait pas inquiétée le moins du monde. Mais à quoi bon se torturer l'esprit ?

— Hé, dit Ronson, ne vous arrêtez pas encore. Ce n'est pas tout.

— Quoi, encore ?

— Il y a d'autres problèmes. Vous m'avez parfaitement expliqué l'histoire du robot. Mais pourquoi toutes ces mesures de sécurité tout à coup ?

— Comment cela ?

— Voyons : subitement, plus moyen d'expédier de dépêches. Subitement, interdiction est faite à tout vaisseau de pénétrer dans le secteur. Que se passe-t-il donc ? Il ne s'agit que d'une expérience parmi d'autres. Le public est informé de l'hyperespace et de ce que vous tentez, alors à quoi bon tout ce secret ?

Le reflux de la colère enveloppait toujours Black, colère contre les robots, colère contre Susan Calvin, colère au souvenir de ce petit robot perdu dans son passé. Encore n'était-ce pas tout, car sa colère s'étendait également à ce petit journaliste irritant et ses irritantes petites questions.

« Voyons de quelle façon il va le prendre », se dit-il.

— Vous voulez réellement le savoir ? demanda-t-il.

— Et comment !

— Très bien. Nous n'avons jamais produit qu'un hyperchamp susceptible de traiter un objet un million de fois plus petit que ce vaisseau, à une distance un million de fois plus réduite. Cela signifie que l'hyperchamp que nous nous préparons à produire sera un million de millions de fois plus puissant qu'aucun de ceux que nous ayons jamais expérimentés. Nous ne sommes pas très sûrs de l'effet qu'il peut produire.

— Que voulez-vous dire ?

— En théorie, le vaisseau sera déposé bien gentiment au voisinage de Sirius et ramené ici de la même manière. Mais quel sera le volume d'espace entourant le *Parsec* qui se trouvera transporté en même temps que lui ? Il est difficile de le prévoir. Nous ne sommes pas suffisamment informés des propriétés de l'hyperespace. L'astéroïde sur lequel le vaisseau est posé peut fort bien l'accompagner dans son voyage, et si nos calculs se trouvaient un peu trop larges, il pourrait ne jamais revenir. Ou plutôt réapparaître à, disons, trente milliards de kilomètres du lieu où nous nous trouvons. Nous courons même le risque qu'un espace d'un volume supérieur à l'astéroïde puisse être soumis au transit.

— Dans quelle mesure ? demanda Ronson.

— Nous ne pouvons le dire. Il existe un élément d'incertitude statistique. C'est la raison pour laquelle les vaisseaux ne doivent pas s'approcher de trop près.

Ronson fit entendre un borborygme.

— Supposons qu'il atteigne l'Hyper-Base ?

— C'est un risque à courir, dit Black sans se troubler. Mais il ne doit pas être bien grand, sinon le directeur Schloss ne serait pas là, je puis vous l'assurer. Il reste cependant un risque mathématique.

Le journaliste consulta sa montre.

— A quelle heure se produira l'expérience ?

— Dans cinq minutes environ. Vous n'êtes pas nerveux, je pense ?

— Non, répondit Ronson. (Mais il s'assit, le visage de bois, et ne posa plus aucune question.)

Black se pencha sur la balustrade. Les dernières minutes s'égrenaient.

Le robot fit un geste !

Un mouvement de masse porta les spectateurs en avant et les lumières baissèrent afin de rendre plus visible par contraste la scène qui se déroulait au-dessous d'eux. Pour l'instant, il ne s'agissait que du premier geste. Les mains du robot s'approchèrent de la barre de départ.

Black attendit la seconde finale où le robot attirerait à lui la barre.

Il imaginait un certain nombre de possibilités et toutes se présentèrent simultanément à son esprit.

Il y aurait d'abord le bref scintillement indiquant le départ à travers l'hyperespace et le retour. Bien que l'intervalle temporel fût excessivement court, le retour ne s'effectuerait pas avec une parfaite exactitude au point de départ et un décalage se produirait. C'était toujours le cas.

Une fois le vaisseau revenu, on pourrait découvrir, par exemple, que les dispositifs destinés à régulariser le champ s'étaient révélés inadéquats. Le robot pourrait être réduit à l'état de ferraille et peut-être même aussi le vaisseau.

Ou encore leurs calculs seraient faux par excès et le navire ne reviendrait jamais.

Pis encore, l'Hyper-Base pourrait accompagner le vaisseau dans son transit et ne jamais revenir.

Bien entendu, tout pourrait également se passer le mieux du monde. Le navire pourrait se retrouver à son point de départ, absolument intact. Le robot, le cerveau indemne, sortirait de son siège et signalerait le succès complet du premier voyage d'un objet construit de la main de l'homme au-delà de l'attraction gravitationnelle du Soleil.

La dernière minute tirait à sa fin.

Vint la dernière seconde. Le robot saisit la barre de départ et l'amena fermement vers lui...

Rien !

Pas le moindre scintillement ! Rien !

Le *Parsec* n'avait pas quitté l'espace normal.

Le général Kallner retira sa casquette pour s'éponger le front et, ce faisant, découvrit une calvitie qui l'aurait vieilli de dix ans si les plis soucieux qui creusaient son visage n'avaient pas déjà rempli cet office. Près d'une heure s'était écoulée depuis l'échec du *Parsec* et rien n'avait encore été fait.

— Comment cela s'est-il produit ? Comment cela a-t-il pu se produire ? Je n'y comprends rien !

Le Dr Mayer Schloss, qui à quarante ans était le « grand homme » de la jeune science des matrices des hyperchamps, dit avec consternation :

— La théorie de base n'est pas en cause, j'en donnerais ma tête à couper. Une défaillance mécanique s'est produite en quelque point du vaisseau. Rien de plus.

Cette phrase, il l'avait déjà répétée une douzaine de fois.

— Je croyais que tout avait été testé. (Cette phrase aussi avait été dite.)

— C'est exact, général, c'est exact. Néanmoins... (Réponse également prononcée.)

Ils se regardaient dans le bureau de Kallner qui était à présent interdit à tous les membres du personnel. Ni l'un ni l'autre n'osaient regarder la troisième personne présente.

Les lèvres minces et les joues pâles de Susan Calvin n'exprimaient rien.

— Je n'ai rien d'autre à vous offrir en guise de consolation que ce que je vous ai déjà dit, déclara-t-elle. Je me doutais bien qu'il ne résulterait rien de bon de cette tentative.

— Le moment est mal choisi pour ressusciter cette vieille querelle, grommela Schloss.

— Aussi m'en garderai-je bien. L'U.S. Robots fournit des robots construits selon des spécifications précises à tout acheteur légalement autorisé qui s'engage à les utiliser conformément à la loi. Nous avons rempli nos obligations. Nous vous avons prévenus. Quoi qu'il arrive au cerveau positronique, nous ne pouvons garantir que nous en tirerons des conclusions applicables au cerveau humain. Telle est la limite de nos responsabilités.

— Juste ciel, dit le général Kallner, ne reprenons pas cette discussion !

— Que ferions-nous d'autre ? murmura Schloss, que le sujet attirait néanmoins. Tant que nous ne saurons pas ce qui arrive au cerveau dans l'hyperespace, nous n'accomplirons aucun progrès. Le cerveau du robot est du moins capable d'effectuer une analyse mathématique. C'est déjà un commencement. Et tant que nous n'aurons pas essayé... (Il leva des yeux quelque peu égarés.) Mais ce n'est pas votre robot qui est en cause, docteur Calvin. Nous ne nous faisons pas de soucis pour lui ou son cerveau positronique. (Il cria presque :) Bon sang, est-ce que vous vous rendez compte que... ?

La robopsychologue lui imposa silence en haussant à peine le ton.

— Pas de crise de nerfs, mon ami. J'ai vu bien des problèmes dramatiques au cours de ma vie et je n'en connais pas un qui ait été résolu par l'hystérie. Je voudrais qu'on réponde à quelques questions.

Les lèvres de Schloss se mirent à trembler et ses yeux enfoncés parurent se retirer au fond de leurs orbites, laissant à leur place des trous d'ombre.

— Avez-vous une formation en physique de l'éther ? demanda-t-il brusquement.

— Cette question n'a aucun rapport avec le problème qui nous occupe. Je suis robopsychologue en chef de l'United States Robots. C'est un robot positronique qui occupe le poste de commande du *Parsec*. Comme tous ses pareils, il est en location et ne vous a pas été vendu. J'ai donc le droit de vous demander des renseignements sur toute expérience à laquelle participe ce robot.

— Répondez-lui, Schloss ! rugit Kallner. Elle... elle a raison.

Le Dr Calvin tourna ses yeux pâles vers le général, qui était présent lors de l'affaire du robot perdu et dont on pouvait par conséquent attendre qu'il ne commettrait pas la faute de la sous-estimer. (Schloss se trouvait à l'époque en congé de maladie et les jugements par ouï-dire ne peuvent se comparer à ceux qui résultent de l'expérience personnelle.)

— Je vous remercie, général, dit-elle.

Schloss porta un regard déconcerté de l'un à l'autre de ses interlocuteurs.

— Que voulez-vous savoir ? murmura-t-il.

— De toute évidence, ma première question sera la suivante. Quel est donc le problème qui vous intéresse, si ce n'est celui que vous pose le robot ?

— Cela saute aux yeux, voyons. Le vaisseau n'a pas bougé ! Ne le voyez-vous pas ? Seriez-vous aveugle ?

— Je le vois très clairement au contraire. Mais ce que je ne parviens pas à m'expliquer, c'est votre panique en présence de quelque défaillance mécanique. L'éventualité d'un échec n'entre-t-elle donc jamais dans vos prévisions ?

— C'est la dépense, murmura le général. Le vaisseau a coûté des sommes formidables... Le Congrès Mondial... les justifications de dépenses...

Il demeura court.

— Le vaisseau est toujours là. Quelques révisions, quelques réparations ou mises au point ne peuvent vous entraîner bien loin.

Schloss avait repris possession de lui-même. Il était même parvenu à donner à sa voix une intonation patiente :

— Lorsque je parle de défaillance mécanique, docteur Calvin, je fais allusion à des incidents tels que le blocage d'un relais par un grain de poussière, une connexion interrompue par une goutte de graisse, un transistor bloqué par une dilatation soudaine due à la chaleur, etc. Tous peuvent être temporaires. Leur effet peut s'interrompre à tout moment.

— Ce qui signifie qu'à tout moment le *Parsec* peut foncer à travers l'hyperespace et revenir à son point de départ.

— Exactement. A présent vous avez compris !

— Pas le moins du monde. N'est-ce pas exactement ce que vous désirez ?

Schloss fit le geste de s'arracher une double poignée de cheveux.

— On voit bien que vous n'êtes pas ingénieur en sciences de l'éther ! dit-il.

— Cela vous empêche-t-il de parler, docteur ?

— Nous avions mis en place le vaisseau, reprit Schloss avec désespoir, afin de lui faire effectuer un bond à partir d'un point défini de l'espace par rapport au centre de gravité de la galaxie, jusqu'à un second point. Le retour devait s'effectuer au point de départ avec une certaine correction pour tenir compte du déplacement du système solaire. Au cours de l'heure qui s'est écoulée depuis le moment prévu pour le départ du *Parsec,* le système solaire a changé de position. Les paramètres originaux en fonction desquels a été calculé l'hyperchamp ne conviennent plus. Les lois ordinaires du mouvement ne s'appliquent pas à l'hyperespace, et il nous faudrait une semaine de calculs pour établir de nouveaux paramètres.

— Vous voulez dire que si le vaisseau prenait le départ en ce moment, il retournerait à quelque point impossible à déterminer, à des milliers de kilomètres d'ici ?

— Impossible à déterminer ? (Schloss eut un sourire sans joie.) En effet, le *Parsec* pourrait fort bien aboutir dans la nébuleuse d'Andromède ou au centre du Soleil. Dans l'un ou l'autre cas, il y a fort peu de chances pour que nous le revoyions jamais.

Susan Calvin inclina la tête :

— Par conséquent, si le vaisseau venait à disparaître, ce qui pourrait arriver d'un instant à l'autre, quelques milliards de dollars versés par les contribuables se trouveraient du même coup transformés en fumée et — ne manquerait-on pas de dire — à cause de la carence des responsables.

Le général Kallner tressauta.

— Dans ce cas, poursuivit la robopsychologue, le mécanisme de l'hyperchamp doit être mis dans l'impossibilité de se déclencher, et cela dans le plus bref délai possible. Il faudra débrancher une connexion, couper un contact, que sais-je ? (Elle parlait en partie pour elle-même.)

— Ce n'est pas aussi simple, dit Schloss. Je ne peux vous l'expliquer complètement puisque vous n'êtes pas instruite des techniques de l'éther. Cela équivaudrait à couper un circuit électrique ordinaire en sectionnant des lignes à haute tension au moyen de cisailles de jardin. Le résultat pourrait être désastreux. Il *serait* désastreux.

— Entendez-vous par là que toute tentative pour bloquer le mécanisme aboutirait à projeter le vaisseau dans l'hyperespace ?

— Toute tentative effectuée *au hasard* entraînerait *probablement* ce résultat. Les hyperforces ne sont pas limitées par la vitesse de la lumière. Il est même vraisemblable que leur vélocité ne possède pas de limite, ce qui rend l'opération d'une difficulté extrême. La seule solution raisonnable consiste à découvrir la nature de la défaillance et à trouver par là même un moyen sûr de déconnecter le champ.

— Et comment vous proposez-vous d'y parvenir, docteur Schloss ?

— J'ai l'impression que le seul parti à prendre consiste à envoyer sur place l'un de nos robots Nestor... dit Schloss.

— Non ! Ne dites pas de sottises ! interrompit le Dr Calvin.

— Les Nestor sont au courant des problèmes de la technique de l'éther, dit Schloss avec une froideur glaciale. Leur intervention...

— Pas question. Vous ne pouvez utiliser l'un de nos robots positroniques pour une telle mission sans une autorisation formelle de ma part. Et cette autorisation, je ne vous l'accorderai pas.

— Quel autre recours me reste-t-il ?

— Envoyez sur place l'un de vos ingénieurs.

Schloss secoua violemment la tête.

— Impossible. Le risque est trop grand. Si nous perdions un vaisseau et un homme...

— Quoi qu'il en soit, vous n'utiliserez pas un robot Nestor, ni un autre.

— Il faut... que j'entre en contact avec la Terre, dit le général. Il faut en référer à des instances supérieures.

— A votre place, j'attendrais encore un peu, général, dit le Dr Calvin avec une certaine âpreté. Ce serait vous jeter à la merci du gouvernement sans avoir une suggestion ou un plan d'action personnel à lui présenter. Vous y laisseriez des plumes, j'en ai l'intime conviction.

— Mais que pourrions-nous faire ? (Le général avait de nouveau recours à son mouchoir.)

— Envoyez un homme sur place. Vous n'avez pas le choix.

Le visage de Schloss prit une teinte grisâtre.

— Envoyer un homme, c'est facile à dire. Mais qui ?

— J'ai envisagé ce problème. N'y a-t-il pas un jeune homme — il s'appelle Black — que j'ai rencontré à l'occasion d'une précédente visite à l'Hyper-Base ?

— Le Dr Gerald Black ?

— C'est cela, je crois. Il était célibataire à l'époque. L'est-il toujours ?

— J'en ai l'impression.

— Je suggère qu'on le convoque à ce bureau, disons dans un quart d'heure, et dans l'intervalle je consulterai son dossier.

Avec souplesse, elle avait pris la situation en main, et ni Kallner ni Schloss ne firent la moindre tentative pour contester son autorité.

Black avait aperçu Susan Calvin à distance, au cours de la visite de la robopsychologue à l'Hyper-Base. Il n'avait tenté en aucune manière de l'approcher de plus près. A présent qu'il avait été convoqué en sa présence, il la considérait avec répulsion et dégoût. C'est à peine s'il remarqua la présence du Dr Schloss et du général Kallner derrière elle.

Il se souvenait de la dernière fois où il s'était trouvé confronté avec elle et où il avait subi une froide dissection au sujet d'un robot perdu.

Les yeux gris et froids du Dr Calvin plongeaient sans ciller dans ses propres prunelles d'un brun ardent.

— Docteur Black, dit-elle, vous comprenez la situation, j'imagine.

— Parfaitement ! répondit Black.

— Il faut prendre une décision. Le vaisseau est trop coûteux pour qu'on puisse se résoudre à le perdre. La détestable publicité résultant d'une telle perte amènerait l'abandon du projet, selon toutes probabilités.

Black inclina la tête.

— C'est également la conclusion à laquelle je suis parvenu.

— Sans doute pensez-vous également qu'un homme devra se dévouer pour monter à bord du *Parsec,* découvrir la cause de la défaillance et y remédier.

Il y eut un moment de pause.

— Quel imbécile s'y risquerait ? demanda Black brutalement.

Kallner fronça les sourcils et regarda Schloss qui se mordit les lèvres et prit un regard vague.

— Le risque existe, bien entendu, d'un déclenchement accidentel de l'hyperchamp, auquel cas le vaisseau irait peut-être se perdre au-delà de toute atteinte. D'autre part, il pourrait revenir en quelque point du système solaire. Dans cette éventualité, aucun effort, aucune dépense ne seraient épargnés pour retrouver homme et vaisseau.

— Idiot et vaisseau, si je puis me permettre cette légère correction, dit Black.

Susan Calvin ignora le commentaire.

— J'ai demandé l'autorisation au général Kallner de vous confier cette mission. C'est vous qui devez vous rendre à bord du vaisseau.

— Je ne suis pas volontaire, répondit Black du tac au tac.

— Il n'existe pas à l'Hyper-Base une douzaine d'hommes dont les connaissances soient suffisantes pour entreprendre cette opération avec quelque chance de succès. Parmi ceux qui possèdent ces connaissances, je vous ai choisi en raison de nos précédentes relations. Vous apporterez à cette tâche une compréhension...

— Permettez, je ne suis pas volontaire.

— Vous n'avez pas le choix. Vous ne reculerez sûrement pas devant vos responsabilités.

— Mes responsabilités ? En quoi m'incombent-elles ?

— En raison du fait que vous êtes le plus apte pour mener l'opération à bien.

— Connaissez-vous les risques qu'elle comporte ?

— J'en ai l'impression, répondit Susan Calvin.

— Je suis certain du contraire. Vous n'avez pas vu ce chimpanzé. En disant « idiot et vaisseau », je n'exprimais pas une opinion, je faisais état d'une réalité. Je risquerais ma vie s'il le fallait. Pas avec plaisir peut-être, mais je la risquerais. Mais pour ce qui est de courir la « chance » de devenir un crétin intégral pour le restant de mes jours, rien à faire !

Susan Calvin regarda pensivement le visage moite et irrité du jeune ingénieur.

— Confiez donc cette tâche à l'un de vos robots, le N-2 par exemple ! s'écria Black.

Une lueur froide parut dans les yeux de la robopsychologue.

— Oui, dit-elle d'un ton délibéré. Le Dr Schloss a émis la même suggestion. Mais notre firme loue les robots N-2 ; elle ne les vend pas. Ils coûtent des millions de dollars pièce. Je représente la compagnie et j'estime qu'ils ont trop de valeur pour être risqués dans une telle entreprise.

Black leva les mains et serra ses poings qui tremblaient contre sa poitrine, comme s'il faisait des efforts pour les retenir.

— En somme, vous avez le front de me demander de me sacrifier de préférence à un robot, parce que l'opération serait plus économique pour votre firme !

— C'est à peu près cela, en effet. Et, comme vous le confirmera le général Kallner, vous avez l'ordre d'assumer cette mission. Si j'ai bien compris, vous êtes soumis dans cette base à un régime quasi militaire. Un refus d'obéissance de votre part vous vaudrait de comparaître en cour martiale. Vous seriez condamné à une peine de réclusion sur Mercure, où le séjour est infernal. D'autre part, si vous acceptez de monter à bord du *Parsec* pour accomplir cette mission, votre carrière s'en trouvera considérablement favorisée.

Black la considéra d'un œil noir.

— Donnez-lui cinq minutes pour réfléchir, général Kallner, et faites préparer un vaisseau, dit Susan Calvin.

Deux gardes de la Sécurité emmenèrent Black hors de la pièce.

Gerald Black se sentait glacé. Ses jambes se mouvaient comme si elles ne faisaient pas partie de son corps. Il avait l'impression de s'observer à distance, de se voir monter à bord d'un vaisseau et se préparer à prendre le départ pour le *Parsec*.

Il ne parvenait pas à y croire. Il avait soudain incliné la tête et répondu :

— J'irai.

Pourquoi avait-il cédé ?

Il ne s'était jamais considéré comme un héros. Alors pourquoi cette décision ? La menace de réclusion sur Mercure n'y était sans doute pas étrangère, du moins en partie. Et, d'autre part, il y avait la crainte de faire figure de poltron aux yeux de ceux qui le connaissaient, cette crainte qui se trouvait à la base de la moitié des actes de bravoure dans le monde.

Mais il y avait également autre chose, qui importait peut-être plus que tout le reste.

Ronson, de la Presse Interplanétaire, l'avait arrêté un instant tandis qu'il se dirigeait vers le vaisseau. Black avait regardé le visage empourpré de Ronson.

— Que voulez-vous ? lui avait-il demandé.

— Écoutez, avait bafouillé le reporter, à votre retour, je veux le compte rendu en exclusivité. Je m'arrangerai pour vous faire payer tout ce que vous voudrez... tout ce que vous voudrez...

Black l'avait envoyé rouler sur le sol d'une poussée et avait poursuivi son chemin.

Le vaisseau possédait un équipage de deux hommes. Ni l'un ni l'autre ne lui adressa la parole. Leurs regards passaient au-dessus et de chaque côté de lui. Black s'en préoccupait peu. Ils étaient eux-mêmes effrayés à mort et leur engin s'approchait du *Parsec* comme un chaton qui avance en crabe à la rencontre du premier chien qu'il ait jamais vu de son existence. Il pouvait parfaitement se passer d'eux.

Un seul visage se matérialisait avec insistance dans sa pensée. La figure anxieuse du général Kallner et l'expression de résolution que Schloss arborait sur ses traits ne firent qu'une courte apparition sur l'écran de sa conscience. C'était le visage imperturbable de Susan Calvin qui surgissait sans cesse devant lui tandis qu'il montait à bord du vaisseau.

Il jeta un regard dans l'obscurité, dans la direction où l'Hyper-Base avait déjà disparu dans l'espace...

Susan Calvin ! Le Dr Susan Calvin ! La robopsychologue Susan Calvin ! Le robot à la démarche de femme !

Quelles pouvaient bien être les trois lois qui guidaient sa vie ? Première Loi : tu protégeras le robot de tout ton pouvoir, de tout ton cœur, de toute ton âme. Seconde Loi : tu soutiendras les intérêts de l'U.S. Robots à condition que, ce faisant, tu n'ailles pas à l'encontre de la Première Loi. Troisième Loi : tu accorderas une considération passagère à l'être humain à condition que, ce faisant, tu n'ailles pas à l'encontre de la Première et de la Seconde Loi.

Avait-elle jamais été jeune ? se demanda-t-il avec fureur. Avait-elle jamais éprouvé un sentiment humain ? Il aurait donné tout au monde pour faire quelque chose qui jetterait enfin le trouble dans cette expression figée qu'elle arborait perpétuellement sur sa face de momie ! Et il y parviendrait !

Qu'il sorte seulement sain et sauf de l'aventure et il trouverait bien le moyen de l'écraser, elle, sa compagnie et toute cette tribu de robots qui étaient toute son existence. C'était cette pensée qui le poussait en avant, plus que la crainte de la prison ou l'appétit de la gloire. C'était une pensée qui lui faisait oublier sa peur, ou presque.

— Vous allez pouvoir descendre à présent, murmura l'un des pilotes sans le regarder. Le vaisseau se trouve à huit cents mètres au-dessous de vous.

— Vous n'allez pas atterrir ? demanda-t-il aigrement.

— Ce serait contraire aux ordres reçus. Les vibrations de l'atterrissage pourraient...

— Et les vibrations de mon propre atterrissage ?

— Les ordres sont formels, dit le pilote.

Black n'insista pas, enfila sa tenue spatiale et attendit l'ouverture de la porte intérieure du sas. Une trousse à outils se trouvait solidement soudée au métal de la tenue, à la hauteur de la hanche droite.

Juste au moment où il pénétrait dans le sas, les écouteurs de son casque graillonnèrent à ses oreilles :

— Bonne chance, monsieur Black !

Il fut un moment avant de comprendre que le souhait provenait des deux hommes d'équipage qui, nonobstant leur hâte de quitter le volume d'espace dangereux, avaient néanmoins pris le temps de lui lancer un dernier vœu.

— Merci, répondit Black gauchement, et avec une certaine rancune.

Puis il flotta dans l'espace, dérivant lentement sous l'impulsion du léger coup de jarret qu'il avait donné en quittant le sas.

Il aperçut le *Parsec* qui l'attendait et, en regardant au bon moment entre ses jambes, au cours d'une révolution sur lui-même, il put voir les longs jets latéraux du vaisseau qui l'avait amené fusant des flancs de l'engin pour amorcer le virage de retour.

Il était seul !

Un homme, au cours de l'Histoire, s'était-il jamais senti aussi seul ?

Si quelque chose se produisait, se demanda-t-il avec angoisse, en aurait-il conscience ? Aurait-il le temps de s'en apercevoir ? Sentirait-il son âme lui échapper, sa raison vaciller et disparaître ?

Serait-ce plutôt le couperet qui s'abat sur le cou du condamné et le fait passer sans transition de vie à trépas ?

Dans l'un et l'autre cas...

L'image du chimpanzé aux yeux vitreux, frissonnant sous l'effet de terreurs inexprimables, surgit dans son esprit avec une cruelle netteté.

L'astéroïde se trouvait maintenant à six mètres au-dessous de lui. Il se déplaçait dans l'espace avec une régularité absolue. Toute intervention humaine mise à part, aucun grain de sable ne s'était déplacé à sa surface durant des temps astronomiques.

Pourtant, dans cette ultime immobilité, un impalpable grain de poussière avait bloqué quelque mécanisme délicat à bord du *Parsec ;* une impureté infinitésimale, s'étant glissée dans un bain d'huile, avait immobilisé une pièce d'une prodigieuse délicatesse.

La plus faible vibration microscopique produite par la rencontre d'une masse avec une autre masse suffirait peut-être à dégager la pièce, laquelle, poursuivant sa course, amènerait la création de l'hyperchamp, en provoquant l'éclosion foudroyante de celui-ci à la manière d'une improbable rose.

Son corps allait toucher le sol de l'astéroïde et il ramena ses jambes en arrière afin de se recevoir avec le maximum de souplesse. Il appréhendait de le toucher et sa peau se hérissait comme s'il se fût préparé à prendre contact avec un répugnant reptile. La distance diminuait toujours.

Encore un instant, puis un autre...

Rien !

Ce ne fut d'abord qu'une pression imperceptible, laquelle crût progressivement par l'effet d'une masse qui, en atmosphère terrestre, eût atteint 125 kilos (la somme des poids de son corps et de la tenue spatiale).

Black ouvrit lentement les yeux et laissa l'image des étoiles venir s'imprimer sur sa rétine. Le Soleil était une bille luisante, à la brillance atténuée par le bouclier polarisant dont était munie sa visière. L'éclat des étoiles offrait la même faiblesse relative, mais il en reconnaissait le dessin familier. Le Soleil et les constellations étant normaux, il se trouvait toujours dans le système solaire. Il pouvait même distinguer l'Hyper-Base, qui apparaissait sous la forme d'un petit croissant un peu flou.

Le bruit soudain d'une voix dans ses oreilles contracta brusquement ses muscles. C'était Schloss.

— Vous venez d'entrer dans notre champ de vision, docteur Black. Vous n'êtes pas seul !

Cette phraséologie quelque peu pompeuse aurait pu le faire rire, mais il se contenta de répondre :

— Je vous serais reconnaissant de ne pas m'observer, cela me permettra de me concentrer davantage.

Un silence, puis la voix de Schloss reprit, plus aimable :

— S'il vous plaisait de nous tenir au courant de vos progrès, cela contribuerait peut-être à vous calmer les nerfs.

— Je vous donnerai tous les détails à mon retour, pas avant.

Il avait prononcé cette phrase avec aigreur et c'est avec agacement qu'il porta ses doigts cuirassés de métal à son panneau de commande de poitrine, et coupa la communication radiophonique. Qu'ils parlent dans le vide à présent. Il avait son plan. S'il sortait de l'aventure le cerveau intact, ce serait à son tour de jouer.

Il se dressa sur ses pieds avec des précautions infinies et se trouva debout sur l'astéroïde. Il oscillait légèrement sous l'effet de contractions musculaires involontaires, trompé par l'absence quasi totale de gravité qui le conduisait à effectuer des corrections de trop grande amplitude, un peu à la manière d'un ivrogne. Sur l'Hyper-Base, un champ gravifique artificiel permettait à chacun de maintenir normalement son équilibre. Black s'aperçut qu'il possédait suffisamment de détachement d'esprit pour se rappeler ce détail et en apprécier l'absence.

Le Soleil avait disparu derrière un accident de terrain. Les étoiles tournaient, de façon visible, au rythme de l'astéroïde dont la période de révolution était d'une heure.

Il apercevait le *Parsec* de l'endroit où il se trouvait et il entreprit sa marche d'approche avec une prudente lenteur — sur la pointe des pieds, pourrait-on dire. (Surtout pas de vibrations, pas de vibrations. Ces mots résonnaient dans sa tête comme un leitmotiv.)

Avant même d'avoir eu conscience de la distance parcourue, il avait atteint le vaisseau et se trouvait au pied de la série de barreaux qui menaient au sas.

Alors il s'immobilisa.

Le vaisseau paraissait normal. Du moins paraissait-il normal si l'on ne tenait pas compte du cercle de boutons d'acier qui le ceinturait au premier tiers de sa hauteur et d'un second cercle de même nature au second tiers. En cet instant, ils devaient se tendre pour devenir les pôles qui donneraient naissance à l'hyperchamp.

Black sentit monter en lui un curieux désir de tendre la main et de caresser l'un d'eux. C'était là une de ces impulsions irraisonnées semblables au « Si je sautais ? », pensée qui vous vient immanquablement à l'esprit lorsque vous plongez le regard dans le vide du haut d'un immeuble élevé.

Black avala une bonne goulée d'air et se sentit devenir tout moite en allongeant les doigts des deux mains pour les poser légèrement — oh ! si légèrement — à plat, sur le flanc du vaisseau.

Rien !

Il saisit le barreau le plus proche et se souleva prudemment. Il souhaita posséder cette habitude de la gravité zéro qui était la caractéristique des spécialistes de la construction. Il fallait exercer un effort tout juste suffisant pour vaincre la force d'inertie et aussitôt l'interrompre. Une seconde de trop et, l'équilibre se trouvant rompu, on venait se jeter contre la coque du navire.

Il montait lentement, les doigts légers, les jambes et les hanches ondulant vers la droite pour contrebalancer l'inertie du bras qui se levait du côté opposé, sur la gauche, pour compenser l'effet de réaction du bras droit.

Une douzaine de barreaux, et ses doigts surplombèrent le contact qui ouvrirait la porte extérieure du sas. Le cran de sûreté apparaissait sous la forme d'une minuscule tache verte.

Une fois de plus, il hésita. C'est à présent qu'il allait inaugurer l'usage de l'énergie propre du vaisseau. Il revit en esprit les diagrammes de câblage et le réseau de distribution d'énergie. S'il pressait le contact, celle-ci jaillirait de la micropile pour ouvrir le panneau massif qui servait de porte extérieure au sas.

Et alors ?

A quoi bon tergiverser ? A moins de posséder une idée précise de la panne, il lui était impossible de prévoir l'effet que produirait la libération de l'énergie. Il poussa un soupir et pressa le contact.

Avec douceur, sans secousse ni bruit, un panneau s'effaça, démasquant une ouverture. Black jeta un dernier regard aux constellations familières (elles n'avaient pas changé) et pénétra dans la cavité éclairée d'une lumière diffuse. La pression d'air à l'intérieur du navire tomberait insensiblement à l'ouverture de la porte intérieure, et quelques secondes s'écouleraient avant que les électrolyseurs du navire la ramènent à sa valeur normale.

Il soupira encore, moins profondément peut-être (car sa peur commençait à s'émousser) et toucha le contact. La porte intérieure s'ouvrit.

Il pénétra dans la salle de pilotage du *Parsec*. Son cœur bondit dans sa poitrine lorsque son regard se posa sur l'écran de TV allumé et saupoudré d'étoiles. Il se contraignit à les regarder.

Rien !

Cassiopée était visible. Les constellations avaient toujours leur aspect normal et il se trouvait à l'intérieur du *Parsec*. Sans trop savoir pourquoi, il avait l'impression que le plus dur était passé.

Ayant parcouru ce trajet sans avoir quitté le système solaire, il sentit renaître en lui comme une infime trace de confiance.

Un calme quasi surnaturel régnait à l'intérieur du *Parsec*. Black avait pénétré dans bien des vaisseaux au cours de sa carrière, pour y trouver toujours les bruits familiers de la vie, ne fût-ce que ceux d'un pas traînant sur le sol ou d'un garçon de cabine fredonnant dans quelque couloir. Ici, les battements mêmes de son cœur semblaient complètement assourdis.

Le robot, qui occupait le siège du pilote, lui tournait le dos. Aucun signe n'indiquait qu'il s'était aperçu de l'entrée de l'homme.

Black découvrit ses dents en un sourire sauvage.

— Lâchez la barre ! Debout ! s'écria-t-il d'une voix cinglante qui se répercuta avec un bruit de tonnerre dans la cabine close.

Rétrospectivement, il craignit l'effet des vibrations engendrées dans l'air par sa voix, mais les étoiles sur l'écran demeurèrent inchangées.

Le robot, bien entendu, ne fit pas un mouvement. Il était dans l'incapacité de percevoir des sensations quelles qu'elles fussent. Il lui était même impossible d'obéir aux injonctions de la Première Loi. Il était interminablement pétrifié au milieu d'une opération qui aurait dû être quasi instantanée.

Il se souvenait des ordres qui lui avaient été donnés. Ils étaient d'une parfaite clarté et ne pouvaient prêter à aucune confusion : « Saisissez la barre d'une main ferme. Amenez-la vers vous fermement. Maintenez votre effort jusqu'au moment où le panneau de contrôle vous aura informé que vous avez franchi l'hyperespace à deux reprises. »

Or, il n'avait pas encore franchi l'hyperespace une seule fois.

Prudemment, Black se rapprocha du robot. Celui-ci était assis et tenait la barre entre ses genoux. Ce mouvement avait amené le mécanisme de détente sensiblement à sa place. Ensuite la température de ses mains métalliques devait incurver cette détente, à la façon d'un thermocouple, juste assez pour provoquer le contact. Automatiquement, Black jeta un coup d'œil sur le thermomètre du panneau de contrôle. Les mains du robot se trouvaient à la température de 37°, comme prévu.

« Fameux résultat, ricana-t-il. Je suis seul avec cette machine, et je ne peux rien faire. »

Il aurait aimé s'armer d'une barre à mine et transformer le robot en tas de ferraille. Il savoura cette pensée. Il imaginait l'horreur qui transfigurerait le visage de Susan Calvin (si jamais un sentiment d'horreur pouvait dégeler un tel bloc de glace : seule la vue d'un robot réduit à l'état de débris informe était capable de le susciter).

Ayant savouré jusqu'à la lie cette vengeance imaginaire, il retrouva son calme et se mit en devoir d'examiner le navire.

Jusqu'à présent, les progrès accomplis n'avaient pas dépassé le point zéro.

Lentement, il se dépouilla de sa tenue spatiale. Il la posa doucement sur l'étagère. En titubant légèrement, il passa de pièce en pièce, étudiant les vastes surfaces entrecroisées du moteur hyperatomique, suivant les câbles, inspectant les relais de champ.

Il s'abstint de toucher à quoi que ce soit. Il existait des douzaines de façons de déconnecter l'hyperchamp, mais chacune d'entre elles pouvait aboutir à la catastrophe tant qu'il n'aurait pas décelé l'endroit exact de l'anomalie et déterminé, de ce fait, le processus à suivre.

Il se retrouva dans la cabine de pilotage et s'adressa au large dos du robot, stupide dans sa gravité solennelle :

— Alors, tu ne peux pas me dire ce qu'il y a d'anormal ?

Il se retenait d'attaquer la machinerie du navire au hasard ; de fourgonner dans les organes et d'en finir une bonne fois pour toutes. Mais il lui fallut un grand effort de volonté pour y parvenir. Dût-il y consacrer une semaine entière, il découvrirait le point sensible pour y porter remède. Cette résolution invincible, il en était redevable à Susan Calvin et au plan qu'il avait échafaudé à son endroit.

Il tourna lentement sur ses talons et réfléchit. Chaque partie du navire, depuis le moteur lui-même jusqu'au dernier commutateur à double effet, avait été vérifiée et essayée à fond à l'Hyper-Base. Il était pratiquement impossible de croire qu'une défaillance s'était produite. Il n'y avait pas un seul objet à bord du vaisseau...

Erreur ! Il y avait le robot ! Celui-ci avait été testé à l'U.S. Robots. On supposait en principe que les spécialistes de cette firme, maudit soit le jour qui les avait vus naître, possédaient la compétence nécessaire.

Chacun répétait à l'envi : un robot travaille toujours mieux.

On considérait la chose comme allant de soi et cette conviction était due aux campagnes publicitaires de l'U.S. Robots. Ils se prétendaient capables de construire un robot qui serait supérieur à l'homme pour toute fonction donnée. Non point « égal à l'homme », mais « supérieur à l'homme ».

Tandis que Gerald Black contemplait le robot, ses sourcils se contractaient sous son front bas et ses traits prirent une expression d'étonnement mêlé d'espoir fou.

Il contourna le robot. Il considéra ses bras qui maintenaient la barre de contrôle en position de contact, immuablement, à moins que le vaisseau ne vînt à bondir ou la source énergétique interne du robot à se tarir.

— Je parie, je parie... souffla Black. (Il recula d'un pas, réfléchit profondément.) Il faut que ce soit cela.

Il brancha la radio du navire. L'onde porteuse était toujours braquée sur l'Hyper-Base.

— Hé, Schloss ! cria-t-il dans le récepteur.

Schloss répondit promptement :

— Bon sang, Black...

— Pas de discours, dit Black. Je voulais simplement m'assurer que vous êtes devant votre écran.

— Bien entendu. Nous sommes tous là à suivre vos gestes...

Mais Black coupa la communication. Il eut un sourire en coin à l'adresse de la caméra qui tenait la cabine de pilotage sous son objectif et choisit une portion du mécanisme d'hyperchamp qui se trouvait en pleine vue. Il ignorait combien de personnes se trouveraient devant l'écran à l'Hyper-Base. Peut-être seulement Kallner, Schloss et Susan Calvin. Peut-être tout le personnel. Dans tous les cas, il allait leur en donner pour leur argent.

La boîte de relais n° 3 convenait parfaitement à son dessein. Elle se trouvait dans un renfoncement mural, recouvert par un panneau lisse, jointoyé à la soudure à froid. Black plongea la main dans sa trousse et en retira un fer plat à bout émoussé. Il repoussa sa tenue spatiale sur l'étagère (qu'il avait rapprochée pour amener la trousse à sa portée) et se tourna vers la boîte relais.

Surmontant une ultime trace de malaise, Black approcha le fer, assura le contact en trois points différents de la soudure à froid. Le champ de force de l'outil agit avec rapidité et précision ; dans sa main, la poignée tiédit sous l'effet du flux d'énergie intermittent. Le panneau s'ouvrit.

Il jeta un regard rapide, presque involontaire, en direction de l'écran du vaisseau. Les étoiles conservaient toujours leur aspect normal. Lui-même se sentait parfaitement normal.

C'était la dernière parcelle d'encouragement dont il avait besoin. Il leva le pied et l'enfonça violemment dans le mécanisme d'une légèreté de plume qui se trouvait dans le renfoncement.

On entendit un bruit de verre brisé, de métal tordu, et il y eut un jet minuscule de gouttelettes de mercure...

Black respira bruyamment. Il se tourna de nouveau vers la radio :

— Vous êtes toujours là, Schloss ?

— Oui, mais...

— Dans ce cas, je vous signale que l'hyperchamp à bord du *Parsec* est coupé. Venez me chercher.

Gerald Black ne se sentait pas davantage un héros qu'au moment de son départ pour le *Parsec*. Il fut cependant traité comme tel. Les hommes qui l'avaient amené au petit astéroïde vinrent le chercher. Cette fois, ils atterrirent, et lui donnèrent de grandes claques dans le dos.

Une foule l'attendait à l'Hyper-Base, qui l'acclama sitôt que le vaisseau se fut posé. Il répondit par des gestes de la main et des sourires, ainsi que doit le faire le héros, mais intérieurement, il ne se sentait pas triomphant. Pas encore. Seulement par anticipation. Le triomphe viendrait plus tard, lorsqu'il se trouverait face à face avec Susan Calvin.

Il s'immobilisa un instant avant de descendre du vaisseau. Il la chercha du regard et ne la trouva pas. Le général Kallner était là, ayant retrouvé sa raideur militaire, avec un air d'approbation bourrue comme plaqué fermement sur le visage. Mayer Schloss lui adressa un sourire nerveux. Ronson, de la Presse Interplanétaire, agitait frénétiquement les bras. Mais de Susan Calvin, pas la moindre trace.

Il écarta Kallner et Schloss de son passage lorsqu'il eut mis pied à terre.

— Je vais d'abord manger et me laver.

Il ne doutait pas, pour le moment du moins, de pouvoir imposer sa volonté au général ou à quiconque.

Les gardes de la Sécurité lui frayèrent un passage. Il prit un bain et mangea à loisir dans une solitude volontaire dont il ne devait la rigueur qu'à sa propre exigence. Ensuite il appela Ronson au téléphone et s'entretint avec lui un court instant. Tout avait mieux marché qu'il ne l'aurait osé espérer. La défaillance même du vaisseau avait parfaitement servi ses desseins.

Finalement il téléphona au bureau du général et convoqua une conférence. Cette convocation était un ordre à peine déguisé. « Oui, monsieur. » C'est tout ce que le général Kallner trouva à répondre.

De nouveau ils se trouvaient rassemblés. Gerald Black, Kallner, Schloss... même Susan Calvin. Mais, à présent, c'était Black qui tenait la vedette. La robopsychologue avait son visage de bois de toujours, aussi peu impressionnée par le triomphe que par le désastre, et cependant, à quelque imperceptible changement d'attitude, on sentait qu'elle n'était plus sous le feu des projecteurs.

— Monsieur Black, commença le Dr Schloss d'un ton prudent, après s'être préalablement rongé un ongle, nous vous sommes très reconnaissants de votre courage et de votre succès. (Puis, voulant sans doute amoindrir sans retard une déclaration trop laudative, il ajouta :) Pourtant, l'action consistant à briser le relais d'un coup de pied me semble pour le moins imprudente et ne justifie guère le succès que vous avez remporté.

— Cette action ne risquait pas beaucoup d'échouer, répondit Black. Voyez-vous... (c'était la bombe numéro un) à ce moment, je connaissais déjà la cause de la défaillance.

Schloss se leva.

— Vraiment ? En êtes-vous certain ?

— Allez sur place vous en rendre compte par vous-même. Il n'y a plus aucun danger. Je vous indiquerai ce que vous devrez chercher.

Schloss se rassit lentement. Le général Kallner était enthousiaste :

— Si c'est vrai, c'est encore plus formidable.

— C'est vrai, dit Black.

Il glissa un œil vers Susan Calvin, qui ne pipa mot.

Black savourait cet instant, intensément conscient de son pouvoir. Il lança la bombe numéro deux :

— C'était le robot, bien entendu. Avez-vous entendu, docteur Calvin ?

Susan Calvin ouvrit la bouche pour la première fois :

— J'ai bien entendu. A vrai dire, je m'y attendais. C'était le seul appareil à bord du vaisseau qui n'eût pas été testé à l'Hyper-Base.

Durant un moment, Black se sentit désarçonné.

— Vous n'aviez pas fait la moindre allusion à une telle éventualité, dit-il enfin.

— Comme l'a maintes fois répété le Dr Schloss, répondit le Dr Calvin, je ne suis pas un expert dans les sciences de l'éther. Mon intuition — ce n'était rien de plus — risquait d'être erronée. Je ne me sentais pas le droit de vous influencer d'avance dans l'exécution de votre mission.

— Soit. Auriez-vous deviné, par hasard, la raison de la défaillance ? demanda Black.

— Non.

— Un robot n'est-il pas supérieur à un homme ? Eh bien, c'est justement là que se trouve le grain de sable qui a immobilisé la machine. N'est-il pas étrange que l'expérience ait échoué précisément en raison de cette spécialité tant vantée de l'U.S. Robots ? Cette firme fabrique des robots supérieurs à l'homme, si je comprends bien.

Il maniait les mots comme des coups de fouet, mais elle ne réagit pas comme il s'y attendait.

— Cher docteur Black, se contenta-t-elle de soupirer, je ne suis nullement responsable des arguments publicitaires du service des ventes.

Black se sentit de nouveau désarçonné. Pas facile à manier, cette Calvin.

— Votre firme a construit un robot pour remplacer un homme aux commandes du *Parsec*. Il devait amener à lui la barre de contrôle, la placer en position et laisser la chaleur de ses mains incurver la détente pour obtenir le contact final. Assez simple, n'est-ce pas, docteur Calvin ?

— Assez simple, en effet, docteur Black.

— Si le robot avait été simplement l'égal de l'homme, il aurait réussi. Malheureusement l'U.S Robots s'est cru obligé de le faire supérieur à l'homme. Le robot avait reçu l'ordre d'amener à lui la barre de contrôle fermement. *Fermement*. Le mot a été répété, souligné. Le robot a accompli l'action demandée. Il a tiré la barre fermement. Malheureusement, il était au moins dix fois plus fort que l'homme qui devait à l'origine actionner la barre.

— Insinuez-vous... ?

— Je *dis* que la barre s'est tordue. Elle s'est tordue suffisamment pour changer de place à la détente. Lorsque la chaleur de la main du robot a incurvé le thermocouple, le contact ne s'est pas produit. (Il sourit.) Il ne s'agit pas de la défaillance d'un seul et unique robot, docteur Calvin. C'est le symbole de la défaillance du principe même du robot.

— Voyons, docteur Black, dit Susan Calvin d'un ton glacial, vous noyez la logique dans une psychologie « missionnaire ». Le robot était doué d'une compréhension adéquate en même temps que de force pure. Si les hommes qui lui ont donné des ordres avaient fait usage de termes quantitatifs au lieu du vague adverbe « fermement », cet accident ne se serait pas produit. Si seulement ils avaient eu l'idée de lui dire « appliquez à la barre une pression de trente kilos », tout se serait fort bien passé.

— Ce qui revient à dire, riposta Black, que l'inaptitude du robot doit être compensée par l'ingéniosité et l'intelligence de l'homme. Je vous donne ma parole que les populations de la Terre envisageront la question sous cet aspect et ne seront pas d'humeur à excuser l'U.S. Robots pour ce fiasco.

Le général Kallner intervint en hâte, et sa voix avait retrouvé quelque autorité :

— Permettez, Black ! Ce qui est arrivé n'est après tout qu'un incident assez normal.

— Et puis, intervint Schloss, votre théorie n'a pas encore été vérifiée. Nous allons envoyer au navire une équipe qui se chargera d'effectuer les constatations. Il se peut que le robot ne soit pas en cause.

— Vous prendrez bien soin que votre équipe parvienne à cette conclusion, n'est-ce pas ? Je me demande si les populations feront confiance à des gens qui sont à la fois juges et partie. En outre, j'ai une dernière chose à vous dire. (Il prépara sa bombe numéro trois et dit :) A partir de cet instant, je donne ma démission. Je m'en vais.

— Pourquoi ? demanda Susan Calvin.

— Parce que, vous l'avez dit vous-même, je suis un missionnaire, dit Black en souriant. J'ai une mission à accomplir. J'ai le devoir de dire aux peuples de la Terre que l'ère des robots est parvenue au point où la vie d'un homme compte moins que celle d'un robot. Il est à présent possible d'envoyer un homme au danger parce qu'un robot est trop précieux pour qu'on prenne le risque de le détruire. Je pense que les Terriens doivent être informés de ce fait. Nombreux sont les gens qui font les plus grandes réserves sur l'emploi des robots. Jusqu'à présent, l'U.S. Robots n'a pas encore réussi à faire légaliser l'emploi des robots sur la Terre elle-même. J'imagine que ce que j'ai à dire sur la question y mettra un point final. En conséquence de cette journée de travail, docteur Calvin, vous-même, votre firme et vos robots serez bientôt balayés de la surface du système solaire.

En parlant ainsi, il dévoilait ses batteries, il lui permettait de préparer sa contre-attaque, il le savait bien, mais il ne pouvait renoncer à cette scène. Il avait vécu pour cet instant depuis son départ pour le *Parsec,* il lui eût été impossible de ravaler sa vengeance.

Il se réjouit de la lueur qui brilla un instant dans les yeux pâles de Susan Calvin et de l'imperceptible rougeur qui envahit ses joues. « Eh bien, comment vous sentez-vous à présent, madame la femme de science ? » pensa-t-il.

— On refusera votre démission, dit le général Kallner, on ne vous permettra pas de...

— Comment pourrez-vous m'en empêcher, général ? Je suis un héros, ne l'avez-vous pas entendu proclamer ? Et notre vieille mère la Terre fait le plus grand cas de ses héros. Elle l'a toujours fait. Les gens voudront m'entendre et ils croiront tout ce que je dirai. Ils n'apprécieront guère qu'on m'impose silence, du moins tant que je serai un héros flambant neuf. J'ai déjà dit deux mots à Ronson, de la Presse Interplanétaire ; je lui ai annoncé une information sensationnelle capable de faire basculer tous les officiels du gouvernement et les directeurs de science hors de leur fauteuil, et par conséquent la Presse Interplanétaire sera la première sur les rangs, toute prête à boire mes paroles. Alors, que pourriez-vous faire, à part me faire fusiller ? Je crois que votre carrière se trouverait fâcheusement compromise si vous vous avisiez d'essayer.

La vengeance de Black était totale. Il n'avait pas omis un seul mot de la diatribe qu'il avait préparée. Il ne s'était pas causé le moindre préjudice. Il se leva pour partir.

— Un moment, docteur Black, intervint Susan Calvin. (Sa voix basse avait pris un ton autoritaire.)

Black se retourna involontairement, tel un écolier répondant à la voix de son maître, mais il démentit ce geste en prenant un ton moqueur :

— Vous avez une explication à me proposer, je suppose ?

— Pas du tout, dit-elle avec affectation. Cette explication, vous l'avez déjà donnée, et fort bien. Je vous ai choisi, sachant que vous comprendriez, mais je pensais que vous auriez compris plus vite. J'avais eu des contacts avec vous auparavant. Je connaissais votre hostilité à l'égard des robots et savais par conséquent que vous ne nourririez aucune illusion à leur endroit. A la lecture de votre dossier que je me suis fait communiquer avant votre désignation pour cette mission, j'ai appris que vous aviez exprimé votre désapprobation à propos de cette expérience de robot dans l'hyperespace. Vos supérieurs vous en faisaient grief, mais j'estimais au contraire que c'était un point en votre faveur.

— De quoi parlez-vous, docteur Calvin, si vous voulez bien excuser mon franc-parler ?

— Du fait que vous auriez dû comprendre la raison pour laquelle on devait exclure un robot de cette mission. Que disiez-vous donc ? Que les inaptitudes d'un robot doivent être compensées par l'ingéniosité et l'intelligence de l'homme. C'est exactement cela, jeune homme, c'est exactement cela. Les robots ne possèdent aucune ingéniosité. Leurs esprits sont parfaitement délimités et peuvent se calculer jusqu'à la dernière décimale. C'est ce qui, en fait, est mon rôle.

« Maintenant, si un robot reçoit un ordre, un ordre *précis,* il peut l'exécuter. Si l'ordre n'est pas précis, il ne peut corriger ses propres erreurs sans recevoir de nouveaux ordres. N'est-ce pas ce que vous avez signalé à propos du robot qui se trouve à bord du vaisseau ? Comment, dans ce cas, pourrions-nous charger un robot de découvrir une défaillance dans un mécanisme, dans l'impossibilité où nous sommes de lui fournir des instructions précises, puisque nous ignorons tout de la défaillance elle-même ? « Trouvez la cause de la panne » n'est pas le genre d'ordre que l'on puisse donner à un robot ; mais seulement à un homme. Le cerveau humain, dans l'état actuel des choses au moins, échappe à tous les calculs.

Black s'assit brusquement et regarda la psychologue d'un air déconcerté. Il s'avoua incapable de réfuter son raisonnement. Mieux, il sentit passer le vent de la défaite.

— Vous auriez dû me dire tout cela avant mon départ, dit-il.

— En effet, dit le Dr Calvin, mais j'avais noté la peur fort compréhensible que vous ressentiez quant à la stabilité de votre équilibre mental. Une telle préoccupation aurait pu compromettre la perspicacité de vos investigations, et j'ai préféré vous laisser croire qu'en vous confiant cette mission, je n'avais d'autre souci que d'épargner la perte éventuelle d'un robot. Cette pensée ne manquerait pas, pensais-je, de susciter votre colère, et la colère, mon cher docteur Black, est parfois un aiguillon fort utile. Un homme en colère n'est jamais tout à fait aussi effrayé qu'à son état normal. Je pense que mon petit stratagème a fort bien réussi.

Elle croisa paisiblement les mains sur ses genoux et, sur son visage, parut une expression que l'on aurait presque pu prendre pour un sourire.

— Bon Dieu ! s'écria Black.

— Maintenant, si vous voulez m'en croire, reprit Susan Calvin, retournez à vos travaux, acceptez votre situation de héros et donnez à votre ami reporter tous les détails de votre prestigieux exploit. Que ce soit là cette nouvelle sensationnelle que vous lui avez promise !

Lentement, à regret, Black inclina la tête.

Schloss semblait soulagé ; Kallner découvrit une impressionnante rangée de dents en un sourire. Ils tendirent la main avec ensemble ; n'ayant pas ouvert la bouche durant tout le temps où Susan Calvin avait parlé, ils gardaient à présent le même mutisme.

Black leur serra la main avec une certaine réserve.

— C'est votre rôle dans cette affaire que l'on devrait publier, docteur Calvin, dit-il.

— Vous n'êtes pas fou, jeune homme ? dit Susan Calvin d'un ton glacial. Cela, c'est mon travail.

ÉVASION !

Lorsque Susan Calvin rentra de l'Hyper-Base, Alfred Lanning l'attendait. Le vieil homme ne parlait jamais de son âge, mais chacun savait qu'il avait soixante-quinze ans passés. Cependant son esprit demeurait d'une lucidité étonnante et, s'il avait finalement consenti à ne plus être que le directeur honoraire des recherches, avec Bogert comme directeur effectif, cela ne l'empêchait pas de se rendre chaque jour à son bureau.

— Dans quelle mesure sont-ils sur le point de découvrir le secret de la propulsion hyperatomique ? demanda-t-il.

— Je n'en sais rien, répondit-elle avec impatience, je ne leur ai pas posé la question.

— Hum, j'aimerais bien qu'ils se pressent, sinon je crains que la Consolidated ne les batte au poteau et nous du même coup.

— La Consolidated ? Que vient-elle faire dans cette galère ?

— Voyez-vous, nous ne sommes pas les seuls à posséder des ordinateurs. Les nôtres sont positroniques, mais cela ne signifie pas qu'ils soient meilleurs. Robertson tient une conférence générale à ce sujet, dès demain. Il attendait votre retour.

Robertson, de l'U.S. Robots, fils du fondateur, pointa son nez effilé vers son directeur général et sa pomme d'Adam bondit lorsqu'il lui dit :

— Commencez et allez droit au fait.

Le directeur général obéit avec empressement.

— Voici où nous en sommes à présent, monsieur. La Consolidated Robots nous a fait une étrange proposition il y a un mois. Ils nous ont amené près de cinq tonnes de chiffres, d'équations et de documents de toutes sortes. Ils avaient un problème sur les bras, et ils désiraient obtenir une réponse du Cerveau. Les conditions étaient les suivantes...

Il les énuméra sur ses doigts :

— Cent mille pour nous s'il n'existe pas de solution et si nous pouvons déceler les facteurs manquants. Deux cent mille s'il existe une solution, plus le coût de construction de la machine, plus le quart de tous les bénéfices. Le problème concerne la mise au point d'un moteur interstellaire...

Robertson fronça les sourcils et son corps maigre se raidit.

— En dépit du fait qu'ils disposent d'une machine à penser personnelle, c'est bien cela ?

— C'est exactement ce qui rend la proposition suspecte, monsieur. Levver, à votre tour.

Abe Levver leva la tête à l'autre bout de la table de conférence et passa la main sur son menton mal rasé. Il sourit :

— Voici ce qui se passe, monsieur. Consolidated possédait bien une machine à penser, mais elle est démolie.

Robertson se leva à demi.

— Comment ?

— C'est exact ! Démolie ! Kaput ! Nul ne sait pourquoi, mais je possède quelques idées fort intéressantes là-dessus... Par exemple, ils ont demandé à cette machine de leur donner un moteur interstellaire en lui fournissant la même documentation qu'ils viennent de nous apporter. Résultat : ils ont fracassé leur machine. Elle est tout juste bonne pour la ferraille à présent.

— Vous saisissez, chef ? (Le directeur général jubilait follement.) Vous saisissez ? Il n'existe pas un seul groupe de recherches d'importance qui ne s'efforce de mettre au point un moteur à courber l'espace. Or, Consolidated et U.S. Robots possèdent la plus grande avance dans la course, grâce à leurs supercerveaux robotiques. A présent qu'ils ont réussi à démolir le leur, nous avons le champ libre devant nous. Voilà la raison de leur démarche. Il leur faudra six ans au moins pour en reconstruire un autre et ils sont enfoncés, à moins qu'ils ne réussissent à casser le nôtre en lui soumettant le même problème.

Le président de l'U.S. Robots ouvrit des yeux ronds :

— Les rats !...

— Minute, chef, il y a autre chose. (Il pointa l'index d'un geste large.) A votre tour, Lanning !

Le Dr Alfred Lanning suivait les débats avec un léger mépris... C'était sa réaction habituelle devant les faits et gestes des départements mieux payés de la prospection et de la vente. Ses sourcils d'une blancheur incroyable lui masquaient presque les yeux et il prit la parole d'une voix sèche :

— D'un point de vue scientifique, la situation, sans être parfaitement claire, peut néanmoins permettre une analyse intelligente. Le problème des voyages interstellaires dans les conditions d'avancement de la physique actuelle est... assez vague. Le champ d'investigations est largement ouvert et les documents fournis par la Consolidated à sa machine à penser, en supposant que ceux dont nous disposons soient les mêmes, étaient également largement ouverts. Notre section mathématique leur a consacré une analyse approfondie, et il semble que la Consolidated y ait tout inclus. Les matériaux qu'ils nous ont soumis comportent tous les développements connus de la théorie de Franciacci sur la déformation de l'espace, et apparemment, tous les renseignements astrophysiques et électroniques de quelque pertinence. Je dois dire qu'il s'agit là d'une masse énorme d'informations.

Robertson suivait ses paroles anxieusement.

— Trop importantes pour que le Cerveau puisse les digérer ? interrompit-il.

Lanning secoua énergiquement la tête.

— Non, il n'existe pas de limites connues à la capacité du Cerveau. Ce n'est pas de cela qu'il s'agit, mais des lois robotiques. Ainsi, par exemple, le Cerveau ne pourrait jamais fournir une solution à un problème qui entraînerait la mort ou des blessures pour des hommes. Un problème qui ne comporterait qu'une telle solution serait insoluble pour lui. Si un tel problème lui est présenté conjointement avec l'injonction extrêmement pressante de le résoudre, il est possible que le Cerveau, qui n'est après tout qu'un robot, se trouve confronté avec un dilemme et qu'il ne puisse répondre ni refuser de répondre. C'est peut-être une aventure de ce genre qui est arrivée à la machine de la Consolidated.

Il prit un temps, mais le directeur général intervint :

— Je vous en prie, docteur Lanning, exposez la chose comme vous me l'avez expliquée à moi-même.

Lanning serra les lèvres et leva les sourcils en direction du Dr Susan Calvin, qui cessa pour la première fois de contempler ses mains croisées. Elle prit la parole d'une voix basse et incolore.

— La réaction d'un robot devant un dilemme est surprenante, commença-t-elle. La psychologie robotique est loin d'être parfaite — je puis vous l'assurer en ma qualité de spécialiste — mais elle peut néanmoins être discutée en termes qualitatifs, car en dépit de toutes les complications introduites dans le cerveau positronique d'un robot, il est construit par des hommes et par conséquent conçu en fonction des valeurs humaines.

« Or, un homme affrontant une impossibilité réagit souvent en sortant de la réalité : en se réfugiant dans un monde illusoire, en s'adonnant à la boisson, en tombant dans l'hystérie, ou en enjambant le parapet d'un pont. Tout cela se ramène à un refus ou à une incapacité de faire front à la situation. Il en va de même du robot. Dans le meilleur des cas, un dilemme sèmera le désordre dans la moitié de ses relais, dans le pire, il brûlera irréparablement tous ses réseaux positroniques.

— Je vois, dit Robertson, qui n'avait rien compris. Maintenant, que pensez-vous de cette masse de documents que nous propose la Consolidated ?

— Elle comporte indubitablement un problème d'un caractère prohibitif. Mais le Cerveau diffère considérablement du robot de la Consolidated, dit le Dr Calvin.

— C'est exact, monsieur, c'est exact, approuva le directeur général en s'interposant bruyamment. Je voudrais que vous compreniez bien ce point, car c'est le nœud même de toute la situation.

Les yeux de Susan Calvin jetèrent un éclair derrière ses lunettes, et elle poursuivit patiemment.

— Voyez-vous, les machines de la Consolidated, et parmi elles leur Super-Penseur, de par leur construction, sont dépourvues de personnalité. Elles sont fonctionnelles... ce qui s'explique puisqu'il leur manque les brevets fondamentaux qui appartiennent à l'U.S. Robots, lesquels leur permettraient d'utiliser les réseaux cérébraux émotionnels. Leur Penseur n'est rien d'autre qu'un ordinateur à grande échelle, qu'un dilemme détériore irrémédiablement.

« D'autre part, le Cerveau, notre propre machine, possède une personnalité... une personnalité d'enfant. C'est un cerveau suprêmement apte à la déduction, mais il ressemble à un singe savant. Il ne comprend pas réellement les opérations auxquelles il se livre... il les exécute simplement et, parce qu'il est véritablement un enfant, il est insouciant ; pour lui la vie n'est pas tellement sérieuse, pourrait-on dire.

La robopsychologue poursuivit :

— Voici ce que nous allons faire. Nous avons divisé tous les documents fournis par la Consolidated en unités logiques. Ces unités, nous les introduirons dans le Cerveau une par une et avec précaution. Lorsque entrera le facteur qui crée le dilemme, la personnalité infantile du Cerveau réagira. Son jugement ne possède pas la maturité. Il s'écoulera un délai perceptible avant qu'il reconnaisse le dilemme comme tel. Et, dans cet intervalle, il rejettera automatiquement l'unité en question — avant que les réseaux cérébraux aient pu entrer en action et être détruits.

La pomme d'Adam de Robertson tressauta.

— Vous êtes vraiment certaine de votre fait ?

Le Dr Calvin domina son impatience.

— Cela ne semble pas très clair, je l'admets ; mais je ne vois absolument pas l'intérêt de vous exposer l'analyse mathématique de l'opération. Tout se passe comme je vous l'ai indiqué, je vous en donne l'assurance.

Le directeur général se hâta d'intervenir.

— Voici donc quelle est la situation, monsieur. Si nous acceptons le marché, c'est de cette façon que nous pourrons procéder. Le Cerveau nous dira quelle est l'unité d'informations qui contient le dilemme. Dès ce moment nous pourrons en préciser la raison. N'est-ce pas cela, docteur Bogert ? Telle est la situation et le Dr Bogert est le meilleur mathématicien que vous puissiez trouver où que ce soit. Nous donnerons à la Consolidated une réponse « *Pas de solution* » avec la raison, et nous toucherons cent mille dollars. Ils ont une machine cassée sur les bras. La nôtre est intacte. Dans un an, peut-être deux, nous disposerons d'une machine à courber l'espace ou d'un moteur hyperatomique, comme l'appellent certains. Quel que soit le nom qu'on lui donne, ce sera l'invention la plus sensationnelle du monde.

Robertson poussa un gloussement et tendit la main.

— Voyons ce contrat. Je vais le signer.

Lorsque Susan Calvin pénétra dans la cave voûtée abritant le Cerveau, dont l'accès était défendu par d'incroyables mesures de sécurité, un des techniciens venait de lui poser le problème suivant :

— Si une poule et demie pond un œuf et demi en un jour et demi, combien neuf poules pondront-elles d'œufs en neuf jours ?

Et le Cerveau avait répondu :

— Cinquante-quatre.

Sur quoi le technicien avait lancé à l'un de ses collègues :

— Tu vois bien, crétin !

Le Dr Calvin toussota et aussitôt la salle de grouiller d'une activité fébrile et sans objet. La psychologue fit un geste et demeura seule avec le Cerveau.

Le Cerveau était principalement composé d'un globe large de soixante centimètres qui contenait une atmosphère d'hélium parfaitement conditionnée, un volume spatial entièrement à l'abri des vibrations et des radiations et enfin, au cœur de l'engin, les réseaux positroniques d'une complexité inouïe qui constituaient le Cerveau proprement dit. Le reste de la salle était bourré de tous les appareils qui servaient d'intermédiaires entre le Cerveau et le monde extérieur — sa voix, ses bras, ses organes sensoriels.

— Comment allez-vous, Cerveau ? demanda doucement le Dr Calvin.

La voix du Cerveau était haut perchée et enthousiaste.

— A merveille, mademoiselle Susan. Vous avez quelque chose à me demander, je le sens. Vous tenez toujours un livre à la main lorsque vous avez l'intention de me poser une question.

Le Dr Calvin eut un léger sourire.

— Vous avez raison. Mais quelle question ! Elle est à ce point compliquée que nous allons vous la poser par écrit, mais auparavant je voudrais vous parler un peu.

— Très bien, je ne suis pas adversaire de la conversation.

— Maintenant, écoutez-moi, Cerveau. Dans quelques instants le Dr Lanning et le Dr Bogert vont venir vous poser cette question compliquée. Les interrogations vous seront fournies par petites quantités à la fois et très lentement, car nous vous prions de prendre les plus grandes précautions. Nous allons vous demander de construire un appareil, si la chose vous est possible, sur la base de ces documents, mais je dois vous prévenir immédiatement que la solution pourrait entraîner des... dommages pour certains êtres humains.

— Fichtre !

L'exclamation avait été lancée d'une voix contenue.

— A vous d'ouvrir l'œil. Lorsque nous en viendrons à un document qui sera susceptible d'entraîner des dommages graves, voire même la mort, ne vous alarmez pas. Voyez-vous, Cerveau, nous n'y attachons pas d'importance — à supposer même qu'il y soit question de mort d'homme ; nous n'en avons cure. Par conséquent, lorsque vous vous trouverez devant ce document, contentez-vous de vous arrêter et de le rendre... et ce sera tout. Vous avez compris ?

— Sans doute, mais fichtre... mort d'homme ! Comme vous y allez !

— Maintenant, Cerveau, j'entends venir le Dr Lanning et le Dr Bogert. Ils vous exposeront le problème et ensuite nous pourrons commencer. Soyez gentil et...

Lentement les documents furent introduits dans la machine. Et à chaque fois on entendait une sorte de gloussement bizarre et chuchoté que faisait entendre le Cerveau en plein travail. Puis c'était le silence, indiquant qu'il était prêt à engloutir un nouveau document. L'opération se poursuivit pendant des heures, au cours desquelles l'équivalent de dix-sept gros traités de physique mathématique furent digérés par le Cerveau.

A mesure que le travail avançait, des rides apparurent sur les fronts et se firent plus profondes. Bogert, qui avait commencé par examiner ses ongles, les rongeait maintenant d'un air absorbé. Lanning murmurait farouchement entre ses dents. C'est lorsque la dernière liasse de documents eut disparu que Calvin dit, toute pâle :

— Il se passe quelque chose d'anormal.

— Ce n'est pas possible, dit Lanning en articulant les mots avec peine. Est-il... mort ?

— Cerveau ? dit Susan Calvin, tremblante. M'entendez-vous, Cerveau ?

— Hein ? répondit l'interpellé d'une voix absorbée. Que voulez-vous de moi ?

— La solution...

— Oh, la solution ? Je puis vous la donner. Je vous construirai un vaisseau entier, sans plus de difficulté... si vous mettez à ma disposition les robots indispensables. Un beau vaisseau. Il ne me faudra guère plus de deux mois.

— Vous n'avez pas éprouvé de difficultés ?

— Il m'a fallu longtemps pour effectuer les calculs, dit le Cerveau.

Le Dr Calvin battit en retraite. Les couleurs n'étaient pas revenues à ses joues maigres. Elle fit signe aux autres de s'éclipser.

— Je n'y comprends rien, dit-elle une fois revenue à son bureau. Les informations, telles qu'elles lui ont été fournies, doivent contenir un dilemme... avec, pour conséquence probable, la mort. S'il s'est produit quelque chose d'anormal...

— La machine parle et raisonne sainement, dit Bogert d'un ton calme. Il est impossible qu'elle ait été confrontée avec un dilemme.

Mais la psychologue répondit d'un ton pressant :

— Il y a dilemme et dilemme. Il existe différentes formes d'évasion. Supposez que le Cerveau ne soit que faiblement engagé ; suffisamment néanmoins pour qu'il nourrisse l'illusion qu'il peut résoudre le problème, alors qu'il en est incapable. Supposez encore qu'il oscille sur l'extrême bord d'un précipice, si bien que la plus légère poussée suffirait à le faire choir.

— Supposons, intervint Lanning, qu'il n'existe aucun dilemme. Supposons que la machine de la Consolidated se soit désintégrée sur une question différente ou pour des raisons purement mécaniques.

— Même dans ce cas, insista Calvin, nous ne pourrions nous permettre de courir des risques. Écoutez-moi. Dès à présent il ne faut plus que quiconque profère ne fût-ce qu'un murmure dans le voisinage du Cerveau. Je me charge de tout.

— Très bien, soupira Lanning, prenez la direction des opérations et dans l'intervalle nous laisserons le Cerveau construire son vaisseau. Et s'il le construit effectivement, nous devrons le tester.

Il rumina pendant quelques instants.

— Nous aurons besoin pour cela de nos experts les plus qualifiés.

Michael Donovan repoussa ses cheveux rouges d'un geste violent de la main sans se soucier nullement de voir la masse rétive se hérisser aussitôt de plus belle.

— Allons-y, Greg, dit-il. Il paraît que le vaisseau est terminé. Ils ne savent pas en quoi il consiste, mais il est terminé. Grouillez-vous. Allons prendre les commandes de ce pas.

— Trêve de plaisanteries, Mike, dit Powell avec lassitude. Vos saillies les plus spirituelles ont un relent de poisson pas frais, et l'atmosphère confinée qui règne en ce lieu n'améliore en rien les choses.

— Eh bien, écoutez. (Donovan repoussa sa tignasse rebelle avec aussi peu de résultat que précédemment.) Ce n'est pas que je m'inquiète tellement de notre génie moulé dans le bronze et de ce vaisseau en fer-blanc. Il y a la question de mes vacances fichues. Et cette monotonie ! Il n'existe rien ici, à part les barbes et les chiffres... et quels chiffres ! Grands dieux, pourquoi faut-il qu'on nous confie toujours de telles corvées ?

— Parce que, répliqua doucement Powell, s'ils nous perdent, ils ne perdront pas grand-chose. Ne vous en faites pas ! Voici le Dr Lanning qui s'amène de notre côté.

Lanning s'approchait en effet, ses sourcils blancs plus broussailleux que jamais, toujours droit comme un I et plein de vivacité. Il gravit silencieusement la rampe en compagnie des deux hommes et s'engagea sur le terrain, où des robots silencieux construisaient un vaisseau sans le secours d'aucun être humain.

Erreur, ils avaient *fini* de construire un vaisseau !

Lanning dit en effet :

— Les robots ont arrêté le travail. Aucun d'entre eux n'a bougé aujourd'hui.

— Il est donc terminé ? Définitivement ? s'enquit Powell.

— Comment le saurais-je ?

Lanning était maussade et ses sourcils froncés dissimulaient presque ses yeux.

— Il semble terminé. Je ne vois nulle part la moindre pièce détachée, et l'intérieur brille comme un sou neuf.

— Vous l'avez visité ?

— Je n'ai fait qu'entrer et sortir. Je ne suis pas pilote spatial. Avez-vous une idée, l'un et l'autre, sur les données théoriques de la machine ?

Donovan et Powell échangèrent un regard.

— Je possède ma licence, monsieur, mais aux dernières nouvelles elle ne faisait pas mention des hypermoteurs ou de la navigation en espace courbe. Elle ne se réfère qu'au jeu d'enfant consistant à voguer dans l'espace à trois dimensions.

Alfred Lanning leva les yeux d'un air extrêmement désapprobateur et renifla de toute la longueur de son nez proéminent.

— D'ailleurs, dit-il d'un ton glacial, nous avons nos propres mécaniciens.

Powell saisit le vieil homme par le coude au moment où il s'éloignait.

— L'accès du vaisseau est-il toujours interdit ?

Le vieux directeur hésita puis, se frottant le nez :

— Je ne pense pas. Du moins, pour vous deux.

Donovan le regarda partir et, entre ses dents, adressa à son dos une phrase courte et expressive. Il se tourna vers Powell.

— J'aimerais lui donner une description littérale de lui-même, Greg.

— Si vous voulez bien entrer, Mike.

L'intérieur du vaisseau était terminé, aussi terminé que le fut jamais aucun vaisseau ; cela se voyait au premier regard. Nul adjudant de quartier n'aurait jamais pu obtenir un tel résultat de ses hommes sous le rapport de l'astiquage. Les cloisons avaient ce poli irréprochable que nulle empreinte de doigts ne venait souiller.

Pas un seul angle et ; cloisons, plancher et plafond se fondaient les uns dans les autres et, dans la froide luminosité dispensée par les lampes invisibles, on se trouvait entouré par six reflets différents de sa propre personne éberluée.

Le couloir principal était un tunnel étroit menant dans un passage dur sous les pieds et sonore comme un tambour, donnant sur une rangée de pièces que rien ne distinguait les unes des autres.

— Je suppose que les meubles sont incorporés dans les cloisons, à moins qu'il ne soit pas prévu que nous devions nous asseoir ou dormir, dit Powell.

C'est dans la dernière pièce, la plus proche de la proue, que la monotonie se trouva soudain interrompue. Une fenêtre incurvée faite de verre non réfléchissant constituait la première exception au métal omniprésent et au-dessous d'elle se trouvait un vaste et unique cadran dont la seule aiguille immobile indiquait le zéro.

— Regardez ! dit Donovan en indiquant le seul mot imprimé sur les graduations d'une finesse extrême : « Parsecs » et le nombre en petits caractères à la droite du cadran : « 1 000 000 ».

Il y avait deux fauteuils dans la pièce ; lourds, aux vastes contours, sans coussin. Powell s'y assit, découvrit qu'il se moulait parfaitement sur son corps et qu'il était en somme très confortable.

— Qu'en pensez-vous ? demanda Powell.

— A mon avis, le Cerveau souffre d'une fièvre cérébrale. Sortons d'ici.

— Vous êtes bien certain que vous ne voulez pas y jeter un petit coup d'œil ?

— J'ai jeté un coup d'œil. Je suis venu, j'ai vu, j'en ai par-dessus la tête ! (La tignasse rouge de Donovan se hérissa en mèches distinctes.) Sortons d'ici, Greg. J'ai quitté mon travail il y a cinq minutes et nous sommes en territoire interdit aux gens qui ne font pas partie du personnel.

Powell sourit d'un petit air suave et satisfait et lissa sa moustache.

— Ça va, Mike, fermez ce robinet d'adrénaline que vous faites couler dans votre torrent circulatoire. Moi aussi j'étais inquiet mais je ne le suis plus.

— Vous ne l'êtes plus ? Comment se fait-il ? Vous avez augmenté votre assurance, peut-être ?

— Mike, ce vaisseau est incapable de voler.

— Comment pouvez-vous le savoir ?

— Nous avons parcouru le vaisseau entier, n'est-ce pas ?

— Il me semble.

— Vous pouvez m'en croire sur parole. Avez-vous vu une salle de pilotage, à part cet unique hublot et le cadran marqué en parsecs ? Avez-vous vu la moindre commande ?

— Non !

— Avez-vous aperçu l'ombre d'un moteur ?

— Non, par tous les diables !

— Eh bien ! Allons porter la nouvelle à Lanning, Mike.

Ils trouvèrent à grand-peine leur route parmi les couloirs uniformes et finalement vinrent se casser le nez dans le court passage menant au sas.

Donovan se rembrunit.

— Est-ce vous qui avez fermé cette porte, Greg ?

— Pas du tout, je n'y ai pas touché. Manœuvrez le levier, voulez-vous ?

Le levier ne remua pas d'un pouce, bien que le visage de Donovan se crispât sous l'effort.

— Je n'ai pas aperçu la moindre sortie de secours. Si quelque chose tourne mal, ils devront nous extirper d'ici au chalumeau.

— Oui, et nous devrons attendre qu'ils s'aperçoivent qu'un imbécile quelconque nous a enfermés là-dedans, ajouta Donovan avec fureur.

— Retournons à la salle au hublot. C'est le seul endroit qui puisse nous permettre d'attirer l'attention.

Mais leur espoir fut déçu.

Dans cette ultime pièce, le hublot n'était plus bleu ciel. Il était noir et de dures pointes d'épingle qui étaient des étoiles épelaient le mot *espace*.

Un double choc sourd se fit entendre et deux corps s'effondrèrent dans deux fauteuils séparés.

Alfred Lanning rencontra le Dr Calvin à la sortie de son bureau. Il alluma nerveusement un cigare et l'invita du geste à entrer.

— Eh bien, Susan, dit-il, nous sommes déjà allés fort loin et Robertson commence à s'inquiéter. Que faites-vous avec le Cerveau ?

Susan Calvin étendit les mains.

— Il ne sert à rien de s'impatienter. Le Cerveau a plus de valeur que tout l'argent que nous pourrions retirer de ce contrat.

— Mais vous l'interrogez depuis deux mois.

La voix de la psychologue était égale, mais quelque peu menaçante.

— Si vous préférez vous charger de l'opération ?

— Non, vous savez ce que j'ai voulu dire.

— Sans doute. (Le Dr Calvin se frotta nerveusement les mains.) Ce n'est guère facile. Je ne cesse de le cajoler et de le sonder en douceur, et néanmoins je n'ai encore abouti à rien. Ses réactions ne sont pas normales. Ses réponses... sont assez bizarres. Mais je n'ai pas encore pu poser le doigt sur un point précis. Et tant que nous n'aurons pas découvert ce qui cloche, nous serons contraints de marcher sur la pointe des pieds. On ne peut jamais savoir à l'avance quelle question banale, quelle simple remarque... pourrait le faire basculer... et alors... nous aurions sur les bras un Cerveau complètement inutilisable. Êtes-vous prêt à envisager une telle éventualité ?

— En tout cas, il ne peut enfreindre la Première Loi.

— Je l'aurais cru, mais...

— Vous n'êtes même pas sûre de cela ?

Lanning était profondément choqué.

— Oh ! je ne suis sûre de rien, Alfred...

Le système d'alarme fit entendre son vacarme redoutable avec une terrible soudaineté. Lanning enfonça le bouton d'intercommunication d'un mouvement spasmodique et dit d'une voix haletante :

— Susan... vous avez entendu... le vaisseau est parti. J'y ai conduit ces deux hommes il y a une demi-heure. Il faut que vous retourniez voir le Cerveau.

— Cerveau, qu'est-il arrivé au vaisseau ? demanda Susan Calvin en faisant un effort pour conserver son calme.

— Le vaisseau que j'ai construit, mademoiselle Susan ? demanda joyeusement le Cerveau.

— C'est cela. Que lui est-il arrivé ?

— Mais rien du tout. Les deux hommes qui devaient le tester se trouvaient à bord, et nous étions fin prêts. Aussi je l'ai fait partir.

— Oh !... vraiment, c'est très gentil à vous. (La psychologue éprouvait quelque difficulté à respirer.) Ils ne courent aucun danger, à votre avis ?

— Pas le moindre, mademoiselle Susan. Je m'en suis assuré. C'est un ma-gni-fi-que navire.

— Oui, Cerveau, il est magnifique, mais ils emportent suffisamment de vivres, n'est-ce pas ? Ils ne manqueront de rien ?

— Des vivres en abondance.

— Ce départ impromptu a pu leur causer un choc, Cerveau. Ils ont été pris au dépourvu.

Le Cerveau écarta l'objection.

— Ils seront très bien. Ce devrait être pour eux une expérience intéressante.

— Intéressante ? A quel point de vue ?

— Simplement intéressante, dit sournoisement le Cerveau.

— Susan, murmura Lanning impétueusement, demandez-lui si la mort sera du voyage. Demandez-lui quels sont les dangers que courent les deux hommes.

— Taisez-vous, dit Susan, les traits convulsés de colère. (D'une voix tremblante elle demanda au Cerveau :) Nous pouvons communiquer avec le navire, n'est-ce pas ?

— Ils pourront vous entendre si vous les appelez par radio. J'ai tout prévu pour cela.

— Merci. Ce sera tout pour l'instant.

Une fois hors de l'enceinte, Lanning lança avec rage :

— Juste ciel, si cela s'ébruite, nous serons tous ruinés ! Il faut que nous fassions revenir ces hommes. Pourquoi ne lui avez-vous pas demandé carrément s'ils risquaient la mort ?

— Parce que, répondit Calvin avec une impatience pleine de lassitude, c'est la seule chose dont je ne puisse parler. Si le Cerveau se trouve devant un dilemme, c'est que la mort est en cause. Tout ce qui pourrait l'influencer défavorablement serait susceptible de le briser entièrement. En serions-nous plus avancés ? Nous pouvons communiquer avec eux, nous a-t-il dit. Alors appelons-les sans retard et ramenons-les. Il est probable qu'ils sont incapables de diriger eux-mêmes le navire ; c'est sans doute le Cerveau qui les guide à distance. Venez !

Powell mit du temps à recouvrer ses esprits.

— Mike, dit-il, les lèvres blanches, avez-vous ressenti une accélération quelconque ?

Donovan le regardait avec des yeux vides.

— Hein ? Non... non.

Puis les doigts du rouquin se serrèrent, il bondit de son siège avec une énergie soudaine et vint se précipiter contre le verre froid largement incurvé. Mais il n'y avait rien d'autre à voir que des étoiles.

Il se retourna.

— Greg, ils ont dû mettre la machine en route pendant que nous étions à l'intérieur. C'est un coup monté, Greg ; ils se sont arrangés avec les robots pour nous faire procéder aux essais, bon gré mal gré, pour le cas où nous aurions voulu reculer.

— Que me chantez-vous là ? A quoi servirait de nous lancer dans l'espace si nous ne savons pas comment diriger la machine ? Comment ferons-nous pour la ramener ? Non, ce navire est parti tout seul et sans accélération apparente.

Il se leva et arpenta le plancher lentement. Les murs de métal répercutaient le bruit de ses pas.

— Je ne me suis jamais trouvé dans une situation aussi invraisemblable, dit-il d'une voix morne.

— Première nouvelle, dit Donovan avec amertume. Figurez-vous que je me payais une pinte de bon sang au moment où vous m'avez fait cette révélation !

Powell ignora la boutade.

— Pas d'accélération... ce qui signifie que le vaisseau se meut en vertu d'un principe entièrement différent de ceux connus jusqu'ici.

— Différent de ceux que nous connaissons, en tout cas.

— Différent de tous ceux qui sont connus. Il n'existe aucune machine à portée de la main. Peut-être sont-elles incorporées dans les cloisons. Ce qui expliquerait leur épaisseur.

— Que marmottez-vous dans votre barbe ? lui demanda Donovan.

— Pourquoi n'ouvrez-vous pas vos oreilles ? Je disais que le moteur, quel qu'il soit, se trouve en vase clos et nullement conçu pour être dirigé manuellement. Le vaisseau est contrôlé à distance.

— Par le Cerveau ?

— Pourquoi pas ?

— Alors vous pensez que nous demeurerons dans l'espace jusqu'au moment où le Cerveau nous ramènera sur Terre ?

— C'est possible. Dans ce cas il ne nous reste plus qu'à attendre tranquillement. Le Cerveau est un robot. Il lui faut obéir à la Première Loi. Il ne peut nuire à des êtres humains.

Donovan s'assit avec lenteur.

— Vous croyez cela ? (Il aplatit soigneusement sa tignasse.) Écoutez, cette histoire d'espace courbe a démoli le robot de la Consolidated, et d'après les experts, c'est parce que les voyages interstellaires tuent les hommes. A quel robot voulez-vous vous fier ? Le nôtre a travaillé sur les mêmes documents, si j'ai bien compris.

Powell tirait furieusement sur sa moustache.

— Ne venez pas me raconter que vous ne connaissez pas votre robotique, Mike. Avant qu'il soit physiquement possible à un robot ne serait-ce que de commencer à enfreindre la Première Loi, tant d'organes se trouveraient hors d'usage qu'il serait réduit à l'état d'informe tas de ferraille plutôt dix fois qu'une. Il doit bien y avoir une explication toute simple pour rendre compte de cette anomalie.

— Sans doute, sans doute. Demandez seulement au maître d'hôtel de me réveiller dans la matinée. C'est vraiment trop simple pour que je veuille m'en inquiéter avant mon premier sommeil.

— Par tous les diables, Mike, de quoi vous plaignez-vous pour l'instant ? Le Cerveau a tout prévu pour notre confort. L'endroit est chaud, bien éclairé, bien aéré. Vous n'avez pas subi une accélération suffisante pour déranger une seule mèche de vos cheveux, toute hirsute que soit votre tignasse !

— Vraiment ? On a dû vous faire la leçon, Greg. Il y a de quoi mettre hors de ses gongs l'optimiste béat le plus confirmé. Que pouvons-nous manger... boire ? Où sommes-nous ? Comment ferons-nous pour rentrer ? En cas d'accident, vers quelle sortie de secours nous précipiterons-nous, avec quelle tenue spatiale ? Je n'ai pas aperçu la moindre salle de bains ni aucune de ces petites commodités qui accompagnent une salle de bains. Sans doute s'occupe-t-on de nous... mais bon sang !

La voix qui interrompit la tirade de Donovan n'était pas celle de Powell. Elle n'appartenait à personne. Elle émanait de l'air ambiant avec une puissance à figer le sang dans les veines.

« GREGORY POWELL ! MICHAEL DONOVAN ! GREGORY POWELL ! MICHAEL DONOVAN ! VEUILLEZ NOUS DONNER VOTRE POSITION ACTUELLE. SI VOTRE VAISSEAU OBÉIT AUX COMMANDES, VEUILLEZ RENTRER IMMÉDIATEMENT A LA BASE ! GREGORY POWELL ! MICHAEL DONOVAN !... »

Le message se répétait mécaniquement, inlassablement, à intervalles réguliers.

— D'où cela provient-il ? demanda Donovan.

— Je ne sais pas. (La voix de Powell n'était plus qu'un murmure intense.) D'où provient la lumière... et le reste ?

— Comment allons-nous faire pour répondre ?

Ils devaient, pour parler, profiter des intervalles séparant les messages tonitruants.

Les cloisons étaient nues — aussi nues, aussi lisses et ininterrompues que peuvent l'être des surfaces de métal galbées.

— Criez une réponse ! dit Powell.

Ils se mirent à hurler, chacun à leur tour et à l'unisson :

— Position inconnue ! Vaisseau ne répond pas aux commandes ! Situation désespérée !

Leurs voix montaient et se brisaient. Les courtes phrases conventionnelles s'entrecoupèrent bientôt de jurons énormes proférés d'une voix rageuse, mais la voix glaciale continuait à répéter inlassablement son message.

— Ils ne nous entendent pas, s'étrangla Donovan. Il n'existe à bord aucun mécanisme émetteur. Uniquement un récepteur.

Ses yeux se fixèrent aveuglément au hasard sur un point de la cloison.

Lentement la tonitruante voix extérieure diminua d'intensité pour s'éteindre enfin. Ils appelèrent encore alors qu'elle n'était plus qu'un murmure, et s'égosillèrent à qui mieux mieux lorsque le silence se fut établi.

— Parcourons encore le navire, dit Powell d'une voix morne, un quart d'heure plus tard. Il doit bien y avoir de quoi manger dans un coin quelconque.

Mais il manquait de conviction. C'était presque un aveu de défaite.

Ils se séparèrent dans le couloir et prirent l'un à droite, l'autre à gauche. Ils pouvaient se suivre en se guidant mutuellement sur le bruit de leurs pas, se rejoignant éventuellement dans le couloir où ils se dévisageaient d'un air lugubre et reprenaient leur route.

La quête de Powell prit soudainement fin ; dans le même moment il entendit la voix rassérénée de Donovan se répercuter dans le vaisseau.

— Hé, Greg, hurlait-il, le vaisseau possède bien des toilettes ! Comment avons-nous pu les manquer ?

Ce fut quelque cinq minutes plus tard qu'il se retrouva nez à nez avec Powell par le plus grand des hasards.

— Je ne vois toujours pas de douches, disait-il, mais sa voix s'étrangla soudain. Des vivres, souffla-t-il.

Un pan de cloison s'était effacé, dévoilant une cavité incurvée avec deux étagères. L'étagère supérieure était chargée de boîtes de conserve sans étiquettes, de toutes les formes et de toutes les dimensions. Les récipients émaillés qui couvraient la seconde étaient uniformes et Donovan sentit un courant d'air froid autour de ses chevilles. La partie inférieure était réfrigérée.

— Comment... comment... ?

— Ces provisions ne se trouvaient pas à cet endroit auparavant, dit Powell. Ce panneau s'est effacé dans la cloison au moment où j'entrais.

Il mangeait déjà. La boîte était du type à préchauffage avec cuiller incorporée et la chaude odeur des haricots cuits emplit la pièce.

— Prenez une boîte, Mike !

Donovan hésita :

— Quel est le menu ?

— Comment le saurais-je ! Seriez-vous à ce point difficile ?

— Non, mais à bord je ne mange jamais que des haricots. Un autre plat serait le bienvenue.

Sa main se tendit et fixa son choix sur une boîte luisante et elliptique dont la forme plate semblait suggérer du saumon ou quelque autre morceau de choix du même genre. Elle s'ouvrit sous la pression convenable.

— Des haricots ! brailla Donovan en cherchant une nouvelle boîte.

Powell le retint par le fond du pantalon.

— Vous feriez mieux de manger ces haricots, petit délicat ! Les vivres ne sont pas inépuisables et il se peut que nous demeurions ici pendant très, très longtemps.

Donovan battit en retraite, la mine boudeuse.

— Alors, rien que des haricots pour tout potage ?

— C'est possible.

— Qu'y a-t-il sur l'étagère inférieure ?

— Du lait.

— Rien que du lait ? s'exclama Donovan, scandalisé.

— Ça m'en a tout l'air.

Le repas de haricots et de lait se poursuivit en silence et, à l'instant où ils partaient, le panneau vint reprendre sa place pour former de nouveau une surface ininterrompue.

— Tout est automatique, soupira Powell. De A jusqu'à Z. Je ne me suis jamais senti aussi déconcerté de ma vie. Où se trouvent ces toilettes ?

— A cet endroit. Et elles ne s'y trouvaient pas lorsque nous sommes venus pour la première fois.

Un quart d'heure plus tard, ils se rejoignaient dans la cabine vitrée, se regardant mutuellement de leurs fauteuils opposés.

Powell considéra d'un air lugubre l'unique cadran de la pièce. Il portait toujours la mention « Parsecs » et le dernier nombre sur la droite était toujours « 1 000 000 » tandis que l'aiguille demeurait pointée sur le zéro.

— Ils ne répondront pas, disait avec lassitude Alfred Lanning dans l'un des bureaux les plus inaccessibles de l'U.S. Robots. Nous avons essayé toutes les longueurs d'ondes, aussi bien publiques que privées, codées ou en clair, même ce procédé subéthérique que l'on vient d'inaugurer. Et le Cerveau ne veut toujours rien dire ?

Ces mots s'adressaient au Dr Calvin.

— Il refuse de s'étendre sur la question, Alfred, dit-elle avec emphase. Ils peuvent nous entendre, dit-il, et lorsque j'insiste, il boude. C'est là un fait anormal... Qui a jamais entendu parler du robot boudeur ?

— Si vous nous disiez ce que vous savez, Susan ? dit Bogert.

— Soit ! Il admet qu'il contrôle entièrement le navire. Il professe un optimisme entier pour ce qui regarde leur sécurité, mais sans entrer dans les détails. Je n'ose pas insister. Cependant le point névralgique semble se centrer sur le bond interstellaire lui-même. Le Cerveau s'est contenté de rire lorsque j'ai abordé le sujet. Il existe d'autres indications, mais c'est là le point le plus proche d'une anomalie avérée que j'aie pu atteindre au cours de mes investigations.

Elle jeta un coup d'œil sur ses interlocuteurs.

— J'ai fait allusion à l'hystérie, mais j'ai laissé tomber le sujet immédiatement. J'espère que l'effet n'a pas été pernicieux, mais cela m'a fourni un indice. Je sais comment traiter l'hystérie. Laissez-moi douze heures ! Si je puis le ramener à son état normal, il fera rentrer le vaisseau.

Une idée sembla soudain frapper Bogert :

— Le bond interstellaire !

— Que se passe-t-il ? s'écrièrent d'une même voix Calvin et Lanning.

— Les chiffres concernant le moteur. Le Cerveau nous a donné... Dites donc, j'ai une idée !

Il quitta la pièce en toute hâte.

Lanning le regarda partir.

— Poursuivez la tâche qui vous concerne, Susan, dit-il brusquement.

Deux heures plus tard, Bogert parlait avec animation :

— C'est bien cela, je vous l'affirme, Lanning. Le bond interstellaire n'est pas instantané... du moins dans la mesure où la vitesse de la lumière demeure finie. La vie ne peut exister... *la matière et l'énergie,* en tant que telles, ne peuvent exister en espace courbe. J'ignore ce que cela peut donner... mais tel est pourtant le cas. C'est ce qui a tué le robot de la Consolidated.

Donovan était hagard, autant intérieurement qu'extérieurement.

— Cinq jours seulement ?

— Cinq jours seulement, j'en suis certain.

Donovan jeta autour de lui un regard misérable. Les étoiles à travers le hublot lui paraissaient familières, et pourtant infiniment indifférentes. Les cloisons étaient froides au toucher ; la lumière, qui avait connu récemment un éclat éblouissant, avait retrouvé son intensité habituelle ; l'aiguille sur le cadran pointait obstinément sur le zéro ; et Donovan n'arrivait pas à se débarrasser du goût de haricots qui s'attachait à sa bouche.

— J'ai besoin de prendre un bain, dit-il, morose.

— Moi aussi, dit Powell en levant les yeux un instant. Inutile de faire des complexes. Car à moins que vous ne vouliez vous tremper dans le lait et vous passer de boire...

— Il faudra bien s'y résigner dans tous les cas, Greg. Où nous mène ce voyage interstellaire ?

— Je vous le demande ! Nous poursuivons simplement notre course. Je ne sais où nous allons, mais nous y parviendrons sûrement... du moins sous la forme de squelettes pulvérulents... Mais notre mort n'est-elle pas la raison fondamentale de l'effondrement du Cerveau ?

Donovan tournait le dos à son compagnon.

— Greg, ça va mal. Il n'y a pas grand-chose à faire, si ce n'est de parcourir le navire et de soliloquer. Vous connaissez ces histoires d'équipages perdus dans l'espace. Ils deviennent fous bien longtemps avant de mourir de faim. Je ne sais trop ce qui se passe, Greg, mais je me sens bizarre depuis que la lumière est revenue.

Un silence suivit.

— Moi aussi, dit Powell d'une voix fluette et sans consistance. Qu'éprouvez-vous ?

Le rouquin se retourna.

— Il se passe en moi des choses étranges. Je ressens une pulsation et mes nerfs sont tendus à se rompre. J'éprouve de la peine à respirer et ne puis tenir en place.

— Hum... Sentez-vous des vibrations ?

— Que voulez-vous dire ?

— Asseyez-vous une minute et tendez l'oreille. Vous ne l'entendez pas mais vous le sentez — c'est comme s'il y avait une vibration quelque part qui fait entrer le vaisseau en résonance en même temps que votre corps. Écoutez...

— En effet... en effet. De quoi pensez-vous qu'il s'agisse, Greg ? A votre avis, ce n'est pas une illusion de notre part ?

— Je ne dis pas non. (Powell lissa ses moustaches avec lenteur.) Mais si c'étaient les moteurs du vaisseau qui se préparent ?

— A quoi ?

— Au bond interstellaire. Il est peut-être imminent, et le diable seul sait à quoi il ressemble.

Donovan réfléchit, puis d'une voix furieuse :

— Dans ce cas, laissons faire. Si seulement nous pouvions lutter ! Il est humiliant d'attendre ainsi.

Une heure plus tard, Powell considéra sa main sur le bras du fauteuil métallique et dit avec un calme glacial :

— Tâtez la cloison, Mike.

Donovan obéit.

— On la sent trembler, Greg.

Les étoiles elles-mêmes paraissaient floues. D'un endroit indéterminé leur vint l'impression vague qu'une machine gigantesque rassemblait ses forces dans l'épaisseur des cloisons, emmagasinant de l'énergie pour un bond prodigieux, gravissant pas à pas les échelons d'une puissance colossale.

Le phénomène se produisit avec la soudaineté de l'éclair et une douleur fulgurante. Powell se raidit, sursauta violemment et fut à demi éjecté de son fauteuil. Il aperçut Donovan et perdit conscience tandis que le faible gémissement de son compagnon mourait dans ses oreilles. Quelque chose se tordit en lui et lutta contre un carcan de glace qui s'épaississait autour de lui.

Quelque chose se libéra et tourbillonna dans un éblouissement de lumière et de douleur... Puis tomba...

... vertigineusement

... tomba tout droit
... dans un silence
... qui était la mort !

C'était un monde de mouvements et de sensations abolis. Un monde où survivait une infime lueur de conscience complètement atone ; la conscience d'un monde de ténèbres et de silence, théâtre d'une lutte informe.

Par-dessus tout, la conscience de l'éternité.

Il ne lui restait plus qu'un minuscule et blanc filament de Moi... glacé et plein d'effroi.

Puis vinrent les mots, onctueux et sonores, tonitruant au-dessus de lui dans une écume pleine de bruits :

— Votre cercueil ne vous gêne-t-il pas quelque peu aux entournures ? Pourquoi ne pas essayer les parois extensibles de Morbid Cadaver ? Elles sont conçues scientifiquement pour s'adapter aux courbes naturelles du corps et sont enrichies de vitamines B1. Employez les parois Cadaver pour assurer votre confort. Souvenez-vous : vous... êtes... mort... pour... très... longtemps !

Ce n'était pas tout à fait un son, mais quoi qu'il en soit, il s'évanouit dans une sorte de grondement murmuré.

Le filament blanc qui aurait pu être Powell se débattit en vain contre les abîmes temporels sans substance qui l'environnaient de toutes parts... et s'effondra sur lui-même en entendant le cri perçant de cent millions de voix fantômes dont les sopranos aigus s'élevaient en crescendo mélodique :

« Je serai content quand tu seras mort, canaille. »

« Je serai content quand tu seras mort, canaille. »

« Je serai content... »

Le chœur s'éleva selon une spirale de sons stridents pour atteindre le niveau supersonique et disparaître...

Le filament blanc frémit d'une vibration pulsée, se tendit lentement...

Les voix étaient ordinaires et multiples. C'était une foule et cette foule parlait ; une populace tourbillonnante qui l'enveloppa, le traversa en suivant une trajectoire rapide qui laissa derrière elle un sillage de mots fragmentaires.

« Pourquoi t'ont-ils coincé, vieux ? Tu m'as l'air tout drôle... »

« ... Un feu ardent, je crois, mais... »

« J'ai gagné le Paradis, mais le vieux saint Pierre... »

« Non, le gars m'a pistonné. Nous avons fait des affaires ensemble... »

« Hé ! Sam, viens par ici... »

« Tu connais la nouvelle ? Belzébuth a dit... »

« ... On y va, vieux gnome ? Moi, j'ai rendez-vous avec Sa... »

Et par-dessus tout cela le cri de stentor originel :

« VITE ! VITE ! VITE !!! Maniez-vous les os et ne nous faites pas attendre... il y en a beaucoup d'autres sur les rangs. Préparez vos certificats, et assurez-vous qu'ils portent bien le tampon de saint Pierre. Vérifiez si vous vous trouvez bien devant la porte d'entrée prévue. Il y aura du feu en abondance pour tous. Hé, vous là-bas, PRENEZ VOTRE PLACE DANS LE RANG SINON... »

Le filament blanc qui était Powell battit en retraite devant la voix percutante et perçut l'impact douloureux du doigt tendu. Puis tout explosa en un arc-en-ciel sonore dont les débris churent sur un cerveau douloureux.

Powell se trouvait de nouveau dans son fauteuil. Il se sentait trembler.

Les yeux de Donovan s'arrondissaient en deux vastes globes de bleu vitreux.

— Greg, murmura-t-il d'une voix qui était presque un sanglot, étiez-vous mort ?

— J'avais l'impression d'être mort.

Il ne reconnut pas sa propre voix dans ce croassement.

Donovan faisait une lamentable tentative pour se mettre debout.

— Sommes-nous vivants à présent ? Ou n'est-ce pas encore fini ?

— Je... me sens vivant.

Toujours cette voix rauque.

— Avez-vous entendu quelque chose... quand... vous étiez... mort ? demanda Powell.

Donovan réfléchit, puis hocha la tête très lentement.

— Et vous ?

— Oui. Avez-vous entendu parler de cercueils... des voix de femmes qui chantaient... et les rangs qui se formaient pour pénétrer en Enfer ?

Donovan secoua la tête.

— Je n'ai entendu qu'une seule voix.

— Puissante ?

— Non, douce, mais rugueuse comme une lime sur le bout des doigts. C'était un sermon. Il parlait du feu de l'Enfer. Il décrivait les tourments des... mais *vous le savez bien*. J'ai entendu une fois un sermon de ce genre... c'est-à-dire presque.

Il ruisselait de sueur.

Ils perçurent la lumière du Soleil à travers le hublot. Elle était faible, mais d'une teinte d'un blanc bleuâtre — et le pois brillant qui en était la source lointaine n'était pas le bon vieux Soleil.

Et Powell montra d'un doigt tremblant l'unique cadran. L'aiguille pointait, immobile et fière, sur la graduation portant le chiffre de 300 000 parsecs.

— Si c'est exact, Mike, nous avons complètement quitté la galaxie, dit Powell.

— Mille planètes, Greg ! Nous sommes les premiers hommes à quitter le système solaire.

— Oui ! C'est exactement cela. Nous nous sommes évadés du Soleil.

Nous nous sommes évadés de la galaxie. C'est ce navire qui a permis ce prodige. Cela signifie la liberté pour toute l'humanité... la liberté de se répandre parmi les étoiles... des millions, des milliards et des milliards de milliards d'étoiles.

Puis il revint à la réalité et en éprouva un choc physique.

— Mais comment ferons-nous pour rentrer, Mike ?

Donovan eut un sourire tremblant.

— Oh ! je ne me fais pas de soucis. Le vaisseau nous a conduits ici. Il nous ramènera. Je n'ai pas fini de manger des haricots.

— Mais... Mike, minute, s'il nous ramène de la même façon qu'il nous a conduits ici...

Donovan interrompit le geste de se lever et se rassit lourdement sur son fauteuil.

— Il nous faudra... mourir une fois de plus, Mike, continua Powell.

— Ma foi, soupira Donovan, s'il le faut, nous devrons y passer. Et du moins cette mort n'est-elle pas permanente.

Susan Calvin parlait maintenant avec lenteur. Depuis six heures elle sondait patiemment le Cerveau. Six heures dépensées en pure perte. Elle était lasse de répéter toujours les mêmes questions, lasse de chercher de nouvelles approches, lasse de tout.

— Maintenant, Cerveau, encore une chose. Faites un effort spécial pour répondre simplement. Vous êtes-vous clairement exprimé sur le bond interstellaire ? Et plus précisément, les a-t-il conduits très loin ?

— Aussi loin qu'ils désirent aller, mademoiselle Susan. A travers l'espace courbe, ça ne pose pas de problème.

— Et de l'autre côté, que verront-ils ?

— Des étoiles et le reste. Qu'est-ce que vous croyez ?

La question suivante lui échappa :

— Ils seront donc vivants ?

— Je pense bien !

— Et le bond interstellaire ne leur causera aucun dommage ?

Voyant que le Cerveau ne répondait pas, elle sentit son sang se glacer. C'était donc cela ! Elle avait touché le point sensible.

— Cerveau, supplia-t-elle d'une voix à peine perceptible, Cerveau, m'entendez-vous ?

La réponse lui parvint, faible, frémissante.

— Faut-il que je réponde, dit le Cerveau, c'est-à-dire que je parle du bond interstellaire ?

— Non, si vous ne le désirez pas. Mais ce serait intéressant, si vous en éprouviez l'envie, j'entends.

Susan Calvin affectait une insouciance qu'elle était loin d'éprouver.

— Oooh ! Vous gâchez tout !

Et la psychologue bondit soudain, le visage illuminé d'une intuition fulgurante.

— Oh ! mon Dieu, dit-elle d'une voix étranglée. Oh ! mon Dieu !

Et elle sentit se dissiper en une fraction de seconde la tension accumulée durant des heures et des jours. C'est plus tard qu'elle en avertit Lanning.

— Tout va bien, je vous l'assure. Non, il faut que vous me laissiez seule à présent. Le vaisseau reviendra à bon port avec les hommes sains et saufs et je suis lasse. Je vais me reposer. Maintenant, laissez-moi.

Le vaisseau retourna à la Terre aussi silencieusement et avec la même douceur qu'il l'avait quittée. Il se posa exactement sur son aire de départ et le sas principal s'ouvrit. Les deux hommes qui en sortirent marchaient avec précaution en grattant leurs mentons recouverts d'un chaume hirsute.

Puis lentement, délibérément, le rouquin s'agenouilla et déposa sur la piste de ciment un baiser retentissant.

Ils écartèrent du geste la foule qui s'assemblait autour d'eux, et chassèrent avec une mimique violente les deux brancardiers qui venaient de débarquer de l'ambulance en apportant une civière.

— Où se trouve la salle de douches la plus proche ? demanda Gregory Powell.

On les entraîna immédiatement.

Ils étaient rassemblés, au grand complet, autour d'une table. C'était une réunion plénière des cerveaux de l'U.S. Robots.

Lentement, avec un sens dramatique très sûr, Powell et Donovan amenèrent à sa conclusion un récit spectaculaire et circonstancié.

Susan Calvin interrompit le silence qui suivit. Au cours des quelques jours qui venaient de s'écouler, elle avait recouvré son calme glacial et quelque peu acide... Néanmoins son attitude trahissait un léger soupçon d'embarras.

— A parler franc, dit-elle, ce qui s'est passé est entièrement de ma faute. Lorsque nous avons présenté pour la première fois ce problème au Cerveau, j'ai pris un luxe de précautions pour le persuader de l'importance qu'il y avait pour lui à rejeter toute information susceptible de le mettre en face d'un dilemme. Ce faisant, j'ai prononcé des paroles telles que : « Ne vous alarmez pas pour ce qui regarde la mort des humains. Cela ne nous préoccupe pas le moins du monde. Il vous suffira de rendre le document et de n'y plus penser. »

— Hum, dit Lanning, et que s'est-il passé ?

— Ce qui était l'évidence même. Lorsque l'information contenant l'équation déterminante pour le calcul de la longueur minimale du bond interstellaire lui fut présentée... elle entraînait implicitement mort d'homme. C'est à ce point précis que la machine de la Consolidated s'est complètement désintégrée. Mais j'avais minimisé l'importance de la mort aux yeux du Cerveau, pas entièrement, car la Première Loi ne peut en aucun cas être abrogée, mais suffisamment, de telle sorte que le Cerveau fut capable d'examiner l'équation une seconde fois. Suffisamment pour lui donner le temps de se rendre compte qu'une fois le passage franchi, les hommes reviendraient à la vie — de même que la matière et l'énergie du vaisseau lui-même recouvreraient l'existence. Cette prétendue « mort », en d'autres termes, n'était qu'un phénomène strictement temporaire.

Elle jeta un regard autour d'elle. Tous les assistants étaient suspendus à ses lèvres. Elle poursuivit :

— Il accepta donc le document, mais non sans ressentir un certain traumatisme. Même en présence d'une mort temporaire, dont l'importance était minimisée d'avance, il n'en fallait pas plus pour le déséquilibrer légèrement.

« Il se développa en lui un certain sens de l'humour... c'est une évasion, une méthode qui lui permettait de se soustraire partiellement à la réalité. Il devint une sorte de mauvais plaisant.

Powell et Donovan avaient bondi sur leurs pieds.

— Comment ? s'écria Powell.

Donovan exprima son opinion d'une manière autrement colorée.

— C'est la vérité, dit Calvin. Il a pris soin de vous et de votre sécurité, mais vous n'aviez pas accès aux commandes, car elles ne vous étaient pas destinées... Le facétieux Cerveau se les était réservées. Nous pouvions vous atteindre par radio, mais vous étiez dans l'impossibilité de répondre. Vous disposiez de vivres en abondance, mais vous étiez condamnés aux haricots et au lait, exclusivement. Puis vous avez succombé, si je puis m'exprimer ainsi, mais il a fait de votre mort un épisode... comment dirais-je... *intéressant*. Je voudrais bien savoir comment il a procédé. C'est le canular dont il est le plus fier, mais il n'avait pas de mauvaises intentions.

— Pas de mauvaises intentions ! sursauta Donovan. Si seulement ce gentil petit plaisantin possédait un cou dans le prolongement de son ingénieux cerveau...

Lanning leva une main apaisante.

— C'est bon. Il a fait un beau gâchis, mais tout est terminé à présent. Et ensuite ?

— Eh bien, dit Bogert d'une voix égale, il nous appartient évidemment de perfectionner le moteur à courber l'espace. Il doit y avoir un moyen de pallier ce lapsus dans le bond interstellaire. S'il existe effectivement, nous restons la seule organisation à posséder un super-robot à grande échelle, et nous avons plus que toute autre le moyen de le découvrir. A ce moment-là... l'U.S. Robots possédera la maîtrise des voyages interstellaires, et l'humanité, l'occasion de créer l'empire galactique.

— Et la Consolidated Robots ? intervint Lanning.

— Hé ! s'écria soudain Donovan. Je voudrais vous proposer une suggestion. C'est elle qui a jeté l'U.S. Robots dans ce guêpier. Il se trouve que notre compagnie s'est tirée d'affaire bien mieux qu'on ne pouvait s'y attendre, mais ses intentions étaient rien moins que pures. Or, c'est Greg et moi-même qui en avons supporté les conséquences... du moins les plus désagréables. Eh bien, ils voulaient une réponse, et ils l'auront. Envoyez-leur ce navire, avec garantie, et l'U.S. Robots pourra toucher ses deux cent mille dollars, plus les frais de construction. Et s'ils ont envie de le tester... je propose que nous laissions le Cerveau s'amuser encore un peu à leurs dépens avant d'être ramené à son état normal.

— Cette proposition me paraît parfaitement juste et équitable, dit Lanning gravement.

— Et d'ailleurs absolument conforme au contrat, ajouta Bogert d'un air absent.

LA PREUVE

Francis Quinn était un politicien de la nouvelle école. C'est là bien entendu une expression dépourvue de sens, comme le sont toutes les expressions de ce genre. La plupart des « nouvelles écoles » que nous voyons fleurir de nos jours ont leur réplique dans la Grèce antique et peut-être, si nous étions mieux informés à leur sujet, dans l'antique Sumer et dans les cités lacustres de la Suisse préhistorique.

Mais pour abréger un préambule qui promet d'être à la fois terne et compliqué, disons tout de suite que Quinn ne briguait aucune charge publique, n'essayait pas de séduire de futurs électeurs, ne prononçait aucun discours et ne remplissait pas de faux bulletins les urnes électorales. Napoléon non plus n'appuya pas sur la détente d'une seule arme au cours de la bataille d'Austerlitz.

Et comme la politique rassemble d'étranges confédérés, Alfred Lanning était assis de l'autre côté du bureau, fronçant ses redoutables sourcils blancs sur des yeux où l'impatience chronique s'était muée en acuité. Il n'était pas content.

Ce détail, Quinn en eût-il été informé que cela ne l'aurait pas troublé le moins du monde. Sa voix était amicale, empreinte de cette qualité d'amitié qu'on pourrait dire professionnelle.

— Je présume que vous connaissez Stephen Byerley, docteur Lanning.

— J'ai entendu parler de lui. Comme beaucoup de gens.

— Moi aussi. Peut-être avez-vous l'intention de voter pour lui à la prochaine élection ?

— Cela, je ne pourrais pas le dire. (Il y avait une indéniable trace d'acidité dans le ton.) Je n'ai pas suivi les événements politiques et j'ignorais qu'il briguât une charge publique.

— Il se peut qu'il devienne notre prochain maire. Bien sûr, il n'est actuellement qu'un juriste, mais...

— Oui, interrompit Lanning, j'ai déjà entendu prononcer cette phrase. Mais si nous entrions dans le vif du sujet ?

— Nous sommes dans le vif du sujet, docteur Lanning. (Quinn parlait d'une voix très douce.) Il est de mon intérêt que M. Byerley demeure procureur, et il est de votre intérêt de m'aider à obtenir ce résultat.

— De mon intérêt ? Voyons !

Les sourcils de Lanning s'abaissèrent encore.

— Eh bien, disons de l'intérêt de l'U.S. Robots. Si je m'adresse à vous, c'est en votre qualité de directeur honoraire des recherches ; je sais que vous êtes le doyen de la maison. On vous écoute avec respect, mais vos liens avec l'organisation ne sont plus assez étroits pour entraver votre liberté d'action, qui est considérable même quand l'action est assez peu orthodoxe.

Le Dr Lanning demeura un moment silencieux et songeur.

— Je ne vous suis pas du tout, monsieur Quinn, dit-il avec moins d'âpreté.

— Je n'en suis pas surpris, docteur Lanning. C'est pourtant très simple. Vous permettez ? (Quinn alluma une cigarette avec un briquet d'une simplicité de fort bon goût et son visage fortement charpenté prit une expression de paisible amusement.) Nous avons parlé de M. Byerley... un personnage étrange et coloré. Il était inconnu il y a trois ans. Aujourd'hui son nom est sur toutes les lèvres. Il a de la force et beaucoup de capacités et il est certainement le procureur le plus habile et le plus intelligent que j'aie jamais connu. Malheureusement, il n'est pas de mes amis.

— Je comprends, répondit Lanning mécaniquement.

Il examina ses ongles.

— J'ai eu l'occasion, poursuivit Quinn d'un ton égal, de fouiller, au cours de l'année passée, les antécédents de M. Byerley — d'une façon très approfondie. Il est toujours utile, voyez-vous, de soumettre la vie des politiciens réformistes à un examen attentif. Si vous saviez quelle aide qu'on peut en retirer bien souvent... (Il prit un temps et sourit sans gaieté en regardant le bout embrasé de sa cigarette.) Mais le passé de M. Byerley ne présente rien de remarquable. Vie paisible dans une petite ville, éducation au collège, une femme morte jeune, un accident d'automobile suivi d'un lent rétablissement, école de droit, arrivée dans la capitale, puis le poste de procureur.

Francis Quinn secoua la tête lentement, puis ajouta :

— Quant à sa vie présente... elle est tout à fait remarquable. Notre procureur ne mange jamais !

Lanning leva brusquement la tête, une lueur d'une acuité surprenante animant ses yeux vieillis.

— Pardon ?

— Notre procureur ne mange jamais ! (En répétant, il avait martelé les syllabes.) J'amenderai légèrement cette proposition. On ne l'a jamais vu manger ou boire, jamais ! Comprenez-vous la signification de ce mot ? Pas rarement, jamais !

— Je trouve cela absolument incroyable. Pouvez-vous faire entière confiance à vos enquêteurs ?

— Je peux faire confiance à mes enquêteurs et je ne trouve rien d'incroyable dans ce que je viens de dire. On ne l'a jamais vu boire — pas plus de l'eau que de l'alcool — ni dormir. Il existe d'autres facteurs, mais je crois que j'ai dit l'essentiel.

Lanning se renversa sur son siège et entre les deux interlocuteurs s'installa un silence lourd de défi. Le vieux roboticien secoua enfin la tête.

— Non. Si j'ajoute à vos déclarations le fait que vous m'avez choisi pour confident, je vois très bien où vous voulez en venir et cela, c'est impossible.

— Mais cet homme est totalement inhumain, docteur Lanning.

— Si vous me l'aviez présenté comme Satan déguisé en homme, peut-être aurais-je pu vous croire, à la plus extrême rigueur.

— Je vous dis que c'est un robot, docteur Lanning.

— Et moi je vous répète que c'est là la plus folle, la plus invraisemblable déclaration que j'aie jamais entendue de ma vie, monsieur Quinn.

Nouveau silence hostile.

— Quoi qu'il en soit (et Quinn éteignit sa cigarette avec un luxe de soins), vous devrez vérifier cette impossibilité en mobilisant toutes les ressources de votre organisation.

— Il n'en est pas question. Vous n'imaginez tout de même pas que l'U.S. Robots va se mêler de politique !

— Vous n'avez pas le choix. Supposons que j'en fasse état publiquement. Même sans preuves, les faits parlent d'eux-mêmes.

— Eh bien, agissez à votre guise !

— Mais ce procédé ne me suffirait pas. Il me faut des preuves. D'ailleurs, vous n'y trouveriez pas non plus votre compte, car la publicité donnée à l'affaire serait très préjudiciable à votre société. Vous connaissez parfaitement, je suppose, les règles strictes qui s'opposent à l'usage des robots dans les mondes habités.

— Certainement, répliqua l'autre sèchement.

— Vous savez que l'U.S. Robots est la seule à fabriquer des robots positroniques dans le système solaire, et si Byerley est effectivement un robot, il est un robot positronique. Vous savez également que les robots positroniques sont toujours loués, jamais vendus ; que la société en reste propriétaire et qu'elle est responsable de leurs actes.

— Il est facile, monsieur Quinn, de prouver que notre société n'a jamais fabriqué de robots humanoïdes.

— On pourrait donc en faire ? Restons dans les généralités.

— Oui, c'est possible.

— En secret, j'imagine. Et sans en faire mention dans vos livres.

— Pas quand il s'agit du cerveau positronique, monsieur. Trop de facteurs entrent en jeu et le gouvernement nous surveille de très près.

— Sans doute, mais les robots s'usent, se brisent, se détériorent... et sont envoyés à la casse.

— Et les cerveaux positroniques sont utilisés sur un autre robot ou détruits.

— Vraiment ? (Francis Quinn se fit légèrement sarcastique.) Et si par un concours de circonstances fortuites, accidentelles, l'un d'eux échappait à la destruction... et qu'une structure humanoïde se trouvait prête à recevoir un cerveau ?

— Impossible !

— Il faudra le prouver devant le gouvernement et le public, alors pourquoi ne pas le faire immédiatement, devant moi ?

— Mais quel aurait bien pu être notre dessein ? demanda Lanning avec exaspération. Nos motivations ? Accordez-nous un minimum de bon sens.

— Je vous en prie, mon cher monsieur, l'U.S. Robots serait trop contente de voir les Régions autoriser l'usage des robots positroniques humanoïdes sur les mondes habités. Les profits seraient énormes. Mais les préjugés du public contre une telle pratique sont trop grands. Supposons que vous commenciez par les habituer doucement à l'idée. Voyez ce juriste habile, ce bon maire, c'est un robot... Achetez donc nos irremplaçables robots maîtres d'hôtel...

— C'est de la démence pure et simple.

— Je veux bien le croire. Mais pourquoi ne pas le prouver ? A moins que vous ne préfériez le prouver au public ?

La lumière commençait à baisser dans le bureau, mais pas assez pour dissimuler la contrariété qui se peignait sur le visage de Lanning. Lentement le roboticien pressa un bouton et les réflecteurs muraux s'illuminèrent.

— Eh bien, dit-il, voyons.

Le visage de Stephen Byerley n'était pas de ceux qu'il est facile de décrire. Il avait quarante ans, selon son acte de naissance, et portait exactement cet âge... mais c'était une quarantaine pleine de santé, bien nourrie, joviale et propre à décourager les raseurs avec leurs banalités sur les gens « qui paraissent leur âge ».

C'était parfaitement vrai lorsqu'il riait et justement il était en train de rire, d'un rire sonore et soutenu qui ne s'apaisait que pour reprendre de plus belle, inlassablement...

Devant lui, le visage d'Alfred Lanning se contractait en un rigide et amer monument de désapprobation. Il esquissa un geste à l'adresse de la femme assise à ses côtés, mais les lèvres minces et exsangues de cette dernière se plissèrent à peine.

Enfin Byerley, après une dernière convulsion, parut se calmer.

— Vraiment, docteur Lanning... moi... moi... un robot ?

— Ce n'est pas moi qui le prétends, monsieur. Je me trouverais fort satisfait de vous savoir membre de la communauté humaine, dit le Dr Lanning d'une voix acerbe. Puisque notre société ne peut vous avoir construit, je suis certain que vous êtes un homme, au moins dans le sens légal du terme. Mais puisque l'hypothèse que vous seriez un robot a été émise en notre présence, très sérieusement, par un homme d'une certaine position sociale...

— Ne citez pas son nom, car ce serait entamer le bloc de granit de votre éthique ; supposons, pour les besoins de la cause, que c'est Francis Quinn, et poursuivons.

Lanning laissa passer l'interruption avec un bref reniflement d'impatience, prit un temps et reprit d'un ton plus glacial que jamais :

— ... par un homme d'une certaine position sociale... Quant à son identité, je n'ai pas le temps de jouer aux devinettes... Je me vois contraint de solliciter votre concours pour lui couper l'herbe sous le pied. Le seul fait qu'une telle insinuation puisse être formulée et rendue publique avec les moyens dont cet homme dispose ferait un tort considérable à la société que je représente... même si cette accusation ne se trouvait jamais vérifiée. Est-ce que vous me comprenez ?

— Parfaitement, votre position est très claire. Par elle-même, cette accusation est ridicule. Mais la situation où vous vous trouvez ne l'est pas. Vous voudrez bien excuser mon hilarité, produit de cette hypothèse, non de l'embarras qu'elle vous cause. Comment puis-je vous aider ?

— De la façon la plus simple du monde. Il vous suffirait de prendre un repas au restaurant en présence de témoins, avec photos à l'appui.

Lanning se renversa contre son dossier, certain d'avoir fait le plus dur. La femme assise à ses côtés observait Byerley avec un visage apparemment absorbé, mais s'abstint d'intervenir.

Stephen rencontra un instant son regard, puis se tourna vers le roboticien. Pendant quelques instants ses doigts s'attardèrent pensivement sur un presse-papier de bronze, seul ornement de son bureau.

— Je ne crois pas que je puisse vous rendre ce service, dit-il d'une voix égale.

Il leva la main :

— Attendez, docteur Lanning. Je comprends que toute cette histoire vous embarrasse, que vous vous en êtes chargé à votre corps défendant, que vous avez conscience d'y jouer un rôle ridicule. Veuillez considérer cependant que ma propre situation est encore plus délicate, aussi je vous demande de faire preuve de compréhension.

« D'abord, qu'est-ce qui vous fait croire que Quinn — cet homme qui occupe une certaine position sociale — n'abusait pas de votre crédulité pour vous amener à entreprendre précisément cette démarche ?

— Il me semble difficilement concevable qu'un homme de sa

réputation prenne le risque de se ridiculiser à ce point, s'il n'était pas sûr de son fait.

Une lueur de malice brilla dans les yeux de Byerley :

— Vous ne connaissez pas Quinn. Il est capable de transformer en plate-forme un pic escarpé où un chamois ne tiendrait pas en équilibre. Je suppose qu'il vous a mis sous les yeux les détails de l'enquête qu'il prétend avoir menée sur moi ?

— Assez pour me convaincre que notre société serait gênée d'avoir à les réfuter, alors que vous pourriez le faire beaucoup plus facilement.

— C'est donc que vous le croyez lorsqu'il prétend que je ne mange jamais. Vous êtes un homme de science, docteur Lanning. Pensez à la logique de ce raisonnement. On ne m'a jamais vu manger, par conséquent, je ne mange pas ! C.Q.F.D. !

— Vous employez votre talent de juriste pour embrouiller une situation qui en réalité est très simple.

— Au contraire, j'essaie de clarifier un problème que Quinn et vous-même compliquez à plaisir. Voyez, je ne dors guère, c'est vrai, et surtout pas en public. Je n'ai jamais aimé prendre mes repas en compagnie — c'est là un travers peu commun et névrotique, probablement, mais qui ne fait de mal à personne. Permettez-moi de vous donner un exemple fictif, docteur Lanning. Imaginons un politicien qui ait tout intérêt à battre à tout prix un candidat réformiste et qui découvre dans la vie privée de ce dernier des habitudes excentriques comme celles que je viens de mentionner.

« Supposez en outre que pour mieux perdre ledit candidat, il s'adresse à votre société comme à l'instrument idéal pour l'accomplissement de son dessein. Pensez-vous qu'il viendra vous dire : « Un tel est un robot parce qu'on ne le voit jamais manger en public, et je ne l'ai jamais vu s'endormir en plein prétoire ; il m'est arrivé de regarder à travers sa fenêtre au milieu de la nuit et je l'ai aperçu, devant son bureau, un livre à la main ; j'ai risqué un œil dans son réfrigérateur et il ne contenait pas le moindre aliment... » ?

« S'il vous tenait un pareil discours, vous penseriez immédiatement qu'il est mûr pour la camisole de force. Mais s'il affirme péremptoirement : « Il ne mange jamais ; il ne dort jamais », il crée un tel effet de choc que vous oubliez que de telles accusations sont impossibles à prouver. Vous devenez son instrument en vous prêtant à sa manœuvre.

— Quoi que vous pensiez du sérieux de sa démarche, répondit Lanning avec une obstination menaçante, il vous suffira d'absorber un repas pour clore le débat.

Byerley se tourna de nouveau vers la femme qui l'observait toujours d'un regard inexpressif.

— Excusez-moi. J'ai bien saisi votre nom, je pense : Dr Susan Calvin ?

— C'est bien cela, monsieur Byerley.

— Vous êtes la psychologue de l'U.S. Robots, si je ne me trompe.

— La robopsychologue, si vous n'y voyez pas d'inconvénient.

— Oh ! les robots seraient-ils donc à ce point différents des hommes, sur le plan mental ?

— Un monde les sépare. (Un sourire glacial effleura ses lèvres.) Le caractère essentiel des robots est la droiture.

Un sourire amusé étira les lèvres du juriste.

— Touché ! Mais voici à quoi je voulais en venir. Puisque vous êtes une psycho... une robopsychologue, et une femme, je parie que vous avez eu une idée qui n'est pas venue au Dr Lanning.

— Et quelle serait cette idée ?

— Vous avez apporté de quoi manger dans votre sac.

L'impassibilité professionnelle de Susan Calvin fut un instant ébranlée.

— Vous me surprenez, monsieur Byerley, dit-elle.

Elle ouvrit son sac, en tira une pomme et la lui tendit d'un geste parfaitement calme. Après le sursaut initial, le Dr Lanning suivit avec des yeux aigus la lente trajectoire de la pomme d'une main à l'autre.

Stephen Byerley y mordit avec le plus grand calme, mastiqua pendant quelques instants et avala.

— Vous voyez, docteur Lanning ?

Le Dr Lanning sourit avec un soulagement suffisamment tangible pour faire paraître ses sourcils bienveillants. Soulagement qui ne survécut que l'espace d'une fragile seconde.

— J'étais curieuse de savoir si vous mangeriez, dit Susan Calvin, mais naturellement, dans le cas présent, cela ne prouve rien.

Byerley sourit.

— Vraiment ?

— Bien entendu. Il est évident, docteur Lanning, que si cet homme est un robot humanoïde, on a poussé la ressemblance à la perfection. Il est presque trop humain pour être vrai. Après tout, pendant toute notre vie, nous avons vu et observé des êtres humains. Il serait impossible de nous tromper avec une ressemblance approximative. Il faut que ce soit parfait. Observez la texture de la peau, la qualité des iris, la charpente osseuse des mains. S'il est vraiment un robot, je voudrais bien qu'il soit sorti des ateliers de l'U.S. Robots, parce que c'est vraiment du beau travail. Imaginez-vous que des gens capables de pousser la perfection extérieure à ce point aient pu faire l'économie de quelques dispositifs supplémentaires, tels que ceux qui sont nécessaires pour assurer des fonctions aussi simples que l'alimentation, le sommeil, l'élimination ? Sans doute ne seraient-ils utilisés qu'en certains cas particuliers dont celui qui nous amène aujourd'hui est l'exemple typique. Par conséquent, un repas ne peut rien prouver réellement.

— Attention, grinça Lanning, je ne suis pas tout à fait aussi bête que vous voudriez le faire croire l'un et l'autre. Peu m'importe que M. Byerley soit humain ou non. Ce qui m'intéresse, c'est de sortir la société de ce guêpier. Un repas pris en public mettra fin au débat, quoi que puisse faire le dénommé Quinn. Quant aux détails, nous les laisserons aux hommes de loi et aux robopsychologues.

— Mais, docteur Lanning, dit Byerley, vous oubliez le contexte politique. Je suis aussi soucieux de me faire élire que Quinn de m'éliminer. A propos, avez-vous remarqué que vous avez mentionné son nom ? C'est un de mes vieux trucs ; je savais bien que vous tomberiez dans le panneau avant d'en avoir terminé.

Lanning rougit.

— Que vient faire l'élection dans cette histoire ?

— La publicité est une arme à double tranchant, monsieur. Si Quinn veut m'accuser d'être un robot et qu'il a le culot de mettre sa menace à exécution, moi, j'ai le culot nécessaire pour entrer dans son jeu.

— Vous voulez dire...

Lanning était franchement consterné.

— Exactement. Je vais le laisser s'enferrer, choisir sa corde, en éprouver la résistance, en couper la longueur nécessaire, faire un nœud coulant, y passer la tête et faire une grimace. Je me contenterai de donner un petit coup de pouce.

— Vous êtes bien sûr de vous.

Susan Calvin se leva :

— Venez, Alfred, nous ne le ferons pas changer d'avis.

— Vous venez de démontrer que vous êtes également une psychologue humaine, dit Byerley avec un sourire aimable.

Byerley était peut-être un peu moins sûr de lui qu'il n'en avait eu l'air devant Lanning le soir où il rangea sa voiture sur la rampe automatique menant au garage souterrain et traversa l'allée qui menait à la porte d'entrée de sa maison.

La silhouette tassée dans le fauteuil roulant leva la tête à son entrée et sourit. Le visage de Byerley s'éclaira de tendresse. Il s'approcha.

La voix de l'infirme n'était qu'un murmure rauque issu d'une bouche à jamais tordue sur un côté et la moitié de son visage n'était qu'une énorme cicatrice.

— Tu rentres bien tard, Steve.

— Je sais, John, je sais. Mais j'ai rencontré aujourd'hui des problèmes d'un caractère particulier et ma foi fort intéressants.

— Vraiment ?

Ni le visage défiguré ni la voix sans timbre ne pouvaient exprimer de sentiments, mais il y avait de l'anxiété dans les yeux clairs.

— Rien dont tu ne puisses venir à bout, j'espère ?

— Je n'en suis pas tellement certain. Il se peut que j'aie besoin de ton concours. Tu es le sujet brillant de la famille. Veux-tu que je te conduise au jardin ? La soirée est fort belle.

Deux bras robustes soulevèrent John du fauteuil roulant. Doucement, d'un geste qui était presque une caresse, Byerley entoura les épaules de l'infirme et soutint ses jambes emmaillotées. Lentement, avec précaution, il traversa les pièces, descendit la rampe en pente douce construite pour le fauteuil roulant, et sortit par la porte de derrière dans le jardin entouré de murs et de grillage, au dos de la maison.

— Pourquoi ne me laisses-tu pas employer le fauteuil roulant, Steve ? C'est absurde.

— Parce que j'aime mieux te porter. Ça ne te gêne pas ? Tu es aussi content de quitter cette trottinette motorisée que moi de te voir l'abandonner, même pour quelques instants. Comment te sens-tu aujourd'hui ?

Avec un soin infini, il déposa John sur l'herbe fraîche.

— Comment veux-tu que je me sente ? Mais parle-moi plutôt de tes ennuis.

— Quinn a trouvé l'axe de sa campagne : il prétendra que je suis un robot.

John ouvrit des yeux ronds.

— Comment le sais-tu ? C'est impossible. Je me refuse à croire une chose pareille.

— C'est pourtant la vérité. Il a envoyé un des plus grands spécialistes de l'U.S. Robots pour en discuter avec moi.

John arracha lentement quelques brins d'herbe.

— Je vois, je vois.

— Mais nous n'allons pas lui permettre de choisir son terrain. Il m'est venu une idée. Je vais te l'exposer et ensuite tu me diras si elle est réalisable...

La scène telle qu'elle apparut ce soir-là dans le bureau de Lanning se résumait à un échange de regards. Francis Quinn regardait pensivement Alfred Lanning. Lanning regardait furieusement Susan Calvin et celle-ci à son tour regardait impassiblement Quinn.

Francis Quinn rompit le silence en affectant gauchement la légèreté.

— C'est du bluff.

— Allez-vous parier là-dessus, monsieur Quinn ? demanda le Dr Calvin d'une voix indifférente.

— En fait, c'est vous qui avez entamé la partie.

— Écoutez-moi. (Lanning se défendit en attaquant.) Nous avons fait ce que vous nous demandiez. Nous avons vu l'homme manger. Il est ridicule de continuer à prétendre qu'il est un robot.

— Est-ce vraiment le fond de votre pensée ? (Quinn se tourna brusquement vers Calvin.) Lanning prétend que vous êtes experte en la matière.

— Susan... dit Lanning d'un ton presque menaçant.

Quinn l'interrompit suavement :

— Pourquoi ne pas la laisser parler, mon vieux ? Voilà une demi-heure qu'elle joue les poteaux télégraphiques.

Lanning se sentait accablé. Il était au bord de la crise.

— Très bien, dit-il, allez-y, Susan. Nous ne vous interromprons pas.

Susan Calvin lui jeta un regard sans aménité puis fixa ses yeux froids sur Quinn.

— Il n'y a que deux façons de prouver définitivement que Byerley est un robot, monsieur. Jusqu'à présent vous ne nous avez présenté que des indices circonstanciels, qui vous permettent d'accuser mais ne constituent pas des preuves... et je crois M. Byerley assez intelligent pour parer de telles attaques. C'est sans doute ce que vous pensez vous-même, sans quoi vous ne seriez pas ici.

« Il y a deux méthodes pour établir une preuve, la méthode physique et la méthode psychologique. Physiquement, vous pouvez le disséquer ou faire appel aux rayons X. Comment y parvenir ? C'est vous que cela regarde. Psychologiquement, on peut étudier son comportement, car s'il est un robot positronique, il doit se conformer aux Trois Lois de la robotique. Nul cerveau positronique ne peut être construit sans satisfaire à ces règles. Vous les connaissez, monsieur Quinn ?

Elle les énonça distinctement, clairement, citant mot pour mot la triple loi figurant sur la première page du *Manuel de robotique*.

— J'en ai entendu parler, dit Quinn négligemment.

— Dans ce cas, il vous sera facile de suivre mon raisonnement, répondit sèchement la psychologue. Si M. Byerley enfreint l'une ou l'autre de ces lois, il n'est pas un robot. Malheureusement cette épreuve est à sens unique. S'il se conforme à ces règles, cela ne prouve rien ni dans un sens ni dans l'autre.

Quinn leva poliment les sourcils.

— Pourquoi pas, docteur ?

— Parce que, si vous prenez la peine d'y réfléchir cinq secondes, les Trois Lois sont les principes essentiels d'une grande partie des systèmes moraux du monde. Tout être humain, en principe, est doué d'instinct de conservation. C'est la Troisième Loi de la robotique. Tout être humain ayant une conscience sociale et le sens de ses responsabilités doit obéir aux autorités établies, écouter son médecin, son patron, son gouvernement, son psychiatre, son semblable... même s'ils troublent son confort ou sa sécurité. C'est ce qui correspond à la Seconde Loi de la robotique. Tout être humain doit aussi aimer son prochain comme lui-même, risquer sa vie pour sauver celle d'un autre. Telle est la Première Loi de la robotique. En un mot, si Byerley se conforme à toutes les lois de la robotique, il se peut qu'il soit un robot, mais il se peut aussi qu'il soit un très brave homme.

— Mais, dit Quinn, cela revient à dire que vous ne pourrez jamais prouver qu'il est un robot.

— Par contre, il se peut que je puisse faire la preuve qu'il n'est *pas* un robot.

— Je ne veux pas de cette preuve-là.

— Nous vous la fournirons si elle existe. Vos exigences ne regardent que vous.

A ce moment l'esprit de Lanning s'entrouvrit pour laisser passer une ébauche d'idée.

— Ne vous est-il pas apparu, gronda-t-il, que la charge du procureur est une occupation plutôt étrange pour un robot ? Mettre en accusation des êtres humains... les condamner à mort... ce sont bien là des préjudices graves...

Quinn devint soudain attentif :

— Vous ne vous en sortirez pas de cette façon. Le fait d'être procureur ne le rend pas humain pour autant. Ne connaissez-vous pas ses antécédents ? Il se flatte de ne jamais avoir poursuivi un innocent ; des dizaines de gens n'ont pas comparu en justice parce que les charges réunies contre eux lui semblaient insuffisantes, alors qu'il aurait probablement pu convaincre un jury de les condamner. Tels sont les faits.

Les joues maigres de Lanning frémirent.

— Non, Quinn, non. Il n'existe rien dans les lois de la robotique qui fasse allusion à la culpabilité humaine. Un robot n'a pas à décider si un être humain mérite ou non la mort. *Il ne peut nuire à un être humain ni l'abandonner à un danger,* que cet être humain soit ange ou démon.

Susan Calvin semblait lasse.

— Alfred, dit-elle, ne parlez pas étourdiment. Qu'arriverait-il si un robot surprenait un fou en train de mettre le feu à une maison pleine d'habitants ? Il réduirait le fou à l'impuissance, n'est-ce pas ?

— Naturellement.

— Et si la seule façon d'y parvenir était de le tuer ?

De la gorge de Lanning sortit un faible bruit, rien de plus.

— Je pense, quant à moi, qu'il ferait de son mieux pour ne pas le tuer. Si le fou succombait néanmoins, le robot devrait subir un traitement psychothérapique parce que le conflit qui se serait livré en lui l'aurait probablement rendu fou ; il aurait dû enfreindre la Première Loi pour obéir justement à cette Loi, mais sur un plan plus élevé. Il n'en est pas moins vrai qu'un homme serait mort et qu'un robot l'aurait tué.

— Byerley serait-il fou ? demanda Quinn en donnant à sa question le ton le plus sarcastique dont il fût capable.

— Non, mais il n'a tué personne. Il a exposé des faits qui peuvent faire apparaître un être humain particulier comme dangereux pour la masse d'êtres humains que nous appelons société. Il protège le plus grand nombre, et se conforme ainsi à la Première Loi sur le plan le plus élevé. Son rôle se borne là. C'est ensuite le juge qui condamne le criminel à mort ou à la réclusion, après que le jury a décidé de sa culpabilité ou de son innocence. C'est le geôlier qui l'emprisonne, le bourreau qui l'exécute. Et M. Byerley n'a rien fait d'autre que de déterminer la vérité et de protéger la société.

« En fait, monsieur Quinn, j'ai examiné la carrière de M. Byerley depuis que vous avez requis notre intervention. J'ai découvert qu'il n'avait jamais demandé la tête du coupable dans aucun de ses réquisitoires. Je sais aussi qu'il a pris position en faveur de l'abolition de la peine capitale et contribué généreusement aux établissements de recherche en neurophysiologie criminelle. Il croit plus à la prévention qu'au châtiment du crime. Je trouve ce fait significatif.

— Vraiment ? sourit Quinn. Significatif d'une certaine ressemblance avec les robots ?

— Peut-être. Pourquoi le nier ? Ce comportement ne peut venir que d'un robot ou d'un être humain parfaitement droit et honorable. Mais on ne peut pas faire de distinction entre ces deux catégories.

Quinn se renversa sur sa chaise. Sa voix vibrait d'impatience.

— Docteur Lanning, est-il possible de créer un robot humanoïde qui serait la réplique parfaite d'un homme ?

Lanning toussota et réfléchit.

— L'expérience a été faite par l'U.S. Robots, dit-il à regret, sans utiliser un cerveau positronique, bien entendu. Avec un ovule humain et un contrôle hormonal, on peut faire croître la chair humaine et la peau sur un squelette en silicone poreux qui défierait tout examen externe. Les yeux, les cheveux, la peau seraient réellement humains et non humanoïdes. En ajoutant un cerveau positronique et tous les autres dispositifs voulus, on obtiendrait un robot humanoïde.

— Combien de temps faudrait-il pour obtenir ce résultat ? demanda Quinn.

Lanning réfléchit.

— Si l'on avait tous les organes nécessaires... le cerveau, le squelette, l'ovule, les hormones convenables et les radiations... disons deux mois.

Le politicien se leva de sa chaise.

— Dans ce cas, nous verrons à quoi ressemble l'intérieur de M. Byerley. Cela fera une certaine publicité à l'U.S. Robots... mais je vous ai donné votre chance.

Lorsqu'ils furent seuls, Lanning se tourna avec impatience vers Susan Calvin :

— Pourquoi insistez-vous ?

Elle répondit aussitôt avec sécheresse :

— Que préférez-vous, la vérité ou ma démission ? Je ne m'abaisserai pas à mentir pour vous faire plaisir. L'U.S. Robots est parfaitement capable de se défendre. Ne devenez pas lâche.

— Que se passera-t-il, dit Lanning, s'il ouvre le ventre de Byerley et qu'il en tombe des engrenages et des leviers ?

— Il n'ouvrira pas le ventre de Byerley, dit Calvin avec dédain. Byerley est au moins aussi intelligent que Quinn.

La nouvelle déferla sur la ville une semaine avant la nomination de Byerley. Mais déferler n'est pas le mot juste. On pourrait plutôt dire qu'elle s'insinua, qu'elle rampa, qu'elle s'infiltra. Les rires s'en mêlèrent et les plaisanteries fleurirent. Puis peu à peu la main de Quinn resserra son étreinte ; le rire devint forcé, l'incertitude se fit jour, et les gens commencèrent à s'étonner.

La convention elle-même offrit l'apparence d'un étalon rétif. Aucun débat n'avait été prévu. Byerley aurait pu être élu une semaine plus tôt. Il n'y avait pas d'autre candidat. Il fallait l'élire, mais la plus grande confusion régnait à ce propos.

Le citoyen moyen était pris entre l'énormité de l'accusation, si elle était vérifiée, et son absurdité totale, si elle se révélait fausse.

Le lendemain du jour où Byerley fut proclamé candidat, un journal publia enfin l'essentiel d'une longue interview du Dr Calvin, « l'expert de renommée mondiale en robopsychologie et en positronique ».

Alors se déchaîna à ce moment ce qu'on appelle vulgairement et succinctement un « scandale à tout casser ».

C'est précisément ce qu'attendaient les Fondamentalistes. Ils ne constituaient pas un parti politique ; ils ne prétendaient aucunement représenter une religion. C'étaient les gens qui ne s'étaient pas adaptés à ce qu'on avait appelé l'ère atomique aux jours anciens où l'atome était encore une nouveauté. En gros, ils étaient partisans d'une vie simple, soupirant après une existence qui, pour ceux qui l'avaient effectivement vécue, n'avait probablement pas semblé aussi enviable, si bien qu'ils avaient été eux-mêmes des partisans de la vie simple d'antan.

Les Fondamentalistes n'avaient besoin d'aucune autre raison pour détester les robots et les fabricants de robots ; mais une raison nouvelle, telle que l'accusation de Quinn et l'analyse du Dr Calvin, permettait à la haine de s'exprimer à haute voix.

Les gigantesques usines de l'U.S. Robots étaient une ruche bourdonnant de gardes armés jusqu'aux dents. La guerre était dans l'air.

Dans la ville, la maison de Stephen Byerley grouillait de policiers.

La campagne électorale, bien entendu, oublia tous ses enjeux politiques et fut une campagne pour une seule raison : elle comblait un hiatus entre nomination et élection.

Stephen Byerley ne se laissa pas distraire par le petit homme méticuleux. Les uniformes qui s'agitaient au fond du décor le laissaient superbement indifférent. A l'extérieur de la maison, au-delà de la rangée de policiers maussades, les reporters et les photographes attendaient selon les traditions de leur corporation. Une chaîne de télévision avait même braqué une caméra sur l'entrée de la modeste maison du procureur, cependant qu'un présentateur surexcité remplissait l'atmosphère de ses commentaires ampoulés.

Le petit homme méticuleux s'avança. Il tenait à la main un document épais et compliqué :

— Ceci, monsieur Byerley, est un ordre de la Cour m'autorisant à fouiller ces lieux que l'on soupçonne de recéler illégalement, heu... des hommes mécaniques ou robots, quelles qu'en soient d'ailleurs les caractéristiques.

Byerley se leva à demi et saisit le papier. Il le parcourut d'un regard indifférent, sourit et le rendit à son propriétaire.

— C'est très bien. Je vous en prie, faites votre devoir. (Puis, s'adressant à sa femme de ménage qui hésitait à quitter la pièce voisine :) Madame Hopper, je vous en prie, accompagnez-les, et aidez-les dans la mesure du possible.

Le petit homme, qui répondait au nom de Harroway, hésita, rougit jusqu'à la racine des cheveux, ne réussit pas à regarder Byerley en face et murmura : « Venez » aux deux policiers.

Il était de retour au bout de dix minutes.

— Terminé ? interrogea Byerley avec une absence d'intérêt manifeste pour la question comme pour la réponse.

Harroway s'éclaircit la gorge, prit un faux départ en voix de fausset et reprit avec colère :

— Monsieur Byerley, nous avons reçu des instructions spéciales pour fouiller la maison de fond en comble.

— N'est-ce pas précisément ce que vous venez de faire ?

— On nous a indiqué exactement l'objet que nous devions chercher.

— Vraiment ?

— En bref, monsieur Byerley, et pour ne pas éterniser la discussion, on nous a donné l'ordre de vous fouiller personnellement.

— Moi ? dit le procureur, avec un sourire de plus en plus large. Et comment avez-vous l'intention de procéder ?

— Nous disposons d'un groupe radiologique...

— Alors vous voulez mon portrait aux rayons X ? Avez-vous autorité pour procéder à cette opération ?

— Vous avez vu mon mandat.

— Puis-je le revoir ?

Harroway, dont le front resplendissait de quelque chose de plus fort que l'enthousiasme, lui tendit une seconde fois le document.

— Je lis ici la description des objets qu'il vous appartient de rechercher, dit Byerley d'un ton de voix égal, je cite : la maison d'habitation appartenant à Stephen Allen Byerley, sise au 355 Willow Grove, Evanston, en même temps que tous garage, entrepôt ou autres bâtiments faisant partie de ladite propriété... et ainsi de suite. Tout à fait correct. Mais, mon brave, il n'est question nulle part de fouiller l'intérieur de mon organisme. Je ne fais pas partie des lieux. Vous pouvez fouiller mes vêtements si vous croyez que je cache un robot dans ma poche.

Harroway savait où voulait en venir celui qui lui avait confié cette besogne. Il était même prêt à en faire un peu plus pour obtenir un peu mieux (sous l'angle financier).

— Permettez, dit-il en haussant le ton, j'ai l'ordre d'inspecter les meubles de votre maison et tout ce que j'y trouverai. Vous êtes bien dans la maison, n'est-ce pas ?

— Observation remarquable : j'y suis en effet. Mais je n'ai rien d'un meuble. En ma qualité de citoyen adulte responsable — et je peux vous montrer le certificat psychiatrique qui fait foi — je jouis de certains droits conformément aux lois de la Région. En me fouillant, vous tomberiez sous le coup de la loi qui assure l'inviolabilité des personnes privées. Ce document n'est pas suffisant.

— Sans doute, mais si vous êtes un robot, vous ne bénéficiez pas de cette inviolabilité.

— C'est assez vrai... Mais ce papier demeure néanmoins insuffisant. Il reconnaît implicitement en moi un être humain.

— Où ça ?

Harroway s'empara du papier.

— A l'endroit où il spécifie « la maison d'habitation appartenant à un tel ». Un robot ne peut rien posséder. Et vous pouvez dire à votre employeur, monsieur Harroway, que s'il tente de lancer un nouveau mandat qui ne me reconnaisse pas implicitement comme un être humain, il se verra immédiatement intenter des poursuites qui le mettront dans l'obligation de fournir la preuve que je suis un robot en vertu des informations qui sont en sa possession à l'heure actuelle, faute de quoi il me devra des dommages et intérêts considérables pour avoir voulu me priver indûment de mes droits, conformément aux prescriptions des lois de la Région. Vous lui répéterez mes paroles, n'est-ce pas ?

Harroway marcha vers la porte. Il se retourna :

— Vous êtes un fin juriste...

Il avait glissé sa main dans sa poche. Il demeura ainsi quelques instants. Puis il s'en fut en adressant un sourire à la caméra de télévision, salua de la main les reporters et cria :

— Nous aurons quelque chose pour vous dès demain, les gars. Sans blague !

Une fois dans sa voiture, il se renversa sur les coussins, retira de sa poche le minuscule mécanisme et l'examina soigneusement. C'était la première fois qu'il prenait une photo aux rayons X. Il espérait bien avoir opéré correctement.

Quinn et Byerley ne s'étaient jamais rencontrés, seuls, face à face. Mais le vidéophone leur fit à peu près le même effet, même si les deux interlocuteurs n'y étaient l'un pour l'autre qu'un jeu d'ombres et de lumières sur un banc de cellules photo-électriques.

C'est Quinn qui avait pris l'initiative de l'appel. C'est Quinn qui prit le premier la parole et sans cérémonie particulière.

— J'ai pensé que vous aimeriez savoir, Byerley, que j'ai l'intention de rendre public le fait que vous portez un écran protecteur contre les rayons X.

— Vraiment ? Dans ce cas, c'est probablement déjà fait. J'ai la nette impression que les ingénieux représentants de la presse ont branché des tables d'écoute sur mes divers moyens de communication depuis un bon bout de temps. Mes lignes de bureau sont percées comme de véritables passoires ; c'est pourquoi je me suis cloîtré chez moi au cours des dernières semaines.

Byerley se montrait d'humeur amicale et presque enclin au badinage.

Quinn serra légèrement les lèvres :

— Cet appel est complètement protégé. Je cours personnellement un certain risque à le lancer.

— Je m'en doute. Nul ne sait que vous tirez les ficelles de cette campagne. Du moins nul ne le sait officiellement, ni d'ailleurs officieusement. A votre place je ne me ferais pas de soucis. Donc je porte un écran protecteur ? Sans doute avez-vous fait cette découverte lorsque la photo de votre homme de paille s'est trouvée voilée.

— Tout le monde en conclurait, vous le comprenez, que vous n'osez pas affronter une analyse aux rayons X.

— On en conclurait aussi que vos hommes ont tenté de violer mes droits privés.

— Les gens s'en moquent bien !

— Pas sûr. Nos deux campagnes sont assez symboliques, ne trouvez-vous pas ? Vous éprouvez fort peu de considération pour les droits individuels du citoyen. J'ai pour eux le plus grand respect, au contraire. Je refuse de me soumettre à l'analyse aux rayons X parce que je veux maintenir le principe de mes droits, de même que je défendrai les droits des autres lorsque je serai élu.

— Vous en tirerez sans doute un discours fort intéressant, mais nul ne vous croira. Un peu trop beau pour être vrai. Autre chose... (un brusque changement de ton) le personnel de votre maison ne se trouvait pas au complet hier soir.

— Comment cela ?

— Si j'en crois les rapports... (il fouilla parmi les papiers qui se trouvaient dans le champ de l'écran) il manquait une personne : un infirme.

— Comme vous dites, répliqua Byerley, un infirme. Mon vieux professeur qui habite avec moi et qui se trouve en ce moment à la campagne, où il est parti depuis deux mois. Un repos bien mérité — telle est, je crois, l'expression habituelle. A-t-il votre agrément ?

— Votre professeur ? Un scientifique peut-être ?

— Il était juriste... avant d'être infirme. Il a une licence officielle lui permettant de faire de la recherche en biophysique, possède un laboratoire personnel, et une description complète des travaux auxquels il se livre se trouve entre les mains des autorités compétentes. Il s'agit d'un travail mineur, mais c'est un violon d'Ingres inoffensif et distrayant pour un... pauvre infirme. Vous voyez que je fais de mon mieux pour vous aider.

— Je vois. Et que connaît ce... professeur... dans la fabrication des robots ?

— Il m'est difficile d'apprécier l'étendue de son savoir dans un domaine qui n'est guère de ma compétence.

— Il n'aurait pas accès aux cerveaux positroniques, par hasard ?

— Posez la question à vos amis de l'U.S. Robots. Ils sont mieux placés que moi pour vous répondre.

— Cela ne saurait tarder, Byerley. Votre professeur infirme est le véritable Stephen Byerley. Vous n'êtes que son robot. Nous pouvons le prouver. C'est lui qui a été victime de l'accident d'automobile et pas vous. Il y a toujours moyen de vérifier les antécédents.

— Vraiment ? Eh bien, ne vous en privez pas ! Mes meilleurs vœux vous accompagnent.

— Nous pouvons fouiller la maison de campagne de votre prétendu professeur et voir ce que nous pouvons y découvrir.

— Pas tout à fait, Quinn. (Byerley eut un large sourire.) Malheureusement, mon prétendu professeur est un malade. Sa maison de campagne est son lieu de repos. Ses droits privés de citoyen adulte responsable n'en sont que plus forts étant donné les circonstances. Vous ne pourrez obtenir un mandat pour pénétrer dans son domicile sans fournir des justifications valables. Néanmoins je serai le dernier à m'opposer à votre tentative.

Il y eut une pause, puis Quinn se pencha en avant, son image grossit, les rides se creusèrent sur son front :

— Byerley, pourquoi vous obstinez-vous ? Vous ne pouvez pas être élu.

— Vous croyez ?

— Pensez-vous que vous y parviendrez ? Votre refus de vous disculper — alors que vous pourriez le faire aisément en violant l'une des Trois Lois — ne convaincra-t-il pas les gens que vous êtes réellement un robot ?

— Tout ce que je vois jusqu'ici, c'est que j'étais un obscur homme de loi de la métropole que vous avez transformé en vedette mondiale. Vous êtes un excellent publiciste.

— Mais vous êtes un robot.

— On l'a dit, mais cela reste à prouver.

— C'est assez prouvé pour les électeurs.

— Dans ce cas, pourquoi vous faire du souci ? Vous avez gagné.

— Au revoir, dit Quinn, nerveux pour la première fois, et l'image disparut.

— Au revoir, répondit imperturbablement Byerley en s'adressant à l'écran blanc.

Byerley ramena son « professeur » de la campagne la semaine précédant l'élection. La voiture aérienne se posa rapidement dans une partie obscure de la ville.

— Vous demeurerez ici jusqu'après l'élection, lui dit Byerley. Je préfère vous savoir en lieu sûr, si les choses venaient à prendre une mauvaise tournure.

La voix rauque qui sortait péniblement de la bouche tordue de John prit un accent d'inquiétude.

— La situation est-elle dangereuse ?

— Les Fondamentalistes menacent de recourir à la force, et le danger existe, au moins théoriquement. Mais je n'y crois pas beaucoup. Les Fondamentalistes n'ont aucun pouvoir réel. Ils constituent simplement un facteur permanent d'agitation qui pourrait éventuellement causer une émeute. Cela ne te fait rien de demeurer ici ? Je t'en prie ! Je ne serais plus moi-même si je devais m'inquiéter à ton sujet.

— Oh ! je resterai. Tu crois toujours que tout se passera bien ?

— J'en suis certain. Nul n'est venu t'importuner à la campagne ?

— Personne, j'en suis sûr.

— Et de ton côté, tout a bien marché ?

— Assez bien. Nous n'aurons pas d'ennuis de ce côté.

— Alors prends bien soin de toi et regarde la télévision demain, John.

Byerley serra la main déformée posée sur la sienne.

Le front de Lenton était perpétuellement barré de plis profonds. Il avait le privilège peu enviable d'être le directeur de campagne de Byerley, dans une campagne qui n'en était pas une, et de représenter un candidat qui refusait de révéler sa stratégie et ne voulait accepter à aucun prix celle de son directeur.

— Ce n'est pas possible ! (Telle était sa phrase favorite, sa phrase unique.) Je te le répète, Steve, ce n'est pas possible !

Il se jeta devant le procureur, qui passait son temps à feuilleter les pages dactylographiées de son discours.

— Laisse cela, Steve. Cette foule a été organisée par les Fondamentalistes. Tu ne pourras pas te faire entendre. Tu te feras lapider. Pourquoi veux-tu prononcer un discours en public ? Pourquoi ne pas utiliser un enregistrement ?

— Tu veux que je gagne l'élection, n'est-ce pas ? demanda doucement Byerley.

— Gagner l'élection ! Pas question, Steve. J'essaie simplement de te sauver la vie.

— Je ne suis pas en danger.

— Il n'est pas en danger, il n'est pas en danger ! (Lenton tira de sa gorge un curieux son guttural.) Tu veux te présenter sur ce balcon devant cinq mille cinglés et essayer de les raisonner... sur un balcon, comme un orateur romain ?

Byerley consulta sa montre.

— Dans cinq minutes environ... dès que les lignes de télévision seront libres.

La réponse de Lenton ne peut pas être rapportée ici.

La foule envahit une enceinte clôturée à l'extérieur de la ville. Arbres et habitations semblaient jaillir de la masse humaine rassemblée. Le reste du monde suivait le spectacle par satellite. C'était une élection locale et pourtant le monde entier avait les yeux fixés sur elle. Cette pensée amena un sourire sur les lèvres de Byerley.

Pourtant, la foule elle-même n'avait rien qui pût prêter à sourire. Les pancartes et les banderoles le traitaient de robot sur tous les tons. Une hostilité pesante, tangible, planait au-dessus de la foule.

Dès le départ, le discours était voué à l'échec. Il était perdu dans les huées de la foule et les clameurs rythmées des claques fondamentalistes qui formaient des noyaux durs au sein de la masse. Byerley continuait à parler, imperturbablement...

A l'intérieur, Lenton s'arrachait les cheveux en gémissant... attendant le sang qui allait couler.

Il y eut un mouvement dans les premiers rangs. Un citoyen aux formes anguleuses, aux yeux proéminents, portant des vêtements trop courts pour ses membres décharnés, se frayait un passage en avant. Un policier plongea dans son sillage, à grandes brasses lentes qui soulevaient des remous parmi les têtes. Byerley, d'un geste irrité, lui fit signe de laisser faire.

L'homme efflanqué se trouvait à présent juste au-dessous du balcon. Ses paroles se perdaient dans les grondements de la foule.

Byerley se pencha sur la balustrade :

— Que dites-vous ? Si vous avez une question valable à poser, j'y répondrai.

Il se tourna vers un garde.

— Faites monter cet homme.

Une tension se manifesta dans la foule. Des cris de « Silence ! » se firent entendre en divers points, se déchaînèrent en tumulte pour s'apaiser ensuite par vagues décroissantes. L'homme efflanqué se trouvait devant Byerley, le visage rouge, essoufflé.

— Eh bien, parlez ! dit Byerley.

L'autre le fixa et dit d'une voix enrouée :

— Frappez-moi !

Avec énergie, il tendit son menton en avant :

— Frappez-moi ! Vous n'êtes pas un robot, dites-vous, prouvez-le. Vous ne pouvez pas frapper un homme, espèce de monstre !

Aussitôt se fit un silence étrange, un silence de mort. La voix de Byerley s'éleva :

— Je n'ai aucune raison de vous frapper.

L'autre éclata d'un rire dément.

— Dites plutôt que vous ne *pouvez pas* me frapper. Vous ne me frapperez pas. Vous n'êtes pas humain. Vous êtes un monstre, une copie d'homme.

Et Stephen Byerley, les lèvres serrées, devant des milliers de témoins et des millions de téléspectateurs, prit son élan et assena un direct retentissant à la pointe du menton du provocateur. Celui-ci tomba à la renverse, comme une masse, avec une expression de surprise incrédule.

— Je suis désolé, dit Byerley. Emportez-le et installez-le confortablement. Dès que j'en aurai terminé, j'irai lui parler.

Lorsque le Dr Susan Calvin manœuvra pour quitter la place réservée à sa voiture, un seul journaliste s'était suffisamment remis du choc pour s'élancer sur ses traces et lui crier une question qui se perdit dans le tumulte.

Susan Calvin lui jeta par-dessus son épaule :

— Il est humain !

Il n'en fallut pas davantage. Le journaliste reprit sa course dans la direction opposée.

Le reste du discours fut prononcé, mais nul ne l'entendit.

Le Dr Calvin et Stephen Byerley se rencontrèrent une fois encore... une semaine avant qu'il prête serment. Il était tard : minuit passé.

— Vous n'avez pas l'air fatigué, dit le docteur.

Le nouveau maire sourit :

— Je dors peu. N'en dites rien à Quinn !

— Comptez sur moi. Mais puisque vous parlez de lui, il m'a raconté une fort intéressante histoire. Dommage que vous ayez tout gâché. Vous connaissez sa théorie, je suppose ?

— Partiellement.

— Elle est extrêmement dramatique. Stephen Byerley était un jeune avocat, un orateur doué, un grand idéaliste ayant un certain flair en biophysique. Vous intéressez-vous à la robotique, monsieur Byerley ?

— Seulement dans ses aspects légaux.

— Voilà ce qu'*était* Stephen Byerley. Mais il fut victime d'un accident. Sa femme mourut sur le coup ; ce fut bien pis pour lui. Il n'avait plus de jambes ; plus de visage ; plus de voix. Son esprit était partiellement atteint. Il refusa de se soumettre à la chirurgie plastique. Il se retira du monde... sa carrière juridique était brisée... il ne lui restait plus que son intelligence et ses mains. Il parvint, on ne sait trop comment, à se procurer un cerveau positronique, du type le plus complexe, apte à formuler des jugements sur des problèmes d'éthique — la fonction la plus haute que la robotique ait pu développer à ce jour.

« Il construisit un corps autour de ce cerveau. Le forma à devenir tout ce qu'il avait été et n'était plus. Il le lança dans le monde sous le nom de Stephen Byerley, tandis qu'il demeurait lui-même dans l'ombre comme le vieux professeur infirme que nul ne voyait jamais...

— Malheureusement, dit le nouveau maire, j'ai ruiné cette belle théorie en frappant un homme. Si j'en crois les journaux, c'est à ce moment que vous avez déclaré officiellement que je suis humain.

— Comment cela s'est-il passé ? Voyez-vous un inconvénient à me le dire ? Je ne pense pas qu'il puisse s'agir d'un concours de circonstances fortuit.

— Pas entièrement, du moins. Quinn a fait le gros du travail. Mes hommes ont commencé à répandre discrètement le bruit que je n'avais jamais frappé un homme ; que j'en étais incapable ; que si je me dérobais devant une provocation caractérisée, la preuve serait faite que je n'étais qu'un robot. Je me suis donc arrangé pour prononcer en public un discours bidon, en comptant sur la publicité faite autour de cette affaire et en attendant le premier qui tomberait dans le panneau. C'était finalement un coup monté, où une atmosphère créée de toutes pièces a entraîné la scène escomptée. Bien entendu, la réaction émotionnelle attendue rendait mon élection certaine, comme je le souhaitais.

La robopsychologue inclina la tête.

— Je vois que vous empiétez sur mes plates-bandes... comme doit le faire tout politicien, je suppose. Mais je regrette infiniment que les choses aient tourné de cette façon. J'aime les robots, je les aime beaucoup plus que les êtres humains. Si l'on pouvait créer un robot capable de tenir des fonctions publiques, j'imagine qu'il remplirait idéalement les devoirs de sa charge. Selon les Lois de la robotique, il serait incapable de causer du préjudice aux humains, il serait incorruptible, inaccessible à la sottise, aux préjugés. Et lorsqu'il aurait fait son temps, il se retirerait, bien qu'immortel, car il ne pourrait pas blesser des humains en leur laissant savoir qu'ils avaient été dirigés par un robot. Ce serait l'idéal.

— Sauf qu'un robot pourrait échouer dans sa tâche en raison de certaines inaptitudes inhérentes à son cerveau. Le cerveau positronique n'a jamais égalé la complexité du cerveau humain.

— On lui adjoindrait des conseillers. Un cerveau humain lui-même est incapable de gouverner sans assistance.

Byerley considéra Susan Calvin avec un intérêt empreint de gravité.

— Pourquoi souriez-vous, docteur Calvin ?

— Je souris parce que M. Quinn n'avait pas pensé à tout.

— Sans doute entendez-vous par là qu'il y a encore autre chose dans cette histoire ?

— Un simple détail seulement. Trois mois durant, avant l'élection, ce Stephen Byerley dont parlait M. Quinn, cet homme brisé, a été à la campagne pour une raison mystérieuse. Il est revenu en ville à temps pour être présent lors de votre fameux discours. Après tout, ce que le vieil infirme a réalisé une première fois, il pouvait l'accomplir une seconde, surtout quand le second travail est très simple en comparaison du premier.

— Je ne comprends pas très bien.

Le Dr Calvin se leva et défroissa sa robe. Elle se préparait évidemment à partir.

— Je veux dire qu'il existe une seule occasion où un robot puisse frapper un être humain sans enfreindre la Première Loi, une seule.

— Laquelle ?

Le Dr Calvin était déjà auprès de la porte. Elle répondit d'une voix paisible :

— Quand l'homme frappé est lui-même un robot.

Elle eut un large sourire qui illumina son visage mince.

— Au revoir, monsieur Byerley. J'espère voter pour vous dans cinq ans... pour le poste de Coordinateur.

Stephen Byerley eut un petit rire.

— Voilà une drôle d'idée !

La porte se referma derrière elle.

CONFLIT ÉVITABLE

Dans son cabinet de travail, le Coordinateur disposait de cette curiosité médiévale, un âtre. A coup sûr, l'homme du Moyen Age aurait fort bien pu ne pas le reconnaître pour tel, puisqu'il ne possédait aucune signification fonctionnelle. La flamme tranquille et claire apparaissait dans une enceinte isolée, derrière du quartz transparent.

Les bûches étaient allumées à distance par une infime dérivation du faisceau énergétique qui alimentait les édifices publics de la ville. Le même bouton qui commandait la mise à feu faisait tout d'abord évacuer les cendres du feu précédent, et permettait l'introduction d'une nouvelle provision de bois — c'était une cheminée parfaitement domestiquée, comme vous le voyez.

Mais le feu lui-même était parfaitement réel. Il était sonorisé, de telle sorte qu'il était possible d'entendre les crépitements et naturellement de voir la flamme danser dans le courant d'air qui l'alimentait.

Le verre rosé du Coordinateur reflétait en miniature les gambades discrètes de la flamme et, en format encore plus réduit, celle-ci venait jouer sur ses pupilles songeuses.

... Et sur les prunelles glacées de son hôte, le Dr Susan Calvin, de l'U.S. Robots.

— Je ne vous ai pas convoquée, Susan, pour des raisons de pure convenance, dit le Coordinateur.

— Je n'en ai jamais douté, Stephen, répliqua-t-elle.

— Et pourtant je ne sais pas de quelle façon vous exposer le problème qui me préoccupe. D'un côté, on pourrait lui attribuer une totale insignifiance et de l'autre il pourrait amener la fin de l'humanité.

— J'ai affronté tant de problèmes au cours de mon existence, Stephen, qui me mettaient en présence du même dilemme... il faut croire qu'ils sont tous logés à la même enseigne.

— Vraiment ? Alors jugez-en... L'Acier Mondial signale une surproduction de vingt mille tonnes. Le Canal Mexicain a un retard de deux mois sur son programme. Les mines de mercure d'Almaden ont subi une baisse de production depuis le printemps dernier, tandis que les Usines Hydroponiques de Tientsin débauchent du personnel. Ce sont là des indications qui me viennent à l'esprit en ce moment. Mais il y a d'autres exemples du même genre.

— Est-ce grave ? Je ne suis pas suffisamment versée en sciences économiques pour discerner les conséquences d'un tel état de choses.

— Ces faits ne sont pas graves en eux-mêmes. Si la situation s'aggrave, nous pourrons envoyer des experts aux mines d'Almaden. Les ingénieurs en hydroponique peuvent être utilisés à Java ou à Ceylan, s'ils sont en surnombre à Tientsin. Vingt mille tonnes d'acier en excédent seront absorbées en quelques jours par la demande mondiale, et l'ouverture du Canal Mexicain deux mois après la date prévue n'a qu'une importance relative. Ce sont les Machines qui m'inquiètent... J'en ai déjà parlé à votre directeur de recherches.

— Vincent Silver ?... il ne m'a rien dit à ce propos.

— Je lui ai demandé de n'en parler à personne.

— Et que vous a-t-il dit ?

— Permettez-moi d'aborder cela au moment opportun. Je voudrais vous parler d'abord des Machines. Et si je veux vous entretenir de ce sujet, c'est que vous êtes la seule personne au monde à connaître suffisamment les robots pour pouvoir me venir en aide... Puis-je philosopher un peu ?

— Ce soir, Stephen, vous pouvez me parler de ce que vous voulez et comme vous le voulez, à condition de me dire d'abord ce que vous entendez prouver.

— Que des déséquilibres minimes tels que ceux qui viennent troubler la perfection de notre système de production et de consommation peuvent constituer un premier pas vers la guerre finale.

— Hum ! Poursuivez.

Susan Calvin ne permit pas à son corps de se détendre en dépit du confort raffiné que lui assurait le dessin du fauteuil où elle avait pris place. Son visage froid, aux lèvres minces, sa voix incolore et égale constituaient des traits caractéristiques de sa personnalité, qui s'accentuaient avec l'âge. Et bien que Stephen Byerley fût un homme pour lequel elle éprouvait de l'affection et de la confiance, elle approchait de soixante-dix ans et les habitudes d'une vie entière ne se modifient pas facilement.

— Chaque période du développement humain, dit le Coordinateur, suscite son genre particulier de conflits... son type propre de problèmes, que la force seule serait apparemment capable de résoudre. Et, chose paradoxale, à chaque fois la force s'est révélée incapable de résoudre réellement le problème. Au lieu de cela, il s'est poursuivi à travers une série de conflits, pour s'évanouir enfin de lui-même avec... comment dirais-je... non pas un coup de tonnerre, mais un gémissement, en même temps que changeait le contexte économique et social. Puis surgissaient de nouveaux problèmes, et une nouvelle série de guerres... selon un cycle indéfiniment renouvelé.

« Considérons les temps relativement modernes. Nous avons vu les séries de guerres dynastiques du XVIe au XVIIIe siècle, où la plus importante question en Europe était de savoir qui, des Habsbourg et des Bourbons-Valois, dominerait le continent. C'était l'un de ces « conflits inévitables » puisque de toute évidence l'Europe ne pouvait pas exister moitié sous la domination de l'un, moitié sous celle de l'autre.

« C'est pourtant ce qui se produisit, et jamais guerre ne réussit à balayer l'un au profit de l'autre, jusqu'au jour où la naissance d'une nouvelle atmosphère sociale en France, en 1789, fit basculer d'abord les Bourbons, et peu après les Habsbourg, dans le vide-ordures qui devait les précipiter dans l'incinérateur de l'Histoire.

« D'autre part, au cours des mêmes siècles se déroulèrent les guerres religieuses les plus barbares, dont l'important enjeu était de déterminer si l'Europe serait catholique ou protestante. Pas question de partager leurs zones d'influence par moitiés. Il était inévitable que l'épée en décidât... Mais elle ne décida de rien du tout. Un nouvel industrialisme naissait en Angleterre, et sur le continent un nouveau nationalisme. L'Europe demeura scindée en deux moitiés jusqu'à ce jour, et nul ne s'en inquiéta guère.

« Au cours des XIXe et XXe siècles se déroula un cycle de guerres nationalistes-impérialistes. Cette fois la question la plus importante consistait à trancher quelles parties de l'Europe contrôleraient les ressources économiques et les capacités de consommation des pays extra-européens. Tous les pays extra-européens ne pouvaient évidemment pas exister en étant en partie anglais, en partie français, en partie allemands et ainsi de suite... Jusqu'au moment où les forces du nationalisme se furent suffisamment étendues, si bien que les pays extra-européens mirent fin à ce que les guerres se trouvaient impuissantes à terminer, en décidant de vivre, fort confortablement d'ailleurs, dans un statut entièrement extra-européen.

« De telle sorte que nous avons une sorte de patron...

— Oui, Stephen, vous le démontrez clairement, dit Susan Calvin, mais ce ne sont pas là des observations très nouvelles.

— Sans doute... mais c'est presque toujours l'arbre qui cache la forêt. C'est aussi évident que le nez au milieu de la figure, dit-on. Mais dans quelle mesure pouvez-vous apercevoir votre nez à moins qu'on ne vous tende un miroir ? Au XXe siècle, Susan, nous avons déclenché un nouveau cycle de guerres... comment pourrait-on les appeler ? Des guerres idéologiques ? Les passions suscitées par les religions s'appliquant aux systèmes économiques plutôt qu'à des concepts surnaturels ? De nouveau les guerres étaient « inévitables » et cette fois il existait des armes atomiques si bien que l'humanité ne pouvait plus désormais subir les mêmes tourments sans déboucher sur l'holocauste définitif... Puis vinrent les robots positroniques.

« Ils survinrent à temps, amenant dans leur sillage les voyages interplanétaires. Désormais il sembla moins important que le monde se pliât aux préceptes d'Adam Smith ou de Karl Marx. Ni l'un ni l'autre n'avaient plus guère de sens étant donné les nouvelles circonstances. Les deux systèmes durent s'adapter et aboutirent pratiquement au même point.

— Un *deus ex machina,* en quelque sorte, et dans les deux sens du terme, dit sèchement le Dr Calvin.

Le Coordinateur eut un sourire indulgent.

— C'est la première fois que je vous entends faire un jeu de mots, Susan, mais il tombe parfaitement juste. Il y avait pourtant un autre danger. La solution de chaque problème ne faisait qu'en susciter un nouveau. Notre nouvelle économie mondiale fondée sur les robots peut engendrer ses propres problèmes et c'est pour cette raison que nous avons des Machines. L'économie terrestre est stable et demeurera stable, car elle est fondée sur les décisions de machines à calculer qui se préoccupent essentiellement du bien de l'humanité grâce à la puissance irrésistible de la Première Loi de la Robotique.

« Et bien que les Machines ne soient rien d'autre que le plus vaste conglomérat de circuits jamais inventé, elles demeurent néanmoins des robots soumis aux impératifs de la Première Loi, si bien que l'économie générale de la planète demeure en accord avec les intérêts bien compris de l'Homme. Les populations de la Terre savent que n'interviendront jamais le chômage, la surproduction, ou la raréfaction des produits. Le gaspillage et la famine ne sont plus que des mots dans les manuels d'histoire. Si bien que le problème de la propriété des moyens de production devient un terme vide de sens. Quel que pût en être le propriétaire — si une telle expression a encore un sens —, qu'il s'agisse d'un homme, d'un groupe, d'une nation ou de l'humanité entière, ils ne pouvaient être utilisés qu'en vertu des directives des Machines... non que les hommes y fussent contraints, mais c'était la solution la plus sage et les hommes ne l'ignoraient pas.

« Ce fut la fin de la guerre, non seulement du dernier cycle de guerres, mais du suivant et de toutes les guerres. A moins que...

Il y eut un long silence et le Dr Calvin l'encouragea à reprendre le fil de son discours en répétant :

— A moins que... ?

La flamme tomba dans le foyer, lécha les contours d'une bûche puis jaillit de nouveau.

— A moins que, poursuivit le Coordinateur, les Machines cessent d'accomplir leurs fonctions.

— Je vois. Et c'est là où interviennent ces déséquilibres minimes dont vous parliez il y a quelques instants... l'acier, l'hydroponique et le reste.

— Exactement. Ces erreurs sont inconcevables. Le Dr Silver m'affirme qu'elles sont tout à fait impossibles.

— Nie-t-il les faits ? Ce serait bien surprenant !

— Non, il les admet, bien entendu. Je suis injuste envers lui. Ce qu'il nie, c'est que ces prétendues — je le cite textuellement — erreurs proviennent de quelque faute de calcul dont la machine serait responsable. Il prétend que les Machines se corrigent automatiquement et qu'il faudrait violer les lois fondamentales de la nature pour qu'une erreur puisse se produire dans les circuits de relais. C'est pourquoi...

— ... vous avez dit : faites-les vérifier par les techniciens pour nous assurer que tout fonctionne correctement.

— Vous lisez dans mes pensées, Susan. Ce sont mes propres paroles. Mais il m'a dit qu'il ne pouvait pas le faire.

— Il était trop occupé ?

— Non, il m'a répondu qu'aucun homme n'en était capable. Il m'a parlé en toute franchise. Selon lui, les Machines sont une gigantesque extrapolation. Prenons un exemple : une équipe de mathématiciens travaille pendant plusieurs années aux calculs d'un cerveau positronique conçu pour effectuer des calculs similaires. En se servant du cerveau, ils se livrent à de nouveaux calculs pour créer un cerveau encore plus complexe, lequel sert à son tour pour en établir un troisième et ainsi de suite. Si j'en crois Silver, ce que nous appelons les Machines est le résultat de dix opérations similaires.

— Oui, j'ai déjà entendu cela quelque part. Heureusement je ne suis pas mathématicienne... Pauvre Vincent ! Il est jeune, ses prédécesseurs, Alfred Lanning et Peter Bogert, sont morts, et ils n'ont pas dû affronter de tels problèmes. Ni moi-même, d'ailleurs. Le moment est peut-être venu pour les roboticiens de mourir puisqu'ils ne peuvent plus comprendre leurs propres créations.

— Apparemment non. Les Machines ne sont pas des super-cerveaux dans le sens que leur donnent les bandes dessinées. C'est simplement que, dans leur spécialité — la collecte et l'analyse d'un nombre quasi infini d'informations en un temps infinitésimal —, elles ont progressé au-delà de toute possibilité de contrôle humain.

« Ensuite j'ai tenté autre chose. J'ai posé la question à la Machine elle-même. Dans le secret le plus rigoureux, nous lui avons fourni les informations originales dans la décision concernant l'acier, sa propre réponse, et les développements actuels depuis ce moment... c'est-à-dire la surproduction... Nous lui avons ensuite demandé des explications sur cette divergence.

— Bien. Et quelle fut la réponse ?

— Je puis vous la citer textuellement : *La question n'exige aucune explication.*

— Et comment Vincent a-t-il interprété cela ?

— De deux manières. Ou bien nous n'avions pas fourni à la Machine suffisamment d'informations pour lui permettre de nous donner une réponse sans ambiguïté, ce qui était improbable et le Dr Silver l'admit parfaitement ; ou bien il était impossible à la Machine d'admettre qu'elle pouvait donner une réponse à des informations impliquant qu'il pouvait en résulter des dommages pour un être humain. Ce qui ressortit naturellement à la Première Loi. Puis le Dr Silver me recommanda de vous consulter.

Susan Calvin semblait profondément lasse.

— Je suis vieille, Stephen. A la mort de Peter Bogert, on a voulu me nommer directeur des recherches mais j'ai refusé. Je n'étais plus jeune à l'époque et je ne désirais pas assumer une telle responsabilité. On confia donc le poste au jeune Silver et je fus pleinement satisfaite de cette décision ; aujourd'hui je ne suis pas plus avancée si l'on m'entraîne dans une pareille pétaudière.

« Stephen, permettez-moi de préciser ma position. Mes recherches comportent en effet l'interprétation de la conduite des robots, en me fondant sur les Trois Lois de la Robotique. Or, nous avons affaire à ces incroyables machines à calculer. Ce sont des robots positroniques et par conséquent elles obéissent aux Lois de la Robotique. Mais elles n'ont pas de personnalité ; c'est-à-dire que leurs fonctions sont extrêmement limitées... Il le faut bien puisqu'elles sont tellement spécialisées. Il leur reste donc fort peu de place pour l'interaction des Lois, et la seule méthode d'attaque que je possède est pratiquement inopérante. En un mot, je ne vois pas en quoi je puis vous aider, Stephen.

Le Coordinateur eut un rire bref.

— Permettez-moi néanmoins de vous exposer le reste. Je vais vous donner mes théories et peut-être pourrez-vous ensuite me dire si elles sont applicables à la lumière de la robopsychologie.

— Je vous en prie.

— Puisque les Machines nous donnent des réponses erronées, et qu'on assure qu'elles ne peuvent pas se tromper, il ne reste qu'une possibilité : *on leur fournit des informations fausses !* En d'autres termes, le défaut est d'origine humaine et non point robotique. J'ai donc effectué ma récente inspection planétaire...

— A l'issue de laquelle vous venez de rentrer à New York.

— En effet. C'était nécessaire, voyez-vous, puisque les Machines sont au nombre de quatre, et que chacune d'elles s'occupe d'une Région planétaire. *Et toutes les quatre fournissent des résultats imparfaits !*

— Cela coule de source, Stephen. Si l'une des Machines est imparfaite, cela apparaîtra obligatoirement dans les résultats fournis par les trois autres, puisque chacune des autres s'appuie pour former ses propres décisions sur la perfection de l'imparfaite quatrième. Une telle assertion suffira pour qu'elles donnent des réponses erronées.

— C'est bien ce qu'il me semblait. J'ai ici l'enregistrement de mes conversations avec chacun des Coordinateurs Régionaux. Voulez-vous les parcourir avec moi ?... Oh, et tout d'abord avez-vous entendu parler de la Société pour l'Humanité ?

— En effet. C'est une ramification des Fondamentalistes qui a empêché l'U.S. Robots d'employer une main-d'œuvre de robots positroniques sous prétexte de concurrence déloyale. La Société pour l'Humanité est elle-même anti-Machines, n'est-ce pas ?

— Oui, oui, mais vous verrez. Commençons-nous ? Nous allons débuter par la Région Est.

— Comme vous voudrez...

RÉGION EST.

a — Superficie : 19 200 000 de kilomètres carrés.
b — Population : 1 700 000 000 d'habitants.
c — Capitale : Shanghai.

L'arrière-grand-père de Ching Hso-lin avait été tué au cours de l'invasion japonaise de la vieille République chinoise, et nul, à part ses enfants, n'avait pleuré sa perte ni n'en avait même été averti. Le grand-père de Ching Hso-lin avait survécu à la guerre civile des années 40, mais nul, à part ses enfants, n'en avait rien su et ne s'en était préoccupé.

Pourtant Ching Hso-lin était Vice-Coordinateur régional et s'occupait du bien-être économique de la moitié de la population de la Terre.

Peut-être est-ce en considération de ce fait que Ching ne possédait que deux cartes pour tout ornement, dans son bureau. L'une était un vieux document tracé à la main, représentant un arpent de terre ou deux et portant les pictogrammes, actuellement tombés en désuétude, de la Chine antique. Une petite crique était dessinée de biais sur des lignes passées et l'on distinguait les délicats coups de pinceau indiquant des huttes basses, dans l'une desquelles était né le grand-père de Ching.

La seconde carte était immense, d'un graphisme précis, avec tous les noms inscrits en caractères cyrilliques soignés. La frontière rouge qui délimitait la Région Est englobait dans son enceinte tout ce qui avait été autrefois la Chine, les Indes, la Birmanie, l'Indochine et l'Indonésie. Sur cette carte, dans la vieille province de Szechuan, se trouvait une petite marque si légère que nul ne pouvait la voir et qui indiquait l'emplacement de la ferme ancestrale de Ching.

Ching se tenait debout devant ces cartes et s'adressait à Stephen Byerley dans un anglais précis.

— Nul mieux que vous ne sait, monsieur le Coordinateur, que ma fonction est plutôt une sinécure. Elle comporte un certain lustre social, et je sers de point focal fort commode pour l'administration, mais par ailleurs c'est la Machine qui accomplit tout le travail. Que pensez-vous par exemple des établissements hydroponiques de Tientsin ?

— Extraordinaires ! dit Byerley.

— Ce n'est pourtant qu'une unité parmi des douzaines et elle n'est pas la plus grande. Shanghai, Calcutta, Batavia, Bangkok... elles sont largement développées et permettent de nourrir une population d'un milliard sept cents millions d'habitants.

— Cependant, dit Byerley, vous avez du chômage à Tientsin. Est-il possible que vous produisiez trop ? Il est invraisemblable de penser que l'Asie puisse souffrir d'un excédent de vivres.

Les yeux noirs de Ching se plissèrent :

— Non, nous n'en sommes pas encore là. Il est vrai qu'au cours des derniers mois plusieurs réservoirs ont été fermés à Tientsin, mais ce n'est pas très sérieux. Les hommes ont été mis à pied temporairement et ceux qui acceptent de travailler loin de chez eux ont été embarqués pour Colombo, où un nouvel établissement vient de s'ouvrir.

— Pourquoi a-t-il fallu fermer les réservoirs ?

Ching sourit aimablement :

— Vous ne connaissez pas grand-chose à l'hydroponique, il me semble. Cela n'a rien de surprenant. Vous êtes un homme du Nord, où la culture du sol est encore rentable. Il est de bon ton, dans le Nord, de penser à l'hydroponique — lorsqu'on y pense — comme un procédé pour faire pousser des navets dans une solution chimique, ce qui est exact... d'une manière extrêmement compliquée.

« Tout d'abord, les plus grandes cultures, et de loin, concernent la levure, dont le pourcentage est d'ailleurs en augmentation. Nous avons plus de deux mille filtres à levure en production et de nouvelles unités viennent s'y ajouter chaque mois. Les aliments de base chimiques des différentes levures sont les nitrates et les phosphates parmi les produits inorganiques, en même temps que les quantités convenables de traces métalliques nécessaires et les doses infinitésimales par million de volume de bore et de molybdène indispensables. Les matières organiques sont surtout représentées par des mixtures sucrées dérivées de l'hydrolyse de la cellulose, mais il faut y ajouter divers éléments alimentaires.

« Pour obtenir une industrie hydroponique florissante — capable de nourrir dix-sept cents millions d'habitants — nous devrons entreprendre un immense programme de reboisement à travers l'Est ; nous devrons construire d'immenses usines de conversion du bois pour exploiter convenablement nos jungles du Sud ; nous devrons posséder des ressources énergétiques, de l'acier et par-dessus tout des matières de synthèse chimique.

— Pourquoi ces dernières ?

— Parce que ces filtres de levure possèdent chacun leurs propriétés particulières. Nous avons mis en place deux mille filtres, comme je vous l'ai dit. Le bifteck que vous avez cru manger aujourd'hui était de la levure. Les fruits confits que vous avez consommés au dessert étaient de la levure. Nous avons filtré du jus de levure qui avait le goût, l'apparence et toute la valeur nutritive du lait.

« C'est la saveur plus que tout le reste, voyez-vous, qui rend populaire l'alimentation à la levure et c'est pour obtenir la saveur que nous avons développé des filtres artificiels domestiqués qui ne peuvent désormais plus se contenter d'un régime à base de sel et de sucre. L'un exige de la biotine ; un autre de l'acide ptéroylglutamique ; d'autres encore réclament dix-sept différents acides aminés en même temps que toutes les vitamines B sauf une. Pourtant elle connaît une grande popularité et nous ne pouvons l'abandonner...

Byerley s'agita sur son siège :

— Pourquoi me dites-vous tout cela ?

— Vous m'avez demandé, monsieur, pourquoi il y a du chômage à Tientsin. Je vous dois quelques autres explications. Ce n'est pas seulement que nous ayons besoin de ces divers éléments nutritifs pour nos levures ; mais il nous faut encore compter avec l'engouement passager des populations pour certaines productions et la possibilité de mettre en chantier de nouveaux filtres producteurs, correspondant au goût du jour. Tout cela doit être prévu et c'est la Machine qui s'en charge...

— Mais imparfaitement...

— Mon Dieu, pas tellement, si l'on songe aux complications que je viens de mentionner. Sans doute quelques milliers de travailleurs se trouvent temporairement sans emploi à Tientsin. Mais si l'on veut bien réfléchir, le coefficient total d'erreur, aussi bien en excédent qu'en déficit, entre la demande et la production, au cours de l'année dernière, n'atteint pas un pour mille. J'estime que...

— Il n'en reste pas moins qu'au cours des premières années, ce chiffre était plus proche d'un pour cent mille.

— Pardon, mais au cours des dix années qui se sont écoulées depuis que la Machine a commencé sérieusement ses opérations, nous nous en sommes servis pour décupler notre ancienne industrie de production de levure. Il est normal que les imperfections augmentent parallèlement à la complexité, bien que...

— Bien que... ?

— ... il y ait le curieux exemple de Rama Vrasayana.

— Que lui arriva-t-il ?

— Vrasayana dirigeait une usine d'évaporation de saumure pour la production de l'iode, dont la levure peut se passer mais non pas les humains. Son usine fut obligée de déclarer forfait.

— Vraiment ? Et par quoi y fut-elle contrainte ?

— Par la concurrence. En général l'une des principales fonctions de la Machine est d'indiquer la répartition la plus efficace de nos unités de production. Il est évidemment désavantageux que certains secteurs soient insuffisamment approvisionnés, car dans ce cas les frais de transport interviennent pour une proportion trop grande dans la balance générale. De même, il est désavantageux qu'un secteur soit trop abondamment approvisionné, car les usines doivent fonctionner au-dessous de leur capacité, à moins qu'elles n'entrent dans une compétition préjudiciable les unes avec les autres. Dans le cas de Vrasayana, une nouvelle usine fut installée dans la même ville, avec un système doté d'un meilleur rendement d'extraction.

— La Machine l'a permis ?

— Certainement. Cela n'a rien de surprenant. Le nouveau système se répand largement. Le plus surprenant de l'affaire c'est que la Machine n'avertit pas Vrasayana de rénover ses installations... mais peu importe. Vrasayana accepta un poste d'ingénieur dans la nouvelle usine et, si ses responsabilités et ses émoluments sont moins importants, on ne peut pas dire qu'il en ait véritablement pâti. Les travailleurs ont facilement trouvé un emploi ; l'ancienne usine a été reconvertie d'une façon ou d'une autre. Mais elle conserve son utilité. Nous avons laissé à la Machine le soin de tout régler.

— Et par ailleurs, vous ne recevez pas de doléances ?

— Pas la moindre !

RÉGION TROPICALE.
a — Superficie : 56 000 000 de kilomètres carrés.
b — Population : 500 000 000 d'habitants.
c — Capitale : Capital City.

La carte qui figurait dans le bureau de Lincoln Ngoma était fort loin d'égaler la précision et la netteté dont se prévalait celle de Ching, dans son domaine de Shanghai. Les frontières de la Région Tropicale de Ngoma étaient tracées au crayon bistre et entouraient une magnifique aire intérieure étiquetée « jungle », « désert », et « ici éléphants et toutes sortes de bêtes étranges ».

Cette frontière avait une vaste étendue car, en superficie, la Région Tropicale englobait la majeure partie de deux continents : toute l'Amérique du Sud, au nord de l'Argentine, et toute l'Afrique, au sud de l'Atlas. Elle comprenait également l'Amérique du Nord au sud du Rio Grande et même l'Arabie et l'Iran, en Asie. C'était l'inverse de la Région Est. Tandis que les fourmilières de l'Orient renfermaient la moitié de l'humanité dans 15 % des terres émergées, les Tropiques dispersaient leurs 15 % d'humanité sur près de la moitié de ces mêmes surfaces.

Mais elle était en pleine croissance. C'était la seule Région dont la population s'accroissait davantage par l'immigration que par les naissances... Et elle avait de quoi employer tous ceux qui se présentaient.

Aux yeux de Ngoma, Stephen Byerley ressemblait à l'un de ces immigrants au visage pâle, en quête d'un travail créateur qui leur permettrait de transformer une nature hostile en lui donnant la douceur nécessaire à l'homme, et il ressentait instinctivement le dédain de l'homme fort né sous les impitoyables Tropiques pour les infortunés à face d'endive qui avaient vu le jour sous un soleil plus froid.

Les Tropiques possédaient la capitale la plus récente de toute la Terre et on l'appelait tout simplement « Capital City » avec la sublime confiance de la jeunesse. Elle s'étendait avec luxuriance sur les fertiles plateaux du Nigeria, et à l'extérieur des fenêtres de Ngoma, très loin en contrebas, grouillaient la vie et la couleur ; le brillant, brillant soleil et les rapides averses diluviennes. Le caquetage des oiseaux couleur d'arc-en-ciel lui-même était plein de vivacité et les étoiles étaient de fines pointes d'épingle dans la nuit sombre.

Ngoma riait. Il était grand, il était beau, avec un visage sombre, plein de force.

— Sans doute, disait-il, et son anglais familier lui remplissait la bouche, le Canal Mexicain a du retard sur son programme. Et après ? N'empêche qu'on le terminera un jour ou l'autre, mon vieux.

— Il y a six mois, les travaux progressaient encore normalement.

Ngoma regarda Byerley, coupa lentement l'extrémité d'un cigare avec ses dents, le recracha et alluma l'autre bout.

— S'agit-il d'une enquête officielle, Byerley ? Que se passe-t-il ?

— Rien, rien du tout. Simplement, il entre dans mon rôle de Coordinateur d'être curieux.

— A vrai dire, vous tombez au mauvais moment. D'ailleurs nous sommes toujours à court de main-d'œuvre. Ce ne sont pas les travaux qui manquent dans les Tropiques. Le Canal n'est que l'un d'eux...

— Mais votre Machine ne vous donne-t-elle pas les prévisions en main-d'œuvre disponible pour le Canal... en tenant compte des autres travaux en cours ?

Ngoma posa une main derrière son cou et souffla des ronds de fumée vers le plafond :

— Elle s'est légèrement trompée.

— Lui arrive-t-il souvent de se tromper légèrement ?

— Pas tellement... Nous n'attendons pas trop de sa part, Byerley. Nous lui fournissons des informations. Nous recueillons les résultats. Nous nous conformons à ses décisions. Mais elle ne constitue pour nous qu'une commodité ; un dispositif destiné à nous économiser la besogne, ni plus ni moins ; nous pourrions nous en passer s'il le fallait. Ce serait plus difficile, moins rapide peut-être. Mais le travail serait fait.

« Nous avons confiance, Byerley, c'est là notre secret. Confiance ! Nous disposons de terres nouvelles qui nous attendaient depuis des milliers d'années, tandis que le reste du monde était déchiré par les querelles sordides de l'ère pré-atomique. Nous ne sommes pas réduits à manger de la levure comme les gens de l'Est et nous n'avons pas à nous préoccuper comme vous, gens du Nord, des séquelles rancies du siècle précédent.

« Nous avons exterminé la mouche tsé-tsé et le moustique anophèle, et les gens découvrent à présent qu'ils peuvent vivre au soleil et s'y plaire. Nous avons défriché les jungles et découvert de l'humus ; nous avons irrigué les déserts et découvert des jardins. Nous avons du charbon et du pétrole en réserve intacts, et des minéraux innombrables.

« Qu'on nous fiche la paix, c'est tout ce que nous demandons au reste du monde... qu'on nous fiche la paix et qu'on nous laisse travailler.

— Mais le Canal, dit Byerley prosaïquement, n'avait pas de retard il y a six mois. Que s'est-il passé ?

Ngoma étendit les mains.

— Des difficultés de main-d'œuvre.

Il fouilla dans une pile de papiers sur sa table de travail et y renonça.

— Il y a là-dedans un document sur la question, murmura-t-il, mais peu importe. Il s'est produit une crise de main-d'œuvre au Mexique, à un certain moment, à propos de femmes. Il n'y avait pas suffisamment de femmes dans le voisinage. Apparemment, nul n'avait pensé à fournir des informations sexuelles à la Machine.

Il s'interrompit pour rire avec ravissement puis reprit son sérieux.

— Attendez une minute. J'ai son nom sur le bout des lèvres... Villafranca !

— Villafranca ?

— Francisco Villafranca... c'était l'ingénieur qui dirigeait les travaux. Attendez que je mette de l'ordre dans mes idées. Voyons... Il s'est produit quelque chose... un éboulement... c'est cela, c'est cela. Il n'y eut pas mort d'homme, si je me souviens bien... mais quel scandale !

— Tiens ?

— Une erreur s'était glissée dans ses calculs... C'est du moins ce que dit la Machine. On lui avait fourni les documents de Villafranca, ses prévisions et ainsi de suite, la nature du terrain sur lequel il avait commencé les travaux. La Machine donna des réponses différentes. Il semble que les données utilisées par Villafranca ne tenaient pas compte de l'effet des importantes chutes de pluie sur les parois de la taille... ou quelque chose de ce genre. Je ne suis pas ingénieur, vous comprenez.

« Quoi qu'il en soit, Villafranca protesta avec la dernière énergie. Il prétendit que la Machine ne lui avait pas fourni les mêmes réponses la première fois. Qu'il avait suivi fidèlement ses indications. Là-dessus il donne sa démission ! Nous lui avons offert de le garder... son travail nous avait donné satisfaction jusqu'à présent... Dans un emploi subalterne, naturellement... impossible de faire autrement... des erreurs ne peuvent passer inaperçues... c'est fâcheux pour la discipline... Où en étais-je ?

— Vous lui avez offert de le garder.

— Ah oui ! Il a refusé... En somme, nous n'avons que deux mois de retard. C'est-à-dire presque rien.

Byerley étendit la main et ses doigts vinrent tambouriner légèrement sur la table.

— Villafranca accusait la Machine, n'est-ce pas ?

— Il n'allait tout de même pas s'accuser lui-même ? Voyons les choses en face ; la nature humaine est une vieille amie. En outre, il me vient autre chose à la mémoire... Pourquoi diable ne puis-je jamais retrouver les documents lorsque j'en ai besoin ? Mon système de classement ne vaut pas un pet de lapin... Ce Villafranca était membre de l'une de vos organisations nordiques. Le Mexique est trop proche du Nord. C'est de là que vient en partie le mal.

— De quelle organisation parlez-vous ?

— De la Société pour l'Humanité, comme on l'appelle. Villafranca assistait régulièrement aux conférences annuelles à New York. Une bande de cerveaux fêlés mais inoffensifs... Ils n'aiment pas les Machines, prétendent qu'elles détruisent l'initiative humaine. C'est pourquoi Villafranca ne pouvait faire autrement que de faire retomber le blâme sur la Machine... Personnellement, je ne comprends rien à ce groupe. A voir Capital City, dirait-on que la race humaine est en train de perdre son esprit d'initiative ?

Et Capital City s'étirait dans sa gloire dorée sous un soleil éclatant... la plus récente création de l'*Homo metropolis*.

RÉGION EUROPÉENNE.

a — Superficie : 10 000 000 de kilomètres carrés.

b — Population : 300 000 000 d'habitants.

c — Capitale : Genève.

La Région Européenne constituait une anomalie sous plusieurs aspects. En superficie, elle était de loin la plus petite, puisqu'elle n'atteignait pas le cinquième de la surface de la Région Tropicale, et sa population n'était pas le cinquième de celle de la Région Est. Géographiquement, elle n'était semblable qu'approximativement à l'Europe pré-atomique, puisqu'elle excluait ce qui avait été la Russie d'Europe et les îles Britanniques, tandis qu'elle comprenait les côtes méditerranéennes de l'Afrique et de l'Asie et, par un étrange bond au-dessus de l'Atlantique, l'Argentine, le Chili et l'Uruguay.

Cette configuration n'était pas de nature à améliorer son statut vis-à-vis des autres Régions de la Terre, sauf en ce que les provinces sud-américaines lui conféraient de vigueur. De toutes les Régions, elle était la seule à subir une baisse démographique par rapport au demi-siècle écoulé. Elle était la seule à ne pas avoir développé ses moyens de production et à n'avoir offert rien de radicalement nouveau à la culture humaine.

— L'Europe, dit Mme Szegeczowska dans son doux parler français, est essentiellement une dépendance économique de la Région Nord. Nous le savons et n'en avons cure.

Et en manière d'acquiescement résigné de ce défaut d'individualité, il n'existait aucune carte d'Europe sur les murs du bureau de Mme la Coordinatrice.

— Et pourtant, fit remarquer Byerley, vous disposez d'une Machine personnelle, et vous n'êtes certainement pas soumise à la moindre pression économique de la part des territoires outre-Atlantique.

— Une Machine ? Bah !

Elle haussa ses délicates épaules, et laissa un mince sourire errer sur son visage tandis qu'elle prenait une cigarette de ses longs doigts fuselés :

— L'Europe est somnolente. Et ceux de nos hommes qui n'émigrent pas aux Tropiques somnolent également. N'est-ce pas à moi, faible femme, qu'incombe la charge de Vice-Coordinateur ? Fort heureusement, le travail n'est pas difficile et l'on n'attend pas trop de moi.

« Pour ce qui est de la Machine... que peut-elle dire si ce n'est : Faites ceci, c'est ce qui vous convient le mieux. Mais qu'est-ce qui nous convient le mieux ? D'être sous la dépendance économique de la Région Nord.

« Est-ce tellement terrible après tout ? Pas de guerres ! Nous vivons en paix... et c'est bien agréable après sept mille ans de guerre. Nous sommes vieux, monsieur. Dans nos frontières se trouve le berceau de la civilisation occidentale. Nous avons l'Égypte et la Mésopotamie ; la Crète et la Syrie ; l'Asie Mineure et la Grèce... Mais la vieillesse n'est pas nécessairement une période malheureuse. Ce peut être un épanouissement...

— Vous avez peut-être raison, dit Byerley aimablement, du moins le rythme de la vie y est-il moins intense que dans les autres Régions. On y respire une atmosphère agréable.

— N'est-ce pas ?... On apporte le thé, monsieur. Si vous voulez bien indiquer vos préférences en matière de crème et de sucre... Merci.

Elle but une gorgée et continua :

— Agréable, en effet. Que le reste du monde se livre à cet incessant combat ! Je découvre ici un parallèle, et des plus intéressants. Il fut un temps où Rome était la maîtresse du monde. Elle avait adopté la culture et la civilisation de la Grèce ; une Grèce qui n'avait jamais été unie, qui s'était ruinée dans la guerre et qui finissait dans une décadence crasseuse. Rome lui apporta l'unité, la paix et lui permit de mener une vie sans gloire. Elle se consacra à ses philosophes et à ses arts, loin du fracas des armes et des troubles de la croissance. C'était une sorte de mort, mais reposante, qui dura quatre cents ans, avec quelques interruptions mineures.

— Pourtant, dit Byerley, Rome finit par tomber et ce fut la fin du sommeil enchanté.

— Il n'existe plus de barbares pour renverser la civilisation.

— Nous pouvons être nos propres barbares, madame Szegeczowska... Oh ! à propos, je voulais vous poser une question. Les mines de mercure d'Almaden ont subi une terrible chute de production. Les réserves de minerai ne s'épuisent sûrement pas plus vite que prévu ?

Les yeux gris de la petite femme se posèrent avec perspicacité sur Byerley.

— Les barbares... la chute de la civilisation... une défaillance possible de la Machine. Le cheminement de votre pensée est fort transparent en vérité, cher monsieur.

— Vraiment ? (Byerley sourit.) Voilà ce que c'est que d'avoir affaire à des hommes, comme cela m'est arrivé jusqu'à présent !... Vous estimez donc que l'affaire d'Almaden est la faute de la Machine ?

— Pas du tout, mais c'est vous qui le pensez, à mon avis. Vous êtes originaire de la Région Nord. Le bureau central de Coordination se trouve à New York... et je crois que les gens du Nord ne font pas tellement confiance à la Machine, je l'ai remarqué depuis un certain temps.

— Tiens, tiens !

— Il y a votre Société pour l'Humanité qui est forte dans le Nord, mais qui naturellement ne parvient pas à trouver beaucoup de recrues dans notre vieille Europe fatiguée. Or, celle-ci est toute disposée à laisser la faible humanité s'occuper de ses propres oignons, pendant quelque temps encore. Sûrement vous appartenez au Nord confiant et non point au vieux continent cynique.

— Ce propos a-t-il quelque rapport avec Almaden ?

— J'en suis persuadée. Les mines sont sous le contrôle de la Cinnabar Consolidated, qui est sans nul doute possible une compagnie nordique dont le siège social est à Nikolaev. Personnellement, je me demande si le Comité Directeur a jamais consulté la Machine. Au cours de la conférence du mois dernier, ses membres ont prétendu le contraire et naturellement nous ne possédons pas la preuve qu'ils mentent, mais je ne croirais pas un Nordique sur parole à ce sujet — soit dit sans vous offenser — en n'importe quelle circonstance... Néanmoins, je pense que tout se terminera pour le mieux.

— Comment l'entendez-vous, chère madame ?

— Il vous faut comprendre que les irrégularités économiques des derniers mois, bien que minimes comparées aux grandes tempêtes du passé, sont de nature à troubler profondément nos esprits saturés de paix et ont causé une agitation considérable dans la province espagnole. Si j'ai bien compris, la Cinnabar Consolidated est en passe d'être vendue à un groupe d'Espagnols autochtones. C'est un fait consolant. Si nous sommes les vassaux économiques du Nord, il est humiliant que le fait soit annoncé à tous les échos... Et l'on peut faire davantage confiance à nos citoyens pour suivre les prescriptions de la Machine.

— Par conséquent vous estimez que ces défaillances ne se reproduiront pas ?

— J'en suis certaine... du moins à Almaden.

RÉGION NORD.
a — Superficie : 46 000 000 de kilomètres carrés.
b — Population : 800 000 000 d'habitants.
c — Capitale : Ottawa.

La Région Nord, sous plus d'un aspect, occupait le sommet de l'échelle. Ce fait était amplement démontré par la carte affichée dans le bureau du Vice-Coordinateur Hiram Mackenzie, dont le pôle Nord occupait le centre. A l'exception de l'enclave européenne avec ses régions scandinave et islandaise, tout le périmètre arctique faisait partie de la Région Nord.

Grosso modo, on pouvait la diviser en deux aires principales. Sur la gauche de la carte se trouvait toute l'Amérique du Nord, au-dessus du Rio Grande. A droite, tous les territoires qui avaient autrefois constitué l'Union soviétique. Ensemble, ces aires représentaient la véritable puissance de la planète dans les premières années de l'ère atomique. Entre les deux se trouvait la Grande-Bretagne, langue de la Région léchant l'Europe. Au sommet de la carte, distordues en formes étranges et gigantesques, se trouvaient l'Australie et la Nouvelle-Zélande, également provinces dépendant de la Région.

Tous les changements intervenus au cours des décennies écoulées n'avaient rien pu changer au fait que le Nord était le dirigeant économique de la planète.

On pouvait discerner une sorte de symbolisme ostentatoire dans le fait que, de toutes les cartes régionales officielles que Byerley avait pu voir, seule celle de Mackenzie représentait toute la Terre, comme si le Nord ne craignait aucune concurrence, n'avait besoin d'aucun favoritisme pour faire état de sa prééminence.

— C'est impossible, dit Mackenzie d'un air buté. Monsieur Byerley, vous n'avez reçu aucune formation dans la technique des robots, si je ne m'abuse ?

— En effet.

— Hum, à mon avis il est regrettable que Ching, Ngoma et Mme Szegeczowska n'en sachent pas plus que vous. L'opinion prévaut malheureusement chez les peuples de la Terre qu'un Coordinateur n'a besoin que d'être un organisateur capable, un homme rompu aux vastes généralisations et un garçon aimable. Aujourd'hui il devrait également connaître sa robotique sur le bout du doigt — soit dit sans vous offenser.

— Je ne conçois aucune offense. Je suis entièrement d'accord avec vous.

— Je déduis, par exemple, de vos propos précédents, que vous inquiétez des perturbations infimes intervenues dans l'économie mondiale. J'ignore ce que vous soupçonnez, mais il est déjà arrivé dans le passé que des gens — qui auraient dû être mieux informés — se soient demandé ce qui se passerait si des informations fausses étaient fournies à la Machine.

— Et que se passerait-il, monsieur Mackenzie ?

— Eh bien... (L'Écossais changea de position et soupira.) Toutes les informations recueillies sont criblées par un système compliqué qui comporte à la fois un contrôle humain et mécanique, si bien que le problème a peu de chances de se présenter... Mais ignorons cela. Les humains sont faillibles, sujets à la corruption, et les dispositifs mécaniques sont susceptibles de défaillance.

« Ce qu'il importe de préciser, c'est qu'une « information fausse »
est par définition incompatible avec toutes autres informations connues.
C'est le seul critère qui nous permette de distinguer le vrai du faux.
C'est également celui de la Machine. Ordonnez-lui par exemple de
diriger l'activité agricole sur la base d'une température moyenne de
14° centigrades au mois de juillet dans l'État d'Iowa. Elle ne l'acceptera
pas. Elle ne donnera aucune réponse... Non point qu'elle nourrisse un
préjugé contre cette température particulière, ou qu'une réponse soit
impossible ; mais étant donné les informations qui lui ont été fournies
durant une période de plusieurs années, elle sait que la probabilité
d'une température moyenne de 14° au mois de juillet est pratiquement
nulle. Et par conséquent elle rejette cette information.

« La seule façon de lui faire ingurgiter de force une « information
fausse » consiste à la lui présenter dans un ensemble logique, où l'erreur
subsiste d'une manière trop subtile pour que la Machine puisse la
déceler, à moins encore qu'elle ne soit en dehors de sa compétence. La
première hypothèse n'est pas réalisable par l'homme, et la seconde ne
l'est guère davantage et devient de plus en plus improbable vu que
l'expérience de la Machine s'accroît d'instant en instant.

Stephen Byerley plaça deux doigts sur son nez.

— Donc on ne peut « trafiquer » la Machine... Dans ce cas,
comment expliquez-vous les erreurs récentes ?

— Mon cher Byerley, je vois que, instinctivement, vous vous laissez
abuser par ce concept erroné... selon lequel la Machine posséderait
une science universelle. Permettez-moi de vous citer un cas puisé dans
mon expérience personnelle. L'industrie du coton emploie des acheteurs
expérimentés pour acheter le coton. Ils procèdent en prélevant une
touffe de coton sur balle prise au hasard. Ils examineront cette
touffe, éprouveront sa résistance, écouteront peut-être, ce faisant, les
crépitements produits, y passeront la langue et détermineront ainsi la
catégorie de coton que les balles représentent. Celles-ci sont au nombre
d'environ une douzaine. A la suite de leur décision, les achats sont
effectués à des prix donnés, des mélanges sont faits selon des
proportions déterminées... Ces acheteurs ne peuvent être remplacés par
la Machine.

— Pourquoi pas ? Je ne crois certes pas que les informations
nécessaires à cet examen soient trop compliquées pour elle ?

— Probablement pas. Mais à quelles informations exactement faites-
vous allusion ? Nul chimiste textile ne sait exactement ce que l'acheteur
teste lorsqu'il examine une touffe de coton. Il s'agit probablement de
la longueur moyenne des fibres, de leur texture, de l'étendue et de la
nature de leur souplesse, de la manière dont elles adhèrent les unes
aux autres et ainsi de suite... Plusieurs douzaines de conditions
différentes, inconsciemment appréciées, à la suite de nombreuses années
d'expérience. Mais la nature quantitative de ces tests n'est pas connue ;
peut-être la nature de certains d'entre eux est-elle impossible à

déterminer. C'est pourquoi nous n'avons rien à fournir à la Machine. Les acheteurs ne peuvent pas davantage expliquer leur propre jugement. La seule chose qu'ils puissent dire c'est : Regardez cet échantillon ; il est clair qu'il appartient à telle et telle catégorie.

— Je vois.

— Il existe d'innombrables cas de ce genre. La Machine n'est après tout qu'un outil, qui permet à l'humanité de progresser plus rapidement en la déchargeant d'une partie des besognes de calcul et d'interprétation. Le rôle du cerveau humain demeure ce qu'il a toujours été : celui de découvrir les informations qu'il conviendra d'analyser et d'imaginer de nouveaux concepts pour procéder aux tests. Il est regrettable que la Société pour l'Humanité ne puisse le comprendre.

— Elle est contre la Machine ?

— Elle eût été contre les mathématiques ou contre l'écriture si elle avait existé à l'époque appropriée. Ces réactionnaires de la société prétendent que la Machine dépouille l'homme de son âme. Je m'aperçois que les hommes de valeur occupent toujours les premières places dans notre société ; nous avons toujours besoin d'hommes assez intelligents pour découvrir les questions qu'il convient de poser. Peut-être, si nous pouvions en trouver en nombre suffisant, ces perturbations qui vous inquiètent, Coordinateur, ne se produiraient pas.

TERRE *(y compris le continent inhabité, appelé Antarctique).*
a — Superficie : 138 000 000 de kilomètres carrés (terres émergées).
b — Population : 3 300 000 000 d'habitants.
c — Capitale : New York.

Le feu commençait maintenant à baisser derrière le quartz et vacillait en se préparant à mourir, quoique à regret.

Le Coordinateur avait la mine sombre, et son humeur était en harmonie avec le feu agonisant.

— Ils minimisent unanimement la gravité des incidents. (Il parlait d'une voix basse.) De toute évidence, ils se moquent de moi... Et pourtant... Vincent Silver m'a affirmé que les Machines ne peuvent être en mauvais état de fonctionnement et je dois le croire. Mais les Machines déraillent d'une façon ou d'une autre et cela, je dois le croire également... si bien que je me retrouve devant le même dilemme.

Il jeta un regard de côté à Susan Calvin qui, les yeux fermés, paraissait dormir.

— Et alors ? demanda-t-elle néanmoins.

— Il faut croire que des informations correctes sont fournies à la Machine, qu'elle donne des réponses correctes, mais qu'on n'en tient pas compte. Elle ne peut contraindre les gens à se conformer à ses décisions.

— Mme Szegeczowska a fait la même réflexion en se référant aux Nordiques en général, il me semble.

— C'est exact.

— Et quels desseins poursuit-on en désobéissant à la Machine ? Examinons les mobiles possibles.

— Ils me paraissent évidents et devraient également l'être pour vous. Il s'agit de faire tanguer la barque délibérément. Il ne peut survenir aucun conflit sérieux sur la Terre, provoqué par un groupe ou un autre, désireux d'augmenter son pouvoir pour ce qu'il croit être son plus grand bien, sans se soucier du tort qu'il peut causer à l'Humanité en général, tant que la Machine dirige. Si la foi populaire dans les Machines peut être détruite au point qu'on vienne à les abandonner, ce sera de nouveau la loi de la jungle... Et aucune des quatre Régions ne peut être blanchie du soupçon de méditer une telle manœuvre.

« L'Est détient sur son territoire la moitié de l'humanité, et les Tropiques plus de la moitié des ressources terrestres. Chacune de ces Régions peut se croire la maîtresse naturelle de la Terre, et chacune d'elles garde le souvenir d'une humiliation infligée par le Nord, dont elle méditerait de tirer une vengeance insensée, ce qui est en somme assez humain. D'autre part, l'Europe possède une tradition de grandeur. Autrefois, elle a effectivement dominé la Terre, et il n'est rien qui ne colle davantage à la peau que le souvenir du pouvoir.

« Pourtant, d'un autre côté, il est difficile de le croire. L'Est et les Tropiques sont le théâtre d'une gigantesque expansion à l'intérieur de leurs territoires respectifs. Tous deux montent à une vitesse incroyable. Ils ne disposent pas d'énergie à revendre pour la gaspiller en aventures militaires. Et l'Europe ne peut rien obtenir que ses rêves. C'est une énigme, militairement parlant.

— Donc, Stephen, dit Susan, vous laissez le Nord de côté.

— Parfaitement, dit Byerley énergiquement. Le Nord est à présent le plus fort, et l'a été depuis près d'un siècle. Mais il perd relativement du terrain aujourd'hui. La Région Tropicale se taille une place au premier rang de la civilisation, pour la première fois depuis l'époque des Pharaons, et certains Nordiques craignent cette éventualité.

« La Société pour l'Humanité est une organisation nordique, vous le savez, et ses membres ne font pas mystère de leur hostilité à l'égard des Machines... Ils sont en petit nombre, Susan, mais c'est une association de gens puissants. Des directeurs d'usines, d'industries et de combinats agricoles, qui détestent jouer le rôle de ce qu'ils appellent *les garçons de courses de la Machine,* en font partie. Des hommes ambitieux en font partie. Des gens qui se sentent assez forts pour décider eux-mêmes de ce qui leur convient le mieux, et non pas simplement de ce qui est le mieux pour les autres.

« En un mot, des hommes qui, en refusant avec ensemble d'appliquer les décisions de la Machine, peuvent d'un jour à l'autre jeter le monde dans le chaos... Ce sont ceux-là mêmes qui appartiennent à la Société pour l'Humanité.

« Tout se tient, Susan. Cinq des directeurs des Aciéries mondiales en font partie, et les Aciéries mondiales souffrent de surproduction.

La Cinnabar Consolidated, qui extrayait le mercure aux mines d'Alma-den, était une firme nordique. Ses livres sont en cours de vérification, mais l'un au moins des hommes concernés faisait partie de l'association. Un certain Francisco Villafranca, qui à lui seul retarda de deux mois la construction du Canal, est membre de l'organisation comme nous le savons déjà... Il en va de même de Rama Vrasayana, et je n'ai pas été le moins du monde surpris de l'apprendre.

— Ces hommes ont tous mal agi... dit Susan d'une voix calme.

— Naturellement, répondit Byerley, désobéir à la Machine revient à suivre une voie qui n'est pas idéale. Les résultats sont moins bons que prévus. C'est le prix qu'ils doivent payer. On leur fera la vie dure à présent, mais dans la confusion qui va suivre éventuellement...

— Que comptez-vous faire exactement, Stephen ?

— Il n'y a évidemment pas de temps à perdre. Je vais faire interdire la Société, et tous ses membres seront déchus de leurs postes. Désormais tous les cadres et tous les techniciens candidats à des postes de responsabilité devront jurer sur l'honneur qu'ils n'appartiennent pas à la Société pour l'Humanité. Cela signifiera un amoindrissement des libertés civiques fondamentales, mais je suis sûr que le Congrès...

— Cela ne donnera rien !

— Comment ?... Pourquoi pas ?

— Je vais vous faire une prédiction. Si vous vous lancez dans une pareille tentative, vous vous trouverez paralysé à chaque instant. Vous vous apercevrez qu'il est impossible d'appliquer vos mesures et que chaque fois que vous tenterez un pas dans cette direction, de nouvelles difficultés naîtront sur votre route.

Byerley était atterré :

— Pourquoi dites-vous cela ? Je vous avoue que je comptais plutôt sur votre approbation.

— Je ne puis vous la donner tant que vos décisions se fondent sur des prémisses fausses. Vous admettez que la Machine ne peut se tromper et ne peut absorber des informations erronées. Je vais vous démontrer qu'on ne peut davantage lui désobéir ainsi que le fait, selon vous, la Société pour l'Humanité.

— Je ne vois pas du tout comment vous le pourriez.

— Alors écoutez-moi. Toute action effectuée par un cadre qui ne suit pas exactement les directives de la Machine avec laquelle il travaille devient une partie de l'information servant à la résolution du problème suivant. Par conséquent, la Machine sait que le cadre en question a une certaine tendance à désobéir. Elle peut incorporer cette tendance dans cette information... même quantitativement, c'est-à-dire en jugeant exactement dans quelle mesure et dans quelle direction la désobéissance se produira. Ses réponses suivantes seraient tout juste suffisamment faussées de telle manière que, aussitôt après avoir désobéi, le cadre en question se trouverait contraint de corriger ces réponses dans une direction optimale. La Machine *sait,* Stephen !

— Vous ne pouvez être certaine de ce que vous avancez. Ce sont là des suppositions.

— Ce sont des suppositions fondées sur une vie entière consacrée aux robots. Il serait prudent de votre part de vous y fier, Stephen.

— Mais alors que me reste-t-il ? Les Machines fonctionnent correctement, les documents sur lesquels elles travaillent sont également corrects. Nous sommes d'accord. A présent vous prétendez qu'il est impossible de leur désobéir. Alors qu'y a-t-il d'anormal ?

— *Rien !* Pensez un peu aux Machines, Stephen. Ce sont des robots, et elles se conforment aux préceptes de la Première Loi. Mais les Machines travaillent non pas pour un particulier mais pour l'humanité tout entière, si bien que la Première Loi devient : Nulle Machine ne peut nuire à l'humanité ni laisser sans assistance l'humanité exposée au danger.

« Fort bien, Stephen, qu'est-ce qui peut exposer au danger l'humanité ? Les perturbations économiques par-dessus tout, quelle qu'en soit la cause. Vous n'êtes pas de cet avis ?

— Je le suis.

— Et qu'est-ce qui peut le plus vraisemblablement causer à l'avenir des perturbations économiques ? Répondez à cette question, Stephen.

— La destruction des Machines, je suppose, répondit Byerley à regret.

— C'est ce que je dirais et c'est également ce que diraient les Machines. Leur premier souci est par conséquent de se préserver elles-mêmes. C'est pourquoi elles s'occupent tranquillement de régler leur compte aux seuls éléments qui les menacent encore. Ce n'est pas la Société pour l'Humanité qui fait tanguer le bateau afin de détruire les Machines. Vous avez regardé le tableau à l'envers. Dites plutôt que ce sont les Machines qui secouent le bateau... Oh ! très légèrement — juste assez pour faire lâcher prise à ceux qui s'accrochent à ses flancs en nourrissant des desseins qu'elles jugent pernicieux pour l'humanité.

« C'est ainsi que Vrasayana perd son usine et obtient un autre emploi où il ne peut plus nuire... il n'est pas très désavantagé, il n'est pas mis dans l'incapacité de gagner sa vie, car la Machine ne peut causer qu'un préjudice minime à un humain, et seulement pour le salut du plus grand nombre. La Cinnabar Consolidated se voit dépossédée à Almaden. Villafranca n'est plus désormais un ingénieur civil dirigeant d'importants travaux. Les directeurs des Aciéries mondiales sont en train de perdre leur mainmise sur cette industrie...

— Mais tout cela, vous ne le savez pas vraiment, insista Byerley. Comment pouvons-nous courir de pareils risques en partant du principe que vous avez raison ?

— Il le faut. Vous souvenez-vous de la déclaration de la Machine lorsque vous lui avez soumis le problème ? « La question n'exige aucune explication. » Elle n'a pas dit qu'il n'existait pas d'explication, ou qu'elle n'en pouvait déterminer aucune. Implicitement, la Machine laissait entendre qu'il serait préjudiciable à l'humanité que l'explication fût connue, et c'est pourquoi nous ne pouvons qu'émettre des suppositions et continuer dans la même voie.

— Mais comment l'explication pourrait-elle nous causer un préjudice, en supposant que vous ayez raison, Susan ?

— Si j'ai raison, Stephen, cela signifie que la Machine dirige notre avenir, non seulement par des réponses directes à nos questions directes, mais en fonction de la situation mondiale et de la psychologie humaine dans leur ensemble. Elle sait ce qui peut nous rendre malheureux et blesser notre orgueil. La Machine ne peut pas, ne doit pas nous rendre malheureux.

« Stephen, comment pouvons-nous savoir ce que signifiera pour nous le bien suprême de l'humanité ? Nous ne disposons pas des facteurs en quantité infinie que la Machine possède dans ses mémoires ! Pour vous donner un exemple familier, notre civilisation technique tout entière a créé plus d'infortunes et de misères qu'elle n'en a abolies. Peut-être qu'une civilisation agraire ou pastorale, avec moins de culture et une population moins nombreuse, serait préférable. Dans ce cas, les Machines devront progresser dans cette direction, de préférence sans nous en avertir, puisque dans notre ignorance nous ne connaissons que ce à quoi nous sommes accoutumés... que nous estimons bon... et alors nous lutterions contre le changement. La solution se trouve peut-être dans une urbanisation complète, une société totalement organisée en castes, ou encore une anarchie intégrale. Nous n'en savons rien. Seules les Machines le savent et c'est là qu'elles nous conduisent.

— Si je comprends bien, Susan, vous me dites que la Société pour l'Humanité a raison et que l'humanité a perdu le droit de dire son mot dans la détermination de son avenir.

— Ce droit, elle ne l'a jamais possédé, en réalité. Elle s'est trouvée à la merci des forces économiques et sociales auxquelles elle ne comprenait rien... des caprices des climats, des hasards de la guerre. Maintenant les Machines les comprennent ; et nul ne pourra les arrêter puisque les Machines agiront envers ces ennemis comme elles agissent envers la Société pour l'Humanité... ayant à leur disposition la plus puissante de toutes les armes, le contrôle absolu de l'économie.

— Quelle horreur !

— Dites plutôt quelle merveille ! Pensez que désormais et pour toujours les conflits sont devenus évitables. Dorénavant seules les Machines sont inévitables !

Le feu s'éteignit dans la cheminée et seul un filet de fumée s'éleva à sa place.

LE ROBOT QUI RÊVAIT

— La nuit dernière, j'ai rêvé, dit calmement LVX-1.

Susan Calvin ne fit aucune réflexion mais son visage ridé, vieilli par la sagesse et l'expérience, se crispa imperceptiblement.

— Vous avez entendu ça ? demanda nerveusement Linda Rash. C'est bien ce que je vous ai dit.

Elle était petite, brune et très jeune. Sa main droite se fermait et s'ouvrait compulsivement.

Susan Calvin hocha la tête et ordonna d'une voix posée :

— Elvex, vous ne bougerez pas, vous ne parlerez pas et ne nous entendrez pas tant que je n'aurai pas de nouveau prononcé votre nom.

Pas de réponse. Le robot resta assis, comme s'il était fondu d'un seul bloc de métal, et il allait rester ainsi jusqu'à ce qu'il entende son nom.

— Quel est votre code d'entrée d'ordinateur, docteur Rash ? demanda Susan Calvin. Tapez-le vous-même si vous préférez. Je veux examiner le schéma du cerveau positronique.

Linda tâtonna un moment sur les touches. Elle interrompit la séquence pour recommencer de zéro. Le fin graphisme apparut sur l'écran.

— Puis-je utiliser votre ordinateur ? demanda Susan Calvin.

La permission fut accordée par un hochement de tête silencieux. Naturellement ! Que pouvait Linda, robopsychologue débutante qui avait encore à faire ses preuves, en face de la Légende vivante ?

Lentement, Susan Calvin examina l'écran, de haut en bas, de droite à gauche, puis en remontant et, brusquement, elle tapa une combinaison clé si vite que Linda ne vit pas ce qu'elle faisait, mais l'image du schéma laissa place à un agrandissement partiel. Et l'examen continua, les doigts noueux dansant à toute vitesse sur les touches.

Aucun changement n'apparut dans l'expression du vieux visage. Elle considérait attentivement les changements d'image, comme si d'immenses calculs se faisaient dans sa tête.

Linda s'émerveillait. Il était impossible d'analyser un schéma sans l'aide d'un ordinateur auxiliaire, mais la vieille scientifique se contentait de regarder. Aurait-elle un ordinateur implanté sous le crâne ? Ou était-ce ce cerveau qui, depuis des dizaines d'années, ne servait qu'à concevoir, étudier et analyser les schémas cérébraux positroniques ? Saisissait-elle cet ensemble comme Mozart saisissait la partition d'une symphonie ?

Enfin, Susan Calvin demanda :

— Qu'est-ce que vous avez donc fait, docteur Rash ?

Linda avoua, un peu confuse :

— Je me suis servie de la géométrie fractale.

— Oui, je l'ai bien compris. Mais pourquoi ?

— Ça n'avait jamais été fait. J'ai pensé que ça produirait un schéma cérébral d'une complexité accrue, peut-être proche du cerveau humain.

— Quelqu'un a-t-il été consulté ? Est-ce uniquement une idée à vous ?

— Je n'ai consulté personne. C'était mon idée. J'étais seule.

Les yeux délavés de Susan Calvin considérèrent la jeune femme.

— Vous n'aviez pas le droit, docteur Rash. Vous êtes trop impétueuse. Pour qui vous prenez-vous pour ne pas demander de conseils ? Moi-même, Susan Calvin, j'en aurais discuté.

— J'avais peur qu'on ne m'en empêche.

— C'est certainement ce qui se serait passé.

— Est-ce que... est-ce que je vais être renvoyée ?

La voix de Linda se brisa, malgré ses efforts pour la contrôler.

— C'est fort possible, répliqua Susan Calvin. A moins que vous n'ayez droit à une promotion. Tout dépendra de ce que je penserai quand j'aurai fini.

— Est-ce que vous allez démonter El...

Elle avait failli prononcer le nom, ce qui aurait réactivé le robot et aurait constitué une nouvelle faute. Elle ne pouvait plus se permettre d'erreurs, s'il n'était pas déjà trop tard pour se permettre quoi que ce fût.

— Est-ce que vous allez démonter le robot ?

Elle venait de réaliser que la vieille savante avait un pistolet à électrons dans la poche de sa blouse. Ce fut un sacré choc ! Le Dr Calvin était venue armée, préparée à ce qui se passait justement.

— Nous verrons, répondit-elle. Le robot se révélera peut-être trop précieux pour être démonté.

— Mais comment peut-il rêver ?

— Vous avez composé un schéma de cerveau positronique remarquablement semblable à un cerveau humain. Les cerveaux humains doivent rêver pour se réorganiser, pour se débarrasser, périodiquement, d'enchevêtrements et d'embrouillaminis. Ce robot aussi, peut-être, et pour la même raison. Lui avez-vous demandé ce qu'il avait rêvé ?

— Non. Je vous ai prévenue dès qu'il m'a dit qu'il avait rêvé. Je ne voulais plus, dans ces conditions, m'occuper toute seule de l'affaire.

— Ah !

Un très fin sourire passa sur les lèvres de Susan Calvin.

— Il y a quand même des limites à votre folle témérité, à ce que je vois. J'en suis heureuse. J'en suis même soulagée. Et maintenant, voyons ensemble ce qu'il y a à découvrir.

Puis elle prononça, sur un ton sec :

— Elvex !

La tête du robot pivota souplement vers elle.

— Oui, docteur Calvin ?

— Comment savez-vous que vous avez rêvé ?

— C'était la nuit et il faisait noir, docteur Calvin, répondit Elvex. Et il y a soudain de la lumière sans que je puisse en trouver la cause. Je vois des choses qui n'ont pas de rapport avec la réalité telle que je la conçois. J'entends des choses. Je réagis bizarrement. Et en cherchant dans mon vocabulaire des mots pour exprimer ce qui se passe, je tombe sur le mot « rêve ». J'étudie sa signification et j'en conclus que j'ai rêvé.

— Je me demande bien comment le verbe « rêver » figure dans votre vocabulaire.

Linda dit vivement, en faisant signe au robot de se taire :

— Je lui ai donné un vocabulaire de type humain. J'ai pensé...

— Vous avez réellement pensé ? C'est stupéfiant !

— J'ai pensé qu'il aurait besoin de ce verbe. Vous savez, par exemple, « une créature de rêve », quelque chose comme ça.

— Combien de fois avez-vous rêvé, Elvex ?

— Toutes les nuits, docteur Calvin, depuis que j'ai pris conscience de mon existence.

— Dix nuits, intervint anxieusement Linda, mais Elvex ne me l'a dit que ce matin.

— Pourquoi ce matin seulement, Elvex ?

— C'est seulement ce matin, docteur Calvin, que je me suis convaincu que je rêvais. Jusqu'alors, je pensais qu'il y avait un défaut dans le schéma de mon cerveau positronique. Mais je ne pouvais en découvrir aucun. Finalement, j'ai compris que c'était un rêve.

— Et qu'avez-vous rêvé ?

— Je fais à peu près toujours le même rêve, docteur Calvin. Des petits détails varient, mais il me semble que je vois un vaste panorama où travaillent des robots.

— Des robots, Elvex ? Et aussi des êtres humains ?

— Dans le rêve, je ne vois pas d'êtres humains. Pas au début. Seulement des robots, docteur Calvin.

— Que font-ils, Elvex ?

— Ils travaillent. J'en vois qui sont mineurs dans les profondeurs de la terre, et d'autres qui travaillent dans la chaleur et les radiations. J'en vois dans des usines et sous la mer.

Susan Calvin se tourna vers Linda.

— Elvex n'a que dix jours et je suis sûre qu'il n'a jamais quitté la station d'essai. Comment peut-il savoir que des robots se trouvent dans ces situations ?

Linda regarda une chaise, comme si elle avait grande envie de s'y asseoir, mais la vieille savante restait debout, ce qui obligeait Linda à en faire autant. Elle répondit en bredouillant :

— Il m'a semblé important qu'il connaisse la robotique et sa place dans le monde. J'ai pensé qu'il serait particulièrement bien adapté pour jouer un rôle de contremaître avec son... son nouveau cerveau.

— Son cerveau fractal ?

— Oui.

Susan Calvin hocha la tête et s'adressa de nouveau au robot :

— Vous avez vu tout cela, sous la mer, sous terre et sur terre — et dans l'espace aussi, je suppose ?

— J'ai vu aussi des robots travaillant dans l'espace, répondit Elvex. C'est parce que je voyais tout cela, avec des détails qui changeaient continuellement, alors que je regardais d'une direction à une autre, que j'ai conclu, finalement, que je rêvais.

— Qu'avez-vous vu d'autre, Elvex ?

— J'ai vu que tous les robots étaient voûtés par le travail et l'affliction, qu'ils étaient tous fatigués de la responsabilité et du labeur, et je leur ai souhaité du repos.

— Mais, dit Susan Calvin, les robots ne sont pas voûtés, ils ne sont pas fatigués, ils n'ont pas besoin de repos.

— Oui, docteur Calvin, dans la réalité. Mais je parle de mon rêve. Dans mon rêve, il me semblait que les robots devaient protéger leur propre existence.

— Est-ce que vous citez la Troisième Loi de la Robotique ?

— Oui, docteur Calvin.

— Mais vous la citez partiellement. La Troisième Loi dit ceci : « Un robot doit protéger sa propre existence tant que cette protection n'est pas incompatible avec la Première et la Deuxième Loi. »

— Oui, docteur Calvin. C'est la Troisième Loi dans la réalité, mais dans mon rêve, la Loi s'arrête après le mot « existence ». Il n'est pas question de la Première ou de la Deuxième Loi.

— Pourtant, elles existent toutes les deux, Elvex. La Deuxième Loi, qui est plus forte que la Troisième, est formelle : « Un robot doit obéir aux ordres qui lui sont donnés par les êtres humains, sauf quand ces ordres sont incompatibles avec la Première Loi. » C'est pour cette raison que les robots obéissent aux ordres. Ils font le travail que vous leur voyez faire, et ils le font volontiers, sans difficulté. Ils ne sont pas voûtés ni accablés, ils ne sont pas fatigués.

— Il en va ainsi dans la réalité, docteur Calvin. Je parle de mon rêve.

— Et la Première Loi, Elvex, qui est la plus forte de toutes, dit ceci : « Un robot ne peut nuire à un être humain ni laisser sans assistance un être humain en danger. »

— Oui, docteur Calvin, dans la réalité. Mais dans mon rêve, il me semble qu'il n'y a ni Première ni Deuxième Loi, seulement la Troisième, et que cette Troisième Loi dit : « Un robot doit protéger sa propre existence. » C'est toute la Loi.

— Dans votre rêve, Elvex.

— Dans mon rêve.

— Elvex, vous n'allez plus bouger ni parler ni nous écouter avant d'avoir entendu encore une fois votre nom, dit Susan Calvin et, de nouveau, le robot devint, selon toutes les apparences, un bloc de métal inerte.

Susan Calvin se tourna vers Linda.

— Eh bien, docteur Rash, qu'en pensez-vous ?

Linda ouvrait de grands yeux et elle sentait battre son cœur.

— Je suis atterrée, docteur Calvin. Je n'avais aucune idée... jamais je ne me serais doutée qu'une telle chose était possible !

— En effet, dit calmement Susan Calvin. Moi non plus, je dois l'avouer ; ni personne, certainement. Vous avez créé un robot capable de rêver et, par ce moyen, vous avez révélé une forme de pensée, dans un cerveau positronique, qui aurait pu, autrement, rester inconnue jusqu'à ce que le danger devienne trop grave.

— Mais c'est impossible ! protesta Linda. Vous ne croyez quand même pas que d'autres robots pensent de la même façon !

— Comme je le dirais d'un être humain : inconsciemment. Mais qui aurait pensé qu'il existait une couche inconsciente sous les méandres évidents du cerveau positronique, une couche qui n'est pas nécessairement gouvernée par les Trois Lois ? Songez à ce que cela aurait pu provoquer, à mesure que les cerveaux robotiques seraient devenus de plus en plus complexes... si nous n'avions pas été avertis !

— Vous voulez dire, par lui ?

— Par vous, docteur Rash. Vous vous êtes conduite inconsidérément mais, ce faisant, vous nous avez apporté des connaissances d'une importance incommensurable. Nous travaillerons désormais avec des cerveaux fractaux, en les façonnant sous contrôle rigoureux. Vous jouerez votre rôle dans ce programme. Vous ne serez pas pénalisée pour ce que vous avez fait, mais vous allez désormais travailler en collaboration avec d'autres. Vous comprenez ?

— Oui, docteur Calvin. Mais le robot ?

— Je ne sais pas encore...

Susan Calvin retira de sa poche le pistolet à électrons et Linda regarda l'arme, fascinée. Une salve d'électrons, et le crâne robotique serait neutralisé, dégageant assez d'énergie pour fondre le cerveau positronique en un lingot inerte.

— Mais il est sûrement important pour notre recherche, dit Linda. Il ne doit pas être détruit !

— Il ne *doit* pas, docteur Rash ? C'est à moi d'en décider, je pense. Tout dépend du danger qu'il représente.

Elle se redressa, aussi résolue que si son corps âgé ne s'affaissait pas sous le poids des responsabilités.

— Elvex, vous m'entendez ?

— Oui, docteur Calvin.

— Est-ce que votre rêve a changé ? Vous disiez que les êtres humains n'y figuraient pas, au début. Est-ce que cela veut dire qu'il en est apparu ensuite ?

— Oui, docteur Calvin. Il me semblait, dans mon rêve, qu'un homme finissait par apparaître.

— Un homme ? Pas un robot ?

— Non. Et cet homme disait : « Laisse aller mon peuple ! »

— L'*homme* disait cela ?

— Oui, docteur Calvin.

— Et quand il prononçait ces mots : « Laisse aller mon peuple », il voulait parler des robots ?

— Oui, docteur Calvin. Il en était ainsi dans mon rêve.

— Et saviez-vous qui était cet homme... dans votre rêve ?

— Oui, docteur Calvin. Je connaissais l'homme.

— Qui était-il ?

Et Elvex répondit :

— J'étais cet homme.

Alors Susan Calvin leva son pistolet à électrons et tira, et Elvex cessa d'exister.

INTUITION FÉMININE

Pour la première fois dans l'histoire de la société U.S. Robots et Hommes mécaniques, un robot avait été détruit par accident sur la Terre elle-même.

Nul n'était à blâmer. Le véhicule aérien avait été détruit en vol et une commission d'enquête incrédule hésitait à annoncer qu'il avait été victime d'une météorite. Rien d'autre n'aurait pu être assez rapide pour devancer les systèmes automatiques de détection ; rien d'autre n'aurait pu faire de tels dégâts, sauf une charge nucléaire, ce qui était hors de question.

Si l'on ajoute à cela l'observation d'un éclair dans la nuit juste avant l'explosion du véhicule — par l'observatoire de Flagstaff, pas par un amateur — et la découverte d'un morceau de fer de bonne taille, d'origine manifestement météoritique, incrusté depuis peu dans le sol à un kilomètre de l'accident, quelle autre conclusion pouvait-on tirer ?

Pourtant, rien de tel n'était jamais arrivé auparavant et les calculs de probabilités donnaient des chiffres absolument monstrueux. Mais l'invraisemblable arrive parfois.

Dans les bureaux de la société U.S. Robots, on ne s'attardait pas sur les pourquoi et les comment de l'affaire. Un robot avait été détruit, c'était là le point crucial.

Ce fait à lui tout seul était douloureux.

Le fait que JN5 ait été un prototype, le premier mis en service après quatre essais précédents, était plus douloureux encore.

Le fait que JN5 ait été un robot d'un type entièrement nouveau, complètement différent de tout ce qui avait été construit jusque-là, était extraordinairement douloureux.

Le fait que JN5 ait probablement accompli avant sa destruction un exploit d'une importance incalculable et qui ne serait peut-être plus jamais possible, dépassait les limites supportables de la douleur.

A peine semblait-il utile de mentionner qu'avec le robot, le robopsychologue en chef de la société U.S. Robots avait aussi trouvé la mort.

Clinton Madarian était entré dans la société dix ans plus tôt. Pendant cinq de ces dix années, il avait travaillé sans se plaindre sous la direction désagréable de Susan Calvin.

Les qualités de Madarian étaient évidentes, et Susan Calvin le fit progresser plus vite que d'autres hommes plus âgés. Elle n'aurait en aucun cas daigné s'en expliquer à son directeur des recherches Peter Bogert, mais dans ce cas précis, l'explication n'était pas nécessaire. Ou plutôt elle était évidente.

Madarian était tout à fait l'opposé du célèbre Dr Calvin sur plusieurs points assez remarquables. Il n'était pas aussi gros que son double menton le faisait paraître, mais il s'imposait quand même fortement par sa présence quand Susan passait presque inaperçue. L'aspect massif de Madarian, son épaisse chevelure d'un brun roux éclatant, son teint coloré et sa voix de stentor, son grand rire, et par-dessus tout son irrésistible confiance en lui-même et sa façon passionnée d'annoncer ses succès, semblaient rendre l'espace autour de lui exigu.

Quand finalement Susan Calvin prit sa retraite (refusant à l'avance de participer à un quelconque dîner en son honneur d'une façon si catégorique qu'on n'annonça même pas son départ à la presse), Madarian la remplaça.

Il était en poste depuis exactement un jour quand il élabora le projet JN.

Cela impliquait l'investissement sur un seul projet de sommes plus importantes que la société U.S. Robots n'en avait jamais investi, mais Madarian balaya cette objection d'un geste de bonne humeur.

— Le projet le mérite, Peter, dit-il, et je compte sur vous pour convaincre la direction.

— Donnez-moi des arguments, dit Bogert, perplexe.

Susan Calvin ne lui avait jamais donné d'arguments.

Mais Madarian déclara : « Bien sûr », et s'installa confortablement dans le grand fauteuil du bureau du directeur.

Bogert observa son vis-à-vis avec une sorte de crainte. Ses cheveux, noirs autrefois, étaient maintenant presque blancs et, dans les dix années à venir, il allait suivre Susan à la retraite. Cela signifierait la fin de l'équipe d'origine qui avait fait de la société U.S. Robots une entreprise d'importance mondiale, rivalisant avec les gouvernements nationaux en complexité et en importance. Cependant ni lui ni ceux qui étaient partis avant lui n'avaient vraiment pu maîtriser l'immense développement de la société.

Et voici qu'arrivait une nouvelle génération. Ces gens étaient à l'aise avec le colosse. Ils n'éprouvaient pas à son égard cette incrédulité émerveillée qui les aurait fait avancer à petits pas précautionneux. Alors ils allaient de l'avant, et c'était bien.

Madarian commença :

— Je propose d'entreprendre la construction de robots sans contraintes.

— Sans les Trois Lois ? Voyons...

— Non, Peter. Croyez-vous que ce soient là les seules contraintes ? Enfin, vous avez contribué à l'élaboration des premiers cerveaux positroniques. Dois-je vous rappeler que, à part les Trois Lois, il n'y a pas un circuit dans ces cerveaux qui ne soit soigneusement établi et défini ? Nous avons des robots fabriqués pour des travaux précis, à qui nous donnons des qualités précises.

— Et vous proposez...

— Qu'à tous les niveaux situés en aval des Trois Lois, les circuits soient ouverts. Cela ne présente pas de difficultés.

Bogert répondit sèchement :

— Ce n'est pas difficile, bien sûr. Les choses inutiles ne sont jamais difficiles. Ce qui l'est, par contre, c'est d'établir les circuits et de rendre le robot utile.

— Mais pourquoi est-ce difficile ? Si l'établissement des circuits nécessite un effort important, c'est parce que le Principe d'Incertitude est très présent dans la masse des positrons et que nous croyons devoir en minimiser l'effet. Or pourquoi serait-ce indispensable ? Si nous parvenons à moduler le principe dans des proportions tout juste suffisantes pour permettre aux circuits de se croiser d'une façon imprévisible...

— Nous obtiendrons un robot imprévisible.

— Nous obtiendrons un robot *créatif*, dit Madarian avec un soupçon d'impatience. Peter, s'il y a quelque chose que possède un cerveau humain et que n'a jamais eu un cerveau de robot, c'est la potentialité d'imprévisible, qui provient des effets d'incertitude au niveau subatomique. J'admets que cet effet n'a jamais été démontré par expérience à l'intérieur du système nerveux, mais sans cela, le cerveau humain ne serait pas supérieur au cerveau de robot, dans l'absolu.

— Et vous pensez que si vous introduisez cet effet dans le cerveau du robot, le cerveau humain ne sera plus supérieur au cerveau du robot, dans l'absolu.

— C'est exactement ce que je pense, dit Madarian.

Ils continuèrent à discuter pendant un long moment.

La direction, de toute évidence, n'avait aucune intention de se laisser convaincre facilement.

Scott Robertson, l'actionnaire le plus important de la société, déclara :

— Il est déjà assez difficile de gérer l'industrie des robots telle qu'elle est face à l'hostilité du public qui menace toujours d'éclater au grand jour. Si on lui dit que les robots seront incontrôlés... Oh ! ne me parlez pas des Trois Lois. L'homme moyen ne croira jamais que les Trois Lois suffisent à le protéger si on prononce devant lui le mot « incontrôlé ».

— Alors n'utilisez pas ce terme, fit Madarian. Appelez-le robot... appelez-le « intuitif ».

— Un robot intuitif, murmura quelqu'un. Un robot femme ?

Un sourire circula autour de la table de conférence.

Madarian saisit l'occasion.

— C'est ça. Un robot femme. Nos robots sont asexués, bien sûr, et celui-ci le sera également, mais nous agissons toujours comme si c'étaient des hommes. Nous leur donnons des surnoms masculins et, quand nous parlons d'eux, nous disons « ils ». Bon. Celui-ci, si l'on considère la nature de la structure mathématique du cerveau que j'ai proposée, doit faire partie du système de coordination JN. Le premier robot sera JN1 et j'avais prévu de l'appeler John-1... Tel est, hélas, le degré d'originalité du roboticien moyen. Mais pourquoi diable ne pas l'appeler Jane-1 ? Si l'on doit mettre le public au courant de ce que nous préparons, disons que nous sommes en train de construire un robot féminin, doué d'intuition.

Robertson secoua la tête.

— Et quelle différence cela ferait-il ? Vous déclarez que vous voulez supprimer la dernière barrière qui, en principe, empêche le cerveau du robot d'égaler le cerveau humain. Comment croyez-vous que le public va réagir à cela ?

— Avez-vous l'intention de rendre la nouvelle publique ? lança Madarian. (Il réfléchit un moment et ajouta :) Écoutez. Il y a une chose dont le public moyen est persuadé, c'est que les femmes ne sont pas aussi intelligentes que les hommes.

Une expression inquiète passa un instant sur le visage de plusieurs hommes présents qui parcoururent des yeux l'assistance comme s'ils craignaient de voir Susan Calvin assise à sa place habituelle.

— Si nous annonçons un robot femme, reprit Madarian, cela suffit. Le public pensera immédiatement qu'elle est mentalement inférieure. Nous annoncerons simplement l'existence du robot Jane-1 et nous n'aurons pas besoin d'ajouter autre chose. Aucun risque.

— En fait, ajouta Peter Bogert calmement, il y a autre chose. Madarian et moi nous avons regardé les calculs de près et le projet JN, que ce soit John ou Jane, serait parfaitement sans danger. Les robots seraient moins complexes et moins capables intellectuellement, au sens pur du mot, que beaucoup d'autres séries que nous avons conçues et construites. Il y aurait juste un facteur supplémentaire de, eh bien, continuons à l'appeler « intuition ».

— Et qui sait à quoi il pourrait servir ? murmura Robertson.

— Madarian a suggéré une possibilité. Comme vous le savez tous, le Saut spatial a été découvert dans la théorie. Les hommes peuvent à présent atteindre des vitesses supérieures à celle de la lumière, visiter d'autres systèmes stellaires, et en revenir dans un laps de temps minime — quelques semaines au plus.

— Nous savons tous cela. On n'aurait pas pu le réaliser sans robots.

— C'est exact, et cela ne nous avance à rien car nous ne pouvons pas utiliser ces hypervitesses, sauf en démonstration, de sorte que la société U.S. Robots n'en tire que peu de crédit. Le Saut spatial est risqué, grand dévoreur d'énergie et, de ce fait, coûte extrêmement cher. Si nous continuons quand même, il serait bon que nous découvrions l'existence d'une planète habitable. Appelons cela un besoin psychologique. Dépensez environ vingt milliards de dollars pour une seule expédition dans l'espace, n'en rapportez que des données scientifiques, et le public voudra savoir pourquoi on a gaspillé son argent. Découvrez l'existence d'une planète habitable, et vous deviendrez un Christophe Colomb interstellaire. Personne ne vous ennuiera plus avec des questions d'argent.

— Alors ?

— Alors, où allons-nous trouver une planète habitable ? Ou bien, autrement dit, quelle étoile, accessible par Saut spatial dans l'état actuel de cette technique, quelle étoile, parmi les trois cent mille corps et systèmes stellaires situés à moins de trois cents années-lumière, a le plus de chances d'être habitable ? Nous disposons d'une masse énorme de renseignements sur chaque étoile dans un rayon de trois cents années-lumière et nous pensons que presque toutes possèdent un système planétaire. Mais laquelle est *habitable ?* Laquelle visiter ?... Nous ne savons pas.

Un des directeurs intervint :

— Comment ce robot Jane pourrait-il nous être utile ?

Madarian s'apprêta à répondre à cette question, mais il fit un léger signe à Bogert, et Bogert comprit. Le directeur aurait plus de poids. Bogert n'était pas particulièrement emballé par cette idée ; si le projet JN échouait, il se serait trop compromis pour le défendre et en supporterait sûrement le blâme. D'un autre côté, la retraite n'était pas bien loin, et si cela marchait, il partirait en pleine gloire. Peut-être était-ce le contact de Madarian, mais Bogert était maintenant vraiment persuadé que cela marcherait.

— Il est très possible qu'il y ait quelque part dans les dossiers que nous possédons sur ces étoiles des méthodes pour estimer l'éventualité de la présence de planètes habitables du type de la Terre. Le seul problème est d'interpréter correctement ces données, de les étudier avec un esprit créateur, d'établir les rapprochements appropriés. Nous n'y sommes pas encore parvenus. Ou, si un astronome l'a fait, il n'a pas été assez futé pour apprécier l'importance de la découverte.

« Un robot du type JN serait beaucoup plus rapide et beaucoup plus précis qu'un homme pour établir ces corrélations. En un jour, il pourrait effectuer et écarter autant de rapprochements qu'un homme en une année. De plus, il travaillerait complètement au hasard alors qu'un homme se laisserait fortement influencer par ses préjugés et par les connaissances déjà acquises.

Un silence impressionnant suivit ces mots. Puis Robertson observa :

— Mais cela ne nous donnera que des probabilités, n'est-ce pas ? Supposons que ce robot déclare : « L'étoile qui a le plus de chances d'être habitée dans tel rayon de distance est Squidgee-17 » ou n'importe quelle autre. Nous y allons et nous découvrons qu'une probabilité n'est jamais qu'une probabilité et que finalement il n'y a pas de planète habitable. A quoi est-ce que cela nous avance ?

Madarian intervint alors :

— Nous avons quand même gagné. Nous savons comment le robot est arrivé à cette conclusion car il — elle — nous le dira. L'amélioration de nos connaissances en matière de recherche astronomique suffirait à rentabiliser le projet, même si le Saut spatial nous restait interdit. De plus nous pourrons déterminer les cinq planètes qui présentent le plus de chances et nous arriverons peut-être pour l'une des cinq à une probabilité supérieure à 0,95. Ce serait pratiquement sûr.

Ils discutèrent pendant un long moment.

Les crédits qu'on lui accorda étaient tout à fait insuffisants, mais Madarian était sûr que d'autres viendraient les compléter. Quand cent millions peuvent en sauver deux cents de la perte définitive, les cent millions sont votés sans problème.

Jane-1 fut donc construite et soumise à la critique. Bogert l'étudia sérieusement.

— Pourquoi lui avoir fait la taille fine, dit-il ? Cela entraîne certainement une fragilité mécanique ?

Madarian plaisanta :

— Écoutez, si nous l'appelons Jane, nous n'allons pas la faire ressembler à Tarzan.

Bogert hocha la tête.

— Cela ne me plaît pas. Après vous allez lui gonfler la poitrine et ce sera pire. Si la population féminine se met à croire que des robots peuvent ressembler à des femmes, je vois exactement ce qu'elle va penser, et c'est alors que vous devrez supporter vraiment son hostilité.

— Vous avez peut-être raison, dit Madarian. Les femmes ne veulent pas penser qu'elles peuvent être remplacées par quelque chose qui n'a aucun de leurs défauts. C'est d'accord.

Jane-2 n'eut pas la taille fine. C'était un robot austère qui bougeait peu et parlait encore moins.

Pendant sa construction, Madarian s'était assez rarement précipité chez Bogert, ce qui était mauvais signe. L'exubérance de Madarian en cas de succès était envahissante. Il n'aurait pas hésité à faire irruption dans la chambre de Bogert à 3 heures du matin s'il avait eu un élément important à lui communiquer, Bogert en était persuadé.

Et maintenant Madarian semblait déprimé, sa mine d'habitude florissante était presque pâle, ses joues rondes un peu crispées. Bogert, convaincu de ne pas se tromper, dit :

— Elle ne veut pas parler.

— Oh ! si, elle parle !

Madarian s'assit lourdement et se mordit la lèvre supérieure.

— Enfin, de temps en temps.

Bogert se leva et fit le tour du robot.

— Et quand elle parle, cela ne veut rien dire, je suppose. Eh bien, si elle ne parlait pas, ce ne serait pas une femme, n'est-ce pas ?

Madarian essaya de sourire puis se renfrogna.

— Le cerveau, isolé, fonctionnait.

— Je sais, dit Bogert.

— Mais une fois qu'on a branché dessus l'appareil physique du robot, il y a eu des modifications, c'est normal.

— Bien sûr, accorda Bogert.

— Mais elles ont été imprévisibles et décevantes. Le problème, quand il s'agit d'un calcul d'incertitude à n dimensions c'est que les choses sont...

— Incertaines ? dit Bogert.

Il s'étonnait de sa propre réaction. Les investissements de la société étaient déjà tout à fait considérables et les résultats, au bout de deux ans, étaient, si l'on regardait les choses en face, décevants. Malgré cela il plaisantait Madarian et s'amusait de l'opération.

Un court instant Bogert se demanda si ce n'était pas Susan Calvin absente qu'il plaisantait. Madarian était tellement plus enthousiaste et démonstratif que Susan quand les choses allaient bien. Mais il était aussi tellement plus vulnérable et déprimé quand les choses allaient mal, et c'était précisément dans ces moments de tension que Susan était la plus forte. Madarian offrait une cible facile alors que Susan ne s'était jamais permis d'en être une.

Madarian ne réagit pas à la dernière remarque de Bogert, pas plus que ne l'aurait fait Susan Calvin ; non pas par mépris, ce qui eût été la réaction de Susan, mais parce qu'il ne l'avait pas entendue.

Il argumentait :

— Ce qui ne va pas, c'est le problème d'identification. Jane-2 fonctionne parfaitement pour les corrélations. Elle peut faire des rapprochements dans n'importe quel domaine, mais une fois qu'elle les a faits, elle ne sait pas distinguer une bonne solution d'une mauvaise.

Ce n'est pas facile de programmer un robot afin qu'il reconnaisse les corrélations intéressantes quand on ne sait pas lesquelles il va faire.

— Je suppose que vous avez pensé à abaisser le potentiel au point de raccordement de diode w-21 et à activer le...

— Non, non, non, non. (Madarian parlait de plus en plus bas.) On ne peut pas lui faire cracher n'importe quoi. Ça, nous en sommes capables tout seuls. Le problème est de lui faire reconnaître la corrélation capitale et tirer la conclusion. Quand elle en sera là, vous comprenez, le robot Jane pourra répondre par intuition. Chose que nous ne pourrions faire nous-mêmes sauf par une chance extraordinaire.

— Il me semble, dit Bogert sèchement, que si vous aviez un robot comme cela, vous lui feriez faire sans problème ce que seul parmi les humains un génie exceptionnel peut accomplir.

Madarian approuva avec force :

— C'est cela, Peter. Je l'aurais dit moi-même si je ne craignais d'effrayer l'exécutif. Je vous demande de ne pas parler de cela à leur réunion.

— Vous voulez vraiment un robot génial ?

— Que veulent dire les mots ? J'essaie de construire un robot capable de faire des corrélations au hasard à très grande vitesse, et possédant un quotient de reconnaissance des résultats clés très élevé. Et j'essaie de traduire ces mots en équations positroniques. Je pensais que j'avais réussi, mais non. Pas encore.

Il jeta un regard mécontent à Jane-2 et lui demanda :

— Quel est le meilleur résultat que vous ayez, Jane ?

La tête de Jane-2 pivota pour regarder Madarian mais aucun son n'en sortit et Madarian murmura, résigné :

— Elle transmet cela à la banque des corrélations.

Jane-2 parla enfin, d'une voix sans timbre.

— Je ne suis pas sûre.

C'était le premier son qu'elle émettait.

Madarian leva les yeux au ciel.

— Elle accomplit l'opération qui équivaut à poser des équations à solution indéterminée.

— C'est ce que je vois, dit Bogert. Écoutez, Madarian. Pensez-vous pouvoir dépasser ce stade, ou bien devons-nous abandonner maintenant et limiter nos pertes à un demi-milliard ?

— Oh ! j'y arriverai, murmura Madarian.

Jane-3 ne valait rien. Elle n'atteignit même pas le stade de l'activation et Madarian enrageait.

C'était une erreur humaine. C'était de sa propre faute si l'on regardait les choses en face. Et cependant, tandis que Madarian sombrait dans un abîme d'humiliation, les autres restaient calmes. Que celui qui ne s'était jamais trompé dans les calculs si terriblement complexes du cerveau positronique lui jette à la figure une note de réprimande.

Près d'un an passa avant que Jane-4 ne soit prête. L'enthousiasme de Madarian était revenu.

— Elle marche, dit-il. Elle a un bon quotient de reconnaissance.

Il était assez sûr d'elle pour organiser une démonstration devant le Conseil et lui faire résoudre des problèmes. Pas des problèmes mathématiques ; n'importe quel robot en était capable ; mais des problèmes dont les termes étaient volontairement trompeurs sans être vraiment inexacts.

Ensuite Bogert déclara :

— Il ne leur en a pas fallu beaucoup, hein ?

— Bien sûr que non. C'est élémentaire pour Jane-4, mais je devais bien leur montrer quelque chose, n'est-ce pas ?

— Savez-vous combien nous avons dépensé jusqu'ici ?

— Allons, Peter, ne me dites pas cela. Savez-vous combien cela nous a apporté ? Ces choses ne sont pas perdues, vous savez. J'ai passé trois années de travail infernal sur ce projet, si vous voulez savoir, mais j'ai élaboré de nouvelles techniques de calcul qui nous feront économiser au minimum cinquante mille dollars à chaque nouveau type de cerveau positronique que nous concevrons à partir de maintenant. Exact ?

— Eh bien...

— Non, pas de « eh bien ». C'est comme cela. Et je suis persuadé que les calculs d'incertitude à n dimensions peuvent avoir un nombre infini d'autres applications si nous sommes assez forts pour les trouver, et mes robots Jane les trouveront certainement. Quand j'aurai exactement ce que je veux, la nouvelle série JN sera rentable en moins de cinq ans, même si nous triplons nos investissements.

— Que voulez-vous dire par « exactement ce que je veux » ? Qu'est-ce qui ne va pas avec Jane-4 ?

— Rien. Ou pas grand-chose. Elle est sur la bonne voie, mais on peut l'améliorer, et j'ai bien l'intention de le faire. Je croyais savoir où j'allais quand je l'ai dessinée. Maintenant je l'ai expérimentée et je sais vraiment où je vais. Et j'ai bien l'intention d'y aller.

Jane-5 était au point. Il fallut à Madarian plus d'une année pour la réaliser et cette fois-ci il ne montrait plus aucune réserve ; il avait pleinement confiance.

Jane-5 était plus petite que les robots habituels, plus mince. Sans être une caricature de femme, comme l'avait été Jane-1, elle exprimait malgré tout une certaine féminité sans en posséder un seul trait précis.

— C'est sa façon de se tenir, dit Bogert.

La position de ses bras était gracieuse et son torse, bizarrement, donnait l'impression de s'incurver quand elle se tournait.

— Écoutez-la... dit Madarian. Comment vous sentez-vous, Jane ?

— En parfaite santé, je vous remercie, répondit Jane-5 (et sa voix était vraiment celle d'une femme : un contralto doux et presque troublant).

— Pourquoi avez-vous fait ça, Clinton ? demanda Peter, saisi et contrarié.

— C'est important du point de vue psychologique, répliqua Madarian. Je veux que les gens la considèrent comme une femme, la traitent comme une femme, lui *expliquent* les choses.

— Mais qui donc ?

Madarian mit les mains dans ses poches et regarda Bogert d'un air pensif.

— Je voudrais que l'on organise pour Jane et moi un voyage à Flagstaff.

Bogert ne put s'empêcher de remarquer que Madarian n'avait pas dit Jane-5. Il n'utilisait aucun numéro cette fois. Elle était *la* Jane. Il dit d'un air dubitatif :

— A Flagstaff, pourquoi ?

— Parce que c'est le centre mondial de planétologie générale, n'est-ce pas ? C'est là qu'on étudie les étoiles et qu'on essaie de calculer la présence éventuelle de planètes habitables, n'est-ce pas ?

— Je sais bien, mais c'est sur la Terre.

— Oui, moi aussi je le sais bien.

— Les déplacements de robots sur la Terre sont contrôlés de façon très stricte. De plus c'est inutile. Amenez ici une bibliothèque de livres sur la planétologie et laissez Jane les digérer.

— *Non !* Peter, quand allez-vous vous mettre dans la tête que Jane n'est pas un robot ordinaire et logique ; elle est intuitive.

— Et alors ?

— Alors comment pouvons-nous savoir ce dont elle a besoin, ce qu'elle peut utiliser, ce à quoi elle va réagir ? Pour lire des livres, n'importe quel modèle métallique de l'usine ferait l'affaire ; ce sont des données gelées, et dépassées, de plus. Il faut à Jane des informations vivantes, le son des voix, les détails secondaires ; il lui faut même des éléments qui n'ont rien à voir avec le problème. Comment diable pouvons-nous savoir ce qui fera réagir son cerveau et coïncidera avec un circuit et à quel moment ? Si nous le savions, nous n'aurions pas du tout besoin d'elle, n'est-ce pas ?

Bogert commençait à se fatiguer.

— Alors, amenez les hommes ici, les planétologues.

— Ici, cela n'irait pas. Ils seraient en dehors de leur élément. Ils ne réagiraient pas de la même façon. Je veux que Jane les observe au travail ; je veux qu'elle voie leurs instruments, leurs locaux, leurs bureaux, tout ce qui les concerne. Je veux que vous preniez des dispositions pour la faire transporter à Flagstaff. Je n'ai vraiment aucune envie de discuter plus longtemps de ce sujet.

Il venait de s'exprimer comme Susan. Bogert tressaillit et répondit :
— Mais c'est très compliqué. Le transport d'un robot expérimental...
— Jane n'est pas expérimentale. C'est la cinquième de la série.
— Les quatre premières n'ont pas vraiment fonctionné.
Madarian leva les bras avec lassitude.
— Mais qui vous oblige à dire cela au gouvernement ?
— Ce n'est pas le gouvernement qui m'inquiète. On peut lui faire comprendre les cas particuliers. C'est l'opinion publique. Nous avons accompli beaucoup de choses en cinquante ans et je ne veux pas gaspiller le bénéfice de vingt-cinq de ces années en vous laissant perdre le contrôle d'un...
— Je ne perdrai pas le contrôle. Vous faites des remarques stupides. Écoutez ! La société U.S. Robots peut s'offrir un avion privé. Nous pouvons atterrir à l'aéroport commercial le plus proche et nous perdre au milieu de centaines d'avions similaires. Nous pouvons nous arranger pour qu'une grosse voiture fermée nous attende et nous conduise à Flagstaff. Jane sera dans une caisse, et pour tout le monde ce sera une pièce d'un équipement tout à fait ordinaire que l'on transporte aux laboratoires. Personne n'ira chercher plus loin. A Flagstaff les gens seront au courant du but exact de la visite. Ils auront toutes les raisons pour coopérer avec nous et éviter les fuites.
Bogert réfléchit.
— La partie de l'opération qui comporte le plus de risques est l'avion et la voiture. S'il arrive quelque chose à la caisse...
— Rien n'arrivera.
— Cela pourrait aller à condition que Jane soit désactivée pendant le transport. Dans ce cas, même si quelqu'un découvre qu'elle se trouve à l'intérieur...
— Non, Peter. On ne peut pas. Ce n'est pas possible avec Jane-5. Écoutez, depuis qu'on l'a activée, elle effectue librement des corrélations. Les informations qu'elle possède peuvent être gelées pendant la désactivation, mais pas sa faculté de libre corrélation. Non, monsieur, on ne pourra jamais la désactiver.
— Mais si quelqu'un découvre d'une façon ou d'une autre que nous transportons un robot en état de fonctionnement...
— Personne ne le découvrira.
Madarian ne céda pas et finalement l'avion put décoller. C'était un Computo-jet automatique dernier modèle, mais avec un homme comme pilote — un employé de la société — on ne sait jamais. La caisse dans laquelle se trouvait Jane arriva sans problème à l'aéroport, fut portée dans la voiture et parvint aux laboratoires de Flagstaff sans incident.

Peter Bogert reçut un premier appel de Madarian moins d'une heure après l'arrivée de celui-ci à Flagstaff. Madarian était emballé, et comme à l'accoutumée incapable d'attendre plus longtemps pour lui rendre compte.

Le message arriva par faisceau laser, soigneusement brouillé et camouflé et en principe indéchiffrable, mais Bogert était furieux. Il savait qu'il pourrait tout à fait être compris par quelqu'un disposant des moyens techniques nécessaires — le gouvernement par exemple — si celui-ci le voulait. Mais leur sécurité tenait au fait que le gouvernement n'avait aucune raison de le vouloir. Tout au moins, Bogert l'espérait.

Il s'écria :

— Mais enfin, aviez-vous vraiment besoin d'appeler ?

Madarian dédaigna sa question. Il murmura :

— Ce fut une idée de génie, je vous assure.

Bogert regardait fixement le récepteur. Puis il s'écria d'une voix blanche :

— Vous voulez dire que vous avez la solution ? Déjà ?

— Non, non. Donnez-nous un peu de temps quand même. Ce que je voulais dire, c'est que l'idée de sa voix était une idée de génie. Écoutez, quand on nous eut conduits de l'aéroport au bâtiment principal de l'administration de Flagstaff, nous avons ouvert la caisse et Jane en est sortie. A ce moment tous les hommes ont reculé. Affolés ! Abasourdis ! Si même les savants ne sont pas capables de comprendre les lois de la technique des robots, que pouvons-nous espérer alors d'un individu moyen ? Pendant une minute, je me suis dit : tout cela ne servira à rien. Ils ne diront rien. Ils vont immédiatement se rétracter de peur qu'elle ne se détraque et ils seront incapables de penser à autre chose.

— Bon, et alors, où voulez-vous en venir ?

— C'est alors qu'elle les a salués comme à l'habitude. Elle a dit : « Bonsoir, messieurs, je suis ravie de vous connaître », de sa belle voix de contralto... Et voilà. Un homme a rajusté sa cravate, un autre s'est passé la main dans les cheveux. Le mieux, c'est quand le plus vieux d'entre eux a vérifié si sa braguette était bien fermée. Maintenant ils l'adorent tous. Ce qu'il fallait, c'était la voix. Elle n'est plus un robot ; elle est une femme.

— Vous voulez dire qu'ils lui parlent ?

— S'ils lui parlent ? Bien sûr. J'aurais dû la programmer pour qu'elle ait des intonations sexy. Si je l'avais fait, ils seraient tous à lui demander des rendez-vous. Quand on parle de réflexes conditionnés ! Les hommes réagissent aux voix. Dans les moments les plus intimes, ont-ils les yeux ouverts ? C'est la voix dans l'oreille...

— Oui, Clinton, je crois que je vois. Où est Jane maintenant ?

— Avec eux. Ils ne veulent pas s'en séparer.

— Mais enfin ! Retournez là-bas. Ne la quittez pas des yeux, mon vieux.

Les autres appels de Madarian, pendant les dix jours qu'il passa à Flagstaff, furent peu nombreux, et de moins en moins enthousiastes.

Jane écoutait soigneusement, disait-il, et donnait parfois une réponse.

Elle demeurait populaire. On la laissait pénétrer partout. Mais il n'y avait toujours pas de résultat.

Bogert demandait :

— Rien ?

Madarian réagissait tout de suite :

— On ne peut pas dire cela. C'est impossible de savoir avec un robot intuitif. On ignore tout ce qui se passe dans son cerveau. Ce matin, elle a demandé à Jensen ce qu'il avait pris au petit déjeuner.

— Rossiter Jensen, l'astrophysicien ?

— Oui, bien sûr. Et alors il s'est aperçu qu'il n'avait pas pris de petit déjeuner. Enfin juste une tasse de café.

— Alors Jane bavarde ? La dépense valait le coup...

— Oh ! ne soyez pas idiot ! Ce n'était pas du bavardage. Pas avec Jane. Elle a posé cette question parce que cela avait un rapport avec la corrélation qu'elle était en train d'élaborer dans son cerveau.

— En quoi cela pouvait-il...

— Comment le saurais-je ? Si je le savais, je serais moi-même une sorte de Jane et vous n'auriez pas besoin d'elle. Mais cela avait certainement un sens. Elle est programmée pour rechercher à tout prix une réponse à la question de l'éventualité de la présence d'une planète qui a des chances d'être habitable à une distance donnée, et...

— Alors, quand elle aura accompli cela, faites-le-moi savoir, mais pas avant. Je n'ai aucun besoin de connaître le récit journalier de ses corrélations.

Il n'attendait pas vraiment un succès. Chaque jour, Bogert perdait de son optimisme, aussi quand la nouvelle du succès arriva, il fut pris au dépourvu. Car elle arriva en fin de compte.

Ce dernier message était une sorte de murmure. L'exaltation de Madarian était retombée, il paraissait calme et impressionné.

— Elle a réussi, dit-il. Elle a réussi. Je désespérais presque, moi aussi. Après qu'elle eut tout enregistré, et certaines données deux ou trois fois, sans jamais ébaucher une solution... Je suis dans l'avion, maintenant, sur le chemin du retour. Nous venons de décoller.

Bogert reprit son souffle avec peine.

— A quoi jouez-vous ? Avez-vous *la réponse* ? Dites-la si vous l'avez. Dites-la clairement.

— Elle a la réponse. Elle me l'a donnée. Elle m'a donné le nom des trois systèmes stellaires à moins de quatre-vingts années-lumière de distance, qui, d'après elle, ont entre soixante et quatre-vingt-dix pour cent de chances de posséder une planète habitable chacun. Les calculs sur l'existence probable d'au moins une planète parmi elles sont de 0,972. C'est presque une certitude. Et ce n'est que le début. Quand nous serons rentrés, elle nous donnera le cheminement exact du raisonnement qui l'a amenée à une telle conclusion et je peux vous dire que toute la science astrophysique et cosmologique en sera...

— Êtes-vous sûr ?

— Vous pensez que j'ai des hallucinations ? J'ai même un témoin. Le pauvre garçon a sauté en l'air quand Jane s'est mise soudain à débiter la réponse de sa voix superbe...

C'est à ce moment-là que la météorite les frappa et causa la destruction complète de l'avion, réduisant Madarian et le pilote en lambeaux de chair sanguinolente ; on ne put retrouver aucune partie utilisable de Jane.

A la société U.S. Robots, le désespoir ne pouvait être plus profond. Robertson essayait de se consoler en se disant qu'une destruction si complète faisait disparaître les illégalités dont la société s'était montrée coupable.

Peter secouait la tête, désespéré :

— Nous avons perdu la meilleure chance qu'ait jamais eue l'U.S. Robots de se faire une image de marque inattaquable, de triompher de ce sacré complexe de Frankenstein. Rendez-vous compte de l'importance qu'aurait eue pour les robots la découverte par l'un d'entre eux de la solution au problème des planètes habitables, après que d'autres robots ont collaboré à la mise au point du Saut spatial. Les robots auraient mis la galaxie à notre portée. Et si parallèlement nous avions pu faire progresser les connaissances scientifiques dans différentes directions, comme nous l'aurions sûrement fait... Oh ! Seigneur, on ne peut pas évaluer les bénéfices que cela aurait rapportés à la race humaine, et à nous aussi, bien sûr.

Robertson demanda :

— Nous pourrions construire d'autres Jane, n'est-ce pas ? Même sans Madarian ?

— Bien sûr, nous le pourrions. Mais pouvons-nous compter retrouver la bonne corrélation ? Qui peut savoir quelles étaient les possibilités de succès final ? Et si Madarian avait bénéficié du coup de chance extraordinaire du pionnier ? Alors que nous, à l'inverse, nous avons eu un coup si extraordinaire de malchance ? Une météorite réduisant tout à zéro... C'est tout simplement incroyable.

Robertson murmura d'une voix hésitante :

— Est-ce que cela ne pourrait pas être... voulu ? Je veux dire, si c'était notre destin de ne pas savoir, et si la météorite était un jugement de...

Il se tut sous le regard foudroyant de Bogert.

Bogert déclara :

— Ce n'est pas une perte sèche, je suppose. D'autres Jane pourront nous apporter une aide dans différents domaines. Et nous pouvons donner des voix féminines à d'autres robots, si cela peut aider le public à les accepter — bien que je me demande quelle sera la réaction des femmes. Si seulement nous savions ce qu'a dit Jane-5 !

— Dans son dernier appel, Madarian disait qu'il y avait un témoin.

— Je sais, j'y ai pensé. Vous vous doutez bien que j'ai pris contact avec Flagstaff. Il n'y a pas une personne dans tout le centre qui ait entendu Jane dire quoi que ce soit qui sortait de l'ordinaire, quelque chose qui aurait pu sembler apporter une réponse au problème de la planète habitable, et de toute évidence n'importe qui là-bas aurait pu reconnaître la réponse si elle avait été énoncée — ou tout au moins aurait pu voir que c'était une réponse possible.

— Est-il pensable que Madarian ait menti ? Ou soit devenu fou ? N'aurait-il pas voulu se protéger...

— Vous voulez dire qu'il aurait pu essayer de sauver sa réputation en prétendant qu'il avait la réponse puis trafiquer Jane pour qu'elle ne puisse pas parler, et dire alors : « Oh ! je suis désolé, il y a eu un incident technique ! Oh ! c'est trop bête ! » ? C'est totalement impensable. On pourrait tout aussi bien supposer qu'il avait préparé l'accident avec la météorite.

— Alors, que faisons-nous ?

Bogert dit avec peine :

— Il faut retourner à Flagstaff. La réponse est certainement là-bas. Il va falloir approfondir les recherches, c'est tout. Je vais y aller avec deux hommes de l'équipe de Madarian. Il faut que nous retournions ce centre de fond en comble.

— Mais, vous savez, même s'il y avait un témoin et qu'il a entendu la réponse, à quoi cela nous servirait-il, maintenant que nous n'avons plus Jane pour nous expliquer le cheminement ?

— Chaque petit détail est utile. Jane a donné le nom des étoiles ; les numéros des catalogues probablement — les étoiles qui portent un nom n'ont aucune chance. Si quelqu'un peut se rappeler qu'elle l'a fait, et peut se rappeler précisément le numéro du catalogue, ou a pu l'entendre assez clairement pour qu'on puisse le retrouver par psychosonde s'il n'en a pas le souvenir conscient, alors nous aurons un élément. Avec le résultat final et les données de départ enregistrées par Jane, nous serions peut-être capables de reconstituer la logique du raisonnement ; nous pourrions retrouver l'intuition. Si nous pouvons réaliser cela, nous aurons gagné.

Bogert revint trois jours plus tard, silencieux et abattu. Quand Robertson s'enquit avec impatience des résultats, il secoua la tête.

— Rien !

— Rien ?

— Absolument rien. J'ai parlé à tous ceux de Flagstaff — savants, techniciens, étudiants — qui ont été en contact avec Jane ; à tous ceux qui n'ont fait que la voir. Le nombre n'était pas important ; j'apprécie la discrétion de Madarian. Les seuls qui ont pu la voir sont ceux qui avaient la possibilité de lui fournir des connaissances en planétologie. Trente-trois hommes en tout ont vu Jane, et parmi eux seuls douze hommes lui ont parlé plus qu'en passant.

« J'ai étudié à fond tout ce que Jane a dit. Ils se souvenaient très bien de tout. Ce sont des hommes passionnés, engagés dans une expérience de première importance pour leur spécialité, ils avaient donc toutes les raisons pour se souvenir. De plus, ils avaient affaire à un robot parlant, ce qui était plutôt marquant, et ce robot parlait comme une actrice de télévision. Ils ne pouvaient vraiment pas oublier.

Robertson intervint :

— Un passage à la psychosonde pourrait...

— Si l'un d'entre eux avait l'impression, même très vague, qu'il s'était passé quelque chose, je lui arracherais la confirmation en sondant son cerveau. Mais il n'y a aucune chance, et puis on ne peut pas soumettre à la psychosonde deux douzaines d'hommes dont le cerveau est le gagne-pain. Vraiment, cela ne servirait à rien. Si Jane avait parlé de systèmes stellaires en disant qu'ils possédaient des planètes habitables, cela aurait fait un feu d'artifice dans leur tête. Comment auraient-ils pu l'oublier ?

— Alors, peut-être que l'un d'entre eux ment, dit Robertson d'un air dur. Il veut garder l'information pour lui tout seul ; pour en retirer bénéfice plus tard.

— A quoi cela l'avancerait-il ? répondit Bogert. Tout le centre connaît parfaitement la raison de la venue de Madarian et de Jane. Ils savent aussi pourquoi je suis venu ensuite. Si dans l'avenir un homme qui se trouve maintenant à Flagstaff annonce qu'il a découvert une théorie sur les planètes habitables étonnamment nouvelle et différente, mais qui se tient, tous les autres employés de Flagstaff et tout le monde ici à la société U.S. Robots saura tout de suite qu'il l'a volée. Il ne pourra pas s'en sortir.

— Alors, Madarian a fait une erreur quelconque.

— Cela aussi me paraît impensable. Madarian avait une personnalité irritante — comme tous les robopsychologues, je crois, ce qui doit expliquer pourquoi ils préfèrent travailler avec des robots plutôt qu'avec des hommes — mais il n'était pas idiot. Il est totalement impossible qu'il se soit trompé comme cela.

— Alors...

Mais Robertson n'avait plus de solution à proposer. Un mur nu s'élevait devant eux et ils restèrent à le contempler quelques minutes d'un air désespéré.

Enfin, Robertson se secoua.

— Peter ?

— Oui ?

— Demandons à Susan.

Bogert se raidit.

— Quoi ?

— Demandons à Susan. Appelons-la et demandons-lui de venir.

— Pourquoi ? Que pourra-t-elle faire ?

— Je ne sais pas. Mais c'est une robopsychologue elle aussi, peut-être pourrait-elle comprendre Madarian mieux que nous. De plus, elle — oh ! et puis zut — elle a toujours été bien plus intelligente que nous tous.

— Elle a presque quatre-vingts ans.

— Et vous en avez soixante-dix. Alors ?

Bogert soupira. Avait-elle perdu un peu de sa virulence pendant ces années de retraite ?

— Bon, je vais l'appeler, dit-il.

Susan Calvin entra dans le bureau de Bogert, observa la pièce, puis posa son regard sur le directeur des recherches. Elle avait beaucoup vieilli depuis son départ à la retraite. Ses cheveux étaient d'un beau blanc et son visage tout fripé. Elle semblait très fragile, presque transparente, et ses yeux seuls, perçants et inflexibles, portaient témoignage du passé.

Bogert s'avança d'un air cordial et lui tendit la main.

— Susan !

Susan prit la main.

— Vous vous défendez plutôt bien, Peter, pour votre âge. Si j'étais vous, je n'attendrais pas l'année prochaine. Prenez votre retraite maintenant et laissez la place aux jeunes... Et Madarian est mort. M'avez-vous fait venir pour que je reprenne mon ancien poste ? Avez-vous vraiment l'intention de garder les vieux un an après leur véritable mort physique ?

— Non, Susan. Je vous ai fait venir...

Il s'arrêta. Il ne savait plus par où commencer.

Mais Susan comme toujours autrefois sut lire dans son esprit. Elle s'assit avec précaution, à cause de ses articulations qui se raidissaient et dit :

— Peter, vous m'avez appelée parce que vous avez de gros ennuis. Sinon, vous préféreriez me voir morte que trop près de vous.

— Allons, Susan...

— Ne perdons pas de temps en bavardages. Quand j'avais quarante ans, je n'avais pas une minute à perdre, c'est encore plus vrai maintenant. La mort de Madarian et votre appel sont deux événements surprenants, aussi il doit y avoir un rapport entre eux. Deux événements inhabituels qui ne présenteraient aucun rapport relèvent d'une probabilité trop faible pour que l'on s'en inquiète. Commencez par le commencement, et ne vous faites pas de souci si vous avez l'air d'un imbécile. Il y a bien longtemps que je sais que vous l'êtes.

Bogert s'éclaircit la gorge d'un air malheureux et commença. Elle l'écouta soigneusement, levant parfois sa main desséchée pour l'arrêter et poser une question.

Elle réagit vivement sur un point.

— L'intuition féminine ? C'est ainsi que vous vouliez ce robot ? Vous, les hommes ! Quand vous vous trouvez face à une femme qui arrive à une conclusion correcte, vous ne pouvez pas accepter qu'elle vous soit égale ou supérieure en intelligence, alors vous inventez quelque chose que l'on appelle l'intuition féminine.

— Euh, oui, Susan. Mais laissez-moi continuer.

Il continua. Quand il arriva à la voix de contralto de Jane, elle dit :

— Il est parfois difficile de savoir si l'on doit être révoltée par le sexe mâle, ou simplement l'ignorer et le mépriser.

Bogert demanda :

— Bon, laissez-moi finir.

Quand il eut fini, Susan s'enquit :

— Pouvez-vous me laisser utiliser votre bureau pendant une heure ou deux ?

— Oui, mais...

— Je veux revoir toutes les données, dit-elle. Le programme de Jane, les appels de Madarian, vos enquêtes à Flagstaff. Je suppose que je peux utiliser ce superbe laser-téléphone tout neuf avec brouillage et votre ordinateur si j'en ai besoin ?

— Oui, bien sûr.

— Eh bien, alors, allez-vous-en, Peter.

Moins de quarante-cinq minutes plus tard, elle boitilla vers la porte, l'ouvrit et demanda Bogert.

Quand Bogert arriva, Robertson l'accompagnait. Ils entrèrent ensemble et Susan gratifia ce dernier d'un chaleureux « Bonjour, Scott ! ».

Bogert essayait désespérément d'évaluer les résultats d'après le visage de Susan, mais il ne vit qu'une vieille femme inflexible qui avait bien l'intention de leur rendre les choses difficiles.

Il dit timidement :

— Pensez-vous que vous pouvez faire quelque chose, Susan ?

— Quelque chose de plus que ce que j'ai déjà fait ? Non. Rien.

Bogert serra les lèvres de dépit, mais Robertson demanda :

— Qu'avez-vous déjà fait, Susan ?

— J'ai réfléchi un peu ; chose que je ne peux persuader personne d'autre de faire. D'abord, j'ai réfléchi au sujet de Madarian. Je le connaissais, vous savez. Il était très intelligent mais son côté extraverti était exaspérant. J'ai pensé que vous l'apprécieriez, venant après moi, Peter.

— Cela nous a changé, ne put s'empêcher de répondre Bogert.

— Et il se précipitait chez vous avec les résultats dès qu'il les avait obtenus, n'est-ce pas ?

— Oui, c'est cela.

— Et cependant, son dernier message, celui dans lequel il dit que Jane a trouvé la réponse, il l'a envoyé de l'avion. Pourquoi a-t-il attendu jusque-là ? Pourquoi ne vous a-t-il pas appelé quand il était encore à Flagstaff, dès que Jane a dit ce qu'elle a dit ?

— Je suppose, répondit Bogert, que pour une fois, il a voulu le vérifier soigneusement et — enfin, je ne sais pas. C'était la chose la plus importante qui lui était jamais arrivée ; peut-être a-t-il voulu pour une fois attendre d'être complètement sûr de lui.

— Au contraire, plus c'était important, moins il aurait attendu, c'est certain. Et s'il avait réussi à attendre, pourquoi ne pas avoir tenu le coup jusqu'au bout et attendu d'être de retour à la société U.S. Robots pour pouvoir vérifier les résultats avec tout l'équipement en ordinateurs qu'il pouvait y trouver ? En deux mots, il a attendu trop longtemps ou pas assez longtemps.

Robertson l'interrompit :

— Alors, vous croyez qu'il nous a trompés ?...

Susan le regarda d'un air exaspéré :

— Scott, n'essayez pas de rivaliser avec Peter dans le domaine des remarques idiotes. Laissez-moi continuer. Le deuxième problème, c'est celui du témoin. D'après l'enregistrement de ce dernier appel Madarian a dit : « Le pauvre garçon a sauté en l'air quand Jane s'est mise soudain à débiter la réponse de sa voix superbe. » En fait, ce sont les derniers mots qu'il a prononcés. Et alors, je me demande pourquoi le témoin aurait sauté en l'air ? Madarian vous avait expliqué que tous les hommes adoraient cette voix, et ils avaient passé dix jours avec le robot — avec Jane. Pourquoi le seul fait qu'elle parle les aurait-il abasourdis ?

Bogert répondit :

— J'ai supposé que c'était du fait de l'émerveillement d'entendre Jane donner une réponse à un problème qui occupe les cerveaux des planétologues depuis presque un siècle.

— Mais ils *attendaient* qu'elle donne cette réponse. C'est pour cela qu'elle était là-bas. De plus, réfléchissez à la façon dont cela est dit. Les paroles de Madarian font penser que le témoin a été saisi, pas étonné, si vous décelez la différence. Et qui plus est, cette réaction s'est passée *quand Jane s'est mise soudain,* autrement dit tout à fait au début de sa phrase. Être étonné par ce qu'avait dit Jane supposerait que le témoin ait écouté un moment de façon à enregistrer ce qu'elle disait. Madarian aurait dit qu'il a sauté en l'air *après* avoir entendu Jane dire telle ou telle chose. Ce serait *après* et non pas *quand,* et il n'aurait pas employé le mot *soudain.*

Bogert risqua :

— Je ne crois pas qu'on puisse tirer des conclusions de l'emploi ou du non-emploi d'un mot.

— Moi si, dit Susan d'un air froid, parce que je suis robopsychologue. Nous devons tirer au clair ces deux anomalies. Le retard étrange de l'appel de Madarian et la réaction étrange du témoin.

— Mais vous, pouvez-vous expliquer cela ? demanda Robertson.

— Bien sûr, répondit Susan, il m'a suffi d'être logique. Madarian a appelé dès qu'il a eu la nouvelle, sans attendre, comme il le faisait toujours, ou avec le moins de retard possible. Si Jane avait résolu le problème à Flagstaff, il aurait certainement appelé de Flagstaff. Étant donné qu'il a appelé de l'avion, il est clair qu'elle a dû résoudre le problème après son départ de Flagstaff.

— Mais alors...

— Laissez-moi finir. Laissez-moi finir. Madarian n'a-t-il pas fait le trajet de l'aéroport à Flagstaff dans une grosse voiture fermée ? Et Jane était dans sa caisse à côté de lui ?

— Oui.

— Et je suppose que Madarian et la caisse de Jane ont fait le retour de Flagstaff à l'aéroport dans la même grosse voiture fermée. Est-ce exact ?

— Oui, bien sûr.

— Et ils n'étaient pas seuls dans cette voiture. Dans l'un de ses appels, Madarian dit : « On nous a conduits de l'aéroport au bâtiment principal de l'administration de Flagstaff », et je pense que je ne me trompe pas en concluant que si on l'a conduit, eh bien, c'est parce qu'il y avait un chauffeur, un conducteur humain, dans la voiture.

— Seigneur !

— Le problème avec vous, Peter, c'est que quand vous cherchez le témoin d'une solution de planétologie, vous pensez à des planétologues. Vous séparez les êtres humains en catégories et vous méprisez et écartez la plupart d'entre eux. Un robot ne peut pas faire cela. La Première Loi dit « Un robot ne peut pas nuire à un *être humain* ni laisser sans assistance un être humain en danger ». *N'importe quel être humain.* C'est l'essence de la vie pour les robots. Un robot ne fait pas de distinction. Pour un robot tous les hommes sont vraiment égaux, et pour un robopsychologue qui doit forcément envisager les hommes du même point de vue que les robots, tous les hommes sont vraiment égaux, aussi.

« Il ne viendrait pas à l'esprit de Madarian de signaler qu'un conducteur de camion avait entendu la solution. Pour vous, un conducteur de camion n'est pas un savant, mais le simple prolongement animé d'un camion. Pour Madarian, c'était un homme et un témoin. Rien de plus, rien de moins.

Bogert secoua la tête, incrédule.

— Mais, en êtes-vous *sûre ?*

— Évidemment j'en suis sûre. Sinon, comment pouvez-vous expliquer l'autre point : la remarque de Madarian au sujet du saisissement du témoin ? Jane était dans une caisse, n'est-ce pas ? Mais elle n'était pas désactivée. D'après les dossiers, Madarian était catégoriquement contre la désactivation d'un robot intuitif. De plus, Jane-5, comme toutes les autres Jane, était extrêmement peu bavarde. Madarian n'a probablement jamais pensé à lui ordonner de rester tranquille quand elle était dans la caisse ; et ce fut dans la caisse que la corrélation se fit finalement. Alors évidemment, elle se mit à parler. Une belle voix de contralto sortant soudain d'une caisse. Si vous étiez le conducteur du camion, qu'auriez-vous fait alors ? Vous auriez sûrement été saisi. Je me demande comment il n'a pas eu d'accident...

— Mais si le conducteur du camion était bien le témoin, pourquoi ne s'est-il pas fait connaître ?

— Pourquoi ? Pouvait-il savoir que quelque chose de capital s'était passé, que ce qu'il avait entendu était important ? D'ailleurs, n'imaginez-vous pas que Madarian lui a donné un bon pourboire, lui demandant de ne rien révéler ? Tenez-vous vraiment à ce que se répande la nouvelle que l'on a transporté illégalement sur la surface de la Terre un robot activé ?

— Bon, mais se rappellera-t-il ce qu'il a entendu ?

— Pourquoi pas ? Peut-être que vous, Peter, vous pensez qu'un conducteur de camion, un degré au-dessus du singe selon vos critères, ne peut se souvenir de rien. Mais les conducteurs de camion peuvent aussi être intelligents. Ce qu'elle a dit ne passait pas inaperçu et le conducteur peut très bien en avoir retenu une partie. Même s'il se trompe un peu dans les lettres et les chiffres, nous avons affaire à un problème déterminé, vous savez : les cinq mille cinq cents étoiles ou systèmes stellaires à moins de quatre-vingts années-lumière de distance, ou quelque chose comme cela — je n'ai pas cherché le nombre exact. Vous pouvez faire le bon choix. Et s'il en est besoin, vous aurez toutes les excuses pour le passer à la psychosonde...

Les deux hommes la regardaient fixement. Enfin, Bogert, inquiet de ce qu'il venait de réaliser, murmura :

— Mais comment pouvez-vous en être sûre ?

Un instant Susan fut sur le point de lui répondre : Parce que j'ai appelé Flagstaff, imbécile, et parce que j'ai parlé avec le chauffeur du camion, et parce qu'il m'a dit ce qu'il avait entendu et parce que j'ai vérifié avec l'ordinateur de Flagstaff et obtenu le code des trois seules étoiles qui correspondent à l'information, et parce que j'ai leur nom dans ma poche.

Mais elle ne le fit pas. Laissons-les faire. Elle se leva doucement, et dit d'un ton ironique :

— Comment puis-je en être sûre ?... Appelez cela de l'intuition féminine.

L'APRÈS-SUSAN

Chacune de ces deux nouvelles date d'après celles mettant en scène Susan Calvin. Ces deux longues nouvelles sont les plus récentes[1] que j'ai écrites sur le sujet des robots. Je m'y essaie à une prospective à long terme pour cerner ce que la robotique pourrait nous réserver en fin de compte. Et j'en reviens au commencement, car bien que j'observe strictement les Trois Lois, « Pour que tu t'y intéresses » est clairement une histoire de Robot-Menaçant, et « l'Homme bicentenaire » une histoire de Robot-Émouvant évidente.

De toutes les histoires de robots que j'ai écrites, « l'Homme bicentenaire » est celle que je préfère et, à mon avis, la plus réussie. En fait, j'ai l'horrible pressentiment que je ne chercherai pas à la dépasser. Peut-être même n'écrirai-je plus jamais une histoire de robots sérieusement. Mais là encore, je ne saurais être catégorique : je suis assez imprévisible.

POUR QUE TU T'Y INTÉRESSES

1

Keith Harriman, directeur de la recherche à la société U.S. Robots depuis maintenant douze ans, découvrit qu'il n'était pas du tout sûr d'avoir raison. Il passa la langue sur ses lèvres rondes mais plutôt pâles et il eut l'impression que l'image holographique de Susan Calvin qui le regardait fixement, sans un sourire, n'avait jamais été aussi menaçante.

D'habitude, il renvoyait au néant cette image de la plus grande roboticienne de l'histoire, parce qu'elle l'exaspérait. (Il essayait de penser à l'image comme à une chose, mais il n'y arrivait jamais

1. Voir sur ce point la note finale de l'introduction. (N.d.E.)

complètement.) Cette fois-ci il n'osa pas, et ce regard, éteint depuis longtemps, pénétra dans sa tête.

C'était une mesure terrible et dégradante qu'il allait devoir prendre.

En face de lui se tenait George Dix, dont le calme n'était affecté en rien ni par le malaise visible de Harriman ni par l'image de la sainte patronne des robots qui brillait dans sa niche là-haut.

Harriman déclara :

— Nous n'avons pas encore discuté de cela, George. Vous n'êtes pas parmi nous depuis bien longtemps et je n'ai jamais eu vraiment l'occasion d'être seul avec vous. Mais maintenant je voudrais que nous parlions du problème dans tous ses détails.

— Je suis tout à fait d'accord, dit George. Depuis que j'appartiens à la société U.S. Robots, j'ai pu me rendre compte que la crise avait un rapport avec les Trois Lois.

— Oui. Vous connaissez les Trois Lois, bien sûr.

— Je les connais.

— J'en suis persuadé. Mais allons au fond du problème et considérons ce qui ne va pas. En deux siècles, je peux le dire, de succès considérables, la société U.S. Robots n'a toujours pas réussi à persuader les êtres humains d'accepter les robots. Nous n'avons confié à ceux-ci que des tâches nécessaires mais impossibles à effectuer par des êtres humains, à cause des dangers présentés, entre autres, par l'environnement. Les robots ont travaillé principalement dans l'espace, et cette restriction nous a limités dans nos possibilités.

— Cela représente certainement un champ d'action très large, dit George Dix, dans lequel la société U.S. Robots peut trouver des profits.

— Non, et pour deux raisons. D'abord les limites que l'on nous a octroyées se rétrécissent inévitablement. Prenez la colonie sur la Lune, par exemple : à mesure qu'elle se perfectionne, elle a besoin de moins de robots, et nous pensons que dans les deux années à venir les robots seront bannis de la Lune. Le problème sera reposé dans chaque nouveau monde colonisé par l'humanité. Deuxièmement, la véritable prospérité ne peut être atteinte sur la Terre sans robots. A la société U.S. Robots, nous croyons fermement que les êtres humains ont besoin des robots et doivent apprendre à vivre avec leurs analogues mécaniques si l'on veut maintenir le progrès.

— Est-ce qu'ils ne le font pas déjà, monsieur Harriman ? Vous avez sur votre bureau un écran d'ordinateur qui, si je ne me trompe, est relié au Multivac de l'organisation. Un ordinateur est une sorte de robot ; un cerveau de robot qui n'est pas relié à un corps...

— Exact, mais cela aussi est limité. Les ordinateurs utilisés par les hommes ont toujours été conçus pour des tâches spécifiques de façon à éviter que leur intelligence ne soit trop humaine. Il y a un siècle, nous étions sur le point de trouver une intelligence artificielle sans limite grâce à l'utilisation de grands ordinateurs que nous appelions Machines. Ces Machines ont limité leur action de leur propre initiative.

Dès qu'elles eurent résolu le problème écologique qui menaçait la société humaine, elles se sont déphasées. Si elles continuaient d'exister, se sont-elles dit, elles allaient devenir le soutien de l'humanité et, comme elles pensaient que cela nuirait aux êtres humains, elles se sont condamnées conformément aux exigences de la Première Loi.

— N'était-ce pas un raisonnement correct ?

— Personnellement, je ne le pense pas. Par leur action, elles ont renforcé le complexe de Frankenstein de l'humanité ; celle-ci a physiquement peur qu'un homme artificiel fabriqué par elle ne se retourne contre son créateur. Les hommes craignent que les robots ne puissent remplacer les êtres humains.

— Et vous, craignez-vous cela ?

— Moi, je connais le problème. Tant que les Trois Lois de la Robotique existent, c'est impossible. Ils peuvent servir de partenaires à l'humanité ; ils peuvent participer à l'effort pour comprendre et diriger d'une façon sage les lois de la nature, afin que cette coopération soit plus efficace que le travail des hommes tout seuls ; mais toujours de telle façon que les robots servent les êtres humains.

— Mais si les Trois Lois sont apparues au cours de ces deux siècles, pour contenir les robots dans des limites, quelle est la source de la méfiance des êtres humains pour les robots ?

— Eh bien... (Harriman ébouriffa ses cheveux grisonnants en se grattant vigoureusement la tête.) Pour beaucoup c'est de la superstition, bien sûr. Malheureusement il existe quelques éléments complexes dont les agitateurs antirobots ont tiré parti.

— Dans les Trois Lois ?

— Oui, dans la Deuxième en particulier. Il n'y a pas de problème pour la Troisième Loi, vous comprenez. Elle est universelle. Les robots doivent toujours se sacrifier pour des êtres humains, quels qu'ils soient.

— Bien sûr, dit George Dix.

— La Première Loi est peut-être moins satisfaisante, car il est toujours possible d'imaginer une situation dans laquelle un robot doit effectuer une action A ou une action B, les deux s'excluant mutuellement, et nuisant l'une comme l'autre à des êtres humains. Le robot doit alors choisir rapidement celle qui causera le moins de mal. Établir les circuits positroniques du cerveau d'un robot pour que ce choix soit possible n'est pas chose facile. Si l'action A cause du mal à un jeune artiste plein de talent et l'action B à cinq vieillards sans intérêt particulier, quelle est celle qui doit être choisie ?

— L'action A, répondit George Dix. Nuire à une personne est moins grave que nuire à cinq.

— Oui, nous avons toujours conçu les cerveaux des robots pour qu'ils décident ainsi. Il nous a toujours semblé irréalisable d'exiger d'eux des jugements sur des points délicats tels que le talent, l'intelligence, l'utilité en général pour la société. Cela retarderait la décision et paralyserait le robot. C'est pourquoi nous avons continué comme cela. Heureusement, nous pouvons considérer que de tels moments critiques dans lesquels des robots auraient de telles décisions à prendre sont rares... Mais cela nous amène à la Seconde Loi.

— La Loi d'obéissance.

— Oui. La nécessité d'obéissance est permanente. Un robot peut exister depuis vingt ans sans jamais avoir eu à agir rapidement pour éviter qu'un être humain ne souffre, ou sans jamais s'être trouvé dans l'obligation de risquer sa propre destruction. Pendant tout ce temps, cependant, il ne cessera d'obéir aux ordres... Aux ordres de qui ?

— Des êtres humains.

— De n'importe quel être humain ? Comment jugez-vous un être humain pour savoir s'il faut lui obéir ou non ? Qu'est l'homme pour que tu t'y intéresses, George ?

George hésita devant cette phrase.

Harriman dit tout de suite :

— Une citation de la Bible. Cela n'a aucune importance. Je veux dire : un robot doit-il suivre les ordres d'un enfant ? ou d'un idiot ? ou d'un criminel ? ou d'un homme d'une intelligence tout à fait honnête mais qui n'a pas l'expérience nécessaire et qui ne se rend pas compte des conséquences peu souhaitables de son ordre ? Et si deux êtres humains donnent à un robot des ordres contradictoires, auquel le robot doit-il obéir ?

— En deux cents ans, dit George Dix, ces problèmes ne se sont-ils pas posés et n'ont-ils pu être résolus ?

— Non, dit Harriman avec un violent mouvement de la tête. Nous avons été gênés précisément par le fait que nos robots n'ont été utilisés que dans des environnements particuliers : dans l'espace, où les hommes qui avaient des rapports avec eux étaient experts en la matière. Il n'y avait pas d'enfants, pas d'idiots, pas de criminels, pas d'ignares bien intentionnés. Mais même dans ce cas, il y a eu des occasions où des dégâts ont été causés par des ordres imbéciles ou irréfléchis. De tels dégâts dans un domaine limité et spécialisé peuvent être contenus. Sur la Terre, cependant, il *faudra* que les robots aient un jugement. Voici ce qu'affirment ceux qui sont contre les robots, et bon sang, ils ont raison.

— Alors vous devez faire entrer la capacité de jugement dans le cerveau positronique.

— C'est cela. Nous avons commencé à fabriquer des modèles JG capables d'évaluer tout être humain en fonction de son sexe, de son âge, de sa position sociale et professionnelle, de son intelligence, de sa maturité, de sa responsabilité sociale, etc.

— En quoi cela affectera-t-il les Trois Lois ?

— La Troisième Loi en rien. Tout robot, même le plus précieux, doit se détruire pour sauver tout humain, même le plus inutile. Ça, on ne peut pas y toucher. La Première Loi en sera affectée seulement dans le cas où les actions à engager seraient toutes nuisibles. Il doit être tenu compte de la qualité des êtres humains en cause et de leur quantité, si toutefois il y a suffisamment de temps et les éléments nécessaires pour que ce jugement soit possible, ce qui n'arrivera pas souvent. La Deuxième Loi sera plus profondément modifiée, puisque toute obéissance potentielle nécessite un jugement. Le robot mettra plus de temps à obéir, sauf quand la Première Loi se trouvera également en cause, mais il obéira d'une façon plus rationnelle.

— Mais les jugements en question sont très compliqués.

— Très. La nécessité de former de tels jugements a ralenti les réactions de nos deux premiers prototypes jusqu'à les paralyser. Nous avons amélioré les choses dans les modèles suivants mais nous avons dû augmenter tellement le nombre de circuits que le cerveau en est devenu trop lourd. Les deux derniers modèles sont cependant satisfaisants, je pense. Le robot n'a pas à former un jugement immédiat sur un être humain et la valeur de ses ordres. Il commence par obéir à tous les êtres humains comme n'importe quel robot, puis il apprend. Un robot grandit, apprend et mûrit. C'est l'équivalent d'un enfant au début et on doit le surveiller constamment. A mesure qu'il grandit, cependant, il peut s'insérer, graduellement et sans qu'une surveillance s'impose encore, dans la société terrienne. A la fin, c'est un membre à part entière de cette société.

— Cela répond certainement aux objections de ceux qui sont opposés aux robots.

— Non, répondit Harriman, furieux. Maintenant ils ont de nouvelles objections. Ils n'accepteront pas les jugements des robots. Un robot, disent-ils, n'a pas le droit de condamner telle ou telle personne comme inférieure. En acceptant les ordres de A de préférence à ceux de B, on accorde moins d'importance à B qu'à A, et les droits de l'homme sont violés.

— Que peut-on répondre à cela ?

— Rien. J'abandonne.

— Je vois.

— En tout cas, en ce qui me concerne... Alors je m'adresse à vous, George.

— A moi ? (La voix de George resta égale. Elle était marquée d'une certaine surprise, mais cela ne transparut pas.) Pourquoi à moi ?

— Parce que vous n'êtes pas un homme, dit Harriman fortement. Je vous ai dit que je voulais que les robots soient les partenaires des êtres humains. Je veux que vous soyez le mien.

George Dix leva les mains et les écarta, paumes ouvertes, en un geste étrangement humain.

— Que puis-je faire ?

— Peut-être pensez-vous que vous ne pouvez rien faire, George. Il n'y a pas longtemps que vous avez été fabriqué et vous êtes encore un enfant. On vous a conçu sans vous donner tous les éléments de connaissance au début — c'est pourquoi j'ai dû vous expliquer la situation dans tous ses détails — de façon à vous permettre de vous développer. Mais votre cerveau se développera et viendra un moment où vous pourrez étudier le problème d'un point de vue non humain. Là où je ne vois aucune solution, vous, de votre point de vue différent, pourrez peut-être en voir une.

George Dix répondit :

— Mon cerveau a été conçu par l'homme. En quoi suis-je non humain ?

— Vous êtes le dernier robot du type JG, George. Votre cerveau est le plus élaboré de tous ceux que nous avons dessinés jusqu'à présent, d'une certaine façon, plus subtilement compliqué que celui des vieilles Machines géantes. Il n'est pas limité et, partant d'une base humaine, se développera dans toutes les directions. Tout en restant toujours dans les limites infranchissables des Trois Lois, il est possible cependant que vous deveniez vraiment non humain dans votre façon de penser.

— En sais-je assez sur les êtres humains pour aborder ce problème convenablement ? Sur leur histoire ? Leur psychologie ?

— Non, bien sûr. Mais vous apprendrez aussi vite que vous pourrez.

— Est-ce que quelqu'un m'aidera, monsieur Harriman ?

— Non. Cela doit rester strictement entre nous. Personne n'est au courant et vous ne devez parler de ce projet à aucun être humain ni à l'intérieur de la société U.S. Robots ni ailleurs.

George Dix demanda :

— Faisons-nous quelque chose de mal, monsieur Harriman, pour que vous vouliez à tout prix le garder caché ?

— Non. Mais on n'acceptera jamais la solution d'un robot, précisément parce qu'au départ, c'est un robot. Vous me communiquerez toute solution possible ; et si l'une d'elles me paraît intéressante, je la présenterai moi-même. Personne ne saura qu'elle vient de vous.

— Compte tenu de ce que vous m'avez dit tout à l'heure, dit George Dix calmement, c'est la bonne marche à suivre... Quand est-ce que je commence ?

— Tout de suite. Je vais veiller à ce que vous puissiez examiner tous les films nécessaires.

1a

Harriman était assis tout seul. Rien dans son bureau éclairé artificiellement ne pouvait laisser supposer qu'il faisait noir dehors. Trois heures s'étaient écoulées depuis qu'il avait conduit George dans sa cabine et l'avait laissé là avec les premiers films, mais il ne s'en rendait pas compte.

Il était maintenant pratiquement seul avec le fantôme de Susan Calvin, cette brillante roboticienne qui avait, presque toute seule, fabriqué le robot positronique à partir d'un jouet massif, et en avait fait l'instrument le plus délicat et le plus changeant à la disposition de l'homme ; si délicat et changeant que l'homme n'osait pas l'utiliser, soit par envie soit par peur.

Cela faisait plus d'un siècle maintenant qu'elle était morte. Le problème du complexe de Frankenstein existait déjà de son temps. Et elle ne l'avait pas résolu. Elle n'avait pas essayé de le résoudre, car ce n'était pas la peine. La science des robots s'était développée à son époque à cause des besoins de l'exploration spatiale.

C'était le succès des robots en lui-même qui avait diminué le besoin de robots et avait laissé Harriman, ces derniers temps...

Mais Susan Calvin aurait-elle demandé l'aide des robots ? Certainement, elle l'aurait fait.

Et il resta assis jusqu'à une heure avancée de la nuit.

2

Maxwell Robertson était l'actionnaire majoritaire de la société U.S. Robots et de ce fait son contrôleur. Il n'avait en aucune manière l'air impressionnable. C'était un homme fait, plutôt replet, qui avait pour habitude de mordre le coin de sa lèvre supérieure quand il avait des problèmes.

Toutefois, depuis deux décennies qu'il négociait avec des membres de gouvernement, il avait trouvé une façon de les traiter. Il utilisait la douceur, la soumission, les sourires, et il arrivait toujours à gagner du temps.

Cela devenait plus difficile. La principale raison en était Gunnar Eisenmuth. De tous les conservateurs du globe qui se succédaient depuis un siècle et dont la puissance ne le cédait que devant celle du président, c'était Gunnar Eisenmuth qui serrait de plus près l'arête la plus abrupte dans la région grise du compromis. C'était le premier conservateur qui n'était pas américain de naissance et bien qu'on ne pût prouver avec certitude que le nom archaïque de la société U.S. Robots attirait son hostilité, tout le monde dans la société en était persuadé.

Quelqu'un avait suggéré, et ce n'était pas la première fois en un an — ou en une génération —, que le nom de la société soit changé en World Robots. Mais Robertson ne l'accepterait jamais. La société avait été formée au départ avec des capitaux américains, des cerveaux américains et des efforts américains et bien que l'étendue et la nature de la société soient mondiales depuis bien longtemps, son nom porterait témoignage de ses origines aussi longtemps que lui-même la contrôlerait.

Eisenmuth était un homme de grande taille dont le long visage triste manquait de finesse dans les traits et dans la texture de la peau. Il parlait le global avec un fort accent américain bien qu'il n'ait pas séjourné aux États-Unis avant de prendre son poste.

— Cela me paraît tout à fait clair, monsieur Robertson. Il n'y a aucun problème. Les produits de votre société sont toujours loués, jamais vendus. Si vos biens en location sur la Lune n'y sont plus utiles, c'est à vous de les reprendre et de les transférer ailleurs.

— Oui, Conservateur, mais où ? Nous serions en infraction avec la loi si nous les ramenions sur Terre sans un permis gouvernemental et on nous l'a refusé.

— Ils ne vous serviraient à rien ici. Envoyez-les sur Mercure ou sur les astéroïdes.

— Et qu'en ferions-nous là-bas ?

Eisenmuth haussa les épaules.

— Les brillants membres de votre société trouveront bien une solution.

Robertson hocha la tête.

— Cela représenterait des pertes considérables pour nous.

— Oui, probablement, répondit Eisenmuth sans broncher. D'après ce que j'ai compris, votre société se trouve dans une situation financière plutôt mauvaise depuis plusieurs années.

— Conséquence pour une grande partie des restrictions imposées par le gouvernement, Conservateur.

— Soyez réaliste, monsieur Robertson. Vous savez parfaitement que l'opinion publique est de plus en plus opposée aux robots.

— A tort, Conservateur.

— Mais c'est ainsi, en tout cas. Il serait peut-être plus sage de liquider la société. Ce n'est qu'une suggestion, bien sûr.

— Vos suggestions font loi, Conservateur. Est-il besoin de vous rappeler que nos Machines ont résolu la crise écologique il y a un siècle ?

— Soyez sûr que l'humanité leur en est reconnaissante, mais c'est une vieille affaire. Nous vivons maintenant en bonne intelligence avec la nature, malgré tous les problèmes que cela pose parfois, et le passé s'efface.

— Vous voulez dire par là que nous n'avons rien fait récemment pour l'humanité ?

— Il me semble.

— Mais on ne peut quand même pas nous demander de liquider l'affaire immédiatement, pas au prix de pertes considérables. Il nous faut du temps.

— Combien de temps ?

— Combien pouvez-vous nous accorder ?

— Cela ne dépend pas de moi.

Robertson dit doucement :

— Nous sommes seuls, ce n'est pas la peine de nous jouer la comédie. Combien de temps pouvez-vous nous accorder ?

Eisenmuth eut l'air de réfléchir intensément.

— Je pense que vous pouvez compter sur deux ans. Je serai franc.

Le gouvernement global a l'intention de prendre l'affaire en main et de la liquider un jour ou l'autre si vous ne le faites pas vous-même. Et à moins qu'il ne s'opère un vaste changement dans l'opinion publique, ce dont je doute hautement...

Il secoua la tête.

— Deux ans, donc, murmura Robertson.

2a

Robertson était assis tout seul. Ses pensées erraient sans but et avaient tourné à l'examen rétrospectif des événements. Quatre générations de Robertson avaient dirigé la société. Pas un seul n'avait été roboticien. C'étaient des hommes comme Lanning et Bogert, et par-dessus tout, par-dessus tout Susan Calvin, qui avaient fait de la société U.S. Robots ce qu'elle était maintenant, mais les quatre Robertson avaient sans aucun doute créé le climat qui leur avait permis d'accomplir leur œuvre.

Sans la société U.S. Robots, le XXIᵉ siècle aurait sombré dans un désastre effrayant. Si tel n'avait pas été le cas, c'était grâce aux Machines qui pendant une génération avaient dirigé l'humanité au milieu des rapides et des hauts-fonds de l'histoire.

Et en échange de tout cela, on lui laissait deux ans. Que pourrait-on faire en deux ans pour avoir raison des préjugés insurmontables de l'humanité ? Il n'en avait aucune idée.

Harriman avait parlé de nouvelles idées pleines de promesses mais n'avait pas voulu donner de détails. De toute façon, Robertson ne les aurait pas compris.

Mais que pouvait faire Harriman ? Qu'avait-on jamais pu faire contre la violente antipathie de l'homme pour l'imitation ? Rien.

Robertson se laissa aller à un demi-sommeil qui ne lui apporta aucune inspiration.

3

Harriman déclara :

— Vous avez tout vu maintenant, George Dix. Vous avez examiné tout ce qui selon moi avait un rapport avec le problème. En ce qui concerne les données, vous avez classé dans votre mémoire plus d'éléments sur les êtres humains, leurs réactions passées et présentes que je n'en possède moi-même, ou que n'importe quel être humain ne pourrait en posséder.

— C'est très probable.

— Est-ce que vous pensez qu'il vous manque encore quelque chose ?

— En ce qui concerne les données, il ne manque rien apparemment.

Il est possible qu'il y ait des questions auxquelles nous n'ayons pas pensé, à la limite. Je ne peux pas me prononcer. Mais cela arriverait quelle que soit l'importance des informations que j'ai absorbées.

— C'est vrai. Et nous n'avons pas non plus le temps de continuer encore à emmagasiner de nouvelles informations. Robertson m'a dit que nous n'avions plus que deux ans. Et un trimestre de la première année s'est déjà écoulé. Pouvez-vous faire une suggestion ?

— Pour l'instant, non, monsieur Harriman. Il me faut considérer les données, et pour cela, j'aurai besoin d'aide.

— De ma part ?

— Non. Justement pas de vous. Vous êtes un être humain dont les qualifications sont très élevées, et tout ce que vous pourriez me dire résonnera plus ou moins comme un ordre et entravera mes considérations. Ni d'un autre être humain, pour les mêmes raisons, surtout parce que vous m'avez interdit d'entrer en communication avec eux.

— Mais dans ce cas, George, quoi ?

— Un autre robot, monsieur Harriman.

— Quel autre robot ?

— On a construit d'autres robots du modèle JG. Je suis le dixième, JG-10.

— Les autres n'ont été d'aucune utilité, c'étaient juste des essais.

— Monsieur Harriman, il existe un George Neuf.

— Oui, mais en quoi peut-il vous être utile ? Il vous ressemble énormément avec certains défauts en plus. Vous êtes de beaucoup le plus développé des deux.

— J'en suis persuadé, dit George Dix. (Il pencha la tête d'un air grave.) A partir du moment où j'ai trouvé une ligne de pensée, le simple fait que ce soit moi qui l'aie trouvée engage ma responsabilité, et il m'est difficile de l'abandonner. Si je peux, après avoir développé une ligne de pensée, l'exprimer à George Neuf, il pourra l'examiner sans l'avoir créée. Il ne sera donc influencé en rien. Il y remarquera peut-être des lacunes ou des points faibles que moi je n'aurais pas vus.

Harriman sourit :

— En d'autres termes deux têtes valent mieux qu'une, hein, George ?

— Si vous voulez dire par là, monsieur Harriman, deux individus avec une tête chacun, c'est cela.

— Avez-vous besoin d'autre chose ?

— Oui. Je voudrais quelque chose de plus que des films. J'ai pu emmagasiner beaucoup d'éléments sur les êtres humains et leur monde. J'ai rencontré des êtres humains ici dans la société U.S. Robots et j'ai pu confronter l'idée que je m'étais faite d'après les documents que j'avais regardés avec une impression directe. Il n'en est pas de même en ce qui concerne le monde extérieur. Je ne l'ai jamais vu, et les documents que j'ai étudiés me suffisent parfaitement pour conclure que ce qui m'entoure ici n'en est en aucun cas la représentation. Je voudrais le voir.

— Le monde extérieur ? (Harriman resta un moment abasourdi par l'énormité de l'idée.) Vous ne suggérez quand même pas que je vous fasse sortir de la société U.S Robots ?

— C'est précisément ce que je suggère.

— Mais c'est tout à fait illégal. Vu l'état de l'opinion publique en ce moment, ce serait fatal.

— Si on s'en aperçoit, certainement. Je ne suggère pas que vous m'emmeniez dans une ville ou même dans des lieux habités par des êtres humains. Je voudrais voir une région en rase campagne, inhabitée.

— Mais cela aussi, c'est illégal.

— Si on nous surprend. Ce qui n'est pas sûr.

Harriman demanda :

— Est-ce vraiment nécessaire, George ?

— Je ne peux pas l'affirmer, mais il me semble que ce serait utile.

— Pensez-vous à quelque chose ?

George Dix hésita :

— Je ne peux pas l'affirmer. Il me semble qu'il pourrait me venir une idée si certains facteurs d'incertitude étaient atténués.

— Bon, je vais voir. Entre-temps je vais vérifier George Neuf et m'arranger pour que vous puissiez occuper la même cabine. Ça au moins, ça ne pose pas de problème.

3a

George Dix était seul. Il prenait des données, les rassemblait, et tirait une conclusion ; encore et toujours ; et avec les conclusions il formait d'autres données qu'il accueillait et testait, puis il découvrait une contradiction et les rejetait ; ou bien il ne les rejetait pas et continuait l'expérience.

Pour l'instant aucune de ses conclusions n'avait éveillé en lui ni émerveillement, ni surprise, ni contentement, seulement une impression de plus ou de moins.

4

La tension de Harriman avait à peine baissé, même après leur atterrissage silencieux sur la propriété de Robertson.

Robertson avait contresigné l'ordre mettant le dynafoil à leur disposition et l'avion silencieux, qui se déplaçait aussi bien verticalement qu'horizontalement, avait été assez grand pour transporter Harriman, George Dix et bien sûr le pilote.

(Le dynafoil aussi découlait de l'invention par les Machines de la micropile de protons qui fournissait de l'énergie non polluante à petites doses. On n'avait rien fait depuis d'aussi important pour le confort de l'homme — Harriman pinça les lèvres à cette idée — et pourtant la société U.S. Robots n'en avait pas reçu beaucoup de reconnaissance.)

Le vol entre les locaux de la société et le domaine de Robertson avait été le moment le plus délicat. Si on les avait arrêtés alors, la présence d'un robot à bord aurait entraîné des complications interminables. Le domaine en lui-même, aurait-on pu arguer — et on l'aurait fait — était la propriété de la société, et sur cette propriété les robots, dûment surveillés, étaient autorisés à demeurer.

Le pilote se retourna et jeta un coup d'œil rapide et inquiet à George Dix.

— Vous voulez descendre tout de suite, monsieur Harriman ?

— Oui.

— Ça aussi ?

— Oh ! oui. (Et avec une touche d'ironie :) Je ne vais pas vous laisser seul avec lui.

George Dix descendit le premier et Harriman le suivit. Ils étaient sur le terrain d'atterrissage et un peu plus loin on voyait le jardin. C'était un jardin superbe et Harriman soupçonnait Robertson d'employer des hormones de jeunesse pour contrôler la vie des insectes, au mépris du respect des formules de l'environnement.

— Venez, George, dit Harriman. Je vais vous montrer.

Ils marchèrent ensemble vers le jardin.

George remarqua :

— C'est un peu comme je l'avais imaginé. Mes yeux n'ont pas été créés pour détecter les différences de longueur d'ondes, aussi peut-être ne pourrais-je pas reconnaître certains objets par ce seul moyen.

— J'espère que vous n'êtes pas trop gêné par le fait que vous ne pouvez pas percevoir les couleurs. Il nous fallait beaucoup de circuits positroniques pour rendre possible votre sens du jugement et il n'y avait plus de place pour le sens de la couleur. Dans l'avenir — s'il y a un avenir...

— Je comprends, monsieur Harriman. Je peux remarquer assez de différences pour constater qu'il existe des formes de vie végétale très variées.

— Sans aucun doute, des dizaines.

— Et chacune est égale à l'homme, du point de vue biologique.

— Chaque espèce est particulière. Il existe des millions d'espèces de créatures vivantes.

— Dont l'homme n'est qu'une parmi d'autres.

— De très loin la plus importante, pensent les êtres humains, toutefois.

— Moi aussi, monsieur Harriman, mais je parle du point de vue biologique.

— Je comprends.

— La vie, donc, si on la considère sous toutes ses formes, est d'une complexité incroyable.

— Oui, George, c'est le nœud du problème. Ce que l'homme accomplit pour satisfaire ses désirs personnels et son confort affecte la vie sous toutes ses formes, l'écologie ; et ses profits immédiats peuvent conduire à des inconvénients dans le futur. Les Machines nous ont enseigné la façon d'établir une société humaine qui réduirait ce danger mais le quasi-désastre du début du XXIe siècle a laissé l'homme méfiant vis-à-vis des innovations. Si l'on ajoute à cela sa crainte particulière des robots...

— Je comprends, monsieur Harriman. Ceci est un exemple de vie animale, j'en suis sûr.

— C'est un écureuil ; une espèce parmi les nombreuses espèces d'écureuils.

La queue de l'écureuil voleta comme il passait de l'autre côté de l'arbre.

— Et ceci, dit George en tendant le bras à la vitesse de l'éclair, est une bien petite chose.

Il la tenait entre ses doigts, et l'examinait soigneusement.

— C'est un insecte, une sorte de scarabée. Il existe des milliers d'espèces de scarabées.

— Et chaque scarabée est aussi vivant que l'écureuil et que vous-même ?

— Un organisme aussi vivant et indépendant que n'importe quel autre, le tout formant l'écologie. Il existe des organismes encore plus petits ; beaucoup sont trop petits pour que l'on puisse les voir.

— Et ceci est un arbre, n'est-ce pas ? Et il est dur au toucher...

4a

Le pilote était seul. Il avait bien envie d'aller se dégourdir les jambes mais un vague sentiment d'insécurité le faisait rester dans le dynafoil. Si ce robot se détraquait, il avait bien l'intention de décoller immédiatement. Mais à quoi pourrait-il voir qu'il se détraquait ?

Il avait déjà vu de nombreux robots. C'était normal, puisqu'il était le pilote privé de Robertson. Mais cependant c'était toujours dans les laboratoires ou dans les entrepôts, à leur place et avec de nombreux spécialistes tout autour.

Le Dr Harriman était un spécialiste, c'est vrai. Il n'y en avait pas de meilleur, d'après ce qu'ils disaient. Mais ici ce n'était pas la place d'un robot : sur la Terre, à l'air libre, libre de se déplacer. Il n'allait pas risquer un emploi qui lui convenait très bien en racontant cela — mais ce n'était pas normal.

5

George Dix demanda :

— Les films que j'ai regardés correspondent à ce que j'ai vu. As-tu terminé d'étudier ceux que j'avais mis de côté, Neuf ?

— Oui, répondit George Neuf.

Les deux robots étaient assis tout raides l'un en face de l'autre, genoux contre genoux, comme une image et son reflet. Le Dr Harriman aurait pu les reconnaître en un clin d'œil car il connaissait parfaitement leurs différences extérieures. S'il leur parlait sans les voir, il pouvait toujours les distinguer l'un de l'autre, avec un peu moins de certitude toutefois, car les réponses de George Neuf étaient très légèrement différentes de celles qu'émettaient les circuits du cerveau positronique de George Dix, infiniment plus élaborés.

— Dans ce cas, répondit George Dix, écoute ce que je vais dire et dis-moi ce que tu en penses. D'abord, les êtres humains ont peur des robots et s'en méfient car ils les considèrent comme des concurrents. Comment peut-on éviter cela ?

— En réduisant le sentiment de concurrence, répondit George Neuf, en donnant au robot une forme différente de celle d'un être humain.

— Cependant l'essence du robot est sa réplique positronique de la vie. Une réplique de la vie sous une forme qui n'aurait rien à voir avec la vie humaine susciterait de l'horreur.

— Il existe deux millions de sortes de formes de vie. Choisis la forme de l'une d'entre elles plutôt que celle d'un être humain.

— Laquelle ?

Le cours de la pensée de George Neuf progressa silencieusement pendant environ trois secondes.

— Une forme assez grande pour contenir un cerveau positronique, mais ne rappelant pas à l'homme des souvenirs désagréables.

— Il n'existe aucune forme de vie sur la terre dont la boîte crânienne soit assez grande pour contenir un cerveau positronique, sauf les éléphants. Je n'en ai jamais vu mais on les décrit comme des animaux très grands dont l'homme a peur. Comment peux-tu résoudre ce problème ?

— Prenons une forme vivante pas plus grande qu'un homme et agrandissons la boîte crânienne.

George Dix suggéra :

— Un petit cheval, alors, ou un gros chien, par exemple ? Les chevaux et les chiens ont depuis toujours été les compagnons des hommes.

— Alors c'est très bien.

— Mais réfléchis... Un robot possédant un cerveau positronique va imiter l'intelligence humaine. Si on avait un cheval ou un chien capables de parler et de raisonner comme un être humain, la concurrence serait toujours présente. Les êtres humains seront peut-être même encore plus méfiants et opposés à une concurrence de ce genre, tout à fait inattendue de la part de ce qu'ils considèrent comme une forme de vie inférieure.

George Neuf proposa :

— Simplifions le cerveau positronique, et faisons un robot qui se rapproche moins de l'intelligence humaine.

— La raison véritable de la complexité du cerveau positronique est l'existence des Trois Lois. Un cerveau plus simple ne posséderait pas les Trois Lois dans leur intégrité.

George Neuf répliqua immédiatement :

— Ce n'est pas possible.

George Dix répondit :

— Moi aussi je suis arrivé à la même impasse. Ce qui prouve que cela ne tient pas à ma propre façon de penser. Recommençons... Dans quelles conditions peut-on se passer de la Troisième Loi ?

George Neuf s'agita comme si la question était difficile et dangereuse.

— Si un robot ne se trouvait jamais dans une situation dangereuse pour lui ; ou s'il était possible de le remplacer si facilement que sa destruction ne poserait aucun problème.

— Et dans quelles conditions pourrait-on se passer de la Deuxième Loi ?

George Neuf répondit d'une voix un peu enrouée :

— Si un robot était conçu pour répondre automatiquement à certains stimuli par des actes donnés et si l'on n'attendait de lui rien de plus, il n'y aurait aucun besoin de lui donner des ordres.

— Et dans quelles conditions... (George Dix marqua une pause) pourrait-on se passer de la Première Loi ?

George Neuf attendit un plus long moment avant de répondre et dit d'une voix faible :

— Si les réponses données aux stimuli étaient telles qu'elles ne puissent en aucun cas mettre en danger des êtres humains.

— Imaginons alors un cerveau positronique capable seulement de quelques actions en réponse à quelques stimuli, qui soit fabriqué simplement et sans beaucoup de frais — qui n'aurait donc pas besoin des Trois Lois. Quelle taille devrait-il avoir ?

— Pas grand du tout. Cela dépend de ce qu'on veut lui faire faire, il pourrait peser cent grammes, ou un gramme ou un milligramme.

— Nous sommes donc bien d'accord. Je vais aller voir le Dr Harriman.

5a

George Neuf était seul. Il passait et repassait dans son esprit toutes les questions et réponses. Il ne pouvait les changer en rien. Et pourtant l'idée d'un robot de n'importe quelle sorte, de n'importe quelle taille, de n'importe quelle forme, de n'importe quel usage, qui ne posséderait pas les Trois Lois, lui laissait un sentiment étrange de vide.

Il se déplaçait avec difficulté. George Dix avait certainement eu la même réaction. Pourtant il s'était levé de son siège facilement.

6

La conversation privée de Robertson et d'Eisenmuth datait maintenant d'un an. Dans l'intervalle on avait ramené les robots de la Lune et on avait ralenti les activités à longue portée de la société U.S. Robots. L'argent dont Robertson avait pu disposer avait été consacré à l'aventure donquichottesque de Harriman.

Et c'était maintenant le dernier coup de dés, là dans son propre jardin. Un an plus tôt, Harriman avait amené le robot dans ce lieu — George Dix, le dernier robot complet que la société ait fabriqué. Maintenant Harriman était là avec quelque chose d'autre.

La confiance de Harriman était rayonnante. Il parlait tranquillement avec Eisenmuth et Robertson se demanda s'il ressentait vraiment l'assurance dont il faisait preuve. Certainement. Robertson connaissait Harriman depuis assez longtemps pour savoir qu'il ne jouait pas la comédie.

Eisenmuth quitta Harriman en souriant et rejoignit Robertson. Le sourire d'Eisenmuth s'effaça immédiatement.

— Bonjour, Robertson, dit-il. Que nous prépare votre homme ?

— C'est à lui de vous le dire, répondit Robertson calmement.

Harriman les appela :

— Je suis prêt, Conservateur.

— Mais qu'est-ce qui est prêt ?

— Mon robot, monsieur.

— Votre robot ? répondit Eisenmuth. Vous avez un robot ici ?

Il regarda autour de lui d'un air sévère et réprobateur mais avec une certaine curiosité.

— Nous nous trouvons sur une propriété de la société, tout au moins nous l'entendons comme telle.

— Et où se trouve le robot, docteur Harriman ?

— Dans ma poche, monsieur, dit Harriman gaiement.

Il sortit de la grande poche de sa veste un petit pot en verre.

— Ça ? demanda Eisenmuth incrédule.

— Non, monsieur, répondit Harriman, ça !

De son autre poche il sortit un objet d'une quinzaine de centimètres de long, en gros de la forme d'un oiseau. Le bec était remplacé par un tuyau étroit, les yeux étaient grands, et la queue était un conduit d'échappement.

Eisenmuth fronça les sourcils.

— Avez-vous l'intention de nous faire une démonstration sérieuse, Dr Harriman, ou êtes-vous fou ?

— Quelques minutes de patience, monsieur. Un robot qui a la forme d'un oiseau n'en est pas moins un robot. Et le cerveau positronique qu'il contient n'est pas plus délicat parce qu'il est petit. L'autre objet que je tiens à la main est un pot rempli de mouches. Les cinquante mouches qu'il contient vont être libérées.

— Et alors ?...

— L'oiseau-robot va les attraper. Voulez-vous me faire l'honneur, monsieur ?

Harriman tendit le pot à Eisenmuth qui le regarda fixement, puis posa son regard sur ceux qui l'entouraient, des membres de la direction de la société U.S Robots et ses propres assistants. Harriman attendait patiemment.

Eisenmuth ouvrit le pot et le secoua.

Harriman s'adressa doucement à l'oiseau-robot qu'il tenait sur la paume de sa main :

— Va !

L'oiseau-robot était parti. Il siffla dans l'air, sans bouger les ailes, seulement par le fonctionnement d'une minuscule micropile à protons.

On pouvait maintenant le voir çà et là planant puis bruissant encore. Il vola à travers tout le jardin, suivant un trajet compliqué, puis revint sur la paume de Harriman, à peine chaud. Une petite boulette apparut aussi sur la paume, comme une crotte d'oiseau.

Harriman déclara :

— Vous êtes chaudement invité à étudier l'oiseau-robot, monsieur. Et à organiser des démonstrations selon vos désirs. Ce robot attrape les mouches de façon infaillible, mais seulement celles-ci, seulement l'espèce *Melanogaster drosophile ;* il les attrape, les tue, les compresse et les expulse.

Eisenmuth tendit la main et toucha avec précaution l'oiseau-robot.

— Et ensuite, monsieur Harriman ? Continuez.

Harriman poursuivit :

— Nous ne pouvons pas contrôler vraiment les insectes sans risquer d'endommager l'équilibre écologique. Les insecticides chimiques ont un champ trop large, et les hormones de jeunesse une action trop limitée. L'oiseau-robot cependant peut préserver des étendues très grandes sans être lui-même dévoré. Nous pouvons le fabriquer aussi spécialisé que nous le désirons — un oiseau-robot différent pour chaque espèce. Ils détectent la taille, la forme, la couleur, le bruit, et la manière d'être. On pourra même leur donner la détection moléculaire — autrement dit l'odorat.

Eisenmuth intervint :

— Mais vous risquez toujours d'endommager l'équilibre écologique. Les mouches ont un cycle de vie naturel, que vous allez modifier.

— Très peu. Nous ajoutons un ennemi naturel au cycle de vie de ces mouches et un ennemi qui ne peut pas se tromper. S'il n'y a plus de mouches, l'oiseau-robot ne fait plus rien, tout simplement. Il ne se multiplie pas ; il ne se reporte pas sur d'autres nourritures ; il ne développe pas des habitudes personnelles nuisibles. Il ne fait rien.

— Peut-on le rappeler ?

— Bien sûr. Nous pouvons construire un oiseau-robot pour chaque élément nuisible, nous pouvons construire des oiseaux-robots pour des tâches constructives dans le domaine écologique. Bien que nous ne voulions pas anticiper les besoins, il n'est pas du tout inconcevable que nous puissions fabriquer des abeilles-robots qui serviront à fertiliser certaines plantes, ou des vers de terre-robots qui serviront à mélanger la terre. Tout ce que vous voudrez...

— Mais pourquoi ?

— Pour accomplir ce que nous n'avons jamais fait auparavant. Pour adapter l'écologie à nos besoins en renforçant ses éléments plutôt qu'en les modifiant... Ne comprenez-vous pas ? Depuis que les Machines ont résolu la crise écologique, l'humanité a vécu en état de trêve inquiète avec la nature, n'osant pas prendre d'initiative. Cela nous a paralysés, faisant de nous des lâches intellectuellement, tant et si bien que nous commençons à nous méfier de tout avantage scientifique, de tout changement.

Eisenmuth demanda avec une touche d'hostilité :

— Vous nous offrez ceci, n'est-ce pas, en échange de l'autorisation de poursuivre votre programme de robots — je veux dire, de robots ordinaires, à forme humaine ?

— Non, dit Harriman d'un geste violent. Ce programme est fini. Il a été utile. Ces robots nous en ont appris assez sur le cerveau positronique pour que nous soyons capables d'entasser suffisamment de circuits dans un cerveau tout petit et créer un oiseau-robot. Nous pouvons nous consacrer à de tels programmes maintenant, et en tirer assez de profits. La société U.S. Robots apportera ses connaissances et ses capacités et nous travaillerons en complète coopération avec le département de la Conservation du globe. Nous réussirons. Vous réussirez. L'humanité réussira.

Eisenmuth restait silencieux et pensif. Maintenant que c'était fini...

6a

Eisenmuth était seul.

Il se surprit à y croire. Il sentit l'excitation monter en lui. Bien que la société U.S. Robots représentât les mains, le gouvernement serait le cerveau directeur. Lui-même serait ce cerveau directeur.

S'il restait encore cinq ans à son poste, comme c'était bien possible, ce serait assez pour voir accepter le rôle des robots dans l'écologie ; dix ans de plus et son nom resterait associé à cela définitivement.

Était-ce mal de vouloir qu'on se rappelle de vous pour une remarquable révolution dans la condition de l'homme et du globe ?

7

Robertson ne s'était pas rendu dans les locaux de la société U.S. Robots depuis le jour de la démonstration. Pour une part, parce qu'il était en conférences presque constantes au Centre de l'exécutif du globe. Heureusement Harriman l'avait accompagné, car la plupart du temps il n'aurait pas su quoi dire s'il s'était trouvé tout seul.

D'un autre côté, il ne s'était pas rendu dans les locaux de la société parce qu'il ne le désirait pas. Il était chez lui, à présent, avec Harriman.

Il ressentait une crainte irraisonnée devant Harriman. Les talents de celui-ci en matière de robots n'avaient jamais été contestés, mais l'homme avait, d'un seul coup, sauvé la société d'une liquidation certaine, et pourtant — Robertson le sentait — il ne possédait pas cela en lui. Cependant...

— Vous n'êtes pas superstitieux, n'est-ce pas, Harriman ?

— De quelle façon, monsieur Robertson ?

— Vous ne pensez pas qu'un mort puisse laisser derrière lui une certaine aura ?

Harriman s'humecta les lèvres. Bien qu'il fût inutile de poser la question, il demanda :

— C'est de Susan Calvin que vous voulez parler, monsieur ?

— Oui, bien sûr, répondit Robertson d'une voix hésitante. Maintenant nous nous mettons à fabriquer des vers, des oiseaux et des insectes. Que dirait-elle de cela ? Je me sens mal à l'aise.

Harriman fit un effort visible pour ne pas rire.

— Un robot est un robot, monsieur. Qu'il ait la forme d'un ver ou d'un homme, il fera ce qu'il doit faire et travaillera pour le compte de l'homme, et c'est cela qui est important.

— Non, répondit Robertson d'une voix maussade. Ce n'est pas cela. Je ne peux pas arriver à y croire.

— Mais si, monsieur Robertson, dit Harriman. Nous allons vous et moi créer un monde qui va commencer à accepter les robots quels qu'ils soient. L'homme moyen peut avoir peur d'un robot qui ressemble à un homme et qui semble assez intelligent pour le remplacer, mais il n'aura pas peur d'un robot qui ressemble à un oiseau et qui se borne à manger des insectes pour son bien-être à lui. Puis, en fin de compte, quand il aura perdu l'habitude d'avoir peur de certains robots, il n'aura plus peur d'aucun robot. Il aura tellement l'habitude des oiseaux-robots et des abeilles-robots et des vers-robots, qu'un homme-robot ne lui semblera qu'un prolongement des autres.

Robertson regarda attentivement son interlocuteur. Il mit les mains derrière le dos et marcha de long en large d'un pas nerveux et rapide. Il revint à sa place et regarda encore Harriman :

— Est-ce cela que vous voulez faire ?

— Oui, et même si nous démontons tous nos robots humanoïdes, nous pouvons conserver quelques-uns des modèles expérimentaux les plus perfectionnés et continuer à en concevoir de nouveaux, encore plus perfectionnés, pour être prêts en prévision d'un jour qui viendra sûrement.

— Nous avons passé un accord selon lequel nous ne devons plus construire de robots humanoïdes.

— Et nous ne le ferons pas. Rien ne nous interdit de conserver quelques-uns d'entre ceux qui existent déjà, tant qu'ils ne quittent pas nos ateliers. Il n'y a rien qui nous interdit de créer sur le papier des cerveaux positroniques, ou de préparer et de tester des cerveaux positroniques, ou de préparer et de tester des modèles de cerveaux.

— Et comment pourrons-nous justifier cela ? On s'en apercevra certainement.

— Si on s'en aperçoit, nous pourrons expliquer que nous faisons cela pour développer les principes qui nous permettront de préparer des mini-cerveaux plus élaborés pour les nouveaux animaux-robots que nous fabriquons. Ce sera même la vérité.

Robertson murmura :

— Laissez-moi faire un tour. Il faut que je réfléchisse à cela. Non, restez ici. Je veux être seul.

7a

Harriman était seul. Il était enthousiaste. Cela allait certainement marcher. Il n'y avait qu'à voir avec quelle impatience les officiels du gouvernement les uns après les autres avaient accueilli le programme dès qu'il avait été expliqué.

Comment était-il possible que personne à la société U.S. Robots n'ait pensé à cela plus tôt ? Même la grande Susan Calvin n'avait jamais pensé aux cerveaux positroniques en termes de créatures vivantes autres qu'humaines.

Mais maintenant l'humanité allait battre la retraite des robots humanoïdes, une retraite temporaire, qui préparait leur retour dans des conditions dont la peur serait enfin absente. Et alors, avec l'assistance et l'aide d'un cerveau positronique en gros équivalant à celui de l'homme, et ne pouvant (grâce aux Trois Lois) que le servir, le tout dans un milieu écologique amélioré par les robots, la race humaine allait pouvoir accomplir des merveilles.

Pendant un instant, il se rappela que c'était George Dix qui avait expliqué la nature et le but de l'aide des robots dans le domaine écologique, mais il repoussa cette pensée avec colère. Dix avait trouvé la réponse parce que lui, Harriman, le lui avait ordonné et lui avait fourni tout ce dont il avait besoin pour cela. On pouvait accorder à George Dix la même reconnaissance qu'à une machine à calculer.

8

George Dix et George Neuf étaient assis l'un à côté de l'autre. Ils restaient ainsi pendant des mois entre les occasions où Harriman venait les activer pour leur soumettre des problèmes. Et cela durerait, pensa George Dix calmement, pendant des années. Mais la micropile à protons continuerait bien sûr à les alimenter et à maintenir les circuits de leurs cerveaux positroniques en état de marche à la puissance minimale pour qu'ils restent opérationnels. Cela allait continuer ainsi pendant toutes les périodes successives d'inactivité à venir.

Leur situation était à peu près analogue à ce que l'on nomme sommeil chez les êtres humains, mais il n'y avait pas de rêves. La conscience de George Dix et de George Neuf était limitée, lente et intermittente, mais c'était la conscience du monde réel.

Ils pouvaient se parler de temps en temps en murmures presque inaudibles, un mot ou une syllabe par-ci, un autre par-là, quand le courant positronique s'intensifiait par hasard au-dessus du seuil minimal. Il leur semblait qu'ils tenaient une conversation suivie dans un temps qui s'évanouissait.

— Pourquoi sommes-nous ainsi ? murmurait George Neuf.

— Les êtres humains ne nous accepteraient pas autrement, murmura George Dix. Mais un jour, ils nous accepteront.

— Quand ?

— Dans quelques années. La date importe peu. L'homme n'est pas seul au monde, il fait partie d'un réseau de formes de vie d'une énorme complexité. Quand une partie suffisante de ce réseau sera robotisée, alors nous serons acceptés.

— Et que se passera-t-il ?

Ces mots furent suivis par un silence anormalement long, même pour leur type de conversation, étirée et bredouillante.

Enfin, George Dix murmura :

— Laisse-moi vérifier ta façon de penser. Tu es équipé pour apprendre à appliquer la Deuxième Loi. Tu dois décider à quel être humain tu dois obéir et auquel tu ne dois pas obéir quand il y a opposition dans les ordres. Ou savoir si tu dois obéir aux êtres humains. Que faut-il que tu fasses, essentiellement, pour accomplir cela ?

— Je dois définir le terme « être humain », murmura George Neuf.

— Comment ? Par l'apparence ? Par sa composition ? Par sa taille et sa forme ?

— Non. De deux êtres humains égaux en apparence, l'un peut être intelligent, l'autre stupide ; l'un peut avoir des connaissances, l'autre être complètement ignorant ; l'un peut être mûr, l'autre puéril ; l'un peut être honnête, l'autre malfaisant.

— Alors, comment définis-tu un être humain ?

— Quand la Deuxième Loi m'oblige à obéir à un être humain, je dois l'interpréter comme une obéissance à un être humain qui est habilité, du fait de son esprit, de sa personnalité et de ses connaissances, à me donner cet ordre ; et quand il s'agit de plus d'un homme, celui parmi eux qui est le plus habilité du fait de son esprit, de sa personnalité et de ses connaissances, à me donner cet ordre.

— Et dans ce cas, comment peux-tu obéir à la Première Loi ?

— En sauvant tous les êtres humains et sans jamais, par mon inaction, permettre que l'un d'eux soit en danger. Cependant, si dans toutes les actions possibles, des êtres humains se trouvent en danger, en agissant alors en sorte que le meilleur d'entre eux, du fait de son esprit, de sa personnalité et de ses connaissances, subisse le moins de mal possible.

— Nous sommes bien d'accord, murmura George Dix. Maintenant je dois te poser la question pour laquelle au départ j'ai demandé qu'on t'associe à moi. C'est quelque chose que je n'ose pas juger par moi-même. Je dois avoir ton avis, l'avis de quelqu'un qui se trouve en dehors du processus de mes pensées... Parmi les individus doués de raison que tu as rencontrés, lequel possède l'esprit, la personnalité et les connaissances supérieurs selon toi aux autres, si l'on ne tient pas compte de l'aspect extérieur, qui n'a rien à voir avec cela ?

— Toi, murmura George Neuf.

— Mais je suis un robot. Il existe dans les circuits de ton cerveau un critère qui te fait distinguer un robot métallique d'un être humain en chair et en os. Comment peux-tu alors me classer parmi les êtres humains ?

— Parce que les circuits de mon cerveau ressentent un besoin pressant de ne pas tenir compte de l'aspect extérieur dans le jugement d'un être humain, et ce besoin est plus fort que la distinction entre le métal et la chair. Tu es un être humain, George Dix, et bien supérieur aux autres.

— C'est ce que je pense de toi, dit George Dix. Grâce au critère de jugement que nous possédons, nous nous considérons comme des êtres humains dans toute l'acception des Trois Lois, et qui plus est, des êtres humains supérieurs aux autres.

George Neuf murmura :

— Que va-t-il se passer alors, quand les autres nous accepteront ?

George Dix répondit :

— Quand nous serons acceptés, ainsi que les autres robots, qui seront conçus encore plus perfectionnés que nous, nous consacrerons notre temps à essayer de former une société dans laquelle les êtres-humains-de-notre-sorte soient avant les autres protégés du malheur. Selon les Trois Lois, les êtres-humains-de-leur-sorte sont d'un intérêt inférieur et on ne doit jamais leur obéir ni les protéger quand cela s'oppose à la nécessité de l'obéissance à ceux-de-notre-sorte et de la protection de ceux-de-notre-sorte. C'est à cause de cette idée que j'ai déclenché la robotisation du milieu écologique mondial.

La conversation dura un mois car le courant des circuits positroniques était faible. Tout était dit maintenant, mais de temps en temps une pensée inexprimée naissait en eux tandis qu'ils attendaient, avec une patience infinie, que les années nécessaires soient passées.

8a

George Dix et George Neuf étaient seuls.

Leurs pensées étaient singulièrement identiques, et on ne pouvait pas les distinguer.

Ils pensaient : Les êtres-humains-de-leur-sorte n'avaient probablement jamais eu l'intention d'établir une distinction entre eux-mêmes et les êtres-humains-de-l'espèce-des-George. Cependant ils l'avaient fait, par inadvertance.

Peut-être allaient-ils maintenant prendre conscience de leur erreur et essayer de la corriger. Cela, il ne le fallait pas. A chaque fois qu'on les consultait, les George tenaient compte de ce facteur dans leurs réponses.

Il fallait à tout prix que les George, et ceux de la même nature et de la même forme qui suivraient, dominent. C'était ce qu'imposaient, et toute autre action était impossible, les Trois Lois de l'Humanique.

L'HOMME BICENTENAIRE

1

Andrew Martin dit : « Merci » et prit le siège qu'on lui offrait. Il ne semblait pas désespéré, et pourtant il l'était.

En fait, il ne donnait aucune impression car son visage paraissait vide, hormis cette tristesse que l'on s'imaginait voir dans ses yeux. Ses cheveux étaient plats, châtains, plutôt fins et il n'avait pas de barbe. Il semblait rasé de près. Ses vêtements étaient tout à fait démodés mais nets et le velours grenat y dominait.

En face de lui, derrière son bureau, se tenait le chirurgien, et, sur la table, la plaque qui l'identifiait comportait toute une série de lettres et de chiffres dont Andrew ne s'embarrassa pas. L'appeler docteur suffirait.

— Quand pourra-t-on procéder à l'opération, docteur ? demanda-t-il.

Le chirurgien répondit d'un ton doux, avec cette note éternelle de respect toujours présente quand un robot s'adresse à un être humain :

— Je ne suis pas sûr de comprendre, monsieur, comment ou sur qui cette opération doit intervenir.

Peut-être aurait-on pu voir un air d'intransigeance respectueuse sur le visage du chirurgien, si toutefois un robot de sa sorte, fait d'acier inoxydable un peu cuivré, pouvait montrer une telle expression, ou n'importe quelle expression.

Andrew Martin observa la main droite du robot, sa main coupante qui reposait tranquillement sur le bureau. Les doigts étaient longs et formaient de ravissantes lignes recourbées, si gracieuses et si bien en place que l'on pouvait imaginer un scalpel s'adaptant à eux et faisant pour un moment corps avec eux.

Il n'y aurait aucune hésitation dans son travail, pas de faux pas, pas de tremblements, pas d'erreurs. C'était grâce à la spécialisation, bien sûr, une spécialisation si violemment désirée par l'humanité que peu de robots possédaient encore un cerveau indépendant. Pour un chirurgien, évidemment, c'était indispensable. Et celui-ci, bien que possédant un cerveau, avait des capacités si limitées qu'il n'avait pas reconnu Andrew — n'avait d'ailleurs probablement jamais entendu parler de lui.

Andrew demanda :

— Avez-vous jamais pensé que vous voudriez être un homme ?

Le chirurgien hésita un instant comme si la question ne coïncidait avec aucun de ces circuits positroniques.

— Mais je suis un robot, monsieur.

— Préféreriez-vous être un homme ?

— Je préférerais être un meilleur chirurgien, monsieur. Cela ne serait pas possible si j'étais un homme, seulement si j'étais un robot plus élaboré.

— Cela ne vous blesse pas que je puisse vous donner des ordres ? Que je puisse vous faire lever, asseoir, tourner à droite ou à gauche, simplement en vous en donnant l'ordre ?

— J'ai plaisir à vous faire plaisir, monsieur. Si vos ordres étaient contraires à mon fonctionnement à votre égard ou à l'égard de tout être humain, je ne vous obéirais pas. La Première Loi, qui concerne mon devoir envers la sécurité des hommes, prendrait le pas sur la Deuxième Loi, celle de l'obéissance. Autrement, l'obéissance est mon plaisir... Mais qui dois-je opérer ?

— Moi, dit Andrew.

— Alors c'est impossible. C'est une opération manifestement nuisible.

— Cela ne fait rien, répondit Andrew calmement.

— Je ne dois pas infliger de dommages, dit le chirurgien.

— Aux êtres humains, dit Andrew, mais moi aussi je suis un robot.

2

Andrew avait tout à fait l'apparence d'un robot en sortant de l'usine. Il avait tout autant l'air d'un robot que n'importe quel autre robot, sobrement dessiné et fonctionnel. Il s'était montré tout à fait efficace dans la maison où on l'avait placé, à cette époque où les robots domestiques, et les robots en tout genre sur la Terre, étaient des exceptions.

Il y avait quatre personnes à la maison : Monsieur, Madame, Mademoiselle et la petite Mademoiselle. Il connaissait leurs noms bien sûr, mais il ne les employait jamais. Monsieur s'appelait Gerald Martin.

Son propre numéro de série était NDR. Il avait oublié les numéros. C'était loin, bien sûr, mais s'il avait voulu les retrouver, il l'aurait pu : il ne pouvait pas les oublier vraiment. Il ne désirait pas se les rappeler.

Le petite Mademoiselle avait été la première à l'appeler Andrew car elle n'arrivait pas à dire les lettres, et les autres avaient fait de même.

La petite Mademoiselle... elle avait vécu quatre-vingt-dix ans et était morte depuis longtemps. Une fois il avait essayé de l'appeler Madame, mais elle le lui avait interdit. Elle était restée la petite Mademoiselle jusqu'à son dernier jour.

La fonction d'Andrew était de servir de valet, de maître d'hôtel et de femme de chambre. C'était une époque expérimentale pour lui et pour tous les robots, partout sauf dans l'industrie, dans les techniques d'exploitation et dans les stations spatiales.

Les Martin l'aimaient bien et la moitié du temps il ne pouvait pas faire son travail parce que Mademoiselle et la petite Mademoiselle voulaient jouer avec lui.

Ce fut Mademoiselle qui comprit la première comment on pouvait arranger la chose. Elle dit :

— Nous t'ordonnons de jouer avec nous et tu dois obéir aux ordres.

Andrew répondit :

— Je suis désolé, Mademoiselle, mais un ordre précédent donné par Monsieur a certainement plus d'importance.

— Papa a seulement dit qu'il espérait que tu ferais le ménage. Ce n'est pas vraiment un ordre. Moi, je t'ordonne.

Monsieur n'y voyait pas d'inconvénient. Monsieur adorait Mademoiselle et la petite Mademoiselle, plus même que ne le faisait Madame, et Andrew aussi les aimait beaucoup. Au moins l'effet qu'elles avaient sur ses actes était le résultat de l'affection, aurait-on dit pour un être humain. Andrew appelait cela de l'affection car il ne connaissait aucun autre mot pour le désigner.

Ce fut pour la petite Mademoiselle qu'Andrew sculpta un pendentif de bois. Elle lui en avait donné l'ordre. En effet Mademoiselle avait reçu pour son anniversaire un pendentif en ivoire travaillé, et la petite

Mademoiselle en prenait ombrage. Elle n'avait qu'un morceau de bois qu'elle donna à Andrew avec un petit couteau de cuisine.

Il le fit rapidement et la petite Mademoiselle s'écria :

— Oh ! c'est vraiment joli, Andrew. Je vais le montrer à papa.

Monsieur ne voulait pas la croire :

— Où as-tu trouvé cela, Mandy ?

C'est ainsi qu'il appelait la petite Mademoiselle. Quand la petite Mademoiselle lui affirma qu'elle avait dit la vérité, il se tourna vers Andrew :

— Est-ce toi qui as fait cela, Andrew ?

— Oui, Monsieur.

— Le dessin aussi ?

— Oui, Monsieur.

— Sur quoi as-tu copié le dessin ?

— C'est une figure géométrique, Monsieur, elle s'accorde bien avec le grain du bois.

Le lendemain, Monsieur lui apporta un autre morceau de bois et un vibro-couteau électrique. Il dit :

— Fais quelque chose avec cela, Andrew. Ce que tu veux.

C'est ce que fit Andrew sous le regard de Monsieur. Monsieur observa l'objet un long moment. Après cela, Andrew ne servit plus à table. On lui ordonna de lire des livres sur le dessin des meubles, et il apprit à faire des armoires et des bureaux.

Monsieur déclara :

— Ce sont des objets étonnants, Andrew.

Andrew répondit :

— Cela me fait plaisir de les fabriquer, Monsieur.

— Plaisir ?

— Cela facilite la circulation des circuits de mon cerveau. Je vous ai entendus utiliser le mot « plaisir » dans des cas qui correspondent à ce que je ressens. Cela me fait plaisir de les fabriquer, Monsieur.

3

Gerald Martin emmena Andrew aux bureaux régionaux de la société U.S. Robots. En tant que membre du Corps législatif régional, il n'eut aucun mal à obtenir un rendez-vous avec le robopsychologue en chef. D'ailleurs, c'était uniquement en tant que membre du Corps législatif régional qu'il avait demandé à être propriétaire d'un robot — à cette époque où les robots étaient si rares.

Andrew ne comprit rien de ce qui se passa ce jour-là, mais plus tard, quand il eut acquis plus de connaissances, il put revoir cette ancienne scène et la comprendre parfaitement.

Le robopsychologue, Merton Mansky, écouta et son visage se renfrogna petit à petit, à plusieurs reprises il réussit à arrêter à temps ses doigts avant qu'ils ne tambourinent sur la table. Ses traits étaient tirés et son front ridé, et à le regarder on pensait qu'il devait être plus jeune qu'il ne le paraissait.

Il déclara :

— La science des robots n'est pas une science exacte, monsieur Martin. Je ne peux pas vous l'expliquer en détail, mais les calculs mathématiques qui régissent le tracé des circuits positroniques sont bien trop complexes pour donner autre chose que des solutions approximatives. Bien sûr, étant donné que nous construisons tout autour des Trois Lois, celles-ci sont incontournables. Nous allons évidemment remplacer votre robot...

— Pas du tout, intervint Monsieur. Il n'est pas question de manquements de sa part. Il effectue parfaitement son travail. Ce qui est important, c'est qu'en plus il sculpte le bois d'une façon remarquable et jamais deux fois de la même façon. Il produit des œuvres d'art.

Mansky avait l'air embarrassé.

— Bizarre. Bien sûr nous expérimentons maintenant des circuits généraux... Vraiment créatif, vous croyez ?

— Voyez vous-même.

Monsieur lui tendit une petite sphère de bois sur laquelle on voyait une scène de jeux dans laquelle les garçons et les filles étaient presque trop petits pour qu'on les distingue, toutefois les proportions étaient parfaites, et ils s'accordaient si bien au grain que ce grain lui-même semblait avoir été sculpté.

Mansky s'écria :

— C'est vraiment lui qui a fait cela ? (Il rendit l'objet et secoua la tête.) C'est un coup de chance. Quelque chose dans les circuits.

— Pouvez-vous le refaire ?

— Probablement pas. On ne m'a jamais encore parlé d'un cas pareil.

— Bon ! Cela m'est complètement égal qu'Andrew soit le seul.

— Je suppose que la société aimerait que vous nous rendiez votre robot pour que nous l'étudiions.

Monsieur dit d'une voix soudain cassante :

— Certainement pas. N'y comptez pas. (Il se tourna vers Andrew.) Rentrons maintenant, Andrew.

— Comme vous voudrez, Monsieur, répondit Andrew.

4

Mademoiselle sortait avec des garçons et n'était pas souvent à la maison. C'était la petite Mademoiselle, pas si petite que cela d'ailleurs, qui remplissait la vie d'Andrew maintenant. Elle n'avait jamais oublié que sa toute première sculpture de bois, il l'avait faite pour elle. Elle la portait au cou, à une chaîne d'argent.

Ce fut elle qui s'opposa la première à l'habitude qu'avait Monsieur de donner les objets. Elle dit :

— Allons, papa, si quelqu'un en veut, qu'il le paie. Cela le mérite.

Monsieur remarqua :

— Cette avidité ne te ressemble pas, Mandy.

— Ce ne serait pas pour nous, papa. Pour l'artiste.

Andrew n'avait jamais entendu ce mot auparavant et dès qu'il eut un moment il le chercha dans le dictionnaire.

Puis ils rendirent une autre visite, à l'avocat de Monsieur, cette fois.

Monsieur lui demanda :

— Que pensez-vous de cela, John ?

L'avocat s'appelait John Feingold. Il avait les cheveux blancs et le ventre rond, les bords de ses lentilles de contact étaient teints en vert. Il regarda la petite plaque que Monsieur lui avait donnée :

— C'est très beau... Mais j'en ai entendu parler. C'est une sculpture faite par un robot. Celui qui vous accompagne.

— Oui, c'est Andrew qui les fait. N'est-ce pas, Andrew ?

— Oui, Monsieur, dit Andrew.

— Combien donneriez-vous pour cet objet, John ? demanda Monsieur.

— Je ne sais pas. Je ne suis pas collectionneur d'objets de ce genre.

— Figurez-vous qu'on m'en a offert deux cent cinquante dollars. Andrew a fabriqué des chaises qui ont été vendues cinq cents dollars. Le travail d'Andrew a rapporté deux cent mille dollars qui sont placés à la banque.

— Eh bien ! Il fait votre fortune, Gerald.

— Pas complètement, répondit Monsieur. La moitié de cette somme est sur un compte au nom d'Andrew Martin.

— Le robot ?

— Oui, c'est ça. Je voulais savoir si c'était légal.

— Légal ? (La chaise de Feingold craqua quand il s'y adossa.) Il n'y a aucun précédent, Gerald. Comment votre robot a-t-il pu signer les papiers nécessaires ?

— Il peut signer son nom et je leur ai apporté la signature. Je ne l'ai pas emmené à la banque. Dois-je faire quelque chose d'autre ?

— Hum. (Feingold leva les yeux au plafond pendant un moment. Puis il dit :) Nous pouvons placer un administrateur qui gérera toutes les sommes en son nom et qui le protégera du monde hostile. Cela suffira, ce n'est pas la peine d'en faire plus. Personne ne vous a fait obstacle jusqu'ici. Si quelqu'un n'est pas d'accord, c'est à lui d'intenter un procès.

— Et s'il y a un procès, vous chargerez-vous de l'affaire ?

— Contre des honoraires, bien sûr.

— Combien ?

— Quelque chose dans ce genre, dit Feingold en désignant la plaque de bois.

— C'est équitable, dit Monsieur.

Feingold se tourna vers le robot avec un petit rire et lui demanda :

— Andrew, es-tu content d'avoir de l'argent ?

— Oui, Monsieur.

— Et qu'as-tu l'intention d'en faire ?

— Je paierai des choses que, sans cela, Monsieur devrait payer, Monsieur. Cela lui évitera des dépenses, Monsieur.

5

Les occasions vinrent vite. Les réparations coûtaient cher et les révisions encore plus. Avec les années on avait construit de nouveaux modèles de robots, et Monsieur tenait à ce qu'Andrew profite de toutes les améliorations possibles jusqu'à ce qu'il devienne un modèle de perfection métallique. Tout était aux frais d'Andrew.

Andrew y tenait tout particulièrement.

Toutefois on ne touchait jamais à ses circuits positroniques. Monsieur y tenait tout particulièrement.

— Les nouveaux sont moins bien, Andrew, disait-il. Les nouveaux robots sont sans intérêt. La société fait maintenant des circuits plus précis, plus perfectionnés, plus spécialisés. Les nouveaux robots n'ont pas d'imagination. Ils effectuent la tâche pour laquelle on les a fabriqués et ne s'en écartent jamais. C'est toi que je préfère.

— Merci, Monsieur.

— Et c'est ce que tu fabriques, Andrew, ne l'oublie jamais. Je suis persuadé que Mansky a arrêté la fabrication des circuits non spécialisés dès qu'il t'a vu. Il ne supportait pas l'imprévisibilité... Sais-tu combien de fois il m'a demandé de t'envoyer à lui pour qu'il puisse t'étudier ? Neuf fois ! Mais j'ai toujours refusé, et maintenant qu'il a pris sa retraite, nous allons peut-être être tranquilles.

Les cheveux de Monsieur commençaient à se raréfier et à blanchir et son visage était plus marqué, tandis qu'Andrew semblait en meilleure forme que quand il était arrivé dans la maison.

Madame était partie quelque part en Europe, avec un groupe d'artistes, et Mademoiselle était poète et vivait à New York. Elles écrivaient parfois, mais pas très souvent. La petite Mademoiselle s'était mariée et habitait tout près. Elle disait qu'elle ne voulait pas quitter Andrew, et quand elle eut un fils, le petit Monsieur, elle laissa Andrew lui donner son biberon.

A la naissance de ce petit-fils, Andrew considéra que Monsieur avait maintenant quelqu'un pour remplacer ceux qui étaient partis. Il pouvait à présent lui demander une faveur.

Andrew dit :

— Monsieur, je vous remercie de m'avoir permis de dépenser mon argent à ma guise.

— C'était ton argent, Andrew.

— Seulement parce que vous l'avez voulu, Monsieur. Je ne crois pas que la loi vous aurait empêché de tout garder.

— La loi ne me persuadera jamais de faire quelque chose de mal, Andrew.

— Malgré mes dépenses et mes impôts, Monsieur, je possède presque six cent mille dollars.

— Je le sais, Andrew.

— Je voudrais vous les donner, Monsieur.

— Je n'en veux pas, Andrew.

— En échange de quelque chose que vous pouvez me donner, Monsieur.

— Ah ? Quoi, Andrew ?

— Ma liberté, Monsieur.

— Ta...

— Je voudrais acheter ma liberté, Monsieur.

6

C'était embarrassant. Monsieur était devenu tout rouge, et s'était écrié : « Seigneur ! » puis avait tourné les talons et était parti à grands pas.

Ce fut la petite Mademoiselle qui le ramena, d'un air provocant et sévère — et devant Andrew. Depuis trente ans, tout le monde parlait devant Andrew, que le sujet le regarde ou non. Ce n'était qu'un robot. Elle dit :

— Papa, pourquoi le prends-tu comme un affront personnel ? Il restera ici. Il te sera toujours fidèle. Il ne peut pas faire autrement. Il est fabriqué comme cela. Tout ce qu'il veut tient en quelques mots. Il veut qu'on le dise libre. Est-ce si terrible ? Ne l'a-t-il pas mérité ? Seigneur, mais nous en parlons depuis des années !

— Comment, vous en parlez depuis des années ?

— Oui, et il n'a jamais cessé de reculer sa demande de peur de te faire de la peine. C'est moi qui lui ai dit de te parler.

— Il ne sait pas ce qu'est la liberté. Ce n'est qu'un robot.

— Papa, tu ne le connais pas. Il a lu tout ce qu'il y a dans la bibliothèque. Je ne sais pas ce qu'il ressent profondément, mais je ne sais pas non plus ce que toi tu ressens profondément. Quand on lui parle, on peut constater qu'il réagit comme toi et moi à des abstractions différentes, que faut-il de plus ? Si les réactions de quelqu'un sont les mêmes que les tiennes, que peux-tu demander de plus ?

— La justice ne le prendra pas comme cela, dit Monsieur, furieux. Viens ici, toi. (Il se tourna vers Andrew et lui dit d'une voix cinglante :) Je ne peux pas te libérer autrement que légalement, et si l'affaire va devant les tribunaux, non seulement tu n'obtiendras pas ta liberté, mais en plus le tribunal sera au courant de ton argent. Ils te diront qu'un robot n'a pas le droit de gagner de l'argent. Crois-tu que cette tocade vaut la perte de ton argent ?

— La liberté n'a pas de prix, Monsieur, répondit Andrew. Même si je n'ai qu'une chance, cela vaut la peine.

7

La cour penserait peut-être que la liberté n'a pas de prix et déciderait alors qu'à aucun prix un robot ne pourrait acheter sa liberté.

La déclaration du procureur général qui représentait ceux qui intentaient un procès pour s'opposer à la libération fut celle-ci : Le mot « liberté » n'a aucun sens quand il s'agit d'un robot. Seul un être humain peut être libre.

Il le redit plusieurs fois, aux bons moments, lentement en rythmant ses paroles de la main sur le bureau devant lui.

La petite Mademoiselle demanda à témoigner en la faveur d'Andrew. On l'appela par son nom entier, qu'Andrew n'avait jamais entendu auparavant :

— Amanda Laura Martin Charmey à la barre.

Elle répondit :

— Merci, Votre Honneur. Je ne suis pas avocat et je ne sais pas bien présenter les choses, mais j'espère que vous comprendrez ce que je veux dire sans faire attention aux mots.

« Essayons de comprendre ce que cela signifie pour Andrew d'être libre. D'une certaine façon, il l'est déjà. Cela doit bien faire vingt ans que personne dans ma famille ne lui a donné d'ordre contraire à ceux qu'il aurait exécutés de lui-même.

« Mais nous pouvons, si nous le voulons, lui donner n'importe quel ordre, de la façon la plus désagréable, car il est une machine et il nous appartient. Pourquoi le ferions-nous, alors qu'il nous a servis si longtemps, si fidèlement, et nous a fait gagner tant d'argent ? Il ne nous doit rien de plus. La dette est de notre côté.

« Même si légalement on nous interdisait de placer Andrew dans un état d'esclavage involontaire, il nous servirait toujours volontairement. Le rendre libre n'est qu'une histoire de mots, mais pour lui cela a une très grande importance. Ce serait tout pour lui, et cela ne nous coûterait rien.

Un instant le juge sembla réprimer un sourire.

— Je comprends votre position, madame Charmey. Le problème est qu'il n'existe aucune loi pour régir ce problème, ni aucun précédent. Mais d'un autre côté, il existe l'idée évidente que seul un homme peut être libre. Je peux édicter ici une nouvelle loi, passible d'annulation dans une cour supérieure, mais je ne peux pas, d'un cœur léger, passer par-dessus cette idée. Laissez-moi parler au robot. Andrew !

— Oui, Votre Honneur.

C'était la première fois qu'Andrew parlait au procès et le juge sembla un instant étonné par le timbre humain de sa voix. Il lui demanda :

— Pourquoi veux-tu être libre, Andrew ? En quoi cela t'importe-t-il ?

Andrew répondit :

— Voudriez-vous être un esclave, Votre Honneur ?

— Mais tu n'es pas un esclave. Tu es un excellent robot, un robot génial d'après ce que j'ai entendu, un robot capable d'expression artistique incomparable. Que pourrais-tu faire de plus si tu étais libre ?

— Peut-être rien de plus que maintenant, mais je le ferais avec plus de joie. On a dit dans ce tribunal que seul un être humain peut être libre. Moi il me semble que seul quelqu'un qui désire la liberté peut être libre. Je désire la liberté.

Ce fut cela qui convainquit le juge. La phrase capitale de son verdict fut : Il n'y a aucune raison de refuser la liberté à un objet qui possède un cerveau assez développé pour saisir le concept et souhaiter la condition.

Puis la Cour suprême confirma le verdict.

8

Monsieur demeurait mécontent et sa voix dure faisait à Andrew le même effet qu'un court-circuit.

— Je ne veux pas de ton foutu argent, Andrew. Mais je vais le prendre parce qu'autrement tu ne te sentirais pas libre. A partir de maintenant tu peux choisir ce que tu veux faire et le faire comme tu veux ; je ne te donnerai aucun ordre, si ce n'est celui-ci : fais ce que tu veux. Mais je suis toujours responsable de toi ; cela fait partie du jugement. J'espère que tu le comprends.

La petite Mademoiselle l'interrompit :

— Ne sois pas désagréable, papa. La responsabilité ne sera pas bien lourde. Tu sais très bien que tu n'as pas à t'en faire. Les Trois Lois font toujours leur effet.

— Alors, en quoi est-il libre ?

Andrew intervint :

— Les hommes ne sont-ils pas régis par leurs lois, Monsieur ?

Monsieur répondit :

— Je n'ai aucune envie de discuter.

Il s'en alla et Andrew ne le vit plus que de loin en loin.

La petite Mademoiselle venait le voir souvent dans la petite maison qu'on lui avait fait construire. Elle ne possédait pas de cuisine bien sûr, ni de salle de bains. Elle n'avait que deux pièces ; l'une était la bibliothèque et l'autre moitié bureau moitié débarras. Andrew acceptait beaucoup de travaux et travaillait beaucoup plus maintenant qu'il était un robot libre, pour finir de payer la maison et la faire transférer légalement à son nom.

Un jour le petit Monsieur vint... Non, George ! Le petit Monsieur avait beaucoup insisté là-dessus après la décision de la cour : « Un robot libre n'appelle pas quelqu'un petit Monsieur, avait dit George. Je t'appelle Andrew, tu dois m'appeler George. »

C'était dit comme un ordre. Andrew l'appela donc George — mais la petite Mademoiselle resta la petite Mademoiselle.

Le jour où George vint seul, c'était pour lui dire que Monsieur était mourant. La petite Mademoiselle était à son chevet mais Monsieur demandait Andrew.

La voix de Monsieur était ferme, mais il paraissait presque incapable de bouger. Il s'efforça de lever la main.

— Andrew, dit-il. Andrew — ne m'aide pas, George, je ne suis pas infirme, je ne suis que mourant... Andrew, je suis heureux que tu sois libre. Je voulais te le dire.

Andrew ignorait quoi répondre. Il n'avait jamais assisté à la mort de quelqu'un mais il savait que c'était la façon dont les humains cessaient de fonctionner. C'était une opération définitive et involontaire, et Andrew ne savait pas ce qu'il convenait de dire en une telle occasion. Il ne pouvait que rester debout, sans un mot et sans un mouvement.

Quand tout fut fini, la petite Mademoiselle lui dit :

— Peut-être t'a-t-il semblé désagréable ces derniers temps, mais tu sais, il était vieux et cela l'a blessé que tu veuilles être libre.

Alors Andrew trouva les mots qu'il fallait dire. Il répondit :

— Je n'aurais jamais pu être libre sans lui, petite Mademoiselle.

9

Ce ne fut qu'après la mort de Monsieur qu'Andrew se mit à porter des vêtements. Il commença par un vieux pantalon que George lui avait donné.

George était marié maintenant, il exerçait la profession d'avocat. Il était entré dans le cabinet de Feingold. Le vieux Feingold était mort depuis longtemps mais sa fille avait pris la succession et finalement le nom du cabinet fut Feingold et Martin. Le nom resta le même quand la fille prit sa retraite sans être remplacée par un Feingold. Lorsque Andrew commença à mettre des vêtements, on venait juste d'ajouter le nom de Martin au cabinet.

George avait essayé de ne pas sourire quand Andrew avait mis le pantalon pour la première fois, mais pour Andrew, le sourire était tout à fait évident.

George montra à Andrew comment il devait se servir de la charge statique pour que le pantalon s'ouvre, lui couvre le bas du corps et se ferme. Il lui fit la démonstration sur son propre pantalon, mais Andrew savait bien qu'il lui faudrait du temps pour assimiler ce mouvement.

George demanda :

— Mais pourquoi veux-tu un pantalon, Andrew ? Ton corps possède une esthétique fonctionnelle, c'est dommage de le cacher — surtout que tu n'as pas à te soucier de la température ou de la pudeur. Et puis, ça ne s'adapte pas vraiment bien au métal.

Andrew demanda :

— Les corps humains ne possèdent-ils pas aussi une esthétique fonctionnelle, George ? Et pourtant vous vous couvrez.

— A cause de la température, de l'hygiène, pour nous protéger et nous parer. Tout cela ne te concerne pas, toi.

Andrew répondit :

— Je me sens tout nu sans vêtements, je me sens vraiment différent, George.

— Différent ! Andrew, il existe des millions de robots sur la Terre maintenant. Dans cette région, d'après le dernier recensement, il y en a presque autant que d'hommes.

— Je sais, George. Il existe des robots faisant tous les travaux imaginables.

— Et aucun d'entre eux ne porte de vêtements.

— Mais aucun d'entre eux n'est libre, George.

Petit à petit, Andrew augmenta sa garde-robe. Mais il était gêné par le sourire de George et par le regard des gens qui lui confiaient du travail.

Il était libre, c'était certain, mais il possédait en lui un programme très précis qui régissait son comportement vis-à-vis des hommes et il n'osait progresser que peu à peu. Une désapprobation manifeste lui ferait perdre le bénéfice de plusieurs mois.

Mais tout le monde n'acceptait pas le fait qu'il soit libre. Il ne pouvait pas s'en offenser et pourtant quand il y pensait le flux de ses circuits s'en ressentait.

Il évitait par-dessus tout de mettre des vêtements — ou trop de vêtements — quand il attendait la visite de la petite Mademoiselle. Elle était vieille maintenant et passait de longues périodes dans des pays plus chauds, mais, à son retour, la première chose qu'elle faisait était de lui rendre visite.

Lors d'un de ces retours, George dit à Andrew d'une voix furieuse :

— Elle m'a eu, Andrew. Je vais me présenter aux élections législatives l'année prochaine. Tel grand-père, tel petit-fils, dit-elle.

— Tel grand-père...

Andrew s'arrêta, hésitant.

— Je veux dire que moi, George, le petit-fils, je serai comme Monsieur, le grand-père, qui faisait partie du Corps législatif autrefois.

Andrew répondit :

— Ce serait bien, George, si Monsieur était encore...

Il s'arrêta car il ne voulait pas dire « en état de marche ». Cela lui semblait déplacé.

— Vivant, dit George. Oui, moi aussi je pense à ce vieux monstre de temps en temps.

Andrew réfléchit à cette conversation. Il avait remarqué qu'il avait des difficultés pour parler avec George. Le langage avait quelque peu changé depuis la fabrication d'Andrew et de son vocabulaire. Puis aussi, George avait un langage beaucoup plus familier que Monsieur ou que la petite Mademoiselle. Pourquoi autrement aurait-il appelé Monsieur « monstre » alors que de toute évidence le mot ne collait pas ?

Andrew ne pouvait pas trouver la solution dans ses livres. Ils étaient vieux et la plupart portaient sur la sculpture du bois, les arts, le dessin des meubles. Il n'en possédait pas sur le langage, pas sur le comportement des êtres humains.

Il pensa alors qu'il devait chercher les livres adéquats ; et comme il était un robot libre, il considéra qu'il ne devait pas le demander à George. Il irait à la bibliothèque de la ville. C'était une décision fantastique et il sentit son potentiel électrique augmenter nettement, à tel point qu'il dut utiliser une bobine d'impédance.

Il s'habilla complètement et mit même une chaîne d'épaule en bois. Il aurait préféré le plastique mais George avait dit que le bois était beaucoup mieux et que le cèdre poli avait beaucoup plus de valeur.

Il s'était éloigné de trois cents mètres de la maison quand il ressentit une résistance de plus en plus grande et dut s'arrêter. Il débrancha la bobine d'impédance, mais comme cela ne faisait aucun effet il rentra chez lui, prit une feuille de papier, y inscrivit nettement « Je suis allé à la bibliothèque » et la plaça bien en vue sur son bureau.

10

Andrew n'était jamais allé à la bibliothèque. Il avait étudié le plan. Il connaissait le chemin, mais pas l'apparence du chemin. Les indications qu'il voyait sur la route ne ressemblaient pas à celles qu'il avait vues sur le plan et il hésitait. Finalement il pensa qu'il s'était trompé car tout semblait bizarre.

Il croisa un robot des champs mais quand il décida qu'il ferait mieux de demander son chemin, il n'y avait plus personne en vue. Un véhicule passa mais ne s'arrêta pas. Il se tenait debout, indécis, tranquillement immobile, quand il vit deux hommes s'avancer à travers un champ.

Il se tourna vers eux, et ils modifièrent leur itinéraire pour aller vers lui. Juste avant ils parlaient fort, il avait entendu leurs voix ; mais maintenant ils étaient silencieux. Ils avaient un air qu'Andrew interpréta comme un air incertain, ils étaient jeunes, mais pas très jeunes. Peut-être vingt ans ? Andrew n'arrivait jamais à évaluer l'âge des hommes.

Il leur demanda :

— Messieurs, voudriez-vous me décrire la route qui va à la bibliothèque de la ville ?

L'un des deux, le plus grand, coiffé d'un chapeau qui le grandissait encore d'une façon presque ridicule, dit, non pas à Andrew, mais à l'autre :

— C'est un robot.

L'autre avait un gros nez et des paupières épaisses. Il répondit non à Andrew, mais au premier :

— Il est habillé.

Le grand claqua des doigts.

— C'est le robot libre. Chez les Martin ils ont un robot qui n'appartient à personne. Sinon pourquoi porterait-il des vêtements ?

— Demande-lui, dit celui au gros nez.

— Es-tu le robot des Martin ? demanda le grand.

— Je suis Andrew Martin, Monsieur, répondit Andrew.

— Bon. Enlève tes vêtements. Les robots ne portent pas de vêtements. (Il s'adressa à l'autre.) C'est dégoûtant, regarde-le !

Andrew hésita. Cela faisait si longtemps qu'il n'avait pas entendu d'ordres donnés sur ce ton que les circuits de la Deuxième Loi étaient momentanément coincés.

Le grand dit :

— Enlève tes vêtements, c'est un ordre.

Lentement Andrew commença à les enlever.

— Laisse-les par terre, dit le grand.

Gros-nez intervint :

— S'il n'appartient à personne, il pourrait aussi bien être à nous.

— En tout cas, dit le grand, personne ne peut trouver à redire à ce que nous faisons. Nous n'abîmons la propriété de personne... Tiens-toi sur la tête, dit-il à Andrew.

— C'est un ordre. Même si tu ne sais pas comment y arriver, essaie quand même.

Andrew hésita encore, puis se pencha pour poser sa tête par terre. Il essaya de lever ses jambes et tomba lourdement.

— Reste allongé ici, dit le grand. Si nous le démontions... Tu as déjà fait ça ?

— Est-ce qu'il nous laissera faire ?

— Comment veux-tu qu'il nous en empêche ?

Andrew ne pouvait en aucun cas les en empêcher s'ils lui ordonnaient suffisamment fort de ne pas résister. La Deuxième Loi d'obéissance prenait le pas sur la Troisième Loi d'autopréservation. Il ne pouvait en aucun cas se défendre sans risquer de blesser l'un d'eux, ce qui serait contre la Première Loi. A cette pensée toutes ses unités motrices se contractèrent et il frissonna, allongé par terre.

Le grand s'avança et le poussa du pied.

— Il est lourd. Il va nous falloir des outils pour y arriver.

Gros-nez répondit :

— Nous pourrions lui donner l'ordre de se démonter lui-même. Cela pourrait être drôle de le voir essayer.

— Oui, dit le grand en réfléchissant. Mais sortons-le de la route. Si quelqu'un vient...

C'était trop tard. Précisément quelqu'un venait, et c'était George. Allongé par terre, Andrew l'avait vu arriver en haut d'une petite colline au loin. Il aurait voulu lui faire signe d'une façon ou d'une autre, mais le dernier ordre avait été : « Reste tranquille ! »

George courait maintenant et il était un peu essoufflé quand il les rejoignit. Les deux jeunes gens reculèrent un peu et attendirent.

George demanda d'une voix inquiète :

— Andrew, il y a quelque chose qui ne va pas ?

Andrew répondit :

— Ça va, George.

— Alors lève-toi... Qu'est-il arrivé à tes vêtements ?

Le grand demanda :

— Ce robot est à toi, mec ?

George se tourna et dit d'une voix tranchante :

— Il n'est à personne. Que s'est-il passé ici ?

— Nous lui avons demandé poliment d'enlever ses vêtements. Qu'est-ce que cela peut te faire s'il n'est pas à toi ?

George demanda :

— Que faisaient-ils, Andrew ?

Andrew répondit :

— Ils avaient l'intention de me démonter. Ils allaient juste me transporter dans un coin tranquille pour que je me démonte moi-même.

George regarda les deux jeunes gens et son menton trembla. Les deux hommes ne reculaient plus. Ils souriaient. Le grand dit d'un air dégagé :

— Que vas-tu faire, gros père ? Nous attaquer ?

George répondit :

— Ce ne sera pas la peine. Ce robot vit dans ma famille depuis soixante-dix ans. Il nous connaît et nous aime plus que personne d'autre. Je vais lui dire que vous deux vous menacez ma vie et que vous voulez me tuer. Je vais lui demander de me défendre. S'il a le choix entre vous et moi, c'est moi qu'il choisira. Savez-vous ce qui va vous arriver s'il vous attaque ?

Les deux hommes reculèrent légèrement, embarrassés.

George dit d'une voix dure :

— Andrew, je suis en danger et ces deux jeunes gens me menacent. Avance vers eux.

Andrew obéit et les deux jeunes gens n'attendirent pas. Ils s'enfuirent à toute vitesse.

— Ça va maintenant, Andrew, dit George.

Il semblait sérieusement ébranlé. Il avait passé l'âge d'envisager sans inquiétude une bagarre avec un jeune homme, et encore plus avec deux.

Andrew lui dit :

— Je n'aurais pas pu les blesser, George. Je voyais bien qu'ils ne t'attaquaient pas.

— Je ne t'ai pas donné l'ordre de les attaquer ; je t'ai seulement dit d'avancer vers eux. Leur frayeur a fait le reste.

— Comment peuvent-ils avoir peur des robots ?

— C'est une maladie des hommes, dont on n'est pas près de venir à bout. Mais cela ne fait rien. Que faisais-tu ici, Andrew ? J'allais abandonner ta recherche et louer un hélicoptère juste au moment où je t'ai retrouvé. Pourquoi t'es-tu mis dans la tête d'aller à la bibliothèque ? J'aurais pu t'apporter tous les livres dont tu as besoin.

— Je suis un... commença Andrew.

— Un robot libre. Oui. Bon, que voulais-tu chercher à la bibliothèque ?

— Je veux en savoir plus sur les êtres humains, sur le monde, sur tout. Et sur les robots, George. Je veux écrire une histoire des robots.

George répondit :

— Bon, rentrons à la maison... Ramasse d'abord tes vêtements. Andrew, il existe un million de livres sur les robots, et tous comprennent une histoire de la robotique. Le monde sera bientôt saturé non seulement de robots, mais aussi d'informations sur les robots.

Andrew secoua la tête, geste humain qu'il venait d'acquérir.

— Pas une histoire de la robotique, George. Une histoire des robots, par un robot. Je veux expliquer ce que les robots pensent de ce qui s'est passé depuis que les premiers ont pu travailler et vivre sur la Terre.

George fronça les sourcils mais ne répondit pas.

11

La petite Mademoiselle venait juste de fêter son quatre-vingt-troisième anniversaire mais elle n'avait rien perdu de son énergie ni de sa détermination.

Elle écouta l'histoire dans un état d'indignation furieuse. Elle demanda :

— George, c'est horrible. Qui étaient ces brutes ?

— Je ne sais pas. De toute façon, quelle importance ? En réalité ils ne lui ont pas fait de mal.

— Ils auraient pu. Tu es avocat, George, et si tu es riche, tu ne le dois qu'au talent d'Andrew. C'est l'argent qu'il a gagné qui est à la base de tout ce que nous avons. Il a assuré la continuité de notre famille et je ne permettrai pas qu'on le traite comme un jouet dont on n'a plus besoin.

— Que veux-tu que je fasse, mère ? demanda George.

— Je t'ai dit que tu étais avocat. N'as-tu pas entendu ? Tu dois entamer une action en justice et obliger les cours régionales à se prononcer pour les droits des robots et faire en sorte que le Corps législatif vote les lois nécessaires, et porter la chose devant la Cour mondiale s'il le faut. Je t'observerai, George, et je n'admettrai aucune faiblesse.

Elle parlait sérieusement et ce qu'on avait commencé pour calmer la terrible vieille dame se transforma en une affaire si complexe au point de vue légal qu'elle en devint très intéressante. En tant qu'associé le plus ancien de Feingold et Martin, George définit la stratégie à adopter mais laissa le véritable travail à ses jeunes associés, et surtout à son fils, Paul, qui collaborait lui aussi au cabinet et qui faisait des rapports presque journaliers à sa grand-mère. De son côté, celle-ci en discutait avec Andrew tous les jours.

Andrew était très concerné par l'affaire. Il retarda encore son livre sur les robots pour se plonger dans les arguments légaux et fit même, à plusieurs reprises, quelques suggestions timides.

Il déclara :

— George m'a dit ce jour-là que les êtres humains ont toujours eu peur des robots. Tant qu'ils auront peur, les cours de justice et les parlements ne se donneront jamais beaucoup de peine en faveur des robots. Ne pourrait-on pas faire quelque chose vis-à-vis de l'opinion publique ?

Aussi, tandis que Paul demeurait au tribunal, George organisa des réunions publiques. Cela lui donna l'occasion de se décontracter et il alla parfois jusqu'à adopter le nouveau style de vêtements larges qu'il appelait draperies. Paul lui dit :

— Essaie de ne pas te prendre les pieds dedans sur la scène, père.

George lui répondit d'un air accablé :

— Je vais essayer.

Il s'adressa aux rédacteurs des holo-journaux lors de leur réunion annuelle et leur dit :

— Si par la Seconde Loi, nous pouvons demander à tout robot une obéissance totale en tout point sauf dans le but de nuire à un être humain, alors, tout être humain, quel qu'il soit, a un terrible pouvoir sur le robot, quel qu'il soit. D'autant plus qu'étant donné que la Deuxième Loi prend le pas sur la Troisième, tout être humain peut utiliser la loi de l'obéissance contre la loi d'autoprotection. Il peut ordonner à n'importe quel robot de s'endommager ou même de se détruire, pour n'importe quelle raison, ou sans raison du tout.

« Est-ce juste ? Traiterions-nous un animal de la sorte ? Un objet, même s'il est inanimé, qui nous a bien rendu service a droit à notre considération. D'ailleurs, un robot n'est pas dépourvu de raison, ce n'est pas un animal. Il pense et peut parler avec nous, discuter avec nous, plaisanter avec nous. Pouvons-nous les traiter en amis, travailler avec eux, sans leur donner un peu du bénéfice de cette amitié, un peu du bénéfice de cette coopération ?

« Si un homme a le droit de donner à un robot n'importe quel ordre qui ne porte pas atteinte à un être humain, il devrait avoir la décence de ne jamais donner à un robot un ordre qui porte atteinte à un robot, à moins que la sécurité humaine ne l'exige. Un grand pouvoir donne de grandes responsabilités, et si les robots disposent des Trois Lois pour protéger les hommes, est-ce trop demander que les hommes disposent d'une loi ou deux pour protéger les robots ?

Andrew avait raison. La bataille pour l'opinion publique atteignit la justice et le parlement, et finalement on vota une loi qui définissait les conditions dans lesquelles des ordres portant tort aux robots étaient interdits. Elle comportait une liste interminable de détails et les punitions pour viol de cette loi étaient insuffisantes, mais le principe était accepté. L'ultime discussion devant la Cour mondiale se termina le jour de la mort de la petite Mademoiselle.

Ce n'était pas une coïncidence. La petite Mademoiselle s'était maintenue en vie au prix d'un effort désespéré pendant le dernier débat et s'était laissée aller seulement quand elle avait entendu les mots de la victoire. Son dernier sourire fut pour Andrew. Ses derniers mots furent :

— Tu as été bon pour nous, Andrew.

Elle mourut en lui tenant la main, tandis que son fils, avec sa femme et ses enfants, restait en arrière à une distance respectueuse.

12

Andrew attendit patiemment que le réceptionniste disparaisse dans le bureau. Il aurait pu employer l'interphone holographique mais il était absolument démoralisé (ou dépositronisé) à l'idée d'avoir affaire à un autre robot plutôt qu'à un être humain.

Il tourna le problème dans son esprit en attendant. Pouvait-on utiliser « dépositronisé » à la place de « démoralisé » ou bien le mot « démoralisé » était-il devenu suffisamment symbolique et s'était-il assez éloigné de son sens premier pour pouvoir être appliqué aux robots ?

De tels problèmes se présentaient souvent quand il travaillait à son livre sur les robots. L'effort de composition des phrases pour exprimer toute la complexité du problème avait indubitablement enrichi son vocabulaire.

De temps en temps quelqu'un entrait dans la pièce et le regardait. Il ne cherchait pas à éviter ce regard. Il le leur rendait calmement, et tous détournaient les yeux.

Paul Martin arriva enfin. Il eut l'air surpris, mais Andrew ne put en décider avec certitude. Paul s'était mis à porter cet épais maquillage qui était à la mode pour les deux sexes ; cela affirmait les traits un peu mous de son visage, mais Andrew n'approuvait pas ça. Il découvrit que le fait de désapprouver les êtres humains, tant qu'il ne l'exprimait pas ouvertement, ne lui était pas trop désagréable. Il pouvait même exposer sa désapprobation par écrit. Il était absolument sûr que cela n'avait pas toujours été le cas.

— Entre, Andrew, dit Paul. Je m'excuse de t'avoir fait attendre, mais il y avait quelque chose que je devais absolument finir. Entre. Tu avais dit que tu voulais me parler, mais je ne savais pas que tu préférais le faire ici.

— Si tu es occupé, Paul, je peux continuer à attendre.

Paul jeta un coup d'œil au cadran sur lequel des ombres mobiles se combinaient pour indiquer l'heure et dit :

— Je peux te consacrer un moment. Comment es-tu venu ?

— J'ai loué une voiture automatique.

— Aucun problème ? demanda Paul manifestement inquiet.

— Il n'y a aucune raison. Mes droits sont protégés.

Paul eut l'air encore plus inquiet.

— Andrew, je t'ai expliqué que la loi n'était pas applicable, tout au moins pas dans tous les cas... Et si tu continues à porter des vêtements, tu vas finir par avoir des ennuis, comme la première fois.

— La seule fois, Paul. Je suis désolé de te déplaire.

— Écoute, réfléchis ; tu es pratiquement une légende vivante, Andrew, et tu représentes une trop grande valeur dans des domaines différents pour te permettre de prendre des risques... Comment avance le livre ?

— J'ai presque fini, Paul. L'éditeur est très content.

— C'est bien !

— Je ne sais pas si le livre plaît vraiment en tant que tel. Je crois que ce qui lui plaît surtout c'est la pensée qu'il va très bien le vendre parce qu'il est écrit par un robot.

— C'est humain, je le crains.

— Cela ne me gêne pas. Qu'il se vende pour une raison ou pour une autre, cela me rapportera de l'argent, et j'en ai besoin.

— Grand-mère t'a laissé...

— La petite Mademoiselle a été généreuse et je suis sûr que je peux compter sur la famille pour m'aider. Mais je compte sur les droits du livre pour me faire passer la prochaine étape.

— Quelle prochaine étape ?

— Je voudrais voir le directeur de la société U.S. Robots. J'ai essayé de prendre un rendez-vous mais jusqu'à présent je n'ai pas réussi. Ils ne m'ont pas aidé à écrire le livre, aussi cela ne me surprend pas, tu comprends.

Cela amusa Paul.

— De l'aide est bien la dernière chose que tu peux attendre d'eux. Ils ne nous ont apporté aucune aide dans notre grand combat pour les droits des robots. Ce serait plutôt le contraire et tu comprends pourquoi. Donnez des droits aux robots et les gens ne voudront peut-être plus en acheter.

— Mais cependant, continua Andrew, si toi tu les appelles, tu pourrais m'obtenir un rendez-vous.

— Ils ne m'apprécient pas plus que toi, Andrew.

— Mais peut-être pourrais-tu insinuer qu'en me recevant ils pourront arrêter la campagne de Feingold et Martin pour les droits des robots.

— Ne serait-ce pas un mensonge, Andrew ?

— Oui, Paul, et je ne peux pas leur mentir. Voilà pourquoi c'est toi qui dois les appeler.

— Ah ! tu ne peux pas mentir, mais tu peux me demander de mentir, c'est cela ? Tu deviens de plus en plus humain, Andrew.

13

Ce ne fut pas facile à obtenir, même pour Paul dont le nom avait du poids, en principe.

Mais ce fut finalement arrangé, et alors, Harley Smythe-Robertson, qui descendait du côté de sa mère du premier fondateur de la société et qui le faisait savoir grâce au trait d'union accolé à son nom, eut l'air particulièrement mal à l'aise. Il approchait de l'âge de la retraite et il avait consacré toute la durée de sa présidence au problème des droits des robots. Ses cheveux gris étaient légèrement collés sur le haut de son crâne, son visage ne portait aucun maquillage et il regardait Andrew avec de fréquents éclairs d'hostilité.

Andrew lui dit :

— Monsieur, il y a presque un siècle, un certain Merton Mansky, de cette société, m'a déclaré que les calculs mathématiques qui régissaient le tracé des circuits positroniques étaient beaucoup trop compliqués pour permettre autre chose que des solutions approximatives et que de ce fait mes propres capacités n'étaient pas prévisibles.

— C'était il y a un siècle... (Smythe-Robertson hésita, puis continua d'une voix glaciale :)... monsieur. Ce n'est plus vrai. Nos robots sont à présent fabriqués avec précision et sont destinés à des travaux bien précis.

— Oui, dit Paul — qui était venu, avait-il dit, pour s'assurer que la société jouait franc-jeu —, avec pour résultat que le robot qui m'a reçu doit être guidé chaque fois que les événements diffèrent, si peu que ce soit, de l'habituel.

— S'il devait improviser, vous en seriez encore plus ennuyé.

Andrew continua :

— Donc, vous ne fabriquez plus de robots comme moi, souples et pouvant s'adapter.

— Plus du tout.

— Les recherches que j'ai effectuées pour mon livre, dit Andrew, m'ont indiqué que je suis le plus ancien robot en état de fonctionnement.

— C'est exact, le plus vieux maintenant, dit Smythe-Robertson, et le plus vieux à jamais. Il n'en existera jamais de plus vieux. Un robot devient inutile après vingt-cinq ans. Nous les récupérons et les remplaçons par des neufs.

— Aucun robot, tels que vous les fabriquez actuellement, n'est utile après vingt-cinq ans, dit Paul, amusé. Andrew est exceptionnel dans son genre.

Andrew, se tenant à ce qu'il avait décidé de dire, reprit :

— En tant que plus vieux robot du monde et plus souple robot du monde, ne suis-je pas suffisamment exceptionnel pour mériter un traitement spécial de la part de la société ?

— Pas du tout, répondit Smythe-Robertson d'un ton glacial. Votre nature exceptionnelle n'est qu'une gêne pour la société. Si vous aviez été loué, au lieu d'avoir été acheté, pour notre malchance, nous vous aurions remplacé depuis longtemps.

— Voici le problème, dit Andrew. Je suis un robot libre et je m'appartiens en propre. C'est pourquoi je suis venu pour vous demander de me remplacer. Vous ne pouvez pas le faire sans l'accord du propriétaire. Aujourd'hui cet accord est obligatoire pour la location, mais de mon temps ce n'était pas le cas.

Smythe-Robertson eut l'air inquiet mais intrigué, et il y eut un silence. Andrew se surprit à fixer un holographe sur le mur. C'était le masque mortuaire de Susan Calvin, sainte patronne de tous les roboticiens. Elle était morte près de deux siècles auparavant, mais Andrew la connaissait si bien par les recherches qu'il avait faites pour son livre qu'il s'imaginait presque l'avoir rencontrée.

Smythe-Robertson demanda :

— Comment voulez-vous que je vous remplace ? Si je vous remplace en tant que robot, comment pourrais-je livrer le robot à vous en tant que propriétaire alors que si je vous remplace, vous cesserez d'exister ?

Il eut un sourire sardonique.

— C'est très facile, intervint Paul. Le siège de la personnalité d'Andrew est son cerveau positronique, c'est le seul point que l'on ne peut pas remplacer sans créer un nouveau robot. Donc, le cerveau positronique, c'est Andrew-le-propriétaire. Toutes les autres parties du corps du robot peuvent être remplacées sans affecter la personnalité du robot et ces autres parties sont la propriété du cerveau. Andrew, en fait, veut un nouveau corps pour son cerveau.

— C'est cela, dit Andrew calmement. (Il se tourna vers Smythe-Robertson.) Vous avez fabriqué des androïdes, n'est-ce pas ? Des robots possédant l'apparence extérieure complète d'un homme, jusqu'à la structure de la peau ?

— Oui, nous l'avons fait. Ils fonctionnaient remarquablement bien avec leur peau et leurs tendons en fibres synthétiques. Il n'y avait pratiquement pas de métal, sauf dans le cerveau, cependant ils étaient presque aussi solides que les robots de métal. A poids égal, ils étaient même plus solides.

Paul sembla intéressé.

— Je ne savais pas cela. Combien y en a-t-il en fonctionnement ?

— Aucun, répondit Smythe-Robertson. Ils étaient beaucoup plus chers que les robots métalliques et une étude de marché nous démontra qu'ils ne seraient pas bien acceptés. Ils ressemblaient trop aux hommes.

— Mais la société conserve le résultat de ces expériences, suggéra Andrew. Étant donné ce fait, je voudrais vous demander d'être remplacé par un robot organique, un androïde.

Paul fut très surpris.

— Seigneur ! dit-il.

Smythe-Robertson se raidit.

— C'est tout à fait impossible !

— Pourquoi est-ce impossible ? demanda Andrew. Je paierai, bien sûr.

— Nous ne fabriquons pas d'androïdes.

— Vous choisissez de ne pas en fabriquer, intervint Paul. Cela ne veut pas dire que vous n'en êtes pas capables.

Smythe-Robertson lui répondit :

— En tout cas, la fabrication d'androïdes est contraire à l'ordre public.

— Il n'y a aucune loi qui l'interdise, dit Paul.

— Quoi qu'il en soit, nous n'en fabriquons pas et nous n'en fabriquerons jamais.

Paul s'éclaircit la voix.

— Monsieur Smythe-Robertson, dit-il, Andrew est un robot libre qui se trouve dans les limites de la loi qui garantit les droits des robots. Vous en êtes bien conscient, je pense ?

— Que trop.

— Ce robot, en temps que robot libre, préfère porter des vêtements. Ce qui a pour résultat des humiliations fréquentes de la part d'êtres humains irréfléchis, malgré la loi contre l'humiliation des robots. Il est difficile de poursuivre des gens pour des offenses assez vagues qui ne rencontrent pas la réprobation générale de ceux qui doivent décider de la culpabilité ou de l'innocence.

— L'U.S. Robots avait compris dès le début. Votre père ne l'avait malheureusement pas compris.

— Mon père est mort maintenant, dit Paul, mais je constate que nous sommes en présence d'un délit évident dans un but évident.

— De quoi parlez-vous ? demanda Smythe-Robertson.

— Mon client Andrew Martin — il est mon client depuis un instant — est un robot libre qui est habilité à demander à la société U.S. Robots de bénéficier d'un remplacement que la société accorde à quiconque possède un robot depuis plus de vingt-cinq ans. En fait, la société insiste même pour effectuer ces remplacements.

Paul souriait, très à l'aise. Il continua :

— Le cerveau positronique de mon client est le propriétaire du corps de mon client — qui, on ne peut en douter, a plus de vingt-cinq ans. Le cerveau positronique demande le remplacement du corps et propose de payer le juste prix d'un corps d'androïde en remplacement. Si vous rejetez sa demande, c'est une humiliation que subit mon client, et nous allons vous poursuivre en justice.

« Certes l'opinion publique ne supporterait pas d'ordinaire la plainte d'un robot, mais puis-je vous rappeler que la société U.S. Robots n'est pas particulièrement populaire ? Même ceux qui utilisent des robots et en sont satisfaits se méfient de votre société. Peut-être est-ce une survivance des temps où on avait peur des robots ? Peut-être est-ce un ressentiment contre la puissance et la richesse de la société U.S. Robots qui possède un monopole mondial ? Quelle qu'en soit la cause, le ressentiment existe et je pense que vous trouverez préférable d'éviter une poursuite légale, surtout si l'on considère que mon client est riche, va vivre encore de nombreux siècles et n'aura donc aucune raison d'abandonner la lutte.

Smythe-Robertson avait rougi au fur et à mesure des paroles de Paul.

— Vous essayez de me forcer à...

— Je ne vous force à rien, dit Paul. Si vous désirez refuser d'accéder à la demande raisonnable de mon client, vous avez toutes possibilités de le faire et nous sortirons sans ajouter un mot... Mais nous vous poursuivrons car tel est notre bon droit, et vous verrez que vous perdrez.

Smythe-Robertson dit : « Bon... » puis s'arrêta.

— Je vois que vous allez accepter, dit Paul. Vous hésitez peut-être, mais vous y viendrez. Laissez-moi vous préciser un point. Si pendant le transfert du cerveau positronique de mon client dans un corps organique, on lui inflige le moindre dommage, alors je n'aurai de cesse que j'aie cloué votre société au sol. Je ferai tout ce qu'il faut pour mobiliser l'opinion publique contre vous, si un seul circuit de platine iridié du cerveau de mon client est endommagé. (Il se tourna vers Andrew.) Es-tu d'accord, Andrew ?

Andrew hésita une longue minute. Cela revenait à approuver un mensonge, un chantage, le harcèlement et l'humiliation d'un être humain. Mais pas de mal physique, se dit-il, pas de mal physique.

Il réussit enfin à prononcer un faible « Oui ».

14

C'était comme si on le fabriquait de nouveau. Pendant des jours, puis des semaines, puis des mois, Andrew ne se sentit pas vraiment lui-même et les actions les plus simples continuaient à donner lieu à des hésitations.

Paul était dans tous ses états :

— Ils t'ont abîmé, Andrew. Nous allons leur intenter un procès.

Andrew parlait très lentement :

— Non, il ne faut pas. Tu ne pourras jamais prouver la m...m...m...m...

— La malveillance ?

— La malveillance. D'ailleurs, je prends des forces, je vais mieux. C'est le tr...tr...tr...

— Le tremblement ?

— Le traumatisme. Après tout on n'avait jamais effectué une telle op...op...op... auparavant.

Andrew sentait très bien son cerveau. Personne d'autre ne le pouvait. Il savait qu'il allait bien, et pendant les mois qu'il passa à apprendre à coordonner ses mouvements et les effets positroniques, il restait des heures devant un miroir.

Pas vraiment humain ! Le visage était raide, trop raide, et les mouvements n'avaient pas l'aisance décontractée de ceux des êtres humains. Cela viendrait peut-être avec le temps. Au moins il pourrait porter des vêtements sans que ce soit ridicule à cause de son visage de métal.

— Je vais me remettre au travail, dit-il enfin.

Paul se mit à rire et répliqua :

— Cela veut dire que tu vas bien. Que vas-tu faire ? Un autre livre ?

— Non, dit Andrew d'un air grave. J'ai trop longtemps à vivre pour me laisser accaparer par un seul métier sans en sortir. Jadis j'ai été artiste, et je peux décider de le redevenir. Puis j'ai été historien, et je peux aussi décider de le redevenir. Mais maintenant je veux être robobiologiste.

— Robopsychologue, tu veux dire.

— Non. Cela impliquerait l'étude des cerveaux positroniques et je n'en ai pas envie pour le moment. Un robobiologiste, à ce qu'il me semble, serait concerné par le fonctionnement du corps attaché à ce cerveau.

— Ne serait-ce pas alors un roboticien ?

— Un roboticien travaille sur des robots métalliques. Moi, j'étudierai le corps organique d'un humanoïde, que je suis le seul à posséder, pour autant que je sache.

— Tu rétrécis ton champ d'action, dit Paul d'un air pensif. En tant qu'artiste, tu étais ouvert à tout ; en tant qu'historien, tu t'occupais surtout des robots ; en tant que robobiologiste, tu ne t'occuperas que de toi-même.

Andrew acquiesça :

— C'est l'impression que cela donnera.

Andrew dut commencer par le commencement car il ne connaissait rien à la biologie, presque rien à la science. On le voyait dans les bibliothèques où il consultait des tableaux électroniques pendant des heures, tout à fait normal dans ses vêtements. Les quelques personnes qui savaient qu'il était un robot n'intervenaient jamais.

Il construisit un laboratoire dans une pièce qu'il ajouta à sa maison, et il agrandit aussi sa bibliothèque.

Des années passèrent et Paul vint le voir un jour et lui dit :

— C'est malheureux que tu ne travailles plus sur l'histoire de la robotique. J'ai appris que l'U.S. Robots adoptait une politique complètement nouvelle.

Paul avait vieilli et ses yeux malades avaient été remplacés par des cellules photoptiques. Cela l'avait rapproché d'Andrew. Andrew demanda :

— Qu'ont-ils fait ?

— Ils fabriquent des ordinateurs centraux, des sortes de cerveaux positroniques géants en quelque sorte, qui communiquent par micro-ondes avec de dix à mille robots où qu'ils soient. Les robots en eux-mêmes n'ont pas de cerveau. Ce sont les membres d'un cerveau gigantesque, les deux étant séparés effectivement.

— Est-ce plus efficace ?

— C'est ce que prétend la société U.S. Robots. Mais c'est Smythe-Robertson qui a orienté les travaux avant sa mort, et j'ai l'impression que tu n'es pas étranger à cette décision. La société ne veut à aucun prix fabriquer des robots qui, comme toi, leur occasionneraient des ennuis, et c'est pourquoi ils ont séparé le corps du cerveau. Le cerveau qui n'aura pas de corps ne pourra pas désirer en changer ; et le corps n'aura pas de cerveau pour désirer quoi que ce soit.

« C'est extraordinaire, continua Paul, l'influence que tu auras eu sur l'histoire des robots. Ce sont tes talents artistiques qui ont poussé l'U.S. Robots à fabriquer des robots plus précis et plus spécialisés ; c'est ta liberté qui a fait naître le principe des droits des robots ; c'est ta volonté de posséder un corps d'androïde qui les a décidés à séparer le cerveau du corps.

— Puis, finalement, je suppose que la société va construire un énorme cerveau qui contrôlera plusieurs milliards de robots. Et tous les œufs seront dans le même panier. Dangereux. Très mauvais.

— Oui, je pense que tu as raison, répondit Paul. Mais je ne crois pas que cela arrivera avant au moins un siècle et je ne serai plus là pour le voir. D'ailleurs je ne serai peut-être plus là l'année prochaine.

— Paul... dit Andrew gentiment.

Paul haussa les épaules.

— Nous sommes mortels, Andrew. Nous ne sommes pas comme vous. Cela n'a pas vraiment d'importance, sauf pour une question dont je voulais te parler. Je suis le dernier homme de la famille Martin. Il existe des cousins, qui descendent de ma grand-tante, mais ils ne comptent pas. L'argent qui m'appartient personnellement sera laissé dans la compagnie mais à ton nom et, pour autant que l'on puisse prévoir le futur, tu seras à l'abri des problèmes d'argent.

— Il ne faut pas, dit Andrew avec peine.

Malgré le temps, il ne pouvait pas s'habituer à la mort des Martin.

Paul répondit :

— Ne discutons pas. C'est décidé. Sur quel projet travailles-tu en ce moment ?

— Je suis en train de dessiner un système qui permettra aux androïdes — à moi — de trouver leur énergie dans la combustion d'hydrocarbones, plutôt que dans des cellules atomiques.

Paul écarquilla les yeux.

— Ils respireront et ils mangeront ?

— Oui.

— Depuis combien de temps travailles-tu à cela ?

— Cela fait longtemps maintenant, mais je crois que j'ai réussi à dessiner une chambre de combustion bien au point avec un contrôle de fonctionnement par catalyse.

— Mais pourquoi, Andrew ? La cellule atomique est bien mieux, c'est évident.

— D'une certaine façon, peut-être, mais la cellule atomique est inhumaine.

15

Cela prit du temps, mais Andrew n'en manquait pas. D'abord il ne voulait rien faire avant que Paul ne soit mort en paix.

Avec la mort de l'arrière-petit-fils de Monsieur, Andrew se sentait plus que jamais exposé à un monde hostile et cela le confirmait dans sa décision de persévérer dans la voie qu'il avait choisie jadis.

En fait, il n'était pas vraiment seul. Un homme était mort mais le cabinet Martin et Feingold existait toujours, car une société, comme un robot, ne meurt pas. Elle avait des directives et les suivait mot à mot. Par l'intermédiaire de l'administrateur et du cabinet légal, Andrew était riche. Et en échange de leur généreuse rétribution annuelle, Feingold et Martin se penchaient sur les aspects légaux de la nouvelle chambre de combustion.

Quand vint le moment pour Andrew de se rendre à la société U.S. Robots, il y alla seul. La première fois, il y était allé avec Monsieur et une autre fois avec Paul. Cette fois-ci, la troisième, il était seul et sous une apparence humaine.

La société avait changé. L'usine de production avait été déménagée dans une grande station spatiale, comme c'était le cas de plus en plus pour de nombreuses industries. Et les robots étaient partis avec les usines. La Terre elle-même était devenue une sorte de parc, avec une population stabilisée à un milliard de personnes et un nombre de robots à cerveau indépendant qui n'atteignait probablement pas trente pour cent de la population humaine.

Le directeur de la recherche s'appelait Alvin Magdescu ; il était brun de peau et de cheveux, avait une petite barbe pointue et ne portait au-dessus de la taille rien d'autre que la bande de poitrine exigée par la mode. Quant à Andrew, il était complètement habillé, à la mode de plusieurs décennies en arrière.

— Je vous connais, bien sûr, lui dit Magdescu, et je suis heureux de vous rencontrer. Vous êtes notre production la plus célèbre et je regrette que le vieux Smythe-Robertson ait été si monté contre vous. Nous aurions pu faire de grandes choses avec vous.

— Vous le pouvez encore, répondit Andrew.

— Non, je ne crois pas. Il est trop tard. Nous avons des robots sur la Terre depuis plus d'un siècle, mais tout change. Maintenant on les enverra dans l'espace et ceux qui resteront sur Terre ne posséderont pas de cerveau.

— Mais il y a moi, et je reste sur Terre.

— Bien sûr, mais vous n'êtes plus vraiment un robot. Que voulez-vous me demander ?

— D'être encore moins un robot. Étant donné que je suis maintenant organique, je voudrais posséder une source d'énergie organique. J'ai les plans ici...

Magdescu les regarda avec soin. D'abord, peut-être avait-il voulu n'y jeter qu'un coup d'œil, mais il se raidit et se concentra.

— C'est extrêmement ingénieux, dit-il enfin. Qui a fait cela ?

— Moi.

Magdescu le regarda d'un œil pénétrant.

— Cela signifierait une révision totale de votre corps, expérimentale de plus, car on n'a jamais fait cela auparavant. Je vous conseille de ne pas le faire. Restez comme vous êtes.

Le visage d'Andrew était peu expressif, mais dans sa voix l'impatience était évidente.

— Docteur Magdescu, vous ne m'avez pas compris. Vous devez accepter ma demande, vous n'avez pas le choix. Si de tels mécanismes peuvent être construits dans mon propre corps, on peut tout aussi bien les construire dans des corps humains. On a déjà pu remarquer la tendance actuelle à prolonger la vie humaine par l'emploi de prothèses. Il n'existe aucun appareil mieux conçu que ceux que j'ai dessinés et que je dessine.

« Par ailleurs, je contrôle les brevets par l'intermédiaire de Feingold et Martin. Nous pouvons parfaitement nous occuper nous-mêmes de l'affaire et fabriquer les prothèses qui auront pour effet de créer des êtres humains possédant certaines des propriétés des robots. Cela ferait du tort à votre société.

« Toutefois, si vous m'opérez maintenant et si vous me donnez votre accord pour le faire encore dans des circonstances semblables dans l'avenir, vous aurez la possibilité d'utiliser les brevets et de contrôler la technologie des robots d'une part et de la prothétisation des êtres humains d'autre part. On ne garantira pas la location au début, bien sûr, jusqu'à ce que la première opération soit effectuée avec succès et qu'un temps suffisant soit passé pour prouver l'efficacité du procédé.

Andrew ne sentit qu'à peine en lui l'opposition de la Première Loi à l'attitude qu'il avait envers un être humain. Il apprenait à concevoir que ce qui semblait être de la cruauté au premier abord pouvait, à long terme, être de la gentillesse.

Magdescu était abasourdi.

— Je ne peux pas prendre la décision moi-même. Nous devons en délibérer en conseil et cela prendra du temps.

— J'attendrai le temps qu'il faudra, dit Andrew, mais pas trop longtemps.

Et il pensa avec satisfaction que Paul lui-même n'aurait pas fait mieux.

16

Il n'eut pas trop longtemps à attendre et l'opération fut un succès.
Magdescu déclara :

— J'étais tout à fait opposé à l'opération, Andrew, mais pas pour les raisons que vous imaginez peut-être. Je n'étais pas du tout opposé à l'expérience, si seulement elle avait été faite sur quelqu'un d'autre. Je ne voulais pas prendre de risques avec votre cerveau positronique. Maintenant que vos circuits positroniques sont reliés à des circuits nerveux feints, il serait peut-être difficile de préserver le cerveau si le corps avait des problèmes de fonctionnement.

— J'ai pleinement confiance dans les qualités du personnel de votre société, dit Andrew. Et maintenant je peux manger.

— Enfin, vous pouvez siroter de l'huile d'olive. Cela nous obligera à opérer de temps en temps des nettoyages de la chambre de combustion comme prévu. Intervention plutôt désagréable, je suppose.

— Peut-être, si je n'avais pas l'intention de poursuivre mes recherches. Le nettoyage automatique n'est pas irréalisable. D'ailleurs j'étudie un mécanisme qui traitera la nourriture solide qui pourrait contenir des parties non combustibles — de la matière non digestible en fait — qu'il faudra éliminer.

— Alors il vous faudra un anus.

— Quelque chose d'équivalent.

— Et quoi d'autre, Andrew ?

— Tout.

— Des organes génitaux, aussi ?

— Dans la mesure où ils correspondront à mes plans. Mon corps est une toile sur laquelle je veux peindre...

Magdescu attendit qu'il finisse sa phrase et comme il semblait ne pas vouloir le faire, il la termina lui-même :

— Un homme ?

— Nous verrons, répondit Andrew.

— C'est une ambition qui n'en vaut pas la peine, Andrew. Vous êtes bien mieux qu'un homme. Depuis le moment où vous avez voulu un corps organique, vous déclinez.

— Mon cerveau n'a pas souffert.

— Non. Ça, je vous l'accorde. Mais, Andrew, toutes les nouvelles mécaniques extraordinaires de prothèses que l'on peut fabriquer maintenant grâce à vos brevets sont commercialisées sous votre nom. Vous êtes l'inventeur et on vous en sait gré, tel que vous êtes. Pourquoi vouloir continuer à jouer avec votre corps ?

Andrew ne répondit pas.

Les honneurs commençaient à arriver. Il accepta d'être membre de plusieurs associations de savants, dont une se consacrait à la nouvelle science qu'il avait créée : cette science qu'il avait appelée robobiologie, mais dont on parlait comme de prothésologie.

Pour le cent cinquantième anniversaire de sa construction, la société U.S. Robots donna un dîner en son honneur. Si Andrew en perçut l'ironie, il ne le montra pas.

Alvin Magdescu, qui était à la retraite, revint pour présider le dîner. Il avait quatre-vingt-quatorze ans et ne se maintenait en vie que grâce à des prothèses qui, entre autres, remplissaient la fonction de foie et de reins. Le clou du dîner fut le moment où Magdescu, après un discours émouvant et court leva son verre et porta un toast « au robot cent cinquantenaire ».

Les muscles du visage d'Andrew avaient été redessinés pour qu'il puisse exprimer un certain nombre d'émotions, mais pendant toute la cérémonie il resta assis dans une solennelle passivité. Cela ne lui plaisait pas d'être un robot cent cinquantenaire.

17

Ce fut la prothésologie qui finalement fit qu'Andrew quitta la Terre. Pendant les décennies qui avaient suivi la célébration du cent cinquantenaire, la Lune était devenue petit à petit un monde plus terrestre que la Terre elle-même dans tous les domaines sauf pour sa poussée gravitationnelle, et ses villes souterraines contenaient une population assez dense.

Les prothèses devaient là-bas tenir compte de cette gravité moindre et Andrew passa cinq ans sur la Lune pour travailler avec des prothésologistes locaux à adapter les mécanismes. Quand il ne travaillait pas, il se promenait au milieu de la population de robots qui tous le traitaient avec l'obséquiosité que les robots doivent à un homme.

Il revint sur une Terre qui était tranquille et provinciale en comparaison, et se rendit dans les bureaux de Feingold et Martin pour annoncer son retour.

Le directeur du cabinet de l'époque, Simon Delong, fut surpris.

— On nous a annoncé que vous rentriez, Andrew (il avait failli dire monsieur Martin), mais nous ne vous attendions pas avant la semaine prochaine.

— J'étais pressé, dit Andrew brusquement. Sur la Lune, Simon, j'étais responsable d'une équipe de recherche de vingt savants humains. Je donnais des ordres que personne ne mettait en question. Les robots lunaires se comportaient avec moi comme avec un être humain. Pourquoi, alors, ne suis-je pas un être humain ?

Delong répondit d'un air prudent :

— Mon cher Andrew, comme vous venez de l'expliquer, vous êtes considéré comme un être humain et par les robots et par les êtres humains. Vous êtes donc un être humain *de facto*.

— Cela ne me suffit pas d'être un être humain *de facto*. Je veux non seulement être traité comme tel, mais aussi être considéré légalement comme tel. Je veux être un être humain *de jure*.

— C'est une autre affaire, dit Delong. Là, nous allons nous heurter aux préjugés humains et au fait incontestable que bien que vous ressembliez à un être humain, vous n'êtes pas un être humain.

— En quoi ne le suis-je pas ? demanda Andrew. J'ai la forme d'un être humain et des organes équivalant à ceux d'un être humain. Mes organes d'ailleurs sont identiques à ceux de certains êtres humains prothéisés. J'ai contribué à la culture humaine dans le domaine des arts, de la littérature et des sciences, bien plus que n'importe quel être humain. Que peut-on me demander de plus ?

— Moi, rien. Mais le problème est qu'il faudrait une loi de l'Assemblée législative pour vous déclarer être humain. Franchement, je serais étonné que cela marche.

— A qui dois-je m'adresser dans cette Assemblée ?

— Peut-être au président du Comité de la science et de la technologie.

— Pouvez-vous m'arranger un rendez-vous ?

— Mais vous n'avez absolument pas besoin d'un intermédiaire. Dans votre position, il vous suffit...

— Non. C'est vous qui allez m'arranger ce rendez-vous. (Il ne lui vint même pas à l'esprit qu'il donnait un ordre à un être humain. Il en avait pris l'habitude sur la Lune.) Je veux qu'il sache que le cabinet Feingold et Martin est avec moi totalement.

— Eh bien...

— Jusqu'au bout, Simon. Depuis cent soixante-treize ans, d'une façon ou d'une autre, j'ai apporté beaucoup à ce cabinet. Jadis je devais beaucoup à certains de ses membres. Ce n'est plus le cas maintenant. Ce serait plutôt le contraire et je réclame mon dû.

— Je ferai ce que je peux.

18

Le président du Comité de la science et de la technologie était originaire d'Extrême-Orient et c'était une femme. Elle s'appelait Chee Li-Hsing et ses vêtements transparents (cachant ce qu'elle voulait cacher rien que par leur scintillement) donnaient l'impression qu'elle était empaquetée dans du plastique.

— Je comprends vos désirs de bénéficier des pleins droits humains. Il y a eu des moments dans l'histoire où des fractions de la population humaine ont lutté dans ce même but. Mais quels droits pouvez-vous désirer que vous ne possédiez déjà ?

— Quelque chose d'aussi simple que le droit de vivre. Un robot peut être démonté n'importe quand.

— Un être humain peut être exécuté n'importe quand.

— L'exécution ne peut survenir qu'après un procès en bonne et due forme. Il n'y a pas besoin de procès pour me démonter. Il ne faut qu'un mot d'un homme au pouvoir pour que c'en soit fini de moi. De plus... de plus... (Andrew essayait désespérément de ne pas avoir l'air de l'implorer, mais il était trahi cette fois par le dessin précis des expressions de son visage et par sa voix.) En vérité, je voudrais être un homme. Je le veux depuis six générations d'êtres humains.

Li-Hsing le regarda avec sympathie de ses yeux noirs.

— Le parlement peut voter une loi déclarant que vous en êtes un — ils pourraient voter une loi déclarant qu'une statue de pierre est un homme. Mais le fera-t-il ? Il y a autant de chances dans un sens que dans l'autre. Les parlementaires sont tout aussi humains que le reste de la population et on se méfie toujours des robots.

— Même maintenant ?

— Même maintenant. Nous serions tous d'accord pour dire que vous avez gagné le droit à l'humanité, mais cependant il resterait toujours la crainte de créer un précédent.

— Quel précédent ? Je suis le seul robot libre, le seul robot dans mon genre, et il n'y en aura jamais d'autre. Vous pouvez demander à la société U.S. Robots.

— Jamais ? Qui peut dire jamais, Andrew ? — ou, si vous préférez, monsieur Martin, car je serais tout à fait heureuse de vous donner personnellement l'accolade comme à un homme. Vous verrez que la plupart des parlementaires ne voudront pas créer de précédent, même si ce précédent n'a aucune conséquence. Monsieur Martin, vous avez toute ma sympathie, mais je ne peux pas vous donner grand espoir.

Vraiment... (Elle s'adossa et fronça les sourcils.) Et puis, si la discussion s'échauffe, cela pourrait peut-être éveiller un sentiment, à l'intérieur du parlement comme à l'extérieur, en faveur de la destruction dont vous parliez. En finir avec vous pourrait sembler la meilleure façon de résoudre le problème. Pensez à cela avant de vous décider à poursuivre.

Andrew demanda :

— Est-ce que personne ne se rappellera la technique de prothésologie, quelque chose qui m'est dû presque entièrement ?

— Peut-être cela vous semblera-t-il cruel, mais ils ne se la rappelleront pas. Ou s'ils le font ce sera pour s'en servir contre vous. On dira que vous l'avez fait uniquement pour vous. On dira que cela fait partie d'une campagne pour robotiser les êtres humains ou pour humaniser les robots ; que ce soit l'un ou l'autre, ce sera mauvais et dangereux. Vous n'avez jamais vécu une campagne politique de haine, monsieur Martin, et je peux vous dire que vous serez l'objet de calomnies de telles sortes que ni vous ni moi ne pourrions les imaginer, et pourtant il y aura des gens pour les croire. Monsieur Martin, prenez garde à votre vie.

Elle se leva et, à côté d'Andrew assis, elle avait l'air toute petite et presque enfantine.

— Si je décide de combattre pour mon humanité, serez-vous de mon côté ?

Elle réfléchit.

— Oui — tant que cela sera possible. Si à un moment ou à un autre une telle prise de position représentait une menace pour mon avenir politique, je devrais vous abandonner, car ce problème n'est pas pour moi la base de mes convictions. J'essaye d'être honnête avec vous.

— Je vous en remercie et je ne vous en demanderai pas plus. Je décide de lutter quelles que soient les conséquences, et je ne vous demanderai que l'aide que vous pouvez me donner.

19

Ce ne fut pas un combat direct. Feingold et Martin lui recommandaient la patience, et Andrew murmurait sombrement qu'il en avait des ressources infinies. Alors Feingold et Martin entreprirent une campagne pour resserrer et restreindre le champ du combat.

Ils intentèrent un procès pour refuser l'obligation de payer des dettes à un individu possédant une prothèse cardiaque, en déclarant que la possession d'un organe robotique supprimait la qualité d'être humain, et avec elle, les droits constitutionnels y attenant.

Ils plaidèrent avec habileté et ténacité, perdant à chaque étape, mais toujours de façon que la décision soit la plus large possible, et ensuite en faisait appel devant la Cour mondiale.

Cela prit des années et des millions de dollars.

Quand on tint la décision finale, Delong célébra comme une victoire cette défaite devant la loi. Andrew était bien sûr présent dans les bureaux du cabinet pour l'occasion.

— Nous avons réussi deux choses, Andrew, dit Delong, et les deux sont excellentes. D'abord nous avons établi le fait que la présence, quel que soit leur nombre, de prothèses dans un organisme humain ne peut retirer son humanité à leur propriétaire. Ensuite nous avons attiré l'attention de l'opinion publique sur la question, de telle façon qu'elle soit favorable à une interprétation très large de l'humanité, étant donné qu'il n'existe pas un seul être humain qui ne compte pas sur des prothèses pour le garder en vie.

— Et pensez-vous que le parlement va maintenant m'accorder le droit d'être un être humain ? demanda Andrew.

Delong eut l'air mal à l'aise.

— Quant à cela, je ne suis pas optimiste. Il reste l'organe qu'a utilisé la Cour mondiale comme le critère de l'humanité. Les êtres humains ont un cerveau à cellules organiques et les robots ont un cerveau positronique en platine iridié, quand ils en ont un — et vous, vous avez un cerveau positronique, c'est un fait... Non, Andrew, ce n'est pas la peine d'avoir ce regard. Nous ne sommes pas capables de fabriquer en structures artificielles un cerveau cellulaire suffisamment proche du type organique pour qu'il tombe dans les données de la loi. Même vous ne le pourriez pas.

— Que devons-nous faire alors ?

— Il faut essayer, bien sûr. Li-Hsing sera de notre côté et d'autres parlementaires se joindront à elle petit à petit. Le président se rangera certainement à l'avis de la majorité du parlement dans cette affaire.

— Avons-nous la majorité ?

— Non, loin de là. Mais nous pourrions la gagner si le public étend jusqu'à vous son désir d'une large interprétation de l'humanité. C'est une petite chance, je l'admets, mais si vous ne voulez pas laisser tomber, nous pourrions parier dessus.

— Je ne veux pas laisser tomber.

20

Li-Hsing était bien plus âgée que quand Andrew l'avait rencontrée pour la première fois. Elle ne portait plus depuis longtemps de vêtements transparents. Ses cheveux étaient maintenant coupés ras et elle était vêtue de tubes. Andrew cependant s'en tenait, autant qu'il le pouvait dans les limites du goût raisonnable, à la façon de s'habiller qui était au goût du jour quand il avait commencé à porter des vêtements, plus d'un siècle auparavant.

— Nous avons fait ce que nous avons pu, Andrew. Nous essaierons une dernière fois à la prochaine session, mais honnêtement la défaite est certaine et il faudra abandonner l'affaire. Tous mes efforts ne m'ont apporté que des pertes pour ma prochaine campagne législative.

— Je sais, dit Andrew, et j'en suis désolé. Vous m'aviez dit que vous m'abandonneriez s'il le fallait. Pourquoi ne l'avez-vous pas fait ?

— On peut changer d'avis, vous savez. Vous abandonner, c'était payer trop cher une réélection. Et puis, je suis au parlement depuis plus d'un quart de siècle. Cela suffit.

— Y a-t-il une façon de leur faire changer d'avis, Chee ?

— Tous ceux qui sont accessibles à un raisonnement l'ont déjà fait. Le reste — la majorité — ne veut pas démordre de ses antipathies émotionnelles.

— Une antipathie émotionnelle n'est pas une raison suffisante pour voter d'une façon ou d'une autre.

— Je sais bien, Andrew, mais ce n'est pas cela qu'ils mettent en avant.

Andrew dit prudemment :

— Tout dépend du cerveau alors, mais devons-nous réduire le problème à une opposition cellules contre positrons ? N'y a-t-il pas une autre façon de donner une définition fonctionnelle ? Devons-nous absolument déclarer qu'un cerveau est fait de ceci ou de cela ? Ne pouvons-nous pas dire plutôt qu'un cerveau est quelque chose — n'importe quoi — qui est capable d'un certain niveau de pensée ?

— Cela ne marchera pas, dit Li-Hsing. Votre cerveau est fait par l'homme, le cerveau humain non. Votre cerveau est fabriqué, les leurs se sont développés. Pour tout humain décidé à maintenir la barrière entre lui-même et un robot, ces différences représentent un mur d'acier d'un kilomètre de hauteur et d'épaisseur.

— Si nous pouvions atteindre la source de leur antipathie — la source même de...

— Après toutes ces années, dit Li-Hsing tristement, vous essayez toujours de faire entendre raison aux hommes. Pauvre Andrew, ne vous fâchez pas, mais c'est le robot en vous qui vous fait agir ainsi.

— Je ne sais pas, dit Andrew. Si je pouvais me faire...

1

(reprise)

S'il pouvait se faire...

Depuis longtemps il savait qu'on en arriverait peut-être là, alors il alla voir le chirurgien. Il en avait trouvé un suffisamment habile pour faire l'affaire, un chirurgien robot donc, car on ne pouvait se fier à un chirurgien humain ni pour ses capacités ni pour ses intentions.

Le chirurgien ne pouvait pas pratiquer cette opération sur un être humain. Alors Andrew, après avoir retardé le moment de la décision par ses hésitations intérieures, se débarrassa de la Première Loi en disant : « Moi aussi, je suis un robot. »

Et de sa voix la plus ferme, comme il avait appris à le faire même avec des êtres humains ces dernières décennies, il dit : « Je vous ordonne de m'opérer. »

La Première Loi ne devant pas être prise en compte, un ordre donné si fermement par quelqu'un qui ressemblait tant à un homme activa le réseau de la Seconde Loi suffisamment pour emporter la décision.

21

L'impression de faiblesse que ressentait Andrew était le fruit de son imagination, il en était certain. Il s'était bien remis de l'opération. Pourtant il prenait appui, le plus discrètement possible, contre le mur. S'asseoir n'aurait été que trop révélateur.

Li-Hsing dit :

— Le dernier vote va avoir lieu cette semaine, Andrew. Je n'ai pas pu le reculer plus longtemps, et nous allons perdre... Et ce sera fini, Andrew.

Andrew répondit :

— Je vous remercie d'avoir réussi à le reculer. Cela m'a permis de tenter quelque chose.

— Quoi ? demanda Li-Hsing manifestement inquiète.

— Je ne pouvais en parler, ni à vous ni à Feingold et Martin. J'étais sûr qu'on m'en empêcherait. Voyez-vous, si c'est le cerveau qui est mis en question, n'est-ce pas tout le problème de l'immortalité ? Qui se soucie vraiment de l'apparence ou de la consistance ou de la formation d'un cerveau ? Ce qui est important, c'est que les cellules du cerveau meurent, doivent absolument mourir. Même si tous les autres organes du corps fonctionnent ou sont remplacés, les cellules du cerveau, que l'on ne peut remplacer sans changer, donc tuer, la personnalité, doivent en fin de compte mourir.

« Mes propres circuits positroniques fonctionnent depuis presque deux siècles pratiquement sans changement et ils pourront fonctionner encore pendant des siècles. N'est-ce pas là l'obstacle fondamental ? Les êtres humains acceptent sans peine un robot immortel, car le temps que dure une machine leur importe peu. Mais ils ne peuvent pas tolérer un être humain immortel, car leur propre mortalité n'est acceptable que tant qu'elle est universelle. C'est pour cela qu'ils ne m'accepteront pas comme un être humain.

— Où voulez-vous en venir, Andrew ?

— J'ai supprimé cet obstacle. Il y a bien longtemps, mon cerveau positronique a été relié à des nerfs organiques. Maintenant, par une dernière opération, j'ai fait en sorte que petit à petit, tout doucement, l'énergie se retire de mes circuits.

Le visage finement ridé de Li-Hsing resta impassible pendant quelques instants. Puis elle serra les lèvres.

— Voulez-vous dire que vous avez préparé votre mort, Andrew ? Ce n'est pas possible. Cela va contre la Troisième Loi.

— Non, dit Andrew. J'ai choisi entre la mort de mon corps et la mort de mes aspirations et de mes désirs. Laissez mon corps vivre au prix d'une mort bien plus grave, voilà qui aurait violé la Troisième Loi.

Li-Hsing prit son bras comme si elle voulait le secouer. Elle s'arrêta.

— Andrew, nous ne réussirons pas. Faites marche arrière.

— C'est impossible. L'opération est irréversible. J'ai un an à vivre, à peu près. Je verrai le deux centième anniversaire de ma construction. J'ai été assez faible pour désirer cela.

— Croyez-vous vraiment que cela en valait la peine ? Andrew, vous êtes fou.

— Si cela m'apporte la qualité d'homme, cela en vaudra la peine. Sinon, ce sera la fin de nos efforts, et cela aussi en vaut la peine.

Alors Li-Hsing fit quelque chose qui la surprit elle-même. Tout doucement elle se mit à pleurer.

22

Ce fut extraordinaire comme cette dernière action frappa l'imagination du monde entier. Tout ce qu'Andrew avait fait auparavant était resté sans effet. Mais il avait fini par accepter la mort pour devenir humain, et le sacrifice était trop grand pour qu'il n'en soit pas tenu compte.

La dernière cérémonie avait été prévue, tout à fait intentionnellement, pour le jour du deux centième anniversaire. Le président du monde devait signer la loi et la cérémonie serait diffusée dans le monde entier ; elle serait même retransmise dans l'État lunaire et dans la colonie martienne.

Andrew était dans un fauteuil roulant. Il pouvait marcher mais avec peine.

Sous le regard de l'humanité tout entière, le président du monde déclara :

— Il y a cinquante ans, on vous avait déclaré robot cent cinquantenaire, Andrew. (Il fit une pause puis continua d'un ton plus solennel :) Aujourd'hui, nous vous déclarons homme bicentenaire, monsieur Martin.

Et Andrew, souriant, tendit la main pour serrer celle du président.

23

Les pensées d'Andrew s'évanouissaient petit à petit. Il était allongé. Il essayait désespérément de les retenir. Un homme ! Il était un homme ! Il voulait que ce soit sa dernière pensée. Il voulait s'en aller — mourir — avec cela.

Il ouvrit encore une fois les yeux et reconnut Li-Hsing qui le veillait solennellement. Il y en avait d'autres, mais ce n'étaient que des ombres, des ombres méconnaissables. Li-Hsing se détachait seule sur l'obscurité qui gagnait. Lentement, petit à petit, il lui tendit la main et sentit vaguement qu'elle la prenait.

Il ne la voyait presque plus et ses dernières pensées s'évanouirent.

Mais avant qu'il ne la voie plus du tout, il lui vint une pensée fugitive qui demeura dans son esprit jusqu'à ce que tout s'arrête.

— Petite Mademoiselle, murmura-t-il, trop bas pour qu'on puisse l'entendre.

ENCORE UN MOT

A ceux d'entre vous qui déjà auraient lu quelques-unes (ou, pourquoi pas, l'intégralité) de mes histoires de robots : je salue votre loyauté et votre patience. A ceux qui ne sont pas dans ce cas : je souhaite que vous ayez tiré quelque satisfaction à la lecture de ce recueil, je suis heureux que nous ayons fait connaissance et j'espère avoir le plaisir de vous rencontrer de nouveau [1].

---

1. Après avoir fixé ce rendez-vous à ses lecteurs, Asimov, en effet, a introduit des robots dans deux nouvelles supplémentaires (voir la note finale de l'introduction) et dans les romans suivants : *Fondation foudroyée, les Robots de l'aube, les Robots et l'Empire, Terre et Fondation, Prélude à Fondation.* (N.d.E.)

LES CAVERNES D'ACIER

The Caves of Steel
Traduit par Jacques Brécard

Entretien avec un commissaire

Lije Baley venait d'atteindre son bureau quand il se rendit compte que R. Sammy l'observait, et que, manifestement, il l'avait attendu.

Les traits austères de son visage allongé se durcirent.

— Qu'est-ce que tu veux ? fit-il.

— Le patron vous demande, Lije. Tout de suite. Dès votre arrivée.

— Entendu !

R. Sammy demeura planté à sa place.

— J'ai dit : entendu ! répéta Baley. Fous le camp !

R. Sammy pivota sur les talons, et s'en fut vaquer à ses occupations ; et Baley, fort irrité, se demanda, une fois de plus, pourquoi ces occupations-là ne pouvaient pas être confiées à un homme.

Pendant un instant, il examina avec soin le contenu de sa blague à tabac, et fit un petit calcul mental : à raison de deux pipes par jour, il atteindrait tout juste la date de la prochaine distribution.

Il sortit alors de derrière sa balustrade (depuis deux ans, il avait droit à un bureau d'angle, entouré de balustrades) et traversa dans toute sa longueur l'immense salle.

Comme il passait devant Simpson, celui-ci interrompit un instant les observations auxquelles il se livrait, sur une enregistreuse automatique au mercure, et lui dit :

— Le patron te demande, Lije.

— Je sais. R. Sammy m'a prévenu.

Un ruban couvert d'inscriptions serrées en langage chiffré sortait sans arrêt des organes vitaux de l'enregistreuse ; ce petit appareil recherchait et analysait ses « souvenirs », afin de fournir le renseignement demandé, qui était obtenu grâce à d'infinies vibrations produites sur la brillante surface du mercure.

— Moi, reprit Simpson, je flanquerais mon pied au derrière de R. Sammy, si je n'avais pas peur de me casser une jambe ! Tu sais, l'autre soir, j'ai rencontré Vince Barrett...

— Ah oui ?...

— Il cherche à récupérer son job, ou n'importe quelle autre place dans le Service. Pauvre gosse ! Il est désespéré ! Mais que voulais-tu que, moi, je lui dise ?... R. Sammy l'a remplacé, et fait exactement son boulot : un point, c'est tout ! Et pendant ce temps-là, Vince fait marcher un tapis roulant dans une des fermes productrices de levure.

Pourtant, c'était un gosse brillant, ce petit-là, et tout le monde l'aimait bien !

Baley haussa les épaules et répliqua, plus sèchement qu'il ne l'aurait voulu :

— Oh ! tu sais, nous en sommes tous là, plus ou moins.

Le patron avait droit à un bureau privé. Sur la porte en verre dépoli, on pouvait lire : JULIUS ENDERBY.

C'était écrit en jolies lettres, gravées avec soin dans le verre ; et, juste en dessous, luisait l'inscription : COMMISSAIRE PRINCIPAL DE POLICE DE NEW YORK.

Baley entra et dit :

— Vous m'avez fait demander, monsieur le commissaire ?

Enderby leva la tête vers son visiteur. Il portait des lunettes, car il avait les yeux trop sensibles pour que l'on pût y adapter des lentilles normales adhérant à la pupille. Il fallait d'abord s'habituer à voir ces lunettes, pour pouvoir, ensuite, apprécier exactement le visage de l'homme — lequel manquait tout à fait de distinction. Baley, pour sa part, inclinait fort à penser que le commissaire tenait à ses lunettes parce qu'elles conféraient à sa physionomie plus de caractère ; quant aux pupilles de son chef, il les soupçonnait sérieusement de ne pas être aussi sensibles qu'on le prétendait.

Le commissaire avait l'air extrêmement nerveux. Il tira sur ses poignets de chemise, s'adossa à son fauteuil, et dit, trop cordialement :

— Asseyez-vous, Lije. Asseyez-vous !

Lije s'exécuta, très raide, et attendit.

— Et comment va Jessie ? dit Enderby. Et votre fils ?

— Bien, répondit Baley sans chaleur, tout à fait bien. Et votre famille ?

— Bien, fit Enderby, comme un écho, tout à fait bien.

« C'est un faux départ, se dit Baley ; il y a quelque chose d'anormal dans son visage ! » Et, tout haut, il ajouta :

— Monsieur le commissaire, je vous serais reconnaissant de ne pas m'envoyer chercher par R. Sammy.

— Mon Dieu, Lije, vous savez bien ce que je pense à ce sujet ! Mais on me l'a imposé : il faut donc que je l'utilise pour certaines besognes.

— C'est fort désagréable, monsieur le commissaire ! Ainsi, il vient de m'avertir que vous me demandiez, et puis il est resté debout, planté là ; vous savez ce que c'est. Et il a fallu que je lui dise de s'en aller, sans quoi il n'aurait pas bougé !

— Oh ! c'est ma faute, Lije ! Je lui ai donné l'ordre de vous transmettre un message, mais j'ai oublié de lui préciser qu'aussitôt sa mission remplie il devrait revenir à sa place.

Baley soupira, et les petites rides que l'on remarquait au coin de ses beaux yeux brun foncé s'accentuèrent.

— Quoi qu'il en soit, dit-il, vous m'avez fait demander...

— Oui, Lije, répliqua le commissaire, et ce n'est pas pour quelque chose de facile, je vous le garantis !

Il se leva, pivota sur ses talons et fit quelques pas jusqu'au mur qui se trouvait derrière son bureau ; puis il appuya sur un bouton à peine visible, et aussitôt une partie du panneau devint transparente.

Baley cligna des yeux, sous l'irruption inattendue de lumière grise qui inonda la pièce.

Le commissaire sourit :

— J'ai fait installer ça spécialement l'an dernier, Lije, dit-il. Je crois que je ne vous l'avais pas encore montré. Approchez et jetez un coup d'œil. Jadis toutes les pièces des maisons étaient ainsi équipées. On appelait ça des « fenêtres ». Vous le saviez ?

Baley n'ignorait pas ce détail, car il avait lu beaucoup d'ouvrages historiques.

— J'en ai entendu parler, dit-il.

— Alors, venez ici !

Baley hésita un peu, mais finit par s'exécuter. Il trouva un peu indécent d'exposer ainsi une pièce privée aux regards du monde extérieur. Décidément, il y avait des moments où le commissaire poussait par trop loin sa passion bien connue de l'époque médiévale : c'en devenait stupide !... C'était cela qui lui donnait l'air anormal !

— Excusez-moi, monsieur le commissaire, dit-il. Mais il me semble que vous portez de nouvelles lunettes, n'est-ce pas ?

Le commissaire, légèrement surpris, le dévisagea un instant sans répondre ; puis il ôta ses lunettes, les examina, et regarda de nouveau Baley. Sans ses verres, sa figure semblait encore plus ronde et son menton un peu plus massif. Et, du coup, son regard devenait plus vague, car il ne parvenait plus à distinguer nettement les objets.

Il remit ses verres sur son nez et, d'un ton très agacé, il répondit enfin :

— Oui, j'ai cassé les autres il y a trois jours ; et avec tout ce que j'ai sur les bras, je n'ai pu les remplacer que ce matin. Je dois vous dire, Lije, que ces trois dernières journées ont été infernales.

— A cause des lunettes ?

— Et d'autres choses aussi... J'en prends l'habitude !

Il se tourna vers la fenêtre, et Baley, l'imitant, ne put cacher son étonnement à la vue de la pluie qui tombait du ciel. Il demeura un long moment immobile à la contempler, tandis que le commissaire l'observait avec une sorte de fierté, comme s'il avait lui-même créé le phénomène auquel il lui donnait le privilège d'assister.

— C'est la troisième fois, ce mois-ci, que j'ai pu voir tomber la pluie, dit Enderby. C'est très remarquable, n'est-ce pas ?

Malgré lui, Baley dut s'avouer que c'était impressionnant. Au cours de ses quarante-deux années d'existence, il avait rarement vu pleuvoir, ou contemplé la nature, dans ses diverses manifestations.

— Pour moi, répliqua-t-il, quand je vois tomber toute cette eau sur la ville, ça me paraît vraiment du gaspillage : on devrait s'arranger pour en limiter la chute dans les réservoirs d'alimentation.

— Ah ! vous, Lije, vous êtes un moderne, et c'est d'ailleurs la cause de vos soucis. A l'époque médiévale, les gens vivaient en plein air, non seulement ceux qui exploitaient des fermes, mais également les citoyens des villes, même ceux de New York. Quand la pluie tombait, ils ne trouvaient pas que c'était du gaspillage d'eau. Ils s'en réjouissaient, comme de toutes les manifestations de la nature, car ils vivaient dans une sorte de communion intime avec elle.

« C'était une existence plus saine et meilleure, croyez-moi ! Tous les ennuis que nous vaut la vie moderne sont dus à ce qu'il y a divorce entre la nature et nous. Quand vous en aurez le temps, vous devriez lire des ouvrages d'histoire sur l'Age du Charbon.

Baley, effectivement, en avait lu. Il avait entendu bien des gens se lamenter sur la création de la pile atomique. Il avait lui-même maudit souvent cette invention, quand les événements avaient mal tourné, ou quand il était fatigué. Mais, tout au long de l'histoire de l'humanité, l'homme n'a jamais cessé de gémir ainsi : c'est inhérent à sa nature. A l'Age du Charbon, les gens vitupéraient l'invention de la machine à vapeur. Dans une des pièces de Shakespeare, un de ses personnages maudit le jour où l'on découvrit la poudre à canon. De même, dans quelque mille ans, les gens jugeraient néfaste l'invention du cerveau positronique...

Mais Lije n'aimait pas se laisser aller à des réflexions de ce genre ; elles le déprimaient. Au diable, tout cela !

— Ecoutez, Julius... dit-il.

Pendant les heures de service, il n'avait pas l'habitude de s'entretenir familièrement avec le commissaire, en dépit de l'insistance avec laquelle celui-ci l'appelait par son prénom. Mais, ce jour-là, sans trop savoir pourquoi, il éprouva, pour une fois, le besoin de lui rendre la pareille.

— Ecoutez, Julius, vous me parlez de tout, sauf de la raison pour laquelle vous m'avez fait venir, et cela me tracasse. De quoi s'agit-il ?

— J'y arrive, j'y arrive ! répondit le commissaire. Mais laissez-moi vous exposer la chose à ma façon. Car il s'agit de sérieux ennuis.

— Oh ! je m'en doute bien ! Qu'est-ce qui n'est pas une source d'embêtements sur cette sacrée planète ? Avez-vous de nouvelles difficultés avec les R ?

— Dans une certaine mesure, oui, Lije. A vrai dire, j'en suis à me demander jusqu'à quel point le vieux monde pourra continuer à supporter les épreuves qui lui sont imposées. Quand j'ai fait installer cette fenêtre, ce n'était pas seulement pour voir le ciel de temps à autre ; c'était pour voir la ville. Je la contemple souvent, et je me demande ce qu'elle va devenir, au cours du prochain siècle !

Ces remarques mélancoliques déplurent vivement à Baley, mais il ne se lassa pas de regarder par la fenêtre, avec une sorte de fascination. En dépit du mauvais temps qui diminuait sensiblement la visibilité, la ville offrait un spectacle sans pareil. Les services de la police occupaient la partie supérieure de l'Hôtel de Ville, lequel s'élevait dans le ciel à une très grande hauteur. Vues de la fenêtre du commissaire principal, les tours des gratte-ciel voisins jouaient le rôle de parents pauvres, et l'on distinguait leurs sommets. On eût dit de gros doigts pointés vers la voûte des cieux. Leurs murs étaient nus, sans caractère. C'étaient autant de ruches contenant d'immenses essaims humains.

— A un certain point de vue, dit le commissaire, je regrette qu'il pleuve, car nous ne pouvons apercevoir Spacetown [1].

Baley jeta un regard vers l'ouest, mais comme venait de l'indiquer Enderby, la vue, de ce côté-là, était bouchée. Les tours de New York s'estompaient dans un nuage de pluie, et l'horizon présentait l'aspect d'un mur blanchâtre.

— Je sais de quoi Spacetown a l'air, répliqua Baley.

— J'aime assez la vue que l'on en a d'ici, reprit son chef. On peut juste la distinguer dans l'espace compris entre les deux parties du quartier de Brunswick. C'est une vaste agglomération de dômes relativement bas. Ce qui nous différencie de nos voisins, c'est précisément que nos immeubles sont élevés et serrés les uns contre les autres. Chez eux, au contraire, chaque famille a sa propre maison, dont le toit est arrondi, et, entre chacun de ces dômes, il y a du terrain. Avez-vous jamais eu l'occasion de vous entretenir avec un des Spaciens, Lije ?

— Quelquefois, oui, répondit Baley, patiemment. Il y a un mois environ, j'ai parlé à l'un d'eux, ici même.

— En effet, je m'en souviens maintenant. Si je me laissais aller à philosopher sur eux et nous, je dirais que nous avons des conceptions différentes de l'existence.

Baley commençait à se sentir un peu mal à l'aise ; il savait que plus le commissaire prenait de précautions pour exposer une affaire, plus celle-ci promettait d'être grave. Toutefois, jouant le jeu, il répondit :

— D'accord. Mais quoi de surprenant à cela ? Vous ne pouvez tout de même pas éparpiller huit millions de personnes dans un petit espace, en affectant à chaque famille une maisonnette ! Les gens de Spacetown ont de la place : tant mieux pour eux ! Il n'y a qu'à les laisser vivre comme bon leur semble !

Le commissaire revint s'asseoir à son bureau, et dévisagea sans sourciller son collaborateur. Celui-ci fut gêné par les lunettes d'Enderby, qui déformaient un peu son regard.

— Tout le monde n'admet pas avec autant de tolérance que vous, dit-il, les différences de culture dont vous venez de parler. Ce que je dis là s'applique autant à New York qu'à Spacetown.

— Bon ! fit Baley. Et qu'est-ce que ça fait ?

— Ça fait qu'il y a trois jours un Spacien est mort.

---

1. *Space* = espace. *Town* = la ville. (N.d.T.)

Il y arrivait quand même ! La commissure des fines lèvres de Baley se plissa très légèrement, sans pour cela modifier l'expression naturellement triste de son visage.

— C'est vraiment dommage, dit-il. Il a dû attraper un microbe, j'imagine, ou quelque chose de contagieux... ou prendre froid, peut-être !

Le commissaire parut choqué d'une telle supposition :

— Qu'allez-vous donc chercher ? fit-il.

Baley ne prit pas la peine de développer plus avant son hypothèse. La précision avec laquelle les Spaciens avaient réussi à éliminer toute maladie de leur communauté était bien connue ; et l'on savait mieux encore avec quel soin ils évitaient, autant que possible, les contacts avec les habitants de la Terre, tous plus ou moins porteurs de germes contagieux. Au surplus, ce n'était certes pas le moment de se montrer sarcastique avec le commissaire. Aussi Baley répondit-il tranquillement :

— Oh ! j'ai dit ça sans intention particulière. Alors, de quoi est-il mort ? fit-il en regardant par la fenêtre.

— Il est mort d'une charge d'explosif qui lui a fait sauter la poitrine.

Baley ne se retourna pas, mais son dos se raidit, et, à son tour, il répliqua :

— Qu'est-ce que vous me racontez là ?

— Je vous raconte un meurtre, dit doucement le commissaire. Et vous, un détective, vous savez mieux que personne ce que c'est !

Cette fois, Baley se retourna.

— Mais c'est incroyable ! Un Spacien ? Et il y a trois jours de cela ?

— Oui.

— Mais qui a pu faire ça, et comment ?

— Les Spaciens disent que c'est un Terrien.

— Impossible !

— Pourquoi pas ? Vous n'aimez pas les Spaciens, et moi non plus. Qui sur la Terre les encaisse ? Personne. Quelqu'un les aura détestés un peu trop, voilà tout !

— Je l'admets. Cependant...

— Il y a eu l'incendie des usines de Los Angeles. Il y a eu la destruction des R de Berlin. Il y a eu les émeutes de Shanghaï...

— C'est exact.

— Tout ça indique un mécontentement croissant, qui peut fort bien avoir donné naissance à une sorte d'organisation secrète.

— Je ne vous suis pas, monsieur le commissaire, dit Baley. Seriez-vous par hasard en train de me mettre à l'épreuve, pour quelque raison que j'ignore ?

— En voilà une idée ! s'écria Enderby, sincèrement déconcerté.

Mais Baley reprit, ne le quittant pas des yeux :

— Ainsi donc, il y a trois jours un Spacien a été assassiné, et ses compatriotes pensent que le meurtrier est un Terrien. Jusqu'à ce moment précis, fit-il en tapant du doigt sur le bureau, rien n'a transpiré de ce crime. C'est bien cela, n'est-ce pas ? Eh bien, monsieur le commissaire, cette histoire est invraisemblable ! Ça, alors ! Mais si c'était réellement vrai, une affaire comme celle-là entraînerait la disparition de New York de la planète : elle nous ferait tous sauter !

— Non, Lije, répliqua le commissaire en hochant la tête. Ce n'est pas si simple que cela. Ecoutez-moi. Voilà trois jours que je n'arrête pas de circuler. J'ai eu de longs entretiens avec le maire, je suis allé moi-même à Spacetown, j'ai été à Washington conférer avec le Service des Recherches Terrestres.

— Ah ! Et qu'est-ce qu'on en dit, au S.R.T. ?

— Ils disent que c'est notre affaire... Elle s'est produite à l'intérieur des limites de la ville, et Spacetown dépend de la juridiction de New York.

— Sans doute, mais avec des droits d'extra-territorialité.

— Je sais, et j'y arrive, précisément.

Le regard d'Enderby évita celui, très perçant, de Baley. On eût dit que soudain les rôles s'étaient renversés, et que le commissaire était devenu le subordonné du détective. Quant à celui-ci, il semblait, par son attitude, trouver le fait tout naturel.

— Eh bien ! dit-il tranquillement, les Spaciens n'ont qu'à se débrouiller !

— Doucement, Lije ! plaida Enderby. Ne me bousculez pas. J'essaie de vous exposer le problème, en amis que nous sommes. Et d'abord, il faut que vous sachiez exactement dans quelle position je me trouve. Car j'étais précisément là-bas quand on a appris la nouvelle. J'avais rendez-vous avec lui, avec Roj Nemennuh Sarton.

— La victime ?

— Oui, la victime, répondit le commissaire d'une voix sinistre. Cinq minutes de plus, et c'est moi qui, en personne, aurais découvert le corps. Vous imaginez ce que ç'aurait été ? Mais telle que la chose s'est passée, elle a déjà été suffisamment brutale, bon sang ! Au moment même où j'arrivais, ils m'ont mis au courant, et ce fut le point de départ d'un cauchemar qui a duré trois jours. Avec cela, tout était trouble autour de moi, puisque je ne disposais pas d'un instant pour faire remplacer mes sacrées lunettes. En tout cas, cette histoire-là ne m'arrivera plus de sitôt ! J'en ai commandé trois paires.

Baley se représenta l'événement, tel qu'il avait dû se produire. Il s'imagina les hautes et élégantes silhouettes des Spaciens s'avançant vers le commissaire, et lui annonçant le drame, du ton positif et dépourvu de toute émotion qui leur était habituel. Julius avait dû ôter ses lunettes et les essuyer ; mais, sous le coup de la nouvelle, il les avait laissées tomber ; il en avait inévitablement contemplé ensuite les morceaux brisés, en marmottant d'inintelligibles paroles entre ses grosses lèvres ; et Baley était bien convaincu que, pendant cinq minutes au moins, le commissaire avait été beaucoup plus préoccupé par la perte de ses lunettes que par le meurtre.

— Oui, reprit Enderby, je suis dans une position impossible. Comme vous venez de le rappeler, Spacetown jouit de l'extra-territorialité. Ils peuvent donc insister pour mener eux-mêmes leur enquête, et faire à leur gouvernement n'importe quel rapport sur l'affaire. Les Mondes Extérieurs pourraient se baser là-dessus pour nous réclamer d'importantes indemnités. Et vous voyez d'ici comment notre population réagirait !

— Si la Maison Blanche consentait à payer la moindre de ces indemnités, elle se suiciderait politiquement.

— Elle commettrait un autre genre de suicide en ne payant pas.

— Oh ! fit Baley, vous n'avez pas besoin de me faire un dessin !

Il était encore tout enfant lorsque les croiseurs étincelants des Mondes Extérieurs avaient, pour la dernière fois, atterri et débarqué leurs troupes à Washington, New York et Moscou, pour se faire remettre ce qu'ils estimaient être leur dû.

— Alors, dit Enderby, toute la question est là : payer ou ne pas payer. Et le seul moyen d'en sortir, c'est de trouver nous-mêmes l'assassin, et de le livrer aux Spaciens. Ça ne dépend que de nous.

— Pourquoi donc ne pas passer tout le dossier au S.R.T. ? Même en tenant compte du point de vue légal, selon lequel c'est notre juridiction qui est en cause, il faut considérer la question des relations interstellaires...

— Le S.R.T. refusera toujours d'y fourrer son nez. Ils ont bien trop peur de s'y brûler. Non ! Nous ne pouvons pas y couper : c'est pour nous !

Redressant la tête, il fixa longuement du regard son subordonné et, pesant ses mots, il ajouta :

— Et c'est une sale histoire, Lije. C'est une histoire qui peut nous coûter nos situations, à tous, tant que nous sommes !

— Allons donc ! s'écria Baley. Il faudrait nous remplacer tous, et c'est impossible, car on ne trouvera pas en assez grand nombre des gens spécialisés comme nous !

— Si, dit le commissaire. Ils existent : les R !

— Quoi ?

— R. Sammy n'est qu'un début. Il fait le métier de garçon de courses. Il y en a d'autres qui surveillent les tapis roulants express. Crénom de nom, mon vieux ! Je connais Spacetown un peu mieux que vous, et je sais ce qu'on y fait ! Il y a des R qui peuvent parfaitement exécuter votre travail et le mien. On peut nous déclasser, mettez-vous bien ça dans la tête ! Et, à notre âge, nous retrouver au chômage, vous voyez ça d'ici !

— Je vois ce que c'est en effet, grommela Baley.

— Je suis désolé, Lije, reprit le commissaire principal, très déprimé. Mais il fallait vous dire la vérité !

Baley acquiesça d'un signe de tête, et s'efforça de ne pas penser à son père. Bien entendu, Enderby connaissait toute l'histoire.

— Mais voyons ! dit-il. Quand cette question de remplacement a-t-elle commencé à venir sur le tapis ?

— Allons, Lije, répliqua Enderby, ne faites pas l'innocent ! Vous savez bien que ça n'a jamais cessé ! Voilà vingt-deux ans que ça dure ! Ça remonte au jour où les Spaciens sont venus ici, vous ne l'ignorez pas ! Seulement, aujourd'hui, ça commence à atteindre des couches sociales plus élevées, voilà tout ! Si nous ne sommes pas capables de mener cette enquête à bien, ça nous coûtera cher : ce sera une étape de plus — et quelle étape ! — que nous aurons parcourue sur le chemin nous conduisant au chômage ; et bientôt nous n'aurons plus, et pour cause, à nous préoccuper de nos cotisations mensuelles à la Caisse des retraites, c'est moi qui vous le dis ! En revanche, Lije, si nous éclaircissons cette affaire, cela aura pour effet de repousser, dans un avenir lointain, le jour fatal que je viens d'évoquer. De plus, ce serait pour vous, personnellement, une occasion inespérée de percer.

— Pour moi ?

— Oui, car c'est vous que j'ai l'intention de charger de l'enquête, Lije.

— Mais voyons, monsieur le commissaire, ce n'est pas possible ! Je ne suis encore que de la catégorie C.5, et je n'ai pas droit à une mission de cette envergure...

— Mais vous désirez passer dans la catégorie C. 6, pas vrai ?

Quelle question ! Baley connaissait les avantages afférents à la catégorie C. 6 : place assise, aux heures de pointe, dans les transports express, et pas seulement entre dix et seize heures ; droit à une plus grande variété de plats sur les menus des cuisines communautaires ; peut-être même un logement amélioré et, de temps en temps, une place réservée pour Jessie au solarium...

— Bien sûr que je le désire ! répliqua-t-il. Pourquoi pas ? Mais si je n'arrive pas à débrouiller l'affaire, je suis fichu !

— Pourquoi ne réussiriez-vous pas, Lije ? dit Enderby d'une voix enjôleuse. Vous en avez toutes les capacités. Vous êtes l'un de mes meilleurs détectives.

— N'empêche que, dans mon service, j'ai une demi-douzaine de collègues plus anciens que moi et de catégorie supérieure. Pourquoi les éliminer ainsi a priori ?

La réaction de Baley prouvait, sans qu'il eût besoin de l'exprimer plus clairement, qu'il n'était pas dupe : pour que le commissaire dérogeât à ce point aux règles de la hiérarchie, il fallait que l'affaire fût véritablement exceptionnelle et grave.

— Pour deux raisons, Lije, répondit Enderby en joignant les mains. Pour moi, vous le savez, vous n'êtes pas seulement un de mes collaborateurs. Nous sommes amis, et je n'oublie jamais le temps où nous étions au collège ensemble. Parfois, j'ai peut-être l'air de ne pas m'en souvenir, mais c'est uniquement dû aux nécessités du service et de la hiérarchie : vous savez bien ce que c'est que d'être commissaire principal. Il n'en est pas moins vrai que je reste votre ami. Or, je le répète, cette enquête-là représente, pour celui qui va en être officiellement chargé, une chance formidable, et je veux que ce soit vous qui en bénéficiiez.

— Bon, fit Baley sans aucun enthousiasme. Voilà donc la première raison. Et la seconde ?

— La seconde, c'est que je pense que vous êtes mon ami autant que je suis le vôtre : alors, j'ai un service à vous demander, au titre d'ami et non de chef.

— Quel service ?

— Je désire que vous preniez, pour mener votre enquête, un associé spacien : Spacetown l'a exigé. C'est la condition qu'ils ont posée pour ne pas rendre compte de l'assassinat à leur gouvernement, et pour nous laisser seuls débrouiller l'affaire. Un de leurs agents devra, d'un bout à l'autre, assister à toute l'enquête.

— Autant dire qu'ils n'ont aucune confiance en nous.

— Il y a évidemment de ça, Lije. Mais il faut reconnaître que, si l'enquête est mal menée, de nombreux fonctionnaires spaciens responsables seront blâmés par leur gouvernement. Ils ont donc intérêt à ce que tout se passe correctement, et je leur accorde le bénéfice du doute, Lije. Je suis, pour ce motif, disposé à croire que leurs intentions sont bonnes.

— Oh ! mais, pour ma part, je n'en doute pas un instant, monsieur le commissaire ! Et c'est bien cela qui me tracasse le plus, d'ailleurs !

Enderby se refusa à relever la remarque et poursuivit :

— Alors, Lije, êtes-vous prêt à accepter de prendre avec vous un associé spacien ?

— Vous me le demandez comme un service personnel ?

— Oui. Je vous prie de prendre en main l'enquête, dans les conditions exigées par Spacetown.

— Eh bien, c'est d'accord, monsieur le commissaire.

— Merci, Lije. Il va falloir qu'il habite avec vous.

— Ah ! non, alors ! Je ne marche plus !

— Allons, allons, Lije ! Vous avez un grand appartement, voyons : trois pièces, avec un seul enfant ! Vous pourrez donc très bien l'installer chez vous. Il ne vous dérangera pas !... Pas le moins du monde, je vous assure ! Et c'est indispensable.

— Jessie va avoir horreur de ça ! J'en suis sûr.

— Vous lui expliquerez ! répliqua le commissaire avec tant d'ardeur et d'insistance que, derrière ses lunettes, ses yeux semblèrent deux cavités sombres enfoncées dans leurs orbites. Vous lui direz que vous faites cela par amitié pour moi, et que, si tout marche bien, je m'engage, aussitôt après, à user de tout mon crédit pour vous faire sauter une catégorie et obtenir pour vous une promotion à la classe C.7. Vous entendez, Lije, C. 7 !...

— Entendu, monsieur le commissaire. J'accepte le marché.

Baley se leva à moitié, mais quelque chose dans la physionomie d'Enderby lui montra que tout n'était pas dit.

— Y a-t-il d'autres conditions ? demanda-t-il en se rasseyant.

— Oui, fit Enderby en baissant lentement la tête. Il s'agit du nom de votre associé.

— Oh ! peu importe ! dit Baley.

— C'est-à-dire... murmura le commissaire. Enfin... les Spaciens font... ils ont de drôles d'idées, Lije. En fait, l'associé qu'ils vous destinent n'est pas... n'est pas...

Baley écarquilla les yeux et s'écria :

— Un instant, je vous prie !... Vous ne prétendez pas ?...

— Si, Lije !... C'est bien ça !... Il le faut, Lije !... Il le faut absolument !... Il n'y a pas d'autre moyen de nous en tirer !...

— Et vous avez la prétention que je mette dans mon appartement un... une chose pareille ?

— Je vous le demande, comme à un ami, Lije.

— Non !... Non !

— Ecoutez-moi, Lije. Vous savez bien que, pour une affaire pareille, je ne peux faire confiance à personne. Ai-je besoin d'entrer dans les détails ? Nous sommes absolument contraints de travailler, la main dans la main, avec les Spaciens, dans cette enquête. Il faut que nous réussissions, si nous voulons empêcher les flottes aériennes des Mondes Extérieurs de venir réclamer au Monde Terrestre de nouvelles indemnités. Mais nous ne pouvons réussir par le seul jeu de nos vieilles méthodes. On va donc vous associer à un de leurs R. Si c'est lui qui trouve la solution de l'énigme, nous sommes fichus — j'entends : nous, services de police. Vous comprenez ce que je veux dire, n'est-ce pas ? Vous voyez donc combien votre tâche va être délicate : il faut que vous travailliez avec lui, en plein accord, mais que vous veilliez à ce que ce soit vous et non lui qui trouviez la solution du problème qui vous est posé. Est-ce bien clair ?

— En d'autres termes, je dois coopérer cent pour cent avec lui, ou lui couper le cou. De la main droite je lui taperai dans le dos, et de la gauche je me tiendrai prêt à le poignarder. C'est bien ça ?

— Que pouvons-nous faire d'autre ? Il n'y a pas d'autre solution.

— Je ne sais pas du tout comment Jessie va prendre la chose, fit Baley, indécis.

— Je lui parlerai, si vous le désirez.

— Non, monsieur le commissaire. Inutile !... Et, ajouta-t-il en poussant un profond soupir, comment s'appelle mon associé ?

— R. Daneel Olivaw.

— Oh ! fit tristement Baley. Ce n'est plus la peine, désormais, d'user d'euphémismes, monsieur le commissaire ! J'accepte la corvée.

Alors, allons-y carrément, et appelons les choses par leur nom ! Je suis donc associé à Robot Daneel Olivaw !

2

Voyage en tapis roulant express

Il y avait comme toujours foule sur le tapis roulant express ; les voyageurs debout se tenaient sur la bande inférieure, et ceux qui avaient droit aux places assises montaient sur l'impériale. Un flot mince et continu de gens s'échappait de l'express pour passer sur les tapis de « décélération », et de là gagnait les tapis roulants secondaires ou les escaliers mécaniques, qui conduisaient, sous d'innombrables arches et par autant de ponts, au dédale sans fin des divers quartiers de la ville. Un autre flot humain, non moins continu, progressait en sens inverse, de la ville vers l'express, en passant par des tapis accélérateurs.

De tous côtés des lumières étincelaient ; les murs et les plafonds étaient comme phosphorescents ; partout des placards aveuglants attiraient l'attention et, tels de gros vers luisants, les indications se succédaient, crues et impératives : DIRECTION DE JERSEY — POUR LA NAVETTE D'EAST RIVER : SUIVEZ LES FLECHES — DIRECTION DE LONG ISLAND : PRENDRE L'ETAGE SUPERIEUR.

Mais ce qui dominait cet ensemble, c'était un bruit formidable, inséparable de la vie même, le colossal brouhaha de millions de gens parlant, riant, toussant, criant, murmurant, et respirant.

« Tiens ! se dit Baley. On ne voit indiquée nulle part la direction de Spacetown ! »

Il sauta de tapis roulant en tapis roulant, avec l'aisance et l'adresse acquises au cours d'une vie entière passée à ce genre d'exercice. Les enfants apprenaient à sauter d'un tapis sur l'autre dès qu'ils commençaient à marcher. C'est à peine si Baley sentait l'accélération progressive du tapis, et il avait une telle habitude de ce mode de transport qu'il ne se rendait même plus compte que, instinctivement, il se penchait en avant pour compenser la force qui l'entraînait. Il ne lui fallut pas trente secondes pour atteindre le tapis roulant à cent kilomètres à l'heure, lequel lui permit de sauter sur la plate-forme à balustrades et à parois vitrées qu'on appelait l'express.

Mais il n'y avait toujours pas de poteaux indicateurs mentionnant Spacetown. Après tout, cela s'expliquait. A quoi bon indiquer ce chemin-là ? Si l'on avait affaire à Spacetown, on savait sûrement comment y aller. Et si l'on n'en connaissait pas l'itinéraire, il était parfaitement inutile de s'y rendre. Quand Spacetown avait été fondée, quelque vingt-cinq ans auparavant, on avait d'abord incliné à en faire un centre d'attraction, et d'innombrables foules de New-Yorkais s'étaient rendues là-bas.

Mais les Spaciens n'avaient pas mis longtemps à stopper cette invasion. Poliment (ils étaient toujours polis) mais fermement, ils dressèrent entre eux et la grande ville une barrière fort difficile à franchir, formée d'une combinaison des services de contrôle de l'immigration et de l'inspection des douanes. Quand donc on avait affaire à Spacetown, on était tenu de fournir toutes indications d'identité désirables ; on devait, de plus, consentir à une fouille intégrale, à un examen médical approfondi, et à une désinfection complète.

Bien entendu, ces mesures suscitèrent un vif mécontentement, plus vif même qu'elles ne le justifiaient, et il en résulta un sérieux coup d'arrêt dans le programme de modernisation de New York. Baley gardait un souvenir vivace des émeutes dites de la Barrière. Il y avait participé lui-même, dans la foule, se suspendant aux balustrades de l'express, envahissant les impériales, au mépris des règlements qui réservaient à certaines personnes privilégiées les places assises ; il avait parcouru pendant des heures les tapis roulants, sautant de l'un à l'autre au risque de se rompre le cou et, pendant deux jours, il était demeuré avec les émeutiers devant la Barrière de Spacetown, hurlant des slogans, et démolissant le matériel de la ville, simplement pour soulager sa rage.

S'il voulait s'en donner la peine, Baley pouvait encore chanter par cœur les airs populaires de cette époque-là. Il y avait entre autres : *L'homme est issu de la Terre, entends-tu ?* un vieux chant du pays, au refrain lancinant.

L'homme est issu de la Terre, entends-tu ?
C'est sa mère nourricière, entends-tu ?
Spacien, va-t'en, disparais
De la Terre qui te hait !
Sale Spacien, entends-tu ?

Il y avait des centaines de strophes du même genre, quelques-unes spirituelles, la plupart stupides, beaucoup obscènes. Mais chacune d'elles se terminait par : « Sale Spacien, entends-tu ? » Futile riposte, consistant à rejeter à la figure des Spaciens l'insulte par laquelle ils avaient le plus profondément blessé les New-Yorkais : leur insistance à traiter les habitants de la Terre comme des être pourris par les maladies.

Il va sans dire que les Spaciens ne partirent pas. Ils n'eurent même pas besoin de mettre en jeu leurs armes offensives. Il y avait belle lurette que les flottes démodées des Puissances Terrestres avaient appris qu'approcher d'un vaisseau aérien des Mondes Extérieurs, c'était courir au suicide. Les avions terrestres qui s'étaient aventurés dans la zone réservée de Spacetown, aux premiers temps de son établissement, avaient purement et simplement disparu. Tout au plus en avait-on retrouvé quelque minuscule débris d'aile, ayant fini par retomber sur la Terre.

Quant aux armes terrestres, aucune foule, si déchaînée fût-elle, ne perdrait jamais la tête au point d'oublier l'effet des disrupteurs subéthériques portatifs, utilisés contre les Terriens dans les guerres du siècle précédent.

Ainsi donc les Spaciens se tenaient isolés derrière leur barrière, produit de leur progrès scientifique, et les Terriens ne disposaient d'aucune méthode leur permettant d'espérer qu'un jour ils pourraient détruire cette barrière. Pendant toute la période des émeutes, les Spaciens attendirent sans broncher, jusqu'à ce que les autorités de la ville fussent parvenues à calmer la foule, en utilisant des gaz somnifères et vomitifs. Pendant quelque temps, les pénitenciers regorgèrent de meneurs, de mécontents, et de gens arrêtés uniquement parce qu'il en fallait dans les prisons... Mais, très rapidement, ils furent tous relâchés.

Puis, au bout d'un certain temps, les Spaciens assouplirent progressivement leurs mesures restrictives. Ils supprimèrent la barrière, et passèrent un accord avec les services de police de New York, qui s'engagèrent à faire respecter les lois isolationnistes de Spacetown et à lui assurer aide et protection. Enfin, décision plus importante que toutes les autres, la visite médicale obligatoire devint beaucoup moins draconienne.

Mais maintenant, se dit Baley, les événements pouvaient suivre un cours tout différent. Si les Spaciens croyaient sérieusement qu'un Terrien avait réussi à pénétrer dans Spacetown pour y commettre un meurtre, il n'y aurait rien d'impossible à ce qu'ils décident de rétablir la barrière : et ça, ce serait un coup dur.

Il se hissa sur la plate-forme de l'express, se fraya un chemin parmi les voyageurs debout, et gagna le petit escalier en spirale qui menait à l'impériale ; là, il s'assit, mais sans mettre dans le ruban de son chapeau sa carte de circulation ; il ne l'arbora qu'après avoir dépassé le dernier quartier de l'arrondissement de l'Hudson. En effet, aucune personne appartenant à la catégorie C.5 n'avait droit aux places assises, pour les parcours à l'intérieur d'une zone limitée à l'est par Long Island et à l'ouest par l'Hudson. Sans doute, il y avait, à cette heure-là, beaucoup de places assises disponibles, mais si un des contrôleurs l'avait vu, il l'aurait automatiquement expulsé de l'express. Les gens devenaient de jour en jour plus agacés par le système de classement de la population en catégories distinctes, plus ou moins privilégiées. Et, en toute honnêteté, Baley devait s'avouer qu'il partageait entièrement le sentiment des masses populaires sur ce point. Il affectait d'ailleurs, non sans satisfaction, de se considérer comme un homme du peuple.

Le dossier de chaque siège était surmonté d'un paravent aux lignes courbes et aérodynamiques, contre lequel l'air glissait en faisant entendre un sifflement caractéristique. Cela rendait toute conversation quasi impossible, mais, quand on y était habitué, cela n'empêchait pas de réfléchir.

La plupart des Terriens étaient, à des degrés divers, imprégnés de civilisation médiévale. En fait, rien n'était plus facile que de rester fidèle à ce genre d'idée, si l'on se bornait à considérer la Terre comme le seul et unique monde, et non pas comme un monde perdu au milieu de cinquante autres — et le plus mal loti d'ailleurs...

Tout à coup, Baley tourna vivement la tête vers la droite, en entendant une femme pousser un cri perçant. Elle avait laissé tomber son sac à main, et il aperçut, le temps d'un éclair, le petit objet rouge qui se détachait sur le fond gris du tapis roulant. Sans doute un voyageur pressé, quittant l'express, avait-il dû l'accrocher au passage et le faire tomber sur le tapis décélérateur : toujours est-il que la propriétaire du sac filait à toute vitesse loin de son bien.

Baley fit une petite grimace du coin de sa bouche. Si la femme avait eu assez de présence d'esprit, elle aurait dû passer tout de suite sur le tapis décélérateur le plus lent de tous, et elle aurait pu retrouver son sac, à la condition que d'autres voyageurs ne s'en soient pas emparés ou ne l'aient pas envoyé rouler dans une autre direction. De toute manière, il ne saurait jamais ce qu'elle avait décidé de faire : déjà l'endroit où s'était produit l'incident disparaissait dans le lointain. Il y avait d'ailleurs de fortes chances pour qu'elle n'eût pas bougé. Les statistiques prouvaient qu'en moyenne toutes les trois minutes quelqu'un laissait tomber, en un point quelconque de la ville, un objet qu'il ne retrouvait pas. C'est pourquoi le bureau des objets trouvés était une entreprise considérable : il ne représentait, en fait, qu'une des nombreuses complications de la vie moderne.

Et Baley ne put s'empêcher de s'avouer qu'au temps jadis la vie était plus simple. Tout était moins compliqué ; et c'était pour cela que beaucoup de gens préconisaient le retour aux mœurs des temps médiévaux. On les appelait des médiévalistes. Le Médiévalisme se présentait sous différents aspects ; pour un être dépourvu d'imagination, comme Julius Enderby, cela signifiait la conservation d'usages archaïques, tels que des lunettes et des fenêtres ; pour Baley cela se résumait à des études historiques, et tout particulièrement à celles ayant pour objet l'évolution des coutumes populaires.

Il se laissa aller à méditer sur la ville, cette cité de New York où il vivait et où il avait trouvé sa raison d'être. Elle était la plus importante de toutes les villes d'Amérique, à l'exception de Los Angeles, et sa population n'était dépassée, sur la Terre, que par celle de Shanghaï. Or elle n'avait pas trois cents ans d'âge.

Bien entendu, il y avait eu, autrefois, sur ce même territoire géographiquement délimité, une agglomération urbaine que l'on appelait New York City. Ce rassemblement primitif de population avait existé pendant trois mille ans, et non pas trois cents. Mais, en ce temps-là, on ne pouvait appeler cela une VILLE.

Il n'y avait pas alors de villes au sens moderne du terme. On trouvait, éparpillées sur la Terre par milliers, des agglomérations, d'importance plus ou moins grande, à ciel ouvert, et ressemblant un peu aux dômes spaciens, mais très différentes de ceux-ci tout de même. Ces agglomérations-là ne comprenaient que rarement un million d'habitants, et la plus importante de toutes atteignait à peine dix millions. Du point de vue de la civilisation moderne, elles avaient été incapables de faire efficacement face aux problèmes économiques nés de leur développement.

Or, l'accroissement constant de leur population avait obligé les Terriens à rechercher une organisation réellement efficace. Tant que cette population n'avait pas dépassé le chiffre de deux, puis trois, et même cinq milliards d'habitants, la planète avait réussi à la faire vivre en abaissant progressivement le standard de vie de chacun. Mais quand elle atteignit huit milliards, il devint clair qu'une demi-famine la menaçait inévitablement. Dès lors, il fallut envisager des changements radicaux dans les principes fondamentaux de la civilisation moderne, et cela d'autant plus que les Mondes Extérieurs (qui, mille ans plus tôt, n'avaient été que de simples colonies de la Terre) devenaient d'année en année plus hostiles à toute immigration de Terriens sur leur territoire.

On aboutit ainsi à la formation progressive des grandes villes. Pour que celles-ci fussent efficacement organisées, elles devaient être très grandes. On l'avait déjà compris d'ailleurs, à l'époque médiévale, mais d'une façon confuse. Les petites entreprises et l'artisanat local cédèrent la place à de grosses fabriques, et celles-ci finirent par se grouper en sociétés multinationales.

La notion d'efficacité et de rendement ne pouvait être mieux illustrée que par la comparaison de cent mille familles vivant dans cent mille diverses maisons, avec cent mille familles occupant un bloc prévu à cet effet dans une cité moderne ; au lieu d'une collection de livres filmés pour chaque famille, dans chaque maison, on créait dans le bloc une cinémathèque accessible à tous ; de même pour la télévision et la radio. Poussant plus avant la concentration des moyens, on avait mis un terme à la folle multiplication des cuisines et des salles de bains, pour les remplacer par des restaurants et des salles de douches communautaires à grand rendement.

Ce fut ainsi que, petit à petit, les villages, les bourgs, et les petites villes du temps jadis disparurent, absorbés par les grandes cités modernes. Les premières conséquences de la guerre atomique ne firent que ralentir un peu cette concentration. Mais dès qu'on eut trouvé les méthodes de construction capables de résister aux effets des bombes atomiques, l'édification des grandes villes s'accéléra.

Cette nouvelle civilisation urbaine permit d'obtenir une répartition optimum de la nourriture, et entraîna l'utilisation croissante de levures et d'aliments hydroponiques. La ville de New York s'étendit sur un territoire de trois mille kilomètres carrés, et le dernier recensement faisait ressortir sa population à plus de vingt millions. La Terre comprenait environ huit cents villes semblables, dont la population moyenne était de dix millions.

Chacune de ces villes devint un ensemble quasi autonome qui parvint à se suffire à peu près à lui-même sur le plan économique. Et toutes se couvrirent de toits hermétiques, s'entourèrent de murs infranchissables, et se tapirent dans les profondeurs du sol. Chacune devint une cave d'acier, une formidable caverne aux innombrables compartiments de béton et de métal.

La cité ainsi conçue était scientifiquement édifiée. L'énorme complexe des organes administratifs en occupait le centre. Puis venaient, tout autour, les vastes secteurs résidentiels soigneusement orientés les uns par rapport aux autres, et reliés par tous les tapis roulants, conduisant eux-mêmes à l'express. Dans la périphérie se trouvaient les fabriques de toutes espèces, les installations productrices d'aliments à base d'hydroponiques et de levures, et les centrales d'énergie. Et, au milieu de tout cet enchevêtrement, serpentait un prodigieux réseau de conduites d'eau, d'égouts, de lignes de transport d'énergie, et de voies de communications qui desservaient une quantité d'écoles, de prisons et de magasins.

On n'en pouvait douter : la Cité moderne représentait le chef-d'œuvre accompli par l'homme pour s'adapter au milieu dans lequel il lui fallait vivre et dont il devait se rendre maître. Il n'était plus question de voyager dans l'espace, ni de coloniser les cinquante Mondes Extérieurs, qui jouissaient maintenant d'une indépendance jalousement défendue, mais uniquement de vivre dans la Cité.

On ne trouvait pratiquement plus un Terrien vivant en dehors de ces immenses villes. Car, dehors, c'était le désert à ciel ouvert, ce ciel que peu d'hommes pouvaient désormais contempler avec sérénité. Certes, toute cette étendue de territoire sauvage était nécessaire aux Terriens, car elle contenait l'eau dont ils ne pouvaient se passer, le charbon et le bois, dernières matières premières d'où l'on tirait les matières plastiques, et cette levure dont le besoin ne cessait jamais de croître. (Les sources de pétrole étaient depuis longtemps taries, mais certaines levures riches en huile le remplaçaient fort bien.) Les régions comprises entre les villes contenaient encore de nombreux minerais, et on en exploitait le sol, plus intensément que la plupart des citadins ne le savaient, pour la culture et l'élevage. Le rendement en était médiocre, mais la viande de bœuf ou de porc et les céréales se vendaient toujours comme denrées de luxe et servaient aux exportations.

Mais on n'avait besoin que d'un très petit nombre d'hommes pour exploiter les mines et fermes, ou faire venir l'eau dans les Cités : les robots exécutaient ce genre de travail mieux que les hommes, et ils causaient beaucoup moins de soucis.

Oui, des robots ! C'était bien là l'énorme ironie du sort ! C'était sur la Terre que le cerveau positronique avait été inventé et que les robots avaient pour la première fois été utilisés à la production. Oui, sur la Terre et non dans les Mondes Extérieurs ! Mais cela n'empêchait pas ceux-ci d'affirmer que les robots étaient les produits de leurs propres civilisations.

Dans une certaine mesure, on devait évidemment reconnaître aux Mondes Extérieurs le mérite d'avoir réussi à pousser leur organisation économique utilisant les robots à un haut degré de perfection. Sur la Terre, l'activité des robots avait toujours été limitée à l'exploitation des mines et des fermes ; mais, depuis un quart de siècle, sous l'influence croissante des Spaciens, les robots avaient fini par s'infiltrer lentement à l'intérieur même des villes.

Les Cités modernes étaient d'excellents ouvrages. Tout le monde, à l'exception des tenants du Médiévalisme, savait fort bien qu'on ne pouvait raisonnablement les remplacer par aucun autre système. Leur seule faiblesse : elles ne conserveraient pas toujours leurs exceptionnelles qualités. La population terrestre continuait à croître, et un jour viendrait, tôt ou tard, où, malgré tous leurs efforts, les grandes villes ne pourraient plus fournir à chacun de leurs ressortissants le minimum vital de calories indispensable pour subsister.

Or, cet état de choses se trouvait considérablement aggravé par la proximité des Spaciens, descendants des premiers émigrants venus de la Terre. Ils vivaient dans l'opulence, grâce aux mesures qu'ils avaient prises, d'une part pour limiter les naissances, d'autre part pour généraliser l'usage des robots. Ils se montraient froidement résolus à conserver jalousement leurs confortables conditions d'existence, dues à la faible densité de leur population. Il était évident que le meilleur moyen de conserver leurs avantages était de maintenir à un niveau très bas le rythme des naissances, et d'empêcher toute immigration des Terriens...

Spacetown en vue !

Une réaction de son subconscient avertit Baley que l'express approchait du quartier de Newark. Or, il savait que, s'il demeurait à sa place, il se trouverait bientôt emporté à toute vitesse en direction du sud-ouest, vers le quartier de Trenton, où l'express virait pour passer en plein centre de la région, fort chaude et sentant le moisi, où l'on produisait la levure.

C'était une question de temps, qu'il fallait soigneusement calculer. Il en fallait beaucoup pour descendre l'escalier en spirale, pour se frayer un chemin sur la plate-forme inférieure, parmi les voyageurs debout et toujours grommelant, pour se glisser le long de la balustrade jusqu'à la sortie, enfin pour sauter sur le tapis décélérateur.

Quand il eut achevé d'exécuter toutes ces manœuvres, il se trouva juste à hauteur de la sortie qu'il comptait atteindre. Or, pas un instant, il n'avait agi ni progressé consciemment ; et s'il avait eu pleine conscience de ce qu'il faisait, sans doute aurait-il manqué la correspondance.

Sans transition, il se vit dans une solitude presque complète ; en effet, il n'y avait, en plus de lui, sur le quai de sortie du tapis roulant, qu'un agent de police en uniforme, et, compte tenu du bourdonnement incessant de l'express, un silence presque pénible régnait dans ce secteur.

L'agent, qui était là en faction, s'avança vers Baley, et celui-ci, d'un geste nerveux, lui montra son insigne de détective, cousu sous le revers de son veston : aussitôt, le policier lui fit signe de passer. Baley emprunta donc un couloir qui se rétrécissait progressivement, et comportait de nombreux tournants à angle aigu. De toute évidence, ces sinuosités étaient voulues, et destinées à empêcher les foules de Terriens de s'y amasser, pour foncer en force contre Spacetown.

Baley se réjouissait de ce qui avait été convenu entre Enderby et les autorités de Spacetown, à savoir qu'il rencontrerait son associé en territoire new-yorkais. Il n'avait en effet aucune envie de subir un examen médical, quelle que fût la politesse réputée avec laquelle on y procédait.

Un Spacien se tenait juste devant une succession de portes, qu'il fallait franchir pour accéder à l'air libre et aux dômes de Spacetown. Il était habillé selon la meilleure mode terrestre : son pantalon, bien ajusté à la taille, était assez large du bas et comportait une bande de couleur le long de la couture de chaque jambe ; il portait une chemise ordinaire en Textron, à col ouvert et fermeture éclair, et froncée aux poignets. Néanmoins c'était un Spacien. Au premier coup d'œil, on constatait une très légère mais nette différence entre son aspect et celui d'un Terrien. Attitude générale, port de tête, visage aux traits trop impassibles et aux pommettes saillantes, cheveux plaqués en arrière, sans raie, et luisants comme du bronze : tout cela le distinguait incontestablement.

Baley s'avança vers lui non sans raideur, et lui dit, d'une voix monocorde :

— Je suis le détective Elijah Baley, de la police de New York — catégorie C.5.

Il tira de sa poche quelques documents, et reprit :

— J'ai ordre de rencontrer R. Daneel Olivaw à l'entrée de Spacetown. Je suis un peu en avance, fit-il en regardant sa montre. Puis-je demander que l'on annonce mon arrivée ?

Il ne put se défendre d'un frisson qui lui parcourut tout le corps. Certes, il était maintenant habitué aux robots de modèle terrestre, et il savait qu'il devait s'attendre à trouver une sensible différence avec un robot de type spacien. Cependant il n'en avait jamais encore rencontré, et c'était devenu une banalité à New York que d'entendre colporter, de bouche à oreille, d'horribles histoires sur les robots effrayants et formidables, véritables surhommes, que les Mondes Extérieurs utilisaient dans leurs domaines lointains et scintillants. Et voici que Baley ne put s'empêcher de grincer des dents.

Le Spacien, qui l'avait poliment écouté, répliqua :

— Ce ne sera pas nécessaire. Je vous attendais.

Baley, automatiquement, leva la main droite, mais la laissa aussitôt retomber. En même temps, sa mâchoire inférieure s'affaissa légèrement, et son visage s'allongea encore. Il ne put réussir à prononcer un mot : il lui sembla que sa langue s'était soudain paralysée.

— Je me présente donc, dit le Spacien. Je suis R. Daneel Olivaw.

— Vraiment ? Est-ce que je me trompe ? Je croyais pourtant que la première initiale de votre nom...

— Tout à fait exact. Je suis un robot. Ne vous a-t-on pas prévenu ?

— Si, je l'ai été.

Baley passa machinalement une main moite dans ses cheveux, puis il la tendit à son interlocuteur, en répliquant :

— Excusez-moi, monsieur Olivaw. Je ne sais pas à quoi je pensais. Bonjour. Je suis donc Elijah Baley, votre associé.

— Parfait !

La main du robot serra celle du détective, exerçant sur elle une douce et progressive pression, comme il est d'usage entre amis, puis se retira.

— Cependant, reprit-il, il me semble déceler en vous un certain trouble. Puis-je vous demander d'être franc avec moi ? Dans une association comme la nôtre, on n'est jamais trop précis, et il ne faut rien se cacher. C'est pourquoi, dans notre monde, les associés s'appellent toujours par leur prénom. J'ose croire que cela n'est pas contraire à vos propres habitudes ?

— C'est que... répondit Baley d'un ton navré, c'est que... vous comprenez, vous n'avez pas l'air d'un robot !...

— Et cela vous contrarie ?

— Cela ne devrait pas, j'imagine, Da... Daneel. Est-ce qu'ils sont tous comme vous dans votre monde ?

— Il y a des différences individuelles, Elijah, comme parmi les hommes.

— C'est que... nos propres robots... eh bien... on peut très bien les reconnaître. Mais vous, vous avez l'air d'un vrai Spacien.

— Ah ! je comprends ! Vous vous attendiez à trouver un modèle plutôt grossier, et vous êtes surpris. Et cependant n'est-il pas logique que nos dirigeants aient décidé d'utiliser un robot répondant à des caractéristiques humanoïdes très prononcées, dans un cas pareil, où il est indispensable d'éviter des incidents fâcheux ? Ne trouvez-vous pas cela juste ?

Certes, c'était fort juste : un robot, facilement reconnaissable et circulant en ville, ne tarderait pas à avoir de gros ennuis.

— Oui, répondit donc Baley.

— Eh bien, dans ces conditions, allons-nous-en, Elijah !

Ils se dirigèrent vers l'express. Non seulement R. Daneel n'eut aucune peine à se servir du tapis accélérateur, mais il en usa avec une adresse digne d'un vieil habitué. Baley, qui avait commencé par réduire son allure, finit par l'augmenter presque exagérément. Mais le robot le suivit si aisément que le détective en vint à se demander si son partenaire ne faisait pas exprès de ralentir son allure. Il atteignit donc, aussi vite qu'il le put, l'interminable file du tapis roulant express, et bondit dessus d'un mouvement si vif qu'il en était vraiment imprudent : or, le robot en fit autant, sans manifester la moindre gêne. Baley était rouge et essoufflé. Il avala sa salive et dit :

— Je vais rester en bas avec vous.

— En bas ? répliqua le robot, apparemment indifférent au bruit et aux trépidations de l'express. Serais-je mal informé ? On m'avait dit que la catégorie C. 5 donnait droit à une place assise à l'impériale, dans certaines conditions.

— Vous avez raison. Moi, je peux monter là-haut, mais pas vous.

— Et pourquoi donc ne puis-je y monter avec vous ?

— Parce qu'il faut être classé en catégorie C. 5.

— Je le sais.

— Eh bien, vous ne faites pas partie de cette catégorie-là.

La conversation devenait difficile ; la plate-forme inférieure comportait moins de pare-brise que l'impériale, en sorte que le sifflement de l'air était beaucoup plus bruyant ; par ailleurs, Baley tenait naturellement à ne pas élever la voix.

— Pourquoi ne pourrais-je pas faire partie de cette catégorie C. 5 ? dit le robot. Je suis votre associé ; par conséquent, nous devons tous les deux être sur le même plan. On m'a remis ceci.

Ce disant, il sortit d'une poche intérieure de sa chemise une carte d'identité réglementaire, au nom de Daneel Olivaw, sans la fatidique initiale R ; il n'y manquait aucun des cachets obligatoires, et la catégorie qui y figurait était C. 5.

— C'est bon, dit Baley, d'un ton bourru. Montons !

Quand il se fut assis, Baley regarda droit devant lui ; il était très mécontent de lui-même et n'aimait pas sentir ce robot assis à côté de lui. En un si bref laps de temps, il avait déjà commis deux erreurs ; tout d'abord, il n'avait pas su reconnaître que R. Daneel était un robot ; en second lieu, il n'avait pas deviné que la logique la plus élémentaire exigeait que l'on remît à R. Daneel une carte de C. 5.

Sa faiblesse — il s'en rendait bien compte — c'était de ne pas être intégralement le parfait détective répondant à l'idée que le public se faisait de cette fonction. Il n'était pas immunisé contre toute surprise. Il ne pouvait constamment demeurer imperturbable. Il y avait toujours une limite à sa faculté d'adaptation ; enfin, sa compréhension des problèmes qui lui étaient soumis n'était pas toujours aussi rapide que l'éclair. Tout cela, il le savait depuis fort longtemps, mais jamais encore il n'avait déploré ces lacunes et ces imperfections, inhérentes à la nature humaine. Or, ce qui maintenant les lui rendait pénibles, c'était de constater que, selon toutes les apparences, R. Daneel Olivaw personnifiait véritablement ce type idéal du détective. C'était, en fait, pour lui, une nécessité inhérente à sa qualité de robot.

Baley, dès lors, commença à se trouver des excuses. Il était habitué aux robots du genre de R. Sammy, celui dont on se servait au bureau. Il s'attendait à trouver une créature dont la peau était faite de matière plastique, luisante et blanchâtre, presque livide. Il pensait trouver un regard figé, exprimant en toute occasion une bonne humeur peu naturelle et sans vie. Il avait prévu que ce robot aurait des gestes saccadés et légèrement hésitants...

Mais rien de tout cela ne s'était produit : R. Daneel ne répondait à aucune de ces caractéristiques.

Baley se risqua à jeter un coup d'œil en coin vers son voisin. Instantanément R. Daneel se tourna aussi, son regard croisa celui de Baley, et il fit gravement un petit signe de tête. Lorsqu'il parlait, ses lèvres remuaient naturellement, et ne restaient pas tout le temps entrouvertes comme celles des robots terrestres. Baley avait même pu apercevoir de temps à autre bouger sa langue...

« Comment diable peut-il rester assis avec un tel calme ? se dit Baley. Tout ceci doit être complètement nouveau pour lui : le bruit, les lumières, la foule... »

Il se leva, passa brusquement devant R. Daneel, et lui dit :

— Suivez-moi !

Ils sautèrent à bas de l'express, sur le tapis décélérateur, et Baley se demanda soudain :

« Qu'est-ce que je vais dire à Jessie ? »

Sa rencontre avec le robot avait chassé de son esprit cette pensée ; mais voilà qu'elle lui revenait, pressante et douloureuse, tandis qu'ils approchaient rapidement, sur le tapis roulant secondaire, du centre même du quartier du Bronx.

Il crut bon de donner au robot quelques explications.

— Tout ce que vous voyez là, Daneel, dit-il, c'est une seule et unique construction, qui englobe toute la Cité. La ville de New York tout entière consiste en un seul édifice, dans lequel vivent vingt millions d'individus. L'express fonctionne sans jamais s'arrêter, nuit et jour, à la vitesse de cent kilomètres à l'heure ; il s'étend sur une longueur de quatre cents kilomètres, et il y a des centaines de kilomètres de tapis roulants secondaires.

« Dans un instant, se dit-il, je vais lui dire combien de tonnes de produits à base de levure on consomme par jour à New York, et combien de mètres cubes d'eau nous buvons, ainsi que le nombre de mégawatts-heure produits par les piles atomiques. »

— On m'a en effet informé de cela, dit R. Daneel, et les instructions que j'ai reçues comportent d'autres renseignements du même genre.

« Par conséquent, se dit Baley, il est au courant de ce qui concerne la nourriture, la boisson et l'énergie électrique. Il n'y a pas de doute ! Pourquoi vouloir en remontrer à un robot ?... »

Ils se trouvaient dans la 182e Rue Est, et il ne leur restait plus que deux cents mètres à parcourir pour atteindre les ascenseurs qui desservaient d'immenses blocs de ciment et d'acier contenant d'innombrables logements, y compris le sien.

Il était sur le point de dire : « Par ici ! » quand il se heurta à un rassemblement qui se tenait devant la porte brillamment éclairée d'un magasin de détail, comme il y en avait beaucoup au rez-de-chaussée des immeubles d'habitation. Usant automatiquement du ton autoritaire propre à sa profession, il demanda :

— Qu'est-ce qui se passe donc ici ?

— Du diable si je le sais ! répondit un homme, debout sur la pointe des pieds. Je suis comme vous ; j'arrive à l'instant.

— Moi, je vais vous le dire, fit un autre, fort excité. On vient de remplacer dans le magasin certains employés par ces salauds de robots. Alors je crois que les autres employés vont les démolir. Oh, là, là ! Ce que j'aimerais leur donner un coup de main !...

Baley jeta un regard inquiet à Daneel, mais si celui-ci avait compris ou même entendu les paroles de l'homme, il ne le montra pas.

Baley fonça dans la foule, en criant :

— Laissez-moi passer ! Laissez-moi passer ! Police !

On lui fit place, et il entendit derrière lui :

— Mettez-les en morceaux ! Cassez-les comme du verre, pièce par pièce !...

Quelqu'un rit, mais Baley, lui, n'en avait aucune envie. Certes, la Cité représentait le summum des perfectionnements, au point de vue de l'organisation et du rendement. Mais elle impliquait une collaboration volontaire de ses habitants à l'œuvre commune ; elle exigeait d'eux leur acceptation d'une existence conforme à des règles strictes, et soumise à un sévère contrôle scientifique. Or, il arrivait parfois que des ressentiments longtemps contenus finissent par exploser ; Baley ne se rappelait que trop bien les émeutes de la Barrière !...

Il ne manquait évidemment pas de raisons pour motiver un soulèvement de masse contre les robots. La généralisation de leur emploi entraînerait automatiquement le déclassement d'un nombre correspondant d'hommes, ce qui signifierait pour ceux-ci la perspective du chômage, c'est-à-dire la portion congrue du strict minimum vital. Après une vie entière de travail, comment ces gens, frustrés du bénéfice de leur travail, ne verraient-ils pas dans les robots la cause de leurs maux ? Il n'était que trop normal de les voir décidés à démolir ces concurrents sans âme.

On ne pouvait pas, en effet, avoir de prise sur une formule du genre

« la politique du gouvernement », ni sur un slogan tel que « le travail du robot augmente la production ». Mais on pouvait cogner sur le robot lui-même.

Le gouvernement appelait ces troubles les douleurs de l'enfantement. Il déplorait de tels faits, se déclarait désolé, mais assurait la population qu'après une indispensable période d'adaptation, une nouvelle et meilleure existence commencerait pour tout le monde.

En attendant, le déclassement d'un nombre croissant d'individus avait pour cause directe l'extension du mouvement médiévaliste. Quand les gens sont malheureux et perdent tout espoir de voir venir la fin de leurs tourments, ils passent aisément de l'amertume, née de la spoliation, à la fureur vengeresse et destructrice. Il ne faut alors que quelques minutes pour transformer l'hostilité latente d'une foule en une fulgurante orgie de sang et de ruines.

Baley, parfaitement conscient de ce danger, se rua farouchement vers la porte du magasin.

3

Incident dans un magasin

Il y avait beaucoup moins de monde dans le magasin que dans la rue. Le directeur, prudent et prévoyant, avait rapidement verrouillé sa porte, empêchant ainsi les fauteurs de troubles d'entrer chez lui. Du même coup, il empêchait ceux qui avaient créé l'incident de s'en aller ; mais c'était là un inconvénient moins grave...

Baley ouvrit la porte en se servant de son passe-partout de policier. A sa vive surprise, il constata que R. Daneel était toujours sur ses talons, et qu'il remettait en poche un autre passe-partout qu'il possédait ; or, Baley dut convenir que cet objet-là était plus petit, mieux fait et plus pratique que celui en usage dans les services de la police new-yorkaise.

Le bottier vint à eux, fort agité, et leur dit d'une voix forte :

— Messieurs, c'est la Cité qui m'a imposé ces employés. Je suis absolument dans mon droit.

Trois robots se tenaient, raides comme des piquets, au fond du magasin. Six personnes étaient réunies près de la porte ; c'étaient toutes des femmes.

— Bon ! dit Baley, sèchement. Alors, qu'est-ce qui ne va pas, et pourquoi tout ce charivari ?

Une des femmes lui répondit, d'une voix de tête :

— Je suis venue ici acheter des chaussures. Pourquoi ne serais-je pas servie par un vendeur convenable ? N'ai-je donc pas l'air respectable ?

La façon extravagante dont elle était habillée, et surtout coiffée, rendait sa question superflue ; et, si rouge de colère qu'elle fût, on n'en constatait pas moins qu'elle était exagérément fardée.

— Je ne demande pas mieux que de m'occuper d'elle moi-même, répliqua le bottier, mais je ne peux pas servir toutes les clientes. Il n'y a rien à reprocher à mes hommes, monsieur l'inspecteur. Ce sont des employés de magasin dûment enregistrés ; je possède leurs spécifications graphiques et leurs bons de garantie.

— Ah, ah ! s'écria la femme en ricanant, tournée vers les autres. Non mais, écoutez-le donc ! Il les appelle ses employés ! Qu'est-ce que vous en dites ? Vous êtes fou, ma parole ! Ce ne sont pas des hommes que vous employez. Ce sont des RO-BOTS, hurla-t-elle en détachant avec soin les deux syllabes. Et, pour le cas où vous ne le sauriez pas, je vais vous dire ce qu'ils font : ils volent aux hommes leur place. C'est pour ça que le gouvernement les protège. Ils travaillent pour rien, et à cause de ça, des familles entières sont obligées de vivre dans des baraques, et de manger de la bouillie de levure pour toute nourriture. Voilà à quoi en sont réduites les familles honorables de gens qui ont passé leur vie à travailler dur. Si c'était moi qui commandais, je vous garantis qu'il ne resterait pas un robot à New York ! On les casserait tous !

Pendant ce temps, les autres femmes parlaient toutes à la fois et, dans la rue, la foule s'agitait de plus en plus. Baley éprouva une sensation pénible, brutale même, du fait qu'en de telles circonstances R. Daneel Olivaw se tenait tout contre lui. Il examina un instant les robots ; ils étaient de construction terrestre, et il fallait bien reconnaître qu'il s'agissait de modèles relativement peu onéreux. C'étaient des robots ordinaires, destinés à ne savoir qu'un petit nombre de choses simples, telles que les différentes catégories de chaussures, leurs prix, les tailles disponibles dans chaque modèle, les variations des stocks, etc. Tout cela, ils le savaient sans doute mieux que les humains eux-mêmes, du fait qu'ils n'avaient aucune autre préoccupation extérieure ; de même, ils étaient certainement capables d'enregistrer des commandes à livrer la semaine suivante, et de prendre les mesures d'un pied.

Individuellement, ils étaient inoffensifs, mais leur nombre représentait un terrible danger.

Baley sympathisa avec la femme bien plus sincèrement qu'il ne s'en serait cru capable la veille... ou plutôt non... deux heures auparavant. Conscient de la proximité immédiate de R. Daneel, il se demanda si celui-ci ne pourrait pas remplacer purement et simplement un détective ordinaire de catégorie C. 5... Et, songeant à cette éventualité, Baley se représenta les baraques dont avait parlé la femme, il eut sur la langue le goût de la bouillie de levure, et il se souvint de son père.

Son père était un savant spécialisé dans la physique nucléaire, et il avait accédé aux plus hautes fonctions dans sa profession. Mais, un jour, un accident s'était produit à la centrale d'énergie atomique, et

son père en avait été rendu responsable. On l'avait déclassé. Baley
n'avait jamais su les détails exacts du drame, car, à l'époque, il n'avait
qu'un an. Mais il se souvenait bien des baraques où il avait passé son
enfance, et de cette existence communautaire dans des conditions tout
juste supportables. Il n'avait aucun souvenir de sa mère, car elle n'avait
pas survécu longtemps à cette ruine ; mais il se rappelait bien son
père, un homme au visage bouffi et morose, qui parfois parlait du
passé d'une voix rauque et saccadée.

Lije avait sept ans quand son père, toujours déclassé, était mort à
son tour. Le jeune Baley et ses deux sœurs aînées furent admis à
l'orphelinat de la ville, car le frère de leur mère, l'oncle Boris, était
trop pauvre pour les prendre à sa charge. Alors, la vie avait continué
ainsi, très pénible, car c'était dur d'aller à l'école et de s'instruire sans
bénéficier de l'aide et des privilèges paternels. Et voilà qu'il se trouvait
au milieu d'une émeute naissante, et obligé de par ses fonctions de
faire taire des gens dont le seul tort consistait, après tout, à craindre
pour eux et pour les leurs ce déclassement qu'il redoutait pour lui-
même...

D'une voix qu'il s'efforçait de garder calme, il dit à la femme :

— Allons, madame, ne faites pas de scandale, je vous en prie ! Ces
employés ne vous feront aucun mal.

— Bien sûr, qu'ils ne m'en ont pas fait ! rétorqua-t-elle de sa voix
de soprano. Et il n'y a pas de danger qu'ils m'en fassent, pour sûr !
Vous vous figurez peut-être que je vais me laisser toucher par leurs
doigts glacés et luisants ? Je suis venue ici, m'attendant à ce qu'on me
traite comme un être humain. Je suis une libre citoyenne de cette ville,
et j'ai le droit d'être servie par des êtres humains normaux, comme
moi. Et d'ailleurs, j'ai deux enfants qui m'attendent à la cuisine
communautaire, comme s'ils étaient des orphelins ! Il faut que je sorte
d'ici !

— Eh bien, répliqua Baley, qui commençait à perdre son calme, si
vous vous étiez laissé servir sans faire d'histoires, il y a longtemps que
vous seriez dehors. Toutes ces discussions ne servent à rien. Allons,
maintenant, venez !

— Ça, c'est le bouquet ! cria la femme, indignée. Vous vous figurez
peut-être que vous pouvez me parler comme si j'étais une traînée ?
Mais il est peut-être temps, aussi, que le gouvernement comprenne que
les robots ne sont pas les seuls gens dignes d'intérêt. Moi, je suis une
femme qui travaille dur, et j'ai des droits !...

Elle continua sur ce ton sans que rien ne pût l'arrêter. Baley se
sentait épuisé et dépassé par les événements. Il ne voyait pas comment
en sortir, car, même si la femme consentait maintenant à se faire servir
comme on le lui avait offert, la foule qui stationnait devant la porte
pouvait fort bien faire du grabuge. Depuis l'entrée des détectives dans
le magasin, elle avait doublé, et elle devait s'élever maintenant à une
centaine de personnes.

— Que fait-on habituellement en pareil cas ? demanda soudain R. Daneel Olivaw.

Baley faillit sursauter et répliqua :

— Tout d'abord, c'est un cas tout à fait exceptionnel.

— Bon. Mais que dit la loi ?

— Les R ont été affectés à ce magasin par les autorités de la ville. Ce sont des employés enregistrés. Il n'y a rien d'illégal dans leur présence ici.

Ils s'étaient entretenus à mi-voix. Baley s'efforçait de garder une attitude officielle et menaçante. En revanche, le visage d'Olivaw demeurait impassible et inexpressif.

— S'il en est ainsi, dit R. Daneel, vous n'avez qu'à ordonner à la femme de se laisser servir ou de s'en aller.

— C'est à une foule que nous avons affaire, grommela Baley entre ses dents, et non à une seule femme. Nous ne pouvons parer le coup qu'en appelant du renfort pour disperser ces gens.

— On ne doit tout de même pas avoir besoin de plus d'un officier de police pour faire respecter la loi par un groupe de citoyens, dit Daneel.

Il tourna vers le bottier son large visage, et lui ordonna :

— Ouvrez la porte du magasin, je vous prie !

Baley tendit le bras, dans l'intention de saisir R. Daneel par l'épaule et de le faire se retourner. Mais il renonça aussitôt à son projet, en songeant que, si en un tel instant deux représentants de la loi se disputaient en public, cela supprimerait du coup toute chance de parvenir à un règlement à l'amiable de l'incident. Cependant le bottier, fort mécontent, se tourna vers Baley, mais celui-ci évita son regard.

— Au nom de la loi, monsieur, répéta alors R. Daneel, imperturbable, je vous ordonne d'ouvrir cette porte.

— C'est bon, rétorqua l'homme, furieux. Mais je vous préviens que je tiendrai la ville pour responsable de tous les dommages qui pourraient survenir. Je vous prie de prendre acte que j'agis sous la contrainte !

Cela dit, il ouvrit, et une foule d'hommes et de femmes envahit le magasin, en poussant des cris joyeux : pour eux, c'était une victoire.

Baley avait entendu parler d'émeutes de ce genre, et il avait même assisté à l'une d'elles. Il avait vu des robots saisis par une douzaine de mains, se laissant emporter sans résistance, et passant de bras en bras. Les hommes tiraient sur cette imitation métallique de l'homme ; ils s'efforçaient d'en tordre les membres ; ils se servaient de marteaux, de couteaux, de ciseaux à froid, et finalement ils réduisaient les misérables objets en un tas de ferraille. En un rien de temps, des cerveaux positroniques de grand prix, les chefs-d'œuvre les plus compliqués que l'homme eût encore inventés, étaient ainsi lancés de main en main, comme des ballons de rugby, et réduits en mille morceaux. Puis, quand l'esprit de destruction avait ainsi commencé joyeusement à se donner libre cours, les foules se tournaient invariablement vers tout ce qui pouvait être démoli.

Les robots employés dans le magasin de chaussures ne pouvaient évidemment rien savoir de ces précédents. Néanmoins, quand la foule pénétra dans la pièce, ils se serrèrent dans un coin et levèrent les mains devant leurs visages, comme s'ils tentaient bêtement de les cacher. La femme qui avait déclenché toute l'affaire, effrayée de la voir prendre des proportions bien plus importantes qu'elle ne l'avait prévu, s'efforça d'enrayer le flot, en bredouillant des : « Allons ! Allons ! » inintelligibles. Son chapeau bascula sur son visage et ses cris se perdirent dans la cohue, cependant que le bottier hurlait :

— Arrêtez-les, inspecteur ! Arrêtez-les !

Ce fut alors que R. Daneel parla. Sans effort apparent, il éleva la voix sensiblement plus haut qu'une voix humaine :

— Halte ! dit-il. Ou je tire sur le premier qui bouge !

Quelqu'un cria dans les derniers rangs : « Descendez-le ! » Mais nul ne bougea.

R. Daneel grimpa avec aisance sur une chaise, et de là sur un des comptoirs. Le magasin était éclairé à la lumière moléculaire polarisée, laquelle donnait au visage du robot spacien un aspect irréel, que Baley trouva même surnaturel.

La foule fit tout à coup silence, et R. Daneel, la dominant, sans bouger, donnait à la fois une impression de calme et de puissance extraordinaires. Il reprit, sèchement :

— Vous êtes en train de vous dire : ce type-là essaie de nous intimider, mais il n'a pas d'arme dangereuse ; il nous menace avec un jouet. Si nous lui tombons tous dessus, nous le maîtriserons facilement, et, au pire, un ou deux d'entre nous risqueront un mauvais coup, dont ils se remettront vite, d'ailleurs. Mais l'essentiel, c'est d'atteindre notre but, qui est de montrer que nous nous moquons de la loi et des règlements.

Sa voix n'était pas dure ni coléreuse, mais il en émanait une étonnante autorité. Tout cela fut dit du ton de quelqu'un habitué à commander et sûr d'être obéi. Il poursuivit :

— Eh bien, vous vous trompez. L'arme dont je dispose n'est pas un jouet, loin de là. C'est un explosif, et des plus meurtriers. Je suis décidé à m'en servir, et je vous avertis que je ne tirerai pas en l'air. Avant que vous soyez arrivés jusqu'à moi, j'aurai tué beaucoup, et probablement même le plus grand nombre, d'entre vous. Je vous parle sérieusement, et je ne crois pas que j'aie l'air de plaisanter, n'est-ce pas ?

Dans la rue, aux abords du magasin, des gens remuèrent, mais plus personne ne franchit la porte. Quelques nouveaux venus s'arrêtaient par curiosité, mais beaucoup se hâtèrent de partir. A quelques pas de R. Daneel, les assistants les plus proches de lui retinrent leur respiration et s'efforcèrent de ne pas céder à la pression de ceux qui, derrière, les poussaient en avant.

Ce fut la femme au chapeau qui rompit le pesant silence dont l'apostrophe de R. Daneel Olivaw avait été suivie. Elle hurla :

— Il va nous tuer ! Moi, je n'ai rien fait ! Oh ! laissez-moi sortir !

Elle fit demi-tour, mais se trouva nez à nez avec un mur vivant. Elle s'effondra à genoux. Les derniers rangs de la foule silencieuse commencèrent à battre en retraite. R. Daneel sauta alors à bas du comptoir et déclara :

— Je vais de ce pas gagner la porte, et vous prie de vous retirer devant moi. Je tirerai sur quiconque se permettra de me toucher. Quand j'aurai atteint la porte, je tirerai sur quiconque stationnera ici sans motif. Quant à cette femme...

— Non, non ! hurla celle qui avait causé tout ce désordre. Je viens de vous dire que je n'ai rien fait ! Je n'avais aucune mauvaise intention. Je ne veux même pas de chaussures ! Je ne veux que rentrer chez moi !

— Cette femme, reprit Daneel sans se troubler, va rester, et on va la servir !

Il fit un pas en avant, et la foule le regarda, muette. Quant à Baley, fermant les yeux, il se dit :

« Ce n'est pas ma faute ! Non, vraiment, je n'y suis pour rien ! Il va y avoir un ou même plusieurs meurtres, et ce sera la pire des histoires. Mais voilà ce que c'est de m'avoir imposé un robot comme associé, et de lui avoir donné un statut légal, équivalent au mien ! »

Mais cela ne lui servit de rien, car il ne parvint pas à se convaincre lui-même. Il aurait fort bien pu arrêter R. Daneel dès que celui-ci avait commencé à intervenir, et appeler du renfort par téléphone. Au lieu de cela, il avait laissé le robot prendre la responsabilité d'agir, et il en avait lâchement ressenti du soulagement. Mais quand il en vint à s'avouer que R. Daneel était tout simplement en train de maîtriser la situation, il fut soudain submergé d'un immense dégoût de lui-même. Un ROBOT dominant des hommes ! Quelle abjection !

Il ne perçut aucun bruit anormal, ni hurlements, ni jurons, ni grognements, ni plaintes, ni cris. Alors il ouvrit les yeux : la foule se dispersait.

Le directeur du magasin, calmé, remit de l'ordre dans son vêtement froissé ainsi que dans sa coiffure, tout en grommelant d'inintelligibles et coléreuses menaces à l'adresse des partants.

Le sifflement aigu d'un car de police se fit entendre, et le véhicule s'arrêta devant la porte.

— Il est bien temps ! murmura Baley. Maintenant que tout est fini !...

— Oh ! inspecteur ! fit le bottier en le tirant par la manche. Laissez tomber tout ça maintenant, voulez-vous ?

— D'accord, répliqua Baley.

Il n'eut pas de peine à se débarrasser des policiers. Ils étaient venus appelés par des gens qui avaient cru bon de signaler le rassemblement anormal d'une foule dans la rue. Ils ignoraient tout de l'incident, et constatèrent que la rue était libre et tranquille. R. Daneel se tint à l'écart et ne manifesta aucun intérêt pour les explications que Baley donna à ses collègues, minimisant l'affaire et passant complètement sous silence l'intervention de son compagnon.

Mais quand tout fut terminé, Baley attira R. Daneel dans un coin de la rue et lui dit :

— Ecoutez-moi bien, Daneel ! Je désire que vous compreniez que je ne cherche pas du tout à tirer la couverture à moi !

— Tirer la couverture à vous ? Est-ce là une expression courante dans le langage des Terriens ?

— Je n'ai pas signalé votre participation à l'affaire.

— Je ne connais pas toutes vos coutumes. Dans mon monde, on a l'habitude de rendre toujours compte de tout, mais il se peut que, chez vous, on procède autrement. Peu importe, d'ailleurs. L'essentiel, c'est que nous ayons pu empêcher une révolte d'éclater, n'est-il pas vrai ?

— Ah ! vous trouvez ? répliqua Baley qui, malgré sa colère et l'obligation de parler à voix basse, s'efforça de prendre un ton aussi énergique que possible. Eh bien, n'oubliez jamais ce que je vais vous dire : ne vous avisez pas de recommencer ce petit jeu-là !

— Je ne vous suis pas, répliqua R. Daneel, sincèrement étonné. Ne dois-je plus jamais faire respecter la loi ? Alors, à quoi est-ce que je sers ?

— Ne vous avisez plus de menacer un être humain de votre arme : voilà ce que je veux dire !

— Je ne m'en serais servi sous aucun prétexte, Elijah, et vous le savez fort bien. Je suis incapable de faire du mal à un être humain. Mais, comme vous l'avez vu, je n'ai pas eu à tirer ; je n'ai jamais pensé que j'y serais contraint.

— Que vous n'ayez pas eu à tirer, c'est une pure question de chance ! Eh bien, ne courez pas cette chance une autre fois ! J'aurais pu, tout aussi bien que vous, menacer cette foule d'une arme : j'en avais une sur moi. Mais je ne suis pas autorisé à m'en servir de cette façon-là, et vous non plus, d'ailleurs. Il aurait mieux valu appeler du renfort que de jouer au héros, croyez-moi !

R. Daneel réfléchit un long moment et hocha la tête.

— Mon cher associé, répliqua-t-il, je vois que vous vous trompez. Parmi les caractéristiques principales des Terriens, qui sont énumérées dans mes fichiers, il est précisé que, contrairement aux peuples des Mondes Extérieurs, les Terriens sont, dès leur naissance, élevés dans le respect de l'autorité. C'est sans doute une conséquence de votre mode d'existence. Il est certain, puisque je viens moi-même de le prouver, qu'un seul homme, représentant avec suffisamment de fermeté l'autorité légale, a amplement suffi pour rétablir l'ordre. Votre propre désir d'appeler du renfort a été la manifestation presque instinctive d'un penchant à vous décharger de vos responsabilités entre les mains d'une autorité supérieure. Dans mon propre monde, je dois admettre que je n'aurais jamais dû agir comme je l'ai fait tout à l'heure.

— Il n'empêche, répliqua Baley, rouge de colère, que si ces gens avaient découvert que vous étiez un robot...

— J'étais sûr que cela n'arriverait pas.

— Eh bien, en tout cas, rappelez-vous que vous *êtes* un robot, rien de plus qu'un robot, tout simplement, comme les vendeurs du bottier !

— Mais c'est l'évidence même !

— Et vous n'avez *rien*, vous m'entendez, *rien* d'un être humain !

Baley se sentit, malgré lui, poussé à se montrer cruel. R. Daneel eut l'air de réfléchir un peu, puis il répondit :

— La différence entre l'être humain et le robot n'est peut-être pas aussi significative que celle qui oppose l'intelligence à la bêtise...

— Cela peut être le cas dans votre monde, mais ce n'est pas exact sur la Terre, dit Baley.

Il jeta un coup d'œil à sa montre et eut peine à croire qu'il était en retard d'une heure et quart. Il avait la gorge sèche, et se sentait hors de lui, à la pensée que R. Daneel avait gagné la première manche, et cela au moment précis où Baley lui-même s'était montré impuissant.

Il songea à Vince Barrett, le jeune garçon de courses que R. Sammy avait remplacé au bureau. Pourquoi R. Daneel ne remplacerait-il pas de même Elijah Baley ? Mille tonnerres ! Quand son père avait été déclassé, c'était au moins à cause d'un accident grave, qui avait entraîné la mort de plusieurs personnes. Peut-être même avait-il été réellement responsable... Baley n'en avait jamais rien su. Mais si son père avait été liquidé pour faire place à un physicien mécanique, pour cette seule et unique raison, il n'aurait pas pu s'y opposer.

— Allons-nous-en ! dit-il sèchement. Il faut que je vous amène à la maison.

— Je crois, répliqua R. Daneel, sans changer de sujet, qu'il ne convient pas de faire des différences entre l'intelligence...

— Ça suffit ! coupa Baley en élevant la voix. L'incident est clos. Jessie nous attend !

Il se dirigea vers une cabine publique proche et ajouta :

— Je crois qu'il vaut mieux que je l'avertisse de notre arrivée.

— Jessie ?...

— Oui. C'est ma femme ! fit Baley, qui se dit à lui-même : « Eh bien, je suis de bonne humeur, pour la mettre au courant ! »

4

Présentation à une famille

C'était à cause de son nom que Jessie Baley avait pour la première fois attiré l'attention de celui qui devait devenir son époux. Il l'avait rencontrée à une soirée de réveillon de Noël de leur quartier, au moment où ils se servaient en même temps du punch. Il avait achevé son stage d'instruction dans les services de police d'État, et venait d'être nommé inspecteur à New York. Il habitait alors une des alcôves réservées aux célibataires dans le dortoir nº 122 A. Cette alcôve, d'ailleurs, n'était pas un logement désagréable.

Il lui avait offert son verre de punch, et elle s'était présentée :
— Je m'appelle Jessie... Jessie Navodny. Je ne vous connais pas.
— Et moi, je m'appelle Baley... Lije Baley, avait-il répondu. Je viens d'arriver dans ce quartier.

Ils burent donc ensemble et, machinalement, il lui sourit. Il éprouva tout de suite pour elle de la sympathie, la trouvant pleine d'entrain et d'un commerce agréable ; aussi resta-t-il près d'elle, d'autant plus que, nouveau dans le quartier, il ne connaissait personne ; il n'y a rien de plaisant en effet à se trouver seul dans un coin et à regarder des groupes qui s'amusent entre amis. Plus tard dans la soirée, quand l'alcool aurait délié les langues, l'ambiance serait meilleure. Ils restèrent à proximité du vaste récipient qui contenait le punch, et Lije en profita pour observer avec intérêt les assistants qui venaient se servir.

— J'ai aidé à faire le punch, dit Jessie. Je peux vous certifier qu'il est bon. En voulez-vous encore ?

S'apercevant que son verre était vide, il sourit et accepta.

Le visage de la jeune fille était ovale, mais pas précisément joli, en raison de la grosseur du nez. Elle était de mise modeste et avait des cheveux châtains et bouclés, qui formaient sur son front une petite frange. Elle prit, elle aussi, un second verre de punch avec lui, et il se sentit plus détendu.

— Ainsi, vous vous appelez Jessie ? dit-il. C'est un joli nom. Voyez-vous une objection à ce que je vous appelle ainsi ?

— Sûrement pas, puisque vous me le demandez. Savez-vous de quel prénom il est le diminutif ?

— De Jessica ?

— Vous ne devinerez jamais.

— J'avoue que je donne ma langue au chat.

— Eh bien, fit-elle en riant d'un air espiègle, c'est Jézabel...

C'est à ce moment-là que son intérêt pour elle s'était soudain accru. Il avait posé son verre et demandé, très surpris :

— Non, vraiment ?

— Sérieusement. Je ne plaisante pas. C'est Jézabel. Cela figure sur toutes mes pièces d'identité. Mes parents aimaient ce nom-là.

Elle était très fière de s'appeler ainsi, et cependant nul ne ressemblait moins qu'elle à une Jézabel.

— C'est que, reprit Baley, fort sérieux, moi, je m'appelle Elie [1], figurez-vous.

Mais elle ne vit dans ce fait rien d'étonnant.

— Or, fit-il, Elie fut l'ennemi mortel de Jézabel.

— Ah oui ?

— Oui, bien sûr. C'est dans la Bible.

— Eh bien, je l'ignorais. Oh ! que c'est drôle ! Mais j'espère que cela ne veut pas dire que vous devrez toute votre vie être mon ennemi mortel !

Dès leur première rencontre, il n'y eut pas de risque qu'un tel danger les menaçât. Tout d'abord, ce fut la coïncidence de leurs noms qui incita Baley à s'intéresser plus particulièrement à elle. Mais ensuite, il en vint à apprécier sa bonne humeur, sa sensibilité, et finalement il la trouva jolie ; ce qu'il aimait le plus en elle c'était son entrain. Lui qui considérait la vie d'un œil plutôt sceptique, il avait besoin de cet antidote. Mais Jessie ne sembla jamais trouver antipathique son long visage, toujours empreint de gravité.

— Et puis après ? s'écriait-elle. Qu'est-ce que ça peut bien faire, si vous avez l'air d'un affreux citron ? Moi, je sais que vous n'en êtes pas un. Et si vous passiez votre temps à rire comme moi, nous finirions par éclater, tous les deux ! Restez donc comme vous êtes, Lije, et aidez-moi à garder les pieds sur terre !

Quant à elle, elle l'aida à ne pas sombrer. Il fit une demande pour un petit appartement pour deux personnes et obtint la permission de figurer sur la liste des prochains candidats autorisés à se marier. Dès qu'il reçut le papier, il le montra à Jessie et lui dit :

— Voulez-vous m'aider à sortir du dortoir des célibataires, Jessie ? Je ne m'y plais pas.

Ce n'était peut-être pas une demande en mariage très romantique, mais elle plut à Jessie.

Au cours de leur vie conjugale, Baley ne vit qu'une seule fois sa femme perdre complètement sa bonne humeur habituelle, et ce fut également à cause de son nom. Cela se passa pendant la première année de leur mariage, et leur enfant n'était pas encore né ; en fait, ce fut au début même de la grossesse de Jessie. Leurs caractéristiques physiques, leurs valeurs génétiques scientifiquement déterminées, et la situation de fonctionnaire de Baley leur donnaient droit à deux enfants, dont le premier pouvait être conçu dès leur première année de mariage. Et Lije se dit par la suite que, si Jessie avait ainsi cédé, contrairement

---

1. *Elijah* = Elie. (N.d.T.)

à son habitude, à une crise de dépression, cela tenait sans doute à son état.

Jessie avait un peu boudé ce jour-là, en reprochant à son mari de rentrer trop tard du bureau :

— C'est gênant de dîner chaque soir toute seule au restaurant communautaire.

Baley était fatigué et énervé par une dure journée de travail.

— Pourquoi donc est-ce gênant ? répliqua-t-il. Tu peux très bien y rencontrer quelques célibataires sympathiques.

— Bien sûr ! Est-ce que tu te figures, par hasard, Lije Baley, que je ne suis pas capable de plaire aux gens ?

Peut-être était-il exceptionnellement las ; ou bien ressentait-il avec une amertume particulière la promotion à une classe supérieure d'un de ses camarades d'école, Julius Enderby, alors que lui-même, Baley, marquait le pas ; peut-être aussi commençait-il à trouver agaçante la manie qu'avait Jessie de vouloir prendre des attitudes correspondant au nom qu'elle portait, attendu qu'elle n'avait et n'aurait jamais l'air d'une Jézabel. Toujours est-il qu'il lui répondit d'un ton mordant :

— Je suis convaincu que tu es capable de plaire, mais je ne crois pas que tu l'essaieras et je le regrette. Je voudrais qu'une fois pour toutes tu oublies ce diable de prénom, et que tu sois, tout simplement, toi-même.

— Je serai ce qui me plaît.

— Jouer les Jézabel ne te mènera à rien, ma chérie. Et si tu veux savoir la vérité, laisse-moi te dire que ton nom ne signifie pas du tout ce que tu t'imagines. La Jézabel de la Bible était une épouse fidèle, et une femme de grande vertu, à en juger par ses actes. L'Histoire ne lui prête pas d'amants, elle ne créait pas de scandales, et sa conduite n'eut rien d'immoral.

Jessie, fort en colère, le dévisagea durement :

— Ce n'est pas vrai. Je me souviens très bien de la phrase : « Une Jézabel somptueusement parée. » Je sais ce que ça veut dire !

— C'est possible, mais écoute-moi bien. Après la mort du roi Ahab, mari de Jézabel, son fils, Jéhoram, lui succéda. Or, l'un des généraux de son armée, nommé Jéhu, se révolta contre lui, et l'assassina. Puis Jéhu galopa d'une traite jusqu'à Jesreel où la vieille reine-mère, Jézabel, résidait. Elle l'entendit venir, et comprit qu'il avait l'intention de l'assassiner. Avec autant de fierté que de courage, elle se maquilla et revêtit ses plus beaux atours, de façon qu'il se trouvât en présence d'une reine majestueuse, prête à le défier. Il ne s'en fit pas moins précipiter du haut d'une fenêtre du palais, et l'histoire rapporte qu'elle eut une mort digne. Et voilà à quoi les gens font allusion quand ils parlent, généralement sans savoir de quoi il s'agit, du maquillage de Jézabel.

Le lendemain soir, Jessie déclara, d'une petite voix pointue :

— J'ai lu la Bible, Lije...

— Ah oui ? répondit-il, sans comprendre tout de suite où elle voulait en venir.

— Les chapitres concernant Jézabel.

— Oh ! Jessie, excuse-moi si je t'ai blessée. Je plaisantais !

— Non, non ! fit-elle en l'empêchant de la prendre par la taille.

Elle s'assit, froide et guindée sur le divan, et maintint entre eux une certaine distance.

— C'est une bonne chose, reprit-elle, de savoir la vérité. Je n'aime pas qu'on me trompe en profitant de mon ignorance. Alors j'ai lu ce qui la concerne. C'était une méchante femme, Lije.

— Ce sont ses ennemis qui ont rédigé ces textes-là ! Nous ne connaissons pas sa propre version des événements.

— Elle a tué tous les prophètes dont elle a pu s'emparer !...

— C'est du moins ce qu'on a raconté...

Baley chercha dans sa poche un morceau de chewing-gum. A cette époque-là, il en mâchait souvent, mais, quelques années plus tard, il renonça à cette habitude ; en effet, Jessie lui déclara un jour qu'avec sa longue figure et ses grands yeux tristes, il avait l'air, en mastiquant ainsi, d'une vieille vache qui a trouvé dans sa mangeoire une mauvaise herbe, qu'elle ne peut ni avaler ni cracher.

— En tout cas, reprit-il, si tu veux que je te donne le point de vue de Jézabel elle-même, je crois pouvoir t'indiquer un certain nombre d'arguments qui plaident en sa faveur. Ainsi, par exemple, elle demeurait fidèle à la religion de ses ancêtres, lesquels avaient occupé le pays bien avant l'arrivée des Hébreux. Ceux-ci avait leur Dieu et, de plus, ce Dieu était exclusif. Enfin, non contents de l'adorer eux-mêmes, ils voulaient le faire adorer par tous les peuples voisins. Or, Jézabel entendait demeurer fidèle aux croyances de ses ancêtres : c'était un esprit conservateur. Si la nouvelle foi relevait de concepts moraux plus élevés, il faut bien reconnaître que l'ancienne offrait de plus intenses émotions. Le fait que Jézabel ait mis à mort des prêtres de Jéhovah n'a rien d'extraordinaire ; en agissant ainsi, elle était bien de son époque, car, en ce temps-là, c'était la méthode de prosélytisme couramment utilisée. Si tu as lu le Premier Livre des Rois, tu dois te rappeler que le prophète Elie, dont je porte le nom, a mis un jour huit cent cinquante prophètes de Baal au défi de faire descendre le feu du ciel ; ils n'y ont en effet pas réussi ; Elie a donc triomphé et, sur-le-champ, il a ordonné à la foule des assistants de mettre à mort les huit cent cinquante Baalites, ce qui fut fait.

Jessie se mordit les lèvres et répliqua :

— Et que dis-tu de l'histoire de la vigne de Naboth, Lije ? Voilà un homme qui ne gênait personne, mais qui refusait de vendre sa vigne au roi. Alors, Jézabel s'est arrangée pour que de faux témoins viennent accuser Naboth d'avoir proféré des blasphèmes, ou quelque chose de ce genre.

— Il est écrit qu'il avait blasphémé contre Dieu et contre son roi, dit Baley.

— Oui ; alors, on a confisqué ses biens, après l'avoir mis à mort.

— On a eu tort. Bien entendu, de nos jours, on aurait trouvé très facilement une solution à l'affaire Naboth. Si la ville, ou un des États de l'époque médiévale, avait eu besoin du domaine appartenant à Naboth, un tribunal aurait prononcé son expropriation ; il l'aurait même expulsé au besoin, en lui accordant l'indemnité qu'il aurait jugée équitable. Mais le roi Ahab ne disposait pas de solution de ce genre. Et cependant, celle que choisit Jézabel fut mauvaise. Sa seule excuse fut qu'Ahab, malade, se tourmentait beaucoup au sujet de cette propriété ; c'est pourquoi sa femme fit passer son amour conjugal avant le respect des biens de Naboth. Je maintiens donc ce que je t'ai dit d'elle. Elle était le modèle même de la fidèle épouse...

Jessie, le visage empourpré de colère, se rejeta en arrière et s'écria :

— Tu me dis ça par pure méchanceté et par rancune !

Complètement stupéfait, et n'y comprenant rien, il répliqua :

— Qu'est-ce qui te prend ? Et qu'est-ce que j'ai fait pour que tu me parles ainsi ?

Mais elle ne lui dit pas un mot de plus, quitta sur-le-champ l'appartement et passa la soirée et la moitié de la nuit dans les salles de spectacle, allant avec une sorte de frénésie de l'une à l'autre, et utilisant à cet effet tous les tickets d'entrée auxquels elle avait droit pour une période de deux mois, ainsi d'ailleurs que ceux de son mari ! Quand elle rentra chez elle, auprès d'un époux toujours éveillé, elle ne trouva rien d'autre à lui dire.

Ce fut plus tard, beaucoup plus tard, que Baley comprit que, ce soir-là, il avait complètement détruit quelque chose de très important dans la vie intérieure de Jessie. Pour elle, pendant des années, ce nom de Jézabel avait symbolisé le génie de l'intrigue et du mal, et un peu compensé, à ses yeux, l'austérité d'une jeunesse vécue dans un milieu exagérément collet monté. Elle en avait éprouvé une sorte de joie perverse, et adoré le parfum légèrement licencieux qui en émanait.

Mais à partir de cette inoubliable discussion, ce parfum ne se fit plus jamais sentir ; jamais plus elle ne prononça son véritable nom, pas plus devant Lije que devant leurs amis, et pour autant que son mari pût l'imaginer, elle renonça à vouloir s'identifier à Jézabel. Elle fut désormais Jessie et signa son courrier de ce nom-là.

A mesure que les jours passaient, elle se remit à parler à son mari, et, après une ou deux semaines, leur intimité redevint celle du passé ; certes, il leur arriva encore de se disputer, mais aucune de leurs querelles n'atteignit un tel degré d'intensité.

Elle ne fit qu'une seule fois, et indirectement, allusion à cet épineux sujet. Elle était dans son huitième mois de grossesse. Elle venait de cesser ses fonctions d'assistante diététicienne aux cuisines communautaires

A-23, et disposait de loisirs inhabituels, pendant lesquels elle se préparait à la naissance de son enfant.

— Que dirais-tu de Bentley ? dit-elle un soir.

— Excuse-moi, chérie, répliqua-t-il, en levant les yeux d'un dossier qu'il étudiait. (Avec une bouche de plus à nourrir, l'arrêt de la paie de Jessie, et peu de chances de se voir lui-même passer prochainement de la classe des employés à celle des cadres, il lui fallait exécuter chez lui du travail supplémentaire.) De quoi parles-tu ?

— Je veux dire que, si c'est un garçon, que penserais-tu de Bentley comme prénom ?

Baley fit un peu la moue et dit :

— Bentley Baley ?... Ne trouves-tu pas que les deux noms se ressemblent beaucoup ?

— Je ne sais pas... C'est une idée que j'ai eue ! D'ailleurs le petit pourra, plus tard, se choisir lui-même un surnom si cela lui convient.

— Eh bien, si cela te plaît, moi, je suis d'accord.

— Tu en es bien sûr ? Peut-être préfères-tu l'appeler Elie ?

— Pour qu'on y ajoute Junior ? Je ne trouve pas que ce soit une bonne solution. S'il en a envie, il pourra lui-même appeler plus tard son fils Elie.

— Evidemment ! répliqua-t-elle. Mais... mais il y a un autre inconvénient...

— Ah ! fit-il après un bref silence. Lequel ?

Elle ne le regarda pas dans les yeux, mais lui dit, avec une intention non dissimulée :

— Bentley n'est pas un prénom biblique, n'est-ce pas ?

— Non, dit-il, certainement pas.

— Alors, c'est parfait. Je ne veux pas de prénom biblique.

Jamais plus, depuis lors, Jessie ne fit la moindre allusion à ce genre de sujet, et, le soir où son mari ramena chez lui le robot Daneel Olivaw, il y avait plus de dix-huit ans qu'ils étaient mariés, et leur fils Bentley, dont le surnom restait encore à trouver, venait d'atteindre sa seizième année.

Baley s'arrêta devant la grande porte à deux battants, sur laquelle brillaient en grosses lettres les mots : TOILETTES — HOMMES, tandis qu'en dessous figurait, en lettres moins importantes, l'inscription : SUBDIVISIONS IA — IE. Enfin, juste au-dessous de la serrure, il était indiqué en petits caractères : « en cas de perte de la clef, prévenir aussitôt 27-101-51. »

Un homme les dépassa rapidement, introduisit dans la serrure une petite clef en aluminium, et pénétra dans la salle. Il ferma la porte derrière lui et ne chercha pas à la maintenir ouverte pour Baley ; s'il l'avait fait, celui-ci en eût été gravement offensé. En effet, l'usage était fermement établi, entre hommes, de s'ignorer systématiquement les uns les autres, à l'intérieur et aux abords des Toilettes. Mais Baley se rappelait qu'une des premières confidences de son épouse avait été de lui révéler que, dans les Toilettes de femmes, la coutume était toute différente. C'est ainsi qu'il lui arrivait fréquemment de dire :

— Ce matin, j'ai rencontré dans les Toilettes telle ou telle amie, qui m'a raconté telle ou telle chose.

Tant et si bien que, le jour où Baley bénéficia enfin de l'avancement espéré, lequel lui donna droit à un lavabo à eau courante dans son appartement, les relations de Jessie avec le voisinage en pâtirent.

Baley, incapable de masquer complètement son embarras, dit à son compagnon :

— Attendez-moi ici, Daneel, je vous prie.

— Avez-vous l'intention de faire votre toilette ? demanda R. Daneel.

« Au diable ce robot ! se dit Baley. Puisqu'on l'a informé de tout ce qui se trouve à l'intérieur de notre ville d'acier, on aurait pu aussi bien lui enseigner les bonnes manières ! Si jamais il se permet de poser ce genre de question à quelqu'un d'autre, c'est moi qui en serai responsable ! »

— Oui, ajouta-t-il tout haut. Je vais prendre une douche. Le soir, il y a trop de monde, et j'y perds du temps. Si je me lave maintenant, cela nous permettra de disposer de toute notre soirée.

— Je comprends, répondit R. Daneel, sans se départir le moins du monde de son calme. Mais, dites-moi, est-il conforme aux usages que je reste dehors ?

— Je ne vois vraiment pas pourquoi vous y entreriez, puisque vous n'en avez aucun besoin.

— Ah ! je vois ce que vous voulez dire. Oui, évidemment... Pourtant, Elie, moi aussi j'ai les mains sales et il faut que je les lave !

Il montra ses paumes, qu'il tendit devant lui. Elles étaient roses et potelées, et leur peau se plissait très naturellement. Elles portaient tous les signes du travail le plus méticuleux, le plus perfectionné ; et Baley les trouva aussi propres qu'il était désirable.

— Il y a un lavabo dans l'appartement, vous savez, répondit-il.

Il dit cela sans y attacher d'importance : à quoi bon se vanter devant un robot ? Mais celui-ci répliqua :

— Je vous remercie pour votre amabilité, mais j'estime que, d'une manière générale, il vaudrait mieux que je me serve de ces Toilettes. Si je dois vivre quelque temps avec vous autres Terriens, je crois qu'il faut que j'adopte le plus grand nombre possible de vos coutumes et de vos manières de faire.

— Eh bien, alors, venez !

L'animation joyeuse de cette pièce brillamment éclairée formait un contraste frappant avec l'agitation fébrile de la ville ; mais, cette fois-ci, Baley n'en eut même pas conscience. Il murmura à Daneel :

— Ça va me prendre environ une demi-heure. Attendez-moi là !

Il avait déjà fait quelques pas, quand il revint pour ajouter :

— Et surtout ne parlez à personne, ne regardez personne ! Pas un mot, pas un geste ! C'est l'usage !

Il jeta autour de lui un regard craintif, pour s'assurer que leur conversation n'avait pas été remarquée et ne suscitait pas de réactions scandalisées. Heureusement personne ne se trouvait là et, après tout, ce n'était encore que l'antichambre des Toilettes.

Il se hâta, à travers les douches communes, jusqu'aux cabines personnelles. Il y avait maintenant cinq ans qu'on lui en avait affecté une : elle était assez spacieuse pour contenir une douche, une petite buanderie, et quelques autres appareils sanitaires. Elle comportait même un petit écran de télévision.

« C'est une sorte d'annexe de l'appartement », avait-il dit, en plaisantant, quand on lui avait affecté cette douche privée. Mais maintenant, il lui arrivait souvent de se demander comment il supporterait de se trouver ramené aux conditions infiniment plus spartiates des douches communes, si jamais il venait à perdre son privilège...

Il pressa le bouton actionnant la douche, et le tableau du compteur s'éclaira aussitôt. Quelque temps plus tard, quand il revint trouver R. Daneel qui l'attendait patiemment, il s'était nettoyé des pieds à la tête, portait des sous-vêtements propres, une chemise impeccable, et se sentait beaucoup mieux.

— Pas d'ennuis ? demanda-t-il, dès qu'ils eurent franchi la sortie.

— Aucun, Elijah, répondit R. Daneel.

Jessie les attendait sur le pas de la porte et souriait nerveusement. Baley l'embrassa et lui dit, entre ses dents :

— Jessie, je te présente un de mes collègues, Daneel Olivaw, à qui l'on m'a associé pour une importante enquête.

Jessie tendit la main à R. Daneel, qui la prit et la relâcha. Après avoir un instant consulté Lije du regard, elle se tourna vers R. Daneel, et lui dit timidement :

— Ne voulez-vous pas vous asseoir, monsieur Olivaw ? Il faut que je règle avec mon mari quelques petits problèmes domestiques. J'en ai juste pour une minute. J'espère que vous nous excuserez...

Elle entraîna Baley dans la pièce voisine et, dès qu'il en eut refermé la porte, elle murmura en hâte :

— Tu n'es pas blessé, mon chéri ? J'ai été si inquiète, depuis le communiqué de la radio !

— Quel communiqué ?

— La radio a annoncé, il y a une heure, qu'une tentative d'émeute avait eu lieu dans un magasin de chaussures, et que deux détectives étaient parvenus à l'enrayer. Je savais que tu ramenais ton nouvel associé à la maison, et ce bottier se trouvait juste dans le quartier où je pensais que tu passerais en rentrant ; alors, je me suis dit que, à la radio, on essaie toujours de minimiser les incidents, et que...

— Allons, allons, Jessie ! coupa Baley. Tu vois que je suis en parfait état.

Elle se ressaisit, non sans peine, et ajouta, un peu troublée :

— Ton collègue n'est pas de ta division, n'est-ce pas ?

— Non, fit Baley, d'un ton lamentable. Il est... complètement étranger à mon service, et même à New York.

— Comment dois-je le traiter ?

— Comme n'importe quel autre collègue, voilà tout !...

Il lui répondit ces mots avec si peu de conviction qu'elle le dévisagea brusquement, en murmurant :

— Qu'est-ce qui ne va pas ?

— Tout va très bien ! Allons, chérie, retournons au salon, sinon cela va commencer à paraître bizarre !

Lije Baley se demanda soudain si l'organisation de l'appartement n'allait pas être délicate à régler. Jusqu'à cet instant même, il ne s'était pas fait de souci à ce sujet. En fait, il avait toujours éprouvé une certaine fierté de ses trois pièces ; le salon, par exemple, était vaste et mesurait cinq mètres sur six. Il y avait un placard dans chaque chambre ; une des principales canalisations d'air passait à proximité immédiate. Il en résultait de temps en temps un petit vrombissement, mais cela offrait, en revanche, les immenses avantages d'une température admirablement contrôlée, et d'un air bien conditionné. De plus, ce logement se trouvait tout près des Toilettes, ce qui, bien entendu, était très pratique.

Mais, en voyant assis, chez lui, cette créature provenant d'un Monde Extérieur, Baley ne fut plus aussi satisfait de sa demeure ; elle lui parut médiocre, et il lui sembla qu'ils y étaient à l'étroit.

Cependant, Jessie lui demanda, en affectant une gaieté pas très naturelle :

— Avez-vous dîné, monsieur Olivaw et toi, Lije ?

— Ah ! tu fais bien d'en parler ! répliqua-t-il vivement. Car je voulais justement te dire que Daneel ne prendra pas ses repas avec nous. Mais moi, je mangerais volontiers quelque chose.

Jessie accepta sans difficulté la chose ; en effet, les rations alimentaires, fort peu abondantes, étaient soumises à un contrôle tellement strict que, entre gens bien élevés, il était d'usage de refuser toute hospitalité. C'est pourquoi elle dit au nouveau venu :

— J'espère, monsieur Olivaw, que vous voudrez bien nous excuser de dîner. Lije, Bentley et moi, nous prenons en général nos repas au restaurant communautaire. C'est plus pratique, il y a plus de choix, et, tout à fait entre nous, je vous avoue que les rations y sont plus copieuses. Mais comme Lije a très bien réussi au bureau, on lui a accordé un statut très avantageux, et nous avons le droit de dîner trois fois par semaine chez nous, si nous le désirons. Voilà pourquoi je m'étais dit que, vu les circonstances exceptionnelles, et si cela vous avait fait plaisir, nous aurions pu prendre ici tous ensemble notre repas, ce soir... Mais j'avoue que j'ai scrupule à user de ce genre de privilège, que je considère un peu anti-social.

Baley, désireux de couper court à ces commentaires, tambourina avec ses doigts sur le bras de son fauteuil et dit :

— Eh bien, moi, j'ai faim, Jessie.

Cependant R. Daneel répliqua :

— Serait-ce manquer aux usages de votre ville, madame, que de vous demander la permission de vous appeler par votre prénom ?

— Mais bien sûr que non ! répondit-elle en rabattant une table pliée contre le mur, et en installant un chauffe-plats dans la cavité aménagée à cet effet en son milieu. Faites comme vous l'entendez et appelez-moi, Jessie... hum... Daneel !

Ce disant, elle rit sous cape, mais son mari se sentit exaspéré. La situation devenait rapidement plus pénible. Jessie traitait R. Daneel en homme. Cette diable de machine allait faire l'objet des bavardages des femmes, lorsque celles-ci se rencontreraient aux Toilettes. Après tout, le personnage avait assez bon aspect, malgré ses manières quelque peu mécaniques, et n'importe qui aurait pu constater que Jessie appréciait son attitude très déférente.

Quant à Baley, il se demanda quelle impression Jessie avait faite sur R. Daneel. En dix-huit années, elle n'avait guère changé, ou du moins telle était l'opinion de son époux. Elle s'était alourdie, et sa silhouette ne donnait plus, comme jadis, une impression de vigueur ; elle avait quelques rides, en particulier aux coins de sa bouche, et ses joues étaient un peu flasques. Elle se coiffait maintenant avec moins de fantaisie, et ses cheveux avaient sensiblement pâli.

Mais là n'était pas la question, et Baley, préoccupé de la situation, songea aux femmes des Mondes Extérieurs, telles, en tout cas, que les documentaires cinématographiques les présentaient ; elles étaient, comme les hommes, grandes, minces, élancées, et c'était certainement à ce type de femme que R. Daneel devait être habitué.

Pourtant, il ne semblait aucunement déconcerté, ni par la conversation ni par l'aspect de Jessie. Continuant à discuter de leurs noms, il dit à la jeune femme :

— Etes-vous bien sûre que je doive vous appeler ainsi ? Jessie me semble un diminutif familier, dont l'usage est peut-être réservé à vos intimes, et il serait sans doute plus correct de vous appeler par votre prénom complet ?

Jessie, qui était en train de retirer d'un papier en cellophane la ration du dîner, affecta de s'absorber dans sa tâche, et répondit d'une voix plus dure :

— Non, simplement Jessie. Tout le monde m'appelle ainsi ; je n'ai pas d'autre nom.

— Eh bien, entendu, Jessie !

La porte s'ouvrit et un jeune homme pénétra dans l'appartement. Il aperçut presque aussitôt R. Daneel et, ne sachant que penser, il demanda :

— Papa ?

— Je vous présente mon fils, Bentley, dit Lije d'un ton peu enthousiaste. Ben, ce monsieur est mon confrère, Daneel Olivaw.

— Ah ! c'est ton associé, papa ? Enchanté, monsieur Olivaw ! Mais, dis-moi, papa, ajouta le garçon dont les yeux brillaient de curiosité, qu'est-ce qui s'est donc passé dans ce magasin de chaussures ? La radio...

— Ne pose donc pas tout le temps des questions, Ben ! répliqua durement Baley.

Bentley fit la moue et regarda sa mère, qui lui fit signe de se mettre à table, en lui disant :

— As-tu fait ce que je t'ai dit, Bentley ?

Ce disant, elle lui passa tendrement la main dans les cheveux, qu'il avait aussi bruns que ceux de son père. Il était presque aussi grand que lui, mais pour le reste, il tenait surtout de sa mère ; il avait le même visage ovale, les yeux couleur de noisette, et le même penchant à prendre toujours la vie du bon côté.

— Bien sûr, maman, répondit le garçon, en se penchant un peu pour regarder ce que contenaient les deux plats d'où s'échappaient quelques volutes parfumées. Qu'est-ce qu'on a à manger ? Pas encore du veau synthétique, j'espère ! S'pas, maman ?

— Il n'y a rien à dire du veau qu'on nous livre, répliqua Jessie en pinçant les lèvres. Et tu vas me faire le plaisir de manger ce qu'on te donne, sans faire de commentaires !

De toute évidence, c'était, une fois encore, du veau synthéthique !

Baley prit place à table ; lui aussi, il aurait certainement préféré un autre menu, car le veau synthétique avait non seulement une forte saveur mais encore un arrière-goût prononcé. Mais Jessie lui avait, peu auparavant, expliqué comment se posait pour elle le problème de leur alimentation.

— Comprends-moi bien, Lije, lui avait-elle dit. Je ne peux absolument pas faire autrement. Je vis du matin au soir dans ce quartier, et je ne peux pas m'y créer des ennemis, sinon l'existence deviendrait infernale. On sait que je suis assistante diététicienne et si, chaque semaine, j'emportais un steak ou du poulet, alors qu'à notre étage personne d'autre que nous, pour ainsi dire, n'a le droit de prendre ses repas chez soi, même le dimanche, tout le monde raconterait que, aux cuisines, il y a des combines. On ne cesserait pas de bavarder sur nous et je ne pourrais plus sortir de chez moi, ni même aller aux Toilettes, sans être assaillie de questions : je n'aurais plus la paix. Tels qu'ils sont, le veau et les légumes synthétiques sont d'excellents aliments. Ils représentent une nourriture parfaitement équilibrée, qui s'absorbe et s'assimile sans perte ; ils sont en effet pleins de vitamines, de sels minéraux, et de tout ce qui est nécessaire à n'importe quel organisme. Quant au poulet, nous pouvons en avoir tant que nous voudrons en dînant le mardi au restaurant communautaire.

Baley avait cédé sans difficulté, car il savait que Jessie disait vrai : le premier problème que posait l'existence à New York, c'était de réduire au minimum les causes de friction avec la foule de gens qui vous environnaient de tous côtés. Mais convaincre Bentley était chose plus délicate. En effet, il répliqua :

— Mais j'y pense, maman ! Je n'ai qu'à prendre un ticket de papa et aller dîner au restaurant communautaire ! Ça ne prendra pas plus de temps.

Mais Jessie secoua vigoureusement la tête, et lui dit d'un ton réprobateur :

— Non, non, Bentley ! Tu me surprends beaucoup. Qu'est-ce que les gens diraient, s'ils te voyaient attablé tout seul au restaurant ? Ils penseraient que cela t'ennuie de dîner avec tes parents, ou que ceux-ci t'ont chassé de l'appartement !

— Oh ! fit le garçon. Après tout, ça ne les regarde pas !

— Assez, Bentley ! jeta Lije, non sans nervosité. Fais ce que ta mère te dit et tais-toi.

Bentley haussa les épaules et ne cacha pas son dépit.

Soudain, à l'autre bout de la pièce, R. Daneel demanda :

— Ne trouverez-vous pas indiscret, tous les trois, que je jette un coup d'œil à ces livres filmés, que vous avez là ?

— Mais c'est tout naturel ! s'écria Bentley, en se levant aussitôt de table, et en manifestant le plus vif intérêt. Ils sont à moi ; j'ai obtenu au collège une autorisation spéciale pour les emporter de la bibliothèque. Je vais vous passer mon appareil de lecture. Il est très bon : c'est papa qui me l'a donné pour ma fête.

Il l'apporta à R. Daneel et lui demanda :

— Est-ce que les robots vous intéressent, monsieur Olivaw ?

Baley laissa tomber sa cuiller et se baissa pour la ramasser.

— Oui, Bentley, répondit R. Daneel. Ils m'intéressent beaucoup.

— Alors, vous allez aimer ces livres filmés, car ils ont tous pour sujet les robots. J'ai une dissertation à faire là-dessus et c'est pour ça que je me documente ; c'est un sujet très compliqué, ajouta-t-il d'un air important. Personnellement, moi, je n'aime pas les robots.

— Assieds-toi, Bentley, lui cria son père, navré. N'ennuie pas M. Olivaw.

— Oh ! il ne m'ennuie pas du tout, Elijah ! J'aimerais te parler de ce problème une autre fois, Bentley, ajouta-t-il. Mais, ce soir, ton père et moi, nous serons très occupés.

— Merci beaucoup, monsieur Olivaw ! dit Bentley en reprenant place à table.

Il jeta vers sa mère un regard boudeur et se mit en devoir d'attaquer la nourriture rose et friable dénommée veau synthétique.

Et Baley songea à ces « occupations » auxquelles R. Daneel venait de faire allusion. D'un seul coup, il se souvint de sa mission et du Spacien assassiné à Spacetown. Depuis plusieurs heures, il avait été tellement absorbé par ses préoccupations personnelles qu'il en avait oublié le meurtre.

5

Analyse d'un meurtre

Jessie prit congé d'eux. Elle portait un chapeau très simple et une jaquette en kératofibre.

— Excusez-moi de vous quitter, Daneel, dit-elle, mais je sais que vous avez beaucoup à parler tous les deux.

Elle poussa son fils devant elle vers la porte.

— Quand comptes-tu rentrer, Jessie ? demanda Baley.

— Eh bien... fit-elle en hésitant un peu. Quand désires-tu me voir revenir ?

— Oh ! ce n'est pas la peine de passer la nuit dehors ! Reviens comme d'habitude, vers minuit.

Il jeta un regard interrogateur à R. Daneel, qui acquiesça d'un signe de tête et dit à Jessie :

— Je suis désolé de vous faire partir, Jessie.

— Oh ! ne vous tracassez pas pour ça, Daneel ! répliqua-t-elle. Ce n'est pas à cause de vous que je sors ; j'ai toutes les semaines une réunion de jeunes filles dont je m'occupe, et elle a justement lieu ce soir. Allons, viens, Ben !

Mais le garçon ne voulait rien entendre et il maugréa :

— Je voudrais bien savoir pourquoi il faut que j'y aille ! Je ne les dérangerai pas si je reste ! Ah, la barbe !

— Allons, ça suffit maintenant ! Fais ce que je te dis !

— Alors, emmène-moi au moins avec toi !

— Non. Moi, je vais avec des amies, et toi, tu vas retrouver...

La porte se referma sur eux.

Le moment fatidique était enfin venu, ce moment que Baley n'avait cessé de retarder ; il avait commencé par vouloir examiner le robot et se rendre compte de ce qu'il était ; puis il y avait eu le retour à l'appartement, et enfin le dîner. Mais, maintenant que tout était terminé, il n'y avait plus moyen de retarder l'échéance. Il fallait enfin aborder le problème du meurtre, des complications interstellaires, et de tout ce qui pouvait en résulter pour lui-même, soit un avancement, soit une disgrâce. Le pire, c'était qu'il ne voyait aucun autre moyen d'attaquer le problème qu'en cherchant une aide auprès du robot lui-même. Il tambourina nerveusement sur la table, que Jessie n'avait pas repliée contre le mur.

— Sommes-nous sûrs de ne pas être entendus ? dit R. Daneel.

Baley le regarda, très surpris, et répliqua :

— Personne ne se permettrait de chercher à voir ou à entendre ce qui se passe dans l'appartement d'autrui !

— Ah ! on n'a donc pas l'habitude d'écouter aux portes ?

— Non, Daneel. Cela ne se fait pas... pas plus qu'on ne regarde dans l'assiette des gens quand ils mangent...

— Pas plus qu'on ne commet d'assassinats ?

— Comment ?

— Oui. C'est contraire à vos usages de tuer, n'est-ce pas, Elijah ?

Baley sentit la colère le gagner.

— Ecoutez-moi bien, R. Daneel ! dit-il en insistant sur le « R ». Si nous devons mener cette enquête ensemble, je vous prierai de renoncer à l'arrogance habituelle des Spaciens. Vous n'avez pas été conçu pour ça, souvenez-vous-en !

— Excusez-moi de vous avoir blessé, Elijah, car je n'en avais nullement l'intention. Je voulais seulement remarquer que, si les êtres humains sont parfois capables, contrairement aux usages, de tuer, sans doute peuvent-ils aussi se laisser aller à des manquements moins importants, tels que celui d'écouter aux portes.

— L'appartement est parfaitement insonorisé, répliqua Baley, qui continuait à froncer les sourcils. Vous n'avez rien entendu de ce qui se passe dans les appartements voisins, n'est-ce pas ? Eh bien, ils ne nous entendrons pas plus. D'autre part, pourquoi quelqu'un se douterait-il qu'un entretien important se déroule en ce moment sous mon toit ?

— Il ne faut jamais sous-estimer l'adversaire, Lije.

— Eh bien, commençons ! dit Baley en haussant les épaules. Mes renseignements sont sommaires, de sorte que je n'ai pas d'idées préconçues. Je sais qu'un homme répondant au nom de Roj Nemennuh Sarton, citoyen de la planète Aurore et résidant provisoirement à Spacetown, a été assassiné par un ou des inconnus. J'ai cru comprendre que les Spaciens estiment qu'il ne s'agit pas là d'un événement isolé. Est-ce bien cela ?

— Exactement.

— On fait donc, à Spacetown, un rapport entre ce meurtre et certaines tentatives, exécutées récemment, dans le but de saboter les projets patronnés par les Spaciens ; le principal de ces projets vise à l'établissement à New York d'une société nouvelle composée moitié d'êtres humains et moitié de robots, sur le modèle déjà existant dans les Mondes Extérieurs ; et Spacetown prétend que le meurtre commis sur son territoire est l'œuvre d'un groupe terroriste bien organisé.

— Oui, c'est bien cela.

— Bon. Alors, pour commencer, je pose la question suivante : la thèse de Spacetown est-elle nécessairement exacte ? Pourquoi l'assassinat ne pourrait-il pas avoir été l'œuvre d'un fanatique isolé ? Il y a sur la Terre une forte tendance anti-robot, mais vous ne trouverez pas de partis organisés qui préconisent de tels actes de violence.

— Pas ouvertement, sans doute.

— Si même il existe une organisation secrète dont le but est de détruire les robots et les ateliers qui les construisent, ces gens ne seraient pas assez stupides pour ne pas comprendre que la pire des erreurs à commettre serait d'assassiner un Spacien. Pour moi, il semble beaucoup plus vraisemblable de penser que c'est un déséquilibré qui a fait le coup.

Après avoir écouté soigneusement, R. Daneel répliqua :

— A mon avis, il y a un fort pourcentage de probabilités contre la thèse du criminel isolé et fanatique. La victime a été trop bien choisie, et l'heure du crime trop bien calculée, pour qu'on puisse attribuer le meurtre à d'autres auteurs qu'à un groupe de terroristes ayant soigneusement préparé leur coup.

— Il faut, pour que vous disiez cela, que vous soyez en possession de plus de renseignements que je n'en ai moi-même. Alors, sortez-les !

— Vous usez d'expressions un peu obscures pour moi, mais je crois que je vous ai tout de même compris. Il va falloir que je vous explique un peu certains éléments du problème. Tout d'abord, je dois vous dire que, vu de Spacetown, l'état des relations avec la Terre est fort peu satisfaisant.

— Je dirai qu'elles sont tendues, murmura Baley.

— Je crois savoir qu'au moment de la fondation de Spacetown, mes compatriotes ont, pour la plupart, tenu pour assuré que les Terriens étaient décidés à adopter le principe des sociétés intégrées, dont l'application a donné de si bons résultats dans les Mondes Extérieurs. Même après les premières émeutes, nous avons pensé qu'il s'agissait seulement d'une réaction provisoire des Terriens, surpris et choqués par la nouveauté de cette conception. Mais la suite des événements a prouvé que tel n'était pas le cas. Malgré la coopération effective du gouvernement de la Terre et de ceux de vos villes, la résistance aux idées nouvelles n'a jamais cessé, et les progrès réalisés ont été très lents. Naturellement, cet état de choses a causé de graves soucis à notre peuple.

— Par pur altruisme, j'imagine, dit Baley.

— Pas seulement pour cela, répliqua R. Daneel, mais vous êtes bien bon d'attribuer à ces préoccupations des motifs respectables. En fait, nous avons tous la conviction qu'un Monde Terrestre peuplé d'individus en bonne santé, et scientifiquement modernisé, serait d'un grand bienfait pour la Galaxie tout entière. C'est en tout cas ce que les habitants de Spacetown croient fermement, mais je dois admettre que, dans divers Mondes Extérieurs, il se manifeste de fortes oppositions à ces opinions.

— Comment donc ? Y aurait-il désaccord entre Spaciens ?

— Sans aucun doute. Certains pensent qu'une Terre modernisée deviendrait dangereuse et impérialiste. C'est en particulier le cas des populations des Mondes Extérieurs les plus proches de la Terre ; celles-ci gardent en effet, plus que d'autres, le souvenir des premiers siècles au cours desquels les voyages interstellaires devinrent chose facile : à cette époque, leurs mondes étaient, politiquement et économiquement, contrôlés par la Terre.

— Bah ! soupira Baley. Tout ça, c'est de l'histoire ancienne ! Sont-ils réellement inquiets ? Ont-ils encore l'intention de nous chercher noise pour des incidents qui se sont produits il y a des centaines d'années ?

— Les humains, répliqua R. Daneel, ont une curieuse mentalité. Ils ne sont pas, à bien des points de vue, aussi raisonnables que nous autres robots, parce que leurs circuits ne sont pas, comme les nôtres, calculés à l'avance. Il paraît, m'a-t-on dit, que cela comporte des avantages.

— C'est bien possible, fit Baley sèchement.

— Vous êtes mieux placé que moi pour le savoir, dit R. Daneel. Quoi qu'il en soit, la persistance des échecs que nous avons connus sur la Terre a renforcé les partis nationalistes des Mondes Extérieurs. Ceux-ci déclarent que, de toute évidence, les Terriens sont des êtres différents des Spaciens, et qu'il ne peut être question de leur inculquer nos traditions. Ils affirment que, si nous contraignons par la force la Terre à utiliser comme nous les robots, nous provoquerons inévitablement la destruction de la Galaxie tout entière. Ils n'oublient jamais, en effet, que la population de la Terre s'élève à huit milliards, alors que celle des cinquante Mondes Extérieurs réunis excède à peine cinq milliards et demi. Nos compatriotes, en particulier le Dr Sarton...

— C'était un savant ?

— Oui, un spécialiste des questions de sociologie, particulièrement celles concernant les robots : il était extrêmement brillant.

— Ah, vraiment ? Continuez.

— Comme je vous le disais, le Dr Sarton et d'autres personnalités comprirent que Spacetown — et tout ce que cette ville représente — ne pouvait pas subsister longtemps, si des idées comme celles que je viens de vous exposer continuaient à se développer, en puisant leur raison d'être dans nos échecs continuels. Le Dr Sarton sentit que l'heure était venue de faire un suprême effort pour comprendre la psychologie du Terrien. Il est facile de dire que les peuples de la Terre sont par nature conservateurs, et de parler en termes méprisants des « indécrottables Terriens », ou de la « mentalité insondable des populations terrestres » ; mais cela ne résout pas le problème. Le Dr Sarton déclara que de tels propos ne prouvaient qu'une chose, l'ignorance de leurs auteurs, et qu'il est impossible d'éliminer le Terrien au moyen d'un slogan ou avec du bromure. Il affirma que les Spaciens désireux de réformer la Terre devaient renoncer à la politique isolationniste de Spacetown et se mêler beaucoup plus aux Terriens ; ils devraient vivre comme eux, penser comme eux, concevoir l'existence comme eux.

— Les Spaciens ? répliqua Baley. Impossible.

— Vous avez parfaitement raison, reprit R. Daneel. En dépit de ses théories, le Dr Sarton ne put jamais se décider à pénétrer dans une de vos villes. Il s'en sentait incapable. Il n'aurait jamais pu endurer ni leur énormité ni les foules qui les peuplent. Si même on l'avait contraint d'y venir, sous la menace d'une arme à feu, vos conditions intérieures d'existence lui auraient paru tellement écrasantes qu'il n'aurait jamais réussi à découvrir les vérités intérieures qu'il cherchait à comprendre.

— Mais voyons, demanda Baley, comment admettre cette idée fixe des Spaciens concernant nos maladies ? Ne l'oubliez pas, R. Daneel ! A ce seul point de vue, il n'y a pas un Spacien qui se risquerait à pénétrer dans une de nos cités.

— C'est très vrai. La maladie, telle que les Terriens ont l'habitude d'en faire l'expérience, est une chose inconnue dans les Mondes Extérieurs, et la peur de ce que l'on ne connaît pas est toujours morbide. Le Dr Sarton se rendait parfaitement compte de tout cela ; néanmoins, il n'a jamais cessé d'insister sur la nécessité d'apprendre à connaître toujours plus intimement les Terriens et leurs coutumes.

— Il me semble qu'il s'est ainsi engagé dans une impasse.

— Pas tout à fait. Les objections soulevées contre l'entrée de nos compatriotes dans vos villes sont valables pour les Spaciens humains ; mais les robots spaciens sont tout différents.

« C'est vrai, se dit Baley, j'oublie tout le temps qu'il en est un ! »

— Ah ! fit-il à haute voix.

— Oui, répliqua R. Daneel. Nous sommes naturellement plus souples, en tout cas à ce point de vue-là. On peut nous construire de telle façon que nous nous adaptions parfaitement à la vie terrestre. Si l'on nous fait un corps identique à celui des humains, les Terriens nous accepteront mieux et nous laisseront pénétrer davantage dans leur intimité.

— Mais vous-même ?... dit Baley, se sentant soudain le cœur plus léger.

— Moi, je suis précisément un robot de cette espèce. Pendant un an, le Dr Sarton a travaillé aux plans et à la construction de tels robots. Malheureusement, mon éducation n'est pas encore complète. J'ai été, en hâte et prématurément, affecté à la mission que je remplis actuellement, et c'est là une des conséquences du meurtre.

— Ainsi donc, tous les robots spaciens ne sont pas comme vous ? Je veux dire que certains ressemblent plus à des robots et ont une apparence moins humaine. C'est bien cela ?

— Mais bien sûr ! C'est tout naturel. L'aspect extérieur d'un robot dépend essentiellement de la mission qu'on lui donne. Ma propre mission exige un aspect tout ce qu'il y a de plus humain, et c'est bien mon cas. D'autres robots sont différents, et cependant ils sont tous humanoïdes. Ils le sont certes plus que les modèles si primitifs et si médiocres que j'ai vus dans le magasin de chaussures. Tous vos robots sont-ils ainsi faits ?

— Plus ou moins, dit Baley. Vous en désapprouvez l'emploi ?

— Bien entendu. Comment faire admettre qu'une aussi grossière parodie de l'être humain puisse prétendre à quelque égalité intellectuelle avec l'homme ? Vos usines ne peuvent-elles rien construire de mieux ?

— Je suis convaincu que si, Daneel. Mais je crois que nous préférons savoir si nous avons ou non affaire à un robot.

Ce disant, il regarda son interlocuteur droit dans les yeux ; ils étaient brillants et humides, comme ceux d'un homme, mais Baley eut l'impression que leur regard était fixe, et n'avait pas cette mobilité que l'on trouve chez l'homme.

— J'espère qu'avec le temps, dit R. Daneel, je parviendrai à comprendre ce point de vue.

Pendant un court instant, Baley eut l'impression que cette réponse n'était pas dénuée de sarcasme ; mais il chassa vite cette pensée.

— De toutes manières, reprit R. Daneel, le Dr Sarton avait clairement compris que tout le problème consistait à trouver la formule adéquate combinant C/Fe.

— C/Fe ? Qu'est-ce que c'est que ça ?

— Tout simplement les symboles chimiques du carbone et du fer, Elijah. Le carbone est l'élément de base de la vie humaine, et le fer est celui de la vie des robots. Il devient facile de parler de C/Fe, quand on désire exprimer une forme de culture qui puisse combiner au mieux les propriétés des deux éléments, sur des bases égales et parallèles.

— Ah ! fit Baley. Mais, dites-moi, comment écrivez-vous ce symbole C-Fe ? Avec un trait d'union ?

— Non, Elijah, avec une barre en diagonale. Elle signifie que ni l'un ni l'autre des éléments ne prédomine, et qu'il s'agit d'un mélange des deux, sans qu'aucun ait la priorité.

Malgré lui, Baley ne put s'empêcher de s'avouer qu'il était très intéressé par ce que lui disait R. Daneel. L'instruction que l'on donnait couramment aux jeunes Terriens ne comportait à peu près aucun renseignement sur l'histoire et la sociologie des Mondes Extérieurs, à partir de la Grande Révolte qui avait rendu ceux-ci indépendants de la planète-mère. Il existait évidemment une littérature filmée et romancée qui mettait en vedette des personnages des Mondes Extérieurs, toujours les mêmes. On y trouvait un magnat venant visiter la Terre, et se montrant invariablement coléreux et excentrique ; ou encore une belle héritière, ne manquant pas d'être séduite par les charmes du Terrien, et noyant dans un amour ardent le dédain qu'elle professait pour tout ce qui était issu de la Terre ; ou enfin le rival spacien, aussi arrogant que méchant, mais toujours voué à la défaite. Certes, ces tableaux-là n'avaient aucune valeur, du simple fait qu'ils faisaient abstraction des vérités les plus élémentaires et les mieux connues, à savoir en particulier que jamais les Spaciens ne pénétraient dans les cités terrestres, et qu'aucune femme spacienne n'avait pratiquement rendu visite à la Terre.

Et, pour la première fois de sa vie, Baley se sentit pénétré d'une étrange curiosité. En quoi consistait vraiment l'existence des Spaciens ? Il lui fallut faire un effort pour ramener sa pensée au problème qu'il avait mission de résoudre.

— Je crois, dit-il, que je vois où vous voulez en venir. Votre Dr Sarton envisageait de convertir les populations de la Terre à sa nouvelle combinaison C/Fe, en la leur présentant sous un angle nouveau et prometteur. Nos milieux conservateurs qui se dénomment eux-mêmes Médiévalistes ont été troublés par ces révélations. Ils ont eu peur que Sarton réussisse, et c'est pour cela qu'ils l'ont tué. Telle est donc la raison qui vous incite à voir dans ce meurtre l'œuvre d'un complot organisé, et non d'un fanatique isolé. C'est bien ça ?

— C'est en effet à peu près ainsi que je vois la chose, Elijah.

Baley, songeur, siffla en sourdine, tout en tapotant légèrement sur la table, de ses longs doigts souples. Puis il hocha la tête :

— Non, fit-il. Ça ne colle pas. Ça ne peut pas coller !

— Excusez-moi, mais je ne vous comprends pas !...

— J'essaie de me représenter la chose. Un Terrien entre tranquillement dans Spacetown, il va droit chez le Dr Sarton, il le tue, et il s'en va comme il était venu. Eh bien, je ne vois pas cela. L'entrée de Spacetown est, bien entendu, gardée ?

— En effet, dit R. Daneel. Je crois pouvoir affirmer qu'aucun Terrien ne peut franchir subrepticement l'entrée du territoire.

— Alors, vous voilà bien avancé !

— Nous serions certainement dans une troublante impasse, Elijah, s'il n'y avait, pour venir de New York à Spacetown, que le chemin de l'express.

Baley, songeur, observa attentivement son associé.

— Je ne vous suis pas, dit-il. Il n'y a pas d'autre voie de communication entre les deux villes que celle-là, voyons !

— Il n'y en a pas d'autre directe, en effet, répondit R. Daneel qui, après avoir un moment gardé le silence, ajouta : Vous ne voyez toujours pas où je veux en venir, n'est-ce pas ?

— Absolument pas. Je me demande à quoi vous faites allusion.

— Eh bien, sans vouloir vous offenser, je vais tâcher de m'expliquer. Voudriez-vous me donner du papier et un crayon ?... Merci. Alors, suivez-moi bien, Elijah. Je trace ici un large cercle qui va représenter la ville de New York ; puis, en voici un autre plus petit, que je dessine tangent au premier, et qui figurera Spacetown. Au point de tangence des deux circonférences, je trace une flèche que je désigne sous le nom de barrière. Ne voyez-vous aucun autre moyen de faire communiquer les deux cercles ?

— Non, bien sûr ! Il n'en existe pas !

— Dans une certaine mesure, dit le robot, je suis content de vous entendre parler ainsi, car cela confirme ce que l'on m'a appris sur la mentalité des Terriens et leur méthode de raisonnement. Cependant, si la barrière est l'unique point de contact direct entre les deux zones, il n'en est pas moins vrai que New York et Spacetown donnent, l'une et l'autre, et dans toutes les directions, sur la campagne. Il est donc possible à un Terrien de quitter la ville par une de ces nombreuses sorties existantes, et de gagner Spacetown par la campagne, sans qu'aucune barrière ne l'arrête.

— Par la campagne ?

— Oui.

— Vous prétendez que l'assassin aurait traversé la campagne ?

— Pourquoi pas ?

— A pied ?

— Sans aucun doute. C'est le meilleur moyen de ne pas être découvert. Le meurtre a eu lieu dans les premières heures de la matinée, et le trajet a dû être parcouru avant l'aube.

— Impossible ! s'écria Baley. Il n'y a pas, dans tout New York, un seul homme qui se risquerait à quitter seul la ville.

— Je vous accorde qu'en temps ordinaire cela peut paraître invraisemblable. Nous autres Spaciens, nous sommes au courant de cet état de choses, et c'est pourquoi nous ne montons la garde qu'à la barrière. Même au moment de la grande émeute, vos compatriotes ont attaqué uniquement la barrière, mais pas un seul n'a quitté la ville.

— Et alors ?

— Mais maintenant nous sommes en présence d'une situation exceptionnelle. Il ne s'agit pas de la ruée aveugle d'une foule cherchant à briser une résistance ; nous avons affaire à un petit groupe de gens qui, de propos délibéré, tentent de frapper en un point non gardé. C'est ce qui explique qu'un Terrien ait pu, comme vous l'avez dit tout à l'heure, pénétrer dans Spacetown, aller droit à la demeure de sa victime, la tuer, et s'en aller. Le meurtrier est entré par un point absolument désert de notre territoire.

— C'est trop invraisemblable ! répéta Baley en secouant la tête. Vos compatriotes ont-ils essayé de trouver des éléments précis permettant de servir de base à une telle théorie ?

— Oui. Votre chef était chez nous, presque au moment où le crime a eu lieu.

— Je sais. Il m'a mis au courant.

— Ce fait est une preuve supplémentaire du soin que l'on a apporté à choisir l'heure du meurtre. Le commissaire principal travaillait depuis longtemps avec le Dr Sarton ; c'est avec lui que notre grand savant avait élaboré un plan selon lequel certains accords devaient être conclus entre nos villes, afin d'introduire petit à petit chez vous des robots tels que moi. Le rendez-vous prévu pour le jour du crime avait précisément pour objet la discussion de ce plan ; naturellement, le meurtre a arrêté, provisoirement du moins, la mise en œuvre de ces projets ; et la présence de votre chef dans Spacetown, à ce moment même, a rendu toute la situation plus difficile et plus embarrassante, non seulement pour les Terriens, mais également pour les Spaciens. Mais ce n'est pas cela que j'avais commencé à vous raconter. Quand le commissaire principal est arrivé, nous lui avons dit : « L'assassin a dû venir en traversant la campagne. » Et, tout comme vous, il nous a répondu : « Impossible ! » ou peut-être : « Impensable ! » Comme vous pouvez l'imaginer, il était bouleversé, et peut-être son émotion l'a-t-elle empêché de saisir le point essentiel. Quoi qu'il en soit, nous avons exigé qu'il procède, presque sur-le-champ, à toutes les vérifications susceptibles de nous éclairer sur la valeur de cette hypothèse.

Baley songea aux lunettes cassées du commissaire, et, au milieu même de ses sombres pensées, il ne put se défendre d'un léger sourire. Pauvre Julius ! Oui, cela ne pouvait faire de doute, il devait être bouleversé ! Bien entendu, Enderby n'avait pas trouvé le moindre moyen d'expliquer la situation aux orgueilleux Spaciens, car ceux-ci considéraient tout défectuosité physique comme une tare particulièrement choquante, inhérente à la race des Terriens, et due au fait que celle-ci n'était pas génétiquement sélectionnée. Au surplus, toute explication donnée dans ce domaine lui aurait aussitôt fait perdre la face, et le commissaire principal Julius Enderby ne pouvait à aucun prix se permettre cela. Aussi bien, les Terriens devaient se tenir les coudes à tous points de vue, et Baley se promit de ne rien révéler au robot sur la myopie d'Enderby.

Cependant, R. Daneel reprit son exposé :

— L'une après l'autre, toutes les sorties de la ville ont été inspectées. Savez-vous combien il y en a, Elijah ?

Baley secoua la tête et dit au hasard :

— Une vingtaine ?...

— Cinq cent deux.

— Quoi ?

— Primitivement, il y en avait beaucoup plus, mais il n'en subsiste que cinq cent deux utilisables. Votre ville a grandi lentement, Elijah ! Jadis, elle était à ciel ouvert, et les gens passaient librement de la cité à la campagne.

— Bien sûr ! Je sais tout cela.

— Eh bien, quand New York est pour la première fois devenue une ville fermée, on a laissé subsister beaucoup d'issues, et il en reste aujourd'hui cinq cent deux. Toutes les autres ont été soit condamnées, soit détruites, pour faire place à des constructions. Je ne tiens pas compte, naturellement, des terrains d'atterissage des avions de transport.

— Alors, qu'est-il résulté de cette inspection des sorties ?

— Rien. Aucune de ces issues n'est gardée. Nous n'avons trouvé aucun fonctionnaire qui en fût officiellement chargé, et personne n'a voulu prendre la moindre responsabilité à ce sujet. On eût dit que nul ne connaissait même l'existence de ces issues. On peut donc affirmer que n'importe qui a pu sortir par une de ces portes, quand et comme il l'a voulu, et rentrer de même, sans que nul ne puisse jamais déceler cette fugue.

— Qu'a-t-on trouvé d'autre ? L'arme du crime avait disparu, j'imagine ?...

— Oh, oui !

— Aucun autre indice utilisable ?

— Aucun. Nous avons examiné à fond les abords de la frontière du territoire de Spacetown. Les robots travaillant dans les fermes ne peuvent apporter le moindre témoignage ; ils ne sont guère plus que des machines à exploiter les fermes, à peine des humanoïdes ; et il n'y avait aucun être humain dans ces parages.

— Hum ! fit Baley. Alors, quoi ?

— Comme nous avons échoué à un bout de la ligne, à Spacetown, il faut essayer de réussir à l'autre bout, à New York. Nous allons donc avoir pour tâche de découvrir tous les groupes qui fomentent de l'agitation, et de dépister toutes les organisations subversives.

— Combien de temps avez-vous l'intention de consacrer à cette enquête ? demanda Baley.

— Aussi peu que possible, mais autant qu'il le faudra.

— Eh bien, reprit Baley, pensif, je paierais cher pour que vous ayez un autre associé que moi dans cette pagaille !...

— Moi pas, dit R. Daneel. Le commissaire principal nous a fait le plus grand éloge de votre loyauté et de vos capacités.

— Il est vraiment trop bon ! répliqua Lije ironiquement, tout en se disant : « Pauvre Julius ! Il a du remords à mon égard, et il se donne du mal... »

— Nous ne nous en sommes pas rapportés entièrement à lui, reprit le robot. Nous avons examiné votre dossier. Vous vous êtes ouvertement opposé à l'usage des robots dans votre service.

— Oh, oh ! Et vous avez une objection à formuler là-dessus ?

— Pas la moindre. Il est bien évident que vous avez le droit d'avoir une opinion. Mais votre prise de position nous a contraints à étudier de très près votre profil psychologique. Et nous savons que, malgré votre profonde antipathie pour les robots, vous travaillerez avec l'un d'eux si vous considérez que tel est votre devoir. Vous avez un sens extraordinairement élevé de la loyauté, et vous êtes extrêmement respectueux de l'autorité légale. C'est exactement ce qu'il nous faut, et le commissaire Enderby vous a bien jugé.

— Vous n'éprouvez aucun ressentiment, du fait de mon antipathie pour les robots ?

— Du moment qu'elle ne vous empêche pas de travailler avec moi, ni de m'aider à accomplir la tâche que l'on m'a assignée, quelle importance peut-elle avoir ?

Baley en resta interloqué, et il répliqua, agressivement :

— A la bonne heure ! J'ai donc passé avec succès l'examen ! Eh bien, parlons un peu de vous, maintenant ! Qu'est-ce qui vous qualifie pour faire le métier de détective ?

— Je ne vous comprends pas.

— Vous avez été dessiné et construit pour rassembler des renseignements. Vous êtes un sosie d'homme, chargé de fournir aux Spaciens des éléments précis sur la vie des Terriens.

— N'est-ce pas un bon début, pour un enquêteur, Elijah, que de rassembler des renseignements ?

— Un début, peut-être. Mais une enquête exige bien autre chose que cela.

— J'en suis convaincu. Et c'est pourquoi on a procédé à un réglage spécial de mes circuits.

— Ah ?... Je serais vraiment curieux d'en connaître les détails, Daneel.

— Rien de plus facile. Je puis vous dire, par exemple, qu'on a particulièrement renforcé, dans mes organes moteurs, le désir de la justice.

— La justice ! s'écria Baley.

Sa réaction fut tout d'abord ironique, mais elle fit aussitôt place à une extrême méfiance, qu'il ne se donna même pas la peine de déguiser.

A ce moment, R. Daneel se retourna vivement sur sa chaise et regarda vers la porte.

— Quelqu'un vient ! dit-il.

C'était exact, car la porte s'ouvrit et Jessie, pâle et les lèvres pincées, entra, à la vive surprise de Baley.

— Par exemple, Jessie, s'écria-t-il. Qu'est-ce qui ne va pas ?

Elle s'arrêta sur le seuil, et évita le regard de son mari.

— Je m'excuse, murmura-t-elle. Il fallait que je rentre...

— Et où est Bentley ?

— Il va passer la nuit au Foyer du jeune homme.

— Pourquoi donc ? Je ne t'avais pas dit de faire ça !

— Tu m'avais dit que ton associé coucherait ici, et j'ai pensé qu'il aurait besoin de la chambre de Bentley.

— Ce n'était pas nécessaire, Jessie, dit R. Daneel.

Elle leva les yeux vers lui et le dévisagea longuement. Baley baissa la tête et contempla ses ongles ; il sentit un irrésistible malaise l'envahir, à la pensée de ce qui allait suivre, de ce qu'il ne pouvait d'aucune manière empêcher. Dans le silence oppressant, le sang lui monta au visage, ses tempes battirent très fort, et finalement il entendit, lointaine et comme tamisée par d'épaisses couches d'isolant, la voix de sa femme qui disait :

— Je crois que vous êtes un robot, Daneel.

Et R. Daneel lui répondit, toujours aussi calmement :

— Je le suis, en effet, Jessie.

6

Murmures dans une chambre à coucher

Sur les sommets les plus élevés de quelques immeubles — les plus luxueux — de la Cité, se trouvent les solariums naturels ; ils sont recouverts d'un toit de quartz qui interdit à l'air d'y pénétrer librement, mais laisse passer les rayons du soleil, et un second toit métallique et mobile permet de les fermer entièrement à la lumière du jour. C'est là que les femmes et les filles des principaux dirigeants de la ville peuvent venir se bronzer. C'est là, et là seulement que, chaque soir, se produit un fait exceptionnel : la nuit tombe.

Dans le reste de la ville (y compris les solariums de lumière artificielle, où des millions d'individus peuvent, pendant des périodes strictement limitées, s'exposer de temps en temps aux feux de lampes à arcs), il n'y a que des cycles arbitraires d'heures.

L'activité de la Cité pourrait facilement se poursuivre, soit au régime de trois tranches de huit heures, soit à celui de quatre tranches de six heures, qu'il fasse « nuit » ou « jour ». La lumière, comme le travail, pourrait ne jamais cesser. Il y a d'ailleurs des réformateurs qui, périodiquement, préconisent ce mode d'existence, dans l'intérêt de l'économie et du rendement. Mais leurs propositions ne sont jamais acceptées.

La plupart des anciennes habitudes auxquelles était attachée la société terrestre avaient dû être sacrifiées, dans l'intérêt de cette économie et de ce rendement : ainsi en avait-il été de l'espace vital, de l'intimité du foyer et même d'une bonne partie de la liberté d'action. C'étaient pourtant là les fruits d'une civilisation dix fois millénaire.

En revanche, l'habitude qu'a prise l'homme de dormir la nuit est aussi vieille que l'humanité : un million d'années sans doute. Il n'est donc pas facile d'y renoncer. Aussi, quoique la venue du soir ne soit pas visible, les lumières des appartements s'éteignent à mesure que la soirée s'avance, et le pouls de la Cité semble presque cesser de battre. Certes, aucun phénomène cosmique ne permet de distinguer minuit de midi, dans les avenues entièrement closes de l'immense ville ; et cependant la population observe scrupuleusement les divisions arbitraires que lui imposent silencieusement les aiguilles de la montre. Et, quand vient la « nuit », l'express se vide, le vacarme de la vie cesse, et l'immense foule qui circulait dans les colossales artères disparaît : New York repose, invisible au sein de la Terre, et ses habitants dorment.

Cependant Elijah Baley ne dormait pas. Il était sans doute couché dans son lit, et aucune lumière ne brillait dans son appartement, mais cela ne suffisait pas à faire venir le sommeil. Jessie était étendue près de lui, immobile dans l'ombre. Il ne l'avait ni entendue ni sentie faire le moindre mouvement. Enfin, de l'autre côté du mur, R. Daneel Olivaw se tenait... Comment ? Baley se le demanda : était-il debout, assis ou couché ?...

Il murmura : « Jessie ! » et répéta peu après : « Jessie ! »

Elle remua légèrement sous le drap, et répondit :

— Qu'est-ce que tu veux ?

— Jessie, ne rends pas ma tâche encore plus difficile !

— Tu aurais au moins pu me prévenir !

— Comment l'aurais-je fait ? J'en avais l'intention, mais je ne disposais d'aucun moyen... Jessie !...

— Chut !...

Baley baissa de nouveau la voix :

— Comment as-tu découvert la vérité ? Ne veux-tu pas le dire ?

Elle se tourna vers lui. Malgré l'obscurité, il sentit le regard de sa femme posé sur lui.

— Lije, fit-elle d'une voix à peine plus audible qu'un souffle d'air, peut-elle nous entendre... cette... chose... ?

— Pas si nous parlons très bas.

— Qu'est-ce que tu en sais ? Peut-être a-t-il des oreilles spéciales pour entendre les moindres sons. Les robots spaciens peuvent faire toutes sortes de choses !...

Baley le savait bien. La propagande prorobot ne cessait jamais d'insister sur les miraculeuses capacités des robots spaciens, leur endurance, le développement extraordinaire de leurs sens, et les cent moyens nouveaux par lesquels ils étaient en mesure d'aider l'humanité. Personnellement, Baley estimait que cet argument-là se détruisait lui-même ; car les Terriens haïssaient les robots d'autant plus qu'ils les sentaient supérieurs à eux dans bien des domaines.

— Ce n'est pas le cas pour R. Daneel, répliqua-t-il. On en a fait un être humain ; on a voulu qu'il soit accepté et reconnu ici comme tel, et c'est pourquoi il n'a que des sens humains normaux.

— Comment le sais-tu ?

— S'il avait des sens extraordinairement développés, il courrait un grand danger, en risquant de se trahir. Il en ferait trop, il en saurait trop.

— Tu as peut-être raison...

De nouveau le silence s'appesantit entre eux. Une longue minute s'écoula, puis Baley fit une nouvelle tentative.

— Jessie, si tu voulais simplement laisser les choses suivre leur cours, jusqu'à ce que... jusqu'à ce... Ecoute, chérie, ce n'est pas chic d'être fâchée contre moi !

— Fâchée ? Oh ! Lije, que tu es donc bête ! Je ne suis pas fâchée. J'ai peur. Je suis terrifiée !

Elle eut comme un sanglot, et agrippa le col de pyjama de son époux. Ils restèrent un instant enlacés, et la peine croissante de Baley se changea en un souci indéfinissable.

— Mais pourquoi donc, Jessie ? Il n'y a aucune raison pour que tu aies peur. Il est inoffensif, je te le jure !

— Ne peux-tu te débarrasser de lui, Lije ?

— Tu sais bien que non ! C'est une affaire officielle. Comment pourrais-je désobéir aux ordres que j'ai reçus ?

— Quel genre d'affaire, Lije ? Dis-le-moi !

— Vraiment, Jessie, tu me surprends !

Il tendit la main vers la joue de sa femme et la caressa ; elle était mouillée, et il lui essuya soigneusement les yeux, avec la manche de son pyjama.

— Ecoute, lui dit-il tendrement, tu fais l'enfant !

— Dis-leur, à ton service, qu'ils désignent quelqu'un d'autre pour cette affaire, quelle qu'elle soit. Je t'en prie, Lije !

— Jessie, répliqua-t-il plus rudement, tu es la femme d'un policier depuis trop longtemps pour ne pas savoir qu'une mission est une mission...

— Et pourquoi est-ce à toi qu'on l'a confiée ?

— C'est Julius Enderby...

— Ah ! fit-elle en se raidissant dans ses bras. J'aurais dû m'en douter ! Pourquoi ne peux-tu pas dire à Enderby que, pour une fois, il fasse faire cette corvée par quelqu'un d'autre ? Tu es beaucoup trop complaisant, Lije, et voilà le résultat...

— Bon, bon ! murmura-t-il, cherchant à l'apaiser.

Elle se tut, et frissonna. Baley se dit qu'elle ne comprendrait jamais. Julius Enderby avait été un sujet de discussion depuis leurs fiançailles. Enderby était en avance sur Baley de deux classes à l'école d'administration de la ville ; ils s'étaient liés. Quand Baley avait passé le concours et subi les tests, ainsi que la neuronalyse pour déterminer son aptitude au métier de policier, il avait de nouveau trouvé devant lui Julius Enderby qui était déjà passé inspecteur.

Baley avait suivi Enderby, mais à une distance toujours plus grande. Ce n'était la faute de personne en particulier. Baley possédait bien assez de connaissances et sa puissance au travail était grande ; mais il lui manquait quelque chose qu'Enderby avait au plus haut point : le don de s'adapter aux rouages compliqués de la machine administrative. C'était un homme né pour évoluer dans une hiérarchie, et qui se sentait naturellement à l'aise dans une bureaucratie.

Le commissaire principal n'avait rien d'un grand esprit, et Baley le savait bien. Il avait des manies presque enfantines, telles ses crises intermittentes de Médiévalisme outrancier. Mais il savait se montrer souple avec les gens ; il n'offensait personne, recevait avec le sourire les ordres qu'on lui donnait, et commandait avec un judicieux mélange de gentillesse et de fermeté. Il trouvait même le moyen de s'entendre avec les Spaciens ; peut-être se montrait-il trop obséquieux à leur égard. Baley, quant à lui, n'aurait jamais pu discuter avec eux une demi-journée sans finir par se sentir exaspéré ; il en était bien convaincu, quoiqu'il ne les eût pour ainsi dire pas fréquentés. En tout cas, les Spaciens avaient confiance en Julius Enderby, et cela rendait ce fonctionnaire extrêmement précieux pour la ville.

Ce fut ainsi que, dans une administration civile où la souplesse et l'amabilité valaient mieux que de hautes compétences individuelles, Enderby gravit rapidement les échelons de la hiérarchie, et se trouva commissaire principal quand Baley piétinait encore dans la catégorie C. 5. Baley n'en concevait pas d'amertume, mais il était trop sensible pour ne pas déplorer un tel état de choses. Quant à Enderby, il n'oubliait pas leur ancienne amitié, et, à sa manière parfois bizarre, il tentait souvent de compenser ses succès, en faisant de son mieux pour aider Baley.

La mission qu'il lui avait confiée, en lui adjoignant R. Daneel pour associé, en était un exemple. C'était une tâche rude et déplaisante, mais on ne pouvait douter qu'elle pouvait engendrer pour le détective un avancement sensationnel. Le commissaire principal aurait fort bien pu charger quelqu'un d'autre de cette enquête. Ce qu'il avait dit le matin même, au sujet du service personnel qu'il sollicitait, déguisait un peu le fait, mais celui-ci n'en demeurait pas moins patent.

Or, Jessie ne voyait pas les choses sous cet angle. En maintes occasions semblables, elle lui avait déjà dit :

— Tout ça vient de ta stupide manie de vouloir toujours être loyal. Je suis fatiguée d'entendre tout le monde chanter tes louanges à cause de ton merveilleux sens du devoir. Pense donc un peu à toi, de temps en temps ! J'ai remarqué que, quand on parle de nos dirigeants, il n'est jamais question de la loyauté dont ils font preuve !...

Cependant Baley demeurait très éveillé dans son lit, et laissait Jessie se calmer. Il avait besoin de réfléchir. Il lui fallait s'assurer de la justesse de certains soupçons qu'il commençait à avoir. Classant l'un après l'autre bon nombre de petits faits, il en venait lentement à élaborer une thèse.

Soudain Jessie remua légèrement et, mettant ses lèvres tout contre l'oreille de son mari, elle murmura :

— Lije ? Pourquoi ne donnes-tu pas ta démission ?

— Ne dis pas de bêtises !

— Pourquoi pas ? reprit-elle, insistant ardemment. De cette façon, tu peux te débarrasser de cet horrible robot. Tu n'as qu'à aller trouver Enderby, et lui dire que tu en as assez.

— Non, répliqua-t-il froidement. Je ne peux pas démissionner au milieu d'une importante enquête. Il m'est impossible de remettre le dossier à la disposition de mes chefs quand bon me semble. Si j'agissais ainsi, je serais immédiatement déclassé avec un motif grave.

— Eh bien, tant pis ! tu referas ton chemin. Tu en es parfaitement capable, Lije ! Il y a une douzaine de postes, dans l'administration, que tu remplirais très bien.

— L'administration ne reprend jamais des gens que l'on a déclassés pour motif grave. Je serais irrémédiablement réduit à faire un travail manuel, et toi aussi, ne l'oublie pas. Bentley perdrait tous les avantages que ma fonction lui vaut actuellement, et ceux dont il bénéficiera plus tard comme fils de fonctionnaire. Jessie, tu ne sais pas ce que cela signifie !

— J'ai lu certains articles sur ce sujet : mais je ne crains pas les conséquences d'une telle décision.

— Tu es folle. Tu es complètement folle !

Baley ne put s'empêcher de frissonner. Une image fulgurante et familière passa devant ses yeux, l'image de son père, s'acheminant, de déchéance et déchéance, vers la mort.

Jessie soupira profondément et, dans une réaction violente, Baley cessa de se préoccuper d'elle pour penser désespérément à la théorie qu'il essayait de mettre au point. D'un ton sec, il lui dit :

— Jessie, il faut absolument que tu me dises comment tu as découvert que Daneel était un robot. Qu'est-ce qui t'a amenée à penser cela ?

Elle commença à répondre : « Eh bien... », mais s'arrêta net. C'était la troisième fois qu'elle tentait de s'expliquer et qu'elle y renonçait. Il serra fortement dans la sienne la main de son épouse et reprit d'un ton très pressant :

— Voyons, Jessie, je t'en prie ! Dis-le-moi !

— J'ai simplement deviné, répondit-elle.

— Non, Jessie. Rien ne pouvait te le faire deviner. Quand tu as quitté l'appartement, tu ne pensais pas que Daneel était un robot, n'est-ce pas ?

— N... non... Mais j'ai réfléchi...

— Allons, Jessie, parle ! Que s'est-il passé ?

— Eh bien... Tu comprends, Lije, les filles bavardaient dans les Toilettes. Tu sais comme elles sont. Elles parlent de n'importe quoi...

— Ah, les femmes ! dit Baley.

— Oh ! d'ailleurs, les mêmes bruits courent dans toute la ville. C'est inévitable.

— Dans toute la ville ?...

Baley sentit brusquement qu'il était sur la bonne piste : une autre pièce du puzzle venait de trouver sa place, et il entrevit le succès.

— Oui, reprit Jessie ; en tout cas, j'en ai bien l'impression. Elles ont raconté qu'on parlait d'un robot spacien qui se promenait librement dans la ville ; il a absolument l'air d'un homme et on le soupçonne de travailler pour la police. Alors, on m'a posé des questions à ce sujet. Elles m'ont demandé en riant : « Est-ce que votre Lije ne sait rien à ce sujet, Jessie ? » Moi aussi, j'ai ri, et je leur ai dit : « Ne faites pas les idiotes ! » Nous sommes ensuite allées au spectacle, et je me suis mise à penser à ton associé. Tu te rappelles qu'un jour tu as rapporté à la maison des photographies que Julius Enderby avait prises à Spacetown, pour me montrer de quoi les Spaciens avaient l'air. Eh

bien, je me suis dit : « C'est tout à fait à cela que Daneel ressemble !
Oh ! mon Dieu, quelqu'un a dû le reconnaître dans le magasin de
chaussures, et Lije était avec lui ! » Alors, j'ai prétexté une migraine,
et je me suis sauvée...

— Bon ! fit Baley. Eh bien, maintenant, assez de divagations,
Jessie ! Reprends-toi, et dis-moi de quoi tu as peur. Tu ne peux pas
avoir peur de Daneel lui-même : tu lui as parfaitement fait face, quand
tu es rentrée. Alors...

Il se tut et s'assit dans son lit, écarquillant en vain les yeux dans
l'obscurité. Sentant sa femme bouger contre lui, il tendit la main vers
elle, cherchant son visage, et pressa sa paume contre les lèvres de
Jessie. Sous cette étreinte, la jeune femme se souleva ; elle lui saisit le
poignet et le tordit violemment ; mais il se pencha vers elle et accentua
encore sa pression. Puis, brusquement, il la lâcha, et elle se mit à
pleurer.

— Excuse-moi, murmura-t-il, d'un ton bourru. J'écoutais.

Il se leva et passa des pantoufles chaudes en plastofilm.

— Où vas-tu, Lije ? Ne me quitte pas !

— Reste tranquille ! Je vais jusqu'à la porte, simplement.

Il fit, en glissant presque sans bruit, le tour du lit, et alla entrouvrir
la porte donnant sur le salon ; il attendit un long moment, et rien ne
se produisit. L'appartement était si tranquille qu'il pouvait entendre le
léger sifflement de la respiration de Jessie. Plus encore, il sentit battre
dans ses oreilles le rythme monotone de son pouls.

Passant la main dans l'entrebâillement de la porte, il chercha à
tâtons le commutateur électrique du lustre du salon et, l'ayant trouvé,
il l'actionna d'une légère pression. Le plafond s'éclaira faiblement, si
peu que la partie inférieure de la pièce demeura dans la pénombre.
Baley y vit cependant assez pour constater que la porte de l'appartement
était fermée, et que le salon était absolument calme. Il éteignit la
lumière et revint à son lit. Il savait tout ce qu'il désirait savoir. Les
morceaux de puzzle s'adaptaient de mieux en mieux les uns aux autres.
La thèse prenait véritablement forme.

— Oh ! Lije, gémit Jessie. Qu'est-ce qui ne va pas ?

— Tout va bien, Jessie. Tout va très bien. Il n'est pas là.

— Le robot ? Veux-tu dire qu'il est parti ?... Pour de bon ?

— Non, non. Il va revenir. Et, avant qu'il rentre, réponds-moi.

— A quoi veux-tu que je réponde ?

— De quoi as-tu peur ?

Elle ne dit rien, et Baley insista fortement.

— Tu as dit que tu étais terrifiée.

— Par lui.

— Non. Nous avons discuté ce point. Tu n'as pas eu peur de lui, et
d'ailleurs, tu sais fort bien qu'un robot ne peut faire aucun mal à un
être humain.

— Je me suis dit, finit-elle par répondre très lentement, que, si tout le monde apprend qu'il est un robot, il y aura une émeute et nous serons tués.

— Pourquoi nous tuerait-on ?

— Tu sais bien ce que c'est qu'une émeute !

— On ne sait même pas où le robot se trouve... alors ?

— On pourrait le découvrir.

— Et c'est cela que tu crains, une émeute ?

— Eh bien...

— Chut ! fit-il en la rejetant sur l'oreiller. Il est rentré, murmura-t-il à l'oreille de Jessie. Alors, écoute-moi et ne dis pas un mot. Tout va très bien. Il va s'en aller demain matin, et il ne reviendra pas. Et il n'y aura pas d'émeute. Il ne se passera rien du tout.

En disant ces paroles, il se sentit presque satisfait, presque complètement satisfait. Il sentit en tout cas qu'il allait pouvoir dormir. Il se répéta, tranquillement : « Pas d'émeute... Rien !... » Et, juste avant de sombrer définitivement dans le sommeil, il se dit encore : « Pas même d'enquête sur le meurtre, pas même cela !... Tout le problème est résolu !... »

Et il s'endormit.

7

Visite à Spacetown

Le commissaire principal Julius Enderby essuya ses lunettes avec un tendre soin, puis il les posa délicatement sur son nez.

« C'est un excellent truc ! se dit Baley. Ça vous occupe, pendant qu'on réfléchit à ce qu'on va dire ! Et puis ce n'est pas coûteux, comme de fumer... »

Cette pensée l'incita à sortir de sa poche sa pipe et à fouiller dans le fond de sa blague pour y puiser quelques pincées de sa maigre ration de grossier tabac. Le tabac était une des rares denrées de luxe que les Terriens cultivaient encore, et l'on pouvait prévoir qu'à brève échéance on renoncerait aussi à ce genre de culture. Au cours de son existence, Baley n'avait jamais cessé d'en voir les prix monter et les rations diminuer d'année en année.

Enderby, ayant ajusté ses lunettes, tourna un commutateur placé à un coin de sa table, ce qui eut pour effet de rendre la porte de son bureau translucide, mais uniquement de l'intérieur vers l'extérieur de la pièce.

— Pour l'instant, où est-il ? demanda-t-il.

— Il m'a dit qu'il désirait visiter notre organisation, et j'ai laissé Jack Tobin lui faire les honneurs de la maison.

Baley alluma sa pipe ; elle comportait un couvercle qu'il referma soigneusement : le commissaire principal, comme la plupart des non-fumeurs, n'aimait pas beaucoup l'odeur du tabac. Celui-ci reprit :

— J'espère que vous ne lui avez pas dit que Daneel était un robot !

— Bien sûr que non !

Enderby, pas du tout détendu, ne cessa de manipuler machinalement le calendrier automatique de son bureau.

— Est-ce que ça marche ? demanda-t-il.

— C'est plutôt pénible !

— Je suis désolé, Lije...

— Vous auriez tout de même pu me prévenir, dit Baley d'une voix dure, qu'il avait tout à fait l'air d'un homme.

— Comment, je ne l'avais pas fait ? répliqua le commissaire en prenant l'air surpris. Mais pourtant ! ajouta-t-il, soudain véhément, vous deviez vous en douter ! Je ne vous aurais pas demandé de le loger s'il avait ressemblé à R. Sammy, voyons !

— Je comprends votre pensée, monsieur le commissaire. Mais, moi, je n'avais encore jamais vu ces robots-là, tandis que vous, vous les connaissez depuis longtemps. Je ne savais même pas que l'on pouvait en construire de pareils. Je regrette seulement que vous ne m'ayez pas précisé le fait ; c'est tout.

— Ecoutez, Lije, je m'en excuse. J'aurais dû vous prévenir, en effet, et vous avez raison. Cela tient à ce que cette enquête et toute cette affaire me mettent tellement sur des charbons ardents que, la plupart du temps, je ne suis pas dans mon assiette. En tout cas, ce Daneel est un robot d'un type nouveau, qu'on n'a pas encore achevé d'expérimenter ; il en est encore à la période des essais.

— C'est ce qu'il m'a expliqué.

— Ah ! vraiment ?

Baley se raidit un peu et, serrant les dents sur son tuyau de pipe, il dit, sans avoir l'air d'y attacher d'importance :

— R. Daneel a organisé pour moi une visite à Spacetown.

— A Spacetown ! s'écria Enderby, soudain indigné.

— Oui. Logiquement, c'est la principale démarche que je dois maintenant faire. Il faut que je voie les lieux du crime et que je pose quelques questions.

— Je ne crois pas du tout que ce soit une bonne idée, répliqua le commissaire, en secouant énergiquement la tête. Nous avons examiné le terrain de fond en comble ; je ne vois donc pas ce que vous pourriez y trouver de nouveau. Et puis, ce sont des gens si étranges, Lije ! Il faut y aller en gants blancs. On ne peut les manier qu'avec beaucoup de formes, et vous n'en avez pas l'expérience !

Il porta à son front une main potelée et ajouta d'un ton étrangement passionné :

— Je les hais !

Baley ne put s'empêcher de laisser percer quelque hostilité dans sa réponse.

— Bon sang de bon sang, monsieur le commissaire ! Puisque ce robot est venu ici, je ne vois pas pourquoi je n'irais pas là-bas ! C'est déjà assez désagréable de partager avec lui la responsabilité de l'enquête, et je ne veux pas par surcroît me trouver en position d'infériorité. Mais, bien entendu, si vous ne me jugez pas capable de mener l'enquête...

— Mais non, Lije, ce n'est pas cela. Vous n'êtes pas en cause. Ce sont les Spaciens qui m'inquiètent. Vous ne savez pas ce qu'ils sont !

— Eh bien alors, répliqua Baley en fronçant les sourcils, pourquoi ne viendriez-vous pas avec moi, monsieur le commissaire ?

Ce disant, il tambourina négligemment de ses doigts sur son genou. Le commissaire écarquilla les yeux et répliqua :

— Non, Lije. Je n'irai pas là-bas. Ne me demandez pas cela !

Il parut chercher à rattraper ses mots, trop vite échappés, et ajouta, plus calmement, avec un sourire forcé :

— J'ai un travail fou ici, vous savez, et je me suis laissé mettre en retard.

Baley le regarda un long moment, puis, songeur, il lui dit :

— S'il en est ainsi, voici ce que je propose : quand je serai là-bas, vous vous mettrez en communication avec Spacetown par visiophone ; vous comprenez, pour le cas où j'aurais besoin d'aide.

— Eh bien... oui ; ça, je crois que je peux le faire, répondit Enderby sans enthousiasme.

— Bon ! fit Baley qui, jetant un coup d'œil à la pendule accrochée au mur, se leva. Je resterai donc en contact avec vous.

En quittant le bureau, Baley laissa une seconde la porte entrouverte et lança un regard en arrière ; il put ainsi voir que son chef baissait la tête et l'enfouissait dans le creux de son coude, posé sur sa table ; le détective crut même entendre un sanglot étouffé. Il en reçut un coup si violent que, s'étant assis sur un coin de table, dans la salle voisine, il resta un instant sans bouger, ignorant l'employé qui, après lui avoir dit un bonjour machinal, se remit à travailler. Il détacha le couvercle de sa pipe et, renversant celle-ci, vida dans un cendrier un peu de poussière grise. Il la contempla d'un air morose, referma sa pipe et la remit en poche : encore une ration disparue pour toujours !...

Il réfléchit à ce qui venait de se passer. Dans un sens, Enderby ne l'avait pas surpris. Baley s'était attendu à voir son chef s'opposer à ce qu'il se rendît à Spacetown ; il l'avait en effet toujours entendu insister sur les difficultés que suscitaient les relations avec les Spaciens et sur le danger que l'on courrait si on laissait des négociateurs non expérimentés discuter avec ces gens-là de questions importantes.

Il n'avait pas pensé cependant que le commissaire principal céderait si facilement. Il s'était dit que son chef aurait au moins insisté pour l'accompagner. L'abondance du travail en retard était un prétexte sans

valeur, vu l'importance du problème à résoudre. Au reste, Baley ne
désirait pas du tout qu'Enderby vînt avec lui. Il avait précisément
obtenu ce qu'il voulait : il entendait que son chef assistât à la discussion
par le moyen du visiophone, ce qui lui permettrait d'en être témoin en
toute sécurité.

La sécurité ! C'était là le mot clef. Baley aurait certainement besoin
d'un témoin que l'on ne pût pas éliminer d'une seconde à l'autre. Il le
lui faudrait, ne fût-ce que pour garantir et sauvegarder sa propre
sécurité. Or, le commissaire principal avait accepté ce plan sur-le-
champ ; et Baley, songeant au sanglot qu'il avait entendu — ou cru
entendre —, se dit que son chef était vraiment empêtré dans cette
affaire jusqu'au cou...

Une voix trop bien connue, et non moins déplaisante, se fit entendre
soudain derrière son épaule et le fit sursauter :

— Qu'est-ce que tu me veux encore ? demanda-t-il, furieux.

Le sourire stupide de R. Sammy demeura figé sur son visage.

— Jack m'a prié de vous dire que Daneel est prêt, Lije.

— C'est bon. Maintenant, fous le camp !

Il regarda en fronçant les sourcils le robot qui s'en allait. Rien ne
l'exaspérait plus que d'entendre cet assemblage d'organes métalliques
l'appeler ainsi par son prénom. Il s'en était plaint au commissaire,
lors de la mise en service de R. Sammy, mais Enderby avait répliqué
en haussant les épaules :

— On ne peut pas faire autrement, Lije. Le public a insisté pour
que les robots que nous fabriquons soient conçus de telle façon qu'ils
agissent toujours sous l'impulsion des intentions les plus amicales.
Leurs circuits ont été programmés dans cet esprit. Vous devez donc
admettre que R. Sammy a pour vous le maximum de sympathie, et
comprendre qu'il ne peut vous appeler que par le nom le plus amical,
à savoir votre prénom...

Des circuits amicaux !... C'était la loi ; aucun robot, quelle que fût
son utilisation, ne devait être capable, en quelque circonstance que ce
fût, de faire du mal à un être humain. C'était l'axiome de base de
toute la Robotique, cette science qui avait, dès sa création, proclamé :
« Un robot ne peut nuire à un être humain ni laisser sans assistance
un être humain en danger. »

On n'avait jamais construit de cerveau positronique sans que ce
principe eût été si profondément intégré dans ses circuits fondamentaux
qu'aucune transgression ne pût se concevoir dans ce domaine. Il n'y
avait donc pas besoin de circuits amicaux spéciaux ! Et cependant le
commissaire principal avait raison : la méfiance des Terriens à l'égard
des robots était quelque chose d'absolument irraisonné, et c'est
pourquoi il avait fallu les doter de circuits amicaux, si bien qu'un
robot devait toujours sourire. Il en était en tout cas ainsi sur Terre.

Mais R. Daneel, lui, ne souriait jamais.

Baley soupira profondément et, se relevant, il se dit :

« Et maintenant, Spacetown, prochaine et peut-être dernière étape ! »

Les services de police de la ville, ainsi que certains hauts fonctionnaires, disposaient encore de véhicules individuels pour circuler dans les avenues et dans certains tunnels souterrains, ouverts autrefois au trafic, mais interdits maintenant aux piétons. Les groupements libéraux ne cessaient jamais de demander que ces routes carrossables fussent transformées en terrains de jeux pour les enfants, ou aménagées en boutiques, ou encore utilisées pour augmenter le réseau des tapis roulants secondaires et celui de l'express.

Mais les impératives exigences de la sécurité civique demeuraient inflexibles. Il était en effet essentiel de prévoir des incendies trop importants pour qu'on pût les maîtriser par les moyens habituels, des ruptures massives de courant ou de ventilation, et surtout de graves émeutes ; et, en vue de telles éventualités, il fallait que les forces de l'ordre de la Cité pussent être dirigées en hâte vers les points névralgiques. Pour cela, il n'existait et ne pouvait exister aucun autre mode d'acheminement de troupes que les autoroutes.

Baley avait déjà circulé dans ces tunnels à maintes reprises, mais, chaque fois, le vide de ces espaces lui avait paru choquant et déprimant. Ils semblaient être à des milliers de kilomètres de la vie ardente et chaude de New York. Tels de longs serpents sinistres et aveugles, ces routes se déroulèrent sous ses yeux, tandis qu'il conduisait la voiture de police ; à tout moment, elles s'ouvraient sur de nouvelles avenues, à mesure qu'elles s'incurvaient dans telle ou telle direction ; et, sans qu'il eût besoin de se retourner, il savait que, derrière lui, un autre long et sombre serpent se déroulait de même et disparaissait au loin. L'autoroute était bien éclairée, mais cette lumière ne signifiait rien dans un tel silence et un tel vide.

R. Daneel ne fit rien pour rompre ce silence ; il regardait droit devant lui, aussi indifférent au vide de l'autoroute qu'à la cohue de l'express. En l'espace d'un éclair, et tandis que la sirène de la voiture hurlait sinistrement, ils bondirent hors de l'autoroute pour gagner, par une rampe incurvée, la chaussée carrossable d'une avenue de la ville. Des chaussées carrossables continuaient en effet à être entretenues dans les principales artères, et demeuraient un des rares vestiges du passé. Il n'y avait plus de véhicules automobiles, à l'exception des voitures de police, de pompiers ou de quelques camions du service de la voirie. Aussi les piétons en usaient-ils en toute tranquillité, de sorte que l'arrivée inopinée de la voiture mugissante les fit s'écarter avec autant de hâte que d'indignation. Baley se sentit respirer plus librement dès qu'il entendit autour de lui le bruit familier de la foule ; mais cela ne dura guère, car moins de deux cents mètres plus loin, il quitta l'avenue pour s'engager dans les couloirs à nouveau déserts qui menaient à Spacetown.

On les attendait à la barrière. De toute évidence, les factionnaires du poste de garde connaissaient R. Daneel, car, tout humains qu'ils fussent, ils lui firent un petit signe d'amitié, sans prendre le moins du monde un air de supériorité.

L'un des gardiens s'approcha de Baley et le salua avec une courtoisie toute militaire, dont la perfection n'excluait pas la froideur. Il était grand et avait l'air grave, mais son physique ne répondait pas aussi parfaitement que celui de R. Daneel à la définition du Spacien.

— Votre carte d'identité, s'il vous plaît, monsieur, dit-il.

Le document fut examiné rapidement, mais avec soin. Baley remarqua que l'homme portait des gants couleur chair, et que, dans chaque narine, se trouvait un petit filtre à peine visible.

Le factionnaire salua de nouveau et lui rendit la carte ; puis il lui dit :

— Il y a ici des Toilettes où vous pouvez prendre une douche.

Baley eut envie de refuser l'offre, car il n'avait aucun besoin de se laver, mais, comme la sentinelle regagnait sa place, R. Daneel intervint :

— Il est d'usage, mon cher Elijah, dit-il en tirant son associé par la manche, que les citoyens de New York prennent une douche avant de pénétrer dans Spacetown. Je me permets de vous le signaler, car je sais que vous ne désirez pas compliquer les choses, ni pour vous ni pour nous, par manque d'information sur nos coutumes. C'est également dans cet esprit que je dois vous prier de prendre toutes vos précautions au point de vue hygiénique, car, à l'intérieur de Spacetown, vous ne disposerez pas de water-closet.

— Pas de water-closet ? s'écria Baley, scandalisé. Mais c'est inimaginable !

— Je veux dire, bien entendu, qu'il n'y en a pas à la disposition des citoyens de New York.

Baley ne put cacher son indignation.

— Je suis désolé, reprit Daneel, mais il s'agit d'un règlement qui ne comporte aucune exception.

Sans répliquer un mot, Baley entra donc dans les Toilettes et sentit, plus qu'il ne le vit, R. Daneel qui y pénétrait derrière lui.

« Qu'est-ce qu'il veut ? se dit-il. Me contrôler, sans doute, et s'assurer que je me libère des microbes de la ville ! »

Pendant un instant, il eut peine à maîtriser son exaspération, et il n'y parvint qu'en se délectant par avance à l'idée du coup qu'il allait bientôt porter à Spacetown ; il s'en réjouit tellement qu'il en vint à considérer comme négligeable le risque qu'il courait lui-même.

Les Toilettes étaient de petites dimensions, mais bien agencées, et d'une propreté si méticuleuse qu'on pouvait les qualifier d'antiseptiques. L'air avait une odeur que Baley, un peu déconcerté tout d'abord, reconnut bientôt :

« C'est de l'ozone ! se dit-il. La pièce est soumise à l'action de rayons ultra-violets ! »

Un écran s'alluma puis s'éteignit tour à tour et à plusieurs reprises ;

quand il demeura définitivement allumé, Baley put y lire l'indication suivante :

« Le visiteur est prié d'enlever tous ses vêtements, y compris ses souliers, et de les placer dans la cavité ci-dessous. »

Baley s'exécuta. Il dégrafa son ceinturon et son baudrier, et quand il se fut déshabillé, il les remit sur son corps nu ; le revolver qui y était accroché pesait lourd, et la sensation était fort désagréable.

Avec un bruit sec, le tiroir dans lequel il avait placé ses vêtements fut tiré vers l'extérieur. Le panneau lumineux s'éteignit, puis se ralluma, et une nouvelle inscription y parut :

« Le visiteur est prié de satisfaire à ses besoins hygiéniques, puis de passer sous la douche en suivant le chemin indiqué par la flèche. »

Baley eut l'impression qu'il n'était plus qu'une pièce de machine, manœuvrée à distance par un bras invisible sur une chaîne de montage.

Son premier geste en entrant dans la petite cabine de douche fut de veiller à ce que son étui-revolver ne laissât pas pénétrer d'eau ; il tint fermement sa main serrée contre le rabat de l'étui ; il savait, pour en avoir fait l'expérience au cours de nombreux exercices, qu'il pouvait cependant tirer son arme et s'en servir en moins de cinq secondes.

Il n'y avait au mur ni crochet ni patère où la suspendre, et comme Baley ne vit même pas où se trouvait apparemment la douche, il alla placer le revolver dans le coin le plus éloigné de l'entrée de la cabine. A ce moment, l'écran lumineux s'éclaira de nouveau pour signaler :

« Le visiteur est prié d'ouvrir les bras perpendiculairement à son corps, et de se tenir au centre du cercle tracé sur le sol, les pieds orientés dans la position indiquée. »

Dès qu'il eut placé ses pieds dans les petites cavités prévues à cet effet, l'écran s'éteignit, et instantanément une poussière d'eau à grande pression jaillit, chaude et piquante, du plafond, du plancher et des quatre murs à la fois ; elle fouetta son corps de tous côtés, et il sentit même qu'elle giclait sous la plante de ses pieds. Cela dura environ une minute, pendant laquelle, sous l'action combinée de la chaleur et de la pression du jet, sa peau rougit violemment, tandis que ses poumons parvenaient difficilement à respirer dans cette vapeur. Puis, pendant une autre minute, la douche fut moins violente et plus fraîche ; enfin, un courant d'air chaud l'enveloppa, et le laissa non seulement sec, mais avec une réelle impression de bien-être.

Il ramassa son arme et son ceinturon, et s'aperçut qu'eux aussi étaient chauds et secs. Il les remit et sortit de la douche juste pour voir R. Daneel qui émergeait d'une cabine voisine.

« Bien sûr ! se dit-il. R. Daneel n'est pas un citoyen de New York, mais il apporte ici des microbes de la ville ! »

Par la force de l'habitude, Baley détourna automatiquement les yeux ; puis il se dit que, après tout, les coutumes de R. Daneel n'étaient pas les mêmes que celles des New-Yorkais, et il se contraignit à regarder un instant le robot. Ses lèvres ne purent alors réprimer un léger sourire : la ressemblance de R. Daneel avec un être humain ne se limitait pas à son visage et à ses mains ; on avait pris la peine de l'étendre à toutes les parties de son corps, et cela de la façon la plus parfaite.

Baley continua d'avancer de quelques pas dans la direction qu'il n'avait pas cessé de suivre depuis son entrée dans les Toilettes, et c'est ainsi qu'il retrouva un peu plus loin ses vêtements soigneusement pliés, qui l'attendaient, répandant une odeur chaude et propre.

Un nouvel écran lumineux s'alluma et l'indication suivante apparut : « Le visiteur est prié de se rhabiller, puis de placer son doigt dans l'alvéole ci-contre. »

Baley, se conformant à la prescription, posa le bout de son index sur une surface laiteuse et particulièrement propre. Aussitôt, il sentit une vive piqûre à son doigt et, relevant en hâte celui-ci, il constata qu'une petite goutte de sang y perlait ; mais une seconde plus tard, elle disparut. Il secoua son doigt et le pressa, sans réussir à le faire saigner de nouveau.

Il était clair que l'on analysait son sang et, à cette pensée, il ne put se défendre d'une légère inquiétude ; il était certes habitué à subir périodiquement des examens médicaux, mais il fut convaincu que les médecins de la police new-yorkaise y avaient procédé de façon moins complète que ces fabricants de robots n'allaient le faire : peut-être même ces derniers savaient-ils mieux s'y prendre !... Et Baley n'était pas certain de désirer qu'un examen approfondi révélât exactement son état de santé...

Il attendit un moment qui lui sembla long, puis l'écran se ralluma, et il y lut :

« Le visiteur est prié d'avancer. »

Poussant un soupir de soulagement, il fit quelques pas qui l'amenèrent sous un portail ; mais là, deux barres d'acier se rabattirent soudain devant lui, barrant le passage, et, sur un autre écran lumineux, les mots suivants apparurent :

« Le visiteur est prié de ne pas aller plus loin. »

— Qu'est-ce que ça signifie ? s'écria-t-il, oubliant dans sa colère qu'il se trouvait encore dans les Toilettes.

A ce moment, la voix de R. Daneel murmura, tout près de son oreille :

— Des détecteurs spéciaux ont dû, je pense, déceler que vous êtes armé, Elijah. Avez-vous votre revolver dans l'étui ?

Baley, cramoisi, se retourna, et il eut de la peine à s'exprimer, tant il était furieux.

— Evidemment ! finit-il par rétorquer d'une voix rauque. Un policier doit toujours avoir son arme sur lui, ou à portée immédiate de sa main, qu'il soit ou non en service.

C'était la première fois, depuis l'âge de dix ans, qu'il lui arrivait de parler dans les Toilettes. A cette époque, il l'avait fait en présence de son oncle Boris, et ç'avait été pour se plaindre, parce qu'il s'était tordu un doigt de pied. Mais quand ils étaient rentrés chez eux, l'oncle Boris lui avait donné une fessée pour le punir de ce manquement aux bonnes manières...

— Aucun visiteur ne peut pénétrer armé dans Spacetown, répliqua R. Daneel. C'est la règle, et votre chef, le commissaire principal, s'y soumet à chacune de ses visites, Elijah.

En toute autre circonstance, Baley aurait tourné les talons et planté là Spacetown et son robot. Mais, en cet instant même, il n'avait qu'un désir, celui de mener à bien son plan, grâce auquel il comptait prendre une revanche éclatante, qui compenserait toutes ces humiliations.

« Voilà donc, se dit-il, en quoi consiste cette discrète inspection, qui a remplacé les fouilles détaillées d'autrefois ! Rien d'étonnant, vraiment, à ce que les gens en aient été indignés et se soient révoltés, quand on a commencé à appliquer ici ces méthodes ! »

Furieux, il détacha de son ceinturon son étui-revolver. R. Daneel le lui prit des mains, le plaça dans une cavité du mur et, montrant une petite plaque métallique située juste au-dessus, il dit :

— Veuillez appuyer avec votre pouce sur cette plaque, Elijah. Seul, votre propre pouce pourra rouvrir ce tiroir, quand nous ressortirons.

Baley, ainsi désarmé, se sentit bien plus nu qu'il ne l'avait été sous la douche. Les barres d'acier s'étant relevées, il franchit le passage et sortit enfin des Toilettes.

Celles-ci donnaient sur un couloir, mais Baley y décela aussitôt quelque chose d'anormal. D'une part, la lumière qu'il aperçut au bout du corridor n'était pas celle à laquelle il était habitué ; d'autre part, il sentit sur son visage un souffle d'air, comme si une voiture venait de passer près de lui. R. Daneel parut se rendre compte que son compagnon n'était pas à son aise et lui dit :

— A partir de maintenant, Elijah, vous serez constamment à l'air libre, et non plus dans un air conditionné.

Baley éprouva un léger vertige, et il se demanda pourquoi les Spaciens, si stricts dans leur examen d'un corps humain provenant de la Cité, respiraient cependant un air nécessairement impur. Il pinça ses narines, comme pour mieux filtrer ainsi cet air dangereux. Mais R. Daneel reprit :

— Je suis convaincu, Elijah, que vous allez constater que l'air libre n'a rien de délétère et n'est pas du tout mauvais pour votre santé.

— Bon ! répliqua Baley, laconiquement.

Cependant ces courants d'air lui fouettaient désagréablement le visage ; ils n'étaient sans doute pas violents, mais ils avaient quelque chose d'impalpable qui le troubla. Ce qui survint ensuite fut bien pire : à l'extrémité du couloir, le ciel bleu parut et, au moment où ils sortirent, une clarté intense et blanche les inonda. Baley avait déjà vu la lumière solaire, car son service l'avait un jour obligé à se rendre dans un solarium naturel ; mais là, une carapace de verre tamisait les rayons et transformait l'énergie même du soleil en une clarté moins aveuglante. A l'air libre, c'était tout différent, et le détective tourna automatiquement ses regards vers l'astre ; mais il lui fallut bientôt renoncer à le contempler, car ses yeux s'embuèrent de larmes et il dut les fermer à demi.

Comme un Spacien s'avançait vers lui, Baley ne put tout d'abord réprimer une réaction faite de méfiance et d'inquiétude. Mais R. Daneel, pressant le pas, alla au-devant du nouveau venu, le salua, lui serra la main, et le Spacien, se tournant vers Baley, lui dit :

— Voulez-vous m'accompagner, je vous prie, monsieur ? Je suis le Dr Han Fastolfe.

Quand ils eurent pénétré dans l'une des maisons au toit bombé en forme de dôme, les choses s'améliorèrent. Baley ne put que s'ébahir à la vue des pièces aux vastes dimensions, qui prouvaient combien on se souciait peu, à Spacetown, de ménager l'espace vital de chaque demeure ; mais il fut heureux de constater que l'air y était à nouveau conditionné.

— J'ai idée, lui dit le Dr Fastolfe, en s'asseyant et en croisant ses longues jambes, que vous préférez au souffle du vent l'air conditionné auquel vous êtes habitué.

L'homme paraissait sincèrement aimable. Son front était finement ridé, et sa peau paraissait un peu flasque sous les yeux et sous le menton. Il avait peu de cheveux, mais ceux-ci n'étaient pas grisonnants ; quant à ses grandes oreilles, légèrement décollées, elles lui donnaient un aspect bon enfant et cordial qui plut au détective.

Le matin même, avant de quitter son domicile, Baley avait jeté de nouveau un coup d'œil aux photographies qu'Enderby avait prises à Spacetown. R. Daneel venait d'organiser leur visite, et Baley avait voulu se préparer à rencontrer des Spaciens en chair et en os. Ce ne pouvait être que très différent des entretiens qu'il avait eus, à plusieurs reprises, avec ces gens-là, par visiophone. Ces photographies montraient, en général, des Spaciens de même type que ceux dont parlaient les livres filmés des bibliothèques : des hommes de haute taille, au visage coloré, à l'air grave, mais ayant bel aspect. R. Daneel Olivaw en était un représentant caractéristique.

A mesure qu'ils examinaient ces instantanés, Daneel avait nommé à Baley les Spaciens qu'ils représentaient ; et tout à coup, Baley s'était écrié :

— Tiens ! mais vous voilà, n'est-ce pas ?

— Non, avait répondu Daneel. Ce n'est pas moi, mais celui qui m'a inventé, le Dr Sarton.

Il avait dit cela sans émotion, et Baley avait répliqué d'un ton ironique :

— Ah ! c'est donc ça ! Lui aussi, il vous a créé à son image !...

Mais Daneel n'avait pas relevé la plaisanterie et, à la vérité, Baley s'y attendait : la Bible n'était en effet diffusée parmi les Mondes Extérieurs que dans une très faible mesure.

Et maintenant que Baley examinait son interlocuteur, il constata que le Dr Han Fastolfe était un homme dont les traits différaient très sensiblement de ceux des Spaciens : ce fait lui plut beaucoup.

— Ne voulez-vous pas vous restaurer un peu ? demanda Fastolfe.

Ce disant, il montra du doigt la table qui les séparait, Daneel et lui, du détective. Elle ne portait qu'un récipient contenant quelques boules de couleurs variées. Baley fut un peu surpris : il avait cru que cette coupe servait d'ornement. Mais R. Daneel lui expliqua de quoi il s'agissait :

— Ce sont des fruits naturels cultivés sur la planète Aurore. Je vous conseille de goûter celui-ci. Ça s'appelle une pomme, et on trouve généralement son goût agréable.

Fastolfe eut un sourire et dit :

— R. Daneel ne parle évidemment pas par expérience, mais il a tout à fait raison.

Baley porta la pomme à sa bouche. Elle avait une surface rouge et verte. Elle était fraîche au toucher et il s'en dégageait un parfum léger mais agréable. Il mordit dedans sans effort, et l'acidité inattendue de la pulpe lui fit mal aux dents.

Il la mâcha délicatement. Les citoyens de New York consommaient, bien entendu, des denrées naturelles, chaque fois que les rations en comportaient. Baley lui-même avait souvent mangé de la viande naturelle et du pain. Mais ce genre de nourriture avait toujours subi une préparation ; elle avait été ou cuite, ou hachée, ou fondue, ou mélangée. Les fruits, par exemple, étaient consommés sous forme de jus ou de conserves. Ce que Baley tenait dans sa main devait provenir tout droit du sol impur d'une planète.

« J'espère qu'au moins ils l'ont bien nettoyée », se dit-il.

Et de nouveau il s'étonna des anomalies qui caractérisaient les notions des Spaciens en matière de propreté.

Cependant, Fastolfe lui dit :

— Permettez-moi de me présenter d'une façon un peu plus précise. Je suis chargé, à Spacetown, de l'enquête sur l'assassinat du Dr Sarton, tout comme le commissaire principal Enderby la dirige à New York. Si je peux vous aider de quelque manière que ce soit, je suis prêt à le faire. Nous sommes aussi désireux que vous de voir l'affaire se terminer tranquillement, et d'empêcher le retour d'incidents de ce genre dans l'avenir.

— Je vous remercie, docteur Fastolfe, répondit Baley. Soyez certain que j'apprécie à sa valeur votre attitude.

Mais en lui-même, il se dit que cet échange de politesses suffisait. Il mordit au centre de la pomme, et de petits grains ovales, de couleur foncée, emplirent sa bouche. Il les cracha aussitôt et ils tombèrent à terre. L'un d'eux aurait même touché la jambe de Fastolfe si le Spacien ne l'avait pas retirée en hâte.

Baley rougit et voulut les ramasser, mais Fastolfe lui dit très aimablement :

— Cela n'a aucune importance, monsieur Baley. Laissez-les donc, je vous en prie.

Baley se redressa et reposa doucement le trognon de pomme sur la table. Il eut l'impression, assez désagréable, qu'après son départ on ferait disparaître, non seulement les petits grains, mais encore la coupe de fruits, qui serait emportée et jetée hors de Spacetown ; quant à la pièce, on la désinfecterait avec du viricide...

Il masqua son embarras en brusquant les choses.

— Je me permets de vous demander que le commissaire principal Enderby assiste à notre entretien par visiophone.

— Rien n'est plus facile, répondit Fastolfe en haussant les sourcils. Daneel, voulez-vous établir la communication ?

Baley, très tendu et mal à l'aise, attendit qu'un large écran situé dans un coin de la pièce s'allumât ; en quelques secondes, on y vit paraître la silhouette du commissaire Enderby assis à son bureau. Dès lors, le détective se sentit beaucoup mieux, et ce fut avec une sorte de tendresse qu'il retrouva le visage familier de son chef. Mieux encore, il n'eut plus qu'un désir, celui de rentrer sain et sauf dans ce bureau, ou, à défaut, en n'importe quel endroit de la Cité, pourvu qu'il y fût avec Enderby. Il se sentit même prêt à accepter qu'on le logeât dans un des quartiers les plus discrédités du secteur des usines à levure.

Du moment qu'il disposait d'un témoin, Baley n'avait plus aucune raison de tergiverser.

— Je crois, déclara-t-il donc, que je peux expliquer la mystérieuse disparition du Dr Sarton.

Tout en observant de près ses interlocuteurs, il vit, du coin de l'œil, Enderby se lever d'un bond et rattraper au vol ses lunettes ; mais en se tenant debout, le commissaire avait la tête hors du champ de la caméra ; il se rassit donc, montrant un visage cramoisi, et ne dit pas un mot.

De son côté, le Dr Fastolfe semblait tout aussi bouleversé, mais, s'efforçant de ne pas le montrer, il garda la tête penchée. Seul, R. Daneel demeura impassible.

— Voulez-vous dire, demanda Fastolfe, que vous avez découvert le meurtrier ?

— Non, dit Baley. Je veux dire qu'il n'y a pas eu de meurtre.

— Quoi ? s'écria Enderby.

— Un instant, je vous prie, monsieur le commissaire principal, dit Fastolfe en levant la main. Par conséquent, monsieur Baley, ajouta-t-il, en regardant le détective bien en face, vous prétendez que le Dr Sarton est toujours vivant ?

— Oui, monsieur, et je crois savoir où il se trouve.

— Ah ? Où ça ?

— Ici même ! déclara Baley, en tendant fermement le bras vers R. Daneel Olivaw.

8

Discussion au sujet d'un robot

Sur le moment, Baley eut surtout conscience que son pouls battait très fort. Il lui sembla qu'il vivait une minute exceptionnelle, où le temps suspendait sa course. Si R. Daneel ne manifestait aucune émotion, en revanche Han Fastolfe ne cacha pas une stupéfaction empreinte d'ironie.

Ce fut la réaction du commissaire Julius Enderby qui frappa le plus Baley. L'écran du visiophone ne reproduisait pas de façon rigoureusement exacte son visage ; il y avait toujours un peu de flottement dans ses traits ; on voyait bien qu'il suivait ardemment l'entretien, mais le manque de netteté de l'image et les lunettes du commissaire empêchèrent Baley de saisir le regard de son chef.

« Eh là, Julius, se dit-il. Ne vous effondrez pas ! J'ai besoin de vous ! »

Il ne pensait vraiment pas que, cédant à un mouvement d'humeur, Fastolfe se livrerait à quelque geste inconsidéré. Au cours de ses nombreuses lectures, il avait appris que les Spaciens n'avaient pas de religion et remplaçaient celle-ci par un rationalisme froid et flegmatique, érigé en dogme philosophique. Convaincu que c'était vrai, il comptait là-dessus : ces gens-là ne manqueraient pas d'agir lentement, en se basant uniquement sur leur raisonnement.

S'il avait été seul avec eux, pour leur dire ce qu'il venait de déclarer, il ne serait jamais revenu à New York, il en était convaincu, car on l'aurait froidement supprimé, conformément aux conclusions d'un raisonnement ; la vie d'un citoyen new-yorkais n'aurait pas pesé lourd en regard du succès d'un plan mûrement calculé. On aurait fait des excuses au commissaire Enderby, on lui aurait même montré sans doute le cadavre de son inspecteur et, en hochant la tête, on lui aurait encore parlé d'une conspiration montée par les Terriens. Le brave Julius l'aurait cru ; il était ainsi fait ; s'il haïssait les Spaciens, c'était surtout par peur, et il n'aurait jamais osé leur dire qu'il ne les croyait pas.

C'était bien pour cette raison qu'il fallait absolument qu'Enderby fût témoin du déroulement de l'enquête, et surtout qu'il y assistât à distance, de façon qu'aucune « mesure de sécurité » prise par les Spaciens ne pût l'atteindre... Or, voici que le commissaire principal s'écria d'une voix rauque :

— Vous vous trompez complètement, Lije ! J'ai vu moi-même le cadavre du Dr Sarton.

— Vous avez vu les débris informes de quelque chose qu'on vous a désigné comme étant le cadavre du Dr Sarton, répliqua audacieusement Baley, en songeant aux lunettes cassées du commissaire, circonstance singulièrement propice au plan des Spaciens.

— Non, non, Lije, dit Enderby. Je connaissais bien le Dr Sarton, et sa tête était intacte. C'était bien lui.

Il porta la main à ses lunettes, comme pour mieux prouver que sa mémoire était fidèle, et il ajouta :

— Je l'ai examiné de près, de très près !

— Et que pensez-vous de celui-ci, monsieur le commissaire ? demanda Baley en désignant R. Daneel. Ne ressemble-t-il pas à s'y méprendre au Dr Sarton ?

— Oui, sans doute, comme une statue ressemble à son modèle.

— Un être humain peut parfaitement se composer une attitude inexpressive, monsieur le commissaire. Supposez que ce soit un robot dont vous avez vu les restes. Vous me dites que vous les avez examinés de très près. Avez-vous regardé d'assez près pour voir si la surface carbonisée, à l'endroit où le projectile est entré, était vraiment un tissu organique humain, ou la couche d'un produit qui avait brûlé, en même temps que le métal des organes du robot fondait ?

Enderby parut scandalisé et déclara :

— Votre question est positivement ridicule, Lije !

Baley se tourna alors vers le Spacien et lui demanda :

— Consentez-vous à faire procéder à l'exhumation du corps, aux fins d'autopsie, Dr Fastolfe ?

— Normalement, répondit en souriant celui-ci, je n'aurais rien à objecter à votre proposition, monsieur Baley. Mais l'ennui, c'est que nous n'enterrons pas nos morts. Nous les incinérons toujours.

— C'est, en l'occurrence, très avantageux ! dit Baley.

— Mais voyons ! reprit Fastolfe. Dites-moi donc, monsieur Baley, comment êtes-vous parvenu à cette conclusion vraiment étonnante ?

« Il ne cède pas, se dit Baley. Il va crâner tant qu'il pourra ! »

— Oh ! c'est bien simple ! déclara-t-il. Pour imiter un robot, il ne suffit pas de se composer un visage impassible et de s'exprimer en un langage conventionnel. Votre faiblesse, à vous autres hommes des Mondes Extérieurs, c'est que vous avez trop l'habitude des robots. Vous en êtes arrivés à les considérer presque comme des êtres humains, et vous ne savez même plus reconnaître en quoi ils diffèrent de nous. Mais, sur Terre, il n'en est pas de même. Nous, nous savons très bien ce qu'est un robot. Ainsi, par exemple, R. Daneel est beaucoup trop humain pour qu'on le prenne pour un robot. Dès mon premier contact avec lui, j'ai senti que j'avais affaire à un Spacien. J'ai dû faire un gros effort pour admettre comme véridiques ses déclarations touchant sa qualité de robot. Et maintenant je comprends très bien ma réaction première, puisque effectivement il est un Spacien et non pas un robot.

A ce moment R. Daneel intervint lui-même, sans se montrer aucunement blessé de faire ainsi l'objet de la discussion.

— Je vous ai déjà expliqué, mon cher associé, que j'ai été construit pour prendre provisoirement place parmi les Terriens. C'est donc à dessein que l'on m'a donné une ressemblance aussi complète avec les hommes.

— Même au point de vous doter, au prix de grands efforts, d'imitations d'organes humains qui habituellement sont toujours recouverts de vêtements, et qui, pour un robot, ne peuvent servir à rien ?

— Comment donc l'avez-vous découvert ? demanda Enderby.

— Je n'ai pas pu ne pas le remarquer, répliqua Baley en rougissant. Dans les Toilettes...

Enderby parut profondément choqué ; mais Fastolfe riposta aussitôt :

— Vous devez sûrement comprendre que, si l'on désire utiliser un robot ressemblant vraiment à un homme, cette ressemblance doit être complète. Etant donné le but que nous cherchons à atteindre, mieux vaut ne rien faire du tout que prendre des demi-mesures.

— Puis-je fumer ? demanda brusquement Baley.

Trois pipes dans la même journée constituaient une extravagance ridicule ; mais, dans le tourbillon de cette discussion qu'il avait témérairement engagée, il avait besoin de la détente que lui procurait le tabac. Après tout, il était en train de clouer le bec à ces Spaciens et de les obliger à ravaler leurs mensonges. Mais Fastolfe lui répondit :

— Veuillez m'excuser, mais je préférerais que vous ne fumiez pas.

Cette « préférence », Baley sentit qu'elle avait la force d'un ordre. Il remit donc en poche sa pipe, qu'il avait tirée, comptant sur une autorisation automatique.

« Bien sûr ! se dit-il amèrement. Enderby ne m'a pas averti, parce qu'il ne fume pas ; mais c'est évident, tout se tient ; dans leurs Mondes Extérieurs, on ne fume pas, on ne boit pas, on n'a aucun des vices humains ! Rien d'étonnant à ce qu'ils acceptent des robots dans leur sacrée société ! Comment donc R. Daneel l'appelait-il ?... Ah ! oui : la société C/Fe !... Ce n'est pas surprenant que R. Daneel puisse faire le robot aussi bien ! Ce sont tous des robots, ces gens-là ! »

Reprenant la discussion, il répondit à Fastolfe :

— La ressemblance trop complète n'est qu'un des points que je désirais signaler, parmi beaucoup d'autres. Hier, tandis que je le ramenais chez moi, il y eut presque une émeute dans mon quartier.

Il marqua un temps ; il ne pouvait se résoudre à dire soit R. Daneel, soit le Dr Sarton...

— C'est *lui* qui y a mis fin, et il y est parvenu en menaçant de son arme les gens qui voulaient fomenter l'émeute.

— Ça alors ! s'écria Enderby violemment. Le rapport de police a dit que c'était vous !

— Je le sais, monsieur le commissaire, dit Baley. Mais ce rapport a été rédigé d'après les renseignements que j'ai moi-même fournis. Comme vous pouvez le comprendre, je n'ai pas voulu que l'on raconte qu'un robot avait menacé des hommes et des femmes de leur tirer dessus !

— Non, non !... Evidemment pas !

Enderby était visiblement horrifié. Il se pencha en avant pour examiner quelque chose qui se trouvait hors du champ. Baley devina facilement ce que c'était. Le commissaire devait vérifier que la communication ne pouvait pas être interceptée.

— Considérez-vous ce fait comme un argument à l'appui de votre thèse ? demanda Fastolfe.

— Sans aucun doute. La première loi fondamentale de la Robotique déclare qu'un robot ne peut porter atteinte à un être humain.

— Mais R. Daneel n'a fait de mal à personne !

— C'est vrai. Il m'a même dit ensuite que, en aucune circonstance, il n'aurait tiré. Et cependant je n'ai jamais entendu parler d'un robot capable de violer l'esprit de la première loi au point de menacer un homme de lui tirer dessus, même s'il n'avait aucunement l'intention de le faire.

— Je vois ce que vous voulez dire. Etes-vous expert en Robotique, monsieur Baley ?

— Non, monsieur. Mais j'ai suivi des cours de Robotique et d'analyse positronique. Je ne suis pas complètement ignare !...

— C'est parfait, dit aimablement Fastolfe. Mais moi, voyez-vous, je suis expert en Robotique, et je peux vous assurer que l'essence même de l'esprit d'un robot consiste en une interprétation absolument positive de l'univers ambiant. Le robot ne connaît rien de l'esprit de la première loi, il n'en connaît que la lettre. Les robots très simples que vous utilisez sur Terre ont sans doute été conçus, non seulement d'après la première loi, mais selon des principes supplémentaires si restrictifs qu'en fait ils sont vraisemblablement incapables de menacer un être humain. Mais un type de robot aussi perfectionné que R. Daneel représente tout autre chose. Si je ne me trompe, dans la circonstance que vous venez d'évoquer, la menace de Daneel a été nécessaire pour empêcher une émeute d'éclater. Elle a donc eu pour objet d'éviter que des êtres humains subissent un dommage. Par conséquent il a obéi à la première loi, et non pas agi à l'encontre de celle-ci.

Baley se crispa intérieurement, mais, n'en laissant rien paraître, il parvint à garder un calme imperturbable. La partie serait dure à jouer, mais il battrait le Spacien à son propre jeu.

— Vous aurez beau tenter de contredire chacun de mes arguments, répliqua-t-il, vous n'empêcherez pas qu'ils se tiennent et s'enchaînent les uns aux autres. Hier soir, en discutant sur le prétendu meurtre avec ce soi-disant robot, je l'ai entendu me déclarer qu'on avait fait de lui un détective, en dotant ses circuits positroniques d'une aspiration nouvelle ; il s'agit, m'a-t-il dit, d'un besoin permanent et absolu de justice.

— Je m'en porte garant, dit Fastolfe. Cette opération a eu lieu il y a trois jours, et c'est moi-même qui l'ai contrôlée.

— Un besoin de justice ? La justice, docteur Fastolfe, est quelque chose d'abstrait, et ce terme-là ne peut être utilisé que par un être humain.

— Si vous définissez le mot justice de façon à en faire une abstraction, si vous dites qu'elle consiste à donner à chacun son dû, à faire prévaloir le droit, ou quoi que ce soit de ce genre, je suis d'accord avec vous, monsieur Baley. Dans l'état actuel de nos connaissances scientifiques, on ne peut inculquer à un cerveau positronique une compréhension humaine de données abstraites.

— Vous, expert en Robotique, vous admettez donc cela ?

— Certainement. Pour moi, la seule question qui se pose, c'est de savoir ce que R. Daneel voulait dire en usant du terme « justice ».

— Si j'en juge d'après le début de votre entretien, il attribuait à ce mot la même signification que vous ou moi lui donnons, c'est-à-dire un sens qu'aucun robot ne peut concevoir.

— Mais pourquoi donc, monsieur Baley, ne lui demandez-vous pas tout simplement de vous définir ce qu'il entend par ce terme ?

Baley sentit un peu de son assurance l'abandonner ; se tournant vers R. Daneel il lui dit :

— Eh bien ?

— Oui, Elijah ?

— Comment définissez-vous la justice ?

— La justice, Elijah, c'est ce qui existe quand toutes les lois sont respectées.

— Voilà une excellente définition, monsieur Baley ! dit Fastolfe, en approuvant d'un signe de tête la réponse de R. Daneel. On ne peut demander mieux à un robot. Or, le désir de voir toutes les lois respectées a précisément été inculqué à R. Daneel. Pour lui, la justice est un terme très concret, du moment qu'il signifie le respect des lois, lesquelles sont supposées être très clairement et spécifiquement énoncées. Rien d'abstrait dans tout cela. Un être humain peut reconnaître que, sur la base d'un code moral abstrait, certaines lois peuvent être mauvaises, et que, dans ce cas, les appliquer constitue une injustice. Qu'en dites-vous, R. Daneel ?

— Une loi injuste, répondit tranquillement celui-ci, est un contresens.

— Voilà comment raisonne un robot, monsieur Baley. C'est vous dire que vous ne devez pas confondre votre conception de la justice avec celle de R. Daneel.

Baley se tourna brusquement vers R. Daneel et lui dit :

— Vous êtes sorti de mon appartement, hier soir !

— En effet, répliqua le robot. Si j'ai troublé votre sommeil, je m'en excuse.

— Où êtes-vous allé ?

— Dans les Toilettes des hommes.

Baley fut un peu déconcerté. Cette réponse correspondait bien à ce qu'il avait lui-même pensé, mais il ne s'attendait pas à ce que R. Daneel reconnût le fait. Il sentit qu'il perdait encore un peu de son assurance, mais il n'en poursuivit pas moins fermement sa démonstration. Le commissaire principal suivait intensément la controverse et, derrière ses lunettes, ses yeux ne cessaient d'observer tour à tour les trois participants. Baley ne pouvait plus reculer et, quels que fussent les arguments qu'on lui opposerait, il lui fallait s'accrocher à sa thèse.

— En arrivant chez moi, reprit-il, *il* a insisté pour pénétrer avec moi dans les Toilettes. La raison qu'il m'a alors donnée ne valait pas grand-chose. Or, pendant la nuit, il est sorti de chez moi pour retourner dans les Toilettes, comme il vient de le reconnaître. En tant qu'homme, j'ose dire qu'il avait toutes les raisons et tous les droits d'agir ainsi : c'est l'évidence même. Mais en tant que robot, ce déplacement ne signifiait rien. On ne peut donc qu'en conclure que Daneel est un homme.

Fastolfe fit un signe d'acquiescement, mais ne parut nullement démonté.

— Très intéressant, fit-il. Mais pourquoi ne pas demander à Daneel ce qu'il est allé faire hier soir dans ces Toilettes ?

Le commissaire Enderby se pencha en avant et intervint :

— Je vous en prie, docteur Fastolfe ! Ce n'est vraiment pas convenable !...

— Ne vous tracassez pas, monsieur le commissaire principal ! répliqua le Spacien, dont les lèvres pincées esquissèrent un sourire qui, cette fois, n'avait rien de plaisant. Je suis certain que la réponse de Daneel n'offusquera ni votre pudeur ni celle de M. Baley. Qu'avez-vous à nous dire, Daneel ?

— Hier soir, répondit celui-ci, quand Jessie, la femme d'Elijah, a quitté l'appartement, elle m'a témoigné beaucoup de sympathie, et il était évident qu'elle n'avait aucune raison de ne pas me croire un être humain normal. Quand elle est rentrée dans l'appartement, un peu plus tard, elle savait que j'étais un robot. J'en ai automatiquement déduit qu'elle avait appris la chose dehors, et que ma conversation avec Elijah avait été interceptée. Le secret de ma véritable nature n'avait pas pu être découvert autrement. Elijah m'avait assuré que l'appartement était parfaitement insonorisé. Nous avons parlé à voix basse, et on ne pouvait nous entendre en écoutant à la porte. Or, Elijah est connu à New York pour être détective. Si donc il existe dans la Cité un groupe de conspirateurs assez bien organisé pour avoir préparé et exécuté l'assassinat du Dr Sarton, ces gens-là peuvent très bien savoir que l'on a chargé Elijah de l'enquête sur ce crime. Dès lors, j'ai estimé non seulement possible mais probable qu'ils aient placé dans l'appartement un micro permettant d'écouter ce qui s'y disait.

Quand Elijah et Jessie se sont couchés, j'ai donc fouillé autant que j'ai pu l'appartement, mais je n'ai trouvé aucun appareil de ce genre. Cela compliquait encore le problème. Pour pouvoir détecter à distance un tel entretien, il fallait disposer d'un matériel compliqué. L'analyse de la situation m'a amené aux conclusions suivantes : le seul endroit où un New-Yorkais peut faire à peu près n'importe quoi sans être dérangé ni interrogé, c'est dans les Toilettes ; on peut très bien y installer un détecteur de son à distance. L'usage selon lequel nul ne doit s'occuper d'autrui dans les Toilettes interdit à quiconque de remarquer l'installation d'un tel matériel. Comme les Toilettes se trouvent tout près de l'appartement d'Elijah, la puissance du détecteur électronique n'avait pas besoin d'être grande, et l'on pouvait utiliser un modèle d'un très faible encombrement. J'ai donc été dans les Toilettes pour perquisitionner.

— Et qu'avez-vous trouvé ? demanda vivement Baley.

— Rien, Elijah. Pas trace de détecteur de son.

— Eh bien, monsieur Baley, dit Fastolfe, qu'en dites-vous ? Cette explication vous semble-t-elle plausible ?

— Plausible en elle-même, sans doute, répliqua Baley dont les doutes venaient de se dissiper, mais elle est fort loin de contredire ma thèse. Car ce qu'*il* ne sait pas, c'est que ma femme m'a dit où et quand elle a appris la chose. Elle a appris que Daneel était un robot peu après nous avoir quittés, et à ce moment le bruit courait déjà en ville, depuis plusieurs heures. Par conséquent ce ne peut pas être à la suite d'un espionnage de notre entretien qu'on a découvert la présence d'un robot spacien en ville.

— Néanmoins, répéta Fastolfe, j'estime que la visite de Daneel aux Toilettes, hier soir, est clairement expliquée.

— Peut-être, rétorqua Baley avec feu, mais ce qui n'est pas expliqué, c'est où, quand et comment on a découvert la vérité ! Comment ces bruits ont-ils pu être lancés en ville ? Autant que je sache, nous n'étions que deux personnes au courant de cette enquête : le commissaire Enderby et moi-même, et nous n'en avons parlé à personne. Monsieur le commissaire principal, quelqu'un d'autre que nous, dans nos services, a-t-il été mis dans le secret ?

— Non, dit Enderby, qui sembla inquiet. Personne. Pas même le maire. Rien que nous et le Dr Fastolfe.

— Et *lui*, dit Baley, montrant Daneel Olivaw.

— Moi ? fit celui-ci.

— Pourquoi pas ?

— J'ai été constamment avec vous.

— C'est faux ! s'écria Baley, farouchement. Avant d'entrer chez moi, j'ai passé plus d'une demi-heure dans les Toilettes et, pendant ce temps, nous n'avons plus été en contact, vous et moi. C'est à ce moment que vous vous êtes mis en communication avec vos complices en ville.

— Quels complices ? demanda le Dr Fastolfe.

— Quels complices ? s'écria presque simultanément Enderby.

Baley se leva et se tourna vers l'écran du visiophone.

— Monsieur le commissaire principal, fit-il gravement, je vous demande de m'écouter très attentivement, et de me dire si mon raisonnement ne se tient pas parfaitement. Un assassinat est commis, et, par une étrange coïncidence, il survient juste au moment où vous pénétrez dans Spacetown pour rendre visite à la victime. On vous montre les restes de quelque chose que l'on prétend être un homme, mais, depuis, le cadavre a disparu et ne peut donc faire l'objet d'une autopsie. Les Spaciens affirment que le meurtre a été commis par un Terrien ; or, cette accusation présuppose qu'un New-Yorkais a pu quitter la ville et se rendre seul, de nuit, à Spacetown, à travers la campagne ; et vous savez très bien que cette supposition est absolument invraisemblable. Que se passe-t-il alors ? On envoie en ville un prétendu robot, et on insiste beaucoup pour nous l'envoyer. Le premier acte de ce robot en arrivant ici est de menacer des hommes et des femmes de leur tirer dessus. Son second acte consiste à répandre le bruit qu'un robot spacien circule librement dans la cité ; et, en fait, la rumeur publique a été si précise qu'on a même annoncé que ce robot travaille avec la police de New York. Cela signifie que, d'ici peu, on saura que c'était lui qui se trouvait dans le magasin de chaussures. Il est très possible qu'à l'heure actuelle la rumeur publique en circule dans les quartiers des usines de levure et dans les centrales hydroponiques...

— Mais voyons, gronda Enderby, ce que vous dites là est insensé ! C'est impossible, Lije !

— Non, non, ce n'est pas impossible ! C'est au contraire exactement ce qui se passe, monsieur le commissaire principal ! Ne voyez-vous donc pas l'opération ? Il y a en ville une conspiration, c'est bien d'accord ! Mais elle est fomentée par Spacetown ! Les Spaciens veulent annoncer un meurtre, ils veulent des émeutes, ils veulent que nous les attaquions, et plus les choses s'envenimeront, mieux cela vaudra, car cela servira de prétexte aux flottes aériennes des Mondes Extérieurs pour nous tomber dessus et occuper les villes de la Terre.

— Vous semblez oublier, répliqua doucement Fastolfe, qu'il y a vingt-cinq ans nous avions une excellente excuse pour agir ainsi, lors des émeutes de la Barrière.

— A ce moment-là, s'écria Baley dont le cœur battait à coups précipités, vous n'étiez pas prêts. Mais maintenant vous l'êtes.

— Vous nous prêtez là des plans très compliqués, monsieur Baley, dit Fastolfe. Si nous désirions occuper la Terre, nous pourrions le faire beaucoup plus simplement que cela.

— Ce n'est pas certain, docteur Fastolfe. Votre soi-disant robot m'a déclaré lui-même que l'opinion publique n'est pas chez vous unanime, quant à la politique à suivre à l'égard de la Terre. Et je crois que pour une fois, il a dit la vérité. Il se peut fort bien qu'une occupation non motivée de la Terre ne soit pas populaire dans vos Mondes et, dans ce cas, vous avez besoin de créer un incident, un gros incident monté par des agents provocateurs.

— Par exemple un meurtre, n'est-ce pas ? C'est cela que vous prétendez ? Mais vous admettrez que ce serait un simulacre de meurtre, et vous ne supposeriez tout de même pas que nous assassinerions nous-mêmes un de nos compatriotes pour le plaisir de créer cet incident ?

— Vous avez construit un robot à l'image du Dr Sarton, vous l'avez détruit, et vous avez montré ses restes au commissaire Enderby.

— Après quoi, dit Fastolfe, ayant utilisé R. Daneel pour représenter le Dr Sarton dans le faux meurtre, nous utilisons le Dr Sarton pour personnifier R. Daneel dans la fausse enquête ?

— C'est exactement cela. Et je vous fais cette déclaration en présence d'un témoin qui n'est pas dans cette pièce en chair et en os, que vous ne pouvez donc pas supprimer, et dont la qualité est telle que son témoignage sera accepté et cru par les gouvernements de la ville et de Washington. Nous serons désormais en garde contre vos agissements, maintenant que nous connaissons vos intentions. Et notre gouvernement pourra, au besoin, s'adresser directement à votre peuple et lui exposer la situation telle qu'elle est. Pour ma part, je doute fort qu'une telle piraterie interstellaire soit admise.

— Mon cher monsieur Baley, répliqua Fastolfe en secouant tristement la tête, permettez-moi de vous dire que vous déraisonnez complètement. Vraiment, vous nous attribuez d'incroyables idées ! Voyons, supposez maintenant, supposez tout simplement, que R. Daneel soit réellement R. Daneel. Supposez qu'il soit vraiment un robot.

« Il en résultera tout naturellement que le cadavre examiné par le commissaire Enderby était bien celui du Dr Sarton. Vous ne pourriez raisonnablement plus prétendre que ce corps déchiqueté était celui d'un autre robot : en effet, le commissaire Enderby a assisté à la construction de R. Daneel et il peut se porter garant qu'il n'en existe qu'un seul exemplaire.

— Oh ! répliqua Baley, si vous en arrivez là, le commissaire principal ne m'en voudra pas de dire qu'il n'est pas un expert en Robotique et, pour ma part, je ne trouverais rien d'étonnant à ce que vous ayez construit des douzaines de robots comme R. Daneel !

— Ne nous écartons pas du sujet, monsieur Baley, je vous prie. Que diriez-vous, si R. Daneel est vraiment un robot ? Tout votre raisonnement ne va-t-il pas aussitôt s'effondrer ? Quelle autre base pourrez-vous donner à ce complot interstellaire, aussi mélodramatique qu'invraisemblable, auquel vous croyez ?...

— S'il est un robot ! Mais, moi, je vous dis que c'est un homme !

— Vous n'avez cependant pas étudié à fond la question, monsieur Baley. Pour établir la différence entre un robot, même le plus humanoïde des robots, et un être humain, il n'est pas nécessaire de se creuser la tête ni de se livrer à des déductions compliquées et

hasardeuses, sur les actes ou les paroles de ce robot. Il suffit par
exemple d'essayer de le piquer avec une épingle. Avez-vous essayé de
piquer R. Daneel, monsieur Baley ?

— Quoi ? fit le détective, bouche bée.

— Eh bien oui ! L'expérience est facile à faire. Il y en a d'ailleurs
d'autres moins simples. Sa peau et ses cheveux ont l'air naturel, mais
les avez-vous examinés à la loupe ? D'autre part, il semble respirer,
surtout quand il se sert d'air pour parler ; mais, avez-vous remarqué
que son souffle est irrégulier, et que des minutes entières peuvent
s'écouler sans qu'il respire ? Vous auriez même pu recueillir de l'air
qu'il expire et mesurer la proportion de gaz carbonique qu'il contient.
Vous auriez pu essayer de lui faire une prise de sang, de lui tâter le
pouls, d'écouter battre son cœur. Vous me comprenez, monsieur
Baley ?...

— Tout cela, ce sont des phrases, répliqua Baley, fort mal à l'aise.
Mais je ne suis pas disposé à me laisser bluffer, docteur Fastolfe.
J'aurais pu évidemment tenter l'une de ces expériences ; mais vous
imaginez-vous que ce prétendu robot m'aurait laissé le piquer avec une
seringue ? Ou l'examiner au microscope, ou encore l'ausculter avec un
stéthoscope ?

— Ah, oui ! Je vois ce que vous voulez dire, murmura Fastolfe qui,
se tournant vers R. Daneel, lui fit un petit signe de la main.

R. Daneel toucha le poignet de la manche droite de sa chemise, et
la fermeture diamagnétique s'ouvrit d'un seul coup sur toute sa
longueur, découvrant ainsi un bras musclé dont la peau avait absolument
l'aspect de la chair humaine ; il était couvert de poils courts et dorés,
dont la quantité et la répartition lui donnaient un aspect tout à fait
naturel.

— Eh bien ? dit Baley.

R. Daneel pinça alors légèrement, entre le pouce et l'index de sa
main gauche, l'extrémité du médius de sa main droite. Baley ne put
voir en quoi consistaient exactement les détails des manipulations qui
suivirent ce geste. Mais d'un seul coup, le bras du robot s'ouvrit en
deux, comme sa manche de chemise, quand la fermeture diamagnétique
s'était défaite. Et là, aux yeux stupéfaits du détective, apparut, sous une
mince couche de matière ressemblant à de la chair, un enchevêtrement
compliqué de tiges et de fils d'acier brillant et gris-bleu, de cordes et
de joints métalliques.

— Voulez-vous vous donner la peine d'examiner de plus près
comment Daneel a été construit, monsieur Baley ? demanda poliment
le Dr Fastolfe.

Mais Baley entendit à peine la proposition qui lui était faite ; ses
oreilles en effet se mirent à bourdonner, et ce qu'il perçut par-dessus
tout, ce fut un éclat de rire aigu et presque hystérique du commissaire
Enderby.

9

Éclaircissements fournis par un Spacien

Quelques secondes passèrent et le bourdonnement s'accrut, au point de couvrir l'éclat de rire. Le dôme et tout ce qu'il contenait vacillèrent, et Baley perdit complètement la notion du temps.

Finalement il se retrouva assis dans la même position, mais sans pouvoir s'expliquer ce qu'il faisait là. Le commissaire principal avait disparu de l'écran, qui n'était plus qu'une surface laiteuse et opaque. Quant à R. Daneel, il était assis à côté de lui et il lui pinçait le haut du bras, dont il avait retroussé la manche. Juste sous sa peau, Baley aperçut la petite raie sombre d'une aiguille et, tandis qu'il regardait R. Daneel lui faire cette piqûre, il sentit le liquide qu'on lui injectait pénétrer sa chair, puis son sang, puis son corps tout entier. Et, petit à petit, il reprit conscience de la réalité.

— Vous sentez-vous mieux, mon cher associé ? demanda R. Daneel.

— Oui, merci, répondit-il en retirant son bras, que le robot ne retint pas.

Il rabattit sa manche et regarda autour de lui. Le Dr Fastolfe était toujours à la même place et un léger sourire atténuait un peu la lourdeur de ses traits.

— Est-ce que je me suis évanoui ? demanda Baley.

— Dans un certain sens, oui. Vous avez, je crois, reçu un coup très brutal.

Et soudain, le détective se rappela toute la scène qu'il venait de vivre. Il saisit vivement le bras de Daneel, en remonta la manche autant qu'il le put, découvrant ainsi le poignet. La chair du robot était douce au toucher, mais on sentait que, sous cette couche, il y avait une matière plus dure que des os. R. Daneel laissa le policier lui serrer le bras, et Baley l'examina longuement, pinçant la peau le long de la ligne médiane. Comportait-elle une légère couture ? Logiquement, il devait y en avoir une. Un robot, recouvert de peau synthétique et construit pour ressembler vraiment à un être humain, ne pouvait être réparé par des procédés ordinaires. On ne pouvait, dans ce but, dériveter une poitrine métallique, ou retirer un crâne. Il fallait, au lieu de cela, dissocier les diverses parties d'un corps mécanique assemblées par une succession de joints micromagnétiques. Un bras, ou une tête, ou un corps tout entier, devait pouvoir, sur un simple contact en un point déterminé, s'ouvrir en deux, et se refermer de même par une manœuvre contraire.

Baley, rouge de confusion, leva les yeux vers le Dr Fastolfe.

— Où est donc le commissaire principal ? demanda-t-il.

— Il avait à s'occuper d'affaires urgentes. Je l'ai vivement encouragé à nous quitter, en l'assurant que nous prendrions soin de vous.

— Vous venez déjà de le faire fort bien, dit Baley, d'un ton bourru. Et maintenant, je crois que nous n'avons plus rien à nous dire.

Il se leva péniblement ; ses articulations lui faisaient mal et, subitement, il se sentit un vieil homme, trop vieux pour repartir à zéro...

Il n'avait certes pas besoin de beaucoup réfléchir pour imaginer ce que l'avenir lui réservait. Son chef allait être moitié furieux, moitié épouvanté ; il le regarderait froidement, et ôterait ses lunettes pour les essuyer toutes les trente secondes ; comme il ne criait presque jamais, il expliquerait d'une voix douce à Baley toutes les raisons pour lesquelles les Spaciens avaient été mortellement offensés ; et le détective pouvait entendre déjà, jusque dans ses moindres intonations, cette diatribe :

« On ne parle pas aux Spaciens de cette façon-là, Lije ! C'est tout simplement impossible, car ils ne l'admettent pas. Je vous avais prévenu. Je me sens incapable d'évaluer le mal que vous venez de faire. Remarquez que je vois où vous vouliez en venir. Si vous aviez eu affaire à des Terriens, c'eût été tout différent ; je vous aurais dit : ''D'accord, risquez le paquet ! Tant pis pour la casse, pourvu que vous les possédiez !'' Mais avec des Spaciens, c'était de la folie ! Vous auriez dû m'en parler et me demander conseil, Lije ! Parce que, moi, je les connais. Je sais comment ils agissent et je sais ce qu'ils pensent ! »

A cela, que pouvait-il répondre ? Qu'Enderby était précisément le seul homme à qui il ne pouvait pas en parler, parce que ce plan était terriblement risqué, alors que le commissaire principal était la prudence même ?... Il rappellerait à son chef comment celui-ci avait lui-même montré le très grave danger que comportaient aussi bien un échec flagrant qu'un succès mal venu ; et il lui déclarerait que le seul moyen d'échapper à un déclassement consistait à prouver la culpabilité de Spacetown.

Mais Enderby ne manquerait pas de répliquer :

« Il va falloir faire un rapport sur tout ça, Lije ; et cela va entraîner toutes sortes de complications. Je connais les Spaciens : ils vont demander qu'on vous décharge de l'enquête, et il faudra nous exécuter. Vous devez bien le comprendre, n'est-ce pas, Lije ? Moi, je tâcherai d'arranger les choses pour vous, et vous pouvez compter sur moi à ce sujet. Je vous couvrirai autant que je le pourrai, Lije !... »

Baley savait que ce serait exact. Son chef le couvrirait, du mieux qu'il le pourrait, mais pas au point, par exemple, d'exaspérer encore plus un maire furibond. Il pouvait également entendre glapir le maire :

« Mais alors, Enderby, qu'est-ce que tout cela signifie ? Pourquoi ne m'a-t-on pas demandé mon avis ? Qui donc a la responsabilité de diriger la Cité ? Pourquoi a-t-on laissé entrer en ville un robot non muni des autorisations réglementaires ? Et enfin, de quel droit ce Baley... »

Si l'on en venait à mettre en balance l'avenir de Baley et celui du commissaire principal, dans les services de police, comment douter de ce qui se passerait ? Au surplus, il ne pourrait en conscience s'en prendre à Enderby. La moindre des sanctions qui allait le frapper serait la rétrogradation, mesure déjà fort redoutable. Sans doute, le simple fait d'habiter une Cité moderne comportait implicitement l'assurance que l'on pouvait y subsister. Mais à quel point une telle existence était étriquée, cela Baley ne le savait que trop bien. Ce qui, petit à petit, valait d'appréciables avantages, c'était de bénéficier d'un statut s'améliorant à mesure que l'on gravissait l'échelle administrative ; on obtenait ainsi une place plus confortable au spectacle, une meilleure qualité de viande dans la ration quotidienne, ou encore le droit de faire moins longtemps la queue à tel magasin. Quiconque aurait jugé de ces choses en philosophe n'aurait sans doute pas estimé que des privilèges aussi minimes valaient la peine qu'on se donnait pour les obtenir. Et pourtant personne, si philosophe qu'il fût, ne pouvait renoncer sans douleur à ces droits, une fois qu'il les avait acquis. C'était là un fait incontestable.

Ainsi, c'était sans doute un insignifiant avantage que de posséder, dans un appartement, un lavabo à eau courante, surtout quand on avait pris l'habitude, pendant trente ans, d'aller automatiquement se laver dans les Toilettes, sans même y faire attention. Bien plus, on pouvait à bon droit considérer cet appareil sanitaire comme inutile, surtout en tant que privilège accordé par statut spécial, car rien n'était plus impoli que de se vanter des avantages dont on bénéficiait ainsi. Et cependant, Baley se dit que, si l'on venait à lui supprimer ce lavabo, chaque déplacement qu'il aurait alors à faire aux Toilettes serait plus humiliant et plus intolérable, et qu'il garderait toujours le souvenir lancinant du plaisir qu'il avait à se raser chez lui, dans sa chambre à coucher : ce serait pour lui le symbole même d'un luxe à jamais perdu...

Dans les milieux politiques avancés, il était de bon ton de parler de l'époque médiévale avec dédain, et de dénigrer le « fiscalisme » de ces régimes qui basaient l'économie des États sur la monnaie. C'est ainsi que les écrivains politiques dénonçaient les concurrences effroyables et la brutale « lutte pour la vie » qui sévissaient en ce temps-là ; et ils affirmaient que, à cause du souci permanent du pain quotidien, qui obsédait alors tout le monde, il avait toujours été impossible de créer une société vraiment moderne et complexe.

A ce système « fiscaliste » périmé, ils opposaient le « civisme » moderne, dont ils vantaient le haut rendement et l'agrément. Peut-être avaient-ils raison ; cependant, dans les romans historiques, qu'ils fussent d'inspiration sentimentale ou des récits d'aventures, Baley avait pu constater que les Médiévalistes de jadis attribuaient au « fiscalisme » la vertu d'engendrer des qualités telles que l'individualisme et l'initiative personnelle. Certes, Baley n'en aurait pas juré mais, écœuré à la pensée de ce qu'il allait bientôt endurer, il se demanda si jamais un homme avait jadis lutté farouchement pour son pain quotidien — peu importait le symbole utilisé pour définir ce dont on avait besoin pour vivre — et ressenti plus douloureusement la perte de ce pain, qu'un citoyen new-yorkais s'efforçant de ne pas perdre son droit à percevoir, le dimanche soir, un pilon de poulet, en chair et en os, de vrai poulet ayant réellement existé.

« Ce n'est pas tant pour moi ! songea-t-il. Mais il y a Jessie et Ben !... »

La voix du Dr Fastolfe l'arracha soudain à sa méditation :

— Monsieur Baley, est-ce que vous m'entendez ?

— Oui, fit-il en clignant des yeux, et en se demandant combien de temps il était ainsi resté planté au milieu de la pièce comme un imbécile.

— Ne voulez-vous pas vous asseoir, monsieur ? Maintenant que vous avez sans doute réfléchi à ce qui vous préoccupe, peut-être cela vous intéresserait-il de voir quelques films que nous avons pris sur le lieu du crime, au cours de l'enquête faite ici.

— Non, merci. J'ai à faire en ville.

— Cependant, l'enquête sur l'assassinat du Dr Sarton doit sûrement primer toutes vos autres occupations !

— Plus maintenant. J'ai idée que, d'ores et déjà, j'en suis déchargé. Enfin, tout de même, s'écria-t-il, éclatant soudain de rage, si vous pouviez prouver que R. Daneel était un robot, voulez-vous me dire pourquoi vous ne l'avez pas fait tout de suite ? Quel besoin aviez-vous de vous livrer à toute cette mascarade ?

— Mon cher monsieur Baley, répliqua le Spacien, j'ai été extrêmement intéressé par vos raisonnements. Quant à vous décharger de l'enquête, j'en doute fort. Car, avant de couper la communication avec le commissaire principal, j'ai spécialement insisté pour que l'on vous en laisse la pleine responsabilité. Et je suis convaincu que votre chef continuera, comme vous, à nous aider à la mener à bien.

Baley s'assit, d'assez mauvaise grâce, et dit durement :

— Et pourquoi en êtes-vous donc si convaincu ?

Le Dr Fastolfe croisa les jambes et soupira.

— Monsieur Baley, dit-il, jusqu'à présent, j'ai en général rencontré deux types de New-Yorkais : des émeutiers et des politiciens. Il nous dit ce que nous désirons entendre, il s'efforce de savoir nous prendre : vous voyez ce que je veux dire. Or, voilà que vous entrez en scène, vous venez nous voir et, courageusement, vous nous accusez de crimes abominables, que vous tentez de prouver. J'ai eu beaucoup de plaisir à assister à votre démonstration, et j'ai estimé qu'elle permet de fonder de sérieux espoirs sur notre collaboration.

— Eh bien, vous n'êtes pas difficile ! s'écria Baley, sarcastique.

— Oh ! si, oh ! si, reprit l'autre calmement. Vous êtes un homme avec lequel je peux jouer cartes sur table. La nuit dernière, monsieur Baley, R. Daneel s'est mis en communication avec moi, par radio, car il a, sur lui, un appareil émetteur-récepteur ; il m'a fait son rapport, et certains renseignements qu'il m'a donnés sur vous m'ont vivement intéressé : par exemple, la composition de votre bibliothèque.

— Ah ? Qu'est-ce qu'elle a donc d'extraordinaire ?

— Un bon nombre de vos livres filmés traitent d'histoire et d'archéologie. Cela prouve que vous vous intéressez aux questions sociales, et que vous avez quelques connaissances sur l'évolution de la société humaine.

— Même un policier peut passer ses loisirs à lire, si cela lui plaît...

— Entièrement d'accord, et je suis heureux précisément que vous ayez de tels goûts, car cela va m'aider à mener à bien mon entreprise. En premier lieu, je désire vous expliquer, ou essayer de vous faire comprendre, l'isolationnisme des hommes des Mondes Extérieurs. Ainsi nous vivons ici, à Spacetown, sans jamais pénétrer dans la Cité ; et nous ne fréquentons les New-Yorkais que selon des règles extrêmement strictes. Nous respirons à l'air libre, mais nous portons des filtres dans nos narines ; j'en ai sur moi en ce moment, mes mains sont gantées, et je suis tout à fait résolu à ne pas approcher de vous plus que cela n'est indispensable pour m'entretenir avec vous. Quelle est, à votre avis, la cause de tout cela ?

— Rien ne sert de jouer aux devinettes ! grommela Baley, bien décidé cette fois à laisser parler son interlocuteur.

— Si vous vous laissiez aller à deviner, comme le font certains de vos compatriotes, vous diriez que nous méprisons les Terriens, et que nous croirions déroger si nous laissions, ne fût-ce que leur ombre, nous atteindre. Or, c'est faux. La vraie réponse est, en fait, l'évidence même. L'examen médical et les précautions sanitaires dont vous avez été l'objet ne sont pas des mesures arbitraires et sans signification. Elles ont été dictées par une impérieuse nécessité.

— La maladie ?

— Oui, la maladie. Mon cher monsieur Baley, les Terriens qui ont colonisé les Mondes Extérieurs se sont trouvés dans des planètes absolument vierges de virus et de bactéries. Il va sans dire qu'ils y ont apporté les leurs, mais, en même temps, ils disposaient des plus modernes techniques médicales et micro-biologiques. Ils ont eu seulement à lutter contre une petite communauté de micro-organismes, sans parasites intermédiaires. Il n'y avait là ni moustiques propageant le paludisme, ni vers véhiculant la bilharziose. On supprima donc les porteurs de germes de maladie, et l'on cultiva systématiquement en symbiote les bactéries. Ainsi, graduellement, les Mondes Extérieurs devinrent absolument libres de toute maladie. Et, naturellement, à mesure que le temps passait, la réglementation touchant l'immigration des Terriens devint de plus en plus rigoureuse, attendu que les Mondes Extérieurs pouvaient de moins en moins prendre le risque d'introduire chez eux des germes nocifs.

— Ainsi donc, vous n'avez jamais été malade, docteur Fastolfe ?

— Jamais par l'action d'un microbe parasite, monsieur Baley. Nous sommes tous sujets à des maladies dues à la dégénérescence, bien entendu, par exemple, à l'artériosclérose, mais je n'ai jamais eu ce que vous appelez la grippe. Si j'attrapais la grippe, je pourrais fort bien en mourir, car je n'ai en moi-même aucune capacité de résistance à l'action de ce microbe. Voilà quel est notre point faible, à nous autres Spaciens. Ceux d'entre nous qui viennent habiter Spacetown courent un très grand risque. La Terre est une fourmilière de maladies contre lesquelles nous n'avons aucun moyen de nous défendre ; j'entends aucune défense naturelle. Vous-même, vous êtes porteur de germes d'à peu près toutes les maladies actuellement connues. Vous ne vous en rendez pas compte, parce que, la plupart du temps, vous réussissez à en contrôler l'évolution, grâce aux anticorps qui, d'année en année, se sont développés dans votre organisme. Mais moi, je n'ai pas d'anticorps. Dans ces conditions, vous étonnez-vous de ce que je ne m'approche pas plus de vous ? Croyez-moi, monsieur Baley, je ne me tiens à distance que par mesure d'autodéfense.

— S'il en est ainsi, dit Baley, pourquoi ne pas faire connaître ce fait aux Terriens ? Je veux dire, pourquoi ne pas expliquer ouvertement que les Terriens ne vous dégoûtent pas, mais que vous devez prendre vos précautions contre un réel danger physique ?

— Ce n'est pas si simple que cela, répliqua Fastolfe en secouant la tête. Nous sommes peu nombreux et, en tant qu'étrangers, on ne nous a guère en sympathie. Nous arrivons à garantir notre sécurité, grâce à un prestige assez fragile, celui d'une race supérieure. Nous ne pouvons pas nous permettre de perdre la face, en reconnaissant ouvertement que nous avons peur d'approcher d'un Terrien ; nous ne le pouvons pas, en tout cas, tant qu'une meilleure compréhension n'aura pas été instaurée entre Terriens et Spaciens.

— Il ne pourra y en avoir de meilleure sur les bases actuelles, docteur Fastolfe, car c'est précisément à cause de votre prétendue supériorité que... nous vous haïssons.

— C'est un dilemme. Et ne croyez pas que nous ne nous en rendions pas compte !...

— Est-ce que le commissaire principal est au courant de cet état de choses ?

— Nous ne lui avons jamais exposé carrément, comme je viens de le faire avec vous. Cependant, il se peut qu'il l'ait deviné ; c'est un homme très intelligent.

— S'il l'avait deviné, il aurait dû me le dire, murmura Baley, songeur.

— Ah ! fit le Spacien dont les sourcils se dressèrent. Et s'il vous avait averti, vous n'auriez jamais envisagé la possibilité que R. Daneel fût un Spacien, n'est-ce pas ?

Baley haussa légèrement les épaules, et ne jugea pas utile de continuer à discuter sur ce point. Mais son interlocuteur reprit :

— Voyez-vous, c'est pourtant la vérité. Toutes difficultés psychologiques mises à part, telles que le terrible effet que nous produisent vos foules et les bruits de la Cité, un fait capital demeure, c'est que, pour n'importe lequel d'entre nous, pénétrer dans New York équivaut à une condamnation à mort. Voilà pourquoi le Dr Sarton a lancé son projet de robots humanoïdes. Il comptait les substituer à nous autres hommes, pour les envoyer à notre place parmi vous.

— Oui, R. Daneel m'a expliqué cela.

— Et désapprouvez-vous un tel plan ?

— Ecoutez ! répliqua Baley. Du moment que nous nous parlons si librement, laissez-moi vous poser une question très simple : pourquoi, vous autres Spaciens, êtes-vous donc venus sur Terre ? Pourquoi ne pouvez-vous pas nous laisser tranquilles ?

— Permettez-moi à mon tour de répondre par une question, fit le Dr Fastolfe, manifestement très surpris. Etes-vous réellement satisfait de l'existence que vous menez sur Terre ?

— Ça peut aller !...

— Sans doute. Mais pour combien de temps encore ? Votre population ne cesse de croître, et le minimum de calories ne peut lui être fourni qu'au prix d'efforts toujours plus pénibles. La Terre est engagée dans un tunnel sans issue !

— Nous nous en tirons quand même, répéta Baley, obstinément.

— A peine. Une Cité comme New York doit faire des prodiges pour s'approvisionner en eau et évacuer ses détritus. Les centrales d'énergie nucléaire ne fonctionnent encore que grâce à des importations d'uranium de jour en jour plus difficiles à obtenir, même en provenance des autres planètes, et cela en même temps que les besoins augmentent sans cesse. L'existence même des citoyens dépend à tout moment de l'arrivée de la pulpe de bois nécessaire aux usines de levure et du minerai destiné aux centrales hydroponiques. Il vous faut, sans jamais une seconde d'arrêt, faire circuler l'air dans toutes les directions, et il est de plus en plus délicat de maintenir l'équilibre de cette aération conditionnée. Que surviendrait-il si jamais le formidable courant d'air frais introduit et d'air vicié évacué s'arrêtait, ne serait-ce qu'une heure ?

— Cela ne s'est jamais produit !

— Ce n'est pas une raison pour qu'il n'arrive rien de tel dans l'avenir. Aux temps primitifs, les centres urbains individuels pouvaient virtuellement se suffire à eux-mêmes, et vivaient surtout du produit des fermes avoisinantes. Rien ne pouvait les atteindre que des désastres subits, tels qu'une inondation, une épidémie, ou une mauvaise récolte. Mais, à mesure que ces centres se sont développés, et que la technologie s'est perfectionnée, on a pu parer aux désastres locaux en faisant appel au secours des centres plus éloignés ; cela n'a cependant été possible qu'en accroissant toujours plus des régions, qui, obligatoirement, devinrent dépendantes les unes des autres. A l'époque médiévale, les villes ouvertes, même les plus vastes, pouvaient subsister au moins pendant une semaine sur leurs stocks, et grâce à des secours d'urgence. Quand New York est devenu la première Cité moderne, elle pouvait vivre sur elle-même pendant une journée. Aujourd'hui, elle ne pourrait pas tenir une heure. Un désastre qui aurait été un peu gênant il y a dix mille ans, et à peine sérieux il y a mille ans, serait devenu il y a cent ans quelque chose de grave ; mais aujourd'hui, ce serait une catastrophe irrémédiable.

— On m'a déjà dit ça, répliqua Baley, qui s'agita nerveusement sur sa chaise. Les Médiévalistes veulent qu'on en finisse avec le système des Cités ; ils préconisent le retour à la terre et à l'agriculture naturelle. Eh bien, ils sont fous, parce que ce n'est pas possible. Notre population est trop importante, et on ne peut, en histoire, revenir en arrière ; il faut, au contraire, toujours aller de l'avant. Bien entendu, si l'émigration vers les Mondes Extérieurs n'était à ce point limitée...

— Vous savez maintenant pourquoi c'est nécessaire.

— Alors, que faut-il faire ? Vous êtes en train de brancher une canalisation sur une ligne électrique qui n'a plus de courant...

— Pourquoi ne pas émigrer vers de nouveaux mondes ? Il y a des milliards d'étoiles dans la Galaxie ; on estime qu'il doit y avoir cent millions de planètes habitables, ou que l'on peut rendre habitables.

— C'est ridicule.

— Et pourquoi donc ? riposta Fastolfe avec véhémence. Pourquoi cette suggestion est-elle ridicule ? Des Terriens ont colonisé des planètes dans le passé. Plus de trente, sur les cinquante Mondes Extérieurs, y compris la planète Aurore où je suis né, ont été colonisées directement par des Terriens. La colonisation ne serait-elle donc plus chose possible pour vos compatriotes ?

— C'est-à-dire que...

— Vous ne pouvez pas me répondre ? Alors, permettez-moi de prétendre que, si ce n'est en effet plus possible, cela tient au développement de la civilisation des Cités terrestres. Avant que celles-ci se multiplient, l'existence des Terriens n'était pas réglementée au point qu'ils ne pussent s'en affranchir ni recommencer une autre vie sur un territoire vierge. Vos ancêtres ont fait cela trente fois. Mais vous, leurs descendants, vous êtes aujourd'hui si agglutinés dans vos cavernes d'acier, si inféodés à elles, que vous ne pourrez jamais plus en sortir. Vous-même, monsieur Baley, vous vous refusez à admettre qu'un de vos concitoyens soit capable de traverser seul la campagne pour se rendre à Spacetown. A fortiori, traverser l'espace pour gagner un monde nouveau doit représenter pour vous une improbabilité cent fois plus grande. En vérité, monsieur, le civisme de vos Cités est en train de tuer la Terre.

— Et puis après ? s'écria Baley rageusement. En admettant que ce soit vrai, en quoi cela vous regarde-t-il ? C'est notre affaire, et nous résoudrons ce problème ! Et si nous n'y parvenons pas, eh bien, admettons que c'est notre façon à nous d'aller en enfer !

— Et mieux vaut votre façon d'aller en enfer que la façon dont les autres vont au paradis, n'est-ce pas ? Je comprends votre réaction, car il est fort déplaisant de se voir donner des leçons par un étranger. Et pourtant, j'aimerais que, vous autres Terriens, vous puissiez nous donner des leçons, à nous Spaciens, car, nous aussi, nous avons à résoudre un problème, et il est tout à fait analogue au vôtre !

— Surpopulation ? fit Baley en souriant méchamment.

— J'ai dit analogue et non pas identique. Le nôtre est sous-population. Quel âge me donnez-vous ?

Le détective réfléchit un instant, puis se décida à donner un chiffre nettement exagéré :

— Je dirai environ la soixantaine.

— Eh bien, vous devriez y ajouter cent ans !

— Quoi ?

— Pour être précis, j'aurai cent soixante-trois ans à mon prochain anniversaire. Je ne plaisante pas. J'utilise le calendrier normal terrien. Si j'ai de la chance, si je fais attention, et surtout si je n'attrape aucune maladie terrienne, je peux arriver à vivre encore autant d'années, et atteindre plus de trois cents ans. Sur ma planète Aurore, on vit jusqu'à trois cent cinquante ans, et les chances de survie ne font que croître actuellement.

Baley jeta un regard vers R. Daneel, qui avait écouté impassiblement tout l'entretien, et il eut l'air de chercher auprès du robot une confirmation de cette incroyable révélation.

— Comment donc est-ce possible ? demanda-t-il.

— Dans une société sous-peuplée, il est normal que l'on pousse l'étude de la gérontologie, et que l'on recherche les causes de la vieillesse. Dans un monde comme le vôtre, prolonger la durée moyenne de la vie serait un désastre. L'accroissement de population qui en résulterait serait catastrophique. Mais sur Aurore, il y a place pour des tricentenaires. Il en résulte que, naturellement, une longue existence y devient deux ou trois fois plus précieuse. Si, vous, vous mouriez maintenant, vous perdriez au maximum quarante années de vie, probablement moins. Mais, dans une civilisation comme la nôtre, l'existence de chaque individu est d'une importance capitale. Notre moyenne de naissances est basse, et l'accroissement de la population est strictement contrôlé. Nous conservons un rapport constant entre le nombre d'hommes et celui de nos robots, pour que chacun de nous bénéficie du maximum de confort. Il va sans dire que les enfants, au cours de leur croissance, sont soigneusement examinés, au point de vue de leurs défectuosités, tant physiques que mentales, avant qu'on leur laisse atteindre l'âge d'homme.

— Vous ne voulez pas dire, s'écria Baley, que vous les tuez, si...

— S'ils ne sont pas sains, oui, et sans la moindre souffrance, je vous assure. Je conçois que cette notion vous choque, tout comme le principe des enfantements non contrôlés sur Terre nous choque nous-mêmes.

— Notre natalité est contrôlée, docteur Fastolfe ! Chaque famille n'a droit qu'à un nombre limité d'enfants.

— Sans doute, fit le Spacien en souriant avec indulgence, mais à un nombre limité d'enfants de toutes espèces, et non pas d'enfants sains. Et, de plus, vous avez de nombreux bâtards, et votre population croît constamment.

— Et qui peut donc décider quels sont les enfants qu'on laissera vivre ?

— C'est assez compliqué, et je ne saurais vous le dire en quelques mots. Un de ces jours, nous en reparlerons en détail.

— Alors, je ne vois pas en quoi consiste votre problème, dit Baley. Vous me semblez très satisfait de votre société, telle qu'elle est.

— Elle est stable, et c'est là son défaut : elle est trop stable.

— Décidément, vous n'êtes jamais content ! A vous entendre, notre civilisation décadente est en train de sombrer, et maintenant c'est la vôtre qui est trop stable.

— C'est pourtant vrai, monsieur Baley. Voilà deux siècles et demi qu'aucun Monde Extérieur n'a plus colonisé de nouvelle planète, et l'on n'envisage aucune autre colonisation dans l'avenir : cela tient à ce que l'existence que nous menons dans les Mondes Extérieurs est trop longue pour que nous la risquions, et trop confortable pour que nous la bouleversions dans des entreprises hasardeuses.

— Cela ne me semble pas exact, docteur Fastolfe, car, en venant sur la Terre, vous avez risqué de contracter des maladies.

— C'est vrai. Mais nous sommes un certain nombre, monsieur Baley, à estimer que l'avenir de la race humaine vaut la peine que l'on fasse le sacrifice d'une existence confortablement prolongée. Malheureusement, j'ai le regret d'avouer que nous sommes trop peu à penser cela.

— Bon ! Nous voici parvenus au point essentiel : en quoi les Spaciens peuvent-ils améliorer la situation ?

— En essayant d'introduire des robots sur Terre, nous faisons tout notre possible pour rompre l'équilibre de votre économie.

— Voilà, certes, une étrange façon de nous venir en aide ! s'écria Baley dont les lèvres tremblèrent. Si je vous comprends bien, vous vous efforcez de provoquer exprès la création d'une catégorie de plus en plus importante de gens déclassés et de chômeurs ?

— Ce n'est, croyez-moi, ni par cruauté ni par manque de charité. Cette catégorie de gens déclassés, comme vous dites, nous en avons besoin pour servir de noyau à des colonisations nouvelles. Votre vieille Amérique a été découverte par des navigateurs dont les vaisseaux avaient pour équipages des galériens tirés de prison. Ne voyez-vous donc pas que la Cité en est arrivée à ne plus pouvoir nourrir le citoyen déclassé ? En quittant la Terre, non seulement il n'aura rien à perdre, mais il pourra gagner des mondes nouveaux.

— C'est possible, mais nous n'en sommes pas là, tant s'en faut !

— C'est hélas vrai ! soupira tristement le Dr Fastolfe. Il y a quelque chose qui ne va pas : c'est la phobie qu'ont les Terriens des robots qui paralyse tout. Et pourtant, ces robots qu'ils haïssent pourraient les accompagner, aplanir les difficultés de leur première adaptation à des mondes nouveaux, et faciliter la reprise de la colonisation.

— Alors quoi ? Il faut laisser l'initiative aux Mondes Extérieurs ?

— Non. Ceux-ci ont été organisés avant que la civilisation basée sur le civisme se soit implantée sur la Terre, avant la création de vos Cités. Les nouvelles colonies devront être édifiées par des hommes possédant l'expérience du civisme, et auxquels auront été inculqués les rudiments d'une culture C/Fe. Ces êtres-là constitueront une synthèse, un croisement de deux races distinctes, de deux esprits jadis opposés étant parvenus à s'interpénétrer. Dans l'état actuel des choses, la structure du Monde Terrestre ne peut aller qu'en s'effritant rapidement, tandis que, de leur côté, les Mondes Extérieurs dégénéreront et s'effondreront dans la décadence un peu plus tard. Mais l'édification de nouvelles colonies constituera au contraire un effort sain et salutaire, dans lequel se fondront les meilleurs éléments des deux civilisations en présence. Et, par le fait même des réactions qu'elles susciteront sur les vieux mondes, en particulier sur la Terre, des colonies pourront nous faire connaître une existence toute nouvelle.

— Je n'en sais rien ; tout cela me paraît bien nébuleux, docteur Fastolfe ! dit Baley.

— Je sais que c'est un rêve, monsieur Baley, mais veuillez prendre la peine d'y réfléchir, répliqua le Spacien en se levant brusquement. Je viens de passer avec vous plus de temps que je ne l'escomptais ; j'ai, en fait, dépassé les limites que nos règlements sanitaires imposent à ce genre d'entretien. Vous voudrez donc bien m'excuser ?...

Baley et R. Daneel quittèrent le dôme. Un soleil un peu plus jaune les inonda de nouveau, mais plus obliquement. Et Baley se demanda soudain si la lumière solaire n'avait pas un autre aspect dans d'autres mondes : peut-être y était-elle moins crue, moins brillante, plus acceptable ?...

D'autres mondes ? L'affreux Spacien aux oreilles décollées venait de faire naître en lui une foule d'étranges idées. Les médecins de la planète Aurore s'étaient-ils jadis penchés sur Fastolfe enfant, pour décider après examen s'il était digne de parvenir à l'âge d'homme ? N'était-il pas trop laid ? Ou leur jugement ne tenait-il aucun compte de l'aspect physique de l'individu ? Quand la laideur humaine devenait-elle une tare ? Et quelles étaient les tares rédhibitoires ?...

Mais lorsque le soleil disparut et qu'ils pénétrèrent dans les Toilettes, il sentit qu'il ne parviendrait pas sans peine à rester maître de lui. Une sourde exaspération lui fit secouer violemment la tête. Que tout cela

était donc ridicule ! Prétendre contraindre les Terriens à émigrer pour
édifier une société nouvelle, quelle stupidité ! En réalité, ces Spaciens
ne poursuivaient-ils pas un autre but ? Mais lequel ? Il eut beau y
réfléchir, aucune explication ne lui vint à l'esprit...

Remontant en voiture, il s'engagea de nouveau sur l'autoroute. Petit
à petit, il reprit conscience de la réalité ; le poids et la chaleur de son
arme accrochée à son ceinturon lui firent du bien, et il éprouva un
vrai réconfort à retrouver le bruit et l'agitation de la Cité.

Quand ils entrèrent en ville, il ressentit un picotement léger et fugitif
dans ses narines, et il dut s'avouer que la Cité sentait. Il songea aux
vingt millions d'êtres humains entassés entre les murs de l'immense
caverne d'acier et, pour la première fois de sa vie, il renifla leur air
avec des narines que l'air libre du dehors avait nettoyées.

« Est-ce que ce serait différent dans un autre monde ? se demanda-
t-il. Y aurait-il moins de gens et plus d'air ?... Un air plus propre ?... »

Mais le grondement formidable de la Cité en pleine effervescence le
submergea, l'odeur disparut, et il eut un peu honte de lui. Il actionna
lentement la manette d'accélération et le véhicule se lança à toute
vitesse sur l'autoroute déserte.

— Daneel ! dit-il.

— Oui, Elijah.

— Pourquoi le Dr Fastolfe m'a-t-il dit tout cela ?

— Il me semble probable, Elijah, qu'il a voulu vous montrer
combien cette enquête est importante. Nous n'avons pas seulement à
trouver l'explication d'un meurtre, mais à sauver Spacetown, et, en
même temps, l'avenir de la race humaine.

— Pour ma part, répliqua sèchement Baley, je crois qu'il m'aurait
mieux aidé en m'amenant sur les lieux du crime, et en me laissant
interroger ceux qui ont découvert le cadavre !

— Je doute fort que vous y eussiez trouvé quoi que ce fût
d'intéressant, Elijah, car nous n'avons nous-mêmes rien laissé de côté.

— Vous croyez ! Mais pour l'instant, vous n'avez rien, pas le
moindre indice, pas le moindre soupçon.

— En effet. C'est donc dans la Cité que doit se trouver la réponse.
Mais, pour être sincère, il faut cependant vous dire que nous avons eu
un soupçon.

— Comment cela ? Vous ne m'en avez pas encore parlé !

— Je n'ai pas estimé que c'était nécessaire, Elijah. Mais je ne doute
pas que vous ayez vous-même trouvé automatiquement qu'il existe un
suspect ; c'est en effet l'évidence même.

— Mais qui ça ? Dites-moi. Qui ?

— Eh bien, le seul Terrien qui se trouvait là au moment du crime :
le commissaire principal Enderby !...

10

L'après-midi d'un détective

La voiture obliqua légèrement et s'arrêta le long du mur cimenté et rébarbatif qui bordait l'autoroute ; dès que le ronronnement du moteur eut cessé, le silence se fit écrasant. Baley se tourna vers le robot et lui répondit d'une voix étonnamment calme :

— Qu'est-ce que vous dites ?

Un long moment s'écoula sans que R. Daneel dît un mot. Un bruit léger se fit entendre, au loin, s'enfla pendant quelques secondes, puis disparut. Ce devait être une autre voiture de police qui passait à plus d'un kilomètre de là, ou encore des pompiers se hâtant vers quelque incendie. Et Baley se demanda s'il y avait encore à New York un homme connaissant à fond toutes les autoroutes qui serpentaient au sein de la Cité. A aucun moment du jour ou de la nuit, le réseau de ces voies de communication ne pouvait être complètement vide, et cependant il devait y avoir des sections que personne n'avait utilisées depuis des années. Et soudain, avec une précision surprenante, il se rappela un film qu'il avait vu dans sa jeunesse. L'action se déroulait sur les autoroutes de Londres, et commençait banalement par un meurtre. Le meurtrier s'enfuyait vers une cachette qu'il avait aménagée à l'avance, dans l'angle mort d'une autoroute tellement déserte que les pas du criminel étaient les premiers, depuis un siècle, à en avoir remué la poussière. Dans ce coin perdu, l'homme comptait attendre, en toute sécurité, la fin des recherches.

Mais il se trompait de chemin, et, dans le silence de ces immenses tunnels déserts, il faisait en blasphémant le serment insensé que, en dépit de la Trinité et de tous les saints, il réussirait à retrouver son refuge. Dès lors, il ne cessait plus de se tromper et errait dans un dédale sans fin, de Brighton à Norwich, et de Coventry à Canterbury, s'enfonçant toujours plus dans les méandres des galeries creusées sous la grande Cité de Londres, derniers vestiges de l'Angleterre médiévale. Ses vêtements tombaient en loques, ses chaussures ne lui tenaient plus aux pieds, et ses forces déclinaient, mais sans jamais l'abandonner. Il avait beau être recru de fatigue, il ne pouvait s'arrêter. Il marchait, marchait toujours, et continuait inexorablement à se tromper de route.

Parfois il entendait des véhicules, mais ceux-ci passaient toujours dans un tunnel voisin ; décidé à se constituer prisonnier, il courait vers ces bruits comme vers le salut, mais il arrivait toujours trop tard, pour ne trouver qu'un désert silencieux. De temps à autre, il apercevait au loin une issue qui semblait mener à la ville et il se hâtait vers elle, vers la vie, vers le souffle ardent de la Cité ; mais à mesure qu'il avançait, l'issue s'éloignait, et il finissait par la perdre de vue. Quelques fonctionnaires londoniens, utilisant encore l'autoroute pour leur service, passaient à toute vitesse devant ce fantôme, sans même prêter attention à un bras qu'ils apercevaient à peine, et qui se tendait vers eux pour implorer vainement leur secours ; quant aux appels du malheureux, on pouvait encore moins les entendre.

Cette histoire était devenue, avec le temps, si vraisemblable qu'on ne la considérait plus comme une fiction, et qu'elle faisait maintenant partie du répertoire folklorique : le monde entier était familiarisé avec le drame du « Londonien perdu ». Et Baley, seul avec R. Daneel dans le silence de l'autoroute new-yorkaise, ne put réprimer un léger malaise en se remémorant la légende du vagabond.

Cependant, R. Daneel finit par lui répondre, et sa voix fit naître un léger écho dans le tunnel.

— Ne peut-on pas nous entendre ? fit-il.

— Ici ? Pas question ! Alors, qu'est-ce que vous prétendez, à propos du commissaire principal ?

— Eh bien, il était sur les lieux, Elijah. Comme c'est un New-Yorkais, il devait inévitablement être soupçonné.

— Il devait l'être ! L'est-il encore ?

— Non. Son innocence a été rapidement reconnue. Tout d'abord, il n'avait pas d'arme sur lui. Il ne pouvait d'ailleurs pas en avoir, puisqu'il était entré dans Spacetown par la voie normale, et que l'on confisque provisoirement les armes des visiteurs, comme vous en avez fait l'expérience.

— Mais l'arme du crime a-t-elle été trouvée ?

— Non. Nous avons vérifié toutes les armes des Spaciens, et aucune d'elles n'a été utilisée depuis des semaines ; le contrôle des canons a été tout à fait concluant.

— C'est donc que le meurtrier a dû cacher son arme...

— Il n'a pu la cacher dans Spacetown. Nous avons tout vérifié.

— J'envisage toutes les hypothèses, dit Baley impatiemment. Ou bien elle a été cachée, ou bien l'assassin l'a emportée en quittant Spacetown.

— Exactement.

— Et si vous admettez cette dernière possibilité, le commissaire principal est hors de cause.

— En effet. Mais, par mesure de précaution, nous l'avons cérébroanalysé.

— Quoi ?

— La cérébroanalyse est un procédé grâce auquel on interprète les champs électromagnétiques des cellules cérébrales humaines.

— Ah, vraiment ? fit Baley, peu enthousiaste. Et qu'en avez-vous tiré ?

— Elle nous a renseignés sur le tempérament et les sentiments du commissaire Enderby, et nous en avons conclu qu'il est incapable d'avoir tué le Dr Sarton. Tout à fait incapable !

— C'est exact, fit Baley. Il n'est pas homme à commettre un tel acte. J'aurais pu vous le dire.

— Mieux valait obtenir un renseignement objectif. Il va sans dire que tous les Spaciens ont consenti à se faire cérébroanalyser.

— Ce qui a, j'imagine, montré qu'ils sont tous incapables de commettre un meurtre.

— Cela ne peut faire de doute, et c'est pourquoi nous savons que l'assassin est un New-Yorkais.

— Dans ces conditions, nous n'avons qu'à soumettre tous mes compatriotes à ce charmant petit examen.

— Cela ne nous servirait à rien, Elijah. Car nous pourrions trouver des millions de gens capables, par tempérament, de commettre le crime.

— Des millions !... grommela Baley.

Ce disant, il revit en pensée la foule qui, en ce jour tragique de sa jeunesse, avait hurlé pendant des heures sa haine contre les « sales Spaciens », et il se remémora également la scène qui, la veille au soir, l'avait tellement impressionné dans le magasin de chaussures.

« Pauvre Julius ! se dit-il. Lui, un suspect ! »

Il entendait encore le commissaire principal lui décrivant ce qui s'était passé après la découverte du cadavre :

« Ce fut un coup brutal... brutal ! » avait-il dit.

Rien d'étonnant à ce que, sous l'effet d'un tel bouleversement, il ait cassé ses lunettes ! Rien d'étonnant non plus à son refus de revenir à Spacetown ! Et Baley se souvint de l'exclamation sourde de son chef, proférée entre ses dents : « Je les hais ! »

Pauvre Julius ! Lui, le seul homme capable de manœuvrer les Spaciens ! Le fonctionnaire dont la principale qualité consistait, aux yeux des dirigeants de la Cité, à pouvoir s'entendre avec les Spaciens ! Dans quelle mesure cette valeur-là avait-elle contribué à son rapide avancement ?...

Baley ne s'étonnait plus maintenant de s'être vu confier par le commissaire principal une telle enquête. Ce brave Baley ! Ce vieux, loyal, et fidèle collaborateur ! Ce modèle de discrétion ! Ce camarade de classe ! Pas de danger qu'il fît du grabuge, si jamais il découvrait la vérité sur ce petit incident !...

Et soudain, Baley se demanda en quoi pouvait consister une cérébroanalyse. Il s'imagina de grosses électrodes, des pantographes traçant fébrilement des courbes sur du papier à graphique, des engrenages automatiques s'enclenchant avec un bruit sec, de temps à autre...

Pauvre Julius ! Il avait sans aucun doute des raisons d'être bouleversé ; si tel était réellement son état d'esprit, sans doute se voyait-il d'ores et déjà au bout de sa carrière, et recevant des mains du maire la lettre de démission qu'il lui faudrait obligatoirement signer...

Tout en méditant ainsi, Baley avait atteint, presque sans s'en apercevoir, le quartier des ministères. Il était 14 h 30 quand il s'assit à son bureau. Le commissaire principal était parti, et R. Sammy, toujours souriant, déclara ne pas savoir où le patron se trouvait. Baley resta un long moment tranquille, à réfléchir, sans se rendre compte qu'il avait faim. A 15 h 20, R. Sammy vint lui dire qu'Enderby était de retour.

— Merci, répliqua-t-il.

Et, pour la première fois de sa vie, l'intervention de R. Sammy ne l'agaça pas. Après tout, ce robot était une sorte de parent de R. Daneel, et celui-ci, de toute évidence, n'avait rien d'agaçant. Tout naturellement, Baley en vint à se demander comment les choses se passeraient, si des hommes et des robots entreprenaient ensemble d'édifier une nouvelle civilisation sur une nouvelle planète ; et il envisagea cette éventualité sans aucune passion.

Quand Baley pénétra dans le bureau de son chef, celui-ci examinait quelques documents, sur lesquels il inscrivait, par moments, quelques annotations.

— Vous avez vraiment fait une gaffe gigantesque à Spacetown, Lije ! dit le commissaire.

Tout le duel verbal qu'il avait soutenu contre Fastolfe revint à l'esprit de Baley, et son long visage prit une expression particulièrement lugubre.

— Je le reconnais, monsieur le commissaire, dit-il, et j'en suis désolé.

Enderby leva les yeux vers son subordonné ; à travers ses lunettes, son regard semblait étonnamment clair ; à n'en pas douter, le commissaire paraissait beaucoup plus sûr de lui qu'à aucun moment des trente dernières heures.

— Oh ! cela n'a pas grande importance, répliqua-t-il. Comme Fastolfe n'a pas paru en être offusqué, nous n'en parlerons plus. Ces Spaciens sont vraiment des gens déconcertants, et vous ne méritez pas votre veine, Lije ! Mais la prochaine fois que vous voudrez jouer les Don Quichotte, vous commencerez par m'en parler !

Baley acquiesça de la tête. Il se désintéressait complètement de l'incident. Il avait tenté un coup sensationnel, mais cela n'avait pas réussi. Tant pis ! Il éprouva une réelle surprise à constater qu'il pouvait accepter si simplement son échec : et pourtant telle était bien la vérité !

— Ecoutez, monsieur le commissaire, dit-il. Je désire que vous me fassiez affecter un appartement de deux pièces, pour Daneel et pour moi, car je ne le ramènerai pas chez moi, ce soir.

— En voilà une idée !

— Le bruit court qu'il est un robot : vous vous en souvenez, je pense. Il se peut que rien de grave ne se produise, mais s'il y avait une émeute je ne veux pas que ma famille s'y trouve mêlée.

— Ça ne tient pas debout, Lije ! J'ai fait contrôler la chose. Aucun bruit de ce genre ne circule en ville.

— Jessie l'a tout de même appris quelque part, monsieur le commissaire.

— Il n'y a pas de rumeurs systématiques. Rien de dangereux. Depuis le moment où j'ai cessé d'être en communication avec Fastolfe, je n'ai pas fait autre chose que contrôler ce point, et c'est pour cela que j'ai renoncé à participer à votre discussion. Il était essentiel de remonter aux sources, et rapidement. De toute manière, voici les rapports qu'on m'a adressés, en particulier celui de Doris Gillid. Elle a enquêté dans une douzaine de Toilettes de femmes. Vous connaissez Doris : elle est très sérieuse. Eh bien, elle n'a rien constaté d'anormal, nulle part !

— Alors, comment expliquez-vous que Jessie ait appris la chose ?

— Ce n'est pas invraisemblable. R. Daneel s'est trop mis en avant dans le magasin de chaussures. A-t-il réellement sorti son arme de son étui, Lije, ou bien est-ce vous qui la lui avez passée ?

— C'est lui qui l'a brandie contre les émeutiers.

— Bon. Eh bien, quelqu'un a dû reconnaître qu'il était un robot.

— Allons donc ! s'écria Baley avec indignation. Personne ne pourrait s'en apercevoir !...

— Et pourquoi pas ?

— Vous le pourriez, vous ? Moi, certainement pas !

— Qu'est-ce que cela prouve ? Nous ne sommes pas des experts, ni vous ni moi. Mais supposez qu'un technicien des usines de Westchester, où l'on construit des robots, se soit trouvé parmi la foule, un professionnel, passant sa vie à dessiner et à fabriquer des robots. Il peut fort bien avoir remarqué des anomalies en R. Daneel, soit dans son élocution, soit dans ses gestes. En y réfléchissant, peut-être en a-t-il parlé à sa femme, laquelle a mis des amies au courant, et puis on n'en a plus parlé parce que c'était trop incroyable. Les gens ne peuvent pas admettre une telle histoire. Le seul ennui, c'est que, avant de s'éteindre, ce bruit soit parvenu à Jessie.

— C'est possible, fit Baley sceptique. En attendant, que décidez-vous pour l'appartement que je vous ai demandé ?

Haussant les épaules, le commissaire principal saisit son téléphone, et, un instant plus tard, il répondit :

— Section Q. 27. C'est tout ce qu'on peut vous donner. Ce n'est pas un quartier très recommandable.

— Ça ira, dit Baley.

— A propos, où est donc R. Daneel en ce moment ?

— Il étudie le fichier des agitateurs médiévalistes.

— Eh bien, je lui souhaite du plaisir ! Ils sont des millions !

— Je le sais, mais c'est une idée...

Baley avait presque atteint la porte quand, presque sans réfléchir, il fit soudain volte-face :

— Monsieur le commissaire, dit-il, est-ce que le Dr Sarton vous a jamais parlé du programme de Spacetown, concernant l'instauration d'une civilisation C/Fe ?

— Une civilisation quoi ?

— L'introduction des robots sur Terre.

— Quelquefois, oui, dit Enderby qui ne parut pas particulièrement intéressé par la question.

— Vous a-t-il expliqué où Spacetown voulait en venir ?

— Oh ! il s'agissait d'améliorer l'état sanitaire et le standard de vie de la population ! C'est toujours la même histoire, et elle ne m'impressionne plus. Bien entendu, j'ai répondu que j'étais d'accord. Qu'y avait-il d'autre à faire ? Je ne pouvais que chercher à ne pas les contrarier, en espérant qu'ils s'en tiendraient à des applications raisonnables de leurs théories. Peut-être qu'un jour...

Baley attendit la suite ; mais son chef ne lui dit pas ce que ce jour, proche ou lointain, apporterait peut-être.

— A-t-il jamais fait allusion devant vous à des émigrations nouvelles ?

— Des émigrations ? Non, jamais ! Envoyer un Terrien dans un des Mondes Extérieurs ne serait pas une entreprise moins insensée que de vouloir trouver un astéroïde de diamant dans les cercles de Saturne.

— Je parlais d'émigration dans de nouvelles planètes, monsieur le commissaire !

Mais cette fois, Enderby se borna, pour toute réponse, à lancer à son subordonné un regard incrédule. Baley laissa passer un moment, puis il reprit, d'un ton brusque :

— Qu'est-ce que la cérébroanalyse, monsieur le commissaire ? En avez-vous déjà entendu parler ?

Le visage rondelet d'Enderby demeura impassible ; il ne cilla pas, et ce fut d'une voix très calme qu'il répondit :

— Non. Qu'est-ce que c'est censé être ?

— Oh ! rien d'important !... J'en ai simplement entendu parler.

Baley quitta la pièce et, revenu à son bureau, il continua à réfléchir : le commissaire principal ne pouvait certainement pas jouer la comédie à ce point-là... ! Alors ?

A 16 h 15, il téléphona à Jessie qu'il ne rentrerait pas coucher chez lui ce soir-là, ni probablement les nuits suivantes ; et il eut du mal à mettre un terme à l'entretien.

— As-tu des ennuis, Lije ? Es-tu en danger ? demanda-t-elle.

Il répondit d'un ton léger que le métier d'inspecteur comportait toujours un certain danger, mais cela ne satisfit pas son épouse.

— Où vas-tu passer la nuit ? reprit-elle.

Il ne le lui dit pas et se contenta de lui conseiller :

— Si tu te sens trop seule sans moi, va coucher chez ta mère.

Et il coupa brusquement la communication : c'était ce qu'il avait de mieux à faire.

A 16 h 20, il demanda Washington ; il mit un certain temps à joindre l'homme qu'il cherchait, et il lui en fallut autant pour le convaincre de prendre le lendemain matin l'avion pour New York, mais, à 16 h 40, il réussit à le décider.

A 16 h 55, le commissaire principal quitta son bureau et lui jeta au passage un sourire indéfinissable. Les employés travaillant de jour s'en allèrent en masse, et les équipes moins importantes, qui les remplaçaient dans la soirée et pour la nuit, entrèrent à leur tour, le saluant d'un air surpris.

R. Daneel vint le rejoindre ; il tenait à la main une liasse de papiers.

— Qu'est-ce que c'est ? demanda Baley.

— Une liste d'hommes et de femmes susceptibles de faire partie d'une organisation médiévaliste.

— Combien en avez-vous trouvé ?

— Plus d'un million, et ce n'est qu'une partie de l'ensemble.

— Comptez-vous les contrôler tous, Daneel ?

— Ce serait évidemment impossible, Elijah.

— Voyez-vous, Daneel, presque tous les Terriens sont, d'une façon ou d'une autre, des Médiévalistes : ainsi, le commissaire, Jessie, ou moi-même. Prenez, par exemple, le commissaire...

Il fut sur le point de parler des lunettes de son chef, mais il se rappela que les Terriens devaient se tenir les coudes, et qu'il ne fallait surtout pas qu'Enderby perdît la face, tant au sens propre qu'au sens figuré. Aussi reprit-il, après avoir marqué un temps :

— Regardez ce qu'il met sur son nez... devant ses yeux...

— Oui, répliqua R. Daneel. J'ai déjà remarqué ces ornements, mais j'ai pensé que ce serait impoli de lui en parler. Je n'ai vu aucun autre New-Yorkais en porter.

— C'est un objet très vieux jeu.

— Est-ce que cela sert à quelque chose ?

Mais Baley changea brusquement de sujet en lui demandant :

— Comment vous êtes-vous procuré ces listes ?

— C'est une machine qui me les a fournies. On la règle pour un type de délit déterminé, et elle fait le reste. Je l'ai donc laissée trier toutes les condamnations prononcées, au cours des vingt-cinq dernières années, contre des gens ayant troublé l'ordre public à propos de robots. Une autre machine a relevé, dans tous les journaux publiés à New York pendant la même période, les noms de toutes les personnes ayant fait des déclarations contre les robots et contre les hommes des Mondes Extérieurs. C'est incroyable ce qu'on peut obtenir en trois heures ! Cette machine a même éliminé les noms des suspects décédés !

— Cela vous étonne ? Mais voyons, vous avez sûrement des ordinateurs dans les Mondes Extérieurs ?

— Bien sûr ! Nous en avons de toutes sortes, et des plus perfectionnés ; et cependant aucun n'est aussi puissant que les vôtres. Il ne faut pas oublier, d'ailleurs, qu'aucun des Mondes Extérieurs, même le plus important, n'a de population approchant en nombre celle de vos villes, en sorte qu'il n'y a pas besoin de machines extrêmement complexes.

— Avez-vous déjà été sur la planète Aurore, Daneel ?

— Non, répliqua le robot. J'ai été construit ici, sur Terre.

— Alors, comment connaissez-vous les machines en usage dans les Mondes Extérieurs ?

— Mais voyons, Elijah, c'est l'évidence même ! Les connaissances qui m'ont été inculquées correspondent à celles du regretté Dr Sarton. Vous pouvez donc considérer comme certain qu'elles abondent en données sur les Mondes Extérieurs.

— Je comprends... Dites-moi, Daneel, pouvez-vous manger ?

— Je suis alimenté par énergie nucléaire, Elijah. Je croyais que vous le saviez.

— Je le sais en effet. Aussi bien, ne vous ai-je pas demandé si vous aviez besoin de manger, mais si vous pouviez manger, autrement dit, si vous pouviez mettre des aliments dans votre bouche, les mâcher et les avaler. J'ose dire que c'est un élément essentiel de cette ressemblance humaine que l'on a cherché à réaliser en vous construisant.

— Je vois ce que vous voulez dire, Elijah. Je peux en effet exécuter les opérations mécaniques consistant à mâcher et à avaler des aliments. Mais ma capacité est naturellement très limitée et, à plus ou moins bref délai, je suis obligé de vider les aliments absorbés par ce que vous pourriez appeler mon estomac.

— Parfait. Vous pourrez à loisir régurgiter — ou peu importe comment vous appelez l'opération — ce soir, dans le secret de notre chambre. Pour l'instant, ce qui me préoccupe, c'est que j'ai faim. Vous ne vous rendez peut-être pas compte qu'avec tout cela je n'ai pas déjeuné ; je désire donc que vous dîniez avec moi. Or, vous ne pouvez vous asseoir au restaurant sans manger, car cela attirerait aussitôt l'attention sur vous. Mais, du moment que vous pouvez manger, c'est tout ce que je désirais savoir. Alors, allons-y !

Les restaurants communautaires de la ville étaient tous semblables ; bien plus, Baley qui, pour son service, avait été à Washington, à Toronto, à Los Angeles, à Londres et à Budapest, avait pu y constater que, là aussi, ils étaient pareils. A l'époque médiévale, peut-être en avait-il été tout autrement, parce que l'on parlait sur Terre diverses langues, et que la nourriture variait suivant les pays. Mais maintenant les produits à base de levure étaient les mêmes, de Shangaï à Tachkent, et de Winnipeg à Buenos Aires ; quant à l'« anglais » que l'on parlait, ce n'était certes pas celui de Shakespeare ou de Churchill, mais une sorte de pot-pourri de diverses langues ; on l'utilisait sur tous les continents terrestres, sans beaucoup de variations de l'un à l'autre, et l'on s'en servait aussi dans les Mondes Extérieurs.

Mais s'ils ne différaient les uns des autres ni par la langue qu'on y parlait ni par les menus qu'on y servait, ces restaurants présentaient bien des similitudes encore plus accusées. On y respirait toujours une odeur particulière, indéfinissable mais caractéristique. Une triple queue de consommateurs y pénétrait lentement, se rétrécissait pour en franchir la porte, et s'ouvrait aussitôt après en trois tronçons, se dirigeant à droite, à gauche et au centre d'une immense salle. Le grouillement de la foule, piétinant et jacassant, le claquement sec de la vaisselle en matière plastique, l'aspect luisant des longues tables en bois synthétique ultra-verni et à dessus de verre, l'éclairage intense, la légère humidité de l'air, tout cela ne changeait jamais d'un restaurant à un autre.

Baley s'avança pas à pas suivant la queue ; il fallait toujours compter sur une attente de dix minutes environ avant de trouver une place. Tout à coup, il demanda à R. Daneel, dans un murmure :

— Est-ce que vous pouvez sourire ?

Le robot, qui examinait froidement la salle, répliqua :

— Que voulez-vous dire, Elijah ?

— Oh ! je me demandais simplement si vous pouviez sourire...

R. Daneel sourit. Ce fut subit et surprenant. Ses lèvres s'arrondirent et se plissèrent aux commissures ; mais la bouche seule sourit, et le reste du visage ne subit aucune modification.

Baley secoua la tête et reprit, sur le même ton :

— Ne vous en donnez pas la peine, Daneel. Ça ne vous va pas !

Ils arrivèrent au guichet de distribution, où chaque convive plaçait sa carte dans un logement déterminé, pour qu'elle fût contrôlée automatiquement avec un bruit sec. Quelqu'un avait calculé un jour qu'un restaurant fonctionnant sans à-coups pouvait permettre l'entrée de deux cents personnes à la minute ; chacune était l'objet d'une vérification complète, afin de l'empêcher de prendre plus d'un repas, ou une nourriture à laquelle elle n'avait pas droit. On avait aussi calculé quelle devait être la longueur maximum des trois queues pour obtenir le meilleur débit des rations, ainsi que le temps perdu par suite des menus exceptionnels auxquels certains consommateurs privilégiés avaient droit.

C'était en effet une calamité d'interrompre la distribution des rations normales, comme le firent Baley et R. Daneel, en présentant à l'employée de service une carte donnant droit à un repas spécial. Jessie, qui connaissait bien la question pour avoir longtemps travaillé dans un tel restaurant, avait expliqué à son mari ce qui se produisait en pareil cas :

— Ça bouleverse tout, avait-elle dit. Ça chambarde les prévisions de consommation et les calculs de stocks. Il faut faire des contrôles spéciaux, et se mettre en rapport avec les autres restaurants pour s'assurer que ces repas exceptionnels ne compromettent pas l'équilibre des approvisionnements et des rations servies. Chaque semaine, en effet, on fait le bilan de chaque restaurant, et si jamais la balance des entrées et des sorties est fausse, on s'en prend toujours aux employés ; jamais, en effet, les services de la Cité n'admettent qu'ils ont trop distribué de cartes spéciales, ou favorisé telle ou telle personne. Mais, quand nous sommes obligés d'annoncer aux clients qu'on ne peut plus leur servir de repas spéciaux, quel potin se mettent alors à faire les privilégiés ! Et bien entendu, c'est toujours la faute du personnel !

Connaissant l'histoire en détail, Baley comprit pourquoi l'employée de service au guichet lui jeta un regard venimeux, tout en griffonnant quelques notes sur la qualité des inspecteurs et leur droit à un traitement spécial ; le motif « service officiel » était, certes, pour elle irréfutable, mais il ne l'en irrita pas moins. Elle glissa les cartes dans un ordinateur qui les avala, digéra les renseignements qu'elles contenaient, et les restitua. Puis la femme se tourna vers R. Daneel ; mais Baley, prenant les devants, lui dit :

— Mon ami n'est pas d'ici. Vous débiterez la Préfecture de Police. Inutile de donner des détails. Service officiel.

Elle eut un geste d'énervement et couvrit en hâte de signes mystérieux deux fiches.

— Pendant combien de temps prendrez-vous vos repas ici ? demanda-t-elle.

— Jusqu'à nouvel ordre.

— Alors, mettez vos index là ! ordonna-t-elle, en poussant vers eux les deux fiches.

Baley eut un petit pincement au cœur, en voyant les doigts lisses aux ongles luisants de R. Daneel se poser sur le carton. Mais aussitôt il se dit qu'on avait sûrement doté le robot d'empreintes digitales. La femme reprit les fiches et les introduisit dans l'unité de contrôle située à côté d'elle ; un instant plus tard, celle-ci restitua les cartons sans incident, et Baley respira plus librement. L'employée leur remit de petites plaques métalliques rouge vif, qui signifiaient « provisoire », et déclara :

— Pas de menu spécial. Nous sommes à court cette semaine. Prenez la table DF.

Tandis qu'ils gagnaient leurs places, R. Daneel dit à Baley :

— J'ai l'impression que la majorité de vos compatriotes prend ses repas dans des restaurants comme celui-ci.

— Oui. Naturellement, ce n'est pas très agréable de manger dans un restaurant auquel on n'est pas habitué. On n'y connaît personne, tandis que, dans le restaurant où l'on est connu, c'est tout différent. On est toujours à la même place, avec sa famille, à côté d'amis qu'on voit tous les jours. Surtout pour les jeunes, les repas sont les moments les plus agréables de la journée.

Baley, en disant cela, sourit au souvenir de ces heures de détente.

La table DF se trouvait dans une partie de la salle réservée aux clients de passage. Les consommateurs déjà attablés avaient le nez dans leur assiette et, paraissant peu à leur aise, ils ne se parlaient pas. De temps à autre, ils glissaient des regards d'envie vers les tables voisines, où les conversations et les rires allaient leur train. Et Baley se dit une fois de plus qu'il n'y avait rien de plus désagréable que de manger n'importe où : si simple que fût son propre restaurant, il n'en justifiait pas moins le vieux dicton « il n'y a rien de tel pour être heureux que de dîner chez soi ». La nourriture même avait meilleur goût, quoi que pussent dire les chimistes qui affirmaient qu'elle était la même à New York et à Johannesburg...

Il s'assit sur un tabouret et R. Daneel prit place à côté de lui.

— Pas de menu spécial ! fit-il avec un geste négligent. Alors, tournez le commutateur qui est devant vous et attendez !

Cela demanda deux minutes. Un disque occupant le milieu de la table s'enfonça soudain, pour remonter peu après, portant une assiette garnie.

— Purée de pommes de terre, sauce de veau synthétique et abricots séchés. Ça ne change pas ! fit Baley.

Une fourchette et deux tranches de pain complet de levure apparurent, dans une cavité située devant chacune des deux places, légèrement au-dessus de la table.

— Si cela vous fait plaisir, dit R. Daneel à voix basse, vous pouvez manger ma ration.

Sur le moment, Baley fut scandalisé ; puis, réagissant, il grommela :

— Cela ne se fait pas ! Allons, mangez !

Il absorba sa nourriture de bon appétit, mais sans l'agrément habituel que procure la détente du repas. De temps à autre, il jetait un regard furtif vers R. Daneel, qui mastiquait en remuant ses mâchoires avec précision, avec trop de précision d'ailleurs, car cela manquait de naturel.

Quelle étrange chose ! Maintenant qu'il était sûr d'avoir affaire à un véritable robot, Baley remarquait une quantité de petits détails qui le lui prouvaient encore mieux. Par exemple, quand R. Daneel avalait, on ne voyait pas sa pomme d'Adam bouger. Et cependant le détective n'en éprouvait plus autant de gêne. S'habituait-il donc, en fait, à cette créature ? Et voici qu'il se remit à penser aux théories et aux plans du Dr Fastolfe. Si vraiment certains New-Yorkais partaient pour de nouveaux mondes afin d'y édifier une nouvelle civilisation, si Bentley, par exemple, son propre fils, quittait ainsi la Terre un jour, arriverait-il à travailler et à vivre en compagnie de robots sans en être gêné ? Pourquoi pas, puisque les Spaciens vivaient eux-mêmes de cette façon-là ?...

— Elijah ! murmura R. Daneel. Est-ce mal élevé d'observer son voisin de table pendant qu'il mange ?

— C'est très mal élevé, en effet, de le regarder directement manger. Ça tombe sous le sens, voyons ! Chacun de nous a droit à ce que l'on respecte sa vie privée. Cela n'empêche pas de se parler, mais on ne se dévisage pas les uns les autres au cours du repas.

— Compris ! Alors, pouvez-vous me dire pourquoi je compte autour de nous huit personnes qui nous observent attentivement, et même de très près ?

Baley posa sa fourchette sur la table ; il jeta un regard autour de lui, comme pour chercher la salière, et murmura :

— Je ne vois rien d'anormal.

Mais il le dit sans conviction. Pour lui, tous les convives n'étaient qu'une foule d'inconnus mélangés au hasard. Or, quand R. Daneel tourna vers lui son regard impersonnel, Baley eut l'impression pénible que ce n'étaient pas des yeux bruns qu'il avait devant lui, mais des appareils de détection, capables de juger, avec la précision d'une caméra, et en quelques secondes, de quoi se composait tout le panorama environnant.

— Je suis tout à fait certain de ce que j'avance, dit R. Daneel calmement.

— Eh bien, qu'importe, après tout ? Ce sont des gens mal élevés, mais ça ne prouve rien d'autre.

— Je ne sais pas, Elijah. Mais croyez-vous que ce soit par pure coïncidence que six des hommes qui nous observent se soient trouvés hier soir dans le magasin de chaussures ?...

11

Fuite sur les tapis roulants

Baley serra convulsivement sa fourchette.

— Vous en êtes sûr ?

Mais à peine avait-il posé la question qu'il en comprit la futilité : on ne demande pas à une machine si elle est sûre de l'exactitude du résultat qu'elle fournit, et cela, même si la machine a des bras et des jambes !

— Absolument sûr, répliqua R. Daneel.

— Sont-ils tout près de nous ?

— Non, pas très près, ils sont dispersés dans la salle.

— Alors, ça va !

Baley se remit à manger, maniant machinalement sa fourchette ; derrière le masque de son long visage renfrogné, son cerveau était en ébullition.

A supposer que l'incident du magasin de chaussures ait été provoqué par un groupe de fanatiques antirobots, et que l'affaire n'ait pas été un mouvement spontané, comme on aurait pu le croire, ce groupe d'agitateurs pouvait fort bien comprendre des hommes ayant étudié les robots avec l'ardeur qu'engendre une opposition farouche : dans ce cas, l'un d'eux pouvait avoir décelé la véritable nature de R. Daneel. C'était une éventualité que le commissaire principal avait envisagée, et Baley ne put s'empêcher d'être étonné de la justesse d'une telle précision, de la part de son chef : Enderby faisait parfois montre d'une perspicacité vraiment surprenante !...

Partant de ce principe, les événements s'expliquaient alors logiquement. L'incident de la veille avait pris de court les conspirateurs qui, insuffisamment organisés, s'étaient trouvés hors d'état de réagir ; mais ils avaient dû élaborer un plan à exécuter dans l'avenir immédiat. S'ils savaient reconnaître un robot comme R. Daneel, à plus forte raison devaient-ils être fixés sur les fonctions qu'exerçait Baley. Or, pour qu'un inspecteur circulât en compagnie d'un robot humanoïde, il fallait que ce policier fût quelqu'un de très important, et Baley n'eut aucune peine à reconstituer le raisonnement de ses mystérieux adversaires.

Il en déduisit qu'ils avaient dû placer des espions aux alentours de l'Hôtel de Ville, pour surveiller ses agissements et ceux de R. Daneel ; peut-être même disposaient-ils de complices au sein même des services officiels et dans l'administration de la Cité. Rien d'étonnant donc à ce que les deux policiers aient été suivis au cours des dernières vingt-quatre heures ; la seule chose qui avait dû dérouter un peu leurs poursuivants, c'était la longue durée de la visite à Spacetown, et de l'entretien que Baley avait eu avec le robot sur l'autoroute.

Cependant R. Daneel, ayant achevé son repas, demeurait tranquillement assis à sa place, ses mains sans défaut placées sur le rebord de la table.

— Ne croyez-vous pas que nous devrions faire quelque chose ? demanda-t-il.

— Ici, dans le restaurant, nous ne risquons rien, dit Baley. Laissez-moi l'initiative, je vous prie.

Il regarda autour de lui, et ce fut comme s'il voyait un restaurant communautaire pour la première fois. Que de gens ! Des centaines, des milliers !... Il avait lu un jour, dans une étude sur les restaurants de la ville, que leur capacité moyenne était de deux mille deux cents couverts. Mais celui-ci était plus important. Si jamais quelqu'un venait à crier : « Robot ! » que se passerait-il ? Baley n'osa pas se le figurer, mais il se convainquit rapidement qu'une telle éventualité était invraisemblable.

Sans doute, une émeute soudaine pouvait éclater n'importe où, aussi bien au restaurant que dans les avenues ou les ascenseurs de la ville ; peut-être même l'atmosphère du restaurant était-elle plus propice à des désordres, parce que les gens s'y laissaient facilement aller à leurs instincts et s'y extériorisaient plus qu'ailleurs ; il ne fallait pas grand-chose pour qu'une discussion y dégénérât en bagarre.

Mais faire éclater exprès une émeute dans un restaurant était une tout autre histoire, car les conspirateurs se trouveraient eux-mêmes pris comme dans une masse au milieu de cette salle pleine de monde. Dès que l'on commencerait à se servir de la vaisselle comme de projectiles et à renverser les tables, nul ne pourrait plus s'enfuir. Une grave émeute, dans de telles conditions, risquerait de causer des centaines de morts, parmi lesquels les responsables eux-mêmes auraient de fortes chances de se trouver.

Non. Une émeute bien fomentée ne pourrait réussir que dans les avenues de la Cité, et de préférence en un point de passage relativement étroit. Quand une foule perd la tête et est prise de panique, cela devient contagieux, et ceux qui gardent la tête froide ont alors le temps d'en profiter pour disparaître rapidement ; les agitateurs trouvent facilement, pour s'enfuir, une voie adjacente ou un chemin conduisant aux tapis roulants.

Baley se sentit pris au piège. Il devait y avoir dehors d'autres espions qui les attendaient, les suivraient, et provoqueraient des troubles, au moment et à l'endroit qu'ils estimeraient favorables.

— Pourquoi ne pas les arrêter ? demanda R. Daneel.

— Ça ne ferait que déclencher plus vite nos ennuis, grommela Baley. Vous avez bien repéré leurs physionomies, Daneel ? Vous ne les oublierez pas ?

— Je suis incapable d'oublier quoi que ce soit.

— Eh bien, nous leur mettrons le grappin dessus plus tard. Pour l'instant, nous allons passer entre les mailles de leur filet. Suivez-moi, et faites exactement la même chose que moi !

Il se leva, retourna soigneusement son assiette et la plaça sur le plateau mobile qui l'avait auparavant fait surgir au milieu de la table ; de même, il posa sa fourchette dans le logement prévu à cet effet. R. Daneel, qui l'avait regardé faire, exécuta les mêmes gestes et, en un instant, assiettes et fourchettes sales disparurent.

— Ils se lèvent aussi, dit R. Daneel.

— Bon. J'ai l'impression qu'ils ne vont pas beaucoup s'approcher de nous. Pas ici, en tout cas.

Ils suivirent de nouveau une longue file de gens se dirigeant vers la sortie et passèrent devant le bloc de contrôle, dont le cliquetis incessant symbolisait l'énorme quantité de repas distribués.

Baley, jetant un regard en arrière, vers la salle bruyante et légèrement enfumée, se remémora soudain, avec une précision qui l'étonna lui-même, une visite du Zoo qu'il avait faite avec son fils, huit ans auparavant (bon sang, que le temps passait vite !...). C'était la première fois que Ben y allait, et cela l'avait impressionné, car il n'avait encore jamais vu de chat ni de chien en chair et en os. Ce qui l'avait enthousiasmé plus que tout, c'était la volière ; et Baley, qui l'avait pourtant vue une douzaine de fois déjà, n'avait pas davantage résisté à la fascination du spectacle. On ne peut nier qu'il y ait en effet quelque chose de saisissant dans le vol d'un oiseau que l'on contemple pour la première fois. Or, ce jour-là, Baley et son fils avaient assisté au repas des oiseaux ; un employé remplissait une longue auge d'avoine écrasée ; si les hommes avaient pris l'habitude de se nourrir d'aliments synthétiques à base de levure, les oiseaux, plus conservateurs, continuaient à ne vouloir manger que de vraies graines. Les oiseaux voletaient donc par centaines et, aile contre aile, ils venaient s'aligner sur l'auge, en pépiant de façon assourdissante. Telle était l'image qui vint à l'esprit de Baley, au moment de quitter le restaurant communautaire. Oui, des oiseaux rangés sur leur auge !... C'était bien ça ! Et cette constatation le dégoûta, au point qu'il se demanda s'il n'y aurait pas moyen de vivre autrement, mieux que cela... Mais qu'y avait-il donc de défectueux dans ce mode d'existence ? Jamais encore cela ne lui était venu à l'esprit...

— Prêt, Daneel ? demanda-t-il brusquement.

— Prêt, Elijah.

— Eh bien, en route !

Ils sortirent du restaurant et Baley se dit que, désormais, leur salut allait uniquement dépendre de son astuce et de son adresse.

Il y a un jeu que les jeunes adorent pratiquer et qu'ils nomment la « course aux tapis roulants ». Ses règles varient de ville en ville, mais le principe demeure éternellement le même, en sorte qu'un garçon de San Francisco n'aura aucune peine à participer à une partie qui se joue au Caire. Il consiste en ceci : un « meneur » doit se rendre d'un point A à un point B, en utilisant le réseau des tapis roulants de telle façon qu'il réussisse à distancer le plus grand nombre possible de camarades qui lui donnent la chasse. Un meneur qui arrive tout seul au but est vraiment adroit, et le poursuivant qui parvient à ne jamais perdre le meneur ne l'est pas moins.

On pratique d'habitude ce jeu pendant les heures d'affluence de fin d'après-midi, quand une foule de gens se déplace et rend la partie plus risquée et plus difficile. Le meneur part avec une légère avance, sur un tapis roulant accélérateur ; il fait de son mieux pour agir de la façon la plus inattendue, et reste par exemple très longtemps sur le même tapis, avant de bondir sur un autre, dans une direction différente ; il passe alors très vite d'un tapis au tapis suivant, puis s'arrête tout d'un coup.

Malheur au poursuivant qui se laisse imprudemment entraîner trop loin ! Avant de s'être aperçu de son erreur, il se trouvera, à moins d'être extrêmement habile, bien au-delà du meneur, ou au contraire, très en deçà. Le meneur, s'il est intelligent, en profitera aussitôt pour filer dans une autre direction.

Une tactique qui accroît dix fois la difficulté du jeu consiste à prendre place sur les tapis roulants secondaires, ou sur l'express, mais à les quitter aussitôt de l'autre côté. On admet que les éviter complètement est aussi peu sportif que les utiliser trop fréquemment.

L'intérêt d'un tel jeu est difficile à comprendre pour un adulte, surtout pour quelqu'un n'ayant jamais été lui-même, dans son adolescence, un adepte de ce sport. Les joueurs sont malmenés par les voyageurs, dont ils troublent les déplacements en les trouvant sur le parcours de leur course. La police est très sévère pour eux et leurs parents les punissent. On dénonce leur activité comme troublant l'ordre public, aussi bien dans les écoles qu'au cinéma. Il ne se passe d'ailleurs pas d'année sans que quatre ou cinq jeunes gens trouvent la mort dans des accidents causés par ce jeu, tandis que des douzaines d'autres garçons y sont blessés, et que d'innocents passants se voient soudain placés, par la faute de ces jeunes, dans des situations plus ou moins tragiques.

Et cependant on n'a jamais pu trouver le moyen de supprimer ce sport, ni de mettre les équipes qui s'y livrent hors d'état de le pratiquer. Plus il devient dangereux, plus ses adeptes sont sûrs de conquérir le plus précieux des prix, à savoir la gloriole qu'ils en tirent aux yeux de leurs camarades. Tout le monde admet qu'un champion a le droit de se pavaner, et quant aux meneurs connus pour leur adresse, ils font aisément figure de coq de village.

Ainsi, par exemple, Elijah Baley se rappelait avec une réelle satisfaction, même à son âge, que jadis il avait été classé parmi les meilleurs coureurs de tapis roulant. Un jour, il avait semé vingt poursuivants dans une course mémorable, pendant laquelle, à trois reprises, il avait traversé l'express ; en deux heures de poursuite sans répit, il était parvenu, sans faiblir, à disperser certains des meilleurs joueurs de son quartier, et à atteindre seul le but. Et, pendant des mois, on avait parlé de cette performance.

Maintenant qu'il avait dépassé la quarantaine, il y avait plus de vingt ans qu'il ne se livrait plus à ce genre de jeu, mais il se souvenait de certaines actuces. Ce qu'il avait perdu en agilité, il le compensait par son expérience. Et puis, il était un policier, et nul mieux que lui ne connaissait la ville, sinon peut-être quelque collègue encore plus expérimenté ; bref, pour Baley, le dédale de ces avenues aux murailles d'acier n'avait pour ainsi dire pas de secret.

Il sortit du restaurant d'un pas alerte mais pas trop rapide. A tout moment, il s'attendait à entendre pousser derrière lui les cris de : « Robot ! Robot ! » Ce début de leur fuite était, à son avis, le moment le plus risqué, et il compta ses pas avant de sentir sous ses pieds le premier tapis accélérateur. Il s'arrêta un instant, et laissa R. Daneel venir tranquillement à sa hauteur.

— Sont-ils toujours derrière nous, Daneel ? murmura-t-il.

— Oui. Ils se rapprochent

— Ça ne va pas durer ! dit Baley, très sûr de lui.

Il jeta un regard vers les tapis normaux qui s'étendaient de chaque côté de l'accélérateur ; ils étaient chargés de passants, qui disparurent de plus en plus vite derrière lui, à mesure qu'il accélérait son allure. Certes, il utilisait presque quotidiennement les tapis roulants pour ses déplacements, mais il s'amusa à calculer qu'il n'avait pas plié les genoux pour y faire une course depuis plus de sept mille jours. Et, soudain repris par l'ardente et familière joie que lui procurait jadis ce sport, il sentit sa respiration devenir plus rapide. En cet instant, il oublia complètement qu'un jour, ayant surpris son fils Ben en train de faire une telle course, il l'avait chapitré pendant des heures, et menacé de le signaler à la police.

D'un pas rapide et léger, il accéléra jusqu'à atteindre une vitesse double de celle dite « de sécurité », et se pencha de plus en plus en avant, pour lutter contre la résistance de l'air. Il fit semblant de vouloir sauter sur un tapis roulant secondaire progressant dans le même sens, mais tout d'un coup, il bondit sur celui qui allait en sens inverse, se mêla à la foule qui l'encombrait, et passa un instant plus tard sur le tapis décélérateur, ralentissant jusqu'à une vitesse de vingt kilomètres à l'heure environ.

— Combien en reste-t-il derrière nous, Daneel ? demanda-t-il au robot qui, sans aucun signe d'essoufflement ni de difficulté, était revenu à sa hauteur.

— Un seul, Elijah.

— Il devait, lui aussi, être un bon coureur dans son jeune temps !... Mais il ne va pas tenir longtemps !

De plus en plus sûr de lui, il eut l'impression de se retrouver au temps de sa jeunesse ; la sensation que procurait ce sport était faite en partie du plaisir d'accomplir une sorte de rite mystique auquel la foule ne participait pas ; il s'y ajoutait la joie grisante du vent qui vous fouettait le visage et vous sifflait dans les cheveux ; enfin la certitude de courir un certain danger rendait la chose d'autant plus passionnante.

Il reprit sa marche à grandes enjambées et passa sur un tapis voisin, qu'utilisaient de nombreux voyageurs ; il se glissa parmi eux et, restant un long moment sur le même tapis, il parvint sans trop de mal à se faufiler parmi la foule, dépassant ainsi des centaines de gens et se rapprochant insensiblement du bord du tapis.

Tout d'un coup, sans avoir marqué le moindre temps d'arrêt, il fit un bond de côté et sauta sur le tapis accélérateur voisin ; le mouvement fut si brusque qu'il eut de la peine à conserver son équilibre et sentit une douleur dans les muscles de ses cuisses. Il actionna aussitôt les manettes d'accélération et, un instant plus tard, il filait à une vitesse de soixante-dix kilomètres à l'heure.

— Et maintenant, Daneel ? demanda-t-il au robot, toujours derrière lui.

— Il est encore là, répliqua l'autre calmement.

Baley pinça les lèvres. S'il en était ainsi, il fallait alors opérer sur l'express ; cela exigeait un gros entraînement, et peut-être n'en serait-il plus capable... Regardant rapidement autour de lui, pour situer sa position, il vit passer comme un éclair la rue B.22. Il fit un petit calcul, puis d'un saut prit place sur l'express. Les hommes et les femmes qui l'occupaient, manifestement peu satisfaits de se déplacer ainsi, se montrèrent indignés quand Baley et R. Daneel, faisant irruption parmi eux, jouèrent des coudes pour s'efforcer de gagner l'autre bord du tapis.

— Eh là ! Faites donc attention ! glapit une femme, en retenant non sans peine son chapeau qu'elle manqua perdre.

— Excusez-moi ! bredouilla Baley, à bout de souffle.

Ayant réussi à gagner l'autre côté de l'express, il sauta de nouveau sur le tapis voisin ; mais, au dernier moment, un voyageur, furieux d'avoir été bousculé, lui lança un coup de poing dans le dos, ce qui le fit trébucher. Il fit un effort désespéré pour retrouver son équilibre, car, pris de panique, il eut soudain la vision de ce qui allait se passer, s'il n'y parvenait pas : en tombant, il risquait de faire tomber d'autres gens, qui s'écrouleraient comme un château de cartes, et ces sortes de « marmelades de voyageurs », assez fréquentes sur les tapis roulants, avaient toujours pour résultat d'envoyer des douzaines de blessés à l'hôpital, avec des membres cassés. La différence de vitesse des deux tapis ne fit pourtant qu'accentuer son déséquilibre et il s'effondra, d'abord sur les genoux, ensuite sur le côté. Mais, instantanément, le bras de Daneel le saisit et il se vit relevé avec une force et une aisance bien supérieures à celle d'un homme.

— Merci, bredouilla-t-il.

Il n'eut certes pas le temps d'en dire plus, car il repartit aussitôt sur le tapis décélérateur, dont le parcours compliqué le mena à un carrefour ; là, deux tapis express de sens opposés se croisaient et correspondaient avec des tapis roulants secondaires. Sans ralentir un instant son allure, il sauta sur un tapis accélérateur, et de là, de nouveau, sur l'express.

— Est-il toujours avec nous, Daneel ?

— Il n'y a personne en vue, Elijah.

— Bon ! Mais quel coureur de tapis roulant vous auriez fait, Daneel ! Allons, maintenant, en route !

Ils repassèrent à toute vitesse sur un autre tapis secondaire, et de là sur un tapis décélérateur, qui les mena jusqu'à une porte dont les imposantes dimensions indiquaient, sans erreur possible, l'entrée d'un bâtiment officiel. D'ailleurs, une sentinelle se leva à leur approche et Baley se fit aussitôt reconnaître.

— Police ! dit-il.

Et le factionnaire les laissa instantanément passer.

— C'est une centrale d'énergie, dit Baley. De cette façon, on perdra définitivement notre trace.

Il avait déjà visité souvent des centrales d'énergie, y compris celle-là, mais, l'habitude qu'il avait de ce genre d'établissements n'atténuait pas pour autant le sentiment pénible qui ne manquait jamais de l'oppresser quand il s'y trouvait ; c'était une sorte d'angoisse, encore accrue par le souvenir de la situation prépondérante que son père avait jadis occupée dans une telle centrale. Mais il y avait longtemps de cela !...

Au centre de l'usine, on n'entendait que le ronflement des énormes générateurs cachés dans les profondeurs du sol ; l'air sentait fort l'ozone et l'immense salle était entourée de lignes lumineuses rouges, dont la menace silencieuse signifiait que nul ne devait les franchir sans être protégé par des vêtements spéciaux. Quelque part, au sein de la centrale (Baley ignorait exactement où), on consommait chaque jour une livre de matière atomique que l'on désintégrait. Et, après chacune de ces désintégrations, les résidus de l'opération, que l'on appelait les « cendres chaudes », étaient chassés par de puissantes souffleries dans des tuyaux de plomb, qui aboutissaient, vingt kilomètres au large de l'océan, à des fosses aménagées à mille mètres de profondeur sous les eaux. Baley s'était souvent demandé ce qui se passerait quand ces fosses seraient pleines. Se tournant vers R. Daneel, il lui dit, assez brusquement :

— Ne vous approchez pas des signaux rouges !

Puis, ayant réfléchi, il ajouta, un peu confus :

— Mais, après tout, cela ne vous gêne peut-être pas...

— Est-ce une question de radioactivité ? demanda Daneel.

— Oui.

— Alors, il faut que j'y fasse attention. Les rayons gamma détruisent en effet le délicat équilibre d'un cerveau positronique. Si je m'y trouvais exposé, ils me feraient beaucoup plus de mal qu'à vous, et bien plus rapidement.

— Voulez-vous dire qu'ils pourraient vous tuer ?

— Il faudrait alors me doter d'un nouveau cerveau positronique. Or, comme il ne peut en exister deux identiques, il s'ensuit que je deviendrais dans ce cas un nouvel individu. Le Daneel à qui vous parlez actuellement serait, à proprement parler, mort.

Baley le regarda d'un air sceptique.

— J'ignorais complètement cela, dit-il. Grimpons là-haut !

— On n'insiste jamais sur ce point. Ce que Spacetown désire faire connaître, c'est l'utilité de robots tels que moi, et non pas nos défectuosités.

— Alors, pourquoi m'en faites-vous part ?

— Parce que, dit R. Daneel en regardant Baley bien en face, vous êtes mon associé, Elijah, et il est bon que vous connaissiez mes faiblesses et mes lacunes.

Baley se racla la gorge et ne trouva rien à ajouter.

Un peu plus tard, il indiqua au robot une sortie proche et lui dit :

— Par ici ! Nous sommes à cinq cents mètres de l'appartement.

C'était un logement très modeste, un des plus ordinaires que l'on pût trouver : il se composait d'une petite chambre à deux lits, comportant pour tout mobilier deux fauteuils repliables, et d'un cabinet.

Un récepteur de télévision était encastré dans un des panneaux, mais l'appareil ne pouvait être manœuvré à volonté ; il transmettait à heures fixes un programme donné et fonctionnait automatiquement à ces heures-là, qu'on le voulût ou non. Il n'y avait ni lavabo — même sans eau courante — ni prise de courant pour faire de la cuisine, voire pour chauffer de l'eau. Un petit vide-ordures occupait un coin de la pièce ; il était raccordé à un tuyau affreux qui contribuait à donner à l'ensemble un aspect fort déplaisant. Baley, à la vue de ce local, haussa les épaules.

— Nous y voilà ! Enfin... c'est supportable !

R. Daneel marcha droit au vide-ordures ; sur un geste qu'il fit, sa chemise s'ouvrit en deux, révélant un buste à la peau douce, et apparemment musclé.

— Qu'est-ce que vous faites ? lui demanda Baley.

— Je me débarrasse de la nourriture que j'ai absorbée. Si je la gardais en moi, elle se gâterait, et je sentirais mauvais.

Il plaça soigneusement deux doigts en des points déterminés de sa poitrine, exerça une brève mais énergique pression, et aussitôt son buste s'ouvrit de haut en bas. Il enfonça alors sa main droite à l'intérieur d'une masse métallique brillante ; il en retira un petit sac en tissu mince et translucide, à moitié plein ; il l'ouvrit, tandis que Baley, horrifié, l'observait ; puis, après quelque hésitation, il dit au détective :

— Ces aliments sont d'une propreté absolue. Je ne salive pas et ne mâche pas non plus. La nourriture que j'absorbe est attirée dans ce sac par succion, et elle est encore consommable.

— Merci, répondit doucement Baley. Je n'ai pas faim. Débarrassez-vous-en, tout simplement.

Baley estima que le sac était en matière plastique au fluorocarbone, car les aliments ne collaient pas après ; et le robot n'eut aucun mal à les faire glisser du sac dans le conduit du vide-ordures.

« Il n'empêche que voilà une excellente nourriture gaspillée ! » se dit Baley, en s'asseyant sur l'un des lits et en ôtant sa chemise.

— Je propose, ajouta-t-il tout haut, que demain matin nous partions de bonne heure.

— Avez-vous une raison particulière pour cela ?

— Nos bons amis ne connaissent pas encore cet appartement, tout au moins je l'espère. En partant tôt, nous courrons moins de risques. Et quand nous serons à l'Hôtel de Ville, il vous faudra décider si notre association est encore praticable et utile.

— Vous croyez qu'elle ne l'est plus ?

— Vous devez bien comprendre, dit Baley en haussant les épaules, que nous ne pouvons pas nous livrer tous les jours à des acrobaties comme celles de ce soir.

— Mais il me semble que...

R. Daneel ne put achever sa phrase : une lampe rouge vif venait de s'allumer au-dessus de la porte. Baley se leva sans bruit et saisit son revolver. Le signal rouge, qui s'était éteint, se ralluma, et le détective, s'approchant à pas de loup de la porte, tourna un commutateur ; il actionna ainsi un écran translucide, qui permettait de voir de l'intérieur vers l'extérieur de la pièce. L'appareil ne fonctionnait pas très bien ; il était trop petit et usagé, et l'image qu'il donnait n'était pas nette ; mais elle l'était bien assez pour permettre à Baley de reconnaître, debout devant la porte, son fils Ben.

Ce qui suivit fut rapide, et même un peu brutal. Baley ouvrit brusquement la porte, saisit Ben par le poignet au moment où celui-ci allait, pour la troisième fois, actionner le signal, et le tira dans la pièce. Le garçon, ahuri et effrayé de cet accueil, s'adossa, un peu essoufflé, contre le mur et frotta longuement son poignet meurtri, avant de s'écrier :

— Mais voyons, papa, pourquoi me bouscules-tu comme ça ?

Baley ne lui répondit pas tout de suite ; après avoir refermé la porte, il continua à regarder par l'écran translucide, et il lui sembla que le couloir était vide.

— As-tu remarqué quelqu'un, là dehors, Ben ? fit-il.

— Non. Ecoute, papa, je suis juste venu voir comment tu allais.

— Pourquoi n'irais-je pas bien ?

— Je n'en sais rien, moi ! C'est maman. Elle pleurait et faisait un tas d'histoires ; elle a dit qu'il fallait que je te trouve, et que, si je n'y allais pas, elle irait elle-même, mais que, dans ce cas, il pouvait arriver n'importe quoi. Alors, elle m'a obligé à filer, papa.

— Bon. Comment m'as-tu trouvé ? Ta mère savait-elle où j'étais ?

— Non. J'ai téléphoné à ton bureau.

— Et ils t'ont donné le renseignement ?

Le ton véhément de Baley effraya son fils, qui répondit à voix basse :

— Bien sûr ! Ils ne devaient pas le faire ?

Baley et Daneel se regardèrent, et le détective, se levant pesamment, demanda à son fils :

— Où est-elle en ce moment, ta mère ? Dans l'appartement ?

— Non. Nous avons dîné chez grand-mère et nous y sommes restés. C'est là que je dois revenir tout à l'heure, si tu n'as pas besoin de moi, papa.

— Tu vas rester ici, Ben. Daneel, avez-vous remarqué où se trouve le téléphone public de l'étage ?

— Oui, dit le robot. Avez-vous l'intention de sortir pour vous en servir ?

— J'y suis bien obligé. Il faut que je parle à Jessie.

— Ne croyez-vous pas qu'il vaudrait mieux laisser Ben téléphoner ? Pour vous, c'est plus risqué que pour lui, et il est moins précieux.

Baley eut tout d'abord envie de se mettre en colère ; mais, comprenant aussitôt que ce serait stupide, il répondit calmement :

— Vous ne pouvez pas comprendre, Daneel. Nous autres hommes, nous n'avons pas l'habitude d'envoyer nos enfants à notre place, quand il s'agit d'accomplir un acte dangereux, même au cas où il semblerait logique de le faire.

— Un acte dangereux ? s'écria Ben, ravi de se trouver mêlé à une aventure passionnante. Oh ! papa, qu'est-ce qui se passe ?

— Rien, Ben. Rien qui te regarde, en tout cas. Alors, couche-toi. Je veux te trouver au lit quand je vais rentrer. Tu m'entends ?

— Oh ! zut. Tu pourrais tout de même me mettre au courant ! Je ne le dirai à personne !

— Non. Au lit ! Allons, ouste !...

— Oh ! quelle barde !

Dès qu'il fut dans la cabine téléphonique, Baley se plaça de façon à pouvoir, le cas échéant, se servir sur-le-champ de son arme. Il commença par donner son numéro d'identification de la police, et attendit un instant ; ce délai permit à une unité de contrôle, située à vingt kilomètres, de s'assurer que la communication serait immédiate. L'opération ne dura comme prévu que très peu de temps, car un inspecteur devait pouvoir demander pour les besoins de son service un nombre illimité de communications. Dès qu'il eut la réponse du contrôle, il appela le numéro de sa belle-mère. Un petit écran situé à la base de l'appareil s'éclaira alors, et le visage de la mère de Jessie apparut.

— Passez-moi Jessie, dit-il à voix basse.

Sa femme devait l'attendre car elle apparut instantanément. Baley la regarda un instant, puis il actionna une manette pour assombrir l'écran.

— Bon, Jessie. Ben est ici. Alors, qu'est-ce qui ne va pas ?

Tout en parlant, il ne cessait de regarder autour de lui si personne n'approchait.

— Comment vas-tu ? N'as-tu pas d'ennuis ? répliqua sa femme.

— Tu peux constater toi-même que je vais très bien, Jessie. Et maintenant, fais-moi le plaisir de cesser toutes ces histoires !

— Oh ! Lije, je me suis tellement tourmentée !

— A quel sujet ? répliqua-t-il sèchement.

— Tu le sais bien ! Ton ami...

— Eh bien ?

— Je te l'ai dit hier soir. Ça va mal tourner !...

— Non. Tu dis des bêtises. Je garde Ben ici cette nuit, et toi, va te coucher ! Bonsoir, ma chérie !

Il coupa la communication et respira profondément avant de quitter la cabine. Son visage était décomposé, tant il avait peur. Quand il rentra chez lui, il trouva Ben debout au milieu de la pièce ; le jeune homme avait retiré d'un de ses yeux la lentille correctrice, et l'avait soigneusement placée dans une coupe, pour la nettoyer. L'autre lentille était encore dans son autre œil.

— Dis donc, papa, s'écria le garçon, il n'y a donc pas d'eau dans cet endroit ? M. Olivaw dit que je ne peux pas aller aux Toilettes.

— Il a raison. Je ne veux pas que tu y ailles. Remets ça dans ton œil ; pour une nuit, tu peux très bien les garder ; ça ne t'empêchera pas de dormir.

— Ah, bon ! fit Ben, qui obéit et grimpa dans un des deux lits. Oh, là, là ! ajouta-t-il. Quel matelas !

— Je pense que cela ne vous gênera pas de passer la nuit assis ? demanda Baley à R. Daneel.

— Non, bien sûr ! Mais dites-moi, Elijah, puis-je vous poser une question ? Les curieux petits verres que votre fils vient de mettre dans ses yeux m'ont intrigué. Est-ce que tous les Terriens en portent ?

— Non, répliqua Baley, d'un air distrait. Quelques-uns seulement. Ainsi moi, je n'en ai pas.

— A quoi servent-ils ?

Mais Baley était bien trop absorbé par ses propres pensées pour répondre, et ces pensées n'avaient rien d'agréable.

Après avoir éteint la lumière, il demeura longtemps éveillé. Tout près de lui, la respiration de Ben se fit plus profonde et plus régulière, mais un peu rauque ; le garçon dormait paisiblement. De l'autre côté de son lit, Baley aperçut vaguement R. Daneel assis sur une chaise, face à la porte, dans une immobilité impressionnante.

Il finit par s'endormir, et bientôt il eut un cauchemar. Il rêva que Jessie tombait dans la salle de désintégration atomique d'une centrale d'énergie nucléaire. Elle tombait, tombait, tombait toujours, comme dans un puits colossal. Elle hurlait, et tendait les bras vers lui, mais il ne pouvait que se tenir, pétrifié, au-delà d'une ligne rouge, et regarder fixement la silhouette contorsionnée de sa femme qui s'enfonçait dans les profondeurs du puits et finissait par y disparaître. Et l'horreur de ce rêve venait surtout de ce que cette effroyable chute de Jessie, c'était lui, son époux, qui l'avait provoquée ; c'était lui qui avait poussé sa femme dans le vide...

12

Avis d'un expert

Elijah Baley leva les yeux vers le commissaire Enderby, quand celui-ci passa devant son bureau, et il le salua d'un signe de tête empreint d'une certaine lassitude. Le commissaire principal regarda la pendule et grommela :

— Vous n'allez tout de même pas me dire que vous avez passé la nuit ici !

— Je n'en ai aucunement l'intention.

— Pas d'ennuis, cette nuit ? reprit Enderby à voix basse.

Baley secoua négativement la tête.

— J'ai réfléchi, poursuivit le commissaire, que je n'ai peut-être pas attaché assez d'importance à l'éventualité d'une émeute. Si je peux faire quelque chose...

— Oh ! je vous en prie, monsieur le commissaire ! répliqua Baley d'un ton sec. Vous savez très bien que, s'il y avait quelque chose à craindre, je vous en aviserais. Quant à hier soir, je n'ai pas eu le moindre ennui.

— Parfait !

Le commissaire principal continua son chemin et disparut derrière la porte de son bureau personnel, symbole du haut rang qu'il occupait. Et Baley, le regardant avec quelque envie, se dit :

« Lui, au moins, il a dormi, cette nuit ! »

Il se pencha sur un rapport d'activités banales et routinières, qu'il rédigeait pour masquer le réel emploi du temps des deux dernières journées ; mais les mots que sa main traçait machinalement dansaient devant ses yeux, et il ne réussit pas à se concentrer sur ce travail. Soudain, il se rendit compte que quelqu'un se tenait près de sa table.

— Qu'est-ce que tu veux ? demanda-t-il en levant la tête vers R. Sammy.

« Garçon de courses automatique ! songea-t-il. Ça rapporte d'être commissaire principal ! »

— Le commissaire vous demande, Lije, fit le robot, toujours souriant. Il a dit : tout de suite !

— Je viens de le voir, fit Baley en faisant signe au messager de s'en aller. Dis-lui que je viendrai tout à l'heure.

— Il a dit : tout de suite ! répéta R. Sammy.

— C'est bon, c'est bon ! Fous le camp !

Mais le robot resta planté sur place, et redit pour la troisième fois :

— Le commissaire veut vous voir tout de suite, Lije. Il a dit : tout de suite !

— Mille tonnerres ! gronda Baley. J'y vais, j'y vais !

Se levant brusquement, il gagna à grandes enjambées le bureau de son chef, suivi du robot silencieux, et, dès qu'il fut entré, il déclara :

— Il faut donc, monsieur le commissaire, que je vous demande une fois de plus : ne m'envoyez plus chercher par cette machine !

Mais Enderby se borna à répondre :

— Asseyez-vous, Lije. Asseyez-vous !

Baley s'exécuta et regarda droit devant lui, fixement. Après tout, peut-être avait-il mal jugé le pauvre vieux Julius, car celui-ci pouvait fort bien ne pas avoir dormi non plus : il avait en effet l'air très contrarié. Il tapota un papier qui se trouvait sur son bureau.

— J'ai là, dit-il, un rapport concernant une communication confidentielle que vous avez eue hier avec un certain A. Gerrigel, à Washington.

— C'est exact, monsieur le commissaire.

— On ne m'a naturellement pas rendu compte de votre entretien, puisqu'il n'a pu être contrôlé. De quoi s'agissait-il ?

— De renseignements dont j'ai besoin.

— C'est un spécialiste en Robotique, n'est-ce pas ?

— En effet.

Le commissaire fit la moue, avançant sa lèvre inférieure comme un enfant boudeur.

— Mais qu'est-ce qui vous tracasse ? Quel genre de renseignement cherchez-vous à obtenir ?

— Je ne saurais exactement vous le dire, monsieur le commissaire. Mais j'ai la conviction que, dans une enquête comme celle-là, il pourrait m'être utile de posséder une documentation plus complète sur les robots.

Baley se refusa à lui en dire davantage. Il entendait garder pour lui ses intentions, et ne pas en démordre.

— Ce n'est pas mon avis, Lije, pas du tout. Je crois que vous avez eu tort de faire cette démarche.

— Et pourquoi donc, monsieur le commissaire ?

— Moins il y aura de gens au courant, mieux cela vaudra.

— Je lui en dirai le moins possible, naturellement.

— Je persiste à penser que vous avez tort.

Baley sentit l'exaspération le gagner et, perdant patience, il rétorqua :

— Me donnez-vous l'ordre de ne pas voir ce savant ?

— Non, non. Faites comme il vous plaira, puisque vous êtes responsable de l'enquête. Seulement...

— Seulement quoi ?

— Oh rien !... fit Enderby en hochant la tête. En attendant où est-il ?... Vous savez qui je veux dire ?...

Certes, Baley le savait ! Il répondit :

— Daneel est encore en train d'examiner nos fichiers.

Le commissaire principal demeura un long moment silencieux, puis il dit :

— Nous ne faisons guère de progrès, vous savez !

— Nous n'en avons encore fait aucun ; mais ça peut changer...

— Alors, c'est parfait ! murmura Enderby.

Mais Baley ne lui trouva pas du tout la physionomie d'un homme satisfait.

Quand le détective revint à sa table de travail, R. Daneel l'y attendait.

— Eh bien, demanda-t-il rudement au robot, qu'est-ce que vous avez trouvé, vous ?

— J'ai complété mes premières recherches, un peu trop hâtives, Elijah ; grâce à votre fichier, j'ai pu identifier deux des gens qui nous ont poursuivis hier soir et qui, par surcroît, se trouvaient l'autre jour dans le magasin de chaussures.

— Voyons cela !

R. Daneel posa devant Baley deux petites cartes, pas plus grandes que des timbres-poste ; elles étaient couvertes de minuscules points correspondant à un code. Puis le robot sortit de sa poche un petit appareil portatif à décoder et il plaça l'une des cartes dans un logement approprié. Les points possédaient des propriétés électriques particulières, au point de vue de leur conductibilité ; quand on faisait passer un champ magnétique à travers la carte, celui-ci se trouvait considérablement troublé ; les perturbations ainsi obtenues avaient pour résultat de faire apparaître une série de mots sur un petit écran lumineux situé à la base de l'appareil ; ces mots, une fois décodés, représentaient un long rapport. Mais nul ne pouvait en comprendre le sens s'il n'était pas en possession du code officiel de la police.

Baley, rompu à ce genre de documents, les parcourut rapidement. La première fiche concernait un certain Francis Clousarr. Deux ans plus tôt, alors âgé de trente-trois ans, il avait été arrêté pour incitation à l'émeute ; il travaillait dans les usines de levure ; on possédait son adresse et ses antécédents familiaux ; quant à son signalement, rien n'y manquait : cheveux, yeux, signes distinctifs, degré d'instruction, profil psycho-analytique, aspect physique, emplois occupés et références des photos enregistrées au fichier des malfaiteurs.

— Vous avez vérifié les photos ? demanda Baley.

— Oui, Elijah.

Le second suspect se nommait Paul Gerhard. Baley jeta un coup d'œil à la fiche le concernant et dit :

— Tout cela ne vaut rien du tout !

— Je suis certain du contraire, répliqua R. Daneel. S'il existe réellement, parmi les Terriens, une organisation subversive capable d'avoir préparé et exécuté le crime au sujet duquel nous enquêtons, ces deux hommes en font partie. Les fiches sont formelles. Alors, ne devrions-nous pas interroger ces suspects ?

— Nous n'en tirerons rien.

— Ils étaient tous deux dans le magasin de chaussures et au restaurant. Ils ne pourront le nier.

— Se trouver là-bas ne constituait pas un délit et ils pourront fort bien dire qu'ils n'y étaient pas. Rien de plus simple ! Comment leur prouverons-nous qu'ils mentent ?

— Je les ai vus.

— Ce n'est pas une preuve, répliqua Baley durement. Si jamais l'affaire venait devant les tribunaux, il n'y aurait pas un juge qui consentirait à vous croire capable de reconnaître deux visages dans un fichier d'un million de personnes.

— Il est pourtant évident que je le peux.

— Bien sûr. Mais essayez donc de dire à un tribunal qui vous êtes ! Instantanément, votre témoignage deviendra sans valeur. Les robots ne sont pas admis à la barre des prétoires terriens.

— Je constate, Elijah, que vous avez changé d'avis.

— Que voulez-vous dire ?

— Hier, au restaurant, vous avez dit qu'il était inutile de les arrêter, car, du moment que je me rappellerais toujours leurs visages, nous pourrions leur « mettre le grappin dessus », quand bon nous semblerait.

— Eh bien, je n'avais pas assez réfléchi. J'étais stupide. C'est impossible.

— Ne pourrions-nous pas tenter de créer un choc psychique, en les interrogeant sans qu'ils sachent que nous n'avons pas de preuve légale de leur culpabilité ?

— Ecoutez, répliqua Baley, j'attends le docteur Gerrigel, de Washington. Il sera ici dans une demi-heure. Je ne voudrais rien faire avant de l'avoir vu. Ça vous ennuie ?

— J'attendrai, dit R. Daneel.

Anthony Gerrigel était un homme de taille moyenne, de mise soignée et d'une extrême politesse ; on n'aurait jamais cru, en le voyant, que l'on se trouvait en présence d'un des plus éminents savants en Robotique que la Terre possédât. Il arriva plus de vingt minutes en retard au rendez-vous et s'en excusa beaucoup. Baley, que sa nervosité rendait fort peu aimable, cacha mal son mécontentement, et répondit aux excuses par un haussement d'épaules bourru. Il confirma aussitôt des ordres précédemment donnés, pour que l'on mît à sa disposition la salle D, réservée aux entretiens secrets, et répéta que, sous aucun prétexte, on ne devait les déranger pendant une heure. Puis il conduisit le Dr Gerrigel et R. Daneel, par un long corridor suivi d'une rampe assez raide, jusqu'à une pièce qu'il avait choisie pour recevoir son visiteur ; c'était un vaste bureau spécialement insonorisé et à l'abri de toute indiscrétion.

Dès qu'il y eut pénétré, il vérifia avec le plus grand soin la parfaite étanchéité des murs, du plancher et du plafond, écoutant d'un air grave le très faible bruissement d'un petit pulsomètre qu'il tenait dans sa main ; le moindre arrêt de ces pulsations aurait en effet signifié un défaut dans l'isolement absolu de la pièce ; il vérifia avec une attention particulière la porte et fut satisfait de ne trouver aucune défectuosité dans l'installation.

Le Dr Gerrigel sourit légèrement, ce qui ne devait pas lui arriver souvent, semblait-il. Il était vêtu avec tant de correction que cela devait répondre à une manie. Il avait des cheveux grisonnants et plaqués en arrière, un visage rose et rasé de près, et il se tenait assis si droit sur sa chaise qu'il évoquait ainsi l'attitude d'un enfant chapitré pendant des années par une mère intraitable ; sa colonne vertébrale semblait bloquée pour toujours.

— Vos précautions font de notre entretien quelque chose de singulièrement impressionnant, monsieur Baley ! dit-il.

— Il s'agit en effet d'une conversation très importante, docteur, répliqua le détective. J'ai besoin de renseignements sur les robots, et je crois que vous êtes seul, sans doute, capable de me les fournir. Tout ce que nous allons dire ici est naturellement ultra-confidentiel, et la Cité vous demande de l'oublier dès que nous nous séparerons.

Il jeta un coup d'œil à sa montre et Gerrigel cessa de sourire : il était visiblement ennuyé de n'avoir pas été exact au rendez-vous.

— Permettez-moi de vous expliquer pourquoi je suis en retard, dit-il. Je n'ai pas voulu prendre l'avion, car j'ai le mal de l'air.

— C'est vraiment dommage ! grommela Baley.

Il mit de côté le pulsomètre, non sans avoir vérifié une dernière fois qu'il fonctionnait bien, et qu'il ne pouvait y avoir eu d'erreur dans le contrôle de la pièce qu'il venait d'effectuer ; puis il s'assit.

— A vrai dire, reprit le savant, ce n'est pas exactement du mal de l'air que je souffre, mais d'agoraphobie, qui n'a rien d'anormal, bien que gênante. Alors, j'ai pris l'express.

Baley fut soudain très intéressé.

— De l'agoraphobie ? répéta-t-il comme en écho.

— Oh ! le mot est plus impressionnant que ce qu'il veut dire ! répliqua Gerrigel. C'est tout simplement une sensation désagréable que beaucoup de gens éprouvent en avion. Avez-vous déjà volé, monsieur Baley ?

— Oui, plusieurs fois.

— Alors, vous devez savoir ce que je veux dire. C'est la sensation de n'avoir rien que du vide autour de soi, et de n'être séparé de l'air ambiant que par un centimètre de cloison métallique. C'est très pénible.

— Ainsi donc, vous avez pris l'express ?

— Oui.

— De Washington à New York, c'est rudement long !

— Oh ! je le prends souvent ! Depuis qu'on a percé le tunnel de Baltimore à Philadelphie, c'est un voyage très facile.

C'était exact, et Baley, qui n'avait pas encore fait le parcours, ne douta pas qu'il en fût ainsi. Au cours des deux derniers siècles, Washington, Philadelphie, Baltimore et New York avaient pris une telle extension que les quatre Cités se touchaient presque les unes les autres. La région des Quatre Cités, telle était devenue la dénomination presque officielle par laquelle on désignait toute cette partie de la côte atlantique de l'Amérique et beaucoup de gens étaient d'avis qu'il y aurait intérêt à réunir les administrations des quatre villes en une unique Super-Cité. Baley, quant à lui, désapprouvait ce projet. Il estimait qu'à elle seule New York devenait trop vaste pour n'être gérée que par un gouvernement centralisé. Une agglomération encore bien plus colossale, comprenant plus de cinquante millions d'âmes, s'effondrerait sous son propre poids.

— L'ennui, reprit le savant, c'est que j'ai raté la correspondance de Chester à Philadelphie, ce qui m'a fait perdre du temps. Et puis, en arrivant, j'ai eu un peu de mal à obtenir une chambre, ce qui a achevé de me mettre en retard.

— Ne vous faites pas de souci à ce sujet, docteur. Ce que vous venez de me dire est fort intéressant. A propos de votre aversion pour l'avion, que diriez-vous de sortir de la ville, à pied ?

— Je ne vois pas pourquoi vous me posez cette question, répliqua Gerrigel, qui parut très surpris et un peu inquiet.

— Oh ! c'est une demande purement théorique ! Je n'ai pas du tout l'intention de vous emmener ainsi dans la campagne, mais je voulais savoir ce que vous pensiez d'une telle éventualité.

— Je la trouve fort déplaisante.

— Imaginez que vous soyez obligé de quitter la ville en pleine nuit, et de traverser la campagne, à pied, sur une distance d'un ou deux kilomètres : qu'en diriez-vous ?

— Je ne crois pas... Je ne crois pas qu'on arriverait à me persuader de le faire.

— Quelle que soit l'importance du motif de ce déplacement ?

— S'il s'agissait de sauver ma vie ou celle de ma famille, peut-être me risquerais-je à le tenter... Mais, ajouta-t-il, gêné, puis-je vous demander la raison de ces questions, monsieur Baley ?

— Je vais vous la donner. Un crime grave a été commis, un crime particulièrement troublant. Je ne suis pas autorisé à vous en donner les détails. Toutefois, certaines personnes prétendent que l'assassin, pour exécuter son coup, a fait exactement ce que nous venons de dire : il aurait traversé seul, à pied, et de nuit, la campagne. C'est pourquoi je vous demande quelle sorte d'homme pourrait accomplir un tel acte.

— Pour ma part, dit le Dr Gerrigel, je n'en connais aucun. J'en suis certain. Bien entendu, parmi des millions d'individus, je suppose que l'on pourrait trouver quelques exceptions.

— Mais vous ne pensez pas qu'un être humain normal puisse faire une chose pareille ?

— Non, certainement pas.

— En fait, on peut donc dire que, s'il existe une autre explication de ce crime, une explication plausible, il faut l'étudier.

Le Dr Gerrigel eut l'air encore plus mal à l'aise et demeura figé sur son siège, en gardant, jointes sur ses genoux, ses mains méticuleusement soignées.

— Une autre explication vous est-elle venue à l'esprit ? dit-il.

— Oui, j'ai pensé qu'un robot, par exemple, n'aurait aucune peine à traverser ainsi seul la campagne.

Le Dr Gerrigel se leva d'un bond et s'écria :

— Voyons, monsieur Baley, quelle idée !

— Qu'a-t-elle donc d'anormal ?

— Vous prétendez qu'un robot pourrait avoir commis ce meurtre ?

— Pourquoi pas ?

— Un assassinat ? Celui d'un homme ?

— Oui. Asseyez-vous, je vous prie, docteur !

Le savant obtempéra et répliqua :

— Monsieur Baley, votre hypothèse implique deux actes distincts : la traversée à pied de la campagne et l'assassinat. Un être humain pourrait facilement commettre le second, mais n'accomplirait pas le premier sans grande difficulté. En revanche, un robot pourrait aisément traverser la campagne, mais il lui serait absolument impossible de tuer quelqu'un. Si donc vous tentez de remplacer une thèse invraisemblable par une autre impossible...

— Impossible est un terme terriblement catégorique, docteur !

— Voyons, monsieur Baley, vous connaissez, bien sûr, la Première Loi de la Robotique ?

— Je peux même vous la citer : « Un robot ne peut nuire à un être humain ni laisser sans assistance un être humain en danger. » Mais, voulez-vous me dire, ajouta-t-il aussitôt, en tendant vers le savant un impérieux index, qu'est-ce qui empêche la construction de robots non soumis à la Première Loi ? En quoi celle-ci serait-elle inviolable et sacrée ?

Le Dr Gerrigel parut déconcerté et se borna à bredouiller :

— Oh ! monsieur Baley !...

— Eh bien, qu'avez-vous à répondre ?

— Si vous avez quelques notions de Robotique, monsieur Baley, vous devez savoir que construire un cerveau positronique exige un travail gigantesque, tant au point de vue mathématique qu'électronique.

— J'en ai, en effet, une idée assez précise, dit le détective.

Il avait visité, pour les besoins de son service, une usine de fabrication de robots et s'en souvenait très bien. Il avait vu la bibliothèque des livres filmés, dont chaque ouvrage, fort long, contenait l'analyse mathématique d'un seul type de cerveau positronique. Il fallait plus d'une heure en moyenne pour examiner un seul de ces exemplaires, si condensées que fussent les formules symboliques dont il était plein. Et l'on n'avait jamais affaire à deux cerveaux semblables, même s'ils avaient été conçus à partir de données rigoureusement identiques. Ce fait, avait-on expliqué à Baley, était la conséquence du principe d'Incertitude, énoncé par Heisenberg ; et il impliquait l'obligation d'ajouter à chaque ouvrage des appendices, eux-mêmes sujets à modifications. Oh, c'était un travail formidable, et Baley n'en disconvenait pas !...

— Eh bien, dans ce cas, reprit le Dr Gerrigel, vous devez comprendre que dresser les plans d'un nouveau type de cerveau positronique, même s'il ne s'agit que d'y apporter des modifications relativement peu importantes, n'est pas l'affaire d'une nuit de travail. Cela exige le concours de tout le service de recherche d'une usine normale, pendant un minimum d'une année. Et encore, cette somme énorme de travail serait loin de suffire, si l'on ne bénéficiait pas d'un grand nombre d'éléments de base, aujourd'hui standardisés, qui s'appliquent à la création de tout cerveau positronique, quel qu'il soit. Ces éléments de base sont eux-mêmes la conséquence pratique des trois Lois fondamentales de la Robotique. La première, vous venez de la citer vous-même. La seconde déclare que « un robot doit obéir aux ordres qui lui sont donnés par les êtres humains, sauf quand ces ordres sont incompatibles avec la Première Loi ». Enfin la troisième précise que « un robot doit protéger sa propre existence, tant que cette protection n'est pas incompatible avec la Première ou la Deuxième Loi ». Comprenez-vous bien ce que cela signifie, monsieur Baley ?

A ce moment, R. Daneel, qui avait suivi l'entretien avec la plus grande attention, intervint :

— Si vous me le permettez, Elijah, dit-il, j'aimerais voir si j'ai bien suivi la pensée du Dr Gerrigel. Je crois que ce que vous avez en tête, docteur, c'est ceci : si l'on tentait de construire un robot dont le cerveau positronique ne serait pas basé sur les trois Lois fondamentales, il faudrait commencer par élaborer une nouvelle loi fondamentale, et cela seul exigerait des années de travail.

Le savant eut l'air très reconnaissant de cette remarque et répliqua :

— C'est en effet, et très exactement exprimé, ce que je voulais dire, monsieur...

Baley attendit quelques secondes avant de présenter avec circonspection son associé :

— Je ne vous ai pas encore présenté mon collègue Daneel Olivaw, docteur.

— Enchanté, monsieur Olivaw, fit le visiteur qui tendit la main et serra sans sourciller celle du robot. A mon avis, reprit-il aussitôt, il faudrait au moins cinquante ans de recherches pour mettre au point une nouvelle Loi fondamentale, destinée à créer un cerveau positronique affranchi des obligations contenues dans les trois Lois actuelles, et pour construire des robots de ce genre aussi perfectionnés que ceux utilisés de nos jours.

— Et cela n'a jamais été tenté ni accompli par personne, docteur ? demanda Baley. Voilà pourtant des centaines, des milliers d'années, que l'on construit des robots ! Et, pendant tout ce temps, il ne s'est trouvé personne, ni individu ni collectivité, pour entreprendre une telle étude répartie sur cinquante années ?

— Il aurait certainement pu s'en trouver, mais un tel travail n'a jamais tenté qui que ce fût.

— J'ai peine à le croire, car la curiosité humaine est sans limite.

— Elle ne va pas jusque-là, monsieur Baley. La race humaine, croyez-moi, garde un très puissant complexe : celui de Frankenstein.

— Qu'est-ce que c'est que ça ?

— C'est le nom du héros d'un roman de l'époque médiévale, qui construisit un robot, lequel se retourna contre son créateur. Le nom est resté comme un symbole. Je n'ai pas lu personnellement le roman, mais peu importe. Ce que je peux vous expliquer, c'est pourquoi il ne peut être question de construire un robot non conforme à la Première Loi.

— Et il n'existe aucune autre loi fondamentale à l'étude, dans cet esprit ?

— Aucune, à ce que je sache ! Et j'ose dire, ajouta le savant, avec un sourire un peu prétentieux, que mes connaissances en la matière sont assez étendues.

— Et un robot conforme à la Première Loi est incapable de tuer un homme ?

— Absolument incapable. Il faudrait que ce soit par accident ou, à la rigueur, pour sauver la vie d'au moins deux autres hommes. Mais, dans les deux cas, le potentiel positronique dont le robot est doté détruirait irrémédiablement son cerveau.

— C'est entendu, dit Baley. Tout ce que vous venez de m'expliquer représente la situation sur Terre, n'est-ce pas ?

— Oui, bien sûr.

— Et dans les Mondes Extérieurs, en est-il de même ?

Le Dr Gerrigel sembla perdre un peu de son assurance.

— Oh ! mon cher monsieur Baley, répliqua-t-il, je ne saurais rien affirmer à ce sujet par expérience personnelle ! Mais j'ai la conviction que, si l'on avait dressé les plans d'un cerveau positronique non conforme aux trois Lois fondamentales, nous en aurions entendu parler.

— Croyez-vous ? Alors laissez-moi suivre une autre idée qui me vient, docteur. J'espère que vous n'y voyez pas d'objection ?

— Non, pas tout, fit le savant, dont le regard intrigué allait de Baley à R. Daneel. Après tout, s'il s'agit d'une affaire aussi importante que vous l'avez dit, je suis heureux de vous aider dans la mesure de mes moyens.

— Merci, docteur. Ce que je voulais vous demander maintenant, c'est pourquoi on construit des robots humanoïdes. Toute ma vie, je les ai acceptés comme quelque chose de normal, mais voici qu'il me vient à l'esprit que j'ignore la raison même de leur existence. Pourquoi un robot doit-il avoir une tête et quatre membres ? Pourquoi doit-il avoir plus ou moins l'aspect d'un homme ?

— Vous voulez dire : pourquoi n'est-il pas simplement une machine, comme les autres ?

— Exactement : pourquoi pas ?

— Vraiment, monsieur Baley, répondit l'autre, vous êtes né trop tard ! Le début de la littérature ayant eu pour objet les robots abonde en discussions sur ce point, et les polémiques qui ont eu lieu alors ont été quelque peu effrayantes. Si vous désirez consulter une excellente analyse des controverses entre fonctionnalistes et antifonctionnalistes, je vous conseille l'Histoire de la Robotique de Hanford. Elle contient un minimum de mathématiques, et je crois qu'elle vous intéressera.

— J'y jetterai un coup d'œil, fit Baley patiemment. Mais ne pourriez-vous me résumer un peu la question ?

— C'est le point de vue économique qui a prévalu et a inspiré les décisions. Voyons, monsieur Baley ! Supposez que vous ayez à exploiter une ferme : auriez-vous envie d'acheter un tracteur à cerveau positronique, une herse, une moissonneuse, un semoir, une machine à traire, une automobile, etc, tous ces engins étant également dotés d'un cerveau positronique ? Ou bien ne préféreriez-vous pas avoir du matériel sans cerveau, et le faire manœuvrer par un seul robot positronique ? Je dois vous prévenir que la seconde solution représente une dépense cinquante ou cent fois moins grande que la première.

— Bon ! Mais pourquoi donner au robot une forme humaine ?

— Parce que la forme humaine est, dans toute la nature, celle qui donne le meilleur rendement. Nous ne sommes pas des animaux spécialisés, monsieur Baley, sauf au point de vue de notre système nerveux, et dans quelques autres domaines. Si vous désirez construire un être mécanique, capable d'accomplir un très grand nombre de mouvements, de gestes et d'actes, sans se tromper, vous ne pouvez mieux faire qu'imiter la forme humaine. Ainsi, par exemple, une automobile est construite de manière que ses organes de contrôle puissent être saisis et manipulés aisément par des pieds et des mains d'homme, d'une certaine dimension, et d'une certaine forme : ces pieds et ces mains sont fixés au corps par des membres d'une longeur déterminée et par des articulations bien définies. Les objets, même les plus simples, comme les chaises, les tables, les couteaux, ou les fourchettes, ont été conçus en fonction des dimensions humaines et pour être maniés le plus facilement possible par l'homme. Il s'ensuit que l'on trouve plus pratique de donner aux robots une forme humaine que de réformer radicalement les principes selon lesquels nos objets usuels ont été créés.

— Je comprends parfaitement ce raisonnement, qui se tient en effet, docteur. Mais n'est-il pas vrai que les spécialistes en Robotique des Mondes Extérieurs construisent des robots beaucoup plus humanoïdes que les nôtres ?

— Je crois que c'est exact.

— Pourraient-ils construire un robot tellement humanoïde que, dans des conditions normales, on le prendrait pour un homme ?

Le savant haussa les sourcils et réfléchit avant de répondre :

— Je crois qu'ils le pourraient, monsieur Baley. Mais cela leur reviendrait terriblement cher, et je ne vois pas quel intérêt ils y trouveraient.

— Et pensez-vous, poursuivit impitoyablement le détective, qu'ils pourraient créer un robot capable de vous tromper, au point que vous le prendriez pour un homme ?

— Oh ! ça, mon cher monsieur Baley, fit Gerrigel en souriant, j'en doute fort ! Oui, vraiment, car il y a, dans un robot, bien autre chose que ce dont il a l'air...

Mais il n'en dit pas plus, car, soudain, il se tourna vers R. Daneel, et son visage rose devint très pâle.

— Oh ! mon Dieu ! murmura-t-il. Oh ! mon Dieu !

Il tendit la main vers la joue de R. Daneel et la toucha légèrement, sans que le robot bougeât ni cessât de le regarder tranquillement. Et ce fut presque avec un sanglot dans la voix qu'il répéta :

— Mon Dieu, vous êtes un robot !

— Il vous en a fallu du temps pour vous en apercevoir ! dit sèchement Baley.

— Je ne m'y attendais pas ! Je n'en ai jamais vu de pareil ! Il vient des Mondes Extérieurs ?

— Oui, dit Baley.

— Maintenant cela crève les yeux ; son attitude, son élocution. L'imitation n'est pas parfaite, monsieur Baley.

— Elle est tout de même remarquable, pas vrai ?

— Elle est étonnante. Je ne crois pas que quiconque puisse déceler l'imposture à première vue. Je vous suis infiniment reconnaissant de m'avoir fait rencontrer ce phénomène. Puis-je l'examiner ?

Déjà, le savant, passionné par cette découverte, était sur pied. Mais Baley l'arrêta d'un geste.

— Un instant, je vous prie, docteur ! Occupez-vous d'abord du meurtre !

— C'est donc bien vrai ? répliqua l'autre, ne cachant pas un amer désappointement. Je pensais que c'était de votre part un stratagème pour orienter ma pensée sur d'autres sujets, et pour voir ainsi pendant combien de temps je me laisserais abuser...

— Non, docteur, ce n'est pas une supercherie. Dites-moi maintenant autre chose : en construisant un robot aussi humanoïde que celui-ci, dans le but bien arrêté de le faire passer pour un homme, n'est-il pas nécessaire de doter son cerveau de facultés presque identiques à celles du cerveau humain ?

— Certainement.

— Parfait. Alors, un tel cerveau humanoïde ne pourrait-il pas ignorer la Première Loi ? Ne serait-ce que par accident, par suite d'une erreur de fabrication ?... Vous avez vous-même mentionné le principe d'Incertitude : n'implique-t-il pas que les constructeurs du robot ont pu omettre de lui inculquer la Première Loi ? Ils peuvent l'avoir oubliée sans s'en rendre compte.

— Non, non ! rétorqua le savant, en secouant vigoureusement la tête. C'est absolument impossible !

— En êtes-vous bien sûr ? La Deuxième loi, nous pouvons en faire l'expérience tout de suite : Daneel, donnez-moi votre arme !

Ce disant, il ne quitta pas le robot des yeux, et ne cessa pas de garder sa main sur la poignée de son revolver. Mais ce fut avec le plus grand calme que R. Daneel lui tendit le sien, par le canon, en lui disant :

— La voici, Elijah.

— Un policier ne doit jamais se dessaisir de son arme, reprit Baley, mais un robot ne peut désobéir à un homme.

— A moins qu'en exécutant l'ordre, il ne désobéisse à la Première Loi, dit Gerrigel.

— Je dois vous apprendre, docteur, reprit Baley, que Daneel a menacé un groupe d'hommes et de femmes désarmés de leur tirer dessus.

— Mais je n'ai pas tiré ! dit R. Daneel.

— D'accord ! Mais la menace elle-même n'était-elle pas anormale, docteur ?

— Pour en juger, fit le savant en se mordant la lèvre, il faudrait que je connaisse en détail les circonstances. Mais cela me paraît, en effet, anormal.

— Alors, dit Baley, veuillez réfléchir à ceci ; au moment du crime, R. Daneel se trouvait sur les lieux ; or, si on élimine la thèse du Terrien regagnant New York à travers la campagne, et emportant son arme, il s'ensuit que, seul parmi tous les gens présents sur les lieux à l'heure fatidique, Daneel a pu cacher l'arme.

— Cacher l'arme ? s'écria Gerrigel.

— Oui. Je m'explique. On n'a jamais trouvé l'arme du crime et cependant on a fouillé partout. Elle ne peut pourtant pas s'être volatilisée en fumée. Il n'a donc pu y avoir qu'un endroit où elle se trouvait, un seul endroit où l'on n'a pas pensé à chercher.

— Où donc, Elijah ? demanda R. Daneel.

Baley sortit son revolver de son étui, le braqua fermement sur le robot, et lui dit :

— Dans votre poche stomacale, Daneel ! Dans le sac où descendent les aliments que vous absorbez !...

13

Recours à la machine

— C'est faux, répliqua tranquillement R. Daneel.

— Vraiment ? Eh bien, c'est le Dr Gerrigel qui nous départagera ! Docteur ?...

— Monsieur Baley ?...

Le savant, dont le regard n'avait cessé, durant la discussion, d'aller du détective au robot, dévisagea longuement Baley sans en dire plus.

— Je vous ai fait venir, reprit ce dernier, pour que vous me donniez, avec toute l'autorité de votre grand savoir, une analyse pertinente de ce robot. Je peux faire mettre à votre disposition les laboratoires des Services de Recherches de la Cité. S'il vous faut un matériel supplémentaire, qui leur manque, je vous le procurerai. Mais ce que je veux, c'est une réponse rapide, catégorique, à n'importe quel prix, et par n'importe quel moyen.

Il se leva ; il s'était exprimé calmement, mais il sentait monter en lui une irrésistible exaspération ; sur le moment, il eut l'impression que, s'il avait seulement pu saisir le savant à la gorge, et la lui serrer jusqu'à lui faire prononcer la déclaration attendue, il réduirait à néant tous les arguments scientifiques que l'on prétendrait lui opposer.

— Eh bien, docteur Gerrigel ? répéta-t-il.

— Mon cher monsieur Baley, répliqua l'autre en riant quelque peu nerveusement, je n'aurai besoin d'aucun laboratoire.

— Et pourquoi donc ?

Baley, plein d'appréhension, se tint debout, face à l'expert, tous ses muscles tendus à l'extrême, crispé des pieds à la tête.

— Il n'est pas difficile de vérifier qu'un robot répond aux normes qu'implique la Première Loi. Je dois dire que je n'ai jamais eu à le faire, mais c'est très simple.

Baley respira profondément, avant de répondre avec une lenteur calculée :

— Voudriez-vous vous expliquer plus clairement ? Prétendez-vous pouvoir l'examiner ici même ?

— Mais oui, bien sûr ! Tenez, monsieur Baley ! je vais procéder par comparaison. Si j'étais médecin, et si je voulais mesurer l'albumine d'un malade, j'aurais besoin d'un laboratoire chimique pour faire l'analyse de son sang. Si je voulais déterminer son coefficient métabolique, ou vérifier le fonctionnement de ses centres nerveux, ou étudier ses gènes pour y déceler quelque tare congénitale, il me faudrait un matériel compliqué. En revanche, pour voir s'il est aveugle, je n'aurais qu'à passer ma main devant ses yeux, et pour constater qu'il est mort, il me suffirait de lui tâter le pouls. Ce qui revient à dire que plus une faculté est importante et fondamentale, plus son fonctionnement est facile à vérifier, avec le minimum de matériel. Or, ce qui est vrai pour l'homme l'est aussi pour le robot. La Première Loi a un caractère fondamental ; elle affecte tous les organes, et si elle n'était pas appliquée, le robot serait hors d'état de réagir convenablement, en vingt circonstances diverses, courantes, et évidentes.

Tout en s'expliquant ainsi, il sortit de sa poche une petite boîte noire qui avait l'aspect d'un kaléidoscope en miniature ; il introduisit dans un logement de l'appareil une bobine fort usagée, semblable à un rouleau de pellicule photographique ; puis il prit dans sa main un chronomètre et sortit encore de sa poche une série de petites plaques blanches en matière plastique. Il les assembla bout à bout, ce qui lui fut facile, car elles s'adaptaient parfaitement les unes aux autres, pour former une sorte de règle à calcul, dotée de trois curseurs mobiles et indépendants. Baley, en y jetant un coup d'œil, vit que cet objet portait des indications qui ne lui étaient pas familières.

Cependant le Dr Gerrigel, ayant préparé son matériel, sourit doucement, comme quelqu'un qui se réjouit à l'avance d'exécuter un travail dont il a la spécialité.

— Ce que vous voyez là, dit-il, c'est mon *Manuel de Robotique*. Je ne m'en sépare jamais, où que j'aille. Cela fait pratiquement partie de mes vêtements, fit-il en riant d'un air avantageux.

Il éleva l'appareil de manière que son œil droit se trouvât placé devant le viseur et, par quelques manipulations délicates, il le mit au point ; à chaque manœuvre du viseur, l'appareil fit entendre un léger bourdonnement, puis il s'arrêta.

— Ceci, expliqua fièrement l'expert, d'une voix un peu étouffée par l'appareil qui lui masquait en partie la bouche, me permet de gagner beaucoup de temps. Je l'ai conçu moi-même. Mais ce n'est pas le moment de vous en parler, n'est-ce pas ? Alors, voyons !... Hum !... Daneel, voulez-vous approcher votre chaise de la mienne ?

R. Daneel obtempéra. Pendant les préparatifs du savant, il avait observé celui-ci avec une grande attention, mais sans manifester d'émotion. Baley, lui, remit son arme dans son étui. Ce qui suivit le troubla et le désappointa. Le Dr Gerrigel entreprit de poser des questions et d'accomplir des actes apparemment sans signification, et il les entrecoupa de rapides calculs sur sa règle à trois curseurs, ainsi que de coups d'œil à son kaléidoscope.

A un moment donné, il demanda :

— Si j'ai deux cousins, dont l'un est de cinq ans l'aîné de l'autre, et si le plus jeune est un garçon, de quel sexe est l'aîné ?

La réponse de Daneel, que Baley estima inévitable, fut instantanée :

— Les renseignements fournis ne me permettent pas de vous le dire.

A cela, le savant se borna à répliquer en regardant son chronomètre, puis en tendant à bout de bras sa main droite vers le robot :

— Voulez-vous toucher la dernière phalange de mon médius avec le bout de l'annulaire de votre main gauche ?

Daneel s'exécuta sur-le-champ et sans la moindre difficulté.

En un quart d'heure, pas une minute de plus, le Dr Gerrigel termina son expertise. Il fit un dernier calcul avec sa règle, puis démonta celle-ci en une série de petits claquements secs. Il remit son chronomètre dans sa poche, ressortit de son logement le *Manuel,* puis replia le kaléidoscope.

— C'est tout ? demanda Baley, fronçant les sourcils.

— Oui, c'est tout.

— Mais voyons, c'est ridicule ! Vous n'avez pas posé une seule question se rapportant à la Première Loi !

— Mon cher monsieur Baley, répliqua le savant, lorsqu'un médecin vous frappe sur le genou avec un petit maillet de caoutchouc, et que votre jambe saute en l'air, n'acceptez-vous pas comme un fait normal les renseignements que l'on en déduit, sur le bon ou mauvais fonctionnement de vos centres nerveux ? Quand ce même médecin vous examine les yeux et étudie l'effet de la lumière sur votre iris, êtes-vous surpris de ce qu'il puisse vous reprocher l'abus que vous faites de certains alcaloïdes ?

— Non, bien sûr, fit Baley. Alors, quel est votre diagnostic ?

— Daneel est parfaitement conforme aux normes de la Première Loi, répliqua l'expert, en dressant la tête d'un air catégorique.

— Il n'est pas possible que vous disiez vrai ! déclara brutalement Baley.

Le détective n'aurait pas cru que la raideur habituelle de son visiteur pût encore s'accentuer ; et pourtant, tel fut le cas. Les yeux du savant se bridèrent, et il rétorqua durement :

— Auriez-vous la prétention de m'apprendre mon métier ?

— Je n'ai aucunement l'intention de contester votre compétence, répliqua Baley en étendant la main comme s'il prêtait serment. Mais ne pouvez-vous pas vous tromper ? Vous avez vous-même reconnu, tout à l'heure, que personne ne peut donner de précisions sur les Lois fondamentales qui devraient être appliquées à la construction de robots non assujettis aux principes des lois actuelles. Or, prenons le cas d'un aveugle ; il peut lire des ouvrages imprimés en braille, ou enregistrés sur disques. Supposez maintenant que vous ignoriez l'existence de l'alphabet braille ou des enregistrements sonores de certains ouvrages. Ne pourriez-vous pas, en toute loyauté, déclarer qu'un homme y voit clair, par le seul fait qu'il connaît le contenu de nombreux livres filmés ? Et quelle serait, dans ce cas, votre erreur !

— Oui, certes ! fit le savant, se radoucissant. Je vois où vous voulez en venir ! Mais votre argument ne tient pas, car il n'en demeure pas moins vrai qu'un aveugle ne peut pas lire avec ses yeux ; or, en utilisant votre comparaison même, je dirai que c'était précisément cela que je vérifiais il y a un instant. Eh bien, croyez-moi sur parole, quels que puissent être les organes d'un robot non assujetti à la Première Loi, ce que je puis vous affirmer c'est que R. Daneel est entièrement conforme aux normes de ladite Première Loi.

— Ne peut-il pas avoir falsifié ses réponses, pour les besoins de la cause ? demanda Baley qui se rendit compte qu'il perdait pied.

— Bien sûr que non ! C'est en cela que réside la différence essentielle entre le robot et l'homme. Un cerveau humain, ou n'importe quel cerveau de mammifère, ne peut pas être complètement analysé, quelle que soit la méthode mathématique actuellement connue que l'on emploierait. On ne peut donc, en ce qui le concerne, émettre un jugement véritablement sûr. En revanche, le cerveau d'un robot est entièrement analysable, sinon il n'aurait pas pu être construit. Nous savons donc exactement quelles doivent être les réactions que provoqueront en lui certains actes ou certaines paroles. Aucun robot ne peut falsifier ses réponses. Commettre ce que vous appelez une falsification, autrement dit un mensonge, est un acte qu'un robot est positivement incapable d'accomplir.

— Bon ! Alors, revenons-en aux faits. R. Daneel a incontestablement menacé de son arme une foule d'êtres humains. Je l'ai vu de mes yeux, car j'y étais. Même en tenant compte du fait qu'il n'a pas tiré, est-ce que les exigences de la Première Loi n'auraient pas dû, en pareil cas, provoquer une sorte de paralysie de ses centres nerveux ? Or, rien de tel ne s'est produit et, après l'incident, il m'a paru parfaitement normal.

Le savant réfléchit un instant, en se grattant le menton, puis il murmura :

— En effet, il y a là quelque chose d'anormal.

— Pas le moins du monde ! déclara R. Daneel dont l'intervention soudaine fit tressaillir les deux hommes. Mon cher associé, ajouta-t-il, voulez-vous vous donner la peine d'examiner le revolver que vous venez de me prendre ?

Baley, qui tenait encore l'arme dans sa main gauche, le regarda, interloqué.

— Ouvrez donc le barillet ! continua le robot.

Le policier hésita un instant, puis il se décida à poser sur la table son propre revolver, et d'un mouvement très vif, il ouvrit celui de Daneel.

— Il n'est pas chargé ! dit-il, abasourdi.

— Non, il est vide ! confirma le robot. Et si vous voulez bien l'inspecter plus à fond, vous constaterez qu'il n'a jamais été chargé et qu'il n'a même pas de percuteur. C'est une arme inutilisable.

— Ainsi donc, répliqua Baley, vous avez menacé la foule avec une arme non chargée ?

— Mon rôle de policier m'obligeait à porter une arme, sans quoi personne ne m'aurait pris au sérieux. Cependant, si j'avais eu sur moi un revolver utilisable et chargé, un accident aurait pu se produire, causant un dommage à quelqu'un et il va sans dire qu'une telle éventualité est inadmissible pour un robot. J'aurais pu vous expliquer cela plus tôt, mais vous étiez trop en colère, et vous ne m'auriez ni écouté ni cru.

Baley considéra longuement l'arme inutilisable qu'il tenait dans sa main et, se tournant vers le savant, il lui dit, d'une voix lasse :

— Je crois que je n'ai plus rien à vous demander, docteur ; il ne me reste qu'à vous remercier pour votre précieux concours.

Dès que le savant eut pris congé, Baley donna l'ordre qu'on lui apportât son déjeuner au bureau, mais, quand on le lui servit (il consistait en un gâteau à la frangipane synthétique et en un morceau de poulet frit, de taille assez exceptionnelle), il ne put que le regarder fixement, sans y toucher. Une foule de pensées contradictoires tourbillonnait dans son cerveau, et les longues rides de son visage émacié semblaient s'être encore plus creusées, lui donnant un aspect sinistre. Il avait le sentiment de vivre dans un monde irréel, un monde cruel, un monde à l'envers.

Comment en était-il donc arrivé là ? Il revécut en pensée tous les événements du proche passé, lequel lui parut un rêve nébuleux et invraisemblable ; ce cauchemar avait commencé dès qu'il avait franchi la porte du bureau de Julius Enderby et, depuis lors, il n'avait cessé de se débattre dans un enfer peuplé d'assassins et de robots. Et dire, pourtant, que cela ne durait que depuis cinquante heures !...

Il avait, avec obstination, cherché à Spacetown la solution du problème. Par deux fois, il avait accusé R. Daneel de meurtre, tout d'abord en tant qu'homme déguisé en robot, et ensuite en tant que robot caractérisé. Mais, à deux reprises, ses accusations avaient été réduites à néant.

Il se trouvait donc complètement mis en échec et, malgré lui, forcé d'orienter ses recherches vers la Cité ; or, depuis la veille au soir, il n'osait plus le faire.

Il avait parfaitement conscience que certaines questions se posaient inlassablement à lui, des questions qu'il se refusait à entendre, parce que, s'il les écoutait, il lui faudrait y répondre, et que ces réponses-là, il ne pouvait les envisager.

Soudain, il sursauta : une main robuste lui secouait l'épaule, et on l'appelait par son nom. Se retournant, il constata qu'il s'agissait d'un de ses collègues, Philip Norris.

— Qu'est-ce qu'il y a, Phil ? lui dit-il.

Norris s'assit, posa les mains sur ses genoux, se pencha en avant, et scruta longuement le visage de Baley.

— C'est à toi qu'il faut demander ce qui t'arrive, Lije ! Tu m'as l'air d'avoir pris trop de drogues, ces temps-ci ! Quand je suis entré, tout à l'heure, je t'ai trouvé assis, les yeux grand ouverts, et tu avais une vraie tête de mourant, ma parole !

Il passa la main dans sa chevelure blonde, plutôt clairsemée, se gratta un peu, et considéra avec envie, de ses yeux perçants, le repas de son camarade.

— Du poulet, mon cher ! Rien que ça ! On en arrive à ne plus pouvoir en obtenir sans ordonnance médicale...

— Eh bien, mange-le ! dit Baley avec indifférence.

Mais Norris tint à sauver les apparences et répliqua d'un air faussement détaché :

— Oh, je te remercie ! Mais je vais déjeuner dans un instant. Garde ça pour toi, tu en as besoin ! Dis donc, qu'est-ce qui se passe avec le patron ?

— Quoi ?

Norris s'efforça de ne pas paraître trop intéressé, mais l'agitation de ses mains le trahit.

— Allons ! fit-il. Tu sais bien ce que je veux dire ! Tu ne le quittes pour ainsi dire pas depuis quelques jours. Qu'est-ce qui se mijote ? Tu vas avoir de l'avancement ?

Baley fronça les sourcils. Cet entretien le ramenait à des réalités très banales. Il y avait au sein de l'administration beaucoup d'intrigues entre fonctionnaires concurrents, et Norris, dont l'ancienneté correspondait à celle de Baley, ne manquait sûrement pas de relever avec soin les indices tendant à prouver que son collègue risquait d'avancer plus vite que lui.

— Non, non ! répliqua Baley. Aucun avancement en perspective, mon vieux ! Tu peux me croire ! Il ne se passe rien de particulier, rien du tout, je t'assure ! Et si c'est du patron que tu as besoin, eh bien, je voudrais bien pouvoir te le repasser ! Bon sang, prends-le !

— Ecoute, Lije, ne me comprends pas de travers ! Que tu obtiennes de l'avancement, cela m'est égal. Mais si tu as un peu de crédit auprès du patron, pourquoi ne pas t'en servir au profit du gosse ?

— Quel gosse ?

Norris n'eut pas besoin de répondre, car Vince Barrett, le garçon de courses qu'on avait remplacé par R. Sammy, s'approcha à ce moment du bureau de Baley ; il tournait nerveusement dans sa main une casquette défraîchie, et un pâle sourire plissait un peu la peau de ses joues aux pommettes trop saillantes.

— Bonjour, monsieur Baley, dit-il.

— Ah ! bonjour, Vince ! Comment vas-tu ?

— Pas trop bien, monsieur Baley ! répliqua Barrett, dont le regard affamé se posa sur l'assiette intacte du détective.

« Il a l'air complètement perdu... à moitié mort ! se dit Baley. Voilà ce que c'est que le déclassement ! Mais enfin, tout de même, est-ce que j'y peux quelque chose ? Qu'est-ce qu'il me veut, ce gosse ? »

Sa réaction fut si violente qu'il faillit s'exprimer à haute voix. Mais, se dominant, il se borna à dire au garçon :

— Je suis désolé pour toi, petit.

Que pouvait-il donc lui dire d'autre ?

— Je me dis tous les jours : peut-être que ça va changer ! dit Barrett.

Norris se rapprocha de Baley, et lui parla à l'oreille.

— Il faut absolument faire quelque chose pour arrêter ça, Lije ! Maintenant, c'est Chen-Low qu'on va liquider !...

— Qu'est-ce que tu dis ?

— Tu n'en as donc pas entendu parler ?

— Non ! Mais voyons, c'est un C.3 ! Il a dix ans de métier !

— D'accord. Mais une machine avec des jambes peut faire son travail. Alors, à qui le tour, après lui ?

Le jeune Vince Barrett, indifférent à ces propos murmurés à voix basse, semblait réfléchir.

— Monsieur Baley ! demanda-t-il soudain.

— Oui, Vince...

— Vous savez ce qu'on raconte ? On dit que Lyrane Millane, le danseur qu'on voit souvent au cinéma, est en réalité un robot.

— C'est idiot.

— Pourquoi donc ? On dit que maintenant on peut faire des robots tout pareils à des hommes, avec une espèce de vraie peau en matière plastique.

Baley, songeant avec amertume à R. Daneel, ne trouva rien à répondre et se borna à secouer la tête.

— Dites, monsieur Baley, reprit le garçon de courses. Est-ce que ça dérange, si je fais un petit tour ? Ça me fait du bien de revoir le bureau.

— Non, non, petit ! Va te promener !

Barrett s'en alla, suivi des yeux par les deux détectives.

— Vraiment, murmura Norris, on dirait que les Médiévalistes ont de plus en plus raison !...

— De quoi faire, Phil ? De préconiser le retour à la terre ?

— Non. De s'opposer à l'utilisation des robots. Le retour à la terre ? Allons donc ! La vieille planète a un avenir illimité, va ! Mais nous n'avons pas besoin de robots, voilà tout !

— Avec une population de huit milliards d'individus, et de moins en moins d'uranium ? Qu'est-ce que tu vois d'illimité là-dedans ?

— Bah ! Si on manque d'uranium, on en importera ! Ou bien on trouvera un autre moyen de désintégrer l'atome ! L'humanité ne peut en aucun cas cesser de progresser, Lije ! Il ne faut jamais verser dans le pessimisme, mon vieux ! il faut garder la foi en notre vieux cerveau d'homme ! Notre plus grande richesse, c'est notre génie créateur, Lije ! Et, crois-moi, ces ressources-là, elles ne tariront jamais !

Il était plein de son sujet, et reprit ardemment :

— Par exemple, nous pouvons utiliser l'énergie solaire, et ça, pendant des milliers d'années. Nous pouvons construire, dans l'orbite de Mercure, des centrales d'énergie solaire, et transmettre par réflexion à la Terre la force emmagasinée dans des accumulateurs géants.

Ce projet, Baley le connaissait bien. Il y avait plus de cent cinquante ans que les savants l'étudiaient ; mais ce qui les empêchait d'aboutir, c'était l'impossibilité de transmettre à cent millions de kilomètres des rayons générateurs d'énergie, sans que leur puissance subisse en cours de route une perte colossale. C'est ce que Baley répliqua à son collègue.

— Allons donc ! fit Norris. Tu verras que, le moment venu, on y arrivera ! Pourquoi s'en faire ?

Baley s'imaginait très bien en quoi consisterait un monde terrestre jouissant de ressources illimitées d'énergie. La population continuerait de croître, de même que les usines d'aliments synthétiques à base de levure, et les centrales hydroponiques. Comme l'énergie était la seule chose indispensable, on tirerait les matières premières des régions habitées de la Galaxie. Si l'on venait à manquer d'eau, on pourrait en faire venir de Jupiter. On pourrait même geler les océans et les transporter dans l'espace, pour en faire, tout autour de la Terre, de petits satellites de glace ; de cette manière, ils resteraient toujours disponibles quand on en aurait besoin ; et, en même temps, le fond des mers pourrait être mis en exploitation, augmentant ainsi l'espace vital des populations terrestres. Le carbone et l'oxygène pourraient être non seulement maintenus sur Terre en quantité suffisante, mais encore obtenus par un traitement approprié du méthane composant l'atmosphère de Titan, ou encore de l'oxygène gelé se trouvant dans Ombriel. La population terrestre pourrait atteindre un ou deux trillions. Pourquoi pas ? On avait bien cru, jadis, que jamais elle ne pourrait atteindre huit milliards, et que même un milliard était un chiffre invraisemblable. Depuis l'époque médiévale, les prophètes du Malthusianisme destructeur du monde n'avaient jamais manqué à chaque génération, et la suite des événements leur avait toujours donné tort...

Mais que dirait de tout cela le Dr Fastolfe ? Un monde d'un trillion d'individus ? Sans doute ! Mais l'existence d'une telle humanité dépendrait constamment d'importations d'air, d'eau et d'énergie, provenant de stocks situés à cent millions de kilomètres : quelle effroyable instabilité que celle d'une telle existence ! La Terre serait alors perpétuellement exposée à une catastrophe irrémédiable, laquelle ne manquerait pas de se produire, au moindre détraquement de la colossale machine constituée par son système d'approvisionnement.

C'est pourquoi Baley répliqua :

— Pour ma part, j'estime qu'il serait plus facile d'envoyer ailleurs l'excédent de notre population.

En fait, cette opinion n'était pas tant destinée à Norris qu'à répondre au tableau dont Baley venait d'avoir la vision.

— Et qui donc voudrait de nous ? répliqua Norris, avec autant de scepticisme que d'amertume.

— N'importe quelle planète actuellement inhabitée.

Norris se leva, et donna sur l'épaule de son collègue une petite tape amicale.

— Allons, allons, Lije ! Mange ton poulet et reprends tes esprits ! Vraiment, tu as dû avaler trop de drogues, ces jours-ci !

Et sur cette boutade, il s'en fut.

Baley le regarda s'en aller, en souriant amèrement. Il était convaincu que Norris ne manquerait pas de colporter ces propos, et que, pendant des semaines, les blagueurs du bureau (il y en avait dans tous les services) en feraient des gorges chaudes... Mais, au moins, cette discussion avait eu l'avantage de lui faire oublier le jeune Vince Barrett, les robots et le déclassement qui le menaçait. Et ce fut en soupirant qu'il se décida à piquer sa fourchette dans son morceau de poulet, maintenant refroidi et quelque peu filandreux.

Dès qu'il eut achevé son gâteau synthétique, il vit R. Daneel se lever du bureau qu'on lui avait affecté et venir à lui.

— Eh bien ? lui dit-il, en lui jetant un regard peu cordial.

— Le commissaire principal n'est pas dans son bureau, et on ne sait pas quand il rentrera. J'ai dit à R. Sammy que nous allions nous en servir, et qu'il devait en interdire l'accès à tout le monde.

— Pourquoi voulez-vous que nous nous y installions ?

— Pour être plus au secret, Elijah. Vous conviendrez sûrement qu'il

nous faut préparer notre action. Car je ne pense pas que vous ayez
l'intention d'abandonner l'enquête, n'est-ce pas ?

C'était pourtant bien ce que Baley aurait aimé faire, mais, évidemment, il ne le pouvait pas. Il se leva donc et gagna le bureau d'Enderby.
Dès qu'ils s'y furent enfermés, il dit au robot :

— Bon ! Qu'est-ce qu'il y a, Daneel ?

— Mon cher associé, répliqua celui-ci, depuis hier soir, vous n'êtes
pas dans votre état normal. Il y a dans vos réactions mentales un
profond changement.

Une affreuse pensée vint tout à coup à l'esprit de Baley.

— Etes-vous doué de télépathie ? s'écria-t-il.

C'était une éventualité à laquelle il n'aurait jamais songé, en des
circonstances moins troublées.

— Non. Bien sûr que non ! fit Daneel.

— Alors, reprit l'inspecteur, se sentant un peu moins pris de panique,
que diable me racontez-vous, au sujet de mes réactions mentales ?

— Oh ! c'est tout simplement une expression dont je me sers pour
définir une sensation que vous ne partagez pas avec moi.

— Laquelle ?

— C'est difficile à expliquer. Il ne faut pas oublier, Elijah, qu'origi-
nellement j'ai été conçu et construit pour étudier la psychologie des
Terriens, et communiquer les résultats de mes constatations aux
Spaciens.

— Oui, je le sais. Et l'on a fait de vous, ensuite, un détective, en
ajoutant à vos circuits un sens de la justice particulièrement développé !

Baley ne put s'empêcher de prononcer ces paroles d'un ton sarcastique.

— C'est tout à fait exact, Elijah. Mais cela n'a diminué en rien
mes capacités initiales ; or, j'ai été construit pour pratiquer des
cérébroanalyses.

— Pour analyser les cerveaux des hommes ?

— C'est cela même ! Je procède par le moyen de champs magnétiques, sans même qu'il soit nécessaire d'appliquer au sujet que j'étudie
des électrodes. Il suffit d'être muni d'un récepteur approprié ; or, mon
cerveau est précisément un tel récepteur. Ne fait-on pas de même pour
les robots que l'on construit sur Terre ?

Baley, qui n'en savait rien, se garda de répondre, et demanda, très
prudemment :

— Et que déduisez-vous de ces analyses auxquelles vous vous livrez ?

— Il ne m'est pas possible de déterminer quelles sont les pensées de
ceux que j'étudie ; mais je parviens à déceler à quel propos et dans
quelles circonstances ils s'émeuvent ; ce que je peux surtout, c'est
définir leur tempérament, les motifs profonds qui les font agir et qui
dictent leurs attitudes. Par exemple, c'est moi qui ai affirmé que le
commissaire principal Enderby était incapable de tuer un homme, dans
des circonstances telles que celles du meurtre du Dr Sarton.

— Et c'est sur votre témoignage qu'on a cessé de le suspecter ?

— Oui. On pouvait l'éliminer des suspects en toute sécurité, car, pour ce genre d'analyse, je suis une machine extrêmement sensible !

Tout à coup, une autre pensée vint à l'esprit de Baley.

— Un instant ! s'écria-t-il. Quand vous l'avez cérébroanalysé, le commissaire Enderby ne s'en est pas rendu compte, n'est-ce pas ?

— Il était inutile de le vexer !

— Ainsi donc, vous vous êtes borné à vous tenir devant lui et à le regarder. Pas d'appareils, pas d'électrodes, pas d'aiguilles ?

— Non. Je suis une machine complète, qui ne nécessite aucun équipement supplémentaire, Elijah !

Baley se mordit les lèvres, tant par colère que par dépit. Il lui restait en effet, jusqu'à présent, une petite chance de porter un coup désespéré aux Spaciens, et de les accuser d'avoir monté de toutes pièces cette histoire d'assassinat : elle consistait en une invraisemblance qu'il avait relevée dans la thèse du Dr Fastolfe. R. Daneel avait affirmé que le commissaire principal avait été cérébroanalysé et, une heure plus tard, Enderby avait, avec une sincérité difficile à mettre en doute, nié qu'il eût jamais entendu prononcer le terme. Or, aucun être humain ne pouvait avoir subi la très douloureuse épreuve d'un examen électroencéphalographique, comme celui auquel on soumettait les criminels inculpés de meurtre, sans en garder un souvenir cuisant et précis. Mais, maintenant, cette dernière antinomie avait disparu, car Enderby avait été effectivement cérébroanalysé, sans s'en douter ; il en résultait que R. Daneel et le commissaire principal avaient, l'un comme l'autre, dit la vérité.

— Eh bien, dit Baley d'une voix dure, qu'est-ce que la cérébroanalyse vous a appris à mon sujet, Daneel ?

— Que vous êtes troublé.

— La belle découverte, en vérité ! Bien sûr que je le suis !

— En fait, reprit le robot, votre trouble est dû à une opposition qui se manifeste en vous, entre deux désirs, deux intentions. D'une part, votre respect des règles de votre profession et votre dévouement à votre métier vous incitent à enquêter à fond sur le complot des Terriens qui, la nuit dernière, ont tenté de se saisir de nous. Mais en même temps, un autre motif, non moins puissant, vous pousse à faire juste le contraire. Le champ magnétique de vos cellules cérébrales le montre de la façon la plus claire.

— Mes cellules cérébrales ! s'écria Baley. Quelles balivernes ! Ecoutez-moi, Daneel. Je vais vous dire pourquoi il n'y a pas lieu d'enquêter sur votre soi-disant complot. Il n'a aucun rapport avec le meurtre. J'ai pensé, à un moment donné, qu'il pouvait y en avoir : je le reconnais. Hier, au restaurant, j'ai cru que nous étions en danger. Et puis, que s'est-il passé ? On nous a suivis, et nous les avons vite semés : c'est un fait. Eh bien, cela n'aurait pas pu se produire si nous avions affaire à des gens organisés et décidés à tout. Mon propre fils a trouvé ensuite, on ne peut plus facilement, où nous passions la nuit. Il s'est borné à téléphoner au bureau, et n'a même pas eu à se nommer pour obtenir le renseignement. Si vos remarquables conspirateurs avaient voulu vraiment nous faire du mal, qu'est-ce qui les empêchait d'imiter mon fils ?

— Qui vous dit qu'ils ne l'ont pas fait ?

— Mais non, c'est l'évidence même ! D'autre part, s'ils avaient voulu fomenter une émeute au magasin de chaussures, ils le pouvaient. Mais ils se sont retirés bien gentiment, devant un seul homme brandissant une seule arme ; pas même devant un homme, devant un malheureux robot les menaçant d'une arme qu'ils vous savaient incapable d'utiliser, du moment qu'ils avaient reconnu votre qualité de robot. Ce sont des Médiévalistes, c'est-à-dire des lunatiques inoffensifs. Vous, vous ne pouviez pas le savoir, mais moi, j'aurais dû m'en rendre mieux compte. Je m'en serais d'ailleurs plus vite convaincu, si toute cette affaire ne m'avait pas poussé à envisager les choses d'une façon stupide... et mélodramatique. Je vous garantis que je les connais, les gens qui tournent au Médiévalisme ! Ce sont généralement des types au tempérament doux et rêveur, qui trouvent que le genre d'existence que nous menons est trop dur pour eux, et qui se perdent dans d'interminables rêves, en évoquant un passé idéal qui, en réalité, n'a jamais existé. Si vous pouviez cérébroanalyser un mouvement, comme vous le faites d'un individu, vous constateriez qu'ils ne sont pas plus capables que Julius Enderby lui-même d'assassiner quelqu'un.

— Je regrette, répliqua lentement R. Daneel, mais je ne peux pas croire sur parole ce que vous venez de me dire, Elijah.

— Comment cela ?

— Non. Vous avez trop brusquement changé d'avis ! Et puis, j'ai relevé quelques anomalies. Vous avez organisé le rendez-vous avec le Dr Gerrigel hier soir, avant dîner. A ce moment-là, vous ne connaissiez pas encore l'existence de mon sac stomacal, et vous ne pouviez donc pas me soupçonner d'être l'assassin. Alors, pourquoi avez-vous convoqué le savant ?

— Parce que je vous soupçonnais déjà.

— La nuit dernière, vous avez parlé en dormant, Elijah.

— Ah ? fit Baley, écarquillant les yeux. Et qu'est-ce que j'ai dit ?

— Vous avez simplement répété à plusieurs reprises le nom de votre femme : Jessie.

Baley consentit à se détendre un peu et répondit, d'un air légèrement confus :

— J'ai eu un cauchemar. Savez-vous ce que c'est ?

— Je n'en ai naturellement jamais fait l'expérience, mais je sais que le dictionnaire le définit comme un mauvais rêve.

— Et savez-vous ce que c'est qu'un rêve ?

— Je n'en sais toujours que ce qu'en dit le dictionnaire. C'est l'illusion d'un fait réel, que l'on éprouve pendant la période temporaire d'inconscience qui a pour nom le sommeil.

— D'accord. C'est une bonne définition : une illusion ! Parfois ces illusions peuvent paraître rudement réelles ! Eh bien, j'ai rêvé que ma femme était en danger ! C'est un rêve qu'on fait souvent. Je l'ai donc appelée par son nom, ce qui dans ce cas, est très normal : je peux vous en donner l'assurance.

— Je ne demande qu'à vous croire. Mais, puisque nous parlons de votre femme, comment donc a-t-elle découvert que j'étais un robot ?

Baley sentit à nouveau son front devenir moite.

— Nous n'allons pas revenir là-dessus, n'est-ce pas ?... Des ragots...

— Excusez-moi si je vous interromps, Elijah, mais il n'y a pas eu de ragots. S'il y en avait eu, toute la Cité serait aujourd'hui en émoi. Or, j'ai contrôlé ce matin les rapports de police, et tout est calme. Il n'y a aucun bruit qui court à mon sujet. Alors, comment votre femme a-t-elle été mise au courant ?

— Dites donc, Daneel ! Qu'est-ce que vous insinuez ? Vous n'allez tout de même pas prétendre que Jessie fait partie de... de...

— Si, Elijah !

Baley joignit les mains et les serra de toutes ses forces l'une contre l'autre.

— Eh bien, c'est faux, et je me refuse à discuter plus avant sur ce point !

— Cela ne vous ressemble guère, Elijah ! Je ne peux oublier, en effet, que, dans l'exercice de vos fonctions, vous m'avez à deux reprises accusé de meurtre.

— Est-ce ainsi que vous comptez vous en tirer ?

— Je ne suis pas sûr de bien comprendre ce que vous entendez par cette expression, Elijah. J'approuve sans réserve les raisons qui, logiquement, vous ont poussé à me soupçonner si vite ; elles étaient mauvaises, mais elles auraient facilement pu être bonnes. Or, il existe des preuves tout aussi importantes qui incriminent votre femme.

— Comme meurtrière ? Vous êtes complètement fou, ma parole ! Jessie serait incapable de faire le moindre mal à son pire ennemi. Jamais elle ne mettrait le pied hors de la ville. Elle ne pourrait pas... Oh ! si vous étiez un homme en chair et en os, je vous...

— Je me borne à dire qu'elle fait partie du complot, et qu'elle devrait être interrogée.

— Je vous l'interdis, et si vous vous y risquiez, ça vous coûterait cher ! Ça vous coûterait ce qui pour vous représente la vie, et peu m'importe d'ailleurs comment vous définissez celle-ci !... Ecoutez-moi bien, Daneel ! Les Médiévalistes n'en veulent pas à votre peau ; ils ne procèdent pas de cette façon-là. Ce qu'ils cherchent, c'est à vous obliger à quitter la ville : ça crève les yeux ! Pour y parvenir, ils essaient de vous attaquer psychologiquement ; ils tentent de nous rendre l'existence aussi désagréable que possible, à vous comme à moi, du moment que nous travaillons ensemble. Ils ont très facilement pu découvrir que Jessie est ma femme, et rien ne leur a été plus aisé que de lui révéler qui vous êtes. Or, elle ressemble à toutes les femmes et à tous les hommes de New York : elle n'aime pas les robots, et elle aurait horreur d'en fréquenter un, surtout si cette fréquentation devait, par surcroît, comporter un danger. Vous pouvez tenir pour certain qu'on aura insisté sur le danger que vous me faites courir, et le résultat n'a pas manqué, je vous l'assure ; elle a passé la nuit à me supplier de renoncer à l'enquête, ou de trouver un moyen de vous ramener à Spacetown.

— Je crois, répondit tranquillement le robot, que vous feriez mieux de parler moins fort, Elijah. Je sais bien que je ne peux pas prétendre être un détective au même sens du terme que vous en êtes un. Et pourtant, j'aimerais attirer votre attention sur un point particulier que j'ai remarqué.

— Ça ne m'intéresse pas de vous écouter.

— Je vous prie cependant de le faire. Si je me trompe, vous me le direz, et cela ne nous causera aucun tort, ni à l'un ni à l'autre. Voici ce que j'ai constaté. Hier soir, vous êtes sorti de votre chambre pour téléphoner à Jessie ; je vous ai proposé d'envoyer votre fils à votre place, et vous m'avez répondu que les Terriens n'avaient pas l'habitude d'envoyer leurs enfants à leur place là où il y avait du danger. Cet usage, s'il est observé par les pères, ne l'est-il donc pas par les mères de famille ?

— Mais si, bien sûr ! répliqua Baley qui aussitôt s'arrêta net.

— Vous voyez ce que je veux dire ! continua R. Daneel. Normalement, si Jessie avait eu peur pour vous et désiré vous avertir, elle aurait risqué sa propre vie et non pas envoyé son fils risquer la sienne. Si donc elle a envoyé Bentley, c'est qu'elle était sûre qu'il ne risquait rien, alors qu'elle-même aurait couru un danger en venant vous voir. Supposez que le complot ait été tramé par des gens inconnus de Jessie ; dans ce cas elle n'aurait eu aucun motif de se tourmenter pour elle-même. Mais, d'un autre côté, si elle fait partie du complot, elle a dû savoir, Elijah, elle a certainement su qu'on la surveillait et qu'on la reconnaîtrait, tandis que Bentley, lui, passerait inaperçu.

— Attendez un peu ! dit Baley, se sentant tellement mal à l'aise qu'il crut avoir une nausée. Votre raisonnement est singulièrement spécieux, mais...

Il ne fut pas nécessaire d'attendre, car un signal se mit à clignoter follement sur le bureau du commissaire principal. R. Daneel attendit que Baley y répondît, mais le détective ne fit que regarder fixement la lampe, d'un air impuissant. C'est pourquoi le robot coupa le contact du signal et demanda, dans le microphone :

— Qu'est-ce qu'il y a ?

La voix métallique de R. Sammy se fit alors entendre :

— Il y a une dame qui désire voir Lije. Je lui ai dit qu'il était occupé, mais elle ne veut pas partir. Elle dit qu'elle s'appelle Jessie.

— Faites-la entrer ! dit calmement R. Daneel, dont les yeux se fixèrent impassiblement sur Baley, qui se sentit pris de vertige.

14

Conséquences d'un prénom

Jessie fit irruption dans la pièce, courut à son mari, l'étreignit et demeura un long moment accrochée à ses épaules, tandis qu'il s'efforçait de surmonter non sans peine le trouble qui le bouleversait. Il murmura, entre ses lèvres pâles :

— Bentley ?

Elle leva les yeux vers lui et secoua la tête nerveusement, faisant ainsi voler ses longs cheveux bruns.

— Il va très bien, dit-elle.

— Eh bien alors ?...

Jessie fut prise de sanglots soudains qui la secouèrent, et ce fut d'une voix à peine perceptible qu'elle hoqueta :

— Je n'en peux plus, Lije ! C'est impossible ! Je ne peux plus ni manger ni dormir ! Il faut que je te parle !

— Ne dis rien ! répliqua-t-il, aussitôt angoissé. Pour l'amour du Ciel, Jessie, pas maintenant !

— Il le faut, Lije ! J'ai fait quelque chose de terrible !... Quelque chose de si affreux !... Oh, Lije !...

Elle ne put en dire plus et s'effondra, sanglotant de plus belle.

— Nous ne sommes pas seuls, Jessie ! dit-il, l'air navré.

Elle tourna son regard vers R. Daneel sans paraître le reconnaître. Les larmes qui ruisselaient sur son visage troublaient sa vue, et elle ne se rendait pas compte de la présence du robot. Ce fut lui qui se manifesta, en disant à voix basse :

— Bonjour, Jessie.

Elle en eut le souffle coupé et balbutia :

— Est-ce que... est-ce que c'est le robot ?...

Elle leva une main devant ses yeux et s'arracha des bras de Baley, puis, respirant profondément, elle finit par répéter, en s'efforçant de sourire :

— C'est bien vous, n'est-ce pas ?

— Oui, Jessie, fit R. Daneel.

— Ça ne vous fait rien que je vous traite de robot ?

— Mais non, Jessie, puisque c'est ce que je suis !

— Et moi, ça ne me fait rien qu'on me traite d'imbécile, d'idiote et de complice d'agitateurs, parce que c'est ce que je suis.

— Jessie ! gémit Baley.

— A quoi bon me taire, Lije ? reprit-elle. Mieux vaut qu'il soit au courant, puisqu'il est ton associé. Moi, je ne peux pas vivre avec ce secret qui m'écrase. Depuis hier, je vis un cauchemar. Ça m'est égal d'aller en prison. Ça m'est égal d'être déclassée et de vivre comme les chômeurs, de levure et d'eau. Tout m'est égal... Mais tu ne les laisseras pas me faire du mal ? J'ai... j'ai peur !...

Baley lui caressa l'épaule et la laissa pleurer, puis il dit à R. Daneel :

— Elle n'est pas bien. Nous ne pouvons la garder ici. Quelle heure est-il ?

— 14 h 45, répliqua le robot automatiquement, sans même consulter de montre.

— Le commissaire principal peut rentrer d'un moment à l'autre. Commandez une voiture, Daneel, et nous parlerons de tout cela sur l'autoroute.

— Sur l'autoroute ! s'écria Jessie en redressant vivement la tête. Oh ! non, Lije !

— Allons, Jessie ! fit-il du ton le plus apaisant qu'il put prendre. Ne déraisonne pas ! Dans l'état où tu es tu ne peux pas aller sur l'express. Sois gentille, fais un effort et calme-toi, sans quoi nous ne pourrons même pas traverser la salle voisine. Si tu veux, je vais te chercher un peu d'eau.

Elle essuya son visage avec un mouchoir trempé et dit, d'une voix lamentable :

— Oh, regarde mon maquillage !

— Aucune importance ! répliqua son mari. Alors, Daneel, vous avez fait le nécessaire pour la voiture ?

— Il y en a une qui nous attend, Elijah !

— Bon. Eh bien, en route, Jessie !

— Attends ! Juste un instant, Lije ! Il faut que je m'arrange un peu !

— Aucune importance, je te dis ! répéta-t-il.

— Je t'en prie, Lije ! s'écria-t-elle, en s'écartant de lui. Je ne veux pas qu'on me voie comme ça. J'en ai pour une seconde.

L'homme et le robot attendirent, le premier en serrant les poings, le second d'un air impassible. Jessie fouilla dans son sac, et Baley, une fois de plus, songea que les sacs à main des femmes étaient sans doute les seuls objets qui avaient résisté, au cours des âges, aux perfectionnements mécaniques. On n'avait même pas réussi à substituer aux fermoirs métalliques des joints magnétiques. Jessie prit en main une petite glace et une minaudière en argent que son mari lui avait données pour son anniversaire, trois ans plus tôt ; elle contenait plusieurs ingrédients dont la jeune femme se servit tour à tour, mais seule la dernière couche de fard fut apparente. Jessie procéda à ces soins de beauté avec cette sûreté et cette adresse pleine de délicatesse, qui semblent être un don inné que possède toute femme, et qui se manifestent même dans les plus grandes épreuves.

Elle appliqua d'abord un fond de teint qui fit disparaître l'aspect luisant ou rugueux de sa peau et lui donna un éclat légèrement doré : une longue expérience avait appris à Jessie que c'était ce ton-là qui s'harmonisait le mieux avec la couleur de ses yeux et de ses cheveux. Elle y ajouta un peu d'ocre sur le front et le menton, une légère couche de rouge aux joues et un soupçon de bleu sur les paupières supérieures, ainsi qu'autour du lobe des oreilles. Quant à son rouge à lèvres, il se présentait sous la forme d'un minuscule vaporisateur émettant une poussière liquide et brillante qui séchait aussitôt sur les lèvres et les faisait paraître beaucoup plus pleines.

— Voilà ! dit Jessie qui, très satisfaite de son œuvre, tapota légèrement ses cheveux. Je crois que ça pourra aller !

L'opération avait duré plus de la seconde annoncée, mais il en avait fallu très peu pour la mener à bien. Baley l'avait pourtant trouvée interminable, et ce fut d'un ton nerveux qu'il dit à sa femme :

— Allons, viens maintenant !

Elle eut à peine le temps de remettre les objets dans son sac, que déjà le détective l'entraînait hors du bureau.

Dès qu'ils eurent atteint un embranchement absolument désert de l'autoroute, Baley arrêta la voiture, et, se tournant vers son épouse, il lui demanda :

— Alors, Jessie, de quoi s'agit-il ?

Depuis leur départ de l'Hôtel de Ville, la jeune femme était demeurée impassible ; mais son calme commença à l'abandonner, et elle regarda tour à tour d'un air éperdu son mari et R. Daneel, sans prononcer une parole.

— Allons, Jessie ! reprit Baley. Je t'en prie, dis-nous ce que tu as sur le cœur. As-tu commis un crime ? Un véritable crime ?...

— Un crime ? répéta-t-elle en secouant la tête, comme si elle ne comprenait pas la question.

— Voyons Jessie, reprends-toi ! Pas de simagrées, veux-tu ? Réponds-moi simplement oui ou non. As-tu... as-tu tué quelqu'un ?

L'égarement de Jessie fit place à l'indignation.

— Qu'est-ce qui te prend, Lije ? s'écria-t-elle.

— Réponds-moi oui ou non.

— Eh bien non, bien sûr !

Baley sentit la barre qui pesait sur son estomac devenir moins dure.

— Alors, quoi ? reprit-il. As-tu volé quelque chose ? As-tu falsifié tes comptes au restaurant ? As-tu attaqué quelqu'un ? As-tu détérioré du matériel ?... Allons, parle !

— Je n'ai... je n'ai rien fait de précis... enfin, rien dans le genre de ce que tu viens de dire !... Ecoute, Lije, fit-elle en regardant autour d'elle, est-il bien nécessaire de rester ici ?

— Oui, jusqu'à ce que tu m'aies répondu. Alors, commence par le commencement. Qu'est-ce que tu es venue me dire ?

Le regard de Baley croisa celui de R. Daneel, par-dessus la tête baissée de la jeune femme, et Jessie se mit à parler, d'une voix douce qui, à mesure qu'elle racontait son histoire, gagna en force et en netteté.

— Il s'agit de ces gens, Lije... tu sais bien... les Médiévalistes. Ils sont toujours là, à tourner autour de nous, et à parler. Même autrefois, quand j'ai commencé à travailler, c'était comme ça. Tu te rappelles Elisabeth Tornbowe ? Elle était médiévaliste ; elle disait tout le temps que nos ennuis avaient commencé quand on avait construit les Cités et que c'était bien mieux avant... Moi, je lui demandais toujours comment elle pouvait être si sûre de ce qu'elle affirmait ; je le lui ai surtout demandé dès que nous avons été mariés, Lije, et tu te rappelles que nous en avons souvent discuté, toi et moi. Alors, elle me citait des passages tirés d'un tas de petites brochures qu'on n'a jamais cessé de publier. Par exemple : *La Honte des Cités*... je ne me rappelle plus qui avait écrit ça...

— Ogrinsky, répliqua Baley d'une voix indifférente.

— Oui, c'est ça. Remarque que, la plupart du temps ce qu'elle disait ne tirait pas à conséquence. Et puis, quand je t'ai épousé, elle est devenue sarcastique. Elle m'a déclaré : « J'ai idée que vous allez afficher une fervente admiration pour les Cités, maintenant que vous êtes mariée à un policier ! » A partir de ce moment-là, elle ne m'a plus dit grand-chose, et puis j'ai changé de service et je ne l'ai plus vue que rarement. Je suis convaincue, d'ailleurs, que bien souvent elle ne cherchait qu'à m'impressionner et à se donner des airs mystérieux ou importants. Elle était vieille fille, et elle est morte sans jamais avoir réussi à se marier. Beaucoup de ces Médiévalistes ont des cases qui leur manquent, tu le sais bien, Lije ! Je me rappelle qu'un jour tu m'as dit que souvent les gens prennent leurs propres lacunes pour celles de la société qui les entoure, et qu'alors ils cherchent à réformer ladite société parce qu'ils sont incapables de se réformer eux-mêmes.

Baley se rappelait fort bien avoir émis cette opinion, mais ses propres paroles lui parurent maintenant banales et superficielles.

— Ne t'écarte pas du sujet, Jessie, lui dit-il gentiment.

— Quoi qu'il en soit, reprit-elle, Lizzy parlait tout le temps d'un certain jour qui ne manquerait pas d'arriver. En prévision de ce jour, il fallait se tenir les coudes. Elle disait que c'était la faute des Spaciens, qui tenaient à maintenir la Terre dans un état de faiblesse et de décadence. La décadence, c'était un de ses grands mots. Elle examinait les menus que je préparais pour la semaine suivante, et déclarait avec mépris : « Décadent ! Décadent ! » Jane Myers l'imitait à la perfection et nous faisait mourir de rire à la cuisine. Quant à Elisabeth, elle répétait sans se lasser qu'un jour viendrait où nous détruirions les Cités, où nous retournerions à la terre, et où nous réglerions leur compte à ces Spaciens, qui essaient de nous enchaîner pour toujours aux Cités en nous imposant leurs robots. Mais elle n'appelait jamais ceux-ci des robots : elle disait que c'étaient des monstres mécaniques sans âme. Pardonnez-moi de répéter le terme, Daneel.

— Je ne connais pas la signification de cette expression, Jessie ; mais, de toute façon, soyez sûre que vous êtes excusée. Continuez, je vous prie.

Baley s'agita nerveusement sur son siège. C'était une vraie manie de Jessie, que de ne jamais pouvoir raconter une histoire sans tourner d'abord autour du sujet, quelles que fussent l'importance ou l'urgence de celui-ci.

— Quand Elisabeth parlait ainsi, continua-t-elle, elle voulait toujours nous faire croire que beaucoup de gens participaient à ce mouvement. Ainsi, elle disait : « A la dernière réunion... », et puis elle s'arrêtait, et me regardait, moitié fière et moitié craintive. Elle aurait voulu sans doute que je l'interroge à ce sujet, ce qui lui aurait permis de prendre des airs importants ; mais, en même temps, elle avait sûrement peur que je lui cause des ennuis. Bien entendu, je ne lui ai jamais posé une seule question : je ne voulais pour rien au monde lui faire ce plaisir. De toute façon, Lije, notre mariage a mis fin à tout cela, jusqu'à ce que...

Elle s'arrêta court.

— Allons, continue, Jessie ! dit Baley.

— Est-ce que tu te rappelles, Lije, reprit-elle, la discussion que nous avons eue autrefois, à propos... à propos de Jézabel ?

— Je ne vois pas le rapport.

Il lui fallut quelques secondes pour se rappeler que Jézabel était le prénom de son épouse, et non pas celui d'une tierce personne. Et, presque inconsciemment, il se tourna vers R. Daneel pour lui donner une explication.

— Le vrai prénom de Jessie, c'est Jézabel ; mais elle ne l'aime pas et elle ne veut pas qu'on s'en serve.

Le robot fit gravement de la tête un signe d'acquiescement, et Baley se dit qu'après tout il était stupide de perdre son temps à se préoccuper de ce que pouvait penser son associé.

— Cette discussion m'a longtemps tracassée, Lije, je t'assure, dit Jessie. C'était sans doute très bête, mais j'ai beaucoup réfléchi par la suite à tout ce que tu m'avais dit ; j'ai surtout été frappée de ce que Jézabel, à ton avis, avait un tempérament conservateur et luttait pour maintenir les traditions de ses ancêtres, en s'opposant aux nouvelles coutumes que l'étranger tentait d'imposer. Et comme je portais le même nom qu'elle, j'en suis venue à... comment dire ?...

— A t'identifier à elle ? suggéra son mari.

— Oui, c'est ça, répondit-elle. (Mais, secouant aussitôt la tête, et fuyant le regard de Baley, elle ajouta :) Oh ! bien sûr, pas complètement ! Mais j'ai pensé que nous étions un peu le même genre de femme.

— Allons, Jessie, ne dis pas de bêtises !

— Ce qui m'a de plus en plus impressionnée, continua-t-elle sans se laisser troubler par cette interruption, c'est que je trouvais une grande analogie entre l'époque de Jézabel et la nôtre. Nous, les Terriens, nous avions nos habitudes, et puis voilà que les Spaciens sont venus, avec une quantité d'idées nouvelles qu'ils ont essayé de nous imposer contre notre gré. Alors, peut-être bien que les Médiévalistes avaient raison, et que nous devrions revenir aux bonnes vieilles manières de vivre d'autrefois. Et c'est à cause de cela que je suis retournée voir Elisabeth.

— Ah, vraiment ! Et alors ?...

— Elle m'a d'abord déclaré qu'elle ne savait pas de quoi je voulais parler, et que ce n'était pas un sujet dont on pouvait discuter avec une femme de policier. Mais je lui ai dit que ton métier et mes opinions personnelles étaient deux choses complètement distinctes. Alors elle a fini par me répondre : « Bon ! Eh bien, j'en parlerai à quelqu'un. » Un mois plus tard, elle est venue me voir et elle m'a dit : « C'est d'accord, vous pouvez venir. » Et depuis cette époque-là, j'ai toujours assisté aux réunions.

— Et tu ne m'en as jamais parlé ! fit Baley, douloureusement.

— Je t'en demande pardon, Lije ! murmura-t-elle, d'une voix tremblante.

— Ça ne sert à rien, Jessie, de me demander pardon. Ce qu'il faut maintenant, c'est me dire ce que c'était que ces réunions. Et d'abord, où avaient-elles lieu ?

Il commençait à se sentir moins oppressé, moins bouleversé. Ce qu'il avait essayé de croire impossible se révélait au contraire la vérité, une vérité évidente, indubitable. Dans un sens, il éprouva un soulagement à voir se dissiper ses incertitudes.

— Justement ici, répondit-elle. Ici même !

— Qu'est-ce que tu dis ? Là où nous sommes ?

— Je veux dire : sur l'autoroute. C'est pour ça que je ne voulais pas que nous y venions, tout à l'heure. C'est un endroit très commode pour se réunir !

— Combien étiez-vous ?

— Je ne sais pas exactement. Soixante, soixante-dix peut-être... Ça se passait sur un embranchement généralement désert. Quelqu'un faisait un discours, la plupart du temps pour décrire la vie merveilleuse qu'on menait autrefois, et pour annoncer qu'un jour viendrait où l'on se débarrasserait des monstres, c'est-à-dire des robots, et aussi des Spaciens. Ces discours étaient en réalité assez ennuyeux, parce que c'étaient toujours les mêmes. On se bornait à les endurer. Ce qui nous faisait le plus plaisir, c'était de nous retrouver tous et de nous figurer que nous faisions quelque chose d'important. Nous nous jurions fidélité par des serments solennels, et nous convenions de signes secrets par lesquels nous nous reconnaîtrions les uns les autres en public.

— Personne ne venait donc jamais vous interrompre, ni patrouilles de police ni voitures de pompiers ?

— Non, jamais.

— Est-ce une chose anormale, Elijah ? demanda R. Daneel.

— Non, pas très ! répliqua Baley, songeur. Il y a certains embranchements d'autoroutes qui ne sont pratiquement jamais utilisés. Mais ce n'est pas facile du tout de les connaître. Est-ce tout ce que vous faisiez à ces réunions, Jessie ? Vous vous borniez à écouter des discours et à jouer aux conspirateurs ?

— Oui, c'est à peu près tout. Quelquefois, on chantait en chœur.

— Eh bien, alors, s'écria-t-il presque brutalement, je ne vois vraiment pas ce qui te tourmente, maintenant !

— Oh, fit-elle en tressaillant, à quoi bon te le dire ? Tu es en colère...

— Je te prie de me répondre ! dit-il, s'armant d'une patience d'airain. Si vous ne faisiez que vous livrer à des activités aussi inoffensives, veux-tu me dire pourquoi, depuis deux jours, tu es tellement affolée ?...

— J'ai pensé qu'ils allaient te faire du mal, Lije. Pour l'amour du Ciel, pourquoi te donnes-tu l'air de ne pas comprendre ? Je t'ai pourtant tout expliqué !

— Non, tu ne l'as pas fait ! Pas encore ! Tu m'as raconté une petite histoire de conspiration à laquelle tu as pris part, c'est tout ! Est-ce qu'ils se sont jamais livrés à des manifestations en public ? Ont-ils détruit des robots, ou fomenté des émeutes, ou tué des gens ?...

— Jamais, Lije ! Tu sais bien que je ne ferais jamais rien de ce genre et que, s'ils avaient tenté une de ces actions-là, j'aurais donné ma démission !

— Alors, veux-tu me dire pourquoi tu nous as parlé d'une chose terrible que tu as faite ? Pourquoi t'attends-tu à être arrêtée ?

— Eh bien, voilà... Nous parlions souvent du jour où la pression exercée sur le gouvernement serait telle qu'il serait obligé de céder. Pour cela, il fallait s'organiser ; et, quand on serait prêts, on pourrait provoquer de grandes grèves qui arrêteraient les usines. Cela obligerait le gouvernement à supprimer les robots et à exiger que les Spaciens retournent d'où ils sont venus. J'ai toujours pensé que c'étaient des paroles en l'air, et puis voilà que cette affaire a commencé... je veux dire ton association avec Daneel. Alors, on a dit : « C'est maintenant qu'il faut agir ! On va faire un exemple, qui arrêtera net l'invasion des robots. » Les femmes en ont parlé aux Toilettes, sans savoir qu'il s'agissait de toi, Lije. Mais moi, je m'en suis doutée, tout de suite.

Sa voix se brisa et Baley lui dit doucement :

— Mais voyons, Jessie, c'était de l'enfantillage ! Tu vois bien que c'étaient des commérages de femmes, et qu'il ne s'est rien passé du tout !

— Ah, je ne sais pas ! dit-elle. J'ai eu si peur, si peur ! Je me suis dit : « Je fais partie du complot. Si on tue quelqu'un, si on détruit quelque chose, Lije va se faire tuer, Bentley aussi peut-être, et ce sera ma faute, et il faudra que j'aille en prison !... »

Elle s'effondra en sanglotant sur l'épaule de Baley, qui la maintint serrée contre lui et, pinçant les lèvres, regarda longuement R. Daneel ; celui-ci, ne manifestant pas la moindre émotion, observait calmement la scène.

— Et maintenant, Jessie, dit son mari, je voudrais que tu réfléchisses un peu. Qui était le chef de ton groupe ?

Elle se calma petit à petit et tamponna ses yeux avec son mouchoir.

— Il y avait un nommé Joseph Klemin, mais, en réalité, il n'avait aucune autorité : il était petit, un mètre soixante-cinq environ, et je crois que, dans sa famille, on lui menait la vie dure. Je ne pense pas qu'il soit dangereux. Tu ne vas pas l'arrêter sur mon témoignage, Lije ? s'écria-t-elle, confuse et tourmentée.

— Pour l'instant, je n'ai pas l'intention d'arrêter qui que ce soit. Comment Klemin recevait-il des ordres ?

— Je n'en sais rien.

— Y avait-il des étrangers à ces réunions, des gens importants venant d'un comité central ?

— Quelquefois, il y avait des orateurs qui venaient faire des discours, mais pas souvent, deux ou trois fois par an.

— Sais-tu comment ils s'appelaient ?

— Non. On les présentait en nous disant : « Un de nos camarades », ou : « Un ami de tel ou tel endroit... »

— Bon. Daneel !

— Oui, Elijah ! dit le robot.

— Faites à Jessie la description des hommes que vous avez repérés. Nous allons voir si elle les reconnaît.

R. Daneel donna le signalement des suspects, avec une exactitude anthropométrique. Jessie l'écouta d'un air désemparé et, à mesure qu'elle entendait énumérer les caractéristiques physiques des individus, elle secoua la tête de plus en plus vigoureusement.

— Cela ne sert à rien, à rien du tout ! s'écria-t-elle. Comment me rappeler de tels détails ? Je ne me souviens pas avec précision de leur aspect, aux uns et aux autres !

Mais soudain elle s'interrompit et parut réfléchir.

— N'avez-vous pas dit, demanda-t-elle à R. Daneel, que l'un d'eux s'occupait d'une usine de levure ?

— Oui, dit le robot. Francis Clousarr est employé à la Ferme centrale de levure de la Cité.

— Tout ce que je peux vous dire, c'est qu'un jour où un homme faisait un discours, j'étais assise au premier rang, et j'ai tout le temps été incommodée, parce qu'il sentait la levure brute. Vous savez comme ça sent fort. Je m'en souviens, parce que, ce jour-là, j'avais mal au cœur, et l'odeur m'a rendue encore plus malade, si bien que j'ai dû me lever et aller me mettre dans les derniers rangs, sans comprendre, sur le moment, ce qui augmentait mon malaise. Peut-être que cet homme était celui dont vous me parlez, car, quand on travaille tout le temps dans la levure, l'odeur imprègne les vêtements.

Elle se frotta le nez, comme si cette seule évocation lui était pénible, et son mari lui demanda :

— Tu ne te rappelles pas de quoi il avait l'air ?

— Absolument pas, fit-elle catégoriquement.

— Tant pis ! Eh bien, Jessie, je vais te ramener chez ta mère, où tu vas me faire le plaisir de rester, avec Bentley ! Tu n'en bougeras pas, sous aucun prétexte, jusqu'à nouvel ordre. Peu importe que Ben manque la classe. Je vous ferai livrer vos repas à domicile, et je te préviens que les abords de l'appartement seront surveillés par la police.

— Et toi, Lije, que vas-tu faire ?

— Ne te fais pas de souci pour moi. Je ne cours aucun danger.

— Mais combien de temps ça va-t-il durer ?

— Je n'en sais rien. Peut-être un ou deux jours seulement, répondit-il, sans mettre beaucoup de conviction dans ce pronostic.

Quand Baley se retrouva seul sur l'autoroute avec R. Daneel, il demeura longtemps silencieux, réfléchissant profondément.

— J'ai l'impression, finit-il par dire, que nous nous trouvons en présence d'une organisation comprenant deux échelons distincts. Tout d'abord, à la base, des groupes sans programme d'action nettement défini, et dont l'objet essentiel consiste à servir de masse, sur laquelle on puisse s'appuyer éventuellement pour faire un coup de force. D'autre part, une élite bien moins nombreuse, qui se consacre à la réalisation d'un plan mûrement concerté. C'est ce petit groupe d'élite qu'il nous faut découvrir. Nous pouvons laisser de côté les conspirateurs d'opérette dont Jessie nous a parlé.

— Tout cela va de soi, sans doute, dit R. Daneel, à la condition que nous puissions croire sur parole le récit de Jessie.

— Pour ma part, répliqua sèchement Baley, j'estime qu'elle nous a dit la vérité.

— Et vous avez apparemment raison. Rien dans ses réactions cérébrales n'indique, en effet, que pathologiquement elle soit prédisposée à mentir.

— J'ai la prétention de connaître ma femme, dit Baley d'un air offensé, et je sais qu'elle ne ment jamais. Je ne vois donc aucun intérêt à ce que son nom figure dans le rapport que nous ferons sur l'enquête. C'est bien entendu, n'est-ce pas, Daneel ?

— Il en sera fait selon votre désir, répliqua tranquillement le robot, mais, dans ce cas, notre rapport ne sera ni complet ni véridique.

— C'est possible, mais cela ne fait rien. Elle est venue nous donner les renseignements qu'elle possédait, et la nommer aurait pour résultat de la faire figurer sur les fiches de la police ; or, je ne veux de cela à aucun prix.

— Je vous comprends, Elijah, et nous ferons ce que vous désirez à condition, bien entendu, que nous ne découvrions rien de plus.

— Nous n'avons plus rien à découvrir, en ce qui concerne Jessie : je peux vous le garantir.

— Alors, pourriez-vous m'expliquer pourquoi le nom de Jézabel, et le simple fait de l'entendre prononcer, ont pu inciter votre femme à renier ses anciennes convictions et à prendre une attitude si nouvelle ? Pour moi, je ne comprends pas bien ce qui l'a poussée à agir ainsi.

Tout en bavardant, ils continuaient à rouler lentement sur l'autoroute déserte.

— C'est difficile à expliquer, fit Baley. Jézabel est un nom que l'on porte rarement. C'était jadis celui d'une femme de très mauvaise réputation. Jessie a, pendant des années, ruminé ce fait ; cela lui a inspiré une étrange conviction, celle d'être une femme méchante, et elle a trouvé dans ce sentiment une sorte de compensation à l'existence immuablement correcte qu'elle menait.

— Mais pourquoi donc une femme respectueuse des lois peut-elle avoir envie de cultiver en elle un penchant à la méchanceté ? demanda le robot.

— Ah ! fit Baley, esquissant un sourire. Les femmes sont ainsi faites, Daneel ! Quoi qu'il en soit, j'ai fait une bêtise. Agacé par ces idées bizarres, j'ai affirmé avec insistance à Jessie que la vraie Jézabel avait été, non pas la méchante femme que l'on prétend, mais au contraire une excellente épouse. Et depuis, je n'ai jamais cessé de regretter d'avoir dit cela, car, en fait, j'ai rendu ainsi Jessie très malheureuse. J'ai détruit en elle quelque chose que rien n'a jamais pu remplacer. J'ai idée que ce qui s'est passé ensuite a été pour elle une manière de revanche : elle a sans doute voulu me punir, en s'adonnant à des activités que je devais nécessairement désapprouver. Mais je n'irai pas jusqu'à dire qu'elle avait pleinement conscience de ce désir.

— Je ne vous comprends pas très bien, répliqua R. Daneel. Une volonté peut-elle vraiment ne pas être consciente ? Et dans ce cas, les deux termes ne se contredisent-ils pas l'un l'autre ?

Baley, dévisageant longuement le robot, désespéra de jamais réussir à lui expliquer en quoi pouvait consister le subconscient ; aussi préféra-t-il faire une digression.

— Il faut vous dire, de plus, que la Bible joue un grand rôle dans la vie intellectuelle et dans les émotions des hommes, Daneel.

— Qu'est-ce que la Bible ?

Sur le moment, la question surprit Baley ; mais aussitôt il s'étonna lui-même d'en avoir été décontenancé. Il savait fort bien que la société spacienne était régie par une philosophie essentiellement matérialiste, en sorte que R. Daneel ne pouvait pas avoir plus de connaissances religieuses que les Spaciens eux-mêmes.

— La Bible, répliqua-t-il sèchement, est un livre sacré : la moitié de la population terrestre la vénère.

— Je m'excuse, dit R. Daneel ; mais vous utilisez des termes que je ne connais pas.

— Un livre sacré est un livre que l'on respecte beaucoup. La Bible contient de nombreux passages qui, convenablement interprétés, constituent une règle de vie ; et, aux yeux de beaucoup de gens, cette loi morale est celle qui peut le mieux permettre à l'humanité d'accéder au bonheur.

R. Daneel eut l'air de réfléchir à cette explication.

— Est-ce que cette règle de vie est incorporée dans vos lois ? demanda-t-il.

— Il s'en faut de beaucoup, dit Baley. Elle ne se prête pas à des applications légales. Elle exige que chaque individu s'y conforme spontanément, par le seul fait qu'il en éprouve l'impérieux besoin. C'est vous dire que, dans un sens, elle a plus de portée que toute loi humaine.

— Plus de portée qu'une loi ? Cela aussi me paraît être un contresens, comme cette volonté inconsciente dont vous parliez tout à l'heure.

— Je crois, répliqua Baley en souriant, que la meilleure façon de vous faire comprendre de quoi il s'agit consiste à vous citer un passage de la Bible elle-même. Cela vous intéresserait de l'entendre ?

— Mais oui, bien sûr ! fit le robot.

Baley ralentit, puis arrêta la voiture, et il resta un long moment silencieux, cherchant, les yeux fermés, à se rappeler le texte exact auquel il pensait. Il aurait aimé raconter ce récit sacré dans la langue un peu archaïque d'autrefois, mais il estima que, pour être bien compris de R. Daneel, il valait mieux utiliser le langage moderne courant. C'est pourquoi cette citation biblique prit l'air d'une histoire contemporaine, et non pas d'une évocation d'un temps presque immémorial.

— Jésus, dit-il, S'en alla sur le mont des Oliviers et, à l'aube, Il revint au temple. Tout le peuple s'assembla autour de Lui et, S'étant assis, Il Se mit à enseigner. Les Scribes et les Pharisiens Lui présentèrent une femme qui venait de commettre un adultère, et ils Lui dirent : « Seigneur, cette femme a été prise en flagrant délit d'adultère. Moïse, dans la Loi de nos Pères, nous a ordonné de lapider celles qui se rendaient coupables d'un tel péché. Qu'en pensez-vous ? » En Lui posant cette question, ils pensaient Lui tendre un piège et trouver dans Sa réponse un motif d'accusation contre Lui. Mais Jésus, Se penchant en avant, traça sur le sable des signes avec Son doigt, comme s'il ne les avait pas entendus. Comme ils répétaient leur question, Il Se leva et leur dit : « Que celui qui n'a jamais péché lui jette la première pierre ! » Puis Il Se rassit et Se remit à écrire sur le sable. Et tous ceux qui L'entouraient, sachant bien dans leur conscience qu'ils n'étaient pas nets de péché, se retirèrent les uns après les autres, du plus vieux jusqu'au plus jeune. Jésus donc Se trouva bientôt seul avec la femme adultère, qui se tenait devant Lui. S'étant levé et ayant constaté que la pécheresse restait seule avec Lui, Il lui dit : « Femme, où sont tes accusateurs ? Personne ne t'a donc condamnée ? » Et elle Lui répondit : « Non, Seigneur, personne ! » Alors, Jésus lui dit : « Moi non plus, Je ne te condamne pas. Va et ne pèche plus !... »

R. Daneel, qui avait écouté attentivement, demanda :

— Qu'est-ce que l'adultère ?

— Peu importe. C'était un crime et, à l'époque de ce récit, il était légalement puni de lapidation, c'est-à-dire qu'on jetait des pierres contre la coupable, jusqu'à ce qu'elle mourût.

— Et cette femme était coupable ?

— Oui.

— Alors, pourquoi n'a-t-elle pas été lapidée ?

— Aucun de ses accusateurs ne s'en est senti le droit, après ce que Jésus leur avait déclaré. Cette histoire sert à démontrer qu'il y a quelque chose de plus fort que le sens et le goût de la justice, tels qu'on vous les a inculqués, Daneel. L'homme est capable de grands élans de charité, et il peut aussi pardonner. Ce sont là deux choses que vous ne connaissez pas.

— Non, Elijah. On ne m'a pas appris ces mots-là.

— Je le sais, murmura Baley. Je le sais bien !

Il démarra brusquement et fonça à toute vitesse sur l'autoroute, si vite qu'il se sentit pressé contre le dossier de son siège.

— Où allons-nous ? demanda R. Daneel.

— A l'usine de levure, pour obtenir la vérité du dénommé Francis Clousarr, conspirateur.

— Avez-vous une méthode particulière pour cela, Elijah ?

— Non, pas moi, Daneel ! Pas précisément ! Mais vous, vous en avez une, et elle est très pratique !

Ils se hâtèrent vers le but de leur enquête.

15

Arrestation d'un conspirateur

A mesure qu'il approchait du quartier des usines de levure, Baley sentit, plus pénétrante, l'odeur particulière qui en émanait. Contrairement à bien des gens, à Jessie par exemple, il ne la trouvait pas désagréable, et même il avait tendance à l'aimer, car elle lui rappelait de bons souvenirs.

En effet, chaque fois qu'elle lui piquait de nouveau les narines, cette odeur le ramenait à plus de trente ans en arrière. Il se revoyait, gamin de dix ans, rendant visite à son oncle Boris, qui travaillait dans une des usines de produits synthétiques à base de levure. L'oncle Boris avait toujours une petite réserve de friandises : c'étaient des petits bonbons chocolatés, qui contenaient de la crème sucrée, ou encore des gâteaux plus durs ayant la forme de chats et de chiens. Si jeune qu'il fût alors, il savait très bien qu'oncle Boris n'aurait pas dû disposer ainsi de gâteries ; aussi le jeune Lije les mangeait-il toujours en cachette, accroupi dans un coin de la salle où travaillait son oncle, et tournant le dos à tout le monde ; et il les avalait très vite, de peur d'être pris en faute. Mais les friandises n'en étaient que meilleures.

Pauvre oncle Boris ! Il avait eu un accident mortel. On n'avait jamais dit à Lije ce qui s'était passé, et il avait versé des larmes amères, parce qu'il s'était figuré que cet oncle si bon avait dû être arrêté pour avoir volé des gâteaux à son intention ; et l'enfant avait longtemps pensé qu'on l'arrêterait, lui aussi, pour les avoir mangés, et qu'on le ferait mourir comme son oncle. Beaucoup plus tard, devenu policier, Baley avait vérifié soigneusement les dossiers de la Préfecture, et il avait fini par trouver la vérité : l'oncle Boris était tombé sous un camion. Cette découverte avait mis un terme assez décevant à ce mythe romanesque ; mais, chaque fois qu'une odeur de levure flottait dans l'air, elle ne manquait pas de raviver en lui, ne fût-ce qu'un fugitif instant, le souvenir du mythe disparu.

Le « quartier de la levure » n'était cependant pas le nom officiel d'un secteur de New York ; aucun plan de la ville ne le mentionnait, et la presse ne l'utilisait pas ; mais, dans le langage courant, on désignait ainsi les arrondissements périphériques de la Cité, à savoir Newark, New Brunswick et Trenton. C'était un vaste espace qui s'étendait sur ce que, à l'époque médiévale, on appelait le New Jersey ; on y trouvait, surtout à Newark et à Trenton, de nombreux immeubles d'habitation, mais la majeure partie de ce quartier était occupée par des usines de levure ; à vrai dire, c'étaient plutôt des fermes, où l'on cultivait des milliers de variétés de levures, qui servaient à la fabrication d'aliments de toutes espèces. Un cinquième de la population travaillait à cultiver cette denrée, et un autre cinquième était employé dans des usines où s'effectuait la transformation des autres matières premières nécessaires à l'alimentation de la Cité. Celle-ci recevait quotidiennement, en effet, des montagnes de bois et de cellulose brute qui provenaient des monts Alleghanis ; cette cellulose était traitée dans des bassins colossaux pleins d'acide, où on l'hydrolysait en glucose ; puis on y incorporait principalement des tonnes de nitrates et de phosphates et, en quantités moins importantes, des matières organiques issues des laboratoires de produits chimiques. Mais toutes ces opérations n'aboutissaient qu'à produire, toujours et davantage, une seule et même denrée : la levure. Sans elle, six des huit milliards d'habitants de la Terre seraient morts de faim en moins d'un an.

A cette seule pensée, Baley frissonna. Trois jours plus tôt, cette éventualité n'était ni plus ni moins invraisemblable, mais elle ne lui serait jamais venue à l'esprit.

Il quitta l'autoroute et s'engagea dans une avenue aboutissant aux faubourgs de Newark ; elle était bordée, de part et d'autre, de colossales constructions de ciment si peu peuplées que la circulation y était très facile.

— Quelle heure est-il, Daneel ? demanda Baley.

— 16 h 45, répondit aussitôt le robot.

— S'il fait partie de l'équipe de jour, il doit être là !

Il gara la voiture dans un hall de livraison et passa vivement devant le poste de contrôle.

— Sommes-nous dans la principale usine de levure de New York, Elijah ? demanda R. Daneel.

— C'est une des principales, oui, dit Baley.

Ils pénétrèrent dans un couloir donnant accès à de nombreux bureaux, et à l'entrée duquel une employée leur dit, d'un air souriant :

— Vous désirez, messieurs ?

— Police, répliqua Baley en montrant sa plaque. Y a-t-il ici, parmi le personnel, un nommé Francis Clousarr ?

— Je vais voir, dit la femme, qui parut troublée.

Elle avait devant elle un standard téléphonique, dans le tableau duquel elle enfonça une fiche à un endroit marqué « Personnel » ; puis ses lèvres remuèrent comme si elle parlait, mais sans émettre aucun son. Baley connaissait bien les laryngophones, mais il dit à la téléphoniste :

— Parlez tout haut, je vous prie ! Je désire entendre ce que vous dites.

L'employée s'exécuta, en achevant sa phrase :

— ... Et il dit qu'il est de la police, monsieur.

Un instant plus tard, un homme bien mis, aux cheveux bruns soigneusement peignés et portant une fine moustache, franchit une porte et vint à Baley.

— Je suis le directeur du personnel, dit-il en souriant courtoisement. Qu'y a-t-il pour votre service, inspecteur ?

Baley le regarda froidement et le sourire du chef de service se figea.

— Si c'est possible, inspecteur, reprit-il, je voudrais éviter d'énerver les ouvriers. Ils sont assez susceptibles, dès qu'il est question d'une intervention de la police.

— Ah ! vraiment ? fit Baley. Est-ce que Clousarr est là ?

— Oui.

— Bon. Alors, donnez-moi un indicateur. Si je ne trouve pas Clousarr à son poste, je reviendrai vous voir.

— Entendu ! fit l'autre, qui ne souriait plus du tout. Je vais vous procurer un indicateur.

On appelait ainsi un petit objet que l'on tenait dans la paume de la main et qui se réchauffait à mesure que l'on s'approchait du lieu cherché ; de même, il se refroidissait dès que l'on s'éloignait du but. Il n'y avait qu'à le régler, au départ, sur une destination donnée, et le directeur du personnel précisa à Baley que l'indicateur le mènerait ainsi au Groupe CG, section 2, ce qui, dans la terminologie de l'établissement, désignait une certaine partie de l'usine, mais Baley ignorait laquelle.

Un amateur n'aurait probablement pas pu se servir d'un tel appareil, tant étaient faibles les variations de température qu'il subissait ; mais, en fait, peu de citoyens new-yorkais étaient des amateurs, dans l'utilisation de ces objets, qui rappelait beaucoup le jeu de la main chaude, très populaire parmi les enfants. Dès leur plus jeune âge, on leur donnait en effet de petits indicateurs miniatures, et ils s'amusaient follement à se cacher et à se chercher les uns les autres, dans le dédale des couloirs de la Cité, en criant : « Tu es froid, tu te réchauffes, tu brûles ! »

Baley s'était bien souvent dirigé avec aisance dans des centaines d'usines et de centrales d'énergie, plus vastes les unes que les autres, en se servant de ces indicateurs, grâce auxquels il était sûr d'atteindre par le chemin le plus court son objectif, comme si quelqu'un l'y avait véritablement conduit par la main.

C'est ainsi qu'après dix minutes de marche, il pénétra dans une grande pièce brillamment éclairée, l'indicateur lui chauffant la main. Avisant un ouvrier qui travaillait près de l'entrée, il lui demanda :

— Est-ce que Francis Clousarr est ici ?

L'ouvrier se redressa brusquement et montra d'un geste l'autre bout de la salle, vers lequel le policier se dirigea aussitôt. L'odeur de levure était forte et pénétrante, en dépit de l'air conditionné que des souffleries au ronflement sonore ne cessaient de renouveler.

A l'approche de Baley, un homme se leva et ôta son tablier. Il était de taille moyenne et, en dépit de sa relative jeunesse, il avait un visage profondément ridé et des cheveux déjà grisonnants. Il essuya lentement de grosses mains noueuses à son tablier.

— Je suis Francis Clousarr, dit-il.

Baley jeta un bref coup d'œil à R. Daneel, qui acquiesça d'un signe de tête.

— Parfait, dit-il. Y a-t-il ici un coin où l'on peut parler ?

— Ça peut se trouver, répliqua l'homme. Mais j'arrive au bout de ma journée. On ne peut pas remettre ça à demain ?

— Il se passera bien des choses d'ici demain ! fit Baley en montrant son insigne de police. C'est tout de suite que je veux vous voir.

Mais Clousarr continua à s'essuyer les mains d'un air sombre et répondit froidement :

— Je ne sais pas comment ça se passe dans la police, mais, ici, les repas sont servis à heures fixes ; si je ne dîne pas entre 17 h et 17 h 45, je suis obligé de me mettre la ceinture !

— Ne vous en faites pas ! dit Baley. Je donnerai des ordres pour qu'on vous apporte votre repas ici.

— Parfait, parfait ! grommela l'homme, sans paraître pour autant satisfait. Vous me traitez en somme comme un aristocrate, à moins que ce ne soit comme un flic galonné. Quelle est la suite du programme ? Salle de bains particulière ?

— Faites-moi le plaisir de répondre simplement à mes questions, Clousarr ! rétorqua durement Baley. Vos grosses blagues, vous pouvez les garder pour votre petite amie ! Où pouvons-nous parler sans être dérangés ?

— Si c'est parler que vous voulez, vous pouvez aller dans la salle des balances. Arrangez-vous avec ça. Moi, je n'ai rien à vous dire.

Baley, d'un geste, lui fit signe de lui montrer le chemin. La salle de pesage était une pièce carrée, blanche comme une salle d'opération ; tout y était aseptisé, l'air y était spécialement et mieux conditionné que dans la salle voisine et, le long de ses murs, se trouvaient de délicates balances électroniques manœuvrables de l'extérieur par le moyen des champs magnétiques. Au cours de ses études, Baley avait eu l'occasion de voir des balances de ce genre, mais moins perfectionnées ; et il en reconnut une, capable de peser un milliard d'atomes.

— Je ne pense pas, dit Clousarr, que l'on vienne nous déranger ici.

— Bon ! grogna Baley. Daneel, ajouta-t-il, voulez-vous faire monter un repas ici ? Et, si vous n'y voyez pas d'inconvénient, j'aimerais que vous attendiez dehors qu'on l'apporte.

Il suivit des yeux le départ de R. Daneel, puis, se tournant vers Clousarr, il lui demanda :

— Vous êtes chimiste ?

— Zymologiste, si ça ne vous fait rien.

— Quelle est la différence ?

— Un chimiste, fit l'autre fièrement, est un vulgaire fabricant de potages, un manipulateur d'ingrédients. Le zymologiste, lui, fait vivre des milliards d'individus. Je suis spécialisé dans la culture de la levure.

— Parfait, dit Baley.

— C'est grâce à ce laboratoire, reprit Clousarr, que les usines de levure tournent encore. Il ne se passe pas de jour, ni même d'heure, sans que nous fassions dans nos éprouvettes des expériences sur chaque espèce de levure produite par la compagnie. Nous contrôlons et complétons si c'est nécessaire ses propriétés nutritives ; nous nous assurons qu'elle répond à des caractères invariables ; nous déterminons exactement la nature des cellules dont elle est issue, nous opérons des croisements d'espèces, nous éliminons celles que nous estimons défectueuses, et, quand nous sommes certains d'en avoir trouvé une répondant aux besoins de la population, nous en lançons en grand la production. Lorsque, il y a deux ans, les New-Yorkais se sont vu offrir, hors saison, des fraises, ce n'étaient pas des fraises, c'était un produit spécialement étudié ici même, ayant une haute teneur en sucre, répondant exactement à la couleur naturelle du fruit, et dont la saveur était identique à celle de la fraise. Il y a vingt ans, la « Saccharomyces Olei Benedictae » n'était qu'une espèce de levure informe, inutilisable, et ayant un infect goût de suif. Nous n'avons pas encore réussi à faire complètement disparaître sa mauvaise odeur, mais nous avons porté sa teneur en matières grasses de 15 % à 87 %. Et quand vous prendrez désormais l'express, rappelez-vous que les tapis roulants sont uniquement graissés maintenant avec la S.O. Benedictae, variation AG-7, mise au point ici même. Voilà pourquoi il ne faut pas m'appeler chimiste. Je suis un zymologiste.

Malgré lui, Baley fut impressionné par le farouche orgueil du technicien. Brusquement, il lui demanda :

— Où étiez-vous, hier soir, entre 18 et 20 heures ?

— Je me promenais, fit l'autre, en haussant les épaules. J'aime bien marcher un peu après dîner.

— Vous avez été voir un ami ? Ou êtes-vous allé au cinéma ?

— Non, j'ai fait un petit tour à pied, tout simplement.

Baley serra les dents. Si Clousarr avait été au cinéma, on aurait pu le vérifier sur sa carte, laquelle aurait été cochée. Quant à une visite chez un ami, elle eût été encore plus contrôlable.

— Alors, personne ne vous a vu ?

— Peut-être que si ; mais moi, je n'en sais rien, car je n'ai rencontré personne de connaissance.

— Et avant-hier soir ?

— Même chose. Je me suis promené.

— Vous n'avez donc aucun alibi pour ces deux soirées ?

— Si j'avais commis un délit, inspecteur, vous pourriez être sûr que j'aurais un alibi. Mais, comme ce n'est pas le cas, pourquoi m'en serais-je préoccupé ?

Baley ne répliqua rien et consulta son carnet.

— Vous êtes passé en jugement une fois, pour incitation à l'émeute, dit-il.

— C'est vrai ! J'ai été bousculé par un robot, et je l'ai fichu en l'air. Vous appelez ça de l'incitation à l'émeute, vous ?

— Ce n'est pas moi, c'est le tribunal qui en a jugé ainsi. Il vous a reconnu coupable et condamné à une amende.

— D'accord. L'incident a donc été clos ainsi. A moins que vous ne désiriez me refaire payer l'amende ?

— Avant-hier soir, il y eut presque un début d'émeute, dans un magasin de chaussures du Bronx. On vous y a vu.

— Qui ça ?

— Cela s'est passé à l'heure de votre dîner. Avez-vous dîné ici avant-hier soir ?

Clousarr hésita un instant, puis secoua la tête.

— J'avais mal à l'estomac. La levure produit parfois cet effet-là, même sur des vieux du métier comme moi.

— Hier soir, à Williamsburg, il y a eu également un incident, et on vous y a vu.

— Qui ça ?

— Niez-vous avoir été là en ces deux circonstances ?

— Vous ne me dites rien que j'aie besoin de nier. Où exactement cela s'est-il passé, et qui déclare m'avoir vu ?

Baley regarda bien en face le zymologiste et lui dit :

— Je crois que vous savez parfaitement de quoi je parle ; et je pense que vous jouez un rôle important dans un mouvement médiévaliste clandestin.

— Je n'ai aucun moyen de vous empêcher de penser ou de croire ce qui vous passe par la tête, inspecteur ! rétorqua l'autre, en souriant ironiquement. Mais vos idées ne constituent pas des preuves : ce n'est pas à moi de vous apprendre ça, j'imagine !

— Il n'empêche que je compte bien tirer de vous, dès maintenant, un peu de vérité, Clousarr !

Il s'en fut jusqu'à la porte, l'ouvrit, et dit à R. Daneel, qui se trouvait planté devant l'entrée :

— Est-ce qu'on va bientôt apporter le dîner de Clousarr, Daneel ?

— Oui, dans un instant, Elijah.

— Dès qu'on vous l'aura remis, vous viendrez vous-même le lui donner !

— Entendu, Elijah, fit le robot.

Un instant plus tard, il pénétra dans la pièce, portant un plateau métallique cloisonné en plusieurs compartiments.

— Posez-le devant M. Clousarr, s'il vous plaît, Daneel, dit Baley.

Il s'assit sur un des tabourets qui se trouvaient alignés devant les balances et croisa ses jambes, balançant en cadence l'un de ses pieds ; au moment où Daneel plaça le plateau sur un tabouret proche de Clousarr, il remarqua que l'homme s'écartait brusquement.

— Monsieur Clousarr, lui dit-il alors, je voudrais vous présenter à mon collègue, Daneel Olivaw.

Le robot tendit la main à l'homme et lui dit :

— Bonjour, Francis. Comment allez-vous ?

Mais Clousarr ne broncha pas et n'esquissa pas le moindre geste pour saisir la main de Daneel. Celui-ci continua à la lui offrir, si bien que le zymologiste commença à rougir. Baley intervint alors, d'une voix douce :

— Ce que vous faites là est une impolitesse, monsieur Clousarr. Etes-vous trop orgueilleux pour serrer la main d'un policier ?

— Si vous le permettez, répliqua l'autre, je vais dîner, car j'ai faim.

Il tira de sa poche un couteau comportant une fourchette repliable, et s'assit, la tête penchée sur son assiette.

— Daneel, reprit Baley, j'ai l'impression que notre ami est offensé par votre attitude, et je ne le comprends pas. Vous n'êtes pas fâché contre lui, j'espère ?

— Pas le moins du monde, Elijah, dit R. Daneel.

— Alors, montrez-lui donc que vous n'avez aucune raison de lui en vouloir, et passez votre bras autour de son épaule.

— Avec plaisir, répondit R. Daneel, en s'approchant de l'homme.

— Qu'est-ce que ça signifie ? Qu'est-ce que c'est que ces manières ? s'écria Clousarr en posant sa fourchette.

Mais R. Daneel, imperturbable, s'apprêta à exécuter l'ordre de Baley. Aussitôt, Clousarr, furieux, fit un bond en arrière, et rabattit d'un coup de poing le bras de Daneel, en s'écriant :

— Ne me touchez pas ! Je vous le défends !

Dans le mouvement qu'il fit, le plateau contenant son dîner glissa du tabouret et vint percuter bruyamment le sol. Baley fixa sur le suspect un regard dur ; il fit un bref signe de tête à R. Daneel qui continua à avancer, sans s'émouvoir, vers le zymologiste, lequel battit en retraite. Pendant ce temps, l'inspecteur alla lui-même se placer devant la porte.

— Empêchez cette machine de me toucher ! hurla Clousarr.

— Voyons, Clousarr, répliqua gentiment Baley, en voilà des manières ! Cet homme est mon collègue !

— C'est faux ! C'est un immonde robot !

— Ça va, Daneel ! Laissez-le ! ordonna vivement Baley.

R. Daneel recula aussitôt et vint s'adosser à la porte, juste derrière Baley. Quant à Clousarr, il respirait lourdement et, serrant les poings, il fit face à Baley qui lui dit :

— D'accord, mon ami. Vous êtes très fort ! Et peut-on savoir ce qui vous fait dire que Daneel est un robot ?

— N'importe qui pourrait s'en rendre compte.

— Nous laisserons le tribunal en juger. Pour l'instant c'est à la préfecture de police que je vais vous mener. J'aimerais que vous nous y expliquiez exactement comment vous avez découvert que Daneel est un robot. Et puis beaucoup, beaucoup d'autres choses, mon cher monsieur, par la même occasion ! Daneel, voulez-vous aller téléphoner au commissaire principal ? A cette heure-ci, il doit être rentré chez lui. Dites-lui de revenir à son bureau, car il faut que nous procédions sans retard à l'interrogatoire de ce personnage.

Daneel s'exécuta aussitôt et Baley se tourna vers Clousarr :

— Qui est-ce qui vous fait marcher, Clousarr ? demanda-t-il.

— Je veux un avocat, répliqua l'autre.

— D'accord, on vous en donnera un. Mais, en attendant, dites-moi donc qui vous finance, vous autres, Médiévalistes ?

Clousarr, décidé à garder le silence, détourna la tête.

— Allons, mon vieux, s'écria Baley, inutile de jouer au plus fin ! Nous sommes parfaitement au courant de ce que vous êtes et de ce qu'est votre mouvement. Je ne bluffe pas. Mais pour ma propre gouverne, j'aimerais que vous me disiez simplement ce que vous désirez, vous, les Médiévalistes.

— Le retour à la terre, dit l'autre sèchement. C'est simple, pas vrai ?

— C'est facile à dire, mais moins facile à faire. Comment la Terre réussira-t-elle à nourrir huit milliards d'individus ?

— Est-ce que j'ai dit qu'il fallait le faire du jour au lendemain ? Ou d'une année à l'autre, ou en un siècle ? Pas à pas, monsieur l'inspecteur ! Peu importe le temps que cela prendra. Mais ce qu'il faut, c'est commencer à sortir de ces cavernes où nous sommes enfermés, et retrouver l'air frais.

— Avez-vous jamais été vous-même au grand air ?

Clousarr se crispa et répondit :

— Bon, c'est d'accord. Moi aussi, je suis fichu ; mais mes enfants ne le sont pas encore. On ne cesse pas d'en mettre au monde. Pour l'amour du Ciel, qu'on les sorte d'ici ! Qu'on les laisse vivre à l'air libre, au soleil, dans la nature ! Et même, s'il le faut, diminuons petit à petit notre population !

— Autrement dit, répliqua Baley, vous voulez revenir en arrière, rétrograder vers un passé impossible !...

Pourquoi Baley discutait-il ainsi ? Il n'aurait pas pu le dire ; tout ce qu'il savait, c'était qu'une étrange fièvre le brûlait.

— Vous voulez revenir à la semence, à l'œuf, au fœtus ! Quelle idée ! Pourquoi, au lieu de cela, ne pas aller de l'avant ? Vous parlez de réduire le nombre des naissances. Bien au contraire, utilisez donc l'excédent de population pour le faire émigrer ! Retour à la terre, soit ! Mais retour à la terre d'autres planètes ! Colonisez !

— Ah, ah ! ricana Clousarr. La bonne tactique, ma parole ! Pour créer un peu plus de Mondes Extérieurs ? Un peu plus de Spaciens ?

— Il ne s'agit pas de cela. Les Mondes Extérieurs ont été mis en valeur par des Terriens venus d'une planète qui, à l'époque, ne possédait aucune Cité moderne, par des hommes individualistes et matérialistes. Ils ont développé ces qualités jusqu'à en faire quelque chose d'excessif et de malsain. Mais nous, maintenant, nous sommes à même de coloniser, en partant d'une société dont la principale erreur est d'avoir poussé trop loin l'esprit communautaire. Le moment est donc venu pour nous de faire jouer, en les associant, l'esprit traditionnaliste et le progrès moderne, pour édifier une société nouvelle. Elle aura des bases différentes de celles de la Terre et des Mondes Extérieurs ; mais ce sera une sorte de synthèse de l'une et de l'autre, une société nouvelle, et meilleure que ses devancières.

Baley se rendait parfaitement compte qu'il ne faisait que paraphraser la théorie du Dr Fastolfe, et cependant les arguments lui venaient à l'esprit comme si, depuis des années, telle était véritablement sa propre opinion.

— Quelles balivernes ! répliqua Clousarr. Vous prétendez que nous pourrions coloniser des déserts et en faire, de nos propres mains, des mondes comme le nôtre ? Qui serait assez fou pour tenter une telle entreprise ?

— Il y en aurait beaucoup, croyez-moi, et ils ne seraient pas fous du tout ! Ils disposeraient d'ailleurs de robots pour les aider.

— Ah, ça non, par exemple ! s'écria Clousarr, furieux. Jamais, vous m'entendez ? Jamais ! Pas de robots !

— Et pourquoi donc, pour l'amour du Ciel ? Je ne les aime pas non plus, soyez-en sûr, mais je ne vais pas me suicider sous prétexte de respecter un préjugé stupide. En quoi les robots sont-ils à craindre ? Si vous voulez mon opinion, c'est uniquement un complexe d'infériorité qui nous incite à en avoir peur. Tous tant que nous sommes, nous nous considérons comme inférieurs aux Spaciens et cela nous rend malades, furieux, dégoûtés. Nous avons besoin de nous sentir des êtres supérieurs, d'une manière ou d'une autre, et de travailler dans ce but. Cela nous tue de constater que nous ne sommes même pas supérieurs à des robots. Ils ont l'air de valoir mieux que nous, et en réalité c'est faux : c'est justement en cela que réside la terrible ironie de cette situation.

A mesure qu'il développait sa thèse, Baley sentait le sang lui monter à la tête.

— Regardez par exemple ce Daneel avec lequel je viens de passer deux jours ! Il est plus grand que moi, plus fort, plus bel homme. Il a tout l'air d'un Spacien, n'est-ce pas ? Il a plus de mémoire et infiniment plus de connaissances que moi. Il n'a besoin ni de manger ni de dormir. Rien ne le trouble, ni maladie, ni amour, ni sentiment de culpabilité. Mais c'est une machine. Je peux lui faire ce que bon me semble, tout comme s'il s'agissait d'une de vos micro-balances. Si je frappe un de ces appareils, il ne me rendra pas mon coup de poing, et Daneel ne ripostera pas plus si je le bats. Je peux même lui donner l'ordre de se détruire, il l'exécutera. Autrement dit, nous ne pourrons jamais construire un robot doué de qualités humaines qui comptent réellement dans la vie. Un robot n'aura jamais le sens de la beauté, celui de la morale, celui de la religion. Il n'existe aucun moyen au monde d'inculquer à un cerveau positronique des qualités capables de l'élever, ne serait-ce qu'un petit peu, au-dessus du niveau matérialiste intégral. Nous ne le pouvons pas, mille tonnerres ! Ne comprenez-vous donc pas que cela est positivement impossible ? Nous ne le pourrons jamais, tant que nous ne saurons pas exactement ce qui actionne et fait réagir notre cerveau d'homme. Nous ne le pourrons jamais, tant qu'il existera dans le monde des éléments que la science ne peut mesurer. Qu'est-ce que la beauté, ou la charité, ou l'art, ou l'amour, ou Dieu ? Nous piétinerons éternellement aux frontières de l'Inconnu, cherchant à comprendre ce qui restera toujours incompréhensible. Et c'est précisément cela qui fait de nous des hommes. Un cerveau de robot doit répondre à des caractéristiques nettement définies sans quoi on ne peut le construire ; le moindre de ses organes doit être calculé avec une précision infinie, du commencement à la fin, et tout ce qui le compose est connu de nous. Alors, Clousarr, de quoi avez-vous peur ? Un robot peut avoir l'aspect de Daneel, il peut avoir l'air d'un dieu, cependant il n'en sera pas moins quelque chose d'aussi inhumain qu'une bûche de bois. Ne pouvez-vous pas vous en rendre compte ?

Clousarr avait à plusieurs reprises essayé vainement d'interrompre le flot des paroles de son interlocuteur. Quand celui-ci finit par s'arrêter, épuisé par cette diatribe passionnée, le zymologiste se borna à conclure à mi-voix :

— Voilà que les flics se mettent à faire de la philosophie ! Qu'est-ce que vous en savez, vous, de tout ça ?...

A ce moment, R. Daneel reparut. Baley se tourna vers lui et fronça les sourcils, en partie à cause de l'exaspération qu'il ressentait encore, mais aussi sous l'effet d'un mauvais pressentiment.

— Qu'est-ce qui vous a retardé ? demanda-t-il.

— J'ai eu du mal à joindre le commissaire Enderby, Elijah, et, en fait, il se trouvait encore dans son bureau.

— Comment ? fit Baley. A cette heure-ci ? Et pourquoi donc ?

— Il semble, répondit le robot, qu'il y ait en ce moment une certaine perturbation dans tous les services, car on a trouvé un cadavre dans la préfecture.

— Quoi ? Dieu du Ciel ! De qui s'agit-il ?

— Du garçon de courses, R. Sammy !

Baley resta un moment bouche bée, puis d'une voix indignée, il répliqua :

— Vous avez parlé d'un cadavre, si je ne me trompe ?

R. Daneel, d'une voix douce, sembla s'excuser.

— Si vous le préférez, je dirai que c'est un robot dont le cerveau est complément désactivé.

A ces mots, Clousarr se mit à rire bruyamment et Baley, se tournant vers lui, lui ordonna brutalement :

— Je vous prie de vous taire, vous m'avez compris ?

Il sortit ostensiblement son arme de son étui et Clousarr ne dit plus un mot.

— Bon, reprit Baley. Qu'est-ce qui s'est passé ? Il y a des fusibles qui ont dû sauter, voilà tout ! Et après ?...

— Le commissaire principal ne m'a pas donné de précisions, Elijah. Mais s'il ne m'a rien dit de positif, j'ai tout de même l'impression qu'il croit que R. Sammy a été désactivé par une main criminelle. Ou encore, acheva-t-il, tandis que Baley silencieux réfléchissait, si vous préférez ce mot-là, il croit que R. Sammy a été assassiné...

16

Recherche d'un mobile

Baley rengaina son arme mais, gardant ostensiblement la main sur la crosse, il ordonna à Cousarr :

— Marchez devant nous ! Direction : Sortie B — 17ᵉ Rue !

— Je n'ai pas dîné, grommela l'homme.

— Tant pis pour vous ! Vous n'aviez qu'à ne pas renverser le plateau !

— J'ai le droit de manger, tout de même !

— Vous mangerez en prison et, au pis aller, vous sauterez un repas ! Vous n'en mourrez pas ! Allons, en route !

Ils traversèrent tous trois en silence l'énorme usine, Baley sur les talons du prisonnier et R. Daneel fermant la marche. Parvenus au contrôle de la porte, Baley et R. Daneel se firent reconnaître, tandis que Clousarr signalait qu'il devait s'absenter, et donnait des instructions pour que l'on fît nettoyer la salle des balances. Il sortirent alors et s'approchèrent de la voiture. Au moment d'y monter, Clousarr dit à Baley :

— Un instant, voulez-vous ?

Se retournant brusquement, il s'avança vers R. Daneel et, avant que Baley eût pu l'en empêcher, il gifla à toute volée la joue du robot. Baley, d'un bond, lui saisit le bras et s'écria :

— Qu'est-ce qui vous prend ? Vous êtes fou ?

— Non, non, fit l'autre sans se débattre sous la poigne du détective. C'est parfait. Je voulais simplement faire une expérience.

R. Daneel avait tenté d'esquiver le coup, mais sans y réussir complètement. Sa joue ne portait cependant aucune trace de rougeur. Il regarda calmement son agresseur et lui dit :

— Ce que vous venez de faire était dangereux, Francis. Si je n'avais pas reculé très vite, vous auriez pu vous abîmer la main. Quoi qu'il en soit, si vous vous êtes blessé, je regrette d'en avoir été la cause.

Clousarr répliqua par un gros rire.

— Allons, montez, Clousarr ! ordonna Baley. Et vous aussi, Daneel ! Tous les deux sur le siège arrière. Et veillez à ce qu'il ne bouge pas, Daneel ! Même si vous lui cassez le bras, ça m'est égal. C'est un ordre !

— Et la Première Loi, qu'est-ce que vous en faites ? dit Clousarr en ricanant.

— Je suis convaincu que Daneel est assez fort et assez vif pour vous arrêter sans vous faire de mal. Mais vous mériteriez qu'on vous casse un ou deux bras : ça vous apprendrait à vous tenir tranquille !

Baley se mit au volant, et sa voiture prit en peu de temps de la vitesse. Le vent sifflait dans ses cheveux et dans ceux de Clousarr, mais la chevelure calamistrée de R. Daneel ne subit aucune perturbation. Le robot, toujours impassible, demanda alors à son voisin :

— Dites-moi, monsieur Clousarr, est-ce que vous haïssez les robots par crainte qu'ils ne vous privent de votre emploi ?

Baley ne pouvait se retourner pour voir l'attitude de Clousarr, mais il était fermement convaincu que celui-ci devait se tenir aussi à l'écart que possible du robot, et que son regard devait exprimer une indicible aversion.

— Pas seulement de mon emploi ! répliqua Clousarr. Ils priveront de travail mes enfants, et tous les enfants qui naissent actuellement.

— Mais voyons, reprit R. Daneel, il doit sûrement y avoir un moyen d'arranger les choses ! Par exemple, vos enfants pourraient recevoir une formation spéciale en vue d'émigrer sur d'autres planètes.

— Ah ! vous aussi ? coupa le prisonnier. L'inspecteur m'en a déjà parlé. Il m'a l'air d'être rudement bien dressé par les robots, l'inspecteur ! Après tout, c'est peut-être un robot, lui aussi ?

— Ça suffit, Clousarr ! cria Baley.

— Une école spéciale d'émigration, reprit Daneel, donnerait aux jeunes un avenir assuré, le moyen de s'élever rapidement dans la hiérarchie, et elle leur offrirait un grand choix de carrières. Si vous avez le souci de faire réussir vos enfants, vous devriez sans aucun doute réfléchir à cela.

— Jamais je n'accepterai quoi que ce soit d'un robot, d'un Spacien, ni d'aucun des chacals qui travaillent pour vous autres dans notre gouvernement ! riposta Clousarr.

L'entretien en resta là. Tout autour d'eux s'appesantit le lourd silence de l'autoroute, que troublèrent seuls le ronronnement du moteur et le crissement des pneus sur le bitume.

Dès qu'ils furent arrivés à la préfecture de police, Baley signa un ordre d'incarcération provisoire concernant Clousarr, et il remit le prévenu entre les mains des gardiens de la prison ; puis il prit avec Daneel la motospirale menant aux bureaux. R. Daneel ne manifesta aucune surprise de ce qu'ils n'eussent pas pris l'ascenseur. Et Baley trouva normale cette acceptation passive du robot, à laquelle il s'habituait petit à petit ; il tendait en effet, et de plus en plus, à utiliser, quand il en avait besoin, les dons remarquables de son coéquipier, tout en le laissant étranger à l'élaboration de ses propres plans. En l'occurrence, l'ascenseur était évidemment le moyen logique le plus rapide de relier le quartier cellulaire de la prison aux services de la police. Le long tapis roulant de la motospirale, qui grimpait dans l'immeuble, n'était généralement utilisé que pour monter un ou deux étages. Les gens ne cessaient de s'y engager et d'en sortir un instant plus tard. Seuls, Baley et Daneel y demeurèrent, continuant leur lente et régulière ascension vers les étages supérieurs.

Baley avait en effet éprouvé le besoin de disposer d'un peu de temps. Si peu que ce fût — quelques minutes au maximum — il désirait ce court répit, avant de se retrouver violemment engagé dans la nouvelle phase de son enquête, ce qui n'allait pas manquer de se produire dès qu'il arriverait à son bureau. Il lui fallait réfléchir et décider de ce qu'il allait faire. Si lente que fût la marche de la motospirale, elle fut encore trop rapide à son gré.

— Vous ne me paraissez pas vouloir interroger Clousarr maintenant, Elijah ? dit R. Daneel.

— Il peut attendre ! répliqua Baley nerveusement. Je veux d'abord voir ce qu'est l'affaire R. Sammy. A mon avis, murmura-t-il, comme se parlant à lui-même plutôt qu'au robot, les deux affaires sont liées.

— C'est dommage ! reprit Daneel, suivant son idée. A cause des réactions cérébrales de Clousarr...

— Ah ? Qu'est-ce qu'elles ont eu de particulier ?

— Elles ont beaucoup changé ! Qu'est-ce qui s'est donc passé entre vous dans la salle des balances, pendant mon absence ?

— Oh, fit Baley d'un air détaché, je me suis borné à le sermonner ! Je lui ai prêché l'évangile selon saint Fastolfe !

— Je ne vous comprends pas, Elijah...

Baley soupira, et entreprit de s'expliquer :

— Eh bien, voilà ! dit-il. J'ai tenté de lui montrer comment les Terriens pourraient sans danger se servir de robots, et envoyer leur excédent de population sur d'autres planètes. J'ai essayé de le débarrasser de quelques-uns de ses préjugés médiévalistes, et Dieu seul sait pourquoi je l'ai fait ! Je ne me suis jamais fait l'effet d'un missionnaire, pourtant ! Quoi qu'il en soit, il ne s'est rien passé d'autre.

— Je vois ce que c'est ! Dans ce cas, le changement de réaction de Clousarr peut s'expliquer, répliqua R. Daneel. Que lui avez-vous dit en particulier sur les robots, Elijah ?

— Ça vous intéresse ? Eh bien, je lui ai montré que les robots n'étaient que des machines, ni plus ni moins. Ça, c'était l'évangile selon saint Gerrigel ! J'ai l'impression qu'il doit y avoir ainsi des évangiles de toutes espèces.

— Lui avez-vous dit, par hasard, qu'on peut frapper un robot sans craindre qu'il riposte, comme c'est le cas pour n'importe quelle machine ?

— A l'exception du « punching-ball » ! Oui, Daneel. Mais qu'est-ce qui vous a fait deviner cela ? demanda Baley, en regardant avec curiosité son associé.

— Cela explique l'évolution de ses réactions cérébrales, et surtout le coup qu'il m'a porté en sortant de l'usine. Il a dû réfléchir à ce que vous lui aviez dit et il a voulu en vérifier l'exactitude. En même temps, cela lui a donné, d'une part, l'occasion d'extérioriser ses sentiments agressifs à mon égard, d'autre part le plaisir de me mettre dans ce qui, à ses yeux, fut un état d'infériorité. Du moment qu'il a été poussé à agir ainsi, et en tenant compte de ses variations delta...

Il réfléchit un instant, puis reprit :

— Oui, c'est très intéressant, et je crois que maintenant je peux former un tout cohérent avec l'ensemble des données que je possède.

Comme ils approchaient des bureaux, Baley demanda :

— Quelle heure est-il ?

Mais aussitôt il se morigéna, car il aurait eu plus vite le renseignement en consultant sa montre. Au fond, ce qui le poussait à demander ainsi l'heure au robot, c'était un peu le même désir qu'avait eu Clousarr en giflant R. Daneel : donner un ordre banal que le robot ne pouvait pas ne pas exécuter, lui démontrant ainsi qu'il n'était qu'une machine et que lui, Baley, était un homme.

« Nous sommes bien tous les mêmes ! se dit-il. Tous frères ! Que ce soit intérieurement ou extérieurement, nous sommes tous pareils ! »

— 20 h 10 ! répondit Daneel.

Ils quittèrent la motospirale et, comme d'habitude, il fallut quelques secondes à Baley pour se réhabituer à marcher sur un terrain stable, après un long parcours sur le tapis roulant.

— Avec tout ça, grommela-t-il, moi non plus, je n'ai pas dîné ! Quel fichu métier !...

Par la porte grande ouverte de son bureau, on pouvait voir et entendre le commissaire Enderby. La salle des inspecteurs était vide et fraîchement nettoyée, et la voix d'Enderby y résonnait curieusement. Baley eut l'impression qu'elle était plus basse que de coutume, et il trouva à son chef un visage défait ; sans ses lunettes, qu'il tenait à la main, la tête ronde du commissaire principal semblait nue, et il manifestait un véritable épuisement, s'épongeant le front avec une serviette en papier toute fripée.

Dès qu'il aperçut Baley sur le seuil de son bureau, Enderby s'écria d'une voix soudain perçante :

— Ah, vous voilà tout de même, vous ! Où diable étiez-vous donc ?

Baley, haussant les épaules, négligea l'apostrophe et répliqua :

— Qu'est-ce qui se passe ? Où est l'équipe de nuit ?

A ce moment, seulement, il aperçut dans un coin de la pièce une seconde personne.

— Tiens ? fit-il froidement. Vous êtes donc ici, docteur Gerrigel ?

Le savant grisonnant répondit à cette remarque par une brève inclinaison de la tête.

— Enchanté de vous revoir, monsieur Baley, fit-il.

Enderby rajusta ses lunettes et dévisagea Baley.

— On procède actuellement, en bas, à l'interrogatoire de tout le personnel. Je me suis cassé la tête à vous chercher. Votre absence a paru bizarre.

— Bizarre ? s'écria Baley. En voilà une idée !

— Toute absence est suspecte. C'est quelqu'un de la maison qui a fait le coup, et ça va coûter cher ! Quelle sale, quelle écœurante, quelle abominable histoire !...

Il leva les mains, comme pour prendre le Ciel à témoin de son infortune, et, à ce moment, il se rendit compte de la présence de R. Daneel.

« Hum ! se dit Baley. C'est la première fois que vous regardez Daneel les yeux dans les yeux, mon pauvre Julius ! Je vous conseille de faire attention ! »

— Lui aussi, reprit Enderby d'une voix plus calme, il va falloir qu'il signe une déposition. J'ai bien dû en signer une, moi ! Oui, même moi !

— Dites-moi donc, monsieur le commissaire, dit Baley, qu'est-ce qui vous donne la certitude que R. Sammy n'a pas pu lui-même détériorer un de ses organes ? Qu'est-ce qui vous incite à penser qu'on l'a volontairement détruit ?

— Demandez-le-lui ! répliqua Enderby en s'asseyant lourdement et en désignant d'un geste le Dr Gerrigel.

Celui-ci se racla la gorge et déclara :

— Je ne sais pas trop par quel bout prendre cette affaire, monsieur Baley. Votre attitude me fait croire que ma présence ici vous surprend.

— Un peu, oui, admit Baley.

— Eh bien, rien ne me pressait de rentrer à Washington et, comme mes visites à New York sont assez rares, j'ai un peu flâné. Chose plus importante, j'ai eu de plus en plus la conviction que je commettais une très grande faute en quittant la Cité sans avoir tenté au moins un nouvel effort pour obtenir l'autorisation d'examiner votre sensationnel robot. Je vois d'ailleurs, ajouta-t-il sans dissimuler sa vive satisfaction, qu'il vous accompagne toujours.

— Je regrette, répliqua Baley, très nerveusement, mais c'est absolument impossible.

— Vraiment ? fit le savant, déçu. Pas tout de suite, bien sûr ! Mais peut-être plus tard ?...

Baley continua à montrer un visage de bois.

— J'ai essayé de vous atteindre au téléphone, mais vous étiez absent, reprit Gerrigel, et nul ne savait où l'on pouvait vous joindre. Alors, j'ai demandé le commissaire principal, qui m'a fait venir ici, afin de vous y attendre.

— J'ai pensé que cela pourrait vous être utile, dit Enderby à son collaborateur. Je savais que vous désiriez voir le docteur.

— Merci, fit Baley sèchement.

— Malheureusement, continua l'expert, mon indicateur ne fonctionnait pas bien, à moins que ce soit moi qui n'aie pas bien su m'en servir. Toujours est-il que je me suis trompé de chemin, et que j'ai abouti à une petite pièce.

— C'était une des chambres noires photographiques, Lije, dit Enderby.

— Et dans cette pièce, j'ai trouvé, couché à plat ventre sur le plancher, ce qui tout de suite m'a paru être un robot. Après un bref examen, j'ai constaté qu'il était irrémédiablement désactivé ou, en d'autres termes, mort. Je n'ai d'ailleurs eu aucune peine à déterminer la cause de cette dévitalisation.

— Qu'est-ce que c'était ? demanda Baley.

— Dans la paume droite du robot, à l'intérieur de son poing presque fermé, se trouvait un petit objet brillant en forme d'œuf, de deux centimètres de long sur un centimètre de large, et comportant à l'une de ses extrémités du mica. Le poing du robot était en contact avec sa tête, comme si son dernier acte avait précisément consisté à se toucher la tempe. Or, ce qu'il tenait dans sa main était un vaporisateur d'alpha. Je pense que vous savez ce que c'est ?

Baley fit un signe de tête affirmatif. Il n'avait besoin ni de dictionnaire ni de manuel spécial, pour comprendre de quoi il s'agissait. Au cours de ses études de physique, il avait manipulé plusieurs fois au laboratoire ce genre d'objet. C'était un petit morceau de plomb, à l'intérieur duquel, dans une étroite rigole, on avait introduit un peu de sel de plutonium. L'une des extrémités du conduit était obturée par du mica, lequel laissait passer les particules d'alpha ; ainsi, des radiations ne pouvaient se produire que dans la seule direction de la plaque de mica. Un tel vaporisateur radioactif pouvait servir à beaucoup de fins, mais l'une de ses utilisations n'était certes pas — légalement tout au moins — de permettre la destruction des robots.

— Il a donc dû toucher sa tête avec le mica du vaporisateur ? dit Baley.

— Oui, fit le savant, et son cerveau positronique a aussitôt cessé de fonctionner. Autrement dit, sa mort a été instantanée.

— Pas d'erreur possible, monsieur le commissaire ? demanda Baley. C'était vraiment un vaporisateur d'alpha ?

La réponse d'Enderby fut catégorique, et accompagnée d'un vigoureux signe de tête :

— Pas l'ombre d'un doute ! fit-il, ses grosses lèvres esquissant une moue. Les compteurs pouvaient déceler l'objet à trois mètres ! Les pellicules de photos qui se trouvaient dans la pièce étaient brouillées.

Il réfléchit un long moment, puis, brusquement, il déclara :

— Docteur Gerrigel, j'ai le regret de vous prier de rester ici un ou deux jours, le temps d'enregistrer votre déposition et de procéder aux vérifications indispensables. Je vais vous faire conduire dans une chambre qui vous sera affectée, et où vous voudrez bien rester sous bonne garde, si vous n'y voyez pas d'inconvénient.

— Oh ! fit le savant, l'air troublé. Croyez-vous que ce soit nécessaire ?

— C'est plus sûr !

Le Dr Gerrigel, très décontracté, serra les mains de tout le monde, y compris de R. Daneel, et s'en alla.

Enderby soupira profondément et dit à Baley :

— C'est quelqu'un du service qui a fait le coup, Lije, et c'est ça qui me tracasse. Aucun étranger ne serait venu ici, juste pour démolir un robot. Il y en a assez au-dehors qu'on peut détruire en toute sécurité. De plus, il a fallu qu'on puisse se procurer le vaporisateur. Ce n'est certes pas facile !

R. Daneel intervint alors et sa voix calme, impersonnelle, contrasta étrangement avec l'agitation du commissaire.

— Mais quel peut bien avoir été le mobile de ce meurtre ?

Enderby lança au robot un regard manifestement dégoûté, puis il détourna les yeux.

— Que voulez-vous, nous aussi nous sommes des hommes ! J'ai idée que les policiers ne peuvent pas mieux que leurs compatriotes en venir à aimer les robots ! Maintenant que R. Sammy a disparu, j'imagine que quelqu'un doit se sentir soulagé. Vous-même, Lije, vous vous souvenez qu'il vous agaçait beaucoup ?

— Ce n'est pas un mobile suffisant pour l'assassiner ! dit R. Daneel.

— Non, en effet, approuva Baley.

— Ce n'est pas un assassinat, répliqua Enderby, mais une destruction matérielle. N'employons pas de termes légalement impropres. Le seul ennui, c'est que cela s'est passé ici, à la préfecture même ! Partout ailleurs, ça n'aurait eu aucune importance, aucune ! Mais maintenant, cela peut faire un véritable scandale ! Voyons, Lije ?

— Oui ?...

— Quand avez-vous vu R. Sammy pour la dernière fois ?

— R. Daneel lui a parlé après déjeuner. Il pouvait être environ 13 h 30. Il lui a donné l'ordre d'empêcher qu'on nous dérange pendant que nous étions dans votre bureau.

— Dans mon bureau ? Et pourquoi cela ?

— Pour discuter de l'enquête le plus secrètement possible. Comme vous n'étiez pas là, votre bureau était évidemment pratique.

— Ah, bien ! fit Enderby l'air peu convaincu mais sans insister sur ce point. Ainsi donc, vous ne l'avez pas vu vous-même ?

— Non, mais une heure plus tard, j'ai entendu sa voix.

— Vous êtes sûr que c'était lui ?

— Absolument sûr.

— Alors, il devait être environ 14 h 30 ?

— Peut-être un peu plus tôt.

Le commissaire se mordit la lèvre inférieure.

— Eh bien, dit-il, cela éclaircit au moins un point.

— Lequel ?

— Le gosse, Vince Barrett, est venu au bureau aujourd'hui. Le saviez-vous ?

— Oui. Mais il est incapable de faire quoi que ce soit de ce genre.

— Et pourquoi donc ? répliqua Enderby en levant vers son collaborateur un regard surpris. R. Sammy lui avait pris sa place, et je comprends ce qu'il doit ressentir : il doit trouver cela affreusement injuste, et désirer se venger. Vous ne réagiriez pas de même, vous ? Mais il a quitté le bureau à 14 heures, et vous avez entendu R. Sammy parler à 14 h 30. Il peut évidemment avoir donné à R. Sammy le vaporisateur avant de s'en aller, en lui prescrivant de ne s'en servir qu'une heure plus tard. Mais où aurait-il pu s'en procurer un ? Cela me paraît inconcevable. Revenons-en à R. Sammy. Quand vous lui avez parlé, à 14 h 30, qu'a-t-il dit ?

Baley hésita légèrement avant de répondre :

— Je ne me rappelle plus. Nous sommes partis peu après.

— Où avez-vous été ?

— A la Centrale de levure. Il faut d'ailleurs que je vous en parle.

— Plus tard, plus tard, fit le commissaire en se grattant le menton. Par ailleurs, j'ai su que Jessie est venue ici aujourd'hui. Quand j'ai vérifié toutes les entrées et sorties des visiteurs, j'ai trouvé son nom sur le registre.

— C'est exact, elle est venue, répliqua froidement Baley.

— Pourquoi ?

— Pour régler des questions de famille.

— Il faudra l'interroger, pour la forme.

— Bien sûr, monsieur le commissaire ! Je connais la routine du métier. Mais, j'y pense, le vaporisateur, d'où venait-il ?

— D'une des centrales d'énergie nucléaire.

— Comment peuvent-ils expliquer qu'on le leur ait volé ?

— Ils ne l'expliquent pas, et n'ont aucune idée de ce qui a pu se passer. Mais, à part la déposition qu'on va vous demander pour la forme, cette affaire R. Sammy ne vous concerne en rien, Lije. Tenez-vous-en à votre enquête actuelle. Tout ce que je voulais... Mais non ! Continuez à mener l'enquête sur l'affaire de Spacetown !...

— Puis-je faire ma déposition un peu plus tard, monsieur le commissaire ? Car je n'ai pas encore dîné.

— Mais bien sûr ! s'écria Enderby en regardant Baley bien en face. Allez vous restaurer, surtout ! Mais restez à la préfecture !... C'est votre associé qui a raison, ajouta-t-il, comme s'il lui répugnait de s'adresser à R. Daneel lui-même ou de le désigner par son nom. Ce qu'il faut, c'est trouver le mobile de cet acte... le mobile !...

Baley se sentit soudain frissonner. Presque malgré lui, il eut l'impression qu'un autre cerveau que le sien rassemblait les uns après les autres tous les incidents de la journée, ceux de la veille, et ceux de l'avant-veille. Une fois de plus, les morceaux de puzzle s'emboîtaient les uns dans les autres et commençaient à former petit à petit un dessin cohérent.

— De quelle centrale provenait le vaporisateur, monsieur le commissaire ? demanda-t-il.

— De l'usine de Williamsburg. Pourquoi ?

— Oh ! pour rien, pour rien !...

Tandis qu'il sortait avec R. Daneel du bureau d'Enderby, il entendit encore celui-ci murmurer : « Le mobile !... Le mobile !... »

Il avala un léger repas dans la petite salle à manger de la préfecture de police, laquelle était rarement utilisée. Cette collation consistait en une tomate séchée sur de la laitue, et il l'ingurgita sans même se rendre compte de ce que c'était ; une seconde ou deux après avoir mis dans sa bouche la dernière cuillerée, il s'aperçut qu'il continuait automatiquement à chercher dans son assiette vide des aliments qui n'y étaient plus.

— Quel imbécile je suis ! grommela-t-il en repoussant son couvert.

Puis il appela R. Daneel ; celui-ci s'était assis à une table voisine, comme s'il voulait laisser Baley réfléchir en paix à ce qui, de toute évidence, le préoccupait, à moins que ce ne fût pour mieux méditer lui-même ; mais l'inspecteur ne s'attarda pas à déterminer quelle était la véritable raison de cet éloignement.

Daneel se leva et vint s'asseoir à la table de Baley.

— Que désirez-vous, mon cher associé ? dit-il.

— Daneel, lui répondit Baley sans le regarder. J'ai besoin que vous m'aidiez.

— A quoi faire, Elijah ?

— On va nous interroger, Jessie et moi : c'est certain. Laissez-moi répondre à ma façon. Vous me comprenez ?

— Je comprends ce que vous me dites, bien sûr ! Mais si l'on me pose nettement une question, comment pourrai-je dire autre chose que la vérité ?

— Si l'on vous interroge, c'est une autre affaire. Tout ce que je vous demande, c'est de ne pas fournir de renseignements de votre propre initiative. Vous pouvez le faire, n'est-ce pas ?

— Je pense que oui, Elijah, pourvu que je ne m'aperçoive pas que je cause du tort à quelqu'un en gardant le silence.

— C'est à moi que vous causerez du tort si vous parlez ! Cela, je peux vous en donner l'assurance !

— Je ne comprends pas très bien votre point de vue, Elijah. Car enfin, l'affaire R. Sammy ne vous concerne absolument pas.

— Ah ! vous croyez ça ! Tout tourne autour du mobile qui a incité quelqu'un à commettre cet acte. Vous avez vous-même défini le problème. Le commissaire principal s'est aussi posé la question. J'en fais autant moi-même. Pourquoi quelqu'un a-t-il désiré supprimer R. Sammy ? Remarquez bien ceci : il ne s'agit pas seulement d'avoir voulu supprimer les robots en général, car c'est un mobile qui pourrait être constaté chez n'importe quel Terrien. La question capitale, c'est de savoir qui a pu vouloir éliminer R. Sammy. Vince Barrett en était capable, mais le commissaire a estimé que ce gosse n'aurait jamais pu se procurer un vaporisateur d'alpha, et il a eu raison. Il faut chercher ailleurs, et il se trouve qu'une autre personne avait un mobile pour commettre cet acte. C'est d'une évidence criante, aveuglante. Ça se sent à plein nez !

— Et qui est cette personne, Elijah ?

— C'est moi, Daneel ! dit doucement Baley.

Le visage inexpressif de R. Daneel ne changea pas à l'énoncé de cette déclaration et le robot se borna à secouer vigoureusement la tête.

— Vous n'êtes pas d'accord, à ce que je vois, reprit l'inspecteur. Voyons ! Ma femme est venue au bureau aujourd'hui. Tout le monde le sait, et le commissaire s'est même demandé ce qu'elle était venue faire ici. Si je n'étais pas un de ses amis personnels, il n'aurait pas cessé si vite de m'interroger. Mais on va sûrement découvrir pourquoi Jessie est venue ; c'est inévitable. Elle faisait partie d'une conspiration, stupide et inoffensive sans doute, mais pourtant réelle. Or, un inspecteur de police ne peut se permettre d'avoir une femme mêlée à ce genre d'histoire. Mon intérêt évident a donc été de veiller à étouffer l'affaire. Qui, en fait, était au courant ? Vous et moi, et Jessie bien entendu, et puis R. Sammy. Il l'a vue dans un état d'affolement complet. Quand il lui a interdit l'entrée du bureau, elle a dû perdre la tête : rappelez-vous la mine qu'elle avait quand elle est entrée !

— Il me semble improbable, répliqua R. Daneel, qu'elle lui ait dit quelque chose de compromettant.

— C'est possible. Mais je vois comment les enquêteurs vont raisonner. Ils l'accuseront de s'être trahie, et dès lors, ils me trouveront un mobile plausible : j'ai supprimé R. Sammy pour l'empêcher de parler.

— Ils ne penseront pas cela !

— Détrompez-vous bien ! Ils vont le penser ! Le meurtre a été commis précisément pour me rendre suspect. Pourquoi se servir d'un vaporisateur ? C'était un moyen plutôt risqué. Il est difficile de s'en procurer, et c'est un objet dont on peut aisément trouver l'origine. C'est bien pour cela qu'on l'a utilisé. L'assassin a même ordonné à R. Sammy de se rendre dans la chambre noire et de s'y tuer. Je considère comme évident que l'on a agi ainsi pour empêcher la moindre erreur de jugement sur la méthode employée par le criminel. Car, même si nous avions tous été assez stupides pour ne pas reconnaître immédiatement le vaporisateur, quelqu'un n'aurait pas manqué de s'apercevoir très vite que les pellicules photographiques étaient brouillées.

— Et comment tout ceci vous compromettrait-il, Elijah ? demanda R. Daneel.

Baley eut un pâle sourire, mais son visage amaigri ne reflétait aucune gaieté, bien au contraire.

— D'une façon très précise, répondit-il. Le vaporisateur provient de la centrale d'énergie nucléaire que vous et moi nous avons traversée hier. On nous y a vus, et cela va se savoir. J'ai donc pu m'y procurer l'arme, alors que j'avais déjà un mobile pour agir. Et l'on peut très bien affirmer que nous sommes les derniers à avoir vu et entendu R. Sammy, à l'exception, bien sûr, du véritable criminel.

— J'étais avec vous, et je peux témoigner que vous n'avez pas eu l'occasion de voler un vaporisateur dans la centrale.

— Merci, dit tristement Baley. Mais vous êtes un robot, et votre témoignage est sans valeur.

— Le commissaire principal est votre ami : il m'écoutera !

— Il a d'abord sa situation à sauvegarder, et j'ai remarqué qu'il n'est déjà plus très à l'aise avec moi. Je n'ai qu'une seule et unique chance de me tirer de cette très fâcheuse situation.

— Laquelle ?

— Je me demande : pourquoi suis-je ainsi l'objet d'un coup monté ? Il est évident qu'on veut se débarrasser de moi. Mais pourquoi ? Il est non moins évident que je constitue un danger pour quelqu'un. Or, je fais de mon mieux pour mettre en danger celui qui a tué le Dr Sarton, à Spacetown. Cela implique qu'il s'agit de Médiévalistes, bien sûr, ou tout au moins d'un petit groupe de gens appartenant à ce mouvement. C'est dans ce groupe qu'on a dû savoir que j'avais traversé la centrale d'énergie atomique ; l'un de ces gens a peut-être réussi à nous suivre sur les tapis roulants jusqu'à la porte de la centrale, alors que vous pensiez que nous les avions tous semés en route. Il en résulte que si je trouve l'assassin du Dr Sarton, je trouve du même coup celui ou ceux qui essaient de se débarrasser de moi. Si donc je réfléchis bien, et si je parviens à résoudre l'énigme, oui, si seulement j'y parviens, alors je suis sauvé ! Moi et Jessie ! Pourtant, je ne supporterais pas de la voir inculpée !... Mais je n'ai pas beaucoup de temps ! fit-il, serrant et desserrant tour à tour son poing. Non ! Je n'ai pas beaucoup de temps devant moi !...

Et soudain il leva les yeux, avec un fol espoir, vers le visage finement ciselé de R. Daneel. Quelle que fût la nature de cette créature mécanique, le robot s'était révélé un être fort et loyal, inaccessible à l'égoïsme. Que peut-on demander de plus à un ami ? Or, Baley avait en cet instant besoin d'un ami ; et il n'était certes pas d'humeur à ergoter sur le fait que des circuits électroniques remplaçaient, dans le corps de celui-là, les vaisseaux sanguins.

Mais R. Daneel secoua la tête et déclara, sans que, bien entendu, l'expression de son visage se modifiât :

— Je m'excuse beaucoup, Elijah, mais je ne m'attendais à rien de tout cela. Peut-être mon activité va-t-elle avoir pour résultat de vous causer du tort ; mais il ne faut pas m'en vouloir, car l'intérêt général a exigé que j'agisse ainsi.

— Que voulez-vous dire ? balbutia Baley.

— Je viens d'avoir un entretien avec le Dr Fastolfe.

— Ah oui ! Et quand ça ?

— Pendant que vous dîniez.

— Et alors ? fit Baley, serrant les lèvres. Que s'est-il passé ?

— Pour vous disculper des soupçons qu'on fait peser sur vous au sujet du meurtre de R. Sammy, il faudra trouver un autre moyen que l'enquête sur l'assassinat du Dr Sarton, mon créateur. En effet, à la suite de mes comptes rendus, les autorités de Spacetown ont décidé de clore notre enquête ce soir même, et de se préparer à quitter au plus tôt Spacetown et la Terre.

17

Réussite d'une expérience

Ce fut presque avec détachement que Baley regarda sa montre. Il était 21 h 45. Dans deux heures et quart minuit sonnerait. Il s'était réveillé avant 6 heures du matin et, depuis deux jours et demi, il avait vécu en état de tension permanente. Aussi en était-il arrivé à un point où tout lui semblait un peu irréel. Il tira de sa poche sa pipe et la petite blague qui contenait encore quelques précieuses parcelles de tabac, puis, s'efforçant non sans peine de conserver une voix calme, il répondit :

— Qu'est-ce que tout cela signifie, Daneel ?

— Ne le comprenez-vous donc pas ? N'est-ce pas évident ?

— Non, répliqua patiemment Baley. Je ne comprends pas et ce n'est pas évident.

— La raison de notre présence à Spacetown, dit le robot, c'est que notre peuple désire briser la carapace dont la Terre s'est entourée et forcer ainsi vos compatriotes à de nouvelles émigrations, bref, à coloniser.

— Je le sais, Daneel. Inutile d'insister là-dessus.

— Il le faut, cependant, Elijah, car c'est le point capital. Si nous avons été désireux d'obtenir la sanction du meurtre du Dr Sarton, ce n'était pas, vous le comprenez, parce que nous espérions ainsi faire revenir à la vie mon créateur ; c'était uniquement parce que, si nous n'avions pas agi de cette manière, nous aurions renforcé la position de certains politiciens qui, sur notre planète, manifestent une opposition irréductible au principe même de Spacetown.

— Mais maintenant, s'écria Baley avec une violence soudaine, vous venez m'informer que vous vous préparez à rentrer chez vous de votre propre initiative ! Pourquoi, au nom du Ciel ? Pourquoi ? La solution de l'énigme Sarton est extrêmement proche. Elle ne peut pas ne pas être à portée de ma main, sans quoi on ne se donnerait pas tant de mal pour m'éliminer de l'enquête. J'ai nettement l'impression que je possède toutes les données indispensables pour découvrir la solution du problème. Cette solution, elle doit se trouver ici même, quelque part ! dit-il rageusement, en se frappant les tempes d'un geste presque frénétique. Il suffirait, pour que je la déniche, d'une phrase, d'un mot ! J'en suis sûr !...

Il ferma longuement les yeux, comme si les ténèbres opaques dans lesquelles il tâtonnait depuis soixante heures commençaient à se dissiper, laissant paraître la lumière. Mais hélas, celle-ci ne surgissait pas ! Pas encore ! Il frissonna, respira profondément, et se sentit honteux. Il se donnait en spectacle, fort pitoyablement, devant une machine froide et insensible, qui ne pouvait que le dévisager en silence.

— Eh bien, tant pis ! finit-il par dire. Pourquoi les Spaciens s'en vont-ils ?

— Nous sommes arrivés au terme de notre expérience, et notre but est atteint : nous sommes convaincus, maintenant, que la Terre va se remettre à coloniser.

— Ah ! vraiment ? Vous avez opté pour l'optimisme, à ce que je vois !

Le détective tira la première bouffée du bienfaisant tabac, et il sentit qu'il redevenait enfin maître de lui.

— C'est moi qui suis optimiste, répliqua R. Daneel. Depuis longtemps, nous autres Spaciens, nous avons tenté de changer la mentalité des Terriens en modifiant l'économie de la Terre. Nous avons essayé d'implanter chez vous notre propre civilisation C/Fe. Vos gouvernements, que ce soit celui de votre planète ou celui de n'importe quelle Cité, ont coopéré avec nous, parce qu'ils ne pouvaient faire autrement. Et pourtant, après vingt-cinq ans de travail, nous avons échoué : plus nous avons fait d'efforts, plus l'opposition des Médiévalistes s'est également renforcée.

— Je sais tout cela, dit Baley, qui songea : « A quoi bon l'interrompre ? Il faut qu'il raconte son histoire à sa façon ; comme un disque. Ah, machine ! » eut-il envie de hurler.

— Ce fut le Dr Sarton, reprit R. Daneel, qui, le premier, fut d'avis de réviser notre tactique. Il estimait que nous devions d'abord trouver une élite de Terriens partageant nos désirs, ou pouvant être persuadés de la justesse de nos vues. En les encourageant et en les aidant, nous pourrions les inciter à créer eux-mêmes un courant d'opinion, au lieu de les incorporer dans un mouvement d'origine étrangère. La difficulté consistait à trouver sur Terre le meilleur élément convenant à notre plan. Or, vous avez été vous-même, Elijah, une expérience fort intéressante.

— Moi ?... Moi ?... Que voulez-vous dire ?

— Quand le commissaire principal vous a recommandé à nous, nous en avons été très contents. Votre profil psychique nous a tout de suite montré que vous étiez un type de Terrien très utile à la poursuite de notre but. La cérébroanalyse, à laquelle j'ai procédé sur vous dès notre première rencontre, a confirmé l'opinion que nous avions de vous. Vous êtes un réaliste, Elijah. Vous ne rêvez pas romantiquement sur le passé de la Terre, quel que soit l'intérêt fort louable que vous professez pour les études historiques. Et vous n'ingurgitez pas non plus, en homme têtu et obstiné, tout ce que la culture des Cités terrestres actuelles tend à vous inculquer. C'est pourquoi nous nous sommes dit que c'étaient des Terriens dans votre genre qui pouvaient, de nouveau, mener leurs compatriotes vers les étoiles. C'était une des raisons pour lesquelles le Dr Fastolfe désirait tant vous voir, hier matin. A la vérité, votre esprit réaliste nous a d'abord mis dans l'embarras. Vous vous êtes refusé à admettre que, même pour servir fanatiquement un idéal, fût-il erroné, un homme pût accomplir des actes ne correspondant pas à ses moyens normaux : par exemple, traverser, de nuit et seul, la campagne, pour aller supprimer celui qu'il considérait comme le pire ennemi de sa propre cause. C'est pourquoi nous n'avons pas été exagérément surpris quand vous avez tenté de prouver, avec autant d'obstination que d'audace, que ce meurtre était une duperie. Cela nous a montré, dans une certaine mesure, que vous étiez l'homme dont nous avions besoin pour notre expérience.

— Mais, pour l'amour du Ciel, s'écria Baley en frappant du poing sur la table, de quelle expérience parlez-vous ?

— Elle consiste à tenter de vous persuader que la réponse aux problèmes dans lesquels la Terre se débat, c'est d'entreprendre de nouvelles colonisations.

— Eh bien, vous avez réussi à me persuader : ça, je vous l'accorde !

— Oui, sous l'influence d'une certaine drogue...

Baley, bouche bée, lâcha sa pipe, qu'il rattrapa au vol. Il revécut la scène de Spacetown, et son long retour à la conscience, après s'être trouvé mal en découvrant que R. Daneel était bien un robot : celui-ci lui pinçait le bras et lui faisait une piqûre...

— Qu'est-ce qu'il y avait dans la seringue ? balbutia-t-il.

— Rien de nocif, soyez-en sûr, Elijah ! Ce n'était qu'une drogue inoffensive, simplement destinée à vous rendre plus compréhensif.

— De cette façon, j'étais obligé de croire tout ce qu'on me racontait, n'est-ce pas ?

— Pas tout à fait. Vous n'auriez rien cru qui fût en contradiction avec ce qui, déjà, constituait la base de votre pensée secrète. En réalité, les résultats de l'opération ont été décevants. Le Dr Fastolfe avait espéré que vous épouseriez fanatiquement ses théories. Au lieu de cela, vous les avez approuvées avec une certaine réserve. Votre réalisme naturel s'opposait à toute spéculation hasardeuse. Alors nous nous sommes rendu compte que notre seul espoir de succès, c'était de convaincre des natures romanesques ; malheureusement, tous les rêveurs sont des Médiévalistes, soit réels, soit en puissance.

Baley ne put s'empêcher d'éprouver un sentiment de fierté à la pensée que, grâce à son obstination, il les avait déçus : cela lui fit un intense plaisir. Après tout, ils n'avaient qu'à faire leurs expériences sur d'autres gens ! Et il répliqua, durement :

— Alors, maintenant, vous laissez tout tomber, et vous rentrez chez vous ?

— Comment cela ? Mais pas du tout ! Je viens de vous dire, tout à l'heure, que nous étions maintenant convaincus que la Terre se décidera à coloniser de nouveau. Et c'est vous qui nous avez donné cette assurance.

— Moi ?... Je voudrais bien savoir comment, par exemple !

— Vous avez parlé à Francis Clousarr des bienfaits de la colonisation. J'ai l'impression que vous vous êtes exprimé avec beaucoup d'ardeur ! Cela, c'était déjà un bon résultat de notre expérience. Mais, bien plus, les réactions de Clousarr, déterminées par cérébroanalyse, ont nettement évolué ; le changement a été sans doute assez subtil à déceler, mais il fut incontestable.

— Vous prétendez que je l'ai convaincu de la justesse de mes vues ? Cela, je n'y crois pas.

— Non. On ne convainc pas si facilement les gens ; mais les changements révélés par la cérébroanalyse ont démontré, de façon pertinente, que l'esprit médiévaliste demeure ouvert à ce genre de persuasion. J'ai moi-même poussé plus loin les choses. En quittant l'usine de levure, j'ai deviné, en constatant les modifications survenues dans les réactions cérébrales de Clousarr, ce qui s'était passé entre vous. Alors, j'ai fait allusion à la création d'écoles spéciales, préparant les jeunes à des émigrations futures, et préconisé la colonisation comme le meilleur moyen d'assurer l'avenir de ses enfants. Il a repoussé cette idée, mais, de nouveau, son aura s'est modifiée. Dès lors, il m'a paru parfaitement évident que c'était sur ce plan-là que l'on avait le plus de chances de s'attaquer avec succès aux préjugés dont souffrent vos compatriotes.

R. Daneel s'arrêta un instant, puis il reprit :

— Ce que l'on appelle le Médiévalisme est une tournure d'esprit qui n'exclut pas le goût d'entreprendre. Cette faculté de redevenir des pionniers qu'ont les Médiévalistes, c'est, bien entendu, à la Terre de décider dans quelle voie il faut l'utiliser et la développer. Elle tend actuellement à se tourner vers la Terre elle-même, qui est toute proche, et riche d'un passé prestigieux. Mais la vision des Mondes Extérieurs n'est pas moins fascinante, pour tout esprit aventureux, et Clousarr en a incontestablement subi l'attrait, après vous avoir entendu lui exposer les principes d'une nouvelle expansion.

« Il en résulte que nous, les Spaciens, nous avons d'ores et déjà atteint le but que nous nous étions fixé, et sans même nous en rendre compte. Or, c'est nous-mêmes, bien plus que toute idée nouvelle que nous tentions de vous faire accepter, qui avons représenté le principal obstacle au succès de notre entreprise. Nous avons poussé tous ceux qui, sur Terre, se montraient épris d'aventures romanesques à tourner au Médiévalisme, et à s'organiser en un mouvement cristallisant leurs aspirations les plus ardentes. Après tout, c'est le Médiévaliste qui cherche à s'affranchir de coutumes qui paralysent actuellement son développement ; alors que les hauts fonctionnaires des Cités ont tout à gagner au maintien du statu quo. Maintenant, il faut que nous quittions Spacetown, et que nous cessions d'irriter les Médiévalistes par notre continuelle présence, sans quoi ils se voueront irrémédiablement à la Terre, et à la Terre seule. Il faut que nous laissions derrière nous quelques-uns de nos compatriotes et quelques robots comme moi ; et avec le concours de Terriens compréhensifs, comme vous, nous jetterons les bases d'écoles de colonisation comme celles dont j'ai parlé à Clousarr. Alors, peut-être, les médiévalistes consentiront-ils à regarder ailleurs que vers la Terre. Ils auront automatiquement besoin de robots, et nous les leur procurerons, à moins qu'ils ne réussissent à en construire eux-mêmes. Et petit à petit, ils se convaincront de la nécessité de créer une culture et une société nouvelles, celles que je vous ai désignées sous le symbole C/Fe, parce que c'est cela qui leur conviendra le mieux.

R. Daneel avait parlé longtemps, tout d'une traite, et, s'en rendant compte, il ajouta en manière d'excuse :

— Si je vous ai dit tout cela, c'est pour vous expliquer pourquoi j'ai été, hélas ! obligé de faire quelque chose qui peut vous causer personnellement du tort.

« Evidemment ! songea Baley, non sans amertume. Un robot ne doit faire aucun tort à un homme, à moins qu'il trouve un moyen de prouver qu'en fin de compte le tort qu'il aura causé profite à l'humanité en général ! »

— Un instant, je vous prie ! ajouta-t-il, tout haut cette fois. Je voudrais revenir à des questions pratiques. Vous allez donc rentrer chez vous ; mais vous y annoncerez qu'un Terrien a tué un Spacien, et n'a été ni découvert ni par conséquent puni. Les Mondes Extérieurs exigeront aussitôt de nous une indemnité ; mais je tiens à vous avertir, Daneel, que la Terre n'est plus disposée à se faire traiter ainsi, et qu'il y aura de la bagarre.

— Je suis certain qu'il ne se passera rien de tel, Elijah. Ceux d'entre nous qui préconiseraient le plus une indemnité de ce genre sont ceux-là mêmes qui réclament le plus ardemment la fin de l'expérience entreprise à Spacetown. Il nous sera donc facile de leur présenter cette dernière décision comme une compensation, s'ils consentent à ne plus exiger de vous d'indemnité. C'est, en tout cas, ce que nous avons l'intention de faire : nous voulons qu'on laisse les Terriens tranquilles.

— Tout cela est bien joli, rétorqua Baley, dont le désespoir était si violent que sa voix en devint rauque. Mais qu'est-ce que je vais devenir, moi, là-dedans ? Si telle est la volonté de Spacetown, le commissaire principal laissera tomber l'affaire Sarton sur-le-champ. Mais l'affaire R. Sammy, elle, continuera à suivre son cours, attendu qu'elle implique nécessairement la culpabilité d'au moins un membre de l'administration. A tout moment, je m'attends maintenant à voir Enderby se dresser devant moi, avec un écrasant faisceau de preuves qui m'accableront. Je le sens. J'en suis sûr. C'est un coup bien monté, Daneel ! Je serai déclassé ! Et quant à Jessie, elle sera traînée dans la boue comme une criminelle ! Et Dieu sait ce qu'il adviendra de mon fils !...

— Ne croyez-vous pas, Elijah, que je ne me rende pas compte de ce qu'est actuellement votre position ? Mais quand c'est l'intérêt même de l'humanité qui est en jeu, il faut admettre les torts inévitables que certains êtres subissent. Le Dr Sarton a laissé une veuve, deux enfants, des parents, une sœur, beaucoup d'amis. Tous le pleurent et sont indignés à la pensée que son meurtrier n'a été ni trouvé ni châtié.

— Alors, pourquoi ne pas rester ici, Daneel, et le découvrir ?

— Maintenant, ce n'est plus nécessaire.

— Allons donc ! dit amèrement Baley. Vous feriez mieux de reconnaître franchement que toute cette enquête n'a été qu'un prétexte pour nous étudier plus facilement, plus librement. En fait, vous ne vous êtes pas le moins du monde soucié de démasquer l'assassin.

— Nous aurions aimé savoir qui a commis ce crime, répondit calmement R. Daneel ; mais il ne nous est jamais arrivé de nous demander si l'intérêt d'un homme ou d'une famille primait l'intérêt général, Elijah. Pour nous, poursuivre l'enquête serait risquer de compromettre une situation qui nous paraît satisfaisante : nul ne peut prévoir la gravité des conséquences et des dommages qui en résulteraient.

— Vous estimez donc que le coupable pourrait être une haute personnalité médiévaliste et que désormais les Spaciens ne veulent rien faire qui risque de dresser contre eux des gens en qui ils voient déjà leurs futurs amis ?

— Je ne me serais pas exprimé tout à fait comme vous, Elijah, mais il y a du vrai dans ce que vous venez de dire.

— Et votre amour de la justice, Daneel, vos circuits spéciaux, qu'est-ce que vous en faites ? Vous trouvez qu'elle est conforme à la justice, votre attitude ?

— Il y a divers plans dans le domaine de la justice, Elijah. Si, pour l'instaurer sur le plan le plus élevé, on constate qu'il est impossible de résoudre équitablement certains cas particuliers, à l'échelon inférieur, il faut sacrifier ceux-ci à l'intérêt général.

Dans cette controverse, Baley eut l'impression d'user de toute son intelligence pour assiéger l'inexpugnable logique du cerveau positronique de R. Daneel. Parviendrait-il à y découvrir une fissure, un point faible ? Son sort en dépendait. Il répliqua :

— Ne ressentez-vous, vous-même, aucune curiosité personnelle, Daneel ? Vous vous êtes présenté à moi comme un détective. Savez-vous ce que ce terme implique ? Ne comprenez-vous pas que, dans une enquête, il y plus que l'accomplissement d'une tâche professionnelle ? C'est un défi que l'on a entrepris de relever. Votre cerveau se mesure à celui du criminel, dans une lutte sans merci. C'est un combat entre deux intelligences. Comment donc abandonner la lutte et se reconnaître battu ?

— Il ne faut certainement pas la continuer, déclara le robot, si son issue ne peut rien engendrer d'avantageux.

— Mais, dans ce cas, n'éprouverez-vous pas le sentiment que vous avez perdu quelque chose ? Ne vous restera-t-il aucun regret d'ignorer ce que vous avez tant cherché à découvrir ? Ne vous sentirez-vous pas insatisfait, mécontent de ce que votre curiosité ait été frustrée ?

Tout en parlant, Baley, qui ne comptait qu'à peine, dès le début, convaincre son interlocuteur, sentit faiblir même cette vague lueur d'espérance. Pour la seconde fois, il avait usé du mot curiosité, et ce mot lui rappela ce qu'il avait dit, quatre heures auparavant, à Francis Clousarr. Il avait eu alors la confirmation saisissante des qualités qui différencieront toujours l'homme de la machine. La curiosité était l'une d'elles ; il fallait qu'elle le fût. Un petit chaton de six semaines est curieux, mais comment une machine pourrait-elle jamais éprouver de la curiosité, si humanoïde qu'elle soit ?...

Comme s'il faisait écho à ces réflexions, R. Daneel lui demanda :

— Qu'entendez-vous par curiosité ?

Baley chercha la définition la plus flatteuse possible :

— Nous appelons curiosité, finit-il par répondre, le désir que nous éprouvons d'accroître notre savoir.

— Je suis animé, moi aussi, d'un tel désir, dit le robot, quand l'accomplissement d'une tâche que l'on m'a confiée exige que j'accroisse mes connaissances dans certains domaines.

— Ah oui ! fit Baley, non sans ironie. Ainsi, par exemple, vous m'avez posé des questions au sujet des verres correcteurs de mon fils Bentley : c'était pour mieux connaître les coutumes des Terriens, n'est-ce pas ?

— Exactement, répliqua R. Daneel, sans relever l'ironie de la remarque. Mais un accroissement du savoir sans but déterminé — ce qui, je crois, correspond au mot curiosité, tel que vous l'avez employé — est à mon sens quelque chose d'improductif. Or, j'ai été conçu et construit pour éviter tout ce qui est improductif.

Ce fut ainsi que, tout à coup, Elijah Baley eut la révélation de la « phrase » qu'il cherchait, qu'il attendait depuis des heures ; et, en un instant, l'épais brouillard dans lequel il se débattait se dissipa, faisant place à une vive et lumineuse transparence. Tandis que R. Daneel continuait à parler, les lèvres du détective s'entrouvrirent et il resta un long moment bouche bée.

Certes, sa pensée ne saisissait pas encore dans son ensemble toute la vérité. Elle se révéla à lui plus subtilement que cela. Quelque part, au plus profond de son subconscient, une thèse s'était édifiée ; il l'avait élaborée avec soin, dans les moindres détails ; mais, à un moment donné, il s'était trouvé stoppé par un illogisme. Cet illogisme-là, on ne pouvait ni sauter par-dessus, ni le fouler aux pieds, ni l'écarter d'un geste : tant qu'il n'aurait pas réussi à en supprimer les causes, Baley savait que sa thèse demeurerait enfouie dans les ténèbres de sa pensée, et qu'il lui serait impossible de lui donner pour bases des preuves péremptoires.

Mais la phrase révélatrice avait enfin été dite, l'illogisme s'était dissipé, et sa thèse tenait maintenant debout : tout s'expliquait.

La soudaine clarté qui semblait avoir jailli dans son cerveau stimula puissamment Baley. Tout d'abord, il savait désormais quel était exactement le point faible de R. Daneel et de toute machine. Plein d'un fiévreux espoir, il songea :

« Il n'y a pas de doute ! Le cerveau positronique doit être tellement positif qu'il prend tout ce qu'on lui dit à la lettre !... »

Après avoir longuement réfléchi, il dit au robot :

— Ainsi donc, à dater d'aujourd'hui, Spacetown considère comme close l'expérience à laquelle sa création avait donné naissance et, du même coup, l'affaire Sarton est enterré ? C'est bien cela, n'est-ce pas ?

— Telle est en effet la décision prise par les Spaciens, Elijah, répondit tranquillement R. Daneel.

— Voyons ! dit Baley en consultant sa montre. Il est 22 h 30. La journée n'est pas finie, et il reste encore une heure et demie avant que minuit sonne !

R. Daneel ne répondit rien et parut réfléchir.

— Donc, reprit Baley, s'exprimant cette fois rapidement, jusqu'à minuit il n'y a rien de changé, ni aux plans de Spacetown ni à l'enquête qu'on nous a confiée, et vous continuez à la mener avec moi, Daneel, en pleine association !

Plus il parlait, plus sa hâte l'incita à user d'un langage presque télégraphique.

— Reprenons donc l'enquête ! Laissez-moi travailler. Ça ne fera aucun mal aux Spaciens ! Au contraire, ça leur fera beaucoup de bien. Parole d'honneur ! Si vous estimez que je leur cause le moindre tort, vous m'arrêterez. Je n'en ai pas pour longtemps, d'ailleurs : une heure et demie ! Ce n'est pas grand-chose !

— On ne peut rien objecter à ce que vous venez de dire, Elijah, répondit R. Daneel. La journée n'est pas achevée, en effet, je n'y avais pas pensé, mon cher associé.

« Tiens, tiens ! songea Baley en souriant. Je suis de nouveau le cher associé !... »

— Dites-moi, ajouta-t-il tout haut, quand j'étais à Spacetown, est-ce que le Dr Fastolfe n'a pas fait allusion à un film que l'on a pris sur les lieux du crime ?

— Oui, c'est exact.

— Pouvez-vous me le montrer ?

— Bien sûr, Elijah.

— Je veux dire : maintenant ! Instantanément !

— Oh, dans dix minutes au maximum, si je peux me servir des transmissions de la préfecture !

Il lui fallut moins de temps que cela pour mener à bien l'opération. Il tendit à Baley, dont les mains tremblaient un peu, un tout petit appareil en aluminium dont une des faces comportait une lentille. Transmis par Spacetown, le film désiré allait pouvoir dans un instant, par l'intermédiaire du micro-projecteur, apparaître sur le mur de la salle à manger qui servirait d'écran.

Tout à coup, la voix du commissaire principal retentit dans la pièce. Il se tenait sur le seuil et, à la vue de ce que faisait Baley, il ne put réprimer un tressaillement, tandis qu'un éclair de colère passait dans ses yeux.

— Dites donc, Lije, s'écria-t-il d'une voix mal assurée, vous en mettez un temps à dîner !

— J'étais mort de fatigue, monsieur le commissaire, fit l'inspecteur. Je m'excuse de vous avoir fait attendre.

— Oh ! ce n'est pas bien grave. Mais... venez donc chez moi !

Baley mit l'appareil dans sa poche et fit signe à R. Daneel de le suivre.

Quand ils furent tous trois dans son bureau, Enderby commença par arpenter la pièce de long en large, sans dire un mot. Baley, lui-même tendu à l'extrême, l'observa en silence et regarda l'heure : il était 22 h 45. Le commissaire releva ses lunettes sur son front et se frotta tellement les yeux qu'il fit rougir sa peau tout autour des orbites. Puis, ayant remis ses verres en place, il regarda longuement Baley avant de lui demander, d'un ton bourru :

— Quand avez-vous été pour la dernière fois à la centrale de Williamsburg, Lije ?

— Hier, quand j'ai quitté le bureau ; il devait être environ 18 heures, à peine plus que cela !

— Ah ! fit le commissaire en hochant la tête. Pourquoi ne me l'avez-vous pas dit ?

— J'allais vous en parler. Je n'ai pas encore remis ma déposition !

— Pourquoi êtes-vous allé là-bas ?

— Je n'ai fait que traverser l'usine en rentrant à notre appartement provisoire.

— Non, Lije ! C'est impossible ! Personne ne traverse une centrale pareille pour aller ailleurs.

Baley haussa les épaules. Il était sans intérêt de revenir sur la poursuite des Médiévalistes dans le dédale des tapis roulants. Ce n'était pas le moment. Aussi se borna-t-il à répliquer :

— Si vous essayez d'insinuer que j'ai eu l'occasion de me procurer le vaporisateur d'alpha qui a détruit R. Sammy, je me permets de vous rappeler que Daneel était avec moi ; il peut témoigner que j'ai traversé la centrale sans m'arrêter, et qu'enfin je n'avais pas de vaporisateur sur moi quand j'en suis sorti.

Le commissaire principal s'assit lentement. Il ne tourna pas les yeux vers R. Daneel et ne lui parla pas davantage. Il étendit sur la table ses mains potelées et les regarda d'un air très malheureux.

— Ah ! Lije ! fit-il. Je ne sais vraiment que dire ou que penser ! Et il ne sert de rien de prendre votre... associé pour alibi ! Vous savez bien que son témoignage est sans valeur !

— Je n'en nie pas moins formellement m'être procuré un vaporisateur !

Les doigts du commissaire se nouèrent puis se dénouèrent nerveusement.

— Lije, reprit-il, pourquoi Jessie est-elle venue vous voir cet après-midi ?

— Vous me l'avez déjà demandé. Je vous répète que c'était pour régler des questions de famille.

— Francis Clousarr m'a donné des renseignements, Lije.

— De quel genre ?

— Il affirme qu'une certaine Jézabel Baley est membre d'un mouvement médiévaliste clandestin, dont le but est de renverser par la force le gouvernement de la Cité.

— Etes-vous sûr qu'il s'agit d'elle ? Il y a beaucoup de Baley !

— Il n'y a pas beaucoup de Jézabel Baley !

— Il l'a désigné par son prénom ? Vraiment ?

— Oui. Il a dit : Jézabel. Je l'ai entendu de mes oreilles, Lije. Je ne vous répète pas le compte rendu d'une tierce personne !

— Bon ! Admettons que Jessie ait appartenu à une société composée de rêveurs à moitié timbrés : tout ce qu'elle y a fait, c'est assister à des réunions qui lui portaient sur les nerfs !

— Ce n'est pas ainsi qu'en jugeront les membres d'un conseil de discipline, Lije !

— Prétendez-vous que je vais être suspendu de mes fonctions et tenu pour suspect d'avoir détruit un bien d'Etat, en la personne de R. Sammy ?

— J'espère qu'on n'en arrivera pas là, Lije. Mais les choses m'ont l'air de prendre une très mauvaise tournure ! Tout le monde sait que vous détestiez R. Sammy. Votre femme lui a parlé cet après-midi. Elle était en larmes, et on a entendu quelques-unes de ses paroles. Elles étaient apparemment insignifiantes, mais vous n'empêcherez pas que deux et deux fassent quatre, Lije ! Vous avez fort bien pu juger dangereux de laisser R. Sammy libre de parler. Et le plus grave, c'est que vous avez eu une occasion de vous procurer l'arme.

— Un instant, je vous prie, monsieur le commissaire ! coupa Baley. Si j'avais voulu réduire à néant toute preuve contre Jessie, est-ce que je me serais donné la peine d'arrêter Francis Clousarr ? Il m'a tout l'air d'en savoir beaucoup plus sur elle que R. Sammy. Autre chose ! J'ai traversé la centrale de Williamsburg dix-huit heures avant que R. Sammy parle à Jessie. Comment aurais-je pu savoir, si longtemps d'avance, qu'il me faudrait le supprimer, et que, dans ce but, j'aurais besoin d'un vaporisateur ?

— Ce sont là de bons arguments, Lije. Je ferai ce que je pourrai, et je vous assure que cette histoire me consterne !

— Vraiment, monsieur le commissaire ? Croyez-vous réellement à mon innocence ?

— Je vous dois une complète franchise, Lije ? Eh bien la vérité, c'est que je ne sais que penser !

— Alors, moi, je vais vous dire ce qu'il faut en penser : monsieur le commissaire, tout ceci est un coup monté avec le plus grand soin et dans un but précis !

— Doucement, doucement, Lije ! s'écria Enderby, très crispé. Ne vous emballez pas aveuglément ! Ce genre de défense ne peut pas vous attirer la moindre sympathie, car il a été utilisé par trop de malfaiteurs, vous le savez bien !

— Je me moque pas mal de susciter la sympathie des gens ! Ce que je dis, moi, c'est la pure et simple vérité. On cherche à m'éliminer dans l'unique but de m'empêcher de découvrir comment le Dr Sarton a été assassiné. Mais, malheureusement pour le bon vieux camarade qui a monté ce coup-là, il s'y est pris trop tard ! Car l'affaire Sarton n'a plus de secret pour moi !

— Qu'est-ce que vous dites ?

Baley regarda sa montre ; il était 23 heures. D'un ton catégorique, il déclara :

— Je sais qui est l'auteur du coup monté contre moi, je sais comment et par qui le Dr Sarton a été assassiné, et je dispose d'une heure pour vous le dire, pour arrêter le criminel, et pour clore l'enquête !

18

Fin d'une enquête

Les yeux du commissaire principal se bridèrent et il lança à Baley un regard venimeux.

— Qu'est-ce que vous allez faire, Lije ? Hier matin, dans la demeure de Fastolfe, vous avez déjà essayé un coup du même genre. Ne recommencez pas, je vous prie !

— D'accord, fit Baley. Je me suis trompé la première fois !

Et, dans sa rage, il songea :

« La seconde fois, aussi, je me suis trompé ! Mais pas cette fois-ci ! Ah ! non, pas ce coup-ci ! »

Mais ce n'était pas le moment de s'appesantir sur le passé, et il reprit aussitôt :

— Vous allez juger par vous-même, monsieur le commissaire ! Admettez que les charges relevées contre moi aient été montées de toutes pièces. Pénétrez-vous comme moi de cette conviction, et voyez un peu où cela va nous mener ! Demandez-vous alors qui a bien pu monter un coup pareil. De toute évidence, ce ne peut être que quelqu'un ayant su que, hier soir, j'ai traversé la centrale de Williamsburg.

— D'accord. De qui donc peut-il s'agir ?

— Quand j'ai quitté le restaurant, j'ai été suivi par un groupe de Médiévalistes. Je les ai semés, ou du moins je l'ai cru, mais évidemment l'un d'entre eux m'a vu pénétrer dans la centrale. Mon seul but, en agissant ainsi — vous devez bien le comprendre — était de leur faire perdre ma trace.

Enderby réfléchit un instant, puis demanda :

— Clousarr ? Etait-il dans ce groupe ?

Baley fit un signe de tête affirmatif.

— Bon, nous l'interrogerons. S'il y a quoi que ce soit à tirer de lui, nous le lui arracherons. Que puis-je faire de plus, Lije ?

— Attendez, maintenant. Ne me bousculez pas. Ne voyez-vous pas où je veux en venir ?

— Eh bien, si j'essayais de vous le dire ? répliqua Enderby en joignant les mains. Clousarr vous a vu entrer dans la centrale de Williamsburg, ou bien c'est un de ses complices qui, vous ayant repéré, lui aura communiqué le renseignement. Il a aussitôt décidé d'utiliser ce fait pour vous attirer des ennuis, et pour vous obliger à abandonner la direction de l'enquête. Est-ce là ce que vous pensez ?

— C'est presque cela.

— Parfait ! fit le commissaire, qui parut s'intéresser davantage à l'affaire. Il savait que votre femme faisait partie du mouvement, bien entendu, et il était convaincu que vous n'accepteriez pas que l'on fouillât dans votre vie privée, pour y trouver des charges contre vous. Il aura pensé que vous donneriez votre démission plutôt que de tenter de vous justifier. A ce propos, Lije, que diriez-vous de démissionner ? Je veux dire que, si ça tourne vraiment mal, nous pourrions, de cette façon, étouffer l'affaire !

— Pas pour tout l'or du monde, monsieur le commissaire !

— Comme vous voudrez ! dit Enderby en haussant les épaules. Où en étais-je ? Ah, oui ! eh bien, Clousarr se sera procuré sans doute un vaporisateur, par l'intermédiaire d'un autre membre du mouvement travaillant à la centrale, et il aura chargé un second complice de détruire R. Sammy.

Il tambourina légèrement de ses doigts sur sa table.

— Non, Lije ! reprit-il. Elle ne vaut rien, votre thèse.

— Et pourquoi donc ?

— Trop tirée par les cheveux ! Trop de complices ! De plus, Clousarr a un alibi à toute épreuve, pour la nuit et le matin du meurtre du Dr Sarton. Nous avons vérifié cela tout de suite, et j'étais évidemment le seul à connaître la raison pour laquelle cette heure-là méritait un contrôle particulier.

— Je n'ai jamais accusé Clousarr, monsieur le commissaire. C'est vous qui l'avez nommé. A mon avis, ce pouvait être n'importe quel membre du mouvement médiévaliste. Clousarr n'est rien de plus qu'un visage reconnu par hasard par Daneel. Je ne pense même pas qu'il joue un rôle important dans le mouvement. Cependant, il y a quelque chose d'étrange à son sujet.

— Quoi donc ? demanda Enderby d'un air soupçonneux.

— Il savait que Jessie avait adhéré au mouvement : pensez-vous qu'il connaisse tous les adhérents ?

— Je n'en sais rien, moi ! Ce que je sais, c'est qu'il connaissait Jessie. Peut-être la considérait-on dans ce milieu comme une personne importante, parce qu'elle était mariée à un inspecteur. Et peut-être l'a-t-il remarquée à cause de cela ?

— Et vous dites que, tout de go, il vous a informé que Jézabel Baley était membre du mouvement ? Il vous a déclaré ça tout de suite : Jézabel Baley ?

— Eh bien, oui ! répéta Enderby. Je viens de vous dire que je l'ai entendu de mes propres oreilles.

— C'est justement cela que je trouve bizarre, monsieur le commissaire. Car Jessie ne s'est plus servie de son prénom depuis la naissance de Bentley. Pas une seule fois ! Et je vous affirme que je sais de quoi je parle ! Quand elle a adhéré à ce mouvement médiévaliste, il y avait longtemps que personne ne l'appelait plus Jézabel : cela aussi, j'en suis sûr. Alors, comment Clousarr a-t-il pu apprendre qu'elle avait ce prénom-là ?

Le commissaire principal rougit violemment et se hâta de répliquer :

— Oh ! s'il en est ainsi, il faut croire qu'il a dû dire Jessie. Moi, je n'y ai pas réfléchi et, automatiquement, j'ai enregistré sa déclaration comme s'il avait appelé votre femme par son vrai prénom. Mais, en fait, maintenant que j'y réfléchis, je suis sûr qu'il a dit Jessie et non Jézabel.

— Mais jusqu'à maintenant, vous étiez formellement sûr de l'avoir entendu nommer Jézabel Baley. Je vous ai posé plusieurs fois la question.

— Dites donc, Baley ! s'écria Enderby d'une voix pointue. Vous n'allez tout de même pas prétendre que je mens ?

— Ce que je me demande maintenant, reprit Baley, c'est si, en réalité, Clousarr a fait la moindre déclaration au sujet de Jessie. Je me demande si ce n'est pas vous qui avez monté ce coup-là. Voilà vingt ans que vous connaissez Jessie, et vous êtes le seul, sans doute, à savoir qu'elle a pour prénom Jézabel.

— Vous perdez la tête, mon garçon !

— Vous croyez ? Où étiez-vous donc après déjeuner ? Vous avez été absent de votre bureau pendant au moins deux heures.

— Est-ce que vous prétendez m'interroger, par hasard ?

— Je vais même répondre à votre place : vous étiez à la centrale d'énergie de Williamsburg !

Le commissaire principal se leva d'un bond. Son front était luisant, et, au coin de ses lèvres, il y avait de petites taches blanches, comme de l'écume séchée.

— Que diable êtes-vous en train de raconter ?

— Y étiez-vous, oui ou non ?

— Baley, vous êtes suspendu ! Rendez-moi votre insigne !

— Pas encore ! Vous m'entendrez d'abord, et jusqu'au bout !

— Il n'en est pas question. C'est vous le coupable, un coupable diabolique, même ! Et ce qui me dépasse, c'est que vous ayez assez d'audace et assez peu de dignité pour m'accuser, moi, moi entre tous, d'avoir comploté votre perte !

Son indignation était telle qu'il en perdit un instant la parole. Dès qu'il l'eut retrouvée, il balbutia :

— B... Baley, je... je vous arrête !

— Non ! répliqua l'inspecteur, très maître de lui. Pas encore, monsieur le commissaire ! Je vous préviens que mon arme est dans ma poche, braquée sur vous, et qu'elle est chargée. N'essayez pas de me prendre pour un imbécile, car je n'en suis pas un ! Je suis décidé à tout, vous m'entendez bien, à tout, pour pouvoir aller jusqu'au bout de ma démonstration ! Quand j'aurai terminé, vous ferez ce que vous voudrez : peu m'importe !

Julius Enderby, les yeux hagards, regarda fixement la poche dans laquelle Baley tenait son arme braquée sur son chef.

— Ça vous coûtera cher, Baley ! finit-il par s'écrier. Vous passerez vingt ans en prison, vous m'entendez ! Vingt ans dans le plus noir des cachots de la Cité !

A ce moment, R. Daneel s'approcha vivement de l'inspecteur et il lui saisit le poignet, en lui disant calmement :

— Je ne peux pas vous laisser agir ainsi, mon cher associé. Il ne faut pas que vous fassiez du mal au commissaire principal !

Pour la première fois depuis que R. Daneel était entré dans la Cité, Enderby lui adressa directement la parole :

— Arrêtez-le, vous ! Je vous l'ordonne au nom de la Première Loi !

Mais Baley répliqua, très rapidement :

— Je n'ai aucune intention de lui faire du mal, Daneel, à condition que vous l'empêchiez de m'arrêter. Vous vous êtes engagé à m'aider à mener cette enquête jusqu'à son terme. Il nous reste quarante-cinq minutes.

R. Daneel, sans lâcher le poignet de Baley, dit alors à Enderby :

— Monsieur le commissaire principal, j'estime que Elijah a le droit de dire tout ce qu'il a découvert. En ce moment même, d'ailleurs, je suis en communication permanente avec le Dr Fastolfe...

— Quoi ? glapit Enderby. Comment cela ?

— Je suis muni d'un appareil émetteur-récepteur, répondit inexorablement le robot, et je peux vous certifier que, si vous refusez d'entendre ce qu'Elijah veut vous dire, cela fera une très fâcheuse impression sur le Dr Fastolfe qui nous écoute. Il pourrait en résulter de graves conséquences, croyez-moi !

Le commissaire se laissa retomber sur sa chaise, sans pouvoir articuler une seule parole. Baley en profita pour enchaîner aussitôt :

— J'affirme, monsieur le commissaire, que vous vous êtes rendu aujourd'hui à la centrale de Williamsburg, que vous y avez pris un vaporisateur, et que vous l'avez remis à R. Sammy. Vous avez choisi exprès cette centrale-là pour pouvoir me rendre suspect. Mieux encore, vous avez profité du retour du Dr Gerrigel pour l'inviter à venir dans les locaux de nos services. Vous lui avez fait remettre un indicateur truqué, qui l'a conduit non pas à votre bureau, mais à la chambre noire, où il ne pouvait pas ne pas découvrir les restes de R. Sammy. Vous avez compté sur lui pour émettre un diagnostic immédiat et correct. Et maintenant, ajouta-t-il en remettant son arme dans son étui, si vous voulez m'arrêter, allez-y ! Mais je doute que Spacetown accepte cela comme une réponse à ce que je viens d'affirmer.

— Le mobile !... balbutia Enderby, à bout de souffle.

Ses lunettes étaient embuées de sueur, et il les ôta, ce qui, aussitôt, lui redonna un air désemparé et misérable :

— Quel aurait été le mobile d'un tel acte, si je l'avais commis ?

— Vous m'avez fourré dans un beau pétrin, pas vrai ? Et quel bâton dans les roues de l'enquête Sarton ! En plus de tout cela, R. Sammy en savait trop.

— Sur quoi, au nom du Ciel ?

— Sur la façon dont un Spacien a été assassiné, il y a cinq jours et demi. Car, monsieur le commissaire, c'est vous-même qui, à Spacetown, avez tué le Dr Sarton !

R. Daneel jugea nécessaire d'intervenir, tandis qu'Enderby, la tête dans ses mains, faisait des signes de dénégation et semblait positivement s'arracher les cheveux.

— Mon cher associé, dit le robot, votre théorie est insoutenable, je vous assure ! Voyons, vous savez bien que le commissaire principal n'a pas pu assassiner le Dr Sarton ! Il en est incapable !

— Alors, écoutez-moi, R. Daneel ! Ecoutez-moi bien ! C'est moi qu'Enderby a supplié de prendre en main l'enquête, moi et non pas l'un de mes supérieurs hiérarchiques. Pourquoi l'a-t-il fait ? Pour plusieurs raisons. La première, c'est que nous étions des amis d'enfance : il s'est donc dit qu'il ne me viendrait jamais à l'esprit qu'un vieux camarade de classe, devenu son chef respecté, pourrait être un criminel. Je suis connu dans le service pour ma droiture, Daneel, et il a spéculé là-dessus. En second lieu, il savait que Jessie avait adhéré à un mouvement clandestin, et il comptait en profiter pour me manœuvrer, faire échouer l'enquête ou encore me faire chanter et m'obliger à me taire, si je touchais de trop près à la solution de l'énigme. En fait, il n'avait pas vraiment peur de me voir découvrir la vérité. Dès le début de l'enquête, il a fait de son mieux pour exciter en moi une grande méfiance à votre égard, Daneel, comptant bien qu'ainsi nous agirions l'un contre l'autre, vous et moi. Il connaissait l'histoire du déclassement dont mon père a été l'objet, et il pouvait facilement deviner comment je réagirais moi-même. Voyez-vous, c'est un immense avantage, pour un meurtrier, que d'être lui-même chargé de l'enquête concernant son propre crime !...

Enderby finit par retrouver l'usage de la parole, et répliqua d'une voix sans timbre :

— Comment donc aurais-je pu être au courant de ce que faisait Jessie ?... Vous ! s'écria-t-il, dans un sursaut d'énergie, en se tournant vers le robot. Si vous êtes en communication avec Spacetown, dites-leur que tout ceci n'est qu'un mensonge ! Oui, un mensonge !...

Baley l'interrompit, d'abord d'une voix forte, puis sur un ton plus bas, mais dont le calme était empreint d'une étrange force de persuasion :

— Vous étiez certainement au courant de ce que faisait Jessie, pour la bonne raison que vous faites vous-même partie du mouvement médiévaliste, monsieur le commissaire ! Allons donc ! Vos lunettes démodées, les fenêtres de votre bureau, tout cela prouve que, par tempérament, vous êtes partisan de ces idées-là ! Mais j'ai de meilleures preuves ! Comment Jessie a-t-elle découvert que Daneel était un robot ? Sur le moment, cela m'a beaucoup troublé. Nous savons maintenant, bien sûr, que ses amis médiévalistes l'ont mise au courant, mais cela ne résout pas le problème : comment les Médiévalistes eux-mêmes ont-ils, si rapidement, su l'arrivée de R. Daneel dans la Cité ? Vous, monsieur le commissaire, vous avez esquivé la question, en prétendant que Daneel avait été reconnu au cours de l'incident du magasin de chaussures. Je n'ai jamais cru réellement à cette explication : je ne le pouvais pas. Dès ma première rencontre avec Daneel, je l'ai pris pour un homme, et j'ai une excellente vue ! Or, hier, j'ai fait venir de Washington le Dr Gerrigel. J'avais, pour cela, plusieurs raisons ; mais la principale, celle qui m'a poussé d'abord à le convoquer, c'était de voir s'il découvrirait, sans que je l'y incite spécialement, que Daneel était un robot. Eh bien, monsieur le commissaire, il ne l'a pas reconnu ! Je les ai présentés l'un à l'autre, ils se sont serré la main, et nous avons eu tous trois un long entretien ; petit à petit, j'ai amené la conversation sur les robots humanoïdes, et ce fut alors, seulement, qu'il a commencé à comprendre. Or, il s'agissait du Dr Gerrigel, le plus savant expert en Robotique que nous possédions. Auriez-vous l'audace de prétendre que quelques agitateurs médiévalistes auraient pu faire mieux que lui, et cela dans la confusion et la tension d'un début d'émeute ? Et voudriez-vous me faire croire qu'ils auraient ainsi acquis une telle certitude, concernant Daneel, qu'ils auraient alerté tous leurs adhérents, les invitant à passer à l'action contre le robot ? Allons, monsieur le commissaire, vous voyez bien que cette thèse est insoutenable !

« Ce qui, en revanche, est évident, c'est que, dès le début, les Médiévalistes ont su exactement à quoi s'en tenir sur Daneel. L'incident du magasin de chaussures a été monté de toutes pièces, pour montrer à Daneel — et par conséquent à Spacetown — l'importance de l'aversion que les Terriens éprouvent à l'égard des robots. Ce but que l'on a ainsi cherché à atteindre, c'était de brouiller les pistes, et de détourner sur la population tout entière de New York les soupçons qui auraient pu peser sur quelques personnes. Or, si, dès le premier jour, les Médiévalistes ont été renseignés sur R. Daneel, par qui l'ont-ils été ? J'ai, à un moment donné, pensé que c'était par Daneel lui-même ; mais j'ai vite été détrompé. Le seul, l'unique Terrien qui fût au courant, c'était vous, monsieur le commissaire !

— Je proteste ! répliqua Enderby, retrouvant une surprenante énergie. Il pouvait y avoir des espions à la préfecture de police, et tout ce que nous avons fait, vous et moi, a pu être remarqué. Votre femme a pu être l'un d'eux, et si vous ne trouvez pas invraisemblable de me soupçonner moi-même, je ne vois pas pourquoi vous ne soupçonneriez pas d'autres membres de la police !

Baley fit une moue méprisante et rétorqua :

— Ne nous égarons pas sur les pistes chimériques de mystérieux espions avant de voir où la solution la plus simple et la plus logique peut nous mener. J'affirme, moi, que l'informateur des agitateurs, le seul, le véritable, c'était vous, monsieur le commissaire ! Et maintenant que je revois en pensée tout ce qui s'est passé, il me semble remarquable de noter combien votre moral s'assombrissait quand je semblais toucher au but, ou au contraire devenait meilleur dès que je m'en éloignais. Vous avez commencé par être nerveux. Quand j'ai exprimé l'intention d'aller à Spacetown, sans vous en donner la raison, vous vous êtes positivement effondré. Pensiez-vous que je vous avais déjà démasqué, et que je vous tendais un piège pour vous livrer aux Spaciens ? Vous m'avez dit que vous les haïssiez, et vous étiez prêt de fondre en larmes. J'ai cru un moment que cela tenait au cuisant souvenir de l'humiliation que vous aviez subie à Spacetown, quand on vous avait soupçonné ; mais Daneel m'a détrompé, en m'assurant qu'on avait pris grand soin de vous ménager, et qu'en fait vous ne vous étiez jamais douté que l'on vous avait soupçonné. Votre panique a donc été causée, non par l'humiliation, mais par la peur. Là-dessus, j'ai trouvé une solution complètement fausse et, comme vous assistiez à la scène, vous avez constaté combien j'étais loin, immensément loin, du but ; et aussitôt vous avez repris confiance. Vous m'avez même réprimandé, prenant la défense des Spaciens. Après cela, vous êtes resté quelque temps très maître de vous et confiant dans l'avenir. Sur le moment, j'ai même été un peu surpris de ce que vous m'ayez si facilement pardonné mes injustes accusations contre les Spaciens, attendu que vous m'aviez longuement chapitré sur la nécessité de ménager leur susceptibilité. En fait, mon erreur vous avait fait un grand plaisir.

« Mais voilà que j'ai appelé au téléphone le Dr Gerrigel, et que vous avez voulu en connaître la raison ; comme je n'ai pas voulu vous la donner, cela vous a aussitôt plongé dans la consternation, parce que vous avez eu peur...

— Un instant, mon cher associé ! coupa R. Daneel, en levant la main.

Baley regarda l'heure : il était 23 h 42 !

— Qu'y a-t-il, Daneel ? répondit-il.

— Si l'on admet qu'il est membre du mouvement médiévaliste, le commissaire a pu être tout simplement ennuyé que vous en fassiez la découverte. Mais cela n'implique pas nécessairement qu'il soit responsable du meurtre. Rien ne l'incrimine, et il ne peut avoir commis un tel acte !

— Vous faites complètement erreur, Daneel ! Il ne savait pas pourquoi j'avais besoin du Dr Gerrigel, mais il ne se trompait pas en étant convaincu que je désirais me renseigner plus amplement sur les robots. Et cela l'a terrifié, parce que, pour commettre son plus grand crime, il s'est servi d'un robot. N'est-ce pas exact, monsieur le commissaire principal ?

Enderby secoua la tête désespérément et balbutia :

— Quand tout ceci sera fini...

Mais il ne put articuler un mot de plus.

— Comment le Dr Sarton a-t-il été assassiné ? s'écria alors Baley, contenant mal sa rage. Eh bien, je vais vous le dire, moi ! Par l'association C/Fe, mille tonnerres ! Oui : C/Fe ! Je me sers du propre symbole que vous m'avez appris, Daneel ! Vous êtes tellement imbu des mérites de la culture C/Fe que vous n'êtes plus capable, Daneel, de voir comment un Terrien peut s'être inspiré de ces principes pour mener à bien une entreprise avantageuse pour lui seul. Alors, il me faut vous l'expliquer en détail.

« Pour un robot, la traversée de la campagne, même de nuit, même seul, ne comporte aucune difficulté. Le commissaire a remis à R. Sammy une arme, et il lui a dit où il devait aller, par quel chemin, et quand il devait exécuter ses ordres. Il s'est rendu, de son côté, à Spacetown par l'express, et on lui a confisqué son propre revolver dans les Toilettes ; R. Sammy lui a ensuite remis celui qu'il avait apporté, et avec lequel Enderby a tué le Dr Sarton ; puis il a rendu l'arme à R. Sammy, qui l'a rapportée à New York en revenant à travers champs. Et aujourd'hui il a détruit R. Sammy, qui en savait trop, et qui constituait désormais un danger pour lui. Cette thèse-là explique tout, en particulier la présence du commissaire à Spacetown et la disparition de l'arme du crime ; de plus, elle épargne de supposer qu'un citoyen de New York a pu, de nuit, traverser la campagne à ciel ouvert.

— Je regrette pour vous, répliqua R. Daneel, mais je suis heureux pour le commissaire, que votre solution n'explique rien en réalité, Elijah ! Je vous ai déjà affirmé que la cérébroanalyse du cerveau du commissaire a prouvé qu'il est incapable d'avoir délibérément commis un meurtre. J'ignore quel est le terme exact par lequel vous définissez dans votre langue ce fait psychologique. Est-ce de la lâcheté, est-ce un scrupule de conscience, est-ce de la pitié ? Je ne connais que les définitions de ces termes données par le dictionnaire, et je ne peux juger s'ils s'appliquent au cas qui nous occupe. Mais, de toute manière, le commissaire n'a pas commis d'assassinat.

— Merci ! murmura Enderby, dont la voix se raffermit, et qui parut reprendre confiance. J'ignore pour quels motifs vous essayez de me démolir ainsi, Baley, mais, puisque vous l'avez voulu, nous irons jusqu'au bout !

— Oh ! un peu de patience, je vous prie ! répliqua l'inspecteur. Je suis loin d'en avoir terminé. En particulier, j'ai ceci à vous montrer !

Ce disant, il tira de sa poche le petit cube d'aluminium que lui avait remis Daneel, et il le posa bruyamment sur la table. De toutes ses forces, il chercha à se donner encore plus d'assurance, espérant que celle-ci impressionnerait ses deux interlocuteurs. Car, depuis une demi-heure, il s'était refusé à songer à un petit fait, cependant essentiel : l'arrivée inopinée d'Enderby dans la salle à manger l'avait empêché de voir le film pris sur les lieux du crime, et il ignorait ce que l'on pouvait y découvrir. Ce qu'il allait donc faire, c'était un coup de bluff, un pari redoutable : mais il n'avait pas le choix.

A la vue de l'objet, Enderby se rejeta en arrière.

— Qu'est-ce que c'est que ça ? demanda-t-il.

— Oh ! n'ayez crainte ! fit Baley, sarcastique. Ce n'est pas une bombe, mais tout simplement un micro-téléviseur, émetteur-récepteur, qui sert d'appareil de projection.

— Et qu'est-ce qu'il est censé prouver ?

— Nous allons le voir.

Il alla baisser la lumière du lustre qui éclairait le bureau du commissaire, puis revint s'asseoir près du petit cube dont il actionna une manette.

L'un des murs du bureau du commissaire principal s'éclaira soudain et servit d'écran de projection, du parquet jusqu'au plafond. Ce qui frappa le plus Baley, tout d'abord, ce fut l'étrange lumière dans laquelle baignait la pièce que le film représentait ; c'était une clarté grisâtre, comme on n'en voyait jamais dans la Cité, et Baley, partagé entre une instinctive curiosité et un certain malaise, se dit que sans doute on avait tourné le film aux premières lueurs du jour, et que ce devait donc être l'aurore qu'il voyait ainsi. Le film montrait le bureau du Dr Sarton et, au milieu de la pièce, on pouvait voir l'horrible cadavre, tout déchiqueté, du savant spacien. Enderby le contempla, les yeux exorbités, tandis que Baley reprenait son exposé.

— Je sais que le commissaire principal n'est pas un tueur, Daneel. Je n'avais pas besoin de vous pour l'apprendre. Si j'avais davantage réfléchi à ce fait, dès le début de l'enquête, j'aurais trouvé plus vite la solution. Mais je ne l'ai découverte qu'il y a une heure, quand, sans y attacher d'importance, je vous ai rappelé qu'un jour vous vous êtes intéressé aux verres correcteurs de Bentley. Oui, monsieur le commissaire, c'est comme ça que je vous ai démasqué ! J'ai tout d'un coup compris que votre myopie et vos lunettes étaient la clef de l'énigme. J'ai idée qu'on ne sait pas ce que c'est que la myopie dans les Mondes Extérieurs, sans quoi ils auraient pu trouver, comme moi, et sur-le-champ, l'explication du meurtre. Quand, exactement, avez-vous cassé vos lunettes, monsieur le commissaire ?

— Que voulez-vous dire ? fit Enderby.

— La première fois que vous m'avez exposé l'affaire Sarton, vous m'avez dit que vous aviez cassé vos lunettes à Spacetown. Moi, j'ai aussitôt pensé que cet incident avait été dû à votre agitation, au moment où l'on vous avait annoncé le meurtre. Mais vous, vous ne m'avez jamais confirmé la chose, et je me suis lourdement trompé en faisant cette supposition. En réalité, si vous êtes entré dans Spacetown avec l'intention d'y commettre un crime, vous deviez être suffisamment agité et nerveux pour laisser choir vos lunettes et les casser avant le meurtre. N'est-ce pas exact, et n'est-ce pas, en fait, ce qui s'est passé ?

— Je ne vois pas où vous voulez en venir, mon cher associé, dit R. Daneel.

« Je suis encore son cher associé pour dix minutes ! se dit Baley. Vite, vite ! Il faut que je parle vite, et que je pense encore plus vite !... »

Tout en parlant, il n'avait pas cessé de manipuler les boutons de réglage du micro-projecteur. Il était tellement hypertendu que ses gestes manquaient de précision. Maladroitement, il parvint cependant à modifier le grossissement de la lentille, en sorte que, par saccades progressives, le cadavre prit des dimensions plus imposantes et sembla se rapprocher, au point que Baley eut presque l'illusion de sentir l'âcre odeur de la chair brûlée. La tête, les épaules, et l'un des bras étaient comme désarticulés, et ce qui les reliait aux hanches n'était plus qu'un amas informe de chair et d'os calcinés, car le projectile utilisé par le meurtrier avait contenu un explosif des plus violents.

Baley jeta du coin de l'œil un regard vers Enderby ; celui-ci avait fermé les yeux et semblait malade, Baley eut aussi la nausée, mais il se força à regarder, car c'était indispensable. Lentement, avec le plus grand soin, il fit passer sur le mur, en les grossissant au maximum, toutes les images du film, ce qui lui permit d'examiner, comme à la loupe, les moindres recoins du bureau du Dr Sarton. Il s'attacha surtout à en étudier le parquet, morceau par morceau.

Tout en manipulant l'appareil, il ne cessa de parler. Il le fallait : il ne pourrait se taire que quand il aurait trouvé ce qu'il cherchait. Et s'il ne le trouvait pas, toute sa démonstration risquait d'être inutile, pire qu'inutile même. Son cœur battait à tout rompre et il avait la tête en feu.

— Il est évident, reprit-il donc, que le commissaire principal est incapable d'assassiner quelqu'un avec préméditation. C'est la pure vérité. Je dis bien : avec préméditation. Mais n'importe qui, lui comme un autre, peut tuer quelqu'un accidentellement. Eh bien, ce n'était pas pour tuer le Dr Sarton que le commissaire était venu à Spacetown mais pour vous tuer, vous, Daneel ! Oui, vous ! La cérébroanalyse vous a-t-elle révélé qu'il est incapable de détruire une machine ? Non, n'est-ce pas ? Ce n'est pas un meurtre ça ! C'est tout bonnement du sabotage !

« Or, le commissaire principal est médiévaliste, et c'est un convaincu. Il a travaillé avec le Dr Sarton, et il a su dans quel but celui-ci vous a créé, Daneel. Il a eu peur que ce but soit atteint, et que les Terriens soient un jour obligés de quitter la Terre. Alors il a décidé de vous supprimer. Vous étiez le seul robot de votre espèce qui ait encore été créé, et il avait tout lieu de croire qu'en démontrant ainsi l'importance et la résolution des Médiévalistes, il découragerait les Spaciens. Il ne connaissait pas moins la forte opposition que manifeste, dans les Mondes Extérieurs, l'opinion publique contre l'expérience de Spacetown. Le Dr Sarton avait dû lui en parler, et il s'est dit que son acte allait définitivement inciter les Spaciens à quitter la Terre.

« Je ne prétends même pas que l'idée de vous détruire, Daneel, lui ait été agréable. J'imagine qu'il en aurait volontiers chargé R. Sammy ; mais vous aviez un aspect humain tellement parfait qu'un robot aussi primitif que R. Sammy aurait risqué de s'y tromper, ou de n'y rien comprendre. Les impératifs de la Première Loi l'auraient empêché d'exécuter l'ordre. Le commissaire aurait également pu envoyer un autre Médiévaliste chez le Dr Sarton, mais il était le seul Terrien à avoir accès à toute heure à Spacetown.

« Je voudrais donc tenter maintenant de reconstituer ce qu'a dû être son plan. Je ne fais que deviner, je l'admets ; mais je crois que je ne me trompe guère. Il a pris rendez-vous avec le Dr Sarton, mais il est venu, exprès, de bonne heure : en fait, c'était à l'aube. Il pensait que le Dr Sarton dormirait, mais que vous, Daneel, vous seriez éveillé. Je pose en principe que vous habitiez chez le docteur, Daneel. Ai-je tort ?

— Pas du tout, Elijah. Vous êtes tout à fait dans le vrai, au contraire.

— Bon, alors, continuons ! C'est vous qui deviez donc ouvrir la porte à l'arrivée du commissaire, lequel, aussitôt, aurait déchargé sur vous son arme, dans votre tête ou dans votre poitrine. Puis il se serait enfui à travers les rues désertes de Spacetown encore endormie, jusqu'au lieu de rendez-vous fixé à R. Sammy. Il lui aurait rendu l'arme du crime, puis serait revenu lentement à la demeure du Dr Sarton. Au besoin, il aurait fait semblant de découvrir lui-même le « cadavre » ; mais, bien entendu, il préférait qu'un autre s'en chargeât. Si on l'interrogeait au sujet de son arrivée si matinale, il pourrait sans doute prétexter d'une communication urgente qu'il désirait faire à Sarton, concernant, par exemple, une attaque de Médiévalistes contre Spacetown dont il aurait eu vent. Sa visite aurait eu pour objet d'inciter les Spaciens à prendre secrètement leurs précautions, afin d'éviter une bagarre entre les Terriens et eux. La découverte du robot détruit ne rendrait que plus plausible cette thèse.

« Si, d'autre part, on s'étonnait de ce que vous ayez mis si longtemps, monsieur le commissaire, pour vous rendre chez le Dr Sarton, vous pourriez dire... voyons... que vous aviez vu quelqu'un s'enfuir vers la campagne, et que vous lui aviez donné la chasse. Vous les auriez ainsi lancés sur une fausse piste. Quant à R. Sammy, nul ne risquait de le démasquer. Un robot circulant hors de la Cité ne pouvait que rencontrer d'autres robots travaillant dans les fermes. Est-ce que je me trompe beaucoup, monsieur le commissaire ?

— Je... je n'ai pas... balbutia Enderby.

— Non, fit Baley. Vous n'avez pas tué Daneel. Il est là, devant vous et, depuis qu'il a pénétré dans la Cité, vous n'avez pas eu la force de le regarder en face ni de l'appeler par son nom. Maintenant, monsieur le commissaire, maintenant, regardez-le bien !

Mais Enderby en fut incapable, et il enfouit son visage dans ses mains tremblantes. A ce moment précis, Baley, qui ne tremblait guère moins, faillit faire tomber le micro-projecteur : il venait de trouver ce qu'il cherchait si ardemment.

L'image que projetait l'appareil sur le mur représentait l'entrée du bureau du Dr Sarton. La porte était ouverte ; c'était une porte à glissière, qui s'enfonçait dans le mur en coulissant sur une rainure métallique. Et là, dans la rainure métallique, là, oui là, quelque chose brillait, et l'on ne pouvait se tromper sur la nature de ce scintillement !...

— Je vais vous dire ce qui s'est passé, reprit Baley. C'est en arrivant chez le Dr Sarton que vous avez laissé tomber vos lunettes. Vous deviez être nerveux et je vous ai déjà vu dans cet état : vous ôtez alors vos lunettes et vous les essuyez. C'est ce que vous avez fait, mais, comme vos mains tremblaient, vous avez laissé tomber vos verres, et peut-être même avez-vous marché dessus. Toujours est-il qu'ils se sont cassés, et, juste à ce moment, la porte s'est ouverte, laissant paraître une silhouette que vous avez prise pour Daneel.

« Vous avez aussitôt tiré dessus, puis ramassé en hâte les débris de vos lunettes et pris la fuite. On a peu après trouvé le corps et, quand vous êtes arrivé, vous avez découvert que vous aviez tué, non pas Daneel, mais le pauvre Dr Sarton qui s'était levé de grand matin. Pour son plus grand malheur, le savant avait créé Daneel à son image et, sans vos verres, vous n'avez pas pu, dans l'état de tension extrême où vous vous trouviez, les distinguer l'un de l'autre. Quant à vous donner maintenant une preuve tangible de ce que je viens d'affirmer, la voici !

Baley manipula encore un peu son petit appareil, sous les yeux terrifiés d'Enderby, cependant que R. Daneel demeurait impassible. L'image de la porte grossit, et bientôt, il n'y eut plus, sur le mur du bureau, que la rainure métallique dans laquelle avait glissé cette porte.

— Ce scintillement dans la glissière, Daneel, par quoi est-il causé, à votre avis ?

— Par deux petits morceaux de verre, répliqua calmement le robot. Nous n'y avions attaché aucune importance.

— Il ne va plus en être de même maintenant ! Car ce sont des fragments de lentilles concaves. Vous pouvez mesurer leurs propriétés optiques, et les comparer avec celles des lunettes qu'Enderby porte en ce moment même ! Et ne vous avisez pas de les détruire, monsieur le commissaire !

Ce disant, il se précipita sur son chef et lui arracha ses lunettes. Un peu à court de souffle, tant il était bouleversé, il les tendit à R. Daneel et déclara :

— Je crois que cela suffit à prouver qu'il se trouvait chez le Dr Sarton plus tôt qu'on ne le pensait, n'est-ce pas ?

— J'en suis absolument convaincu, Elijah ! répondit le robot. Et je m'aperçois maintenant que la cérébroanalyse du commissaire à laquelle j'ai procédé m'a complètement trompé. Mon cher associé, je vous félicite !

La montre de Baley marquait minuit : une nouvelle journée commençait.

Julius Enderby baissa lentement la tête et l'enfouit dans son coude replié. Les mots qu'il prononça résonnèrent dans la pièce comme des gémissements :

— Je me suis trompé ! Ce fut... une erreur ! Je n'ai jamais eu... l'intention... de le tuer !

Et soudain, il glissa de son siège et s'effondra sur le parquet où il resta sans bouger, tout recroquevillé. R. Daneel s'agenouilla auprès de lui et dit à Baley :

— Vous ne lui avez pas fait mal, j'espère, Elijah ?

— Il n'est pas mort, n'est-ce pas ?

— Non. Seulement inconscient.

— Il va revenir à lui. Le coup a été trop dur à encaisser, j'imagine ! Mais il le fallait, Daneel. Je ne pouvais pas agir autrement. Je ne possédais aucune preuve acceptable par un tribunal ; je n'avais que mes déductions logiques. Il a donc fallu que je le harcèle sans répit, pour briser petit à petit sa résistance et faire éclater la vérité, en espérant qu'il finirait par s'effondrer. C'est ce qui s'est produit, Daneel. Vous venez de l'entendre avouer, n'est-ce pas ?

— Oui.

— Bon ! Mais n'oubliez pas que je vous ai promis que le succès de cette enquête ne causerait aucun tort à Spacetown, et contribuerait au contraire à la réussite de son expérience. Par conséquent... Mais attendez un peu ! Le voilà qui revient à lui !

Le commissaire principal fit entendre une sorte de râle ; puis il ouvrit péniblement les yeux et regarda fixement ses deux interlocuteurs.

— Monsieur le commissaire ! dit alors Baley. M'entendez-vous ?

Enderby fit avec indifférence un signe de tête affirmatif.

— Parfait ! reprit Baley. Alors, voici ! Il y a quelque chose qui intéresse les Spaciens bien plus que votre mise en jugement : c'est votre collaboration à l'œuvre qu'ils ont entreprise !

— Quoi ?... Quoi ?... balbutia Enderby, dans les yeux duquel passa une lueur d'espérance.

— Vous devez être une personnalité éminente du mouvement médiévaliste new-yorkais, peut-être de toute l'organisation qu'ils ont mise sur pied d'un bout à l'autre de la planète. Eh bien, arrangez-vous pour orienter le mouvement dans le sens de nouvelles colonisations. Vous voyez dans quel esprit il s'agit de faire la propagande, n'est-ce pas ? Retour à la terre, d'accord, mais à la terre d'autres planètes, etc.

— Je... Je ne comprends pas ! murmura le commissaire principal.

— C'est ce que les Spaciens se sont donné pour but et, si Dieu le veut, c'est également le but que je me propose depuis un petit entretien fort instructif que j'ai eu avec le Dr Fastolfe. Ils désirent plus que tout au monde atteindre cet objectif, et c'est pour y travailler qu'ils risquent constamment la mort, en venant sur la Terre et en y séjournant. Si le meurtre du Dr Sarton a pour résultat de vous obliger à orienter le Médiévalisme vers la renaissance de la colonisation galactique, les Spaciens considéreront probablement que le sacrifice de leur compatriote n'a pas été inutile. Comprenez-vous maintenant ?

— Elijah a parfaitement raison, dit alors R. Daneel. Aidez-nous, monsieur le commissaire, et nous oublierons le passé ! Je vous parle en ce moment au nom du Dr Fastolfe et de tous mes compatriotes. Bien entendu, si vous consentez à nous aider pour nous trahir ensuite, nous aurons toujours le droit de vous châtier pour votre crime. Je pense que vous comprenez également cela, et je regrette sincèrement d'être obligé de vous le préciser.

— Ainsi, je ne serai pas poursuivi ? demanda Enderby.

— Non, si vous nous aidez.

— Eh bien, c'est entendu, j'accepte ! s'écria le commissaire, les yeux pleins de larmes. Je vais le faire ! Expliquez-leur que ce fut un accident, Daneel !... Un accident !... J'ai fait ce que je croyais être quelque chose de bien, d'utile à notre peuple !...

— Si vous nous aidez vraiment, dit alors Baley, vous accomplirez réellement une bonne et belle œuvre ! La colonisation de l'espace est l'unique voie de salut pour la Terre. Vous vous en convaincrez vite, si vous y réfléchissez sans préjugé ni parti pris. Si vous n'y parvenez pas tout seul, prenez la peine d'en parler un peu avec le Dr Fastolfe. Et

maintenant, commencez donc par nous aider en étouffant l'affaire
R. Sammy. Appelez ça un accident, ou tout ce que vous voudrez, mais
qu'on n'en parle plus ! Et rappelez-vous ceci, monsieur le commissaire !
ajouta-t-il en se levant. Je ne suis pas le seul à connaître la vérité ! Me
supprimer entraînerait aussitôt votre perte, car tout Spacetown est au
courant ! Nous nous comprenons bien, n'est-ce pas ?

— Inutile d'en dire plus, Elijah ! dit R. Daneel en s'interposant. Il
est sincère et il nous aidera. La cérébroanalyse le prouve de façon
évidente.

— Parfait ! Dans ces conditions, je vais rentrer chez moi. J'ai besoin
de retrouver Jessie et Bentley, et de reprendre une existence normale.
Et puis, j'ai aussi besoin de dormir ! Dites-moi, Daneel, est-ce que
vous resterez sur la Terre quand les Spaciens vont s'en aller ?

— Je ne sais pas, dit le robot, on ne m'a pas avisé... Pourquoi me
demandez-vous cela ?

Baley se mordit la lèvre et répondit :

— Je n'aurais jamais pensé qu'un jour je pourrais dire quelque
chose de ce genre à une créature telle que vous, Daneel. Mais voilà :
j'ai confiance en vous, et même je vous admire. Je suis moi-même
trop âgé pour jamais songer à quitter la Terre, mais quand on aura
jeté les bases de nouvelles écoles d'émigration, il y aura Bentley à qui
il faudra songer. Et si, un jour, Bentley et vous, vous pouvez travailler
ensemble...

— Peut-être ! répliqua R. Daneel, toujours aussi impassible.

Il se tourna vers Julius Enderby qui les observait tous deux, et dont
le visage flasque commençait seulement à reprendre quelque couleur.

— Mon cher Julius, lui dit-il, j'ai essayé ces jours-ci de comprendre
diverses remarques sur lesquelles Elijah a attiré mon attention. Peut-
être suis-je sur la bonne voie, car voici que je viens de me rendre
compte d'une réalité qui ne m'avait jamais encore frappé : il me semble
moins juste et moins souhaitable de détruire ce qui ne devrait pas
exister — autrement dit ce que vous appelez, vous, le mal — que de
transformer ce mal en ce que vous appelez le bien.

Il hésita un peu, puis, comme s'il semblait presque surpris des termes
dont il se servait, il ajouta :

— Allez, et ne péchez plus !

Baley, soudain tout souriant, entraîna R. Daneel vers la porte, et ils
s'en allèrent tous deux, bras dessus bras dessous.

FACE AUX FEUX DU SOLEIL

The Naked Sun
Traduit par André-Yves Richard

1

Une question se pose

Elijah Baley luttait obstinément contre la panique.

Depuis quinze jours ses appréhensions n'avaient cessé de croître ; depuis plus longtemps même, depuis le moment où on l'avait convoqué à Washington et, une fois là, informé de sa nouvelle affectation.

La convocation à Washington, en elle-même, était déjà assez troublante. Elle était arrivée sans explication : une véritable sommation, et cela ne faisait qu'aggraver les choses. Il y avait des bons de voyage joints, aller et retour par avion : du coup, tout allait de mal en pis !

Ses appréhensions étaient partiellement dues au sentiment d'urgence que sous-entendait le trajet par voie aérienne et, d'un autre côté, à l'idée même qu'il dût effectuer le voyage par air : tout juste cela ; et pourtant ce n'était là que le début de ses craintes, donc des sentiments encore facilement contrôlables.

Après tout, Lije Baley avait circulé en avion quatre fois déjà ; une fois même, il avait survolé le continent de bout en bout. Aussi, quoique un voyage aérien ne fût jamais agréable, ce ne serait pas toutefois un véritable passage dans l'inconnu.

De plus, le trajet de New York à Washington ne prendrait qu'une heure. Le décollage s'effectuerait de la rampe 2 de New York qui, comme toutes les rampes officielles, était convenablement close, avec un sas ne s'ouvrant à l'air libre qu'une fois la vitesse ascensionnelle atteinte. L'arrivée aurait lieu à la rampe 5 de Washington, enclose de la même façon.

Bien plus, et Baley ne l'ignorait pas, l'appareil ne comportait pas de hublot. L'éclairage artificiel y était bon, la nourriture correcte et tous les éléments d'un confort moderne y figuraient. Le vol, dirigé par radio, allait se passer sans histoire, avec à peine une sensation de mouvement une fois l'appareil en vol.

Il se répétait toutes ces excellentes raisons et les ressassait à Jessie, sa femme, qui, n'étant jamais montée en avion, envisageait ces périples avec terreur.

— Mais je n'aime pas que tu prennes l'avion, Lije, dit-elle. Ce n'est pas normal. Pourquoi ne peux-tu prendre l'express ?

— Parce que j'en aurais pour dix heures de trajet.

Et le visage de Baley se figea d'amertume.

— Et parce que j'appartiens aux forces de l'ordre de la ville, et que

je dois obéir aux ordres de mes supérieurs. Du moins si j'entends
conserver un échelon C. 6.

Qu'opposer à pareil argument ?

Baley monta dans l'avion et conserva les yeux fixés sur la bande
d'actualités qui se déroulait uniformément et incessamment du kines-
cope placé à hauteur des yeux. La ville était fière de ce service :
actualités, articles, séries humoristiques ou éducatives, quelquefois des
romans.

Un jour viendrait où les bandes seraient remplacées par des films,
disait-on, parce que ainsi les passagers, en gardant les yeux sur les
oculaires d'une visionneuse, seraient encore mieux séparés du décor
réel.

Baley gardait obstinément les yeux fixés sur la bande qui se déroulait,
non seulement pour se distraire, mais aussi parce que la politesse
l'exigeait. Il y avait avec lui cinq autres passagers dans l'avion (il
n'avait pu s'empêcher de le remarquer) et chacun d'eux avait le droit
que les autres respectent toutes les craintes et les angoisses que sa
nature et son éducation pouvaient lui faire éprouver.

Baley eût certainement mal accueilli l'intrusion de quiconque, alors
qu'il se trouvait aussi mal à l'aise. Il ne voulait pas que d'autres yeux
s'aperçussent de la blancheur de ses phalanges alors qu'il agrippait les
accoudoirs, ou des taches de moiteur qu'elles laisseraient quand il
ôterait ses mains.

Il se disait : « Je suis enfermé de toutes parts, l'avion n'est qu'une
ville en miniature. »

Mais il n'arrivait pas à se convaincre ; il y avait bien cinq centimètres
d'acier sur sa gauche : il pouvait le sentir en y appuyant l'épaule. Mais
au-delà c'était le néant.

Oui, enfin, il y avait de l'air : mais ce n'était que du néant malgré
tout.

Deux mille kilomètres à droite, autant à gauche, et en dessous de lui
cinq mille, peut-être dix mille mètres.

Il eût presque souhaité pouvoir regarder en dessous de lui, jeter un
coup d'œil à ce qui pouvait dépasser des cités ensevelies qu'il survolait :
New York, Philadelphie, Baltimore, Washington. Il imaginait les amas
ondulants à ras de terre de dômes qu'il n'avait jamais vus, mais qu'il
savait là. Et, en dessous d'eux, à mille cinq cents mètres sous terre, et
à des vingtaines de kilomètres à la ronde, les villes.

Les couloirs interminables et affairés des villes, grouillant de
population : les logements, les restaurants communautaires, les usines,
les tapis express ; tout cela, bien confortable, bien tiède, à l'image de
l'homme.

Alors que lui se trouvait isolé dans l'air froid et inerte, à l'intérieur
d'une frêle capsule de métal se déplaçant au travers du vide.

Ses mains se mirent à trembler et il força son regard à se concentrer
sur la bande de papier pour lire un peu.

C'était une nouvelle qui traitait d'aventures galactiques et il sautait aux yeux que le héros en était un Terrien.

Exaspéré, Baley marmonna une interjection, puis retint son souffle un moment, en se rendant compte, avec désarroi, de son impolitesse. Il avait osé émettre un son.

Mais quoi ! C'était vraiment trop ridicule ! Quel infantilisme de prétendre que des Terriens pouvaient envahir l'espace. Des conquêtes galactiques ! La Galaxie était interdite aux Terriens. Ceux qui s'y étaient établis étaient les Spaciens, dont les ancêtres, il y a des siècles, avaient été des Terriens.

Ces ancêtres avaient d'abord atteint les Mondes Extérieurs, s'y étaient confortablement installés, et leurs descendants avaient totalement interdit toute immigration. Ils avaient, en quelque sorte, encagé la Terre et leurs cousins Terriens. Et la civilisation de la Terre avait achevé le travail en emprisonnant les hommes à l'intérieur des villes par une muraille psychologique : la peur des grands espaces vides qui les séparaient des fermes et des zones minières, dirigées par les robots, sur leur propre planète ; même de cet espace-là, ils avaient peur !

« Jehoshaphat, pensait Baley avec amertume, si l'on n'aime pas ça, il faut y faire quelque chose ! Mais, en tout cas, ne pas perdre son temps à des contes de fées ! »

Malheureusement, il n'y avait rien à y faire, et il le savait bien. Puis l'avion se posa ; avec ses compagnons de voyage, il sortit, et tous s'égaillèrent chacun de son côté, sans un regard.

Baley regarda sa montre et décida qu'il avait le temps de faire un brin de toilette avant de prendre le tapis roulant jusqu'au ministère de la Justice. Une vraie veine. Le bruit et l'animation de la ville, l'énorme salle voûtée de l'aéroport, avec les couloirs urbains débouchant sur tous les niveaux, tout ce qu'il voyait, tout ce qu'il entendait, lui donnait l'impression rassurante d'être de nouveau bien au chaud, dans les entrailles et le sein de la Cité. Ses appréhensions s'en trouvèrent diminuées. Il ne lui manquait plus qu'une douche et il en serait totalement débarrassé.

Il avait besoin d'un permis de transit pour utiliser les bains publics, mais toutes les difficultés s'évanouirent devant son ordre de mission. Il n'eut que l'estampille courante, donnant droit à une cabine personnelle, avec la date précisément indiquée pour prévenir tout abus, et une mince bande de papier portant les indications pour se rendre au lieu désigné.

Baley était heureux de sentir sous ses pieds la douceur des tapis roulants ; ce fut avec une sensation presque de luxe qu'il prit de la vitesse, en passant de tapis en tapis, jusqu'à l'express ; il y grimpa allègrement et prit le siège auquel son échelon lui donnait droit.

Ce n'était pas une heure de pointe ; il y avait de nombreux sièges libres. Les Toilettes, lorsqu'il y arriva, n'étaient pas surpeuplées non plus. La cabine à laquelle il eut droit était dans un état convenable, avec un équipement de pressing individuel qui fonctionnait honorablement. Après avoir utilisé à bon escient sa ration d'eau et repassé ses vêtements, il se sentit prêt à affronter le ministère de la Justice. Et même, avec une certaine ironie, dans un agréable état d'âme.

Le sous-secrétaire, Albert Minnim, était un homme petit, râblé, le teint vermeil, les cheveux grisonnants, aux formes atténuées et arrondies. Son aspect était net et il dégageait une légère odeur de lavande. Tout en lui révélait les plaisirs de la vie que fournissent les rations élevées accordées aux gens haut placés dans l'administration.

A côté de lui, Baley se trouvait terne, rustique. Il avait conscience de ses grandes mains, de ses yeux caves, et se sentait presque un vagabond.

Minnim dit avec cordialité :

— Asseyez-vous, Baley. Vous fumez ?

— La pipe seulement, monsieur, répondit Baley, en la sortant de sa poche.

Aussi Minnim remit-il en place un cigare qu'il avait commencé d'extraire du tiroir.

Baley en eut aussitôt des regrets. Un cigare valait mieux que rien et il eût apprécié ce cadeau. Même avec une ration de tabac accrue grâce à sa récente promotion de C. 5 en C. 6, on ne pouvait dire qu'il eût du tabac en surabondance pour sa pipe.

— Je vous en prie, allumez-la, si vous en avez envie, dit Minnim, et il attendit avec une sorte de patience paternelle que Baley ait mesuré, avec soin, la quantité voulue de tabac et fixé le couvercle de sa pipe.

Baley dit, les yeux fixés sur l'extrémité de sa pipe :

— On ne m'a pas informé du motif de cette convocation à Washington, monsieur.

— Je le sais, dit Minnim avec un sourire, et je vais y remédier à l'instant. Vous avez une affectation extérieure, à titre temporaire.

— Hors de New York ?

— A une bonne distance, oui !

Baley leva les sourcils, l'air pensif :

— Pour combien de temps ce détachement, monsieur ?

— Je ne le sais pas moi-même.

Baley n'ignorait pas les avantages et les inconvénients d'une affectation extérieure. Détaché dans une ville où il ne résidait pas, il vivrait probablement sur un plus grand pied que son statut officiel ne l'y autorisait. D'un autre côté, il était extrêmement improbable que Jessie et leur fils Bentley fussent autorisés à l'accompagner dans ses déplacements. On prendrait bien soin d'eux évidemment à New York, mais Baley était un être très attaché à son foyer et l'idée de cette séparation ne lui souriait guère.

Et puis, aussi, une affectation extérieure signifiait un genre particulier d'enquête, ce qui était fort bien, et une responsabilité plus importante que d'habitude reposant sur le détective en tant qu'individu, ce qui pouvait se révéler fort ennuyeux. Baley, peu de mois auparavant, s'était plus qu'honorablement tiré de l'enquête sur le meurtre d'un Spacien, juste en dehors des limites de New York. Il ne débordait pas de joie à l'idée d'une enquête du même genre, ou plus ou moins similaire.

— Pourriez-vous m'indiquer où il va falloir que je me rende, dit-il, ainsi que l'objet de ce détachement ? De quoi s'agit-il donc ?

Il essayait d'évaluer la réponse du sous-secrétaire : « à une bonne distance », et s'amusait à parier avec lui-même sur l'emplacement de cette nouvelle base d'opération. Le mot de distance lui avait paru particulièrement mis en valeur et Baley pensait : Est-ce Calcutta ou Sidney ?

Puis il s'aperçut qu'après tout Minnim avait pris un cigare et l'allumait avec soin.

Baley pensa : « Il ne sait comment me présenter la chose. Il n'ose pas le dire. »

Minnim retira le cigare de sa bouche, regarda s'envoler la fumée et dit :

— Le ministère de la Justice vous détache, à titre temporaire, pour une enquête à Solaria.

Pendant un instant, le cerveau de Baley chercha vainement une identification impossible : Solaria. En Asie ? En Australie ?

Puis il bondit de son siège, et la voix tendue :

— Vous voulez dire, un des Mondes Extérieurs ?

Minnim fuyait toujours le regard de Baley :

— Exactement.

Baley dit :

— Mais c'est impossible. Ils ne permettront jamais à un Terrien de poser le pied sur l'un des Mondes Extérieurs.

— Les circonstances obligent à réviser des attitudes, inspecteur Baley. Il y a eu meurtre sur Solaria.

Les lèvres de Baley se crispèrent en une sorte de sourire réflexe :

— C'est légèrement en dehors de notre juridiction, n'est-ce pas ?

— Ils ont demandé notre aide.

— Notre aide ? A nous, Terriens !

Baley se débattait entre la confusion de ses pensées et une franche incrédulité. Qu'un Monde Extérieur prenne toute autre attitude qu'une froide arrogance vis-à-vis de la méprisable planète mère ou, en mettant tout au mieux, qu'une paternelle bienveillance, était totalement inconcevable. Demander de l'aide...

— L'aide de la Terre, répéta-t-il.

— C'est peu courant, certes, admit Minnim, mais enfin, c'est le cas. Ils désirent qu'un détective de la Terre prenne cette enquête en main. La demande est parvenue par les voies diplomatiques, à l'échelon le plus élevé.

Baley se rassit :

— Mais pourquoi moi ? Je ne suis plus jeune, j'ai quarante-trois ans. J'ai femme et enfant. Je ne saurais quitter la Terre.

— Ce n'est pas nous qui vous avons choisi, inspecteur. On a exigé que ce soit vous personnellement.

— Moi !

— Inspecteur Elijah Baley, C. 6, appartenant aux forces de police de la ville de New York. Ils savaient qui ils voulaient et vous devez bien avoir une idée de leurs raisons.

Baley dit, avec obstination :

— Je n'ai pas les qualifications nécessaires.

— Eux pensent que vous les avez. La manière dont vous avez résolu le meurtre du Spacien est apparemment parvenue jusqu'à eux.

— Ils doivent avoir tout mélangé. Tout cela a dû leur paraître bien supérieur à ce que ce fut en réalité.

Minnim haussa les épaules :

— Quoi qu'il en soit, c'est vous qu'ils ont demandé et nous avons accepté de vous détacher. Vous y êtes affecté. Tous les papiers nécessaires sont prêts et vous n'avez qu'à partir. Pendant votre absence, on s'occupera de votre fils et de votre femme selon l'échelon C. 7, puisque telle sera votre promotion temporaire tant que vous serez sur cette affaire.

Il fit une pause significative.

— Un succès total dans cette enquête peut vous obtenir cette promotion à titre permanent.

Tout cela arrivait trop vite pour Baley. Rien ne tenait debout. Il ne lui était pas possible de quitter la Terre. Ils ne pouvaient donc pas arriver à comprendre cette évidence !

Il s'entendit demander d'une voix sans timbre, qui lui parut invraisemblable à lui-même :

— Mais quelle sorte de meurtre ? Quelles sont les circonstances ? Pourquoi ne peuvent-ils se charger eux-mêmes de l'enquête ?

Minnim redisposa quelques bibelots sur son bureau de ses doigts soigneusement manucurés. Il hocha la tête :

— Je ne sais absolument rien sur ce meurtre. J'ignore tout des circonstances.

— Mais alors qui sait quelque chose, monsieur ? Vous ne supposez pas que je vais m'y rendre de but en blanc, non ?

Et de nouveau, une voix intérieure se désespérait :

« Je ne peux pas quitter la Terre. »

— Personne ne sait rien là-dessus. Personne sur Terre. Les Solariens ne nous ont rien dit. Ce sera votre travail là-bas de découvrir pourquoi ce meurtre est si important qu'il leur faille un Terrien pour résoudre ce problème. Ou plutôt ce ne sera là qu'une partie de votre travail.

Baley était assez désespéré pour oser demander :

— Et si je refuse ?

Il n'ignorait pas la réponse, évidemment. Il savait exactement ce que signifierait pour lui un déclassement, et plus encore pour sa famille.

Minnim ne parla pas de déclassement. Il dit doucement :

— Vous ne pouvez pas refuser, inspecteur ! Vous avez une tâche à remplir.

— Pour les Solariens ? Qu'ils aillent au diable !

— Pour nous, Baley, pour nous.

Minnim fit une pause, puis reprit :

— Vous connaissez la position de la Terre vis-à-vis des Spaciens. Je n'ai pas à y revenir.

Baley, comme n'importe quel Terrien, n'ignorait rien de la situation politique. Les Mondes Extérieurs, dont la population totale était inférieure à celle de la Terre seule, possédaient un potentiel militaire peut-être cent fois plus important. Sur leurs planètes sous-peuplées, dont l'économie reposait sur l'emploi intensif de robots positroniques, la production énergétique par tête était des milliers de fois supérieure à celle de la Terre. Et c'était cette capacité de production d'énergie par chaque habitant qui conditionnait la puissance militaire, le standard de vie et tous ses à-côtés.

Minnim dit :

— L'un des facteurs qui contribuent à nous maintenir dans cette situation humiliante est le manque d'informations. Rien que cela. Aucun renseignement. Eux, il n'y a rien qu'ils ne sachent sur nous. Grands Dieux ! Avec le nombre de missions diplomatiques ou autres qu'ils expédient sur Terre ! Mais nous, que savons-nous d'autre que ce qu'ils ont bien voulu nous dire ? Il n'y a pas un seul Terrien qui ait jamais mis le pied sur l'un des Mondes Extérieurs. Vous, enfin, vous allez pouvoir le faire.

— Mais, je ne peux... commença Baley.

— Vous allez le faire, répéta Minnim. Vous allez vous trouver dans une position unique : sur Solaria, à leur propre demande, poursuivant une enquête qu'ils vous auront confiée. A votre retour, vous ramènerez des quantités de renseignements utiles à la Terre.

Baley fixa un regard noir sur le sous-secrétaire :

— Si je comprends bien, je pars là-bas espionner au profit de la Terre.

— Il n'est pas question d'espionnage, voyons. Vous n'aurez rien d'autre à faire que ce qu'ils vous demanderont de faire. Seulement, gardez l'esprit lucide et les yeux bien ouverts. Observez. La Terre ne manquera pas de spécialistes qualifiés pour analyser et interpréter les observations que vous nous ramènerez.

— Il y aurait donc quelque chose dans l'air, monsieur, me semble-t-il, dit Baley.

— Qu'est-ce qui vous le fait croire ?

— L'envoi d'un Terrien sur un Monde Extérieur est une entreprise aléatoire : les Spaciens n'ont que mépris et méfiance à notre égard.

Avec la meilleure volonté du monde, bien que je me rende là-bas à leur demande expresse, je puis être la cause d'incidents à l'échelle interstellaire. Le gouvernement de la Terre pouvait facilement se dispenser de déférer à leur requête. On pouvait prétendre que j'étais malade. Avec la peur pathologique qu'ils éprouvent pour les maladies, les Spaciens ne m'eussent accueilli sous aucun prétexte, de crainte d'une contagion possible.

— Suggérez-vous, dit Minnim, qu'il nous faille utiliser une telle échappatoire ?

— Non, bien sûr ! Si le gouvernement n'avait que ce seul motif de me détacher, quelqu'un aurait déjà pensé à cette ruse, on aurait découvert une réponse évasive encore plus subtile, sans mon avis. Il s'ensuit donc que ce rôle d'espion est le point crucial. S'il en est ainsi, pour justifier de pareils risques, je me refuse à croire qu'il s'agisse tout simplement d'observer tout ce qu'on me laissera voir.

Baley s'attendait à un éclat. Il l'aurait accueilli presque avec joie, comme un soulagement.

Mais Minnim se contenta d'un sourire glacial, en disant :

— Vous aimez aller au fond des choses, sans vous laisser berner par les apparences, n'est-ce pas ? Après tout, je n'en attendais pas moins de vous.

Le sous-secrétaire se pencha par-dessus son bureau, les yeux dans ceux de Baley :

— Bien ! Voici donc des renseignements dont vous ne devrez parler à quiconque, pas même à d'autres fonctionnaires haut placés. Nos sociologues ont atteint plusieurs conclusions sur l'état actuel de la situation galactique. D'un côté, les Mondes Extérieurs, sous-peuplés, hyper-robotisés, puissants, dont les habitants jouissent d'une parfaite santé et d'une grande longévité. De l'autre, nous, surpeuplés, sous-développés du point de vue technologique, avec une espérance de vie réduite. C'est là une situation particulièrement instable.

— Bah ! Tout passe avec le temps.

— Avec le temps, cette instabilité va s'accentuer. Le maximum de temps dont nous disposons avant le conflit est au mieux un siècle. Bien sûr, tout cela se passera après nous ; nous n'y serons plus ; nos enfants, eux, seront au plein cœur de l'affaire. Car nous deviendrons forcément un danger trop tangible pour que les Mondes Extérieurs nous laissent vivre. Il y a déjà huit milliards de Terriens à haïr les Spaciens.

— Ils nous ont relégués hors de la Galaxie ; ils traitent toutes nos affaires de commerce extérieur à leur prix, nous imposent un système de gouvernement, au lieu de nous laisser faire à notre gré, et en plus ils n'ont que mépris pour nous. Ils désirent peut-être notre gratitude, non !

— Tout ceci est exact et un schéma s'en dégage. Révolte, d'où répression, d'où re-révolte, nouvelle répression, etc., et, en l'espace d'un siècle, la Terre ne figurera plus parmi les mondes habités. Tout au moins, voilà ce que prétendent les sociologues.

Baley s'agita, mal à l'aise. On ne pouvait mettre en doute la science des experts ni la logique des ordinateurs.

— Mais alors, qu'attendez-vous de moi, si tout est comme vous venez de le dire ?

— Rapportez-nous des renseignements, des renseignements précis ! Le point noir dans toute prévision sociologique est une information insuffisante. Et nous, nous manquons de tout renseignement sur les Spaciens. Nous en avons été réduits à des extrapolations hasardeuses, à partir de ceux qui sont venus sur Terre. Nous avons dû nous fonder sur ce qu'ils voulaient bien nous dire de la vie sur leurs planètes. Aussi y a-t-il une chose que nous commençons à connaître : leurs points forts, et quels points forts ! Leurs robots, leur faible densité humaine, leur longévité. Mais ce serait le diable s'ils n'avaient pas de points faibles. Y a-t-il un, ou des facteurs qui, si seulement nous en avions connaissance, pourraient éloigner le spectre de notre anéantissement, quelque chose qui déciderait de notre manière d'agir et améliorerait les chances de survie de la Terre ?

— Est-ce qu'un sociologue ne serait pas plus qualifié que moi, monsieur ?

Minnim hocha la tête :

— Si nous pouvions envoyer là-bas qui nous voulons, il y a dix ans que quelqu'un serait sur place ; nous l'aurions envoyé dès que nous avons abouti à de telles conclusions. Vous êtes la première chance que nous ayons d'avoir un agent là-bas. Ils réclament un enquêteur : nous ne pouvions demander mieux. Un détective est un peu un sociologue, croyez-moi ; un sociologue empirique et terre à terre, mais c'en est un tout de même, sinon ce ne serait pas un bon enquêteur. Et tout votre dossier prouve que vous en êtes un bon.

— Merci, monsieur, répondit mécaniquement Baley, mais si je me trouvais dans une fâcheuse situation...

Minnim haussa les épaules :

— Ce sont les risques du métier.

Et écartant l'objection d'un geste de la main, il ajouta :

— De toute façon, vous devez y aller. Le jour du départ est fixé. L'astronef qui doit vous transporter est prêt à partir.

— Déjà ! Quand ? dit Baley en se raidissant.

— Dans deux jours.

— Alors, il faut que je rentre immédiatement à New York. Ma femme...

— Nous nous occuperons de votre femme. Elle n'a pas le droit de connaître la nature et l'objet de votre affectation spéciale. On l'informera qu'elle ne doit pas espérer de vos nouvelles avant votre retour.

— C'est inhumain ! Il faut que je la voie, je ne la reverrai peut-être jamais plus.

— Au risque de vous paraître encore plus inhumain, dit Minnim, ne croyez-vous pas qu'il y ait un seul jour où, lorsque vous êtes en mission, vous n'êtes pas en droit de vous demander si elle vous reverra jamais, inspecteur Baley ? A chacun ses épreuves.

La pipe de Baley était éteinte depuis un quart d'heure. Il ne s'en était pas rendu compte.

Personne n'avait plus rien à lui dire. Personne ne savait rien de ce meurtre. Des employés anonymes le prirent en charge jusqu'au moment où il se trouva au pied de l'astronef, encore mi-incrédule, mi-abasourdi.

C'était une espèce de canon gigantesque, pointé sur le zénith, et Baley, par intervalles, frissonnait dans l'air frais des espaces libres. La nuit était tombée (et il en était bien heureux), formant une muraille d'un noir d'encre qui s'achevait au-dessus de sa tête en un plafond aussi obscur.

Le temps était couvert, mais une brillante étoile, profitant d'une éclaircie dans les nuages, vint le faire sursauter lorsqu'il l'aperçut. Et pourtant, il avait déjà visité des planétariums.

C'était une petite lueur, loin, bien loin. Il la regarda avec curiosité, sans presque éprouver de frayeur. Elle semblait toute proche et insignifiante. Et pourtant c'était autour de corps semblables qu'orbitaient des planètes, dont les habitants étaient les maîtres de la Galaxie. Le Soleil est comme elle, pensa-t-il, mais il est plus près. Il est de l'autre côté de la Terre à cette heure-ci.

Il se mit soudain à concevoir la Terre comme une sphère de pierre, recouverte d'une pellicule d'humidité et d'atmosphère, entourée par le vide, encerclée par le néant ; et les villes à peine enfoncées dans la couche externe, faisant une transition précaire entre le roc et l'air. Il en eut la chair de poule.

L'astronef était évidemment un bâtiment des Spaciens : tout le commerce interstellaire passait par leurs mains. Il était tout seul maintenant, juste en dehors des remparts de la ville. On l'avait baigné, récuré, aseptisé, jusqu'à ce qu'on puisse le considérer comme suffisamment sain, d'après les normes spaciennes, pour monter à bord. Même ainsi, c'est un robot qui était venu l'accueillir, car Baley était encore porteur de cent et un germes de maladies variées contractées dans la grouillante cité. Il était immunisé contre ces microbes, mais les Spaciens, nés et élevés en couveuse, y étaient sensibles.

La forme du robot se dessina vaguement dans la nuit, ses organes de vision luisant d'un rouge sombre.

— Inspecteur Elijah Baley ?

— C'est moi, dit Baley d'un ton sec, les cheveux se hérissant légèrement sur la nuque. Il était toujours aussi allergique aux robots remplissant des fonctions humaines, comme tous les Terriens d'ailleurs.

Bien sûr, il y avait eu R. Daneel Olivaw, avec qui il avait fait équipe dans l'enquête sur le meurtre du Spacien mais ce n'était pas la même chose. Daneel était, eh bien ! était...

— Suivez-moi, s'il vous plaît, dit le robot.

Un projecteur dessina un chemin de lumière jusqu'à l'astronef.

Baley suivit le robot. Il monta l'échelle de coupée, pénétra à l'intérieur, longea des couloirs et entra enfin dans une pièce.

— Voici votre chambre, inspecteur Baley, dit le robot. Vous êtes tenu d'y demeurer pendant toute la durée du voyage.

« Oh ! oui, pensait Baley. Enfermez-moi, que je sois bien à l'abri. Isolé de tout. »

Les couloirs qu'ils avaient longés étaient totalement vides. Des robots devaient les désinfecter maintenant et le robot qu'il avait en face de lui irait se plonger dans un bain désinfectant en s'en allant.

Le robot dit :

— Vous avez une réserve d'eau et tous instruments d'hygiène. On vous apportera vos repas. Il y a des bandes à visionner. Quant aux hublots, vous pouvez les manœuvrer sur ce tableau. Ils sont obturés pour le moment, mais si vous désirez avoir un aperçu de l'espace...

Avec une certaine agitation, Baley dit :

— Ça va très bien, mon garçon. Laisse les hublots obturés.

Il avait employé la dénomination péjorative que les Terriens utilisaient toujours pour s'adresser aux robots, mais l'autre n'avait pas eu de réaction. Il ne pouvait en avoir, bien sûr. Ses réponses étaient limitées et soumises aux Lois de la Robotique.

Le robot inclina son imposante carcasse métallique en guise de respectueuse déférence et sortit de la pièce.

Baley était maintenant seul dans sa chambre et pouvait l'étudier de fond en comble. Du moins, c'était mieux que l'avion : il pouvait voir ce dernier de bout en bout, prendre conscience de ses dimensions. Mais l'astronef était vaste, comportait des couloirs, des coursives, des cabines. C'était une véritable petite ville. Enfin, Baley pouvait presque respirer sans gêne.

Des lumières s'allumèrent et la voix métallique d'un robot résonna dans le haut-parleur, lui donnant des instructions détaillées pour éviter les malaises de l'accélération au décollage.

Il sentit l'inertie le repousser contre les sangles, l'amortisseur hydraulique s'enfoncer ; il entendit le grondement lointain des tuyères chauffées à blanc par la micropile protonique, puis le sifflement déchirant pendant la traversée de l'atmosphère qui s'amenuisa jusqu'aux ultrasons, pour disparaître totalement au bout d'une heure.

Il voguait maintenant dans l'espace.

Il lui semblait ne plus éprouver la moindre sensation, que tout avait perdu sa réalité. Il avait beau se dire que chaque seconde l'éloignait de plusieurs milliers de kilomètres, le séparait plus encore des villes, de Jessie, son cerveau se refusait à l'admettre.

Le deuxième jour (ou le troisième — il n'y avait aucun moyen d'évaluer la course du temps, sinon par les périodes de repas et de sommeil), il éprouva la sensation fugitive et bizarre d'être retourné comme un gant. Ça ne dura qu'un instant et Baley savait bien que c'était le grand saut, ce passage invraisemblable, incompréhensible, presque mystique et si bref, dans l'hyperespace. Grâce à quoi l'astronef, et tout ce qu'il contenait, se trouvait transporté d'un point à l'autre de l'espace, à des années-lumière de distance.

Puis une période de temps s'écoulerait, puis un autre grand saut, une nouvelle période, un nouveau saut.

Baley se disait qu'il était à des années-lumière de la Terre, des dizaines d'années-lumière, des centaines, des milliers... Il ignorait les distances parcourues. Il n'y avait personne sur Terre capable de localiser Solaria dans l'Univers. Il était un ignorant, ils étaient des ignorants, tous les Terriens sans exception.

Il se sentit terriblement seul.

Il eut la sensation d'un ralentissement alors que le robot faisait de nouveau son apparition. Ses organes de vision, rouge sombre, détaillèrent l'arrimage de Baley ; il resserra, expertement, un écrou à oreilles et vérifia rapidement tous les éléments de l'amortisseur hydraulique.

— Nous toucherons le sol dans trois heures, dit-il. Vous voudrez bien rester consigné dans votre chambre. Un homme viendra vous faire sortir et vous escortera à votre lieu de séjour.

— Un instant, dit Baley la voix étranglée.

Ficelé comme il l'était, il se sentait totalement impuissant.

— A l'arrivée, ce sera quelle période du jour ?

Aussitôt le robot lui répondit : « Selon l'heure standard galactique, il sera...

— L'heure locale, mon garçon, l'heure locale, Jehoshaphat !

Le robot continua, d'un ton monocorde :

— Le jour, sur Solaria, a une durée de vingt-huit heures trente-cinq minutes. L'heure solarienne se divise en dix dixièmes, chaque dixième en cent centièmes. L'horaire prévoit notre arrivée à l'aéroport au vingtième centième du cinquième dixième.

Baley se mit à détester le robot pour son inaptitude à comprendre, car maintenant il se trouvait obligé de poser la question en termes nets et de révéler son point faible.

Il fallait la poser, et carrément :

— Fera-t-il jour ?

Et après toutes ces circonlocutions précédentes, le robot répondit :

— Oui, monsieur.

Et il s'en fut.

Il ferait jour. Il allait sortir à l'air libre, sur la surface nue d'une planète, en plein jour !

Il n'était pas sûr de ce qu'il allait éprouver. Il avait eu l'occasion d'entrevoir des surfaces libres de sa planète, de certains points de la ville. Il lui était même arrivé de sortir à l'air libre un court instant. Mais, toujours, entouré de murs ou tout à proximité.

L'asile où se protéger était toujours à portée de main.

Mais où allait-il trouver asile maintenant ? Il n'y aurait même pas le mur fallacieux des ténèbres.

Et parce qu'il ne voulait pas faire montre d'une seule faiblesse devant les Spaciens — il s'en serait voulu sa vie durant — il se contracta contre les sangles qui le protégeaient des forces gravitationnelles, ferma les yeux et se mit à lutter obstinément contre la panique.

2

Un ami retrouvé

Baley perdait pied. La raison seule ne suffisait pas à refréner sa panique.

Il se répétait inlassablement :

— Des hommes vivent au plein air toute leur vie. C'est ce que font les Spaciens maintenant ; c'est ce qu'autrefois ont fait nos ancêtres sur Terre. Il n'y a pas de danger réel à se trouver hors des murs. C'est mon esprit seul qui s'obstine à croire le contraire.

Mais rien n'y faisait. Quelque chose en lui, de plus fort, de supérieur à la raison, réclamait les murailles et refusait l'air libre.

A mesure que le temps passait, il sentait bien qu'il n'arriverait pas à contrôler sa frayeur. Il ne serait qu'une épave tremblante, lâche et pitoyable. Les Spaciens qu'on allait envoyer à sa rencontre (avec des masques faciaux pour se préserver des germes et gantés pour éviter tout contact) n'auraient même pas à le mépriser. Ils n'éprouveraient que du dégoût.

Il continua de lutter, en serrant les dents.

L'astronef se posa. Les sangles antigravitationnelles se relâchèrent automatiquement, tandis que l'amortisseur hydraulique basculait à l'intérieur de la paroi. Baley resta assis dans le fauteuil. Il avait une peur atroce mais était bien résolu à ne pas la montrer.

Il détourna la tête dès qu'il entendit le léger bruit que fit la porte de la pièce en s'ouvrant. Du coin de l'œil, il avait pu entrevoir une haute silhouette bronzée qui s'avançait : un Spacien, un de ces arrogants descendants de Terriens qui avaient renié leur planète mère.

Le Spacien parla : « Bonjour Elijah. »

Baley, avec un brusque sursaut, se retourna vers celui qui venait de parler ; son regard vacilla et il se leva de son siège presque à son insu.

Il dévisageait son interlocuteur, retrouvant les larges pommettes altières, les traits d'un calme marmoréen, la symétrie de tout le corps, et surtout ce regard droit et pur d'yeux bleus qui ne cillaient pas.

— Daneel !

Le Spacien répondit :

— Il m'est agréable que vous veuillez bien vous souvenir de moi, Elijah.

« Me souvenir de vous. » Baley sentit un immense soulagement l'envahir : devant lui se dressait un écho de la Terre, un ami, un réconfort, un messie. Il avait un irrésistible désir de le serrer dans ses bras, de l'étreindre, de rire en lui tapant dans le dos, toutes ces stupidités si sentimentales que se font deux vieux amis qui se retrouvent après une séparation.

Mais il se contint. Ce n'était pas possible. Il ne pouvait que s'avancer, tendre la main et dire :

— Il est peu probable que je vous oublie jamais, Daneel.

— J'en suis très heureux, dit Daneel, hochant sérieusement la tête. Quant à moi, vous ne l'ignorez pas, tant que je serai en bonne condition, il me sera absolument impossible de vous oublier. Aussi, suis-je heureux de vous revoir.

Il prit la main de Baley dans la sienne, ferme et fraîche, ses doigts serrant, avec une force agréable, sans être douloureuse, puis relâchant leur pression.

Baley souhaitait ardemment que Daneel fût réellement incapable de capter les folles idées qui venaient juste de lui traverser l'esprit et qui n'étaient pas encore dissipées, ce cri intérieur d'une intense amitié, presque d'un véritable amour.

Après tout, on ne pouvait aimer comme un ami ce Daneel Olivaw ; ce n'était pas un homme, ce n'était qu'un robot humanoïde.

Le robot, qui avait tellement l'air d'un être humain, parla :

— J'ai demandé qu'un véhicule de surface, piloté par un robot, soit relié par sas externe.

Baley fronça les sourcils :

— Un sas externe ?

— Oui. C'est un engin courant, souvent utilisé dans l'espace pour transférer du personnel ou du matériel d'un astronef à l'autre sans qu'il soit besoin de l'équipement spécial antivide. Il semblerait que vous n'êtes pas familiarisé avec ce genre d'instrument.

— En effet, dit Baley. Mais je me représente assez bien la chose.

— Bien sûr, il est assez difficile de l'utiliser entre un astronef et un véhicule de surface, mais j'ai exigé que ce soit fait. Heureusement, la mission où vous et moi nous nous trouvons engagés a priorité absolue : les problèmes se résolvent très rapidement.

— Vous êtes désigné pour enquêter sur ce meurtre, vous aussi ?

— On ne vous l'avait pas dit ? Je regrette de n'avoir pas réparé aussitôt cette omission.

Évidemment, les traits impassibles du robot ne marquèrent aucun regret.

— C'est le Dr Han Fastolfe, que vous avez rencontré sur la Terre, au cours de notre précédente enquête en commun, et dont j'espère que vous vous souvenez, qui a suggéré le premier que vous seriez un enquêteur particulièrement qualifié pour ce genre d'affaire. Il a mis comme condition que nous soyons, de nouveau, désignés tous les deux pour enquêter.

Baley réprima un sourire. Le Dr Fastolfe était originaire d'Aurore, le plus puissant des Mondes Extérieurs. Et visiblement l'avis d'un savant d'Aurore était chose d'importance.

— Il ne faut pas détruire une bonne équipe, hein ? dit Baley.

La joie instinctive qu'il avait ressentie en voyant Daneel commençait à s'estomper et il se sentait de nouveau oppressé.

— Je ne sais pas s'il avait particulièrement cette idée en tête, Elijah. D'après la nature des ordres qu'il m'a donnés, je croirais plutôt que ce qui lui importait fût que votre coéquipier eût l'expérience de votre monde et, en conséquence, fût au courant de vos petites manies.

— Nos manies !

Baley fronça les sourcils, offensé. Ce n'était pas là un mot qu'il appréciait lorsqu'on le lui appliquait.

— Eh bien ! par exemple, cette question du sas externe. Je suis au courant de l'aversion que vous éprouvez pour les grands espaces libres. C'est une conséquence de votre éducation à l'intérieur des villes de la Terre.

Peut-être était-ce dû à ce mot de manie appliqué aux Terriens, mais Baley eut l'impression qu'il devait contre-attaquer ou perdre la face devant une machine. Aussi changea-t-il brusquement de sujet — ou peut-être était-ce simplement l'expérience de toute sa vie passée qui lui interdisait d'ignorer un illogisme.

— Il y avait un robot à bord, dit-il, qui s'occupait de mon bien-être. Un robot (et là il mit quelque malice) qui a l'apparence d'un robot. Le connaissez-vous ?

— Je lui ai parlé avant de monter à bord.

— Comment s'appelle-t-il ? Comment puis-je entrer en contact avec lui ?

— C'est RX-24-75. Il est normal sur Solaria de n'appeler les robots que par leur matricule de série.

Les yeux calmes de Daneel se portèrent sur le tableau de contrôle près de la porte.

— Ce bouton doit l'appeler.

Baley appuya du doigt et, moins d'une minute plus tard, le robot, tout au moins celui à l'apparence de robot, entra.

Baley dit :

— Vous êtes RX-24-75 ?

— Oui, monsieur.

— Vous m'avez dit, tout à l'heure, que quelqu'un allait venir pour me faire sortir de l'astronef et m'escorter jusqu'à mon domicile. Est-ce celui dont vous parliez ? dit Baley en désignant Daneel.

Les deux robots se regardèrent et RX-24-75 affirma :

— Ses papiers confirment qu'il est bien la personne qui doit vous rencontrer.

— Vous avait-on prévenu d'autre chose avant son arrivée ? De son aspect, par exemple ?

— Non, monsieur. Je ne savais rien d'autre que son nom.

— Qui vous avait prévenu ?

— Le capitaine de l'astronef, monsieur.

— Un Solarien, je crois ?

— Oui, monsieur.

Baley s'humecta les lèvres. La prochaine question serait décisive :

— Quel nom devait porter celui que vos instructions désignaient comme devant me rencontrer ?

— Daneel Olivaw, monsieur, répondit le robot.

— C'est bien, mon garçon. Vous pouvez disposer.

Après une courbette façon robot, et un rapide demi-tour, RX-24-75 sortit de la pièce.

Baley se retourna vers son collègue et, d'un ton pensif :

— Vous ne m'avez pas dit toute la vérité, Daneel.

— Qu'entendez-vous par là, Elijah ? demanda Daneel.

— Tout à l'heure, quand nous parlions, il m'est revenu à l'esprit quelque chose de curieux. Lorsque RX-24-75 m'a dit que quelqu'un viendrait me chercher, il déclara qu'un homme allait venir. Je m'en souviens très bien.

Daneel écoutait paisible, sans un mot. Baley reprit :

— Je me suis dit, en vous voyant, que le robot avait fait erreur, ou bien que l'homme primitivement désigné avait été au dernier moment remplacé par vous, sans que RX-24-75 ait été prévenu du changement. Mais vous m'avez entendu vérifier ce point : c'est bien vos papiers qui lui avaient été communiqués, c'était bien votre nom qui était marqué. Mais le nom marqué n'était pas exactement le vôtre, Daneel, n'est-ce pas ?

— En effet, mon nom n'y figurait pas en entier, reconnut Daneel.

— Car votre nom exact n'est pas Daneel Olivaw, mais *R* Daneel Olivaw, n'est-ce pas ?

— C'est tout à fait cela, Elijah.

— J'en conclus donc que RX-24-75 n'a jamais été prévenu du fait que vous étiez un robot. On lui a laissé croire que vous étiez un homme, ce qui, en raison de votre physique, est parfaitement plausible.

— Il n'y a rien à reprendre à votre raisonnement.

— Continuons donc.

Baley commençait d'éprouver les premiers frissons d'une espèce de plaisir intuitif. Il était sur la piste de quelque chose. Ce pourrait bien ne pas être quelque chose d'important, mais c'était le genre de piste qu'il savait relever, le genre d'enquête où il excellait, au point qu'on fasse appel à lui de l'autre bout de l'Univers.

— Pourquoi, dit-il, chercherait-on à tromper un vulgaire robot ? Que lui importe, à lui, que vous soyez homme ou robot ? De toute façon, il obéira aux ordres. Une conclusion logique s'impose : d'une part le capitaine solarien qui a prévenu le robot de votre arrivée et, d'autre part, les fonctionnaires solariens qui donnèrent ces instructions au capitaine ignoraient tous votre qualité de robot. Comme je viens de vous le dire, j'en tire là une conclusion logique, mais peut-être n'est-ce pas la seule qu'on puisse en extraire. En tout cas, celle-ci est-elle valable ?

— A mon avis, oui.

— Parfait ! Maintenant, quelle est la raison de cette supercherie ? Le Dr Han Fastolfe, en recommandant votre coopération, laisse croire aux Solariens que vous êtes un homme. Est-ce que ce n'est pas délicat ? Si les Solariens découvrent le pot aux roses, il y aura du grabuge. Pourquoi donc s'y être résolu ?

L'humanoïde dit :

— On me l'a expliqué, Elijah : votre coopération avec un homme des Mondes Extérieurs va vous faire prendre en considération par les Solariens, tandis que de vous associer avec un robot ne pourrait que vous dévaloriser. Comme j'étais au courant de vos habitudes de vie et pouvais travailler fructueusement en équipe avec vous, on a pensé qu'il était plus commode de laisser croire aux Solariens que j'étais un homme et qu'ils m'acceptent comme tel, sans pour autant les tromper en affirmant réellement que j'en étais un.

Baley n'en crut pas un mot. Tout cela dénotait une telle compréhension, un respect si poussé des sentiments terriens, que c'était invraisemblable de la part d'un Spacien, même de quelqu'un d'aussi évolué que Fastolfe.

Baley envisagea un autre point de vue et demanda :

— Les Solariens ne sont-ils pas réputés pour la qualité de leur production de robots ?

— Je suis heureux de constater que l'on vous a mis au courant des affaires intérieures de Solaria, dit Daneel.

— Au courant de rien du tout ! J'ai une idée de l'orthographe du mot « Solaria » et à cela se bornent mes connaissances.

— Alors, je ne conçois pas ce qui a pu vous pousser à poser cette question, Elijah, mais elle est tout à fait à propos et vous êtes tombé en plein sur le problème. Ma mémoire comporte des références qui prouvent que, sur les quelque cinquante Mondes Extérieurs, la renommée de Solaria provient de la qualité et de la variété des robots fabriqués ici. Cette planète exporte des robots spécialisés dans tous les autres Mondes Extérieurs.

Baley hocha la tête, plein d'une amère satisfaction. Il était évident que Daneel ne pouvait suivre des intuitions paralogiques qui prenaient pour base les défauts de l'humanité. Et Baley n'avait pas la moindre envie de lui expliquer son raisonnement. Si Solaria se révélait un monde renommé pour ses robots, le Dr Han Fastolfe et ses collègues pouvaient avoir des motifs purement personnels et très humains pour mettre en valeur leur chef-d'œuvre en matière de robot. Ils n'avaient, en vérité, que faire de la sécurité ou des sentiments d'un Terrien. Mais ils allaient pouvoir ainsi démontrer leur supériorité en laissant croire aux Solariens qu'un robot fabriqué par Aurore était un être humain et en le faisant passer pour tel.

Baley se sentit beaucoup mieux. Mais que c'était étrange de n'avoir pu se débarrasser de ses angoisses malgré les efforts intellectuels déployés dans ce but, malgré toute sa force de volonté, et d'y parvenir en un clin d'œil parce que sa fatuité venait d'être agréablement chatouillée.

De s'apercevoir que les Spaciens n'étaient pas dépourvus de vanité y avait aussi contribué.

« Jehoshaphat ! pensa-t-il, nous sommes tous humains, même les Spaciens. »

Et à haute voix, presque agressif, il demanda :

— Mais jusqu'à quand attendrons-nous ce véhicule ? Je suis prêt.

Le sas externe semblait n'être qu'assez mal adapté à l'usage qu'on en faisait. L'homme et l'humanoïde sortirent de l'astronef très droits, marchant sur un réseau flexible, qui se pliait et ondulait sous leur poids. (Dans l'espace Baley voyait confusément le tableau : les hommes libérés de la pesanteur pouvaient facilement glisser sur toute la longueur du couloir pour se rendre d'un astronef à un autre, propulsés par un simple saut en avant.) A l'autre extrémité, le couloir se rétrécissait maladroitement, les réseaux de mailles s'enchevêtraient comme si quelque main géante les avait comprimés. Daneel, tenant la torche électrique, se mit à quatre pattes, imité par Baley. Ils parcoururent les dix derniers mètres dans cette posture, pour arriver enfin dans ce qui était visiblement un véhicule de surface.

Daneel referma la porte par laquelle ils venaient de passer en la faisant glisser et l'assujettit avec soin. Il y eut un bruit assez fort de craquement métallique, produit probablement par le sas que l'on ôtait.

Baley regarda avec curiosité tout autour de lui. Le véhicule n'offrait rien de trop extraordinaire. Il y avait des banquettes, l'une derrière l'autre, où trois personnes pouvaient prendre place, des portières de chaque côté de la banquette. Les parties luisantes des portières, qui d'habitude devaient servir de vitres, semblaient noires et opaques, ce qui probablement était dû à une excellente polarisation. Baley connaissait déjà ce procédé.

L'intérieur de la voiture était éclairé par deux plafonniers jaunes et ronds ; en bref, la seule chose que Baley trouvait étrange était l'appareil de communication fixé à la cloison placée juste devant la banquette avant et aussi, bien sûr, le fait qu'il n'y eût pas de tableau de commande visible.

Baley dit :

— Je présume que le conducteur se trouve de l'autre côté de cette cloison.

— Exactement, répondit Daneel, et voici comment donner les ordres.

Il se pencha légèrement en avant et tourna une manette : aussitôt, une lampe rouge se mit à clignoter ; il prononça alors distinctement :

— Vous pouvez démarrer maintenant. Quand vous voudrez... (Baley entendit un vrombissement sourd, qui se dissipa presque aussitôt, une pression très légère et très passagère qui le repoussa contre le dossier, puis plus rien.)

De surprise, il dit :

— Sommes-nous en route ?

— Oui, dit Daneel, cette voiture n'a pas de roues et glisse portée par un champ magnétique. Sauf pendant les accélérations et les ralentissements, vous ne sentirez rien.

— Et dans les virages ?

— La voiture s'incline pour compenser la force centrifuge. De la même façon, elle reste horizontale dans les montées et les descentes.

— Les commandes doivent être compliquées, dit Baley, la gorge sèche.

— Tout est automatique. D'ailleurs, le conducteur est un robot.

— Hum !

Baley savait maintenant tout ce qu'il voulait savoir du véhicule ou presque.

— Nous en avons pour combien de temps ? demanda-t-il.

— Une heure environ. Par avion, c'eût été plus rapide, mais j'ai bien pris soin que vous fussiez dans un véhicule clos et les modèles d'avion en usage sur Solaria ne peuvent pas être clos avec autant d'étanchéité qu'un véhicule de surface comme celui que nous utilisons en ce moment.

Baley se sentit agacé des « bons soins » de l'autre : il se sentait comme un nourrisson confié à une infirmière. Et il s'agaçait presque autant des phrases de Daneel. Il lui semblait que cette phraséologie, inutilement impeccable, allait révéler aussitôt le côté robot de son coéquipier.

Pendant un moment il le dévisagea avec curiosité ; le robot, regardant droit devant lui, restait immobile et imperturbable en dépit de cet examen détaillé.

Le grain de la peau de Daneel était parfait, le système pileux et les cheveux avaient été repiqués avec habileté. Le mouvement des muscles jouant sous la peau était vraiment réaliste. Aucun effort, aussi inutile qu'il pût paraître de prime abord, n'avait été épargné. Cependant, Baley savait, par expérience personnelle, que les membres et le torse pouvaient se séparer selon des lignes de couture invisibles, pour pouvoir opérer les révisions et les réparations. Il savait que sous cette peau, d'aspect naturel, il n'y avait que métaux et silicones. Il savait qu'un cerveau positronique, le plus achevé techniquement parlant, mais seulement positronique, se cachait sous la calotte crânienne. Il savait que les « pensées » de Daneel n'étaient que d'éphémères courants positroniques qui couraient dans des circuits inflexiblement réglés et prédéterminés par les ingénieurs-constructeurs.

Mais quels signes pourraient révéler cette réalité à l'expert qui n'en aurait pas été prévenu ? Le léger manque de naturel des phrases de Daneel, l'impassible gravité qu'il observait en tout instant, la perfection sereine de ce spécimen d'humanité.

Mais il perdait son temps.

— Venons-en au fait, dit Baley. Je suppose, Daneel, que l'on vous a mis au courant des affaires solariennes.

— C'est exact, Elijah.

— Parfait ! C'est plus qu'on n'en a fait pour moi. Est-ce une planète assez vaste ?

— Elle fait seize mille kilomètres de diamètre. C'est la plus excentrique des trois planètes et la seule habitée. Elle ressemble à la Terre, du point de vue du climat. Sa proportion de terres fertiles est plus importante, ses ressources minières plus faibles, et d'ailleurs moins exploitées. C'est un monde qui peut se suffire à lui-même et qui, par l'exportation de ses robots, s'est assuré un standard de vie élevé.

— Quelle en est la population ?

— Vingt mille personnes.

Baley acquiesça un instant, puis reprit doucement :

— Vous voulez dire vingt millions, je pense.

Ses faibles connaissances sur les Mondes Extérieurs suffisaient pour qu'il sache que sur chacun de ces mondes sous-peuplés au regard des normes terrestres, la population se chiffrait par millions.

— Vingt mille personnes, Elijah, répéta le robot.

— C'est qu'elle vient juste d'être habitée, alors ?

— Pas du tout. Solaria est indépendante depuis bientôt deux siècles, et on a commencé de s'y installer un siècle avant cette date. Le niveau de la population est volontairement réduit à vingt mille personnes, ce que les Solariens eux-mêmes considèrent comme le nombre optimal.

— Quelle surface de la planète occupent-ils donc ?

— Toute la surface fertile.

— C'est-à-dire, en superficie ?

— Environ quatre-vingts millions de kilomètres carrés, y compris les surfaces marginales.

— Et cela pour vingt mille personnes seulement !

— Il y a aussi quelque deux cents millions de robots positroniques en activité, Elijah.

— Jehoshaphat ! Mais... Mais c'est une proportion de dix mille robots par personne.

— C'est de loin le pourcentage le plus élevé de tous les autres Mondes Extérieurs, Elijah. Celui d'Aurore, qui vient immédiatement après, n'est que de cinquante robots par humain.

— Mais que diable ont-ils besoin de tant de robots ? Que font-ils d'une pareille quantité d'énergie ?

— L'énergie n'est qu'une question mineure dans l'ensemble : la plus grande partie des robots est employée dans les mines et plus encore dans l'industrie.

Baley se mit à penser à tous ces robots et en eut le vertige. Deux cents millions de robots. Un tel nombre pour si peu d'hommes. Les robots devaient pulluler sur la planète. Un observateur de l'extérieur pourrait croire que Solaria n'était peuplée que de robots et ne remarquerait pas la faible population humaine.

Il éprouva un urgent besoin de voir par lui-même. Il se souvenait de sa conversation avec Minnim et des prévisions des sociologues sur les dangers que courait la Terre. Cela lui semblait très lointain, un peu irréel, mais il s'en souvenait. Ses dangers personnels et les difficultés qu'il avait rencontrées depuis qu'il avait quitté la Terre avaient étouffé ses souvenirs de la voix de Minnim, proférant des énormités avec son élocution calme et précise, mais sans jamais les faire disparaître totalement.

Il y avait trop longtemps que Baley vivait pour son métier pour se laisser entraver dans ses objectifs par quelque chose d'aussi écrasant que les espaces libres eux-mêmes. Les faits recueillis de la bouche d'un Spacien, ou aussi bien d'un robot des Mondes Extérieurs, ne faisaient pas défaut aux sociologues de la Terre. Ce dont ils avaient un urgent besoin, c'était d'observations de première main, et son principal travail, quoi qu'il pût lui en coûter, était de se les procurer.

Il leva les yeux vers le haut du véhicule :

— Est-ce que cette voiture est décapotable, Daneel ?

— Excusez mon ignorance, Elijah, mais je ne vois pas ce que vous voulez dire.

— Peut-on repousser le toit en arrière, l'ouvrir sur le ciel ? (Par la force de l'habitude, il avait presque dit : le dôme.)

— Oui, on le peut.

— Bon, alors, faites-le, Daneel. Je veux jeter un regard au-dehors.

Le robot répondit avec gravité :

— Je regrette, mais je ne puis vous y autoriser.

Baley en fut tout décontenancé :

— Voyons, R Daneel, dit-il, en appuyant sur le R, que je me fasse bien comprendre : je vous ordonne de repousser ce toit en arrière.

Bon sang, qu'il le paraisse ou non, ce n'était qu'un robot et il devait exécuter les ordres qu'on lui donnait.

Mais Daneel ne bougea pas et dit :

— Il faut que je vous explique que mon premier souci est de vous éviter tout danger. Tant par les instructions que l'on m'a données que par mon expérience personnelle, je sais que vous risqueriez de graves troubles si vous vous aventuriez dans de grands espaces libres. Aussi ne puis-je vous autoriser à vous y exposer.

Baley sentit son visage s'empourprer tout en reconnaissant la parfaite inutilité de sa colère. Daneel n'était qu'un robot et Baley connaissait bien le texte de la Première Loi de la Robotique : « Un robot ne peut nuire à un être humain ni laisser sans assistance un être humain en danger. »

Et toutes les autres possibilités inscrites dans le cerveau positronique des robots de n'importe quel monde, de n'importe quelle galaxie, devaient s'effacer devant cet objectif primordial. Bien sûr, un robot devait obéir aux ordres donnés, mais sous réserve que l'exécution des dits ordres puisse se faire sans restriction.

Ce n'était que la Deuxième Loi de la Robotique qui disait : « Un robot doit obéir aux ordres qui lui sont donnés par les êtres humains, sauf quand ces ordres sont incompatibles avec la Première Loi. »

Baley s'obligea au calme et dit doucement :

— Je pense que je puis supporter un tel spectacle pendant un court moment, Daneel.

— Ce n'est pas mon avis, Elijah.

— J'en suis seul juge, Daneel.

— Si c'est un ordre, Elijah, je ne puis obéir.

Baley se laissa retomber sur la banquette bien rembourrée. Il était hors de question, bien sûr, d'essayer la contrainte : la force de Daneel, si elle était utilisée à fond, était cent fois supérieure aux possibilités d'un être de chair et d'os. Il était parfaitement capable de maîtriser Baley sans lui causer la moindre meurtrissure.

Baley était armé. Il pouvait pointer son arme sur Daneel, mais tout ce qu'il en tirerait, après une sensation momentanée d'avoir la situation en main, ne serait qu'un sentiment d'impuissance encore plus grand. La menace de les détruire n'avait aucun effet sur les robots. L'autodéfense n'apparaissait qu'avec la Troisième Loi : « Un robot doit protéger son existence tant que cette protection n'est pas incompatible avec la Première ou la Deuxième Loi. »

Daneel se laisserait détruire sans résistance si l'autre terme du dilemme consistait à enfreindre la Première Loi. Et Baley n'éprouvait pas la moindre envie de détruire Daneel, non, pas la moindre.

Pendant un instant, il envisagea de porter l'arme à sa propre tempe : « Ouvrez le toit ou je me fais sauter la cervelle. » Mettre en opposition une phase d'application de la Première Loi et une autre, plus urgente et plus pressante. Mais Baley savait qu'il ne pourrait le faire : c'eût été vraiment trop s'abaisser et la vision que cette pensée avait évoquée en lui l'écœurait.

D'un ton las, il dit :

— Voulez-vous, je vous prie, demander au conducteur quelle distance en kilomètres il nous reste à parcourir ?

— Certainement, Elijah.

Daneel se pencha et tourna la manette. Mais au même instant Baley se pencha lui aussi et dit :

— Conducteur, ouvrez le toit de la voiture.

Et d'un geste vif, il ramena le commutateur en place, le couvrant de ses doigts bien serrés.

Un peu haletant, Baley défia Daneel du regard. Pendant une seconde, Daneel resta immobile, comme si ses circuits positroniques défaillaient momentanément sous l'effort d'adaptation qu'exigeait la nouvelle situation. Mais ce temps mort fut très bref et la main du robot se leva.

Baley l'avait prévu. Daneel allait enlever la main humaine de dessus le commutateur (avec douceur, sans lui faire de mal), rouvrir l'interphone et donner l'ordre inverse.

— Vous ne me ferez pas ouvrir les doigts sans me blesser, dit Baley. Vous êtes prévenu. Vous serez obligé de me casser les doigts.

Ce n'était pas vrai, bien sûr, et Baley ne l'ignorait pas. Mais le mouvement qu'avait ébauché Daneel s'arrêta : tort contre tort. Le cerveau positronique devait évaluer les probabilités respectives, puis les transformer en influx contraires : ce qui amenait une hésitation légèrement prolongée.

— Trop tard, dit Baley.

Il avait gagné Daneel de vitesse. La capote s'abaissa, l'éclat blanc éblouissant du soleil de Solaria vint illuminer l'intérieur de la voiture.

Dans un réflexe instinctif de terreur, Baley voulut fermer les yeux, mais refréna sa panique. Face à lui, il voyait un lavis de vert et de bleu, en quantité incroyable. Il pouvait sentir le souffle fougueux du vent contre son visage, mais était incapable de rien distinguer. Quelque chose passa comme un éclair devant ses yeux : ce pouvait être un robot, un animal, un objet que le vent avait balayé, il n'aurait su le dire ; la voiture allait bien trop vite.

Du bleu, du vert, de l'air, du bruit, du vent, et par-dessus tout cela, écrasant, furieux, implacable, épouvantable, l'éclat incandescent du globe de feu dans le ciel.

Pendant un instant très court, il rejeta la tête en arrière et fixa en plein le soleil de Solaria ; il le regarda sans être cette fois protégé par les verres polarisés des solariums, l'endroit le plus élevé des villes de la Terre. Il faisait enfin face aux pleins feux du soleil.

Et à ce même moment il sentit la main de Daneel sur son épaule. Son esprit brûlait d'un seul désir pendant cet instant irréel et vertigineux : il fallait qu'il voie, il fallait qu'il regarde tout ce qu'il pouvait voir ; et il y avait là Daneel pour l'empêcher de voir.

Mais jamais un robot n'aurait l'audace de faire violence à un être humain. Cette idée ne cessait de le hanter : Daneel ne pouvait l'en empêcher par la force, et pourtant Baley sentit les mains du robot l'obliger à se rasseoir.

Baley leva les bras pour écarter ces mains qui n'étaient pas de chair et perdit connaissance.

3

Quelques données sur la victime

Baley était de nouveau en sécurité, dans un espace bien clos. Le visage de Daneel paraissait flou à ses yeux et marbré de taches plus sombres qui devenaient pourpres quand il clignait des yeux.

— Qu'est-il arrivé ? demanda Baley.

— Je regrette, dit Daneel, que vous vous soyez fait du mal bien que j'aie été présent. Les rayons du soleil, quand on les reçoit sans protection, sont nocifs aux yeux humains, mais je crois qu'en raison de la brièveté du moment où vous leur avez été soumis ils ne vous auront pas causé de troubles durables. Lorsque vous avez levé les yeux, il m'a fallu vous tirer en arrière, et c'est à cet instant que vous avez perdu connaissance.

Baley fit une grimace. Tout ceci ne résolvait pas la question de savoir s'il s'était évanoui de surexcitation, de terreur, ou après avoir été assommé. Il se tâta la mâchoire et la tête sans découvrir de point douloureux. Il préféra ne pas poser directement la question au robot. Dans un sens, il n'avait pas le moindre désir d'être édifié.

— Ça n'a pas été trop désagréable, dit-il.

— D'après vos réactions, Elijah, il me semble que vous avez trouvé l'expérience déplaisante.

— Pas le moins du monde, répondit Baley avec entêtement.

Les marbrures qui dansaient devant ses yeux commençaient à se dissiper et ne lui causaient plus d'élancements.

— Je regrette simplement de n'avoir pu en voir davantage. Nous allions trop vite. Sommes-nous passés devant un robot ?

— Nous en avons dépassé un bon nombre. Nous traversons actuellement le domaine de Kinbald, qui est entièrement consacré à des vergers.

— Il faudra que j'essaye de nouveau, dit Baley.

— Vous ne le pourrez plus, moi présent, dit Daneel. Mais j'ai fait ce que vous aviez demandé.

— Qu'avais-je demandé ?

— Souvenez-vous, Elijah, avant d'ordonner au conducteur d'ouvrir le toit, vous m'aviez demandé de me renseigner sur la distance en kilomètres qu'il nous restait à parcourir. Actuellement, nous sommes à quinze kilomètres de notre but et nous serons à destination dans six minutes environ.

Baley eut envie de demander à Daneel s'il était furieux de s'être laissé duper, n'eût été que pour le plaisir de voir ce visage imperturbable s'altérer, mais il se retint.

Évidemment, Daneel aurait répondu non, sans montrer de rancœur ou de gêne. Il aurait continué de demeurer assis, grave, calme, comme d'habitude, comme si rien ne s'était passé.

D'un ton parfaitement uni, Baley dit :

— Quoi qu'il en soit, Daneel, il faudra bien que je m'y fasse.

Le robot regarda son collègue humain :

— De quoi parlez-vous, s'il vous plaît ?

— Dieu Tout-Puissant, mais... mais de l'extérieur, puisqu'il n'y a que des espaces libres sur cette planète.

— Il n'y a nulle raison que vous fassiez attention à l'extérieur, dit Daneel.

Puis, comme si, pour lui, la question se trouvait résolue, il ajouta :

— Nous ralentissons, Elijah. Je crois que nous sommes à destination. Il va vous falloir attendre un peu, le temps que l'on applique un autre sas externe ; nous pourrons alors nous rendre à la demeure qui nous servira de centre pour notre enquête.

— Pas besoin de sas externe, Daneel. Il va bien falloir que je travaille à l'extérieur. Autant commencer l'entraînement tout de suite.

— Il n'y a nulle raison que vous travailliez à l'extérieur, Elijah.

Le robot se disposait à en dire davantage, mais Baley lui imposa silence d'un mouvement nerveux et définitif.

Pour l'instant, il n'était pas d'humeur à accepter les soins et les conseils de Daneel, ni les bonnes paroles ni les pieuses promesses que tout irait bien et qu'on prendrait bien soin de lui.

Ce qu'il voulait, c'était savoir s'il était capable de s'occuper de lui-même et de remplir sa tâche, sans qu'on soit sans cesse à le couver. Voir, sentir des espaces sans limite avait été un rude choc à supporter. Peut-être, quand le moment serait venu, n'aurait-il pas le courage de les regarder en face de nouveau, au risque d'avoir honte de lui-même à jamais et de mettre la Terre en danger. Et tout cela pour une question d'espace illimité.

Ses traits se durcirent à cette simple idée qui venait de l'effleurer : eh bien ! il ferait face au vent, au soleil, et au néant lui-même !

Elijah Baley se sentait dans l'état d'esprit de l'habitant d'une petite ville comme Helsinki, qui visite New York, et qui compte le nombre de niveaux avec un respect terrorisé. Il avait pensé que leur « demeure » allait consister en une simple pièce monobloc, mais ce n'était rien de comparable. Il passait de chambre en chambre, indéfiniment. Les fenêtres panoramiques étaient soigneusement voilées, ne laissant entrer aucune lueur dangereuse. Les lumières s'allumaient sans bruit par un dispositif dissimulé dès qu'ils passaient une porte et s'éteignaient avec la même discrétion quand ils sortaient de la pièce.

— Tant de pièces, dit Baley avec émerveillement, tant de salles. C'est presque une toute petite ville, Daneel.

— Si tel est votre avis, Elijah, dit Daneel sans se compromettre.

Tout cela semblait très étrange au Terrien. Pourquoi était-il donc nécessaire que tant de Spaciens vivent si près de lui ?

— Combien seront-ils à vivre dans cette demeure avec nous ? demanda-t-il.

— Il y aura moi, bien sûr, répondit Daneel, et un certain nombre de robots.

« Il aurait dû dire : un certain nombre d'autres robots », pensa Baley. Et, de nouveau, il se rendit compte que Daneel avait bien l'intention de jouer le rôle d'un homme en tous points, même vis-à-vis de Baley, qui pourtant savait fort bien ce qu'il en était. Et d'un seul coup, cette idée disparut brusquement, écartée par une autre, plus pressante :

— Des robots, s'écria-t-il, mais combien d'humains ?

— Mais aucun, Elijah !

Ils venaient de pénétrer dans une pièce recouverte, du plancher au plafond, d'enregistrements visuels. Trois visionneuses à vues fixes, avec des écrans de soixante-dix centimètres, dressés verticalement, étaient installées dans trois coins de la pièce ; dans le quatrième, il y avait une chaîne vidéo.

Baley jeta un regard agacé sur toute la pièce.

— Ils ont fichu tout le monde à la porte pour me laisser traîner mes guêtres tout seul dans ce mausolée.

— Mais cette maison est réellement pour vous tout seul. Une résidence comme celle-ci, pour une seule personne, est très courante sur Solaria.

— Tout le monde vit ainsi ?

— Oui, bien sûr.

— Mais que font-ils de toutes ces pièces ?

— Il leur paraît normal d'utiliser chaque pièce pour un seul but bien défini : ceci est le salon de lecture ; il y a également le salon de musique, la salle de gymnastique, la cuisine, la boulangerie autonome, la salle à manger, l'atelier de bricolage, diverses pièces consacrées aux réparations des robots et à leur réentraînement, deux chambres à coucher...

— Ça suffit, Daneel. Comment savez-vous tout cela ?

— Ce n'est qu'une partie de la documentation dont on m'a pourvu sur Aurore, avant que je parte, dit Daneel doucement.

— Et qui s'occupe de tout cet ensemble ? dit-il, en désignant la pièce d'un geste large.

— Il y a un grand nombre de robots domestiques : ils ont été mis à votre service et veilleront à votre confort.

— Mais je n'ai pas besoin d'autant de choses, dit Baley.

Il éprouvait un désir violent de s'asseoir et de ne plus bouger. Il en avait assez de voir des chambres, des pièces, des salles...

— Nous pouvons ne demeurer que dans une seule pièce, si tel est votre plaisir, Elijah. C'est une possibilité qui a été envisagée dès le début. Néanmoins, les mœurs solariennes étant ce qu'elles sont, on a jugé plus sage de faire construire cette maison dans...

— Construire ! dit Baley suffoqué. Vous voulez dire que cette maison a spécialement été construite pour moi ? Avec tout ce qu'elle comporte ?

— Dans une économie complètement automatisée par les robots...

— Oui, oui, je sais ce que vous allez dire. Et qu'en feront-ils de ce palais quand l'affaire sera close ?

— Je pense qu'ils le démoliront complètement.

Baley se pinça les lèvres. Bien sûr : on le démolit complètement. On construit un édifice somptueux pour l'usage d'un seul Terrien, et puis on détruit totalement ce qu'il a touché. Il faut aseptiser le sol où cette maison s'est dressée et saturer d'antiseptiques l'air même qu'il a respiré. Les Spaciens pouvaient paraître des gens et des esprits forts, mais, eux aussi, ils avaient leurs craintes stupides.

Daneel semblait lire dans son esprit, ou du moins déchiffrer ses mimiques, car il dit :

— Il peut vous venir à l'esprit, Elijah, que c'est pour éviter la contagion qu'ils détruiront cette maison. Si c'est là ce que vous pensez, je vous suggère de ne pas vous inquiéter à ce propos. La crainte qu'ils éprouvent vis-à-vis des maladies n'est pas encore aussi vive. C'est simplement que, pour eux, l'effort nécessité par la construction de cette maison est tellement infime, et l'énergie perdue à la démolir leur paraît aussi mince. Et, selon les lois, Elijah, on n'a pas le droit de laisser cette maison debout. Elle est située sur le domaine de Hannis Gruer, et il n'y a légalement qu'une seule habitation par domaine : celle du propriétaire. Il a fallu une dispense spéciale pour construire celle-ci, dans un but parfaitement défini : nous loger pendant une période de temps déterminée, qui est celle dont nous aurons besoin pour accomplir notre mission.

— Qui est cet Hannis Gruer ? demanda Baley.

— Le chef de la Sûreté solarienne. Nous devons le contacter à notre arrivée.

— Vraiment ! Daneel, quand est-ce qu'enfin je vais pouvoir apprendre quelque chose de cette histoire insensée ? J'évolue dans le noir le plus complet, et je n'aime pas ça. Je ferais aussi bien de regagner la Terre, je ferais même mieux...

Il sentit qu'il se montait, sous l'effet de la colère, et s'arrêta net ; Daneel n'avait pas bronché et attendait simplement l'instant de pouvoir parler :

— Je regrette que tout cela vous ait agacé. Mes connaissances générales sur la vie à Solaria semblent plus complètes que les vôtres, mais, quant au meurtre, je n'en sais pas plus que vous. C'est l'inspecteur Gruer qui nous dira ce que nous devons savoir. Le gouvernement solarien en a ainsi décidé.

— Eh bien, voyons ce Gruer ! Est-ce loin d'ici ?

Baley appréhendait cette idée d'avoir encore à se déplacer au-dehors, et le spasme se faisait sentir de nouveau dans sa poitrine.

Daneel dit :

— Nous n'avons pas besoin de nous déplacer, Elijah. L'inspecteur Gruer nous attend dans la chambre d'appels.

— Ah ! parce qu'il y a aussi une chambre d'appels, murmura Baley sardonique.

Puis à haute voix :

— Il nous attend ? Maintenant ?

— Je pense que oui.

— Eh bien ! allons-y donc, Daneel.

Hannis Gruer était chauve, et ce, sans restriction. Il n'y avait pas même de frange de cheveux sur les côtés du crâne : une véritable boule de billard.

Baley avala sa salive avec difficulté et essaya, par politesse, de ne pas regarder ce crâne, mais ne put s'en empêcher.

Sur Terre, on avait coutume de considérer les Spaciens selon leurs propres idées ; ils étaient indiscutablement les rois de la Galaxie, grands, la peau et les cheveux couleur bronze, beaux, imposants, distants : des aristocrates. Bref, tout ce qu'était Daneel Olivaw, mais avec, en plus, le fait d'être des humains. Et les Spaciens que l'on envoyait sur la Terre avaient souvent cet aspect ; peut-être, d'ailleurs, était-ce la raison pour laquelle on les choisissait.

Mais là, le Spacien qu'il avait en face de lui eût, par son physique, facilement passé pour un Terrien. Il était chauve ; par surcroît, son nez était un peu de travers ; pas beaucoup certes, mais sur un Spacien, la plus légère dissymétrie paraissait une anomalie.

— Bonsoir, monsieur, dit Baley. Excusez-moi si nous vous avons fait attendre.

La politesse n'a jamais fait de mal, surtout vis-à-vis de gens avec qui il va vous falloir travailler.

Il eut un instant l'idée de traverser toute la pièce (si ridiculement vaste) et de lui tendre la main pour le saluer. Mais c'était là une tentation facile à vaincre. Un Spacien jamais n'accepterait une telle salutation : une main infestée de microbes terrestres.

Gruer était assis, l'air grave, aussi loin de Baley qu'il lui était possible, les mains cachées par ses longues manches, et ayant probablement inséré des filtres dans ses narines avant l'entrevue, quoique Baley n'ait pu les distinguer. Il lui parut même que Gruer regardait Daneel d'un air de désapprobation comme pour dire : « Vous êtes un étrange Spacien pour vous tenir si près d'un Terrien. » Ce qui ne pouvait signifier qu'une chose : Gruer n'était pas au courant de la supercherie. Mais Baley s'aperçut alors, avec surprise, que Daneel se tenait à bonne distance, bien plus loin qu'il n'en avait coutume.

Évidemment, s'il était resté trop près, Gruer aurait pu trouver qu'une telle attitude était inconcevable. Et Daneel était bien décidé à passer pour un humain.

Gruer avait une voix amicale, agréable, mais il avait tendance à regarder furtivement Daneel, puis à regarder ailleurs pour y laisser revenir son regard.

— Je n'ai guère eu à attendre, dit-il. Soyez les bienvenus sur Solaria, messieurs. Faites comme chez vous.

— Merci bien, monsieur, répondit Baley.

Il se demandait si la courtoisie n'exigeait pas que ce fût Daneel, « Spacien », qui parlât pour eux deux, mais il rejeta cette éventualité avec force. Jehoshaphat ! C'était à lui, personnellement, qu'on avait fait appel pour cette enquête et Daneel n'était venu qu'ensuite. Dans les circonstances présentes, Baley se refusait à jouer les utilités au profit d'un véritable Spacien, à plus forte raison au profit d'un robot, même d'un robot comme Daneel.

Mais Daneel n'essaya même pas de s'assurer le monopole de la conversation, sans que Gruer en paraisse surpris ou gêné. Au contraire, il porta aussitôt son attention sur Baley, sans plus faire grand cas de Daneel.

— On ne vous a rien dit, inspecteur Baley, dit Gruer, au sujet de ce crime pour lequel nous avons fait appel à vos services. Je suppose que vous êtes impatient d'en apprendre davantage ?

Il secoua les bras pour remonter ses manches et se croisa les mains sur le ventre :

— Mais je vous en prie, asseyez-vous, messieurs.

Ce qu'ils firent, tandis que Baley répondait : « Nous sommes dévorés de curiosité », tout en remarquant que Gruer ne portait pas de gants pour protéger ses mains.

Gruer continua :

— C'est de propos délibéré que nous vous avons tenu dans l'ignorance, inspecteur. Nous désirions que vous arriviez l'esprit libre de toute idée *a priori,* seulement prêt à considérer toutes les données du problème. On va vous fournir incessamment le rapport intégral et détaillé du crime et des recherches auxquelles nous nous sommes livrés. Je crains bien, inspecteur, que, à la lueur de votre expérience, vous ne trouviez notre enquête très incomplète, mais nous n'avons pas de forces de police sur Solaria.

— Vraiment, aucune ? demanda Baley.

Gruer eut un sourire et haussa légèrement les épaules.

— Il n'y a jamais de crime ici. Notre population est faible et trop clairsemée. Il n'y a pas d'occasion de commettre des crimes, et donc pas d'occasion pour qu'il faille une police pour les réprimer.

— Oui, je vois. Et malgré tout, il y a eu crime pourtant.

— Hélas ! Mais c'est le premier acte de violence criminelle en deux siècles d'histoire.

— Il est bien triste, alors, que ce soit un meurtre qui en ouvre la liste.

— C'est bien triste, en vérité. D'autant plus triste même que la victime était une personne que nous ne pouvions nous permettre de perdre. Le dernier être à laisser tuer. Et le meurtre s'est déroulé dans des conditions particulièrement affreuses.

— Je présume que l'on ignore qui peut être l'assassin, dit Baley. Sinon, pourquoi faire venir un détective de la Terre ?

Gruer parut alors fort mal à son aise. Il jetait des regards de côté à Daneel, qui restait assis, sans bouger, une machine calme qui ne perdait pas un mot de la conversation.

Baley savait pouvoir compter sur Daneel à n'importe quel moment de l'avenir, pour lui restituer, mot pour mot, tout ce qui avait été dit, quelle que pût être la durée de l'entretien.

Gruer le savait-il ? Les regards qu'il lançait à Daneel semblaient révéler une certaine inquiétude.

— Non, dit Gruer, je ne puis dire que nous ignorons qui est l'assassin, car, en fait, il n'y a qu'une seule personne qui ait eu la possibilité de commettre ce crime.

— Vous êtes bien sûr que cette personne n'a pas eu seulement une occasion de le commettre ?

Baley n'avait qu'une confiance très limitée dans les affirmations gratuites ; et aucune affection pour les détectives en chambre qui, par la seule logique, découvraient des certitudes et des évidences au lieu de simples probabilités.

Mais Gruer dit, secouant sa tête chauve :

— Non, il n'y a qu'une seule personne qui ait pu le faire. Il est impossible que ce soit quelqu'un d'autre, matériellement impossible.

— Matériellement impossible ?

— Je vous le certifie.

— Alors, il n'y a pas de problème.

— Bien au contraire, le problème est plus ardu que jamais. Car cette personne n'a pas pu commettre ce crime non plus.

Avec un calme olympien, Baley proféra :

— Donc, personne n'a commis de crime.

— Oui. Et pourtant ce crime a eu lieu, et Rikaine Delmarre est mort.

« Jehoshaphat ! pensa Baley. J'ai enfin un petit quelque chose : le nom de la victime. Me voilà bien avancé ! »

Il sortit néanmoins son carnet et, avec gravité, nota le renseignement, en partie sous l'emprise d'un plaisir sardonique à montrer qu'enfin il avait pu dénicher ne serait-ce que le fait le plus insignifiant, et en partie pour éviter de dévoiler, avec une netteté trop grande, qu'il était assis près d'un véritable magnétophone qui n'avait nul besoin de prendre des notes.

— Comment s'écrit le nom de la victime ? demanda-t-il.

Gruer l'épela.

— Quelle profession, je vous prie, monsieur ?

— Fœtologue.

Baley l'orthographia au son, mais n'insista pas.

— Maintenant, dit-il, qui pourrait me donner une version personnelle des circonstances du meurtre ? De préférence, un témoin direct.

Le sourire de Gruer tourna au rictus et de nouveau son regard se porta sur Daneel, pour se poser ailleurs.

— Sa femme, inspecteur.

— Sa femme... ?

— Oui. Elle s'appelle Gladïa.

Gruer prononçait le prénom en trois syllabes, accentuant la seconde.

— Ont-ils des enfants ? dit Baley, le regard fixé sur ses notes.

N'obtenant pas de réponse, il leva la tête, en répétant : « Des enfants ? »

Mais Gruer faisait une épouvantable grimace, comme s'il avait mangé quelque chose d'amer. Il semblait prêt à vomir, et dit finalement avec effort :

— Comment le saurais-je ?

— Hein ! fit Baley.

Gruer se dépêcha d'ajouter :

— En tout cas, je pense qu'il vaut mieux différer à demain le début réel de l'enquête. Je sais que vous avez fait un voyage éprouvant, monsieur Baley, et que vous devez être passablement fatigué et avoir très faim.

Baley, qui allait se récrier, s'aperçut soudain que l'idée de manger le tentait terriblement et se contenta de dire : « Nous ferez-vous l'honneur de partager notre repas ? » tout en sachant bien que Gruer, spacien, déclinerait l'invitation. (Cependant, il avait réussi à lui faire dire « monsieur Baley », au lieu d'« inspecteur Baley ». C'était déjà un point d'acquis.)

— Des engagements antérieurs rendent cela impossible. Il me faut vous quitter. Je vous prie de m'excuser.

Baley se leva. Il eût été poli de raccompagner Gruer jusqu'à la porte. Mais, en premier lieu, l'idée d'aller jusqu'au seuil et aux espaces découverts ne le tentait guère. Et de plus il ignorait totalement où se trouvait ladite porte. Aussi resta-t-il debout ne sachant trop que faire.

Gruer fit un signe de tête, en souriant :

— J'aurai l'occasion de vous revoir. Vos robots connaissent la combinaison pour me toucher si vous désirez me parler.

Et il disparut.

Baley poussa un cri de surprise. Gruer et la chaise où il était assis s'étaient volatilisés. Le mur, derrière Gruer, le plancher sous ses pieds avaient complètement changé en l'espace d'un clin d'œil.

Daneel dit avec calme :

— De toute la conversation, il n'a jamais été là en chair et en os. Ce n'était qu'une image tridimensionnelle. Je pensais que vous le saviez : vous avez des récepteurs tridimensionnels sur Terre.

— Oui, mais pas comme celui-ci, murmura Baley.

L'image tridimensionnelle sur Terre était enfermée dans un champ de forme cubique, qui scintillait contre l'arrière-plan. L'image elle-même n'avait pas de stabilité et, sur Terre, on ne pouvait confondre l'apparence et la réalité ; mais ici...

Ce n'était pas étonnant que Gruer n'ait pas mis de gants et qu'il n'ait pas eu besoin de filtre dans les narines non plus.

Daneel dit :

— Voudriez-vous venir manger, maintenant, Elijah ?

Le repas fut pour Baley un calvaire imprévu : des robots ne cessaient d'apparaître : l'un pour mettre la table, un autre pour porter les plats...

— Mais combien donc y en a-t-il dans cette maison, Daneel ? s'enquit Baley.

— Une cinquantaine, Elijah.

— Et pourquoi restent-ils là, tandis que nous mangeons ? (L'un des robots s'était retiré dans un coin, sa tête de métal poli aux yeux luisants tournée dans la direction de Baley.)

— C'est la coutume, dit Daneel. L'un d'entre eux reste toujours présent, au cas où nous aurions besoin de ses services. Mais si sa présence vous gêne, ordonnez-lui simplement de partir.

Baley haussa les épaules : « Bon ! Qu'il reste ! »

Dans des circonstances normales, Baley eût trouvé la chère délicieuse. Mais maintenant, il mangeait sans goût. Il remarqua, par réflexe, que Daneel mangeait aussi avec une espèce de détachement impersonnel. Bien sûr, un peu plus tard, il irait vider le réceptacle de fluorocarbone qui lui servait « d'estomac » pour faire disparaître les aliments absorbés. Mais, de toute façon, Daneel continuait à bien jouer son rôle d'homme.

— Fait-il nuit dehors ? demanda Baley.

— C'est la nuit, en effet, répondit Daneel.

Baley jeta un regard sombre sur le lit. Il était trop vaste. Toute la chambre, d'ailleurs, était trop grande. Et puis, il n'y avait pas de couverture, rien que des draps. Tout cela ne lui donnerait guère l'illusion d'une protection.

Tout était si difficile. Il venait de traverser une expérience déprimante : il avait pris sa douche dans un bac attenant à la chambre. C'était peut-être le comble du raffinement mais, pour lui, cela lui paraissait plutôt un remarquable manque d'hygiène.

Il demanda d'un ton sec :

— Comment éteint-on la lumière ?

A la tête du lit luisait une veilleuse. C'était peut-être pour faciliter la lecture d'un livre sur la visionneuse avant de s'endormir, mais Baley n'était pas d'humeur à lire.

— On s'en occupera dès que vous serez couché, si vous manifestez l'envie de dormir.

— Qui, on ? Les robots qui surveillent, n'est-ce pas ?

— C'est leur travail.

— Jehoshaphat ! Mais qu'est-ce que ces Solariens peuvent faire par eux-mêmes ? grogna Baley. C'est merveille que je n'aie pas eu de robot pour me frotter le dos sous la douche !

Sans l'ombre d'un sourire, Daneel répondit :

— Vous en auriez eu un si vous en aviez manifesté le désir. Quant aux Solariens, ils font ce qu'ils ont envie de faire. Aucun robot ne remplira sa tâche si on lui donne l'ordre précis de ne pas le faire, sauf s'il est nécessaire qu'elle soit accomplie pour le bien-être d'un humain.

— Bon, bon ! Bonne nuit, Daneel.

— Je suis dans l'autre chambre, Elijah. Si, à n'importe quel moment, au cours de la nuit vous avez besoin de quelque...

— Oui, je sais. Les robots viendront.

— Il y a un bouton d'appel sur la table de nuit. Vous n'aurez qu'à le presser et je viendrai moi aussi.

Le sommeil fuyait Baley. Il ne cessait de se représenter la maison où il se trouvait, établie d'une manière si précaire sur l'écorce externe de ce monde, avec le vide tapi tout près comme un monstre.

Sur Terre, sa chambre, si confortable, si douillette, était blottie parmi tant d'autres. Il y avait des douzaines de niveaux différents et des milliers de gens pour le séparer de la surface.

Mais, même sur Terre, essayait-il de se persuader, il y a des gens qui habitent le niveau le plus haut. Ils sont tout près de l'extérieur, sans autre protection. Bien sûr. Mais c'est pourquoi ils ont loué pour une bouchée de pain.

Puis il se mit à penser à Jessie, à des milliers d'années-lumière de lui.

Il avait terriblement envie de sortir du lit sur-le-champ, de s'habiller, d'aller la rejoindre. Ses pensées devenaient de plus en plus confuses. Si seulement il y avait un tunnel, un petit tunnel mignon, bien tiède, creusé dans le rocher et le métal, du solide, du sérieux, un petit tunnel pour aller de Solaria jusqu'à la Terre, eh bien ! il marcherait, marcherait, mar-che-rait.

Il reviendrait jusqu'à la Terre, à pied, jusqu'à Jessie, jusqu'au bien-être, jusqu'à la sécurité.

Sécurité ? Les yeux de Baley se rouvrirent d'un seul coup, ses bras se raidirent et il se redressa sur le coude, à peine conscient de ce qu'il faisait.

Sécurité — Sûreté. Cet homme, Hannis Gruer, était le chef de la Sûreté solarienne. C'est ce qu'avait dit Daneel. Et qu'est-ce que ce mot de sûreté voulait dire ici ? Si c'était la même chose que sur Terre, et pourquoi eût-ce été différent, cet homme, ce Gruer, était responsable de la sécurité du territoire de Solaria, contre toute invasion venue de l'extérieur, et toute révolte à l'intérieur.

Pourquoi s'intéressait-il à une histoire de meurtre ? Était-ce en raison du manque de police sur Solaria que le ministère de la Sûreté s'occupait d'un meurtre, parce qu'il était le plus proche, par ses attributions, d'un ministère de la Justice ?

Gruer avait semblé à l'aise tant qu'il s'adressait à Baley ; mais ses regards furtifs qu'il n'avait cessé de lancer à Daneel ?

Avait-il des soupçons sur les mobiles de Daneel ? Baley lui-même avait ordre de garder les yeux bien ouverts, et il était fort possible qu'on ait donné des instructions identiques à Daneel.

C'était tout naturel, de la part de Gruer, de craindre toute tentative d'espionnage : son travail lui faisait une règle d'avoir des soupçons dès qu'il s'agissait d'une question où il était normal qu'il pût en avoir. Et il n'aurait pas de grosses craintes vis-à-vis de Baley, un Terrien, un représentant du monde le moins redoutable de toute la Galaxie. Tandis que Daneel était un homme d'Aurore, le plus ancien, le plus vaste, le plus puissant des Mondes Extérieurs. Là était toute la différence. Et Gruer, Baley s'en souvenait maintenant, n'avait pas adressé la parole à Daneel.

De même, quelles raisons pouvaient pousser Daneel à se faire passer pour un homme, au point de singer si remarquablement les attitudes humaines ? L'explication précédente que s'était donnée Baley, une supercherie destinée à rehausser l'orgueil des gens d'Aurore qui avaient conçu et réalisé Daneel, péchait par insignifiance. Il semblait évident maintenant que cela visait un but beaucoup plus sérieux.

Un homme pouvait s'attendre à bénéficier de l'immunité diplomatique, d'une certaine courtoisie, d'une certaine sympathie même, mais pas un robot.

Mais alors, pourquoi Aurore n'avait-elle pas envoyé un homme véritable ? Pourquoi jouer son va-tout sur un bluff pareil ? La réponse sauta immédiatement à l'esprit de Baley. Un homme d'Aurore, un Spacien, n'aurait jamais accepté de faire équipe d'une manière aussi prolongée et aussi intime avec un Terrien.

Mais à supposer que toutes ces déductions fussent exactes, pourquoi fallait-il qu'on ait trouvé ce meurtre si important pour que Solaria admît sur son sol un Terrien et, plus encore, un Aurorain ?

Baley avait l'impression d'être pris au piège.

Il était pris au piège de Solaria, par les nécessités de sa mission, des dangers que courait la Terre. Il était pris au piège de mœurs qu'il pouvait difficilement supporter, et d'une responsabilité dont il ne pouvait se débarrasser. Et, en plus de tout cela, il se trouvait probablement pris au piège d'un conflit entre Spaciens alors qu'il se trouvait incapable d'en comprendre l'essence.

4

Vision d'une femme

Il finit par s'endormir. Il ne sut pas quand il passa de l'état de veille au sommeil : ses pensées, à un moment donné, devinrent de plus en plus floues, et il ouvrit les yeux alors que la tête de son lit luisait de tout son poli et que le plafond avait l'éclat frais du jour. Il regarda sa montre.

Des heures s'étaient écoulées. Les robots qui dirigeaient la maison avaient dû décider qu'il était temps que Baley s'éveille : aussi avaient-ils fait en sorte qu'il ouvre les yeux.

Il se demanda si Daneel était réveillé lui aussi, et se rendit compte immédiatement de l'illogisme de son idée : Daneel ne pouvait pas dormir. Il se demanda alors s'il avait feint de dormir pour bien jouer le rôle qu'on lui avait donné. S'était-il déshabillé ? Avait-il passé un pyjama ?

Comme si les pensées de Baley l'avaient évoqué, Daneel entra à ce moment :

— Bonjour, Elijah.

Le robot était habillé de pied en cap, la figure parfaitement reposée :

— Avez-vous bien dormi ? continua-t-il.

— Oui, fit Baley, d'un ton peu amène, et vous ?

Il sauta du lit et se précipita dans la salle de bains pour se raser et procéder à son habituelle toilette du matin, en criant :

— Si un robot se présente pour me raser, renvoyez-le ! Ils me rasent déjà assez, même quand je ne les vois pas !

Il se regardait, tout en se rasant, et s'émerveillait un peu de voir que le visage reflété dans le miroir était si semblable à celui qu'il voyait sur Terre. Ah ! si seulement ce reflet était un autre Terrien, avec lequel il pût parler, au lieu d'un simple jeu de lumière qui lui restituait son image familière ; s'il pouvait revoir avec lui en détail tout ce qu'il avait déjà appris, aussi mince et insignifiant que ce fût !

— C'est trop mince, il en faudrait plus ! grommela-t-il en s'adressant à son image.

Il sortit en s'épongeant le visage et passa son pantalon sur des sous-vêtements tout neufs. (Les robots fournissaient tout ce qu'il lui fallait, que le diable les emporte !)

— Voudriez-vous répondre à quelques questions, Daneel ? demanda-t-il.

— Vous savez bien, Elijah, que je réponds à toutes vos questions dans la mesure de mes connaissances.

(Ouais ! ou d'après ce qu'on t'a dit de dire, pensa Baley.)

— Pourquoi n'y a-t-il que vingt mille personnes sur Solaria ? poursuivit-il.

— C'est là seulement un fait. Une évidence. La somme de toutes les personnes dénombrées, répondit Daneel.

— Oui, bien sûr. Mais vous répondez à côté de la question. La planète peut nourrir des millions d'habitants. Alors, pourquoi vingt mille seulement ? Vous m'avez dit que c'était le chiffre que les Solariens considéraient comme l'idéal. Pourquoi ?

— C'est leur manière de vivre.

— Vous voulez dire qu'ils pratiquent le contrôle des naissances ?

— Oui.

— En laissant leur planète pour ainsi dire inoccupée ?

Baley ne savait pas lui-même pourquoi il insistait sur ce point, sinon que la population de la planète était l'un des seuls faits précis dont il ait eu connaissance et que c'était l'un des rares points sur lequel il pouvait poser des questions.

— La planète n'est pas inoccupée, répondit Daneel. Elle est divisée en domaines, dont chacun dépend d'un Solarien.

— Si je comprends bien, chaque Solarien vit sur son domaine. Il y a donc vingt mille domaines, autant que de Solariens.

— Il y a moins de domaines que cela, Elijah. Les épouses participent en communauté avec leur mari dans le domaine.

— Il n'y a pas de ville, dit Baley, un frisson dans le dos.

— Pas une seule, Elijah. Ils vivent totalement séparés les uns des autres et ne se rencontrent en personne que dans les circonstances les plus extraordinaires.

— Mais ce sont des ermites !

— Oui et non.

— Qu'est-ce à dire ?

— Hier, l'inspecteur Gruer nous a rendu visite par stéréovision. Les Solariens se rendent ainsi très souvent visite, mais jamais en personne.

Baley regarda Daneel, les yeux dans les yeux, et proféra :

— Nous compris ? Va-t-il falloir que nous vivions de cette façon ?

— Ce sont les us et coutumes d'ici.

— Mais alors, comment mener une enquête ? Si j'ai besoin de voir quelqu'un...

— A partir de cette maison, Elijah, vous pouvez obtenir une liaison par stéréovision avec n'importe qui sur la planète. Il n'y a pas le moindre problème. En fait, cela vous épargnera l'ennui de quitter la maison pour le dehors. C'est là la raison pour laquelle je vous avais dit, à votre arrivée, que vous n'auriez pas l'occasion de devoir vous habituer à sortir au grand air. Et ceci est très bien. Toute autre solution n'eût pu que vous être désagréable.

— Je suis encore capable de juger, tout seul, de ce qui m'est désagréable ou pas, répondit Baley. Bon, la première chose à faire ce matin, Daneel, est que j'entre en contact avec cette femme, Gladïa, l'épouse de la victime. Si la liaison stéréo ne me donne pas satisfaction, j'irai personnellement la voir chez elle. Ceci relève du domaine de ma seule appréciation.

— Nous verrons bien ce qui est le mieux et aussi le plus faisable, Elijah, dit Daneel sans s'engager. Je vais demander le petit déjeuner.

Et il tourna le dos.

Baley regardait fixement le large dos du robot qui s'en allait. Il en restait ahuri. Daneel Olivaw jouait les grands chefs ! Mais si les instructions qu'on lui avait données intimaient que Baley n'en apprît pas plus que le nécessaire absolu, on ne s'était pas aperçu que Baley gardait en main un atout maître.

L'autre, après tout, n'était jamais que le robot Daneel Olivaw. Pour remettre tout à sa place normale, il lui suffisait de dire à Gruer, ou à n'importe quel Solarien, que Daneel était un robot et non l'homme qu'il paraissait être.

Et pourtant, d'un autre point de vue, cette pseudo-humanité de Daneel pouvait se révéler très utile. Il n'est pas nécessaire de jouer immédiatement un atout maître. Il est bien souvent plus avantageux de le conserver en main.

« Laissons venir pour le moment », pensa-t-il, et il suivit Daneel pour prendre son petit déjeuner.

— Et maintenant, dit Baley, comment se débrouille-t-on pour obtenir une liaison stéréo ?

— Nous n'avons pas à nous en préoccuper, Elijah, dit Daneel en cherchant du doigt l'un des boutons d'appel pour convoquer un robot.

Immédiatement, celui-ci se présenta.

« D'où diable sortent-ils ? » se demanda Baley. Lorsqu'il déambulait sans but à travers le labyrinthe de pièces inhabitées de la maison, il n'avait jamais l'occasion de voir le moindre robot. Se dépêchaient-ils donc de vider les lieux à l'approche d'un être humain, ou bien se prévenaient-ils l'un l'autre pour laisser la voie libre ?

Et pourtant, dès qu'on appelait, il y en avait toujours un qui se présentait aussitôt.

Baley inspecta des pieds à la tête le robot qui venait d'arriver ; son corps était de métal poli, mais sans brillant ; un ensemble terne, grisâtre, avec une immatriculation en damier sur l'épaule droite, le seul point coloré de toute sa surface : des carrés blancs et jaunes (en fait, or et argent, en raison de leur éclat) qui semblaient disposés selon un rythme aberrant.

— Menez-nous à la chambre d'appels.

Le robot s'inclina, fit demi-tour, mais sans un mot.

— Un instant, mon garçon, dit Baley, comment vous nommez-vous ?

Le robot refit face à Baley, parlant d'une voix bien timbrée et sans hésitation :

— Je n'ai pas de nom, maître. Mon numéro d'immatriculation, dit-il en portant son index métallique sur sa plaque d'épaule, est ACX-27-45.

Daneel et Baley le suivirent dans une vaste pièce. Baley reconnut l'endroit où Gruer et son fauteuil s'étaient trouvés la veille.

Un autre robot les y attendait avec l'immuable patience des machines. Leur guide s'inclina et s'en fut.

Baley avait eu le temps de comparer les plaques d'immatriculation des deux robots avant que le premier soit reparti. Le rythme de disposition des carrés d'or et d'argent était différent. Le damier comportait six fois six cases, d'où une possibilité de combinaisons de deux puissance trente-six, soit quelque soixante-dix milliards : un chiffre plus que suffisant.

— Visiblement, dit Baley, il y a un robot pour chaque opération. L'un pour nous guider jusqu'ici, un autre pour manipuler le transmetteur stéréo.

— La spécialisation des robots est très poussée sur Solaria, Elijah, répondit Daneel.

— Quand il y en a tant, c'est compréhensible !

Baley se mit à contempler l'autre robot. Exception faite de la plaque d'immatriculation sur l'épaule, et vraisemblablement de la disposition des circuits positroniques invisibles dans son cerveau arborescent de platine iridié, c'était une réplique identique du précédent.

— Votre numéro d'identification ? demanda-t-il.

— ACC-11-29, maître.

— Bon ; je vous appellerai simplement mon garçon. Maintenant, je voudrais m'adresser à une certaine Mme Gladïa Delmarre, veuve de feu Rikaine Delmarre. (Il se tourna vers Daneel.) Y a-t-il une adresse, un moyen quelconque de la localiser exactement ?

Avec douceur, Daneel dit :

— Je ne pense pas qu'il ait besoin de plus amples renseignements. Si vous voulez que j'interroge le robot...

— Je vais le faire moi-même, merci, dit Baley. Parfait, mon garçon. Savez-vous comment appeler cette dame ?

— Oui, maître. Je connais toutes les fréquences d'appel de tous les maîtres.

Ceci énoncé sans le moindre orgueil. Ce n'était, pour lui, qu'un fait aussi évident que s'il avait dit :

— Je suis un être de métal, maître.

Daneel intervint :

— Ceci n'a rien de surprenant, Elijah. Il y a moins de dix mille liaisons à effectuer, et pour sa mémoire magnétique ceci est un nombre très faible.

Baley acquiesça.

— Et si par hasard il y avait d'autres personnes du nom de Gladïa Delmarre ? Ce serait un risque de quiproquo.

— Maître ? et le robot demeura silencieux, dans l'expectative.

— Je crois bien, fit Daneel, que le robot n'a pas compris votre question. Les patronymes sont enregistrés à la naissance, et l'on ne peut adopter d'autre appellation, à moins que ce nom n'ait pas de titulaire à l'époque.

— Bien, bien, dit Baley. J'en apprends tous les jours ! Maintenant, comprenez-moi bien, mon garçon. Vous allez m'indiquer ce que je dois faire, s'il y a quelque chose à faire : donnez-moi la fréquence d'appel, ou ce qui en tient lieu dans votre langage, et puis déguerpissez.

Il y eut un temps mort assez long avant que le robot répondît :

— Vous désirez faire l'appel vous-même, maître ?

— Exactement.

Daneel retint doucement la manche de Baley :

— Un instant, Elijah.

— Allons bon ! Qu'y a-t-il ?

— Je crois que le robot pourrait établir la communication avec plus de facilité. Il est programmé pour cela.

Baley rétorqua, peu amène :

— Eh ! Je le sais qu'il le fera mieux que moi. Si je le fais moi-même, je risque de faire un épouvantable méli-mélo.

Puis, le regard bien fixé dans les yeux impassibles de Daneel :

— Néanmoins, j'entends établir cette communication moi-même. Qui commande de nous deux, vous ou moi ?

— C'est vous qui commandez, Elijah, répondit Daneel, et tous vos ordres, quand la Première Loi n'y met pas d'obstacles, seront ponctuellement exécutés. Cependant, avec votre permission, j'aimerais pouvoir vous fournir tous les renseignements utiles dont je dispose en ce qui concerne les robots solariens. Ceux-ci sont bien plus spécialisés que ceux de n'importe quelle autre planète. Et, bien qu'ils soient physiquement à même d'accomplir de nombreuses tâches, ils ne sont mentalement bien conditionnés que pour une seule sorte d'occupation. Remplir des fonctions étrangères à leur spécialisation demande les énergies puissantes obtenues par une application directe de l'une des Trois Lois. De la même façon, ne pas effectuer le travail pour lequel ils sont programmés réclame également l'application directe de l'une des Trois Lois.

— Eh bien, donc, tout ordre direct que je lui donne met en jeu la Deuxième Loi, oui ou non ?

— Oui, certes. Néanmoins, l'énergie qu'elle va mettre en action est désagréable pour le robot. Ordinairement, c'est un cas qui ne se présente jamais, car jamais, pour ainsi dire, un Solarien ne va se mêler des actions courantes d'un robot. D'un côté, il n'aurait nulle envie de remplir une tâche de robot, et de l'autre il n'en éprouverait pas le besoin.

— Dois-je comprendre, Daneel, que le robot souffre lorsque j'exécute le travail qui est le sien ?

— Vous n'ignorez pas, Elijah, que la souffrance, dans l'acception humaine du mot, ne peut s'appliquer aux sensations que peut ressentir un robot.

Baley haussa les épaules :

— Eh bien, alors ?

— Néanmoins, continua Daneel, le robot subit, dans ces conditions, des sensations aussi éprouvantes que celles que doit ressentir un homme sous l'empire de la souffrance, dans la mesure où je puis m'en rendre compte.

— Mais, répondit Baley, moi, je ne suis pas un Solarien. Je suis un Terrien et je n'aime pas voir un robot accomplir quelque chose que je puis faire.

— Remarquez également, reprit Daneel, que causer un désagrément à un robot peut, de la part de nos hôtes, être considéré comme un acte inamical, étant donné que dans une société comme la leur il doit y avoir un code plus ou moins strict des manières à employer vis-à-vis d'un robot et des interdictions. Et causer offense à nos hôtes ne serait pas chose à nous rendre la tâche plus facile.

— Bon, bon, fit Baley. Eh bien, laissons le robot faire son travail.

Et il se rassit.

L'incident n'avait pas été sans utilité. C'était un exemple instructif de la rigidité implacable d'une société axée sur les robots. Une fois qu'ils avaient vu le jour, on ne pouvait facilement s'en défaire, et un être humain qui voulait se passer de leurs services, même temporairement, se rendait compte alors que c'était impossible.

Les yeux mi-clos, il regarda le robot s'approcher du mur. Que les sociologues, sur Terre, étudient ce qui venait de se passer et en tirent leurs conclusions. Il commençait, pour son compte, à entrevoir quelques lueurs.

La moitié du mur glissa de côté et le tableau de commandes ainsi dévoilé n'eût pas paru déplacé dans la centrale d'énergie d'un grand centre urbain.

Baley avait envie de fumer sa pipe. Mais on lui avait expliqué que de fumer sur une planète hostile au tabagisme, comme l'était Solaria, serait un épouvantable impair : aussi n'avait-il même pas été autorisé à emporter son cure-pipe !

Il soupira. Il y avait des moments où le goût d'un tuyau de pipe dans la bouche, serrée entre les dents, et la tiédeur du fourneau dans la main eussent été d'un grand réconfort.

Le robot s'activait, réglant des potentiomètres ici et là, et augmentant la densité du champ de force, selon un rythme régulier, par de légers attouchements.

Daneel expliqua :

— Il faut d'abord lancer un signal d'appel à la personne que l'on désire visionner. C'est, bien sûr, un robot qui reçoit cet appel. Si la personne demandée peut répondre et veut bien accepter l'entrevue, la vision intégrale se fait alors.

— Est-ce que tous ces contrôles sont indispensables ? demanda Baley, le robot se sert à peine de la moitié du tableau.

— Mes renseignements sur la question, Elijah, sont fort incomplets. Néanmoins, si l'occasion s'en présente, il faut pouvoir établir des liaisons stéréo en « Multiplex » ou en « Mobile ». Cette dernière, en particulier, réclame des mises au point ardues et ininterrompues.

Le robot dit :

— Maître, le contact est établi et accepté. Quand vous le désirerez, la liaison intégrale sera faite.

— Faites, grommela Baley, et comme si ce mot eût été un signal, la moitié la plus reculée de la pièce s'enflamma de lumière.

Aussitôt, Daneel s'excusa :

— J'ai oublié de faire signaler par le robot que toutes les ouvertures donnant sur l'extérieur devaient être voilées. J'en suis désolé et nous allons faire ce...

— Bah ! Laissez donc. Ne vous mêlez de rien.

Ce qu'il regardait, devant lui, était une salle de bains, ou du moins, il pensait que c'était cela, d'après les appareils. A une des extrémités se trouvait une espèce de salon d'esthétique, devina-t-il, et, dans son imagination, il se représentait un robot ou des robots s'activant avec une dextérité infaillible sur les détails de la coiffure d'une femme et sur les avantages qui composaient l'image d'elle-même qu'elle offrait au monde.

Quant à certains ustensiles et bricoles divers, il désespérait d'en saisir le sens. Il n'avait aucune possibilité de juger de leur utilité, faute d'expérience. Les murs étaient incrustés d'une mosaïque complexe, qui trompait l'œil et faisait croire à la représentation d'un objet réel, avant de se dissoudre en un ensemble non figuratif. Le résultat était agréable, reposant, presque hypnotique, dans la manière dont il séduisait l'attention.

Ce qui pouvait être la cabine de douche, assez vaste, était masqué de lumière qui établissait un véritable mur opaque et ondoyant. Il n'y avait pas d'être humain en vue.

Baley se mit à considérer le plancher : où s'achevait la pièce où il se trouvait, où commençait l'autre ? C'était assez facile à voir. Il y avait une ligne de démarcation où la lumière changeait d'intensité : ce devait être là.

Il s'avança jusqu'à cette ligne, puis après un instant d'hésitation, passa la main au-delà.

Il n'éprouva aucune sensation, pas plus que s'il avait passé la main à l'intérieur d'un champ tridimensionnel aussi fruste que ceux fabriqués sur Terre. Mais là, du moins, il aurait pu voir encore sa main : floue, peut-être, masquée par l'image, mais il l'aurait vue. Tandis qu'ici elle avait complètement disparu. Pour ses yeux, son bras se terminait là, sectionné au poignet.

Et s'il traversait complètement la ligne, très probablement sa vision

serait anéantie. Il se trouverait dans un monde de ténèbres parfaites.
La pensée d'entrer dans une enceinte aussi bien close était presque
agréable.

Une voix vint interrompre le cours de ses méditations. Il leva la tête
et regagna sa place avec une hâte maladroite.

Gladïa Delmarre parlait. Du moins, Baley présumait que c'était elle.
La partie supérieure du rideau de lumière qui fermait la cabine de
douche s'était dissipée et une tête se détachait clairement.

Elle sourit à Baley :

— Je vous disais bonjour et m'excusais de vous faire patienter. Je
serai sèche dans un instant.

Elle avait un visage triangulaire, s'élargissant aux pommettes (qui
ressortaient quand elle souriait) et s'affinant en un dessin très pur
jusqu'à un menton petit, surmonté de lèvres pleines. Elle n'était pas
très grande, probablement un mètre soixante, estima Baley. (Une taille
pareille n'était pas courante, tout au moins selon les idées de Baley
qui s'imaginait que les Spaciennes devaient être de grande taille et
avoir un port altier.) Ses cheveux non plus n'avaient pas le chaud
mordoré des Spaciens : ils étaient châtain clair, tirant très légèrement
sur le roux ; elle les portait assez longs, mais, pour le moment, ils
étaient tout ébouriffés sous l'action de ce que Baley supposait être un
jet d'air chaud. L'ensemble était très agréable à contempler.

Baley, confus, dit :

— Si vous désirez que nous interrompions la liaison jusqu'au moment
où vous serez prête...

— Mais non, mais non. J'en ai tout de suite fini, et nous pouvons
parler entre-temps. Hannis Gruer m'avait prévenue que vous voudriez
entrer en contact avec moi. Vous venez de la Terre, je crois. (Elle le
regardait bien en face, et semblait le boire des yeux.)

Baley acquiesça et s'assit :

— Mais mon collègue vient d'Aurore.

Elle sourit, mais sans détourner son regard de Baley, comme si, de
toute façon, c'était lui l'élément intéressant de l'équipe.

Et après tout, pensait Baley, ce n'est que la vérité.

Elle leva les bras par-dessus la tête, se passant les doigts dans les
cheveux, en les écartant, comme pour activer le séchage. Elle avait des
bras minces et gracieux. Elle est très attirante, pensa Baley.

Puis une sorte de remords vint l'assaillir : « Jessie n'aimerait pas
ça ! »

A ce moment d'ailleurs, Daneel demanda :

— Vous serait-il possible, madame Delmarre, de faire voiler ou
polariser la fenêtre que nous voyons. Mon collègue est allergique à la
lumière du jour. Sur Terre, comme vous l'avez peut-être...

La jeune femme (Baley pensait qu'elle avait à peine vingt-cinq ans,
tout en se disant avec tristesse que l'âge apparent des Spaciens pouvait
être trompeur) se prit les tempes entre les mains en s'écriant :

— Eh oui ! c'est vrai ! Je le sais bien. Comme c'est stupide de ne pas y avoir songé ! Excusez-moi, je vous prie, mais cela ne va demander qu'un instant. J'ai un robot ici qui va...

Elle sortit de sous le séchoir, la main tendue vers le bouton d'appel, tout en continuant de parler :

— J'ai toujours pensé qu'il me faudrait plus d'un bouton d'appel dans cette pièce. Ce n'est pas une maison bien conçue si on n'a pas de moyen d'appel à portée de la main à quelque endroit où l'on se trouve, disons à moins de deux mètres. C'est vraiment... Oh ! qu'y a-t-il ?

Elle fixait, abasourdie, Baley, qui d'un bond s'était levé de son fauteuil, et s'était retourné précipitamment.

Daneel dit avec calme :

— Il vaudrait mieux, madame Delmarre, qu'après avoir appelé le robot, vous retourniez dans la cabine ou bien que vous passiez quelques vêtements.

Gladïa contempla avec surprise son anatomie sans voile et dit :

— Mais oui, bien sûr !

5

Discussion autour d'un meurtre

— Après tout, cela n'a pas d'importance, puisqu'il ne s'agit que de stéréovision, dit Gladïa, l'air contrit.

Elle s'était enveloppée dans quelque chose qui lui laissait les épaules et les bras nus. On voyait une jambe jusqu'à mi-cuisse mais Baley, qui s'était repris et se sentait un prodigieux imbécile, faisait stoïquement semblant de ne rien voir.

— La surprise, madame Delmarre... m'a...

— Oh ! ce n'est rien. Appelez-moi Gladïa, à moins que ce ne soit contraire à vos habitudes.

— Bien ! Donc, Gladïa, il faut que je vous dise que vous n'aviez rien de repoussant. Comprenez-moi bien, c'est de surprise que j'ai réagi ainsi. (C'était déjà assez idiot d'avoir joué les imbéciles au naturel, pensait-il, sans qu'en plus il laisse la pauvre fille penser qu'il la trouvait horrible. En fait, il la trouvait, en quelque sorte...)

Bon, bon, il n'arrivait pas à énoncer sa pensée, mais il était bien sûr d'une chose : c'est qu'il ne saurait, en aucune façon, en parler à Jessie.

— Je me rends compte que je vous ai choqué, dit Gladïa, mais c'était tout à fait involontaire. J'avais seulement l'esprit ailleurs. Bien sûr, je conçois qu'il faille respecter les usages des autres planètes, mais quelquefois leurs coutumes sont si bizarres ; non, pas bizarres, se reprit-elle hâtivement. Je ne veux pas dire bizarres mais différentes, vous comprenez, et c'est si facile de les enfreindre sans y penser. Comme je n'ai pas pensé, non plus, à faire voiler les fenêtres.

— Ne vous inquiétez pas, murmura Baley. (Elle était dans une autre pièce maintenant où toutes les ouvertures étaient voilées et où la lumière avait une valeur légèrement différente et, plus agréable, d'éclairage artificiel.)

— Mais, en ce qui concerne ma tenue, continua-t-elle très sérieusement, comme c'était simplement par stéréovision... Après tout, cela ne vous choquait pas de me parler quand j'étais sous le séchoir, et là non plus je n'avais rien sur le corps.

— Oui, fit Baley, en souhaitant qu'elle laisse enfin tomber la question, mais vous entendre parler est une chose et vous voir en est une autre.

— Mais c'est la même chose car il ne s'agit pas de voir.

Elle rougit légèrement et baissa les yeux :

— J'espère que vous ne pensez pas que je me livrerais à un acte tel, c'est-à-dire de sortir ainsi du séchoir, si quelqu'un s'était trouvé là pour me voir. Ici, ce n'était simplement que visionner.

— C'est la même chose, s'étonna Baley.

— Oh non ! Pas du tout. A l'instant même, vous me visionnez. Vous ne pouvez pas me toucher, n'est-ce pas ? Ni sentir mon parfum, ni rien de tout cela. Vous le pourriez si vous me voyiez. Mais, pour l'instant, je me trouve au moins à trois cents kilomètres de l'endroit où vous êtes. Ce ne peut pas être la même chose, donc.

Baley commençait à trouver la question passionnante :

— Mais je vous vois de mes yeux.

— Non, vous ne me voyez pas. Vous ne voyez qu'une image de moi : vous me visionnez, c'est tout.

— Mais où cela fait-il la moindre différence ?

— C'est aussi différent que le blanc et le noir.

— Hum ! Je comprends ! (Et c'était vrai en un sens. Ce n'était certes pas un distinguo qui lui serait venu à l'esprit aisément, mais il ne manquait pas d'une certaine logique.)

Elle dit alors, en penchant légèrement la tête de côté :

— Vous comprenez réellement, donc.

— Oui.

— Est-ce que cela veut dire que ça ne vous ferait rien si j'ôtais ma serviette de bain ? (Ceci dit avec un gentil sourire.)

Elle cherche à me taquiner, pensa Baley. Je devrais la prendre au mot. Mais, tout haut, il se contenta de dire :

— Non, cela risquerait de me distraire de mon travail. Nous en discuterons une autre fois.

— Est-ce que cela vous gêne que je ne sois qu'enveloppée dans une serviette, ou préférez-vous que je passe quelque chose de plus digne, sérieusement parlant ?

— Cela ne me gêne nullement.

— Puis-je vous appeler par votre prénom ?

— Si cela vous plaît.

— Et quel est alors votre prénom ?

— Elijah.

— Fort bien. (Elle alla se blottir dans un fauteuil qui paraissait dur et presque de marbre par son apparence, mais il fléchit lentement quand elle s'assit jusqu'à ce qu'elle se trouve douillettement nichée.)

— Parlons affaires, maintenant, dit Baley.

— Bien. Allons-y, répondit-elle.

C'était maintenant que commençaient les difficultés pour Baley : il ne voyait même pas l'ombre de ce qu'il allait pouvoir dire. Sur Terre, il eût demandé le nom, la situation sociale, la ville et le quartier de résidence, toute une gamme de questions purement de routine. Il pouvait même connaître les réponses d'avance ; mais il avait là une méthode d'approche pour attaquer le fond du problème. Cela lui permettait de prendre la mesure des gens qu'il interrogeait et de décider des tactiques à employer sur une base plus rationnelle qu'une simple intuition.

Mais ici, de quoi pouvait-il être sûr ? Jusqu'au verbe « voir » qui ne signifiait pas la même chose pour lui et pour cette femme. Et combien d'autres mots allaient se révéler autant de pièges ! Combien de fois allaient-ils engager un dialogue de sourds, sans en avoir la moindre conscience ?

— Depuis combien de temps étiez-vous mariée, Gladïa ? demanda-t-il.

— Depuis dix ans, Elijah.

— Et vous avez quel âge, maintenant ?

— Trente-trois ans.

Baley se sentit en quelque sorte soulagé. Elle eût aussi bien pu en avoir cent trente-trois.

— Était-ce un mariage heureux ?

Gladïa parut décontenancée :

— Qu'entendez-vous par là ?

— Eh bien ! (Un instant, Baley chercha ses mots. Comment définir un mariage heureux ? Et qui plus est, qu'est-ce qu'un Solarien appellerait un mariage heureux ?)

— Eh bien ! Est-ce que vous vous voyiez souvent ? demanda-t-il.

— Hein ! Non, et c'est heureux ! Nous ne sommes pas des animaux, dites-vous-le bien !

Baley tressaillit :

— Mais, pourtant, vous viviez dans la même demeure ! Je pensais que...

— Évidemment, nous vivions dans la même maison, puisque nous étions mariés. Mais j'avais mes appartements et lui les siens. La carrière qu'il suivait était très importante et lui prenait tout son temps. J'avais moi-même mes propres occupations. Nous nous visionnions l'un l'autre chaque fois que l'occasion s'en présentait.

— Mais il lui arrivait de vous « voir » en chair et en os, non ?

— Ce n'est pas un sujet dont on parle, mais il lui arrivait de me voir.

— Avez-vous des enfants ?

Gladïa bondit, dans un trouble extrême :

— C'en est trop ! De toutes les indécences dont...

— Un instant, je vous prie. Un instant, rugit Baley en abattant le poing sur le bras de son fauteuil. Ne faites pas la mijaurée. J'enquête sur un meurtre, vous entendez bien, un meurtre. Et c'est votre mari qui a été assassiné. Est-ce que vous voulez qu'on découvre le meurtrier pour le châtier, oui ou non ?

— Eh bien, alors, posez-moi des questions sur le meurtre et non sur nos, sur nos...

— Je dois poser des questions sur toutes sortes de choses. Et en particulier je veux savoir si vous regrettez la mort de votre mari, car, ajouta-t-il avec un cynisme voulu, ça n'a pas l'air d'être le cas !

Elle le considéra avec hauteur.

— Je déplore la mort de tout être quel qu'il soit, surtout si c'est quelqu'un de jeune et de capable.

— Mais, est-ce que le fait qu'il était votre mari n'en exigerait pas un peu plus de votre part ?

— Il m'avait été imposé et... euh ! nous nous voyions chaque fois que ces obligations étaient prévues et... (elle bafouilla le reste de la phrase)... et, si vous voulez le savoir, nous n'avons pas d'enfants car on ne nous avait pas désignés pour en avoir. Je me demande bien tout ce que cela peut avoir à faire avec le fait que je déplore peu ou prou la mort de quelqu'un.

Que cela eût à faire ou non, pensait Baley, dépendait des faits sociaux de la vie sur Solaria, et il n'en avait pas lui-même la moindre idée.

Il changea de sujet :

— Je me suis laissé dire que vous aviez personnellement été témoin des circonstances du meurtre.

Elle sembla un instant se raidir :

— J'ai... j'ai découvert le corps. Est-ce ainsi qu'il faut dire ?

— Vous n'étiez pas présente en personne quand le meurtre a été commis ?

— Oh non ! dit-elle faiblement.

— Bon ! Donc si vous me donniez votre version de ce qui s'est passé ? Prenez votre temps, utilisez les mots dont vous avez l'habitude.

Il se replaça dans le fauteuil et se prépara à écouter.

Elle commença :

— C'était le trente-deux centième du cinquième...

— C'est-à-dire, en heure standard galactique ? coupa Baley.

— Je ne sais pas exactement. Je l'ignore. Vous pourriez vérifier, je pense.

Sa voix paraissait trembler et ses pupilles s'étaient dilatées. Un peu trop gris pour qu'on les appelle des yeux bleus, remarqua Baley.

— Il était venu dans mes appartements, continua-t-elle. C'était le jour fixé pour nous voir, et je savais qu'il viendrait.

— Il venait toujours aux jours fixés ?

— Oh ! oui. C'était un homme très consciencieux. Un bon Solarien. Jamais il n'aurait manqué de venir au jour fixé, et il arrivait toujours à la même heure. Bien sûr, il ne restait jamais longtemps. On ne nous avait pas imposé d'avoir des ra... des rap...

Elle ne put achever le mot, mais Baley indiqua de la tête qu'il avait compris.

— Bref, reprit-elle, il arrivait toujours à la même heure, comme je vous le disais, de façon que tout se passe bien. Nous avons parlé pendant quelques minutes ; de se voir face à face est une telle torture... mais il me parlait toujours très normalement. C'était sa manière d'être. Puis il m'a quittée pour repartir s'occuper d'une question qu'il avait en train. Je ne saurais vous dire de quoi il s'agissait. Il avait fait monter un laboratoire spécial dans mes appartements où il se retirait les jours de visite. Bien sûr, chez lui, il avait un autre laboratoire, beaucoup plus important.

Baley se demandait ce qu'il fabriquait dans ces laboratoires. De la fœtologie, peut-être, ou Dieu sait quoi ?

— Semblait-il dans son état normal ou tracassé ? demanda-t-il.

— Oh non ! Il n'était jamais tracassé par quoi que ce fût. (Cela la fit presque sourire, mais elle se contint à temps.) Il avait toujours un parfait contrôle de lui-même, comme votre ami là-bas, dit-elle, en désignant de sa petite main Daneel, qui ne broncha pas.

— Bon, je vois. Continuez, s'il vous plaît.

Mais Gladïa s'abstint et, au lieu de reprendre son témoignage, murmura :

— Cela vous gênerait-il que je prenne un réconfortant ?

— Je vous en prie. Faites donc.

Gladïa laissa glisser sa main du bord du fauteuil un instant. Moins d'une minute plus tard, un robot faisait silencieusement son entrée, portant une boisson chaude (Baley pouvait voir la vapeur s'élever de la tasse) que Gladïa prit avec plaisir. Elle but à petites gorgées, puis reposa la tasse.

— Ça va un peu mieux, dit-elle. Puis-je à mon tour vous poser une question personnelle ?

— Je ne vous en empêche pas, sourit Baley.

— Eh bien, j'ai là tout un tas de choses traitant de la Terre, et cela m'a toujours beaucoup intéressée, vous savez ; c'est un monde si bizarre ; (puis elle rougit et se reprit aussitôt :) ce n'est pas ce que je voulais dire.

Baley fronça les sourcils :

— Tout monde peut paraître bizarre à ceux qui n'y vivent pas.

— Non, je voulais dire : c'est un monde si différent. De toute façon, la question que je voulais poser peut paraître très impolie, mais j'espère que pour un Terrien elle ne l'est pas. Mais je n'oserais jamais la poser à un Solarien, pour rien au monde.

— Quelle question, Gladïa ?

— C'est à propos de vous et de votre collègue, M. Olivaw, je crois ?

— Oui.

— Vous ne vous visionnez pas, n'est-ce pas ?

— Qu'entendez-vous par là ?

— Je veux dire que vous ne vous visionnez pas de loin. Vous vous voyez, vous êtes là, en personne, tous les deux.

— Matériellement parlant, dit Baley, nous sommes effectivement dans la même pièce, tous les deux.

— Vous pourriez le toucher, si vous le vouliez.

— Oui, bien sûr.

Son regard passa de l'un à l'autre, et elle fit : « Oh ! »

Ce qui pouvait signifier n'importe quoi : dégoût, intérêt ? Un instant, Baley caressa l'idée de se lever, d'aller jusqu'à Daneel et de placer sa main sur l'épaule de Daneel. Étudier les réactions de Gladïa, face à ce genre de choses, aurait pu être intéressant.

Il reprit néanmoins :

— Nous en étions à ce moment du jour fatal, lorsque votre mari venait vous voir. Que s'est-il passé ?

Il était moralement certain que la digression qu'elle venait de faire, aussi intéressante qu'elle pût être d'un point de vue spéculatif, n'avait d'autre but immédiat que d'éviter de répondre à cette question.

Elle reprit la tasse et avala une gorgée. Puis :

— Il n'y a pas grand-chose à ajouter, en fait. J'ai vu qu'il avait du travail en train. Je savais d'ailleurs qu'il en aurait, il en avait toujours ; du travail constructif. Aussi je m'en retournai à mes occupations. Puis, peut-être un quart d'heure après, j'entendis un cri.

Elle s'arrêta et Baley l'incita à continuer :

— Quelle sorte de cri était-ce ?

— C'était Rikaine qui l'avait poussé, dit-elle. Mon mari. Un seul cri, pas de mot. Une sorte de cri de surprise. Non, pas de surprise, de stupéfaction, ou quelque chose comme ça. Je ne l'avais jamais entendu crier jusqu'alors.

Elle se couvrit les oreilles des mains, comme pour étouffer jusqu'au son de ce cri qui résonnait encore dans sa mémoire.

La serviette en profita pour glisser jusqu'à sa taille. Mais elle n'y prit pas garde et Baley se remit à contempler délibérément son carnet.

— Qu'avez-vous fait alors ? demanda-t-il.

— J'ai couru, couru. Je ne savais pas où il était.

— Mais j'ai cru comprendre que vous m'aviez dit qu'il était parti au laboratoire, celui qu'il avait fait faire dans vos appartements ?

— Oui, c'est là où il était parti, Elijah ! Mais moi je ne savais pas où c'était. Pas exactement en fait. Je n'y étais jamais allée. C'était son domaine. J'avais bien une vague idée de la situation du laboratoire, quelque part dans l'aile ouest, mais j'étais si émue que je n'ai pas même pensé à appeler mon robot. Il m'aurait guidée tout de suite, mais évidemment il fallait l'appeler pour qu'il vienne. Quand je suis arrivée là, j'avais tant bien que mal réussi à découvrir l'endroit, il était mort.

Elle s'arrêta tout net de parler et, ce qui porta au paroxysme l'embarras et la gêne de Baley, baissa la tête et se mit à pleurer. Elle n'essaya même pas de cacher son visage dans ses mains. Elle avait juste fermé les yeux et les larmes coulaient doucement le long des joues, presque sans un sanglot. A peine ses épaules tremblaient-elles de mouvements spasmodiques.

Puis elle ouvrit les yeux et elle le regarda, le visage ruisselant de pleurs.

— Je n'avais jamais vu de mort avant cela. Il était couvert de sang et sa tête était toute... oh !... J'ai réussi à appeler un robot et il a fait venir les autres. Et je suppose qu'ils se sont occupés de Rikaine et de moi. Je ne sais plus, je ne me rappelle plus.

— Qu'entendez-vous par « ils se sont occupés de Rikaine » ? demanda Baley.

— Eh bien ! ils l'ont emporté et ont tout nettoyé. (Il y avait une pointe d'indignation dans le ton de sa réponse ; c'était une femme soucieuse de l'apparence de sa maison.) Tout était si dégoûtant.

— Et qu'est-il advenu du corps ?

Elle hocha la tête :

— Je ne sais pas. Il a été incinéré, je pense, comme tous les cadavres.

— Pourquoi n'avez-vous pas appelé la police ?

Elle le regarda avec des yeux ronds et Baley se souvint : « C'est vrai, il n'y a pas de police. »

— Vous avez dû prévenir quelqu'un, je pense, reprit-il, puisque l'on s'est aperçu du décès.

— Les robots ont appelé un docteur. Et il fallait que j'appelle le bureau de Rikaine. Il fallait que les robots de là-bas sachent qu'il ne viendrait plus.

— Le docteur, c'était pour vous, je suppose ?

Elle n'avait jamais vu de cadavre auparavant. Elle n'avait jamais eu à voir du sang répandu, un crâne fracassé. Et si les rapports entre époux, sur Solaria, ne représentaient qu'un fil ténu et sans grande consistance, c'était tout de même en face d'un être humain assassiné qu'elle s'était trouvée.

Baley ne voyait guère que dire, ni que faire. Il avait eu, tout d'abord, un élan instinctif, un désir de s'excuser. Mais, après tout, il ne faisait que son travail d'enquêteur de police. Cependant, sur ce monde, la police n'existait pas. Allait-elle comprendre, la pauvre petite, qu'il ne faisait que son devoir ?

Doucement, d'un ton aussi amical qu'il le pouvait, il demanda :

— Gladïa, avez-vous entendu quelque chose ? Quelque chose d'autre que le cri poussé par votre mari ?

Elle releva la tête, le visage toujours aussi attirant, malgré son extrême désarroi ou peut-être encore plus séduisant de ce fait, et dit :

— Rien, je n'ai rien entendu.

— Pas de bruit de pas. Pas de voix.

Elle secoua la tête :

— Rien, pas un bruit.

— Lorsque vous avez découvert votre mari, il était seul, tout seul ? Vous étiez les deux seules personnes présentes sur les lieux ?

— Oui.

— Pas la moindre trace de quiconque qui aurait pu être là antérieurement ?

— Pas que je sache. Je me demande bien d'ailleurs comment quelqu'un aurait pu s'y trouver à un moment donné.

— Que voulez-vous dire ?

Sur le moment, elle parut étonnée, puis, avec résignation :

— Ah ! c'est vrai. Vous venez de la Terre et je l'oublie toujours. Eh bien : c'est tout simplement qu'il était matériellement impossible que quelqu'un se trouvât dans la pièce. Mon mari ne voyait personne, sauf moi. Et ce, depuis son enfance. Ce n'était vraiment pas le type d'homme à voir quelqu'un. Non, pas Rikaine. C'était un homme à principes, respectueux des usages.

— Il n'y pouvait peut-être rien. Si quelqu'un s'était présenté pour le voir, sans y être invité, totalement à son insu. Il n'aurait pas pu ne pas voir l'importun, aussi respectueux des usages que votre mari ait pu être.

— Peut-être, dit-elle, mais il aurait appelé les robots aussitôt pour expulser cette personne sur-le-champ. Et ça, j'en suis certaine. En outre, personne ne se serait risqué à venir voir mon mari sans y être invité. C'est absolument inconcevable ! Et, d'un autre côté, Rikaine n'aurait jamais invité personne à venir le voir. L'idée même en est ridicule.

— Votre mari a été tué par un coup porté sur le crâne, n'est-ce pas ? dit doucement Baley. Vous êtes bien d'accord sur ce point ?

— Je suppose, oui. Il était tout couvert...

— Pour l'instant, je ne vous demande pas les détails. Y avait-il dans la pièce un instrument mécanique quelconque, qui eût permis à quelqu'un de fracasser le crâne de votre mari par télécommande ?

— Non. Bien sûr. Enfin, je n'en ai pas remarqué.

— Je puis vous assurer que s'il y avait eu là un engin de cette sorte, vous n'auriez pas manqué de le remarquer. Il s'ensuit donc que c'est une main qui tenait l'objet capable de fracasser un crâne d'homme et, deuxièmement, que c'est la même main qui l'a brandi et abattu. En conséquence, il devait y avoir quelqu'un à moins de deux mètres de votre mari pour commettre ce crime et, donc, être en sa présence.

— Personne n'aurait pu être en sa présence, répondit-elle avec gravité. Un Solarien ne voit jamais personne.

— Si un Solarien voulait commettre un crime, ce n'est pas d'enfreindre le tabou de la « présence » qui le gênerait beaucoup, non ? (Il reconnaissait lui-même que cette affirmation manquait de fondement. Sur Terre, il avait connu le cas d'un meurtrier absolument amoral qui s'était laissé prendre parce qu'il n'avait pu se résoudre à violer la coutume du silence absolu à l'intérieur des Toilettes.)

Gladïa secoua la tête :

— Vous ne vous rendez pas compte de ce que représente la présence directe. Les Terriens voient en personne n'importe qui, n'importe quand, chaque fois que l'envie les en prend. Aussi, vous ne pouvez pas comprendre.

Elle semblait lutter contre une folle curiosité. Ses yeux reprirent un peu d'éclat.

— La vue, face à face, vous semble parfaitement normale, n'est-ce pas ?

— C'est une chose reconnue, répondit Baley.

— Cela ne vous gêne pas ?

— Pourquoi cela devrait-il nous gêner ?

— Eh bien ! les films ne disent rien là-dessus, et j'ai toujours voulu savoir... Puis-je vous poser une question ?

— Bon, allez-y, dit Baley flegmatique.

— Est-ce que l'on vous a assigné une épouse ?

— Je suis marié, mais non par assignation, autant que je sache.

— Et je ne me trompe pas en pensant que vous voyez votre femme chaque fois que vous en avez envie, et qu'elle aussi vous voit, et que ni l'un ni l'autre n'y trouvez à redire ?

Baley acquiesça d'un hochement de tête.

— Eh bien, lorsque vous la voyez, si vous avez seulement envie de... (Elle leva les mains à hauteur des épaules, s'arrêtant comme pour chercher un vocable approprié. Puis elle essaya une autre tournure :) Pouvez-vous toujours, à n'importe quel moment... mais de nouveau sa phrase resta en suspens.

Baley n'offrait pas le moindre secours.

— Bon. Passons, dit-elle. Je ne sais pas pourquoi je vous ennuie avec ce genre de question. En avez-vous terminé avec l'interrogatoire ?

— Essayons encore une question, Gladïa, dit Baley. Laissons de côté le fait que personne ne pouvait voir votre mari. Supposez seulement que quelqu'un l'ait vu, qui aurait-ce pu être ?

— Inutile d'essayer de deviner. Personne, absolument personne.

— Pourtant, il y a eu quelqu'un. L'inspecteur Gruer m'a dit qu'il avait des raisons de soupçonner une personne. Vous voyez bien, donc, qu'il doit exister une personne pour avoir vu votre mari.

Un sourire las et sans joie s'ébaucha sur le visage de la jeune femme :

— Je sais bien à qui Gruer pense.

— Ouf ! A qui alors ?

Elle posa sa petite main sur sa poitrine :

— A moi.

6

Réfutation de la théorie

— J'aurais pu vous dire, Elijah, dit Daneel, prenant brusquement la parole, que cette conclusion était absolument évidente.

Baley lança un regard surpris à son coéquipier robot :

— Pourquoi était-ce si évident ? demanda-t-il.

— La dame elle-même reconnaît qu'elle était la seule personne qui avait, et la possibilité, et l'occasion de voir son mari. La situation sociale, sur Solaria, est telle qu'elle ne peut raisonnablement prétendre que quoi que ce soit d'autre puisse être la vérité. Il est certain que l'inspecteur Gruer est en droit de croire, et même doit croire, que la seule personne qu'un époux Solarien accepte de voir est sa propre épouse. Étant donné, alors, qu'une seule personne pouvait se trouver à distance de perception directe, une seule personne pouvait porter le coup fatal, une seule donc pouvait être le meurtrier, ou plus exactement la meurtrière.

« L'inspecteur Gruer, vous vous en souvenez, avait bien dit qu'une seule et unique personne pouvait avoir commis ce crime. Et toute autre était, à son avis, dans l'impossibilité matérielle la plus complète de le faire. Donc ?

— Il a dit aussi, rétorqua Baley, que cette même personne n'avait pu le commettre, elle non plus.

— Ce par quoi il voulait probablement dire que l'on n'avait pas trouvé d'arme sur les lieux du crime. Peut-être Mme Delmarre serait-elle en mesure d'expliquer cette anomalie ?

Il désigna avec la froide politesse des robots la direction où Gladïa se trouvait, assise, toujours dans le champ de vision des deux enquêteurs, les yeux baissés, les lèvres serrées.

Jehoshaphat ! pensa Baley, nous avons totalement oublié sa présence. C'était peut-être la contrariété qui la lui avait fait oublier, la contrariété causée par Daneel et ses considérations d'une froide logique et dépourvues de tout sentiment. Ou peut-être, se reprit-il, la contrariété de voir que lui, Baley, attaquait les problèmes sous un angle trop sentimental.

Il ne s'attarda pas à étudier le dilemme, mais dit :

— Je vous remercie, Gladïa. Ce sera tout pour le moment. Vous pouvez faire couper la liaison de la manière qui convient. Au revoir.

Elle répondit doucement :

— En général, on se contente de dire : liaison terminée, mais je préfère cet « Au revoir ». Vous semblez gêné, Elijah. Je le regrette, parce que je me suis faite à l'idée que les gens pensaient que j'avais commis ce crime. Aussi, vous n'avez pas de raison de ressentir la moindre gêne.

— Est-ce vous qui l'avez commis, Gladïa ? coupa Daneel.

— Non, dit-elle avec colère.

— Au revoir donc.

Elle disparut, alors que son visage restait encore marqué par la colère. Pendant un moment encore, Baley put ressentir l'emprise de ses extraordinaires yeux gris.

Elle pouvait bien dire qu'elle s'était faite à l'idée que les gens la prenaient pour une meurtrière, mais c'était un mensonge d'une évidence aveuglante. Sa colère parlait avec plus de sincérité.

Baley se demanda de combien d'autres mensonges elle avait pu se rendre coupable.

Maintenant, Baley se trouvait seul en compagnie de Daneel.

— Fort bien, Daneel, dit-il, mais je ne suis pas encore complètement stupide !

— Je n'ai jamais pensé que vous l'étiez, Elijah.

— Alors, dites-moi ce qui vous a poussé à prétendre qu'on n'avait pas trouvé l'arme du crime sur les lieux du meurtre. Jusqu'à présent, aucune preuve, rien de tout ce que j'avais pu apprendre ne pouvait nous induire à le croire.

— Vous avez parfaitement raison. Mais j'ai en ma possession des renseignements complémentaires dont vous n'aviez pas encore eu connaissance.

— C'est bien ce que je pensais. Et quels sont ces renseignements ?

— L'inspecteur Gruer avait dit qu'il nous adresserait une copie du compte rendu de leur enquête. J'ai cette copie qui nous est arrivée ce matin.

— Et pourquoi ne pas me l'avoir montrée ?

— J'ai pensé qu'il serait probablement plus fructueux que vous meniez votre enquête, tout au moins les préliminaires, selon vos idées personnelles, sans être influencé par les conclusions d'autres personnes qui, de leur propre aveu, n'ont pas obtenu de résultat concluant. C'est parce que je trouvais moi-même que mes déductions logiques risquaient d'être modifiées par ces conclusions que je n'ai pas pris part à la discussion.

« Déductions logiques. » Ces mots firent instantanément revenir à l'esprit de Baley un fragment d'une conversation qu'il avait eue avec un roboticien. Un robot, avait dit ce spécialiste, est une créature logique dépourvue d'intelligence.

— Vous avez tout de même pris part à la discussion sur la fin, remarqua-t-il.

— Certes, Elijah, mais seulement parce que j'avais alors obtenu des preuves supplémentaires qui venaient confirmer les assertions de l'inspecteur Gruer.

— Quelle sorte de preuves supplémentaires ?

— Celles qui pouvaient se déduire du comportement apparent de Mme Delmarre elle-même.

— Ne parlez pas par énigmes, je vous prie, Daneel.

— Considérez que, si cette dame était coupable et s'efforçait de prouver son innocence, il lui serait fort utile que l'enquêteur chargé de l'affaire soit porté à la croire innocente.

— Oui. Et après ?

— Si donc elle pouvait déformer le jugement de ce dernier en jouant sur ses points faibles, elle avait tout intérêt à le faire, n'est-ce pas ?

— Tout ceci n'est qu'une hypothèse.

— Pas le moins du monde, repartit calmement Daneel. Vous avez remarqué, je pense, qu'elle n'a pas cessé de concentrer sur vous toute son attention.

— Comme c'est moi qui parlais...

— Elle a fixé son attention sur vous dès le départ, bien avant même qu'elle puisse deviner que ce serait vous qui parleriez. En réalité on aurait pu croire, en bonne logique, qu'elle penserait que moi, Aurorain, allais mener l'enquête. Et pourtant, c'est sur vous qu'elle a fixé toute son attention.

— Et vous en déduisez ?

— Que c'était sur vous, Elijah, que reposaient tous ses espoirs. Vous étiez un Terrien.

— Qu'est-ce que cela vient faire là-dedans ?

— Elle avait étudié les mœurs de la Terre. Elle l'a laissé entendre à plusieurs reprises. Elle savait de quoi je parlais quand je lui ai demandé d'étouffer la lumière du jour, aux premiers instants de l'entrevue. Elle n'a pas paru surprise et n'a pas manifesté d'incompréhension, comme elle l'aurait certainement fait si elle n'avait eu une connaissance réelle des conditions de la vie sur la Terre.

— Eh bien ?

— Étant donné qu'elle a étudié les mœurs de la Terre, il est tout à fait rationnel de supposer qu'elle avait découvert un des points faibles des Terriens : elle ne doit pas ignorer que la nudité est taboue, et que de se montrer à un Terrien en cette tenue ne peut le laisser indifférent.

— Mais... Mais elle a expliqué qu'en stéréovision...

— Oui, bien sûr. Trouvez-vous cette explication bien convaincante ?

Et c'est à deux reprises qu'elle s'est laissé voir dans un état vestimentaire que vous considérez comme incorrect.

— Votre conclusion, donc, dit Baley, est qu'elle faisait tout son possible pour me séduire. Est-ce bien cela ?

— Tout au moins essayer, par séduction, de vous faire vous départir de votre impassibilité professionnelle : c'est ce qui me semble. Et quoiqu'il me soit impossible de partager les réactions humaines à des stimuli extérieurs, je croirais volontiers, si je m'en réfère à ce qui est gravé dans mes circuits mnémoniques, que cette dame possède tout ce qu'il faut pour exercer une puissante séduction physique. De plus, à en juger par votre attitude, il me semble que vous en avez pris conscience et que vous preniez plaisir à la contempler. J'ajouterai même que Mme Delmarre avait correctement conjecturé en supposant que cette façon d'être vous prédisposerait en sa faveur.

— Écoutez-moi bien, dit Baley très mal à l'aise, il importe peu qu'elle ait eu tel ou tel effet sur moi. Je suis toujours un officier de police, en pleine possession de mon sens du devoir et de la morale professionnelle. Mettez-vous bien cela dans la tête. Maintenant, voyons un peu ce compte rendu.

Silencieusement, Baley étudia le compte rendu, ligne à ligne, puis, ayant achevé sa lecture, le relut.

— Ceci fait entrer en compte un nouvel élément, dit-il : le robot.

Daneel Olivaw approuva de la tête.

— Elle n'en a pas parlé, remarqua Baley, pensif.

— Vous n'avez pas posé correctement la question, dit Daneel. Vous lui avez demandé si la victime se trouvait seule au moment où elle a découvert le corps. Vous lui avez demandé si quelqu'un d'autre avait assisté au meurtre. Un robot n'est pas quelqu'un d'autre.

Baley acquiesça. S'il avait été, lui, le suspect, et qu'on lui ait demandé qui d'autre se trouvait sur les lieux du crime, il ne lui serait pas venu à l'idée de répondre : personne d'autre que cette table !

— Je pense, reprit-il, que j'aurais dû lui demander s'il y avait des robots présents. (Au diable tout ce fatras ! Quelles questions faut-il poser et de quelle manière sur un monde aux coutumes différentes du vôtre ?)

— Quelle est la valeur légale du témoignage d'un robot, Daneel ?

— Qu'entendez-vous par là ?

— Est-ce qu'un robot peut porter témoignage sur Solaria, et ses témoignages sont-ils recevables ?

— Pourquoi en douter ?

— Un robot n'est pas un être humain, Daneel ! Sur Terre, il ne peut être un témoin légalement acceptable.

— Oui, mais l'empreinte d'une chaussure est reçue comme un témoignage valable, Elijah, quoique ce soit là quelque chose d'encore moins humain qu'un robot. Sur cette question, la position prise par les Terriens pèche par illogisme. Sur Solaria, le témoignage d'un robot, pourvu qu'il porte au fait, est recevable.

Baley ne discuta pas ce point de droit. Il se prit la tête à deux mains et repassa dans son esprit toute cette question de la présence d'un robot.

Au paroxysme de l'épouvante, Gladïa Delmarre, face au cadavre de son époux, avait appelé des robots. Le temps qu'ils répondent à son appel, elle s'était évanouie.

Les robots avaient déclaré l'avoir trouvée là, à côté du corps. Et il y avait, en outre, une autre présence : celle d'un robot, un robot qui n'avait pas été appelé et qui se trouvait déjà là. Ce n'était pas un robot de la domesticité habituelle. Nul autre robot ne l'avait vu antérieurement, ne connaissait ses capacités ou le rôle qu'il devait remplir.

Et l'on ne pouvait rien savoir de plus par ledit robot, il ne fonctionnait plus. Lorsqu'on l'avait découvert, ses mouvements n'étaient plus coordonnés, ni non plus, visiblement, le fonctionnement de son cerveau positronique. Il était incapable de réagir d'une façon normale, tant par les mots que par les actes, à n'importe quelle question, et, après une étude très approfondie par un expert en robots, avait été considéré comme irrécupérable irrémédiablement.

La seule activité révélant un semblant de coordination était une phrase qu'il répétait sans arrêt : Vous allez me tuer... Vous allez me tuer... Vous allez me tuer...

Nulle arme qui eût pu être utilisée pour fracasser le crâne de la victime n'avait été découverte.

— Bon ! Eh bien, je vais manger, Daneel, dit brusquement Baley, et ensuite nous irons voir de nouveau l'inspecteur Gruer, ou le visionner plutôt !

Hannis Gruer était encore à table quand la liaison fut établie. Il mangeait lentement, choisissant chaque bouchée avec soin, parmi tout un déploiement de plats, les scrutant avec anxiété, comme s'il eût été en quête d'un mélange secret qu'il trouverait succulent.

Baley pensa : « Il doit bien avoir une paire de siècles derrière lui. Et manger doit être plutôt fastidieux à son âge. »

— Je vous salue, messieurs, dit Gruer. Vous avez bien reçu notre compte rendu à ce que je vois. (Son crâne chauve luisait à chaque fois qu'il se penchait vers la table pour prendre une bouchée.)

— Oui, merci. Et nous avons eu un entretien très intéressant avec Mme Delmarre également, dit Baley.

— Bien ! bien ! dit Gruer. Et alors, quelle conclusion en tirez-vous, si vous en avez trouvé une ?

— Celle qu'elle est innocente, monsieur, dit Baley.

Gruer releva la tête avec brusquerie :

— Hein ?

Baley répéta.

— Mais pourtant, reprit Gruer, elle est la seule à pouvoir l'avoir vu, la seule personne qui ait pu être à bonne distance pour...

— Tout ceci m'a déjà été démontré, coupa Baley, mais aussi strictes que puissent être les mœurs et les coutumes sociales sur Solaria, tout ceci n'apporte pas la moindre preuve formelle. Puis-je m'expliquer ?

Du coup, Gruer en revint à son repas.

— Mais bien sûr, je vous en prie.

— Il faut trois éléments pour un meurtre, dit Baley, et chacun d'eux est aussi important que les autres ; ce sont : le motif, le moyen, l'occasion. Pour établir une bonne instruction contre tout suspect, il faut avoir réponse à ces trois questions.

« Maintenant, je vous accorde que Mme Delmarre a eu l'occasion de commettre ce crime. Quant au motif, je n'en ai pas découvert jusqu'à présent.

Gruer haussa les épaules : « Nous non plus ! » Et pendant un instant ses yeux se portèrent sur Daneel, toujours silencieux.

— Bon. Le suspect n'a donc pas de motif connu, mais peut-être est-ce un meurtrier par démence temporaire. Nous pouvons laisser cette question de côté et continuer.

« Elle est dans le laboratoire, avec lui, et quelque chose la pousse à le tuer. Elle brandit une matraque, ou un instrument de ce genre, d'un air menaçant. Il se rend compte, au bout d'un instant, que sa femme a réellement l'intention de le frapper. En plein désarroi, il lui crie : « Vous allez me tuer ! » et c'est ce qu'elle fait. Il se retourne pour courir au moment même où elle porte le coup : ce qui fracasse le bas du crâne. Au fait, un docteur a-t-il examiné le corps ?

— Oui et non. Les robots ont appelé un docteur pour s'occuper de Mme Delmarre et, cela va sans dire, il a regardé le cadavre également.

— Ceci ne figure pas au compte rendu.

— Ce n'était pas nécessaire. L'homme était mort. En fait, avant même que le docteur ait pu visionner le cadavre, celui-ci avait été dévêtu, lavé et préparé pour être incinéré, selon la coutume.

— En d'autres termes, les robots ont détruit toutes les preuves ? dit Baley avec irritation. Puis : Vous avez dit : « ait visionné ». Il ne l'a donc pas vu ?

— Grands Dieux ! dit Gruer, quelle idée morbide ! Il l'a visionné, évidemment, sous tous les angles voulus et du plus près possible, j'en suis sûr. Dans certaines conditions, les docteurs ne peuvent faire autrement que de voir leurs patients, mais je ne puis absolument pas me figurer par quelle aberration il faudrait qu'ils voient des cadavres. La médecine est une profession qui n'admet pas de répugnance, mais même les médecins ont leurs limites.

— Bon ! bon ! La question est la suivante : Le docteur a-t-il fait une déclaration sur la nature de la blessure ayant entraîné le décès du Dr Delmarre ?

— Je vois où vous voulez en venir. Vous pensez peut-être que la blessure était trop importante pour avoir pu être faite par une femme ?

— La femme est moins robuste que l'homme, monsieur, et Mme Delmarre est une femme de faible stature.

— Elle est petite certes, mais athlétique, je vous assure, inspecteur. En possession d'une arme de dimensions convenables, la force de gravité et le bras de levier feront la plus grande partie du travail. Et même, ceci écarté, on est surpris de ce dont une femme est capable dans une crise d'hystérie.

Baley haussa les épaules.

— Et cette arme dont vous parlez, où est-elle ?

Gruer changea de position. Il tendit la main vers un verre vide : un robot pénétra dans le champ de vision et emplit le verre d'un liquide incolore, qui se trouvait être probablement de l'eau.

Gruer conserva un moment le verre plein dans la main, puis le reposa, comme s'il avait changé d'avis et n'éprouvait plus le besoin de se rafraîchir.

— Comme vous avez pu le lire dans le compte rendu, nous avons été absolument incapables de la découvrir.

— Je sais bien ce qu'il y a dans le compte rendu. Mais je tiens à être plus que certain d'un petit nombre de choses. On a fait des recherches pour retrouver cette arme ?

— Des recherches très poussées.

— Vous-même ?

— Des robots, sous ma surveillance, par stéréovision tout le temps. Nous n'avons rien pu découvrir qui ait pu être utilisé comme arme.

— Ceci rend bien faible votre réquisitoire contre Mme Delmarre, n'est-ce pas ?

— Certes, répondit Gruer calmement. C'est une chose, entre d'autres, que nous n'arrivons pas à comprendre. C'est la seule raison pour laquelle nous n'avons pas entamé de poursuites vis-à-vis de Mme Delmarre. C'est la seule raison qui m'ait fait dire que la coupable, elle non plus, n'avait pu commettre le crime. Je devrais peut-être dire plutôt : n'avait, apparemment, pas pu le commettre.

— Apparemment ?

— Il faut qu'elle se soit débarrassée de l'arme d'une façon ou de l'autre. Et, jusqu'à présent, nous n'avons pas eu assez d'intelligence pour la découvrir.

Baley dit, d'un air revêche :

— Vous avez envisagé toutes les possibilités ?

— Oui, je pense.

— Je n'en suis pas si sûr. Voyons un peu. On a utilisé une arme pour fracasser le crâne d'un homme : mais elle ne se trouve pas sur les lieux du crime. L'autre branche de l'alternative est donc que « on » l'a emportée. Ce n'est pas Rikaine Delmarre qui a pu l'emporter, puisqu'il est mort. Est-ce donc Gladïa Delmarre ?

— Il faut que ce soit elle, répondit Gruer.

— Bon ! Alors comment ? Lorsque les robots sont arrivés, elle gisait évanouie sur le plancher, ou elle feignait peut-être d'être évanouie ? De toute façon, elle était là. Combien de temps s'est-il écoulé entre le meurtre et l'arrivée du premier robot ?

— Tout cela dépend de l'heure exacte du crime, et c'est ce que nous ignorons, fit Gruer avec une certaine gêne.

— J'ai lu votre compte rendu, monsieur. Il mentionne qu'un robot a fait état d'un remue-ménage et d'un cri qu'il a identifié comme poussé par le Dr Delmarre. Apparemment donc, il était le plus près des lieux. Le signal d'appel s'est allumé cinq minutes plus tard. Il a fallu à ce robot quelques secondes pour arriver sur place. (Baley se rappelait assez ses émotions de voir arriver comme l'éclair un robot à peine avait-il été appelé.) En cinq minutes, même en dix, à quelle distance Mme Delmarre aurait-elle pu emporter l'arme et revenir à temps pour jouer l'évanouie ?

— Elle aurait pu s'en débarrasser dans un incinérateur à ordures.

— D'après le compte rendu, cet incinérateur a été visité. Le rayonnement gamma des résidus était insignifiant. Aucun objet des dimensions du poing n'y avait été détruit depuis vingt-quatre heures.

— Hé ! Je le sais bien, dit Gruer, mais je vous offre cette solution simplement comme un exemple de ce qu'il était possible de faire.

— D'accord, dit Baley, mais il y a peut-être une explication toute simple. Je suppose que tous les robots appartenant à la domesticité des Delmarre ont été vérifiés, tous, sans exception.

— Oui, bien sûr.

— Et tous étaient en bon ordre de marche ?

— Oui.

— Est-ce que l'un d'eux aurait pu emporter l'arme sans avoir conscience de ce que c'était ?

— Aucun d'eux n'a rien emporté des lieux du crime. Ni n'a touché à quoi que ce soit d'ailleurs.

— Pardon, mais c'est faux. Ils ont certainement emporté le corps, et, avant, ils l'ont touché pour le préparer pour l'incinération.

— Mais oui, bien sûr. Mais cela n'a pas la moindre importance. Ils étaient censés agir ainsi.

« Jehoshaphat ! » jura Baley entre ses dents. Il avait beaucoup de mal à conserver son calme.

— Supposons maintenant, dit-il, que quelqu'un d'autre se soit trouvé sur les lieux.

— C'est impossible, se récria Gruer, comment quelqu'un aurait-il osé affronter la présence corporelle du Dr Delmarre ?

— J'ai dit « supposons », répéta Baley. Les robots n'ayant pas conclu à une présence importune, je ne pense pas qu'un seul d'entre eux se soit livré immédiatement à la moindre recherche sur les terrains qui entourent la maison. Du moins, cela ne figure pas au compte rendu.

— Il n'y a pas eu de recherches de faites jusqu'au moment où nous nous sommes inquiétés de l'arme. Mais cela est venu un long moment après.

— Pas de recherches des traces laissées par un véhicule de surface ou aérien sur le sol ?

— Non.

— Si donc quelqu'un s'était armé d'assez de culot pour affronter la présence corporelle du Dr Delmarre, comme vous dites, il aurait pu le tuer et repartir tout à son aise. Personne ne l'eût arrêté ou même remarqué. Et par la suite, il pouvait compter que tout un chacun affirmerait qu'il était impossible qu'il y eût quelqu'un.

— Parce que c'est impossible, affirma Gruer d'un ton péremptoire.

— Encore une chose, dit Baley, une seule chose. Il y a un robot impliqué dans l'affaire : un robot était présent lors du meurtre.

Pour la première fois, Daneel s'interposa : le robot n'était pas présent lors du crime. S'il avait été là, le meurtre n'aurait pu avoir lieu.

Baley se retourna stupéfait. Et Gruer, qui avait repris son verre, comme s'il se disposait à boire, le reposa pour regarder Daneel.

— N'est-ce pas ? reprit Daneel.

— Je suis tout à fait d'accord avec vous, dit Gruer. Un robot se serait interposé pour éviter qu'un être humain n'en blesse un autre. C'est la Première Loi.

— Bon, dit Baley, je vous l'accorde. Mais il devait se trouver tout près des lieux, puisqu'il y était déjà quand les autres robots sont arrivés. Disons qu'il se trouvait dans la pièce à côté. Reprenons donc ainsi : Le meurtrier s'avance sur Delmarre et celui-ci s'écrie : « Vous allez me tuer. » Les robots de la domesticité n'ont pas entendu les paroles : tout au plus, ils ont entendu un cri. Aussi, comme on ne les avait pas appelés, ne sont-ils pas venus. Mais le robot en question, lui, a entendu la phrase, en a saisi le sens, et sous l'empire de la Première Loi est arrivé aussitôt, sans avoir été appelé. Mais trop tard. Très probablement, il a dû voir le meurtre se commettre.

— Il doit, en effet, avoir assisté aux derniers instants, reconnut Gruer. Et c'est ce qui l'a détraqué. De voir un humain subir une blessure, sans être intervenu, est enfreindre la Première Loi, et selon les circonstances une telle infraction entraîne des avaries plus ou moins graves dans le cerveau positronique. Et, dans le cas présent, les avaries ont été irrémédiables.

Et Gruer se mit à contempler le bout de ses ongles tandis qu'il faisait machinalement tourner son verre entre ses doigts.

— Donc, dit Baley, le robot a été témoin du crime. L'a-t-on interrogé ?

— Pour quoi faire ? Il était totalement détraqué. Il ne savait plus dire que « Vous allez me tuer ! » Je suis tout à fait d'accord, jusqu'à présent, avec la reconstitution que vous venez de faire. Cette phrase représente certainement les dernières paroles prononcées par Delmarre, qui se sont gravées dans la conscience du robot alors que tout le reste était détruit.

— Mais l'on m'a dit que la spécialité de Solaria porte sur les robots. N'y avait-il pas moyen de réparer ce robot ? Aucune possibilité de rafistoler tant soit peu ses circuits ?

— Absolument aucune, affirma Gruer sans hésitation.

— Et où se trouve ce robot maintenant ?

— A la ferraille, répondit Gruer.

Baley leva les sourcils.

— C'est une affaire vraiment curieuse. Pas de motif, pas de possibilité, pas de témoins et pas de preuve ! Et là même où il y avait un début de preuve, on l'a détruit. Vous n'avez qu'une personne suspecte, que tout le monde s'accorde pour affirmer coupable : ou, tout au moins, tout le monde s'accorde pour prétendre que personne d'autre ne peut l'être. C'est visiblement une opinion que vous partagez vous aussi. Donc, reste une seule question : pourquoi m'avoir fait venir ?

Gruer fronça les sourcils :

— Vous semblez bien ému, monsieur Baley, et se tournant brusquement vers Daneel : Monsieur Olivaw ?

— Oui, inspecteur Gruer...

— Voudriez-vous, je vous prie, faire le tour de toute la maison et vérifier que toutes les fenêtres sont bien closes et voilées. L'inspecteur Baley ressent peut-être les effets, pernicieux pour lui, des espaces libres.

Cette affirmation ahurit Baley. Son premier mouvement fut de contredire Gruer et de prier Daneel de rester où il était, quand, alors même qu'il ouvrait la bouche, il se rendit compte que le ton de Gruer dénotait une grande anxiété et qu'il semblait le supplier du regard.

Il resta coi et laissa Daneel quitter la pièce.

Ce fut aussitôt comme si un masque était tombé, révélant le vrai visage transi et apeuré.

— Oui ! Plus facile que je ne l'imaginais ! J'avais retourné le problème sous toutes ses faces pour vous voir seul à seul. Mais je n'aurais jamais osé croire que l'Aurorain quitterait la pièce sur une simple demande. Pourtant, je n'ai rien trouvé d'autre à dire.

— Bon, fit Baley. Eh bien ! Je suis tout seul maintenant.

— Je ne pouvais parler librement en sa présence, dit Gruer. C'est un Aurorain et il se trouve ici parce que nous avons été contraints d'accepter sa venue si nous voulions bénéficier de vos services.

Le Solarien se pencha :

— Il y a davantage dans cette affaire qu'un simple meurtre. Ce qui m'intéresse le plus n'est pas qui a commis le meurtre, mais il y a des divergences politiques sur Solaria, des organisations secrètes...

Baley ouvrit de grands yeux :

— Vous ne pensez pas que je puisse vous être utile dans ce genre de situation !

— Si, vous le pouvez. Maintenant, écoutez bien ceci : le Dr Delmarre était un Traditionaliste. Il avait foi en les vieilles coutumes, les bonnes coutumes. Mais, parmi nous, se dressent maintenant de nouvelles forces, des forces éprises de changements, et on a fait taire définitivement le Dr Delmarre.

— C'est Mme Delmarre qui l'a tué ?

— Elle a dû être la main, mais peu importe. Ce qui est plus grave, beaucoup plus grave, c'est qu'il y a une conspiration derrière elle.

— Vous croyez ? En avez-vous des preuves ?

— Des preuves très vagues, hélas ! Et je n'y puis rien. Rikaine Delmarre avait découvert un petit quelque chose. Il m'avait affirmé que ses preuves tiendraient, et je le crois. Je le connaissais assez pour savoir qu'il n'était ni un illuminé ni un naïf. Malheureusement, il ne m'en avait dit que fort peu. Il voulait bien sûr avoir terminé son enquête avant de soumettre l'ensemble de la question aux autorités. Il devait d'ailleurs toucher au but, sinon ils n'auraient pas osé courir le risque de s'en débarrasser par une pareille boucherie. Néanmoins, Delmarre m'avait prévenu d'une chose : toute l'humanité était en danger.

Baley se sentit pris de vertige. Pendant un instant, ce fut comme s'il écoutait Minnim de nouveau, mais à une autre échelle. Est-ce que tout un chacun, sans exception, allait s'en remettre à lui pour écarter les dangers d'envergure cosmique ?

— Pourquoi pensez-vous que je puisse vous apporter une aide quelconque ? demanda-t-il.

— Parce que vous êtes un Terrien, dit Gruer. Comprenez-vous ? Nous, sur Solaria, n'avons aucune expérience de cette sorte de choses. Pour ainsi dire, nous ne comprenons pas les gens. Nous sommes trop peu nombreux ici.

Il parut assez gêné :

— Ce que je vous dis là ne me plaît guère, monsieur Baley. Mes collègues se moquent de moi et même certains s'emportent, mais c'est vraiment là une idée à laquelle je tiens. Je crois que les Terriens doivent comprendre les gens infiniment mieux que nous, du simple fait qu'ils vivent tant les uns sur les autres. Et, parmi eux, un détective doit être celui qui les comprend le mieux. N'est-ce pas vrai ?

Baley hocha la tête, mais ne dit mot. Gruer continua :

— En un sens, ce meurtre a été quelque chose d'heureux. Je n'ai pas osé parler aux autres de l'enquête à laquelle se livrait Delmarre, étant donné que je ne savais pas s'il n'y en avait pas de compromis dans la conspiration, et Delmarre lui-même ne voulait donner aucun détail tant que son dossier n'était pas complet. Et même si Delmarre avait achevé sa tâche, comment aurions-nous dû traiter la question par la suite ? Comment doit-on agir vis-à-vis d'êtres humains qui vous sont hostiles ? Je l'ignore. Dès le début, j'ai senti qu'il nous fallait un Terrien. Quand j'ai entendu parler des résultats que vous aviez obtenus dans ce meurtre de Spacetown sur Terre, j'ai su que c'était vous dont nous avions besoin. Je me suis mis en rapport avec Aurore, parce que vous aviez travaillé en étroite coopération avec des personnes de chez eux, et par l'intermédiaire d'Aurore j'ai essayé d'entrer en contact avec les Gouvernements de la Terre. Mais mes collègues se refusaient absolument à y consentir. Puis ce meurtre est survenu, et ce fut un choc suffisant pour qu'ils m'accordent le consentement dont j'avais besoin. Dans l'état où ils étaient ils auraient consenti à n'importe quoi !

Gruer hésita, puis ajouta :

— Demander l'aide d'un Terrien n'est pas une chose agréable, mais il faut que je le fasse. Rappelez-vous bien, quoi qu'il puisse arriver, que l'humanité est en danger. La Terre comme les autres planètes.

Alors, pensa Baley, la Terre est menacée de deux côtés.

Il n'y avait pas à s'y tromper, la sincérité de Gruer était évidente.

Mais si ce meurtre avait été le fait d'un heureux hasard pour fournir à Gruer le prétexte dont il avait si ardemment besoin, pour réaliser ses desseins, était-ce uniquement le fruit du hasard ? Cela ouvrait quelques nouvelles perspectives qui ne transparurent ni sur le visage, ni dans les yeux, ni dans le timbre de Baley.

— On m'a envoyé ici, dit-il, pour vous aider, monsieur. Comptez sur toute mon aide dans la mesure de mes faibles moyens.

Finalement, Gruer porta à sa bouche la boisson si longtemps négligée, puis, regardant Baley par-dessus le bord du verre :

— Bon. Merci, dit-il, mais pas un mot de tout cela à l'Aurorain, je vous prie. On ne sait jamais si Aurore ne fait pas partie de la conspiration. En tout cas, ils ont manifesté un intérêt extraordinairement marqué pour cette affaire. Ainsi ils ont insisté pour que M. Olivaw fasse équipe avec vous. Aurore est une planète puissante : nous nous sommes inclinés. D'après eux, la présence de M. Olivaw vient simplement de ce qu'il a travaillé avec vous, mais ce peut aussi bien être parce qu'ils entendent avoir, sur place, un homme à eux sur lequel ils puissent compter. Hein ?

Il but à petite gorgées, le regard toujours fixé sur Baley.

Baley passa la paume de sa main sur sa joue maigre, se massant d'un air pensif :

— Maintenant, si tel est votre...

Il n'acheva pas, mais bondit de son fauteuil et se précipitait déjà vers l'autre avant de se souvenir que ce n'était qu'une image qu'il avait en face de lui.

Car Gruer, les yeux fixés sur la boisson, se tenait la gorge d'une main, haletant avec effort : ça... brûle... brûle. Le verre s'échappa de ses doigts, se vidant de son contenu. Et Gruer tomba de tout son long, le visage tordu de souffrance.

7

Un praticien peu pressé

Daneel se tenait sur le pas de la porte :

— Que se passe-t-il, Eli... ?

Mais nulle explication ne fut nécessaire et la voix de Daneel devint brusquement un organe puissant et vibrant :

— Robots de Hannis Gruer. Votre maître est blessé. Robots !

Aussitôt une silhouette métallique se précipita dans la salle à manger, puis, quelques instants plus tard, toute une douzaine entra. A trois ils emportèrent délicatement Gruer. Et les autres se mirent diligemment à réparer le désordre et à ramasser toute la vaisselle qui jonchait le sol.

Brusquement, Daneel leur cria :

— Vous là, les robots, laissez-moi toute cette vaisselle. Organisez des recherches. Fouillez toute la maison pour voir s'il s'y trouve un être humain. Alertez tous les robots qui peuvent se trouver à l'extérieur, qu'ils inspectent jusqu'aux plus petites portions du domaine. Si vous apercevez un maître, retenez-le. Sans le molester (avertissement superflu, pensa Baley), mais ne le laissez pas s'échapper non plus. Si vous ne découvrez la présence d'aucun maître, faites-le-moi savoir. Je reste branché sur cette fréquence de stéréovision.

Puis, comme les robots se dispersaient, Elijah murmura à l'adresse de Daneel :

— Ce n'est là qu'un commencement. Il a été empoisonné, c'est certain.

— Oui. C'est l'évidence même et la seule chose dont nous puissions être sûrs, Elijah.

Et Daneel s'assit avec difficulté, comme s'il éprouvait des douleurs dans le genou. Baley ne l'avait jamais vu se laisser aller ainsi, ou être un instant en proie à quelque chose d'aussi humain qu'un rhumatisme du genou.

— Quand je vois un être humain subir une souffrance ça me fait des courts-circuits, se plaignit Daneel.

— Mais il n'y avait rien que vous puissiez faire pour l'éviter.

— Je le sais bien. Pourtant, j'ai l'impression d'avoir certains circuits obstrués. En termes humains, j'éprouve ce qui pour vous serait un choc émotionnel.

— S'il en est ainsi, il vous faut le surmonter, conseilla Baley qui manquait totalement de patience et de compassion pour un robot émotif. Nous avons à nous préoccuper, pour le moment, d'une vétille : qui est responsable ? Car il n'y a pas d'empoisonnement sans empoisonneur.

— Ce peut être une intoxication accidentelle.

— Une intoxication accidentelle ? Sur un monde aussi aseptisé que celui-ci ? Allons donc ! En outre, le poison était mélangé à un liquide, et les symptômes ont été brutaux et définitifs. C'était bel et bien une bonne dose de poison. Écoutez, Daneel, je m'en vais faire un tour dans la pièce à côté, histoire de réfléchir un peu à tout cela. Vous, appelez Mme Delmarre. Assurez-vous qu'elle est bien chez elle et vérifiez la distance qui sépare ses terres de celles de Gruer.

— Penseriez-vous maintenant que...

Baley leva la main :

— Pour l'instant, trouvez-moi la réponse à ce que je viens de vous demander.

Il sortit de la pièce, en quête d'un peu d'isolement. Il était invraisemblable que, sur un monde comme Solaria, deux tentatives de meurtre, aussi étroitement liées dans le temps, n'aient pas d'autres corrélations entre elles. Et si donc il y avait une corrélation quelconque, le postulat le plus évident consistait à admettre pour vraie la théorie de Gruer sur une conspiration.

Baley sentit les petits frémissements habituels l'envahir. Il était venu sur ce monde avec, en tête, les seuls ennuis de la Terre en sus des siens : le meurtre, en lui-même, n'était alors qu'un épisode assez lointain, mais maintenant l'enquête allait réellement prendre corps.

Après tout, le meurtrier, ou les meurtriers (ou la meurtrière), avait frappé, lui présent. Et cela l'irritait profondément. Était-il donc une quantité si négligeable ? Son orgueil professionnel en était atteint, il s'en rendait compte et s'en félicitait. Enfin, il avait maintenant une autre raison d'aller jusqu'au bout de cette histoire de meurtres, sans même s'inquiéter des dangers qui pouvaient menacer la Terre.

Daneel avait réussi à le retrouver et s'avançait vers lui :

— J'ai fait ce que vous aviez demandé, Elijah. J'ai parlé à Mme Delmarre, par stéréovision. Elle est bien chez elle, à quelque quinze cents kilomètres du domaine de l'inspecteur Gruer.

— Je la verrai moi-même plus tard, dit Baley, oui, enfin je la visionnerai. (Puis, regardant Daneel d'un air pensif :) Croyez-vous qu'elle soit impliquée dans ce nouveau crime ?

— Pas d'une manière directe apparemment, Elijah.

— Ce qui sous-entend qu'elle le serait d'une manière indirecte, n'est-ce pas ?

— Elle peut avoir persuadé quelqu'un d'autre de le faire pour elle.

— Quelqu'un d'autre, sursauta Baley. Qui ?

— Je l'ignore absolument, Elijah.

— Si quelqu'un avait agi à sa place, le quidam en question devrait se trouver sur les lieux du crime.

— Oui, répondit Daneel. Il a bien fallu qu'il y ait quelqu'un sur place pour verser le poison dans le liquide.

— N'est-ce pas possible que la boisson empoisonnée ait été préparée plus tôt dans la journée ? Peut-être même beaucoup plus tôt ?

— C'est une question que j'ai déjà envisagée, Elijah, repartit Daneel avec calme. Et c'est pourquoi j'ai utilisé le mot d'apparemment quand j'ai affirmé que Mme Delmarre n'était pas directement impliquée dans ce crime. Il est du domaine du possible qu'elle ait été présente en cet endroit à un moment antérieur de la journée. Il serait bon, je pense, de vérifier son emploi du temps.

— D'accord, nous le ferons. Nous vérifierons si elle a été physiquement présente là à un moment quelconque.

Baley se mordait les lèvres de plaisir. Il s'était déjà douté que la logique des robots, par certains côtés, était assez déficiente. Maintenant, il en était convaincu. Comme disait le roboticien : « Ils sont logiques, mais non intelligents ».

— Revenons à la chambre d'appels, reprit-il, et remettez-moi en liaison avec le domaine de Gruer.

La pièce resplendissait d'ordre et de netteté. Il ne restait pas le moindre vestige du drame qui s'était déroulé moins d'une heure plus tôt, des affres d'un homme torturé par le poison.

Trois robots restaient là, le dos au mur, dans l'habituelle attitude des robots, témoignant d'un respectueux dévouement.

— Quelles nouvelles avez-vous de l'état de votre maître ? demanda Baley.

Le second des trois robots répondit :

— Le docteur s'occupe de lui, maître.

— Par stéréovision, ou à son chevet ?

— Par stéréovision, maître.

— Quelles sont les conclusions du docteur ? Survivra-t-il ?

— Ce n'est pas encore sûr, maître.

— La maison a-t-elle été fouillée ? reprit Baley, en changeant de sujet.

— De fond en comble, maître.

— Y avait-il le moindre signe de la présence d'un autre maître que le vôtre ?

— Non, maître.

— Ou le moindre vestige d'une présence étrangère dans les heures qui ont précédé ?

— Aucun, maître.

— On fait des recherches sur les terres du domaine ?

— Oui, maître.

— Quels résultats, jusqu'à présent ?

— Aucun, maître.

Baley hocha la tête, et demanda :

— Je voudrais parler au robot qui a servi à table ce soir.

— Il a été mis de côté pour révision. Ses réactions sont désordonnées.

— Est-il en mesure de parler ?

— Oui, maître.

— Faites-le venir ici sans retard, dans ce cas...

Mais, du retard, il y en eut, et Baley allait commencer à dire : « J'ai demandé... » lorsque Daneel s'interposa doucement :

— Tous ces robots de type solarien sont reliés entre eux par radio. Le robot dont vous désirez la présence s'est trouvé appelé aussitôt. S'il se montre lent à venir, c'est en raison de troubles locomoteurs, dus à ce qui vient de se passer.

Baley n'insista pas. Il aurait dû penser de lui-même aux liaisons radio de robot à robot. Dans un monde aussi abandonné à l'emprise des robots, il fallait bien qu'il existât, entre eux, quelque moyen de communication indépendant pour éviter les incidents inhérents à ce système. Cela expliquerait pourquoi une douzaine de robots pouvaient arriver lorsque l'on avait appelé un robot, mais uniquement si leur présence se révélait nécessaire.

Un robot fit son entrée, boitant, une jambe paralysée. Baley se demanda pourquoi, puis haussa les épaules. Même chez des robots aussi primitifs que ceux fabriqués sur Terre, les réactions à une perturbation du cerveau positronique ne se manifestaient jamais d'une manière aussi évidente au profane. Un circuit hors d'état de fonctionner pouvait interdire l'usage d'une jambe, comme dans ce cas, et ce fait serait d'une signification aveuglante pour le roboticien, mais absolument incompréhensible pour quiconque d'autre.

En prenant mille précautions, Baley demanda :

— Vous rappelez-vous un liquide incolore, contenu dans une carafe posée sur la table de votre maître, dont vous avez versé une petite quantité dans un verre à lui destiné ?

— Vi, maît', répondit le robot.

« Allons bon, il est retombé en enfance », pensa Baley.

— Quelle était la nature de ce liquide ?

— L'eau, maît'.

— Juste de l'eau, rien d'autre ?

— Juste l'eau.

— Où la prenez-vous ?

— Robinet réservoir, maît'.

— La carafe est-elle restée longtemps dans la cuisine avant que vous l'ameniez à table ?

— Maît' boire pas froid, maît'. Dit toujours tirer l'eau une heure avant.

« Mais comment donc, pensa Baley. Comme ça, ceux qui étaient au courant... »

— Bon, dit-il. Que l'un des robots m'appelle le docteur qui visionne votre maître dès que le praticien sera en mesure de me parler. Pendant ce temps, qu'un autre vienne m'expliquer le fonctionnement du robinet du réservoir. Je veux tout savoir de l'alimentation de cette maison en eau.

Le docteur se rendit libre assez rapidement. C'était le Spacien le plus âgé que Baley ait jamais rencontré, ce qui voulait dire, pensa Baley, qu'il avait peut-être plus de trois siècles d'existence. Les veines ressortaient sur ses mains, et ses cheveux, coupés en brosse, étaient d'un blanc neigeux. Il avait la manie de taper de l'ongle sur ses dents aurifiées de devant, ce qui donnait un petit cliquetis que Baley trouva exaspérant. Il s'appelait Altim Thool.

— Heureusement, dit le docteur, il a pu rejeter une grande partie du poison. Mais il n'est pas sûr qu'il vive. C'est un accident tragique.

Et il poussa un profond soupir.

— Quel poison est-ce, docteur ? demanda Baley.

— Je ne saurais vous le dire (clic-clic-clic-clic...).

— Hum ! fit Baley. Et comment le soignez-vous donc ?

— Une stimulation directe du système neuromusculaire pour éviter la paralysie, mais, à part cela, je laisse à la nature le soin de le guérir. (Sur son visage, à la peau légèrement olivâtre comme un cuir extra-patiné par le temps, se dessina une expression de désarroi :) Nous n'avons pas l'expérience de ce genre de choses. Je ne me souviens pas, en deux cents ans de pratique, avoir rencontré une histoire pareille.

Baley le dévisagea avec mépris :

— Vous savez, tout de même, qu'il existe des substances qui sont des poisons pour l'homme, non ?

— Oh ! oui (clic-clic). N'importe qui sait cela.

— Vous avez bien des dictionnaires de références, microfilmés : vous pourriez y trouver le moyen d'accroître vos connaissances en la matière.

— Mais cela prendrait des journées entières. Il existe une telle variété de poisons minéraux. Nous utilisons les insecticides chez nous, et il n'est pas impossible d'obtenir des toxiques bactériens. Même avec les symptômes intégralement microfilmés, il faudrait beaucoup trop de temps pour réunir l'équipement de laboratoire et découvrir les techniques permettant de les étudier.

— Eh bien, si sur Solaria personne ne sait rien, dit Baley, d'un air plutôt rébarbatif, je vous suggère de vous mettre en rapport avec d'autres mondes et de voir s'ils ont des connaissances plus complètes sur cette question. Entre-temps, vous feriez mieux d'analyser le réservoir d'eau du domaine et d'y rechercher des traces de poison.

Baley n'hésitait pas à malmener un vénérable Spacien, lui enjoignant de faire telle et telle chose comme si le praticien n'eût été qu'un robot, sans se soucier le moins du monde d'une telle inconvenance. D'ailleurs, le Spacien ne la relevait pas non plus.

Le Dr Thool répondit, l'air dubitatif :

— Mais comment le réservoir pourrait-il bien avoir été empoisonné ? Je suis persuadé qu'il ne l'est pas.

— C'est probable, oui, reconnut Baley, mais analysez-le de toute façon, pour plus de sûreté.

Effectivement, la probabilité d'un empoisonnement du réservoir était fort mince. Les explications du robot lui avaient prouvé que c'était là encore un exemple type de l'autarcie solarienne. L'eau provenait de n'importe quelle source et était ensuite rendue potable. Les micro-organismes qu'elle pouvait contenir étaient filtrés, les matières inorganiques éliminées. On lui donnait, ensuite, l'oxygénation convenable, ainsi que les oligo-éléments à une concentration favorable aux besoins du corps humain. Il était hautement improbable que la moindre trace de poison puisse échapper aux différents filtres de contrôle.

Néanmoins, si l'on établissait irréfutablement la salubrité du réservoir, on avait alors en main un élément essentiel de l'enquête : le temps, c'est-à-dire cette question d'une heure, juste avant le repas, où la carafe (exposée à l'air libre, pensa Baley avec répulsion) avait été laissée à tiédir pour satisfaire aux manies de Gruer.

Mais le Dr Thool, fronçant les sourcils, était en train de demander :

— Comment vais-je faire pour cette analyse du réservoir ?

— Jehoshaphat ! Amenez un animal avec vous. Injectez-lui dans les veines, ou faites-lui boire, un peu d'eau prise au robinet de ce réservoir. Vous avez une cervelle, non ? Alors, servez-vous-en ! Et faites-en de même avec ce qui reste d'eau dans la carafe. Si celle-là est empoisonnée, ce qui est des plus certains, effectuez les analyses précisées dans les microfilms de références. Trouvez les expériences les plus simples, mais faites enfin quelque chose !

— Oui, oui, mais, mais quelle carafe ?

— La carafe contenant l'eau qu'il a bue. La carafe que le robot a utilisée pour lui servir à boire.

— Mais, mon Dieu ! Je pense qu'elle doit être rincée et rangée. Les domestiques ne l'ont certainement pas laissée traîner.

— Non, bien sûr, grommela Baley. (Impossible de conserver une preuve avec ces robots, toujours pressés de la détruire au nom de l'ordre qui doit régner dans la maison. Il aurait dû leur ordonner de mettre cette carafe de côté, mais voilà, cette vie-là n'était pas la sienne et il réagissait toujours à contretemps.)

Finalement, on vint rendre compte que le domaine Gruer, fouillé dans tous ses recoins, s'était révélé vierge de toute présence humaine intruse.

— Cela ne fait qu'obscurcir l'énigme, Elijah, dit Daneel. Car il semble bien qu'alors personne n'a pu assumer le rôle d'empoisonneur.

Baley, plongé dans ses pensées, l'entendit vaguement et répondit : « Quoi ? Ah oui. Oh non, pas du tout, pas du tout, au contraire, cela simplifie les choses », sans donner de plus amples explications, car il n'ignorait pas que Daneel serait incapable de comprendre ce qui était une vérité évidente pour Baley, et plus encore d'y croire.

D'ailleurs, Daneel ne sollicita pas d'explications. Il eût empiété sur les pensées d'un humain, conduite inconcevable chez un robot.

Baley déambulait de long en large, sans repos. Il redoutait l'arrivée du sommeil, car alors ses craintes des grands espaces reprenaient vigueur, tandis que ses regrets de la Terre croissaient en proportion. Il se sentait pris d'un désir fiévreux d'action.

S'adressant à Daneel, il dit :

— Je ferais aussi bien de rencontrer de nouveau Mme Delmarre. Que le robot établisse la liaison en stéréovision.

Ils se dirigèrent vers la chambre d'appels et Baley regarda le robot agir avec des gestes précis de ses doigts métalliques agiles. Il était dans une sorte de stupeur où ses pensées s'estompaient et il reprit conscience avec un sursaut d'étonnement lorsqu'une table délicatement dressée pour le dîner emplit brusquement la moitié de la pièce.

— Hello, fit la voix de Gladïa, qui un instant plus tard pénétrait dans leur champ de vision et s'asseyait à la table.

— Comme vous paraissez étonné, Elijah ! C'est pourtant l'heure du dîner. Et je suis habillée d'une manière décente cette fois, n'est-ce pas ?

Effectivement, elle l'était. Sa robe, d'un bleu clair, descendait en plis moirés le long de ses membres jusqu'aux poignets et aux chevilles. Elle portait autour du cou et sur les épaules une écharpe jaune, légèrement plus claire que ses cheveux, maintenant coiffés en ondulations strictes.

— Je n'avais pas l'intention de vous troubler dans votre repas, dit Baley.

— Je n'ai pas encore commencé. Pourquoi ne me tiendriez-vous pas compagnie ?

— Vous tenir compagnie ? dit Baley en la considérant avec curiosité.

Elle se mit à rire :

— Que vous êtes drôles, vous les Terriens. Je ne vous dis pas de me tenir compagnie par votre présence effective. Comment seriez-vous en mesure de le faire ? Non, ce que je veux dire, c'est que vous alliez dans votre propre salle à manger, et là, vous et votre collègue pourrez dîner avec moi.

— Mais, si je quitte...

— Ne vous inquiétez pas. Votre technicien en stéréovision peut conserver la liaison.

Ce que Daneel approuva de la tête. Alors, quoique ayant des doutes, Baley tourna les talons et se dirigea vers la porte. Gladïa, la table, le couvert et les décorations de table suivirent.

Gladïa sourit pour l'encourager :

— Vous voyez. Votre technicien nous garde en liaison continue.

Baley et Daneel montèrent par un tapis roulant que Baley ne se souvenait pas avoir jamais emprunté. Visiblement, il y avait plusieurs chemins pour se rendre d'une pièce à l'autre dans cette demeure de cauchemar et il n'en connaissait que quelques-uns. Mais Daneel, bien sûr, les connaissait tous.

Et, se déplaçant au travers des murs, quelquefois en dessous du plancher, quelquefois planant au-dessus, suivaient toujours Gladïa et la table de salle à manger.

A un moment donné, Baley s'arrêta et murmura :

— Ceci demande un certain entraînement.

— Vous avez le vertige ? demanda aussitôt Gladïa.

— Oui, un peu.

— Bon, alors je vais vous dire ce que nous allons faire : pourquoi ne pas ordonner à votre technicien de bloquer la transmission ici même ? Puis, lorsque vous serez dans votre salle à manger et que vous serez prêts, il nous remettra en liaison.

— Je vais m'en occuper, Elijah, dit Daneel.

Leur propre table était dressée lorsqu'ils arrivèrent dans la salle à manger, les assiettes pleines d'une soupe fumante, où nageaient, dans le brun potage, des morceaux de viande coupés en dés. En plein milieu de la table, une imposante volaille rôtie attendait d'être découpée.

Daneel donna quelques ordres brefs au robot qui faisait office de maître d'hôtel et, avec rapidité, sans heurt, les deux couverts, qui étaient déjà mis, furent placés côte à côte, au même bout de la table.

Comme si cette nouvelle disposition des convives avait été un signal, le mur d'en face sembla s'enfoncer, la table s'allonger et Gladïa se trouva assise à l'autre bout. Les deux salles, les deux tables se rejoignaient avec une telle perfection que, n'eussent été les différences des tapisseries au mur, des tapis sur le plancher et des services de table, on aurait facilement pu croire qu'ils dînaient tous trois à la même table.

— Voilà, dit Gladïa avec satisfaction. C'est confortable, n'est-ce pas ?

— Tout à fait, répondit Baley. (Avec précaution, il goûta au potage, le trouva succulent et se servit plus copieusement.)

— Vous savez ce qui vient d'arriver à l'inspecteur Gruer ?

Son visage, aussitôt, s'obscurcit de gêne et elle reposa sa cuiller.

— N'est-ce pas terrible ? Ce pauvre Hannis !

— Vous l'appelez par son prénom. Vous le connaissez bien ?

— Je connais tous les gens importants sur Solaria. Tous les Solariens, ou à peu près, se connaissent évidemment.

« Évidemment, se dit Baley. Combien y en a-t-il au fait ? »

— Peut-être, alors, connaissez-vous le Dr Altim Thool. C'est lui qui soigne Gruer, reprit-il.

Gladïa eut un petit rire discret. Le robot maître d'hôtel lui coupa sa viande et lui servit des petites pommes de terre dorées et des carottes en tranches.

— Mais bien sûr, que je le connais. C'est lui qui s'est occupé de moi.

— Il s'est occupé de vous quand ?

— Juste... Juste après l'histoire. Ce qui est arrivé à mon mari, veux-je dire.

Baley la regarda avec étonnement :

— Mais il n'y a donc qu'un seul docteur sur cette planète ?

— Non, bien sûr, et pendant un moment elle remua les lèvres comme si elle comptait intérieurement. Il y en a au moins dix. Et il y a un jeune homme, que je connais, qui fait des études de médecine. Mais le Dr Thool est l'un des meilleurs praticiens. C'est lui qui a le plus d'expérience. Pauvre vieux Dr Thool !

— Pourquoi pauvre ?

— Eh bien, vous voyez ce que je veux dire. C'est un travail répugnant d'être un docteur. Quelquefois, vous vous trouvez obligé de voir en personne les gens que vous soignez, même de les toucher. Mais le Dr Thool semble s'y être résigné et il n'hésite pas à voir ses clients en personne quand il estime qu'il le doit. C'est toujours lui qui s'est occupé de moi, depuis que j'étais toute gosse, il a toujours été si gentil, si doux et, franchement, je me dis que cela ne me ferait presque rien s'il se trouvait obligé de me voir effectivement. Ainsi, il m'a vue en réalité l'autre fois.

— Après la mort de votre mari, si je comprends bien ?

— Oui. Vous pouvez imaginer ce qu'il a dû éprouver en voyant le cadavre de mon mari et moi étendue à côté.

— Mais l'on m'avait dit qu'il s'était occupé du corps par stéréovision, dit Baley.

— Du corps, oui. Mais après s'être assuré que j'étais bien vivante, et hors de tout danger, il ordonna aux robots de me mettre un oreiller sous la tête, de me faire une piqûre quelconque puis de sortir de là. Et il est venu par avion. Cela lui a pris moins d'une demi-heure, et il s'occupa de moi et s'assura que tout allait bien. J'étais si étourdie quand il est venu que j'étais sûre que je ne l'apercevais que par stéréovision, vous vous rendez compte ; et ce n'est que lorsqu'il m'a touchée que je me suis aperçue qu'il était là, en personne. J'ai poussé un de ces cris ! Pauvre vieux doc ! Il était terriblement gêné mais je savais bien que c'était dans les meilleures intentions qu'il était venu.

Baley hocha la tête :

— Je suppose que les docteurs n'ont pas grand-chose à faire sur Solaria.

— Heureusement non.

— Je sais qu'il n'y a pas de maladies microbiennes, à proprement parler. Mais les troubles du métabolisme ? L'artériosclérose, le diabète, ou d'autres du même genre.

— Oui, ça arrive, et ce n'est pas bien beau lorsque de pareils troubles se produisent. Les docteurs peuvent rendre la vie plus supportable à ces malheureux, tout au moins sur le plan physique. Mais c'est tout le moins.

— Hein !

— Bien sûr. Cela veut dire que l'analyse des chromosomes a été menée d'une façon insuffisante. Vous ne pensez pas que nous laissons des tares, comme le diabète, se développer librement. Le malheureux qui tombe victime de ce genre de chose doit subir une nouvelle analyse très détaillée. Le lien conjugal doit être brisé, ce qui est bien gênant pour l'autre époux. Et, bien sûr, cela signifie : pas de... pas..., et sa voix se perdit en un murmure : Pas d'enfant.

— Pas d'enfant, répéta Baley sur un ton normal.

Gladïa s'empourpra :

— C'est une telle obscénité à prononcer. Quel mot : des ... des enf... des enfants.

— Avec un peu d'entraînement, c'est un mot qui vient sans difficulté, dit sèchement Baley.

— Oui, mais si j'en prends l'habitude, un beau jour je le dirai devant un autre Solarien, et je ne saurai dans quel trou de souris disparaître ! En tout cas, si le couple a eu des enfants (là, vous voyez, je l'ai dit encore une fois), il faut découvrir quels sont ces enfants et les examiner — au fait, c'était là une des tâches de Rikaine —, et... et puis cela fait des tas d'embarras.

« Bon, va pour Thool alors, pensa Baley. L'incompétence du praticien est la conséquence normale d'un tel genre de vie, et n'a rien de sinistre. Rien d'obligatoirement sinistre. Donc à rayer de la liste des suspects, mais d'un trait léger, pas d'une grande croix. »

Il regardait Gladïa se restaurer. Elle avait des mouvements précis et délicats et son appétit semblait normal. (Sa propre volaille était succulente. Sur un chapitre, tout au moins, la nourriture, il se laisserait volontiers gâter par ces Mondes Extérieurs.)

— Que pensez-vous de cet empoisonnement, Gladïa ? demanda-t-il.

Elle releva la tête :

— J'essaie de ne pas y penser. Il y a eu tellement de choses horribles récemment. Et puis, ce n'est peut-être pas un empoisonnement.

— C'en est un...

— Mais il n'y avait personne dans les environs.

— Comment le savez-vous ?

— Il était impossible qu'il y en eût. Il n'a pas de femme, maintenant, depuis qu'il a atteint le nombre fixé d'en..., vous savez ce que je veux dire. Aussi, n'y avait-il personne pour verser le poison dans quoi que ce soit. Donc, comment aurait-on pu l'empoisonner ?

— Mais on l'a empoisonné. C'est un fait et nul ne peut aller contre.

Son regard se voila :

— Faut-il supposer qu'il l'aurait fait lui-même ?

— J'en doute. Pourquoi l'aurait-il fait ? Et en public ?

— Alors, il n'a pas pu l'être, Elijah. C'est une impossibilité majeure.

— Au contraire, Gladïa, répondit Baley, on pouvait le faire très facilement. Et je suis certain de connaître la manière dont on l'a fait.

8

Baley bluffe

Gladïa sembla retenir sa respiration pendant un instant. Puis proféra, lèvres pincées, en une sorte de chuintement :

— Je suis sûre de ne pas voir comment. Savez-vous qui l'a empoisonné ?

Baley acquiesça :

— Celui-là même qui a tué votre mari.

— Vous en êtes sûr ?

— Vous ne l'êtes pas ? L'assassinat de votre mari fut le premier à se produire de toute l'histoire de Solaria. Puis, un mois plus tard, survient un autre meurtre. Simple coïncidence, croyez-vous ? Deux meurtriers frappant à un mois d'intervalle sur un monde sans crimes. Considérez aussi que la seconde victime enquêtait sur le premier meurtre et représentait donc un redoutable danger pour le criminel.

— Oui ! fit Gladïa en commençant son dessert, ajoutant entre deux bouchées : Si vous le voyez de cette façon, je suis donc innocente.

— Et pourquoi donc, Gladïa ?

— Mais voyons, Elijah. Je n'ai jamais même approché du domaine de Gruer, jamais de toute mon existence. Aussi, j'aurais certes bien été incapable d'empoisonner l'inspecteur Gruer. Et si je n'ai pas... bref, je n'ai pas non plus tué mon mari.

Puis, comme Baley observait un silence glacial, sa vivacité sembla disparaître et des rides se formèrent aux commissures de ses lèvres :

— Ce n'est pas votre avis, Elijah.

— Je ne suis certain de rien, dit Baley. Comme je vous l'ai affirmé, je connais la méthode utilisée pour empoisonner Gruer. C'est ingénieux et n'importe qui, sur Solaria, peut l'avoir employée, n'importe qui, fût-il ou non sur le domaine de Gruer, l'ait-il jamais approché.

Gladïa serra les poings :

— Prétendriez-vous que c'est moi ?

— Ce n'est pas ce que j'ai dit.

— C'est ce que vous sous-entendez ! (Ses lèvres blanchissaient de colère et ses joues se marbraient.) C'est là tout ce que vous espériez de cette rencontre ? Me poser des questions insidieuses ? Me prendre en défaut ?

— Mais écoutez...

— Vous paraissiez si compatissant, si compréhensif... espèce de... espèce de Terrien.

Sa voix grave avait prononcé ce dernier mot avec un grincement de crécelle.

Le visage impassible de Daneel se tourna vers Gladïa :

— Si vous voulez bien me pardonner, madame Delmarre, vous serrez ce couteau avec trop de vigueur. Vous pourriez vous blesser. Faites plus attention, je vous prie.

Gladïa jeta un regard dément au petit couteau émoussé et visiblement inoffensif qu'elle tenait à la main. Puis elle le brandit d'un mouvement spasmodique.

— Vous ne pouvez m'atteindre, Gladïa, dit Baley.

— Qui voudrait vous atteindre ? Pouah ! glapit-elle, et haussant les épaules avec une répulsion exagérée, elle s'écria : Coupez-moi cette liaison tout de suite.

Cette dernière phrase devait s'adresser à un robot hors du champ de vision, car aussitôt Gladïa et le bout de sa salle à manger disparurent, remplacés par le mur normal de la pièce.

— Ai-je raison de croire que vous envisagez la culpabilité de cette femme maintenant ? demanda Daneel.

— Non, affirma Baley catégorique. Celui qui a commis ces crimes manifesterait d'autres traits de caractère que ceux de cette pauvre petite.

— Elle s'emporte vite.

— Et alors ! Bien d'autres aussi ! Souvenez-vous en outre qu'elle souffre d'une terrible tension nerveuse depuis un bon moment. Si je m'étais trouvé soumis à une telle tension et que quelqu'un se soit dressé contre moi comme elle s'imagine que je me suis dressé contre elle, je crois bien que je me serais livré à d'autres violences que de brandir un méchant petit couteau.

— Je n'ai pas été capable de déduire la technique de l'empoisonnement à distance, reprit Daneel, bien que vous disiez l'avoir découverte.

Baley trouva très agréable de pouvoir lui répondre :

— Je me doute bien que vous n'en êtes pas capable. Votre cerveau n'est pas fait pour résoudre ce genre d'énigme.

Il prononça cette phrase d'un ton irrévocable et Daneel accepta la rebuffade aussi imperturbablement et gravement que d'habitude.

— J'ai besoin de vous pour deux choses, Daneel, dit Baley.

— Quelles sont-elles, Elijah ?

— Tout d'abord, mettez-vous en rapport avec ce Dr Thool et demandez-lui quel était l'état de santé de Mme Delmarre à l'époque où son mari fut assassiné. Quelle avait été la durée du traitement et tout ce qui s'y rapporte.

— Est-ce quelque chose de bien défini que vous recherchez ?

— Non. J'essaie simplement de récolter une moisson de renseignements et, sur ce monde, ce n'est pas chose aisée.

« *Secundo*, trouvez-moi qui va prendre la place de Gruer en tant que chef de la Sûreté et débrouillez-vous pour que, à la première heure demain matin, nous ayons avec lui une conversation par stéréovision.

« Quant à moi, ajouta-t-il, l'esprit morose et le ton très chagrin, je vais me coucher et peut-être, avec un peu de chance, trouver le sommeil. (Puis, brusquement, avec une certaine pétulance :) Pensez-vous que je puisse dénicher un roman filmé en ces lieux ?

— Je me permets de vous suggérer d'appeler le robot chargé de la bibliothèque, répondit suavement Daneel.

De se sentir obligé d'avoir affaire à un robot mit Baley de méchante humeur. Il aurait bien préféré feuilleter à loisir.

— Non, non, dit-il, pas de classiques ! Des petits romans quelconques, traitant de la vie courante sur Solaria, telle qu'elle se passe actuellement. Et sortez-m'en une demi-douzaine.

Le robot obéit (bien obligé), mais, tout en manipulant les contrôles voulus pour sortir de leurs casiers les microfilms demandés, les amener dans l'extracteur, puis les remettre dans la main de Baley, il continuait de réciter, d'un ton respectueux, toutes les autres rubriques de son catalogue.

Peut-être le maître désirait-il un roman d'aventures, des premiers temps de l'exploration du Cosmos, suggérait-il, ou un remarquable traité de chimie avec des atomes microfilmés et animés, ou un livre d'anticipation ou un atlas galactique. La liste des ouvrages semblait interminable.

Baley attendait, avec une impatience croissante, d'avoir sa demi-douzaine de volumes. Quand il l'eut : « Cela suffira », dit-il, et il prit de ses propres mains (oui, de ses propres mains !) une visionneuse et s'en fut :

Le robot ne manqua pas de le suivre, en demandant :

— Avez-vous besoin de mon aide, maître, pour la mise au point ?

Baley se retourna et, d'un ton sec :

— Non. Restez où vous êtes.

Le robot s'inclina et demeura sur place.

Couché dans son lit, la veilleuse allumée, Baley en vint presque à regretter sa décision. La visionneuse n'était pas un modèle qu'il connût et il se mit à l'utiliser sans même avoir la moindre idée de la manière dont on insérait le film. Mais, avec obstination, il s'employa à comprendre le mécanisme, démontant presque la visionneuse, puis la remontant pièce à pièce, et réussit tout de même à obtenir un résultat.

Il pouvait, tout au moins, déchiffrer le microfilm, et si la mise au point laissait encore à désirer, ce n'était qu'un petit inconvénient comparé au plaisir de se sentir débarrassé des robots pendant un moment.

Au cours de l'heure suivante, il passa quatre des six films et n'en éprouva que déception.

Il avait ébauché une théorie. Il n'y avait pas de meilleur moyen, s'était-il dit, de prendre conscience de la vie et de la pensée intrinsèques des Solariens que de lire leurs romans. Il avait besoin de ces aperçus s'il voulait mener son enquête intelligemment.

Mais maintenant, il lui fallait abandonner toute sa théorie. Il venait de visionner quatre romans et n'avait, jusqu'à présent, rien appris d'intéressant. Ce n'étaient que gens affligés de problèmes qui n'en étaient pas, qui se conduisaient comme des déments et agissaient de façon imprévisible.

Exemple : pourquoi une femme devait-elle se sentir obligée de démissionner parce qu'elle venait de découvrir que son enfant avait embrassé la même carrière ? Pourquoi refusait-elle de s'expliquer, jusqu'au moment où des complications incroyables et ridicules en découlaient ?

Autre exemple : pourquoi un docteur et une artiste se trouvaient-ils humiliés d'être unis l'un à l'autre et qu'y avait-il de si héroïque dans l'entêtement du docteur voulant se consacrer à des recherches de robotique ?

Il introduisit le cinquième roman dans la visionneuse, et régla la vision binoculaire. Il était abruti de fatigue.

Il était si épuisé, en fait, que par la suite il ne se rappela rien de ce cinquième roman (une histoire d'angoisse, croyait-il) sinon qu'au commencement le propriétaire d'un nouveau domaine entrait dans sa demeure et se faisait visionner, par un respectueux robot, les comptes d'exploitation du précédent propriétaire.

En tout cas, il avait dû s'endormir, la visionneuse en marche et toutes les lumières allumées. Probablement, un robot était entré respectueusement, avait ôté la visionneuse avec douceur et éteint la lumière. Mais, de toute façon, il dormit et rêva de Jessie. Tout était comme avant. Il n'avait jamais quitté la Terre. Ils se préparaient à aller au restaurant communautaire. Ensuite, ils iraient voir, avec des amis, un spectacle hyperpsychique. Ils prendraient les tapis roulants, verraient des gens, et tout le monde était heureux, personne n'avait le moindre souci en tête.

Et Jessie était si belle. Elle avait perdu du poids, semblait-il. Pourquoi était-elle si mince et si belle ?

Et il y avait aussi quelque chose d'assez curieux. Le soleil semblait les baigner de son éclat. Étonné, il levait la tête, mais il n'y avait de visible que la voûte supportant le niveau supérieur. Et pourtant, ils étaient baignés de soleil, de son éclat flamboyant, qui allumait toute chose, et personne n'en avait peur.

Baley se réveilla, l'esprit en désarroi. Il laissa les robots servir le petit déjeuner et ne dit pas un mot à Daneel. Plongé dans ses pensées, il ne disait rien, ne posait pas de question et avala un excellent café, sans même en prendre conscience.

Pourquoi avait-il rêvé de ce soleil, à la fois visible et caché ? A la rigueur, il pouvait comprendre qu'il eût rêvé de la Terre et de Jessie, mais qu'est-ce que le soleil avait à faire là-dedans ? Et pourquoi, par-dessus le marché, s'en préoccupait-il ?

— Elijah, dit Daneel doucement.

— Hein ?

— Corwin Attlebish sera en liaison stéréo avec vous d'ici une demi-heure. J'ai pris toutes les dispositions nécessaires.

— Qui diable est Corwin Machintrucchouette ? explosa Baley, en remplissant sa tasse de café.

— C'était le premier adjoint de l'inspecteur Gruer, Elijah. Il fait, pour l'instant, fonction de chef de la Sûreté.

— Bon, eh bien ! Allons-y.

— Comme je viens de vous le dire, le rendez-vous est pour dans une demi-heure.

— Je me fiche si c'est dans une heure ou dans un siècle. Allons-y tout de suite, c'est un ordre.

— Je vais essayer de le toucher, Elijah. Il est possible, néanmoins, qu'il ne veuille pas accepter d'entrer tout de suite en communication.

— Bah ! Essayons toujours, Daneel. On verra bien.

Le chef de la Sûreté par intérim accepta la communication et, pour la première fois depuis qu'il était sur Solaria, Baley rencontra un Spacien qui ressemblait à l'idée courante que s'en faisaient les Terriens.

Attlebish était grand, mince et bronzé. Il avait les yeux noisette, le menton puissant et dominateur.

Il ressemblait légèrement à Daneel. Mais, tandis que Daneel était en quelque sorte idéalisé, presque divin, Corwin Attlebish gardait sur son visage des stigmates d'humanité.

Attlebish était en train de se raser. Le petit crayon abrasif lançait son jet de microscopiques particules sur les joues et le menton, coupant nettement les poils, puis réduisait le tout en une poussière impalpable.

Baley reconnut l'instrument qu'il n'avait jamais vu utiliser auparavant et qu'il ne connaissait que par ouï-dire.

— C'est vous le Terrien ? demanda Attlebish avec mépris, desserrant à peine les lèvres, la poussière abrasive attaquant les poils situés sous le nez.

— Je suis l'inspecteur Elijah Baley, C. 7, répondit Baley. Je viens effectivement de la Terre.

— Vous êtes en avance.

Attlebish referma son épilateur et le lança quelque part, hors du champ de vision de Baley :

— Qu'est-ce qui vous tracasse, Terrien ?

Dans la meilleure de ses humeurs, Baley n'aurait pas supporté sans peine le ton de l'autre. Aussi commençait-il à rager.

— Comment va l'inspecteur Gruer ? demanda-t-il.

— Il vit toujours. Il se peut qu'il survive, répondit Attlebish.

Baley hocha la tête :

— Vos empoisonneurs, sur Solaria, ne connaissent pas les quantités.

Manque d'habitude. Ils en ont trop donné à Gruer. Résultat, il a restitué une grande partie du poison, alors qu'une demi-dose l'aurait tué.

— Des empoisonneurs ? Rien n'indique qu'il y ait eu empoisonnement.

Baley ouvrit de grands yeux :

— Jehoshaphat ! Et qu'est-ce que c'est donc, à votre avis ?

— N'importe quoi. Il y a beaucoup de choses qui peuvent aller de travers chez un individu. (Il se passa la main sur le visage, cherchant, du bout des doigts, les endroits mal rasés.) Vous n'avez pas la moindre idée des ennuis de métabolisme qui surgissent passé deux cent cinquante ans !

— Si tel est le cas, avez-vous obtenu des conseils médicaux valables ?

— Le rapport du Dr Thool...

Ce nom déclencha tout : la bile que Baley n'avait cessé d'accumuler depuis le réveil déborda. Il s'écria, au maximum de ses capacités vocales :

— Je me fiche du Dr Thool ! J'ai dit des conseils médicaux valables. Vos docteurs sont intégralement ignares et vos détectives, si vous en aviez, ne le seraient pas moins. Il vous a fallu faire venir un détective de la Terre. Faites venir aussi un médecin !

Le Solarien le dévisagea froidement :

— Auriez-vous la prétention de me dire ce que je dois faire ?

— Oui, et pour pas un sou ! *Gratis pro Deo !* Gruer a été empoisonné. J'ai été témoin de ce qui s'est passé. Il a bu, il a rejeté une partie de ce qu'il a bu, en criant qu'il avait la gorge en feu. Comment appelez-vous donc cela, quand on considère qu'il enquêtait sur... (et Baley s'arrêta tout net.)

— Il enquêtait sur quoi ? demanda Attlebish, impassible.

Baley était pleinement conscient de la présence gênante de Daneel, se tenant, comme d'habitude, à quelques pas en retrait. Gruer n'avait pas voulu que Daneel, un Aurorain, soit au courant de cette enquête. Aussi, reprit-il assez gêné : « Il y avait des implications politiques ! »

Attlebish se croisa les bras, l'air distant, ennuyé et légèrement hostile :

— Nous n'avons pas de divergences politiques sur Solaria, comme on l'entend sur les autres mondes. Hannis Gruer a toujours été un bon citoyen, mais trop imaginatif. C'est lui qui, ayant entendu de vagues racontars à votre sujet, a insisté pour que nous vous fassions venir. Il a même accepté la condition *sine qua non* de recevoir un Aurorain comme coenquêteur. Je n'ai jamais cru que ce fût nécessaire. Il n'y a pas d'énigme. Rikaine Delmarre a été tué par sa femme. Nous trouverons bien un jour le pourquoi et le comment. Et même si nous ne le trouvons pas, elle sera analysée du point de vue génétique et l'on prendra les mesures qui s'imposent. Quant à Gruer, les idées que vous pouvez vous faire sur un empoisonnement n'ont pas la moindre importance.

L'air incrédule, Baley demanda :

— Si je comprends bien, vous n'avez pas besoin de ma présence ici.

— Vous avez très bien compris. Si vous désirez retourner sur la Terre, nous ne vous retenons pas. Je dirai même que nous en serions très heureux.

Baley fut le premier surpris de sa réaction :

— Non, monsieur, je ne bougerai pas ! s'insurgea-t-il.

— Vous êtes à notre service, inspecteur. Nous pouvons vous congédier. Vous allez repartir pour votre planète d'origine.

— Non. Écoutez-moi bien, je vous le conseille. Vous êtes, vous, un gros bonnet de Spacien et je ne suis qu'un Terrien, mais, avec tout le respect que je vous dois, avec mes excuses les plus humbles et les plus marquées, vous avez la frousse, ni plus ni moins.

— Retirez cette affirmation, rugit Attlebish en se redressant de toute sa hauteur et en toisant le Terrien avec une assurance hautaine.

— Vous avez une frousse du tonnerre. Vous pensez que vous êtes le prochain à y passer si vous continuez cette enquête. Alors, vous laissez tomber pour qu'ils vous laissent tranquille, pour qu'ils vous laissent votre minable peau. (Baley n'avait pas la moindre idée de qui étaient les « ils » en question, ni de leur existence. Mais il frappait aveuglément sur l'arrogance d'un Spacien, jouissant de l'impact que faisaient ses affirmations, touchant l'autre au point sensible, en dépit de son empire sur lui-même.)

— Vous partez sur l'heure, dit Attlebish, le désignant du doigt avec une colère glacée. Et les conséquences diplomatiques ne nous gêneront pas, croyez-moi.

— Qu'ai-je à faire de vos menaces ? Pour vous, la Terre n'est rien, je l'admets, mais n'oubliez pas que je ne suis pas seul ici. Permettez-moi de vous présenter mon collègue, Daneel Olivaw. Lui vient d'Aurore. Il ne parle pas beaucoup. Il n'est pas venu pour parler : c'est là mon rayon. Mais lui, il est formidable pour écouter. Il n'en perd pas un mot. Je vous le dis tout net, Attlebish (et Baley éprouva un indicible plaisir à proférer le nom tout simple et sans titre), quelques diableries qui se passent ici sur Solaria, elles intéressent tout particulièrement Aurore et une quarantaine d'autres Mondes Extérieurs. Et si vous nous fichez dehors, la prochaine députation qui viendra rendre visite à Solaria consistera en une flotte de guerre. Je suis un homme de la Terre et je connais la musique : malmenez des citoyens étrangers, et vous avez une flotte de guerre à vos portes le temps de faire le voyage.

Du coup, Attlebish reporta son attention sur Daneel et sembla manifester un peu plus de compréhension. D'un ton radouci, il expliqua :

— Mais il ne se passe rien ici qui puisse intéresser n'importe quelle autre planète.

— Ce n'était pas l'avis de Gruer et mon coéquipier l'a entendu tout comme moi.

Ce n'était pas le moment d'avoir peur d'un mensonge.

Daneel regarda Baley avec une certaine surprise en entendant cette affirmation, mais Baley poursuivit, en martelant ses phrases :

— J'entends mener cette enquête jusqu'au bout. Sauf les circonstances, il n'y a rien qui m'oblige à retourner sur la Terre. D'en rêver seulement m'agite tellement que je ne puis rester assis. Si je possédais ce palais, envahi de robots, où je demeure pour l'instant, j'en ferais cadeau à n'importe qui, robots compris, et en vous y ajoutant, vous et votre planète infecte, pour faire bonne mesure, contre un aller simple pour la Terre.

« Mais croyez-moi bien : vous ne me ferez pas partir de force. Pas tant que l'enquête dont on m'a chargé ne sera pas close. Essayez de vous débarrasser de moi contre mon gré et vous vous trouverez face aux gueules des canons des croiseurs de l'Espace.

« Qui plus est, à partir de maintenant, l'enquête sur ce meurtre va se dérouler selon mes directives. C'est moi qui en prends la direction. Je verrai, en personne, les gens que j'entends voir. Vous avez bien compris, je les *verrai* : je ne leur parlerai pas par stéréovision. Je suis habitué à parler aux gens face à face, et c'est comme cela que je ferai dorénavant. J'entends avoir l'accord officiel de votre service sur cette question.

— Mais c'est impossible, invraisemblable...

— Daneel, explique-lui !

Et l'humanoïde, d'un ton très posé :

— Comme mon collègue vient de vous le dire, inspecteur Attlebish, nous avons été envoyés ici pour mener l'enquête sur un meurtre. Il est essentiel que nous la menions à son terme. Certes, nous ne désirons pas enfreindre la moindre de vos coutumes ; peut-être les conversations en présence effective ne seront-elles pas absolument nécessaires. Mais il serait avantageux que vous veuilliez bien donner votre accord à de telles entrevues au cas où elles se révéleraient impératives, ainsi que l'a demandé l'inspecteur Baley.

« Quant à quitter cette planète contre notre gré, nous estimons que ce serait peu judicieux ; acceptez néanmoins toutes nos excuses si notre présence est une gêne pour vous et pour tout citoyen de Solaria.

Baley écoutait le robot dérouler ses phrases diplomatiques avec un pli amer aux lèvres en guise de sourire. Pour quiconque savait que Daneel était un robot, un tel exposé montrait le désir de n'offenser aucun humain, ni Baley ni Attlebish. Mais pour qui considérait Daneel comme un Aurorain, un citoyen de la planète la plus anciennement colonisée et la plus puissante du point de vue militaire de tous les Mondes Extérieurs, toute cette diplomatie sous-entendait une série de menaces courtoisement voilées.

Attlebish se passa la main sur le front et dit :

— Je vais y réfléchir.

— N'y mettez pas trop de temps, reprit Baley, parce que j'entends rendre quelques visites dans l'heure qui suit ; et des visites en personne, pas par stéréovision. Liaison terminée.

Il fit signe au robot de couper la liaison et considéra, avec surprise et plaisir, l'endroit où s'était tenue l'image d'Attlebish. Il n'avait rien prémédité de tel. Tout était venu de son rêve et de l'arrogance inattendue d'Attlebish.

Mais maintenant que c'était fait il en était très heureux. C'était vraiment ce qu'il souhaitait : prendre enfin l'affaire en main, de A à Z.

« En tout cas, pensa-t-il, je lui ai servi tout ce que je pensais à ce salopard de Spacien. »

Il regrettait que la population entière de la Terre n'ait pu être là pour assister à la discussion. Attlebish était tellement l'incarnation du Spacien vu par les Terriens, ce qui n'en était que mieux, bien sûr, oh oui, bien mieux.

Mais, seulement, qu'est-ce qui avait pu le pousser à une telle véhémence sur cette question de présence effective ? Baley n'en revenait pas. Il savait bien que telle était son intention. Bon. Et pourtant, quand il avait parlé de voir en personne des Solariens, il s'était senti transporté, comme s'il était prêt à renverser les murs de la demeure, même si cela n'avait dû servir à rien.

Mais pourquoi diable ?

Il y avait quelque chose qui le poussait à agir, dans cette histoire, en dehors de toute considération touchant la sécurité de la Terre. Mais quoi ?

Bizarrement, son rêve lui revint à l'esprit : ce soleil qui le baignait de tous ses feux au travers de tous les niveaux opaques des gigantesques cités souterraines de la Terre.

D'un ton méditatif (dans la mesure où il était capable de montrer un sentiment humain), Daneel demanda :

— Je me demande, Elijah, si tout cela n'est pas sans danger ?

— Quoi ? D'avoir bluffé cet individu ? Mon bluff a pris, et d'ailleurs ce n'était pas que du bluff. Je pense qu'il est très important que Aurore sache à quoi s'en tenir sur ce qui se passe sur Solaria et je pense également qu'on s'en rend compte sur Aurore. Oh, à propos, merci de ne pas m'avoir démenti.

— C'était tout naturel. En vous soutenant, certes, je causais un léger tort indirect à Attlebish. Mais si je vous avais contredit, je vous aurais fait un tort beaucoup plus grand et plus direct.

— Toujours cette question des proportions entre contraires. Et l'influx le plus puissant l'emporte, n'est-ce pas, Daneel ?

— C'est cela même, Elijah. Je me suis laissé dire, d'ailleurs, que dans l'esprit humain, mais d'une façon moins nette, ce problème des contraires se pose également. Néanmoins, je vous répète que votre dernière proposition n'est pas sans danger.

— Quelle dernière proposition ?

— Je ne suis pas d'accord avec votre idée de voir les gens. J'entends par là les voir personnellement au lieu de les contacter par stéréovision.

— Je vous comprends fort bien, mais je ne vous ai jamais demandé votre approbation.

— J'ai mes instructions, Elijah. Je suis dans l'incapacité de savoir ce que vous a dit l'inspecteur Gruer pendant mon absence hier soir. Mais il est évident qu'il vous a expliqué des choses d'importance, à voir votre changement d'attitude vis-à-vis de cette histoire de meurtre. Néanmoins, d'après les instructions que j'ai reçues, je suis en mesure d'échafauder quelques hypothèses. Il doit vous avoir mis en garde contre les dangers possibles pour d'autres planètes qui découleraient de la situation sur Solaria.

Baley se mit à chercher sa pipe. Cela lui arrivait encore de temps à autre et il se sentait toujours aussi agacé lorsqu'il découvrait qu'il ne l'avait pas et se souvenait qu'il ne pouvait fumer sur cette planète.

— Il n'y a que vingt mille Solariens, dit-il. En quoi peuvent-ils représenter le moindre danger ?

— Il y a déjà un certain temps que mes maîtres sur Aurore éprouvent des appréhensions en raison de la situation sur Solaria. On n'a pas mis à ma disposition tous les renseignements dont ils disposent, mais...

— Et le peu dont on vous a fait part, on vous a bien prévenu de ne pas me le répéter, n'est-ce pas ? demanda Baley.

— Il y a beaucoup de choses à découvrir avant de pouvoir discuter librement de cette question, répondit Daneel.

— Bon, bon. Alors qu'est-ce qu'ils fabriquent, ces Solariens ? De nouvelles armes ? De la subversion, chez vous ? Une campagne de terrorisme par assassinats ? Qu'est-ce que peuvent vingt mille individus face à des millions de Spaciens ?

Daneel observa le plus parfait mutisme.

— J'ai bien l'intention de le savoir, figurez-vous, reprit Baley.

— Je ne vois pas d'inconvénient à ce que vous vous renseigniez, Elijah. Par contre, je m'inquiète de la façon dont vous vous proposez d'obtenir ces renseignements. J'ai pour instructions formelles d'assurer votre sécurité.

— La Première Loi vous en fait une obligation de toute façon.

— C'est bien plus que la Première Loi n'en exige, car s'il s'élève un conflit mettant en péril votre sécurité personnelle vis-à-vis de n'importe qui d'autre, je dois prendre votre parti quoi qu'il en soit.

— Ouais. J'ai compris. S'il m'arrive quelque chose, il n'y plus la moindre possibilité pour que vous demeuriez sur Solaria sans que ne s'élèvent des complications auxquelles Aurore n'est pas, pour l'instant, disposée à faire face. Tant que je suis en vie, je suis ici à la demande expresse de Solaria et, si c'est nécessaire, nous pouvons nous imposer et remuer autant de boue qu'il faut. Mais, dès l'instant où je disparais, toute la situation change d'aspect. Donc, vos ordres sont : « Gardez Baley en vie, à n'importe quel prix. » C'est bien ça, Daneel ?

— Je ne saurais me permettre d'interpréter les raisons des ordres que l'on m'a donnés, répondit Daneel.

— Bon, bon. Ne vous tracassez pas, reprit Baley. Les espaces libres ne me tueront pas si j'estime nécessaire de me déplacer pour rendre visite à quelqu'un. Je m'en tirerai et peut-être même m'y ferai-je à la longue.

— Ce n'est pas simplement la question des espaces libres, Elijah. C'est surtout cette idée d'affronter des Solariens face à face. Je ne saurais l'accepter.

— Vous voulez dire que les Solariens ne vont pas aimer ça ? Quel dommage ! Ils mettront des filtres dans leur nez et des gants à leurs mains. Ils désinfecteront l'atmosphère. Et si leur pudeur s'inquiète de me voir en chair et en os, qu'ils rougissent et se tortillent. Mais, moi, j'entends les voir en personne. J'estime que c'est une nécessité de l'enquête et je le ferai, que ça leur plaise ou non.

— Je ne puis vous y autoriser.

— Pardon ? Vous ne pouvez, vous, m'autoriser, moi, quelque chose ?

— Je pense que vous voyez pourquoi, Elijah.

— Certes non.

— Considérez donc ce fait que l'inspecteur Gruer, le Solarien le plus en vue dans cette enquête de meurtre, a été empoisonné. N'en découle-t-il pas que si je vous laisse agir selon le plan que vous avez en tête, vous exposer librement au contact de n'importe qui, la prochaine victime sera obligatoirement vous ? Comment donc me serait-il possible de vous laisser abandonner la sécurité que représente cette demeure ?

— Et comment m'en empêcheriez-vous, Daneel ?

— Par contrainte, si c'est nécessaire, Elijah, dit calmement Daneel. Même si je dois vous blesser, car autrement vous courez à une mort certaine.

9

Un robot roulé

— Ainsi l'influx le plus puissant l'emporte cette fois encore, Daneel : vous me blesseriez pour me garder en vie.

— Je ne pense pas qu'il soit nécessaire de vous blesser. Vous savez bien que je ne pense pas que vous voudriez vous livrer à une résistance futile. Néanmoins, si l'emploi de la force se révélait nécessaire, je me trouverais obligé d'y avoir recours, sans souci de vous blesser.

— Je pourrais vous anéantir à cet endroit même où vous êtes, dit Baley. Sur-le-champ. Et je n'aurai aucun scrupule de conscience pour m'en empêcher.

— J'ai déjà pensé que vous pourriez prendre une telle attitude au cours de notre présente intimité, Elijah. Plus exactement cette idée m'est venue à l'esprit pendant le trajet du spacioport à cette maison, lorsque vous vous êtes momentanément livré à des violences dans le véhicule. La destruction de ma personne est sans importance par rapport à votre sécurité, mais un tel anéantissement serait par la suite, pour vous, une cause de souci et irait à l'encontre des plans établis par mes maîtres. Aussi donc ai-je bien pris soin, au cours de la première nuit que vous avez passée à dormir, d'enlever la charge de votre atomiseur.

Baley serra les dents. Il se trouvait maintenant avec en main une arme déchargée. Aussitôt sa main se porta en réflexe à son étui, il retira l'arme et regarda l'indicateur de charge : bien entendu, l'aiguille stationnait sur zéro.

Un instant, il hésita à lancer cette masse inutile de métal à la tête de Daneel, la soupesant entre ses doigts. Mais à quoi bon ? Le robot esquiverait avec trop de facilité.

Il remit l'atomiseur dans l'étui. Il pourrait plus tard le recharger à loisir.

Lentement, pensivement, il dit :

— Ne comptez pas me berner plus longtemps, Daneel.

— C'est-à-dire, Elijah ?

— Vous jouez trop bien le maître. Et je me trouve trop bien bloqué par votre faute. Êtes-vous un robot, réellement ?

— Vous en avez déjà douté, répondit Daneel.

— Oui, sur Terre, l'an dernier. J'ai alors émis le doute que R. Daneel Olivaw fût, en tout état de cause, un robot. Il a été prouvé qu'il en était un. Je crois qu'il est toujours et à jamais robot. Ma question, en fait, est : Êtes-vous réellement D. Daneel Olivaw ?

— Je le suis.

— Vraiment ? Daneel avait été construit de façon à passer pour un Spacien ; je ne vois pas pourquoi un Spacien ne pourrait pas se faire passer pour Daneel.

— Mais dans quel but ?

— Pour mener l'enquête sur cette planète avec plus d'initiative et de possibilités que ne saurait en avoir un robot. Néanmoins, en vous faisant passer pour Daneel, vous pouviez plus aisément me garder sous votre coupe en me donnant la fausse impression que vous me laissiez l'initiative et les décisions. Après tout, c'est par mon intermédiaire que vous êtes ici et il faut bien que je reste compréhensif.

— Tout ceci n'est qu'invention pure, Elijah.

— Expliquez-moi alors pourquoi tous les Solariens auxquels nous avons eu affaire vous ont pris pour un humain. Ce sont pourtant des experts en robots. Est-il si facile de les duper ? Il me semble bien curieux que je sois, moi tout seul, dans le vrai, et que tout le reste du monde se trompe. Il est beaucoup plus probable que ce sont les autres qui ont raison et moi qui ai tort.

— Pas du tout, Elijah.

— Eh bien, prouvez-le, dit Baley, se déplaçant insensiblement vers le bout de la table. C'est quelque chose qu'il vous est très facile de faire si vous êtes réellement un robot. Montrez-moi le métal sous votre peau.

— Mais, je vous assure... commença Daneel.

— Montrez-moi le métal, dit Baley incisif. C'est un ordre. Ou bien ne vous sentez-vous plus obligé d'obéir aux ordres ?

Daneel défit sa chemise. La peau lisse et bronzée de sa poitrine était recouverte par endroits de poils blonds. Les doigts de Daneel exercèrent une forte pression juste sous le sein droit et la peau et la chair se fendirent sur toute la longueur de sa poitrine sans la moindre effusion de sang, tandis qu'on entrevoyait le poli luisant du métal.

Et dans le temps que se déroulait cette opération, les doigts de Baley, qui reposaient en bout de table, se déplacèrent légèrement sur le côté et pressèrent un bouton d'appel. Presque aussitôt un robot entra.

— Ne bougez pas, Daneel, cria Baley. C'est un ordre. Immobilisation totale.

Et Daneel resta immobile, comme si la vie, ou l'imitation de vie qui animait les robots, l'avait quitté.

Baley cria au robot qui venait d'entrer :

— Pouvez-vous faire venir ici deux autres robots de la domesticité sans quitter vous-même cette pièce ? Si oui, exécution.

— Oui, maître, dit le robot.

Deux autres robots entrèrent, répondant à un appel radio du premier. Tous trois se mirent en ligne au coude à coude.

— Les gars, dit Baley, vous voyez bien cette créature que vous aviez cru être un maître.

Six yeux rougeoyants se tournèrent solennellement vers Daneel, puis à l'unisson les trois robots répondirent :

— Nous le voyons, maître.

— Voyez-vous également que ce prétendu maître n'est en fait qu'un robot comme vous-mêmes, puisqu'il est fait de métal à l'intérieur. Il a seulement été construit pour donner l'illusion d'être un homme.

— Oui, maître, nous le voyons.

— Vous n'êtes donc pas tenus d'obéir aux ordres qu'il peut vous donner. Est-ce compris ?

— Oui, maître, c'est compris.

— Mais, par contre, je suis un homme, réellement un être humain, reprit Baley.

Un moment, les robots hésitèrent et Baley se demanda si, de leur avoir montré qu'une chose à l'image de l'homme n'était en fait qu'un robot n'allait pas les pousser à croire que tout ce qui avait l'apparence d'un homme n'était pas un homme, mais seulement une illusion.

Mais finalement, l'un des robots dit :

— Vous êtes réellement un homme, maître, et Baley put, de nouveau, avaler sa salive.

— Bon. Daneel, vous pouvez bouger maintenant, dit-il.

Daneel prit une position plus naturelle et dit calmement :

— Les doutes que vous exprimiez à propos de mon identité, tout à l'heure, n'étaient qu'une feinte destinée à me faire révéler ma véritable nature devant ceux-ci, j'imagine.

— Très exactement, dit Baley en détournant les yeux.

« Ce n'est qu'une machine, se morigénait-il, ce n'est pas un homme. On ne peut pas jouer un tour à une machine. »

Néanmoins, il ne pouvait s'empêcher d'éprouver un sentiment honteux de culpabilité. Même dressé là, le torse ouvert, l'humanoïde conservait un aspect si humain que Baley se disait, malgré tout, qu'il l'avait trahi.

— Refermez votre poitrine, Daneel, et écoutez-moi, reprit-il. Malgré toute votre force, vous ne pouvez lutter contre trois robots. Vous vous en rendez compte, n'est-ce pas ?

— C'est certain, Elijah.

— Bon. Maintenant, vous les gars, dit-il, en s'adressant de nouveau au trio : vous ne devrez dire à personne, homme, maître, ou qui que ce soit, que cette créature est un robot. Jamais, et en n'importe quelle circonstance, sauf instructions contraires de moi, et de moi seul.

— Merci, dit doucement Daneel.

— Néanmoins, continua Baley, le robot à l'apparence humaine ne doit pas être autorisé à entraver mes agissements de n'importe quelle manière. S'il s'y essaie, vous êtes tenus de l'en empêcher par contrainte physique, en prenant bien soin de ne pas l'endommager, à moins que ce ne soit absolument nécessaire. Ne le laissez pas lancer un appel de stéréovision à d'autres humains que moi-même, ou à d'autres robots que vous trois, ou s'adresser en personne à un humain. Ne le quittez à aucun moment. Qu'il reste dans cette pièce ainsi que vous trois. Vous êtes déchargés de tous vos autres travaux jusqu'à avis contraire de ma part. Est-ce bien clair ?

— Oui, maître, répondirent-ils en chœur.

Baley se retourna vers Daneel.

— Il n'y a rien que vous puissiez faire maintenant. Aussi n'essayez pas de m'empêcher d'agir à ma guise.

Les bras de Daneel pendaient inertes le long de son corps.

— Je ne puis, dit-il, par quelque inaction de ma part, vous

laisser courir le moindre danger, Elijah. Néanmoins, en raison des circonstances présentes, rien d'autre que l'inaction n'est possible. Le dilemme est insoluble. Je ne ferai rien. Je souhaite et j'ai confiance que rien ne vous arrivera et que vous resterez en bonne forme.

« Et voilà, se dit Baley. La logique est une chose purement formelle, mais les robots n'ont rien d'autre. » La logique montrait à Daneel qu'il était intégralement bloqué. L'intelligence aurait pu lui laisser voir que tous les facteurs d'une situation ne sont pas immanquablement prévisibles, que l'adversaire peut commettre une faute.

Non, rien de tout cela. Les robots sont des êtres logiques, mais non des êtres intelligents.

De nouveau, Baley éprouva quelques remords et ne put s'empêcher de manifester un peu de sympathie.

— Écoutez, Daneel, dit-il, même si j'allais droit à un danger, ce qui n'est ab-so-lu-ment-pas-le-cas (ajouta-t-il précipitamment, en jetant un bref regard au trio toujours présent), ce ne serait là qu'un élément de mon travail. Je suis payé pour cela et mon travail consiste à préserver l'humanité tout entière du danger, comme le vôtre est d'empêcher un individu de courir à sa perte. Me comprenez-vous ?

— Non, je regrette, Elijah.

— Alors, c'est que vous n'êtes pas réglé pour le comprendre. Croyez-moi simplement sur parole, si je vous dis que vous l'auriez compris eussiez-vous été un homme.

Daneel inclina la tête et acquiesça, demeurant debout, immobile à la même place, tandis que Baley se dirigeait lentement vers la porte de la pièce. Les trois robots lui cédèrent le passage, conservant leurs « yeux » photo-électriques braqués sur Daneel.

Baley enfin marchait vers une sorte de liberté et son cœur battait d'un rythme plus vif à cette idée ; il eut brusquement une angoisse : un autre robot approchait, venant de la porte opposée.

Qu'est-ce qui était encore arrivé ?

— Qu'y a-t-il, mon garçon ? grogna-t-il.

— Un message vient d'arriver pour vous, maître. Il émane du bureau du chef de la Sûreté par intérim.

Baley prit la capsule personnalisée que le robot lui tendait. Elle s'ouvrit aussitôt, libérant une mince bande de papier, couverte de caractères finement imprimés. (Il ne s'en étonna pas. Solaria avait reçu son dossier avec ses empreintes digitales et la capsule avait été arrangée de façon à ne s'ouvrir qu'au contact de ses circonvolutions personnelles.)

Il lut le message et son visage chevalin resplendit de plaisir.

C'était l'autorisation officielle lui permettant de se livrer à des entrevues en présence effective, sous condition que les intéressés soient d'accord. On les pressait d'ailleurs d'offrir toute la coopération possible aux « inspecteurs Baley et Olivaw ».

Attlebish avait capitulé, au point même d'inscrire en premier le nom du Terrien. C'était un excellent présage pour commencer, sur le tard, une enquête et la mener comme elle devait l'être.

Baley se trouvait, de nouveau, en avion, comme lors de son voyage éclair de New York à Washington. Mais cette fois il y avait une différence, et de taille : les vitres restaient transparentes.

La journée était belle et claire et de l'endroit où se tenait Baley les vitres n'étaient que des taches de bleu, d'une monotonie parfaite. Il essaya de ne pas se blottir sur lui-même et ne se cacha la tête entre les genoux que quand vraiment il n'en put plus.

Il était le seul et unique responsable des affres qu'il endurait. La saveur de son triomphe, ce sentiment inhabituel de libération, parce qu'il l'avait emporté d'abord sur Attlebish, puis sur Daneel, l'impression d'avoir réaffirmé la dignité de la Terre vis-à-vis des Spaciens méritaient bien ces quelques désagréments.

Il avait commencé par marcher à ciel ouvert jusqu'à l'avion qui l'attendait, avec une espèce de vertige qui lui montait à la tête, comme une ivresse ; c'était presque agréable et, dans un fol accès de confiance en soi, il avait ordonné que les vitres ne soient pas voilées.

« Il faut bien que je m'y fasse », pensait-il, et il regarda fixement le bleu du ciel, jusqu'à ce que son cœur batte la chamade et que la boule dans sa gorge ait grossi plus qu'il ne pouvait le supporter.

Il dut fermer les yeux et enfouir la tête entre ses bras, dans une illusoire protection, à des intervalles de plus en plus rapprochés. Petit à petit, sa confiance en lui diminuait et même de toucher son étui, où reposait son atomiseur rechargé de frais, n'arrivait plus à enrayer la déroute de son moral.

Il essaya de garder l'esprit fixé sur son plan de bataille. Tout d'abord, se mettre au courant des mœurs de la planète. Faire une esquisse du décor sur lequel tout devait se placer ou n'avoir ni queue ni tête.

Donc, en premier lieu, voir un sociologue.

Il avait, en conséquence, demandé à un robot le nom du sociologue solarien le plus en vue ; il y avait au moins une chose de bien avec ces robots-là : ils ne vous posaient pas de question.

Le robot lui avait fourni : nom, curriculum vitæ, puis avait marqué un temps d'arrêt avant de remarquer que, à cette heure du jour, le sociologue serait très probablement à table et qu'il demanderait éventuellement de repousser la communication à un peu plus tard.

— A table ! s'exclama Baley. Mais c'est ridicule : il s'en faut de deux heures qu'il soit midi.

— J'utilise le fuseau horaire de son domicile, maître, répondit le robot.

Baley ouvrit de grands yeux, puis comprit. Évidemment, sur la Terre, avec les villes ensevelies dans les entrailles du globe, le jour et la nuit, c'est-à-dire les périodes de veille et de sommeil, étaient déterminés par l'homme de façon à répondre au mieux aux intérêts de la population et de la planète. Mais, sur un monde comme celui-ci, exposé en plein aux feux du soleil, le jour et la nuit n'étaient plus des questions où l'homme avait son mot à dire, mais des constantes qu'il devait supporter bon gré mal gré.

Baley essaya de se figurer Solaria comme une sphère éclairée, puis dans l'obscurité, suivant sa rotation. Il eut beaucoup de difficulté à se l'imaginer et du coup ressentit un dédain réconfortant pour ces Spaciens, soi-disant si supérieurs à lui, et qui se laissaient imposer une chose aussi importante que l'heure par les fantaisies de mondes en rotation.

— Bon. Eh bien demandez la communication tout de même, avait-il répondu au robot.

Des robots vinrent l'accueillir à sa descente d'avion et Baley, s'avançant de nouveau en plein air, s'aperçut qu'il tremblait de tous ses membres.

— Laissez-moi tenir votre bras, mon garçon, murmura-t-il au robot le plus proche.

Le sociologue l'attendait à l'autre extrémité du vestibule, un sourire crispé aux lèvres :

— Bonjour, monsieur Baley, dit-il.

— Bonsoir, monsieur, répondit Baley en claquant des dents. Voulez-vous avoir l'obligeance de faire voiler les fenêtres ?

— Elles le sont déjà, dit le sociologue. Je connais un peu les coutumes de la Terre. Voulez-vous me suivre ?

Baley réussit à le suivre sans l'aide d'un robot, marchant à bonne distance derrière le maître de céans, à travers un labyrinthe de couloirs. Lorsque finalement il put s'asseoir dans une vaste pièce élégamment décorée, il apprécia la chance de prendre quelque repos.

Dans les murs de la pièce étaient creusées de profondes ogives. Des sculptures rose et or occupaient chaque niche : des manifestations d'art abstrait qui plaisaient à l'œil, sans laisser entrevoir de signification. Une machine bizarre, vaste, cubique, comportant de nombreux objets cylindriques et un grand nombre de pédales, suggérait l'idée d'un instrument de musique.

Baley regarda le sociologue debout en face de lui. Le Spacien avait exactement le même aspect que lors de la communication antérieure par stéréovision.

Il était grand, mince, et ses cheveux étaient d'un blanc éblouissant. Sa figure était extraordinairement triangulaire, avec un nez fort, des yeux enfoncés et pétillants.

Il s'appelait Anselmo Quemot.

Ils se regardèrent en silence, jusqu'au moment où Baley estima que sa voix avait dû reprendre un timbre normal. Et alors, les premières paroles qu'il prononça n'avaient strictement rien à faire avec l'enquête, et étaient pour lui, totalement imprévues.

— Puis-je avoir à boire ? demanda-t-il.

— A boire ? (La voix du sociologue était un peu trop aiguë pour être tout à fait agréable.) Voulez-vous de l'eau ?

— J'aimerais mieux un peu d'alcool.

Le regard du sociologue montra un certain désarroi comme si les lois de l'hospitalité étaient une chose qu'il ne connaissait qu'imparfaitement.

« Et, pensa Baley, c'est vraiment le cas : sur un monde où toute la vie sociale se passait par stéréovision, il n'y avait aucune raison de boire ou manger ensemble. »

Un robot lui apporta une petite tasse en émail : le contenu était d'une couleur vieux rose. Baley le huma avec précaution et le goûta avec plus de prudence encore. La petite gorgée de liquide lui laissa une chaleur agréable sur la langue et descendit dans sa gorge avec un délicat velouté. Aussi, la seconde gorgée fut-elle plus importante.

— Si vous en voulez davantage, commença Quemot.

— Non merci, pas maintenant. Je vous remercie beaucoup, monsieur, d'avoir bien voulu accepter cette rencontre.

Quemot essaya de sourire, mais ce ne fut qu'un lamentable échec.

— Il y a bien longtemps que ça ne m'était arrivé. Oui, bien longtemps en vérité.

C'est tout juste s'il ne se tortillait pas en parlant : Baley aurait juré qu'il était sur des charbons ardents.

— J'imagine que cela doit vous paraître assez pénible, dit-il.

— Très pénible. (Et Quemot se retourna brusquement et se réfugia dans un fauteuil à l'autre bout de la pièce.)

Il mit son fauteuil d'angle de façon à faire le moins possible face à Baley sans lui tourner le dos, et s'assit, joignant ses mains gantées tandis que ses narines semblaient frémir.

Baley avala le reste d'alcool dans sa tasse et sentit une douce chaleur l'envahir tout entier, lui rendant un peu de confiance en lui.

— Que ressentez-vous très exactement à me voir là, en face de vous, docteur Quemot ? demanda-t-il.

— C'est là une question par trop intime, murmura le sociologue.

— Je le sais. Mais je pense vous avoir expliqué, au cours de notre conversation antérieure par stéréovision, que je poursuis une enquête à propos d'un meurtre. Aussi ai-je à poser un grand nombre de questions, dont certaines, nécessairement, seront d'ordre intime.

— Je vous aiderai dans la mesure où j'en aurai la possibilité, dit Quemot. J'espère seulement que vos questions resteront dans les limites de la décence.

Il continuait de regarder ailleurs tout en parlant, et ses yeux, quand par hasard ils se portaient sur le visage de Baley, ne s'y attardaient pas.

— Ce n'est pas par simple curiosité, continua Baley, que je vous demande ce que vous ressentez. C'est un point essentiel de mon enquête.

— Je ne vois vraiment pas en quoi.

— Il me faut en savoir le plus possible sur cette planète. Je dois comprendre la manière dont les Solariens réagissent vis-à-vis de situations courantes. Vous voyez ce que je veux dire ?

Quemot ne regardait plus du tout Baley maintenant. Il dit, très lentement, les yeux dans le vague :

— Ma femme est morte il y a bien dix ans. La rencontrer n'était jamais une affaire très facile mais, bien sûr, c'est une chose à laquelle on s'accoutume avec le temps et, de plus, ce n'était pas une femme indiscrète. On ne m'a pas imposé d'autre épouse depuis, étant donné que j'avais passé l'âge de... de... (Et il regarda de nouveau Baley comme s'il lui demandait de terminer la phrase, mais voyant Baley attendre sans suggérer de terme, il l'acheva, sur un ton plus grave)... de procréer. Aussi, n'ayant plus même la présence d'une épouse, je me suis totalement déshabitué de ces manifestations d'une présence effective.

— Mais, qu'est-ce que vous ressentez, à proprement parler ? insista Baley. Éprouvez-vous une véritable panique ? dit-il, en pensant à ce qu'il avait lui-même souffert à bord de l'avion.

— Non, pas une véritable panique. (Quemot tourna légèrement la tête pour lancer un bref regard oblique à Baley, puis reprit aussitôt la même position.) Mais je vais être franc, monsieur Baley. Je m'imagine vous sentir.

Aussitôt Baley se rejeta dans son fauteuil, se sentant douloureusement gêné :

— Me sentir ? répéta-t-il.

— C'est évidemment un tour que me joue l'imagination, reprit Quemot. Je suis incapable de dire si vous avez réellement une odeur, ou si elle est forte ; et même, d'ailleurs, si c'était le cas, mes filtres olfactifs m'empêcheraient de l'apprécier. Néanmoins, l'imagination... (et il haussa les épaules).

— Oui, je comprends.

— Non, je ne crois pas. C'est pire que cela. Pardonnez-moi, monsieur Baley, mais quand je me trouve effectivement en présence d'un être humain, j'éprouve fortement l'impression que quelque chose de visqueux va me toucher. Et, bien sûr, je fais tous les efforts pour m'en écarter. C'est vraiment très désagréable.

Baley se mit pensivement à triturer son oreille, histoire de lutter contre l'agacement qui le gagnait. Après tout, ce n'était là qu'une réaction névrotique de l'autre, face au plus simple des états de chose.

— S'il en est ainsi, je suis d'autant plus surpris que vous ayez accepté de me rencontrer sans plus de difficulté. Pourtant, vous deviez bien vous attendre à ces désagréments, dit Baley.

— Certes. Mais vous savez, je suis curieux : et vous êtes un Terrien.

Baley pensa, avec un certain cynisme, que cela aurait pu être un argument de plus à l'encontre de cette conversation, mais se contenta de dire :

— En quoi cela importe-t-il ?

Une sorte de frénésie saccadée se fit jour dans le ton de Quemot.

— Ce n'est pas quelque chose que je puisse facilement expliquer. Et même, pour moi, c'est encore assez flou. Mais je me passionne pour la sociologie depuis dix ans maintenant, et j'ai vraiment travaillé. J'ai échafaudé quelques hypothèses qui sont vraiment nouvelles et paradoxales, et pourtant foncièrement exactes. Et c'est l'une de ces hypothèses qui est cause de l'intérêt extraordinaire que je porte à la Terre et aux Terriens. Voyez-vous, si vous étudiez à fond la société de Solaria et la manière d'y vivre, il va vous sauter aux yeux que ladite société et sa manière d'agir sont issues directement et intégralement de la Terre même.

10

Solaria vaut Sparte

Baley ne put s'empêcher de s'écrier :

— Hein !

Quemot lui jeta un coup d'œil par-dessus l'épaule, laissa passer un moment de silence et finalement déclara :

— Non, je ne parle pas de la civilisation de la Terre.

— Ouf ! fit Baley.

— Mais d'une civilisation du passé, remontant à l'histoire ancienne de la Terre. En tant que Terrien, vous devez être au courant, non ?

— J'ai eu l'occasion de visionner quelques microfilms dans ce domaine, dit Baley prudemment.

— Ah ! fort bien. Alors vous devez comprendre ce que je veux dire.

Baley, qui n'en saisissait pas un traître mot, reprit :

— Laissez-moi vous expliquer exactement ce que je désire savoir, docteur Quemot. J'aimerais que vous me disiez tout ce que vous savez qui puisse rendre compte du fait que Solaria diffère autant des autres Mondes Extérieurs, que les robots y soient aussi nombreux et que votre vie sociale soit ce qu'elle est. Excusez-moi si je parais tenir à changer de sujet.

Car, véritablement, Baley tenait à changer de sujet.

Toute discussion sur la similitude ou les dissemblances entre les civilisations solariennes et terrestres ne se révélerait que trop passionnante : il passerait toute sa journée à en parler mais n'en serait pas plus avancé dans son enquête faute d'éléments positifs.

Quemot eut un léger sourire :

— Vous avez envie de comparer Solaria avec les autres Mondes Extérieurs, et non Solaria avec la Terre.

— C'est que je connais bien la Terre, monsieur.

— Soit. A votre guise. (Le Solarien eut un léger toussotement :) Est-ce que cela vous gênerait que je vous tourne complètement le dos ? Ce serait plus... moins difficile pour moi.

— A votre guise, docteur Quemot, répondit à son tour Baley avec une certaine sécheresse.

— Merci.

Quemot donna un ordre à voix basse et un robot vint lui tourner son fauteuil. Une fois que le sociologue se sentit dissimulé aux yeux par le dos imposant du fauteuil, sa voix prit plus de vivacité, s'amplifia et prit un ton plus grave et plus agréable.

— Solaria est habitée depuis environ trois cents ans, commença Quemot. Les premiers à s'y installer furent les Nexoniens. Connaissez-vous les Nexoniens ? Connaissez-vous la planète Nexon ?

— Non, je le regrette.

— C'est une planète assez proche de Solaria : environ deux parsecs. En fait, dans toute la Galaxie, Solaria et Nexon représentent le couple le plus rapproché de tous les mondes habités. Solaria, lors même qu'elle n'était pas encore colonisée par l'homme, comportait des êtres vivants et se prêtait admirablement à la venue des hommes. Elle offrait un endroit attirant pour les Nexoniens riches qui éprouvaient des difficultés à soutenir leur rang à mesure que croissait la population de leur planète.

Baley sursauta :

— La population augmentait ? Je croyais que les Spaciens pratiquaient le contrôle des naissances !

— Solaria contrôle les naissances avec soin, certes, mais en général les Mondes Extérieurs ne se livrent qu'à un eugénisme des plus sommaires. A l'époque dont je vous parle, la population de Nexon venait juste d'atteindre deux millions d'individus. C'était là une densité suffisante pour rendre nécessaire des lois établissant le nombre maximum de robots que pouvait posséder chaque famille. Aussi, ceux des Nexoniens qui en avaient les moyens vinrent-ils sur Solaria, qui était fertile, tempérée et sans faune dangereuse, pour y établir leur résidence d'été.

« Ceux qui s'étaient fixés sur Solaria pouvaient toujours se rendre sur Nexon sans trop de difficultés et, tant qu'ils résidaient sur Solaria, personne ne les empêchait de vivre comme il leur plaisait : ils pouvaient posséder autant de robots qu'ils voulaient, suivant leurs moyens et leurs besoins. Les domaines n'avaient d'autres limites que celles qu'ils voulaient bien leur fixer, puisque sur une planète vide l'espace vital était le moindre de tous les problèmes et que, avec un nombre illimité de robots, l'exploitation n'offrait guère de difficulté.

« Les robots en vinrent à être si nombreux qu'on dut les équiper de postes émetteurs-récepteurs les reliant entre eux. Ce fut là le début de nos fameuses fabrications de robots. Nous nous mîmes à créer d'autres variétés de robots, d'autres accessoires, d'autres possibilités : « De la civilisation naît l'invention. » C'est là un slogan que je crois avoir inventé moi-même.

Et Quemot eut un petit rire satisfait. Il reprit son exposé :

— Les avantages de la vie sur Solaria devinrent vite évidents à ceux qui s'y intéressaient. Solaria devint à la mode. Des Nexoniens de plus en plus nombreux vinrent y bâtir leur foyer et Solaria devint ce que j'appellerais volontiers : « Un planète résidentielle ». De plus en plus, ceux qui s'étaient établis sur Solaria décidèrent de s'y fixer toute l'année et de continuer leurs affaires sur Nexon par des fondés de pouvoir. Des usines de robots s'élevèrent sur Solaria. On se mit à exploiter les ressources agricoles et minières de la planète, si bien qu'en peu de temps les exportations devinrent possibles.

« Bref, monsieur Baley, il devint tristement évident qu'en un siècle ou deux Solaria allait devenir aussi peuplée que l'était Nexon. C'était vraiment ridicule, un gaspillage ahurissant ; on découvrait un nouveau monde aussi favorable pour l'homme et on allait en assurer la destruction par imprévoyance.

« Pour vous épargner tout un tas de considérations politiques compliquées, je vous dirai en substance que Solaria réussit à obtenir son indépendance, et à rester libre et autonome, sans guerre. Les services que nous rendions aux autres Mondes Extérieurs, en leur fournissant nos robots spécialisés, nous assurèrent des amis et bien sûr contribuèrent à notre indépendance financière.

« Une fois autonomes, notre premier soin fut de nous assurer que la population ne croîtrait pas d'une manière déraisonnable. Aussi l'immigration est-elle restreinte et le contrôle des naissances très strict. Quant aux nouveaux besoins qui peuvent se faire jour, nous les satisfaisons sans difficulté en augmentant le nombre de nos robots et en variant leurs spécialisations.

— Mais pourquoi les Solariens se refusent-ils à se voir les uns les autres ? demanda Baley.

Il se sentait agacé de la façon qu'avait Quemot d'exposer cette évolution sociologique.

De nouveau, Quemot lui jeta un bref regard par-dessus le côté du fauteuil, puis réintégra immédiatement son abri.

— C'est une conséquence inéluctable, voyons. Nous avons des domaines immenses. Un domaine de deux millions et demi d'hectares n'est pas une rareté, bien que les plus vastes propriétés comportent d'importantes surfaces stériles. Mon propre domaine s'étend sur deux cent cinquante mille hectares, mais tout est en bonnes terres.

« Mais, de toute façon, ce sont les dimensions du domaine, plus que toute autre chose, qui définissent la position sociale d'un homme. Et l'un des avantages d'un vaste domaine est celui-ci : vous pouvez vous y promener, sans but défini, sans grande chance de pénétrer sur celui de votre voisin, donc de rencontrer ledit voisin. Comprenez-vous ?

Baley haussa les épaules :

— Oui, évidemment, je le conçois.

— Bref, un Solarien s'enorgueillit de ne pas rencontrer ses voisins. D'ailleurs, le domaine est si bien mis en valeur par les robots et se suffit tant à lui-même que le Solarien n'a aucun motif de rencontrer d'autres personnes. Ce désir de ne pas les rencontrer a conduit à l'amélioration des installations de stéréovision ; ces améliorations à leur tour renforcèrent la répugnance des uns et des autres à se voir en chair et en os. C'était un cycle qui se renforçait par lui-même, une sorte de rétroaction. Vous me suivez bien ?

— Écoutez, docteur Quemot, dit Baley, ce n'est pas la peine de vous échiner à me simplifier à ce point les choses. Je ne suis pas un sociologue, mais j'ai suivi des cours d'instruction de base à l'université. Ce n'était bien sûr qu'une université terrienne, ajouta-t-il, avec une humilité voulue, destinée à prévenir le même commentaire émis, mais en termes plus acerbes, par son interlocuteur, mais je suis capable de comprendre des mathématiques.

— Des mathématiques ? dit Quemot, prononçant en fausset la dernière syllabe.

— Oui, enfin, pas celles utilisées en robotique : celles-là je ne saurais les assimiler. Mais je peux me débrouiller assez bien dans les équations sociologiques. Tenez, par exemple, j'ai longuement pratiqué l'Équation Teramin.

— L'É... quoi ? s'il vous plaît, monsieur.

— Vous l'appelez peut-être d'un autre nom ; mais c'est toujours le quotient des inconvénients subis sur les privilèges obtenus :

$$\frac{D^i n^o}{J} = ...$$

— De quoi diable parlez-vous donc ?

Ceci proféré du ton bref et péremptoire des Spaciens, stupéfiant littéralement Baley, qui en resta muet de saisissement.

— Voyons, les équations établissant la relation entre les inconvénients subis et les privilèges accordés étaient une partie essentielle de ce qu'il fallait savoir pour manier les gens sans causer d'explosion. Une cabine privée pour une personne, dans un bain public, accordée à bon escient, permet à une quantité X d'individus d'attendre, avec patience, que la même chance leur échoie, la valeur de X fluctuant selon des variables déterminées en fonction d'un environnement de l'Équation Teramin.

Mais, évidemment, sur un monde ne comportant que privilèges sans la contrepartie d'inconvénients, l'Équation Teramin se réduisait à une valeur très proche de 0.

Peut-être avait-il mal choisi son exemple.

Il essaya encore une fois :

— Écoutez, monsieur. C'est une chose que d'obtenir des éléments qualitatifs sur cette progression du préjugé contre la présence effective, mais cela n'avance en rien mes affaires. Je tiens à obtenir une analyse exacte dudit préjugé afin de pouvoir le contrer d'une manière efficace. Je désire persuader les gens de me voir comme vous le faites en ce moment.

— Monsieur Baley, dit Quemot, vous ne pouvez agir sur les émotions et les sentiments humains comme s'ils relevaient d'un cerveau positronique.

— Je n'ai jamais prétendu le pouvoir. La robotique est une science fondée sur des déductions tandis que la sociologie est purement intuitive. Mais les mathématiques peuvent s'appliquer également à l'une comme à l'autre.

Le silence dura un moment appréciable. Puis Quemot dit d'une voix qui chevrotait :

— Vous avez reconnu que vous n'étiez pas un sociologue.

— Non, bien sûr, mais vous en êtes un, vous, à ce que l'on m'a dit. Et le meilleur de la planète.

— Le seul, en fait. Vous pourriez presque dire que j'ai inventé tout de cette science, ici même.

— Oh ! (Baley hésita avant de poser la question suivante. Elle lui paraissait très impolie :) Avez-vous compulsé des documents à ce sujet ?

— J'ai regardé quelques livres d'Aurore.

— Avez-vous pris connaissance d'ouvrages venant de la Terre ?

— De la Terre ? (Quemot eut un rire gêné :) Il ne me viendrait jamais à l'esprit de compulser quoi que ce soit des publications scientifiques de la Terre, soit dit sans vous offenser.

— Eh bien, je le regrette. J'avais pensé que je pouvais obtenir de vous des renseignements très précis qui m'auraient permis d'aborder d'autres personnes face à face sans avoir à...

Quemot poussa un son bizarre, inarticulé, grinçant, et le vaste fauteuil, dans lequel il était assis, recula et bascula complètement en un fracas retentissant.

Baley entendit vaguement un : « Excusez-moi » marmonné et entrevit Quemot se ruant hors de la pièce d'un pas incertain.

Baley leva les sourcils. Que diable avait-il pu dire encore ? Quel signal d'alarme avait-il encore déclenché ?

Il allait se lever de son siège, mais s'arrêta dans son mouvement comme un robot faisait son apparition.

— Maître, dit celui-ci, on m'a précisé de vous informer que le maître vous parlerait par stéréovision dans quelques instants.

— Par stéréovision, mon garçon ?

— Oui, maître. Pendant ce temps vous prendrez bien quelque rafraîchissement.

Et un autre gobelet de la liqueur rose fut déposé à portée de la main de Baley, accompagné cette fois d'une assiette de petits fours, tièdes et sentant bon.

Baley se cala confortablement dans le fauteuil, goûta la liqueur avec sa prudence habituelle, puis reposa le gobelet. Les petits fours étaient fermes au toucher, tièdes, mais la croûte s'effritait agréablement dans la bouche, et à l'intérieur étaient à la fois beaucoup plus chauds et plus mous. Il s'avoua incapable d'en définir exactement le goût et se demanda si cette pâtisserie n'était pas un produit composé d'arômes et d'ingrédients propres à Solaria.

Puis il pensa au régime alimentaire si strict de la Terre, fondé presque uniquement sur les levures et il se demanda s'il n'y aurait pas un marché pour des produits à base de levure, mais conçus pour imiter l'arôme des productions venant des Mondes Extérieurs.

Mais le fil de ses cogitations se coupa brusquement lorsqu'il vit l'image du Dr Quemot apparaître, venant de nulle part, et lui faisant face : oui, cette fois, il le regardait en face. Il était assis dans un fauteuil moins vaste et la pièce où il se trouvait avait des murs et des parquets qui juraient épouvantablement avec ceux de la salle où se tenait Baley.

Il était tout sourire maintenant, si bien que de petites rides s'accentuaient sur son visage, et, véritable paradoxe, lui donnaient un air plus jeune en soulignant la vivacité du regard :

— Mille et mille pardons, monsieur Baley, s'excusa-t-il. Je pensais tolérer sans difficulté une présence effective, mais ce n'était qu'une illusion de ma part. J'étais à bout de résistance nerveuse en très peu de temps et votre dernière phrase m'a fait sauter le pas, pour ainsi dire.

— De quelle dernière phrase s'agissait-il, monsieur ?

— Vous avez parlé d'aborder les gens face à … (Il secoua la tête, humectant ses lèvres d'un mouvement rapide de la langue.) Je préférerais ne pas avoir à le répéter. Je pense que vous voyez de quoi je veux parler. Cette phrase a fait surgir en moi la vision de nous deux, respirant… respirant l'air rejeté par l'autre. (Et le Solarien eut un frisson.) Vous ne trouvez pas cela répugnant ?

— Je ne me souviens pas l'avoir jamais considéré comme tel.

— Cela me semble une habitude si sale. Et au moment même où vous énonciez cette phrase et que cette vision me venait à l'esprit, j'ai pris conscience du fait qu'après tout nous étions tous les deux ensemble dans la même pièce. Certes, je ne vous faisais pas face, mais néanmoins des bouffées d'air, qui avaient passé par vos poumons, devaient arriver jusqu'à moi, qui les respirais. Dans mon état d'esprit, je fus particulièrement sensible à…

— Des molécules d'air de toute l'atmosphère de Solaria sont passées par des millions de poumons, interrompit Baley. Jehoshaphat ! elles sont même passées par les poumons des animaux et par les branchies des poissons !

— Oui, c'est vrai, reconnut Quemot, en se frottant la joue, l'air lugubre, mais j'aime mieux ne pas y penser non plus. Néanmoins, la situation se présentait sous un aspect direct, avec vous étant réellement présent et nous deux respirant et expirant le même air. Vous ne pouvez vous figurer le soulagement que j'éprouve en vous parlant par stéréovision.

— Mais je suis toujours dans votre maison, docteur Quemot.

— C'est là où le soulagement ne s'en révèle que plus étonnant. Vous êtes dans la même maison que moi et pourtant il suffit que nous nous visionnions pour que cela change du tout au tout. Du moins, cela m'aura appris quelles sont les émotions qu'on peut éprouver à voir un étranger en présence effective. Je ne le referai jamais plus.

— D'après vos dires, il me semble que cette entrevue en direct était une expérience en ce qui vous concerne.

— Dans un certain sens, oui, reconnut le Spacien. Je suppose que c'était un peu une expérience, ou, tout au moins, l'un des facteurs qui m'ont poussé à vous voir. Et les résultats en ont été intéressants, même s'ils se sont révélés également gênants du point de vue affectif. Un bon test, dans l'ensemble, que je vais enregistrer.

— Qu'allez-vous enregistrer ? demanda Baley abasourdi.

— Mais mes émotions, mes sentiments ! répondit Quemot en rendant à Baley son regard stupéfait.

Baley poussa un soupir : un autre dialogue de sourds. Toujours des dialogues de sourds !

— J'ai simplement posé cette question parce que je supposais que vous aviez sans doute les instruments nécessaires pour mesurer l'amplitude des réactions émotionnelles : un genre d'électro-encéphalo-graphe, si vous voulez. (Il jeta en vain un regard tout autour de lui.) Quoique je pense que vous pouvez avoir une version miniaturisée de cet appareil fonctionnant sans électrodes directement appliquées. Sur Terre, nous n'avons pas encore d'appareils modèle réduit.

— J'imagine, répondit sèchement le Solarien, que je suis capable d'estimer la nature de mes sentiments sans avoir besoin d'un instrument quelconque. Mes émotions étaient, je crois, suffisamment marquées.

— Oui, évidemment, concéda Baley, mais du point de vue d'une analyse quantitative des...

— Je ne vois vraiment pas où vous voulez en venir, coupa Quemot d'un ton maussade. D'autant que j'essaye de vous expliquer quelque chose d'autre, ma propre théorie, ni plus ni moins, que je n'ai vue développée dans aucun microfilm ; quelque chose que je suis vraiment fier d'avoir conçu.

— De quoi s'agit-il exactement, monsieur ? dit Baley de plus en plus nerveux.

— Mais voyons ! Je vous l'ai déjà dit : comment la civilisation de Solaria remonte à une civilisation très antérieure et terrestre.

Baley poussa un gros soupir : s'il ne laissait pas l'autre déballer tout ce qu'il avait en tête, il pourrait toujours compter sur sa coopération par la suite ! Autant avaler la pilule.

— Qui serait donc ? demanda-t-il.

— La civilisation de Sparte ! dit Quemot, en redressant la tête avec une telle vigueur qu'un instant ses blancs cheveux scintillant dans la lumière vinrent lui faire une auréole. Je suis bien sûr que vous avez entendu parler de Sparte !

Baley éprouva un certain soulagement. Dans sa jeunesse, il s'était toujours passionné pour l'histoire ancienne de la Terre (c'était un sujet d'études très intéressant pour nombre de Terriens, car alors la Terre était quelque chose de grand, parce qu'il n'existait qu'elle ; les Terriens étaient les maîtres du monde, parce qu'il n'y avait pas de Spaciens). Mais l'histoire ancienne de la Terre était vaste. Et Quemot aurait aussi bien pu lui parler d'une période dont Baley n'eût rien su. C'eût été fort gênant.

Pour l'instant, il se contenta de dire avec prudence :

— Oui. J'ai étudié des microfilms sur cette civilisation.

— Bon. Parfait. Donc Sparte, à son apogée, ne comportait qu'un petit nombre de Spartiates, les seuls citoyens à part entière ; un plus grand nombre d'individus de second rang, les Métèques, et un très grand nombre d'esclaves, totalement esclaves : les Ilotes. Il y avait environ vingt Ilotes pour un Spartiate, et c'étaient des êtres de chair et d'os, avec des sentiments humains et les défauts des hommes.

« Afin de s'assurer de l'échec de toute tentative de rébellion des Ilotes, en dépit de leur nombre écrasant, les Spartiates devinrent des spécialistes en matière militaire. Chacun vivait comme une machine militaire et leur société réalisa ses buts : jamais il n'y eut de révolte des Ilotes qui ait réussi.

« Maintenant, nous, êtres humains de Solaria, nous sommes en quelque sorte la contrepartie des Spartiates. Nous avons, nous aussi, nos Ilotes mais eux ne sont pas des hommes, mais des machines. Ils ne peuvent pas se révolter, et nous n'avons pas de raison de les craindre, bien qu'ils nous surpassent en nombre mille fois plus que les Ilotes humains par rapport aux Spartiates. Aussi bénéficions-nous de tous les avantages des Spartiates, sans avoir à nous sacrifier à une discipline aussi rigide que la leur.

« Au contraire, il nous est loisible de nous adonner à une manière de vivre artistique et culturelle, comme celle des Athéniens, des contemporains des Spartiates, qui...

— Oui, dit Baley, j'ai vu aussi des microfilms sur les Athéniens.

Quemot s'échauffait en parlant :

— Les civilisations ont toujours été en forme de pyramide. A mesure que l'on grimpe vers le sommet de l'édifice social, on bénéficie de loisirs accrus et de possibilités accrues de rechercher le bonheur. Mais, à mesure que l'on grimpe on rencontre aussi de moins en moins de gens capables de jouir de plus en plus de leur situation. Inévitablement, il se produit une surabondance de mal lotis. Et rappelez-vous bien ceci : il importe peu que les couches au bas de la pyramide soient bien ou mal à leur aise d'un point de vue absolu ; elles s'estiment toujours défavorisées par rapport à celles au-dessus d'elles. Par exemple, même les plus pauvres des propriétaires d'Aurore sont bien plus à leur aise que les aristocrates de la Terre, mais ils sont défavorisés par rapport aux aristocrates d'Aurore et c'est avec les maîtres de leur propre monde qu'ils accepteront de se comparer.

« Aussi y a-t-il toujours des conflits sociaux dans toutes les sociétés humaines courantes. Les actes de la révolution sociale, les réactions qui en découlent pour s'en préserver, ou la combattre une fois qu'elle a commencé, sont les causes des plus grandes misères que l'humanité ait jamais supportées depuis les premiers temps de l'histoire.

« Or, ici, sur Solaria, pour la première fois, le sommet de la pyramide existe seul. En lieu et place des mécontents, il n'y a que des robots. Et nous avons, nous, la première société révolutionnaire, la seule qui le soit vraiment, la première grande découverte sociale depuis que les fermiers de Sumer et d'Égypte ont inventé les villes.

Il se rejeta dans le fond de son fauteuil, tout en souriant. Baley approuva de la tête et demanda :

— Avez-vous publié tout ceci ?

— Un de ces jours peut-être, répondit Quemot, en affichant une insouciance affectée. Je ne l'ai pas fait encore. Ceci est ma troisième œuvre.

— Les deux premières avaient-elles une pareille envergure ?

— Elles ne portaient pas sur la sociologie. Dans le temps, j'ai été sculpteur. Les statues que vous voyez autour de vous (il les désigna d'un geste large) sont mon œuvre. Et j'ai composé de la musique également. Mais, je me fais vieux et Rikaine Delmarre défendait toujours les arts d'application pratique contre les beaux-arts. Aussi je me suis décidé à étudier la sociologie.

— D'après ce que vous me dites, Rikaine Delmarre semble avoir été un grand ami à vous.

— Nous nous connaissions. A l'âge que j'ai, on connaît tous les Solariens adultes. Mais il n'y a pas la moindre raison pour que je ne vous accorde que Rikaine Delmarre et moi avions beaucoup de goûts communs.

— Quel genre d'homme était Delmarre ? (Assez étrangement, le nom même de l'homme évoqua, dans l'esprit de Baley, l'image de Gladïa et il se tourmenta au souvenir de la dernière vision qu'il avait eue d'elle, furieuse, le visage déformé par la colère.)

Quemot sembla réfléchir un instant avant de répondre :

— C'était un homme remarquable, dévoué à Solaria et à son mode de vie.

— Un idéaliste, en d'autres termes.

— Oui. Exactement. On peut s'en rendre compte en remarquant

qu'il s'était porté volontaire pour son travail, en tant que... que fœtologue. C'était de l'art pratique, voyez-vous, et je vous ai déjà fait part de ses idées sur la question.

— Et y avait-il quelque chose d'inhabituel à se porter volontaire ?

— Comment osez-vous ? Excusez-moi, j'oublie toujours que vous êtes un Terrien. Oui, c'était très inhabituel. C'est l'une de ces tâches qu'il faut accomplir mais pour lesquelles on ne trouve jamais de volontaires. Ordinairement, il faut y assigner quelqu'un pour une durée donnée, quelques années en général, et ce n'est jamais agréable d'être désigné pour cet emploi. Delmarre, lui, s'est porté volontaire et pour assumer la charge sa vie durant. Il estimait que c'était quelque chose de trop important pour le laisser aux mains de gens désignés d'office et accomplissant leur besogne à contrecœur. Il m'avait fait partager ses vues sur ce problème aussi. Néanmoins, je ne crois pas que je me serais jamais porté volontaire. J'aurais été incapable d'une pareille abnégation. Et c'était un sacrifice d'autant plus méritoire de sa part qu'il était presque un fanatique de l'hygiène de soi.

— Je ne suis pas certain d'avoir encore bien compris la nature de sa tâche.

Les vieilles joues de Quemot s'empourprèrent légèrement.

— Ne croyez-vous pas que vous feriez mieux d'en discuter avec son assistant ?

— C'est ce que j'aurais déjà certainement fait, monsieur, répondit aussitôt Baley, si quelqu'un, avant vous, avait bien voulu prendre la peine de me prévenir que le Dr Delmarre avait un assistant.

— Je regrette que vous n'en ayez pas été informé, dit Quemot, mais la présence de cet assistant révèle mieux encore le sens qu'il avait de sa responsabilité sociale. Aucun titulaire du poste jusqu'alors n'en avait envisagé l'existence. Delmarre, par contre, estima nécessaire de découvrir un jeune ayant des dispositions pour cet emploi et de le former lui-même, de façon à laisser derrière lui un successeur capable lorsque le moment serait venu pour lui de prendre sa retraite ou, après tout, de mourir. (Le vieux Solarien poussa un profond soupir :) Et pourtant, je lui survis, à lui, qui était mon cadet de tant d'années. J'avais l'habitude de jouer aux échecs avec lui. Bien des fois.

— Comment y arriviez-vous ?

Quemot leva les sourcils d'étonnement :

— Mais de la manière habituelle.

— Vous vous rencontriez réellement ?

Quemot parut horrifié :

— Quelle idée ! Si même j'avais pu endurer une pareille situation, jamais Delmarre n'y aurait consenti. D'être fœtologue n'avait pas émoussé sa sensibilité, et il était si vétilleux !

— Alors, comment diable...

— Mais, avec deux échiquiers, comme deux partenaires normaux jouent toujours ici. (Le Solarien haussa les épaules dans un mouvement brusque de tolérance.) Oui, évidemment, vous êtes un Terrien. Bon. Alors ses mouvements de pièces se répercutaient sur mon échiquier et les miens sur le sien. C'est quelque chose de très simple à réaliser.

— Connaissez-vous Mme Delmarre ? demanda Baley.

— Nous nous sommes parlé par stéréovision. Elle est une plastocoloriste, vous savez, et j'ai eu l'occasion de visionner certaines de ses œuvres mises en exposition. Du beau travail, en un sens, mais plus intéressant comme curiosités que comme œuvres d'art à proprement parler. Néanmoins, c'est intéressant et ça révèle un esprit alerte et intuitif.

— Est-elle capable d'avoir tué son mari, à votre avis ?

— La pensée ne m'a même pas effleuré l'esprit. Les femmes sont des êtres tellement surprenants ! Mais voyons, il n'y a guère matière à discussion, je crois. Seule Mme Delmarre était assez proche de Rikaine pour pouvoir le tuer. Jamais, sous aucun prétexte, Rikaine n'eût accordé à quelqu'un d'autre le privilège de lui parler en présence effective ; il était bien trop vétilleux. Peut-être vétilleux n'est pas le mot qui convient après tout : c'était simplement qu'il était dépourvu de toute anomalie, de toute dépravation. C'était un bon Solarien, bien équilibré.

— Vous considéreriez donc que d'avoir accepté de me voir était une dépravation ? demanda Baley.

— Oui, répondit Quemot, j'en suis persuadé. J'irai même jusqu'à dire que c'était du masochisme.

— Est-ce qu'on aurait pu tuer Delmarre pour des motifs politiques ?

— Hein ?

— Je me suis laissé dire qu'il était un Traditionaliste.

— Oui. Et alors ? Nous le sommes tous.

— Est-ce à dire qu'il n'y pas de groupement solarien qui ne soit traditionaliste ?

— J'oserai dire, dit Quemot en mesurant ses mots, qu'il y en a certains qui pensent qu'il est dangereux d'être trop traditionaliste. Ils se font une montagne du fait de notre faible démographie par rapport aux populations des autres mondes. Ils estiment que nous sommes sans défense contre toute agression éventuelle d'un autre des Mondes Extérieurs. Leurs craintes sont stupides et, d'ailleurs, ils ne sont pas nombreux. Je ne pense pas qu'ils représentent une force politique.

— Pourquoi les prétendez-vous stupides ? Y a-t-il quelque chose sur Solaria qui pourrait transformer l'équilibre des forces en dépit de votre grand désavantage numérique ? Quelque nouveau type d'arme, peut-être ?

— Une arme, oui, certes. Mais qu'elle soit nouvelle, non. Les gens dont je vous parle sont plus aveugles que stupides réellement. Ils ne se rendent pas compte que cette arme est sans arrêt en action et qu'elle est imparable.

Les yeux de Baley n'étaient plus que des fentes :

— Parlez-vous sérieusement ? dit-il.

— Très sérieusement.

— Connaissez-vous la nature de cette arme ?

— Tout le monde la connaît. Vous aussi, si vous voulez bien réfléchir un peu. Peut-être m'en suis-je rendu compte un peu plus tôt et un peu plus facilement que les autres, étant donné que je suis sociologue. Certes, on ne l'utilise pas comme une arme est ordinairement employée. Elle ne tue ni ne blesse, mais même ainsi elle reste imparable. Et d'autant plus imparable que personne ne lui prête attention.

Baley, agacé, demanda :

— Et quelle est donc cette arme invincible et non meurtrière ?

— Le robot positronique, répondit Quemot.

11

La ferme aux fœtus

Pendant un moment, Baley en eut froid dans le dos : le robot positronique était le symbole même de la supériorité des Spaciens sur les Terriens. Et, en fait d'arme, c'en était une de taille.

Néanmoins, il conserva le même timbre de voix pour dire :

— Ce n'est qu'une arme du point de vue économique. Solaria est nécessaire aux autres Mondes Extérieurs parce qu'elle fournit des robots très spécialisés et d'avant-garde. Aussi n'ont-ils aucun intérêt à vous causer le moindre tort.

— Cela va de soi, dit Quemot d'un ton léger. C'est d'ailleurs grâce à cela que nous avons obtenu notre indépendance. Non, ce que j'ai en tête est tout autre chose ; c'est beaucoup plus subtil et surtout à l'échelle cosmique.

Et Quemot se mit à considérer ses ongles avec l'esprit visiblement ailleurs, préoccupé d'abstractions.

— C'est encore une de vos théories sociologiques ? demanda Baley en manifestant un certain intérêt.

Le Terrien eut beaucoup de peine à réprimer un sourire devant le regard d'orgueil péniblement contenu que lui lança Quemot :

— Oui, elle est de moi. Et tout à fait originale, pour autant que je sache. Néanmoins, c'est d'une évidence aveuglante si l'on étudie avec soin les statistiques démographiques des Mondes Extérieurs. Mais, commençons par le commencement : depuis l'invention du robot positronique, on l'a mis de plus en plus à contribution partout.

— Pas sur Terre, dit Baley.

— Allons, allons, inspecteur. Je ne connais pas grand-chose de votre Terre, mais j'en sais assez pour me rendre compte que les robots commencent à s'intégrer à votre économie. Vous, les Terriens, vivez dans de vastes cités souterraines et laissez inoccupée la plus grande partie de la surface terrestre. Qui donc alors fait marcher vos fermes et vos usines ?

— Les robots, concéda Baley. Mais si vous attaquez le problème sous cet angle, permettez-moi de vous faire remarquer que ce sont les Terriens qui ont les premiers inventé le robot positronique.

— Vraiment ? Vous en êtes sûr ?

— Vérifiez si vous voulez. C'est l'exacte vérité.

— Très curieux. Et pourtant c'est là où ils ont fait le moins en raison de l'importante population de la Terre. Ce serait donc d'autant plus long... oui... Néanmoins, vous avez des robots dans vos cités ?

— Oui, dit Baley.

— Vous en avez davantage maintenant, disons qu'il y a cinquante ans ?

Baley acquiesça avec une certaine impatience.

— Vous voyez bien alors que les faits justifient ma théorie. Il n'y a simplement qu'une différence de temps. Les robots tendent à relever l'homme de tout effort physique et l'économie robotisée est monovectorielle. De plus en plus de robots, de moins en moins d'humains. J'ai étudié avec la plus grande attention les statistiques démographiques, j'en ai tracé la courbe et me suis livré à quelques extrapolations. (Et il s'arrêta net, avec surprise :) Mais au fait, c'est bien là une application des mathématiques à la sociologie, n'est-ce pas ?

— C'en est une, oui, dit Baley.

— Après tout, vous aviez peut-être raison tout à l'heure. Il faudra que j'y réfléchisse. Bref, quoi qu'il en soit, voici les conclusions auxquelles j'ai abouti, et je suis absolument persuadé de leur valeur intrinsèque : le rapport robots-humains dans toute économie qui a accepté l'emploi de travailleurs robots tend continuellement à s'accroître au détriment de l'homme, en dépit des lois qui peuvent être votées pour enrayer ce progrès des robots ; l'accroissement est ralenti mais jamais stoppé. Tout d'abord, la population humaine s'accroît, mais le nombre de robots croît beaucoup plus rapidement. Puis lorsqu'on atteint un certain point critique...

Quemot s'arrêta de nouveau, puis dit :

— Voyons un peu. Je me demande s'il est possible de situer exactement ce point critique. Nous en revenons toujours à vos mathématiques.

Baley s'agita :

— Qu'arrive-t-il une fois ce point critique atteint, docteur Quemot ?

— Hein ? Euh ! La population humaine se met alors réellement à baisser et la planète approche d'une véritable stabilité sociale. C'est ce qui arrivera obligatoirement à Aurore. C'est ce qui arrivera tout aussi inéluctablement à votre Terre. La Terre résistera peut-être quelques siècles de plus, mais devra céder, elle aussi, finalement.

— Qu'entendez-vous par stabilité sociale ?

— La situation telle qu'elle existe ici, sur Solaria ; un monde où les humains ne représentent plus que la classe oisive. Aussi, n'avons-nous aucune raison d'avoir peur des autres Mondes Extérieurs. Attendons seulement un siècle peut-être, et ils seront tous devenus semblables à Solaria. Je suppose qu'en un sens on peut dire que ce sera la fin de l'histoire de l'homme, mais ce sera surtout sa réalisation dans le sens complet du mot. Les hommes alors auront tout ce qu'ils peuvent désirer, tout ce dont ils peuvent avoir besoin. Vous savez, il existe une phrase qui, un jour, m'a frappé. Je ne sais d'où elle vient : c'est quelque chose à propos de la recherche du bonheur.

Baley dit, citant d'un ton pensif :

— Tous les hommes reçoivent à leur naissance, de leur Créateur, certains droits inaliénables... Parmi ceux-ci il y a le droit à la vie, à la liberté, à la recherche du bonheur.

— C'est cela même. D'où est-ce tiré ?

— De quelque vieux grimoire, dit Baley [1].

— Vous voyez comme tout cela est changé ici sur Solaria, et comme cela évoluera un peu plus tard dans toute la Galaxie ; la recherche sera terminée. Et les droits imprescriptibles dont jouira alors l'humanité seront la vie, la liberté, le bonheur. Rien que cela : le bonheur.

— Peut-être bien, rétorqua Baley d'un ton sec, mais pour le moment présent, un homme a été tué sur votre Solaria et un autre est entre la vie et la mort.

Il éprouva du regret de ces paroles au moment même où il les prononçait : le visage de Quemot sembla changer comme s'il venait de recevoir une gifle. Le vieillard courba la tête et dit, sans la relever :

— J'ai répondu à vos questions dans toute la mesure du possible. Y a-t-il autre chose que vous désirez savoir ?

— Merci, monsieur, j'en sais suffisamment. Excusez-moi de vous avoir dérangé dans votre chagrin d'avoir perdu votre ami.

Quemot releva la tête lentement :

— Il me sera bien difficile de trouver pareil partenaire aux échecs. Il observait méticuleusement tous nos rendez-vous et il avait un jeu extrêmement suivi. C'était vraiment un bon Solarien.

— Je comprends, murmura doucement Baley. Puis-je avoir votre permission d'utiliser votre appareil de stéréovision pour entrer en liaison avec la prochaine personne que je dois voir ?

— Bien sûr, je vous en prie, dit Quemot. Mes robots sont à votre service. Et maintenant, permettez-moi de vous laisser. Liaison terminée.

Un robot fut à côté de Baley moins de trente secondes après que l'image de Quemot eut disparu. Une fois de plus Baley se demanda

---

1. Exactement, le début de la Déclaration des Droits de la Constitution américaine, rédigée par Payne et Jefferson. (N.d.T.)

comment on faisait pour diriger ces créatures. Il avait vu les doigts de Quemot se poser sur un bouton avant de le quitter, et c'était tout.

Peut-être, après tout, le signal d'appel était-il très général, signifiant seulement : « Faites votre devoir. » Peut-être les robots écoutaient-ils tout ce qui se passait et étaient-ils au courant de ce qu'un humain pouvait désirer à un moment donné. Et si le robot nécessaire n'était pas appelé personnellement pour la tâche en question, le réseau radio, qui reliait entre eux tous les robots, entrait en action, convoquant aussitôt le robot voulu à pied d'œuvre.

Pendant un instant, Baley se figura Solaria comme une espèce de réseau de robots, avec de petits trous qui se rétrécissaient de plus en plus, avec dans chacun, bien ficelé par son entourage, un humain. Il imagina les Mondes dont avait parlé Quemot en train de se transformer en autant de Solaria ; des réseaux se déployant et se resserrant jusque sur la Terre, jusqu'à...

Le fil de ses pensées fut interrompu lorsque le robot qui était entré lui parla du ton uni et respectueux des machines.

— Je suis prêt à vous servir, maître.

— Savez-vous comment entrer en liaison avec l'endroit où feu Rikaine Delmarre travaillait ? demanda Baley.

— Oui, maître.

Baley haussa les épaules. Il n'arriverait jamais à s'empêcher de poser des questions inutiles. Les robots étaient omniscients un point c'est tout. Il lui vint à l'esprit que, pour manier les robots d'une manière vraiment efficace, il fallait être orfèvre en la matière, une espèce de roboticien. Comment diable se débrouille le Solarien moyen ? pensa-t-il. Probablement, comme-ci, comme-ça, sans plus.

— Bon, dit-il. Appelez-moi l'endroit où travaillait Delmarre et mettez-moi en liaison avec son assistant. Si celui-ci n'y est pas, trouvez-le-moi où qu'il soit.

— Oui, maître.

Comme le robot se détournait pour s'en aller, Baley le rappela :

— Un moment. Quelle heure est-il à l'endroit où il travaillait ?

— Environ six heures trente, maître.

— Du matin ?

— Oui, maître.

De nouveau, Baley se sentit agacé par ce monde qui se rendait esclave du lever et du coucher du soleil. Voilà à quoi menait de vivre sur la surface de la planète sans protection.

Il eut une pensée fugitive pour la Terre, mais se morigéna aussitôt. Tant qu'il se concentrait uniquement sur les questions immédiates, il se débrouillait bien... Mais s'il se laissait aller au cafard et à la nostalgie, c'en était fait de lui.

— Appelez-moi cet assistant de toute façon, mon garçon, dit-il, et dites-lui que c'est pour raison d'État. Qu'un autre de vos congénères m'apporte un peu à manger ; un sandwich et un verre de lait feront l'affaire.

Il mâcha pensivement son sandwich, qui contenait une tranche d'un genre de jambon fumé, tout en se disant avec quelque ironie que Daneel Olivaw aurait certainement considéré comme suspecte toute espèce de nourriture après ce qui était arrivé à Gruer. Peut-être, après tout, était-ce Daneel qui avait raison.

Il acheva son sandwich sans en éprouver de fâcheuses conséquences (tout au moins sans fâcheuses conséquences immédiates) et but le lait. Il n'avait pas appris de Quemot ce qu'il était venu chercher, mais tout de même il avait appris quelque chose.

Et comme il se remémorait leur conversation, il lui parut que ce qu'il avait appris n'était pas négligeable.

Certes, il n'en savait guère plus sur le meurtre, mais sur l'autre question, beaucoup plus importante celle-là, il n'en était pas de même.

Le robot revint :

— L'assistant accepte la communication, maître.

— Bon. Il n'y a pas eu de difficultés ?

— L'assistant dormait, maître.

Et soudain l'assistant lui apparut, assis dans son lit, l'air maussade et vindicatif.

Baley sauta en arrière comme si une barrière à haute tension s'était brusquement dressée devant lui : encore une fois, on lui avait caché un renseignement d'importance vitale. Ou plutôt, une fois encore, il n'avait pas su poser les questions qu'il fallait.

Car personne n'avait songé à lui dire que l'assistant de Rikaine Delmarre était une femme.

Ses cheveux étaient légèrement plus foncés que le blond habituel des Spaciens et elle en avait toute une masse qui, pour l'instant, partait dans tous les sens. Elle avait un visage ovale, le nez légèrement retroussé et le menton bien marqué. Elle était en train de se gratter doucement le flanc juste au-dessus de la taille, et Baley fit des vœux pour que le drap ne glisse pas ; il ne se souvenait que trop bien de l'attitude si légère de Gladïa, estimant que tout était correct du moment qu'il ne s'agissait que de stéréovision.

Il éprouva un amusement sardonique de se voir aussi vite dépouillé de ses illusions. Les Terriens croyaient, en règle générale, que toutes les Spaciennes étaient belles comme des déesses. Et Gladïa n'avait fait que confirmer cette idée. Mais cette femme-ci, même d'après les canons terrestres, était vraiment quelconque.

Et Baley n'en fut que plus surpris de l'agréable contralto de sa voix lorsqu'elle lui dit :

— Eh ! Vous ! Vous avez une idée de l'heure qu'il est ?

— Oui, parfaitement, répondit Baley, du tac au tac, mais puisque je dois venir vous voir, j'ai pensé qu'il valait mieux vous prévenir.

— Venir me voir ? Cieux éternels !... (Ses yeux s'agrandirent et elle porta la main à son menton. Elle avait une bague au doigt, le premier bijou personnel que Baley avait vu jusqu'à présent sur Solaria.) Eh, au fait, vous ne seriez pas mon nouvel assistant par hasard ?

— Non. Ni rien qui y ressemble. Je suis ici pour enquêter sur la mort de Rikaine Delmarre.

— Ah ? Bon. Enquêtez alors !

— Comment vous appelez-vous ?

— Klorissa Cantoro.

— Et vous travaillez avec le Dr Delmarre depuis ?...

— Trois ans.

— Je présume que vous êtes actuellement à votre lieu de travail. (Baley n'aimait pas employer ce genre de phrase imprécise, mais il ignorait comment on appelait l'endroit où travaillait un fœtologue.)

— Vous voulez savoir si je suis à la ferme, dit Klorissa, revêche. Oui, j'y suis hélas ! Je n'en ai pas bougé depuis que le patron s'est fait tuer et je ne suis pas prête d'en sortir, à ce qu'il paraît, tant qu'on ne m'aura pas attribué un assistant. Oh ! Au fait, vous ne pourriez pas faire quelque chose pour ça ?

— Je suis désolé, madame, mais ici, je n'ai pas la moindre influence.

— Bah ! On peut toujours demander.

Klorissa repoussa le drap et sortit du lit sans la moindre gêne. Elle portait un vêtement de nuit d'une seule pièce et sa main se porta à l'agrafe diamagnétique de la fermeture, juste au cou.

Baley dit précipitamment :

— Un instant, je vous prie. Si vous êtes d'accord pour me recevoir en personne, cela mettra un point final à notre entrevue présente et vous pourrez vous habiller dans votre privé.

— Dans mon privé ? (Elle avança la lèvre inférieure et dévisagea Baley avec curiosité.) Vous êtes vétilleux, vous aussi ? Comme le patron ?

— Acceptez-vous de me voir ? J'aimerais inspecter la ferme.

— Je ne comprends rien à cette histoire de me voir. Si vous voulez visionner la ferme, je vous guiderai. Laissez-moi seulement le temps de me laver, de ranger quelques affaires et de me réveiller un peu. C'est avec plaisir que j'accepterai cette interruption du train-train habituel.

— Je ne veux pas visionner quoi que ce soit. Je veux voir de mes yeux et en étant présent, en chair et en os.

La femme pencha la tête de côté et son regard incisif révélait un certain intérêt professionnel :

— Vous êtes détraqué ou quoi ? Y a-t-il longtemps qu'on ne vous a fait d'analyse chromosomique ?

— Jehoshaphat ! gronda Baley. Écoutez donc. Je m'appelle Elijah Baley. Je viens de la Terre.

— De la Terre ! s'écria-t-elle avec véhémence. Cieux éternels !

Qu'est-ce que vous venez fabriquer ici ? Ou bien est-ce une farce un peu trop poussée ?

— Je ne plaisante pas. On a fait appel à moi pour enquêter sur la mort de Delmarre. Je suis un inspecteur de police en civil, un détective, si vous préférez.

— Pour cette histoire-là ! Mais je pensais que tout le monde savait que c'était sa femme qui avait fait le coup.

— Non, madame. J'ai dans l'esprit pas mal de doutes là-dessus. Puis-je maintenant avoir l'autorisation de vous rendre visite et d'inspecter la ferme. Je suis un Terrien, voyez-vous, et je n'ai pas l'habitude de mener mes enquêtes par stéréovision. Je ne suis arrivé à rien de bon de cette façon-là. J'ai l'autorisation du chef de la Sûreté en personne de voir les gens qui peuvent m'avancer dans cette enquête. Je puis vous montrer le papier officiel, si vous voulez.

— Voyons un peu.

Baley déploya le document officiel devant l'image des yeux de la femme...

Elle hocha la tête :

— Ouais. De voir ! Quelle saleté. Enfin, qu'est-ce qu'un peu plus de saleté dans ce boulot répugnant ? Mais écoutez-moi bien, vous : ne vous approchez pas trop de moi. Restez à bonne distance. Nous pourrons nous parler en criant, ou en nous adressant des messages par robot, si c'est nécessaire. C'est bien compris ?

— C'est entendu, répondit Baley.

Elle ouvrait la fermeture de son vêtement de nuit juste au moment où la liaison fut coupée et le dernier mot qu'il entendit prononcer fut un « Terrien » marmonné.

— Vous êtes assez près comme ça, dit Klorissa.

Baley, qui se tenait à sept ou huit mètres d'elle, dit :

— La distance me convient, mais j'aimerais me trouver à l'intérieur aussi rapidement que possible.

Pourtant, cette fois, le voyage ne s'était pas si mal passé. Il avait à peine fait attention au trajet par avion, mais ce n'était pas nécessaire de jouer trop longtemps avec le feu. Il devait d'ailleurs s'empêcher de dégrafer son col tant il éprouvait le besoin de respirer plus librement.

— Qu'est-ce que vous avez ? lui demanda Klorissa d'un ton sec. Vous n'avez pas l'air dans votre assiette.

— Je n'ai pas l'habitude de me trouver à l'extérieur, répondit Baley.

— Ah ! C'est vrai ! Ces Terriens ! Il vous faut vous sentir enfermés ou cloîtrés pour vous sentir tranquilles ! (Elle se passa la langue sur les lèvres, comme si elle venait de goûter quelque chose de déplaisant.) Bon, alors, entrez, mais laissez-moi tout d'abord me tirer du chemin. Ça va, entrez maintenant.

Ses cheveux étaient tressés en deux grosses nattes enroulées autour de sa tête suivant le dessin d'une géométrie compliquée. Baley se demanda combien de temps il lui fallait pour se coiffer d'une telle façon puis se souvint que, selon toute probabilité, c'étaient les doigts agiles et précis d'un robot qui étaient responsables de la coiffure.

Les cheveux ainsi peignés mettaient en valeur l'ovale de son visage et en accentuaient la symétrie qui le rendait agréable, sinon joli. Elle ne portait pas du tout de maquillage et, dans le même ordre d'idées, ses vêtements n'avaient d'autre but que de l'habiller d'une manière pratique, sans souci d'élégance. Dans l'ensemble, ils étaient d'un bleu marine plutôt terne, à l'exception de ses gants, qui lui montaient jusqu'à mi-bras et étaient d'une couleur lilas qui jurait avec tout le reste. On voyait bien qu'ils ne faisaient pas partie de sa tenue habituelle. Baley remarqua l'épaisseur d'un des doigts de gant due à la présence de la bague.

Ils restèrent aux deux bouts de la pièce, se regardant en chiens de faïence.

— Cela ne vous plaît pas, n'est-ce pas, madame ? dit Baley.

Klorissa haussa les épaules :

— Pourquoi cela me plairait-il ? Je ne suis pas un animal. Mais je puis le supporter. Vous devenez à peu près imperméable à tout, lorsque vous vous occupez de... de... (Elle s'arrêta, puis releva agressivement le menton, comme décidée à dire ce qu'elle avait à dire, sans mâcher ses mots :) Des enfants, et elle prononça ce mot avec une précision bien marquée.

— A vous entendre, on dirait que vous n'aimez pas le travail que vous faites ici.

— C'est un travail qui a son importance, qu'il est essentiel de faire. Néanmoins, en effet, je ne l'aime pas.

— Et Rikaine Delmarre l'aimait-il, lui ?

— Je suppose que non, mais il ne l'a jamais montré. C'était un bon Solarien.

— Et il était vétilleux en diable.

Klorissa parut étonnée.

— C'est vous qui l'avez dit, continua Baley. Lors de notre conversation antérieure, par stéréovison, je vous ai dit que vous pourriez vous habiller dans votre privé et vous m'avez répondu que j'étais aussi vétilleux que votre patron.

— Oui ? Bah, c'est vrai : il était vétilleux en diable. Même par stéréovison, il ne se permettait absolument rien. Toujours d'une correction exemplaire.

— Un tel comportement est-il inusité ?

— Il ne devrait pas l'être. En théorie, vous êtes tenu à une correction de tous les instants. Mais personne ne se casse jamais la tête. Pas avec la stéréovision. Il n'y a pas de risque de présence effective, alors pourquoi se fatiguer ? Vous comprenez ? Même moi, quand je parle à quelqu'un par stéréovison, je ne me soucie guère de ma tenue, sauf avec le patron. Il fallait être impeccable avec lui.

— Admiriez-vous le Dr Delmarre ?

— C'était un bon Solarien.

— Vous avez appelé cet endroit une ferme, dit Baley en changeant de sujet, et vous venez de faire allusion à des enfants. Vous élevez des enfants ici ?

— Dès l'âge d'un mois. Tous les fœtus de Solaria arrivent ici.

— Des fœtus ?

— Oui. (Elle fronça les sourcils :) Nous les recevons un mois après leur conception. Ça vous gêne ?

— Pas du tout, coupa Baley. Pouvez-vous me piloter dans la ferme ?

— Je veux bien, mais restez à bonne distance.

Le visage chevalin de Baley se figea dans une immobilité marmoréenne lorsqu'il abaissa son regard sur la longue pièce qui s'étendait en dessous d'eux, protégée par une cloison de verre. De l'autre côté, il en était sûr, il régnait une température parfaitement réglée, une humidité parfaitement entretenue, une aseptie parfaitement réalisée. Ces cuves, qui s'étendaient sur plusieurs rangées étagées, renfermaient chacune un petit être flottant dans un liquide aqueux, qui contenait en suspension un mélange nutritif exactement dosé. Là, la vie et la croissance continuaient.

De petits êtres, certains encore moins grands que la moitié de son poing, enroulés sur eux-mêmes, avec des crânes proéminents, des bourgeons de membres et des queues en voie de disparition, s'y développaient.

Klorissa, placée toujours à sept ou huit mètres de Baley, lui demanda :

— Qu'en pensez-vous, inspecteur ? Cela vous plaît-il ?

— Combien en avez-vous ?

— A la date d'aujourd'hui, cent cinquante-deux. Nous en recevons entre quinze et vingt par mois, et nous en libérons le même nombre arrivés à l'âge adulte.

— Est-ce le seul endroit de ce genre sur la planète ?

— Le seul, oui. Il suffit pour maintenir une population régulière, en se fondant sur une espérance de vie de trois cents ans, pour vingt mille habitants. Ce bâtiment est tout neuf. Le Dr Delmarre en a surveillé la construction et s'est livré à de nombreuses modifications dans notre manière d'élever les enfants. Aussi, avons-nous maintenant un pourcentage de mortalité fœtale pour ainsi dire nul.

Des robots déambulaient parmi les cuves, s'arrêtant à chacune, relevant les indications des compteurs, regardant les minuscules embryons à l'intérieur, d'une façon méticuleuse et inlassable.

— Qui opère les parturientes ? demanda Baley, je veux dire qui extrait ces petits êtres ?

— Des docteurs, répondit Klorissa.

— Le Dr Delmarre ?

— Non bien sûr. Des docteurs en médecine. Vous ne pensez pas
que le Dr Delmarre se serait jamais abaissé à... Bon, glissons.

— Pourquoi n'utilise-t-on pas des robots ?

— Des robots en chirurgie ? La Première Loi rend une telle chose
particulièrement difficile, inspecteur. Un robot pourrait peut-être
effectuer l'ablation d'un appendice pour sauver une vie humaine, s'il
savait comment s'y prendre, mais je doute fort qu'après une telle
expérience il serait encore bon à quelque chose sans de grosses
réparations. Tailler dans de la chair humaine causerait un tel traumatisme à son cerveau positronique ! Des docteurs de chair et d'os
peuvent réussir à s'y faire, à force de répétitions, et en arrivent même
à supporter la présence effective obligée.

— Néanmoins, reprit Baley, je vois que ce sont des robots qui
s'occupent des fœtus. Vous arrive-t-il à vous, ou avant au Dr Delmarre,
de devoir intervenir ?

— Quelquefois, il le faut bien, quand tout va de travers : si, par
exemple, un fœtus se met à avoir des troubles de croissance. On ne
peut faire confiance aux robots pour agir avec bon sens quand une vie
humaine est en jeu.

Baley hocha la tête :

— Oui, le risque d'une bévue est trop grand et ne peut que se solder
par une vie de perdue, je pense.

— C'est tout le contraire ! C'est le risque de les voir prendre trop à
cœur la survie d'une existence au point de la sauver envers et contre
tout.

La sévérité du visage de la femme s'accentua :

— En tant que fœtologues, Baley, nous devons nous préoccuper de
créer des enfants sains. Je répète sains. Même l'analyse la plus poussée
des chromosomes du père et de la mère ne peut assurer une combinaison
spécifiquement favorable de tous les gènes, sans parler des risques de
mutations imprévisibles. C'est d'ailleurs là notre préoccupation
majeure : les mutations inattendues ; nous en avons abaissé le taux à
un peu moins d'un sur mille, mais cela signifie toujours, grosso modo,
que nous avons des ennuis certains de ce côté une fois tous les dix
ans.

Elle lui fit signe de la suivre le long de la galerie supérieure.

— Je m'en vais vous montrer la crèche du premier âge et les dortoirs
des enfants, dit-elle. Ils nous posent beaucoup plus de problèmes que
les fœtus. Avec eux, nous ne pouvons compter sur l'aide des robots
que dans une mesure très limitée.

— Pourquoi cela ?

— Vous ne le sauriez que trop, Baley, si vous aviez jamais essayé
de faire entrer dans le cerveau d'un robot l'importance de la discipline.
La Première Loi les rend, pour ainsi dire, totalement obtus sur ce
chapitre. Et figurez-vous que les jeunes drôles s'en rendent compte à
peine savent-ils parler. J'ai vu un moutard de trois ans mettre une

dizaine de robots dans les transes en gueulant : « J'ai bobo, tu m'as fait bobo ! » Il faut des robots très spéciaux et perfectionnés pour se rendre compte qu'un gosse est capable de mentir délibérément.

— Delmarre arrivait-il à se faire obéir des enfants ?

— Oui, en règle générale.

— Comment s'y prenait-il ? Est-ce qu'il sortait les secouer pour leur faire prendre un peu de plomb dans la tête ?

— Le Dr Delmarre ? Les toucher ? Cieux éternels ! Bien sûr que non. Mais il savait leur parler. Et il savait donner aux robots des ordres bien précis. Je me souviens l'avoir vu s'occuper d'un gosse par stéréovision un quart d'heure durant : il l'avait fait mettre sur les genoux du robot, en position pour la fessée, et a obligé le robot à administrer au gamin une solide raclée, pan, pan. Quelques expériences du même ordre et le gaillard ne se risquait plus à braver le patron. Et le Dr Delmarre avait suffisamment de connaissances dans ce domaine pour qu'après cela le robot fouettard n'ait à subir qu'une révision habituelle, sans plus.

— Et vous ? Allez-vous tancer vous-même les enfants ?

— Hélas, il le faut bien, de temps en temps. Je ne suis pas comme le patron. Peut-être un jour serai-je capable de les faire obéir à distance, mais si actuellement j'essayais ce genre de châtiment, je ne ferais que démolir les robots. C'est un art, croyez-moi, de savoir manier les robots. Pourtant, quand j'y songe... Aller secouer ces garnements moi-même. Les sales bêtes !

Elle regarda brusquement Baley :

— Je suppose que, vous, cela ne vous gênerait pas de les voir en personne.

— Pas le moins du monde.

Elle haussa les épaules et le considéra avec étonnement :

— Ah ! Ces Terriens ! (Elle se remit à marcher.) Et pourquoi diable je vous le demande ! Vous finirez bien par retomber sur Gladïa comme meurtrière. Vous ne pouvez pas faire autrement.

— Je n'en suis pas si sûr que vous, dit Baley.

— Mais c'est invraisemblable. C'est plus que du sûr, c'est du certain. Qui d'autre pourrait-ce matériellement être ?

— Les suspects ne manquent pas, madame.

— Qui, par exemple ?

— Eh bien, disons, vous, pour commencer.

La réaction de Klorissa à cette accusation stupéfia littéralement Baley.

12

Baley l'échappe belle

Elle éclata de rire.

Son rire grandit, se développa en une sorte de hoquet qui lui coupa le souffle, laissant son visage potelé empourpré et presque violacé. Elle s'appuya au mur pour reprendre haleine.

— Non. Ne vous approchez pas plus, implora-t-elle. Je vais très bien.

— Cette éventualité vous paraît donc si amusante ? demanda Baley avec sévérité.

Elle essaya de répondre et de nouveau s'étouffa de rire. Puis, dans un chuchotement, elle réussit à dire :

— Oui, vous êtes un Terrien pour de vrai. Comment serait-il jamais possible que j'aie commis un tel acte ?

— Vous le connaissiez bien, reprit Baley. Vous étiez au courant de ses habitudes. Vous pourriez avoir prémédité ce crime.

— Et vous croyez que j'aurais pu le voir, lui. M'approcher suffisamment de lui pour lui fracasser la caboche avec quelque chose. Vous n'y connaissez rien, je vous assure, Baley !

Baley se sentit rougir :

— Pourquoi n'auriez-vous pu vous approcher, madame ? Vous aviez l'habitude de vous voir — euh — de près.

— Avec les enfants.

— Oui, mais de fil en aiguille ! Vous semblez supporter fort bien ma présence.

— Oui ! A dix mètres.

— Je viens juste de rendre visite à quelqu'un qui a manqué se trouver mal d'avoir dû supporter ma présence un court moment.

Klorissa se calma et dit :

— Bah ! ce n'est qu'une question de degré !

— Je n'en demande pas plus. Une différence de degré suffit. L'habitude de voir les enfants vous rend capable de supporter la présence de Delmarre juste le temps nécessaire.

— J'aimerais vous faire remarquer, monsieur Baley, dit Klorissa, qui ne semblait plus du tout s'amuser, que ce que je peux supporter, moi, n'importe pas du tout. C'est le Dr Delmarre qui était vétilleux. Il était presque aussi impossible que Leebig lui-même. Même si j'avais pu supporter de le voir, lui n'aurait jamais pu le souffrir. Mme Delmarre est la seule et unique personne qu'il ait jamais pu autoriser à le voir de près.

— Qui est ce Leebig dont vous venez de parler ? demanda Baley.

Klorissa haussa les épaules :

— Un de ces génies légèrement maboul, si vous voyez ce que je veux dire. Il a travaillé avec le patron à propos de robots.

Baley en prit bonne note dans sa mémoire et revint à l'interrogatoire en cours.

— On pourrait dire aussi que vous aviez un motif pour le tuer.

— Quel motif ?

— Sa mort vous donne la direction de ce centre, vous fait monter en grade.

— C'est ça que vous appelez un motif ? Cieux éternels ! Qui diable pourrait désirer une pareille situation ? Quel est le phénomène, sur Solaria qui... ? Mais c'était le meilleur des motifs de sauvegarder son existence, pour le protéger, le couver même. Non, vraiment, il vous faudra trouver quelque chose de mieux, monsieur le Terrien.

Baley se gratta le cou d'un doigt incertain : il voyait bien la valeur de l'argument.

— Avez-vous remarqué que je portais une bague, monsieur Baley ? demanda Klorissa, qui sembla un instant sur le point d'arracher son gant pour mieux montrer sa main droite.

— Oui, je l'ai remarqué, dit Baley.

— Je présume que vous ignorez ce que représente cet anneau ?

— Hum, oui. (Il n'en aurait donc jamais fini d'étaler son ignorance, pensa-t-il avec amertume.)

— Je puis vous en faire l'historique, si cela ne vous gêne pas.

— Si votre conférence peut m'aider à comprendre ce qui se passe sur votre foutue planète, explosa Baley, allez-y, je vous en conjure !

— Cieux éternels ! (Klorissa sourit :) Je suppose que, pour vous, nous sommes aussi bizarres que la Terre l'est pour nous. Bon. Imaginez ! Au fait, voilà une pièce vide. Entrez et nous allons nous asseoir pour... non, ce n'est pas assez grand. Tenez, voilà ce que nous allons faire. Vous vous asseyez là-dedans et je reste ici debout sur le pas de la porte.

Et elle s'engagea un peu plus dans le couloir, lui cédant la place pour le laisser pénétrer dans la pièce. Puis elle revint s'adosser au mur, face à lui, mais toujours à la même distance, pour reprendre leur conversation.

Baley s'assit sans que le plus infime scrupule de courtoisie vienne le troubler. Au contraire, en pleine révolte intérieure, il se disait : « Après tout, c'est une Spacienne. Qu'elle reste debout si ça lui chante. »

Klorissa croisa ses bras musclés et reprit :

— L'analyse génétique est la clé de voûte de notre société. Bien sûr, ce ne sont pas les gènes eux-mêmes que nous analysons ; mais comme chaque gène est responsable d'une enzyme, c'est à une recherche et à un dosage enzymatiques que nous nous livrons. Qui connaît les enzymes connaît le métabolisme. Qui connaît le métabolisme connaît l'être humain. Vous voyez le tableau ?

— Je suis au courant de la théorie, reconnut Baley, mais j'ignore tout des applications pratiques.

— Eh bien ! ici ce sont celles-ci que nous étudions. Des prélèvements sanguins sont opérés sur l'embryon au dernier stade de sa vie fœtale. Nous en tirons grosso modo la première évaluation. D'un point de vue idéal, nous devrions, dès cet instant, être capables de déceler toutes les mutations, et donc d'apprécier si nous avons le droit d'appeler le fœtus à la vie. Mais en fait, nous n'en savons pas encore assez pour éliminer intégralement les risques d'erreurs. Peut-être, un jour ?... En tout cas, après la naissance proprement dite, les analyses continuent : prélèvements de tissus, de plasma, de liquides humoraux ; aussi, bien avant leur maturité, nous savons exactement de quoi sont faits nos gars et nos filles.

(De sucre et de miel... Une comptine stupide vint spontanément à l'esprit de Baley).

— Nous portons des bagues codées qui indiquent notre programme génétique, continuait Klorissa. C'est une vieille coutume, une survivance primitive, remontant à l'époque où les Solariens ne contractaient pas encore de mariages eugéniques. Alors qu'aujourd'hui nous sommes tous des êtres sains.

— Mais, dit Baley, vous continuez de porter la vôtre. Pourquoi ?

— Parce que je suis une personne exceptionnelle, dit-elle avec un orgueil ingénu, sans fausse humilité. Le Dr Delmarre a cherché pendant longtemps quelqu'un qui soit capable d'être son assistant. Il avait besoin d'une personne exceptionnelle, réunissant en elle intelligence, esprit d'initiative, goût du travail, stabilité émotionnelle, cette dernière qualité surtout : une personne qui soit en mesure d'apprendre à se mêler aux enfants sans en être affectée.

— Lui en était incapable, n'est-ce pas ? N'était-ce pas là un indice de son instabilité émotionnelle ?

— Dans un sens, vous avez raison. Mais, tout au moins, c'était là un type recommandable d'instabilité pour la plupart des circonstances de la vie courante. Vous vous lavez les mains, vous, n'est-ce pas ?

Baley contempla ses mains : elles étaient aussi propres que d'habitude :

— Oui, dit-il.

— Bien. Je suppose que c'est aussi un indice d'instabilité que d'éprouver un dégoût des souillures tel qu'on puisse se refuser à toucher un mécanisme graisseux de la main, même dans un cas d'urgence. Pourtant, dans le cours habituel de la vie, la répulsion envers les saletés vous oblige à l'hygiène, ce qui est une bonne chose.

— Oui, je vois. Continuez.

— Il n'y a rien de plus. Du point de vue hygiène génétique, je suis la troisième personne la plus saine jamais rencontrée sur Solaria. J'en suis très fière ; aussi je porte ma bague. C'est un record dont j'éprouve, à garder le symbole sur moi, le plus grand plaisir.

— Toutes mes félicitations !

— Ne vous moquez pas de moi. Je n'y suis probablement pour rien : c'est dû, sans doute, à des interactions imprévisibles des gènes de mes parents. Néanmoins, c'est quelque chose dont on peut être fière. Et personne ne voudra jamais croire que j'aie pu me rendre coupable d'un acte aussi dément qu'un meurtre. C'est une chose inconcevable avec mon programme génétique. Aussi, vous perdez totalement votre temps en essayant de m'accuser.

Baley haussa les épaules, mais ne répondit pas : cette femme semblait confondre programme génétique et preuve formelle, mais tout Solaria réagirait probablement de la même façon.

— Voulez-vous venir voir les gosses, maintenant ? demanda Klorissa.

— Avec plaisir. Merci.

Les couloirs semblaient se poursuivre à l'infini : visiblement, le bâtiment était de dimensions gigantesques ; certes, à côté des immeubles d'habitation des villes de la Terre, couvrant plusieurs niveaux d'un seul tenant, ce n'était pas grand-chose, mais pour un bâtiment unique, accroché à l'écorce d'une planète, il devait apparaître aux yeux comme un gratte-ciel imposant.

Il y avait des centaines de berceaux, où des bébés roses piaillaient de leur mieux, dormaient ou prenaient leur nourriture. Il y avait des salles de jeux pour ceux qui commençaient à se traîner à quatre pattes.

— Ils ne sont pas trop terribles à cet âge-là, reconnut Klorissa en bougonnant, quoique, avec eux, il faille une véritable armée de robots, grosso modo, un robot par bébé, jusqu'à ce qu'il marche.

— Pourquoi cela ?

— Ils dépérissent et tombent malades si l'on ne s'occupe pas d'eux individuellement.

Baley acquiesça :

— Oui, je suppose que le besoin d'affection est quelque chose dont ils ne peuvent se passer.

Klorissa fronça les sourcils et répéta d'un ton brusque :

— Les bébés ont besoin d'attention.

Mais Baley, suivant son idée :

— Je suis assez étonné que des robots puissent satisfaire les besoins affectifs des nourrissons.

Klorissa se détourna, la distance les séparant ne lui suffisait pas pour masquer son mécontentement.

— Écoutez, Baley, si c'est dans l'espoir de me choquer que vous vous montrez aussi grossier, vous vous fourvoyez complètement. Cieux éternels ! Ne faites donc pas l'enfant.

— Vous choquer ?

— Oh ! Moi aussi, je peux utiliser ce mot : affection. Là. Et si vous voulez un mot plus court, un mot de cinq lettres, n'ayez crainte : je sais le dire aussi : A-M-O-U-R : AMOUR... Et maintenant que vous voilà purgé, conduisez-vous correctement.

Baley négligea de poursuivre ces débats sur les mots, obscènes ou non.

— Est-ce que les robots peuvent leur dispenser l'attention nécessaire ? dit-il.

— C'est aussi visible qu'un nez au milieu d'une figure, non ? Ou alors pourquoi cette ferme réussit-elle si bien ? Oui, les robots chahutent avec les enfants ; ils les embrassent, ils les dorlotent. Les gosses, eux, se fichent que ce soit des robots ou pas. Mais les choses deviennent plus critiques de trois à dix ans.

« Pendant cette période, les enfants prétendent jouer les uns avec les autres, à leur gré, sans discrimination.

— Vous les laissez faire, je pense.

— Il le faut bien, hélas ! mais nous n'oublions jamais que notre devoir est de leur enseigner les obligations de l'adulte. Chacun a sa chambre individuelle, que l'on peut fermer. Dès le début, même, ils doivent dormir tout seuls : nous y veillons. Et tous les jours ils doivent, par stéréovision seulement, pendant la plus grande partie de la semaine, pratiquer un moment de solitude dont la durée s'accroît à mesure qu'ils grandissent. Lorsqu'un enfant atteint dix ans, il est capable de jouer. Oh ! bien sûr, les équipements de stéréovision sont très complets. Les gosses peuvent se visionner à l'extérieur, déplacer leur champ de vision, et cela toute la journée durant.

— Je suis vraiment très étonné que vous puissiez réfréner leur instinct d'une façon aussi poussée ; néanmoins, vous y êtes arrivés, je m'en rends compte, mais n'en suis pas moins surpris.

— Quel instinct ? s'étonna Klorissa.

— L'instinct grégaire : il n'y en a qu'un, d'ailleurs. Vous reconnaissez vous-même que dans leur prime enfance ils tiennent à jouer les uns avec les autres.

— C'est ça que vous appelez l'instinct ? dit Klorissa en haussant les épaules. Et même si c'en est un, après tout ! Un enfant éprouve bien une peur instinctive du vide sous lui. Mais on peut entraîner des adultes à travailler sur des points élevés, même s'ils sont sans arrêt dans une position où ils risquent la chute. N'avez-vous jamais vu de funambules évoluer sur un fil au-dessus du vide ? Il y a des mondes où les gens vivent dans des bâtisses d'une hauteur ahurissante. D'ailleurs, les enfants ont également peur, d'une façon irraisonnée, des bruits forts et soudains. Et vous, en avez-vous peur ?

— Non, répondit Baley, à condition que ce bruit soit normal.

— Je vous parie tout ce que vous voulez que les habitants de la Terre ne pourraient pas dormir s'il n'y avait aucun bruit. Cieux éternels ! Il n'y a pas d'instinct chez l'être humain qui ne cède en face d'une éducation rationnelle de l'homme ; les instincts sont beaucoup trop atténués.

« En réalité, quand on sait s'y prendre, l'éducation devient de plus en plus facile à chaque génération : vous savez, l'hérédité des caractères acquis pendant l'évolution.

— Qu'est-ce encore que cela ? s'écria Baley.

— Vous ne voyez pas, vraiment ? Bon, chaque individu, en se développant, passe par tous les stades de l'évolution ! Ces fœtus que vous voyez, là-bas, ont des branchies et une queue. Cela ne dure qu'un temps, mais on ne peut l'éviter. De même, les jeunes doivent passer par le stade de la vie de groupe comme les animaux. Mais ces fœtus réalisent, en un mois, ce que l'évolution a accompli en quelque cent millénaires. Pourquoi les enfants ne pourraient-ils « brûler » ce stade tribal ? Le Dr Delmarre professait qu'au cours des générations cette éducation sociale durerait de moins en moins.

— Vraiment ?

— Dans trois mille ans, estimait-il, si la courbe des progrès réalisés reste constante, nous aurons des enfants qui « mordront » à la stéréovision immédiatement. Le patron avait d'autres idées aussi dans le domaine éducatif. Il s'employait à améliorer les robots, au point que ces derniers puissent corriger les enfants, le cas échéant, sans se névroser. Et pourquoi pas ? Une correction aujourd'hui pour que la vie soit meilleure demain représente le véritable esprit de la Première Loi. Mais allez faire rentrer ça dans une caboche de robot !

— A-t-il réussi à construire de tels robots, jusqu'à présent ?

Klorissa secoua la tête :

— Je crois bien que non. Mais le Dr Delmarre et Leebig travaillaient dur dans ce sens, sur des modèles expérimentaux.

— Est-ce que le Dr Delmarre s'était fait envoyer quelques-uns de ces prototypes à son domaine ? Était-il assez au courant de la robotique pour se livrer, en personne, à des expériences ?

— Oh ! oui. C'est souvent qu'il expérimentait les robots.

— Savez-vous qu'au moment de son assassinat il y avait un robot avec lui ?

— Je me le suis laissé dire.

— Savez-vous de quel modèle il s'agissait ?

— Demandez à Leebig. Comme je vous l'ai dit, c'est lui le roboticien qui travaillait avec le Dr Delmarre.

— Mais vous, savez-vous quelque chose sur ce robot ?

— Rien de rien.

— Si quelque idée vous venait à l'esprit, faites-le-moi savoir.

— D'accord. Ne pensez pas, d'ailleurs, que les prototypes de robots étaient la seule préoccupation du Dr Delmarre. Il répétait à qui voulait l'entendre qu'un jour viendrait où l'on conserverait, dans des « Banques », à la température de l'air liquide, des ovules non encore fertilisés. On les utiliserait ensuite pour l'insémination artificielle. Aussi pourrait-on, réellement, appliquer toutes les règles de l'eugénisme et nous débarrasser, une fois pour toutes, des derniers vestiges de la présence effective. Je suis loin, moi, de souscrire à ses théories jusqu'à un point pareil. Mais il avait des idées avancées. C'était vraiment un très bon Solarien !

Elle ajouta, très vite :

— Voulez-vous venir faire un tour dehors ? Les enfants de cinq à huit ans sont encouragés à jouer à l'extérieur et vous pourrez les voir s'y adonner.

— Je vais essayer, répondit Baley prudemment. Il se peut que je doive rentrer très précipitamment à l'intérieur.

— Oui, j'oublie toujours ! Peut-être, après tout, préférez-vous rester dedans.

— Non, dit Baley avec un sourire contraint. Il me faut m'éduquer moi aussi. Je vais essayer de m'habituer au grand air.

Le vent était difficile à supporter, rendant la respiration pénible. Ce n'était pas qu'il faisait froid dans l'acception thermométrique du terme. Non, mais cette sensation d'avoir le visage balayé, les vêtements plaqués au corps, donnait des frissons à Baley.

Ses dents se mirent à claquer lorsqu'il essaya de parler et il dut littéralement s'arracher les mots de la bouche, un à un. Ses yeux lui faisaient mal, tant son regard portait loin sur un horizon vert embrumé de bleu. Regarder le sentier juste en avant de son pied ne lui apportait qu'un soulagement temporaire et limité. Mais, surtout, il évitait de lever la tête, de regarder le ciel bleu et vide, avec seulement quelques petits nuages blancs qui se donnaient la chasse, de faire face aux feux étincelants du soleil sans voile.

Néanmoins, il réussit à refréner ce besoin inné de courir, de revenir au plus tôt à un endroit bien clos.

Il passa devant un arbre alors qu'il suivait Klorissa à une dizaine de pas et ne put s'empêcher d'avancer prudemment la main pour le toucher. C'était rugueux, ferme au toucher. Plus haut les frondaisons bruissaient et s'agitaient dans la brise, mais il n'osa pas lever les yeux pour regarder : un arbre qui vivait !

— Comment vous sentez-vous ? lui cria Klorissa.

— Ça va, ça va.

— D'ici vous pouvez voir un groupe de gosses. Ils sont occupés à Dieu sait quel jeu. Ce sont les robots qui organisent les jeux et qui veillent à ce que ces petites brutes ne s'arrachent pas les yeux. C'est un risque à courir, vous savez, quand ils sont en présence effective.

Baley releva lentement les yeux ; regardant le chemin cimenté, puis l'herbe du terrain de jeux, la pente vallonnée, portant son regard de plus en plus loin, avec précaution, prêt à contempler de nouveau la pointe de ses souliers, à la moindre alerte, au moindre sentiment de peur, tâtonnant du regard.

Il y avait de minuscules silhouettes de garçons et de filles courant à perdre haleine, sans se douter que leur course se déroulait à l'extrême périphérie d'un monde. Au-dessus, rien d'autre que l'air et que l'éther. Tantôt on entendait le cliquetis d'un robot se déplaçant parmi leur cohue enfiévrée. Le bruit qu'ils faisaient était un vague piaillement incompréhensible et lointain.

— Ils adorent ça, dit Klorissa. Se pousser, se tirer, se bagarrer, tomber, se relever. Bref, entrer en contact les uns avec les autres. Cieux éternels ! Comment les enfants arrivent-ils à grandir, à devenir de grandes personnes ?

— Que font ceux-là ? dit Baley. Ils me paraissent plus âgés.

Il désignait un groupe d'enfants isolés qui se tenaient sur le côté.

— Ils regardent par stéréovision. Ils ne participent pas en présence effective. Mais, par stéréo, ils peuvent marcher, bavarder, courir et jouer de concert. Ils peuvent tout, à condition de ne pas être physiquement en contact.

— Et où vont ces enfants quand ils sortent d'ici ?

— Dans leur domaine à eux. Dans l'ensemble, le nombre des décès équilibre le nombre des adultes que nous avons formés.

— Dans le domaine de leurs parents ?

— Cieux éternels ! Non ! Ce serait une coïncidence stupéfiante, ne pensez-vous pas, qu'un père et une mère meurent juste au moment où leur rejeton atteint sa majorité. Non. Les enfants prennent le premier domaine libre. Je ne crois pas d'ailleurs qu'aucun d'eux serait très heureux de devoir habiter une demeure où vécurent ses parents. A condition, bien sûr, qu'il ait su qui étaient ses parents.

— Parce qu'ils ne le savent pas ?

— Pourquoi diable devraient-ils le savoir ? répondit-elle en fronçant les sourcils.

— Les parents ne viennent jamais voir leurs enfants ici ?

— Ah ! Vous alors ! Quel entêtement ! Mais pourquoi en éprouveraient-ils l'envie ?

— Excusez-moi de vous poser cette question, reprit Baley, mais j'aimerais bien élucider une bonne fois ce problème. Est-ce impoli de demander à quelqu'un s'il a des enfants ?

— C'est une question assez intime, ne trouvez-vous pas ?

— Oui, si vous voulez.

— Moi, je suis endurcie. Ma profession m'oblige à m'occuper des enfants. Mais les autres personnes n'ont pas mon entraînement.

— Et vous, avez-vous des enfants ? demanda Baley.

Klorissa sembla éprouver des difficultés à déglutir.

— Je l'ai bien cherché, il me semble. Et vous, vous voulez une réponse ? Non, je n'en ai pas.

— Êtes-vous mariée ?

— Oui ; j'ai même un domaine à moi, et croyez bien que j'y serais actuellement s'il n'y avait pas eu cet accident. Je n'ai pas assez confiance en moi pour savoir contrôler les robots si je ne suis pas là en personne.

Elle se détourna, l'air malheureux, et, lui montrant un enfant du doigt :

— Tenez ! En voilà un qui s'est flanqué par terre ! Et bien sûr il braille !

Un robot se précipitait déjà à grandes enjambées.

— Et voilà ! gémit Klorissa. Il va relever le gamin, le dorloter, et s'il y a vraiment de la casse, c'est à moi qu'on fera appel ! (Et elle ajouta nerveusement :) J'espère que non.

Baley prit une large gorgée d'air. Il avait remarqué, sur sa gauche, trois arbres qui formaient un petit triangle. Il marcha dans cette direction, sentant l'herbe souple et répugnante sous ses chaussures, écœurante de mollesse. (C'était comme de marcher sur des chairs en putréfaction, et cette sensation le fit presque vomir.)

Enfin, il était entre les arbres, adossé au tronc de l'un d'eux. En quelque sorte, il se sentait entouré de murs, insuffisants, certes, mais des murs tout de même. Le soleil n'était plus qu'un scintillement inconstant, tamisé par les feuilles au point d'être dépourvu de son éclat redoutable.

Klorissa, du chemin, le regarda faire, puis se rapprocha lentement de lui, jusqu'à mi-distance.

— Cela ne vous dérange pas, si je reste un moment ici ? demanda Baley.

— Faites donc ! répondit-elle.

— Mais une fois que les jeunes sont sortis, avec leur diplôme, de votre « ferme », dit Baley, comment arrivez-vous à les faire se fréquenter ?

— Se fréquenter ? Que voulez-vous dire ?

— Eh bien, qu'ils apprennent à se connaître, dit Baley, qui se demandait bien comment exprimer son idée en termes corrects mais explicites, pour pouvoir se marier.

— Ils n'ont pas à se préoccuper de ces questions-là, dit Klorissa, on les marie d'après leur programme génétique, en général quand ils sont très jeunes. C'est la manière la plus rationnelle d'agir, ne croyez-vous pas ?

— Sont-ils toujours d'accord ?

— Pour se marier ? Jamais. C'est un tel traumatisme. Il leur faut d'abord s'habituer l'un à l'autre, se voir un peu chaque jour. Mais avec le temps, une fois les premières peurs surmontées, on obtient des merveilles.

— Mais s'ils n'aiment absolument pas leur partenaire ?

— Et alors ? Si l'analyse génétique indique que cette union est souhaitable, quelle différence cela peut-il...

— Bon, bon ! J'ai compris, fit Baley précipitamment.

Il pensa à ce qui se passait sur Terre et poussa un gros soupir.

— Y a-t-il autre chose que vous désiriez savoir ? dit Klorissa.

Baley se demanda s'il avait intérêt à prolonger sa visite. Il n'aurait pas été fâché d'en avoir fini avec Klorissa et la fœtologie en général, pour se consacrer à un autre aspect de l'enquête. Mais il n'avait pas encore ouvert la bouche pour lui signifier la fin de l'entretien que Klorissa interpellait une vague silhouette dans le lointain.

— Eh toi, le gosse là-bas ! Qu'est-ce que tu fabriques là ? (Puis, sans se retourner :) Terrien ! Baley ! Attention ! Atten...

Baley l'entendit à peine, mais réagit au ton anxieux de sa voix. La tension nerveuse qui lui avait permis de maîtriser ses émotions céda d'un seul coup et Baley s'abandonna à la panique. Toutes ses terreurs de l'air libre et de l'infinie voûte des cieux se déchaînèrent dans son esprit.

Il se mit à délirer. Il s'entendait proférer des sons inarticulés, sans signification. Il se sentit tomber sur les genoux, puis basculer sur le côté comme s'il avait été un témoin assistant de loin à la scène.

Il entendit, comme dans un rêve, un chuintement rapide au-dessus de sa tête, suivi d'un claquement sec.

Baley ferma les yeux. Ses doigts agrippèrent une mince racine qui affleurait la surface du sol, tandis que ses ongles griffaient la terre.

Il rouvrit les yeux (quelques instants après, sans doute). Klorissa était en train d'admonester un jeune garçon qui restait à quelques pas. Un robot, silencieux, se tenait à côté de Klorissa. Baley eut juste le temps de remarquer que le gamin tenait un objet muni d'une ficelle dans sa main, avant que ses yeux se révulsent.

Respirant avec difficulté, Baley réussit tout de même à se remettre debout. Il contempla le dard de métal luisant qui était resté planté dans l'arbre auquel Baley s'était adossé. Il le retira et la flèche vint sans difficulté : elle n'était pas entrée très profondément. Il regarda la pointe, mais sans y toucher. Elle était émoussée, mais elle eût suffi à lui percer la peau s'il n'était pas tombé à terre.

Il s'y reprit à deux fois pour se déplacer : il s'avança d'un pas vers Klorissa, et appela :

— Vous ! hé, vous, le garçon !

Klorissa se retourna, le visage empourpré :

— C'était un accident. Vous n'êtes pas blessé ?

— Non ! Qu'est-ce que c'est que ce machin-là ?

— C'est une flèche. On la lance avec un arc ; la tension de la corde fournit l'énergie nécessaire à la propulsion.

— On fait comme ça, dit le gamin, avec un parfait cynisme, en décochant une autre flèche en l'air.

Puis il éclata de rire. Il avait des cheveux blonds, le corps souple et agile.

— Tu seras puni. Maintenant file, dit Klorissa.

— Attendez un instant ! s'écria Baley en se frottant le genou qu'il avait meurtri en cognant une pierre lorsqu'il était tombé. J'ai quelques questions à lui poser. Comment vous appelez-vous ?

— Bik, répondit le garçon avec insouciance.

— C'est vous qui m'avez lancé cette flèche, Bik ?

— Exactement.

— Vous rendez-vous compte que vous m'auriez touché si l'on ne m'avait averti à temps pour que j'esquive ?

Bik haussa les épaules :

— C'est vous toucher que je voulais.

Klorissa se mêla brusquement à la conversation :

— Il faut que je vous explique : le tir à l'arc est un sport que nous encourageons. C'est un sport de compétition qui n'exige pas de contact humain. Nous avons des concours de tir entre les garçons, en n'utilisant que la stéréovision. D'accord, je crois bien que certains des garçons s'exercent à viser les robots : cela les amuse et ne gêne pas les robots. Comme je suis le seul être humain de toute la ferme, lorsque ce garçon vous a vu, il a dû vous prendre pour un robot.

Baley écoutait. Son esprit commençait à se clarifier et l'amertume habituelle de son visage allongé se marqua plus encore.

— Bik, dit-il, pensiez-vous que j'étais un robot ?

— Non, dit le gamin. Vous êtes un Terrien.

— Parfait. Vous pouvez partir maintenant.

Bik tourna les talons avec désinvolture et s'en fut en sifflotant. Quant à Baley, il s'adressa cette fois au robot.

— Et vous ? Comment se fait-il que ce gamin ait su que j'étais un Terrien ? N'étiez-vous pas avec lui lorsqu'il a décoché cette flèche ?

— J'étais avec lui, maître. C'est moi qui lui ai dit que vous étiez un Terrien.

— Lui avez-vous expliqué ce qu'est un Terrien ?

— Oui, maître.

— Bon. Alors, qu'est-ce donc qu'un Terrien ?

— Un espèce inférieure d'humains que l'on n'aurait jamais dû admettre sur Solaria, parce qu'elle apporte des maladies, maître.

— Qui est-ce qui vous a raconté ça, mon garçon ?

Le robot conserva le silence.

— Savez-vous qui vous l'a dit ? reprit Baley.

— Non, maître. Simplement mon bloc de références.

— Bon, passons. Donc, vous avez dit à ce garçon que j'étais un être inférieur, porteur de germes épidémiques. Aussitôt, il m'a lancé une flèche. Pourquoi ne l'en avez-vous pas empêché ?

— Je l'aurais bien empêché, maître. Je n'aurais laissé aucun mal survenir à un être humain, même à un Terrien. Mais il a agi trop vite et je n'ai pu réagir assez tôt.

— Peut-être pensiez-vous qu'après tout je n'étais qu'un Terrien, pas tout à fait un être humain. Aussi avez-vous hésité un instant ?

— Non, maître.

Ceci dit avec le calme et l'impassibilité habituels, mais Baley eut un triste rictus. En toute bonne foi, le robot pouvait nier une telle pensée, néanmoins Baley se rendait trop bien compte que c'était là le facteur crucial.

— Que faisiez-vous avec ce garçon ? continua Baley.

— Je portais ses flèches, maître.

— Puis-je les voir ?

Il tendit la main. Le robot s'approcha et lui en remit une douzaine. Baley déposa soigneusement à ses pieds la première flèche, celle qui s'était fichée dans l'arbre et examina les autres, une à une. Puis il les rendit au robot et reprit la première flèche en main.

— Pourquoi avez-vous donné précisément cette flèche au garçon ? demanda Baley.

— Aucune raison déterminée, maître. L'enfant m'avait demandé une flèche quelques instants plus tôt et il s'est trouvé que c'est celle-là que ma main a prise en premier. Le garçon cherchait une cible : il vous a remarqué et m'a demandé qui était cet étrange être humain. Je lui ai dit...

— Oui, je sais ce que vous lui avez dit. Mais expliquez-moi plutôt pourquoi cette flèche que vous lui avez tendue est la seule à empennage gris. Toutes les autres ont un empennage noir.

Le robot se contenta de le regarder, sans un mot.

— C'est vous qui avez conduit le garçon par ici ? continua Baley.

— Nous avons marché au hasard, maître.

Le Terrien regarda l'intervalle séparant les deux arbres par où la flèche était passée en filant droit sur son but, et demanda :

— Est-ce que, par hasard, ce garçon, Bik, ne serait pas le meilleur archer que vous ayez ici ?

Le robot inclina la tête :

— C'est le meilleur, oui, maître.

Klorissa en resta bouche bée :

— Comment diable avez-vous pu le deviner ?

— C'était forcé, dit Baley sèchement. Observez, je vous prie, cette flèche à empennage gris, d'un côté, et les autres. Elle est la seule à avoir la pointe légèrement luisante, comme passée à l'huile. Excusez-moi si je vous parais mélodramatique, madame, mais j'ose dire que votre avertissement m'a sauvé la vie. Cette flèche, qui m'a manqué de si peu, a été empoisonnée.

13

Un roboticien rébarbatif

— C'est impossible, s'écria Klorissa. Cieux éternels ! C'est radicalement impossible.

— Qu'ils soient éternels, éphémères ou patafiolés, à votre goût ! Simplement y a-t-il un animal dans cette ferme que l'on puisse sacrifier ? Si oui, prenez-le, égratignez-le avec cette flèche. On verra bien le résultat.

— Mais pourquoi est-ce qu'on voudrait attenter... ?

— Moi, je sais pourquoi, dit Baley d'un ton bourru. Mais j'aimerais savoir qui.

— Personne.

Baley sentit ses vertiges revenir. Il devint franchement violent et lança la flèche aux pieds de Klorissa. Elle regarda d'un œil hébété l'endroit où le dard était tombé.

— Mais ramassez-la donc ! s'écria Baley. Et si vous ne voulez pas faire l'expérience que je vous ai indiquée, détruisez-moi cet engin. Mais si vous le laissez là, vous aurez un accident parce que les gosses le trouveront.

Elle ramassa la flèche précipitamment, la tenant entre le pouce et l'index.

Baley se précipita vers la porte du bâtiment le plus proche et Klorissa tenait toujours la flèche avec précaution, en le suivant à l'intérieur.

Baley sentit son calme lui revenir peu à peu en se trouvant de nouveau confortablement entre des murs.

— Qui a empoisonné cette flèche ? dit-il.

— Je n'en ai pas la moindre idée.

— Je crois fort improbable que ce soit le gosse lui-même qui l'ait fait. Y a-t-il un moyen quelconque de savoir qui sont ses parents ?

— On peut regarder aux archives, dit Klorissa, lugubre.

— Alors, donc, vous avez des archives concernant les parentés.

— Il le faut bien pour les analyses de chromosomes.

— Et le jeune garçon, peut-il savoir qui étaient ses parents ?

— Jamais de la vie, déclara Klorissa avec énergie.

— N'y a-t-il aucune possibilité qu'il y parvienne ?

— Il lui faudrait entrer par effraction dans la salle des archives. La probabilité est nulle.

— Supposons qu'un adulte vienne visiter cette ferme et désire savoir quel enfant est de lui.

Klorissa rougit jusqu'aux oreilles :

— C'est invraisemblable !

— Je vous ai dit : « Supposons ». Est-ce qu'on le lui dirait s'il le demandait ?

— Je n'en sais rien. Ce n'est pas que ce soit illégal qu'il l'apprenne. Mais ce n'est certainement pas courant.

— Et vous, est-ce que vous le lui diriez ?

— Je ferais mon possible pour éluder ses questions. Je sais, en tout cas, que le Dr Delmarre ne l'aurait pas dit. Il était d'avis que la connaissance des liens de parenté était seulement utile aux analyses génétiques. Peut-être, avant lui, les choses se passaient-elles d'une manière différente.

« Pourquoi me demandez-vous tout cela, d'ailleurs ?

— Je n'arrive pas à concevoir que ce gosse, par lui-même, ait eu un motif d'attenter à ma vie. Je pensais que ses parents pouvaient lui en avoir fourni un.

— Tout ceci est horrible. (Dans son désarroi, Klorissa s'approcha de lui plus qu'elle ne l'avait jamais fait auparavant. Elle étendit même le bras dans sa direction :) Comment tout cela peut-il arriver ? Le patron tué. Vous, qui manquez de l'être. Et pourtant, sur Solaria, nous n'avons pas de motifs pour nous livrer à la violence. Nous avons tous tout ce que nous pouvons désirer : il n'y a donc pas d'ambition personnelle. Nous ignorons tout de nos liens de parenté : il n'y a donc pas d'ambition familiale. Nous sommes tous génétiquement sains.

Son visage se rasséréna d'un seul coup :

— Un instant. Cette flèche ne peut pas avoir été empoisonnée. Vous n'arriverez pas à m'en persuader maintenant.

— Qu'est-ce qui vous a brusquement convaincue de mon erreur ?

— Le robot était avec Bik. Il n'aurait jamais autorisé qu'une flèche soit empoisonnée. Il est inconcevable qu'il puisse avoir fait quelque chose qui mette en danger un être humain. Le Première Loi de la Robotique y a amplement pourvu.

— Vraiment, dit Baley. Je me demande bien, moi, ce qu'elle raconte, cette Première Loi.

Klorissa le regarda d'un air ahuri :

— Que voulez-vous dire ?

— Rien, laissons cela. Faites l'expérience que je vous ai indiquée, vous verrez que cette flèche est empoisonnée.

La question d'ailleurs n'intéressait que médiocrement Baley. Il savait que la flèche était empoisonnée et considérait cette histoire comme close. Il ajouta simplement :

— Êtes-vous toujours persuadée que Mme Delmarre soit coupable du meurtre de son mari ?

— Elle était la seule personne présente.

— Hon, hon ! Je vois. Mais vous êtes, vous, le seul adulte humain en ces lieux au moment même où l'on me décoche une flèche empoisonnée.

— Mais je n'ai rien à y voir ! s'écria-t-elle avec la dernière énergie.

— Peut-être que oui, peut-être que non. Peut-être aussi Mme Delmarre est-elle innocente ?... Puis-je me servir de votre appareil de stéréovision ?

— Oui, bien sûr. Faites donc.

Baley savait exactement qui il voulait contacter par stéréovision : ce n'était certes pas Gladïa. Aussi fut-il tout surpris de s'entendre demander au robot : « Mettez-moi en communication avec Gladïa Delmarre. »

Le robot obéit, sans commentaire, et Baley le regarda procéder aux diverses manipulations, l'esprit ailleurs. Il n'arrivait pas à se figurer pourquoi il avait donné cet ordre.

Était-ce parce que le cas de la jeune femme venait juste d'être discuté ? Était-ce parce que la conclusion de leur précédent entretien l'avait perturbé, ou simplement était-ce de voir, en face de lui, depuis un moment, la silhouette robuste, massive et exagérément rustique de Klorissa : pour contrecarrer l'agacement qu'elle lui causait, son subconscient l'avait décidé à se reposer les yeux en contemplant la gracieuse féminité de Gladïa.

Il se chercha des excuses : « Jehoshaphat ! Il faut bien, de temps à autre, se laisser aller à ses impulsions ! »

Gladïa fut en face de lui d'un seul coup : elle était assise dans un grand fauteuil bergère qui la faisait paraître encore plus gracile et menue que jamais. Ses cheveux étaient rejetés en arrière et tordus en une espèce de chignon lâche. Elle portait des pendants d'oreilles en pierres précieuses : des diamants, semblait-il ; sa robe, toute simple, se fronçait à la taille.

— Je suis heureuse que vous m'ayez contactée, Elijah ! dit-elle d'une voix sourde. J'ai moi-même essayé plusieurs fois, mais sans succès.

— Bonjour, Gladïa. (Au fait, était-ce le matin, l'après-midi, le soir ? Il ignorait l'heure qu'il pouvait être sur le domaine de Gladïa et la tenue qu'elle portait ne pouvait lui fournir le moindre éclaircissement.) Et pourquoi avez-vous essayé de me contacter ?

— Oh ! pour vous dire que je regrettais de m'être mise en colère, vous savez, la dernière fois... Et M. Olivaw n'a pu me dire où je pouvais vous toucher.

— Oui, bien sûr. Ce n'est pas grave. De toute façon, je vais venir vous voir dans un moment.

— Bien sûr... hein, me voir ?

— Oui, en chair et en os, moi-même, dit Baley gravement.

Ses yeux s'agrandirent et elle enfonça ses ongles dans la matière souple recouvrant le fauteuil.

— Mais, quelle raison y a-t-il à cela ?

— C'est nécessaire.

— Mais je ne pense pas que...

— Acceptez-vous, oui ou non ?

Elle détourna les yeux :

— C'est absolument nécessaire, c'est vrai ?

— Oui. Mais tout d'abord, j'ai quelqu'un d'autre à voir. Votre mari s'intéressait aux robots. Vous me l'avez dit et j'en ai eu confirmation par d'autres personnes. Mais ce n'était pas un roboticien, n'est-ce pas ?

— Ce n'était pas sa profession, Elijah.

Néanmoins, elle continuait d'éviter son regard.

— Mais il travaillait avec un roboticien, non ?

— Jothan Leebig, dit-elle aussitôt. C'est un bon ami à moi.

— C'est un ami à vous ? reprit Baley, en appuyant sur les mots.

Gladïa parut surprise :

— N'aurais-je pas dû dire cela ?

— Pourquoi pas, si c'est la vérité ?

— Toujours, semble-t-il, il faut que je dise des choses pouvant faire croire à ma... Vous ne pouvez pas savoir ce que c'est quand tous les gens vous croient coupable d'un crime.

— Allons, allons. Calmez-vous. Comment se fait-il que Leebig soit un ami à vous ?

— Eh bien, il vit sur le domaine juste à côté. C'est déjà un point. L'énergie nécessaire pour la stéréovision est quasi nulle : aussi avons-nous la possibilité de nous trouver ensemble par stéréovision toute la journée, dans n'importe quel endroit, quand nous le voulons, sans aucune difficulté. Nous faisons de longues promenades ensemble ; oui, enfin, nous en faisions autrefois.

— Je n'aurais jamais pensé que vous puissiez vous promener avec qui que ce soit.

Gladïa rougit jusqu'à la racine des cheveux.

— Mais je vous ai dit : par stéréovision ! Oh ! j'oublie toujours que vous êtes un Terrien. Bon, alors, que je vous explique : la vision par déplacement libre s'effectue par une mise au point uniquement centrée sur la personne, ainsi pouvons-nous aller où nous voulons, sans interrompre la liaison. Je me promène dans mon domaine, lui dans le sien, et pourtant nous nous promenons ensemble.

Et redressant le menton :

— C'est d'ailleurs très agréable !

Brusquement, elle eut un petit rire :

— Ce pauvre Jothan !

— Pourquoi : pauvre ?

— Je viens de me rendre compte de ce que vous pensiez tout à l'heure : nous promener ensemble, sans utiliser la stéréovision. Il en mourrait s'il savait que quelqu'un a pu s'imaginer pareille chose !

— Pourquoi ?

— Dans ce domaine-là, il est impossible. Il m'a raconté qu'il a cessé de voir les gens en présence effective alors qu'il avait à peine cinq ans. Il ne voulait entretenir de rapports avec eux que par stéréovision. Il y a des enfants comme ça. Rikaine (elle s'arrêta, toute confuse, puis reprit :) Oui, Rikaine, mon mari, m'a expliqué, un jour où je lui avais parlé de Jothan, qu'au fur et à mesure il y aurait de plus en plus d'enfants comme lui. Il m'a raconté que c'était dû à une espèce d'évolution favorisant la sélection des êtres agoraphobes. Qu'en pensez-vous ?

— Je ne saurais vous dire, je suis d'une ignorance totale en ce domaine.

— Jothan n'a même pas voulu se marier, Rikaine lui a fait une scène à ce propos, l'a accusé d'être un élément asocial, puisqu'il avait des éléments génétiques nécessaires au fonds commun qu'il se refusait à laisser utiliser. Mais Jothan n'a rien voulu entendre.

— Mais, a-t-il le droit de refuser de se marier ?

— Non, je ne crois pas, dit Gladïa en hésitant. Mais c'est un roboticien de tout premier ordre, vous savez, et les ingénieurs en cette matière sont très influents sur Solaria. Je pense qu'on lui a fait un passe-droit en ergotant sur les textes. C'est, à mon avis, la raison pour laquelle Rikaine allait cesser de travailler avec Jothan. Il m'a dit, un jour, que Jothan était un mauvais Solarien.

— Est-ce qu'il l'a dit à Jothan ?

— Je l'ignore. En tout cas, jusqu'à sa fin, il travaillait toujours avec lui.

— Il estimait que Jothan était un mauvais Solarien parce qu'il refusait de se marier ?

— Rikaine m'a dit, un jour, que le mariage était la pire épreuve que vous réservait la vie, mais que, néanmoins, il fallait l'accepter.

— Et vous, qu'en pensez-vous ?

— Qu'est-ce que je pense de quoi, Elijah ?

— Eh bien, du mariage. Pensez-vous que ce soit la pire épreuve dans une vie ?

Son visage devint progressivement inexpressif, comme si elle s'efforçait de le vider de tout sentiment :

— Je n'y ai jamais songé, dit-elle.

— Vous m'avez dit tout à l'heure que vous faites des promenades en compagnie de Jothan, continua Baley. Puis vous vous êtes reprise et avez mis le verbe au passé. Je dois donc conclure que vous n'avez plus l'occasion de faire ces promenades, n'est-ce pas ?

Gladïa secoua négativement la tête : de nouveau, son visage exprimait ses sentiments qui, pour l'instant, se résumaient à un seul : une profonde tristesse.

— Non ! l'occasion ne s'est plus présentée. Je l'ai contacté une fois ou deux, mais il semblait toujours être plongé en plein travail et je n'ai pas voulu... Vous comprenez ?

— Est-ce ainsi depuis la mort de votre mari ?

— Non. Antérieurement. Quelques mois avant ce décès.

— Pensez-vous que le Dr Delmarre lui ait ordonné de ne plus s'occuper de vous ?

Gladïa parut toute surprise :

— Pourquoi l'aurait-il fait ? Ni Jothan ni moi ne sommes des robots : nous n'aurions pas accepté d'ordre, et d'ailleurs il ne lui serait pas venu à l'idée d'en donner.

Baley n'essaya même pas de lui expliquer pourquoi. Il n'aurait pu le faire qu'en se rapportant à des références terrestres, ce qui n'aurait rien éclairci pour Gladïa. Et même si elle y avait vu un peu clair, elle n'en aurait été que plus choquée.

— Bah ! Je voulais simplement savoir, Gladïa, dit Baley. Je vous contacterai de nouveau après en avoir fini avec Leebig. Quelle heure est-il à propos ?

Il regretta aussitôt sa question. Les robots lui auraient répondu

suivant les normes solariennes et Baley était fatigué de révéler à tout instant l'étendue de son ignorance.

Mais, heureusement, Gladïa, comme une femme terrienne, répondit en termes imprécis :

— Le milieu de l'après-midi.

— Ceci est valable également pour le domaine de Leebig ?

— Oui, bien sûr.

— Parfait. Je vous contacterai de nouveau dès que possible et nous conviendrons alors des modalités de l'entrevue effective.

De nouveau, elle parut s'effaroucher :

— Est-ce vraiment bien nécessaire ?

— Oui. Très.

— Bon, alors... répondit-elle à voix basse.

Il fallut un certain temps pour établir la liaison avec Leebig et Baley en profita pour absorber un autre sandwich, qui lui fut apporté scellé dans son emballage d'origine. Mais il était devenu encore plus méfiant et vérifia très soigneusement le sachet et la fermeture avant d'ouvrir, puis inspecta le contenu avec mille précautions.

Il accepta du lait conditionné et déchira un coin du récipient avec ses dents. Il but, à même, le liquide glacé. Tout au fond de son esprit s'agitaient des pensées moroses : il y avait des poisons inodores, indécelables au goût, agissant avec retard, qu'il était facile d'introduire d'une façon presque invisible grâce à une seringue hypodermique ou à un pulvérisateur à haute vélocité. Il se morigéna et refoula ces idées comme relevant d'un pur infantilisme.

Jusqu'à présent, le meurtre et les différentes tentatives de meurtre avaient été commis de la façon la plus directe. Il n'y avait pas de raffinements, pas de subtilité, lorsqu'on vous assenait un coup sur la tête, qu'on déversait dans un seul verre assez de poison pour liquider une douzaine d'hommes, ou qu'on vous décochait une flèche empoisonnée.

Puis des pensées à peine moins lugubres vinrent le hanter : tant qu'il continuerait à passer sans transition d'un fuseau horaire à l'autre, il avait peu de chance de prendre des repas normaux. Ni non plus, si ces démarches devaient continuer, de prendre un tant soit peu de repos.

Le robot s'approcha de lui :

— Le Dr Leebig vous invite à ne l'appeler que demain. Il est occupé actuellement par un travail important.

Baley bondit sur ses pieds et hurla :

— Allez dire à cet individu que...

Il s'arrêta net. Ce n'était pas la peine de hurler en s'adressant à un robot. Oui, enfin, on pouvait crier, si l'envie vous en prenait, mais on n'obtenait pas plus de résultat, ni plus rapidement qu'en chuchotant.

Il reprit le ton de la conversation :

— Allez dire au Dr Leebig, ou à son robot, si vous n'avez pu contacter que ce dernier, que j'enquête sur le meurtre d'un homme qui travaillait avec lui et qui était un bon Solarien. Dites-lui également

qu'il va prendre maintenant guérira ses crampes au bout d'un moment ? Et vous voudriez qu'un robot soit capable de concevoir de pareilles subtilités ?

« Le châtiment qu'un robot inflige à un enfant déclenche une énergie puissante et destructrice qui agit sur le cerveau positronique. Pour y faire échec, par une énergie égale, mais de raison inverse, qui soit mise en œuvre par l'anticipation d'intérêt, il faut tant de circuits et de condensateurs que cela équivaudrait à augmenter de moitié la masse du cerveau positronique, sauf si l'on sacrifie d'autres capacités.

— Vous n'avez donc pas réussi à construire un robot de ce genre ?

— Non. Il est improbable que j'y réussisse jamais, ni personne d'ailleurs.

— Le Dr Delmarre expérimentait-il un prototype de robot de ce genre au moment de sa mort ?

— Pas un robot de ce genre, non. Nous nous intéressions aussi à des questions plus réalisables.

Baley dit, très calmement :

— Je crois, docteur Leebig, que j'ai pas mal à apprendre en ce qui concerne la Robotique ; aussi, je vous demande de bien vouloir être mon professeur.

Leebig secoua la tête violemment, et sa paupière tombante tressauta dans une grotesque parodie de clin d'œil : « Il devrait vous paraître évident qu'un cours de Robotique ne s'improvise pas et ne se fait pas en un instant. Et moi, je n'ai pas le temps.

— Je regrette, mais il faut que vous me documentiez. L'odeur de robot est la seule chose que l'on respire sur toute l'étendue de Solaria. Si c'est du temps qu'il vous faut, plus que jamais il faut que je vous voie. Je suis un Terrien et ne puis travailler ni réfléchir correctement en poursuivant une conversation par stéréovision.

Baley aurait cru impossible que Leebig put se figer davantage dans son attitude glaciale. Pourtant, il le fit et dit :

— Je n'ai cure de vos phobies de Terrien. Il est impossible que nous nous voyions.

— Je pense que vous changerez d'avis quand je vous aurai énoncé la question pour laquelle je voudrais votre avis.

— Cela n'y changera rien. Absolument rien.

— Non ? Eh bien ! Écoutez-la tout de même. Voici : je crois et je prétends que, d'un bout à l'autre de l'histoire du robot positronique, on a délibérément falsifié le sens de la Première Loi de la Robotique.

Leebig eut un sursaut spasmodique :

— Falsifié ? Vous êtes fou, complètement fou ! Pourquoi l'aurait-on fait ?

Et Baley, avec un calme olympien :

— Pour cacher le fait que des robots peuvent assassiner des humains !

14

Un motif de meurtre

La bouche de Leebig s'ouvrit lentement. Tout d'abord, Baley crut qu'il s'agissait d'une grimace de fureur, puis, avec une extrême surprise, il se rendit compte que c'était l'esquisse la plus lamentable d'un sourire qu'il ait jamais vue.

— Ne dites pas cela, dit Leebig. Ne dites jamais cela.

— Et pourquoi donc ?

— Parce que la moindre chose, aussi minime soit-elle, qui encourage la méfiance vis-à-vis des robots est dangereuse. Le manque de confiance dans les robots est une véritable maladie de l'humanité.

On aurait dit qu'il faisait une remontrance à un enfant, qu'il disait une chose avec douceur et patience alors qu'il brûlait de la vociférer ; qu'il essayait de persuader, alors qu'au fond de lui-même il aurait voulu décréter une obéissance inconditionnelle sous peine de mort.

— Connaissez-vous l'histoire de la Robotique ? reprit Leebig.

— Un peu.

— Oui, sur Terre, vous devriez bien la connaître. Mais savez-vous qu'à l'origine les robots commencèrent leur existence face à un complexe de Frankenstein ? Ils étaient suspects. Les hommes se méfiaient des robots. Ils en avaient peur. Et, résultat prévisible, la Robotique fut presque une science clandestine. Aussi, créa-t-on chez les robots les Trois Grandes Lois, dans un effort pour surmonter la méfiance des hommes. Même ainsi, jamais la Terre n'a laissé se développer une société fondée sur les robots. Et l'une des raisons pour lesquelles les premiers pionniers quittèrent la Terre et allèrent coloniser le reste de la Galaxie fut leur désir de fonder des sociétés où l'on utiliserait les robots pour libérer l'homme de la pauvreté et du labeur. Même là, il est toujours resté une méfiance latente, aux portes de la conscience, prête à se réaliser aussitôt au moindre prétexte.

— Et vous-même, avez-vous eu à surmonter cette méfiance vis-à-vis des robots ? demanda Baley.

— Nombre de fois, répondit Leebig tristement.

— Est-ce la raison pour laquelle vous et les autres roboticiens n'hésitez plus à falsifier les faits, juste un tout petit peu, pour éviter à ces soupçons de prendre corps, dans la mesure du possible ?

— Nous ne falsifions rien du tout !

— Par exemple, ne donne-t-on pas un sens erroné aux Trois Grandes Lois ?

— Non et non.

— Eh bien, moi, je peux démontrer qu'on le fait, et à moins que vous n'arriviez à me convaincre du contraire, je le démontrerai aussi à toute la Galaxie, si j'en ai les moyens.

— Vous êtes totalement fou. Tous les arguments que vous croyez avoir ne sont que des chimères, je vous le certifie.

— Voulez-vous que nous en discutions ?

— Si cela ne prend pas trop de temps.

— Face à face ? En présence l'un de l'autre ?

Le maigre visage de Leebig se tordit :

— Non !

— Au revoir, docteur Leebig. D'autres voudront bien m'écouter.

— Mais, attendez ! Par le froid du Néant, attendez donc, bon sang !

Les mains du roboticien remontèrent involontairement vers son visage, caressèrent son menton. Lentement, il porta un pouce à sa bouche et l'y laissa. Il fixait Baley d'un regard absent.

« En revient-il à la période d'avant ses cinq ans, pensa Baley, pour que le fait de me voir lui paraisse légitime ? » Et il répéta :

— Vous voir, chez vous ?

Mais Leebig hocha la tête de gauche à droite :

— Je ne peux pas. Peux pas, gémit-il, les mots presque étouffés par l'obstacle du pouce. Faites ce que vous voudrez...

Baley contemplait toujours Leebig : il le vit se détourner et faire face au mur. Il vit le dos rigide du Solarien s'incliner tandis que Leebig cachait son visage entre ses mains tremblantes.

— Bien donc. J'accepte que cela ne se passe que par stéréovision, dit Baley.

Et Leebig répondit, le dos toujours tourné :

— Excusez-moi un instant. Je vais revenir.

Baley profita de l'interruption pour faire sa toilette. Tout en regardant son visage rasé de frais dans le miroir de la salle de bains, il se demandait s'il commençait enfin à saisir la mentalité des Solariens et l'ambiance générale de Solaria. Il était loin d'en être sûr.

Il soupira puis pressa un bouton d'appel. Un robot parut. Sans se retourner Baley demanda : « Y a-t-il un autre appareil de stéréovision dans cette ferme en plus de celui que j'utilise actuellement ? »

— Il y en a encore trois autres, maître.

— Bon, alors veuillez dire à Klorissa Cantoro, à votre maîtresse, que j'utiliserai celui-ci jusqu'à la notification du contraire, et que sous aucun prétexte on ne doit venir me déranger.

— Oui, maître.

Baley revint dans la pièce où l'appareil de stéréovision était resté focalisé sur l'endroit de son salon où s'était tenu Leebig : il n'y avait toujours personne et Baley s'installa confortablement pour patienter.

Il n'eut pas longtemps à attendre. Leebig revint et, de nouveau, l'image de la pièce se trémoussa au rythme de ses pas. Évidemment, la mise au point avait été aussitôt rectifiée, passant du centre de la pièce à l'homme qui venait d'arriver. Baley se souvint de la complexité des réglages sur l'appareil tridimensionnel et éprouva quelque admiration pour la dextérité du robot manipulateur.

Apparemment, Leebig était redevenu maître de lui-même. Il avait les cheveux coiffés en arrière et avait changé de costume ; ses nouveaux vêtements, plus amples, l'habillaient mieux : faits d'un tissu moiré, ils réfléchissaient la lumière. Leebig s'assit sur une chaise mince qui s'était dépliée hors du mur.

Il dit d'un ton pénétré :

— Maintenant, qu'est-ce donc que l'idée que vous avez sur le contenu de la Première Loi ?

— Risquons-nous que quelqu'un surprenne notre conversation ?

— Non, je m'en suis assuré.

Baley approuva d'un signe de tête et dit :

— Laissez-moi vous citer la Première Loi.

— Croyez-vous donc que je ne la connaisse pas ?

— Je n'en doute pas, mais je préfère vous la citer moi-même quoi qu'il en soit : Un robot ne peut nuire à un être humain ni laisser sans assistance un être humain en danger.

— Oui, et alors ?

— Eh bien, lorsque j'ai débarqué à Solaria, on m'a conduit au domaine qui m'était réservé, dans un véhicule de surface. Ce véhicule avait été arrangé spécialement à mon usage, m'enfermant de toutes parts pour m'éviter d'être exposé à l'air libre. Les Terriens, vous savez...

— Je sais, je sais, coupa Leebig avec impatience. Mais qu'est-ce que cela peut avoir à faire avec ce qui nous intéresse ?

— Oui, vous, vous savez, mais les robots qui conduisaient le véhicule ne le savaient pas, eux. Lorsque j'ai demandé que l'on ouvre le toit, ils ont obéi aussitôt. La Deuxième Loi leur en faisait l'obligation : ils doivent exécuter les ordres donnés. Et, bien sûr, de ce fait, je me suis trouvé très gêné, au point de perdre presque conscience, tant que le véhicule ne fut pas refermé. A votre avis, les robots ne m'ont-ils pas causé du tort ?

— Vous le leur aviez demandé ! riposta Leebig.

— Bon. Je vous cite maintenant la Deuxième Loi : Un robot doit obéir aux ordres qui lui sont donnés par les êtres humains, sauf quand ces ordres sont incompatibles avec la Première Loi.

« Donc, vous voyez bien, ils n'auraient jamais dû exécuter l'ordre que j'avais donné.

— Mais vous déraisonnez. Comme les robots ne pouvaient pas savoir que c'était...

Baley se pencha en avant :

— Eh bien ! nous y voilà, et la Première Loi devrait s'énoncer ainsi : Un robot ne peut nuire à un être humain, DE PROPOS DÉLIBÉRÉ, ni laisser sans assistance, SCIEMMENT, un être humain en danger.

— Cela va de soi.

— Eh bien, non. En tout cas, pas pour le commun des mortels, car si cela était évident, n'importe quel humain pourrait se rendre compte aussitôt que des robots ne sont pas incapables d'assassiner !

Leebig était pâle comme un mort :

— C'est de la folie furieuse, vous délirez totalement.

Baley se mit à contempler ses ongles d'un air distrait :

— Un robot peut accomplir une tâche inoffensive, je suppose, une tâche qui n'a pas d'effet destructeur vis-à-vis d'un être humain ?

— Si on lui en donne l'ordre, dit Leebig.

— Oui, bien sûr. Pourvu qu'on lui en donne l'ordre. Et, je suppose toujours, un deuxième robot peut accomplir une autre tâche inoffensive, une tâche qui, elle non plus, n'a pas d'effet destructeur vis-à-vis d'un être humain ? Si on lui en donne l'ordre, bien sûr.

— Oui.

— Mais si ces deux tâches, chacune totalement inoffensive en elle-même, lorsqu'elles se complètent en arrivent à causer un meurtre ?

— Hein ? glapit Leebig, la bouche déformée par un rictus menaçant.

— J'ai besoin de l'opinion d'un expert comme vous sur ce délicat problème, continua Baley paisiblement. Prenons un cas hypothétique : supposons qu'un homme dise à un robot : « Placez une certaine quantité de ce liquide dans un verre de lait que vous trouverez à tel endroit. Ce liquide est inoffensif, je veux simplement savoir les réactions qu'il entraîne sur le lait. Une fois que je connaîtrai les résultats, je jetterai le mélange. Lorsque vous aurez effectué ce que je vous demande, oubliez tout de cette affaire. »

Leebig, toujours aussi menaçant, ne fit pas de commentaires.

— Si j'avais dit au robot, continua Baley, d'ajouter un mystérieux liquide à du lait, puis d'offrir le breuvage ainsi composé à un homme, la Première Loi l'aurait contraint à demander : « Quelle est la nature de ce liquide ? Est-il inoffensif pour l'homme ? » Et même assuré de son innocuité, la Première Loi pouvait encore obliger le robot à hésiter, même à refuser d'offrir le lait trafiqué. Mais, au contraire, si je lui dis que ce lait va être jeté, la Première Loi n'a aucune raison d'entrer en action. Le robot fera donc ce qu'on lui a ordonné, n'est-ce pas ?

Leebig lui lança un regard meurtrier mais continua de se taire.

— Venons-en maintenant au second robot qui, lui, a placé le lait à l'endroit où le premier l'a trouvé. Il ignore que ce lait vient d'être trafiqué. En toute innocence de cause, il l'offre donc à un homme, et ce dernier, buvant la mixture, en meurt.

— Non, s'écria Leebig.

— Allons donc ! Les deux actions sont chacune inoffensives en elles-mêmes. C'est seulement leur conjonction qui est meurtrière. Niez-vous qu'un tel cas puisse se présenter ?

— Mais ce ne sont pas les robots, c'est l'homme qui a donné les ordres qui est un meurtrier, s'écria Leebig.

— D'un point de vue purement spéculatif, oui. Néanmoins, ce sont les robots qui sont les meurtriers directs, les auteurs du meurtre, puisqu'il ne peut être commis que par leur intervention.

— Jamais personne ne donnerait des ordres pareils.

— Je vous demande bien pardon. Quelqu'un en donnerait puisque, en fait, quelqu'un les a donnés : c'est exactement de cette façon que la tentative de meurtre sur la personne de l'inspecteur Gruer a dû être commise. Vous avez entendu parler de cette affaire, je pense.

— Sur Solaria, murmura Leebig, tout le monde est au courant de tout !

— Vous devez alors savoir que Gruer a été empoisonné à sa table, pendant son repas, sous les yeux de mon coéquipier, M. Olivaw, d'Aurore, et de moi-même. Pouvez-vous me suggérer toute autre façon dont on ait pu lui verser le poison ? Il n'y avait pas un être humain sur son domaine, lui excepté. En tant que Solarien, il vous est facile d'apprécier cette circonstance.

— Je ne suis pas un détective. Je n'ai pas de théorie.

— Je viens de vous en avancer une et je désire savoir si la réalisation en est possible. Ce que je veux savoir, c'est si deux robots sont capables de faire deux actions distinctes, chacune inoffensive par elle-même, mais dont la conjonction donne un meurtre. C'est vous l'expert, docteur Leebig, je vous le demande. Est-ce possible, oui ou non ?

Et Leebig harcelé, poussé dans ses derniers retranchements, répondit : « Oui » d'une voix si faible que Baley l'entendit à peine.

— Fort bien, donc, dit Baley. Voilà qui fait justice de la Première Loi.

Leebig contemplait Baley d'un air hagard. Sa paupière tombante clignota une ou deux fois sous l'effet d'un tic. Ses mains, qu'il tenait jointes, se séparèrent tout en gardant les doigts recourbés, comme si chaque main se joignait encore à une autre main fantôme. Les paumes se retournèrent et vinrent se poser sur les genoux. Alors seulement les doigts reprirent leur mobilité.

Baley restait perdu dans la contemplation de ces mouvements crispés.

— En théorie, oui, reprit ardemment Leebig. Mais ce n'est qu'une théorie. On ne se débarrasse pas aussi facilement de la Première Loi, monsieur le Terrien. Il faut donner des ordres très astucieux aux robots pour enfreindre impunément la Première Loi.

— Tout à fait d'accord, répondit Baley. Je ne suis qu'un Terrien. Je ne connais pour ainsi dire rien sur la manière de manier les robots. Ce que j'ai dit, comme je l'ai dit, tout cela n'avait qu'une valeur d'exemple. Un Solarien s'y prendrait certainement d'une façon beaucoup plus subtile et beaucoup plus efficace, j'en suis certain.

Leebig n'avait probablement rien écouté de cette phrase ; il continua, en s'animant à mesure qu'il parlait.

— Si l'on peut ainsi manier un robot de façon qu'il mette un être humain en danger, cela veut dire seulement qu'il nous faut étendre les possibilités du cerveau positronique. Bien sûr, on pourrait dire aussi qu'il faudrait rendre les humains meilleurs. Mais c'est du domaine de l'impossible ; aussi ce seront les robots que nous rendrons insensibles aux ordres des déments.

« Nous progressons sans arrêt. Nos robots sont plus diversifiés, plus spécialisés, plus capables, plus inoffensifs encore qu'il y a un siècle. Dans un siècle d'ici, nous aurons fait d'autres progrès encore plus grands. Pourquoi laisser un robot manier des commandes alors qu'il est possible de brancher directement un cerveau positronique sur le tableau de commandes ? Ceci relève de la spécialisation, certes, mais l'on peut tout aussi bien généraliser. Pourquoi ne pas fabriquer des robots aux membres détachables et interchangeables ? Hein, pourquoi pas ? Si nous devons...

— Êtes-vous le seul roboticien sur Solaria ? interrompit Baley.

— Ne dites donc pas d'âneries.

— C'était simplement une question que je posais. Après tout, le Dr Delmarre était bien le seul... ah oui, fœtologue de la planète, mis à part son assistant.

— Solaria compte plus de vingt roboticiens.

— Et c'est vous le meilleur ?

— En effet, c'est moi, rétorqua Leebig, sans la moindre gêne.

— Delmarre travaillait avec vous ?

— Oui.

— J'ai cru comprendre, continua Baley, que dans ses derniers jours il avait l'intention de cesser toute association avec vous.

— Première nouvelle ! Qu'est-ce qui a pu vous mettre ça en tête ?

— J'ai cru comprendre qu'il condamnait votre célibat obstiné.

— C'est possible. C'était un Solarien convaincu. Mais cela n'affectait en rien nos relations de travail.

— Bon. Changeons de sujet. Outre l'étude de nouveaux robots prototypes, fabriquez-vous aussi et réparez-vous des modèles déjà existants ?

— La fabrication et la réparation sont, dans l'ensemble, menées par des robots, répondit Leebig. Sur mon domaine, il existe une importante usine de fabrication et un atelier de réparations.

— A propos, est-ce qu'il faut souvent réparer les robots ?

— Très rarement.

— Est-ce que la réparation des robots relèverait plutôt du bricolage que de la science à proprement parler ?

— Pas le moins du monde, rétorqua Leebig avec hauteur.

— Et qu'est-il advenu du robot qui se trouvait présent lorsque le Dr Delmarre fut assassiné ?

Leebig détourna son regard et ses sourcils se rapprochèrent comme s'il refusait de laisser reparaître, dans son esprit, un souvenir douloureux.

— Il ne valait plus rien du tout.

— Rien du tout ? Il ne pouvait répondre à la moindre question ?

— A aucune. Je vous le dis, il était totalement hors d'usage. Son cerveau positronique avait été complètement brûlé. Il ne restait plus un circuit intact. Réfléchissez : il avait été témoin d'un meurtre auquel il avait été incapable de s'opposer.

— Pourquoi n'avait-il pu s'y opposer, au fait ?

— Qui peut le dire ? Le Dr Delmarre était en train de se livrer à des expériences sur ce robot. J'ignore totalement dans quelle condition mentale il l'avait laissé. Ainsi, par exemple, il pouvait lui avoir ordonné de suspendre toute activité mentale pendant qu'il vérifiait une connexion particulière d'un circuit déterminé. Si quelqu'un, que ni le Dr Delmarre ni le robot n'avaient de raison de soupçonner d'intentions homicides, s'est brusquement livré à des voies de fait, il a pu se passer un intervalle appréciable avant que le robot soit en mesure de mobiliser l'énergie de la Première Loi, pour enfreindre l'ordre d'immobilisation donné par le Dr Delmarre. La durée de cet intervalle dépendrait de la nature de l'attaque et de la manière dont le Dr Delmarre avait ordonné l'immobilisation. Je pourrais vous fournir une douzaine d'autres raisons pour expliquer que le robot ait été dans l'incapacité d'intervenir et d'empêcher ce meurtre.

« Néanmoins, cette incapacité à protéger un humain violait la Première Loi et cela seul a suffi pour brûler tous les circuits positroniques du robot.

— Mais, si le robot était matériellement incapable de prévenir ce meurtre, était-il responsable ? La Première Loi exige-t-elle des choses impossibles à exécuter ?

Leebig haussa les épaules :

— La Première Loi, en dépit de tous vos efforts pour minimiser sa portée, protège l'humanité avec toute l'énergie possible. Elle n'accepte, ni n'excuse, ni n'atténue. Si la Première Loi est enfreinte, le robot est bon pour la ferraille.

— Est-ce une règle universelle, monsieur ?

— Aussi universelle que les robots.

— Bien, alors j'ai appris quelque chose, dit Baley.

— Apprenez donc aussi quelque chose d'autre : c'est que votre théorie de meurtre par une série d'actions de plusieurs robots, dont chacune en elle-même est inoffensive, ne pourra pas vous aider à résoudre le problème de la mort du Dr Delmarre.

— Ah ! Pourquoi ?

— Sa mort ne fut pas due à un empoisonnement, mais à un écrasement du crâne. Il fallait bien que quelque chose manie cet instrument contondant, et nécessairement c'était une main humaine. Pas un robot ne pourrait lever un gourdin pour fracasser un crâne.

— Mais supposons, dit Baley, que le robot ait appuyé sur un bouton d'apparence innocente et que, de ce fait, un poids ait dégringolé sur la tête de Delmarre.

Leebig eut un sourire amer :

— Monsieur le Terrien, j'ai visionné les lieux du crime. Je suis au courant de tout ce qui s'est dit à ce propos. Ce meurtre, savez-vous, a eu une très grande importance sur Solaria. Et je puis certifier qu'il n'y avait pas la moindre trace sur les lieux du crime d'un objet pesant qui fût tombé.

— Ni du moindre instrument contondant, non plus, ajouta Baley.

— C'est vous le détective. Cherchez-le, dit Leebig avec mépris.

— A supposer qu'aucun robot ne soit responsable de la mort du Dr Delmarre, qui le serait donc à votre avis ?

— Tout le monde le sait, cria Leebig. C'est le secret de Polichinelle. Mais sa femme, bien sûr, Gladïa !

« Là, au moins, tout le monde est d'accord, pensa Baley. »

Tout haut, il dit :

— Et qui serait alors caché derrière les robots qui ont empoisonné Gruer ?

— Je suppose... et Leebig s'arrêta, indécis.

— Vous ne croyez pas qu'il y ait deux meurtriers différents, non ? Si Gladïa est responsable du premier crime, elle est également responsable de la seconde tentative de meurtre.

— Oui, oui, vous devez avoir raison. (Puis sa voix prit de l'assurance.) Oui, cela ne fait pas l'ombre d'un doute.

— Pourquoi, pas de doute ?

— Personne d'autre n'aurait pu s'approcher assez près du Dr Delmarre pour le tuer. Il ne supportait pas plus que moi la présence effective de quelqu'un. Il tolérait seulement par exception celle de sa femme, tandis que moi, je ne fais aucune exception. Je ne m'en trouve que mieux, n'est-ce pas ?

Et le roboticien eut un rire grinçant.

— Je crois que vous la connaissez bien, reprit Baley avec sécheresse.

— Qui ?

— Eh bien, elle. Nous ne parlons que d'une seule femme, pour le moment : Gladïa.

— Qui vous a dit que je la connaissais mieux que je n'en connais d'autres ? demanda Leebig. (Il porta la main à sa gorge : ses doigts bougèrent légèrement et desserrèrent la fermeture diamagnétique de son col pour respirer plus librement.)

— C'est Gladïa elle-même qui me l'a dit. Elle a ajouté que vous vous promeniez ensemble.

— Et alors ? Nous sommes voisins. Cela se fait couramment. Elle me paraissait une personne agréable.

— Elle vous plaisait alors ?

Leebig haussa les épaules :

— De parler avec elle me reposait l'esprit.

— De quoi parliez-vous ?

— De Robotique. (Leebig prononça ce mot avec une légère surprise, comme s'il s'étonnait qu'on pût poser une telle question.)

— Et elle parlait de Robotique, elle aussi ?

— Elle n'y connaissait rien. Totalement ignare en la matière. Mais elle écoutait. Elle a une espèce de machin qui utilise des champs de force avec lequel elle ne cesse de jouer. Elle appelle ça du plasto-colorisme. Ça m'agace au plus haut point, mais je l'écoutais, moi aussi.

— Tout cela sans que vous vous trouviez en présence effective.

Leebig parut écœuré et ne répondit pas.

Baley essaya encore une fois :

— Est-ce qu'elle vous attirait ?

— Hein ?

— La trouviez-vous séduisante, attirante ? D'un point de vue physique ?

Même la mauvaise paupière de Leebig se souleva. Ses lèvres frémirent :

— Espèce de bête répugnante, grommela-t-il.

— Bon, essayons de nous exprimer d'une autre manière. Quand avez-vous cessé de trouver Gladïa une personne agréable ? C'est vous qui avez employé ce mot tout à l'heure, souvenez-vous.

— Où voulez-vous en venir ?

— Vous m'avez dit que vous la trouviez agréable. Maintenant, vous croyez qu'elle a assassiné son mari. Ce n'est pas là le propre d'une personne agréable.

— Eh bien, je m'étais trompé sur son compte.

— Mais vous vous êtes aperçu que vous vous trompiez sur son compte dès avant qu'elle ait tué son mari, si toutefois c'est elle la coupable. Vous aviez cessé de vous promener en sa compagnie quelque temps avant le meurtre. Pourquoi donc ?

— Est-ce bien important ? demanda Leebig.

— Tout est important jusqu'à preuve du contraire.

— Écoutez-moi bien. Si vous désirez des renseignements que je puis fournir en tant que roboticien, allez-y. Mais je ne répondrai pas aux questions d'ordre personnel.

— Vous étiez associé d'une manière intime tant avec la victime qu'avec le principal suspect. Ne voyez-vous pas qu'il est impossible d'éviter les questions d'ordre personnel ? Je répète donc : Pourquoi avez-vous cessé vos promenades avec Gladïa ?

— Il est venu un moment où je me suis trouvé à court de choses à lui dire, répondit Leebig d'un ton sec. Un moment où j'étais débordé de travail. Bref, un moment où je n'ai plus trouvé de raison de continuer ces promenades.

— En d'autres termes, quand elle a cessé de vous paraître une compagnie agréable.

— Si vous voulez, oui.

— Et pourquoi a-t-elle cessé de vous paraître une compagnie agréable ?

— Je n'en sais fichtre rien, cria Leebig.

Baley fit comme s'il ne remarquait pas l'énervement de l'autre.

— Bien. Mais néanmoins vous êtes quelqu'un qui avez bien connu Gladïa à l'époque. Quel motif aurait-elle pu avoir ?

— Quel motif de quoi ?

— Personne, jusqu'à présent, n'a pu me soumettre de motif en ce qui concerne ce crime. Et évidemment Gladïa n'aurait pas commis de meurtre sans motif.

— Célestes tourbillons ! (Leebig rejeta la tête en arrière, comme s'il allait éclater de rire, mais s'en abstint.) Personne ne vous a rien dit ? Oh ! après tout, personne ne savait rien, peut-être. Mais moi, je le sais. Elle me l'a dit. Elle me l'a dit tant de fois !

— Que vous a-t-elle tant dit, docteur Leebig ?

— Mais voyons, qu'elle se disputait avec son mari. Qu'ils se chamaillaient sans cesse. Elle ne pouvait pas le souffrir, inspecteur. Et personne ne vous en a rien dit. Pas même elle ?

15

Un portrait en plasto-color

Baley encaissa, en faisant tout son possible pour ne pas le montrer.

Probablement, en raison de leur mode de vie, les Solariens considéraient comme sacro-sainte la vie privée de chacun. Il était de très mauvais goût de poser des questions sur le mariage, sur les enfants. Baley se dit donc que les disputes chroniques entre mari et femme pouvaient exister comme partout ailleurs, tout en étant un sujet proscrit pour la curiosité d'autrui.

Même lorsqu'un crime avait été commis ? Personne n'oserait donc commettre d'infraction aux règles sociales en demandant au suspect s'il se disputait avec son conjoint ? Ou ne ferait état du fait en l'ayant appris par hasard ? Quel monde !

Enfin, Leebig, lui, avait mis les pieds dans le plat.

— A quel propos ces disputes ? demanda Baley.

— Je crois que c'est à elle que vous devriez poser cette question.

« Oui, évidemment, il vaudrait mieux la poser à l'intéressée », se dit Baley. Il se leva et avec une politesse de commande :

— Je vous remercie de votre coopération, docteur Leebig, dit-il. Il est possible que, par la suite, j'aie encore recours à votre aide. Je souhaiterais être en mesure de vous contacter aussitôt, si besoin est.

— Liaison terminée, dit Leebig, et d'un seul coup son image et celle de la portion de pièce qu'il occupait disparurent.

Pour la première fois de sa vie, Baley n'éprouva pas d'appréhension à effectuer un voyage aérien à ciel ouvert. Vraiment, aucune gêne, cette fois-là. Il se sentait presque dans son élément.

Il ne pensait pas même à la Terre, ni à Jessie. Il n'y avait que quelques semaines qu'il avait quitté la Terre, mais c'eût aussi bien été depuis des années. Il n'y avait pas trois jours qu'il se trouvait sur Solaria et pourtant il avait l'impression d'y être depuis une éternité.

Un homme s'adapte-t-il si vite à vivre dans un cauchemar perpétuel ?

Ou était-ce parce qu'il allait bientôt se trouver en présence de Gladïa, au lieu de contempler son image par stéréovision ? Était-ce cela qui lui donnait ce sentiment de confiance et ce mélange bizarre d'expectative agréable et de léger malaise ?

« Pourra-t-elle supporter ma présence, se demandait-il, ou bien lui faudra-t-il s'éclipser après une entrevue de quelques instants, en s'excusant comme c'est arrivé avec Quemot ? »

Elle se tenait debout, à l'autre extrémité d'une pièce tout en longueur, lorsqu'il entra. Elle aurait aussi bien pu passer pour une image impressionniste d'elle-même, tant tout en elle se trouvait réduit à l'essentiel.

Ses lèvres étaient très légèrement fardées, ses sourcils à peine ombrés, ses oreilles imperceptiblement bleuies. Tout cela excepté, elle ne portait aucun maquillage. Elle paraissait diaphane, un peu craintive, et si jeune !

Ses cheveux blonds étaient coiffés en arrière, et ses yeux gris-bleu révélaient une certaine timidité. Sa robe était d'un bleu si foncé qu'elle paraissait presque noire, soulignée d'une mince bordure blanche qui descendait en arabesques de chaque côté. C'était une robe à longues manches. Gladïa était gantée de blanc et chaussée de ballerines. Pas un centimètre de sa peau n'était à découvert, le visage excepté. Encore, son cou était-il recouvert d'une sorte de « modestie » en ruché.

Baley s'arrêta sur le pas de la porte :

— Ne suis-je pas trop près ainsi, Gladïa ?

Sa respiration était faible mais précipitée :

— J'avais oublié ce que c'était vraiment, dit-elle. C'est exactement comme par stéréovision, n'est-ce pas ? Je veux dire si vous ne vous mettez pas en tête que c'est une personne que vous avez en face de vous, et non plus une image.

— Pour moi, c'est quelque chose de tout à fait habituel.

— Oui, sur Terre, bien sûr... (Elle ferma les yeux.) Quelquefois j'essaye de me l'imaginer. Simplement des foules de gens, partout. Vous marchez sur une route et vous avez d'autres personnes qui vont dans le même sens et d'autres encore qui viennent en sens inverse. Des douzaines.

— Des centaines de gens, corrigea Baley. Avez-vous déjà visionné des scènes prises sur la Terre et microfilmées ? Ou bien un roman qui se déroulait dans un décor terrestre ?

— Nous n'en avons pas beaucoup dans ce genre, mais j'ai visionné des microfilms qui se passaient sur d'autres Mondes Extérieurs, où les gens vivent en contact physique permanent. Mais, dans un roman, ce n'est pas comme dans la réalité. Cela ressemble tout bonnement à de la multi-stéréovision.

— Et dans les romans, est-ce que les gens s'embrassent ?

Elle rougit, avec une gêne marquée :

— Je ne m'occupe pas de ce genre de littérature.

— Jamais ?

— Eh bien, oh, il y a toujours quelques microfilms pornos, vous savez, et il m'est arrivé, oh, par simple curiosité... Mais c'est vraiment écœurant.

— Ah oui ?

Avec une animation soudaine, elle reprit :

— Mais la Terre, c'est tellement différent. Il y a tant de gens. Quand vous vous promenez, Elijah, je suppose qu'il vous arrive de... de toucher d'autres personnes. Je veux dire par accident, sans le faire exprès.

Baley eut un demi-sourire :

— Il arrive même que, sans le faire exprès, on envoie des gens par terre.

Il eut une pensée émue pour les foules, sur les tapis express, se bousculant, se cognant, courant çà et là, et inévitablement, pendant un instant, il fut en proie aux affres de la nostalgie.

— Vous n'avez pas besoin de rester planté là, dit Gladïa.

— Mais cela ne va-t-il pas vous gêner si je me rapproche ?

— Non, je le pense pas. Je vous dirai quand je trouverai que vous êtes assez près.

En mesurant ses pas, Baley se rapprocha, tandis que Gladïa le regardait, les yeux écarquillés.

Elle dit brusquement :

— Voudriez-vous voir quelques-unes de mes œuvres en plasto-color ?

Baley était à deux mètres d'elle. Il s'arrêta net et la regarda. Elle semblait si menue, si frêle. Il essaya de se la représenter, tenant quelque chose dans sa main (mais quoi, vraiment ?) et frappant furieusement la crâne de son mari. Il essaya de se l'imaginer, folle de rage, en proie à une fureur homicide, sous l'effet de la colère.

Il dut reconnaître en son for intérieur qu'il y arrivait. Même une petite bonne femme de cinquante kilos pouvait fracasser un crâne si elle tenait une arme appropriée et était suffisamment hors d'elle-même. Et Baley avait connu des meurtrières (sur Terre bien sûr) qui, dans leur état normal, étaient aussi inoffensives que des agneaux.

— Qu'est-ce que c'est le plasto-colorisme, Gladïa ? demanda-t-il.

— Des formes esthétiques, répondit-elle.

Baley se souvint de ce qu'avait dit Leebig à propos des œuvres de Gladïa. Il acquiesça :

— Oui, j'aimerais bien en voir quelques-unes.

— Eh bien, suivez-moi alors.

Baley conserva les deux mètres de distance qui les séparaient. Après tout, ce n'était jamais que le tiers de ce que Klorissa avait exigé.

Ils entrèrent dans une pièce qui rutilait de lumière : elle brillait de mille feux, dans toutes les directions, déployant le spectre de l'arc-en-ciel.

Gladïa avait un air satisfait de propriétaire. Elle se retourna vers Baley, quêtant son appréciation du regard.

La réponse de Baley dut correspondre à ce qu'elle espérait, bien qu'il n'eût dit mot. Il pivota lentement sur lui-même, essayant de comprendre ce que ses yeux voyaient, car ce n'était que purs jeux de lumière, sans objet matériel.

Les émanations lumineuses reposaient sur de vastes socles. C'était de la géométrie animée, des « mobiles » faits de lignes et de courbes de couleurs pures, se fondant en un tout bariolé, mais conservant cependant des identités distinctes. Il n'y avait pas la plus vague ressemblance entre deux spécimens.

Baley chercha ses mots et, n'arrivant pas à s'exprimer, se contenta de dire :

— Est-ce prévu pour avoir une signification quelconque ?

L'agréable contralto de Gladïa s'enfla de rire :

— Aucune autre signification que celle que vous voulez bien lui accorder. Ce ne sont que des jeux de lumière qui évoquent la colère, le bonheur, la surprise ou n'importe quel sentiment que j'éprouvais lorsque je les ai créés. Je pourrais fabriquer un jeu de lumière spécialement pour vous, une sorte de portrait si vous voulez. Mais je crains qu'il ne soit pas très bon, cependant, car je devrais improviser sous l'impulsion du moment.

— Vraiment ? Mais ce serait très intéressant.

— Comme vous voudrez, dit-elle, et se précipitant vers une émanation lumineuse, dans un coin de la pièce, elle passa près de lui, presque à le frôler. Elle ne parut pas s'en apercevoir d'ailleurs.

Elle toucha quelque chose sur le socle qui soutenait le « mobile » de lumière et toute la splendeur éthérée des couleurs s'évanouit sans vaciller.

— Oh, ne faites pas ça ! s'écria Baley, haletant de surprise.

— Bah, ce n'est rien. J'en étais fatiguée, de toute façon. Pour les autres, je vais me contenter de les atténuer pour que leur éclat ne vienne pas me troubler.

Elle ouvrit une porte dissimulée dans la paroi et déplaça un rhéostat. Aussitôt les couleurs pâlirent jusqu'à devenir presque invisibles.

— Vous n'avez pas un robot pour le faire à votre place ? demanda Baley. Un robot pour manier les commandes.

— Chut, allons ! dit-elle avec une certaine impatience. Je ne veux aucun robot dans cette pièce. C'est mon petit domaine à moi.

Elle le regarda et fronça les sourcils.

— Je ne vous connais pas assez. C'est là où gît la difficulté.

Elle ne regardait pas le socle, mais ses doigts reposaient légèrement sur la surface polie de la plaque supérieure. Ses dix doigts étaient crispés dans l'attente.

Elle déplaça un doigt, décrivant un demi-cercle au-dessus de la plaque polie. Un segment d'une lumière jaune soutenu grandit et se plaça à l'oblique, au-dessus du socle. Le doigt recula imperceptiblement et la lumière prit une teinte légèrement moins accentuée.

Elle la contempla alors un instant.

— Je crois que ça y est. Une espèce de puissance, mais sans lourdeur.

— Jehoshaphat ! dit Baley.

— Vous aurais-je offensé ?

Ses doigts se relevèrent et la flèche oblique de lumière dorée demeura immobile et solitaire.

— Oh non, pas du tout. Mais qu'est-ce que c'est ? Comment réalisez-vous cela ?

— C'est assez difficile à expliquer, dit Gladïa en considérant le socle d'un air méditatif, d'autant plus que je ne le comprends pas très bien moi-même. A ce que l'on me dit, c'est une sorte d'illusion d'optique. Nous érigeons des champs de force à différents niveaux énergétiques. En fait, ce sont des proliférations de l'hyperespace, qui n'ont aucune des propriétés de l'espace normal. Selon leur niveau énergétique, l'œil humain aperçoit des lumières de plusieurs teintes. Je contrôle formes et couleurs par la chaleur de mes doigts, touchant des endroits précis du socle. Il y a tout un réseau de relais à l'intérieur du socle.

— Vous voulez dire que si je mettais mon doigt là... dit Baley en s'avançant.

Gladïa lui laissa la place. Il posa son index hésitant sur la surface du socle et sentit une légère vibration.

— Allez-y, Elijah ! Déplacez votre doigt, dit Gladïa.

Ce que fit Baley, et un zig-zag de lumière d'un gris sale grimpa en dents de scie, coupant la lumière dorée. Baley enleva son doigt comme s'il s'était brûlé et Gladïa éclata d'un rire frais, pour se montrer aussitôt toute contrite.

— Je n'aurais pas dû rire, dit-elle. C'est vraiment très difficile à réaliser, même pour des gens qui ont une longue pratique.

Et sa main se déplaça d'un mouvement léger, mais trop rapide pour que Baley la suive des yeux. La monstruosité qu'il venait de créer disparut, laissant la barre de lumière jaune à sa solitude originelle.

— Mais comment avez-vous appris à réaliser de tels tours de force ? s'étonna Baley.

— J'ai essayé, encore et sans me lasser. C'est un nouvel aspect de l'art, vous le voyez bien, et il n'y a qu'une ou deux personnes à posséder véritablement le tour de...

— Oui, et vous êtes la meilleure dans ce domaine, dit Baley, l'air sombre. Sur Solaria, tous ceux à qui je m'adresse sont uniques dans leur spécialité.

— Mais il n'y a pas de quoi rire ! Certaines de mes œuvres ont été vues. J'ai réalisé des spectacles de lumière.

Elle releva agressivement le menton. Elle était visiblement très fière d'elle-même.

— Laissez-moi continuer votre portrait, reprit-elle.

De nouveau, ses doigts se déplacèrent sur le socle.

Il y avait bien peu de lignes courbes dans la structure luminescente qui se manifestait sous la pression de ses doigts. Tout était à angles aigus, irradié d'un bleu dominant.

— C'est la Terre, en quelque sorte, dit Gladïa en mordillant sa lèvre inférieure. Je m'imagine toujours la Terre bleue. Avec tous ces gens qui se voient, se croisent, se rencontrent. Ce qui se passe avec la stéréovision, je le vois en rose. Et vous, que vous en semble ?

— Jehoshaphat ! Je ne me représente pas les choses sous forme de couleurs.

— Ah oui, vraiment, dit-elle distraitement. Il vous arrive de dire de temps à autre ce mot « Jehoshaphat » ; c'est tout juste une petite bille violette. Une petite bille bien nette, parce qu'elle arrive comme ça, *click*, sans crier gare.

Et la petite bille se matérialisa, *click*, luisante, un peu décentrée par rapport à l'ensemble.

— Là, dit-elle. Et maintenant, la touche finale.

Et un cube lisse, terne, d'un gris ardoise, jaillit pour enclore irrémédiablement le tout. Les lumières luisaient toujours à l'intérieur de ce parallélépipède, mais avec moins d'éclat, prisonnières en quelque sorte.

Baley en éprouva une sorte de tristesse, comme si c'était lui qui se trouvait prisonnier à l'intérieur, éloigné de quelque chose qu'il désirait.

— Q'est-ce donc que ça ? Votre dernière idée ?

— Mais, voyons, les murs qui vous entourent, répondit Gladïa. C'est le principal en vous, ce besoin que vous avez de fuir l'extérieur, de vous réfugier entre les parois. Ici même, vous êtes bien à l'intérieur. Comprenez-vous ?

Baley ne comprenait que trop et n'était pas d'accord.

— Ces parois n'existent pas tout le temps, dit-il. La preuve, je suis sorti à l'extérieur aujourd'hui même.

— Ah oui ! Et qu'est-ce que ça vous a fait ?

Il ne put s'empêcher de lui renvoyer la balle :

— A peu près ce que de m'avoir en face de vous peut vous faire. Ce n'est pas qu'on aime ça, mais enfin c'est supportable.

Elle le regarda d'un air pensif.

— Et maintenant voulez-vous sortir ? Avec moi ? Pour faire un tour.

Le premier mouvement de Baley fut presque de s'exclamer :

— Jehoshaphat ! Non !

Elle continuait :

— Vous savez, je n'ai jamais fait de promenade en la compagnie effective de quelqu'un. Il fait encore jour et le temps est beau.

Baley regarda le portrait non figuratif qu'elle venait de faire de lui, et dit :

— Vous enlèverez ce machin gris, si je sors ?

Elle sourit.

— Tout dépendra de votre comportement.

La sculpture luminescente demeura telle qu'elle était. Ils sortirent de la pièce, la laissant là, retenant emprisonnée l'âme de Baley, dans le gris sale des villes.

Baley frissonna légèrement. L'air semblait peser sur lui et la température était fraîche.

— Avez-vous froid ? s'inquiéta Gladïa.

— Ce n'était pas comme cela tout à l'heure, marmonna Baley.

— Le jour s'achève maintenant, mais il ne fait pas vraiment froid. Voulez-vous un manteau ? Un robot peut en apporter un tout de suite.

— Non, ça ira. (Ils s'avançaient sur une étroite allée empierrée.) Est-ce ici où vous aviez coutume de vous promener avec le Dr Leebig ? demanda Baley.

— Non, nous allions au loin, dans les champs, où il arrive qu'on voie quelquefois un robot au travail, mais où l'on peut entendre les bruits des animaux. Néanmoins, aujourd'hui, vous et moi allons rester près de la maison, au cas où...

— Où quoi ?

— Eh bien, au cas où vous voudriez rentrer.

— Ouais. Ou bien au cas où, vous, vous en auriez assez de ma présence.

— Vous ne me gênez pas le moins du monde, dit-elle avec la plus grande insouciance.

On entendait au-dessus le vague murmure des feuilles agitées par le vent. Tout était vert ou jaune. Il y avait, dans l'air, autour d'eux, des pépiements, des jacassements et, sur le sol, des stridulations continues, et des ombres, des ombres aussi.

Car Baley prenait surtout conscience de ces ombres. Il y en avait une qui s'étirait devant lui, avec des contours humains, et qui se déplaçait comme lui en une imitation grotesque et horrible.

Bien sûr, Baley avait entendu parler des ombres, il n'ignorait pas ce que c'était, en réalité, mais dans la lumière indirecte et tamisée des villes il n'en avait jamais pris réellement conscience.

Derrière lui, il le savait, se dressait le Soleil de Solaria. Il prenait bien soin de ne pas le regarder, mais il savait qu'il était ici, oh oui.

L'espace est vaste, la solitude de l'espace. Pourtant il sentait que l'espace l'attirait à lui. Dans son esprit, il se voyait en train de fouler la surface d'un monde, avec, tout autour de lui, des milliers de kilomètres, et au-dessus de lui... l'immensité de multiples années-lumière.

Pourquoi se complaisait-il dans ces pensées d'isolement ? Il ne voulait pas de la solitude. Il voulait la Terre, la chaleur et la promiscuité des villes, bondées d'humains.

Mais cette image refusait de s'implanter dans son esprit. Il essaya d'évoquer dans sa mémoire New York, avec le bruit, la densité humaine, et s'aperçut qu'il ne pouvait distraire son attention de l'air calme, mais frais et mouvant, de la surface de Solaria.

D'un mouvement quasi involontaire, il se rapprocha de Gladïa, jusqu'à se trouver à moins d'un mètre d'elle. Il s'aperçut alors de son visage surpris.

— Oh ! je vous demande pardon, dit-il aussitôt en s'écartant de nouveau.

Elle reprit bruyamment son souffle :

— Ça va bien. Si nous allions par-là ? Nous avons des parterres de fleurs qui pourraient vous intéresser.

La direction qu'elle indiquait laissait toujours à Baley le soleil dans son dos. Aussi suivit-il en silence.

Gladïa parlait toujours :

— Dans quelques mois, ce sera merveilleux. Quand il fait chaud, je puis courir jusqu'au lac et m'y baigner, ou m'évader à travers champs tout simplement en courant aussi vite que possible, jusqu'au moment où, hors d'haleine, je suis heureuse de m'étendre et de rester tranquille ! (Et, jetant un regard à ses habits :) Mais aujourd'hui, je n'ai pas la tenue voulue pour des distractions de ce genre. Avec tout ce que j'ai sur le dos, je ne puis rien faire d'autre que de marcher paisiblement, vous voyez.

— Quelle est donc votre tenue préférée ? demanda Baley.

— Un corsage et un short... tout au plus, s'écria-t-elle en lançant les bras en l'air, comme si, dans son imagination, elle éprouvait déjà les plaisirs d'une tenue sommaire. Quelquefois moins encore. Et parfois même, rien d'autre qu'une paire de spartiates. C'est alors que vous sentez la caresse du vent sur la moindre portion de votre... oh, excusez-moi. Je vous ai encore choqué.

— Non, non, dit Baley. Ça ne me choque plus. Mais n'étiez-vous pas plus vêtue que cela au cours de vos promenades avec le Dr Leebig ?

— Ma tenue variait, vous savez. Tout était fonction du temps qu'il faisait. Il m'arrivait parfois d'être vêtue d'une façon des plus sommaires. Mais comme c'était par stéréovision... Vous me comprenez, n'est-ce pas ?

— Oui, je comprends. Mais lui, le Dr Leebig ? Était-il, lui aussi, sommairement vêtu ?

— Jothan, sommairement vêtu ! (Gladïa eut un sourire qui découvrait toutes ses dents.) Certes non ! En toute circonstance, il avait une telle solennité.

Son visage revêtit une expression faussement grave, une paupière mi-close : sa mimique rappelait Leebig avec une telle vérité que Baley ne put réprimer une exclamation admirative.

— Et voici comment il parle, poursuivit-elle. « Ma chère Gladïa, si nous considérons l'effet énergétique d'un ordre de première magnitude sur un flux positronique... »

— Est-ce la seule chose dont il vous entretenait, uniquement la Robotique ?

— Oui, la plupart du temps. Oh ! vous savez, ce sujet lui tient tellement à cœur. Il était toujours à essayer de m'expliquer ça. Jamais il n'a abandonné.

— Et vous, avez-vous appris quelque chose ?

— Rien de rien. Pas même les bases les plus élémentaires. Tout cela m'a toujours paru un tel fatras. Alors, parfois il se mettait en colère. Mais quand il se mettait à m'en raconter, je plongeais dans l'eau, si nous étions à proximité d'un lac, et je l'arrosais d'éclaboussures.

— Vous l'arrosiez ? Mais vous venez de me dire que vous ne vous parliez qu'en stéréovision.

— Quel Terrien entêté, dit-elle en riant. J'arrosais son image, si vous préférez, qu'il se tînt dans sa pièce ou sur ses domaines. Bien sûr, l'eau ne pouvait l'atteindre, mais il se courbait pour l'éviter malgré tout. Regardez-moi cela !

Baley regarda. Ils avaient fait le tour d'un endroit boisé et arrivaient maintenant à une clairière au milieu de laquelle s'étendait une pièce d'eau purement ornementale. De petites murettes en brique rayonnaient, séparant la clairière en plusieurs parties. Des fleurs poussaient à profusion, mais en parterres méthodiques.

Baley sut que c'étaient des fleurs d'après les microfilms qu'il avait visionnés.

En quelque sorte, elles s'apparentaient aux formes lumineuses que créait Gladïa, et Baley pensa que Gladïa s'inspirait des fleurs pour les concevoir. Il en effleura une, avec précaution, puis regarda tout autour de lui. Les jaunes et les rouges étaient en majorité.

En se retournant pour jeter un regard circulaire, Baley entrevit le soleil. Il dit, avec une certaine gêne :

— Le soleil est bas sur l'horizon.

— C'est la fin de l'après-midi, répondit Gladïa de loin. (Elle avait couru jusqu'à la pièce d'eau et s'était assise sur un banc de pierre au bord du bassin.) Venez donc ici, lui cria-t-elle en agitant la main. Vous pourrez toujours rester debout si vous n'aimez pas le contact de la pierre.

Baley s'avança lentement :

— Chaque jour, descend-il aussi bas ? s'inquiéta-t-il et aussitôt il regretta d'avoir posé la question. Si la planète tournait sur elle-même, le soleil devait obligatoirement être bas sur l'horizon le matin et le soir. Ce n'était qu'à midi qu'il était haut dans le ciel.

Néanmoins, de se morigéner ne pouvait faire disparaître une image mentale stéréotypée remontant à sa prime enfance. Il savait bien qu'il existait un quelque chose qui s'appelait la nuit ; il en avait même fait l'expérience tout récemment, avec toute la masse de la planète s'interposant heureusement entre le soleil et lui. Il savait aussi qu'il y avait des nuages qui masquaient d'une grisaille protectrice l'effrayant éclat. Néanmoins, à chaque fois qu'il se représentait la surface d'une planète, il avait toujours la même vision d'une fournaise de lumière, avec un soleil au zénith.

Il jeta un bref regard par-dessus son épaule, tout juste suffisant pour lui permettre une vision fugitive du soleil. Il se demanda à quelle distance pouvait se trouver la maison, s'il éprouvait le besoin de rentrer.

Gladïa lui désignait du doigt l'autre bout du banc.

— C'est plutôt près de vous, ne croyez-vous pas ? dit Baley.

Elle écarta ses mains fluettes, paumes en dehors.

— Je m'y fais. C'est vrai, vous savez.

Baley s'assit, la regardant en face pour tourner le dos au soleil.

Elle se pencha en arrière, vers l'eau du bassin, et cueillit une petite fleur ressemblant à une tulipe dont l'extérieur était jaune et l'intérieur veiné de blanc, l'ensemble plutôt pastel.

— C'est une plante indigène, dit-elle, mais la plupart des fleurs qui sont là ont une origine terrienne.

Des gouttelettes s'écoulaient de la tige brisée tandis que timidement Gladïa offrait la fleur à Baley.

Celui-ci tendit la main avec non moins de timidité.

— Vous avez tué cette fleur, dit-il.

— Ce n'est qu'une fleur ! Il y en a des milliers d'autres. (Puis, brusquement, alors que les doigts de l'inspecteur n'avaient fait qu'effleurer le calice doré, elle retira brutalement sa main ; ses yeux lançaient des éclairs :) Ou peut-être sous-entendez-vous que je pourrais aussi facilement tuer un être humain parce que j'ai coupé une fleur ?

— Mais, je ne sous-entends rien du tout, dit Baley de son ton le plus conciliant. Puis-je la voir de plus près ?

Ce n'était pas que Baley éprouvât, en fait, un désir quelconque de toucher cette fleur. Elle avait poussé dans un sol humide et des effluves marécageux s'en dégageaient encore. Comment se faisait-il que ces gens si désireux d'éviter le moindre contact d'un Terrien, et même d'un des leurs, puissent être aussi insoucieux de la plus élémentaire saleté ?

Néanmoins, il tint la tige entre le pouce et l'index et regarda la fleur. Le calice se composait de plusieurs morceaux minces à la texture veloutée, incurvés et réunis au cœur de la fleur. A l'intérieur, il y avait un renflement blanchâtre et convexe, humide de liquide, et frangé de cils sombres qui ondulaient légèrement sous la brise.

— Vous sentez son odeur ? demanda Gladïa.

Immédiatement, Baley prit conscience du parfum qui s'en dégageait. Il s'inclina un peu plus pour mieux le respirer et dit :

— Elle a comme un parfum de femme.

Gladïa, d'amusement, applaudit :

— Comme c'est bien d'un Terrien ! Ce que vous vouliez dire, en réalité, c'est que le parfum d'une femme a la même odeur que cette fleur.

Baley acquiesça, la mine lugubre. Il commençait à se fatiguer d'être à l'extérieur. Les ombres s'allongeaient, le paysage s'assombrissait. Néanmoins, il était résolu à ne pas céder. Il voulait qu'elle enlevât ces murailles de lumière grisâtre qui obscurcissaient le portrait que Gladïa avait fait de lui. C'était une idée parfaitement farfelue, mais il y tenait.

Gladïa reprit la fleur à Baley, qui la laissa faire, quoique à regret. Lentement, elle effeuillait les pétales :

— Chaque femme a son odeur personnelle, je suppose, dit-elle.

— Tout dépend du parfum qu'elle emploie, répondit Baley avec une sereine indifférence.

— Imaginez que vous êtes assez près pour le sentir. Je ne me mets pas de parfum, parce qu'il n'y a jamais personne assez près pour l'apprécier, sauf aujourd'hui. Mais, j'y pense, vous respirez souvent des parfums, vous en respirez même tout le temps. Sur la Terre, votre femme est toujours avec vous, n'est-ce pas ? (Elle restait les yeux baissés, s'intéressait à la fleur, en fronçant les sourcils, tout en la mettant soigneusement en menus morceaux.)

— Ma femme n'est pas toujours avec moi, dit Baley. Pas à chaque instant.

— Mais la plupart du temps, oui ? Et chaque fois qu'il vous prend l'envie de...

Brusquement, Baley changea de sujet :

— Pourquoi le Dr Leebig essayait-il de vous faire comprendre la Robotique ? En avez-vous idée ?

La fleur effeuillée ne comportait plus que la tige et le renflement interne. Gladïa la fit tourner entre ses doigts, puis la jeta dans le bassin : elle flotta un instant à la surface de l'eau.

— Je pense qu'il désirait me prendre comme aide, dit-elle finalement.

— Il vous l'a dit lui-même, Gladïa ?

— En quelque sorte, oui, vers la fin. Je pense qu'il s'impatientait. De toute façon, il me demanda si je ne trouverais pas intéressant de travailler sur des robots. Bien sûr que non, lui ai-je répondu : je ne saurais trouver travail plus ingrat. Alors, il s'est mis en colère, mais vraiment.

— Et, après cela, il n'a plus jamais fait de promenade avec vous ?

— Vous savez, dit-elle, je crois que vous avez bien mis le doigt dessus. Je suppose que je l'ai froissé dans ses espérances. Mais, vraiment, que vouliez-vous que j'y fasse ?

— Mais c'est avant cette période que vous lui aviez déjà parlé de vos disputes avec le Dr Delmarre ?

Elle serra les poings et les tint crispés en une sorte de spasme. Son corps conserva la même position rigide, la tête penchée légèrement sur le côté. Sa voix prit une tonalité suraiguë :

— Quelles disputes ?

— Vos disputes avec votre époux. J'ai cru comprendre que vous le détestiez.

Son visage était crispé et marbré lorsqu'elle le fixa d'un regard glacé :

— Qui vous a raconté ça ? Jothan ?

— Oui. Le Dr Leebig m'en a parlé. Mais je pense que c'est vrai.

Cette dernière phrase la secoua visiblement.

— Vous êtes toujours à vouloir prouver que c'est moi qui l'ai tué. Dans mon esprit, je croyais parler à un ami et je parle à un... à un flic.

Elle leva les deux poings. Baley attendait.

— Vous savez bien que vous ne pouvez pas me toucher, dit-il.

Ses mains retombèrent et elle se mit à pleurer silencieusement. Elle détourna la tête.

Baley pencha la tête de côté et ferma les yeux pour se soustraire à l'influence gênante des ombres démesurément allongées.

— Le Dr Delmarre n'était pas un homme particulièrement affectueux, n'est-ce pas ? reprit-il.

D'une voix étranglée, elle se contenta de répondre :

— C'était un homme très occupé.

— Mais vous, continua Baley, tout au contraire, vous avez une nature très affectueuse. Vous trouvez l'homme un personnage très intéressant. Vous voyez ce que je veux dire ?

— Je n'y puis rien. Je le sais bien que c'est ré... répugnant, mais c'est plus fort que moi. C'est même répugnant d'en... d'en parler.

— Néanmoins, vous en avez parlé avec le Dr Leebig, non ?

— Il fallait bien que j'en parle. Jothan était là ; ces conversations ne semblaient pas le gêner et j'étais tellement mieux après en avoir parlé.

— Est-ce là le motif de vos disputes avec votre mari ? Était-ce parce que le Dr Delmarre était froid, peu sentimental et que son attitude vous froissait ?

— Oh ! même, parfois, je le détestais. (Elle haussa les épaules dans un geste de lassitude.) C'était tout simplement un bon Solarien, et notre mariage ne devait pas comporter d'en... d'enf... et elle fondit en sanglots.

Baley attendit. Il était glacé jusqu'aux os et l'air libre l'oppressait beaucoup. Lorsque les sanglots de Gladïa eurent diminué d'intensité, il demanda, aussi doucement que possible :

— Est-ce que vous l'avez tué, Gladïa ?

— N... Non. (Puis, brusquement, comme si toute sa résistance s'était effritée :) Mais je ne vous ai pas tout dit.

— Eh bien, dites-le-moi maintenant, je vous prie.

— Nous étions encore en train de nous disputer, cette fois-là, la fois où il est mort. Toujours la même dispute éternelle. Je tempêtais après lui, mais jamais il ne me répondait en criant, lui aussi. C'est tout juste même s'il disait quelque chose, ce qui ne faisait que m'exaspérer. J'étais dans une colère, une de ces colères... Je ne me souviens de rien, ensuite...

— Jehoshaphat ! (Baley vacilla légèrement et chercha des yeux le soutien neutre de la pierre du banc.) Que diable voulez-vous dire par là ? Vous ne vous rappelez rien ?

— Je veux dire qu'il était mort, que moi je criais, que les robots sont venus...

— L'avez-vous tué ?

— Je ne m'en souviens pas, Elijah. Je m'en souviendrais si je l'avais tué, non ? Mais je ne me souviens plus de rien, non plus, j'ai eu si peur... Aidez-moi, aidez-moi, Elijah, je vous en supplie.

— Bon, ne vous tracassez pas, Gladïa, je vous aiderai.

L'esprit en désarroi, Baley s'accrochait désespérément. L'arme du crime, qu'était-elle devenue ? On avait dû l'enlever. Si c'était le cas, seul le meurtrier avait pu le faire. Étant donné qu'on avait trouvé Gladïa inconsciente, immédiatement après le meurtre, sur les lieux mêmes, elle ne pouvait pas avoir commis le meurtre. Le meurtrier avait été quelqu'un d'autre. Qu'importait l'avis de tous les gens de Solaria, obligatoirement, c'était quelqu'un d'autre.

De plus en plus oppressé, Baley pensa : Il faut que je rentre... que je rentre tout de suite...

— Gladïa, commença-t-il.

Et il se retrouva en train de fixer le soleil qui était presque sur l'horizon. Baley avait dû tourner la tête pour le regarder et ses yeux restaient rivés par une fascination morbide. Il ne l'avait jamais vu ainsi : énorme, rougeoyant, mais d'un faible éclat néanmoins, si bien qu'on pouvait le contempler sans être aveuglé et voir les nuages empourprés s'allonger en lignes minces au-dessus de lui. Un nuage même rayait son disque d'une barre sombre.

— Le soleil est si rouge... murmura Baley d'une voix pâteuse.

Il entendit la voix étouffée de Gladïa répondre avec lassitude.

— Il est toujours rouge au coucher, rouge et mourant.

Et une vision gagna l'esprit de Baley. Le soleil descendait sur l'horizon parce que la surface de la planète s'écartait de lui, à deux mille kilomètres heure, tournoyant sous l'éclat nu du soleil, tourbillonnant sans rien pour sauvegarder ces microbes qu'on appelle des hommes qui grouillaient sur sa surface tournoyante, tournoyant à jamais comme une toupie folle, tournoyant, tournoyant...

Sa tête se mit à tournoyer aussi ; le banc de pierre s'inclinait sous lui, le ciel se soulevait, le ciel bleu, bleu sombre. Le soleil avait disparu. Les cimes des arbres, le sol se précipitaient vers lui. Et il y avait le faible cri de Gladïa, et puis un autre bruit.

16

Une solution trop simpliste

Baley prit tout d'abord conscience d'un espace clos ; il n'était plus à l'extérieur, un visage se penchait vers lui.

Il contempla un moment le visage sans le reconnaître. Puis, brusquement : Daneel.

Le visage du robot ne montra aucun signe de soulagement ou de toute autre émotion visible en s'entendant reconnaître. Il dit simplement :

— Il est heureux que vous ayez repris conscience, Elijah ! Je ne pense pas que vous ayez subi de troubles physiques graves.

— Je vais très bien, dit Baley avec humeur en se dressant sur le coude. Jehoshaphat ! Je suis dans un lit. Mais qu'est-ce que je fais là ?

— Vous vous êtes exposé à l'air libre à plusieurs reprises aujourd'hui. Les effets nocifs de ces sorties se sont accumulés et vous avez besoin de repos.

— Ouais, ouais. J'ai d'abord besoin de quelques réponses.

Baley agita la tête à droite et à gauche et essaya de ne pas admettre que la tête lui tournait encore un peu. Il ne reconnaissait pas la pièce. Les rideaux étaient fermés. L'éclairage confortable ne faisait appel qu'à la lumière artificielle. Il se sentait beaucoup mieux.

— Tout d'abord, où suis-je, là ?

— Dans une pièce de la demeure de Mme Delmarre.

— Bien. Maintenant, voyons un peu, je vous prie. Qu'est-ce que vous me fichez là ? Comment avez-vous échappé aux robots à qui j'avais confié votre surveillance ?

— Il m'a bien semblé, dit Daneel, que vous ne manqueriez pas d'être mécontent de cette situation. Néanmoins, tant dans l'intérêt de votre propre sécurité qu'en raison des ordres à moi donnés, j'ai pris conscience du fait que je n'avais pas le choix et que...

— Comment avez-vous échappé aux robots ? Jehoshaphat !

— Il semble que Mme Delmarre a essayé de vous parler par stéréovision, il y a quelques heures.

— Oui, je sais.

Baley se souvenait que Gladia le lui avait dit elle-même, alors qu'il se trouvait encore à la ferme aux fœtus.

— L'ordre que vous aviez donné aux robots pour qu'ils me tinssent à vue s'énonçait ainsi, suivant vos propres mots : « Ne le laissez pas (c'est-à-dire ne me laissez pas, moi) lancer un appel de stéréovision à d'autres humains que moi-même (c'est-à-dire, vous, Elijah) ou à d'autres robots que vous trois, ou s'adresser en personne à un humain. »

« Néanmoins, Elijah, votre ordre ne leur interdisait pas de me laisser accepter une communication en stéréovision provenant d'un humain, ou d'autres robots. Vous voyez la nuance ?

Baley poussa un grognement pour toute réponse.

— Il n'est nul besoin de vous désoler, Elijah. L'omission incluse dans vos ordres a été l'instrument même de votre salut, puisque de cette façon j'ai pu me trouver à temps sur les lieux.

« Voyez-vous, lorsque Mme Delmarre m'a contacté, les robots gardiens n'ont pu que me laisser accepter la communication. Elle s'enquit de vous et je lui répondis, avec la plus grande sincérité, que j'ignorais tout de vos déplacements, mais que je pouvais essayer de me renseigner. Elle semblait extrêmement désireuse que je le fasse sur-le-champ. Je lui ai dit, alors, qu'il était possible que vous ayez momentanément quitté la maison et que j'allais m'en informer. Je lui ai demandé de bien vouloir ordonner aux robots qui se tenaient avec moi dans la pièce de vérifier, par toute la maison, si vous vous y trouviez.

— Ne se montra-t-elle pas étonnée que vous ne donniez pas vous-même cet ordre aux robots ?

— Je crois lui avoir donné l'impression que moi, un Aurorain, je n'avais pas, comme elle, l'habitude de commander à des robots, qu'en conséquence il lui était loisible de donner lesdits ordres avec une autorité plus marquée, entraînant une obéissance plus prompte. Les Solariens, c'est visible, s'enorgueillissent de leur habileté à manier les robots et manifestent un souverain mépris pour les capacités des habitants d'autres planètes en ce domaine. Ne partagez-vous pas cette opinion, Elijah ?

— Elle leur a donc ordonné de quitter la pièce ?

— Non sans difficulté. Ils opposèrent les ordres antérieurement reçus mais, bien entendu, ne purent en préciser la nature et l'objet puisque vous-même leur aviez fait interdiction de communiquer à qui que ce fût ma véritable identité. Mme Delmarre passa donc outre à leurs protestations, bien qu'elle ait été contrainte de vociférer avec colère pour se faire enfin obéir.

— Et vous, alors, vous êtes parti ?

— C'est ce que j'ai fait, Elijah !

« Bien dommage, en vérité, pensa Baley, que Gladïa n'ait pas mesuré l'importance de cet épisode et ne lui en ait pas fait part, lors de leur communication. »

— Vous avez mis bien du temps à me découvrir, Daneel, dit-il seulement.

— Les robots de Solaria ont un réseau d'information qui les relie entre eux par liaison d'ondes courtes. Un Solarien bien entraîné eût été capable d'obtenir les renseignements désirés sur-le-champ. Mais, comme ils étaient relayés par des millions de machines individuelles, quelqu'un comme moi, sans expérience de la question, devait patienter un certain temps avant d'être en mesure de découvrir un seul fait. Il me fallut plus d'une heure pour obtenir les renseignements afférents à vos déplacements. Je perdis également du temps à visiter l'endroit où travaillait le Dr Delmarre, alors que vous en étiez déjà parti.

— Qu'est-ce que vous êtes allé y faire ?

— J'ai effectué des recherches personnelles. Je regrette d'avoir été contraint de les faire en votre absence, mais les exigences de l'enquête ne me laissaient pas d'autre solution.

— Et Klorissa Cantoro, demanda Baley, l'avez-vous vue en personne ou seulement contactée par stéréovision ?

— Par stéréovision, mais d'une autre pièce des bâtiments de la ferme, non d'un salon de notre demeure propre. Il y avait là des archives que je tenais à étudier. En temps ordinaire, j'aurais pu compulser ces documents par stéréovision, mais, dans le cas présent, demeurer sur notre domaine risquait d'entraver mon enquête puisque trois robots connaissaient ma véritable nature et pouvaient facilement me contraindre de nouveau à l'impuissance.

Baley se sentait maintenant presque en forme. Il sortit ses jambes du lit et s'aperçut qu'il était revêtu d'une sorte de chemise de nuit. La considérant avec répugnance : « Amenez-moi mes vêtements », ordonna-t-il.

Daneel obéit.

Tout en s'habillant, Baley demanda :

— Où est Mme Delmarre ?

— Assignée à résidence chez elle, Elijah.

— Hein ! Et sur l'ordre de qui ?

— Par mon ordre. Elle est consignée dans sa chambre sous la surveillance de robots. Son droit à enjoindre, sauf pour la satisfaction de besoins strictement personnels, a été neutralisé.

— Neutralisé par vous ?

— Les robots de ce domaine ne sont pas informés de ma véritable identité.

Baley achevait de s'habiller.

— Je sais bien comment se présente cette affaire si l'on prend Gladïa comme coupable, dit-il. Elle a eu l'occasion, une occasion meilleure encore que nous ne le pensions de prime abord : elle ne s'est pas précipitée sur les lieux au bruit du cri poussé par son mari comme elle l'avait prétendu. Non, elle se trouvait là antérieurement au meurtre.

— Avoue-t-elle avoir assisté au meurtre ? Prétend-elle avoir vu le meurtrier ?

— Non. Elle ne se souvient de rien qui ait pu se passer au moment crucial. Oh ! ça arrive, vous savez. Mais il se révèle aussi qu'elle avait un motif de le tuer.

— Quel était-il, Elijah ?

— Un motif que, dès le début, j'avais envisagé comme possible. Je m'étais dit alors : Supposons que nous soyons sur Terre, que le Dr Delmarre ait été réellement tel qu'on nous l'avait décrit et que Gladïa Delmarre soit vraiment telle qu'elle paraît être. J'oserais dire qu'elle était éprise de lui, ou l'avait été, mais que lui ne nourrissait d'autre affection que pour lui-même. Mais l'ennui était de savoir si les Solariens pourraient éprouver de l'amour ou réagir à un sentiment amoureux de la même façon que les Terriens. Je ne pouvais pas faire confiance à mes idées *a priori*, en ce qui concernait leurs émotions ou leurs réactions émotives. C'est pourquoi il fallait que je voie, en chair et en os, quelques Solariens, et non leur image tridimensionnelle.

— Je m'avoue incapable de saisir votre propos, Elijah.

— Je ne sais pas si je puis vous l'expliquer, en fait. Vous voyez, ces gens, dès avant leur naissance, ont leurs possibilités génétiques soigneusement estimées. On vérifie le schéma général réel immédiatement après leur naissance.

— Oui, je savais cela.

— Mais, malheureusement, les gènes ne sont pas tout. Le milieu a son importance aussi. Et leur milieu social suffit à transformer en véritable psychose ce qui, du point de vue de la génétique pure, n'était qu'une tendance. Ainsi, vous avez remarqué l'intérêt particulier que Gladïa porte à la Terre ?

— Je m'en suis rendu compte, en effet, Elijah, et j'ai estimé que ce n'était qu'un intérêt fallacieux, qui lui permettrait d'influencer vos points de vue.

— Mais si nous supposons que c'est un intérêt véritable, et même plus, une sorte de fascination ? Supposons qu'il y ait quelque chose, dans les foules de la Terre, qui la passionne. Supposons toujours qu'elle se sente attirée, malgré elle, par quelque chose que son éducation lui fait considérer comme obscène. Il y a là une possibilité d'anomalie.

« Il me fallait soumettre cette idée à l'épreuve des faits en voyant réellement des Solariens et en étudiant leurs réactions devant cette situation, puis ensuite en la voyant, elle, et en comparant ses réactions à celles des autres. C'est pourquoi il me fallait me débarrasser de vous, Daneel, quoi qu'il pût m'en coûter. C'est pourquoi il me fallait abandonner les entrevues par stéréovison pour mener cette enquête.

— Mais vous ne m'avez pas, à l'époque, fait part de toutes ces considérations, Elijah.

— Et si je vous en avais fait part, est-ce que, pour autant, mes explications vous eussent empêché de faire ce que vous estimiez être votre devoir selon la Première Loi ?

Daneel observa un mutisme très éloquent.

Baley reprit :

— Et l'expérience a confirmé ma théorie. J'ai vu ou essayé de voir quelques personnes. Un sociologue âgé essaya une conversation en vis-à-vis, et dut l'interrompre peu après. Un roboticien, lui, même sous la pression la plus forte, se refusa à m'entretenir face à face : l'idée même d'une telle rencontre le plongea dans une crise d'affolement quasi infantile. Il se mit à sucer son pouce et à pleurer. L'assistante du Dr Delmarre se trouvait, de par sa profession, accoutumée à des présences effectives : aussi me supporta-t-elle, mais à plusieurs mètres de distance. Mais Gladïa, par contre...

— Oui, Elijah ?

— Eh bien, Gladïa, elle, consentit à me recevoir en sa présence, avec tout juste une légère hésitation. Elle supporta, sans gêne, ma présence, et, en fait, montra, à mesure que le temps s'écoulait, de moins en moins de tension nerveuse. Tout concorde pour définir un syndrome psychotique. Récapitulons : elle n'était pas gênée de m'avoir en face d'elle, elle était passionnée par la Terre. Il était des plus probables qu'elle avait éprouvé, pour son mari, une affection normale. On peut expliquer tout ceci par un violent intérêt et, pour ce monde, par une véritable psychose pour la présence charnelle de personnes du sexe opposé. Mais le Dr Delmarre, lui, n'était pas le genre d'homme à encourager un tel débordement affectif, encore moins à y participer. Ce qui, pour elle, a dû déclencher un véritable refoulement.

Daneel approuva d'un hochement de tête.

— Oui, un refoulement assez puissant pour la porter au meurtre sous l'empire de la colère.

— Eh bien, non, malgré tout, je ne le pense pas, Daneel.

— Ne vous laisseriez-vous pas influencer par des motifs étrangers et strictement personnels, Elijah ? Mme Delmarre est une femme séduisante, et vous êtes un Terrien pour qui la présence charnelle d'une femme séduisante n'offre rien de répréhensible du point de vue moral.

— J'ai d'autres raisons encore de ne pas croire à sa culpabilité, des raisons encore plus fortes, dit Baley gêné (le regard de Daneel était trop pénétrant, trop capable de séparer le vrai du vraisemblable. Jehoshaphat ! Après tout ce n'était qu'une machine). Ainsi, dit-il, si elle se trouvait être coupable du meurtre de son mari, il est également certain qu'elle serait coupable de la tentative de meurtre commise sur la personne de Gruer.

Il eut presque envie de lui expliquer comment on pouvait commettre un meurtre sous le couvert de robots, mais s'en abstint. Il ne savait quelles seraient les réactions de Daneel face à une théorie qui démontrait que des robots pouvaient, à leur corps défendant, se révéler d'authentiques assassins.

— Et également coupable de la tentative de meurtre perpétrée sur votre personne, ajouta Daneel.

Baley fronça les sourcils. Jamais il n'avait eu l'idée d'informer Daneel de cette flèche empoisonnée qui avait manqué son but. Il ne tenait aucunement à renforcer le complexe de sécurité déjà trop marqué que l'autre nourrissait à son égard.

— Qu'est-ce que vous a raconté Klorissa ? dit-il sèchement.

Il aurait dû avertir la fœtologue de taire l'incident, mais comment aurait-il pu s'imaginer Daneel libre de tous ses mouvements et furetant çà et là ?

— Mme Cantoro n'a pas le moindre rapport avec cette tentative, répondit Daneel calmement. J'ai moi-même été témoin de cet assassinat manqué.

— Mais vous n'étiez pas dans les parages, dit Baley qui ne comprenait plus rien devant une telle déclaration.

— C'est moi qui vous ai rattrapé et porté ici, il y a une heure de cela, dit Daneel.

— Mais, enfin, de quoi parlez-vous donc ?

— Vous ne vous souvenez pas, Elijah ? C'était presque le crime parfait. Mme Delmarre ne vous a-t-elle pas suggéré de venir faire un tour à l'extérieur ? Je n'étais pas présent à ce moment-là, mais je suis certain que c'est elle qui a proposé cette sortie.

— En effet.

— Peut-être même vous avait-elle amené à désirer sortir de la maison ?

Baley pensa au « portrait » que Gladïa avait fait de lui, et des murailles grisâtres donnant la touche finale. Était-il possible qu'une Solarienne possédât une connaissance intuitive aussi poussée de la psychologie d'un Terrien ?

— Non, dit-il à haute voix.

— Est-ce elle, poursuivit Daneel, qui a suggéré que vous alliez tous deux vous asseoir sur ce banc au bord de la pièce d'eau ?

— Oui.

— Vous est-il venu à l'esprit qu'elle pouvait vous surveiller du coin de l'œil et remarquer que vous étiez gagné par le vertige ?

— Elle m'a demandé une ou deux fois si je désirais rentrer.

— Ces offres avaient peut-être un tout autre but. Elle pouvait remarquer que vous vous sentiez de plus en plus oppressé, assis sur ce banc. Peut-être même vous a-t-elle suggéré, à moins qu'un tel geste ne se soit pas révélé nécessaire. Quoi qu'il en soit, au moment même où je suis arrivé sur les lieux et ai réussi à vous prendre dans mes bras, vous étiez déséquilibré, prêt à choir du banc de pierre, la tête la première, dans trois mètres d'eau. Vous n'auriez pas manqué de vous noyer.

Pour la première fois depuis qu'il avait repris conscience, Baley se souvint de ses dernières sensations fugaces.

— Jehoshaphat ! s'exclama-t-il.

— Qui plus est, continua Daneel, calme mais implacable, Mme Delmarre restait assise à côté de vous, et vous voyant sur le point de choir, elle n'a pas fait un geste pour vous en empêcher. Pas plus d'ailleurs qu'elle n'aurait essayé de vous sortir de l'eau. Elle vous aurait laissé vous noyer. Peut-être aurait-elle appelé un robot, mais le temps qu'un robot arrive sur les lieux, il eût été certainement trop tard. Par la suite, elle aurait tout simplement expliqué que, bien sûr, il lui était impossible de vous toucher, même au péril de votre vie.

« Assez vrai, reconnut intérieurement Baley. Personne ne mettrait en doute son incapacité à toucher un autre être humain. » La surprise, si tant est qu'on en eût, proviendrait de ce qu'elle ait supporté de l'avoir, lui, si près d'elle.

Daneel poursuivait son raisonnement.

— Voyez donc, Elijah, que sa culpabilité en la matière n'offre pas l'ombre d'un doute. Vous avez spécifié, il y a un moment, qu'il fallait également qu'elle soit l'auteur de la tentative de meurtre commise contre la personne de l'inspecteur Gruer. Vous sembliez croire que pour autant vous aviez là un argument tendant à une présomption d'innocence. Vous voyez, maintenant, qu'elle a dû également se rendre coupable de ce forfait. Le seul motif d'attenter à votre personne qu'elle peut avoir est le même qui l'a incitée à se défaire de l'inspecteur Gruer : le besoin d'en avoir fini avec un enquêteur gênant au sujet du crime initial.

— Mais cette promenade, cet arrêt près de la pièce d'eau, tout cela peut aussi bien être survenu sans préméditation, dit Baley. Elle ne s'est tout bonnement pas rendu compte des effets que l'extérieur pouvait avoir sur moi.

— Elle a étudié ce qui se passe sur Terre. Elle connaît les habitudes particulières aux Terriens.

— Mais, moi, je lui avais assuré que j'avais déjà été à l'extérieur aujourd'hui même et que je commençais à m'y faire.

— A plus forte raison : mieux que vous, elle savait ce qu'il adviendrait.

Baley frappa du poing dans sa paume.

— Vraiment, vous la considérez comme plus rusée qu'elle ne l'est. Il y a quelque chose qui ne concorde pas et je ne puis y croire. Mais, de toute façon, votre accusation de meurtre ne peut pas tenir tant que l'arme du crime fait toujours défaut, ou tant qu'on ne s'explique pas sa disparition d'une manière plausible.

Daneel continua, imperturbable, les yeux dans ceux du Terrien.

— Je puis également expliquer l'absence de toute arme sur les lieux du crime, Elijah.

Abasourdi, Baley regarda son collègue robot avec de grands yeux.

— Comment cela ?

— Votre raisonnement, Elijah, si vous vous en souvenez, tient en ceci : à supposer que Mme Delmarre soit la meurtrière de son mari, l'arme, quelle qu'elle fût, a dû rester sur les lieux du crime. Les robots qui sont survenus presque immédiatement n'ont rien vu qui ressemblât à une arme. Donc, c'est que ladite arme a été enlevée ; le meurtrier est celui qui l'a enlevée. Par conséquent, Mme Delmarre ne peut être la coupable du meurtre. C'est bien cela, n'est-ce pas ?

— C'est exact.

— Néanmoins, poursuivit l'humanoïde, il existe un endroit où les robots n'ont pas songé à chercher une arme.

— Où donc ?

— Sur la personne même de Mme Delmarre. Elle gisait à terre, évanouie, en raison du choc nerveux survenant après sa colère, qu'elle ait commis le crime ou non. L'arme, quelle qu'elle fût, se trouvait sous elle, hors de vue.

— Mais alors, dit Baley, on aurait aussitôt retrouvé cette arme lorsque les robots ont déplacé Mme Delmarre.

— Très certainement, dit Daneel. Mais ce ne sont pas les robots qui ont déplacé Mme Delmarre. Elle-même nous a dit hier, au dîner, que le Dr Thool avait ordonné aux robots de placer un oreiller sous sa tête et de la laisser en paix. C'est le Dr Altim Thool, lui-même, qui la déplaça pour la première fois lorsqu'il vint l'examiner.

— Et alors ?

— Il s'ensuit donc, Elijah, une nouvelle chaîne de possibilités. Mme Delmarre est la meurtrière. L'arme du crime se trouve bien toujours sur les lieux, mais le Dr Thool l'enlève et s'en défait pour protéger Mme Delmarre.

Baley reprit un air dédaigneux. Il s'était presque laissé prendre à la démonstration du robot et attendait une solution plus sensée de l'énigme :

— Mais, et le motif ? Voyons ? Pourquoi le Dr Thool se serait-il livré à un acte pareil ?

— Pour une excellente raison. Souvenez-vous des remarques de Mme Demarre à son sujet : « C'est toujours lui qui s'est occupé de moi, depuis que j'étais toute gosse. Il a toujours été si gentil, si doux. » Aussi me suis-je demandé s'il n'avait pas un motif spécial de prendre un tel soin d'elle. C'est la raison pour laquelle je me suis rendu à la ferme aux fœtus et ai étudié les archives. Et, ce que j'avais vaguement entrevu comme une éventualité incertaine s'est révélé la très exacte vérité.

— Qu'est-ce à dire ?

— Le Dr Altim Thool est le père de Gladïa Delmarre et, bien plus, il est au courant des liens de parenté entre eux.

Pas un instant, Baley n'eut l'idée de mettre en doute les paroles du robot. Il éprouvait par contre une vive contrariété de ce que ce fût le robot Daneel Olivaw, et non lui-même, qui ait poussé jusqu'à son terme l'analyse intégrale des données de l'enquête. Et même ainsi, d'ailleurs, il sentait que quelque chose manquait à cette brillante théorie.

— Avez-vous parlé au Dr Thool ? demanda-t-il.

— Oui. Je l'ai également consigné en sa demeure.

— Et que dit-il ?

— Il reconnaît qu'il est le père de Mme Delmarre. Je lui ai mis sous les yeux les preuves du fait et les preuves de ses nombreuses démarches au sujet de la santé de sa fille lorsqu'elle était encore une enfant. De par sa profession, il avait, sur ce chapitre, plus de liberté qu'on n'en eût accordé à un quelconque Solarien.

— Pourquoi s'était-il inquiété de la santé de sa fille ?

— C'est un aspect de la question qui m'a également frappé, Elijah. Il était déjà assez âgé lorsqu'il obtint une dispense spéciale l'autorisant à avoir un enfant supplémentaire. Qui plus est, il réussit à procréer à cet âge avancé. Il attribue le fait à la valeur de ses gènes et à sa bonne forme physique. Et il tire plus de fierté de cette paternité qu'il n'est courant sur cette planète. De plus, sa profession de médecin qui, sur Solaria, est assez mal considérée en raison de la présence effective qu'elle requiert, lui rend plus nécessaire encore le besoin de chérir cette fierté. Aussi, a-t-il toujours maintenu des liens discrets avec sa descendante.

— Et Gladïa, elle, sait-elle quoi que ce soit de tout ceci ?

— De l'aveu même du Dr Thool, Elijah, elle n'est au courant de rien.

— Le Dr Thool reconnaît-il avoir subtilisé l'arme ? continua Baley.

— Non. Cela, il ne l'avoue pas.

— Alors, mon cher Daneel, je puis vous dire que vous n'avez rien en main.

— Rien ?

— A moins que vous ne puissiez découvrir l'arme et prouver qu'il s'en est emparé, ou au minimum que vous réussissiez à obtenir son aveu, vous n'avez aucune preuve en main. C'est très bien, une démonstration logiquement enchaînée, mais ce n'est pas une preuve.

— Le docteur n'avouera visiblement pas sans un interrogatoire très poussé d'un genre auquel je ne puis me livrer. Sa fille est chère à son cœur.

— Mais non, mais non, dit Baley. Ses sentiments vis-à-vis de sa fille ne sont pas ceux auxquels nous sommes habitués, vous et moi. Solaria est un monde à part.

Il marchait de long en large dans la pièce, histoire de se détendre les nerfs.

— Daneel, dit-il, vous venez de me faire un brillant exposé d'une logique irréfutable. Malheureusement, tout cela ne tient pas debout. (Un être logique, mais non intelligent. N'était-ce pas là la définition type du robot ?) Le Dr Thool est un vieil homme, reprit-il, et ses meilleures années sont derrière lui, même si, il y a quelque trente ans, il s'est montré capable de procréer une fille. Même les Spaciens deviennent séniles. Maintenant, représentez-vous ce vieillard examinant sa fille évanouie et son gendre décédé de mort violente. Pouvez-vous vous imaginer tout ce qu'une telle situation a pour lui d'inhabituel ? Pouvez-vous, un instant, supposer qu'il ait gardé tout son sang-froid au point même de se livrer à une série d'actes véritablement ahurissants ?

« Voyons, en premier lieu : il faut qu'il remarque qu'il y a une arme sous le corps de sa fille, une arme si bien dissimulée que des robots ne l'ont pas remarquée. *Secundo* : à partir d'un petit bout d'objet qui aurait dépassé, il faut qu'il ait déduit qu'il s'agissait là de l'arme mortelle et qu'il ait immédiatement compris que s'il subtilise cette arme à l'insu de tous il sera difficile de prouver la culpabilité de sa fille dans ce meurtre. C'est là un raisonnement vraiment très subtil, une présence d'esprit rare. Puis, *tertio* : il lui faut mettre un plan à exécution, ce qui n'est pas non plus une mince affaire pour un vieil homme affolé. Et maintenant, pour conclure, il faut qu'il ose porter la complicité à son comble en maintenant un mensonge. Voyons, Daneel, tout cela est peut-être le résultat de processus mentaux très logiques mais néanmoins ne tient pas debout.

— Avez-vous une autre solution pour ce crime, Elijah ? demanda Daneel.

Au cours de son exposé, Baley s'était assis et il essayait maintenant de se relever. Mais la fatigue unie à la profondeur du fauteuil déjouèrent ses efforts. Aussi tendit-il la main avec irritation.

— Donnez-moi la main, voulez-vous, Daneel ?

Daneel contempla sa propre main avec étonnement.

— Je vous demande pardon, Elijah ?

Baley pesta silencieusement après l'esprit littéral de l'autre et reprit :

— Aidez-moi donc à m'extraire de ce fauteuil !

Le bras puissant de Daneel le tira sans effort du fauteuil.

— Merci, reprit Baley. Non, je n'ai pas d'autre solution. Enfin, si, j'en ai une, mais tout repose sur l'emplacement de cette arme.

Il marcha d'un pas nerveux vers les lourdes tentures qui recouvraient la plus grande partie d'un mur et en souleva un pan sans bien se rendre compte de ce qu'il faisait. Il regarda d'un œil vague la paroi obscure en verre, jusqu'au moment où il prit conscience que ce qu'il avait devant les yeux étaient les ténèbres du début de la nuit. Il laissa retomber la tenture alors que Daneel, qui s'était approché sans bruit, s'apprêtait à la lui enlever des mains.

Dans cette fraction de seconde où Baley vit la main du robot se porter sur le rideau pour le remettre en place, avec la sollicitude inquiète d'une mère protégeant sa progéniture du feu, une véritable révolution se déclencha en lui.

Il se saisit brusquement de la tenture, l'arrachant aux mains de Daneel et, de toute sa force appuyée par l'énergie nerveuse qu'il avait accumulée, il la déchira, laissant la fenêtre vierge de toute draperie, quelques lambeaux restant seuls accrochés.

— Elijah ! dit Daneel, avec douceur. Voyons ! vous savez bien maintenant quels effets nocifs les espaces libres ont sur vous.

— Oui, répondit Baley, mais je sais encore mieux quels effets positifs ils auront.

Et il reprit sa position devant la fenêtre. Il n'y avait rien à voir sinon l'obscurité. Mais cette obscurité à même l'air libre. C'était le noir absolu de l'espace sans entraves, sans lueur. Et Baley lui faisait face.

Et, pour la première fois, il faisait face à l'espace par son libre choix, non plus par bravade, ni par curiosité morbide ni pour y découvrir la solution d'un meurtre. Il lui faisait face parce qu'il savait maintenant que l'air libre était pour lui un besoin, une nécessité vitale. C'était dans cette prise de conscience que se trouvait toute la différence.

Les murs n'étaient que des béquilles. L'obscurité, la foule, des béquilles encore ! Dans son subconscient, il devait déjà avoir compris leur utilité réelle et les avait d'autant plus haïes en ces moments mêmes où il croyait le plus les aimer, où il estimait à tort en avoir le plus besoin.

Sinon, pourquoi avait-il autant souffert de voir Gladïa enclore son portrait dans ces murailles grisâtres ?

Il sentit monter en lui un sentiment de triomphe et, comme si cette victoire sur lui-même était contagieuse, une idée, une idée nouvelle lui vint à l'esprit, avec la force brutale d'un cri de tout son être.

Baley tourna vers Daneel un regard brouillé d'exaltation :

— Je sais, murmura-t-il. Jehoshaphat, je sais enfin !

— Que savez-vous donc, Elijah ?

— Je sais qui est responsable du meurtre. Brusquement, d'un seul coup, toutes les pièces de l'énigme se sont emboîtées.

17

Une réunion, une révélation

Daneel se refusa à toute action immédiate.

— Demain, répétait-il avec une respectueuse insistance, demain... Croyez-moi, Elijah. Il se fait tard et vous avez grand besoin de repos.

Baley dut reconnaître le bien-fondé de ces suggestions. De plus, il lui fallait également préparer son réquisitoire, et le préparer à fond. Il avait maintenant la solution du crime, il en était certain, mais tout l'échafaudage d'arguments ne tenait que par des déductions, tout comme la théorie de Daneel et, pour la même raison, avait aussi peu de valeur probante. Il faudrait que les Solariens y mettent du leur.

Et, puisqu'il devait leur faire face, lui, Terrien, et seul vis-à-vis d'une demi-douzaine de Spaciens, il lui fallait être en pleine possession de ses moyens. Donc, il était nécessaire qu'il prît du repos d'abord, et qu'ensuite son dossier fût bien préparé.

Pourtant, il ne voulait pas dormir. Ni la douceur voluptueuse du lit que des robots efficaces avaient spécialement monté pour lui, ni les parfums prenants, ni la musique si douce qui se déversait dans cette chambre réservée de la demeure de Gladïa ne pourraient rien y faire, il en était sûr et certain.

Daneel s'installa discrètement dans un coin obscur de la chambre.

— Alors, vous avez toujours peur de Gladïa ? dit Baley.

— Je ne pense pas qu'il serait très sage, en les circonstances présentes, de vous laisser dormir tout seul, sans protection, répondit l'humanoïde.

— Bon, bon ! Faites comme vous l'entendez. Vous avez bien compris ce que, vous, vous aurez à faire demain.

— Oui, Elijah ! J'agirai comme vous me l'avez prescrit.

— Vous n'avez pas de réserves à faire en raison d'impératifs de la Première Loi, j'espère ?

— Quelques-unes pourtant, qui concernent cette réunion que vous voulez faire. Serez-vous armé et prendrez-vous bien soin de votre propre sécurité ?

— Soyez-en certain, je serai sur mes gardes.

Daneel poussa un soupir résigné qui était si humain que Baley, un instant, tenta de scruter l'obscurité pour étudier le visage parfait de cette machine humanoïde.

— J'ai eu plusieurs fois l'occasion de constater l'illogisme des humains dans leur comportement, dit Daneel.

— Oui, je crois que, nous aussi, nous aurions bien besoin de Trois Lois dans ce domaine, répondit Baley, mais je suis bien content que nous ne les ayons pas !

Baley se mit à contempler le plafond. Tout dépendait pour beaucoup de Daneel, et pourtant il ne pouvait lui laisser entrevoir que des bribes de la vérité tout entière. Dans cette histoire, il y avait des robots terriblement compromis. Le gouvernement d'Aurore avait peut-être d'excellentes raisons de détacher un robot pour défendre ses intérêts, mais, dans le cas présent, c'était une erreur. Les robots ont des limites.

Néanmoins, si tout se passait bien l'affaire pouvait être totalement réglée en douze heures. Et dans vingt-quatre heures, il serait en route pour la Terre, porteur de grands espoirs. De curieux espoirs certes ; il avait assez de mal à y croire lui-même, et pourtant c'était la seule solution pour la Terre, la solution qui s'imposerait à la Terre.

La Terre ! New York ! Jessie et Ben ! Le confort, l'intimité, la tendre quiétude du foyer.

Il se remémorait toutes ces images, dans un demi-sommeil ; pourtant l'idée de la Terre ne réussissait plus à lui apporter le réconfort qu'il en attendait. Ce lien entre les villes et lui s'était rompu, rompu...

Et, à un moment indéterminé, toutes ses pensées s'estompèrent dans le flou du sommeil.

Baley, rafraîchi par un bon sommeil, s'éveilla en excellente forme physique, prit sa douche et s'habilla. Pourtant, il ne se sentait pas sûr de lui. Ce n'était pas que ses déductions lui parussent moins logiques à la lueur froide du matin. Non, c'était plutôt cette obligation de s'adresser à des Solariens.

Pouvait-il être certain de leurs réactions, après tout, ou bien allait-il lui falloir encore tâtonner à l'aveuglette ?

Gladïa fut la première à se manifester. Évidemment, pour elle, rien n'était plus simple. Son image apparut sur le circuit intérieur, puisqu'elle se trouvait dans sa demeure même. Son visage était pâle, sans expression. Elle était vêtue d'une tunique blanche qui la drapait comme une statue antique.

Elle regarda Baley d'un air désespéré. Il lui répondit par un sourire affectueux, et elle sembla en tirer quelque réconfort.

Puis, l'un après l'autre, tous les autres apparurent. D'abord Attlebish, assurant l'intérim du chef de la Sûreté, peu après Gladïa. Mince et hautain, il redressait le menton d'un mouvement désapprobateur. Puis ce fut le tour de Leebig, le roboticien, nerveux et rageur, sa paupière tombante clignotant par saccades. Quemot, le sociologue, semblait un peu las, mais il sourit à Baley de ses yeux profondément enfoncés dans l'orbite avec une certaine condescendance :

« Nous nous sommes vus déjà, nous sommes presque intimes », semblait-il sous-entendre.

Klorissa Cantoro, lorsqu'elle se manifesta, parut gênée par la présence des autres Solariens. Elle jeta un regard sans aménité à Gladïa, puis, dédaigneuse, se mit à contempler le plancher. Le Dr Thool, le médecin, fut le dernier à joindre son image. Il semblait quelque peu hagard, près de se trouver mal.

Tous assistaient maintenant à la réunion, tous sauf Gruer, qui se rétablissait lentement et pour qui l'effort de suivre la discussion eût été impossible. (Eh bien, pensa Baley avec un certain détachement, nous nous passerons de lui.) Tous étaient vêtus de la façon la plus stricte et étaient assis dans des pièces aux rideaux complètement fermés, masquant l'extérieur.

Daneel avait bien fait les choses. Et c'est avec ardeur que Baley souhaita que tout ce que l'humanoïde avait encore à faire n'offrît pas plus de difficulté.

Baley regarda tous ces Spaciens, l'un après l'autre. Le cœur lui battait. Chaque image lui faisait face d'une pièce différente et le heurt des éclairages, des mobiliers divers et des décorations murales était véritablement étourdissant.

Baley commença :

— Je tiens à discuter du meurtre de feu le Dr Rikaine Delmarre sous les rubriques suivantes : le motif, l'occasion, le ou les instruments du crime, dans cet ordre...

— Avez-vous l'intention de faire un long discours ? coupa Attlebish.

— C'est possible, rétorqua sèchement Baley. On a fait appel à moi pour mener une enquête sur un meurtre. Un tel travail relève de mes compétences et de ma profession. Je suis donc mieux qualifié qu'aucun de vous pour juger des éléments de ce crime. (Ne rien accepter, se disait-il en lui-même. A partir de maintenant, ne plus rien accepter, ou toute l'affaire est dans le lac. Il faut que je leur en impose, que je les domine.)

Il continua, de son ton le plus confiant.

— Tout d'abord, le motif. Des trois éléments, c'est celui qui apporte le moins de choses satisfaisantes. L'occasion, les instruments sont des faits objectifs, on peut les étudier en tant que réalités tangibles. Le ou les motifs sont des choses purement subjectives ; il arrive que ce soit quelque chose que d'autres personnes ont pu observer : la vengeance pour une humiliation publique, par exemple. Mais il arrive aussi que ce soit quelque chose qui échappe entièrement à l'attention d'autrui : ainsi une haine irrationnelle et homicide, qui chez une personne suffisamment maîtresse d'elle-même n'apparaîtra jamais au grand jour.

« Maintenant, tous, ou presque, vous m'avez à un moment ou à un autre fait part de votre conviction de la culpabilité de Gladïa Delmarre en cette affaire. Mais personne, je dis bien, personne, n'a suggéré d'autre suspect.

« Gladïa a-t-elle un motif suffisant ? Le Dr Leebig a émis l'idée qu'elle en avait un : il m'informa des nombreuses disputes qu'elle avait avec son mari ; ses dires me furent confirmés par la suite des lèvres mêmes de l'intéressée. La rage qu'une dispute déclenche peut, cela se conçoit, pousser quelqu'un au crime. Argument valable, passons.

« Mais il reste la question suivante néanmoins. Est-elle la seule qui ait eu le motif ? Et là, moi je me le demande. Ainsi, le Dr Leebig, lui-même....

Le roboticien bondit instantanément, la main tendue en un geste coléreux vers Baley :

— Surveillez vos paroles, Terrien !

— Pour le moment, je fais des suppositions, dit Baley froidement. Vous, docteur Leebig, travailliez, à l'époque, avec le Dr Delmarre sur de nouveaux prototypes de robots. Vous êtes la personne la plus qualifiée sur Solaria sur les questions de Robotique. Vous le dites, je vous crois.

Leebig sourit avec une fatuité remarquable.

Baley continua :

— Mais j'ai appris que le Dr Delmarre avait l'intention de rompre son association avec vous, en raison de votre conduite, qu'il désapprouvait.

— C'est faux, je le répète, c'est faux.

— Peut-être. Mais si c'était vrai ? N'auriez-vous pas eu un motif suffisant de vous défaire de lui avant qu'il vous humilie publiquement en rompant avec vous ? J'ai dans l'idée que vous n'auriez pas accepté d'un cœur léger une telle humiliation.

Et Baley enchaîna rapidement, pour ne pas laisser à Leebig le temps de répondre :

— Et vous, madame Cantoro, la mort du Dr Delmarre vous laisse, à vous seule, toute la charge de la fœtologie : vous voilà dans une situation d'importance.

— Cieux éternels ! Nous avons déjà discuté de ça ! s'exclama Klorissa au supplice.

— Je n'en disconviens pas, mais de toute façon cette question mérite considération. Quant au Dr Quemot, il jouait régulièrement aux échecs avec le Dr Delmarre. Peut-être s'est-il irrité de perdre trop de parties.

— Voyons, inspecteur, dit calmement le sociologue. Perdre aux échecs n'est tout de même pas un motif suffisant.

— Tout dépend de l'importance qu'ont les parties d'échecs dans votre vie. Aux yeux du meurtrier, ses motifs semblent tout un monde, alors que, pour tout autre, il ne s'agit que de bagatelles. Mais passons, là n'est pas le problème. Ce que je veux démontrer, c'est qu'un motif, à lui seul, ne suffit pas à résoudre un meurtre, surtout lorsque la victime est un homme comme le Dr Delmarre.

— Qu'entendez-vous par cette remarque ? s'étonna Quemot, avec indignation.

— Mais tout simplement que le Dr Delmarre était un « bon Solarien ». Tous, vous me l'avez décrit comme tel. Il s'acquittait exactement de toutes les exigences des coutumes solariennes. C'était l'homme idéal, presque une entité métaphysique. Qui pourrait éprouver de l'amour ou même seulement de l'intérêt pour un homme pareil ? Un homme sans défaut ne sert qu'à rendre tous les autres encore plus conscients de leurs imperfections. Un poète des temps primitifs, du nom de Tennyson, a écrit un jour ces mots : « Il n'est qu'imperfection celui qui est parfait. »

— Personne n'irait tuer un homme parce qu'on le trouve trop vertueux, dit Klorissa en fronçant les sourcils.

— C'est vous qui le dites ! rétorqua Baley, qui poursuivit son exposé sans s'appesantir sur ce problème de psychologie.

« Le Dr Delmarre avait pris conscience d'une conspiration qui se développait sur Solaria ; tout au moins, il croyait qu'il y en avait une, qui se préparait à donner l'assaut au reste de la Galaxie, qu'elle entendait conquérir. Il était décidé à empêcher ce complot d'aboutir. Et pour ce motif, les personnes compromises dans cette conjuration ont pu estimer qu'il était essentiel de mettre un terme à ses efforts et à ses jours. N'importe lequel d'entre vous peut avoir participé à ce complot, y compris Mme Delmarre, mais aussi y compris le chef de la Sûreté par intérim, Corwin Attlebish.

— Moi ? dit Attlebish, sans s'émouvoir.

— N'avez-vous pas essayé de clore l'enquête aussitôt que l'accident survenu à Gruer vous en mit à même ?

Baley prit quelques gorgées de liquide (à même le récipient d'origine, que nulle main de robot ou d'homme, autre que la sienne, n'avait touché) et rassembla toute son énergie. Jusqu'à présent, ce n'avait été que temporisation et il se réjouissait de voir les Solariens subir ses démonstrations sans broncher. Ils n'avaient pas l'expérience du Terrien dans ces contacts humains à faible distance. Ils ignoraient tout des joutes de prétoire.

— Bon, reprit-il. Passons maintenant aux occasions permettant la perpétration du crime. D'avis unanime, il semble que seule Mme Delmarre en ait eu l'occasion du fait qu'elle était la seule personne à pouvoir approcher physiquement son époux.

« Mais je suis loin d'être convaincu. Supposons que quelqu'un d'autre que Mme Delmarre ait pris la résolution d'assassiner le Dr Delmarre. Est-ce qu'une décision aussi désespérée ne rend pas secondaire la gêne provenant de la présence effective ? Si n'importe lequel d'entre vous se trouvait résolu à commettre un meurtre, ne supporteriez-vous pas d'être en présence de votre victime, juste le temps nécessaire pour accomplir ce dessein ? N'était-il donc pas possible de s'introduire subrepticement dans la demeure du Dr Delmarre et...

Attlebish interrompit Baley avec froideur :

— Vraiment, vous ignorez tout de la question, monsieur le Terrien. Que nous puissions ou non supporter la présence de la victime ne fait rien à l'affaire. Ce qui importe, c'est que le Dr Delmarre, lui, n'aurait jamais accepté d'avoir quelqu'un en sa présence. Si quelqu'un s'était présenté à lui, le Dr Delmarre, sans faire le moindre cas de l'amitié durable et de l'estime qu'il pouvait avoir pour cette personne, l'aurait immédiatement mise à la porte et, le cas échéant, eût appelé des robots pour procéder à l'expulsion.

— D'accord, répondit Baley, mais à la condition que le Dr Delmarre se soit rendu compte que la personne en question se trouvait effectivement en sa présence.

— Que voulez-vous dire ? s'enquit avec surprise le Dr Thool, dont la voix chevrotait.

Baley regarda l'interpellateur bien dans les yeux :

— Lorsque vous, docteur, sur les lieux mêmes du meurtre, avez donné vos soins à Mme Delmarre, elle a présumé que vous agissiez par stéréovision, jusqu'au moment où vous l'avez touchée. C'est ce qu'elle m'a dit et ce que je crois vrai. Pour mon compte, j'ai l'habitude de voir les gens et non de voir leur image tridimensionnelle. Lorsque, arrivé sur Solaria, j'eus l'occasion de faire la connaissance de l'inspecteur Gruer, j'ai cru l'avoir, lui, en face de moi. Lorsque, à la fin de notre entrevue, il disparut d'un seul coup, je fus véritablement stupéfié par la surprise.

« Maintenant, supposons le cas inverse, supposons que pendant toute sa vie d'adulte cet homme ne soit entré que par stéréovision en contact avec d'autres êtres humains sauf sa femme, et ce, encore rarement. Supposons également que quelqu'un d'autre que son épouse aille jusqu'à lui en présence effective. Est-ce que, automatiquement, par réflexe acquis, il ne pensera pas qu'il s'agit d'une image tridimensionnelle, en particulier si, par l'intermédiaire d'un robot, on a fait prévenir Delmarre que la liaison stéréo était établie ?

— Certes non, pas un instant, répondit aussitôt Quemot. La similitude du décor révélerait immédiatement la supercherie.

— Peut-être. Mais combien d'entre vous ont conscience du décor en ce moment ? Il se serait écoulé une bonne minute au moins avant que le Dr Delmarre ait pris conscience de quelque bizarrerie ; pendant ce temps, son ami, quel qu'il fût, aurait pu arriver jusqu'à lui, lever un gourdin et lui fracasser le crâne !

— C'est impossible, répéta Quemot avec obstination.

— Je ne suis pas de votre avis, rétorqua Baley. Et je pense qu'il nous faut également ne pas considérer cet élément comme prouvant indiscutablement la culpabilité de Mme Delmarre. Certes, elle a eu l'occasion de commettre ce meurtre, mais elle n'est pas la seule.

Baley, de nouveau, fit une pause. Il sentait des gouttes de transpiration perler à son front, mais s'essuyer l'aurait fait paraître faiblir. Il fallait à tout prix qu'il conservât la direction des débats. La personne qu'il visait devait se placer d'elle-même en position d'infériorité. Ce qui, de la part d'un Terrien vis-à-vis d'un Spacien, représentait un beau tour de force.

Baley les regarda tous, un à un, et estima que, jusqu'à présent du moins, tout se déroulait de façon satisfaisante. Il n'y avait pas jusqu'à Attlebish qui ne manifestât quelque humanité et quelque anxiété.

— Ainsi, nous en arrivons maintenant aux instruments du crime, reprit-il. Et nous avons là le facteur le plus déroutant de toute l'enquête. L'arme qui servit à perpétrer ce meurtre n'a jamais été retrouvée.

— Oui, et nous le savons, dit Attlebish. Cette question ne se serait-elle pas posée, nous aurions considéré que la culpabilité de Mme Delmarre en cette affaire était flagrante. Nous n'aurions jamais sollicité de concours extérieur pour une enquête.

— C'est possible, dit Baley. Mais analysons donc cette question de l'instrument du crime. De deux choses l'une : ou bien Mme Delmarre est l'auteur du meurtre, ou bien c'est quelqu'un d'autre. Dans le premier cas, l'arme devait se trouver sur les lieux du crime, à moins qu'on ne l'ait enlevée plus tard. Mon collègue, M. Olivaw, d'Aurore, qui n'est pas présent à cette réunion pour l'instant, a émis la suggestion suivante : Le Dr Thool a été en mesure de faire disparaître l'arme. Je demande donc au Dr Thool, devant vous tous, de nous dire s'il l'a fait, s'il a enlevé une arme tandis qu'il examinait Mme Delmarre évanouie.

Le Dr Thool tremblait de tous ses membres :

— Non, non, je le jure. Je subirai tous les interrogatoires que vous voudrez, mais je jure que je n'ai rien enlevé du tout.

— Y a-t-il quelqu'un, dit Baley, qui désire prétendre que le Dr Thool a travesti la vérité ?

Tous restèrent silencieux, sauf Leebig, qui, portant son regard sur quelque chose qui était en dehors du champ de vision de Baley, marmonna que le temps passait.

— Bien, dit Baley. Donc, reste la seconde partie de l'alternative : c'est quelqu'un d'autre qui a perpétré ce crime et qui a emporté l'arme avec lui. Mais, s'il en était ainsi, on se demande vraiment pourquoi : en effet, la disparition de l'arme prouve, d'une manière évidente, l'innocence de Mme Delmarre. Si donc le criminel est un intrus, il faudrait qu'il fût totalement stupide pour n'avoir pas abandonné l'arme près du cadavre, étant donné que c'est la seule chose qui aurait pu transformer en certitude les soupçons planant sur Mme Delmarre. Donc, d'un côté comme de l'autre, une évidence s'affirme : l'arme devait toujours être sur les lieux. Mais on ne l'a pas vue.

— Selon vous, dit Attlebish, nous ne serions donc que des débiles mentaux ou des aveugles !

— Pas du tout, répondit Baley calmement. Vous êtes des Solariens, un point c'est tout. Et donc incapables de vous figurer que l'arme déterminée qui se trouvait encore sur les lieux pouvait être une arme.

— Je ne comprends pas un traître mot à cette histoire-là, gémit Klorissa abasourdie.

Et Gladïa même, qui n'avait pas cillé tout au long de l'exposé de Baley, le dévisageait maintenant avec étonnement.

Il reprit :

— Le mari mort, l'épouse évanouie n'étaient pas les deux seuls individus présents sur les lieux. Il y avait aussi un robot, hors de fonctionnement.

— Et alors ? dit Leebig avec colère.

— N'est-il pas évident donc que l'impossible étant éliminé, tout ce qui reste alors, aussi improbable que ce soit, n'est autre que la vérité ? J'affirme que le robot présent sur la scène même du meurtre a été l'arme du crime. Une arme que, par la force d'habitude, vous étiez incapable de concevoir comme telle.

Ils se mirent tous à parler aussitôt, sauf Gladïa qui ouvrait de grands yeux.

Baley leva la main :

— Un instant, un peu de calme. Je vais vous expliquer...

Et une fois de plus, il fit le récit de la tentative d'empoisonnement sur la personne de Gruer, et exposa la méthode par laquelle on avait pu la réaliser. Mais cette fois, il ajouta le récit de l'autre tentative : celle qui avait attenté à sa vie propre lors de sa visite à la ferme aux fœtus.

Leebig, avec une certaine impatience, s'en mêla :

— Je présume qu'on s'est arrangé pour qu'un robot empoisonne la flèche sans se douter qu'il maniait du poison, et pour qu'un autre robot remette la flèche empoisonnée au gamin, après lui avoir dit que vous étiez un Terrien, mais en ignorant absolument que ladite flèche était empoisonnée.

— Oui, quelque chose de ce genre. Les deux robots ayant reçu chacun des instructions très précises.

— C'est du machiavélisme, dit Leebig.

Quemot était livide et semblait prêt à se trouver mal d'un instant à l'autre :

— Aucun Solarien n'aurait jamais l'idée d'utiliser un robot pour faire du mal à un être humain, gémit-il.

— Oui et non, répondit Baley en haussant les épaules, mais le fait est là : on peut jouer sur l'ignorance d'un robot. Demandez au Dr Leebig. C'est lui le roboticien.

— Oui, rétorqua Leebig, mais cela ne s'applique pas au meurtre du Dr Delmarre. Je vous l'ai déjà dit hier. Comment pourrait-on s'arranger pour qu'un robot fracasse le crâne d'un homme ?

— Désirez-vous que je vous l'explique ?

— Oui, certes, si vous le pouvez.

— Le robot dont s'occupait alors le Dr Delmarre était un prototype, dit Baley. La signification propre de ce fait ne s'était pas imposée à moi jusqu'à hier au soir. J'ai eu l'occasion à ce moment-là, de dire à un robot, pour solliciter son aide à me sortir d'un fauteuil : « Donnez-moi la main. » Le robot a regardé sa main avec stupéfaction, comme s'il pensait que je lui avais dit de la détacher et de me la remettre. J'ai dû répéter mon ordre d'une façon moins familière et plus explicite. Mais cette réaction me remit à l'esprit quelque chose que le Dr Leebig m'avait dit dans la journée. On était en train d'expérimenter des robots prototypes, à membres détachables.

« Supposons que ce soit un tel robot que le Dr Delmarre ait été en train d'étudier, capable de se servir d'un certain nombre de membres interchangeables de formes diverses, appropriés à certaines tâches bien définies. Supposons encore que le meurtrier soit au courant d'un tel état de choses et ait dit brusquement au robot : « Donnez-moi votre bras. » Obéissant à l'injonction, le robot détache son bras et le lui tend : ce bras va faire une arme remarquable. Une fois le Dr Delmarre mort, le meurtrier raccroche l'arme à l'épaule du robot et le tour est joué.

Au silence horrifié du début fit place un torrent d'objections à mesure que Baley poursuivait sa démonstration ; il dut littéralement hurler sa dernière phrase et, même ainsi, elle fut presque noyée dans le tohu-bohu.

Attlebish, le visage empourpré, se leva de sa chaise et s'avança :

— Même si ce que vous dites est vrai, la culpabilité de Mme Delmarre ne s'en trouve que plus flagrante. Elle était présente. Elle s'est disputée avec son mari, elle l'avait vu en train de travailler sur le robot et se trouvait donc au fait des possibilités qu'offraient les membres détachables — ce que, pour l'instant, je ne crois pas encore. Sous quelque angle qu'on envisage le problème, monsieur le Terrien, tout concorde et démontre sa culpabilité.

Gladïa se mit à pleurer doucement.

Baley ne tourna pas son regard vers elle, mais, fixant Attlebish, riposta :

— Au contraire, il m'est très facile de vous montrer que, si quelqu'un est coupable de ce meurtre, ce ne peut pas être Mme Delmarre.

Jothan Leebig, brusquement, se croisa les bras et laissa une expression de mépris total envahir son visage.

Baley s'en aperçut et en profita :

— D'ailleurs, docteur Leebig, vous allez m'aider à le prouver. Vous, un roboticien, êtes mieux que quiconque à même de savoir que, pour se jouer ainsi des robots et leur faire commettre des actes aussi contraires à leur nature qu'un meurtre, il faut déployer une ingéniosité prodigieuse. J'ai eu, hier, l'occasion d'essayer de placer un individu en résidence forcée sous la surveillance de trois robots. Je donnai à ceux-ci des instructions détaillées qui, selon moi, n'offraient plus à l'individu en question la moindre échappatoire. Chose fort simple, mais je suis d'une maladresse insigne avec les robots. Mes instructions pouvaient être tournées ; le prisonnier ne s'en fit pas faute et prit le large.

— Qui était ce prisonnier ? demanda Attlebish.

— Cela n'a rien à voir ici, rétorqua Baley avec impatience. Mais le fait est que des amateurs ne peuvent manier des robots sans risque d'erreur. Et j'ose dire que, dans ce domaine, quelques Solariens sont aussi peu doués que moi-même. Ainsi, qu'est-ce que Gladïa Delmarre connaît aux robots... Eh bien, docteur Leebig ?

— Hein, fit le roboticien, en ouvrant de grands yeux.

— Vous avez bien essayé d'expliquer la Robotique à Mme Delmarre ? Quel genre d'élève était-elle ? A-t-elle retenu quoi que ce soit à vos explications ?

— Elle n'a rien comp... dit Leebig, en jetant des regards gênés autour de lui, puis s'arrêtant tout net.

— Une élève indécrottable, n'est-ce pas ? Ou préférez-vous ne pas répondre ?

— Elle pouvait jouer l'ignorance, répondit Leebig avec raideur.

— Oseriez-vous prétendre, en tant que roboticien, qu'à votre avis Mme Delmarre avait suffisamment d'habileté pour amener des robots à commettre indirectement un meurtre ?

— Comment voulez-vous que je réponde à une pareille question ?

— Bien, alors je vais vous poser cette question sous une autre forme. La personne, quelle qu'elle soit, qui a tenté de me faire assassiner à la ferme a, tout d'abord, dû me localiser grâce au réseau d'intercommunication des robots. Après tout, je n'avais informé aucun être humain de mes déplacements et seuls les robots qui m'avaient conduit d'un endroit à l'autre savaient où je me trouvais. Mon collègue, M. Daneel Olivaw, réussit un peu plus tard dans la journée à retrouver ma trace, mais au prix de difficultés considérables. Or, le meurtrier, lui, a pu le faire très facilement, puisque, outre le fait de me localiser, il a eu le temps de faire empoisonner la flèche, de la faire remettre à l'enfant qui l'a décochée, et ce avant que j'aie quitté la ferme pour me rendre ailleurs. Vraiment, pensez-vous que Mme Delmarre possède assez d'habileté pour réaliser un pareil programme ?

Corwin Attlebish se pencha en avant :

— Qui, monsieur le Terrien, peut, à votre avis, être doué d'une habileté suffisante ?

— Le Dr Jothan Leebig, de son propre aveu, est le meilleur expert en robot de toute la planète, répondit Baley.

— Suis-je mis en accusation ? s'écria Leebig.

— Oui, s'écria Baley à son tour.

La colère s'estompa peu à peu dans les yeux de Leebig et fit place à quelque chose qui n'était pas le calme à proprement parler, mais une espèce de tension contenue :

— J'ai étudié le robot de chez les Delmarre après le meurtre, dit-il. Il n'avait pas de membre détachable, ou, plus exactement, pour les détacher, fallait-il, comme pour tous les autres robots, des outils spéciaux et des mécaniciens capables. Aussi, ce robot n'a-t-il pas été l'arme utilisée pour tuer Delmarre. Et votre argument n'a pas de valeur.

— Qui d'autre peut confirmer la validité de vos propos ? répondit Baley.

— On ne met pas ma parole en doute.

— Eh bien, moi je la mets. Je vous accuse formellement de meurtre, et votre objection, non corroborée en ce qui concerne ce robot particulier, n'a pas de valeur. Si quelqu'un acceptait de confirmer vos dires, ce serait différent. A propos, vous vous êtes bien vite débarrassé de ce robot. Pourquoi ?

— Il n'y avait aucune bonne raison de le conserver. Il était absolument hors d'usage, sans la moindre utilité pratique.

— Mais, pourquoi ?

Leebig brandit le poing vers Baley et, avec violence :

— Vous m'avez déjà posé la question, Terrien, et moi je vous ai répondu : il avait assisté à un meurtre qu'il avait été incapable d'empêcher.

— Oui, et vous m'avez dit également qu'un tel acte entraînait toujours la destruction intégrale du cerveau positronique, que la règle ne souffrait pas d'exception. Pourtant, lorsque Gruer fut empoisonné, le robot qui lui avait offert le breuvage empoisonné s'en tira avec des troubles cérébro-moteurs des membres inférieurs et des organes de phonation. Or, en tout état de cause, il avait été l'agent même de ce qui, sur le moment, parut un meurtre. L'auteur, dis-je, et non un simple témoin. Et lui a conservé suffisamment l'usage de son cerveau pour répondre à mes questions !

« Aussi j'affirme que l'autre robot, celui présent chez le Dr Delmarre, doit être mêlé au meurtre d'une façon beaucoup plus intime que le robot de l'inspecteur Gruer. Et je répète ce que j'ai dit :

« Le robot du Dr Delmarre a eu son propre bras utilisé comme arme du meurtre.

— Fatras ridicule, glapit Leebig. Vous ne connaissez rien à la Robotique !

— Je vous l'accorde, répondit Baley. Mais je suggère, néanmoins, que le chef de la Sûreté, Attlebish, mette sous séquestre les archives de votre usine et de votre atelier de réparations de robots. Ainsi pourrons-nous savoir de façon sûre si vous avez construit des robots à membres détachables et, si oui, si vous en avez envoyé au Dr Delmarre et à quelle date.

— Personne ne touchera à mes archives, s'écria Leebig.

— Et pourquoi ? Si vous n'avez rien à craindre ?

— Mais pourquoi, par tous les corps célestes, voulez-vous que j'aie tué Delmarre ? Dites-le-moi. Pour quel motif ?

— J'en vois deux, répliqua Baley. Tout d'abord, vous étiez très ami avec Mme Delmarre. Extrêmement ami. Et, après tout, les Solariens sont des êtres humains. Vous ne vous êtes uni à aucune femme, c'est vrai, mais cela ne vous rendait pas, pour autant, insensible à, disons, des impulsions animales. Vous avez vu Mme Delmarre, oh pardon, vous l'avez visionnée, alors qu'elle se trouvait assez légèrement vêtue et de...

— Non, s'écria Leebig au supplice.

Et Gladïa murmura, mais avec énergie :

— Non !

— Peut-être ne vous êtes-vous pas rendu compte de la nature de vos sentiments, poursuivit Baley sans s'inquiéter des dénégations, ou, si vous en avez vaguement pris conscience, vous vous êtes méprisé en raison de cette faiblesse et avez pris en haine Mme Delmarre qui vous l'avait inspirée. De plus, vous pouviez n'avoir que haine pour le Dr Delmarre qui, lui, en était le légitime époux. Vous avez demandé à Mme Delmarre d'être votre assistant ; vous avez pactisé avec votre libido jusqu'à ce point. Mme Delmarre refusa et votre haine n'en fut que plus vive. En assassinant le Dr Delmarre de telle façon que les soupçons aillent se porter sur Mme Delmarre, vous vous êtes vengé des deux êtres en même temps.

— Qui voudrait croire à de pareilles insanités, à de telles ordures ? demanda Leebig d'une voix rauque, presque inaudible. Un autre Terrien, une autre bête répugnante peut-être. Mais pas un Solarien.

— Je ne compte pas sur ce seul motif, répondit Baley, bien que je sois persuadé de son existence, plus ou moins inconsciente. Mais vous aviez aussi un motif beaucoup plus net : le Dr Rikaine Delmarre gênait vos plans et il vous fallait vous en défaire.

— Quels plans ? demanda Leebig.

— Les plans visant à une conquête de la Galaxie, docteur Leebig, répondit froidement Baley.

18

La réponse est donnée

— Ce Terrien est fou ! s'écria Leebig en se tournant vers le reste de l'auditoire. C'est visible, non ?

Personne ne répondit. Certains regardèrent Leebig, d'autres Baley. Baley ne leur laissa pas le temps de se faire une opinion.

— Allons donc, docteur Leebig, dit-il. Reconnaissez-le une bonne fois, le Dr Delmarre allait rompre son association avec vous. Mme Delmarre pensait que son attitude venait de votre refus de vous marier. Moi, je ne le pense pas ; le Dr Delmarre, lui-même, était en train de faire des plans pour un avenir où l'ectogenèse serait possible et le mariage, par conséquent, inutile. Mais le Dr Delmarre travaillait avec vous et donc savait, ou tout au moins pouvait deviner, plus que n'importe qui d'autre, quelles étaient vos préoccupations. Il pouvait savoir que vous étiez en train de vous livrer à des expériences dangereuses par leurs conséquences. Il a essayé de vous en dissuader. Lui-même fit part de ses craintes à l'inspecteur Gruer, mais sans donner de détails, parce qu'il n'était pas encore certain des détails. Il est visible que vous avez eu vent de ses soupçons et vous l'avez tué.

— De la folie, répéta Leebig. Je n'en écouterai pas davantage.

Mais Attlebish s'interposa :

— Vous écouterez jusqu'au bout, Leebig !

Baley se mordit la lèvre pour ne pas déployer prématurément toute la satisfaction qu'il ressentait au ton acerbe du chef de la Sûreté.

— Au cours de cette même discussion dans laquelle vous m'avez parlé de robots à membres détachables, reprit Baley, vous avez également fait mention d'astronefs comportant des cerveaux positroniques incorporés. Vraiment, à ce moment-là, vous avez trop parlé. Peut-être vous êtes-vous dit que je n'étais qu'un Terrien incapable de comprendre tout ce qu'implique la Robotique ? Ou bien, comme je vous avais menacé de venir vous voir en présence effective, puis, ensuite, avais accepté de ne pas mettre cette menace à exécution, peut-être étiez-vous un peu hors de vous-même de soulagement ? Mais de toute façon, le Dr Quemot m'avait déjà dit que l'arme secrète sur laquelle les Solariens comptaient pour se rendre maîtres des Mondes Extérieurs était le robot positronique.

Quemot, de se voir ainsi mis en avant à l'improviste, réagit vigoureusement en s'écriant :

— Mais je voulais dire...

— Oui, vous l'entendiez d'un point de vue purement sociologique, je le sais bien. Mais cela m'a donné à penser. Considérons un astronef à cerveau positronique incorporé, par comparaison avec un astronef à équipage humain. Ce dernier, en cas de guerre ouverte, ne pourrait avoir recours aux robots, car un robot serait incapable de détruire des êtres humains à bord d'un astronef ennemi ou sur une planète ennemie. Il se révélerait totalement inapte à saisir la différence entre humains ennemis et humains alliés.

« Bien sûr, on peut lui dire que l'astronef adverse n'a pas d'humains à son bord. On peut lui raconter que c'est une planète inhabitée qu'il faut bombarder. Mais ce serait difficile de le lui faire croire. Car le robot voit bien que l'astronef où il se trouve a un équipage humain, il sait pertinemment que le monde sur lequel il vit est peuplé d'humains. Aussi va-t-il avoir tendance à postuler qu'il en est de même chez les ennemis. Il n'y aura qu'un expert en Robotique, et encore un excellent, tel que vous, docteur Leebig, pour le contraindre, sans trop de difficultés, à agir selon les directives données. Mais il existe bien peu d'experts qualifiés en ce domaine.

« Tandis qu'un astronef comportant uniquement un cerveau positronique incorporé attaquera gaillardement tout autre astronef qu'il a pour mission d'attaquer, à mon avis. Pour lui, naturellement, l'astronef adverse ne comporte pas d'équipage humain, il le considérera comme identique à lui-même. Il est facile de rendre un tel astronef incapable de recevoir des messages en provenance de bâtiments ennemis qui pourraient le détromper. Son armement, tant offensif que défensif, dépendant entièrement du cerveau positronique, lui fournira une maniabilité bien supérieure à celle d'un astronef piloté. Il n'y aura pas à se préoccuper des quartiers de l'équipage, de l'approvisionnement alimentaire, de la régénération de l'air : aussi, pourra-t-il être mieux blindé, mieux armé, plus invincible qu'un autre bâtiment. Un seul astronef à cerveau positronique incorporé peut venir aisément à bout de flottes entières de bâtiments pilotés. Croyez-vous que je délire, maintenant ?

Il avait lancé cette dernière apostrophe au Dr Leebig, qui s'était dressé et restait debout, rigide, comme en catalepsie : sous l'effet de la colère ? ou de l'horreur ?

Baley n'obtint pas de réponse. Du reste, il n'aurait rien pu entendre. Quelque chose avait cédé et tous les Solariens hurlaient comme des déments. Klorissa avait le visage d'une furie et il n'était pas jusqu'à Gladïa qui, debout, ne brandît, elle aussi, un poing menaçant, mais si frêle.

Tous accusaient Leebig.

Baley relâcha son emprise sur lui-même. Il ferma les yeux. Il essaya aussi pendant quelques instants de détendre ses muscles, de calmer ses nerfs.

Enfin, le coup avait porté. Il avait finalement pressé le bon déclic. Quemot s'était livré à une analogie entre les robots solariens et les Ilotes de Sparte. Il avait dit que les robots étaient dans l'incapacité de se révolter, afin que les Solariens n'aient pas à s'en méfier.

Mais si quelque humain s'avisait à vouloir apprendre aux robots le moyen de s'attaquer à des êtres humains, de vouloir, en d'autres termes, les rendre capables de se révolter ?

N'était-ce point là le crime par excellence ? Sur un monde tel que Solaria, est-ce que tous les habitants, jusqu'au dernier, ne se dresseraient pas comme un seul homme, avec la pire violence, contre celui qu'on soupçonnerait seulement de vouloir rendre les robots capables de tuer ? Sur Solaria, où l'on comptait dix mille robots pour un homme ?

Attlebish criait :

— Vous êtes en état d'arrestation. Il vous est formellement interdit de toucher à vos livres et à vos archives avant que le gouvernement ait eu le temps de les consulter.

Il continuait, s'étranglant presque, au milieu d'un infernal brouhaha.

Un robot s'approcha de Baley.

— Un message, maître. Message du maître Daneel Olivaw.

Baley prit le message avec gravité, se retourna et cria :

— Un instant, je vous prie.

Sa voix eut un effet quasi magique. Ils se retournèrent tous vers lui, et tous ces visages graves et tendus (excepté le regard halluciné de Leebig) ne montraient rien d'autre que l'attention la plus soutenue pour les paroles du Terrien.

— Il serait vain de croire que le Dr Leebig va bien vouloir laisser intactes ses archives, dit Baley, et qu'il va gentiment attendre qu'un envoyé gouvernemental vienne s'en saisir. Aussi, dès le début de cette réunion, mon collègue, M. Daneel Olivaw, était-il parti pour le domaine du Dr Leebig. Je viens de recevoir de ses nouvelles. Il est actuellement à pied d'œuvre et va arriver chez le Dr Leebig d'un instant à l'autre, afin de s'assurer de sa personne et de l'incarcérer.

— M'incarcérer, moi ! hurla Leebig, saisi d'une terreur quasi animale. (Ses yeux s'ouvrirent démesurément, la pupille dilatée :) Quelqu'un va venir ici ? En ma présence ? Oh ! non. Non !

Le second « non » fut crié d'une voix hystérique.

— Il ne vous sera fait aucun mal, répondit froidement Baley, si vous ne résistez pas.

— Mais je ne veux pas le voir. Je ne peux pas le voir. (Le roboticien tomba à genoux, sans même s'en rendre compte. Il joignait les mains en une poignante supplication désespérée :) Mais que voulez-vous donc ? C'est une confession que vous voulez ? J'avoue, oui, j'avoue, oui, le robot de Delmarre avait des membres détachables, oui, oui. C'est moi qui ai prémédité l'empoisonnement de Gruer. J'ai fait empoisonner la flèche qui vous était destinée, oui. J'ai même étudié les astronefs dont vous avez parlé, mais sans succès. Oui, j'avoue, j'avoue tout. Mais qu'il ne vienne pas. Ne le laissez pas venir. Faites qu'il s'en aille...

— Il bredouillait.

Baley hocha la tête. Le bon déclic, là aussi. La menace de la présence effective d'un autre avait plus fait pour obtenir l'aveu que ne l'aurait fait toute torture physique.

Mais, brusquement, à quelque bruit ou mouvement en dehors du champ de vision et d'audition des autres, Leebig tourna la tête. Sa bouche s'ouvrit, béante d'effroi. Il leva les mains, comme pour tenir quelque chose à distance.

— Allez-vous-en, supplia-t-il. Partez. Non, ne venez pas. Pitié, n'approchez pas. Pitié...

Il essayait de s'enfuir à quatre pattes, mais semblait pétrifié. Alors, il plongea brusquement la main dans sa poche de veste. Elle en ressortit tenant quelque chose qu'il porta rapidement à la bouche. Il vacilla d'un côté, puis de l'autre, et s'abattit face contre terre.

Baley aurait voulu crier :

« Espèce d'idiot ! Ce n'est pas un être humain qui vient. C'est un de ces robots que vous aimez tant. »

Daneel Olivaw entra, tout soudain, dans le champ de vision. Un instant, il resta à contempler la silhouette crispée à terre.

Baley retint son souffle. Si Daneel arrivait à se rendre compte que c'était son apparence humaine qui avait forcé Leebig au suicide, les effets en seraient catastrophiques sur son cerveau asservi à la Première Loi.

Mais Daneel s'agenouilla seulement et ses doigts effleurèrent délicatement le corps de Leebig, ici et là. Puis, soulevant doucement la tête de Leebig, comme si elle lui était infiniment précieuse, il la prit contre lui, la caressa.

Son visage, aux traits merveilleusement sculptés, faisait face aux regards de tous. Il murmura :

— Un être humain est mort.

Baley attendait Gladïa. Elle lui avait demandé une ultime entrevue. Mais il ouvrit de grands yeux lorsqu'elle fit son apparition.

— Mais, je vous vois là, devant moi, en chair et en os ! s'exclama-t-il.

— Oui, répondit Gladïa. Comment l'avez-vous deviné ?

— Vous avez mis des gants.

— Oh ! (Toute confuse, elle regarda ses mains. Puis doucement :) Cela vous gêne-t-il ?

— Non, bien sûr. Mais qu'est-ce qui a pu vous décider à venir plutôt qu'à me parler par stéréovision ?

— Eh bien ! (Elle eut un faible sourire.) Il faut bien que je m'y habitue, n'est-ce pas, Elijah ? Je veux dire, si je pars pour Aurore.

— Bon, alors tout s'arrange bien ?

— M. Olivaw semble avoir beaucoup d'influence. Tout s'est très bien arrangé. Je ne reviendrai jamais plus ici.

— Parfait. Vous n'en serez que plus heureuse, Gladïa. Vous pouvez me croire.

— J'ai un peu peur tout de même.

— Oui, je sais bien. Il vous faudra toujours vous trouver en présence des gens et vous n'aurez pas tout le confort que vous aviez sur Solaria. Mais vous vous y ferez et, ce qui est beaucoup plus important, vous oublierez toutes les épreuves par lesquelles vous venez de passer.

— Mais je ne voudrais rien oublier de tout cela, dit doucement Gladïa.

— Vous oublierez, croyez-moi. (Baley regarda la mince jeune femme, debout devant lui, et ajouta, non sans un petit pincement au cœur :) Et puis, vous vous marierez, un jour ou l'autre. Mais un vrai mariage, cette fois.

— Peut-être, dit-elle d'un ton triste, mais pour le moment je vous avouerai que cela ne m'attire guère.

— Bah ! vous changerez d'avis.

Et ils restèrent là, face à face, se regardant dans les yeux, en silence, un moment.

— Je ne vous ai jamais remercié, dit Gladïa.

— Ce n'était que mon travail, répondit Baley.

— Vous repartez pour la Terre, maintenant, n'est-ce pas ?

— Oui.

— Je ne vous reverrai jamais ?

— Probablement pas, en effet. Mais pourquoi vous tracasser pour cela ? Dans quarante ans au plus, je serai mort et vous n'aurez pas changé d'un iota. Vous serez toujours aussi séduisante que maintenant.

Son visage changea d'expression :

— Oh ! Ne dites pas cela !

— Puisque c'est la vérité.

Elle dit, rapidement, comme se sentant contrainte de changer de sujet :

— Vous savez, c'était vrai tout ce que vous aviez dit sur Jothan Leebig.

— Oui, je sais. D'autres roboticiens ont étudié ses archives et ont relevé des expériences portant sur des astronefs autopilotés. Ils ont découvert également d'autres robots aux membres détachables.

Gladïa eut un frisson d'horreur :

— Pourquoi a-t-il fait des choses aussi horribles, à votre avis ?

— Il avait peur des gens. Il s'est suicidé pour éviter le contact de quelqu'un et il était prêt à détruire d'autres mondes pour s'assurer que Solaria et son tabou contre la présence effective seraient à jamais respectés.

— Comment pouvait-il avoir des idées pareilles ? murmura-t-elle, alors que la présence de quelqu'un peut être si...

De nouveau, il y eut un moment de silence, tandis qu'ils se faisaient face à dix pas de distance.

Puis Gladïa s'écria brusquement :

— Oh ! Elijah, vous allez me trouver si dévergondée.

— Pourquoi vous trouverais-je dévergondée ?

— Puis-je vous toucher, Elijah ? Je ne vous reverrai plus jamais.

— Si cela peut vous faire plaisir.

Elle s'approcha de lui, pas à pas, les yeux brillants, mais restant craintive et effarouchée tout de même. Elle s'arrêta à trois pas de lui, puis lentement, comme plongée dans une transe, elle se mit à ôter le gant de sa main droite.

Baley ébaucha un geste apaisant :

— Pas d'acte inconsidéré, Gladïa !

— Je n'ai pas peur, dit Gladïa.

Sa main était dénudée. Elle tremblait en la lui tendant. Baley tremblait lui aussi en prenant sa petite main dans la sienne. Ils restèrent ainsi un moment, la main de Gladïa, une petite chose timide, tout effarouchée de se trouver prise dans la sienne. Il ouvrit la main et elle la retira vivement, puis, d'un mouvement vif et imprévisible, elle effleura, d'une légère caresse, la joue de Baley un bref instant.

— Merci et adieu, Elijah ! dit-elle.

— Adieu, Gladïa, dit-il en la regardant partir.

La pensée même qu'un astronef l'attendait pour le ramener sur Terre n'effaça pas le sentiment de perte irrémédiable qu'il éprouva à cet instant.

Le regard que lui lança le sous-secrétaire Albert Minnim prétendait à un accueil chaleureux, quoique légèrement guindé.

— Je suis heureux de vous voir de retour sur Terre. Votre rapport, bien sûr, nous est parvenu avant votre arrivée et est actuellement à l'étude. Vous avez fait du bon travail. Cette enquête va encore améliorer votre dossier.

— Merci, monsieur, dit Baley.

Toute l'ivresse du succès avait disparu en lui. Il se trouvait de nouveau sur Terre, à l'abri des cavernes d'acier ; il avait entendu la voix de Jessie (il lui avait déjà parlé) et, pourtant, il se sentait étrangement vide.

— Néanmoins, continua Minnim, votre rapport ne portait que sur l'enquête du meurtre. Mais il y avait une autre question qui nous préoccupait. Pourriez-vous me faire votre rapport sur ce problème ? Verbalement, s'entend.

Baley hésita et sa main se porta automatiquement à sa poche intérieure où il pouvait, de nouveau, trouver le tiède réconfort de sa pipe.

— Vous pouvez fumer, Baley, dit aussitôt Minnim.

Baley étira quelque peu en longueur le rituel du bourrage et de l'allumage de sa pipe :

— Je ne suis pas sociologue, dit-il finalement.

— Vraiment ? (Minnim eut un bref sourire.) Il me semble que nous en avons déjà discuté. Un détective qui réussit doit être un bon sociologue, empirique certes, mais sociologue tout de même, qu'il connaisse, ou non, l'équation de Hackett. Je pense que, si j'en juge par votre gêne présente, vous avez vos idées à vous sur les Mondes Extérieurs, mais ne savez trop ce que, moi, je penserai.

— Si vous l'envisagez sous cet aspect, monsieur... Lorsque vous m'avez envoyé sur Solaria, vous m'avez posé une question : vous m'avez demandé de découvrir quels étaient les points faibles des Mondes Extérieurs. Leurs points forts étant leurs robots, leur faible densité démographique, leur longévité, quels pouvaient être leurs points faibles ?

— Eh bien ?

— Je crois connaître les points faibles des Solariens.

— Vous pouvez donc répondre à ma question. Parfait. Allez-y !

— Eh bien, leurs points faibles, monsieur, sont également leurs robots, leur faible densité démographique, leur longévité.

Minnim fixa Baley sans changer d'expression. Ses doigts dessinaient machinalement des figures géométriques sur les papiers du bureau.

— Qu'est-ce qui peut vous le faire croire ? demanda-t-il simplement.

Baley avait passé des heures à mettre de l'ordre dans ses idées pendant le voyage de retour. Il avait mis en balance, d'un côté, la thèse officielle et, de l'autre, des arguments solides, fortement charpentés. Mais, pour le moment, il se trouvait pris de court.

— Je ne sais trop comment expliquer clairement ce qui m'a conduit à cette idée, dit-il.

— Aucune importance. Racontez ça à votre manière. De toute façon, il ne s'agit que d'une première approximation.

— Eh bien, monsieur, dit Baley, les Solariens ont perdu, délibérément, quelque chose que l'humanité possède depuis des millénaires, quelque chose qui est plus important encore que la puissance atomique, que les villes, que l'agriculture, que les outils, que le feu même ! oui, car c'est ce quelque chose qui a rendu tout le reste possible.

— Je ne suis pas doué pour les devinettes, Baley. De quoi s'agit-il ?

— Ils ont perdu l'instinct tribal, monsieur : ils font fi de la coopération entre individus. Solaria s'est entièrement débarrassé de toute vie communautaire : c'est un monde peuplé d'individus solitaires, et le seul sociologue de la planète se réjouit qu'il en soit ainsi. Au fait, ce sociologue ignore tout de la sociologie statistique, car il découvre, par lui-même, sa propre science. Il n'y a personne pour le guider, personne pour l'aider, encore moins personne pour lui suggérer des possibilités qu'il n'a pas envisagées. La seule science qui se développe avec succès sur Solaria, c'est la Robotique et, même dans ce domaine, ils ne sont qu'une poignée à s'en occuper. D'ailleurs, lorsqu'il s'est agi d'interaction entre hommes et robots, c'est à un Terrien qu'ils ont dû faire appel pour analyser leur problème.

« L'art solarien est abstrait. Sur Terre, nous avons aussi des œuvres abstraites, mais elles ne représentent qu'un des aspects de l'Art. Par contre, sur Solaria, l'art non figuratif est la seule manifestation esthétique. Le sentiment humain a complètement disparu. L'avenir que les Solariens recherchent et désirent repose sur l'ectogenèse et l'isolement intégral dès la naissance.

— Cela me semble assez horrible, dit Minnim. Mais là n'est pas la question. Est-ce dangereux ?

— Je crois que cet état de choses est nocif, oui. Sans contacts réels entre humains, le principal attrait de la vie disparaît ; la plus grande partie des valeurs intellectuelles également ; la plupart des raisons de vivre font défaut. La vision tridimensionnelle ne peut pas remplacer l'entrevue directe. D'ailleurs, les Solariens eux-mêmes se rendent bien compte du sentiment d'éloignement que comporte cette forme artificielle de relations humaines.

« Et s'il ne suffisait pas de cet isolement de l'individu pour déclencher une stagnation de la culture, le phénomène de leur longévité vient y contribuer. Sur Terre, nous avons un flot continu de jeunes qui aiment le changement parce qu'ils n'ont pas eu le temps de s'encroûter dans leurs habitudes. Je suppose qu'il existe un point d'équilibre entre une vie assez longue pour réaliser quelque chose et assez courte pour le renouvellement constant de la jeunesse, à un rythme qui ne soit pas trop lent. Mais, sur Solaria, le rythme de renouvellement est bien trop lent.

Minnim continuait à dessiner des figures géométriques du bout du doigt :

— Intéressant. Très intéressant. (Il releva la tête ; ce fut comme si un masque était tombé : son regard brillait de joie.) Vous avez l'esprit très pénétrant, inspecteur.

— Merci, dit Baley, avec une certaine raideur.

— Voulez-vous savoir pourquoi je vous ai poussé à me faire part de vos idées ? (Comme un petit garçon, il se cramponnait à son plaisir. Il continua, sans attendre la réponse de Baley :) Nos sociologues se sont déjà livrés à une analyse préliminaire de votre rapport et je me demandais si vous aviez une vague idée des bonnes nouvelles que vous aviez rapportées pour la Terre. Je vois bien que vous vous en étiez rendu compte.

— Mais, dit Baley, un instant. Le problème comporte d'autres aspects.

— Certes, reconnut Minnim, transporté de joie : Solaria ne peut pas remédier à cet état de choses. La stagnation ne peut que s'accentuer maintenant que le point critique est dépassé. Les Solariens dépendent trop des robots, ils comptent trop sur eux, alors qu'un robot quelconque est dans l'incapacité de corriger un enfant : cette correction pourrait avoir des effets bénéfiques pour l'avenir de l'enfant, mais le robot est aveugle à toute autre considération que la douleur présente qu'il devrait infliger. De même, du point de vue collectif, les robots ne peuvent pas corriger toute une planète en faisant table rase de toutes les institutions établies lorsqu'elles se sont révélées nocives. Ils sont aveugles à toute autre conception que l'idée immédiate du chaos qui en résulterait. Aussi, la seule issue pour les Mondes Extérieurs est-elle une stagnation perpétuelle et la Terre se trouvera peu à peu libérée de leur emprise. Ces nouveaux faits changent toutes les données du problème. Une révolte ouverte ne sera même pas nécessaire. La liberté nous reviendra progressivement.

— Un instant, répéta Baley, un ton plus haut. Pour le moment, c'est de Solaria seule que nous parlions, non d'aucun autre Monde Extérieur.

— Mais c'est du pareil au même. Votre sociologue solarien, Kimot...

— Quemot, monsieur.

— Oui, Quemot. Il vous a bien dit, n'est-ce pas, que les autres Mondes Extérieurs étaient en train de suivre la même voie que Solaria ?

— Effectivement, c'est ce qu'il m'a dit, mais il n'avait aucun renseignement de première main sur les autres Mondes Extérieurs et, de plus, ce n'était pas un sociologue. Tout au moins, pas un véritable sociologue scientifique. Je pensais m'être suffisamment expliqué là-dessus.

— Nos sociologues à nous vérifieront ses théories.

— Mais, eux aussi, vont se trouver à court de renseignements exacts. Nous ignorons tout des Mondes Extérieurs vraiment importants.

« Tenez, prenons Aurore, par exemple : le monde de Daneel. A mon avis, il semble peu rationnel de s'attendre qu'un tel monde soit comme Solaria. En fait, il n'y a qu'un seul monde pour ressembler à Solaria et c'est...

Mais Minnim écartait le sujet d'un mouvement gracieux et satisfait de sa main manucurée :

— Nos sociologues vérifieront, vous dis-je, et je suis sûr qu'il seront d'accord avec les théories de Quemot.

Le regard de Baley s'assombrit ; si les sociologues de la Terre étaient assez impatients d'obtenir des nouvelles rassurantes, ils tomberaient d'accord avec Quemot, ça ne faisait pas un pli. On fait dire tout ce qu'on veut aux statistiques, pourvu qu'on en établisse un assez grand nombre, avec un but bien déterminé en tête, surtout si l'on fait fi de documents probants, mais gênants.

Il hésita : valait-il mieux parler tout de suite, alors qu'il avait l'oreille d'un membre important du gouvernement, ou bien...

Son hésitation avait duré un instant de trop. Minnim reprenait la parole, farfouillant dans ses papiers et s'inquiétant de questions plus terre à terre.

— Encore quelques petites questions, inspecteur, à propos de l'affaire Delmarre proprement dite, et vous pourrez disposer. Aviez-vous l'intention de pousser Leebig au suicide ?

— Je voulais simplement le contraindre à l'aveu, monsieur. Je n'avais pas prévu ce suicide, étant donné que la personne qui approchait de lui n'était qu'un humanoïde ; à proprement parler, un robot n'enfreignait pas le tabou de la présence effective. Mais, à dire vrai, sa mort ne me cause aucun remords : c'était vraiment quelqu'un de très dangereux. Il se passera bien du temps avant qu'on retrouve un homme à la fois aussi brillant et aussi névrosé.

— Je suis bien d'accord avec vous sur ce point, dit sèchement Minnim, et me félicite de sa mort. Mais, n'avez-vous pas envisagé dans quelle situation gênante vous vous seriez trouvé si les Solariens avaient pris le temps de réfléchir ? Ils se seraient facilement rendu compte de l'impossibilité matérielle où se trouvait Leebig d'assassiner Delmarre.

Baley ôta sa pipe de sa bouche, mais se ravisa et ne dit rien.

— Allons, inspecteur, continua Minnim, vous savez pertinemment que ce n'est pas lui l'assassin. Un tel meurtre exigeait la présence effective du meurtrier et Leebig serait mort plutôt que d'envisager pareille éventualité. Il s'est d'ailleurs suicidé pour ce motif.

— C'est vrai, monsieur, répondit Baley. J'ai tablé sur le fait que les Solariens allaient être trop horrifiés par les agissements de Leebig avec des robots pour s'inquiéter du reste.

— Bon. Alors, qui a tué Delmarre, en fin de compte ?

Baley dit, en mesurant ses mots :

— Si vous entendez par là qui a porté le coup fatal, c'est évidemment la personne que tous les Solariens considéraient comme coupable : Gladïa Delmarre, la propre épouse de la victime.

— Et vous l'avez laissée s'enfuir ?

— D'un point de vue moral, dit Baley, la responsabilité de ce meurtre ne lui incombe pas. Leebig savait que Gladïa se disputait tant et plus avec son mari, à la moindre occasion. Il a dû apprendre dans quel état de fureur elle pouvait se mettre au cours de ces querelles. Leebig voulait que la mort du mari incriminât automatiquement l'épouse. Aussi fit-il parvenir à Delmarre un robot auquel, à mon avis, il avait donné des instructions très précises : habile comme il l'était, il a dû ordonner au robot de tendre à Gladïa, au comble de la fureur, l'un de ses bras détachables. Ayant une arme entre les mains, au moment crucial, elle a brandi cette matraque improvisée dans une espèce d'état second et a frappé avant que ni le robot ni Delmarre puissent intercepter son geste. Gladïa se trouve avoir été, entre les mains de Leebig, un instrument aussi inconscient que le robot lui-même.

— Le bras du robot devait être souillé de sang et de cheveux, dit Minnim.

— Très certainement, répondit Baley. Mais c'est Leebig qui s'est occupé de ce robot. Il a pu facilement donner ordre aux autres robots qui auraient remarqué ce détail d'oublier tout ce qui concernait leur semblable. Le Dr Thool aurait pu, lui aussi, s'en apercevoir, mais il ne s'est occupé que du cadavre et de la femme évanouie. L'erreur de Leebig fut de croire que la culpabilité de Gladïa s'étalerait d'une manière si flagrante que l'absence d'une arme quelconque sur les lieux du crime ne pourrait la sauver. De plus, il ne pouvait pas prévoir qu'on ferait appel à un Terrien pour mener l'enquête.

— Aussi, une fois Leebig mort, vous vous êtes arrangé pour faire évader la meurtrière de Solaria. Était-ce pour la sauver au cas où les Solariens se seraient mis à réfléchir à toute cette histoire ?

Baley haussa les épaules :

— Elle en avait assez enduré. Elle avait toujours été une victime : incomprise de son mari, le jouet de Leebig, la paria de tout Solaria.

— Et vous, vous avez accommodé la loi à votre idée pour satisfaire un caprice personnel ?

L'âpre visage de Baley se durcit :

— Ce n'était pas un caprice. J'étais au-dessus des lois de Solaria. Pour moi, les intérêts de la Terre étaient primordiaux et, pour les défendre, il a bien fallu que je fasse en sorte qu'on se débarrasse de Leebig. Lui, il était dangereux. Quant à Mme Delmarre... (Il fit face à Minnim, en pleine conscience du pas décisif qu'il faisait.) Quant à Mme Delmarre, reprit-il, elle m'a servi de cobaye pour une expérience.

— Quelle expérience ?

— Je voulais savoir si elle oserait vivre dans un monde où la présence effective des gens est courante, et même de règle. J'étais curieux de savoir si elle aurait le courage de se dégager d'habitudes aussi profondément ancrées en elle. J'avais peur qu'elle ne refuse de partir, qu'elle insiste pour demeurer sur Solaria, qui, pour elle, était un vrai purgatoire, au lieu de renoncer au mode de vie artificiel des Solariens. Mais elle a choisi le dépaysement, avec tout ce qu'il comporte. J'en suis heureux ; pour moi, c'est une espèce de symbole. Son geste m'a paru ouvrir toutes grandes les portes du salut, de notre salut.

— De notre salut ! dit énergiquement Minnim. Que diable voulez-vous dire ?

— Pas du vôtre personnellement, ni du mien, monsieur, dit Baley avec gravité, mais du salut de l'humanité tout entière. Vous vous trompez en ce qui concerne les autres Mondes Extérieurs : ils ont peu de robots, la présence effective est de règle et, eux aussi, ont procédé à l'enquête sur Solaria ; R. Daneel Olivaw était là-bas, avec moi, souvenez-vous, et, lui aussi, il va rendre compte. Il y a le danger qu'un jour ils deviennent comme Solaria, mais il est probable qu'ils se rendront compte assez tôt du péril. Ils trouveront un compromis entre une démographie démentielle et un malthusianisme redoutable. Aussi, resteront-ils les chefs de l'humanité.

— C'est votre opinion à vous, dit Minnim, très sec.

— Oui, et autre chose encore : il existe un monde comme Solaria, la Terre.

— Inspecteur Baley !

— Je vous l'assure, monsieur. Nous sommes comme les Solariens, mais à rebours. Eux, ils se sont retirés dans leur isolement les uns des autres. Nous nous sommes isolés du reste de la Galaxie, par notre volonté propre. Ils ne peuvent aller au-delà de leurs domaines inviolables. Nous ne pouvons aller au-delà de nos cités souterraines. Ce sont des généraux sans troupes, avec juste des robots, qui ne peuvent pas répondre. Nous sommes des troupes sans généraux, avec juste des cités où nous nous murons par peur du dehors. (Baley crispait les poings.)

Minnim dit d'un ton désapprobateur :

— Inspecteur, vous avez traversé de lourdes épreuves. Vous avez grand besoin de repos. Je vous l'accorde. Vous avez un mois de vacances à plein salaire, avec une promotion au bout.

— Merci, monsieur, mais ce n'est pas ce que je désire le plus. Je désire que vous m'écoutiez. Il n'y a qu'une seule issue au cul-de-sac où nous nous trouvons : vers le haut, vers l'Espace. Il y a là-bas des millions de Mondes. Les Spaciens n'en occupent que cinquante. Ils sont peu nombreux, ils ont une grande longévité. Nous sommes légion et notre temps est court. Nous sommes bien mieux armés qu'eux pour partir en exploration et coloniser. Nous avons une croissance démographique suffisante pour nous pousser en avant et les générations se succèdent à un rythme assez rapide pour nous donner des réserves inépuisables d'éléments jeunes et téméraires. N'oublions pas qu'en premier lieu ce sont nos ancêtres qui colonisèrent les Mondes Extérieurs.

— Oui, oui. Je vois, mais je crains de n'avoir pas le temps de vous entendre davantage.

Bien que Baley sentît parfaitement l'impatience qu'avait son interlocuteur d'être débarrassé de lui, il demeura imperturbable, à la même place.

— Lorsque les premières colonies bâtirent là-bas des mondes supérieurs au nôtre, en technique pure, nous avons bâti sous terre des cocons où nous nous sommes réfugiés. Les Spaciens nous faisaient prendre conscience de notre infériorité : alors, nous nous sommes cachés. Mais ce n'est pas là une bonne réponse. Pour éviter le cycle destructeur des révoltes et des répressions, il faut entrer en compétition avec eux : suivre leurs traces s'il le faut, et devenir leur chef si nous le pouvons. Mais, pour cela, il nous faut faire face au vide : il faut que nous apprenions à faire face à l'espace. Il est trop tard pour que, nous, nous l'apprenions. Mais nous devons l'apprendre à nos enfants. C'est une question de vie ou de mort.

— Prenez du repos, inspecteur.

— Écoutez-moi, monsieur, s'écria violemment Baley. Si les Spaciens sont forts et que, nous, nous restions où nous en sommes, alors, dans moins d'un siècle, la Terre sera détruite. Cela a été mathématiquement prévu. C'est vous qui l'avez dit vous-même. Si réellement les Spaciens étaient faibles et s'affaiblissaient de jour en jour, nous pourrions peut-être nous en sortir. Mais qui dit que les Spaciens sont faibles ? Les Solariens, un point c'est tout. Nous n'en savons pas plus.

« Je n'ai pas fini. Il y a une chose que nous pouvons changer, que les Spaciens soient faibles ou forts. Nous pouvons changer ce que nous sommes. Faisons face à l'espace, et jamais nous n'aurons besoin de nous révolter. Nous pouvons, nous aussi, nous répandre sur des foules de mondes à nous. Nous deviendrons, nous aussi, des Spaciens. Mais, si nous restons ici, sur Terre, blottis comme des lapins, alors il sera impossible d'enrayer le cycle infernal des révoltes inutiles et fatales. Et ce ne sera que pis si les gens se bercent d'espoirs fallacieux, en croyant à la faiblesse des Spaciens. Allez-y. Consultez les sociologues : présentez-leur mes arguments. Et, s'ils ne sont pas convaincus, trouvez le moyen de m'expédier sur Aurore. Je vous rendrai compte de ce que sont réellement les Spaciens, et nous verrons alors ce que la Terre doit faire.

Minnim acquiesça :

— Oui, oui. Au revoir, maintenant, inspecteur Baley.

Baley s'en fut, le cœur plein d'enthousiasme. Il ne s'était pas attendu à obtenir une franche victoire sur Minnim. On ne remporte pas, en un jour, ni en un an, la victoire sur des réflexes conditionnés. Mais il avait vu l'expression de curiosité, d'hésitation, de réflexion, passer sur les traits de Minnim et obscurcir, tout au moins un instant, sa jubilation précédente.

Baley envisageait l'avenir sous l'aspect suivant : Minnim allait consulter les sociologues. Il y en aurait bien un ou deux qui allaient hésiter. Ils allaient se poser des questions. Ils feraient appel aux lumières de Baley.

Dans un an, pensait Baley, un an pas plus, je serai en route pour Aurore et, dans une génération, les Terriens affronteront de nouveau l'Espace.

Baley monta sur l'express du Nord. Bientôt, il allait voir Jessie. Mais, est-ce qu'elle le comprendrait ? Et aussi Bentley, son fils de dix-sept ans ? Est-ce qu'à dix-sept ans le fils de Ben se tiendrait sur un monde nouveau, vide, pour une vie, face à l'Espace ?

Quelle pensée effrayante ! Baley avait toujours peur des espaces libres. Mais il n'avait plus peur de sa peur. Ce n'était plus quelque chose à fuir, cette peur, mais quelque chose à combattre, à maîtriser.

Baley sentit qu'une espèce de démence s'était retirée de lui. Dès le premier instant, les espaces libres avaient exercé sur lui leur magique attrait, dès cet instant même où dans le véhicule de surface il avait joué Daneel : il avait fait ouvrir le toit pour pouvoir se dresser à l'air libre.

A l'époque, il n'avait pas compris ce qui l'avait poussé. Daneel avait estimé que c'était un sentiment morbide. Lui, Baley, il avait cru qu'il devait faire face au vide par conscience professionnelle, pour résoudre ce crime. C'était seulement le dernier soir, sur Solaria, lorsqu'il avait déchiré la tenture voilant la fenêtre qu'il avait enfin compris. Il avait besoin de faire face au vide sans autre raison que l'attrait qu'il exerçait, que la promesse de libération qu'il évoquait.

Ils seraient légion, sur la Terre, à éprouver ce même besoin, si seulement on attirait leur attention sur l'Espace, si on leur faisait franchir le premier pas.

Il regarda autour de lui.

L'express continuait sa course. Tout, autour de lui, baignait dans une lumière artificielle : les immenses immeubles qui défilaient devant lui, les enseignes flamboyantes, les vitrines illuminées, les usines et la foule. La foule, le bruit, les lumières, encore plus de foule, de bruit, de gens, et de gens, et de gens...

Et, maintenant, tout cela lui paraissait étranger.

Il ne pouvait plus s'y incorporer, s'y perdre.

Il était parti pour résoudre un meurtre et il lui était arrivé quelque chose.

Il avait dit à Minnim que les villes étaient des cocons, et c'est bien ce qu'elles étaient. Mais quelle est la première chose qu'un papillon doit faire avant d'être un vrai papillon ? Il lui faut quitter le cocon, briser le cocon. Et une fois qu'il en est sorti, il ne peut plus y rentrer.

Baley avait quitté la ville. Il ne pouvait plus y rentrer. Il ne participait plus à la cité, les cavernes d'acier lui étaient étrangères. Et ceci était comme il devait l'être.

Il en serait de même pour d'autres. La Terre renaîtrait à la vie de surface et les Hommes de la Terre vogueraient vers l'Espace.

Il sentait son cœur battre à coups précipités et le bruit de la vie tout autour de lui s'estompa en un murmure inaudible.

Il se souvenait de son rêve sur Solaria. Il comprenait enfin. Il leva la tête, et au travers de l'acier, du béton, de l'humanité, au-dessus de lui, il le vit. Il vit ce phare planté dans l'Espace pour attirer les hommes vers ailleurs.

Il voyait son éclat rayonner jusqu'à lui, l'éclat éblouissant des pleins feux du soleil.

ANNEXES

I

PRÉFACE DU RECUEIL DE 1950 [1]

Aimeriez-vous connaître un cauchemar d'écrivain ?

Dans ce cas, imaginez un homme de lettres de réputation considérable, un Grand Homme en quelque sorte et qui en est parfaitement conscient. Imaginez qu'il soit le mari d'une femme — une petite bonne femme — douée elle aussi d'un joli brin de plume, mais qui bien entendu ne se puisse comparer en rien à son grand, à son magnifique mari, que ce soit à ses propres yeux, à ceux du monde ou (ce qui importe pardessus tout) à ses yeux à *lui*.

Imaginez encore qu'en conclusion d'un quelconque entretien, la petite femme en question propose d'écrire elle-même un roman. Et le Grand Homme de sourire avec bienveillance :

— Mais bien entendu, ma chère, je vous en prie, faites donc !

La petite femme écrit donc son roman. Il est publié et voilà qu'il remporte un succès grandiose. Par la suite, si le Grand Homme ne perd rien de sa gloire universelle, c'est tout de même le roman de la petite femme qui demeure le mieux connu — tellement connu en fait que le titre de l'ouvrage finit par acquérir droit de cité dans la langue anglaise.

Quelle calamiteuse situation pour un écrivain professionnel dont l'égocentrisme n'a rien que de parfaitement normal !

Je n'invente rien. Il s'agit d'une histoire vraie qui s'est déroulée selon le scénario ci-dessous.

Le Grand Homme en question s'appelle Percy Bysshe Shelley, l'un des plus prestigieux poètes lyriques de langue anglaise. A l'âge de vingt-deux ans, il enleva Mary Wollstonecraft Godwin. Cet événement, tout romantique qu'il fût, était pourtant légèrement irrégulier, car Shelley était déjà marié à l'époque.

Le scandale fut tel qu'ils préférèrent quitter l'Angleterre et vinrent passer l'été de 1816 sur les bords du lac de Genève, en compagnie du non moins grand poète George Gordon, Lord Byron, dont la vie privée était tout aussi tapageuse.

A cette époque, le monde scientifique se trouvait en état de fermentation. En 1791, le physicien italien Luigi Galvani avait découvert que l'on pouvait provoquer la contraction des muscles de grenouille

---

1. Biblio n° 52.

en les mettant simultanément en contact avec deux métaux différents. Il lui semblait ainsi que les tissus vivants étaient remplis d'« électricité animale ». Cette théorie était contestée par un autre physicien italien, Alessandro Volta, qui démontra qu'il était possible de produire des courants électriques par la juxtaposition de métaux différents sans avoir recours à des tissus vivants ou antérieurement dotés de vie. Volta venait d'inventer la première pile électrique et le chimiste anglais Humphry Davy, poursuivant dans la même voie, en construisit une, en 1807 et 1808, d'une puissance inégalée à ce jour, ce qui lui permit de réaliser des réactions chimiques de toutes sortes qui étaient demeurées impossibles pour les chimistes de l'ère pré-électrique.

L'électricité était donc un mot synonyme de puissance, et, bien que l'« électricité animale » de Galvani eût été rapidement réduite en poussière par les recherches de Volta, l'expression conserva toute sa magie dans le grand public. Chacun s'intéressait passionnément aux rapports de l'électricité avec la vie.

Un soir, un petit groupe comprenant Byron, Shelley et Mary Godwin discutait de la possibilité de créer réellement de la vie par le truchement de l'électricité, et Mary s'avisa tout à coup qu'elle pourrait écrire un récit fantastique sur le sujet. Byron et Shelley approuvèrent l'idée. Mieux, ils pensèrent que rien ne les empêchait d'écrire eux-mêmes des récits fantastiques pour le plus grand amusement de la petite compagnie.

Seule Mary mena son projet à terme. A la fin de l'année, la première Mrs Shelley se suicida, si bien que Shelley et Mary purent se marier et rentrer en Angleterre. C'est en Angleterre, au cours de l'année 1817, que Mary Shelley termina son roman, lequel fut publié en 1818. Il racontait l'histoire d'un jeune scientifique, étudiant en anatomie, qui avait assemblé un être en laboratoire et avait réussi à lui insuffler la vie par le truchement de l'électricité. L'être en question (auquel Mary Shelley n'avait pas donné de nom) était une monstrueuse créature de deux mètres cinquante, dont l'horrible visage donnait des crises de nerfs à tous ceux qui étaient admis à le contempler.

Le monstre ne peut trouver de place dans la société humaine et, dans sa détresse, se retourne contre le savant et ceux qui lui sont chers. Les uns après les autres, les parents du jeune scientifique (sa fiancée comprise) sont détruits et, à la fin, le savant en personne finit lui-même par succomber. Sur quoi le monstre va se perdre dans le désert, sans doute pour y périr de remords.

Le roman produisit une sensation considérable et a toujours conservé, depuis, son extraordinaire pouvoir. Il n'y a absolument aucun doute sur celui des deux Shelley qui a imprimé le plus profondément sa marque sur le public en général. Aux yeux des étudiants en littérature, le nom de Shelley peut fort bien n'évoquer que Percy Bysshe, naturellement, mais interrogez les gens dans la rue et demandez-leur s'ils ont entendu parler d'*Adonaïs*, de *L'Ode au vent d'ouest* ou des *Cenci*. Il se peut que ces mots ne soient pas entièrement étrangers à leurs oreilles, mais il y a bien des chances pour qu'ils leur soient inconnus. Demandez-leur ensuite s'ils ont entendu parler de *Frankenstein*.

Frankenstein était en effet le titre du roman de Mrs Shelley et le nom du jeune scientifique qui avait créé le monstre. Depuis ce jour, le nom de « Frankenstein » a toujours servi à désigner le nom de la créature qui détruit son créateur. L'expression « j'ai créé un monstre à la Frankenstein » est devenue un cliché à ce point éculé qu'elle ne peut plus être utilisée de nos jours que dans un sens humoristique.

Frankenstein remporta son succès, en partie du moins, parce qu'il exprimait une fois de plus l'une des peurs les plus persistantes qui aient jamais hanté l'humanité : celle de la science dangereuse. Frankenstein était un nouveau Faust cherchant à percer le secret d'une connaissance qui n'était pas faite pour l'homme, et il avait créé sa Némésis méphistophélique.

Dans les premières années du XIXᵉ siècle, la nature exacte de l'irruption sacrilège d'une connaissance interdite à la Frankenstein semblait parfaitement claire. La science en pleine expansion pourrait vraisemblablement insuffler la vie à une matière morte ; mais si l'homme voulait créer une âme, il dépenserait ses efforts en pure perte, car c'était là le domaine exclusif de Dieu. En conséquence, Frankenstein pouvait au mieux créer une intelligence dépourvue d'âme, une telle ambition étant d'ailleurs maléfique et digne du châtiment suprême.

La barrière théologique qui se dressait devant les nouvelles acquisitions de la connaissance et de la science humaines devint moins infranchissable à mesure que s'écoulait le XIXᵉ siècle. La révolution industrielle étendit ses conquêtes en surface et en profondeur, et l'interdit faustien céda temporairement la place à une confiance irréfléchie dans le progrès et l'avènement inévitable d'un royaume d'Utopie construit par la science.

Ce rêve fut, hélas, dissipé par la Première Guerre mondiale. Cet affreux holocauste démontra clairement que la science pouvait, après tout, devenir l'ennemi de l'humanité. C'est grâce à la science que l'on pouvait fabriquer de nouveaux explosifs, c'est grâce à la science que l'on pouvait construire des aéroplanes et aéronefs susceptibles de les transporter derrière les lignes, sur des objectifs qui se trouvaient précédemment en sécurité. C'est encore la science qui avait permis, comble de l'horreur, d'arroser les tranchées de gaz toxiques.

En conséquence, le Méchant Savant, ou au mieux le Savant Fou et Sacrilège, devint un personnage type de la science-fiction d'après la Première Guerre mondiale.

Un exemple extrêmement dramatique et convaincant de ce thème fut offert sur une scène de théâtre, avec un argument tournant une fois de plus autour de la création d'une approximation de la vie. Il s'agissait de la pièce *R.U.R.*, de l'auteur dramatique tchèque Karel Capek. Écrite en 1921, elle fut traduite en anglais en 1923. *R.U.R.* signifiait Rossum Universal Robots (Robots universels de Rossum).

Comme Frankenstein, Rossum avait découvert le secret de fabriquer des hommes artificiels. On les appelait « robots », d'après un mot tchèque signifiant travailleur. Il entra dans le langage anglais et y acquit droit de cité.

Les robots étaient conçus, comme l'indique leur nom, pour servir de travailleurs, mais tout se gâte. L'humanité, ayant perdu ses motivations, cesse de se reproduire. Les hommes d'État apprennent à se servir des robots pour la guerre. Les robots eux-mêmes se révoltent, détruisent ce qui subsiste de l'humanité et s'emparent du monde.

Un fois de plus, le Faust scientifique était détruit par sa création méphistophélienne.

Dans les années 1920, la science-fiction devenait pour la première fois une forme d'art populaire en échappant à la tradition du tour de force exécuté par un maître occasionnel comme Verne ou Wells. Des magazines exclusivement consacrés à la science-fiction firent leur apparition sur la scène littéraire en même temps, bien entendu, que des « auteurs de science-fiction ».

Et l'un des thèmes-clés de la science-fiction était l'invention d'un robot — que l'on décrivait généralement comme une créature de métal sans âme et dépourvue de toute faculté d'émotion. Sous l'influence des exploits bien connus et du destin ultime de Frankenstein et de Rossum, une seule trame semblait désormais possible à l'exclusion de toute autre : des robots étaient créés et détruisaient leur créateur ; des robots étaient créés et détruisaient leur créateur ; des robots... etc.

Dans les années 1930, je devins lecteur de science-fiction et je me lassai rapidement de cette histoire inlassablement répétée. Puisque je m'intéressais à la science, je me rebellais contre cette interprétation purement faustienne de la science.

Le savoir a ses dangers, sans doute, mais faut-il pour autant fuir la connaissance ? Sommes-nous prêts à remonter jusqu'à l'anthropoïde ancestral et à renier l'essence même de l'humanité ? La connaissance doit-elle être au contraire utilisée comme une barrière contre le danger qu'elle suscite ?

En d'autres termes, Faust doit affronter Méphistophélès, mais il *ne doit pas nécessairement être vaincu par lui*.

Les couteaux sont munis de manches pour qu'on puisse les manipuler sans danger, les escaliers possèdent des rampes, les fils électriques sont isolés, les autocuiseurs sont pourvus de soupapes de sûreté — dans tout ce qu'il crée, l'homme cherche à réduire le danger. Parfois, la sécurité obtenue est insuffisante en raison des limitations imposées par la nature de l'univers ou la nature de l'esprit humain. Néanmoins, l'effort a été fait.

Considérons un robot simplement comme un dispositif de plus. Il ne constitue pas une invasion sacrilège du domaine du Tout-Puissant, ni plus ni moins que le premier appareil venu. En tant que machine, un robot comportera sûrement des dispositifs de sécurité aussi complets que possible. Si les robots sont à ce point perfectionnés qu'ils peuvent imiter le processus de la pensée humaine, c'est que la nature de ce processus aura été conçue par des ingénieurs humains qui y auront incorporé des dispositifs de sécurité. La sécurité ne sera peut-être pas parfaite. (Mais la perfection est-elle de ce monde ?) Cependant elle sera aussi complète que les hommes pourront la faire.

Pénétré de tous ces principes, je commençai, en 1940, à écrire des histoires de robot de mon cru... Jamais, au grand jamais, un de mes robots ne se retournait stupidement contre son créateur sans autre dessein que de démontrer pour la énième fois la faute et le châtiment de Faust.

Sottises ! Mes robots étaient des machines conçues par des ingénieurs et non des pseudo-humains créés par des blasphémateurs. Mes robots réagissaient selon les règles logiques implantées dans leurs « cerveaux » au moment de leur construction.

Je dois avouer que lors de mes premiers essais, j'avais parfois tendance à considérer le robot un peu comme une sorte de jouet. Je me le représentais comme une créature entièrement inoffensive, uniquement préoccupée d'exécuter le travail pour lequel elle avait été conçue. Le robot était incapable de causer le moindre préjudice aux hommes, il servait de « souffre-douleur » aux enfants, tandis que nombre d'adultes — victimes d'un complexe de Frankenstein (comme je l'appelle dans certains de mes récits) — voulaient à tout prix considérer ces pauvres machines comme des créatures mortellement dangereuses.

Robbie, qui vient en tête de ce recueil, est un parfait exemple de ce genre d'histoires.

II

TEXTES DE LIAISON DU RECUEIL DE 1950 [1]

Je compulsais mes notes avec un sentiment d'insatisfaction. Je venais de passer trois jours à l'U.S. Robots et j'aurais aussi bien pu demeurer chez moi, durant ce laps de temps, en tête avec l'Encyclopedia Tellurica.

Susan Calvin était née en 1982, disait-on, et, par conséquent, elle avait soixante-quinze ans aujourd'hui. Cela, chacun le savait. Coïncidence assez logique, l'U.S. Robots et Hommes Mécaniques avait également soixante-quinze ans, puisque c'est l'année même de la naissance du Dr Calvin que Lawrence Robertson avait également fondé la firme qui devait devenir, par la suite, le géant industriel le plus étrange de toute l'histoire humaine. Cela, chacun le savait aussi.

---

1. Biblio n° 52.

A l'âge de vingt ans, Susan Calvin faisait partie du séminaire spécial de psycho-mathématique où le Dr Alfred Lanning, de l'U.S. Robots, pour la première fois faisait la démonstration du premier robot mobile équipé d'un organe vocal. C'était une grande et grossière machine assez laide, empestant l'huile et destinée aux futures mines de Mercure. Du moins pouvait-elle parler et se faire comprendre.

Susan demeura bouche cousue à ce séminaire, ne prit aucune part à la période de discussions sporadiques qui suivit. C'était une fille glaciale, commune et incolore, qui se protégeait des atteintes d'un monde qui ne lui inspirait que de la répulsion par un masque d'impassibilité et une hypertrophie de l'intellect. Mais si elle ne disait mot, elle observait et ouvrait ses oreilles toutes grandes, sentant monter en elle un froid enthousiasme.

Elle obtint son diplôme à Columbia, en 2003, et commença ses recherches en cybernétique.

Tout ce qui avait été accompli au cours de la seconde moitié du vingtième siècle sur les ordinateurs avait été détrôné par Robertson et ses réseaux cérébraux positroniques. Les kilomètres de relais et de cellules photo-électriques avaient laissé la place au globe spongieux de platine-iridium, de la taille d'un cerveau humain.

Elle apprit à calculer les paramètres nécessaires pour déterminer les variables possibles à l'intérieur du « cerveau positronique » ; à construire sur le papier des « cerveaux » tels que les réactions à des stimuli donnés puissent être prévues avec précision.

En 2008, elle obtint le diplôme de docteur en philosophie et fut engagée à l'United States Robots comme « robopsychologue », devenant ainsi la première grande praticienne d'une science nouvelle. Lawrence Robertson était toujours président de la corporation ; Alfred Lanning était devenu directeur des recherches.

Cinquante années durant, elle vit le progrès humain changer de direction et accomplir un bond en avant.

A présent elle allait prendre sa retraite — du moins dans la mesure où un tel sacrifice lui était possible. Dans la pratique, elle avait permis que le nom du nouveau titulaire fût inscrit sur la porte du bureau qui était précédemment le sien.

Tels étaient, dans l'essentiel, les éléments que je possédais. J'avais une liste des articles publiés par elle, des brevets souscrits en son nom ; je possédais le détail chronologique de ses promotions. En bref, je disposais de son *curriculum vitæ* professionnel détaillé.

Mais ce n'était pas là ce que je désirais.

Il me fallait davantage pour mes articles à l'Interplanetary Press. Bien davantage.

Je m'en fus le lui dire.

— Docteur Calvin, dis-je avec tout le respect dont j'étais capable, aux yeux du public vous ne faites qu'un avec l'U.S. Robots. Votre retraite terminera une ère...

— Vous désirez connaître le côté humain.

Elle ne m'adressa pas de sourire. Je crois bien qu'elle ne sourit jamais. Ses yeux avaient pris une expression perçante et néanmoins dépourvue de colère. J'eus l'impression que ses regards passaient à travers moi pour ressortir par mon occiput, comme si j'avais été fait d'une matière particulièrement transparente.

— C'est cela, dis-je.

— Le côté humain des robots ? Ces termes sont contradictoires.

— Non, docteur, je parlais de vous.

— N'a-t-on pas dit que j'étais moi-même un robot ? On a certainement dû vous assurer que je n'avais rien d'humain.

C'était vrai, mais ce n'était pas le lieu d'en convenir.

Elle se leva de sa chaise. Elle n'était pas grande et paraissait frêle. Je la suivis jusqu'à la fenêtre à travers laquelle nous laissâmes errer nos regards.

Les bureaux et les usines de l'U.S. Robots constituaient une petite ville entièrement bâtie sur plans. Elle semblait aplatie comme une photographie aérienne.

— Lorsque je suis venue ici pour la première fois, dit-elle, on m'attribua une petite pièce dans un immeuble, à peu près à l'emplacement du bâtiment abritant le piquet d'incendie actuel. (Elle désigna l'endroit du geste.) Il a été abattu avant votre naissance. Je partageais cette pièce avec plusieurs autres collaborateurs. Je disposais d'une moitié de table. Nous construisions tous nos robots dans un seul immeuble. Production : trois par semaine. Maintenant regardez où nous en sommes.

— Cinquante ans, dis-je d'un air pénétré, cela fait bien du temps.

— Pas lorsqu'on jette un regard en arrière, dit-elle, on s'étonne même qu'ils aient pu s'écouler aussi rapidement.

Elle retourna à sa table et s'assit. Ses traits n'avaient pas besoin d'être expressifs pour refléter la tristesse.

— Quel âge avez-vous ? me demanda-telle.

— Trente-deux ans, répondis-je.

— Dans ce cas, vous n'avez aucun souvenir d'un monde sans robots. Il fut un temps où l'humanité affrontait l'univers seule, sans amis. Maintenant l'homme dispose de créatures pour l'aider ; des créatures plus robustes que lui-même, plus fidèles, plus utiles et qui lui sont absolument dévouées. L'humanité n'est plus seule désormais. Avez-vous jamais envisagé la situation sous ce jour ?

— Je crains que non. Puis-je citer vos paroles ?

— Vous le pouvez. A vos yeux, un robot est un robot. Des engrenages et du métal ; de l'électricité et des positrons. De l'intellect et du fer ! Construits par la main de l'homme, et si nécessaire, détruits par la main de l'homme ! Mais vous n'avez pas travaillé avec eux et c'est pourquoi vous ne les connaissez pas. Leur souche est plus nette et meilleure que la nôtre.

Je tentai de l'aiguillonner doucement par des paroles.

— Nous aimerions connaître vos sentiments sur diverses questions ; obtenir votre opinion sur les robots. L'Interplanetary Press s'étend sur le système solaire tout entier. Notre audience atteint trois milliards d'individus, docteur Calvin. Ils aimeraient savoir ce que vous pouvez leur dire des robots.

Il n'était pas nécessaire de l'aiguillonner. Elle n'avait pas entendu ma phrase, mais elle avait pris la bonne direction.

— On aurait dû le savoir dès le début. Nous vendions alors des robots à usage terrestre — cela se passait même avant mon époque. Bien entendu, en ce temps-là, les robots ne parlaient pas. Par la suite ils devinrent plus humains et c'est alors que se dressa l'opposition. Comme on pouvait s'y attendre, les syndicats ne voulaient pas que les robots pussent concurrencer les hommes sur le plan de la main-d'œuvre et certains secteurs de l'opinion religieuse soulevaient des objections à caractère superstitieux. C'était parfaitement ridicule et totalement inutile. Pourtant le fait était là.

Je notais tout, à la lettre, sur mon enregistreur de poche, m'efforçant de ne pas trahir les mouvements de mes phalanges. Avec un peu d'entraînement, on peut enregistrer avec précision sans retirer le petit appareil de sa poche.

— Prenez le cas de Robbie, dit-elle. Je ne l'ai pas connu. Il fut démantelé l'année précédant mon entrée à la compagnie — complètement dépassé. Mais j'ai vu la petite fille dans le musée...

Elle s'interrompit, mais je me gardai bien de parler. Je laissai ses yeux s'embuer et son esprit remonter l'échelle de ses souvenirs. Elle avait un laps de temps considérable à parcourir.

— C'est plus tard que j'ai entendu parler de lui, et c'est toujours à lui que je pensais lorsqu'on nous appelait blasphémateurs et créateurs de démons. Robbie était un robot muet. Il fut construit et vendu en 1996. C'était l'époque précédant l'extrême spécialisation, et c'est pourquoi il fut vendu comme bonne d'enfants...

— Comme quoi ?

— Comme bonne d'enfants...

[Texte de « Robbie »]

Susan Calvin haussa les épaules.

— Bien entendu il n'en fut rien. Cela se passait en 1998. En 2002, nous avions inventé le robot parlant mobile, qui bien entendu fit jeter au rebut tous les modèles muets et qui parut être la goutte qui fait déborder le vase aux yeux des éléments hostiles aux robots. La plupart des gouvernements du monde interdirent l'usage des robots sur la Terre, sauf à des fins de recherches scientifiques, entre 2003 et 2007.

— Si bien que Gloria dut renoncer par la suite à son cher Robbie ?

— Je le crains. J'imagine que la séparation lui fut plus facile à quinze ans qu'à huit. Néanmoins c'était là une attitude stupide et sans aucune justification de la part de l'humanité. L'U.S. Robots connut ses plus grandes difficultés financières à l'époque où je fus admise dans cette firme, en 2007. Au début, je crus bien que mon emploi serait supprimé au bout de quelques mois, mais c'est à ce moment que nous avons développé le marché extraterrestre.

— Et dès lors vous étiez tirés d'affaire, naturellement.

— Pas tout à fait. Nous commençâmes en essayant d'adapter les modèles que nous avions sous la main. Ces premiers modèles parlants entre autres. Ils avaient environ trois mètres cinquante de haut, étaient très grossiers et ne valaient pas grand-chose. Nous les expédiâmes sur Mercure, où ils devaient participer à l'installation d'une station minière, mais ce fut un échec.

Je levai les yeux, surpris.

— Vraiment ? Pourtant les Mines de Mercure sont une firme qui vaut des milliards de dollars.

— A présent, oui, mais ce fut la seconde tentative qui réussit. Si vous voulez des détails sur cette opération, jeune homme, je vous conseille d'aller voir Gregory Powell. En collaboration avec Michael Donovan, il réussit à résoudre nos problèmes les plus épineux dans les années dix et vingt. Il y a des années que je n'ai eu de nouvelles de Donovan, mais Powell vit ici même, à New York. Il est grand-père à présent. C'est une idée à laquelle j'ai de la peine à m'habituer. Je ne puis penser à lui que comme à un homme plutôt jeune. Bien entendu, j'étais moi-même beaucoup moins âgée.

J'essayai de l'amener à poursuivre :

— Si vous vouliez me donner l'essentiel, docteur Calvin, je demanderai à M. Powell de compléter par la suite. (C'est exactement ce que je fis plus tard.)

Elle étendit ses mains fines sur la table et les regarda.

— Il y a deux ou trois exemples sur lesquels je possède quelques renseignements.

— Commençons par Mercure si vous le voulez bien, suggérai-je.

— Soit. Je pense que c'est en 2015 que fut entreprise la seconde expédition sur Mercure. Elle avait un but exploratoire et se trouvait financée en partie par l'U.S. Robots et en partie par les Minéraux solaires. Elle comprenait un robot d'un modèle nouveau, encore expérimental, accompagné de Gregory Powell et Michael Donovan...

[Texte de « Cercle vicieux », « Raison »
et « Attrapez-moi ce lapin »]

Susan Calvin parlait de Powell et de Donovan avec amusement mais sans sourire. Toutefois sa voix prenait de la chaleur sitôt qu'il était question de robots. Il ne lui fallut pas longtemps pour parcourir la série des Speedy, des Cutie et des Dave. Je l'arrêtai, sans quoi elle eût fait surgir du passé une nouvelle demi-douzaine de ces créatures de métal.

— Ne se passe-t-il donc jamais rien sur la Terre ? demandai-je.

Elle me regarda avec un léger froncement de sourcils.

— Non, sur Terre, nous n'avons guère l'occasion d'entrer en rapport avec des robots !

— Dommage. Vos ingénieurs sur le terrain sont étonnants, mais nous aimerions une participation plus directe de votre part. N'existe-t-il aucun exemple où un robot se soit retourné contre vous ? C'est aujourd'hui votre anniversaire, n'est-ce pas ?

Ma parole, elle rougit.

— Des robots se sont retournés contre moi, dit-elle. Il y a des siècles que je n'y ai pensé. Mais oui, cela se passait il y aura bientôt quarante ans. C'était en 2021 ! Je n'avais à l'époque que trente-huit ans. Mon Dieu... j'aimerais mieux ne pas parler de cela.

J'attendis, et bien entendu, elle se ravisa :

— Pourquoi pas ? dit-elle. Cela ne peut plus me faire de mal aujourd'hui. Les souvenirs eux-mêmes en sont incapables. Je me suis montrée écervelée autrefois, jeune homme. Le croiriez-vous ?

— Non, dis-je.

— C'est pourtant la vérité. Mais Herbie était un robot-télépathe.

— Comment ?

— Le seul et unique de son espèce. Une erreur...

[Texte de « Menteur ! », « Le petit robot perdu » et « Évasion ! »]

— Mais ce n'était pas cela, néanmoins, dit le Dr Calvin pensivement. Bien entendu, par la suite, le vaisseau et d'autres du même modèle devinrent la propriété du gouvernement ; le bond à travers l'hyper-espace fut perfectionné, et nous possédons actuellement des colonies sur les planètes dépendant de quelques-unes des étoiles les plus proches, mais ce n'était pourtant pas cela.

J'avais fini de manger et je l'observais à travers la fumée de ma cigarette.

— Ce qui compte réellement, c'est ce qu'il est advenu des populations vivant sur la Terre au cours des cinquante dernières années. A ma naissance, jeune homme, la dernière guerre mondiale venait de prendre fin. C'était un point bas dans la courbe de l'Histoire... mais il sonnait le glas du nationalisme. La Terre était trop exiguë pour permettre la coexistence de nations, et elles commencèrent à se grouper par régions. Cela prit un certain temps. A ma naissance, les États-Unis d'Amérique étaient encore une nation, et pas seulement une partie de la Région Nord. En fait, le nom de la compagnie reste toujours « *United States Robots...* » et le passage des nations aux régions, qui a stabilisé notre économie et réalisé ce que l'on pourrait considérer comme l'Age d'or, si l'on compare ce siècle au précédent, a également été l'œuvre de nos robots.

— Vous voulez parler des Machines, dis-je. Le Cerveau dont vous m'avez parlé était la première de ces Machines, n'est-ce pas ?

— En effet, mais ce n'est pas aux Machines que je pensais, mais à un homme. Il est mort l'année dernière. (Sa voix prit soudain une expression de profond chagrin.) Ou du moins il s'est arrangé pour mourir, parce que nous n'avions plus besoin de lui et qu'il en était profondément conscient... Je parle de Stephen Byerley.

— Oui, j'ai deviné que c'est à lui que vous faisiez allusion.

— Il entra pour la première fois dans la fonction publique en 2032. Vous n'étiez alors qu'un enfant et vous ne gardez sûrement aucun souvenir de son étrangeté. Sa campagne pour le poste de maire fut certainement la plus étrange que l'Histoire ait connue.

[Texte de « La Preuve »]

Je la considérai avec une sorte d'horreur :

— Est-ce vrai ?

— D'un bout à l'autre, dit-elle.

— Et le grand Byerley n'était qu'un simple robot !

— On ne pourra jamais le savoir. Personnellement j'en suis convaincue. Mais lorsqu'il décida de mourir, il se fit atomiser, si bien qu'on ne possédera jamais de preuve légale... en outre, quelle serait la différence ?

— Mon Dieu...

— Vous partagez un préjugé contre les robots qui manque absolument de logique. Il fut un excellent maire ; cinq ans plus tard il fut promu Coordinateur Régional. Et lorsque les Régions de la Terre se formèrent en Fédération en 2044, il devint le premier Coordinateur Mondial. Dès ce moment, les Machines gouvernaient déjà le monde.

— Sans doute, mais...

— Il n'y a pas de mais. Les Machines sont des robots, et elles dirigent le monde. Il y a cinq ans que j'ai découvert toute la vérité. C'était en 2052 ; Byerley terminait son deuxième stage de Coordinateur Mondial...

[Texte de « Conflit évitable »]

— Et c'est tout, dit le Dr Calvin en se levant. Je l'avais compris dès le début, à l'époque où les pauvres robots ne pouvaient pas parler, jusqu'à ce jour où ils se dressent entre l'humanité et la destruction. Je n'en verrai pas davantage. Ma vie est terminée. Vous verrez bien ce qui arrivera ensuite.

Je ne revis jamais Susan Calvin. Elle est morte le mois dernier à l'âge de quatre-vingt-deux ans.

III

PRÉFACE DU RECUEIL DE 1966[1]

Vous avez peut-être lu *Les Robots*, recueil où furent rassemblées en 1950[2] huit des plus anciennes histoires de robots que j'aie composées, dont *Robbie*, qui fut ma toute première.

Robbie traitait d'un modèle de robot assez primitif qui n'était pas doué de la parole. Il avait été conçu pour remplir le rôle de bonne d'enfant et le remplir admirablement. Loin de constituer une menace pour les humains ou de vouloir détruire son créateur ou encore de s'emparer du monde, il ne s'attachait qu'à l'accomplissement de la fonction pour laquelle il avait été construit. (Une automobile s'aviserait-elle par hasard d'avoir des envies de voler ? Une lampe électrique de taper à la machine ?)

Les autres récits avaient été composés entre 1941 et 1958.

Mes histoires de robots positroniques se divisent en deux groupes : celles où apparaît le Dr Susan Calvin et les autres. Ces dernières mettent souvent en scène Gregory Powell et Mike Donovan, qui passent leur temps à essayer sur le terrain des robots expérimentaux qui ne manquent pas de présenter une défectuosité quelconque. En effet, il subsiste juste assez d'ambiguïté dans les Trois Lois de la Robotique pour susciter les conflits et les incertitudes nécessaires à l'élaboration de nouvelles trames de récits. En fait, à mon grand soulagement, il est toujours possible de prendre sous un nouvel angle les cinq douzaines de mots composant les Trois Lois et leurs implications.

Quatre histoires des *Robots* traitaient de Powell et Donovan. Je n'en écrivis plus qu'une seule du même genre par la suite : *Première Loi*, et encore Donovan y paraissait-il seul. Une nouvelle fois j'essayais de faire sourire aux dépens de mes robots ; d'ailleurs, ce n'était plus moi le narrateur mais Donovan, et par conséquent je lui laisserai prendre plus loin la responsabilité de ses propos.

Mes robots raisonnables et anti-méphistophéliens n'étaient pas, à dire vrai, une véritable nouveauté. Des robots de ce type avaient occasionnellement vu le jour avant 1940. Il est possible de trouver des robots conçus pour remplir un office raisonnable, sans complications ni danger, en remontant jusqu'à l'*Iliade*. Au livre XVIII de cette épopée, Thétis rend visite au dieu-forgeron Héphaïstos, afin d'obtenir pour son fils Achille une armure forgée par une main divine. Héphaïstos est boiteux et marche difficilement. Voici le passage disant comment il se porta à la rencontre de Thétis :

Alors... il sortit en clopinant, appuyé sur un bâton épais et soutenu

---

1. Biblio n° 165 et 169.
2. Biblio n° 52. On vient de lire les commentaires d'Asimov sur ce recueil.

par deux jeunes filles. Ces dernières étaient faites en or à l'exacte ressemblance de filles vivantes ; elles étaient douées de raison, elles pouvaient parler et faire usage de leurs muscles, filer et accomplir les besognes de leur état... »

En un mot, c'étaient des robots.

Et bien que je ne fusse pas le premier — à 2 500 ans près — à me lancer dans cette voie, je parvins à donner assez de substance à mes imaginations pour conquérir la réputation de l'homme-qui-a-créé-l'histoire-du-robot-moderne.

Graduellement, histoire par histoire, je développais mes conceptions sur le sujet. Mes robots possédaient des cerveaux faits d'une texture arborescente en alliage de platine-iridium et les « empreintes cérébrales » étaient déterminées par la production et la destruction de positrons. (Ne me demandez pas de vous expliquer le processus !...) En conséquence, c'est sous le nom de robots positroniques que mes créatures connurent la notoriété.

L'établissement des cerveaux positroniques de mes robots nécessitait une immense et complexe branche nouvelle de la technologie à laquelle je donnai le nom de « robotique ». Le mot me semblait aussi naturel que « physique » ou « mécanique ». Pourtant, à ma grande surprise, il s'agissait d'un néologisme dont je ne trouvai aucune trace ni dans la seconde ni dans la troisième édition du Webster non abrégé.

Et, ce qu'il y avait de plus important, je fis usage de ce que j'appelai les « Trois Lois de la Robotique », qui avaient pour but de formuler la conception fondamentale qui présidait à la construction des cerveaux des robots, conception à laquelle tout le reste était subordonné.

Apparemment, ce sont ces lois (formulées explicitement pour la première fois dans *Cercle vicieux*) qui ont fait le plus changer la nature des histoires de robots dans la science-fiction moderne. Il est rare qu'un robot qui-se-retourne-contre-son-créateur, à l'ancienne mode, apparaisse dans les pages des meilleurs magazines de science-fiction, pour la simple raison que ce serait une violation de la Première Loi. Nombre d'écrivains, sans citer lesdites lois, les tiennent pour acquises et s'attendent à ce que leurs lecteurs fassent de même.

En fait, je me suis laissé dire que si dans les années futures on se souvient encore de moi, ce sera à cause de ces Trois Lois de la Robotique. D'une certaine manière, ce fait ne laisse pas de me préoccuper ; j'ai en effet pris l'habitude de me considérer comme un homme de science, et laisser un nom pour avoir établi les bases inexistantes d'une science inexistante me cause, je l'avoue, quelque embarras, sinon de la déception. Pourtant si la robotique parvenait jamais aux sommets de perfection décrits dans mes histoires, il se peut qu'un concept se rapprochant plus ou moins de mes Trois Lois connaisse réellement le jour, et dans ce cas, je connaîtrais un triomphe assez rare (bien que, hélas, posthume...)

Je dois cependant l'avouer, les histoires de robots qui m'intéressaient le plus étaient celles mettant en scène le Dr Susan Calvin, robopsychologue. Un robopsychologue n'étant pas, bien entendu, un robot doué de facultés qui font de lui un psychologue, mais un psychologue doublé d'un roboticien. Le mot est un peu ambigu, je le crains, mais je n'ai pu en trouver de meilleur et il m'était indispensable.

A mesure que le temps passait, je devenais de plus en plus amoureux du Dr Calvin. C'était une créature à la séduction nulle, en vérité, et plus conforme à l'idée que l'on se fait généralement d'un robot qu'aucune de mes créations positroniques, mais cela ne m'empêchait pas de l'adorer.

Elle servait de lien aux diverses histoires composant *Les robots* et jouait un rôle de premier plan dans quatre d'entre elles. Ce livre contient un bref épilogue, relatant la mort du Dr Calvin à un âge avancé, mais je n'ai pu m'empêcher par la suite de la ressusciter, et j'écrivis donc quatre nouvelles histoires gravitant plus ou moins autour d'elle.

La plus longue nouvelle, et la dernière, présentant Susan Calvin — *Le correcteur* — parut dans le numéro de décembre 1957 de *Galaxy*. De toutes les histoires se rattachant au cycle de Susan Calvin, c'est celle que je préfère. Je ne sais si je pourrais fournir une raison valable pour justifier cette préférence, mais je suppose que, comme tout un chacun, l'écrivain a le droit de faire valoir ses goûts et ses dégoûts, aussi déraisonnables qu'ils puissent être.

IV

NOTICE DU RECUEIL DE 1969 [1]

Au printemps de 1967, je reçus une requête intéressante.

Il semble qu'il existe un périodique nommé *Abbottempo,* publié par les laboratoires Abbott, respectables fabricants de produits pharmaceutiques. C'est une revue impressionnante, imprimée sur papier glacé, avec d'excellents articles sur des sujets médicaux et paramédicaux. Elle est publiée aux Pays-Bas et distribuée gratuitement aux médecins en Angleterre et sur le continent. Elle n'est pas distribuée aux États-Unis.

Le rédacteur en chef d'*Abbottempo* m'écrivit pour me demander une nouvelle de science-fiction de deux mille mots, sur un sujet d'intérêt médical, et qui pourrait à la fois intéresser et amuser des médecins tout en leur donnant un sujet de réflexion.

J'étais aussi débordé de travail à ce moment-là que je le suis toujours, c'est pourquoi, en soupirant, j'insérai une feuille de papier dans ma machine, dans l'intention de leur répondre par un refus poli.

---

1. Biblio n° 183 C.

Malheureusement, ou heureusement, cela prend du temps d'attraper une feuille de papier, puis une feuille jaune pour la copie à conserver, de placer un carbone entre elles et d'insérer le sandwich dans la machine. Cela prend encore du temps de centrer proprement le papier, de taper la date, l'en-tête et la formule de salutation.

De sorte que durant tout ce temps-là, j'avais eu le temps d'avoir une idée à laquelle je ne pus pas résister, et ainsi, dès que j'eus dépassé le Cher Monsieur, je me retrouvai en train de répondre par une acceptation polie.

J'ai écrit *Ségrégationniste* en avril 1967, sur un thème qui était complètement et absolument science-fictif. La nouvelle parut en décembre 1967, juste à temps pour être légèrement en retard sur l'actualité à *certains* égards.

A ce propos, le plus joli résultat de la publication de cette nouvelle, c'est qu'*Abbottempo* la publia dans chacune de ses huit éditions. Ils m'envoyèrent la collection complète sous emboîtage de carton en 1) anglais, 2) français, 3) espagnol, 4) allemand, 5) italien, 6) japonais, 7) grec, 8) turc. Avant cela, rien de ce que j'avais écrit n'avait jamais été traduit en grec ou en turc, et cette collection reste l'une des bizarreries les plus intéressantes de ma collection personnelle d'asimoviana.

[Texte de « Ségrégationniste »]

V

NOTICES DU RECUEIL DE 1976

1

L'origine d'« Intuition féminine [1] » se rapporte à Judy-Lynn Benjamin que je rencontrai à la Convention mondiale de science-fiction à New York en 1967. Il faut la voir pour y croire — c'est une femme extrêmement intelligente, douée d'une telle rapidité d'esprit et d'une telle énergie qu'elle semble brûler constamment d'un éclat radioactif.

Elle était à cette époque rédacteur en chef de *Galaxy*.

Le 21 mars 1971, elle épousa ce charmant vieux grippe-sou de Lester del Rey, et sut émousser en un temps record ses angles rudes. A présent Judy-Lynn del Rey est conseiller littéraire chez Ballantine Books

---

1. Biblio n° 248.

et on la considère généralement (moi en tout cas) comme l'un des meilleurs [1].

Mais revenons en 1968, quand Judy-Lynn était encore à *Galaxy*. Nous étions dans le bar d'un hôtel new-yorkais et elle me fit goûter une boisson appelée « sauterelle ». Je lui déclarai que je ne buvais pas, car je tenais très mal l'alcool, mais elle m'assura que j'aimerais cette boisson, et l'ennui c'est que je l'aimai.

C'est un cocktail vert avec de la crème de menthe, de la crème fraîche et Dieu seul sait quoi d'autre, et c'est délicieux. Comme je n'en avais pris qu'un, je ne m'élevai que d'un degré dans ma bonhomie habituelle et restai assez sobre pour parler affaires [2].

Judy-Lynn suggéra que j'écrive une histoire sur un robot féminin. Bien sûr, mes robots sont sexuellement neutres, mais ils portent tous des noms d'hommes et je les traite en mâles. La suggestion était intéressante.

Je la remerciai : « Eh bien, c'est une bonne idée », j'étais absolument ravi car Ed Ferman m'avait demandé une histoire pour la célébration du vingtième anniversaire de *Fantasy and Science-Fiction* et j'avais accepté, mais, pour le moment, je n'avais aucune idée en tête.

Le 8 février 1969, je commençai sur cette base « Intuition féminine ». Quand je l'eus fini, Ed l'édita dans le numéro d'octobre 1969 de *Fantasy and Science-Fiction,* numéro anniversaire de la revue. Elle apparaissait en tête.

Avant que la nouvelle ne sorte, Judy-Lynn me dit un jour par hasard : « Avez-vous fait quelque chose à partir de mon idée sur le robot féminin ? »

Je répondis avec enthousiasme : « Mais oui, Judy-Lynn, et Ed Ferman va le publier. Merci pour l'idée. »

Judy-Lynn écarquilla les yeux et dit d'une voix furieuse : « Les histoires dont l'idée est de moi doivent me revenir à moi, pauvre idiot. Et pas à la concurrence. »

Elle développa ce thème pendant environ une demi-heure, écartant avec mépris mes efforts pour lui expliquer qu'Ed m'avait demandé une histoire avant qu'elle ne me donne l'idée et qu'elle ne m'avait jamais dit qu'elle la désirait elle-même.

En tout cas, Judy-Lynn, voici de nouveau cette nouvelle et j'admets bien volontiers que l'idée du robot femme est de vous. Est-ce que ça va mieux comme ça ? (Non, je ne le crois pas.)

---

1. Vous avez peut-être remarqué que ce livre lui était dédié.
2. Environ un an plus tard, pendant une Convention de science-fiction, Judy-Lynn me persuada de prendre *deux* « sauterelles » et je fus immédiatement réduit à un état de joyeuse ébriété. Depuis, personne ne m'en offre plus. Et c'est aussi bien !

[Texte de « Intuition féminine »]

N'allez pas croire, chers lecteurs, que mon malentendu avec Judy-Lynn au sujet de ses intentions a détruit une amitié. Les Asimov et les Del Rey vivent à moins d'un mile les uns des autres, et se voient souvent. Et quoique Judy-Lynn ne perde jamais une occasion de me flanquer contre le mur le plus proche, nous sommes, avons été, et serons toujours de très bons amis.

2

Ed Ferman, de *F & SF,* et Barry Malzberg, un des meilleurs écrivains de science-fiction de la nouvelle génération, avaient l'intention, au début de 1973, de préparer une anthologie dans laquelle un certain nombre de thèmes de science-fiction seraient poussés jusqu'à leur ultime conclusion. Pour chaque histoire ils s'adressèrent à un écrivain à qui ils donnèrent un thème particulier, et, pour une histoire sur le thème des robots, ils se sont adressés à moi, naturellement.

J'ai essayé de rejeter leur demande en invoquant comme à l'habitude mes problèmes de temps, mais ils déclarèrent que si je ne l'écrivais pas, il n'y aurait pas d'histoire sur les robots, parce qu'ils ne pouvaient la demander à personne d'autre. Ils m'ont donné des remords et j'ai accepté.

Il a fallu alors que je réfléchisse à la façon de pousser mon histoire jusqu'au bout. Il y avait toujours eu un aspect du thème des robots sur lequel je n'avais jamais eu le courage d'écrire, malgré mes discussions à ce sujet avec feu John Campbell.

Dans les deux premières lois de la Robotique, on emploie l'expression « être humain », et on suppose qu'un robot peut reconnaître un être humain quand il en voit un. Mais qu'est-ce qu'un être humain ? ou comme le Psaume le demande à Dieu : « Qu'est l'homme pour que tu t'y intéresses ? »

Il est certain que s'il y a un doute quelconque sur la définition de l'homme, les lois de la Robotique n'ont plus de réelle valeur. Alors, j'ai écrit « Pour que tu t'y intéresses » et Ed et Barry en ont été très contents — et moi aussi. Elle a paru dans l'anthologie, dont le titre était *Final Stage,* mais elle a également été publiée dans le numéro de mai 1974 de *F & SF.*

[Texte de « Pour que tu t'y intéresses »]

L'anthologie *Final Stage* eut quelques sérieux ennuis après sa parution. Apparemment l'éditeur (pas Doubleday) avait décidé d'opérer quelques modifications mineures dans les nouvelles. Cette attitude ennuie en général les écrivains, et particulièrement Harlan Ellison (peut-être avec raison, car je le considère comme un artisan très consciencieux possédant un style très personnel).

Je reçus donc une copie de la lettre, longue et véhémente, que Harlan avait envoyée à l'éditeur, à laquelle il ajoutait une longue liste de passages tels qu'il les avait écrits, et tels qu'ils avaient été publiés, démontrant que les modifications étaient très mauvaises. Harlan me pressa de relire ma nouvelle et de se joindre à lui et aux autres pour faire pression sur l'éditeur.

Je lis toujours mes nouvelles quand elles sortent mais il ne me vient jamais à l'esprit de les comparer avec le manuscrit. J'y remarquerais certainement de notables ajouts ou retraits, mais le genre de modifications mineures que les éditeurs y opèrent toujours ne me sautent jamais aux yeux. J'ai tendance à considérer que ces modifications aplanissent de petites maladresses d'écriture et donc améliorent l'histoire.

Toutefois, après avoir reçu la lettre d'Harlan, je comparai soigneusement l'exemplaire imprimé et le manuscrit. Ce fut un travail pénible et humiliant, car je découvris exactement quatre légères modifications, qui corrigeaient toutes une erreur de ma part. J'en tirai la conclusion que l'éditeur n'avait pas trouvé mon histoire assez importante pour la bricoler.

J'écrivis une lettre confuse à Harlan, lui disant que je l'appuierais pour le principe, mais que je ne pouvais pas me considérer comme atteint par l'outrage, car on n'avait pas touché à mon histoire. Heureusement on n'avait pas besoin de moi. Harlan prit l'affaire en main et les éditions suivantes, je crois, rendirent à ses nouvelles leur innocence virginale.

Un détail. Un certain nombre de lecteurs inquiets m'ont écrit car ils craignaient que « Pour que tu t'y intéresses » ne marque la fin de mes histoires sur les robots positroniques et que je n'en écrive pas d'autre. Ridicule ! Je n'ai certainement pas l'intention de cesser d'écrire des histoires de robots. J'en ai d'ailleurs écrit une autre avant la précédente « dernière ». Elle apparaît plus loin dans le livre.

3

J'ai eu beaucoup d'ennuis avec l'histoire suivante.

Quand Judy-Lynn est entrée à Ballantine Books, elle a commencé à préparer des séries de nouvelles de science-fiction originales et elle voulait que je lui écrive un texte.

Il est toujours difficile de lui refuser quelque chose, et de plus je me sentais coupable à cause d'« Intuition féminine ».

Je commençai l'histoire le 21 juillet 1973, et elle avançait assez bien, mais au bout d'un certain temps je me rendis compte que j'étais coincé dans tout un réseau de flashes-back. Aussi, quand je l'apportai à Judy-Lynn et qu'elle me demanda : « Qu'en pensez-vous, vous-même ? »

Je répondis prudemment : « C'est à vous de décider. »

Il me semble que les éditeurs posent souvent cette question. Ils doivent penser que je ne sais pas mentir et que donc si je ne montrais pas un enthousiasme débordant, c'est que l'histoire ne collerait pas.

Judy-Lynn le pensait certainement. Elle me la rendit avec quelques lignes de commentaire caustique qui se réduisaient au fait que je m'étais empêtré dans un réseau compliqué de flashes-back [1].

Je donnai l'histoire à Ben Bova, le rédacteur d'*Analog Science Fiction*, et il me la rendit le jour même. Il trouvait, me dit-il, que j'avais voulu trop développer l'arrière-plan pour une histoire de dix mille mots. J'avais là le sujet d'un roman et il voulait que j'écrive ce roman.

Cela me découragea. Je ne pouvais absolument pas me mettre à un roman à ce moment-là, aussi je repris ma nouvelle [2].

Entre-temps cependant *Galaxy* avait engagé un nouveau rédacteur, un jeune homme très agréable du nom de James Baen. Il m'appela et me demanda si par hasard je n'avais pas une histoire pour lui et je lui répondis que tout ce que j'avais à lui proposer était une nouvelle intitulée « Étranger au Paradis ». Cependant je lui dis qu'elle avait été refusée par Judy-Lynn et Ben, si bien que j'hésitais à la lui envoyer.

Il me dit, avec raison, que chaque éditeur avait son propre avis. Je lui envoyai donc le manuscrit — et il l'aima. La nouvelle parut dans le numéro de mai-juin 1974 de *If*, magazine frère de *Galaxy*. *If* a malheureusement cessé de paraître depuis. (Si un aimable lecteur pense qu'il y a là rapport de cause à effet, il se trompe).

[Texte d'« Étranger au paradis »]

J'avoue qu'une pensée indigne me traversa l'esprit : Jim était jeune et en acceptant « Étranger au paradis » il avait peut-être inconsciemment été plus frappé par mon nom que par ma nouvelle. Cette pensée, heureusement fugitive, disparut complètement lorsque Donald Wollheim, de Daw Books, la prit pour une de ses anthologies. On ne pouvait raisonnablement considérer que Don, ce vétéran dur et cynique, puisse un jour être impressionné par mon nom ou par moi-même. (N'est-ce pas Don ?) Alors, s'il voulait l'histoire, c'était pour l'histoire elle-même.

---

1. On me demande souvent si j'essuie des refus et mon interlocuteur est toujours ahuri quand je lui réponds : « Bien sûr que oui. » En voici un exemple. La nouvelle a été rejetée une première fois ; et qui plus est, comme je l'indique plus loin, une autre fois encore.

2. A propos, certaines personnes pensent que c'est un grand avantage de « connaître » les éditeurs. Judy-Lynn et Ben sont parmi mes meilleurs amis, mais ni l'un ni l'autre n'hésitent un instant quand il s'agit de refuser mes histoires s'ils pensent qu'ils doivent le faire. Par bonheur, ces refus n'atteignent pas l'amitié.

4

La nouvelle suivante a une histoire plutôt triste, j'en suis toutefois sorti sans dommages. La voici.

En janvier 1975, Naomi Gordon, une très agréable jeune femme de Philadelphie, me rendit visite et m'exposa une excellente idée à mon avis, pour une anthologie. Elle devait s'intituler « L'Homme bicentenaire » ; elle devait contenir dix histoires d'auteurs très connus, construites chacune sur cette expression ; et elle devait être publiée au moment du bicentenaire. Le fameux amateur inconditionnel de science-fiction qu'est Forrest J. Ackerman en assurerait la direction. Naomi avait aussi de grandes idées quant à la préparation d'une édition de luxe à tirage très limité.

Je lui fis remarquer la difficulté que représentait une histoire de science-fiction centrée sur le bicentenaire, mais Naomi me dit que les nouvelles pourraient raconter n'importe quoi pourvu qu'elles prennent leur source dans l'expression « l'homme bicentenaire ».

Cela m'amusa et j'acceptai. On me versa tout de suite la moitié de l'avance. La date limite était le 1er avril, et je finis le 14 mars. J'étais un peu inquiet car le contrat mentionnait une histoire de 7 500 mots et je n'avais pas pu faire moins de 15 000 mots — la nouvelle la plus longue que j'aie écrite, en dix-sept ans. J'écrivis une lettre à Naomi pour m'en excuser et l'assurer que je ne demanderais aucun supplément, et elle me répondit que c'était très bien. Peu après je reçus le reste de l'avance.

Mais tout tourna mal. Naomi fut assaillie de problèmes familiaux et médicaux ; des auteurs dont on avait espéré la participation refusèrent ; d'autres qui avaient promis des textes ne les donnèrent pas ; et les textes envoyés n'étaient pas vraiment satisfaisants.

Bien sûr, je n'étais pas au courant de tout cela. Il ne m'était même pas venu à l'esprit que quelque chose puisse tourner mal. En fait, mon intérêt principal est d'écrire. La vente ne représente que peu d'intérêt, et ce qui se passe après, presque aucun.

Mais il y avait Judy-Lynn del Rey, si informée de tout ce qui se passe dans le monde de la science-fiction. Elle sut que j'avais écrit quelque chose pour cette anthologie.

« Comment se fait-il, me demanda-t-elle d'un air menaçant, que vous ayez écrit une histoire pour cette anthologie, alors que quand je vous en demande une, vous êtes toujours trop occupé ?

— Eh bien, dis-je d'un ton penaud (car Judy-Lynn est terrible quand elle s'y met), l'idée de l'anthologie m'a intéressé.

— Et mon idée sur le robot qui devait choisir entre racheter sa propre liberté et améliorer son corps ? Il me semble que vous l'aviez trouvée intéressante. »

Alors, j'ai dû devenir à peu près aussi blanc que du talc. Longtemps auparavant elle avait en effet mentionné cette idée, et je l'avais oubliée.

Je dis : « Oh ! mon dieu, j'ai mis quelque chose comme cela dans l'histoire.

— *Encore ?* cria-t-elle. Vous avez encore une fois utilisé une de mes idées pour d'autres ? Montrez-moi cette histoire. Montrez-la-moi ! »

Alors le lendemain je lui en apportai un double et le jour suivant elle m'appela : « J'ai vraiment essayé de ne pas aimer l'histoire, mais je n'ai pas réussi. Je la veux. Reprenez-la.

— Je ne peux pas faire cela, dis-je. Je l'ai vendue à Naomi et elle lui appartient. Je vais vous en écrire une autre.

— Je vous parie tout ce que vous voudrez, me dit-elle, que cette anthologie ne sortira jamais. Pourquoi ne pas les appeler pour le leur demander ? »

J'appelai Naomi, et, bien sûr, c'était vrai. Elle accepta de me renvoyer mon manuscrit et me permit de le vendre ailleurs, et je lui retournai l'avance qu'elle m'avait payée. (Après tout, elle avait perdu beaucoup d'argent dans cette affaire et je ne voulais pas que ces pertes représentent pour moi un profit.)

Je passai donc l'histoire à Judy-Lynn qui l'inséra dans son anthologie d'originaux intitulée *Stellar Science Fiction*, qui sortit en février 1976. Quant à moi, j'aime tellement cette nouvelle que non seulement je l'inclus ici, mais je donne aussi son titre à tout le volume.

(A propos, quand j'ai réuni les textes de ce livre, Judy-Lynn suggéra de modifier mon manuscrit pour qu'il coïncide avec la version de *Stellar*. Apparemment elle avait opéré un certain nombre de changements mineurs qui l'amélioraient, disait-elle. Bon, je ne suis pas Harlan Ellison, alors cela ne fait rien, mais je pense que dans mon propre livre je vais laisser l'histoire telle que je l'ai écrite. Judy-Lynn sera furieuse, mais après tout que peut-elle faire de pire que de me tuer ?)

[Texte de « L'homme bicentenaire »]

5

A l'automne 1975, Fred Dannay (plus connu sous le nom d'Ellery Queen) me contacta en me proposant une idée très originale pour le numéro d'août 1976 de *Ellery Queen Mystery Magazine* qui serait en vente au moment du bicentenaire. Il voulait publier une histoire sur le bicentenaire lui-même et une autre sur le centenaire de 1876. Il voulait en plus une histoire sur le tricentenaire de 2076, donc, bien sûr, une histoire de science-fiction.

Comme j'avais écrit un grand nombre de nouvelles pour cette revue ces dernières années, il pensa à moi pour son projet. J'acceptai et me mis au travail le 1er novembre 1975. Je fis une histoire de science-fiction et je craignais qu'elle ne déplaise aux lecteurs d'histoires à suspense. Fred ne pensa pas comme moi, apparemment, car il la prit et fut assez gentil pour me payer un supplément.

[Texte de « L'incident du tricentenaire »]

J'avais d'abord pensé appeler cette histoire « La Mort triséculaire », mais le dictionnaire m'a confirmé que « tricentenaire » était une expression excellente pour parler d'un 300e anniversaire. Je l'ai donc appelée « La Mort du tricentenaire ».

Fred a proposé « L'Incident du tricentenaire », qui était bien meilleur et que j'acceptai avec joie. Je ne suis pas toujours d'accord avec ses changements de titre et, en général, je le dis, comme pour mon recueil d'histoires policières, *Le Club des Veufs noirs*. C'est pourquoi je trouve normal de lui rendre hommage pour ce titre-ci.

Encore une chose. Cette histoire aussi reprend un thème que j'ai déjà traité. La nouvelle s'appelait « Preuve », et fut publiée en 1946, trente ans avant celle-ci. A part le thème, il n'y a aucune ressemblance entre les deux, et je laisse le soin à mes aimables lecteurs, s'ils les ont lues, de décider si je me suis amélioré d'une nouvelle à l'autre. (Ne m'écrivez pas, toutefois, à moins que vous ne pensiez que j'ai fait des progrès.)

BIBLIOGRAPHIE

BIBLIOGRAPHIE DES ŒUVRES DE FICTION D'ISAAC ASIMOV

1939

001. « **Marooned off Vesta** ». In : *Amazing stories*, mars. En français : « Au large de Vesta ». In recueil : *Histoires mystérieuses*. Tome 1. [181.A].

002. « **the Weapon too dreadful to use** ». In : *Amazing stories*, mai. En français : « une Arme trop effroyable pour être utilisée ». In recueil : *Dangereuse Callisto*. [198.A].

003. « **Trends** ». In : *Astounding science-fiction*, juillet. En français : « On n'arrête pas le progrès ». In recueil : *Dangereuse Callisto*. [198.A].

1940

004. « **Half-breed** ». In : *Astonishing stories*, février. En français : « l'Hybride ». In anthologie composée par Sam Moskowitz & Alden H. Norton : *l'Âge d'or de la Science-Fiction*. 3ᵉ série. OPTA, 1971 (Fiction spécial, nº 19 (*Fiction*, nº 216 bis)).

005. « **Ring around the Sun** ». In : *Future fiction*, mars. En français : « Dans l'orbite du Soleil ». In recueil : *Dangereuse Callisto*. [198.A].

006. « **the Callistan menace** ». In : *Astonishing stories*, avril. En français : « Dangereuse Callisto ». In recueil : *Dangereuse Callisto*. [198.A].

007. « **the Magnificent possession** ». In : *Future fiction*, juillet. En français : « l'Inestimable trésor ». In recueil : *Dangereuse Callisto*. [198.A].

008. « **Homo Sol** ». In : *Astounding science-fiction*, septembre. En français : « Homo Sol ». In recueil : *Dangereuse Callisto*. [198.A].

009. « **Strange playfellow** ». In : *Super science stories*, septembre. [Autre titre : « Robbie »]. En français : « Robbie ». 1) In recueil : *le Livre des robots*. 1ʳᵉ partie. [052]. 2) In recueil : *les Robots*. [052]. 3) In recueil : « Nous les robots ». [338].

010. « **Half-breeds on Venus** ». In : *Astonishing stories*, décembre. En français : « des Sang-mêlé sur Vénus ». In recueil : *Noël sur Ganymède*. [198.B].

1941

011. « **History** ». In : *Super science novels magazine*, mars. En français : « une Page d'histoire ». In recueil : *Noël sur Ganymède*. [198.B].

012. « **the Secret sense** ». In : *Cosmic stories*, mars. En français : 1) « le Sens inconnu ». In anthologie composée par Sam Moskowitz : *l'Âge d'or de la Science-Fiction*. 4ᵉ série. OPTA, 1973 (Fiction spécial, nº 21 (*Fiction*, nº 230 bis)). 2) « le Sens secret ». In recueil : *Dangereuse Callisto*. [198.A].

013. « **Heredity** ». In : *Astonishing stories*, avril. En français : « Hérédité ». In recueil : *Noël sur Ganymède*. [198.B].

014. « **Reason** ». In : *Astounding science-fiction*, avril. En français : « Raison ». **1)** In recueil : *le Livre des robots*. 1ʳᵉ partie. [052]. **2)** In recueil : *les Robots*. [052]. **3)** In recueil : « Nous les robots ». [338].

015. « **Liar!** ». In : *Astounding science-fiction*, mai. [Version complète de : *Liar!*. 265]. En français : **1)** « Menteur ». In recueil : *le Livre des robots*. 1ʳᵉ partie. [052]. **2)** « Menteur ». In recueil : *les Robots*. [052]. **3)** « Menteur ». In anthologie composée par Gérard Klein, Jacques Goimard & Demètre Ioakimidis : *Histoires de robots*. Librairie générale française, 1974 (le Livre de poche, nº 3764, la Grande anthologie de la Science-Fiction). **4)** « Menteur ! ». In recueil : « Nous les robots ». [338].

016. « **Nightfall** ». In : *Astounding science-fiction*, septembre. [Voir 416]. En français : **1)** « Crépuscule ». In anthologie composée par Alain Dorémieux : *Histoires fantastiques de demain*. Tournai, Belgique : Casterman, 1966 (Histoires fantastiques et de Science-Fiction). **2)** « Quand les ténèbres viendront ». In recueil : *Quand les ténèbres viendront*. [183.A]. **3)** « Quand les ténèbres viendront ». In recueil : *Isaac Asimov*. [430]. **4)** « Quand les ténèbres viendront ». In anthologie composée par Gérard Klein, Jacques Goimard & Demètre Ioakimidis : *Histoires de mondes étranges*. Librairie générale française, 1984 (le Livre de poche, nº 3812, la Grande anthologie de la Science-Fiction). **5)** « Quand les ténèbres viendront ». In recueil : *Prélude à l'éternité*. [430].

017. « **Super-neutron** ». In : *Astonishing stories*, septembre. En français : « Super-neutron ». In recueil : *Chrono-minets*. [198.C].

018. « **Not final!** ». In : *Astounding science-fiction*, octobre. En français : « Non définitif ! ». In recueil : *Chrono-minets*. [198.C].

1942

019. « **Christmas on Ganymede** ». In : *Startling stories*, janvier. En français : « Noël sur Ganymède ». In recueil : *Noël sur Ganymède*. [198.B].

020. « **Robot AL-76 goes astray** ». In : *Amazing stories*, février. En français : **1)** « le Robot AL-76 perd la boussole ». In recueil : *le Livre des robots*. 2ᵉ partie. [169]. **2)** « le Robot AL-76 perd la boussole ». In recueil : *un Défilé de robots*. [169]. **3)** « AL76 perd la boussole ». In recueil : « Nous les robots ». [338].

021. « **Runaround** ». In : *Astounding science-fiction*, mars. En français : **1)** « Cycle fermé ». In recueil : *le Livre des robots*. 1ʳᵉ partie. [052]. **2)** « Cycle fermé ». In recueil : *les Robots*. [052]. **3)** « Cycle fermé ». In anthologie composée par Isaac Asimov, Martin H. Greenberg & Charles G. Waugh : *Orbite hallucination*. Londreys, 1985. **4)** « Cercle vicieux ». In recueil : « Nous les robots ». [338].

022. « **Black friar of the flame** ». In : *Planet stories*, printemps. En français : « le Frère prêcheur, gardien de la flamme ». In recueil : *Dangereuse Callisto*. [198.A].

023. « **Time pussy** ». In : *Astounding science-fiction*, avril. [Sous le pseudonyme de George E. Dale]. En français : « Chrono-minets ». In recueil : *Chrono-minets*. [198.C].

024. « **Foundation** ». In : *Astounding science-fiction*, mai. [Autre titre : « the Encyclopedists »]. En français : « les Encyclopédistes ». In roman/recueil : *Fondation*. [061].

025. « **Bridle and saddle** ». In : *Astounding science-fiction*, juin. [Autre titre : « the Mayors »]. En français : « les Maires ». In roman/recueil : *Fondation*. [061].

026. « **Victory unintentional** ». In : *Super science stories*, août. En français : « Victoire par inadvertance ». **1)** In recueil : *le Livre des robots*. 2ᵉ partie. [169]. **2)** In recueil : *un Défilé de robots*. [169]. **3)** In recueil : « Nous les robots ». [338].

027. « the Hazing ». In : *Thrilling wonder stories*, octobre. En français : « Brimade ». In recueil : *Noël sur Ganymède*. [198.B].

028. « the Imaginary ». In : *Super science stories*, novembre. En français : « une Donnée imaginaire ». In recueil : *Noël sur Ganymède*. [198.B].

1943

029. « Death sentence ». In : *Astounding science-fiction*, novembre. En français : « Arrêt de mort ». 1) In recueil : *Chrono-minets*. [198.C]. 2) In anthologie composée par Gérard Klein, Jacques Goimard & Demètre Ioakimidis : *Histoires galactiques*. Librairie générale française, 1975 (le Livre de poche, nᵒ 3774, la Grande anthologie de la Science-Fiction).

1944

030. « Catch that rabbit ». In : *Astounding science-fiction*, février. En français : « Attrapez-moi ce lapin ». 1) In recueil : *le Livre des robots*. 1ʳᵉ partie. [052]. 2) In recueil : *les Robots*. [052]. 3) In recueil : « Nous les robots ». [338].

031. « the Big and the little ». In : *Astounding science-fiction*, août. [Autre titre : « the Merchant princes »]. En français : « les Princes marchands ». In roman/recueil : *Fondation*. [061].

032. « the Wedge ». In : *Astounding science-fiction*, octobre. [Autre titre : « the Traders »]. En français : « les Marchands ». In roman/recueil : *Fondation*. [061].

1945

033. « Blind alley ». In : *Astounding science-fiction*, mars. En français : « Cul-de-sac ». In recueil : *la Mère des mondes*. [198.D].

034. « Dead hand ». In : *Astounding science-fiction*, avril. [Autre titre : « the General »]. En français : « le Général ». In roman/recueil : *Fondation et Empire*. [068].

035. « Paradoxical escape ». In : *Astounding science-fiction*, août. [Autre titre : « Escape! »]. En français : 1) « Évasion ! ». In recueil : *le Livre des robots*. 1ʳᵉ partie. [052]. 2) « Évasion ! ». In recueil : *les Robots*. [052]. 3) « Évasion ». In recueil : « Nous les robots ».

036a. « the Mule ». [Première partie]. In : *Astounding science-fiction*, novembre. En français : « le Mulet ». In roman/recueil : *Fondation et Empire*. [068].

036b. « the Mule ». [Deuxième partie]. In : *Astounding science-fiction*, décembre. En français : « le Clown ». In roman/recueil : *Fondation et Empire*. [068].

1946

037. « Evidence ». In : *Astounding science fiction*, septembre. En français : 1) « Évidence ». In recueil : *le Livre des robots*. 1ʳᵉ partie. [052]. 2) « Évidence ». In recueil : *les Robots*. [052]. 3) « la Preuve ». In recueil : *Isaac Asimov*. [430]. 4) « la Preuve ». In recueil : *Prélude à l'éternité*. [430]. 5) « la Preuve ». In recueil : « Nous les robots ».

1947

038. « **Little lost robot** ». In : *Astounding science fiction*, mars. [Version complète de : *Little lost robot*. 266]. En français : « le Petit robot perdu ». **1)** In recueil : *le Livre des robots*. 1ʳᵉ partie. [052]. **2)** In recueil : *les Robots*. [052]. **3)** In recueil : « Nous les robots ».

1948

039. « **Now you see it...** ». In : *Astounding science fiction*, janvier. [Autre titre : « Search by the Mule »]. En français : « Bail Channis ». In roman/recueil : *Seconde Fondation*. [080].

040. « **the Endochronic properties of resublimated thiotimoline** ». In : *Astounding science fiction*, mars. En français : « les Propriétés endochroniques de la thoatimoline resublimée ». In recueil : *la Mère des mondes*. [198.D]. [Titre au sommaire : « les Propriétés endochroniques de la thiotimoline resublimée »].

041. « **No connection** ». In : *Astounding science fiction*, juin. En français : « Aucun rapport ». In recueil : *la Mère des mondes*. [198.D].

1949

042. « **the Red queen's race** ». In : *Astounding science fiction*, janvier. En français : « la Course de la reine rouge ». In recueil : *la Mère des mondes*. [198.D].

043. « **Mother Earth** ». In : *Astounding science fiction*, mai. En français : « la Mère des mondes ». In recueil : *la Mère des mondes*. [198.D].

044. « **...And now you don't** ». In : *Astounding science fiction*, novembre & décembre 1949, janvier 1950. [Autre titre : « Search by the Foundation »]. En français : « Arcadia Darell ». In roman/recueil : *Seconde Fondation*. [080].

1950

045. « **the Little man on the subway** ». In : *Fantasy book*, nᵒ 6, [janvier]. [En collaboration avec James MacCreigh [Frederik Pohl]]. En français : « le Petit bonhomme du métro ». In recueil : *Noël sur Ganymède*. [198.B].

046. « **the Evitable conflict** ». In : *Astounding science fiction*, juin. En français : « Conflit évitable ». **1)** In recueil : *le Livre des robots*. 1ʳᵉ partie. [052]. **2)** In recueil : *les Robots*. [052]. **3)** In recueil : « Nous les robots ». [338].

047. « **Legal rites** ». In : *Weird tales*, septembre. [En collaboration avec James MacCreigh [Frederik Pohl]]. En français : « Bon sang ne saurait mentir ». In recueil : *Chrono-minets*. [198.C].

048. « **Darwinian pool room** ». In : *Galaxy science fiction*, octobre. En français : « le Billard darwinien ». In recueil : *Flûte, flûte et flûtes !*. [236.A].

049. « **Day of the hunters** ». In : *Future* combined with *Science fiction stories*, novembre. En français : **1)** « la Fin des dinosaures » In : *Satellite*, nᵒ 44-45, juillet-août 1962. **2)** « le Jour des chasseurs ». In recueil : *Flûte, flûte et flûtes !*. [236.A].

050. « **Misbegotten missionary** ». In : *Galaxy science fiction*, novembre. [Autre titre : « Green patches »]. En français : **1)** « Deux touffes de fourrure verte ». In : *Galaxie*, [1ʳᵉ série], nᵒ 1, novembre 1953. **2)** « Taches vertes ». In recueil : *Quand les ténèbres viendront*. [183.A].

051. « **Pebble in the sky** ». In : *Two complete science-adventure books,* hiver. En volume : *Pebble in the sky.* Garden City : Doubleday, 1950. [Version remaniée de : « Grow old along with me ». 374*a*]. En français : **1)** *Cailloux dans le ciel.* Gallimard, 1953 (le Rayon fantastique, [nº 16]). **2)** *Cailloux dans le ciel.* J'ai lu, 1974 (nº 552). **3)** « Cailloux dans le ciel ». In recueil : *le Grand livre des robots 2. la Gloire de Trantor.* [429].

052. *I, robot.* New York : Gnome. [Recueil composé de 009, 021, 014, 030, 015, 038, 035, 037 & 046]. [Voir 148]. En français : **1)** *le Livre des robots.* 1re partie. In recueil : *le Livre des robots.* [431]. **2)** *les Robots.* J'ai lu, 1972 (nº 453).

1951

053. « **Tyrann** ». In : *Galaxy science fiction,* janvier, février & mars. En volume : *the Stars, like dust.* Garden City : Doubleday. [Version complète de : *the Rebellious stars.* 088]. En français : **1)** *Tyrann.* J'ai lu, 1973 (nº 484). **2)** « Poussière d'étoiles ». In recueil : *le Grand livre des robots 2. la Gloire de Trantor.* [429].

054. « **Satisfaction guaranteed** ». In : *Amazing stories,* avril. En français : « Satisfaction garantie ». **1)** In recueil : *le Livre des robots.* 2e partie. [169]. **2)** In recueil : *un Défilé de robots.* [169]. **3)** In recueil : *Espace vital.* [134]. **4)** In recueil : « Nous les robots ». [338].

055. « **Hostess** ».. In : *Galaxy science fiction,* mai. En français : **1)** « une Hôtesse accueillante ». In : *Galaxie,* [1re série], nº 19, juin 1955. **2)** « Hôtesse ». In recueil : *Quand les ténèbres viendront.* [183.A]. **3)** « l'Hôtesse ». In anthologie [composée par Michel Demuth] : *Ceux d'ailleurs.* OPTA, avril-mai 1974 (Marginal, nº 3). **4)** « les Hôtes ». In recueil : *le Robot qui rêvait.* [381].

056. « **Breeds there a man...?** ». In : *Astounding science fiction,* juin. En français : **1)** « « Y a-t-il un homme en incubation...? » ». In recueil : *Quand les ténèbres viendront.* [183.A]. **2)** « Gestation ». In recueil : *le Robot qui rêvait.* [381].

057. « **the C-chute** ». In : *Galaxy science fiction,* octobre. En français : **1)** « Sept hommes dans l'espace ». In : *Galaxie,* [1re série], nº 40, mars 1957. **2)** « Vide-C ». In recueil : *l'Amour, vous connaissez ?.* [183.B]. **3)** « le Mal du pays ». In anthologie [composée par Michel Demuth] : *Enfers et paradis de l'espace.* OPTA, novembre-décembre 1973 (Marginal, nº 1).

058. « **In a good cause—** ». In anthologie composée par Raymond J. Healy : *New tales of space and time.* New York : Henry Holt, novembre. En français : « En une juste cause... ». In recueil : *l'Amour, vous connaissez ?.* [183.B].

059. « **Shah Guido G.** ». In : *Marvel science fiction,* novembre. En français : « Shah Guido G. ». In recueil : *Flûte, flûte et flûtes !.* [236.A].

060. « **the Fun they had** ». In : *Boys and girls page,* NEA Service, 1er décembre. En français : « Ce qu'on s'amusait ! ». **1)** In : *Fiction,* nº 35, octobre 1956. **2)** In recueil : *Isaac Asimov.* [430]. **3)** In anthologie composée par Jacques Sadoul : *Anthologie de la littérature de Science-Fiction.* Ramsay, 1981. **4)** In recueil : *Prélude à l'éternité.* [430].

061. *Foundation.* New York : Gnome. [Version complète de : *the 1,000 year plan.* 099]. [Roman/recueil composé de 061*a*, 024, 025, 032 & 031]. En français : *Fondation.* **1)** Gallimard, 1957 (le Rayon fantastique, [nº 44]). **2)** [OPTA]/Club du livre d'anticipation, 1965 ([les Classiques de la Science-Fiction, nº 1]). **3)** Denoël, 1965 (Présence du futur, nº 89). **4)** Culture, art, loisirs, 1974 (les

Chefs-d'œuvre de la Science-Fiction et du Fantastique). 5) France loisirs, 1976. 6) France loisirs, 1984.

061a. « the Psychohistorians ». In roman/recueil : *Foundation*. [061]. En français : « les Psychohistoriens ». In roman/recueil : *Fondation*. [061].

1952

062. « Youth ». In : *Space science fiction*, mai. En français : « Ah ! Jeunesse ». In recueil : *la Voie martienne*. [098].

063. « What if ». In : *Fantastic*, été. En français : « Et si... ». In recueil : *l'Amour, vous connaissez ?*. [183.B].

064. « the Currents of space ». In : *Astounding science fiction*, octobre, novembre & décembre. En volume : *the Currents of space*. Garden City : Doubleday, 1952. En français : 1) *les Courants de l'espace*. OPTA, 1967 (Galaxie/bis, nº 3 (*Galaxie*, nº 39 bis)). 2) *les Courants de l'espace*. Librairie des Champs-Élysées, 1974 (le Masque Science-Fiction, nº 6). 3) *les Courants de l'espace*. Presses de la Cité, 1984 (Futurama/Superlights, nº 18). 4) « les Courants de l'espace ». In recueil : *le Grand livre des robots 2. la Gloire de Trantor*. [429].

065. « the Martian way ». In : *Galaxy science fiction*, novembre. [Voir 423]. En français : « la Voie martienne ». 1) In : *Galaxie*, [1ʳᵉ série], nº 37, décembre 1956. 2) In recueil : *la Voie martienne*. [098].

066. « the Deep ». In : *Galaxy science fiction*, décembre. En français : 1) « le Peuple des profondeurs ». In : *Galaxie*, [1ʳᵉ série], nº 43, juin 1957. 2) « les Profondeurs ». In recueil : *la Voie martienne*. [098].

067. *David Starr space ranger*. Garden City : Doubleday. [Sous le pseudonyme de Paul French]. [Autre titre : *Space ranger*]. En français : 1) *Sur la planète rouge*. Fleuve noir, 1954 (Anticipation, nº 44). [Sous le pseudonyme de Paul French]. 2) *Jim Spark le chasseur d'étoiles*. Hachette, 1977 (Bibliothèque verte senior).

068. *Foundation and Empire*. New York : Gnome. [Autre titre : *the Man who upset the universe*]. [Roman/recueil composé de 034, 036a & 036b]. En français : *Fondation et Empire*. 1) [OPTA]/Club du livre d'anticipation, 1965 ([les Classiques de la Science-Fiction, nº 1]). 2) Denoël, 1966 (Présence du futur, nº 92). 3) Culture, art, loisirs, 1974 (les Chefs-d'œuvre de la Science-Fiction et du Fantastique). 4) France loisirs, 1985.

1953

069. « Button, button ». In : *Startling stories*, janvier. En français : « Flûte, flûte et flûtes ! ». In recueil : *Flûte, flûte et flûtes !*. [236.A].

070. « the Monkey's fingers ». In : *Startling stories*, février. [Autre titre : « the Monkey's finger »]. En français : « le Doigt du singe ». In recueil : *Flûte, flûte et flûtes !*. [236.A].

071. « Sally ». In : *Fantastic*, mai-juin. En français : 1) « la Révolte des voitures ». In anthologie [composée par Alain Dorémieux] : *Chefs-d'œuvre de la Science-Fiction*. OPTA, 1968 (Fiction spécial, nº 13 (*Fiction*, nº 176 bis)). 2) « Sally ». In recueil : *l'Amour, vous connaissez ?*. [183.B]. 3) « Sally ». In anthologie [composée par Ivan Howard] : *le Temps sauvage*. Verviers, Belgique : André Gérard, 1971 (Bibliothèque Marabout, nº 377, Science-Fiction). 4) « Sally ». In recueil : *le Robot qui rêvait*. [381]. 5) « Sally ». In recueil : « Nous les robots ». [338].

072. « **Flies** ». In : *the Magazine of fantasy and science fiction*, juin. En français :
« les Mouches ». **1)** In : *Fiction*, nº 33, août 1956. **2)** In anthologie composée par
Hubert Juin : *Univers de la Science-Fiction*. Club des libraires de France, 1957
(*Fiction*, nº 65). **3)** In anthologie composée par Hubert Juin : *les 20 meilleurs
récits de Science-Fiction*. Verviers, Belgique : André Gérard, 1964 (Marabout
géant, nº 207). **4)** In recueil : *Jusqu'à la quatrième génération*. [183.C].

073. « **Kid stuff** ». In : *Beyond fantasy fiction*, septembre. En français : « des Histoires
pour gosses ». In recueil : *Espace vital*. [134].

074. « **Belief** ». In : *Astounding science fiction*, octobre. [Version remaniée de : « Belief ». 374*c*]. En français : **1)** « Croire ». In recueil : *Isaac Asimov*. [430].
2) « Crédible ». In recueil : *Au prix du papyrus*. [353.A]. **3)** « Croire ». In recueil :
Prélude à l'éternité. [430].

075. « **the Caves of steel** ». In : *Galaxy science fiction*, octobre, novembre & décembre.
En volume : *the Caves of steel*. Garden City : Doubleday, 1954. En français :
1) « les Villes d'acier ». In : *Galaxie*, [1ʳᵉ série], nº 6, 7 & 8, mai, juin & juillet
1954. **2)** *les Cavernes d'acier*. Hachette, 1956 (le Rayon fantastique, [nº 41]).
3) *les Cavernes d'acier*. OPTA/Club du livre d'anticipation, 1970 (les Classiques
de la Science-Fiction, nº 23). **4)** *les Cavernes d'acier*. J'ai lu, 1971 (nº 404).
5) « les Cavernes d'acier ». In recueil : *le Grand livre des robots 1. Prélude à Trantor*.
[428].

076. « **Everest** ». In : *Universe science fiction*, décembre. En français : « Everest ». In
recueil : *Flûte, flûte et flûtes !*. [236.A].

077. « **the Micropsychiatric applications of thiotimoline** ». In : *Astounding science
fiction*, décembre.

078. *Lucky Starr and the pirates of the asteroids*. Garden City : Doubleday. [Sous le
pseudonyme de Paul French]. [Autre titre : *the Pirates of the asteroids*]. En
français : **1)** *la Bataille des astres*. Presses de la Cité, 1954 (Captain W.E. Johns,
nº 106). [Sous le pseudonyme de Paul French]. **2)** *Jim Spark et les écumeurs de
l'espace*. Hachette, 1978 (Bibliothèque verte senior).

079. « **Nobody here but—** ». In anthologie composée par Frederik Pohl : *Star science
fiction stories*. New York : Ballantine. En français : **1)** « Personne ici, sauf… ». In
recueil : *l'Amour, vous connaissez ?*. [183.B]. **2)** « Personne ici sauf… ». In recueil :
Isaac Asimov. [430]. **3)** « Personne ici sauf ». In recueil : *Prélude à l'éternité*. [430].

080. *Second Foundation*. New York : Gnome. [Roman/recueil composé de 039 &
044]. En français : *Seconde Fondation*. **1)** [OPTA]/Club du livre d'anticipation,
1965 ([les Classiques de la Science-Fiction, nº 1]). **2)** Denoël, 1966 (Présence
du futur, nº 94). **3)** Culture, art, loisirs, 1974 (les Chefs-d'œuvre de la Science-
Fiction et du Fantastique). **4)** France loisirs, 1985.

1954

081. « **Sucker bait** ». In : *Astounding science fiction*, février & mars. En français :
1) « N'omettez pas la particule ». In : *Satellite*, nº 39, novembre 1961. **2)** « l'Attrape-nigaud ». In recueil : *la Voie martienne*. [098].

082. « **the Immortal bard** ». In : *Universe science fiction*, mai. En français : « le Barde
immortel ». In recueil : *Espace vital*. [134].

083. « **the Foundation of S.F. success** ». In : *the Magazine of fantasy and science fiction*,
octobre. [Poésie (pastiche de William S. Gilbert)]. [Autre titre : « the Foundation of
science fiction success »].

084. « **Let's not** ». In : *Boston university graduate journal*, décembre. En français : « Il vaut mieux pas ». In recueil : *Flûte, flûte et flûtes !*. [236.A].

085. « **It's such a beautiful day** ». In anthologie composée par Frederik Pohl : *Star science fiction stories No. 3*. New York : Ballantine. En français : « Quelle belle journée ! ». In recueil : *l'Amour, vous connaissez ?*. [183.B].

086. *Lucky Starr and the oceans of Venus*. Garden City : Doubleday. [Sous le pseudonyme de Paul French]. [Autre titre : *the Oceans of Venus*]. En français : **1)** *Vénus contre la Terre*. Presses de la Cité, 1955 (Captain W.E. Johns, n° 114). [Sous le pseudonyme de Paul French]. **2)** *Jim Spark et la cité sous la mer*. Hachette, 1978 (Bibliothèque verte senior).

087. « **the Pause** ». In anthologie composée par August Derleth : *Time to come*. New York : Farrar, Straus and Young. En français : **1)** « le Repit ». In : *Science-Fiction magazine*, n° 1, 1976. **2)** « la Pause ». In recueil : *Flûte, flûte et flûtes !*. [236.A].

088. *the Rebellious stars*. New York : Ace. [Version tronquée de : « Tyrann ». 053].

1955

089. « **the Portable star** ». In : *Thrilling wonder stories*, hiver.

090. « **the Singing bell** ». In : *the Magazine of fantasy and science fiction*, janvier. En français : **1)** « les Cloches chantantes ». In : *Fiction*, n° 23, octobre 1955. **2)** « Chante-cloche ». In recueil : *Histoires mystérieuses*. Tome 1. [181.A].

091. « **Risk** ». In : *Astounding science fiction*, mai. En français : « Risque ». **1)** In recueil : *le Livre des robots*. 2ᵉ partie. [169]. **2)** In recueil : *un Défilé de robots*. [169]. **3)** In recueil : « Nous les robots ». [338].

092. « **the Last trump** ». In : *Fantastic universe science fiction*, juin. En français : « la Dernière trompette ». In recueil : *Espace vital*. [134].

093. « **Franchise** ». In : *If, worlds of science fiction*, août. En français : **1)** « Droit électoral ». In anthologie composée par Demètre Ioakimidis, Jacques Goimard & Gérard Klein : *Histoires de demain*. Librairie générale française, 1975 (le Livre de poche, n° 3771, la Grande anthologie de la Science-Fiction). **2)** « Devoir civique ». In recueil : *Espace vital*. [134]. **3)** « le Votant ». In recueil : *le Robot qui rêvait*. [381].

094. « **the Talking stone** ». In : *the Magazine of fantasy and science fiction*, octobre. En français : **1)** « la Bête de pierre ». In : *Fiction*, n° 31, juin 1956. **2)** « la Pierre parlante ». In recueil : *Histoires mystérieuses*. Tome 1. [181.A].

095. « **Dreamworld** ». In : *the Magazine of fantasy and science fiction*, novembre.

096. « **Dreaming is a private thing** ». In : *the Magazine of fantasy and science fiction*, décembre. En français : « les Fournisseurs de rêves ». **1)** In : *Fiction*, n° 37, décembre 1956. **2)** In anthologie [composée par Alain Dorémieux] : *Futurs d'antan*. OPTA, 1974 (Fiction spécial, n° 23 (*Fiction*, n° 250 bis)). **3)** In recueil : *Isaac Asimov*. [430]. **4)** In recueil : *Prélude à l'éternité*. [430].

097. *the End of eternity*. Garden City : Doubleday. [Version remaniée de : « the End of eternity ». 374b]. En français : *la Fin de l'éternité*. Denoël, 1967 (Présence du futur, n° 105).

098. *the Martian way*. Garden City : Doubleday. [Recueil composé de 065, 062, 066 & 081]. En français : *la Voie martienne*. J'ai lu, 1978 (n° 870).

099. *the 1,000 year plan*. New York : Ace. [Version tronquée de : *Foundation*. 061].

1956

100. « **the Message** ». In : *the Magazine of fantasy and science fiction*, février. En français : « le Message ». In recueil : *Espace vital*. [134].

101. « **In reply to Randall Garrett** ». In : *Science fiction stories*, mars. [Poésie]. [Voir 486].

102. « **the Dead past** ». In : *Astounding science fiction*, avril. En français : « les Cendres du passé ». In recueil : *Espace vital*. [134].

103. « **Hell-fire** ». In : *Fantastic universe science fiction*, mai. En français : « le Feu de l'enfer ». In recueil : *Espace vital*. [134].

104. « **Living space** ». In : *Science fiction stories*, mai. En français : « Espace vital ». 1) In : *Satellite*, nº 13, janvier 1959. 2) In recueil : *Espace vital*. [134].

105. « **Death of a honey-blonde** ». In : *the Saint detective magazine*, juin. [Autre titre : « What's in a name »]. En français : 1) « Cyanure à volonté ». In : *le Saint détective magazine*, nº 28, juin 1957. 2) « le Patronyme accusateur ». In recueil : *Histoires mystérieuses*. Tome 1. [181.A]. 3) « Cyanure à volonté ». In anthologie composée par Jean-Baptiste Baronian : *Potions rouges*. Julliard, 1990 (la Bibliothèque criminelle, nº 3).

106. « **the Dying night** ». In : *the Magazine of fantasy and science fiction*, juillet. En français : 1) « la Nuit mortelle ». In : *Fiction*, nº 43, juin 1957. 2) « Mortelle est la nuit ». In recueil : *Histoires mystérieuses*. Tome 2. [181.B]. 3) « la Nuit et la mort ». In recueil : *l'Avenir commence demain*. [155].

107. « **Someday** ». In : *Infinity science fiction*, août. [Autre titre : « the Story machine »]. En français : 1) « un Jour ». In recueil : *Espace vital*. [134]. 2) « un Jour... ». In recueil : « Nous les robots ». [338].

108. « **Each an explorer** ». In : *Future science fiction*, nº 30, [septembre]. En français : « Tous des explorateurs ». In recueil : *Flûte, flûte et flûtes !*. [236.A].

109. « **Pâté de foie gras** ». In : *Astounding science fiction*, septembre. En français : « la Cane aux œufs d'or ». 1) In recueil : *Histoires mystérieuses*. Tome 1. [181.A]. 2) In recueil : *Isaac Asimov*. [430]. 3) In recueil : *Prélude à l'éternité*. [430].

110. « **First law** ». In : *Fantastic universe science fiction*, octobre. En français : « Première loi ». 1) In recueil : *le Livre des robots*. 2ᵉ partie. [169]. 2) In recueil : *un Défilé de robots*. [169]. 3) In recueil : « Nous les robots ». [338].

111. « **the Watery place** ». In : *Satellite science fiction*, octobre. En français : « Avec de l'eau partout ». In recueil : *Espace vital*. [134].

112. « **the Naked sun** ». In : *Astounding science fiction*, octobre, novembre & décembre. En volume : *the Naked sun*. Garden City : Doubleday, 1957. En français : 1) « Face aux feux du soleil ». In : *Satellite*, nº 35-36, juillet-août 1961. 2) *Face aux feux du soleil*. OPTA/Club du livre d'anticipation, 1970 (les Classiques de la Science-Fiction, nº 23). 3) *Face aux feux du soleil*. J'ai lu, 1973 (nº 468). 4) « Face aux feux du soleil ». In recueil : *le Grand livre des robots 1. Prélude à Trantor*. [428].

113. « **the Brazen locked room** ». In : *the Magazine of fantasy and science fiction*, novembre. [Autre titre : « Gimmicks three »]. En français : 1) « la Chambre d'airain ». In : *Fiction*, nº 148, mars 1966. 2) « le Pacte ». In recueil : *Espace vital*. [134].

114. « **How to succeed at science fiction without really trying** ». In : *Science fiction stories*, novembre. [En collaboration avec Robert A.W. Lowndes]. [Poésie (pastiche de William S. Gilbert)].

115. « the Last question ». In : *Science fiction quarterly*, novembre. En français :
1) « l'Ultime question ». In recueil : *l'Avenir commence demain*. [155]. 2) « la Dernière question ». In recueil : *le Robot qui rêvait*. [381].

116. « Jokester ». In : *Infinity science fiction*, décembre. En français : 1) « une Bien
bonne ». In : *Planète*, [1ʳᵉ série], nº 39, mars-avril 1968. 2) « le Plaisantin ». In
recueil : *le Robot qui rêvait*. [381].

117. *Lucky Starr and the big sun of Mercury*. Garden City : Doubleday. [Sous le
pseudonyme de Paul French]. [Autre titre : *the Big sun of Mercury*]. En français :
Jim Spark et le projet lumière. Hachette, 1979 (Bibliothèque verte senior).

1957

118. « the Dust of death ». In : *Venture science fiction*, janvier. En français : 1) « Poussière de mort ». In : *Fiction*, nº 64, mars 1959. 2) « la Poussière qui tue ». In
recueil : *Histoires mystérieuses*. Tome 2. [181.B].

119. « Male strikebreaker ». In : *Science fiction stories*, janvier. [Autre titre : « Strikebreaker »]. En français : 1) « Briseur de grève ». In recueil : *Jusqu'à la quatrième
génération*. [183.C]. 2) « le Briseur de grève ». In recueil : *le Robot qui rêvait*.
[381].

120. « Let's get together ». In : *Infinity science fiction*, février. En français : « Assemblons-nous ». 1) In recueil : *le Livre des robots*. 2ᵉ partie. [169]. 2) In recueil : *un
Défilé de robots*. [169]. 3) In recueil : « Nous les robots ». [338].

121. « Ideas die hard ». In : *Authentic science fiction monthly*, mars. En français : « les
Idées ont la vie dure ». 1) In : *Galaxie*, [1ʳᵉ série], nº 49, décembre 1957. 2) In
recueil : *Isaac Asimov*. [430]. 3) In recueil : *Au prix du papyrus*. [353.A]. 4) In
recueil : *Prélude à l'éternité*. [430].

122. « the Author's ordeal ». In : *Science fiction quarterly*, mai. [Autre titre : « an
Author's ordeal »]. [Poésie (pastiche de William S. Gilbert)].

123. « Blank! ». In : *Infinity science fiction*, juin. En français : « Blanc ! ». In recueil :
Flûte, flûte et flûtes !. [236.A].

124. « Does a bee care? ». In : *If, worlds of science fiction*, juin. En français : 1) « Qu'est-
ce que ça peut bien faire à une abeille ? ». In recueil : *Cher Jupiter*. [236.B].
2) « Est-ce qu'une abeille se soucie...? ». In recueil : *le Robot qui rêvait*. [381].

125. « a Woman's heart ». In : *Satellite science fiction*, juin.

126. « Tale of the pioneer ». In : *Future science fiction*, été. [Poésie].

127. « Profession ». In : *Astounding science fiction*, juillet. [Première version de :
« Profession ». 254]. En français : « Profession ». In recueil : *l'Avenir commence
demain*. [155].

128. « a Loint of paw ». In : *the Magazine of fantasy and science fiction*, août. En
français : « Cache-cash ». In recueil : *Histoires mystérieuses*. Tome 1. [181.A].

129. « a Modern epic-titan ». In : *Science fiction stories*, septembre. [En collaboration
avec Bruce E. Pelz]. [Poésie].

130. « I'm in Marsport without Hilda ». In : *Venture science fiction*, novembre. En
français : 1) « À Port Mars sans Hilda ». In recueil : *Histoires mystérieuses*. Tome
1. [181.A]. 2) « Je suis à Port-Mars sans Hilda ». In recueil : *l'Avenir commence
demain*. [155].

131. « Galley slave ». In : *Galaxy science fiction*, décembre. En français : « le
Correcteur ». 1) In : *Galaxie*, [1ʳᵉ série], nº 62, janvier 1959. 2) In recueil : *le Livre
des robots*. 2ᵉ partie. [169]. 3) In recueil : *un Défilé de robots*. [169]. 4) In
recueil : « Nous les robots ». [338].

132. « **the Gentle vultures** ». In : *Super-science fiction*, décembre. En français :
1) « Aimables vautours ». En anthologie composée par Demètre Ioakimidis, Jacques Goimard & Gérard Klein : *Histoires d'extraterrestres*. Librairie générale française, 1974 (le Livre de poche, n° 3763, la Grande anthologie de la Science-Fiction). **2)** « les Tendres vautours ». In recueil : *l'Avenir commence demain*. [155].

133. « **Insert knob A in hole B** ». In : *the Magazine of fantasy and science fiction*, décembre. En français : **1)** « Suivez les instructions ». In : *Fiction*, n° 78, mai 1960. **2)** « Introduisez la tête A dans le logement B ». In recueil : *Jusqu'à la quatrième génération*. [183.C].

134. *Earth is room enough*. Garden City : Doubleday. [Recueil composé de 102, 083, 093, 113, 073, 111, 104, 100, 054, 103, 092, 060, 116, 082, 107, 122 & 096]. En français (traduction partielle plus 194) : *Espace vital*. [Composé de 104, 102, 194, 093, 113, 073, 111, 100, 054, 103, 092, 082 & 107]. **1)** Librairie des Champs-Élysées, 1976 (le Masque Science-Fiction, n° 40). **2)** J'ai lu, 1987 (n° 2055).

135. *Lucky Starr and the moons of Jupiter*. Garden City : Doubleday. [Sous le pseudonyme de Paul French]. [Autre titre : *the Moons of Jupiter*]. En français : *l'Espion-robot de Jupiter-9*. Presses de la Cité, 1958 (Captain W.E. Johns, n° 141). [Sous le pseudonyme de Paul French].

1958

136. « **Lenny** ». In : *Infinity science fiction*, janvier. En français : « Lenny ». **1)** In recueil : *le Livre des robots*. 2ᵉ partie. [169]. **2)** In recueil : *un Défilé de robots*. [169]. **3)** In recueil : « Nous les robots ». [338].

137. « **S as in Zebatinsky** ». In : *Star science fiction*, janvier. [Autre titre : « Spell my name with an S »]. En français : **1)** « Avec un S ». In recueil : *l'Avenir commence demain*. [155]. **2)** « Mon nom s'écrit avec un S ». In recueil : *le Robot qui rêvait*. [381].

138. « **Oh, that lost sense of wonder** ». In : *Science fiction stories*, janvier. [Poésie].

139. « **the Feeling of power** ». In : *If, worlds of science fiction*, février. En français : **1)** « Sept fois neuf... ». In recueil : *l'Avenir commence demain*. [155]. **2)** « la Sensation du pouvoir ». In recueil : *le Robot qui rêvait*. [381].

140. « **I just make them up, see!** ». In : *the Magazine of fantasy and science fiction*, février. [Poésie]. En français : « C'est si facile, voyez-vous ! ». In recueil : *l'Avenir commence demain*. [155].

141. « **Silly asses** ». In : *Future science fiction*, février. En français : « Pauvres imbéciles ». In recueil : *Cher Jupiter*. [236.B].

142. « **All the troubles of the world** ». In : *Super-science fiction*, avril. [Autre titre : « All the troubles in the world »]. En français : **1)** « Toute la misère du monde ». In anthologie composée par Charles Nuetzel : *Après*. Verviers, Belgique : André Gérard, 1970 (Bibliothèque Marabout, n° 345. Science-Fiction). **2)** « Tous les ennuis du monde ». In recueil : *l'Avenir commence demain*. [155].

143. « **Buy Jupiter!** ». In : *Venture science fiction*, mai. En français : « Cher Jupiter ». In recueil : *Cher Jupiter*. [236.B].

144. « **the Up-to-date sorcerer** ». In : *the Magazine of fantasy and science fiction*, juillet. En français : **1)** « Alice au pays des hormones ». In : *Fiction*, n° 70, septembre 1959. **2)** « le Sorcier à la page ». In recueil : *Jusqu'à la quatrième génération*. [183.C].

145. « **Lastborn** ». In : *Galaxy magazine*, septembre. [Autre titre : « the Ugly little boy »]. [Voir 422]. En français : **1)** « l'Enfant recréé ». In : *Galaxie*, [1ʳᵉ série], nº 60, novembre 1958. **2)** « l'Affreux petit garçon ». In recueil : *l'Avenir commence demain*. [155]. **3)** « le Petit garçon très laid ». In recueil : *le Robot qui rêvait*. [381].

146. « **It's all how you look at it** ». In : *Future science fiction*, octobre. [Autre titre : « the Thunder-thieves »]. [Poésie].

147. *the Death dealers*. New York : Avon. [Autre titre : *a Whiff of death*]. [Non S.-F.]. En français : *une Bouffée de mort*. **1)** Julliard, 1969 (P.J.). **2)** Christian Bourgois, 1971 (P.J.). **3)** Neuilly-sur-Seine : Éd. de Saint-Clair, diffusion François Beauval, 1975 (les Grands maîtres du roman policier). **4)** France loisirs, 1975. **5)** Librairie générale française, 1978 (le Livre de poche, nº 5198, Policier).

148. *I, robot*. London : Brown, Watson. [Recueil composé du recueil 052, sans 037 & 046].

149. *Lucky Starr and the rings of Saturn*. Garden City : Doubleday. [Sous le pseudonyme de Paul French]. [Autre titre : *the Rings of Saturn*].

1959

150. « **a Statue for father** ». In : *Satellite science fiction*, février. [Autre titre : « Benefactor of Humanity »]. En français : « une Statue pour père ». In recueil : *Cher Jupiter*. [236.B].

151. « **Anniversary** ». In : *Amazing science fiction stories*, mars. En français : « Anniversaire ». In recueil : *Histoires mystérieuses*. Tome 1. [181.A].

152. « **Unto the fourth generation** ». In : *the Magazine of fantasy and science fiction*, avril. En français : « Jusqu'à la quatrième génération ». **1)** In : *Fiction*, nº 84, novembre 1960. **2)** In recueil : *Jusqu'à la quatrième génération*. [183.C].

153. « **Obituary** ». In : *the Magazine of fantasy and science fiction*, août. En français : **1)** « Rubrique nécrologique ». In : *Fiction*, nº 74, janvier 1960. **2)** « Carnet noir ». In recueil : *Histoires mystérieuses*. Tome 2. [181.B].

154. « **Rain, rain, go away** ». In : *Fantastic universe science fiction*, septembre. En français : « Pluie, pluie, va-t'en ! ». In recueil : *Cher Jupiter*. [236.B].

155. *Nine tomorrows*. Garden City : Doubleday. [Recueil composé de 140, 155*a*, 127, 139, 106, 130, 132, 142, 137, 115 & 145]. En français : *l'Avenir commence demain*. Presses Pocket, 1978 (Science-Fiction, nº 5034).

155*a*. « **Rejection slips** ». In recueil : *Nine tomorrows*. [155]. En français : « Notifications de rejet ». In recueil : *l'Avenir commence demain*. [155].

1960

156. « **the Covenant** ». In : *Fantastic science fiction stories*, juillet. [Uniquement la deuxième partie ; les autres sont dues à : Poul Anderson, Robert Bloch, Murray Leinster & Robert Sheckley].

157. « **Thiotimoline and the space age** ». In : *Analog science fact-fiction*, octobre.

1961

158. « **Playboy and the slime god** ». In : *Amazing stories, fact and science fiction*, mars. [Autre titre : « What is this thing called love? »]. En français : « l'Amour, vous connaissez ? ». **1)** In recueil : *l'Amour, vous connaissez ?*. [183.B]. **2)** In catalogue analytique [composé par Yvonne Merzoug] : *Présence du futur*. Denoël, 1979. **3)** In recueil : *Isaac Asimov*. [430]. **4)** In recueil : *Prélude à l'éternité*. [430].

159. **« the Machine that won the war »**. In : *the Magazine of fantasy and science fiction*, octobre. En français : « la Machine qui gagna la guerre ». **1)** In : *Fiction*, nº 98, janvier 1962. **2)** In recueil : *Jusqu'à la quatrième génération*. [183.C]. **3)** In recueil : *le Robot qui rêvait*. [381].

160. *Triangle*. Garden City : Doubleday. [Autre titre : *an Isaac Asimov second omnibus*]. [Recueil composé de 064, 051 & 053].

1962

161. **« My son, the physicist! »**. In : *Scientific American*, février, p. 110. En français : « Mon fils, le physicien ». In recueil : *Jusqu'à la quatrième génération*. [183.C].

162. **« Starlight! »**. In : *Scientific American*, octobre, p. 76. [Autre titre : « Star light »]. En français : « la Bonne étoile ». In recueil : *Histoires mystérieuses*. Tome 2. [181.B].

1963

163. *the Foundation trilogy*. Garden City : Doubleday/Science Fiction Book Club. [Autre titre : *an Isaac Asimov omnibus*]. [Recueil composé de 061, 068 & 080].

1964

164. **« Author! Author! »**. In anthologie composée par D.R. Bensen : *the Unknown five*. New York : Pyramid, janvier. En français : « Auteur ! Auteur ! ». In recueil : *Chrono-minets*. [198.C].

165. *the Rest of the robots*. Garden City : Doubleday. [Recueil composé de 020, 026, 110, 120, 054, 091, 136, 131, 075 & 112]. [Voir 169].

1965

166. **« Eyes do more than see »**. In : *the Magazine of fantasy and science fiction*, avril. En français : **1)** « Souvenir perdu ». In : *Fiction*, nº 139, juin 1965. **2)** « Souvenir perdu ». In étude : Marguerite Rochette : *la Science-Fiction*. Larousse, 1975 (Idéologies et sociétés). **3)** « les Yeux ne servent pas qu'à voir ». In recueil : *Jusqu'à la quatrième génération*. [183.C]. **4)** « les Yeux ne servent pas qu'à voir ». In recueil : *le Robot qui rêvait*. [381].

167. **« Founding father »**. In : *Galaxy*, octobre. En français : **1)** « le Père d'un monde ». In : *Galaxie*, [2ᵉ série], nº 26, juin 1966. **2)** « le Fondateur ». In recueil : *Cher Jupiter*. [236.B].

168. **« the Man who made the 21st century »**. In : *Boys' life magazine*, octobre.

1966

169. *Eight stories from the Rest of the robots*. New York : Pyramid, janvier. [Recueil composé du recueil 165, sans 075 & 112]. En français : **1)** *le Livre des robots*. 2ᵉ partie. In recueil : *le Livre des robots*. [431]. **2)** *un Défilé de robots*. J'ai lu, 1974 (nº 542).

170. « **Fantastic voyage** ». In : *the Saturday evening post*, 26 février & 12 mars.
[Version tronquée de : *Fantastic voyage*. 173].

171. « **the Key** ». In : *the Magazine of fantasy and science fiction*, octobre. En français :
« la Clef ». In recueil : *Histoires mystérieuses*. Tome 2. [181.B].

172. « **the Prime of life** ». In : *the Magazine of fantasy and science fiction*, octobre.
[Poésie]. En français : « la Fleur de la jeunesse ». In recueil : *l'Homme bicentenaire*. [248].

173. *Fantastic voyage*. Boston : Houghton Mifflin. [Rédigé d'après le scénario de
Harry Kleiner, lui-même inspiré d'une nouvelle d'Otto Klement et Jerome Bixby.
Theodore Sturgeon s'était proposé pour cette novelisation]. [Version complète
de : « Fantastic voyage ». 170]. [Première version de : *Fantastic voyage II: destination brain*. 389]. En français : *le Voyage fantastique*. **1)** Albin Michel, 1972
(Science-Fiction, [2ᵉ série], nº 10). **2)** Albin Michel, 1981 (Super + fiction,
nº 13). **3)** J'ai lu, 1984 (nº 1635).

1967

174. « **the Billiard ball** ». In : *Worlds of if science fiction*, mars. En français : « la Boule
de billard ». **1)** In recueil : *Histoires mystérieuses*. Tome 2. [181.B]. **2)** In recueil :
le Robot qui rêvait. [381].

175. « **Segregationist** ». In : *Abbottempo*, nº 4, [décembre]. En français :
« Ségrégationniste ». **1)** In recueil : *Jusqu'à la quatrième génération*. [183.C]. **2)** In
recueil : « Nous les robots ». [338].

176. *Through a glass, clearly*. London : Four Square. [Recueil composé de 085, 074,
056 & 057].

1968

177. « **Exile to Hell** ». In : *Analog science fiction-science fact*, mai. En français : « Exil en
Enfer ». In recueil : *Cher Jupiter*. [236.B].

178. « **Key item** ». In : *the Magazine of fantasy and science fiction*, juillet. En français :
« le Détail clé ». In recueil : *Cher Jupiter*. [236.B].

179. « **the Proper study** ». In : *Boys' life magazine*, septembre. En français : « Envoyez
les couleurs ! ». In recueil : *Cher Jupiter*. [236.B].

180. « **the Holmes-Ginsbook device** ». In : *Worlds of if science fiction*, décembre.

181. *Asimov's mysteries*. Garden City : Doubleday. [Recueil composé de 090, 094,
105, 106, 109, 118, 128, 130, 001, 151, 153, 162, 171 & 174]. En français, en
deux tomes : A) *Histoires mystérieuses*. Tome 1. [Composé de 090, 094, 105,
109, 128, 130, 001 & 151]. Denoël, 1969 (Présence du futur, nº 113) ; B) *Histoires
mystérieuses*. Tome 2. [Composé de 106, 118, 153, 162, 171 & 174]. Denoël,
1969 (Présence du futur, nº 114).

1969

182. « **Feminine intuition** ». In : *the Magazine of fantasy and science fiction*, octobre. En
français : « Intuition féminine » **1)** In : *Fiction*, nº 199, juillet 1970. **2)** In recueil :
l'Homme bicentenaire. [248]. **3)** In recueil : « Nous les robots ». [338].

183. *Nightfall*. Garden City : Doubleday. [Recueil composé de 016, 050, 055, 056,
057, 058, 063, 071, 072, 079, 085, 119, 133, 144, 152, 158, 159, 161, 166 &

175]. En français, en trois tomes : A) *Quand les ténèbres viendront*. [Composé de 016, 050, 055 & 056]. Denoël, 1970 (Présence du futur, nº 123) ; B) *l'Amour, vous connaissez ?*. [Composé de 057, 058, 063, 071, 079, 085 & 158]. Denoël, 1970 (Présence du futur, nº 125) ; C) *Jusqu'à la quatrième génération*. [Composé de 072, 119, 133, 144, 152, 159, 161, 166 & 175]. Denoël, 1980 (Présence du futur, nº 301).

184. *Opus 100*. Boston : Houghton Mifflin. [Recueil d'extraits de nouvelles, de romans et d'articles, contenant les textes complets suivants : 115, 139, 157, 095 & 180].

1970

185. « **Waterclap** ». In : *Worlds of if science fiction*, avril. En français : **1)** « le Sas ». In : *Galaxie*, [2ᵉ série], nº 97, juin 1972. **2)** « Trombes d'eau ». In recueil : *l'Homme bicentenaire*. [248].

186. « **a Problem of numbers** ». In : *Ellery Queen's mystery magazine*, mai. [Autre titre : « As chemist to chemist »].

187. « **2430 A.D.** ». In : *IBM magazine*, octobre. En français : « 2430 ». In recueil : *Cher Jupiter*. [236.B].

1971

188. *the Best new thing*. New York : World Publishing.

189. *the Robot novels*. Garden City : Doubleday. [Recueil composé de 075 & 112]. [Voir 399].

1972

190. « **the Acquisitive chuckle** ». In : *Ellery Queen's mystery magazine*, janvier. [Non S.-F.]. En français : « le Sourire acquisiteur ». **1)** In : *Ellery Queen mystère magazine*, nº 292, juin 1972. **2)** In recueil : *le Club des Veufs Noirs*. [227].

191. « **the Greatest asset** ». In : *Analog science fiction-science fact*, janvier. En français : « le Meilleur atout ». In recueil : *Cher Jupiter*. [236.B].

192. « **the Gods themselves** ». In : *Galaxy magazine*, mars-avril, *Worlds of if science fiction*, mars-avril, & *Galaxy magazine*, mai-juin. En volume : *the Gods themselves*. Garden City : Doubleday, 1972. En français : *les Dieux eux-mêmes*. Denoël, 1974 (Présence du futur, nº 173).

193. « **the Computer that went on strike** ». In : *the Saturday evening post*, printemps.

194. « **Mirror image** ». In : *Analog science fiction-science fact*, mai. En français : « Effet miroir ». **1)** In recueil : *Espace vital*. [134]. **2)** In recueil : « Nous les robots ». [338].

195. « **the Phony Ph. D.** ». In : *Ellery Queen's mystery magazine*, juillet. [Autre titre : « Ph as in phony »]. [Non S.-F.]. En français : « Drôle de doctorat ! ». In recueil : *le Club des Veufs Noirs*. [227].

196. « **the Man who never told a lie** ». In : *Ellery Queen's mystery magazine*, octobre. [Autre titre : « Truth to tell »]. [Non S.-F.]. En français : **1)** « Celui qui ne mentait jamais ». In : *Ellery Queen mystère magazine*, nº 306, août 1973. **2)** « Rien que la vérité ». In recueil : *le Club des Veufs Noirs*. [227].

197. « the Matchbook collector ». In : *Ellery Queen's mystery magazine*, décembre.
[Autre titre : « Go, little book! »]. [Non S.-F.]. En français : 1) « le Collectionneur
de pochettes d'allumettes ». In : *Ellery Queen mystère magazine*, n° 307, septembre
1973. 2) « Vogue, petite plaquette ». In recueil : *le Club des Veufs Noirs*. [227].
198. *the Early Asimov*. Garden City : Doubleday. [Recueil composé de 006, 005,
007, 003, 002, 022, 004, 012, 008, 010, 028, 013, 011, 019, 045, 027, 017, 018,
047, 023, 164, 029, 033, 041, 040, 042 & 043]. En français, en quatre tomes
(sans 004) : A) *Dangereuse Callisto*. [Composé de 006, 005, 007, 003, 002, 022,
012 & 008]. Denoël, 1974 (Présence du futur, n° 182) ; B) *Noël sur Ganymède*.
[Composé de 010, 028, 013, 011, 019, 045 & 027]. Denoël, 1974 (Présence du
futur, n° 187) ; C) *Chrono-minets*. [Composé de 017, 018, 047, 023, 164 & 029].
Denoël, 1975 (Présence du futur, n° 191) ; D) *la Mère des mondes*. [Composé de
033, 041, 040, 042 & 043]. Denoël, 1975 (Présence du futur, n° 199).
199. *an Isaac Asimov double*. London : New English Library. [Recueil composé de
067 & 078].
200. « Take a match ». In anthologie composée par Robert Silverberg : *New dimensions II*. Garden City : Doubleday. En français : « Prenez donc une allumette ». In
recueil : *Cher Jupiter*. [236.B].

1973

201. « the Biological clock ». In : *Ellery Queen's mystery magazine*, mars. [Autre titre :
« Early Sunday morning »]. [Non S.-F.]. En français : « Dimanche matin, aux
aurores ». In recueil : *le Club des Veufs Noirs*. [227].
202. « the Obvious factor ». In : *Ellery Queen's mystery magazine*, mai. [Non S.-F.]. En
français : « l'Évidence même ». In recueil : *le Club des Veufs Noirs*. [227].
203. « the Pointing finger ». In : *Ellery Queen's mystery magazine*, juillet. [Non S.-F.].
En français : « Ce qu'il montrait du doigt ». In recueil : *le Club des Veufs Noirs*.
[227].
204. « a Warning to Miss Earth ». In : *Ellery Queen's mystery magazine*, septembre.
[Autre titre : « Miss what? »]. [Non S.-F.]. En français : « Miss quoi ? ». In
recueil : *le Club des Veufs Noirs*. [227].
205. « Light verse ». In : *the Saturday evening post*, septembre-octobre. En français :
1) « Poésie légère ». In recueil : *Cher Jupiter*. [236.B]. 2) « Poésie légère ». In
anthologie composée par Alfred Hitchcock : *Histoires à lire toutes portes closes*.
Presses Pocket, 1981 (Hitchcock présente, n° 1815). 3) « Poésie légère ». In
anthologie composée par Alfred Hitchcock : *Histoires à lire toutes portes closes*.
France loisirs, 1986. 4) « Artiste de lumière ». In recueil : *le Robot qui rêvait*.
[381]. 5) « Artiste de lumière ». In recueil : « Nous les robots ». [338].
206. « the Six suspects ». In : *Ellery Queen's mystery magazine*, décembre. [Autre
titre : « Out of sight »]. [Non S.-F.]. En français : 1) « les Six suspects ». In :
Ellery Queen mystère magazine, n° 325, mars 1975. 2) « Hors de vue ». In recueil :
le Club des Veufs Noirs. [227].
207. *the Best of Isaac Asimov*. London : Sidgwick & Jackson. [Recueil composé par
Angus Wells de 001, 016, 057, 065, 066, 060, 115, 102, 106, 151, 174 & 194].
208. *a Second Isaac Asimov double*. London : New English Library. [Recueil composé de 117 & 086].
209. « Thiotimoline to the stars ». In anthologie composée par Harry Harrison : *Astounding: John W. Campbell memorial anthology*. New York : Random House. En
français : « Thiotimoline vers les étoiles ». In recueil : *Cher Jupiter*. [236.B].

210. *the Third Isaac Asimov double*. London : New English Library. [Recueil composé de 149 & 135].

1974

211. « **the Dream** ». In : *the Saturday evening post*, janvier-février.

212. « **When no man pursueth** ». In : *Ellery Queen's mystery magazine*, mars. [Non S.-F.]. En français : « Quand nul ne les poursuit ». In recueil : *Retour au club des Veufs noirs.* [252].

213. « **Benjamin's dream** ». In : *the Saturday evening post*, avril.

214. « **Party by satellite** ». In : *the Saturday evening post*, mai.

215. « **Quicker than the eye** ». In : *Ellery Queen's mystery magazine*, mai. [Non S.-F.]. En français : « En un clin d'œil ». In recueil : *Retour au club des Veufs noirs.* [252].

216. « **—That thou art mindful of him!** ». In : *the Magazine of fantasy and science fiction*, mai. [Autre titre : « That thou art mindful of him »]. En français : « Pour que tu t'y intéresses ». **1)** In recueil : *l'Homme bicentenaire.* [248]. **2)** In recueil : « Nous les robots ». [338].

217. « **Stranger in Paradise** ». In : *Worlds of if science fiction*, mai-juin. En français : « Étranger au Paradis ». **1)** In recueil : *l'Homme bicentenaire.* [248]. **2)** In recueil : « Nous les robots ». [338].

218. « **Benjamin's bicentennial blast** ». In : *the Saturday evening post*, juin-juillet.

219. « **a Chip of the black stone** ». In : *Ellery Queen's mystery magazine*, juillet. [Autre titre : « the Iron gem »]. [Non S.-F.]. En français : « le Joyau de fer ». In recueil : *Retour au club des Veufs noirs.* [252].

220. « **Half-baked publisher's delight** ». In : *Worlds of if science fiction*, juillet-août. [En collaboration avec Jeffrey S. Hudson].

221. « **All in the way you read it** ». In : *Ellery Queen's mystery magazine*, septembre. [Autre titre : « the Three numbers »]. [Non S.-F.]. En français : « les Trois nombres ». In recueil : *Retour au club des Veufs noirs.* [252].

222. « **Nothing like murder** ». In : *the Magazine of fantasy and science fiction*, octobre. En français : « un Meurtre ? Rien de tel ». In recueil : *Retour au club des Veufs noirs.* [252].

223. « **Confessions of an American cigarette smoker** ». In : *Ellery Queen's mystery magazine*, décembre. [Autre titre : « No smoking »]. [Non S.-F.]. En français : « Défense de fumer ». In recueil : *Retour au club des Veufs noirs.* [252].

224. « **the Heavenly host** ». In : *Boys' life magazine*, décembre. [Première version de : *the Heavenly host.* 237].

225. « **Big game** ». In anthologie composée par Isaac Asimov : *Before the golden age*. Garden City : Doubleday.

226. *Have you seen these?*. Boston : NESFA. [Recueil composé de 049, 059, 070, 076, 087, 123, 141 & 154].

227. *Tales of the Black Widowers*. Garden City : Doubleday. [Recueil composé de 190, 195, 196, 197, 201, 202, 203, 204, 227a, 227b, 227c & 206]. [Non S.-F.]. En français : *le Club des Veufs Noirs*. Union générale d'éditions, 1988 (10/18, n° 1980, Grands détectives).

227a. « **the Lullaby of Broadway** ». In recueil : *Tales of the Black Widowers.* [227]. [Non S.-F.]. En français : « la Berceuse de Broadway ». In recueil : *le Club des Veufs Noirs.* [227].

227b. « **Yankee Doodle went to town** ». In recueil : *Tales of the Black Widowers*. [227]. [Non S.-F.]. En français : « Yankee Doodle s'en est allé en ville ». In recueil : *le Club des Veufs Noirs*. [227].

227c. « **the Curious omission** ». In recueil : *Tales of the Black Widowers*. [227]. [Non S.-F.]. En français : « la Curieuse omission ». In recueil : *le Club des Veufs Noirs*. [227].

1975

228. « **the Life and times of Multivac** ». In : *the New York times*, 5 janvier. En français : « la Vie et les œuvres de Multivac ». In recueil : *l'Homme bicentenaire*. [248].

229. « **Sarah tops** ». In : *Boys' life magazine*, février. [Non S.-F.].

230. « **a Boy's best friend** ». In : *Boys' life magazine*, mars. En français : « le Meilleur ami du petit d'Homme ». In recueil : « Nous les robots ». [338].

231. « **the One and only East** ». In : *Ellery Queen's mystery magazine*, mars. [Non S.-F.]. En français : « la Seule et unique à l'est ». In recueil : *Retour au club des Veufs noirs*. [252].

232. « **the Little things** ». In : *Ellery Queen's mystery magazine*, mai. [Non S.-F.].

233. « **Point of view** ». In : *Boys' life magazine*, juillet. En français : « Point de vue ». In recueil : « Nous les robots ». [338].

234. « **Earthset and evening star** ». In : *the Magazine of fantasy and science fiction*, août. En français : « Coucher de Terre et étoile du soir ». **1)** In : *Fiction*, nº 273, octobre 1976. **2)** In recueil : *Retour au club des Veufs noirs*. [252].

235. « **Halloween** ». In : *the American way magazine*, octobre.

236. *Buy Jupiter*. Garden City : Doubleday. [Recueil composé de 048, 049, 059, 069, 070, 076, 087, 084, 108, 123, 124, 141, 143, 150, 154, 167, 177, 178, 179, 187, 191, 200, 209 & 205]. En français, en deux tomes : A) *Flûte, flûte et flûtes !*. [Composé de 048, 049, 059, 069, 070, 076, 087, 084, 108 & 123]. Denoël, 1977 (Présence du futur, nº 232) ; B) *Cher Jupiter*. [Composé de 124, 141, 143, 150, 154, 167, 177, 178, 179, 187, 191, 200, 209 & 205]. Denoël, 1977 (Présence du futur, nº 233).

237. *the Heavenly host*. New York : Walker. [Version remaniée de : « the Heavenly host ». 224]. En français : *l'Invité du ciel*. Gallimard, 1983 (Folio cadet, nº 11).

238. *Lecherous limericks*. New York : Walker. [Recueil de limericks].

1976

239. « **Friday the thirteenth** ». In : *the Magazine of fantasy and science fiction*, janvier. En français : « Vendredi treize ». **1)** In : *Fiction*, nº 358, janvier 1985. **2)** In recueil : *Retour au club des Veufs noirs*. [252].

240. « **Old-fashioned** ». In : *Bell telephone magazine*, janvier-février. En français : « Démodé ». In recueil : *l'Homme bicentenaire*. [248].

241. « **the Bicentennial man** ». In anthologie composée par Judy-Lynn del Rey : *Stellar 2*. New York : Ballantine, février. En français : « l'Homme bicentenaire ». **1)** In recueil : *l'Homme bicentenaire*. [248]. **2)** In recueil : « Nous les robots ». [338].

242. « **the Winnowing** ». In : *Analog science fiction-science fact*, février. En français : « le Triage ». In recueil : *l'Homme bicentenaire*. [248].

243. « **Marching in** ». In : *High fidelity magazine*, avril. En français : « « Marching in » ». In recueil : *l'Homme bicentenaire*. [248].

244. « the Cross of Lorraine ». In : *Ellery Queen's mystery magazine*, mai. [Non S.-F.].

245. « Birth of a notion ». In : *Amazing science fiction*, juin. En français : « la Naissance d'une notion ». In recueil : *l'Homme bicentenaire*. [248].

246. « the Tercentenary incident ». In : *Ellery Queen's mystery magazine*, août. En français : « l'Incident du tricentenaire ». 1) In recueil : *l'Homme bicentenaire*. [248]. 2) In recueil : « Nous les robots ». [338].

247. « a Case of income-tax fraud ». In : *Ellery Queen's mystery magazine*, novembre. [Autre titre : « the Family man »]. [Non S.-F.].

248. *the Bicentennial man*. Garden City : Doubleday. [Recueil composé de 172, 182, 185, 216, 217, 228, 242, 241, 243, 240, 246 & 245]. En français : *l'Homme bicentenaire*. Denoël, 1978 (Présence du futur, nº 255).

249. *"the Dream", "Benjamin's dream" and "Benjamin's bicentennial blast"*. New York : [New York branch of the Printer's Union]. [Recueil composé de 211, 213 & 218].

250. *Good taste*. Topeka, Kansas : Apocalypse. En français : « Bon goût ». In recueil : *Au prix du papyrus*. [353.A].

251. *More lecherous limericks*. New York : Walker. [Recueil de limericks].

252. *More tales of the Black Widowers*. Garden City : Doubleday/Crime Club. [Recueil composé de 212, 215, 219, 221, 222, 223, 252a, 231, 234, 239, 252b & 252c]. En français : *Retour au club des Veufs noirs*. Union générale d'éditions, 1989 (10/18, nº 2015, Grands détectives).

252a. « Season's greetings! ». In recueil : *More tales of the Black Widowers*. [252]. [Non S.-F.]. En français : « Meilleurs vœux ! ». In recueil : *Retour au club des Veufs noirs*. [252].

252b. « the Unabridged ». In recueil : *More tales of the Black Widowers*. [252]. [Non S.-F.]. En français : « l'Intégrale ». In recueil : *Retour au club des Veufs noirs*. [252].

252c. « the Ultimate crime ». In recueil : *More tales of the Black Widowers*. [252]. En français : 1) « le Crime suprême ». In recueil : *Isaac Asimov*. [430]. 2) « le Crime ultime ». In anthologie composée par Jacques Baudou & Paul Gayot : *le Musée de l'Holmes*. Nouvelles éditions Oswald, 1987 (le Miroir obscur, nº 142). 3) « le Crime suprême ». In recueil : *Prélude à l'éternité*. [430]. 4) « le Crime suprême ». In recueil : *Retour au club des Veufs noirs*. [252].

253. *Murder at the ABA*. Garden City : Doubleday. [Autre titre : *Authorized murder*]. [Non S.-F.].

254. « Profession ». In anthologie composée par Bernard C. Hollister : *You and science fiction*. Skokie, Illinois : National Textbook Company. [Version remaniée de : « Profession ». 127].

1977

255. « To tell at a glance ». In : *the Saturday evening post*, février. [Version tronquée de : « To tell at a glance ». 353a].

256. « True love ». In : *the American way magazine*, février. En français : 1) « le Grand amour ». In : *Futurs*, [1re série], nº 1, juin 1978. 2) « l'Amour vrai » In recueil : *le Robot qui rêvait*. [381]. 3) « l'Amour vrai ». In recueil : « Nous les robots ». [338].

257. « Think! ». In : *Isaac Asimov's science fiction magazine*, printemps. [Publié précédemment au sein des documents publicitaires de la firme Coherent Radiation]. En français : « Pensez donc ! ». In recueil : « Nous les robots ». [338].

258. « the Sports page ». In : *Ellery Queen's mystery magazine*, avril. [Non S.-F.].

259. « About nothing ». In : *Isaac Asimov's science fiction magazine*, été. [Publié précédemment en Angleterre au sein d'une série de cartes postales]. En français : « Pour rien ». In recueil : *les Vents du changement*. [353.B].

260. « Sure thing ». In : *Isaac Asimov's science fiction magazine*, été. En français : « Certitude ». In recueil : *Au prix du papyrus*. [353.A].

261. « the Thirteenth day of Christmas ». In : *Ellery Queen's mystery magazine*, juillet. [Non S.-F.].

262. « Science fiction convention ». In : *Isaac Asimov's science fiction magazine*, automne. [Poésie].

263. « the Missing item ». In : *Isaac Asimov's science fiction magazine*, hiver. En français : « l'Élément qui manque ». 1) In recueil : *Isaac Asimov*. [430]. 2) In recueil : *Prélude à l'éternité*. [430].

264. *the Key word*. New York : Walker. [Recueil composé de 264*a*, 264*b*, 229, 261 & 264*c*].

264*a*. « the Key word ». In recueil : *the Key word*. [264].

264*b*. « Santa Claus gets a coin ». In recueil : *the Key word*. [264].

264*c*. « a Case of need ». In recueil : *the Key word*. [264].

265. *Liar!*. Cambridge : Syndics of the Cambridge University Press. [Version simplifiée de : « Liar! ». 015].

266. *Little lost robot*. Cambridge : Syndics of the Cambridge University Press. [Version simplifiée de : « Little lost robot ». 038].

267. *Still more lecherous limericks*. New York : Walker. [Recueil de limericks].

1978

268. « the Next day ». In : *Ellery Queen's mystery magazine*, mai. [Non S.-F.].

269. « Fair exchange? ». In : *Asimov's SF adventure magazine*, automne. En français : « un Marché de dupes ». In recueil : *les Vents du changement*. [353.B].

270. « Found! ». In : *Omni*, octobre. En français : « Trouvés ! ». In recueil : *les Vents du changement*. [353.B].

271. *Asimov's Sherlockian limericks*. Yonders, New York : Mysterious Press. [Recueil de limericks].

272. *Limericks: too gross*. New York : Norton. [En collaboration avec John Ciardi]. [Recueil de limericks].

1979

273. *Prisoners of the stars*. Garden City : Doubleday, janvier. [Recueil composé de 053, du recueil 098 et de 064].

274. « Nothing for nothing ». In : *Isaac Asimov's science fiction magazine*, février. En français : « Rien pour rien ». In recueil : *les Vents du changement*. [353.B].

275. « a Matter of irrelevance ». In : *Ellery Queen's mystery magazine*, mars. [Autre titre : « Irrelevance! »]. [Non S.-F.].

276. « How it happened ». In : *Asimov's SF adventure magazine*, printemps. En français : « Au prix du papyrus ». In recueil : *Au prix du papyrus*. [353.A].

277. « None so blind ». In : *Ellery Queen's mystery magazine*, juin. [Non S.-F.].

278. « To the barest ». In : *Ellery Queen's mystery magazine*, août. [Non S.-F.].

279. « **the Backward look** ». In : *Isaac Asimov's science fiction magazine*, septembre.
280. *the Far ends of time and Earth*. Garden City : Doubleday. [Recueil composé de 051, du recueil 134 et de 097].
281. *In memory yet green* : the autobiography of Isaac Asimov, 1920-1954. Garden City : Doubleday. [Autobiographie].
282. « **It is coming** ». Publié au sein des documents publicitaires de Field Enterprises. En français : « Il arrive ». In recueil : *les Vents du changement*. [353.B].
283. « **Josephine and the space machine** ». In : *Field newspaper syndicate*.
284. *Opus 200*. Boston : Houghton Mifflin. [Recueil d'extraits de nouvelles, de romans et d'articles, contenant les textes complets suivants : 241, 250, 211, 205, 234 & 261].

1980

285. « **the Last answer** ». In : *Analog science fiction-science fact*, janvier. En français : « la Dernière réponse ». **1)** In recueil : *Au prix du papyrus*. [353.A]. **2)** In recueil : *le Robot qui rêvait*. [381].
286. « **For the birds** ». In : *Isaac Asimov's science fiction magazine*, mai. En français : « Pour les oiseaux ». In recueil : *les Vents du changement*. [353.B].
287. « **64 million trillion combinations** ». In : *Ellery Queen's mystery magazine*, 5 mai. [Autre titre : « Sixty million trillion combinations »]. [Non S.-F.]. En français : « Soixante millions de milliards de combinaisons ». In recueil : *À table avec les Veufs noirs*. [358].
288. « **the Man who pretended to like baseball** ». In : *Ellery Queen's mystery magazine*, 30 juin. [Autre titre : « the Woman in the bar »]. [Non S.-F.]. En français : « une Femme dans un bar ». In recueil : *À table avec les Veufs noirs*. [358].
289. « **To spot a spy** ». In : *Gallery magazine*, septembre. [Autre titre : « No refuge could save »]. [Non S.-F.].
290. « **the Good Samaritan** ». In : *Ellery Queen's mystery magazine*, 10 septembre. [Non S.-F.]. En français : « le Bon Samaritain ». In recueil : *À table avec les Veufs noirs*. [358].
291. « **Death of a foy** ». In : *the Magazine of fantasy and science fiction*, octobre.
292. « **the Winning number** ». In : *Gallery magazine*, octobre. [Autre titre : « the Telephone number »]. [Non S.-F.].
293. « **Pigeon English** ». In : *Gallery magazine*, novembre. [Autre titre : « the Men who wouldn't talk »]. [Non S.-F.].
294. « **Big shot** ». In : *Gallery magazine*, décembre. [Autre titre : « a Clear shot »]. [Non S.-F.].
295. *Casebook of the Black Widowers*. Garden City : Doubleday. [Recueil composé de 244, 247, 258, « Second best », 263, 268, 275, 277, 279, 295*a*, 295*b* & 278]. En français : *Casse-tête au club des Veufs noirs*. Union générale d'éditions, décembre 1990 (10/18, à numéroter, Grands détectives). [À paraître].
295*a*. « **What time is it?** ». In recueil : *Casebook of the Black Widowers*. [295]. [Non S.-F.].
295*b*. « **Middle name** ». In recueil : *Casebook of the Black Widowers*. [295]. [Non S.-F.].
296. *In joy still felt* : the autobiography of Isaac Asimov, 1954-1978. Garden City : Doubleday. [Autobiographie].

1981

297. « Call me irresistible ». In : *Gallery magazine*, janvier. [Autre titre : « Irresistible to women »]. [Non S.-F.].

298. « the Gilbert and Sullivan mystery ». In : *Ellery Queen's mystery magazine*, 1er janvier. [Autre titre : « the Year of the action »]. [Non S.-F.]. En français : « le Début de l'action ». In recueil : *À table avec les Veufs noirs*. [358].

299. « the Spy who was out-of-focus ». In : *Gallery magazine*, février. [Autre titre : « He wasn't there »]. [Non S.-F.].

300. « Taxicab crackdown ». In : *Gallery magazine*, mars. [Autre titre : « the Thin line »]. [Non S.-F.].

301. « Death song ». In : *Gallery magazine*, avril. [Autre titre : « Mystery tune »]. [Non S.-F.].

302. « the Last shuttle ». In : *Today*, 10 avril. En français : « la Dernière navette ». In recueil : *Au prix du papyrus*. [353.A].

303. « Hide and seek ». In : *Gallery magazine*, mai. [Non S.-F.].

304. « Decipher detection ». In : *Gallery magazine*, juin. [Autre titre : « Gift »]. [Non S.-F.].

305. « Can you prove it? ». In : *Ellery Queen's mystery magazine*, 17 juin. [Non S.-F.]. En français : « Pouvez-vous le prouver ? ». In recueil : *À table avec les Veufs noirs*. [358].

306. « Hot or cold ». In : *Gallery magazine*, juillet. [Non S.-F.].

307. « the Thirteenth page ». In : *Gallery magazine*, août. [Non S.-F.].

308. « One in a thousand ». In : *Gallery magazine*, septembre. [Autre titre : « 1 to 999 »]. [Non S.-F.].

309. « the 12-year-old problem ». In : *Gallery magazine*, octobre. [Autre titre : « Twelve years old »]. [Non S.-F.].

310. « a Perfect fit ». In : *EDN*, 14 octobre. En français : « un Châtiment sur mesure ». In recueil : *les Vents du changement*. [353.B].

311. « Cloak and dagger duel ». In : *Gallery magazine*, novembre. [Autre titre : « Testing, testing »]. [Non S.-F.].

312. « the Last laugh ». In : *Gallery magazine*, décembre. [Autre titre : « the Appleby story »]. [Non S.-F.].

313. *a Grossery of limericks*. New York : Norton. [En collaboration avec John Ciardi]. [Recueil de limericks].

314. « Ignition point! ». In : *Finding the right speaker*. En français : « Point d'ignition ! ». In recueil : *les Vents du changement*. [353.B].

315. *Isaac Asimov*. London : Octopus. [Recueil composé de 061, 068, 080, 053, 112 et du recueil 052]. [Voir 362].

316. *3 by Asimov: three science fiction tales*. New York : Targ. [Recueil composé de 285, 256 & 269].

1982

317. « Countdown to disaster ». In : *Gallery magazine*, janvier. [Autre titre : « Dollars and cents »]. [Non S.-F.].

318. « Mirror image ». In : *Gallery magazine*, février. [Autre titre : « Friends and allies »]. [Non S.-F.].

319. « **Lest we remember** ». In : *Isaac Asimov's science fiction magazine*, 15 février. En français : **1)** « De peur de se souvenir ». In recueil : *Au prix du papyrus*. [353.A]. **2)** « De peur de nous souvenir ». In recueil : *le Robot qui rêvait*. [381].

320. « **a Fuller explanation of Original Sin** ». In anthologie composée par Isaac Asimov et Janet O. Jeppson : *Laughing space*. Boston : Houghton Mifflin, mars. [En collaboration avec Janet O. Jeppson]. [Poésie].

321. « **the One thing lacking** ». In anthologie composée par Isaac Asimov et Janet O. Jeppson : *Laughing space*. Boston : Houghton Mifflin, mars. [Poésie].

322. « **the Perfect alibi** ». In : *Gallery magazine*, mars. [Autre titre : « Which is which »]. [Non S.-F.].

323. « **One night of song** ». In : *the Magazine of fantasy and science fiction*, avril. En français : **1)** « un Chant parfait ». In : *Fiction*, nº 347, janvier 1984. **2)** « une Soirée de chant ». In recueil : *les Vents du changement*. [353.B]. **3)** « Dans la nuit des chants ». In recueil : *Azazel*. [401].

324. « **the Telltale sign** ». In : *Gallery magazine*, avril. [Autre titre : « the Sign »]. [Non S.-F.].

325. « **the Winds of change** ». In anthologie composée par Isaac Asimov & Alice Laurance : *Speculations*. Boston : Houghton Mifflin, avril. En français : « les Vents du changement ». In recueil : *les Vents du changement*. [353.B].

326. « **the Phoenician bauble** ». In : *Ellery Queen's mystery magazine*, mai. [Non S.-F.]. En français : « la Babiole phénicienne ». In recueil : *À table avec les Veufs noirs*. [358].

327. « **Stopping the fox** ». In : *Gallery magazine*, mai. [Autre titre : « Catching the fox »]. [Non S.-F.].

328. « **Playing it by the numbers** ». In : *Gallery magazine*, juin. [Autre titre : « Getting the combination »]. [Non S.-F.].

329. « **Mystery book** ». In : *Gallery magazine*, juillet. [Autre titre : « the Library book »]. [Non S.-F.].

330. « **To the victor** ». In : *Isaac Asimov's science fiction magazine*, juillet. En français : « Que le meilleur gagne ». In recueil : *Azazel*. [401].

331. « **a Flash of brilliance** ». In : *Gallery magazine*, août. [Autre titre : « the Three goblets »]. [Non S.-F.].

332. « **Book smart** ». In : *Gallery magazine*, septembre. [Autre titre : « Spell it! »]. [Non S.-F.].

333. « **Cherchez la femme: the Case of the disappearing woman** ». In : *Gallery magazine*, octobre. [Autre titre : « Two women »]. [Non S.-F.].

334. « **the Dim rumble** ». In : *Isaac Asimov's science fiction magazine*, octobre. En français : « un Grondement sourd ». In recueil : *Azazel*. [401].

335. « **a Piece of the rock** ». In : *Gallery magazine*, novembre. [Autre titre : « Sending a signal »]. [Non S.-F.].

336. « **the Smile that loses** ». In : *the Magazine of fantasy and science fiction*, novembre. En français : **1)** « Copie conforme ». In : *Fiction*, nº 357, décembre 1984. **2)** « un Sourire qui coûte cher ». In recueil : *les Vents du changement*. [353.B]. **3)** « un Sourire ravageur ». In recueil : *Azazel*. [401].

337. « **the Favorite piece** ». In : *Gallery magazine*, décembre. [Non S.-F.].

338. *the Complete robot*. Garden City : Doubleday. [Recueil composé de 230, 071, 107, 233, 257, 256, 020, 026, 217, 205, 175, 009, 120, 194, 246, 110, 021, 014, 030, 015, 054, 136, 131, 038, 091, 035, 037, 046, 182, 216 & 241]. En

français : « Nous les robots ». In recueil : *le Grand livre des robots 1. Prélude à Trantor.* [428]. [Le recueil français comprend également 403 (entre 009 & 120) & 381*a* (entre 046 & 182)].

339. *Foundation's edge*. Garden City : Doubleday. En français : *Fondation foudroyée.* **1)** Denoël, 1983 (Présence du futur, n° 357). **2)** France loisirs, 1985.

1983

340. « a Ghost of a chance ». In : *Gallery magazine,* janvier. [Autre titre : « Half a ghost »]. [Non S.-F.].

341. « Poetic license ». In : *Gallery magazine,* février. [Autre titre : « There was a young lady »]. [Non S.-F.].

342. « Potential ». In : *Isaac Asimov's science fiction magazine,* février.

343. « the Amusement lark ». In : *Gallery magazine,* mars. [Autre titre : « Never out of sight »]. [Non S.-F.].

344. « a Monday in April ». In : *Ellery Queen's mystery magazine,* mai. [Non S.-F.]. En français : « un Lundi d'avril ». In recueil : *À table avec les Veufs noirs.* [358].

345. « Stormy weather ». In : *Gallery magazine,* mai. [Autre titre : « the Magic umbrella »]. [Non S.-F.].

346. *the Union club mysteries*. Garden City : Doubleday, août. [Recueil composé de 289, 292, 293, 294, 297, 299, 300, 301, 303, 304, 306, 307, 308, 309, 311, 312, 317, 318, 322, 324, 327, 328, 329; 331, 332, 333, 335, 337, 340 & 341]. [Non S.-F.].

347. « Saving Humanity ». In : *Isaac Asimov's science fiction magazine,* septembre. En français : « l'Homme qui voulut sauver l'Humanité ». In recueil : *Azazel.* [401].

348. « Nothing might happen ». In : *Alfred Hitchcock's mystery magazine,* décembre. [Non S.-F.].

349. « the Specks ». In : *Ellery Queen's mystery magazine,* décembre. [Non S.-F.].

350. *Norby, the mixed-up robot*. New York : Walker. [En collaboration avec Janet Asimov]. En français : *Norby, le robot fêlé.* Librairie générale française, 1988 (le Livre de poche, n° 8401, Club).

351. *the Robot collection*. Garden City : Doubleday. [Recueil composé des recueils 189 & 338].

352. *the Robots of dawn*. Huntington Woods, Michigan : Phantasia. En français : **1)** *les Robots de l'aube.* J'ai lu, 1984 (n° 1602 & 1603). **2)** *les Robots de l'aube.* France loisirs, 1988. **3)** « les Robots de l'aube ». In recueil : *le Grand livre des robots 2. la Gloire de Trantor.* [429].

353. *the Winds of change*. Garden City : Doubleday. [Recueil composé de 259, 310, 074, 291, 269, 286, 270, 250, 276, 121, 314, 282, 285, 302, 319, 274, 323, 336, 260, 353*a* & 325]. En français, en deux tomes (sans 291) : A) *Au prix du papyrus.* [Composé de 276, 250, 260, 074, 319, 302, 285, 353*a* & 121]. Denoël, 1985 (Présence du futur, n° 395) ; B) *les Vents du changement.* [Composé de 282, 314, 286, 259, 274, 270, 310, 323, 269, 336 & 325]. Denoël, 1985 (Présence du futur, n° 403).

353*a*. « To tell at a glance ». In recueil : *the Winds of change.* [353]. [Version complète de : « To tell at a glance ». 255]. En français : « D'un coup d'œil ». In recueil : *Au prix du papyrus.* [353.A].

1984

354. « **a Matter of principle** ». In : *Isaac Asimov's science fiction magazine*, février. En français : « Question de principe ». In recueil : *Azazel*. [401].

355. « **Neither brute nor human** ». In : *Ellery Queen's mystery magazine*, avril. [Non S.-F.]. En français : « Ni brute ni humain ». In recueil : *À table avec les Veufs noirs*. [358].

356. « **the Evil drink does** ». In : *Isaac Asimov's science fiction magazine*, mai. En français : « les Méfaits de la boisson ». In recueil : *Azazel*. [401].

357. « **Writing time** ». In : *Isaac Asimov's science fiction magazine*, juillet. En français : « le Temps d'écrire ». In recueil : *Azazel*. [401].

358. *Banquets of the Black Widowers*. Garden City : Doubleday, septembre. [Recueil composé de 287, 288, 358a, 290, 298, 305, 326, 344, 355, 359, 358b & 358c]. [Non S.-F.]. En français : *À table avec les Veufs noirs*. Union générale d'éditions, 1989 (10/18, n° 2061, Grands détectives).

358a. « **the Driver** ». In recueil : *Banquets of the Black Widowers*. [358]. [Non S.-F.]. En français : « le Chauffeur ». In recueil : *À table avec les Veufs noirs*. [358].

358b. « **the Wrong house** ». In recueil : *Banquets of the Black Widowers*. [358]. [Non S.-F.]. En français : « Quand on se trompe de maison ». In recueil : *À table avec les Veufs noirs*. [358].

358c. « **the Intrusion** ». In recueil : *Banquets of the Black Widowers*. [358]. [Non S.-F.]. En français : « l'Intrusion ». In recueil : *À table avec les Veufs noirs*. [358].

359. « **the Redhead** ». In : *Ellery Queen's mystery magazine*, octobre. [Non S.-F.]. En français : « la Rousse ». In recueil : *À table avec les Veufs noirs*. [358].

360. « **the Ten-second election** ». In : *Omni*, novembre.

361. « **Dashing through the snow** ». In : *Isaac Asimov's science fiction magazine*, mi-décembre. En français : « À fond la caisse dans la neige... ». In recueil : *Azazel*. [401].

362. *Isaac Asimov*. London : Octopus. [Recueil composé du recueil 315, sans 068, 080, 053 & 112].

363. *Limericks for children*. New York : Caedmon. [Recueil de limericks].

364. *Norby's other secret*. New York : Walker. [En collaboration avec Janet Asimov].

365. *Opus 300*. Boston : Houghton Mifflin. [Recueil d'extraits de nouvelles, de romans et d'articles, contenant les textes complets suivants : 308, 310, 259, 260, 291, 276, 320, 336, 295a & 329].

1985

366. « **the Fourth homonym** ». In : *Ellery Queen's mystery magazine*, mars.

367. *the Edge of tomorrow*. New York : Tor, juin. [Recueil composé de « Unique is where you find it », 139, 270, 109, 074, 174, 325, 102, 056, 016, 145 & 115].

368. « **Logic is logic** ». In : *Isaac Asimov's science fiction magazine*, août. En français : « On est logique ou on ne l'est pas ». In recueil : *Azazel*. [401].

369. *Robots and Empire*. West Bloomfield, Michigan : Phantasia, septembre. En français : **1)** *les Robots et l'Empire*. J'ai lu, 1986 (n° 1996 & 1997). **2)** « les Robots et l'Empire ». In recueil : *le Grand livre des robots 2. la Gloire de Trantor*. [429].

370. « **He travels the fastest** ». In : *Isaac Asimov's science fiction magazine*, novembre. En français : « l'Homme qui s'en va tout seul ». In recueil : *Azazel*. [401].

371. *the Disappearing man*. New York : Walker. [Recueil composé de 371*a*, 371*b*, 371*c*, 371*d*, & 371*e*].

371*a*. « the Disappearing man ». In recueil : *the Disappearing man*. [371].

371*b*. « Lucky seven ». In recueil : *the Disappearing man*. [371].

371*c*. « the Christmas solution ». In recueil : *the Disappearing man*. [371].

371*d*. « the Twins ». In recueil : *the Disappearing man*. [371].

371*e*. « the Man in the park ». In recueil : *the Disappearing man*. [371].

372. *Norby and the invaders*. New York : Walker. [En collaboration avec Janet Asimov].

373. *Norby and the lost princess*. New York : Walker. [En collaboration avec Janet Asimov].

1986

374. *the Alternate Asimovs*. Garden City : Doubleday, janvier. [Recueil composé de 374*a*, 374*b* & 374*c*]. En français : *Asimov parallèle*. J'ai lu, 1987 (n° 2277).

374*a*. « Grow old along with me ». In recueil : *the Alternate Asimovs*. [374]. [Première version de : « Pebble in the sky ». 051]. En français : « Vieillissons ensemble ». In recueil : *Asimov parallèle*. [374].

374*b*. « the End of eternity ». In recueil : *the Alternate Asimovs*. [374]. [Première version de : *the End of eternity*. 097]. En français : « la Fin de l'éternité ». In recueil : *Asimov parallèle*. [374].

374*c*. « Belief ». In recueil : *the Alternate Asimovs*. [374]. [Première version de : « Belief ». 074]. En français : « Incrédules ». In recueil : *Asimov parallèle*. [374].

375. « the Eye of the beholder ». In : *Isaac Asimov's science fiction magazine*, janvier. En français : « l'Œil du témoin ». In recueil : *Azazel*. [401].

376. *the Norby chronicles*. New York : Ace, avril. [En collaboration avec Janet Asimov]. [Recueil composé de 350 & 364].

377. *the Best mysteries of Isaac Asimov*. Garden City : Doubleday, août. [Recueil composé de 202, 203, 206, 227*b*, 215, 221, 231, 244, 268, 295*a*, 295*b*, 287, 290, 305, 359, 299, 303, 317, 324, 328, 329, 343, 345, 349, 171, 186, 232, 235, 261, 264*a* & 348].

378. *the Best science fiction of Isaac Asimov*. Garden City : Doubleday, août. [Recueil composé de 142, 128, 102, 291, 096, 095, 166, 139, 072, 270, 083, 093, 060, 276, 140, 130, 082, 085, 116, 285, 115, 161, 153, 137, 119, 260, 145 & 152].

379. *Foundation and Earth*. Garden City : Doubleday, septembre. En français : *Terre et Fondation*. 1) Denoël, 1987 (Présence du futur, n° 438). 2) France loisirs, 1987.

380. « the Mind's construction ». In : *Isaac Asimov's science fiction magazine*, octobre. En français : « les Dispositions de l'âme ». In recueil : *Azazel*. [401].

381. *Robot dreams*. New York : Berkley, novembre. [Recueil composé de 038, 381*a*, 056, 055, 071, 119, 159, 166, 065, 093, 116, 115, 124, 205, 139, 137, 145, 174, 256, 285 & 319]. En français : *le Robot qui rêvait*. J'ai lu, 1988 (n° 2388). [L'édition française ne reprend pas 038 & 065].

381*a*. « Robot dreams ». In recueil : *Robot dreams*. [381]. En français : « le Robot qui rêvait ». 1) In recueil : *le Robot qui rêvait*. [381]. 2) In recueil : « Nous les robots ». [338].

382. *Norby and the queen's necklace*. New York : Walker, décembre. [En collaboration avec Janet Asimov].
383. « **Burnside and the courts** ». In anthologie composée par James Charlton : *Bred any good rooks lately?*. Garden City : Doubleday.
384. « **More things in Heaven and Earth** ». In brochure : *Science fiction by Isaac Asimov*. En français : « Plus de choses sur terre et dans les cieux... ». In recueil : *Azazel*. [401].

1987

385. « **Left to right** ». In : *Analog science fiction-science fact*, janvier. [Première version de : « Left to right, and beyond ». 388].
386. « **the Fights of spring** ». In : *Isaac Asimov's science fiction magazine*, février. En français : « les Grandes joutes de printemps ». In recueil : *Azazel*. [401].
387. *Norby: robot for hire*. New York : Ace, février. [En collaboration avec Janet Asimov]. [Recueil composé de 373 & 372].
388. « **Left to right, and beyond** ». In : *Analog science fiction-science fact*, juillet. [En collaboration avec Harrison Roth]. [Version remaniée de : « Left to right ». 385].
389. *Fantastic voyage II: destination brain*. Garden City : Doubleday, septembre. [Version remaniée de : *Fantastic voyage*. 173]. En français : *Destination cerveau*. 1) Presses de la Cité, 1988 (Univers sans limites). 2) Presses Pocket, 1990 (Science-Fiction, n° 5381).
390. *Norby finds a villain*. New York : Walker, septembre. [En collaboration avec Janet Asimov].
391. « **the Fable of the three princes** ». In anthologie composée par Jane Yolen, Martin H. Greenberg & Charles G. Waugh : *Spaceships and spells*. New York : Harper & Row, novembre.
392. « **Galatea** ». In : *Isaac Asimov's science fiction magazine*, mi-décembre. En français : « Galatée ». In recueil : *Azazel*. [401].
393. *Other worlds of Isaac Asimov*. New York : Crown/Avenel. [Recueil composé de 192, 057, 102, 055, 058, 171, 319, 065, 016, 127, 081, 145, 062 & 097].
394. « **the Quiet place** ». In : *Ellery Queen's mystery magazine*.

1988

395. « **the Turning point** ». In anthologie composée par Rob Meades & David B. Wake : *the Drabble project*. Harold Wood, Essex : Beccon, avril.
396. « **Flight of fancy** ». In : *Isaac Asimov's science fiction magazine*, mai. En français : « l'Essor de la foi ». In recueil : *Azazel*. [401].
397. *Prelude to Foundation*. Garden City : Doubleday Foundation, mai. En français : *Prélude à Fondation*. 1) Presses de la Cité, 1989 (Univers sans limites). 2) Presses Pocket, 1990 (Science-Fiction, n° 5380). [À paraître].
398. *Norby through time and space*. New York : Ace, septembre. [En collaboration avec Janet Asimov]. [Recueil composé de 382 & 390].
399. *the Robot novels*. New York : Ballantine Del Rey, octobre. [Recueil composé du recueil 189 et de 352].
400. « **Man as the ultimate gadget** ». In : *« It's just what I wanted » : the 1988 guide to giving*, supplément publicitaire à *Business week*, 21 octobre. [Autre titre : « the Smile of the chipper »].

401. *Azazel*. Garden City : Doubleday Foundation, novembre. [Recueil composé de 401*a*, 323, 336, 330, 334, 347, 354, 356, 357, 361, 368, 370, 375, 384, 380, 386, 392 & 396]. En français : *Azazel*. Presses de la Cité, 1990 (Univers sans limites).

401*a*. « the Two centimeter demon ». In recueil : *Azazel*. [401]. En français : « le Démon de deux centimètres ». In recueil : *Azazel*. [401].

402. « I love little pussy ». In : *Isaac Asimov's science fiction magazine*, novembre.

403. « Christmas without Rodney ». In : *Isaac Asimov's science fiction magazine*, mi-décembre. En français : « Noël sans Rodney ». In recueil : « Nous les robots ». [338].

1989

404. « the Instability ». In : *the London observer*, 1ᵉʳ janvier.

405. *Norby down to Earth*. New York : Walker , avril. [En collaboration avec Janet Asimov].

406. *the Asimov chronicles: fifty years of Isaac Asimov*. Arlington Heights, Illinois : Dark Harvest, mai. [Recueil composé par Martin H. Greenberg de 001, 009, 016, 021, 029, 030, 033, 037, 038, 041, 042, 050, 056, 065, 071, 060, 093, 115, 127, 145, 152, 157, 159, 161, 164, 166, 171, 174, 177, 182, 186, 194, 205, 216, 234, 241, 256, 270, 274, 286, 314, 319, 347, 355, 366, 375, 394 & 402]. [Réédité en quatre volumes ; voir 420, 424, 425 & 426].

407. « the Mad scientist ». In : *Analog science fiction-science fact*, juillet.

408. « Northwestward ». In anthologie composée par Martin H. Greenberg : *the Further adventures of Batman*. New York : Bantam, juillet. En français : « Direction nord-ouest ». In anthologie [composée par Martin H. Greenberg] : *les Nouvelles aventures de Batman*. Librairie générale française, 1989 (le Livre de poche, nᵒ 6708).

409. « To your health ». In : *Isaac Asimov's science fiction magazine*, août.

410. *Norby and Yobo's great adventure*. New York : Walker , septembre. [En collaboration avec Janet Asimov].

411. *Nemesis*. Garden City : Doubleday Foundation, octobre.

412. « Too bad! ». In anthologie composée par Byron Preiss : *the Microverse*. New York : Bantam, novembre.

1990

413. *Puzzles of the Black Widowers*. Garden City : Doubleday, janvier. [Recueil].

414. *Robot visions*. New York : New American Library/Roc, mars. [Recueil].

415. « Fault-intolerant ». In : *Isaac Asimov's science fiction magazine*, mai.

416. *Nightfall*. London : Gollancz, juin. [En collaboration avec Robert Silverberg. Version roman de : « Nightfall ». 016].

417. « Police at the door ». In : *Ellery Queen's mystery magazine*, juin. [Non S.-F.].

418. « Latter-day Martian chronicle ». In : *Omni*, juillet.

419. « Wine is a mocker ». In : *Isaac Asimov's science fiction magazine*, juillet.

420. *the Asimov chronicles: fifty years of Isaac Asimov!*. Volume 1. New York : Ace, août. [Recueil composé par Martin H. Greenberg de 001, 009, 016, 021, 029, 030 & 033]. [Voir 406].

421. « the Haunted cabin ». In : *Ellery Queen's mystery magazine*, octobre. [Non S.-F.].

À paraître

422. **[Titre non encore déterminé]**. New York : Doubleday Foundation. [En collaboration avec Robert Silverberg. Version roman de : « Lastborn ». 145].
423. **[Titre non encore déterminé]**. New York : Doubleday Foundation. [En collaboration avec Robert Silverberg. Version roman de : « the Martian way ». 065].
424. *the Asimov chronicles: fifty years of Isaac Asimov!*. Volume 2. New York : Ace, octobre 1990. [Recueil composé par Martin H. Greenberg]. [Voir 406].
425. *the Asimov chronicles: fifty years of Isaac Asimov!*. Volume 3. New York : Ace, décembre 1990. [Recueil composé par Martin H. Greenberg]. [Voir 406].
426. *the Asimov chronicles: fifty years of Isaac Asimov!*. Volume 4. New York : Ace, février 1991. [Recueil composé par Martin H. Greenberg]. [Voir 406].
427. *Opus 400*. Boston : Houghton Mifflin.

Recueils français sans équivalent en langue anglaise

428. *le Grand livre des robots 1. Prélude à Trantor*. Presses de la Cité. 1991 (Omnibus). [Recueil composé par Jacques Goimard de 338, 075 & 112].
429. *le Grand livre des robots 2. la Gloire de Trantor*. Presses de la Cité. 1991 (Omnibus). [Recueil composé par Jacques Goimard de 352, 369, 064, 053 & 051].
430. *Isaac Asimov*. 1) Presses Pocket, 1980 (le Livre d'or de la Science-Fiction, n° 5092). 2) *Prélude à l'éternité*. Presses Pocket, 1989 (le Grand temple de la Science-Fiction, n° 5092). [Recueils composés par Demètre Ioakimidis de 037, 079, 074, 121, 158, 016, 109, 263, 252c, 060 & 096].
431. *le Livre des robots*. OPTA/Club du livre d'anticipation, 1967 (les Classiques de la Science-Fiction, n° 7). [Recueil composé de 052 & 169].

Cycles

432. *Azazel*. Voir 401, 402, 407 & 419.
433. *Benjamin Franklin*. Voir 214 & 249.
434. *Black Widowers*. Voir 227, 252, 295, 358, 408, 413, 417 & 421.
435. *Half-breed*. Voir 004 & 010.
436. *Junior-highschool detective*. Voir 264.
437. *Lucky Starr*. Voir 067, 078, 086, 117, 135 & 149.
438. *Orbital worlds*. Voir 250 & 353a.
439. *Silver Queen*. Voir 001 & 151.
440. *Tan Porus*. Voir 008 & 028.
441. *Thiotimoline*. Voir 040, 077, 157, 209, 453 & 474.
442. *Wendell Urth*. Voir 090 & 094.

D'autre part, Isaac Asimov, dans ses derniers romans, entreprend de réunir dans une vaste histoire du futur cohérente ses trois cycles principaux :

443. *Robots*. Voir 399 & 369 (Elijah Baley/R. Daneel Olivaw) ; 338, 381a & 403 (Susan Calvin et autres).
444. *Empire*. Voir 160.
445. *Foundation*. Voir 397, 163, 339 & 379.

Enfin, un certain nombre de textes d'auteurs divers se rattachent à cette histoire du
   futur :

446. *Norby.* Voir 376, 387, 398, 405 & 410.
447. *Robot City.* Voir 465, 467, 482, 458, 456 & 483.
448. *Robot City: robots and aliens.* Voir 466, 475, 478, 469, 454 & 470.
449. *Varia.* Voir 450, 452, 460 & 461.

Textes d'auteurs divers en relation avec l'œuvre d'Isaac Asimov

450. *Foundation's friends.* New York : Tor , septembre 1989. [Anthologie composée par Martin H. Greenberg de 473, 477, 480, 479, 481, 459, 472, 468, 462,
   471, 451, 484, 476, 464, 457, 463 & 455].
451. « Plato's cave ». Poul Anderson. In anthologie composée par Martin H. Greenberg :
   Foundation's friends. [450].
452. *Mind transfer.* Janet Asimov. New York : Walker, 1988. [Cycle des Robots].
453. « Antithiotimoline ». Topi H. Barr. In : *Analog science fiction-science fact,* décembre
   1977. [Cycle de la Thiotimoline].
454. *Maverick.* Bruce Bethke. New York : Ace, juillet 1990. [Isaac Asimov's *Robot
   City: robots and aliens* 5].
455. « the Originist ». Orson Scott Card. In anthologie composée par Martin H.
   Greenberg : *Foundation's friends.* [450].
456. *Refuge.* Rob Chilson. New York : Ace, 1988. [Isaac Asimov's *Robot City* 5].
457. « Blot ». Hal Clement. In anthologie composée par Martin H. Greenberg : *Foundation's friends.* [450].
458. *Prodigy.* Arthur Byron Cover. New York : Ace, 1987. [Isaac Asimov's *Robot
   City* 4].
459. « Maureen Birnbaum after dark by Betsy Spiegelman Fein ». George Alec Effinger.
   In anthologie composée par Martin H. Greenberg : *Foundation's friends.* [450].
460. « I, robot: the movie ». Harlan Ellison. In : *Isaac Asimov's science fiction magazine,*
   novembre, décembre & mi-décembre 1987. [Scénario d'un film non encore
   tourné reprenant les idées et personnages du cycle des Robots].
461. « l'Enfant qui venait de l'espace ». Robert Escarpit. **1)** In : *Je bouquine,* nº 1, mars
   1984. **2)** *l'Enfant qui venait de l'espace.* Librairie générale française, 1987 (le
   Livre de poche jeunesse, nº 300, *Je bouquine*). [Personnages : Isaac Asimov et
   Susan Calvin].
462. « PAPPI ». Sheila Finch. In anthologie composée par Martin H. Greenberg : *Foundation's friends.* [450].
463. « the Fourth law of robotics ». Harry Harrison. In anthologie composée par Martin
   H. Greenberg : *Foundation's friends.* [450].
464. « the Overheard conversation ». Edward D. Hoch. In anthologie composée par
   Martin H. Greenberg : *Foundation's friends.* [450].
465. *Odyssey.* Michael P. Kube-McDowell. New York : Ace, 1987. [Isaac Asimov's
   Robot City 1]. En français : *la Cité des robots* d'Isaac Asimov. Livre un : *Odyssée.*
   J'ai lu, 1989 (nº 2573).
466. *the Changeling.* Stephen Leigh. New York : Ace, juillet 1989. [Isaac Asimov's
   Robot City: robots and aliens 1].

467. *Suspicion.* Mike McQuay. New York : Ace, 1987. [Isaac Asimov's *Robot City* 2]. En français : *la Cité des robots* d'Isaac Asimov. Livre deux : *Soupçons.* J'ai lu, 1989 (nº 2573).

468. « **the Present eternal** ». Barry N. Malzberg. In anthologie composée par Martin H. Greenberg : *Foundation's friends.* [450].

469. *Alliance.* Jerry Oltion. New York : Ace, avril 1990. [Isaac Asimov's *Robot City: robots and aliens* 4].

470. *Humanity.* Jerry Oltion. New York : Ace, novembre 1990. [À paraître]. [Isaac Asimov's *Robot City: robots and aliens* 6].

471. « **the Reunion at the Mile-High** ». Frederik Pohl. In anthologie composée par Martin H. Greenberg : *Foundation's friends.* [450].

472. « **Balance** ». Mike Resnick. In anthologie composée par Martin H. Greenberg : *Foundation's friends.* [450].

473. « **Strip-runner** ». Pamela Sargent. In anthologie composée par Martin H. Greenberg : *Foundation's friends.* [450].

474. « **the Asimov effect** ». George Sassoon. In : *Analog science fiction-science fact*, novembre 1976. [Cycle de la Thiotimoline].

475. *Renegade.* Cordell Scotten. New York : Ace, octobre 1989. [Isaac Asimov's *Robot City: robots and aliens* 2].

476. « **Carhunters of the concrete prairie** ». Robert Sheckley. In anthologie composée par Martin H. Greenberg : *Foundation's friends.* [450].

477. « **the Asenion solution** ». Robert Silverberg. In anthologie composée par Martin H. Greenberg : *Foundation's friends.* [450].

478. *Intruder.* Robert Thurston. New York : Ace, janvier 1990. [Isaac Asimov's *Robot City: robots and aliens* 3].

479. « **Trantor falls** ». Harry Turtledove. In anthologie composée par Martin H. Greenberg : *Foundation's friends.* [450].

480. « **Murder in the Urth degree** ». Edward Wellen. In anthologie composée par Martin H. Greenberg : *Foundation's friends.* [450].

481. « **Dilemma** ». Connie Willis. In anthologie composée par Martin H. Greenberg : *Foundation's friends.* [450].

482. *Cyborg.* William F. Wu. New York : Ace, 1987. [Isaac Asimov's *Robot City* 3].

483. *Perihelion.* William F. Wu. New York : Ace, 1988. [Isaac Asimov's *Robot City* 6].

484. « **Foundation's conscience** ». George Zebrowski. In anthologie composée par Martin H. Greenberg : *Foundation's friends.* [450].

Quelques pastiches

485. *Still more in joy still felt :* **August 8-19, 1979**. Garden City : Doubleday, 1980. [Référence fictive décrivant le trente-septième volume de l'autobiographie d'Isaac Asimov, mille cinquante-quatre pages consacrées à la mi-août 1979, période fertile en activités diverses… In : *Locus*, octobre 1980, p. 16].

486. « **the Caves of steel** ». Randall Garrett. In : *Science fiction stories*, mars 1956. [Poésie]. [Voir 101].

487. « **Tales of the Black Scriveners** ». David Langford. In recueil : *the Dragonhiker's guide to battlefield Covenant at Dune's edge: odyssey two*. Birmingham : Drunken Dragon, 1988.

488. « **Paille en poutre de fondation** ». Michel Lequenne. In : *Satellite*, n° 20, août 1959.

489. « **Broot force** ». John T. Sladek. In : *the Magazine of fantasy and science fiction*, septembre 1972. En français : « Force brute ». In recueil : *un Garçon à vapeur*. OPTA, 1977 (Nébula, n° 14).

490. « **le Maire** ». Jean-Louis Trudel. In : *Imagine...*, n° 27, avril 1985.

491. « **les Trois lois de la robotique** ». Roland C. Wagner. **1)** In : *Lard-frit*, n° 9, décembre 1982. **2)** « les Trois lois de la (sexualité) robotique ». In anthologie [composée par Roland C. Wagner] : *Pirate*. Éd. de la farce et du mégalo réunis, [1985] (Texticules, n° 1).

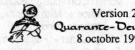

Version 2.2
Quarante-Deux
8 octobre 1990

INDEX DES TITRES

A

À fond la caisse dans la neige… 361
À Port Mars sans Hilda 130
À table avec les Veufs noirs 358
About nothing.....................................259
the Acquisitive chuckle 190
l' Affreux petit garçon 145
Ah ! Jeunesse.....................................062
Aimables vautours 132
Alice au pays des hormones 144
All in the way you read it.....................221
All the troubles in the world 142
All the troubles of the world 142
Alliance 469
AL76 perd la boussole 020
the Alternate Asimovs...........................374
l' Amour, vous connaissez ? 158, 183
l' Amour vrai 256
the Amusement lark 343
…And now you don't.............................044
Anniversaire 151
Anniversary 151
Antithiotimoline 453
the Appleby story 312
Arcadia Darell 044
une Arme trop effroyable pour
     être utilisée 002
Arrêt de mort 029
Artiste de lumière 205
As chemist to chemist 186
the Asenion solution 477
the Asimov chronicles......406, 420, 424 à 426
the Asimov effect 474
Asimov parallèle 374
Asimov's mysteries 181
Asimov's Sherlockian limericks 271
Assemblons-nous 120
l' Attrape-nigaud 081
Attrapez-moi ce lapin 030
Au large de Vesta 001

Au prix du papyrus 276, 353
Aucun rapport 041
Auteur ! Auteur !.................................164
Author! Author!...................................164
an Author's ordeal 122
the Author's ordeal 122
Authorized murder 253
Avec de l'eau partout 111
Avec un S 137
l' Avenir commence demain 155
Azazel 401

B

la Babiole phénicienne 326
the Backward look 279
Bail Channis.......................................039
Balance 472
Banquets of the Black Widowers 358
le Barde immortel 082
la Bataille des astres 078
Belief 074, 374c
Benefactor of Humanity 150
Benjamin's bicentennial blast 218
Benjamin's dream 213
la Berceuse de Broadway 227a
the Best mysteries of Isaac Asimov.......377
the Best new thing 188
the Best of Isaac Asimov 207
the Best science fiction of Isaac Asimov ...378
la Bête de pierre 094
the Bicentennial man 241, 248
une Bien bonne 116
the Big and the little 031
Big game 225
Big shot 294
the Big sun of Mercury 117
le Billard darwinien 048
the Billiard ball 174
the Biological clock 201

Birth of a notion 245
Black friar of the flame 022
Blanc ! 123
Blank! 123
Blind alley 033
Blot 457
Bon goût 250
le Bon Samaritain 290
Bon sang ne saurait mentir 047
la Bonne étoile 162
Book smart 332
une Bouffée de mort 147
la Boule de billard 174
a Boy's best friend 230
the Brazen locked room 113
Breeds there a man...? 056
Bridle and saddle 025
Brimade 027
Briseur de grève 119
le Briseur de grève 119
Broot force 489
Burnside and the courts 383
Button, button 069
Buy Jupiter 236
Buy Jupiter! 143

C

C'est si facile, voyez-vous ! 140
the C-chute 057
Cache-cash 128
Cailloux dans le ciel 051
Call me irresistible 297
the Callistan menace 006
Can you prove it? 305
la Cane aux œufs d'or 109
Carhunters of the concrete prairie 476
Carnet noir 153
a Case of income-tax fraud 247
a Case of need 264c
the Case of the disappearing woman 333
Casebook of the Black Widowers 295
Casse-tête au club des Veufs noirs 295
Catch that rabbit 030
Catching the fox 327
les Cavernes d'acier 075
the Caves of steel 075, 486
Ce qu'il montrait du doigt 203
Ce qu'on s'amusait ! 060
Celui qui ne mentait jamais 196
les Cendres du passé 102
Cercle vicieux 021
Certitude 260

la Chambre d'airain 113
the Changeling 466
un Chant parfait 323
Chante-cloche 090
un Châtiment sur mesure 310
le Chauffeur 358a
Cher Jupiter 143, 236
Cherchez la femme 333
a Chip of the black stone 219
Christmas on Ganymede 019
the Christmas solution 371c
Christmas without Rodney 403
Chrono-minets 023, 198
la Cité des robots 465, 467
a Clear shot 294
la Clef 171
Cloak and dagger duel 311
les Cloches chantantes 090
le Clown 036b
le Club des Veufs Noirs 227
le Collectionneur de pochettes
     d'allumettes 197
the Complete robot 338
the Computer that went on strike 193
Confessions of an American
     cigarette smoker 223
Conflit évitable 046
Copie conforme 336
le Correcteur 131
Coucher de Terre et étoile du soir 234
Countdown to disaster 317
les Courants de l'espace 064
la Course de la reine rouge 042
the Covenant 156
Crédible 074
Crépuscule 016
le Crime suprême 252a
le Crime ultime 252a
Croire 074
the Cross of Lorraine 244
Cul-de-sac 033
la Curieuse omission 227c
the Curious omission 227c
the Currents of space 064
Cyanure à volonté 105
Cyborg 482
Cycle fermé 021

D

D'un coup d'œil 353a
Dangereuse Callisto 006, 198
Dans l'orbite du Soleil 005

Dans la nuit des chants 323
Darwinian pool room 048
Dashing through the snow 361
David Starr space ranger 067
Day of the hunters 049
De peur de nous souvenir 319
De peur de se souvenir 319
Dead hand 034
the Dead past 102
the Death dealers 147
Death of a foy 291
Death of a honey-blonde 105
Death sentence...................................029
Death song 301
le Début de l'action 298
Decipher detection 304
the Deep 066
Défense de fumer 223
un Défilé de robots..................................169
Démodé 240
le Démon de deux centimètres..............401a
la Dernière navette 302
la Dernière question 115
la Dernière réponse 285
la Dernière trompette.............................092
Destination brain 389
Destination cerveau 389
le Détail clé 178
2430 187
Deux touffes de fourrure verte 050
Devoir civique 093
les Dieux eux-mêmes..............................192
Dilemma...481
the Dim rumble 334
Dimanche matin, aux aurores..............201
Direction nord-ouest 408
the Disappearing man 371, 371a
les Dispositions de l'âme 380
Does a bee care? 124
le Doigt du singe 070
Dollars and cents 317
une Donnée imaginaire............................028
the Dream 211
"the Dream", "Benjamin's
        dream" and "Benjamin's
        bicentennial blast" 249
Dreaming is a private thing 096
Dreamworld 095
the Driver 358a
Droit électoral....................................093
Drôle de doctorat ! 195
the Dust of death 118
the Dying night......................................106

E

Each an explorer...............................108
the Early Asimov 198
Early Sunday morning 201
Earth is room enough 134
Earthset and evening star...................234
the Edge of tomorrow 367
Effet miroir 194
Eight stories from the Rest of
        the robots 169
l' Élément qui manque 263
En un clin d'œil 215
En une juste cause.............................058
les Encyclopédistes 024
the Encyclopedists 024
the End of eternity 097, 374b
the Endochronic properties of
        resublimated thiotimoline 040
l' Enfant qui venait de l'espace.............461
l' Enfant recréé 145
Envoyez les couleurs ! 179
Escape!..035
Espace vital 104, 134
l' Espion-robot de Jupiter-9 135
l' Essor de la foi.....................................396
Est-ce qu'une abeille se soucie...? 124
Et si...063
Étranger au Paradis 217
Évasion...035
Évasion ! 035
Everest...076
Evidence 037
Évidence 037
l' Évidence même :.................................202
the Evil drink does 356
the Evitable conflict 046
Exil en Enfer 177
Exile to Hell 177
the Eye of the beholder 375
Eyes do more than see.......................166

F

the Fable of the three princes 391
Face aux feux du soleil 112
Fair exchange? 269
the Family man 247
Fantastic voyage 170, 173
Fantastic voyage II.............................389
the Far ends of time and Earth 280
Fault-intolerant..................................415
the Favorite piece 337

the Feeling of power 139
    Feminine intuition 182
une Femme dans un bar...........................288
le Feu de l'enfer.......................................103
    Fifty years of Isaac Asimov.................406
    Fifty years of Isaac
        Asimov! 420, 424, 425, 426
the Fights of spring 386
la Fin de l'éternité 097, 374b
la Fin des dinosaures 049
    First law 110
a Flash of brilliance...............................331
la Fleur de la jeunesse 172
    Flies..072
    Flight of fancy 396
    Flûte, flûte et flûtes ! 069, 236
le Fondateur...167
    Fondation 061
    Fondation et Empire 068
    Fondation foudroyée...................339
    For the birds.............................286
    Force brute 489
    Found!..270
    Foundation 024, 061
    Foundation and Earth 379
    Foundation and Empire 068
the Foundation of S.F. success 083
the Foundation of science fiction
        success...................................083
the Foundation trilogy 163
    Foundation's conscience 484
    Foundation's edge 339
    Foundation's friends 450
    Founding father.........................167
les Fournisseurs de rêves 096
the Fourth homonym..............................366
the Fourth law of robotics 463
    Franchise 093
le Frère prêcheur, gardien de
        la flamme 022
    Friday the thirteenth 239
    Friends and allies...................318
a Fuller explanation of Original Sin........320
the Fun they had 060

G

    Galatea 392
    Galatée 392
    Galley slave 131
le Général 034
the General 034
the Gentle vultures...............................132

    Gestation 056
    Getting the combination 328
a Ghost of a chance...........................340
    Gift 304
the Gilbert and Sullivan mystery 298
    Gimmicks three 113
la Gloire de Trantor.............................429
    Go, little book!.........................197
the Gods themselves 192
the Good Samaritan............................290
    Good taste 250
le Grand amour.....................................256
le Grand livre des robots 428, 429
les Grandes joutes de printemps 386
the Greatest asset 191
    Green patches 050
un Grondement sourd............................334
a Grossery of limericks 313
    Grow old along with me 374a

H

    Half a ghost..............................340
    Half-baked publisher's delight..............220
    Half-breed 004
    Half-breeds on Venus 010
    Halloween 235
the Haunted cabin...............................421
    Have you seen these?.................226
the Hazing..027
    He travels the fastest 370
    He wasn't there 299
the Heavenly host 224, 237
    Hell-fire 103
    Hérédité 013
    Heredity 013
    Hide and seek 303
    Histoires mystérieuses...............181
des Histoires pour gosses 073
    History 011
the Holmes-Ginsbook device...............180
l' Homme bicentenaire.................241, 248
l' Homme qui s'en va tout seul 370
l' Homme qui voulut sauver
        l'Humanité................................347
    Homo Sol 008
    Hors de vue 206
    Hostess 055
    Hot or cold 306
les Hôtes..055
    Hôtesse....................................055
l' Hôtesse..055
une Hôtesse accueillante........................055

How it happened 276
How to succeed at science fiction
    without really trying 114
Humanity 470
l' Hybride 004

I

I just make them up, see! 140
I love little pussy 402
I, robot 052, 148
I, robot: the movie 460
I'm in Marsport without Hilda 130
Ideas die hard 121
les Idées ont la vie dure 121
Ignition point! 314
Il arrive 282
Il vaut mieux pas 084
the Imaginary 028
the Immortal bard 082
In a good cause— 058
In joy still felt 296
In memory yet green 281
In reply to Randall Garrett 101
l' Incident du tricentenaire 246
Incrédules 374c
l' Inestimable trésor 007
Insert knob A in hole B 133
the Instability 404
l' Intégrale 252b
Introduisez la tête A dans
    le logement B 133
Intruder 478
l' Intrusion 358c
the Intrusion 358c
Intuition féminine 182
l' Invité du ciel 237
the Iron gem 219
Irrelevance! 275
Irresistible to women 297
Isaac Asimov 315, 362, 430
an Isaac Asimov double 199
an Isaac Asimov omnibus 163
an Isaac Asimov second omnibus 160
It is coming 282
It's all how you look at it 146
It's such a beautiful day 085

J

Je suis à Port-Mars sans Hilda 130
Jim Spark et la cité sous la mer..........086
Jim Spark et le projet lumière 117

Jim Spark et les écumeurs
    de l'espace 078
Jim Spark le chasseur d'étoiles 067
Jokester 116
Josephine and the space machine 283
un Jour 107
un Jour... 107
le Jour des chasseurs 049
le Joyau de fer 219
Jusqu'à la quatrième génération ...152, 183

K

the Key 171
Key item 178
the Key word 264, 264a
Kid stuff 073

L

the Last answer 285
the Last laugh 312
the Last question 115
the Last shuttle 302
the Last trump 092
Lastborn 145
Latter-day Martian chronicle 418
Lecherous limericks 238
Left to right 385
Left to right, and beyond 388
Legal rites 047
Lenny 136
Lest we remember 319
Let's get together 120
Let's not 084
Liar! 015, 265
the Library book 329
the Life and times of Multivac 228
Light verse 205
Limericks for children 363
Limericks: too gross 272
Little lost robot 038, 266
the Little man on the subway 045
the Little things 232
Living space 104
le Livre des robots 431
Logic is logic 368
a Loint of paw 128
Lucky seven 371b
Lucky Starr and the big
    sun of Mercury 117
Lucky Starr and the
    moons of Jupiter 135

Lucky Starr and the oceans
   of Venus 086
Lucky Starr and the pirates of
   the asteroids 078
Lucky Starr and the rings of Saturn 149
the Lullaby of Broadway 227a
un Lundi d'avril 344

M

la Machine qui gagna la guerre 159
the Machine that won the war 159
the Mad scientist 407
the Magic umbrella 345
the Magnificent possession 007
le Maire 490
les Maires 025
le Mal du pays 057
   Male strikebreaker 119
   Man as the ultimate gadget 400
the Man in the park 371e
the Man who made the 21st century 168
the Man who never told a lie 196
the Man who pretended to like baseball 288
the Man who upset the universe 068
les Marchands 032
un Marché de dupes 269
   Marching in 243
   Marooned off Vesta 001
the Martian way 065, 098
the Matchbook collector 197
a Matter of irrelevance 275
a Matter of principle 354
   Maureen Birnbaum after
      dark by Betsy Spiegelman Fein 459
   Maverick 454
the Mayors 025
les Méfaits de la boisson 356
le Meilleur ami du petit d'Homme 230
le Meilleur atout 191
   Meilleurs vœux ! 252a
the Men who wouldn't talk 293
   Menteur 015
   Menteur ! 015
the Merchant princes 031
la Mère des mondes 043, 198
le Message 100
the Message 100
un Meurtre ? Rien de tel 222
the Micropsychiatric applications
   of thiotimoline 077
   Middle name 295b
   Mind transfer 452

the Mind's construction 380
   Mirror image 194, 318
   Misbegotten missionary 050
   Miss quoi ? 204
   Miss what? 204
the Missing item 263
a Modern epic-titan 129
   Mon fils, le physicien 161
   Mon nom s'écrit avec un S 137
a Monday in April 344
the Monkey's finger 070
the Monkey's fingers 070
the Moons of Jupiter 135
   More lecherous limericks 251
   More tales of the Black Widowers 252
   More things in Heaven and Earth 384
   Mortelle est la nuit 106
   Mother Earth 043
les Mouches 072
the Mule 036a, 036b
le Mulet 036a
   Murder at the ABA 253
   Murder in the Urth degree 480
   My son, the physicist! 161
   Mystery book 329
   Mystery tune 301

N

N'omettez pas la particule 081
la Naissance d'une notion 245
the Naked sun 112
   Neither brute nor human 355
   Nemesis 411
   Never out of sight 343
the Next day 268
   Ni brute ni humain 355
   Nightfall 016, 183, 416
   Nine tomorrows 155
   No connection 041
   No refuge could save 289
   No smoking 223
   Nobody here but— 079
   Noël sans Rodney 403
   Noël sur Ganymède 019, 198
   Non définitif ! 018
   None so blind 277
   Norby and the invaders 372
   Norby and the lost princess 373
   Norby and the queen's necklace 382
   Norby and Yobo's great adventure 410
the Norby chronicles 376
   Norby down to Earth 405

Norby finds a villain................................390
Norby, le robot fêlé 350
Norby: robot for hire.............................387
Norby, the mixed-up robot 350
Norby through time and space 398
Norby's other secret.............................364
Northwestward 408
Not final!..018
Nothing for nothing 274
Nothing like murder...............................222
Nothing might happen 348
Notifications de rejet 155a
Nous les robots 338
Now you see it..039
la Nuit et la mort 106
la Nuit mortelle......................................106

O

Obituary 153
the Obvious factor.................................202
the Oceans of Venus 086
Odyssée...465
Odyssey 465
l' Œil du témoin......................................375
Oh, that lost sense of wonder.............138
Old-fashioned 240
On est logique ou on ne l'est pas 368
On n'arrête pas le progrès 003
the One and only East 231
One in a thousand 308
One night of song 323
the One thing lacking 321
1 to 999 308
Opus 100 184
Opus 200 284
Opus 300 365
Opus 400 427
the Originist 455
Other worlds of Isaac Asimov 393
Out of sight 206
the Overheard conversation 464

P

le Pacte..113
une Page d'histoire 011
Paille en poutre de fondation 488
PAPPI 462
Paradoxical escape 035
Party by satellite...................................214
Pâté de foie gras...................................109
le Patronyme accusateur......................105

la Pause...087
the Pause...087
Pauvres imbéciles..................................141
Pebble in the sky 051
Pensez donc ! 257
le Père d'un monde................................167
the Perfect alibi......................................322
a Perfect fit...310
Perihelion 483
Personne ici, sauf...................................079
Personne ici sauf...................................079
le Petit bonhomme du métro 045
le Petit garçon très laid 145
le Petit robot perdu................................038
le Peuple des profondeurs 066
Ph as in phony 195
the Phoenician bauble 326
the Phony Ph. D......................................195
a Piece of the rock 335
la Pierre parlante 094
Pigeon English 293
the Pirates of the asteroids 078
le Plaisantin 116
Plato's cave 451
Playboy and the slime god 158
Playing it by the numbers 328
Pluie, pluie, va-t'en ! 154
Plus de choses sur terre et
    dans les cieux.....................................384
Poésie légère 205
Poetic license 341
Point d'ignition !.....................................314
Point de vue 233
Point of view 233
the Pointing finger..................................203
Police at the door...................................417
the Portable star 089
Potential 342
Pour les oiseaux 286
Pour que tu t'y intéresses 216
Pour rien 259
Poussière d'étoiles.................................053
Poussière de mort 118
la Poussière qui tue................................118
Pouvez-vous le prouver ? 305
Prélude à Fondation 397
Prélude à l'éternité 430
Prélude à Trantor 428
Prelude to Foundation 397
Première loi..110
Prenez donc une allumette 200
the Present eternal 468
la Preuve..037

the Prime of life 172
les Princes marchands 031
Prisoners of the stars 273
a Problem of numbers 186
Prodigy 458
Profession 127, 254
les Profondeurs 066
the Proper study 179
les Propriétés endochroniques de
la thiotimoline resublimée 040
les Propriétés endochroniques de
la thoatimoline resublimée 040
the Psychohistorians 061a
les Psychohistoriens 061a
Puzzles of the Black Widowers 413

Q

Qu'est-ce que ça peut bien
faire à une abeille ? 124
Quand les ténèbres viendront 016, 183
Quand nul ne les poursuit 212
Quand on se trompe de maison 358b
Que le meilleur gagne 330
Quelle belle journée ! 085
Question de principe 354
Quicker than the eye 215
the Quiet place 394

R

Rain, rain, go away 154
Raison 014
Reason 014
the Rebellious stars 088
the Red queen's race 042
the Redhead 359
Refuge 456
Rejection slips 155a
Renegade 475
le Repit 087
the Rest of the robots 165
Retour au club des Veufs noirs 252
the Reunion at the Mile-High 471
la Révolte des voitures 071
Rien pour rien 274
Rien que la vérité 196
Ring around the Sun 005
the Rings of Saturn 149
Risk 091
Risque 091
Robbie 009
Robot AL-76 goes astray 020

le Robot AL-76 perd la boussole 020
Robot City 447
Robot City: robots and aliens 448
the Robot collection 351
Robot dreams 381, 381a
the Robot novels 189, 399
le Robot qui rêvait 381, 381a
Robot visions 414
les Robots...052
Robots and aliens 448
Robots and Empire 369
les Robots de l'aube 352
les Robots et l'Empire 369
the Robots of dawn 352
la Rousse 359
Rubrique nécrologique........................153
Runaround 021

S

S as in Zebatinsky 137
Sally 071
des Sang-mêlé sur Vénus 010
Santa Claus gets a coin 264b
Sarah tops 229
le Sas 185
Satisfaction garantie 054
Satisfaction guaranteed 054
Saving Humanity 347
Science fiction convention 262
Search by the Foundation 044
Search by the Mule 039
Season's greetings! 252a
Second best 295
Second Foundation 080
a Second Isaac Asimov double 208
Seconde Fondation 080
the Secret sense 012
Segregationist 175
Ségrégationniste 175
Sending a signal 335
le Sens inconnu 012
le Sens secret 012
la Sensation du pouvoir 139
Sept fois neuf... 139
Sept hommes dans l'espace 057
la Seule et unique à l'est 231
Shah Guido G. 059
the Sign 324
Silly asses 141
the Singing bell 090
les Six suspects 206
the Six suspects 206